Sur tes traces

KAREN ROSE

Sur tes traces

Traduction de l'anglais (Etats-Unis) par :
STEPHANE MORVAN

Harper Collins
NOIR

Titre original :
CLOSER THAN YOU THINK

HARPERCOLLINS FRANCE
83-85, boulevard Vincent-Auriol, 75646 PARIS CEDEX 13
Tél. : 01 42 16 63 63

www.harpercollins.fr

ISBN 979-1-0339-0021-4

Prologue

Oh ! non. Corinne se recroquevilla en position fœtale, prise d'un brusque accès de nausée. *Le vin. Trop de vin. Jamais eu une gueule de bois pareille.*

Mais… *Une minute. Non. Impossible.* Retrouvant un semblant de lucidité, elle secoua la tête, puis ravala un gémissement lorsque la pièce se mit à tanguer. *Ça fait deux ans que je n'ai pas bu une goutte.*

La grippe. Bon sang ! C'était bien la peine d'avoir fait ce fichu vaccin. Corinne voulut lever les mains pour se frotter les yeux, mais…

Attachées. Non ! Prise de panique, elle tira sur ses poignets. Une douleur fulgurante se propagea jusqu'à ses épaules. Elle avait les mains liées. Dans le dos.

Et l'obscurité qui l'aveuglait ne provenait pas de la pièce. *J'ai les yeux bandés.* Elle bascula sur le côté. Une chaîne claqua, stoppant abruptement son mouvement.

La terreur la frappa avec la violence d'une lame de fond. *Attachée. Enchaînée. Les yeux bandés.*

Elle poussa un hurlement déchirant, mais ne parvint à émettre qu'un croassement éraillé. Sa gorge était sèche comme de l'amadou, ses lèvres fendillées. *Rien à voir avec la gueule de bois. C'est de la drogue. J'ai été droguée.*

Quand ? Comment ? Qui ? Qui aurait pu faire ça ? Elle prit une inspiration, tenta de retrouver son calme. Maîtrisa son souffle. *Réfléchis, Corinne. Creuse-toi les méninges.*

Une odeur de moisi lui irritait les sinus, un violent éternuement la secoua, auquel succéda un nouveau vertige. Les dents serrées, elle résista à une autre vague de nausée.

Elle tendit l'oreille. En vain. Aucun bruit ne lui parvenait. Pas de vent. Pas de musique. Pas de voix.

Bon. D'accord. C'est la galère. Tu es dans une très sale situation. Calme-toi. Réfléchis. Concentre-toi.

Elle se força à décontracter les muscles de ses bras et sentit la chaîne se relâcher. Puis elle remua les doigts, les orteils, étira sa colonne vertébrale en évitant avec soin tout nouveau geste brusque.

Elle se trouvait sur un lit. Muni d'un matelas. Garni d'un drap. Et d'un oreiller. D'un mouvement lent, elle frotta sa joue contre le tissu. Rêche. Mais il en émanait un parfum frais qui contrastait avec l'odeur de renfermé ambiante.

Corinne se figea, alertée par un craquement soudain. La porte s'ouvrit. Un courant d'air froid chargé d'effluves de citron s'infiltra dans la pièce. Elle perçut aussi l'amorce d'un hurlement, vite amorti, lorsqu'on repoussa prestement le battant.

D'où sortait ce cri ? *Qui est là ?* A cet instant, quelques détails lui revinrent en mémoire. *Hier soir.* Elle regagnait la résidence après avoir quitté la bibliothèque. Avec Arianna. Elles rentraient ensemble à cause de l'heure tardive.

Oh ! mon Dieu. Ari est là, elle aussi. C'est elle qui hurle. Quelqu'un la retient et on lui fait du mal. Ils lui font du mal. Après, ils s'en prendront à moi.

— Vous êtes réveillée.

Une voix féminine arracha Corinne à sa panique. La personne paraissait jeune. Pas une fillette. Mais pas une adulte, non plus. Une adolescente, sans doute. Elle semblait… indécise.

— Je me suis inquiétée pour vous, ajouta la voix juvénile.

Corinne perçut le frottement de semelles sur le sol. *Allez, compte les pas.* Un, deux… quatre, cinq… huit, neuf, dix. *La porte est à dix pas.*

— Qui êtes-vous ? chuchota Corinne, malgré l'âpre brûlure de sa gorge parcheminée. Pourquoi ?

Le matelas s'enfonça. Légèrement. La fille était menue. Des mains fraîches se posèrent sur le front de Corinne.

— Vous avez eu de la fièvre. Ça va mieux maintenant. Vous avez soif ?

Corinne hocha la tête.

— De l'eau. S'il vous plaît.

— Bien sûr, répondit la jeune fille d'un ton aimable.

Une tasse entra en contact avec les lèvres de Corinne. Un récipient de métal. Pas du verre. Le verre pourrait être brisé, utilisé comme une arme. Mais, là, aucune chance qu'une telle chose se produise.

Un filet d'eau dégoulina le long de sa gorge quand elle avala avec avidité.

— Encore.

La jeune fille reposa gentiment la tête de Corinne sur l'oreiller.

— Plus tard. Vous avez été très malade.

— Qui êtes-vous ? Enlevez-moi le bandeau.

— Je ne peux pas. Désolée.

L'adolescente semblait sincère.

— Pourquoi ? demanda Corinne, essayant de chasser l'affolement de sa voix.

— Je ne peux pas. Je suis autorisée à prendre soin de vous. Mais je ne suis pas autorisée à enlever votre bandeau.

La panique remporta la partie et Corinne se jeta en avant, faisant cliqueter ses chaînes.

— *Qui êtes-vous, bon sang ?*

Le matelas bougea brusquement, accompagnant le mouvement de la fille qui avait sauté du lit.

— Personne, chuchota-t-elle. Je ne suis personne.

Le bruit des pas traînants : la visiteuse s'en allait.

— Je reviendrai plus tard avec de la soupe.

— Attendez. *Je vous en prie.* Ne partez pas, je vous en prie. Où sommes-nous, ici ?

La fille marqua une brève hésitation, puis répondit avec résignation.

— On est à la maison.

— Non. Ce n'est *pas* chez moi. Je vis dans la résidence du campus. A King's College.

— Je ne connais pas votre université. Mais… ici, c'est la maison. C'est chez moi. Et c'est chez vous, aussi. A partir de maintenant.

A partir de maintenant ? Oh ! mon Dieu.

— Mais où sommes-nous ?

— Je ne sais pas.

La courte phrase, prononcée en toute simplicité, résonnait d'un terrifiant accent de sincérité.

— Pouvez-vous m'aider à m'échapper ?

— Non. Non, je ne peux pas.

Cette fois, une note inébranlable inspirée par la peur avait durci la réponse de l'adolescente.

Corinne avait aussi décelé dans la voix de son interlocutrice l'envie de lui venir en aide. A moins que son désir de percevoir cette nuance n'ait poussé son imagination à faire le reste. En tout cas, il lui fallait faire de cette fille une alliée.

— D'accord, dit Corinne à voix basse. Pouvez-vous me dire votre nom ?

Cette fois, l'hésitation se prolongea, puis :

— Je dois y aller.

La porte s'ouvrit sur les hurlements d'Ari qui vibraient dans l'air, presque tangibles.

— Je vous en prie. Dites-moi ce qu'a mon amie ? Elle s'appelle Arianna. *Que se passe-t-il ?*

— Il lui apprend.

Cette réponse sereine, énoncée d'un ton morne, semblait si irrévocable qu'une nouvelle vague de terreur saisit Corinne à la gorge.

— Qu'est-ce qu'il lui apprend ?

— Ce qu'elle doit savoir. Je suis vraiment désolée.

La porte se referma. Corinne attendit quelques secondes.

— Hé oh ? Vous êtes là ? *Je vous en prie.*

La jeune fille était partie, laissant Corinne seule dans l'obscurité.

1

Mount Carmel, Ohio
Dimanche 2 novembre, 17 h 45

— C'est juste une vieille baraque.

Les mains agrippées au volant de sa jeep, le docteur Faith Corcoran ralentit jusqu'à rouler au pas et s'intima l'ordre de regarder ladite maison.

— Allons, ce ne sont que quatre murs et un plancher !

Les yeux obstinément braqués droit devant, elle dépassa sa destination. Nul besoin de regarder l'endroit pour savoir à quoi il ressemblait. La bâtisse, avec ses deux étages de brique grise et de pierre taillée, lui était familière. Tout comme les cinquante-deux fenêtres et la tour centrale carrée qui pointait droit vers le ciel. Le vestibule avait un sol de marbre italien, une élégante balustrade en acajou s'incurvait le long du grand escalier et le lustre de la salle à manger brillait de mille feux. Elle connaissait la maison de la cave au grenier.

Elle savait aussi que ce n'était pas tant ses quatre murs et son plancher qui l'effrayaient, mais ce qu'ils cachaient. *Douze marches et une cave.*

Faith fit demi-tour et gara le véhicule devant la maison. Son cœur battait plus vite. Simple observation clinique.

— C'est une réaction physiologique normale. Le stress. Ça passera.

En s'entendant prononcer ces paroles, elle se demanda qui elle tentait de convaincre. Son voyage avait duré deux jours et, à chaque kilomètre parcouru, l'angoisse s'était ancrée de plus en plus solidement dans son esprit. Au moment où elle avait traversé le fleuve pour entrer dans Cincinnati, son appréhension s'était matérialisée en une pression douloureuse au creux de sa poitrine. Une demi-heure plus tard, elle se retrouvait désormais à deux doigts de l'hyperventilation : une situation non seulement ridicule, mais inacceptable.

— Grandis un peu, nom d'un chien ! dit-elle d'un ton sec.

Après avoir coupé le moteur et arraché la clé du contact, elle sauta de la voiture, agacée de constater que ses genoux flageolaient. Agacée de constater que, même après tout ce temps, le simple fait de penser à cette maison la renvoyait à l'époque de ses neuf ans.

Tu n'as plus neuf ans. Tu es une adulte de trente-deux ans qui a déjà échappé à plusieurs tentatives d'assassinat. Tu ne vas quand même pas avoir peur d'une vieille baraque.

Faith utilisa son exaspération comme un levier et trouva le courage de lever les yeux. Pour la première fois depuis vingt-trois ans, elle regardait directement la maison. L'endroit avait l'air… *Pas si différent*, songea-t-elle. Sa respiration se fit plus légère. *Vieille et massive. Oppressante.* Malgré son aspect plutôt décrépit, la bâtisse restait imposante.

La maison paraissait ancienne pour une bonne raison. Depuis plus de cent cinquante ans, elle dominait les terres des O'Bannion, témoignage d'un mode de vie qui n'avait pas survécu au passage du temps. Une aura sombre et solennelle émanait des deux étages de pierre et de brique. La tour semblait exiger de tous les visiteurs l'hommage d'un regard.

Bien sûr, Faith céda à l'injonction. Enfant, elle n'avait jamais été capable d'y résister. Ça n'avait pas changé. La tour non plus, d'ailleurs. L'édifice avait conservé sa dignité solitaire, même avec ses ouvertures condamnées.

Les cinquante-deux fenêtres étaient en effet barricadées, sans exception. La maison O'Bannion avait été abandonnée vingt-trois ans plus tôt, et ça se voyait.

La brique avait résisté, érodée mais intacte. En revanche, les boiseries qu'elle avait tant aimées s'étaient lézardées et le temps avait terni leur chaude couleur pain d'épice. Le porche s'affaissait et la vitre de la porte d'entrée disparaissait sous l'épaisse couche de crasse qui s'y était accumulée au fil des années.

D'un pas circonspect, Faith foula la pelouse pelée jusqu'au portail en fer forgé. Une barrière d'un style désuet, bâtie pour durer, à l'image de la maison. Malgré les gonds rouillés, la grille s'ouvrit. Les mauvaises herbes prospéraient, profitant de chaque fissure du revêtement craquelé de l'allée.

Faith marqua un temps d'arrêt pour tenter de calmer les battements effrénés de son cœur avant d'affronter la première marche qui menait au porche.

Non. Pas au porche, à la galerie. Sa grand-mère l'avait toujours appelée « la galerie », car la terrasse encerclait la maison. Gran et elle s'y installaient souvent pour déguster une citronnade. *Et maman aussi.* C'était avant, bien sûr. Car après… il n'y avait plus eu de citronnade.

Il n'y avait plus eu quoi que ce soit. Pendant longtemps, il n'y avait eu absolument rien.

Faith déglutit difficilement, ravalant le goût âcre qui avait rempli sa bouche, mais le souvenir de sa mère s'attarda. *N'y pense pas. Souviens-toi de Gran et de l'amour qu'elle portait à cette vieille baraque. Elle serait si triste de la voir dans cet état.*

Mais, bien sûr, Gran ne reverrait plus la maison, elle était morte. *C'est d'ailleurs pour ça que je suis ici.* La maison et son contenu appartenaient maintenant à Faith. Qu'elle le veuille ou non !

— Tu n'es pas obligée de vivre ici, se dit-elle tout haut. Rien ne t'empêche de vendre et de partir.

Pour aller où ? Un retour à Miami était absolument exclu. C'était sûr et certain. *Tu viens juste de t'enfuir de là-bas.*

Ben, ouais. Et comment ! Elle s'était sauvée, évidemment. N'importe quelle personne saine d'esprit aurait agi de même après avoir passé un an à se faire harceler par un ex-détenu condamné pour meurtre et qui avait déjà tenté de la tuer. On lui avait dit qu'elle ne pouvait s'en prendre qu'à elle-même, que prendre en thérapie des criminels sexuels, véritables rebuts de l'humanité, c'était s'exposer aux ennuis à coup sûr. On avait même soutenu qu'elle s'intéressait plus aux criminels qu'aux victimes.

Ils avaient tort. Personne ne savait ce qu'elle avait fait pour empêcher ces délinquants de continuer à nuire. Ils n'avaient pas la moindre idée des risques qu'elle avait courus.

Quatre ans plus tôt, convaincu qu'elle avait « balancé » à son officier de probation ses absences aux séances de thérapie, Peter Combs l'avait agressée, ce qui avait reconduit ses fesses de récidiviste tout droit en prison. Faith frissonna en imaginant la réaction de Combs s'il avait su la vérité à l'époque. Le rôle qu'elle avait joué dans sa réincarcération allait bien au-delà du simple signalement de ses absences.

Enfin, à en juger par la manière dont il avait joué au chat et à la souris avec elle pendant l'année qui avait suivi sa libération, et par l'escalade du harcèlement qui avait abouti à des tentatives de meurtre — quatre, à ce jour —, Combs savait peut-être la vérité. Ou l'avait devinée.

Faith glissa la main dans une poche de sa veste et ses doigts effleurèrent le canon froid du Walther PK 380 qui s'y trouvait. Depuis près de quatre ans, elle ne quittait plus son appartement de Miami sans son arme. Le MPD[1] n'ayant été d'aucun secours, elle avait pris sa propre sécurité en charge.

Elle était prudente. Organisée. Mais toujours aussi terrifiée. Et elle en avait marre de vivre dans la peur.

Soudain, prenant conscience qu'elle avait baissé la tête, elle releva le menton et défia la maison du regard. Ouais, d'accord, elle avait fui. Pour se précipiter vers le seul endroit qu'elle craignait presque autant. Le projet lui semblait aussi fou maintenant que deux jours plus tôt, lorsqu'elle avait laissé Miami. Mais elle n'avait pas eu le choix. *Personne d'autre ne mourra à cause de moi.*

Elle avait chargé dans la jeep toutes les affaires que le véhicule avait

1. Miami Police Department, services de police de Miami. (NdT)

bien voulu contenir, et avait abandonné le reste, y compris sa carrière de thérapeute en psychiatrie criminelle et son identité. Un changement de nom légal, scellé par la Cour pour en conserver la confidentialité, avait entériné la disparition de Faith Frye.

Grâce à Faith Corcoran, elle avait fait table rase, s'était octroyé un nouveau départ. Parmi ceux qu'elle avait laissés à Miami — amis ou adversaires —, personne ne connaissait l'existence de cette maison. Personne ne savait que sa grand-mère était morte, donc personne ne pourrait en parler à Peter Combs. Il ne penserait jamais à venir la chercher ici.

Elle avait même un nouveau boulot — un poste à responsabilité dans le département des ressources humaines d'une banque, située au centre-ville de Cincinnati. Ses futurs collègues porteraient des costumes classiques et analyseraient des feuilles de calcul. Quant à elle, pour la toute première fois, elle recevrait un salaire décent et bénéficierait d'avantages sociaux. Mais, à ses yeux, le plus précieux des atouts était le dispositif de sécurité de la banque, juste au cas où ses efforts pour faire disparaître Faith Frye n'auraient pas été assez efficaces.

Elle effleura sa gorge. Si la blessure était guérie depuis longtemps, il restait la cicatrice, illustration permanente de ce dont l'homme qui la traquait était capable. Au moins, elle avait survécu. Gordon n'avait pas eu cette chance.

La culpabilité et le chagrin s'unirent pour lui serrer la gorge, jusqu'à l'étouffer. *Je suis désolée, Gordon.* L'ancien patron de Faith avait eu la malchance de se tenir près d'elle lorsque les balles avaient commencé à pleuvoir. Maintenant, sa femme était veuve et ses enfants avaient perdu leur père.

Elle n'avait pas le pouvoir de ramener Gordon à la vie. En revanche, elle pouvait s'assurer par tous les moyens que cela ne se reproduirait pas. Combs ne devait pas la retrouver. Ainsi, il ne s'attaquerait ni à elle ni à personne d'autre. Le décès de sa grand-mère lui fournissait un refuge à point nommé.

La maison était un cadeau. Elle était aussi son plus ancien cauchemar, ce qui ne l'empêcherait pas de l'accepter. Faith se remit en mouvement avec effort pour gravir les deux dernières marches, puis elle sortit la clé de sa poche et la glissa dans la serrure.

Le verrou résista. A la troisième tentative, elle finit par comprendre que le problème venait de la clé. L'avocat de sa grand-mère s'était trompé.

Même si elle en avait eu envie, elle ne pouvait pas pénétrer dans la maison. En tout cas, pas aujourd'hui. Le soulagement qui jaillit en elle tel un geyser s'accompagna d'un léger sentiment de honte. *Quelle trouillarde !*

Elle fit appel à sa raison. Il ne s'agissait que d'un simple jour de retard. Demain, elle récupérerait la bonne clé, mais cet empêchement momentané stimula son courage.

A travers la vitre crasseuse de la porte d'entrée, elle discerna des meubles protégés par des draps. En quittant la maison pour s'installer en ville, vingt-trois ans plus tôt, sa grand-mère n'avait emporté que ses quelques pièces de mobilier préférées, et lui avait laissé tout le reste.

Pour la première fois depuis bien longtemps, Faith ressentit une étincelle d'excitation à la perspective de dévoiler les meubles. Nombre d'entre eux étaient dignes de figurer dans un musée. Du moins, c'est ce que lui avait raconté sa mère, à maintes reprises. *Un jour tout cela m'appartiendra, Faith, et à ma mort ce sera à toi. Alors, prends-en bien soin. C'est ton héritage, il est temps que tu apprennes à en apprécier la valeur.*

L'évocation de la voix de sa mère doucha son enthousiasme. Le souvenir de la peur qui l'avait envahie en entendant ces paroles était aussi vif que si elles avaient été prononcées la veille. *Mais je n'en veux pas de mon héritage,* avait-elle répondu. *Pas si ça doit te faire mourir.*

Sa mère avait tiré sur sa natte d'un geste affectueux. *Ne dis pas de bêtises, je suis encore là pour de très longues années. Quand cette maison te reviendra, tu auras au moins l'âge de Gran.*

Aux yeux de la gamine de huit ans qu'elle était, Gran semblait déjà bien vieille. Faith se souvenait d'avoir masqué son soulagement en levant les yeux au ciel. *Alors, il me reste plein de temps pour apprendre à apprécier mon héritage, pas vrai ?* Il faut dire qu'à l'époque elle était plus intéressée par le labrador du fils de la cuisinière que par la théière en argent qu'on lui tendait. *Je peux aller jouer dehors, s'il te plaît ? Oh ! alleeeeez ?*

Un soupir exaspéré avait fusé des lèvres de sa mère. *D'accord. Mais fais attention à ne pas te salir. Ton père ne va pas tarder à arriver avec la voiture et on va rentrer à la maison. Mais nous sommes bien d'accord, jeune fille ? A notre prochaine visite… Théières, leçon n° 1.* Sa mère avait souligné son avertissement d'un petit geste de l'index, tempéré d'un sourire.

Mais, lorsque Faith était revenue dans cette maison, il n'avait pas été question de théières, ni de sujets plus agréables, d'ailleurs. Sa mère était morte et son existence avait subi un bouleversement irrévocable.

Elle chassa résolument ces souvenirs. Continuer à ressasser le passé finirait par la rendre folle. Ses problèmes actuels étaient bien assez préoccupants sans qu'elle ait besoin d'exhumer les chagrins d'un temps révolu.

Sauf que cette ancienne peine méritait d'être réveillée. Faith devait s'en purger. C'était la première fois qu'elle revenait dans la maison depuis cette horrible journée. Elle n'avait jamais raconté la profondeur de sa colère. Elle n'en avait jamais parlé à personne. Après avoir enfoui sa rage, sa douleur, elle était allée de l'avant. Du moins, c'était ce dont elle avait voulu se convaincre. Force était de constater que vingt-trois ans plus tard elle se retrouvait au même point. Le chagrin était toujours aussi lancinant. La colère, toujours aussi intense. La peur, toujours aussi suffocante.

Il est temps de régler ça, Faith. Tout de suite. Avant de changer d'avis, elle entreprit de contourner la bâtisse d'un pas résolu. L'air se rua hors de ses poumons et elle se rendit compte à cet instant qu'elle retenait son souffle depuis bien trop longtemps.

Voilà, c'était là, derrière, dans un coin éloigné du jardin. A une distance respectable de la maison, comme avait coutume de dire Gran. Durant tout ce temps, quelqu'un s'était chargé de l'entretien, avait arraché les mauvaises herbes, taillé le gazon autour de la grille de fer forgé, dont le motif suranné reprenait le style de la clôture extérieure. Faith se souvint alors de la Société historique. L'avocat de Gran lui avait expliqué que l'association locale se chargeait de l'entretien, puisque le cimetière O'Bannion était considéré comme un monument historique.

L'endroit abritait les sépultures de sa famille. Le premier à y avoir été enterré était Zeke O'Bannion, tué à la bataille de Siloh en 1862. Faith connaissait les noms de tous ceux qui reposaient ici, se souvenait de toutes leurs aventures, qu'elle trouvait captivantes, contrairement aux théières en argent. Il s'agissait de personnes réelles, d'histoires vraies. Dès que sa mère visitait les tombes, elle la suivait comme un chien fidèle, l'aidant à désherber, suspendue à ses lèvres chaque fois qu'elle évoquait leurs ancêtres.

Faith poussa le portillon, puis fronça les sourcils en constatant que le battant refusait de pivoter. D'un coup d'œil, elle comprit le problème — un cadenas. Impossible d'ouvrir, l'avocat de sa grand-mère ne lui avait remis qu'une seule clé. Elle dut donc se contenter de longer la grille et arriva à proximité des pierres tombales les plus récentes, taillées dans du marbre noir.

Elle examina une double stèle. L'inscription de la partie gauche s'était érodée en vingt-trois ans. *Tobias William O'Bannion.* Faith se souvenait de son grand-père comme d'un homme grave, austère, qui n'avait jamais manqué la messe quotidienne. *Sans doute pour confesser le nombre de fois où il avait cédé à la colère*, songea-t-elle avec un sourire sarcastique. Et il avait un sale caractère !

Sur la partie droite, les contours nets de l'inscription indiquaient une épitaphe fraîchement gravée. *Barbara Agnes Corcoran O'Bannion. Epouse, mère, grand-mère bien-aimée. Philanthrope.*

La plupart de ces mentions reflétaient la vérité. Gran avait solidement soutenu nombre d'œuvres de charité. Tobias l'avait aimée à sa façon. *Moi, je l'aimais.* Assez, en fait, pour avoir pris son nom.

Pour la plupart, les enfants de sa grand-mère avaient eu de l'affection pour elle. Jordan, le plus jeune frère de sa mère, avait pris soin de Gran sans se plaindre jusqu'à ce qu'elle rende son dernier souffle. La mère de Faith lui avait été dévouée, même si Faith n'était pas certaine de la proportion d'amour qui entrait dans cette vénération. Quant à Jeremy, le dernier enfant vivant de sa grand-mère, le jury ne se prononçait pas. Il avait été… banni.

Conformément à ses dernières volontés, la grand-mère de Faith avait été paisiblement placée près de son époux au cours d'une cérémonie très intime, célébrée par son propre prêtre, à laquelle n'avait assisté que Jordan. C'était sans doute dû au fait que les funérailles de Tobias avaient été le théâtre des amères confrontations qui avaient scellé l'éclatement de la famille O'Bannion.

Ainsi que celui de sa propre petite cellule familiale, songea-t-elle, alors qu'elle passait en revue les cinq stèles suivantes, qui signalaient les sépultures des enfants de Barbara et Tobias morts avant d'avoir atteint l'âge adulte. Elle s'arrêta devant la sixième. Le modèle était semblable à celui de la tombe de ses grands-parents, l'inscription était aussi érodée que celle de Tobias. Rien de surprenant, puisqu'elles avaient été gravées en même temps.

Par bonheur, un des côtés, celui qui était réservé à son père, était vierge. L'autre portait un terrible mensonge.

MARGARET O'BANNION SULLIVAN, ÉPOUSE ET MÈRE BIEN-AIMÉE.

— Salut, mère, murmura Faith. Ça faisait longtemps.

Comme en réponse, un hurlement aigu flotta dans l'air. Surprise, Faith fit un tour sur elle-même, cherchant à en localiser l'origine, mais elle ne remarqua rien de particulier. Personne ne l'avait suivie, elle s'en était assurée. Pour apprendre la prudence à une femme, rien de tel que de la harceler sur une période suffisamment longue.

Personne. Faith était seule avec la maison et les vingt hectares de terres agricoles en jachère, qui constituaient l'unique vestige des possessions de la famille O'Bannion. Elle tapota la poche de sa veste, cherchant un peu d'assurance au contact de son arme.

— Ce n'est qu'un chien qui hurlait, voilà tout, dit-elle avec fermeté.

Ou bien son esprit lui jouait des tours, réveillant l'écho du cri déchirant de ses cauchemars. *Douze marches et un sous-sol.* Parfois, elle se réveillait du cauchemar en s'époumonant — ce qui flanquait une trouille bleue à son ex-mari. Faith reconnaissait volontiers que le degré de satisfaction qu'elle éprouvait en ces circonstances trahissait une certaine immaturité. Mais, compte tenu de ce qu'il avait fait, l'agent de police Charlie Frye méritait un châtiment autrement plus sévère qu'un petit réveil en sursaut au milieu de la nuit.

Le traitement que sa mère avait infligé à son père était bien pire.

— Papa méritait foutrement mieux que ce que tu lui as fait subir. Et moi aussi je méritais mieux. D'ailleurs, c'est toujours vrai.

Faith hésita un bref instant avant de cracher ce qu'elle avait sur le cœur.

— Je t'ai haïe pendant vingt-trois ans. J'ai *menti* pour toi. J'ai menti à papa pour qu'il n'apprenne jamais ce que tu avais fait. Alors, si tu avais l'intention de le faire souffrir, c'est raté. Mais si c'est moi que tu visais, eh bien, félicitations. Tu as mis en plein dans le mille.

Soudain, une idée lui traversa l'esprit. La meilleure revanche qu'elle puisse prendre sur sa mère était peut-être de vivre l'existence à laquelle celle-ci aspirait. Faith pourrait devenir la maîtresse du manoir. Cette perspective faillit lui arracher un sourire, mais elle se remémora l'accablement qui avait saisi son père, et sa colère se ranima.

En pensant à lui, elle se rappela aussi ce qu'elle lui avait promis. A contrecœur, elle prit une photo de la stèle de Margaret et la lui envoya. Il avait coutume de se rendre en pèlerinage sur la tombe tous les deux ou trois ans mais, depuis quelque temps, il restait cloué chez lui après une crise cardiaque. Faith s'était engagée à lui envoyer cette photo, afin qu'il s'assure que tout allait bien.

Bien arrivée. Tout va bien. La tombe de maman est…

Son doigt s'immobilisa au-dessus du clavier alors qu'elle cherchait les mots justes, rejetant ceux qu'elle savait susceptibles de faire souffrir son père, qui croyait encore à la sincérité de l'épitaphe. Elle décida que « bien entretenue » était honnête, elle tapa donc l'expression, puis conclut le message :

Je t'appellerai de l'hôtel.

Elle n'osait pas lui téléphoner en cet instant. Devant la tombe de sa mère, elle craignait de ne pouvoir empêcher son amertume de transparaître. La gorge serrée, elle tapa la touche envoi, puis soupira et repartit vers sa jeep. Puisqu'elle ne pouvait pas pénétrer dans la maison, inutile de traîner dans le coin. Après avoir acheté des produits d'entretien au Walmart qui se trouvait près de son hôtel, elle irait se coucher de bonne heure. La journée du lendemain s'annonçait chargée.

Mount Carmel, Ohio
Dimanche 2 novembre, 18 h 5

L'ampoule du plafond clignota à plusieurs reprises, il retint son coup, sa main dressée s'immobilisant en plein geste. *C'est quoi, ce bordel ?*

L'alarme. Il y avait quelqu'un dehors.

— Merde, marmonna-t-il entre ses dents.

Ce n'était pas l'agent d'entretien. L'homme avait tondu la pelouse quelques jours plus tôt. C'était donc un intrus. Il contint de justesse un accès de rage bouillonnant. Quelqu'un avait l'audace de violer son territoire ? De l'interrompre justement *maintenant* ?

Il jeta un coup d'œil à la jeune femme allongée sur la table, la bouche ouverte. Le souffle râpeux qui sortait laborieusement de ses poumons et l'expression de son visage trahissaient l'étendue de son désespoir. Il lui avait fallu deux jours pour la réduire à cet état. Après s'être défendue bec et ongles, elle avait enfin commencé à crier.

Son seuil de résistance à la douleur était remarquable. Il allait pouvoir jouer très très longtemps avec elle. Mais ça devrait attendre. D'abord, il fallait s'occuper de cet intrus.

Avec un peu de chance, ce n'était qu'un voyageur égaré en quête de renseignements. Quand il comprendrait que la maison était abandonnée, il s'en irait. Dans le cas contraire…

Il sourit. Un nouveau partenaire pour ses petits jeux…

Il prit soin de poser le couteau à bonne distance. Au cas où. La femme allongée sur sa table avait déjà démontré sa force et son intelligence. D'ailleurs, il la trouvait un peu trop forte et intelligente à son goût, mais il n'allait pas tarder à y remédier. *Ce moment où la volonté de ses proies se brise, ce moment où elles réalisent que personne ne viendra les sauver, qu'il est leur maître pour aussi longtemps qu'il le souhaite…* Il sourit. *Ça*, c'est ce qu'on pouvait appeler de la satisfaction.

Il quitta la salle de torture, referma la porte, puis entra dans son bureau. Après avoir allumé son ordinateur portable, il afficha les images transmises par ses caméras, s'attendant à découvrir un représentant de commerce ou un automobiliste en rade…

Le regard rivé à l'écran, il se pétrifia et resta sous le choc pendant de longues secondes.

Impossible. C'est tout simplement impossible. Pourtant c'était bel et bien réel. C'était *elle*. Elle était *ici*. Près de la grille du cimetière. Devant les pierres tombales, le visage figé en une expression glaciale.

Comment peut-elle être là ? Il avait vu les reportages aux infos, les images de sa petite Prius bleue, toute tordue et complètement défoncée. Elle n'avait pas pu s'en tirer. *Je sais que je l'ai tuée.*

— Merde, chuchota-t-il.

De toute évidence, il avait échoué. Cette fille avait plus de vies qu'un satané chat.

Allez, va finir le boulot. Mais il devait d'abord s'assurer qu'elle était seule. Il passa à la caméra qui couvrait la zone devant la maison et reçut un autre choc. Une jeep Cherokee, rouge vif. Pleine de cartons.

Elle avait déjà racheté une voiture, mais au moins il n'y avait pas de passagers. *Bonne nouvelle.* Il s'occuperait d'elle une fois pour toutes. Naturellement, il faudrait la prendre par surprise, parce que cette salope trimballait un flingue. Pas question de lui laisser l'occasion de s'en servir. *Elle est toute seule, dehors. Vas-y, descends-la, maintenant.*

Il bascula de nouveau sur la caméra du cimetière, puis jura encore. Elle avait sorti un téléphone portable et prenait une photo. Il courut à l'escalier, grimpa les marches quatre à quatre. S'arrêta en dérapant devant la porte de derrière et regarda par la fente d'une des planches qui obstruaient la vitre.

Il eut un coup au cœur en la voyant tapoter l'écran du téléphone.

Elle venait d'envoyer un message. Elle avait expédié cette maudite photo.

Maintenant, quelqu'un était prévenu de sa présence ici. Il ne pouvait plus la tuer. Pas ici. *Plus jamais ici.* Une bouffée de déception se mêla à sa panique. Il ne pouvait pas courir un risque pareil. Il ne pouvait pas courir le risque que les autorités viennent fouiner par ici et fourrer leur nez dans ses affaires. Ou, pire encore, la presse.

Il faudra la retrouver et la descendre, mais pas ici. Il se glissa dans la pièce de devant pour l'épier par la fenêtre. Le sang battant aux tempes, il la regarda remonter dans la jeep et s'en aller.

Une petite voix intérieure lui soufflait de sauter dans son fourgon et de la suivre. Pour la tuer sur-le-champ.

Mais il s'imposa le temps de la réflexion. Il aimait élaborer des plans. Savoir exactement que faire à chaque étape de la traque. Pour l'instant, il était trop secoué — comme n'importe qui en la découvrant ainsi près du cimetière. Il était tellement certain de s'en être débarrassé. Mais, apparemment, elle était bien vivante.

Il y remédierait bientôt.

Une profonde inspiration. Bien. Maintenant, il était plus calme. Il reprenait le contrôle de ses émotions. Mieux, beaucoup mieux. Un esprit perturbé était voué à l'erreur. Les erreurs attirent l'attention et imposent de recourir à des mesures encore plus draconiennes. C'était une leçon qu'il avait apprise à la dure.

Il n'aurait pas trop de mal à la retrouver. Grâce à une surveillance assidue, les préférences de Faith en matière d'hôtels n'avaient aucun secret pour lui — et elle était une créature encore plus routinière que lui. Même si le coup de la jeep l'avait étonné. Rouge, en plus. Ce choix semblait bien éloigné des goûts qu'il lui connaissait, mais elle avait peut-être dû se montrer moins difficile quand son ancienne voiture avait été transformée en tas de ferraille tordue.

Quant à la manière dont elle avait échappé à l'accident, c'était un détail qu'elle lui révélerait avant de mourir. Parce qu'il *allait* la tuer. Il allait la pister, l'attirer dans un lieu tranquille et en *finir* avec elle, une fois pour toutes. Personne n'aurait l'idée de venir la chercher ici, dans cet endroit. *Chez moi.* Personne ne devait savoir. Ils gâcheraient tout. Tout ce qu'il avait construit. Tout ce qu'il chérissait.

Ils prendront mes affaires. Mes affaires. Non, ça n'arriverait pas. *Réfléchis calmement. Elabore ton plan avec soin.*

Une soudaine douleur à la main le fit grimacer, il baissa les yeux sur les jointures blanchies de son poing crispé autour de ses clés. Il était donc plus bouleversé qu'il ne l'aurait imaginé.

Ce qui était… sans doute normal. Mais, en fin de compte, ça n'avait pas lieu d'être. *Après tout, ce n'est qu'une bonne femme comme les autres.* Facile à maîtriser. Lorsqu'il la débusquerait, elle regretterait amèrement de l'avoir mis en danger.

Sauf que… Faith n'était pas si facile à maîtriser. Après ses trop nombreuses tentatives pour la tuer, elle avait appris la prudence et se tenait constamment sur ses gardes. Désormais, elle se protégeait en permanence. Et alors ? Il devrait simplement se montrer un peu plus astucieux pour réussir à l'attirer à l'endroit voulu. *Et si tu ne parviens pas à l'entraîner assez loin d'ici ? Et si jamais elle revient ? Si elle essaie d'entrer ?*

Alors, il faudrait bien qu'il la tue sur place, ce qui pourrait ameuter les flics. *Ils prendront mes affaires.*

Il inspira profondément, puis relâcha son souffle. Pas question de se laisser submerger par la panique. Il ne perdrait pas ses affaires. Il était prêt à les déplacer, si nécessaire. A tout déménager, s'il le fallait.

Personne ne me prendra plus mes affaires. Plus maintenant. Plus jamais.

Mount Carmel, Ohio
Dimanche 2 novembre, 18 h 20

Dès que Faith atteignit la route goudronnée, elle commença à enregistrer une liste de tâches sur son téléphone. Ses listes lui avaient permis de conserver sa santé mentale et d'effectuer toutes les démarches nécessaires pour quitter Miami sous l'identité de Faith Corcoran et laisser Faith Frye derrière elle. Le tout en un délai prodigieusement court.

La magie des listes lui était apparue après la mort de sa mère, quand son père avait commencé à puiser du réconfort dans la bouteille. A neuf ans, elle avait dû apprendre à tenir leur petite maisonnée. Etablir des listes avait été sa planche de salut.

Demain, elle passerait voir l'avocat de sa grand-mère pour récupérer la bonne clé, puis appellerait les fournisseurs concernés pour faire rebrancher l'eau et l'électricité. Il lui faudrait aussi une ligne fixe, vu la fiabilité du réseau mobile…

Oh ! non. Elle eut un coup au cœur en se rendant compte de ce qu'elle avait oublié. *L'abonnement du mobile. Bon sang !* Incrédule, elle fixa l'appareil qu'elle tenait en main. Elle avait changé son nom, son adresse, son permis de conduire et ses cartes de crédit, mais pas son numéro de portable.

L'irritation la saisit. Mince alors, comment avait-elle pu oublier le téléphone ? Non seulement il était encore à son ancien nom, mais c'était surtout une vraie balise de géolocalisation.

Elle arrêta la jeep au milieu de la route et déconnecta la puce de l'appareil. Dès le lendemain, elle se procurerait un nouveau téléphone. Un modèle intraçable, comme ceux dont ses patients ex-détenus étaient équipés.

Ensuite, une fois qu'elle aurait tout organisé, elle retournerait à cette maison entamer ce qui s'annonçait comme un gigantesque nettoyage. *Rectification. Ce n'est pas « cette » maison, c'est « ta » maison. Si tu t'habitues à le dire, ce sera peut-être beaucoup plus facile d'y entrer la prochaine fois.*

On se détend. Peter Combs est derrière toi, à Miami. Personne ne va te harceler. Personne ne cherche à te tuer. Tu n'as rien à craindre, ici.

Mount Carmel, Ohio
Dimanche 2 novembre, 22 h 15

Arianna Escobar revint à elle avec un hoquet, puis elle retint son souffle, l'oreille tendue. Silence. *S'il* se trouvait dans la pièce avec elle, alors lui aussi retenait sa respiration. Elle résista tant que possible, puis l'air s'échappa de sa poitrine, accompagné d'un gémissement. Ça faisait trop longtemps qu'elle consacrait toute son énergie à retenir ses plaintes.

Elle avait vite compris combien il aimait l'entendre geindre, mais aussi qu'il appréciait plus encore ses cris de douleur.

Au début, elle était déterminée à ne rien lui accorder de tout cela. A ne lui offrir aucune satisfaction.

Mais le supplice avait été si terrible. Un soupir douloureux passa le barrage de ses lèvres pincées. Les couteaux et… Un nouveau gémissement lui échappa à l'évocation de ces souffrances. Mâchoires serrées, elle s'était mordu la langue jusqu'à ne plus pouvoir supporter la douleur. Puis, elle avait enfin hurlé pour le plus grand délice de son bourreau.

Elle avait crié sans discontinuer, la gorge à vif. Soudain, il s'était arrêté et avait reculé en marmonnant un juron. Puis, il avait quitté la pièce. Elle avait entendu la porte se refermer. Quand était-ce, déjà ? Elle ne savait plus. Une clarté diffuse filtrait sous les bords du bandeau qui lui masquait les yeux. Juste avant que l'homme ne s'arrête en jurant, elle croyait avoir vu des lumières clignoter au-dessus d'eux.

Il va revenir. Il revenait toujours. D'abord, elle avait prié pour que quelqu'un vienne la libérer. Mais personne n'était venu. Maintenant, elle priait pour que la mort la délivre au plus tôt.

Visiblement, il ne comptait pas la tuer tout de suite. L'inconnu avait l'intention de prolonger le plaisir le plus possible. De faire « durer ». Il l'avait dit à plusieurs reprises. Il avait besoin de « faire durer le plaisir ».

Mais le pire était de ne pas savoir s'il avait aussi enlevé Corinne. La dernière chose qu'elle se rappelait était de l'avoir vu pousser son amie à l'arrière du fourgon, mais, depuis son réveil, Arianna n'avait pas entendu d'autres cris que les siens.

Je vous en prie, faites qu'elle s'en soit sortie. Elle doutait que son vœu ait une chance d'avoir été exaucé. Lorsqu'il l'avait jetée dans le compartiment arrière du véhicule, Corinne semblait inconsciente. Comme si elle était déjà morte.

La porte s'ouvrit, puis se referma en douceur, et elle se raidit. Des citrons. *Une odeur de citron.* La fille était revenue.

— Aidez-moi, supplia Arianna, la voix rauque et cassée. Aidez-moi, je vous en prie.

Une serviette humide tapota ses joues, épongeant un mélange de sueur et de sang. Et de larmes. Arianna avait versé les trois.

— Je suis désolée, chuchota la fille. Vraiment désolée.

Arianna tira sur ses liens.

— Détachez-moi. Je vous aiderai à sortir d'ici. Je le jure.

L'adolescente prit une lente inspiration sans cesser d'éponger le visage d'Arianna.

— Je ne pourrai jamais partir.

— Qui a dit ça ? Je vous emmènerai. Je vous en prie. Vous êtes mon seul espoir.

— Je suis désolée.

La main de la fille se figea et, dans le silence qui suivit, Arianna distingua un bruit de pas.

La porte s'ouvrit. Arianna entendit la respiration de l'adolescente s'accélérer.

— Je... j'étais en train de la... nettoyer, balbutia la fille. Comme vous me l'avez demandé.

Un claquement sonore retentit. Il venait de la gifler.

— Tu lui parlais. Je t'ai déjà dit de ne pas lui parler. Je t'ai dit de ne parler à aucune d'elles, mais tu as osé me désobéir. Va chercher un carton vide dans la cuisine et emballe mes affaires. Et les tiennes aussi.

La petite ne répondit pas. Arianna retint son souffle. *Il s'en va ? Pourquoi ?*

Mais cela n'avait aucune importance. Ce qui comptait, c'était que, s'il avait l'intention de l'emmener ailleurs, il serait obligé de la libérer de cette table. *Ce sera ma chance de m'échapper.*

Le pas traînant de la fille s'éloigna à travers la pièce, puis la porte se referma sans bruit. Arianna l'entendit approcher. Elle se doutait qu'il allait la gifler et s'y prépara. Quand le coup arriva, le fait d'être avertie n'atténua pas la douleur. Sa mâchoire l'élançait, sa joue la cuisait. Mais elle ne pleura pas.

— Tu l'as suppliée de t'aider ? susurra-t-il d'une voix veloutée. Tu lui as demandé de te détacher ? Elle ne t'aidera pas, tu sais. De toute façon, elle ne saurait pas s'y prendre. Tu es coincée ici. Pour toujours. Ou jusqu'à ce que je décide de te tuer.

Dents serrées, elle attendit le prochain assaut, mais il s'éloigna. Peu de temps après, elle entendit une série de cliquetis. *Des lames,* songea-t-elle. *Il rassemble ses couteaux, et les range.* Un dernier bruit métallique plus sonore, à l'écho mat, retint son attention. Le couvercle de la boîte qu'il venait de refermer ? *Oui. Comme une sorte de boîte à outils.*

La porte claqua. Il était parti. Arianna laissa l'air s'échapper de ses poumons. Elle ignorait tout de l'événement qui venait d'advenir, ne savait pas ce qui avait poussé l'homme à s'interrompre. En revanche, elle était convaincue qu'une chance venait de lui être offerte. Elle se jura de survivre. Elle se libérerait, retrouverait Corinne. Et elles échapperaient toutes les deux à ce cauchemar.

Mount Carmel, Ohio
Dimanche 2 novembre, 22 h 45

Lorsqu'il referma la porte sur la chambre de torture, il était franchement en rogne.

— Roza ! T'es passée où, bordel ?

La couverture qui masquait l'entrée de la chambre de la gamine s'écarta et elle avança dans le couloir.

— Je suis là, répondit-elle à voix basse.

— Je t'ai demandé de t'occuper de mes affaires. Qu'est-ce que tu fabriquais, là-dedans ?

Elle hésita. Baissa les yeux.

— Vous m'avez dit de préparer aussi les miennes.

C'était vrai, il devait bien en convenir. De toute façon, ça ne prendrait pas très longtemps à la gamine pour rassembler ses maigres possessions. Si elle avait quatre trucs à emballer, ce serait le bout du monde.

— D'accord. Très bien. Tu peux t'y remettre.

Mais elle ne bougea pas.

— Eh bien ? jeta-t-il. C'est quoi le problème, maintenant ?

Elle eut un mouvement de recul.

— Et… euh… Et maman ?

Il la détailla de la tête aux pieds. Elle était toujours maigriotte, mais elle avait grandi. Quelques rondeurs étaient apparues à des endroits où rien ne saillait auparavant. Il l'avait déjà remarqué.

— Eh bien ? Quoi, ta mère ?

Elle glissa un regard furtif vers le couloir obscur qui menait à sa petite chambre.

— Je ne peux pas la laisser ici…

Il leva les yeux au ciel. Il savait déjà qu'elle était idiote, mais elle arrivait encore à le surprendre.

— Tu ne peux pas la prendre avec toi, voyons. C'est dégueulasse. Elle n'a pas été préparée, rien. En ce moment, c'est probablement un tas de matière visqueuse en train de pourrir.

La mère de la gamine était morte un an plus tôt, alors qu'il était en déplacement, et la fille avait enterré cette salope toute seule. A son retour, le cadavre avait déjà commencé à se décomposer, alors il avait laissé tomber. Le temps n'avait pas été clément avec la défunte. Aucune importance. De toute façon, il n'avait pas projeté de préserver son visage.

Bien sûr, il savait que la gamine était attachée à la tombe de sa mère. Elle parlait à la morte, dormait non loin de la dépouille. C'était compréhensible. Mais de là à balader les restes avec elle ? Cette gosse n'allait vraiment pas bien.

— J'ai laissé un plat à emporter dans la cuisine.

A force de rôder dans la ville à la recherche de la jeep rouge de Faith, il avait laissé refroidir son repas.

— Tu me le réchaufferas. Et, si tu en manges ne serait-ce qu'une bouchée, je le saurai. Je l'ai pesé.

— Très bien, chuchota-t-elle.

Voilà qui sonnait mieux. Il lui avait vraiment accordé trop de liberté. Voilà qu'elle se permettait de parler à ses captives en son absence. Depuis la mort de sa mère, il lui avait laissé la bride sur le cou. Maintenant, il devait resserrer les boulons, lui rappeler le sens du mot respect.

— Quand tu en auras fini avec mon dîner, je veux que tu me désinfectes tout à l'eau de Javel. Chaque mur, chaque centimètre du sol. Si je vois une seule surface sèche…

Elle comprendrait sa douleur ! Il était d'humeur à laisser libre cours à la plus grande violence. Si elle s'avisait de lui donner un seul motif d'irritation, elle allait en prendre pour son grade. Par bonheur, il avait Arianna Escobar sous la main. C'était fort commode. Ce soir, elle essuierait le plus gros de sa frustration. Celle-là se prenait pour une dure et pensait avoir subi le pire dont il soit capable. Elle n'avait encore rien vu.

Impossible de remettre la main sur Faith. Il avait écumé tous les lieux qu'elle avait coutume de fréquenter lors de ses visites à la vieille peau qui lui avait légué la maison, mais il n'avait vu la jeep rouge nulle part.

J'aurais dû la suivre. J'aurais dû tirer dans ses pneus et l'empêcher de partir. Il était une sacrée bonne gâchette. Si seulement son fusil avait été chargé !

Mais ça n'avait pas été le cas. D'ailleurs, même s'il avait immobilisé la voiture, elle aurait peut-être appelé le 911 avant qu'il n'ait eu le temps de l'atteindre. Et les *vrais* ennuis auraient commencé.

En fait, tant qu'elle était en vie, il pouvait être certain qu'elle pénétrerait dans la maison, tôt ou tard. Elle serait la première à tout visiter, puis déciderait de vendre. Ensuite, ce serait au tour des agents immobiliers de défiler toute la journée en fourrant leur gros nez dans tous les coins. *Ils toucheront mes affaires.* Sa priorité était de remettre la main sur Faith avant que tout cela ne se produise. Il souhaitait sa mort, certes. Mais il devait aussi organiser cette disparition avec soin, pour servir ses propres projets. Car, une fois que ce serait fait, il achèterait la maison lui-même.

De toute façon, il avait déjà mis son plan en action, Faith devait donc sortir du tableau *au plus tôt.*

Il entra dans sa pièce de travail, referma la porte, déplaça le bureau pour avoir accès au mur, puis dégagea l'ouverture de sa cache. Il en avait des dizaines. S'il en avait créé certaines, la maison lui en avait fourni la plupart. Ces vieilles demeures victoriennes regorgeaient de coins et de recoins dont il avait fait bon usage.

Il retira un coffret de la cavité creusée dans l'épaisseur du mur et le posa sur le bureau avec des gestes délicats. Au fil des années, la boîte s'était alourdie. Elle renfermait sa plus précieuse collection. S'il devait partir en catastrophe, c'était la seule chose qu'il emporterait.

C'était aussi l'unique chose qui, si elle était découverte, pourrait le faire plonger. Il déverrouilla le coffret et souleva le couvercle. Les souvenirs étaient amassés à l'intérieur — téléphones mobiles, portefeuilles et permis de conduire. Rubans pour les cheveux et boucles d'oreilles, bagues et colliers. Photos, clés de voiture et bombes au poivre — que leurs propriétaires n'avaient pas eu la moindre chance d'utiliser car il était bien trop rapide. Il avait même récupéré une plaque de shérif adjoint.

La fliquette s'appelait Susan Simpson. Une vraie teigneuse. Grande, la poitrine plantureuse, et beaucoup plus vigoureuse qu'elle n'en avait l'air. Mais elle avait fini par céder à sa volonté, tout comme les autres. Un vrai délice. Elle avait résisté des semaines avant d'abandonner la partie et de mourir enfin. En se défoulant sur elle, il avait pu se délester d'une incroyable quantité de rage et de stress.

En ce moment, il subissait une pression bien plus forte qu'à l'époque de l'adjointe Simpson. Son état de tension était encore plus insupportable, ce vendredi soir où il s'était attaqué à Corinne Longstreet. Il la surveillait depuis des semaines, guettant le moment opportun. C'était tombé ce soir-là. Par la faute de Faith.

Ce vendredi soir, les nerfs en pelote, il avait conduit tout droit jusqu'à

King's College. La fatigue lui avait embrouillé l'esprit et il avait commis une erreur d'appréciation qui aurait pu lui être fatale.

Il avait attendu que Corinne et Arianna se séparent à l'endroit où l'allée formait une fourche. Arianna s'était dirigée vers sa résidence, laissant Corinne seule et vulnérable. Embarquer sa cible avait été un jeu d'enfant. En revanche, il n'avait pas envisagé qu'Arianna puisse revenir sur ses pas pour se lancer à la rescousse de son amie. Qu'il ait réussi à capturer cette casse-pieds avant qu'elle n'ait eu le temps d'appeler le 911 avait été le fruit d'une heureuse disposition des étoiles.

Il ne voulait pas être forcé de les tuer immédiatement, car il était loin d'en avoir terminé avec elles. Bien loin. En tout cas, il n'avait nulle envie de déménager. Il voulait s'amuser à sa guise. Evacuer sa frustration. Relâcher la pression. Il était sur les nerfs.

Tout ça, à cause de Faith Frye. Après toutes ses tentatives, pourquoi n'était-elle pas morte, comme une personne normale ? L'agitation gagnait du terrain dans son esprit, et en prenait possession. S'il ne réagissait pas, il finirait par commettre une action inopportune. Spontanée. Résultat : il se ferait attraper. C'était inévitable. C'était la raison pour laquelle il ne se laissait jamais envahir par l'agitation.

Quand il en aurait fini avec Arianna, il serait détendu, aurait retrouvé son calme et serait de nouveau maître de lui.

Ensuite, il retrouverait Faith Frye et la tuerait. Certes, ses ennuis seraient loin d'être terminés, mais au moins perdraient-ils leur caractère d'urgence.

Il ramassa une clé d'hôtel électronique dans le coffret et la considéra d'un air pensif. Impossible de se rappeler à qui elle appartenait mais, pour l'instant, c'était le cadet de ses soucis. Le plus important était que Faith détenait un objet similaire. Elle était quelque part, dans un hôtel. Ça prendrait sans doute un moment, mais il finirait par la débusquer, même s'il devait contacter chaque établissement de la *Tristate area*[1].

Après avoir cherché sur son mobile les coordonnées de la chaîne d'hôtels dans laquelle Faith, créature particulièrement routinière, avait coutume de séjourner, il appela la première adresse.

— Pouvez-vous me mettre en communication avec la chambre de Faith Frye, s'il vous plaît ?

— Pourriez-vous épeler le nom, je vous prie ? demanda le réceptionniste.

— Frye. F-R-Y-E.

— Etes-vous certain qu'elle est descendue ici ? Elle n'apparaît pas dans l'ordinateur.

Ça aurait été trop facile de tomber sur elle à la première tentative.

1. Désigne une zone géographique et économique au confluent de trois Etats. Dans le cas de Cincinnati, il s'agit de l'Ohio, du Kentucky et de l'Indiana. (NdT)

— J'aurais juré qu'elle m'avait dit être descendue chez vous. Désolé de vous avoir dérangé. Merci.

Il appela ainsi chacune des succursales que comptait cette chaîne hôtelière à proximité, mais n'eut pas plus de chance. La frustration recommençait à le travailler lorsque la fille frappa un coup discret à la porte. Il ouvrit d'un geste brusque, le visage déformé par un rictus menaçant. Elle attendait sur le seuil, un plateau en main. Son dîner. Il avait presque oublié.

Elle avait les yeux baissés, ses bras tremblaient, probablement autant à cause du poids que de la peur.

Il attrapa le plateau avec rudesse.

— Je t'interdis de *m'espionner*, gamine.

Elle garda la tête basse.

— Je n'espionnais pas. Je suis désolée.

— Va dans ta chambre. Tu débarrasseras mon assiette demain. Allez, file. *Tout de suite.* Je suis occupé.

Il claqua la porte et dîna, tout en continuant ses recherches dans les hôtels. Il serait bientôt forcé de faire une pause. Ses conversations avec les réceptionnistes devenaient de plus en plus tendues. S'il se mettait à les traiter de tous les noms qui lui passaient par la tête, ses appels deviendraient trop mémorables.

Il repoussa le plateau vide et retourna dans sa chambre de torture. Avant la prochaine série de coups de fil, une petite visite à Arianna lui offrirait un parfait exutoire. Ensuite, il contacterait tous les hôtels des environs et retrouverait la trace de Faith, même s'il devait y passer la nuit.

Cincinnati, Ohio
Lundi 3 novembre, 2 h 45

— *Non, non, je ne veux pas y aller ! S'il te plaît, je ne veux pas y aller !*

Faith hurlait comme ça lui était déjà arrivé un million de fois, mais personne ne l'entendait jamais. Personne ne venait à son aide. Elle se tenait tout au bord, le regard plongé dans les ténèbres qui la terrifiaient. Elle savait ce qu'il y avait en bas. Elle ne redescendrait pour rien au monde.

C'était toujours son pied qui la trahissait, planant au-dessus de l'obscurité… descendant jusqu'à… heurter une marche. Une. *Elle agrippait la rampe, l'encerclait de ses bras, s'y accrochait comme si sa vie en dépendait, mais ses pieds bougeaient encore, l'entraînant sur une nouvelle marche.* Deux.

Cinglée. Trois. *Je suis cinglée.* Quatre. *Je perds la tête.* Cinq. Six. *Non, non. Par pitié. Maintenant, elle gémissait, mais cela ne changeait rien. Ses pieds l'emportaient toujours plus bas.* Sept, huit. Neuf.

Dix. Onze. Douze. *C'était la dernière. Vas-y, sauve-toi, maintenant ! Mais elle restait clouée sur place.*

Ne regarde pas. Elle ferma les paupières de toutes ses forces, pendant que son corps pivotait contre son gré. Ne. Regarde. Pas. Elle savait ce qu'elle allait découvrir. Garde les yeux fermés. Mais ses yeux s'ouvrirent.

Des Keds rouges, oscillant doucement. Les lacets d'un blanc pur traînaient négligemment dans la poussière. Ne regarde pas en l'air. Ne. Regarde. Pas. En. L'air. Mais son menton se leva malgré elle et…

Faith se redressa en sursaut dans son lit. Un souffle râpeux sortait de ses poumons, l'air résonnait encore de l'écho de son cri. Elle tendit la main vers la lampe sur la table de nuit, l'autre se glissa sous l'oreiller, en quête de son pistolet. Clignant des yeux dans la lumière soudaine, elle rassembla ses esprits, s'efforçant d'identifier cet environnement peu familier.

Une chambre d'hôtel, à Cincinnati. Peuplée de cartons et de valises. Elle était saine et sauve. Elle était seule. Maintenant, sa respiration filait en longs soupirs tremblés, au rythme des frissons incontrôlables qui parcouraient son corps.

La sonnerie stridente du poste fixe brisa le silence, elle décrocha, l'esprit encore embrumé.

— Oui ? dit-elle d'une voix rauque, la gorge enrouée par son hurlement.

— Docteur Corcoran, vous allez bien ? Un client de votre étage a cru entendre crier.

— Tout va bien, mentit-elle, les joues cuisantes à cause de l'humiliation. Ce n'était qu'un mauvais rêve. Navrée d'avoir importuné les autres clients.

Faith raccrocha le combiné et se leva. Après avoir allumé la télé, elle baissa le son, puis chercha le carton qui contenait sa Xbox et en déballa le contenu.

Peu après, assise sur la moquette, sa manette à la main, elle reprit sa partie là où elle l'avait interrompue, la dernière fois qu'elle avait joué après le cauchemar.

— C'est l'heure d'exterminer quelques zombies, murmura-t-elle.

Tenter de se rendormir après le cauchemar était un exercice parfaitement inutile. Et, cela, elle le savait depuis vingt-trois très longues années.

2

Cincinnati, Ohio
Lundi 3 novembre, 8 h 45

Elle était devenue plus maligne, songea-t-il en regardant Faith prendre un ticket à l'entrée d'un parking près de Fountain Square. Toutes ces fois où il s'était attaqué à elle lui avaient appris la prudence.

Tant mieux pour elle. Tant pis pour moi. Il avait fini par la dénicher. Son hôtel, spécialisé dans les longs séjours, employait un voiturier, raison pour laquelle la jeep lui avait échappé jusqu'alors. Il avait attendu toute la nuit qu'elle réapparaisse. Quand il l'aurait sous la main, elle paierait pour toutes les veilles nocturnes dont elle avait été la cause.

Elle avait fini par passer la porte de l'hôtel une heure plus tôt, sur son trente et un dans un tailleur émeraude et escarpins assortis. Il avait d'abord pensé qu'elle allait voir son avocat mais, au lieu de cela, elle s'était dirigée vers le cœur du centre-ville. Elle avait pénétré dans un parking équipé de caméras à l'entrée. Installation qui se retrouvait probablement à chaque niveau. De toute évidence, elle ne relâchait pas sa vigilance.

L'endroit était central, situé dans un des coins les plus animés de la ville, ainsi, elle pourrait gagner sa destination en se fondant dans la masse des piétons. Peu de chances qu'il ait l'occasion de la coincer seule dans le quartier, mais ça n'avait pas d'importance. De toute façon, il n'allait pas la tuer ici. Le simple fait de l'envisager était déjà une folie. Il attendrait le bon moment pour l'attirer dans un endroit isolé. A bonne distance de *sa* cave.

Il la suivit dans le parking et prit le ticket que lui présentait la machine, sans se soucier de l'objectif qui enregistrait son image au même moment. Son visage était méconnaissable et personne ne pourrait établir le moindre lien entre lui et les plaques du Tennessee de son fourgon, qui avaient été prélevées sur la voiture d'un routard. Le gars avait décidé que, sous prétexte que les O'Bannion avaient abandonné leur demeure, il était autorisé à en faire son hôtel particulier. Raisonnement erroné. Le routard n'avait pas tenu aussi longtemps que la femme qui l'attendait sur sa table. Loin de là. Dès que sa lame avait fendu la peau, le type avait hurlé comme une fillette.

Cette évocation attisa son désir de s'y remettre avec Arianna. *Patience.* Une fois débarrassé de Faith, il serait en mesure de jouir pleinement de ses dernières invitées. D'ailleurs, l'avoir localisée lui permettait d'éviter une mesure aussi drastique que l'évacuation de la maison.

Il fit lentement le tour du parking, comme s'il cherchait une place libre, alors qu'en réalité il était en quête de la carrosserie éclatante de la jeep. Cherchant du rouge, il repéra la chevelure flamboyante de Faith.

Dans son tailleur vert vif, un manteau sombre jeté sur un bras, elle traversait le parking juste devant lui. Elle laissa tomber ses clés, puis se pencha pour les ramasser et il dut endiguer la pulsion qui le poussait à écraser l'accélérateur. C'était une cible parfaite. *Profites-en pour en finir avec elle. Vas-y.*

Mais ce geste aurait été au-delà de la stupidité. A cette heure de la matinée, le parking était très fréquenté. Les flics seraient sur ses talons avant qu'il ait le temps d'atteindre la rue. Faith ne pouvait simplement pas disparaître comme les autres. Les flics fouilleraient tous les endroits où elle était passée récemment. Y compris la maison et le cimetière. *Tu dois t'en tenir à ton plan.* Elle ne valait pas la peine de courir le risque de tout perdre.

Il gara son véhicule, en descendit lentement, puis attrapa sa canne en faisant tout un cirque, avant de refermer la portière. Avec sa démarche traînante et sa posture voûtée, il était certain de donner l'impression d'avoir au moins quatre-vingt-dix ans. Une barbe fournie dissimulait son visage, des lunettes masquaient ses yeux, et il portait un chapeau. Comme toujours, il avait enfilé des gants pour protéger ses mains. Jamais il n'avait laissé une empreinte digitale par inadvertance.

En arrivant près de la jeep, il laissa tomber un stylo et l'objet roula sous l'avant du véhicule. Il posa un genou en terre, une main pressée contre son dos, pour le bénéfice de quiconque serait susceptible de l'observer, en direct ou en différé. En faisant mine de ramasser le stylo, il sortit un traceur de la poche de son manteau et le fixa sous le pare-chocs.

Voilà. Dorénavant, dès que Faith déplacerait la jeep, il recevrait un signal sur son téléphone.

Miami, Floride
Lundi 3 novembre, 9 h 30

Le lieutenant Catalina Vega posa un grand gobelet d'expresso à la cubaine sur le bureau de son chef et laissa l'arôme produire son effet. Le *colada*, ce café confectionné à partir d'une mouture sucrée, était le péché mignon de son supérieur. Et, le meilleur *colada* de la ville, on le trouvait justement dans le quartier de Cat.

Le commandant Neil Davies prit une profonde inspiration, puis quitta des yeux son écran d'ordinateur pour la regarder, alléché mais circonspect.

— Qu'est-ce que tu veux, Vega ?

Elle lui adressa un large sourire en posant deux plus petites tasses de plastique sur le bureau, qu'elle remplit de l'onctueux breuvage sucré à partager, comme l'exigeait la coutume.

— Ce que j'ai toujours désiré, chef. Une promotion, une nouvelle caisse et un bureau raffiné comme le vôtre.

Davies se reposa contre le dossier de son fauteuil et jeta un coup d'œil à son bureau « raffiné ». Une pièce à peine plus grande qu'un placard à balais accueillait sa table de travail dont une bonne partie disparaissait sous une haute pile de dossiers, qui représentaient chacun un homicide non résolu.

— Si c'est vraiment ce que tu souhaites, tu es encore plus dingue que moi, répondit-il à voix basse.

Il avala l'expresso d'un trait, puis tendit sa tasse pour s'en faire servir une nouvelle ration.

— Bon, dis-moi ce que tu veux *vraiment* ?

— Ça ! répondit-elle en plaquant une photo sur le bureau.

— C'est une voiture accidentée, dit-il d'une voix posée. Pourquoi tu veux une épave ?

— Parce que, hier matin, cette Prius a causé un carambolage, sur la I-75. Quatre véhicules impliqués.

Le regard de Davies se planta dans celui de Cat.

— Si je comprends bien, tu m'annonces que ce n'est pas un accident.

— En effet. Ce n'en était pas un. Les techniciens du garage ont découvert que la direction et les freins avaient été trafiqués. Un seul de ces sabotages aurait suffi à provoquer un accident, mais les deux en même temps…

Elle haussa une épaule, pour souligner l'évidence, puis prit une intonation plus neutre :

— La bagnole a traversé le terre-plein et a foncé à contresens sur l'autre voie. Ensuite, elle est partie en dérapage et a heurté trois véhicules au passage, avant de se faire aplatir par un semi-remorque. La conductrice de la Prius est décédée sur les lieux de l'accident, son fils est mort un peu plus tard. Quatre blessés graves, les deux autres sont dans un état critique.

— C'est une tragédie, Cat, lâcha Davies en soupirant. Mais ce n'est pas notre affaire. Ce genre d'homicides regarde la police de la route. Et, d'abord, pourquoi tu te mêles de cette histoire ? Laisse-les faire leur boulot. Tu as ton compte d'affaires à traiter, non ?

— Ecoutez-moi, chef. Les gars de la circulation ont déjà questionné la famille de la conductrice. Elle avait acheté cette voiture la veille. Les papiers n'étaient même pas encore à son nom. La propriétaire précédente s'appelle Faith Frye.

— Ce nom me dit quelque chose. Où est-ce que je l'ai lu ?

— Dans mon rapport sur l'affaire Shue.

Du bout de l'index, elle parcourut les dossiers et, lorsqu'elle trouva celui qui l'intéressait, elle le retira de la pile et le tendit à Davies.

— Gordon Shue était le directeur d'un centre pour femmes en détresse. Ils assistent des victimes de viol, d'inceste et de toutes sortes de violences domestiques. Il y a quatre semaines, on lui a tiré dans la poitrine au moment où il quittait son bureau, et une seconde balle lui a fracassé le crâne. Une femme se tenait près de lui, une de ses employées, le docteur Faith Frye.

Il se redressa, soudain plus vigilant.

— Continue, tu as toute mon attention.

— Au cours de l'enquête, Frye m'a orientée sur plusieurs pistes. Essentiellement des maris ou des partenaires de leurs patientes. Cela dit, pendant la conversation, j'ai remarqué que, chaque fois qu'elle évoquait l'assassin, elle effleurait une vilaine cicatrice sur sa gorge. Ça m'a donné envie de faire quelques vérifications. Eh bien, figurez-vous qu'elle a été agressée par un de ses patients, il y a quatre ans. Un délinquant sexuel en conditionnelle. Il lui a tailladé la gorge. Elle a failli y passer.

— Le boulot de travailleur social peut parfois s'avérer dangereux.

Cat n'ignorait pas que le ton neutre de Davies dissimulait une inquiétude constante pour son épouse, qui travaillait justement dans ce domaine.

— Je suis persuadée que votre femme est capable de se défendre mieux que la plupart des gens.

— Je le sais, parce que c'est moi qui lui ai appris à se protéger.

Davies referma le dossier Shue.

— Alors, Cat, explique-moi donc comment Frye est passée du statut de témoin d'un homicide à celui de victime du sabotage de son ancienne voiture ?

— Le gars qui l'a presque tuée est un certain Peter Combs. D'après mes recherches, l'histoire ne s'arrête pas à cette affaire de gorge tranchée. Quand il est sorti en conditionnelle, il s'est mis à la harceler. Ça a duré un an.

— Elle l'a signalé ?

Vega hocha sobrement la tête.

— Trente fois.

Sur le visage de Davies, la surprise se mêlait à la consternation.

— Merde alors ! Elle croit que Shue n'était pas visé et qu'elle était la véritable cible ?

— Ça ne lui est pas venu tout de suite à l'esprit. Mais, par la suite, elle a prétendu que Combs avait de nouveau tenté de s'en prendre à elle, à cette occasion.

— *Prétendu* ? Tu ne l'as pas crue ?

— En fait, je l'ai crue, mais il n'y a aucune preuve que son harceleur ait attenté à sa vie depuis la fois où ça l'a envoyé en prison pour trois ans. Je n'ai même pas pu prouver que le type se trouve encore à Miami. Rien ne relie Peter Combs au meurtre de Gordon Shue. En tout cas, pas jusqu'à présent.

— Mais cette affaire de voiture ne t'a pas apporté de nouvelles infos à ce sujet, n'est-ce pas ? Nous ignorons toujours si le harceleur de Frye est le tueur de Shue. Ou si ce type a trafiqué la voiture, d'ailleurs, souligna Davies. Même si elle était visée par le sabotage, dire que ce Combs en est responsable relève de la supposition. Et, en admettant que tu aies raison, nous ne savons pas avec certitude si les balles qui ont tué Shue étaient destinées à Frye. En revanche, tu es parfaitement dans le vrai en pensant qu'on ne s'est pas attaqué à cette voiture par hasard. Ça me semble un bon point de départ. Donc, tu peux continuer à creuser.

Cat ramassa la photo.

— Merci, chef.

Il lui adressa un bref signe de tête, puis montra les tasses sur son bureau.

— Et le *colada* ?

— C'est ma tournée. *Salud.*

Mount Carmel, Ohio
Lundi 3 novembre, 14 h 15

Allongée sur la table, les dents serrées, contractant chaque muscle de son corps à l'extrême, Arianna attendait l'incision suivante. L'homme était revenu en sifflotant. Gai comme un putain de pinson. Il s'était absenté pendant des heures, mais il avait fini par rentrer, de fort bonne humeur. L'événement qui l'avait perturbé au point d'ordonner à la fille de faire leurs bagages ne représentait sans doute plus une menace. Manifestement, le départ n'était plus d'actualité. Fin de ses projets d'évasion.

Il avait déballé ses couteaux en sifflotant et continué sur la même note guillerette, pendant qu'il s'en servait. Sur elle. Aucune des estafilades n'était assez profonde pour tuer. Toutes l'étaient assez pour lui faire un mal de tous les diables. Et chaque entaille la dépouillait d'une parcelle d'espoir. *Je vais mourir ici. Seule.*

Puis, abruptement, il se figea en lâchant un juron. A la lisière du bandeau, Arianna distingua la lumière clignotante, comme la première fois. Et, comme la première fois, il devint complètement dingue.

— Bordel, ronchonna-t-il. Ça ne peut pas être elle. Le téléphone n'a pas bipé. Il aurait dû biper. Pourquoi je ne suis pas resté là-bas à la surveiller ?

Arianna entendit son pas lourd, puis le cliquetis d'un clavier d'ordinateur, auquel succéda un autre juron chargé de malveillance.

— Merde ! *Qu'elle aille se faire foutre !*

Arianna retrouva l'espoir. Quelqu'un *venait.*

Il se précipita vers la porte et l'ouvrit brutalement.

— Roza ! tonna-t-il. Viens ici. Tout de suite !

Des pas traînants.

— Oui ?

— Soigne-la. Je veux pas qu'elle mette du sang partout. Quand tu auras fini, prends la javel et pulvérise-moi cette pièce.

Super ! En fin de compte, on va partir ! Arianna avait envie de chanter. Il était de nouveau effrayé par quelqu'un. *Quand il me déplacera, il sera bien forcé de me détacher. Ce sera ma seule chance.* Elle fit discrètement jouer ses doigts en espérant qu'il ne remarque rien. Cela faisait si longtemps qu'elle était ligotée que l'ankylose avait gagné tous ses muscles. Mais elle était plus résistante qu'elle n'en avait l'air. *Je peux l'avoir. Il le faut.*

Elle entendit des récipients en verre s'entrechoquer.

Bien sûr, il allait revenir. *Eh bien, je serai prête.* Même s'il avait dit à la fille de l'obliger à tout avaler, elle recracherait la boisson. Elle ne laisserait pas échapper cette occasion de lui filer entre les doigts.

— Commence par lui donner ça, ordonna-t-il. Remplis le verre jusqu'à cette ligne. Pas plus. Pas moins. Assure-toi qu'elle boit tout, jusqu'à la dernière goutte. Quand ce sera fait, tu donneras la même quantité à l'autre. Si tu foires ce coup-là, quand j'aurai fini de te cogner dessus, tu te retrouveras aveugle. Je reviens tout de suite.

Mount Carmel, Ohio
Lundi 3 novembre, 14 h 48

Il grimpa l'escalier quatre à quatre, sa bonne humeur s'était évaporée. *La compagnie d'électricité.* Faith avait appelé cette foutue compagnie d'électricité. Un abruti de préposé relevait le compteur derrière la maison.

Il jaillit du sous-sol, puis ralentit le pas et traversa la cuisine. Puis, il déverrouilla et ouvrit la porte extérieure, satisfait de constater que le battant pivotait sans émettre le moindre craquement. S'il gardait les gonds bien huilés, c'était pour une bonne raison.

Plus d'une fois, il avait dû se glisser dehors pour surprendre un intrus. Ils n'avaient jamais la moindre idée de ce qui leur tombait dessus. Cet importun allait connaître les mêmes désagréments. Pistolet en main, il s'accroupit en atteignant le coin arrière de la maison, puis se pencha légèrement en avant pour observer le gêneur.

Le nom du type, « Ken Beatty », était clairement lisible sur son badge. Debout devant le compteur, Ken examinait le cadran d'un air intrigué. *Evidemment, il a remarqué.* Il aurait fallu que le mec soit aveugle pour ne pas voir la différence entre le chiffre affiché et celui qui figurait dans les fichiers de la compagnie.

Oui, ça faisait un bon moment qu'il détournait de l'électricité. Et bien sûr, s'il n'intervenait pas tout de suite, Ken s'empresserait de signaler l'incident. Il visa donc la jambe de l'homme. Alarmé, le préposé tourna brusquement la tête vers lui, le regard inquiet.

Bordel. Ken partit en courant, gêné par sa bedaine de buveur de bière, mais aussi par une claudication prononcée.

Heureusement, je n'ai rien de tout ça. Il piqua un sprint, et rattrapa l'homme au moment où celui-ci s'apprêtait à contourner le coin de la bâtisse. Il tira une fois et Ken s'écroula avec un cri de douleur, une main crispée sur la cuisse.

— D'accord, d'accord, bafouilla l'homme. Bon, vous volez du courant. Rien de grave. Je n'en parlerai à personne, c'est juré. Je dirai que je ne suis pas venu ici.

— Trop tard. J'ai vu que tu avais passé un appel à ton arrivée. J'en déduis que l'idée était d'informer ton patron de l'endroit où tu étais.

Ignorant les appels à la pitié de Ken, il lui abattit la crosse de son pistolet sur le crâne, puis allongea le corps inerte sur le sol.

Bon, passons au plus dur. Après avoir glissé son arme dans sa ceinture, il agrippa la veste de l'homme à pleines mains, puis entreprit de tirer le corps vers la maison à coups de puissantes secousses. Dès qu'il aurait caché Ken au sous-sol, il prendrait le téléphone du gars et enverrait un SMS au patron de la boîte. Ken annoncerait son départ pour le rendez-vous suivant, après avoir rebranché le compteur ici. Ensuite, il ne lui resterait plus qu'à rentrer en ville avec la camionnette de Ken et à l'abandonner près d'un bar. Tout le monde penserait que M. Bedaine à Bière s'était arrêté pour boire un petit coup ou deux.

A mi-chemin de la bâtisse, il éprouva le besoin de reprendre son souffle et lâcha la veste de l'homme, dont le corps flasque s'étala sur le sol. Puis il s'étira le dos, le souffle laborieux.

Bon sang, ce que ce type était lourd ! *Maintenant, je me souviens pourquoi je me cantonne aux femmes. Elles ne font que la moitié du poids de ce mec.* Bien sûr, il y avait aussi le petit bonus, songea-t-il avec un sourire narquois. Le sexe. Il tendit les bras vers le ciel et fit jouer sa nuque jusqu'à entendre le léger craquement de vertèbres qui lui procura un peu de soulagement.

Il se penchait pour saisir de nouveau la veste de l'homme, lorsqu'il capta un mouvement furtif du coin de l'œil. La main de Ken émergeait de sa poche, serrée autour d'une bombe aérosol noire.

Il comprit une fraction de seconde trop tard.

— *Non !*

Il tenta de faire sauter la bombe de la main de Ken, mais le gaz lacrymogène s'était déjà diffusé et lui enflammait les yeux, la bouche et le nez.

— Espèce d'enfoiré !

Il poussa un cri strident, irrépressible. La douleur était insoutenable. *Des tisonniers chauffés à blanc plantés dans mes yeux.*

— Espèce de putain d'enfoiré !

Il recula en vacillant, des larmes sillonnaient ses joues. Quel supplice !

Ce salopard n'était pas du tout dans les vapes. Il faisait le mort, il gagnait du temps en attendant l'occasion de me flanquer son foutu gaz dans la gueule. Il suffoquait, incapable d'absorber suffisamment d'air. L'œdème avait envahi ses tissus pulmonaires et réduisait sa capacité respiratoire. Il suffoquait comme une truite hors de l'eau, sans pouvoir remplir ses poumons.

Il fallait absolument descendre ce salopard de préposé avant que ce connard ait le temps de se barrer.

La vision troublée par un flot de larmes, il distinguait à peine la silhouette de l'homme. *Il bouge. Il est à genoux.* Cet enfoiré se traînait à quatre pattes… *Il vient vers moi. Cet abruti n'a même pas l'intelligence de se sauver.*

Il recula de quelques pas, saisit le pistolet à sa ceinture et cilla rapidement pour tenter d'éclaircir sa vision. Sans crier gare, Ken se jeta en avant. Des bras musculeux se refermèrent autour de ses jambes et il tomba à la renverse. Sa tête heurta le sol avec une telle rudesse qu'il faillit ne pas se rendre compte qu'il avait été touché à la jambe. Quelque chose comme une piqûre d'abeille, mais en plus douloureux. D'une claque, il délogea un objet en plastique planté dans sa cuisse.

Il plaça l'objet près de ses yeux encore cuisants. *Ce n'est pas une seringue. C'est une fléchette.*

— Tu m'as planté une *fléchette* dans la jambe ? T'es dingue, ou quoi ? T'as déjà vu quelqu'un se trimballer avec des fléchettes ?

— Moi, je suis dingue ? Non, c'est toi, le cinglé. T'es complètement frappé, mon vieux !

Puis Ken roula sur lui-même, se tortilla pour se remettre à quatre pattes et tenta de s'éloigner. Voilà, c'était *maintenant* que ce crétin se décidait à ramper pour essayer de se sauver.

Ça, il ne pouvait pas le permettre. Une fois debout, il avança d'un pas mal assuré vers le gros tas qui progressait tout de même à une vitesse alarmante. Il visa la forme floue et tira. La masse s'immobilisa enfin, à quelques centimètres du coin de la maison.

Mount Carmel, Ohio
Lundi 3 novembre, 14 h 55

Mon Dieu, je vous en supplie, priait Arianna. *Peu importe qui est cet homme, permettez-lui de nous aider, je vous en supplie.*

Le pas traînant de la fille approchait. Roza. Arianna connaissait son nom, maintenant. La petite dépassa la table pour s'arrêter de l'autre côté de la pièce.

— Qu'est-ce que c'est « Earl Power and Light » ?

Sous son bandeau, Arianna cilla, surprise.

— C'est le nom d'une compagnie d'électricité. Pourquoi ?

— Parce que c'est écrit sur la camionnette qui est garée dehors. Il y a aussi un type avec des outils. Et ça *lui* fait peur.

Quelque chose avait changé dans l'intonation de la fille. Arianna y décelait une nuance d'inflexibilité, qu'elle ne lui avait jamais entendue jusqu'à présent.

Arianna sentit le contact d'une petite main froide et osseuse contre son bras. Puis elle perçut une tension… Une tension et le bruit râpeux de la corde que l'on coupait. Elle n'osait pas reprendre sa respiration, de peur que l'événement ne soit qu'un effet de son imagination. Mais c'était bien réel. Roza la délivrait.

Immobile, Arianna garda le silence, craignant d'effaroucher la petite, qui pouvait encore se raviser. Mais, bientôt, son autre main fut également libre. Elle arracha le bandeau qui l'aveuglait. Puis, les dents serrées, elle lutta pour se redresser pendant que la fille tranchait les liens de ses chevilles.

Les paupières plissées pour filtrer la lumière crue qui tombait du plafond, elle entrevit la fille pour la première fois. Roza était aussi jeune que le laissait penser sa voix. Une douzaine d'années, environ. Ses cheveux noirs formaient une tignasse emmêlée, contrastant avec sa peau très pâle. Comme si elle ne voyait jamais le soleil.

Dans un coin de la pièce, Arianna remarqua un ordinateur portable dont l'écran était divisé en six parties, comme dans le bureau de la sécurité d'un grand magasin. Elle comprit qu'il avait posé des caméras. Sur une des parties, elle vit les images d'un homme vêtu d'un blouson. L'inscription « Earl Power and Light » barrait le dos du vêtement. Cette vidéo provenait d'une des caméras extérieures.

Arianna reçut un coup au cœur. L'homme était là pour relever le compteur. Pas pour venir à leur secours.

Il ignore tout de notre présence.

Elle devait absolument attirer son attention. Refoulant la panique, elle examina la pièce, en quête de quelque chose qui lui permettrait de faire du bruit. Des étagères s'alignaient le long des murs, divers bocaux pleins y étaient entreposés. D'autres étaient rangés sur le comptoir. Ils contenaient tous un liquide sombre. Et dans certains récipients... flottaient des choses indéfinissables. Arianna eut un haut-le-cœur.

— Ne vomissez pas, lui dit Roza d'un ton sec tout en lui frictionnant les pieds avec vigueur pour rétablir la circulation. En sortant d'ici, vous verrez un escalier, un peu plus loin. En haut des marches, vous trouverez une porte. C'est tout ce que je peux faire pour vous. Allez-y.

— Merci. Viens avec moi, ajouta Arianna en tendant la main.

Un bref silence, puis la fille secoua la tête et répondit à voix basse :

— Non. Je ne peux pas partir.

— Mais pourquoi ? chuchota fiévreusement Arianna, au désespoir. Il retient quelqu'un que tu aimes ?

Sans répondre, Roza la saisit par le bras et l'aida à glisser de la table. Dès que les pieds d'Arianna entrèrent en contact avec le sol, elle eut l'impression qu'un millier d'abeilles venaient de s'y attaquer.

— Qui ? répéta-t-elle, les dents serrées. Qui a-t-il pour te retenir ?

— Il a ma mère. Il faut partir maintenant. Allez chercher du secours. Allez voir Faith Frye.

— Pourquoi ? Qui est-ce ?

— Je ne sais pas, mais il essaie de la retrouver. Il la hait.

— Et mon amie ? Elle est ici ?

— Oui. Mais elle est enchaînée et je n'ai pas la clé. Et je ne peux pas l'avoir. Je suis désolée.

— Je ne peux pas la laisser. Il va la tuer.

— Si vous essayez de la libérer et qu'il vous surprend, il vous tuera toutes les deux. Partez, maintenant.

Arianna marcha jusqu'à la porte de la pièce où elle avait été détenue. En se retournant, elle découvrit Roza, un flacon de verre sombre à la main.

— Où est mon amie ?

— Vous devez partir, la pressa Roza.

Puis, elle dévissa le bouchon du flacon, porta le goulot à sa bouche et avala le contenu d'un trait.

— Qu'est-ce que tu fais ? cria Arianna, horrifiée.

— Je ne peux pas partir mais, vous, vous le pouvez. Je lui raconterai que vous vous êtes sauvée, mais il verra que j'ai coupé vos cordes. Si vous ne le tuez pas, il me frappera et je ne veux pas être réveillée quand ça arrivera. Maintenant, allez-vous-en. Je dois finir de nettoyer pour qu'il voie que je lui ai obéi. *Partez.*

Arianna franchit la porte d'un pas mal assuré, l'âcre odeur de la javel lui brûla les narines. Elle repéra l'escalier, mais vit aussi trois autres portes. Où était Corinne ? Arianna se dirigea vers la première porte, mais s'arrêta net en entendant une détonation.

Le soir où il les avait enlevées, Corinne et elle, il était armé. *Il m'a tiré dessus. Et maintenant il a tué le type de l'électricité.* Personne d'autre ne viendrait à leur aide.

Sauve-toi. Va chercher du secours. Avant qu'il ne nous tue toutes. La gorge serrée, luttant pour refouler ses larmes, elle commença à gravir les marches. *Désolée, Corinne. Je reviendrai te chercher. C'est juré.*

Mount Carmel, Ohio
Lundi 3 novembre, 14 h 59

Agenouillé près du puits, il pompa de l'eau sans discontinuer pour se rincer les yeux, jusqu'à pouvoir cligner des paupières sans souffrir le martyre.

Hors d'haleine, il s'affaissa enfin contre le métal froid de la pompe. *Que ce connard aille se faire foutre avec son compteur ! Et Faith Frye aussi, pour avoir appelé la compagnie d'électricité.* D'ailleurs, où était-elle là, maintenant ? Il ne manquerait plus qu'elle lui tombe dessus juste au moment où il était diminué.

Malgré ses mains tremblantes, il parvint à tirer son téléphone de sa poche. Il était fatigué. *Vraiment crevé.* Ses bras lui donnaient l'impression de peser trois tonnes. Chacun. Et sa vision était encore floue.

Les yeux plissés pour mieux distinguer l'écran, il activa l'application qui suivait les déplacements du mouchard posé sur la jeep de Faith. L'émetteur n'avait pas bougé. Il y avait au moins une chose qui se passait comme prévu.

Il se remit debout avec peine et se força à rejoindre le corps du préposé. Ken semblait bien mort. *Mais je ne vais pas prendre de risques. Tu ne m'auras pas deux fois, mon gaillard.*

D'une main, il saisit une poignée de cheveux et, de l'autre, enfonça le canon de son arme à la base du crâne. Il pressa la détente et logea une dernière balle dans la tête de l'homme. Puis il récupéra le téléphone de la victime et dénicha les coordonnées du patron.

J'ai fini la dernière mission. Je ne me sens pas bien. Je vais rentrer plus tôt chez moi.

Il pressa la touche envoi. *Voilà.* C'était fait. Maintenant, il devait transporter cet enfoiré au sous-sol et nettoyer tout ce foutoir.

Il tenta de se redresser, mais fut pris de vertige. Ses genoux flanchèrent. Un rugissement emplit son crâne.

Non. Ça, c'était le bruit d'un vrai moteur.

— C'est quoi… ce bordel ?

Les mots sortaient au ralenti de sa bouche pâteuse. La seule fois où il avait éprouvé ces sensations, c'était quand on l'avait anesthésié avant une opération.

Merde. La fléchette. Ken lui avait injecté un tranquillisant. Il entendit de nouveau le vrombissement du moteur et rassembla ses forces pour atteindre en rampant le coin de la maison, d'où il aurait vue sur la route.

La camionnette de la compagnie d'électricité s'éloignait. Quelqu'un s'était évadé de son sous-sol. A la place du conducteur, il distinguait une vague silhouette. Trop grande pour être celle de Roza. Les cheveux sombres n'étaient pas ceux de Corinne Longstreet.

Arianna Escobar prenait le large. *Rattrape-la. Arrête-la.* Mais son corps refusait de coopérer. *Je suis complètement vidé. Putain.* Ses bras cédèrent. Son torse heurta durement le sol, le choc chassa l'air de ses poumons. *Meeerde.* Cette amère pensée fut la dernière. Ses paupières se fermèrent et tout sombra dans l'obscurité.

3

Mount Carmel, Ohio
Lundi 3 novembre, 16 h 45

Les doigts crispés sur le volant, Faith emprunta la bretelle de sortie pour quitter l'autoroute. Peu à peu, le bruit trépidant de la circulation s'estompa, cédant la place à un silence empreint d'inquiétude. Les files de véhicules qui avançaient pare-chocs contre pare-chocs et les kilomètres d'enseignes de McDo avaient soudain disparu, elle se retrouvait au milieu de la végétation. Des arbres à perte de vue.

Après une journée d'activité intense — présentation des locaux, des supérieurs et des collègues, démarches administratives, appels aux divers fournisseurs, chasse au serrurier et, surtout, acquisition à l'heure du déjeuner d'un portable intraçable — ce répit aurait dû lui sembler bienvenu. Mais c'était loin d'être le cas.

Parce que maintenant, loin de l'agitation, elle pouvait finalement entendre ce que son esprit avait chuchoté toute la journée. *Douze marches et une cave.* Depuis que le cauchemar l'avait réveillée, la nuit dernière, un sentiment de catastrophe imminente planait au-dessus de sa tête. Et, à mesure qu'elle parcourait les kilomètres, cette sensation se faisait si accablante qu'elle devait mobiliser toutes ses forces pour continuer sa route. Chaque parcelle de son être lui hurlait : *Fais demi-tour et sauve-toi* !

Un message à la fois absurde et humiliant. Elle ne pouvait pas laisser douze marches et une cave prendre le contrôle de ses actions. C'était hors de question.

Et puis, elle avait rendez-vous avec le serrurier et il serait impoli de lui poser un lapin. L'avocat lui avait affirmé ne pas avoir d'autre clé en sa possession que celle qu'il lui avait remise. Elle s'était donc adressée à un serrurier pour lui demander d'ouvrir la porte et de poser une nouvelle serrure. Elle aurait bientôt une clé. Et, une fois à l'intérieur de cette maison, il ne lui resterait plus qu'à marcher tout droit jusqu'au bas de cet escalier du sous-sol.

Ou alors… *Je garderai peut-être ça pour plus tard.* Après tout, il y avait déjà largement de quoi faire au rez-de-chaussée pour le rendre habitable. Ou alors, elle attendrait que l'entrepreneur vienne inspecter les fondations, la plomberie, le circuit électrique, et le laisserait descendre le premier. *Ah ! Voilà une idée qui me convient beaucoup mieux.*

Cette énième reculade prouvait, s'il en était besoin, qu'elle avait élevé la pratique de l'aveuglement et du déni au rang d'art. Elle excellait aussi en stratégies d'évitement, songea-t-elle en allumant son autoradio. Le morceau de country qui émergea des haut-parleurs provenait de son iPod, connecté à la stéréo de la jeep depuis son départ de Miami. Sa *playlist* lui avait permis de rester éveillée pendant la durée du long trajet et de se concentrer sur d'autres sujets que les raisons de sa fuite — ou ce qui l'attendait au terme de son voyage.

Le début du morceau suivant lui arracha un soupir, elle avait reconnu l'intro d'une chanson de Tim McGraw où il était question de tout ce qu'un homme avait accompli après avoir découvert qu'il était mourant. Les paroles touchaient au vif une corde un peu trop sensible, à son goût. Elle s'apprêtait à passer au morceau suivant, mais se ravisa et s'obligea à écouter.

Si son patron ne s'était pas tenu près d'elle, ce jour-là, les projectiles auraient frappé sa poitrine et sa tête à elle. *Et je serais morte.* Il aurait suffi que n'importe laquelle des tentatives de Combs ait été couronnée de succès pour qu'elle meure. Et elle n'était pas hors de danger, il pouvait encore réussir à la retrouver.

Cela faisait trop longtemps qu'elle n'avait pas dit à son père qu'elle l'aimait.

A vrai dire, contrairement à ce que promettait son dernier SMS, elle ne l'avait pas appelé la veille, repoussant ce moment jusqu'à ce qu'il soit trop tard pour téléphoner, et s'était rabattue sur un mail. C'est ce qu'elle finissait par faire chaque soir, depuis plusieurs semaines. Pas parce qu'elle ne voulait pas lui parler, mais parce qu'elle en mourait d'envie.

Elle avait besoin du réconfort que lui apportait la voix familière, mais elle craignait que son père ne détecte la peur dans ses intonations et ne devine qu'elle lui cachait quelque chose. Ce qui était bien évidemment le cas. Elle lui cachait tout un tas de choses. Qu'elle avait quitté son ancien boulot et en avait trouvé un nouveau, qu'elle avait changé de nom, vendu sa Prius et parcouru deux mille quatre cents kilomètres dans sa nouvelle jeep, chargée à ras bord de ses affaires. Et encore, ce n'était pas le plus important.

En chargeant la voiture à Miami, elle lui avait envoyé un mail, annonçant son départ pour Cincinnati. Il avait cru son voyage destiné à préparer la maison pour la vente, pas à l'aménager pour y vivre.

Sur le coup, elle ne l'avait pas détrompé, mais il était temps de lui apprendre la vérité. Enfin, au moins la partie qu'elle pouvait révéler sans, littéralement, le faire mourir de peur.

Instinctivement, elle se redressa, puis utilisa le système de commande vocale de la jeep pour passer l'appel tant redouté. La chanson s'interrompit au milieu du refrain, laissant le téléphone prendre le relais.

Comme toujours, elle mit son oreillette. Grâce à sa scrupuleuse habitude de garder les deux mains sur le volant, elle avait déjà échappé à un terrible accident de la circulation. Par ailleurs, l'oreillette lui permettait de garder son téléphone dans sa poche, ainsi elle savait toujours où il se trouvait.

Pour l'instant, son nouvel appareil était dans sa poche droite et son pistolet dans la gauche. Elle gardait les deux objets sur elle en permanence, au cas où elle aurait besoin de l'un ou l'autre en vitesse. Les quelques secondes nécessaires pour les trouver dans son sac pouvaient faire la différence entre la vie et la mort.

Encore une leçon apprise à la dure. Mais c'était son patron qui en avait payé le prix fort.

— Et à qui nous éviterons de penser, pour le moment, marmonna-t-elle en entendant sonner la ligne de son père.

— Allô ?

La belle-mère de Faith avait répondu avec circonspection. Logique puisque le numéro du correspondant lui était inconnu.

— Ça vous dirait d'acheter une encyclopédie, ma petite dame ?

Faith espérait que cette modeste plaisanterie briserait une éventuelle froideur due à cette longue période de silence.

— Faith ? dit Lily, avec un long soupir tremblé, proche du sanglot. Oh ! mon Dieu, mon Dieu. Comme je suis contente de t'entendre. J'essaie de te joindre depuis des heures. Qu'est-ce que c'est que ce numéro ?

La panique saisit Faith à la gorge.

— Qu'est-ce qui est arrivé à papa ?

— Rien. Mais uniquement parce que j'ai pu décrocher avant lui chaque fois que le téléphone a sonné, aujourd'hui.

Sa belle-mère prit une profonde inspiration, mais ce ne fut qu'une pause.

— D'abord, je veux savoir si, *toi*, tu vas bien.

— Oui. Que s'est-il passé ?

— J'aimerais bien le savoir, répliqua Lily dans un murmure fiévreux. Pourquoi appelles-tu de ce numéro ? Pourquoi n'as-tu pas décroché ton mobile de tout l'après-midi ? Que te veut ce lieutenant de la police ? Ça fait des heures que j'essaie de te joindre.

Faith fut envahie d'une bouffée de culpabilité.

— J'ai acheté un nouveau téléphone à l'heure du déjeuner. J'appelais pour vous donner mon numéro. Qui voulait me voir ?

Un bref silence.

— Qu'est-ce qui n'allait pas avec ton ancien numéro ? demanda Lily, plus calmement.

— Je ne reçois plus les appels, dit-elle, sans préciser que la raison lui incombait. Qui a cherché à me joindre ?

— Un lieutenant de la police de Miami. J'ai appelé ta ligne fixe, mais un message m'a indiqué que le numéro n'était plus en service. Quant à ton ancien mobile, je tombais directement sur ta messagerie. J'ai dû te laisser au moins dix messages. J'ai essayé ton hôtel mais, dans ta chambre, ça sonnait dans le vide. Où es-tu ? Pourquoi la police cherche-t-elle à te joindre ? Que diable se passe-t-il ?

— Je n'en sais rien, répondit Faith, en toute sincérité. Comment s'appelait ce fameux lieutenant ?

— Je l'ai noté... Vega. Lieutenant Catalina Vega.

— D'accord. Je la connais. A-t-elle laissé un message ?

— Oui, il faudrait que tu l'appelles. Que se passe-t-il ?

Bonne question. Dans le meilleur des cas, Vega avait appelé pour s'assurer que Faith allait bien. Dans le pire des cas, c'était pour la prévenir que l'homme qui avait transformé sa vie en enfer avait pris la route vers le nord. De toute façon, que Vega estime que l'information qu'elle avait à lui communiquer était assez urgente pour appeler chez son père n'augurait rien de bon.

— Je suis encore dans l'Ohio. Papa n'a pas reçu la photo que je lui ai envoyée ? Celle de la tombe de ma mère ?

— Si, il l'a eue, et ne t'avise pas d'essayer de détourner la conversation, Faith. Qui est ce lieutenant Vega et pourquoi...

Un silence soudain, puis une promesse chuchotée.

— Ton père arrive, mais nous n'en avons pas encore fini, toutes les deux.

— Lily ? C'est Faith au téléphone ?

Son père approchait. Elle perçut le souffle court, l'élocution hésitante.

— Oui, c'est bien elle, lança Lily d'un ton enjoué. Attends, je branche le haut-parleur.

— Faith ! Comment vas-tu, ma chérie ?

Depuis l'attaque, la voix de son père n'était pas toujours ferme, mais l'amour qu'il éprouvait à son égard s'exprimait avec autant de force qu'auparavant.

Le soulagement déferla comme une lame tiède et elle sentit ses épaules se détendre. Elle n'avait pas mesuré à quel point elle avait besoin d'entendre son père.

— Je vais bien, papa. Et toi ?

— Je me sens mieux, maintenant. J'ai reçu la photo de la tombe. Merci, ma chérie.

Il s'interrompit, le temps de s'éclaircir la gorge.

— As-tu parlé à l'agent immobilier ?

— Non, pas vraiment. J'ai changé d'avis, papa. Je ne suis pas certaine de vendre la maison.

Pendant le long silence qui suivit, Faith imagina Lily et son père échangeant un regard d'incompréhension.

— Et d'où vient cette idée, ma chérie ? demanda son père avec circonspection.

— En fait, je songe à m'y installer.

Voilà. C'était dit. Elle ajouta :

— Si c'est habitable, bien sûr.

Nouvelle pause, encore plus longue.

— Mais… je ne comprends pas, dit enfin son père.

— Moi non plus, renchérit Lily, un rien plus sèchement. Et ton travail, alors ?

— J'ai démissionné…

Protestations effarées, que Faith s'efforça de contenir :

— Attendez, écoutez-moi. Le centre a perdu une grande partie de son financement.

Après la mort de son directeur, tué par balles devant la porte d'entrée. Toutefois, elle poursuivit ses justifications, sans mentionner cet argument :

— De toute façon, je projetais de déménager et, bon… ça m'a paru le moment idéal pour concrétiser cette décision. Alors, j'ai démissionné.

En réalité, elle avait quitté son poste pour éviter qu'une autre personne du centre reçoive une balle qui lui était destinée, mais son père n'avait nul besoin de le savoir.

— Et puis, je n'avais pas de vraies relations à Miami.

— Parce que ton serpent d'ex-mari a dressé tous tes amis contre toi, gronda son père. Si je pouvais, je lui botterais les fesses jusqu'à ce qu'elles lui remontent dans la gorge.

L'image faillit arracher un sourire à Faith. Mais, si son ex-mari avait commis une multitude de péchés, celui-ci ne figurait pas sur la liste.

— Ils n'étaient pas vraiment mes amis, papa, mais ceux de Charlie, ses anciens collègues de la police. Ils se connaissaient bien avant notre mariage. Il n'a pas eu besoin de les dresser contre moi. S'ils avaient été mes amis, ils m'auraient soutenue.

— Eh bien, ça ne m'ôte pas l'envie de lui botter les fesses, bougonna son père. Pour ce qu'il a vraiment fait.

Comme de divorcer de Faith pour épouser sa maîtresse enceinte, par exemple. Tout cela appartenait au passé. Pour l'essentiel, c'était derrière elle. Mais son père était loin d'avoir classé l'affaire.

Lily s'empressa de faire diversion, soucieuse d'endiguer le déferlement d'une de ces diatribes anti-Charlie bien rodées dont Richard Sullivan avait le secret.

— Et ce déménagement dans l'Ohio, alors ? Parle-nous un peu de tes projets.

— J'ai un nouveau boulot, un bon poste au service RH d'une banque locale. Et j'ai l'intention d'arranger la maison, de me faire quelques amis. De vivre comme tout le monde, quoi.

— Tu as besoin d'argent, Faith ? demanda son père. Nous avons quelques économies s'il le faut.

Une petite boule d'émotion se forma dans la gorge de Faith. Tous les deux vivaient sur la retraite de GI de son père et n'avaient aucune marge financière. En revanche, sa proposition n'avait rien de surprenant. Il avait toujours été ce genre d'hommes, ce qui était une des raisons pour lesquelles elle l'aimait tant.

— Non, papa. Tout va bien. Mon nouveau boulot est bien payé. Et je vendrai sans doute la plus grande partie des terres. Je n'ai pas besoin de vingt hectares. Une fois que j'aurai récupéré ces fonds, je serai plutôt à l'aise.

Elle pourrait même leur envoyer un peu d'argent, mais elle n'allait certainement pas l'annoncer à son père. Richard Sullivan avait un cœur immense — et un orgueil de même envergure. Elle enverrait discrètement les chèques à Lily, qui les encaisserait tout aussi discrètement. Son père n'en saurait jamais rien.

— Mais…

La voix de son père faiblit et s'éteignit un instant, puis il se reprit.

— Tu as travaillé si dur pour devenir psychologue. Et, maintenant, tu vas passer tes journées à compter de *l'argent* ?

— Non, papa. Je ne travaille pas à la caisse. Je suis aux RH. Les ressources humaines.

— Et que fais-tu là-bas ? voulut savoir Lily.

— J'évalue les employés, surtout ceux qui sont sur les listes de promotion et vont devenir cadres. La banque veut identifier ceux qui auraient des tendances sociopathes.

Repérer les sociopathes était une des spécialités de Faith. Qu'elle gagne sa vie en cherchant à les détecter tout en essayant de leur échapper — du moins à l'un d'entre eux en particulier — avait quelque chose de vaguement ironique.

— C'est une nouvelle approche pour prévenir les malversations.

— Mais, chérie…

Il semblait déçu.

— D'aussi loin que je me souvienne, tu as toujours voulu aider les autres. Faire changer les choses.

Si Faith était préparée à l'entendre exprimer son inquiétude, la désapprobation de son père la prit au dépourvu et la piqua au vif. Elle *avait aidé* les autres. Pendant des années, elle avait fait changer les choses et elle avait manqué d'y laisser la vie. Gordon y avait laissé la sienne. Ce que son père n'avait nul besoin de savoir, d'ailleurs. Faith ouvrit la bouche, puis la referma aussitôt, désarmée.

Lily fit entendre un doux murmure :

— Richard. Elle a déjà aidé tant de victimes.

— Mais…

— Richard, répéta Lily, d'un ton plus ferme.

— Mais tout de même, Lily. Une *banque* ? chuchota-t-il, comme s'il avait oublié que Faith pouvait les entendre. Depuis quand s'intéresse-t-elle à l'argent ?

Ah ! C'était donc l'argent qui lui posait le plus gros problème. Son père avait étudié autrefois au séminaire et s'était préparé à observer le vœu de pauvreté en embrassant la prêtrise. L'argent était l'un des rares sujets de dispute entre ses parents. Les O'Bannion avaient de la fortune et Margaret O'Bannion désirait profiter de son patrimoine tandis que le père de Faith aurait préféré traverser un lit de charbons ardents plutôt que d'accepter le moindre sou de leur part.

Ce n'était donc pas tant son installation dans l'Ohio qui bouleversait son père, mais le fait qu'elle travaillait dorénavant dans une banque. Elle se demanda comment il réagirait s'il apprenait la vérité — que, grâce aux gardes armés qui assuraient la protection de l'établissement, elle se sentait plus en sécurité que pendant les dix années où elle avait travaillé avec des victimes d'agression sexuelle.

— Ce boulot à la banque n'a rien de définitif, papa, dit-elle d'un ton rassurant. C'est juste le temps de décider de ce que je veux faire de ma vie. Je suis plus ou moins à la croisée des chemins. J'ai besoin d'évoluer. Mais, pendant que je règle tout ça, je dois bien payer mes factures.

— Bien sûr, admit-il.

Certes, sa réprobation n'avait pas disparu, mais au moins il l'avait fait passer à l'arrière-plan.

— Ma chérie, je comprends que tu sois à un carrefour de ta vie, mais dans ce cas tu devrais t'installer chez nous. Tu pourrais vivre ici, avec Lily et moi. Nous avons un nouveau voisin qui serait vraiment parfait pour toi, continua-t-il avec une intonation enjôleuse. Il est très séduisant et je lui ai déjà tout dit sur ton compte.

— *Papa*.

Ce grognement étranglé fut l'unique réponse de Faith.

— Richard ! s'exclama Lily. Laisse-la tranquille. Elle doit trouver sa propre voie.

— Si tu veux mon avis, sa propre voie est bien *trop* loin d'ici, grommela-t-il. Et si elle rencontre un type ? Comment je vais m'y prendre pour le passer sur le gril, maintenant ? Par Skype ? Tu parles, sur Skype, j'ai l'air deux fois moins intimidant.

Faith sourit, pour la première fois en plus d'un mois.

— Je ne compte pas rencontrer qui que ce soit. Mais, si ça arrive et que ça devient sérieux, je te promets de te l'amener. Comme ça tu pourras lui faire subir la totale.

— C'est juré ?

Faith sentit son sourire s'estomper, ses yeux la picotaient et soudain, elle fut ravie qu'ils ne soient pas sur Skype.

— Juré.

Elle espérait avoir réussi à faire passer une note de légèreté dans sa voix. Le long silence qui suivit lui fit comprendre que ça n'avait pas été très efficace.

— Tu m'appelleras si tu as besoin d'aide, hein, ma chérie ?

— Je viens juste de le faire, dit-elle à voix basse. Je t'aime, papa.

— Je t'aime aussi, mon bébé, chuchota-t-il, avant de s'éclaircir la gorge. Rappelle-moi, s'il te plaît. Ne tarde pas trop. Je préfère de loin le son de ta voix à tous ces textos et ces mails.

La gorge serrée, Faith déglutit avec peine.

— Je te le promets, papa. Ecoute, je dois raccrocher. J'aborde la portion de la route avec les virages. Il faut que je me concentre sur la conduite.

— Je n'aime pas te savoir seule dans cette maison, dit-il dans un ultime effort pour prolonger la discussion. C'est au milieu de nulle part, n'importe qui peut entrer et s'en prendre à toi.

Lily intervint avec calme :

— Tu te sentirais peut-être mieux si Faith faisait installer un système d'alarme.

— Ça coûte trop cher, répliqua son père. Faith n'a pas d'argent à mettre dans une alarme.

— En fait, il y en a déjà une. L'avocat de Gran l'a fait poser, il y a quelques années, parce qu'il avait eu quelques squatteurs.

Faith ne mentionna pas son pistolet. Son père n'aimait pas les armes.

— Je serais plus rassuré si tu avais un chien. Un gros chien. Avec de grandes dents.

— J'y penserai.

Faith fut étonnée de constater à quel point la perspective lui paraissait séduisante. Un chien… ainsi, elle aurait le sentiment d'être un peu moins solitaire en rentrant dans une maison vide.

— Je dois vraiment y aller, maintenant. Je vous aime tous les deux.

Elle tapota l'oreillette pour couper la communication avant que son père ne lui soumette de nouveaux sujets d'inquiétude ou que Lily ne reprenne l'interrogatoire interrompu plus tôt.

La voix de Tim McGraw reprit son empire sur les haut-parleurs, mais elle baissa un peu le son, de façon à pouvoir quand même réfléchir.

L'appel au lieutenant Vega attendrait qu'elle arrive à la maison. Le numéro de la police de Miami n'était pas enregistré dans son nouvel appareil et elle devait encore le chercher sur Google.

Un regard à l'horloge de son tableau de bord la fit grimacer. La circulation dense l'avait retardée de plusieurs minutes. Le serrurier l'attendait déjà probablement là-bas, mais elle ne pouvait pas accélérer avec tous ces virages. Elle espérait que l'homme ne partirait pas sans l'avoir...

L'animal sortit de nulle part et se jeta devant la voiture. Un *gros* animal. Faith écrasa la pédale de frein en donnant un coup de volant à gauche pour l'éviter — juste avant un nouveau tournant.

Puis elle interpréta ce qu'elle avait entrevu. De longs cheveux, noirs. Un bras tendu. Des doigts. De la chair, couverte de sang. *Oh ! mon Dieu. Ce n'est pas un animal.*

C'était une jeune fille. Nue. Au milieu de la route.

Mount Carmel, Ohio
Lundi 3 novembre, 17 h 2

Un bourdonnement lui emplit les oreilles.

— Hé, mon gars. Ça va ?

Il cilla plusieurs fois, puis grogna en sentant quelqu'un le secouer par l'épaule. Il avait mal à la tête et était encore dans les vapes. Il était aussi allongé par terre, dehors. *C'est quoi, ce bordel ?* La mémoire lui revint d'un seul coup. L'intrus, le type de la compagnie d'électricité. *Ken.* Le salaud qui l'avait anesthésié. *Le connard mort dont le corps est toujours étalé dehors, derrière la maison, bien en évidence.*

Et la fille. Arianna. Elle était partie.

Merde. Elle s'était sauvée. *Je dois la retrouver. Je dois la ramener. Elle va parler. Elle va tout foutre en l'air.* Il tenta de se redresser, mais quelqu'un le retint.

— Bougez pas, mon gars.

Un homme. Plutôt âgé, à en juger par sa voix.

— Vous vous êtes planté en voiture. J'ai vu votre camionnette accidentée sur la route, un peu plus haut. Comment vous avez réussi à arriver jusqu'ici ? Ben, vous avez une sacrée chance que je sois passé dans le coin. Personne ne vit dans cette vieille baraque. Au fait, je m'appelle Tommy Dilman. Vous inquiétez pas, je vais appeler le 911.

Tu peux toujours compter là-dessus. Il se força à ouvrir les yeux et découvrit Dilman, agenouillé près de lui. L'homme sortait un téléphone de la poche de son bleu de travail. La fureur l'envahit et le galvanisa suffisamment pour qu'il trouve l'énergie d'arracher l'appareil à Dilman et de le jeter aussi loin que possible.

— Hé ! Qu'est-ce qui te prend, mon vieux ?

Il attendit que Dilman se retourne pour ramasser son téléphone, puis se releva d'un bond et plongea, renversant le vieil homme dans un enchevêtrement de membres. Etourdi, Dilman gisait sur le dos, les yeux révulsés.

Il ignorait les raisons de la présence du vieil homme. Mais ce qui était sûr, c'est que Dilman n'allait pas appeler le 911 ni quitter cet endroit vivant. Il tira son couteau à cran d'arrêt et plongea la lame dans la gorge de son adversaire. Du sang chaud jaillit sur ses mains, alors que le vieil homme gigotait comme un poisson au bout d'un hameçon. Une minute plus tard, le type cessa complètement de bouger.

Il roula pour se dégager du corps inerte et contempla un instant le ciel. Le soir commençait à tomber. Il était resté allongé dehors au moins deux heures. Arianna devait être déjà loin. Et merde !

Elle s'était enfuie dans la camionnette de Ken. Mais comment était-elle sortie du sous-sol, bordel ? Impossible qu'elle ait défait ses liens. Pourtant, elle était libre.

Il songea à Roza, penchée au-dessus d'Arianna, lui parlant… Il serra les poings. *La sale petite ingrate. C'est elle qui a coupé les cordes d'Arianna. Oh ! Quand j'en aurai fini avec elle, elle aura mal rien qu'en respirant. Et, si après ça elle ose encore me narguer, je l'achèverai.* Au moins, Roza n'avait pas libéré Corinne Longstreet. Il gardait sur lui l'unique clé des menottes. La menace la plus immédiate restait Arianna. *A l'heure qu'il est, elle pourrait déjà avoir atteint la ville la plus proche. Elle a peut-être déjà trouvé du secours.*

Une minute. Le brouillard du produit tranquillisant s'estompait peu à peu, dégageant son esprit. Qu'est-ce que le vieillard avait dit, déjà ? *J'ai vu votre camionnette accidentée plus haut, sur la route.* Dilman l'avait pris pour le préposé de la compagnie d'électricité et pensait qu'il avait eu un accident avec son véhicule.

Au moins, Arianna n'était pas allée bien loin. Il se leva tant bien que mal, avança de quelques pas en vacillant, puis retrouva peu à peu son équilibre. Bon sang, il avait les mains dégueulasses ! L'homme gisait dans une mare de son propre sang. Il vit aussi la main de Ken qui dépassait du coin de la maison. Heureusement, Dilman ne l'avait pas remarquée, ce qui avait évité que le vieux fouineur pousse ses investigations et s'aperçoive que le vrai gars de l'électricité était tout ce qu'il y avait de plus mort.

Du coup, j'ai deux cadavres à cacher, maintenant. Putain de merde.

Il repassa derrière la maison pour rejoindre la vieille remise où il entreposait son fourgon. Il sortit le véhicule en marche arrière, prenant soin de suivre l'allée gravillonnée. Le gravier est un matériau formidable. On peut rouler dessus en laissant le minimum de traces et il suffit d'un coup de râteau pour lui rendre un aspect parfaitement régulier. Aucun des hommes venus s'occuper de l'entretien du cimetière et tondre la pelouse n'avait jamais soupçonné sa présence.

La voiture du type était garée devant la maison. Une enseigne magnétique était appliquée sur la portière :

DILMAN'S LOCK AND KEY.

Le vieux était serrurier.

Il grinça les dents de rage. Eh bien, Faith s'était montrée particulièrement diligente, aujourd'hui ! Après avoir appelé la compagnie d'électricité, elle avait convoqué un serrurier. Cette salope lui aurait interdit sa porte. Elle l'aurait chassé de l'endroit qu'il avait revendiqué comme sa possession. L'aurait empêché d'accéder à ce qu'il avait créé. A ce qu'il avait collecté.

Il prit une profonde inspiration, s'efforçant de retrouver son calme. La première urgence était de retrouver Arianna. Puis il s'occuperait des deux cadavres. Ensuite, il retrouverait Faith et terminerait ce qu'il avait commencé. Et quand tout ça serait fait ? Il punirait Roza avec la plus grande sévérité et reprendrait là où il s'était arrêté avec Arianna.

Mount Carmel, Ohio
Lundi 3 novembre, 17 h 5

Faith leva la tête quand la jeep s'immobilisa.

Les derniers accords de la chanson de Tim McGraw résonnaient, éveillant un écho surréaliste dans le silence absolu qui régnait alentour. Elle effleura son arcade sourcilière. En retirant sa main, elle se rendit compte que ses doigts étaient humides et poisseux. *Je saigne.*

Et quelque chose sentait mauvais. L'airbag. Du côté passager, l'airbag s'était déclenché. En dévalant le fossé, elle avait réussi à braquer et la voiture avait heurté la première rangée d'arbres en biais plutôt que de front. Le flanc du véhicule avait encaissé la plus grosse partie du choc. Ensuite, la jeep avait dû rebondir et déraper plus doucement, jusqu'à son point d'arrêt. Pour l'instant, le capot reposait contre un tronc, l'airbag du conducteur était intact.

Faith coupa le contact et resta immobile un instant, se contentant de respirer. La mémoire lui revint soudainement.

— Oh ! mon Dieu. La fille.

Il y avait une fille sur la route. Elle était… nue. Nue ? Comment pouvait-elle être nue ? *Est-ce que je l'ai renversée ? Oh ! mon Dieu, faites qu'elle aille bien ! Je vous en supplie.*

Dans un sursaut de panique, Faith tâtonna fébrilement, cherchant à ouvrir la portière, mais il lui fallut une longue minute avant de se rappeler les gestes nécessaires. *Tu es en état de choc.* Peu importait. L'essentiel était de trouver la fille. *Et si je l'ai tuée ?*

Faith pesa de toutes ses forces contre la portière, qui finit par céder avec un horrible grincement. Elle s'extirpa de la voiture et tomba à genoux. *Le 911. Appelle les secours.* Il lui fallait son téléphone. *Où est-il ?* Elle en avait un sur elle. Elle venait juste de parler à son père. *Mais j'étais en mains libres.* Elle tapota son oreille. L'oreillette était toujours en place. Bien.

En quittant le bureau, elle avait glissé son téléphone dans son manteau. En tapotant ses poches, elle trouva son arme dans la gauche et le mobile dans la droite. Les mains tremblantes, elle essaya de composer le numéro, avec pour seul résultat de maculer de sang l'écran du téléphone. Elle s'essuya la main sur sa jupe avant de faire une nouvelle tentative et de réussir enfin à taper les trois chiffres.

— Ici le 911. Quelle est la nature de votre urgence ?

Faith essaya de se relever, mais s'affala à genoux. Réprimant ce qui aurait été un cri perçant de douleur, elle laissa retomber l'appareil dans sa poche et se mit à ramper.

— Il y avait une fille sur la route. J'ai braqué. J'ai heurté un arbre.

— Etes-vous blessée ?

— Oui.

Elle cilla pour soulager ses yeux brûlants, puis se rendit compte que c'était le sang qui l'aveuglait. Elle s'épongea le front d'un revers de manche.

— Je me suis ouvert la tête.

— Je veux que vous restiez immobile, madame. Vous avez peut-être d'autres blessures. Comment vous appelez-vous ?

— Faith. Faith F…

Elle avait presque dit *Frye*, mais ce n'était plus vrai, n'est-ce pas ? Elle cilla à plusieurs reprises, s'obligea à réfléchir.

— Faith Corcoran.

Elle recommença à ramper, grimpant le fossé escarpé. Un gémissement lui échappa lorsqu'elle glissa de quelques mètres en arrière. Si elle ne faisait pas attention, elle risquait de retomber jusqu'au fond. Pas besoin de regarder. Elle savait déjà combien la pente était raide.

— Ne bougez pas, Faith. Je vous ai envoyé de l'aide. Ils seront près de vous, d'ici quelques minutes.

— Je ne peux pas. Il y avait une fille. Sur la route.

Elle continuait à grimper, agrippant la boue à pleines mains.

— Elle était blessée, mais je ne l'ai pas renversée. Je ne l'ai pas touchée, je le jure.

Faith sentit enfin au bout de ses doigts le contact rugueux de l'asphalte, extirpa le reste de son corps du fossé et se hissa sur la route. La fille. Voilà, elle était là.

— Je la vois.

— La fille ?

L'opératrice avait pris un ton circonspect, comme si Faith souffrait d'hallucinations.

— Non, le putain de Père Noël ! répliqua Faith, d'un ton sarcastique. La fille, évidemment. Mais… elle ne bouge pas.

Faith se traîna jusqu'à la silhouette inerte. Elle avait raison, la fille ne portait aucun vêtement. Ce qui permettait à Faith de voir chaque plaie ouverte. *Oh ! bon sang, c'est impossible.*

— Mon Dieu. Qui t'a infligé une chose pareille, ma chérie ? chuchota-t-elle.

— Faith ? Vous êtes toujours là ? demanda la voix dans l'oreillette.

— Je suis là. Avec la fille. Elle est couverte de sang. Son visage est tuméfié. Et couvert d'estafilades. Elle est… nue. Quelqu'un l'a entaillée sur tout le corps.

Faith essuya sa main ensanglantée sur sa jupe, avant de poser deux doigts sur la gorge de la fille. Elle fut soulagée de détecter un pouls, même s'il était très faible.

— Elle est encore en vie, mais tout juste. Je sens à peine son pouls. Elle ne réagit pas.

— Vous pouvez la décrire ?

— Jeune. Une étudiante, peut-être. De longs cheveux noirs, qui lui descendent sous les épaules. Elle a l'air hispano-américaine. Elle est grande. Environ un mètre quatre-vingts.

Le soleil couchant plongeait la route dans la pénombre, mais une grande surface de chair profondément lacérée apparaissait clairement sur la cuisse de la fille.

— Il se peut qu'elle ait une blessure par balle à la cuisse. Le bras aussi a l'air atteint, mais il y a trop de sang pour voir clairement.

Faith se tortilla pour enlever son manteau et en recouvrit la fille. La manœuvre draina ses dernières forces.

Elle remonta le vêtement jusqu'à mi-cuisse pour exposer la blessure à l'air libre, puis l'examina de plus près, intriguée.

— On dirait que quelqu'un a raccommodé la plaie, mais que les sutures ont craqué.

Elle enleva son écharpe, la roula en boule et l'appliqua contre la blessure de la fille.

— Je fais pression sur la plaie de sa jambe. Ecoutez, elle a perdu beaucoup de sang. Dites à ceux qui doivent venir de se dépêcher.

— Ils seront là dans quelques minutes. Et vous ? Comment va votre tête ?

— Ça fait mal, répondit Faith, laconique. Et je suis fatiguée.

— Ne vous endormez pas. Restez au téléphone avec moi.

— Ce n'est pas ma première commotion cérébrale. Je connais la marche à suivre.

Essayant de percer l'obscurité naissante, Faith fouilla les environs du regard, en quête d'une trace de la personne qui aurait pu laisser la fille à cet endroit, mais elle ne vit que des arbres. Celui qui l'avait abandonnée était parti. Ou se cachait.

Il fallait envisager que le ou les coupables reviennent achever leur ouvrage.

— Ils ne te reprendront pas, murmura-t-elle à la fille.

Celle-ci ne semblait pas avoir conscience de la situation. Cependant, compte tenu des circonstances, cette léthargie était peut-être une bénédiction.

— Ils devront d'abord me passer sur le corps.

Faith fouilla la poche gauche de son manteau et en tira son pistolet, puis elle se remit péniblement debout. Vacillant sur place, elle tourna néanmoins lentement sur elle-même, à l'affût de la moindre menace. Elle ne cessa de prier le ciel que la police de Mount Carmel soit plus réactive que certains flics de sa connaissance, en poste à Miami.

Mount Carmel, Ohio
Lundi 3 novembre, 17 h 20

Arianna n'avait pas dû aller bien loin. La nuit commençait à tomber, alors il alluma directement les phares du fourgon et se mit à rouler lentement, fouillant du regard l'épais sous-bois et les arbres, le long de la route. Au bout de quelques minutes, la camionnette accidentée apparut. Arianna avait heurté un arbre. Le capot n'était plus qu'une masse de ferraille écrasée.

Bonne nouvelle. Si elle était blessée, elle se trouvait peut-être encore dans le véhicule. Il laissa son fourgon sur la route et trottina jusqu'à l'épave. *Elle est là. Il faut qu'elle soit là.*

Ses espoirs furent déçus. La cabine de la camionnette était vide. Il serra les dents avec tant de force qu'une douleur aiguë fusa de sa nuque et s'étoila sous son crâne. Elle s'était échappée. Encore.

Du calme. Il y a du sang partout sur le siège. La situation n'est pas aussi grave qu'il y paraît. A voir la quantité de sang qu'elle avait perdue, elle ne pouvait pas être bien loin. Il fit le tour du véhicule, prenant bien soin de ne pas le toucher. Ses empreintes digitales n'étaient répertoriées nulle part et il entendait que cela reste ainsi.

Progressant lentement à travers les arbres, il suivit la trace qu'elle avait laissée en se traînant sur le sol. Elle avait du cœur au ventre et du caractère. Il devait bien lui reconnaître ce mérite.

Et n'en aurait que plus de plaisir à la briser.

Alors qu'il longeait une courbe de la route, il entendit une sirène, son cœur manqua un battement.

Non. Non, non, non. Il continua d'avancer discrètement, puis marmonna un juron en découvrant des lumières bleues clignotantes, un peu plus loin. Une voiture de patrouille. Une putain de voiture de flics.

Une silhouette était allongée sur la route, recouverte d'un manteau de lainage noir. Il distingua de longs cheveux noirs. Arianna Escobar. Elle était peut-être morte. *Je vous en prie, faites qu'elle soit morte.*

La sirène appartenait à l'ambulance qui s'arrêta dans un crissement de pneus près de la voiture de police. Un urgentiste se précipita vers Arianna et fit signe à son coéquipier qui manœuvrait le brancard de se dépêcher. Lorsqu'ils la chargèrent à l'arrière de l'ambulance, la moitié de son visage avait disparu derrière un masque à oxygène.

Bordel ! Elle est vivante.

Un second véhicule de secours arriva, croisant le premier qui s'en allait. Pourquoi deux ambulances ?

Cette fois, l'urgentiste alla droit vers l'arrière de la voiture de police, se pencha par une des portières ouvertes et aida quelqu'un à sortir. Une femme aux cheveux rouge foncé, vêtue d'un tailleur vert.

Il plissa les paupières de rage. *Faith.* Elle avait appelé la compagnie d'électricité. Elle avait appelé un serrurier. Elle se dirigeait vers la maison. Et c'était elle qui avait trouvé Arianna !

La panique menaça de le submerger, mais il la refoula avec détermination. Ce n'était vraiment pas le moment de flancher. Il devait rentrer le plus vite possible. *Avant tout, se débarrasser des preuves.*

Il battit en retraite, attentif à ne pas froisser la moindre feuille. Une fois hors de vue, il se rua vers son fourgon et, craignant de révéler sa présence, s'éloigna au ralenti, pesant à peine sur l'accélérateur.

Les flics n'auraient aucune difficulté à faire le rapport entre la fille et la camionnette de la compagnie d'électricité, puis entre le véhicule et la maison des O'Bannion. Cela ne faisait aucun doute. Il n'y avait pas d'autres habitations alentour. De combien de temps disposait-il pour disparaître ? Mystère.

En tout cas, il ne fallait pas traîner. Quant à la suite des événements… Il gardait le mince espoir qu'ils viennent frapper à la porte et s'en aillent en constatant qu'ils n'obtenaient pas de réponse.

Mais l'optimisme n'était pas de mise. Pas tant que Faith serait dans les parages. La fureur bouillonnait dans ses tripes. Il allait tout perdre. Juste parce qu'elle s'était mis en tête de revenir. *J'aurais dû la tuer quand j'en ai eu l'occasion.* Et pourtant ce n'était pas faute d'avoir essayé, mais cette garce refusait obstinément de mourir.

Certes, la fuite d'Arianna était un revers, mais pas un désastre total. En admettant qu'elle survive, elle serait incapable de l'identifier. Elle avait toujours eu les yeux bandés, sauf au moment où elle courait vers la camionnette. Bien sûr, il y avait eu ce court laps de temps où il avait tenté de la poursuivre. Si elle avait regardé dans le rétroviseur à cet instant précis…

Peu vraisemblable, se dit-il sèchement. Ça n'avait duré que quelques secondes et elle manquait sans doute de lucidité, alors.

Il s'engagea dans l'allée gravillonnée et gara le fourgon derrière la maison. Deux corps sans vie l'attendaient dehors, et deux corps bien vivants à l'intérieur. Ceux qui respiraient encore rejoindraient bientôt les autres. Corinne Longstreet était devenue un fardeau. Un boulet. Une fois qu'Arianna serait identifiée, on se mettrait à chercher son amie et on commencerait par ici. Il fallait donc qu'elle ait quitté la maison, qu'elle soit tuée et enterrée le plus vite possible.

Et la gamine ? Oh ! Cette petite avait intérêt à manifester un très très profond repentir. S'il décelait le moindre soupçon de rébellion dans ses paroles ou dans ses gestes, cela signifierait qu'elle était devenue trop dangereuse pour être reprogrammée. Conséquence, il la tuerait, elle aussi.

Mount Carmel, Ohio
Lundi 3 novembre, 17 h 30

Tu ne vas pas vomir. Assise à l'arrière de l'ambulance, une couverture drapée autour des épaules, Faith se répétait la même phrase depuis vingt minutes. Elle ne savait pas si c'était d'un quelconque secours, mais ça ne pouvait pas faire de mal. Par bonheur, elle n'avait pas été malade sur la scène du crime. Et elle luttait toujours.

Elle avait tenu le coup jusqu'à l'arrivée de la police mais, dès qu'ils avaient pris le contrôle de la situation, son taux d'adrénaline s'était effondré. Saisie d'un tremblement incoercible, elle avait dû maîtriser plusieurs accès de nausée. Une scène tournait en boucle dans son esprit.

Des détonations, des cris affolés. Ses mains maculées de sang. Les yeux sans vie de Gordon fixés sur elle. Pourtant, elle ne cessait de se dire que cette fois n'avait rien à voir. La fille qu'elle avait trouvée était encore en vie.

La première ambulance avait transporté la jeune victime vers un des hôpitaux du centre-ville. Faith suivrait, à une allure plus mesurée, cependant. Le secouriste lui avait conseillé de faire examiner sa plaie à la tête aux urgences, mais elle n'était pas certaine d'être en état de supporter un trajet en voiture.

De plus, les policiers chargés d'enquêter sur l'agression de la fille n'allaient pas tarder. Elle savait qu'ils voudraient un compte rendu détaillé, même si cette perspective lui donnait envie de tourner les talons et de s'enfuir.

Ils poseront aussi des questions à ton sujet. Ils découvriront qui tu es vraiment. Ou plutôt qui tu étais.

S'ils l'interrogeaient, elle leur répondrait en toute honnêteté. Cela dit, elle pouvait aussi avoir de la chance. Les policiers concentreraient peut-être leurs questions sur cette fille, sans s'appesantir sur son propre cas.

Et s'ils découvrent ton identité ? Eh bien, ce ne serait peut-être pas si grave. D'abord, tous les flics n'étaient pas comme Charlie et ses amis. Certains étaient faits du même bois que Catalina Vega. Le lieutenant avait cru Faith lorsqu'elle avait affirmé que Peter Combs la harcelait et la terrorisait. Malheureusement, Vega appartenait à une minorité. La plupart des flics qui avaient recueilli ses déclarations l'avaient traitée comme si elle avait cherché, voire mérité, les ennuis. Et, quand il avait tenté de la tuer, ils avaient conclu qu'elle inventait de fausses accusations pour satisfaire un besoin maladif d'attirer l'attention. Ils la considéraient même comme instable mentalement. Cette dernière appréciation trouvait vraisemblablement sa source et sa dissémination dans les racontars de son ex-mari, bien qu'elle n'ait jamais pu le prouver. Et, même si tout cela était vrai, ces policiers n'en avaient pas moins manqué à leur devoir professionnel. *Et voilà où ça m'a menée. Obligée de m'enfuir et de tout recommencer à zéro.*

Alors, d'accord, tous les flics n'étaient pas comme Charlie et ses amis. Néanmoins, elle n'était pas d'humeur à tenter le diable. Elle n'avait aucun besoin de leur « assistance » et se méfiait de leurs intentions comme de la peste.

Le secouriste la rejoignit à l'arrière de l'ambulance pour vérifier son état.

— Comment vous sentez-vous ?

Faith souffrait toujours de légers vertiges, mais la nausée refluait.

— Ça va… Et ma jeep ?

— Je ne suis pas mécano, mais ça n'a pas l'air formidable, madame. Les policiers vous donneront sans doute un meilleur avis. Je crois qu'ils arrivent, justement.

Faith regarda au-delà de la porte de l'ambulance. Un SUV noir s'arrêtait à proximité. La portière du conducteur s'ouvrit et…

Ça alors ! Faith écarquilla les yeux, sa migraine passa momentanément au second plan. C'était un homme. Un homme vraiment impressionnant : plus d'un mètre quatre-vingts, large d'épaules… Sa formidable stature semblait réduire les proportions de son véhicule. Mais ce n'était pas sa taille qui avait retenu l'attention de Faith.

Il était… différent. Elle cilla plusieurs fois, incrédule. Finalement, le choc à la tête avait dû être plus rude qu'elle ne l'avait imaginé. Mais, lorsqu'elle ouvrit les yeux, le nouveau venu était encore là, près de son SUV, explorant la scène du regard, derrière la paire de lunettes de soleil la plus sombre et la plus enveloppante qu'elle ait jamais vue.

Il avait une chevelure blanche. Pas ce blond très pâle qui résulte d'une exposition au soleil, mais le blanc neigeux qui venait avec l'âge, même s'il ne paraissait pas plus vieux qu'elle. Les pointes de ses cheveux, taillés très court, se dressaient en désordre sur sa tête, comme une mer démontée figée par la glace. Le contraste était d'autant plus vif avec son visage au teint d'un bronze chaud, souligné par le bouc d'un blanc immaculé qui encadrait une bouche au pli sévère.

Et la pièce de résistance : un trench-coat de cuir noir, ouvert, qui épousait la forme de ses épaules comme un gant, et dont les pans flottaient dans le vent. Il semblait sortir directement d'un film d'action.

Si la douleur n'avait pas été si prégnante sous son crâne, elle aurait pu se croire en plein rêve. Bien sûr, elle s'était cogné la tête, l'hallucination restait donc une explication plausible.

— Toute réflexion faite, je vais peut-être accepter ce scanner, murmura-t-elle.

L'urgentiste laissa échapper un gloussement étouffé.

— J'y passerai peut-être juste après vous.

— Ah... Alors, il est réel ?

— Oui, m'dame. Bel et bien réel.

4

Mount Carmel, Ohio
Lundi 3 novembre, 17 h 32

L'agent spécial Deacon Novak descendit de son SUV, plissant les paupières pour se protéger de l'assaut soudain de l'air glacial. Il allait geler à pierre fendre, cette nuit. La victime avait été découverte juste à temps.

En passant quelques heures de plus ainsi exposée, elle aurait sans doute succombé au froid... si l'hémorragie ne l'avait pas achevée avant. La jeune fille avait été battue, balafrée de toutes parts. On lui avait tiré dessus, avant de la jeter au milieu de nulle part, sur le bas-côté d'une route qui ne paraissait guère fréquentée.

Deacon avait presque oublié qu'il existait des endroits aussi isolés si près de la ville. La banlieue populaire de Cincinnati où il avait grandi ne se trouvait qu'à vingt-cinq kilomètres de là, mais on aurait plutôt dit une centaine. Ici, les habitations étaient rares et isolées, quand celles de son quartier étaient si proches les unes des autres qu'autrefois il lui suffisait d'ouvrir une fenêtre pour discuter avec son cousin, qui vivait dans la maison voisine.

Ici, personne n'avait été témoin du moment où une jeune fille avait été jetée comme un sac de déchets. Dans son quartier, il y avait toujours des sentinelles autoproclamées postées derrière les rideaux de dentelle pour s'assurer que toutes les mères seraient informées des moindres faits et gestes de leur progéniture.

A vrai dire, elles continuaient à monter la garde. Certes, les vigies avaient vieilli, mais elles surveillaient toujours le voisinage d'un œil d'aigle, répertoriant les mauvais comportements. Si Deacon en avait la certitude, c'était pour la simple et bonne raison que sa sœur Dani et lui se trouvaient maintenant du côté de ceux qui recevaient les rapports.

Leur plus jeune frère avait commencé à avoir de très mauvaises fréquentations et tante Tammy, qui avait élevé Greg depuis la mort de leur mère alors qu'il était encore bébé, était à bout de résistance. Voilà pourquoi Deacon était revenu — pas seulement pour un bref séjour ou des vacances, mais définitivement. Ils avaient souvent dû régler quelques incidents mineurs, mais Dani et lui s'en étaient toujours tirés.

Jusqu'à cet après-midi. *Bon sang.* Greg s'était *encore* fourré dans les ennuis au lycée et ce qui avait commencé comme une conversation avait bien failli se terminer en bagarre. Les paroles rageuses et les horreurs que son frère et lui avaient échangées résonnaient encore dans l'esprit de Deacon. Il ne perdait pas souvent son calme, mais le benjamin de la famille semblait avoir le don de le mettre en fureur d'un simple sourire narquois.

Deacon n'avait pas le souvenir d'avoir autant hurlé depuis des années. D'ailleurs, cela ne lui était peut-être jamais arrivé. Et, bien entendu, cela n'avait été d'aucune utilité. Greg s'était contenté d'éteindre sa prothèse auditive. Du coup, Deacon avait vu rouge.

Heureusement que la victime avait été découverte, pour le bien de la jeune fille, évidemment, mais aussi pour celui de Deacon. Au moment où il avait été appelé sur la scène de crime, il avait dû quitter son frère, ce qui lui avait évité de commettre l'irréparable, car à cet instant précis il envisageait sérieusement d'effacer le sourire provocant de Greg d'une bonne gifle. Il n'aurait sans doute pas mis son geste à exécution, mais le simple fait d'avoir été tenté de le faire l'avait bouleversé.

Ce qu'il ne pouvait pas se permettre. Il avait une tâche à accomplir. Il écarta son remords et son inquiétude. Pour l'instant, il devait se concentrer sur la jeune femme qui avait été agressée, abandonnée, et livrée à une mort certaine.

Ici, personne n'était à l'affût derrière des rideaux de dentelle. Celui qui avait laissé la victime le savait. Il avait compté sur le fait que, de part et d'autre de la route grêlée de nids-de-poule, il n'y avait que des arbres à perte de vue. Que vers le sud, derrière la masse boisée, s'étendait une portion peu fréquentée du fleuve Ohio, bien loin des bars et des restaurants qui en peuplaient les berges à Cincinnati.

Compte tenu des circonstances, la découverte de la victime relevait du miracle.

Et les miracles éveillaient toujours les soupçons de Deacon. Le rapport initial signalait que la victime avait été trouvée par une femme, qui avait fait une embardée pour l'éviter et avait accidenté son véhicule dans la manœuvre. Mais quelle raison pouvait-on avoir de circuler sur cette route ? Il faisait trop froid pour la plupart des randonneurs ou des campeurs, et la chasse au cerf n'était pas encore ouverte. Deacon espérait que les premiers intervenants n'avaient pas laissé partir le témoin. Il avait quelques questions à lui poser.

Un des flics locaux avait installé un périmètre sécurisé autour de la scène de crime. Deacon se baissa pour passer sous le ruban jaune tendu à travers la route, puis avança vers les rampes lumineuses, clignotant au-dessus de deux véhicules de patrouille du bureau du shérif. Les deux voitures encadraient une ambulance aux portières arrière ouvertes. Une femme était assise à l'intérieur.

Rouge. Le premier mot qui lui vint à l'esprit. Des cheveux rouge foncé, de la couleur du bordeaux, encadraient un visage pâle mais gracieux, malgré la joue maculée de sang et le front bandé.

Ce n'était pas la victime. Il savait que la jeune fille était déjà en route vers l'unité de traumatologie de Cincinnati.

Cette femme était sans doute le Bon Samaritain. Elle semblait avoir une trentaine d'années, du moins c'était ce que laissait deviner la silhouette blottie sous une couverture marron. Sa jupe verte s'arrêtait à trois centimètres de ses genoux bandés. Elle portait d'épaisses chaussettes blanches, qui découvraient ses mollets.

De fort jolis mollets, d'ailleurs. Il aurait fallu être aveugle pour ne pas remarquer leur galbe gracieux. Deacon avait peut-être des yeux particuliers, mais cela n'avait jamais affecté l'acuité de sa vision.

Le regard fixe de la femme était braqué droit sur lui, son expression évoquait celle d'un cerf pris dans les phares. C'était peut-être dû aux effets secondaires du choc, mais Deacon en doutait. Il était souvent confronté à ce genre de réactions.

— Halte-là, mon gars.

Deacon s'arrêta net devant l'agent en uniforme qui se dressait sur son chemin. Le policier l'examinait avec un mélange d'incrédulité, de fascination et de dédain. Un autre cocktail de réactions qui lui était familier.

— Tu ne peux pas passer par là, mon pote, continua l'agent. Alors, tu retournes à ton véhicule et tu repars d'où tu viens.

Je ne suis pas ton pote, mon bonhomme. Deacon ravala de justesse la réplique qui lui était venue à l'esprit. Il sortit sa plaque d'une main, et de l'autre enleva ses lunettes de soleil, s'efforçant de ne pas plisser les paupières pour filtrer l'intense éclat du soleil couchant. Son expression dépourvue d'humour était similaire à celle du policier qui l'avait apostrophé. Ensuite, il lui laissa quelques secondes pour réagir. *Attends, attends, ça vient…*

L'homme ne le déçut pas, il tressaillit lorsque son regard croisa celui de Deacon.

— C'est quoi ce b…

Deacon l'interrompit en brandissant sa plaque.

— Agent spécial Novak du FBI. Alors, qu'est-ce qu'on a ?

L'officier toisa Deacon de la tête aux pieds, l'œil menaçant.

— Super chouettes, les lentilles, connard ! Mais Halloween est passé. Maintenant, tu dégages tout de suite et t'embarques ta fausse plaque avec toi.

Qu'est-ce que je déteste Halloween ! Deacon en était arrivé à compter sur ce premier instant de stupeur qui frappait ses interlocuteurs. Après avoir passé des années à perfectionner l'image qu'il projetait, il exploitait au maximum la fenêtre de distraction que lui offraient ses iris « légèrement hors norme ». Mais la période d'Halloween ruinait ses effets et limitait l'efficacité de cet avantage stratégique.

En ce moment, il ne lui restait plus que sa personnalité pétillante pour manœuvrer. *Merde.*

— Officier, je n'ai pas de temps à perdre, dit-il d'une voix qui ressemblait à un sourd grondement menaçant. Qui commande, ici ?

— C'est moi.

La réponse sèche était venue d'un homme plus âgé, en uniforme lui aussi.

— Adjoint, retournez à votre poste, ajouta-t-il.

Le jeune policier tourna les talons. L'autre se pencha en avant pour examiner la plaque de Deacon, puis se redressa pour croiser son regard. Il ne tressaillit pas. S'il ne put réprimer son incrédulité, il parvint à cantonner sa réaction à un simple battement de paupières.

— Navré de cet incident, agent Novak. Je suis le shérif Palmer. Nous… euh… nous ne croisons pas beaucoup d'agents du FBI, par ici.

Et aucun doté d'une allure pareille. Si la phrase ne fut pas prononcée, son écho fut néanmoins assourdissant.

— J'avoue que je suis étonné de vous voir, continua Palmer. J'ai appelé la police de Cincinnati, pas le FBI.

— Je travaille avec le CPD, dans une unité interservices qui s'appelle le MCES[1], la brigade des crimes majeurs. Nous traitons les homicides, les enlèvements et les agressions.

Le mois précédent, Deacon avait rejoint cette brigade fraîchement créée. La police de Cincinnati avait demandé un agent du FBI doté d'une expérience de collaboration avec d'autres forces de l'ordre. Deacon avait besoin de rentrer. Son transfert de l'agence de Baltimore à celle de Cincinnati avait bénéficié aux deux parties.

— Alors, que s'est-il passé, shérif ?

— Nous sommes arrivés sur les lieux à 17 h 14, huit minutes après l'appel au 911. La victime était allongée sur la route, couverte de sang. Elle avait le visage tuméfié, une blessure par balle à la cuisse et des entailles sur tout le torse. Assez profondes pour faire mal, mais pas assez pour tuer.

— Son ravisseur s'amusait avec elle, murmura Deacon, masquant sa colère.

— Ouais. Nous n'avons trouvé aucune pièce d'identité sur les lieux. Pas de vêtements non plus, ni d'effets personnels.

— A-t-elle refait surface à un moment donné ?

— Non. A notre arrivée, elle ne réagissait pas. Elle était nue, mais la femme qui l'a trouvée l'avait recouverte avec son propre manteau. Figurez-

1. Major Crimes Enforcement Squad. (NdT)

vous que cette nana montait la garde, debout près de la victime… Avec un 380.

Surpris, Deacon se retourna pour examiner la femme plus attentivement. Elle l'observait également, l'expression abasourdie avait disparu. A présent, il lisait de l'intelligence dans son regard. Ainsi qu'une prudente réserve qui semblait trahir une stratégie à l'œuvre et déclencha son signal d'alarme.

— C'était son propre pistolet ? demanda-t-il à Palmer.

— C'est ce qu'elle a déclaré et, à en juger par la manière dont elle manipulait cet engin, je dirais qu'elle sait exactement comment s'en servir. Quand j'ai ensaché le flingue, elle n'a pas protesté.

— A-t-elle vu quelqu'un avec la fille ? Quelqu'un qui arrivait ou s'en allait ?

— Elle n'a rien déclaré de tel, mais elle se trouvait peut-être en état de choc. Quand je lui ai demandé de me remettre son pistolet, elle me l'a tendu… et elle s'est effondrée. Elle ne s'est pas évanouie, mais ses jambes ne la portaient plus.

— Elle est blessée ?

— De simples coupures ou des contusions sur les mains et les genoux. Une vilaine entaille sur le front. D'après ce qu'elle a dit, elle a donné un coup de volant pour éviter de heurter la victime et elle a fini au bas de ce talus. C'est par là.

Conscient de se trouver sous le regard vigilant de la femme, Deacon s'éloigna et rejoignit le shérif qui se tenait sur le bas-côté de la route. Pendant un instant, il resta immobile, bouche bée. Il s'attendait à un peu de tôle froissée, mais certainement pas à ça. Une jeep rouge reposait contre quelques arbres, à mi-pente. On aurait dit que le flanc du véhicule avait été heurté par une boule de démolition. Outre l'inclinaison particulièrement raide du talus, le terrain était aussi instable.

Il se retourna vers le Bon Samaritain pour lui jeter un regard incrédule.

— Elle a grimpé *jusqu'ici* en venant de là, *en bas* ?

Le shérif haussa les épaules.

— Ouais. A moins qu'elle n'ait des ailes ou qu'elle n'ait planqué un hélico, elle a grimpé.

— Il y avait quelqu'un avec elle ?

— Toujours d'après ses déclarations, elle était seule. Une fois que la scène a été sécurisée, j'ai examiné les lieux. Je n'ai pas relevé d'autres empreintes que les siennes et il n'y avait personne dans le véhicule. Je dois admettre que, remonter jusqu'à la route, c'est un sacré défi. Quand je l'ai interrogée là-dessus, elle m'a répondu qu'elle avait l'habitude de s'entraîner sur un mur d'escalade.

— Intéressant.

Deacon étudia les empreintes de pneus et les arbustes brisés qui matérialisaient le parcours de la jeep, le long du talus. Les traces pointaient d'abord droit vers les arbres, mais une large bande de terre labourée indiquait qu'elle avait pris un virage serré au dernier moment, ce qui lui avait permis de heurter les arbres de côté. Peu de gens auraient été capables d'effectuer une telle manœuvre, surtout sous pression. Le Bon Samaritain était un véritable as du volant.

Il sortit des jumelles de sa poche. Malgré la lumière déclinante, il parvint à distinguer des plaques d'immatriculation de Floride. L'information souleva de nouvelles interrogations. A commencer par les raisons qui avaient conduit cette femme sur une route qui n'avait même pas de nom sur la carte.

Il revint à son examen des traces de dérapage.

— Elle a essayé de s'arrêter.

— Elle prétend qu'elle ne roulait pas vite, répondit Palmer. La disposition des empreintes de pneus concorde avec ses déclarations.

Les marques commençaient environ à une demi-douzaine de mètres de l'endroit où on avait placé un plot de signalement au milieu de la route.

— C'est là que vous avez trouvé la victime ?

Palmer sortit un petit appareil numérique de sa poche.

— Oui. J'ai pris des photos avant que les ambulanciers ne l'emmènent.

Deacon fit défiler les clichés et grimaça en découvrant les blessures de la fille. Il avait vu pire, mais pas très souvent.

— Pourriez-vous m'en faire des copies, s'il vous plaît ?

— Je les ai déjà transférées à notre serveur. Je peux vous les envoyer par mail.

— Ce serait génial, merci.

Deacon repoussa un pan de son trench-coat de cuir, puis s'agenouilla près du plot. Son manteau et lui étaient appariés depuis si longtemps que ce mouvement appartenait maintenant à sa gestuelle naturelle.

Des taches sombres et humides apparaissaient sur l'asphalte.

— Elle a perdu beaucoup de sang, murmura Deacon.

— Ça aurait pu être encore plus grave, mais le Bon Samaritain a fait du bon boulot en matière de premiers secours. Elle s'est servie de son écharpe pour faire tampon sur la blessure.

De toute évidence leur Bon Samaritain possédait tout un tas compétences.

— Comment s'appelle-t-elle ?

— Faith Corcoran. D'après elle, son sac à main est encore dans la jeep, avec ses papiers. D'ordinaire, il y a assez peu d'étrangers qui viennent jusqu'ici. Sans compter que c'est un peu bizarre qu'elle soit passée sur cette route en même temps que la fille.

— Et en trimballant pas moins qu'un 380, souligna froidement Deacon.

Palmer marqua son accord d'un léger signe de tête.

— Ça ne m'a pas échappé.

Le commentaire du shérif n'était guère plus amène que le sien.

Deacon se releva et traversa lentement la route, scrutant le revêtement. Une large piste sombre et humide partait du plot et s'étirait jusqu'au bas-côté, à l'opposé du talus où se trouvait la jeep.

— La victime est arrivée par là.

— Elle a rampé depuis l'accotement où on l'a balancée. Elle avait de la terre sur les mains et les genoux.

Deacon pêcha sa Maglite dans la poche de son manteau et orienta le rayon lumineux sur le bord de la route, puis il commença à s'éloigner de la scène de crime, en direction du soleil couchant.

— Nous n'avons pas trouvé d'empreintes de pneus sur l'accotement ou sur l'herbe, dit le shérif. Celui qui l'a balancée est resté sur la route.

Deacon immobilisa la lampe, éclairant un endroit précis, à la limite herbeuse de l'accotement.

— Lui, peut-être, mais pas elle. Regardez, il y a du sang par ici.

— Où ?

Mains sur les hanches, le shérif observait l'herbe illuminée.

— C'est pas vrai. Vos satanés yeux fonctionnent à la perfection, agent Novak.

— En effet, dit Deacon à voix basse.

Les gens s'interrogeaient souvent sur les capacités de ses yeux si particuliers. Sa vision était-elle déficiente ou au contraire plus efficace ? Ni l'une ni l'autre de ces suppositions n'était vraie. En dehors d'une sensibilité à la lumière vive, sa vision était moyenne. En revanche, il s'était entraîné à discerner les modifications de couleur et de texture.

— Je crois que la victime arrivait de la forêt.

Il se tut en entendant un bruit de moteur. Quelques secondes plus tard, le fourgon de la police scientifique aborda le dernier virage, suivi par un break qui ressemblait à celui de sa partenaire. Pourtant, le lieutenant Scarlett Bishop était censée être à l'hôpital avec la fille. A moins que la victime ne soit plus en état de faire une déclaration.

Merde. Je vous en prie, ne laissez pas mourir cette fille.

— Maintenant que l'équipe scientifique est là, on y verra plus clair avec leurs projos. Veuillez m'excuser, shérif.

Deacon partit d'un bon pas vers le break, ralentit légèrement en passant devant le Bon Samaritain. Penchée en avant, pour mieux voir par-delà les portières de l'ambulance, la femme l'observait. En le voyant approcher, elle se redressa et son visage replongea dans la pénombre. Elle semblait inquiète.

Voilà qui n'augurait rien de bon. L'attention de Deacon se reporta sur le break, il était vraiment intrigué. La personne qui en émergea n'était pas Bishop.

Cincinnati, Ohio
Lundi 3 novembre, 17 h 45

Appuyée contre la cloison du box des urgences, Scarlett Bishop regardait l'équipe de traumatologie préparer la victime pour l'intervention chirurgicale. Le kit de viol avait donné des résultats positifs. Peu étonnant quand on savait que la jeune fille avait été retrouvée nue.

L'œil rivé sur le visage de la victime, Scarlett guettait le moindre signe de lucidité, en vain. Elle avait déjà essayé de communiquer trois fois avec la fille, sans succès.

L'infirmière qui se tenait à la tête du lit recula, Scarlett se glissa dans l'espace libre pour une nouvelle tentative et se pencha tout près du visage tuméfié.

— Ma chérie, dit-elle d'une voix basse mais pressante. Réveille-toi, j'ai besoin de te parler, juste une minute.

— Nous l'emmenons dans moins d'une minute, lieutenant, la prévint le médecin.

— D'accord, d'accord, répondit Scarlett en songeant que les choses seraient sans doute plus faciles si elle connaissait le nom de la blessée. Ma douce, réveille-toi, je t'en prie. J'ai besoin de savoir ton nom.

Le désespoir de Scarlett avait filtré dans sa voix et, comme en réponse, les paupières de la victime frémirent. Scarlett retint son souffle.

— Faith, murmura la fille.

— Lieutenant, on la monte au bloc.

D'un regard suppliant, Scarlett quêta quelques secondes supplémentaires.

— Tu t'appelles Faith ?

La jeune femme secoua faiblement la tête.

— Non. Trouver Faith.

Oh ! non, elle parlait de trouver la foi[1]. La voix de Scarlett se fit plus douce.

— Tu veux parler à un prêtre ?

La mâchoire de la fille se crispa dans un geste infinitésimal.

— Non. Faith. Frye.

— D'accord.

Scarlett avait pris sa voix la plus apaisante, même si elle n'avait pas la moindre idée de ce dont parlait la jeune femme.

— Qui t'a fait ça ?

Les yeux marron se remplirent de larmes.

— Krin. Krin.

Un des moniteurs se mit à biper et l'équipe entra prestement en action.

1. *Faith* signifie « foi ». (NdT)

— La TA s'effondre, lança une infirmière. Elle va entrer en fibrillation ventriculaire.

— Ça suffit, lieutenant ! jeta sèchement le médecin.

Il lança ensuite un chapelet d'ordres à son équipe, pendant qu'ils tiraient le brancard hors de la cabine et le faisaient rouler vers l'ascenseur.

En passant la porte des urgences, Scarlett sortit son téléphone et composa le numéro de l'analyste de son commandant.

— Crandall, ici Bishop. Voudrais-tu vérifier la liste des personnes disparues pour voir si une certaine Faith y figure. Un mètre quatre-vingts environ, de longs cheveux noirs, aux épaules, peut-être hispano-américaine.

— Une petite seconde.

Le clavier de Crandall cliqueta à l'arrière-plan.

— Non. Nous avons une Fawn et une Fiona. Aucune Faith.

— Je savais que c'était trop beau pour être vrai, marmonna-t-elle. Avant de venir ici, j'ai déjà fait une vérif à partir de la description des urgentistes, mais je n'ai rien trouvé. J'espérais qu'il y avait du nouveau.

— Attends, elle date de quand, ta vérif ?

— A peu près vingt-cinq minutes. Pourquoi ?

— Parce que je viens de recevoir un nouveau signalement, on l'a téléchargé il y a un quart d'heure. Arianna Escobar, dix-sept ans. Elle correspond à ta description et on l'a vue pour la dernière fois sur son campus de King's College, où elle étudie en première année. J'ai une photo. Ne quitte pas. Je te l'envoie sur ton téléphone.

Scarlett courut jusqu'à sa voiture et elle bouclait sa ceinture quand la photo arriva. Il lui fallut un moment pour trouver la moindre ressemblance entre la fille qui figurait sur le cliché et la victime qu'elle venait de voir.

— Attends, c'est dur de dire si c'est la même fille. Cet enfoiré s'est lâché sur son visage. Mais je crois bien que c'est elle. Qui a déclaré sa disparition ?

— Sa colocataire, Lauren Goodwin. Tu la trouveras à la résidence Harrison. Je vais t'envoyer son numéro de portable.

— Merci, Crandall. Ça ne t'ennuie pas de dire à Isenberg que je file à King's College ?

— Elle voudra avoir des nouvelles de la fille.

— Quand ils l'ont embarquée en chirurgie, ils chargeaient le défibrillateur.

Scarlett éprouva un pincement de culpabilité même si elle s'efforça de l'ignorer. Si elle n'avait pas insisté pour faire parler la victime… Dire qu'elle avait risqué la vie de cette fille, sans même obtenir quelque chose d'utile.

— En tout cas, croise les doigts, Crandall, ajouta-t-elle.

— Je prierai.

— D'accord, répondit Scarlett d'un ton neutre. Fais donc ça, aussi. Dès que j'ai quelque chose, je t'appelle.

Elle coupa la communication, regrettant d'avoir été dure avec Crandall, mais toute cette histoire de prières avait tendance à lui hérisser le poil. Ça lui avait toujours paru injuste que seules les prières de certains soient exaucées et pas celles des autres.

Laisse tomber, Scar. Son téléphone bourdonna, lui annonçant un SMS de Crandall qui lui transmettait les coordonnées de la colocataire d'Arianna. *Merci*, lui renvoya-t-elle avant de composer le numéro de la jeune Lauren.

Mount Carmel, Ohio
Lundi 3 novembre, 18 h 10

En constatant que sa partenaire n'était pas dans le break, Deacon avait été surpris, mais le choc était d'autant plus grand qu'il avait vu Adam Kimble émerger de la voiture. Adam avait appartenu à la brigade des homicides et travaillait alors sous les ordres d'Isenberg. Au moment où celle-ci s'était vu confier la direction de la MCES, il avait déjà été muté aux crimes contre la personne, contractés en PC. La police de Cincinnati usait de cet euphémisme pour désigner les crimes sexuels. Plus délicat, le terme n'atténuait pas pour autant les atrocités auxquelles la brigade des PC était confrontée jour après jour. L'âpreté du poste semblait avoir profondément marqué Adam.

L'homme à l'expression amère qui examinait la scène de crime était bien éloigné du garçon qui avait grandi dans la maison voisine de celle de Deacon. Leurs mères, sœurs, avaient donné naissance à leurs fils respectifs à deux mois d'intervalle. L'amitié des deux garçons était née à l'âge de ramper en couches-culottes. Adam avait partagé toutes les aventures d'enfance de Deacon — dont un bon nombre leur avait valu l'attention assidue des sentinelles du quartier, qui les signalaient régulièrement à leurs mères. Pendant leurs années d'école, Adam avait défendu Deacon et sa sœur contre les brutes qui cherchaient à les tourmenter à cause de leur apparence insolite. A l'époque, Deacon était trop maigrichon pour riposter. Et, au moment où il avait enfin connu une poussée de croissance, c'était Adam qui lui avait appris à utiliser ses muscles tout neufs pour se protéger. Son cousin l'avait soutenu pendant les événements les plus traumatisants de sa vie.

Il lui devait même son affectation à l'équipe des crimes majeurs. L'attitude de Greg avait fini par évoluer d'une manière si préoccupante que Deacon avait décidé de rentrer à Cincinnati pour s'en occuper. Adam ne s'était pas contenté de prévenir son cousin de la constitution de la nouvelle brigade, mais l'avait personnellement et chaudement recommandé au commandant de la MCES. C'était ainsi que Lynda Isenberg était devenue la nouvelle patronne de Deacon.

Entre-temps, un mystérieux changement avait affecté Adam — sans doute les conséquences d'un événement brutal et dramatique. Et, depuis que Deacon était arrivé de Baltimore, son cousin l'évitait. Loin de prendre la mouche, ce dernier s'inquiétait de la situation, car Adam évitait tout le monde. Y compris sa propre mère, Tammy, la tante de Deacon.

Et, à en juger par l'expression renfrognée d'Adam, ce qui le perturbait ne s'était pas arrangé.

Oh ! non. Deacon revit le visage livide de sa tante pendant sa dispute avec Greg. *Ça ne va pas recommencer.* La dernière crise cardiaque de tante Tammy avait eu un rôle catalyseur dans le retour de Deacon.

— Ta maman va bien ?

Le corps d'Adam sembla soudain se figer dans une posture singulièrement menaçante.

— Pourquoi elle n'irait pas bien ?

— On l'a un peu bouleversée, Greg et moi. On s'est disputés et c'est devenu… disons, intense.

Adam secoua la tête. Ses épaules se relâchèrent, mais il garda la même expression sombre et fermée.

— Pour ce que j'en sais, elle va bien. A quel propos, la dispute ?

— Greg va encore se taper une exclusion temporaire pour bagarre. La routine, quoi, dit Deacon en haussant les épaules.

— Ce gamin est complètement idiot, jeta Adam. Il va finir par la tuer, Deacon. Un de ces jours…

Deacon leva la main pour endiguer la tirade de son cousin.

— Il me reste encore deux pièces à peindre et Dani pourra emménager.

Sa sœur et lui avaient mis leurs économies en commun, mais n'avaient pu s'offrir mieux qu'une maison à rénover. Deacon avait donc passé la majeure partie de son temps libre à faire des travaux d'aménagement, qui approchaient maintenant de leur terme. A vrai dire, il était plutôt fier de son ouvrage.

— Pour l'instant, on essaie de coordonner nos horaires de service pour que l'un d'entre nous soit toujours présent à la maison avec Greg. Tante Tammy en sera débarrassée à la fin de la semaine… Mais, si ta mère va bien, qu'est-ce que tu fabriques ici ?

La bouche d'Adam se contracta en un pli amer.

— C'est notre patronne qui m'envoie.

Notre patronne ? Deacon écarquilla les yeux.

— Tu fais partie de la MCES ? Depuis quand ?

— Depuis une heure.

La réponse d'Adam recélait une telle acrimonie que Deacon eut un petit geste de recul.

— Si je comprends bien, ce n'était pas ton idée, dit-il avec circonspection.

Adam serra les mâchoires si fort que Deacon crut qu'il allait se briser les dents.

— T'es toujours un petit génie, à ce que je vois. Non. Ce n'était pas mon idée, mais je suis là et je suis tout à toi. Petit veinard.

Bon... d'accord.

— Et Bishop, dans tout ça ?

— T'inquiète pas. C'est toujours ta partenaire. Considère-moi comme le grouillot.

— Le grouillot...

Deacon avait la vague impression d'avoir été mené en bateau. Isenberg aurait quelques explications à lui fournir. Il se tourna vers le chef de la brigade scientifique qui sortait son matériel de la fourgonnette.

— Tanaka ! Venez par ici, que je vous mette au courant rapidement. Il faut se dépêcher. On va bientôt perdre la lumière.

Vince Tanaka les rejoignit. Ce vétéran de l'analyse des scènes de crime était un très bon professionnel.

— J'ai des projos. Mon équipe va les installer près du plot de la route.

— Pas tout de suite. Commencez par là-bas, dit Deacon en désignant l'accotement où il avait vu du sang. Je pense qu'elle est arrivée de ce côté, à travers ces arbres.

Adam fronça les sourcils, intrigué.

— Je croyais qu'elle avait été balancée.

— C'est possible, mais j'ai trouvé du sang dans l'herbe.

Ensuite, Deacon fit un point rapide de la situation, puis leur distribua ses consignes.

— Je veux qu'on retrouve son trajet. Marquez chaque brin d'herbe sur lequel elle a pu ramper. Le shérif a pris des photos quand il est arrivé sur les lieux. Il devrait nous les avoir envoyées par mail. L'arme et le manteau du Bon Samaritain sont également ensachés et étiquetés.

— Le Bon Samaritain était armé ?

Tanaka était visiblement intrigué.

— Apparemment, oui. Assurez-vous qu'on lui donne les reçus pour ses affaires.

— Entendu.

Là-dessus, Tanaka se dirigea vers le bas-côté, les laissant seuls tous les deux.

Deacon scruta le visage maussade d'Adam, il aurait aimé avoir le loisir d'approfondir la question et de découvrir ce qui n'allait pas chez son cousin, mais le moment était mal choisi.

— Ecoute, je ne sais pas quel est ton problème ou ce qui s'est passé pour que tu atterrisses dans mon équipe, mais tu devras gérer ça sur ton temps libre, dit-il à mi-voix. Pour l'instant, la priorité, c'est cette fille. Tu peux faire ça ?

Adam grimaça, puis hocha la tête.

— Ouais, je vais me débrouiller.

Adam avait dit « se débrouiller »… Mais le terme employé par Deacon n'avait pas tout à fait le même sens. *Décidément, Isenberg aura vraiment plein de choses à m'expliquer.*

— Merci, Adam. Je vais recueillir les déclarations de notre Bon Samaritain. Quant à toi, je veux que tu ailles voir ce qu'il y a là-bas.

Il indiqua la direction d'où la fille était venue. Et vers laquelle roulait la jeep.

— Remonte la piste à pied. Prends un des types de Tanaka avec toi pour chercher des preuves.

Adam lui adressa un petit signe de tête.

— Compte sur moi.

Deacon s'intéressa à la femme, toujours assise à l'arrière de l'ambulance. Faith Corcoran. Elle l'avait observé tout au long de sa conversation avec Adam et Tanaka. Il la vit déglutir avec peine, une expression apeurée crispa un bref instant son visage pâle. Mince. Il cherchait à lui faire baisser sa garde, pas à l'effrayer.

Il avait à peine fait deux pas vers l'ambulance que le vibreur de son téléphone bourdonna. Il sortit l'appareil de sa poche. Un simple coup d'œil à l'identité du correspondant l'incita à s'éloigner des oreilles de Faith Corcoran. A l'autre bout du fil, c'était Lynda Isenberg, sa patronne. *Minute. Oh ! pardon. « Notre » patronne.*

Mais l'heure n'était pas à la plaisanterie.

— A quel moment aviez-vous l'intention de m'avertir pour Adam ?

— Il y a vingt minutes, mais j'ai dû prendre deux appels entre-temps, répondit Isenberg, du ton mesuré dont elle était coutumière. Kimble a été officiellement affecté à votre unité… Gardez l'œil sur lui.

Deacon n'avait pas manqué de noter la brève hésitation qui avait précédé cette recommandation.

— Vous me direz pourquoi, plus tard ?

— Non, dit-elle, et cette fois le ton n'admettait pas de réplique. Je vous appelle parce que j'ai de nouvelles infos sur votre affaire. Bishop a identifié votre victime. Arianna Escobar, dix-sept ans. Etudiante de première année à King's College. Sa camarade de chambre a déclaré sa disparition hier, mais le flic qui a reçu l'appel a pensé que la gamine faisait la fête quelque part. Heureusement, Lauren Goodwin ne s'est pas découragée. Cet après-midi, elle a obtenu de la sécurité du campus qu'ils visionnent les enregistrements des caméras. Les images montrent qu'Arianna a quitté la bibliothèque à 23 heures, vendredi soir, avec une autre étudiante, Corinne Longstreet, qui manquerait aussi à l'appel. J'ai ajouté son nom au fichier des personnes disparues.

Deacon marmonna un juron.

— Vous pouvez m'envoyer le profil des deux filles ?

— Ça devrait déjà être arrivé sur votre téléphone. Corinne est en deuxième année, mais elle est plus âgée que ses camarades de promotion. Vingt-six ans, un mètre soixante-dix, cinquante-neuf kilos, blonde.

— Merci. Reste à savoir si Corinne est une victime ou si elle est complice de l'enlèvement. Est-ce que Bishop a pu se faire une opinion ?

— Pas vraiment. Quand Bishop l'a interrogée sur l'identité du ravisseur, Arianna a essayé de prononcer le nom de Corinne. Mais elle pleurait en même temps, donc elle peut avoir tenté de faire comprendre à Bishop que Corinne avait des ennuis.

— Arianna a dit autre chose ?

— Quelque chose d'incompréhensible, peut-être un nom d'après Bishop, lâcha Isenberg d'un ton neutre. Elle n'a pas la moindre idée de ce que ça signifie. La colocataire de la victime n'a pas su nous donner plus d'explications.

— D'accord. Considérons donc Corinne Longstreet comme une victime, jusqu'à ce que nous ayons la preuve du contraire. Pour l'instant, Adam remonte la piste d'Arianna. Je lui dirai de chercher aussi des traces de la présence de Corinne. Le shérif local a l'air d'avoir l'esprit vif et il connaît la région. Je vais lui demander d'organiser une battue.

— Je vous enverrai autant d'hommes que possible, assura Isenberg. Si le shérif ne dispose pas de chiens de recherche, dites-le-moi. Je m'arrangerai pour lui en procurer quelques-uns.

— Bien. Merci.

Deacon jeta un coup d'œil à la femme dans l'ambulance en gardant à l'esprit qu'elle avait observé son moindre geste. Pour l'heure, elle se mordillait la lèvre, le visage assombri par l'inquiétude.

— Rendez-moi un service, chef. Voyez ce que vous pouvez trouver sur une certaine Faith Corcoran. Sa voiture a des plaques de Floride.

Il récita le numéro de la plaque, qu'il avait mémorisé. Bonne chose. Il faisait trop sombre maintenant pour voir la jeep et encore moins son immatriculation.

— D'accord. Pourquoi devrais-je m'y intéresser ?

— C'est le Bon Samaritain qui a découvert Arianna. Mais cette route se trouve très loin des voies fréquentées et je veux savoir ce qu'elle fabriquait ici au même moment qu'Arianna. Et, pour tout dire, elle me semble un peu fébrile.

— Elle a renversé la fille ?

— Non. Les traces de pneus montrent qu'elle a quitté la route à une demi-douzaine de mètres de l'endroit où se trouvait la victime. Donc, elle ne l'a pas touchée.

— Votre Bon Samaritain est peut-être en état de choc.

— C'était peut-être le cas. Mais plus maintenant. Mon instinct me dit qu'elle est nerveuse à cause d'autre chose.

— Je dois admettre que, jusqu'à présent, votre instinct a démontré sa fiabilité, reconnut Isenberg à contrecœur. Je vais mettre Crandall là-dessus. Il vous enverra ce qu'il aura pu dénicher par SMS.

Si les infos étaient accessibles en ligne, Crandall saurait les trouver.

— Merci. Je vous tiens inf…

— Je n'ai pas terminé. L'équipe des urgences a utilisé le kit de viol sur la jeune Escobar, les résultats sont positifs.

— Merde, dit Deacon à voix basse.

Il s'y attendait, bien sûr, mais avait malgré tout espéré être détrompé.

— Je sais… Le médecin a aussi trouvé des signes de violences plus anciennes. Arianna est dans le système des familles d'accueil depuis des années et elle a moins de dix-huit ans. Deux bonnes raisons pour appeler les services sociaux. Là-bas, ils nous ont recommandé le Dr Meredith Fallon, une pédopsychiatre. Quant à Bishop, elle est encore à l'université, mais elle repassera à l'hôpital, une fois que la fille sera sortie de la salle d'opération. C'est tout ce que j'ai pour l'instant. Tenez-moi au courant de vos découvertes.

— Entendu.

Deacon coupa la communication, son regard se fixa sur Faith Corcoran. Lorsqu'il avait juré entre ses dents en apprenant le viol d'Arianna, elle avait penché la tête d'un air las. Même sans entendre un traître mot de ce qu'avait dit Isenberg, elle semblait avoir compris.

Que savait-elle ? D'où venait-elle ? Qu'est-ce qui l'avait amenée dans ces parages ? Et, surtout, pourquoi était-elle armée ? *Faith Corcoran, je crois qu'il est temps de passer aux présentations officielles.*

5

Mount Carmel, Ohio
Lundi 3 novembre, 18 h 20

Le flic aux cheveux blancs avait arpenté toute la scène de crime et s'était entretenu avec tous ceux qui se trouvaient sur le terrain. *Sauf moi,* songea Faith. Depuis qu'il était arrivé, elle avait conscience d'être l'objet de son attention, même si ce n'était que par intermittence. Il l'examinait comme si elle était un insecte dans un bocal.

Ce qui, à bien y réfléchir, était plutôt ironique. *De nous deux, c'est quand même lui le plus étrange.* Avec ses cheveux blancs, son manteau de cuir et ces lunettes de soleil à la monture enveloppante et aux verres ultra-sombres.

Manifestement, il dirigeait les opérations. Tous ceux à qui il s'adressait suivaient ses ordres sans discussion. Cela dit, l'autre policier, celui qui était arrivé plus tard, avait quand même l'air fâché. D'un autre côté, la réaction initiale de l'adjoint du shérif qui avait accueilli le premier flic l'avait laissée perplexe. Et un peu nerveuse.

Plus que nerveuse, à vrai dire. Elle tremblait. Sans avoir vraiment entendu ce qu'il avait dit, elle avait observé sa bouche tout au long de la conversation. Jolie bouche, d'ailleurs ! Mise en valeur par le fin bouc blanc qui la soulignait, et permettait de déchiffrer encore plus aisément certains mots. Elle regardait donc ses belles lèvres, lorsqu'elle se rendit compte qu'il énonçait soigneusement une série familière de lettres et de nombres.

Il communiquait le numéro d'immatriculation de la jeep à la personne à l'autre bout de la ligne. *Il a des soupçons.*

Des soupçons à quel propos ? Tu n'as rien fait de mal. Et puis, il n'allait rien trouver. Elle avait fait modifier son nom sur tous ses documents personnels.

Et s'il creuse la question ? S'il découvre l'existence du docteur Faith Frye ? S'il passe quelques coups de fil à Miami ? Dans ce cas, tous ses efforts pour changer de vie finiraient en gigantesque gâchis. Dès qu'un des policiers de Miami serait informé de son changement d'identité, ils le seraient tous. Elle ne connaissait pas plus cancaniers que les flics. Et, quand la police l'apprendrait, il ne faudrait pas attendre très longtemps pour que sa nouvelle adresse « fuite ». Et alors, le cauchemar recommencerait.

De toute façon, elle le saurait bien assez tôt, conclut-elle pour en finir avec ce sujet. En revanche, son pouls s'accéléra à la perspective de sa rencontre imminente avec le flic aux cheveux blancs. Quand il s'immobilisa, il était tout près d'elle. *Trop près.* Beaucoup trop près.

— Madame Corcoran ? Je suis l'agent spécial Novak, du FBI.

Cédant un bref instant à la panique, elle retomba dans de vieux travers et baissa les yeux sur ses épaisses chaussettes de laine et sur le cuir étincelant des richelieus noirs. Il était si proche qu'elle pouvait sentir la chaleur irradier de lui. Entendre le pan de son manteau battre au vent, alors qu'il la toisait, dressé au-dessus d'elle de toute sa hauteur.

Il essaye de m'intimider. Et ça marchait. *Reprends-toi. Tu vaux mieux que ça. Tu n'as rien fait de mal, bon sang. Regarde-le dans les yeux et dis-lui de reculer.*

Elle leva le menton, s'apprêtant à parler, mais le mouvement trop brusque lui rappela instantanément la raison qui la maintenait assise à l'arrière de cette ambulance. Elle referma les yeux sous l'assaut d'une vague de nausée qui la heurta de plein fouet. Elle entendit un faible gémissement et se rendit compte qu'il était sorti de sa propre bouche.

Tu ne vas quand même pas vomir sur ses belles chaussures. Pas vrai ?

— Vous êtes l'urgentiste ? demanda-t-il.

Faith sursauta, elle avait presque oublié la présence du secouriste.

— Oui. Je m'appelle Jefferies, brigade des pompiers et des premiers secours de Mount Carmel.

— Comment va-t-elle ?

— *Elle* va bien, dit Faith, gardant toujours la tête basse et les yeux fermés. Et elle est parfaitement capable de parler pour elle-même.

— Heureux de l'entendre, fit Novak d'une voix égale. Jefferies, j'aimerais parler à Mme Corcoran avant que vous l'emmeniez. Pouvez-vous nous accorder quelques minutes ?

— Bien sûr, assura Jefferies. J'ai des rapports à remplir. Mais Mme Corcoran doit se faire examiner aux urgences. La contusion sur son front nécessite quelques points de suture. Ses mains aussi devraient avoir besoin de soins.

— Devraient ? Vous ne savez pas, si je comprends bien ?

— Elle ne m'a pas laissé la toucher, répondit Jefferies, légèrement sur la défensive.

— Et… pourquoi donc ? demanda Novak après un bref silence.

— J'avais peur d'avoir ramassé des indices en touchant la peau de la fille, répondit Faith. Le shérif a déjà pris mon manteau parce que je m'en suis servi pour la recouvrir, mais j'ai pensé que vos techniciens de la scientifique voudraient faire des prélèvements.

— Je vois, dit Novak. Autre chose, Jefferies ?

— Pas que je sache. Prévenez-moi simplement quand vous aurez terminé.

Faith tressaillit lorsque l'ambulance se balança sous l'impact de la portière du côté conducteur, même si Jefferies l'avait refermée en douceur.

— On en sait plus sur l'état de la fille ? demanda-t-elle.

— Elle est toujours sur le billard. Avez-vous d'autres blessures que vous pourriez laisser le secouriste examiner ?

La voix de Novak avait subtilement évolué. Plus basse et profonde, elle émettait une vibration hypnotique dont Faith tira d'abord un certain apaisement, avant d'éprouver de l'agacement. Comment pouvait-elle se laisser manipuler par une astuce aussi élémentaire ? Au fil des années, elle-même avait eu recours à cette technique vocale avec d'innombrables patients. De toute évidence, il avait été parfaitement entraîné. Elle tenta d'imaginer sa voix au naturel.

— J'ai un peu mal au crâne. Mes mains et mes genoux sont écorchés. Sinon, je vais plutôt bien.

— Ce n'est pas l'impression que vous donnez, dit Novak de sa voix apaisante. Vous avez plutôt l'air d'avoir le cœur au bord des lèvres.

— J'ai connu mieux.

J'ai aussi connu tellement pire.

— Mais je n'ai pas vomi sur vos chaussures, continua-t-elle. Enfin, pas encore. Si j'étais vous, je me dépêcherais. Elles ont l'air neuves.

Il gloussa, ce qui la prit au dépourvu.

— Elles ne sont pas neuves, seulement bien entretenues. Pouvez-vous me regarder ?

— Pourquoi ?

— Parce que j'aime voir les yeux de mes témoins quand je les interroge. S'il vous plaît.

Elle se souvint du mouvement de recul de l'adjoint du shérif. Novak avait-il une cicatrice qu'elle n'avait pas encore remarquée ? Le sentiment qu'on éprouve quand les gens vous fixent avec curiosité avant de détourner les yeux lui était malheureusement trop familier. Elle en avait souvent fait l'expérience à l'époque où son entaille à la gorge n'était pas encore complètement cicatrisée.

— Ça aiderait si vous n'étiez pas aussi grand. Regarder loin me donne la nausée.

Elle entendit le crissement étouffé du cuir lisse.

— C'est mieux ?

Faith ouvrit les yeux et découvrit qu'il n'avait pas seulement légèrement plié les genoux, mais qu'il s'était aussi penché en avant, empiétant encore plus sur son espace vital. Certes, il était possible que sa haute stature le force à adopter cette posture. Ses cuisses évoquaient des troncs d'arbres et semblaient tout aussi solides. Ses larges épaules bloquaient complètement la vue de Faith.

— Madame Corcoran ?

Docteur Corcoran, eut-elle envie de rectifier. Mais elle préféra s'abstenir et tenta plutôt de maîtriser l'accélération rapide de son pouls. *Surtout, ne réagis pas s'il a une cicatrice.* Elle leva la tête.

— Reculez, s'il vous plaît. Vous êtes…

Elle croisa le regard de Novak et sa bouche cessa de fonctionner au milieu d'une phrase.

Oh ! mon Dieu. Ces yeux. Ils étaient… fascinants.

Elle avait déjà rencontré des individus avec des yeux vairons. Elle avait rencontré des individus avec un iris bicolore. Pourtant, elle n'avait jamais vu d'yeux comme ceux de l'agent spécial Novak. Ils étaient marron foncé et bleu vif. Mais les deux couleurs étaient présentes dans chaque œil. Chaque iris était à moitié marron, à moitié bleu. Les teintes vives devenaient de plus en plus floues en progressant vers le centre, avant de se fondre sur une ligne de rencontre.

— Oh ! soupira-t-elle, incapable de détourner le regard. Ils sont réellement… magnifiques !

Il resta parfaitement flegmatique et, pendant un long moment, ils se contemplèrent en silence.

Il fut le premier à rompre le contact, se redressant de toute sa hauteur. De là où elle était assise, elle ne voyait plus que son ventre, les yeux de Novak avaient disparu de son champ de vision. L'espace d'un instant, elle se sentit un peu perdue.

Sentiment qui se dissipa rapidement, lorsqu'elle réalisa ce qu'elle avait dit. *Et à haute voix.* Ses joues s'enflammèrent, puis elle s'éclaircit la voix avant de reprendre la parole.

— Je suis navrée. J'étais juste… Je veux dire, je n'étais pas…

Elle soupira, c'était inutile, le mal était fait.

— Que voulez-vous savoir ?

— Racontez-moi ce qui est arrivé.

Maintenant, il s'exprimait d'une voix neutre. Dépourvue d'expression.

Super. Elle s'était débrouillée pour le froisser, même si c'est ce qu'elle cherchait avant tout à éviter.

— Eh bien, j'allais chez moi, enfin plus précisément ce qui va être chez moi. Et tout à coup elle était *là.* Je ne sais pas d'où elle a pu sortir.

— Je croyais qu'elle était allongée sur la route.

Faith se força à se concentrer sur la fille plutôt que sur Novak, qui se tenait aussi rigide qu'une statue.

— Je ne pense pas. Je sais que je vais vous paraître dingue, mais c'est presque comme si elle avait bondi devant ma voiture.

— Bien, vous l'avez vue. Que s'est-il passé après ?

Faith ne manqua pas de remarquer qu'il n'avait pas commenté la partie qui concernait son état mental.

— J'ai pilé et j'ai donné un coup de volant. Ma jeep a dévalé le talus, puis a heurté un arbre. Ensuite, je suis sortie de la voiture et j'ai appelé le 911. J'ai rejoint la fille. Je lui ai pris le pouls, prodigué quelques soins de base.

Il s'accroupit de nouveau, puis saisit la main gauche de Faith avec précaution.

— Où l'avez-vous touchée ?

La grande paume de Novak était chaude. D'ailleurs, tout son corps irradiait. Elle dut résister au désir de s'appuyer contre lui, juste assez pour soulager le frisson glacial qui la parcourait. Quelle serait sa réaction, si elle essayait ?

Cela dit, la réponse importait peu. Elle n'avait pas eu de contact physique avec un homme depuis quatre ans et elle n'allait pas commencer maintenant. Surtout avec un flic, si fascinants que soient ses yeux.

— J'ai pris son pouls à la gorge et je l'ai touchée autour de sa blessure à la jambe, qui saignait pas mal. Ça ressemblait à une blessure par balle. J'ai utilisé mon écharpe pour étancher l'hémorragie, mais j'ai bien fait attention à ne pas toucher directement la plaie. De nos jours, on ne peut pas dire qui est en bonne santé ou pas. Mieux vaut prendre trop de précautions que le regretter, conclut-elle en haussant les épaules.

Sans lâcher la main gauche de Faith, il prit la droite et exposa les deux paumes.

— Vos deux mains sont couvertes de son sang.

— Ce n'est pas le sien. C'est le mien. Je me suis entaillé les mains en remontant le talus.

— Pourquoi ?

— Il y avait des cailloux tranchants dans la terre. Ou peut-être du verre brisé provenant des vitres de ma jeep.

— Non, je veux savoir pourquoi vous avez remonté ce talus.

Elle le considéra en fronçant les sourcils, intriguée.

— Parce qu'elle était blessée. Je ne pouvais pas la laisser couchée sur la route, comme ça.

Il la scrutait avec une intensité qui lui donnait la sensation d'être… exposée. Une partie d'elle avait envie de fermer les yeux, d'échapper à cet examen pénétrant, mais une autre partie de son esprit, plus audacieuse, presque oubliée, refusait de reculer. Elle le fixa et soutint fermement ce regard extraordinaire.

Novak se releva brusquement.

— Sergent Tanaka ! Par ici, s'il vous plaît. Apportez un kit de prélèvements.

Un homme d'une quarantaine d'années, d'origine asiatique, arriva à grands pas, sa valise de matériel à la main.

— Que se passe-t-il ?

— Madame Corcoran, voici le sergent Tanaka. Il dirige nos techniciens de scènes de crime. Tanaka, voici Mme Corcoran. Elle a refusé les soins parce qu'elle a touché la victime et voulait préserver d'éventuels indices. Pouvez-vous vous occuper de ses mains pour que le secouriste puisse traiter ses blessures ?

Tanaka évalua Faith d'un regard empreint de curiosité.

— Bien sûr.

Il transféra la crasse qui maculait ses mains dans des sachets à indices, tamponna le sang et gratta le dessous des ongles. Lorsqu'elle tressaillait, il lui présentait ses excuses.

Novak avait reculé pour laisser le champ libre à Tanaka et se tenait assez loin pour que Faith puisse le voir sans avoir à se tordre le cou.

Assez loin pour qu'il cesse d'envahir son espace et lui permette de retrouver une respiration normale. Il examinait son téléphone avec application, la laissant libre d'étudier son visage sans être distraite par ses yeux singuliers. Il était plutôt réussi dans le genre héros de film d'action, austère, imposant et séduisant. Faith était prête à parier qu'il ne passait jamais inaperçu. En imaginant que ses cheveux blancs et ses yeux si particuliers ne suffisent pas à le faire remarquer, le manteau de cuir noir et les lunettes de soleil enveloppantes, façon science-fiction, qu'il portait en arrivant remplissaient largement cet office.

Faith s'interrogeait sur cette volonté de se distinguer, de cultiver une apparence aussi reconnaissable. Si totalement inoubliable. Si spectaculaire.

Ce choix qu'il avait fait d'attirer l'attention la perturbait plus qu'elle ne voulait l'admettre. Elle avait passé la majeure partie de sa vie à tenter d'être *invisible*, mais Novak était aussi éloigné de l'invisibilité qu'un individu pouvait l'être.

Tanaka avait terminé ses prélèvements.

— Merci, dit Deacon. Je vais interroger Mme Corcoran, pour qu'elle puisse enfin recevoir l'assistance médicale dont elle a besoin. Ensuite, je rejoindrai Kimble.

Après le départ du sergent, Novak s'accroupit très bas, de manière à ce que Faith ne soit plus obligée de lever la tête pour le regarder.

— Je vais faire de mon mieux pour abréger notre entrevue. Vous m'avez dit que vous rentriez chez vous ?

— Oui. Je prévois d'emménager dans les environs.

— Sur cette route ?

Il semblait légèrement dubitatif et, si sa voix avait gardé la tonalité rassurante, son regard s'était fait plus perçant, déclenchant un signal d'alarme dans l'esprit de Faith.

— Oui, sur cette route.

— Je viens de regarder la carte sur mon téléphone et cette route s'arrête un kilomètre et demi plus loin. D'ici à la fin du tronçon, il n'y a aucune habitation. Juste un cimetière. Avez-vous prévu de construire, dans le voisinage ?

Euh. Voilà une éventualité qu'elle n'avait pas envisagée. En plus de la maison, elle avait hérité de vingt hectares. Elle pouvait en vendre dix-neuf et faire bâtir une superbe demeure sur le terrain restant. Sauf que ce projet de construction lui semblait un bien piètre usage de la somme issue de la vente de la propriété. Son père pouvait avoir besoin de cet argent.

Bon sang, je pourrais en avoir besoin moi-même, *si je dois m'enfuir encore une fois.*

— Non, je n'ai pas l'intention de faire construire.

Faith avait adopté le même ton lénifiant que lui et eut la satisfaction de voir une lueur d'étonnement traverser ses yeux singuliers. Elle continua sur sa lancée :

— Eh oui, il y a *effectivement* une maison au bout de la route. Si elle n'apparaît pas sur la carte, c'est qu'elle n'a pas une adresse traditionnelle. Pour autant que je sache, elle n'en a jamais eu. Mais on peut la voir sur Google Earth, une grande maison, vieille et abandonnée, avec un cimetière sur le terrain de derrière.

Il pencha légèrement la tête, signe qu'elle avait piqué sa curiosité.

— Elle est abandonnée ? Depuis combien de temps ?

— Vingt-trois ans.

— A qui appartient-elle ?

Elle prit une courte inspiration.

— Elle est à moi, maintenant.

— Vous l'avez achetée ?

Ces questions devenaient bien inquisitrices.

— Je ne vois pas en quoi ça vous regarde, rétorqua-t-elle froidement.

— Soyez sympa. Je pourrais trouver l'information en cherchant dans les archives publiques mais, en me le disant tout de suite, vous pouvez me faire gagner du temps. Un temps que je pourrais employer à rechercher l'individu qui a brutalisé cette jeune femme et l'a abandonnée ici pour y mourir.

Il s'était adressé à elle du ton d'un parent qui chercherait à culpabiliser son enfant.

Ça fonctionna. Faith détourna les yeux, mortifiée par sa réprobation. Et consciente que l'acte de propriété des archives pourrait encore la mentionner sous le nom de Faith Frye. Son avocat de Miami avait fait les démarches nécessaires pour le changement de nom plusieurs jours auparavant, mais il lui avait dit que la rectification risquait de prendre plus d'une semaine.

— La maison appartenait à ma grand-mère, mais elle n'y vivait plus depuis vingt-trois ans. Elle est morte le mois dernier et me l'a léguée.

— Et c'est resté vide pendant tout ce temps ? Vraiment ? Difficile à croire.

— Oh ! elle avait du monde qui passait nettoyer de temps à autre mais, d'après ce que j'ai vu hier, ça n'a guère changé. L'extérieur est entretenu par la Société historique parce que le cimetière est un monument historique. Mais pourquoi la maison vous intéresse-t-elle à ce point ?

— Oh ! je cherche juste à rassembler des éléments, dit-il d'un ton égal. Vous étiez armée d'un pistolet, à l'arrivée du shérif.

Elle cilla, désarçonnée par le brusque changement de sujet.

— Oui, répondit-elle sobrement, de nouveau sur ses gardes.

— Pourquoi ?

Cette fois, elle fronça les sourcils, incrédule.

— Pourquoi ? C'est une vraie question ? Peut-être parce que ma jeep était accidentée, que j'étais seule sur une route déserte, près de la victime inconsciente d'une violente agression ? Cette fille a été abandonnée par quelqu'un, agent Novak. Si cette personne traînait encore dans le coin, je n'allais pas lui laisser l'occasion de s'attaquer encore à elle. Ou à moi.

— C'est une attitude tout à fait raisonnable, effectivement. Mais, d'abord, pourquoi aviez-vous une arme, madame Corcoran ?

Pour abattre mon salopard de harceleur, s'il arrive à me pister jusqu'ici, songea-t-elle. Toutefois, elle eut la présence d'esprit de ne pas le dire à haute voix. Si elle en arrivait à tirer sur ledit salopard, elle ne voulait pas qu'on puisse prétendre qu'elle avait agi avec préméditation.

— De nombreuses femmes sont armées.

— C'est exact. Mais la plupart des civiles transportent leur arme dans leur sac. Le vôtre est resté dans votre voiture, pourtant vous aviez votre pistolet à portée de main.

Qu'il ait remarqué ce détail n'aurait pas dû bouleverser Faith, pourtant ce fut le cas.

— Je ne le porte pas dans mon sac.

— Dans un étui d'épaule, peut-être ?

— Non.

Il plissa les yeux, laissant filtrer sa frustration.

— Vous voulez vraiment que je me tape tout le boulot, c'est ça ? Très bien. Pourquoi gardez-vous votre arme à portée de main, madame Corcoran ? L'avez-vous prise volontairement dans votre jeep en pensant que vous en auriez peut-être besoin ? Vous en avez peut-être vu plus que vous ne le dites ?

Contre toute attente, l'entretien virait à l'interrogatoire soupçonneux et, pendant un bref instant, elle en fut toute décontenancée. *Merde, alors ! Il croit que je mens.* Ce qui n'était pas le cas. Elle avait simplement évité de divulguer des informations personnelles qu'il n'avait nul besoin de connaître. Il y avait quand même une différence !

— Non, répondit-elle avec fermeté. Je ne m'attendais pas à devoir faire usage de mon arme. Elle se trouvait dans la poche de mon manteau, si vous voulez tout savoir. Et, comme je vous l'ai dit, je n'ai vu personne en dehors de la fille. Je ne mens pas.

Il la fixa avec attention.

— Vous portez votre pistolet dans la poche de votre manteau ? Mais, bon sang, pourquoi faites-vous quelque chose d'aussi dangereux ?

Elle le foudroya du regard, gagnée par l'irritation.

— Je ne suis pas idiote, agent Novak. Je ne transporte pas mon arme sur moi sans protection. J'ai un holster de poche.

— Pourquoi ? insista-t-il, de plus en plus pressant.

Elle afficha une nonchalance feinte, dans l'espoir de faire baisser la tension d'un cran. Il recommençait à la rendre vraiment nerveuse.

— Parce que les étuis d'épaule ont tendance à m'irriter la peau.

D'un mouvement brusque, il quitta la position accroupie et se redressa tout en se penchant en avant, jusqu'à ce qu'il ait envahi tout son espace vital. Lorsqu'il s'immobilisa, ils étaient les yeux dans les yeux, presque nez à nez.

— Pourquoi portez-vous une arme dans votre poche, Faith ?

Sa voix était empreinte d'une telle autorité que ses défenses s'effondrèrent comme si elles n'avaient jamais existé.

— Pour pouvoir l'attraper facilement, si besoin, laissa-t-elle échapper.

Elle referma aussitôt la bouche. *Mince.* Elle n'avait pas eu l'intention de dire ça.

Il était très bon, elle devait le lui accorder. Il savait comment la manœuvrer. Pendant une minute, elle était redevenue l'adolescente qui se recroquevillait dans le confessionnal, pendant que le prêtre de sa grand-mère lui passait un savon de l'autre côté de la cloison à claire-voie. Novak s'était figé en entendant sa réponse et il l'interrogea d'une voix calme :

— Mais *pourquoi* en avez-vous besoin ?

Putain, ça ne vous regarde pas. Faith s'efforça de ravaler cette réplique acerbe. Par bonheur, ils furent interrompus à point nommé, ce qui lui épargna d'avoir à chercher une réponse plus diplomatique. Le flic qui discutait un peu plus tôt avec Novak venait d'arriver. L'agent fâché.

— Agent Novak, je dois vous parler. *Tout de suite.*

— Veuillez m'excuser, madame Corcoran.

Novak s'éloigna de quelques pas avec son collègue. Ils se placèrent de manière à se dérober au regard de Faith et discutèrent à voix basse.

Faith ferma les yeux. La soirée était complètement fichue. Le temps de sortir des urgences, il serait l'heure d'aller se coucher. Cela signifiait aussi qu'elle ne retournerait pas à la maison ce soir.

Elle grimaça. *Oh ! non. Le serrurier.* Il devait être encore là-bas. Sans quoi, s'il avait perdu patience, elle l'aurait vu passer. Et, depuis qu'elle avait heurté l'arbre, aucun véhicule n'était arrivé de la maison.

Malgré tout, elle s'étonnait que l'homme ait attendu aussi longtemps. Peut-être n'avait-il pas honoré le rendez-vous ? Ou alors il était encore là-bas, à faire le compte des heures supplémentaires qu'il allait lui facturer. *Super, juste ce dont j'avais besoin pour parfaire mon bonheur !*

Elle tapota ses poches, à la recherche de son téléphone, dans l'intention d'appeler le serrurier, puis se souvint que l'appareil était dans son manteau. *Il ne manquait plus que ça.* Le shérif avait gardé le vêtement comme pièce à conviction, puisqu'elle en avait recouvert la victime. Conséquence, ils avaient aussi son téléphone portable.

Novak et le policier fâché se séparèrent, l'autre homme alla se mettre au volant du break garé derrière le fourgon de la brigade scientifique. Novak revint vers l'ambulance et frappa à la vitre du conducteur.

— Jefferies, je dois m'absenter pour quelques minutes. Pouvez-vous prendre soin des mains de Mme Corcoran, entre-temps ?

Sans attendre la réponse, il partit en trottinant vers le break et sauta sur le siège du passager, avant que Faith ait une chance de lui parler de son téléphone.

Le véhicule se glissa le long de l'ambulance et disparut en direction de la maison. L'autre agent avait dû trouver des indices sur les animaux qui avaient balancé la fille.

Ça permet de relativiser la situation, songea-t-elle. Ses soucis de serrurier n'étaient rien en comparaison. Si l'homme s'était effectivement déplacé, il finirait par se lasser d'attendre et repartirait. Jusque-là, tout ce qu'elle pouvait faire était de rester ici, jusqu'à ce que Novak l'autorise à quitter la scène du crime.

— Vous êtes prête, madame Corcoran ? demanda Jefferies.

Faith leva ses mains avec un soupir.

— Comme toujours.

Mount Carmel, Ohio
Lundi 3 novembre, 18 h 40

Deacon combattit le désir soudain de regarder par-dessus son épaule. Il savait que Faith Corcoran était entre de bonnes mains avec le secouriste. Mais il éprouvait une singulière réticence à la laisser seule.

Ce qui était ridicule. Elle était entourée de flics armés. Non seulement aucun danger ne la menaçait, mais elle était capable de se défendre. Elle avait grimpé un versant escarpé et rocailleux pour sauver une inconnue et avait monté la garde auprès de cette fille, arme en main.

Une arme qu'elle portait parce qu'elle redoutait quelque chose. Ou quelqu'un.

— Et le Bon Samaritain ? demanda Adam. Qu'est-ce qu'elle t'a raconté ?

Magnifiques. Elle avait dit que ses yeux étaient magnifiques. Il pouvait compter sur les doigts d'une main le nombre de fois où cela lui était arrivé. Lorsqu'elle l'avait chuchoté, le mot l'avait touché au plus profond et laissé momentanément sans voix.

Deacon était rodé aux diverses réactions qu'il éveillait chez les autres. Les grimaces. L'avide curiosité clinique. Parfois, ça allait jusqu'à la méfiance. Au fil des années, il avait appris soit à ignorer les gens, soit à manipuler leur surprise initiale pour servir ses propres objectifs.

Mais Faith avait dit qu'il était « magnifique ».

Adam le gratifia d'une bourrade sur le bras.

— Hé. Mais qu'est-ce qui te prend ?

Deacon s'éclaircit la gorge et passa en revue les dernières secondes pour retrouver la question d'Adam.

— Elle a dit qu'elle allait chez elle quand la fille a bondi devant sa voiture.

— Et ? insista Adam. Ce n'est pas tout, n'est-ce pas ? Je le vois bien à ta tête. Alors, que se passe-t-il ?

— Elle cache quelque chose. En tout cas, elle a peur.

— De quoi ?

— Je n'en sais rien. Elle n'a pas voulu m'en parler. Tout ce que j'ai pu en tirer, c'est qu'elle trimballe un pistolet dans sa poche, pour l'avoir à portée de main au cas où. Mais elle ne s'en est pas prise à Arianna Escobar.

— Et… tu la crois ? demanda Adam avec circonspection.

Deacon s'apprêtait à répondre oui, mais fronça soudain les sourcils. Etait-ce vraiment le cas ? Faith Corcoran avait suffisamment éveillé ses soupçons pour qu'il demande à sa chef de vérifier ses antécédents. Mais c'était avant qu'elle n'utilise le mot « magnifique » en parlant de lui.

Avait-il été aussi facile à distraire ? *C'est bien possible.* A vrai dire, c'était déjà un peu humiliant d'avoir à l'envisager. Par ailleurs, l'insistance d'Adam l'intriguait.

— Pourquoi ? Tu as trouvé quelque chose ? Une trace de Corinne Longstreet ?

— Non, mais j'ai remonté la piste de la fille Escobar jusqu'à un pick-up encastré dans un arbre, après le prochain virage. Drôle de coïncidence, non ?

De plus en plus préoccupé, Deacon réfléchissait en regardant défiler les arbres. L'accident de cet autre véhicule était le fruit d'une coïncidence, Faith Corcoran était réellement une vaillante protectrice. Telle était la vérité qu'il voudrait découvrir. Mais ce qu'il désirait n'avait rien à voir dans cette affaire. Ce qui importait était de retrouver l'agresseur d'Arianna — et de déterminer ce qui était arrivé à Corinne Longstreet.

Adam gara la voiture sur le bas-côté et Deacon jura. Une camionnette au capot cabossé avait échoué au bas d'une légère pente, le pneu avant droit était à une quinzaine de centimètres du sol. Le véhicule avait heurté un jeune arbre, l'avait sectionné et se trouvait maintenant empalé sur le tronc brisé. Sur le flanc, un aristocrate de dessin animé se tenait en équilibre sur la pointe de son pied botté, qui reposait sur un éclair.

— « Earl[1] Power and Light », murmura Deacon. C'est ici que s'arrête la piste d'Arianna ?

Adam hocha la tête.

— Oui. Le siège du conducteur est imbibé de sang. Ça n'a pas encore complètement séché. Le technicien de Tanaka est sur place, il prélève des échantillons. Il a aussi trouvé des empreintes sanglantes féminines sur la porte et de l'autre côté du pick-up. D'après les premières analyses, ce serait le même sang que sur la route. Il a aussi trouvé un cheveu de la même longueur et de la même couleur que ceux d'Arianna. Mais aucun indice ne colle avec la description de l'autre fille.

— Bon. Arianna conduisait la camionnette. Nous devons imaginer qu'elle l'a utilisée pour fuir celui qui l'a enlevée et agressée. Avez-vous appelé la compagnie d'électricité ?

Nouveau signe d'assentiment.

— Ils ont envoyé un de leurs gars rétablir le courant dans une vieille maison au bout de la route. Devine qui a fait la demande.

— Faith Corcoran.

— Ouaip. Les gens d'Earl Power ont déclaré qu'ils ont reçu les dernières nouvelles de leur technicien un peu après 15 heures. Il leur a envoyé un SMS en expliquant qu'il avait rebranché l'électricité, mais qu'il était malade et rentrait chez lui plus tôt. Il n'est pas dans la camionnette ni nulle part aux alentours.

— Et il n'est jamais arrivé chez lui ?

— On n'a pas encore de nouvelles de ce côté-là. Son patron a essayé de le joindre sur son portable pendant que j'attendais. L'appel a abouti directement sur la messagerie. J'ai fait quelques vérifications, mais le type est un employé sans problème. Ken Beatty est un bon père de famille. Toujours ponctuel et consciencieux. Le fait qu'il ait envoyé un SMS pour dire qu'il était malade sort déjà de l'ordinaire.

— Corcoran a dit qu'elle se rendait à la maison dont elle a hérité de sa grand-mère, morte le mois dernier. Une vieille et grande demeure abandonnée avec un cimetière derrière. Elle peut avoir appelé la compagnie

1. Le mot earl signifie « comte ». (NdT)

d'électricité pour des raisons tout à fait innocentes. Comme faire rétablir le courant, par exemple. En tout cas, ça se tient.

Adam chercha son regard.

— N'empêche que j'aime toujours pas la coïncidence.

— Moi non plus, murmura Deacon. Il n'y a pas d'autre baraque à des kilomètres alentour, cette maison a été abandonnée pendant vingt-trois ans et elle ne figure pas sur les cartes.

La mine d'Adam s'assombrit.

— L'endroit parfait où se planquer pour torturer quelques ados, pas vrai ?

— C'est bien ce que je pense. Ramène-moi là-bas. Je vais découvrir ce que Faith Corcoran sait sur le type de la compagnie d'électricité et la camionnette. Je vais aussi lui demander l'autorisation de fouiller la maison. En attendant, prends un des adjoints du shérif, et explorez le terrain autour de la maison, tous les deux. Avant ça, vois avec le shérif Palmer pour coordonner les recherches. Lui et ses hommes ont une meilleure connaissance du secteur que nous.

Adam reprit le volant du break et fit demi-tour.

— Alors, que penses-tu d'elle, maintenant ?

— Je ne crois toujours pas qu'elle ait fait du mal à Arianna. Elle a appelé le 911, elle a attendu les secours. Si elle était associée à une activité criminelle, cette attitude n'aurait aucun sens. Mais je continue à croire qu'elle cache quelque chose de très grave.

Ils étaient à mi-chemin lorsque le téléphone de Deacon bourdonna.

— Novak, j'écoute.

— Ici, Crandall. Isenberg m'a dit que tu voulais faire vérifier les antécédents de cette Corcoran.

La boule d'anxiété qui pesait sur l'estomac de Deacon s'enrichit d'une nouvelle couche. Il enclencha le haut-parleur pour permettre à Adam de suivre la conversation.

— Ouais. Et qu'est-ce qu'il y a dans son casier ?

— Elle n'en a pas. Aucune amende pour excès de vitesse, même pas une contravention pour stationnement interdit. Rien. Comme dans *rien de rien*. La demande pour son permis date de moins d'une semaine et l'adresse qu'elle a indiquée est celle d'un cabinet d'avocats. Je n'ai trouvé aucun parcours professionnel, ni même un simple numéro de téléphone. C'est comme si elle était sortie d'un putain de néant.

— Merde.

Deacon se pinça l'arête du nez. Il sentait pointer une bonne migraine.

— Tu avais vu juste, souligna Adam. Elle nous cache effectivement quelque chose. C'est comme si elle avait cherché à disparaître, à changer d'identité.

— Ce qui pourrait expliquer sa nervosité.

Enfin, j'espère.

— Ecoute, Crandall, reprit Deacon. Appelle Tanaka et demande-lui le numéro de série de l'arme. Préviens-moi s'il figure dans d'autres affaires. Je ne veux pas la laisser partir tant que nous n'aurons pas le fin mot de cette histoire, mais pour l'instant rien ne me permet de la retenir.

— Je suis dessus. Je te tiens au courant dès que j'ai quelque chose.

Ils arrivaient près de l'ambulance. Faith était toujours assise à l'arrière, et ses mains portaient désormais de gros bandages.

— Ne perds pas de temps, ajouta Deacon, à l'adresse de Crandall. Le secouriste l'a raccommodée. Sa prochaine escale, ce sera le service des urgences, et ensuite il faudra la laisser partir dans la nature.

Mount Carmel, Ohio
Lundi 3 novembre, 19 h 5

Faith leva la tête vers l'agent Novak, lorsqu'il s'arrêta devant elle. Le break de l'agent fâché était déjà reparti. Il n'était resté sur place que le temps de laisser descendre Novak et d'embarquer un flic en uniforme. Puis le véhicule avait redémarré dans la direction d'où il était venu. Vers la maison.

— Que se passe-t-il ? Qu'avez-vous trouvé ?

— Vos mains vont mieux ? demanda-t-il en ignorant ses questions.

Faith lui rendit la monnaie de sa pièce.

— Puis-je récupérer mon téléphone ?

— Je ne l'ai pas.

— Vous, non, mais le shérif, oui. Il l'a emballé avec mon manteau. Je comprends que vous deviez garder le pistolet, mais j'ai besoin de mon téléphone.

— Je verrai ce que je peux faire. En attendant, voulez-vous que j'appelle quelqu'un pour vous ?

Quelque chose allait de travers. Le regard de Novak était soupçonneux. Il savait ? Il savait forcément. *Fini de rigoler. Autant tout lui dire.* Mais elle hésitait encore. Certes, elle lisait la suspicion sur son visage, elle n'y voyait pas le mépris qu'elle était habituée à recevoir de la part des flics. Et l'idée de provoquer l'apparition du dédain dans les yeux de Novak lui semblait détestable.

— Merci de votre proposition, mais c'est inutile. Je n'ai pas le numéro du correspondant que je voudrais joindre. Il est enregistré dans mon répertoire.

— Qui devez-vous appeler, madame Corcoran ?

De toute évidence, elle n'allait pas récupérer son téléphone de sitôt. *Sois prudente. Limite tes réponses aux questions posées.*

— Si vous tenez à le savoir, je dois appeler le serrurier qui m'attend à la maison de ma grand-mère pour le prévenir que je ne viendrai pas au rendez-vous.

Il fronça légèrement les sourcils, intrigué.

— Un serrurier ? Pourquoi ?

— Parce que la clé que m'a donnée l'avocat de ma grand-mère n'a pas fonctionné et qu'il n'en a pas d'autre.

Faith commençait à se lasser de devoir fournir toutes ces explications et avança un dernier argument :

— De toute façon, ça paraît raisonnable de changer les serrures, la maison a quand même cent cinquante ans, dit-elle, à bout de patience. Mon téléphone, s'il vous plaît ?

— Vous récupérerez votre téléphone, mais j'ai d'abord quelques questions à vous poser. Quand êtes-vous rentrée dans la maison pour la dernière fois ?

Elle lui jeta un regard méfiant.

— Pourquoi ?

— Je vous en prie, madame Corcoran, contentez-vous de me répondre.

Maintenant, elle l'examinait du même regard scrutateur dont elle avait été l'objet quelques minutes auparavant.

— Hier, je me suis rendue devant la maison. Mais je n'ai pas été à *l'intérieur* depuis vingt-trois ans.

— Vous n'y êtes pas entrée, hier ?

Elle se renfrogna.

— Je vous ai dit que la clé n'allait pas. C'est pour cette raison que j'ai eu recours au serrurier. Que se passe-t-il ? Qu'avez-vous trouvé avec votre collègue ?

Novak ignora de nouveau sa question.

— Vous dites avoir rendez-vous avec le serrurier. Avez-vous contacté d'autres personnes qui devaient se rendre à la maison ?

Elle comprit brusquement. *Il ne s'agit pas du tout de moi.* Elle s'était payé une bonne petite crise de paranoïa. Voire d'égocentrisme. *Tout ça concerne la fille.*

— Quel rapport y a-t-il entre la maison de ma grand-mère et cette fille ? Vous pensez qu'elle se trouvait là-bas ?

Il plia les genoux jusqu'à ce que leurs regards soient au même niveau.

— Je vous en prie, madame Corcoran. Avez-vous appelé d'autres personnes ?

— Bien sûr. J'ai appelé un tas de gens. Ma liste de tâches est enregistrée dans mon téléphone, mais laissez-moi réfléchir. J'ai appelé un service pour la fosse septique, un agent immobilier et le service de la voirie. Et aussi un entrepreneur.

— Pourquoi ?

— Parce que personne n'a occupé la maison pendant vingt-trois ans. Je voulais m'assurer qu'elle est habitable.

— Ça paraît raisonnable. Qui d'autre avez-vous contacté ?

Elle se creusa la tête, cochant la liste de mémoire.

— Le serrurier, j'en ai déjà parlé et… Oh ! bien sûr. J'ai appelé la compagnie d'électricité pour brancher le courant. Ils m'ont dit qu'ils allaient envoyer quelqu'un aujourd'hui.

Le regard de Novak s'anima brièvement et Faith sut que c'était la réponse qu'il attendait.

— Pourquoi me demandez-vous ça, agent Novak ?

— Qui devait passer aujourd'hui ?

— Juste le préposé de l'électricité et le serrurier. Mais *pourquoi*, à la fin ?

— J'ai besoin de visiter votre maison. Me permettez-vous d'y pénétrer ?

Elle écarquilla les yeux.

— Vous pensez *réellement* que la fille était là-bas !

— Possible, admit-il. Alors, on peut perquisitionner ?

— Quel rapport avec la compagnie d'électricité ?

Il crispa les mâchoires, sans masquer son impatience.

— Je suis en train de perdre mon temps. Me donnez-vous cette autorisation, oui ou non ? Parce que, si ce n'est pas le cas, je dois demander une commission rogatoire.

— Je sais que vous recherchez la personne qui a agressé cette fille, alors oui, vous pouvez fouiller la maison. Mais seulement en ma présence.

— Non. Impossible.

La réponse spontanée, catégorique, eut le don de la hérisser. La fouille de la maison était en lien avec l'affaire en cours, soit. Mais ce refus de laisser Faith y assister relevait d'une autre catégorie… Ça, c'était personnel. Tout aussi personnel que ces questions sur son arme. Et, quand un flic commençait à prendre les choses personnellement, ça n'en finissait jamais.

— Si vous voulez mon autorisation, laissez-moi vous accompagner. Sinon, vous pouvez aller chercher une commission rogatoire, dit-elle d'un ton sans réplique.

Il plissa les yeux, ce qui lui donna une expression vaguement menaçante.

— Pourquoi ?

— Parce que je ne fais pas confiance aux flics. Taxez-moi d'insensibilité, dites-moi que je suis une garce, traitez-moi de ce que vous voulez. Mais c'est une condition incontournable. Plus tôt nous trouverons un accord, plus tôt vous serez dans la maison au lieu de perdre votre temps à discuter avec moi.

Il lui adressa sèchement un bref signe de tête.

— Dans ce cas, vous allez m'accompagner.

Il se redressa et s'adressa au secouriste.

— Vous pouvez rentrer. Je vais m'assurer qu'elle ira à l'hôpital pour recevoir les soins complémentaires dont elle pourrait avoir besoin.

— Vous êtes d'accord avec ça, madame Corcoran ? s'enquit Jefferies d'un ton soucieux.

— Je le suis. Ça va aller. Aidez-moi à descendre, si vous voulez bien.

Jefferies aida Faith à sortir de l'ambulance et secoua la tête lorsqu'elle voulut lui rendre la couverture.

— Gardez-la pour l'instant. Il fait froid dehors.

L'ambulance quitta la scène de crime et Novak lui prit le bras.

— J'ai peut-être une veste dans mon véhicule, dit-il, moins agressif. J'aurais dû y penser à mon arrivée ici. Désolé.

Sourcils froncés, il jeta un coup d'œil intrigué sur les épaisses chaussettes de laine qu'elle portait.

— Où sont vos chaussures ?

— Le shérif les a trouvées là-bas, dit-elle en montrant le talus. Mais elles sont en piteux état. J'ai bien une paire de baskets dans le sac de sport qui était sur le siège avant de ma jeep, mais ce côté est si esquinté que je doute que vous puissiez les atteindre sans découper la porte. Je veux bien y aller comme ça. Ce n'est pas si loin d'ici.

Il la scrutait de nouveau comme un insecte dans un bocal.

— Vous avez grimpé ce talus nu-pieds ?

Elle haussa les épaules.

— L'adrénaline, j'imagine. J'ai réalisé que j'avais perdu mes chaussures après avoir appelé les secours. Mes bas étaient en lambeaux et je commençais à avoir les pieds gelés. C'est le shérif qui m'a donné ces chaussettes. Il a juré qu'elles étaient propres, ajouta-t-elle sèchement parce que l'intensité de son regard la mettait mal à l'aise. Allons-nous continuer à discuter accessoires ici ou allons-nous enfin nous rendre à la maison ?

Après un dernier regard inquisiteur, il la guida vers son SUV. Lorsqu'elle sentit ses genoux se dérober, une grande main se posa légèrement sur son dos pour l'aider à garder l'équilibre. Le corps de Novak irradiait comme une chaudière, réveillant la tentation de se blottir contre lui.

Elle aurait aimé pouvoir se serrer contre quelqu'un, juste un bref instant. Mais ce quelqu'un ne pourrait jamais être un flic. Si torride fût-il. Si agréable l'odeur qui émanait de lui fût-elle. Elle carra les épaules et refusa poliment son aide pour grimper sur le siège.

Puisant des ressources dans son orgueil, elle trouva la force de boucler sa ceinture. Mais, aussitôt qu'elle entendit le déclic, ce sursaut d'énergie s'émoussa, sapé par l'épuisement. Ils avaient parcouru moins de cinq mètres et elle avait l'impression d'avoir marché plus d'un kilomètre.

— Vous allez bien ? demanda Novak, à voix basse.

Il se tenait devant la portière ouverte, empiétant encore sur son espace.

— Pas vraiment mais, si je sens que je vais vomir, je vous préviendrai.

— J'apprécierai, merci.

Il referma doucement la portière, ouvrit et referma le hayon, puis manœuvra sa propre portière avec autant de délicatesse. Une fois installé dans l'habitacle, il lui tendit un blouson coupe-vent doublé de flanelle, qui hurlait FBI en lettres blanches géantes dans le dos.

— Il est propre, affirma-t-il.

Puis, il se pencha pour atteindre la boîte à gants devant elle. Il en retira un flacon de comprimés antidouleur et prit une bouteille d'eau posée dans le porte-gobelet de la voiture.

— Vous avez toujours mal à la tête ?

— Oui.

Plus précisément, elle sentait un régiment de soldats chaussés de rangers à clous défiler en cadence sous son crâne. Le bourdonnement soutenu du téléphone de Novak la fit grimacer.

— Désolé, je vais baisser le son.

Il lui tendit flacon et bouteille, avant de répondre à l'appel.

— Qu'est-ce que tu as pour moi, Crandall ?

Il fit démarrer le moteur, puis il s'immobilisa, la main toujours sur la clé de contact. Sa mâchoire se crispa.

— Tu en es certain ?

Il se tourna vers Faith et accrocha son regard. Elle était tentée de détourner la tête, mais se força à soutenir son regard. Sans rompre le contact, il s'adossa à son siège. S'il l'avait étudiée comme un insecte dans un bocal plus tôt, maintenant, elle avait le sentiment d'être disséquée. Et qu'il n'appréciait pas ce qu'il trouvait à l'intérieur.

Ouais. Il sait, d'accord.

— Bien.

Il laissa échapper une longue expiration.

— Je ne m'attendais pas à ça, mais je te remercie d'avoir creusé l'affaire, Crandall, dit-il. Peux-tu m'envoyer les fichiers par mail ? Ensuite, appelle Kimble et mets-le au courant. Je ne peux pas m'en occuper pour le moment.

Il laissa tomber son téléphone dans sa poche et pencha la tête d'un geste plein d'expectative, comme s'il attendait qu'elle parle.

Faith ne dit rien. C'était inutile, il avait manifestement déjà tiré ses propres conclusions.

D'ailleurs, c'est lui qui mit fin à leur duel silencieux.

— Très bien, soit. Je commence, alors… Docteur Frye, ajouta-t-il après une longue pause.

Elle poussa un soupir las.

— Je pensais avoir réussi à tout modifier. Qu'est-ce que j'ai raté ?

— Votre arme. Elle est toujours enregistrée au nom de Faith Frye, titulaire d'un doctorat d'université.

Elle le fixa en fulminant.

— Merde alors, ça aussi, je l'ai fait changer.

— Vous avez peut-être fait les démarches, mais l'ordinateur n'a pas suivi.

— Crétins d'ordinateurs, marmonna-t-elle.

— En parlant d'ordinateurs, notre gourou des données n'a trouvé absolument aucune trace de votre changement de nom. Nous savons que vous avez fait modifier votre permis de conduire et votre carte de crédit la semaine dernière, mais aucun dossier officiel n'atteste votre changement d'identité.

— C'est au moins ça de pris, lâcha-t-elle d'un ton acide.

L'expression de Novak s'assombrit encore, à cet instant, il paraissait particulièrement menaçant.

— Vous pensez que c'est une *plaisanterie* ?

Cette simple idée arracha un rire amer à Faith.

— Non, loin de là.

— En enregistrant votre arme, vous avez déclaré que vous étiez psychothérapeute. C'est vrai ?

— Oui.

— Alors, vous suivez vraiment les délinquants sexuels en thérapie ? demanda-t-il sans se soucier de dissimuler sa consternation.

Ne t'avise pas de détourner les yeux, ma fille. Il n'y a aucune raison d'avoir honte. Elle se força à soutenir le regard déçu.

— Je le faisais. Ce n'est plus le cas maintenant.

— Et pourquoi ?

C'est pas ton putain de problème.

— J'avais besoin de changement.

— Vous avez l'air d'avoir changé pas mal de choses en peu de temps.

— Y avait-il une question dans votre dernière phrase, agent Novak, ou est-ce juste une façon d'entretenir la conversation ?

Il crispa si fort les mâchoires qu'un muscle dans sa joue tressaillit.

— Puisque nous n'avons pas pu trouver d'enregistrement de votre changement d'identité, je présume que le dossier de la Cour est scellé ?

— Vous présumez bien, rétorqua-t-elle, à bout de patience. Ce qui devrait vous conduire à *présumer* qu'un juge a décidé que j'avais des raisons valables de faire appliquer cette procédure.

— Pourquoi ?

Elle lui adressa un sourire entièrement dénué d'amusement.

— Vous voulez dire que votre gourou d'Internet n'a trouvé aucune des trente plaintes que j'ai déposées auprès de la police de Miami ? Vous êtes sûr qu'il est si bon que ça ?

— Trente plaintes, répéta-t-il, intrigué. Contre qui ?

Une partie d'elle avait envie de l'envoyer balader. Mais une autre, plus importante, plus lasse, n'aspirait qu'à voir cette journée arriver à son terme.

— Dites à votre gourou de se renseigner sur Peter Combs.

— Je le ferai mais, dans l'objectif d'économiser un temps que j'aimerais vraiment consacrer à la victime que vous avez trouvée, dites-moi ce qu'il va découvrir.

— Combs est un délinquant sexuel qui m'a agressée avec un couteau.

Une lueur de compréhension traversa le regard singulier, vite remplacée par une profonde déception.

— Notre gourou a trouvé un article sur le procès de Combs. Il me l'a résumé.

Les lèvres de Faith se pincèrent en une moue amère. Elle savait à quel article il faisait allusion.

— Bien sûr.

— Peter Combs a été déclaré coupable. Il a été condamné à une peine de prison.

Pas assez longue. Il aurait fallu une petite perpétuité.

— Il a bénéficié d'une conditionnelle.

Elle avait tenté d'adopter un ton dégagé, mais sa voix tremblait. *Merde.*

Novak cilla. Manifestement, l'info ne figurait pas dans le compte rendu de son gourou.

— Et il vous a harcelée ? Vous avez demandé de l'aide trente fois ?

Pas question que je recommence. C'est au-delà de mes forces. Elle se tourna vers la fenêtre.

— Vous n'étiez pas censé perquisitionner la maison de ma grand-mère ?

— Docteur Frye, qu'est-ce qui a poussé Peter Combs à vous agresser avec un couteau ?

Une haleine chaude et rance frôle sa joue, la morsure de la lame posée sa gorge. La voix râpeuse contre son oreille. « Tu as ruiné ma vie, espèce de salope, alors je vais prendre la tienne. Mais d'abord je vais te faire regretter d'avoir croisé mon chemin. Tu regretteras d'être venue au monde, avant que j'en aie fini avec toi. »

Elle ravala la bile qui lui brûlait la gorge. Puis, elle se tourna de nouveau vers Novak, mue par le besoin impératif de vérifier que c'était bien lui qui était assis près d'elle, et non cet homme dont la voix l'avait marquée à tout jamais.

A en juger par l'expression de l'agent Novak, son gourou d'Internet avait été fort consciencieux. M. FBI était informé de ce que Peter Combs avait prétendu devant la Cour. Sous serment. Ce que chaque flic qui la connaissait s'était empressé de croire. *Disons, chaque flic, plus un agent spécial du FBI.* Cependant, quelque chose dans le visage étrangement attirant de Novak semblait la mettre au défi de se justifier.

— Vous savez, je me suis beaucoup démenée pour parvenir à changer mon nom, j'apprécierais donc que vous l'utilisiez, dit-elle avec un calme qu'elle était bien loin de ressentir. Voulez-vous toujours voir la maison ? Si oui, allons-y. Dans le cas contraire, laissez-moi partir et allez demander une putain de commission rogatoire.

Il la fixa dans un silence glacial qui s'étira de longues secondes. Puis :

— Docteur *Corcoran,* où étiez-vous vendredi soir, entre 22 heures et minuit ?

Cette fois, il l'avait effectivement perturbée. Elle cilla plusieurs fois, ulcérée de constater qu'elle était au bord des larmes.

— Vous pensez que je suis *suspecte* ?

Il se pencha par-dessus la console qui séparait les deux sièges, jusqu'à ce que leurs visages ne soient qu'à quelques centimètres de distance. Si proche qu'elle percevait sa chaleur, l'odeur poivrée de son après-rasage.

Pas question de pleurer devant lui. Concentre-toi. Elle ne voyait que ses yeux. En fait la ligne de démarcation ne se situait pas exactement au milieu. Son œil gauche était plus bleu que marron, au contraire du droit où le marron dominait.

— Je ne sais pas qui vous êtes, reconnut-il avec calme. Mais au moins, si vous acceptez de me dire où vous étiez vendredi soir, je saurai ce que vous n'êtes *pas.* Alors, dites-le-moi, Faith. Je vous en prie.

Une intonation presque suppliante dans sa voix engagea Faith à répondre.

— J'étais dans une chambre d'hôtel de Miami. Je faisais mes bagages. Pour venir ici.

Sa voix tremblait encore, mais au moins elle avait réussi à ravaler ses larmes.

Il laissa échapper un soupir de soulagement.

— Quelqu'un pourrait-il le confirmer ?

Faith était bien incapable de déterminer si le soulagement de Novak était sincère ou s'il tentait de la manipuler en lui inspirant un faux sentiment de sécurité. *Mais dans quel but ?*

Si seulement elle le savait. De toute façon, qui pouvait deviner ce qui se passait dans la tête des flics ? Après avoir passé neuf ans mariée à Charlie, Faith n'en avait toujours pas la moindre idée. Elle avait été entraînée à analyser le comportement, mais celui de la plupart des flics se situait bien loin des critères humains.

— J'ai gardé le reçu d'une station-service près de South Beach, dit-elle. Il devrait encore traîner dans mon sac. J'ai fait le plein de carburant vers 22 h 30, l'endroit était très bien éclairé, avec un bon niveau de sécurité. Je suis certaine qu'ils vous fourniront les images vidéo de mon passage avec la plus grande obligeance.

— Merci.

Novak n'ajouta pas le moindre commentaire, il se réinstalla sur son siège et se mit en route. Ils avaient à peine parcouru quelques mètres, lorsqu'il reçut un nouvel appel.

— Qu'est-ce que tu as ? demanda-t-il, sans perdre de temps en formules de politesse.

Il écouta, jura entre ses dents, puis écrasa l'accélérateur.

— Elle est avec moi. Elle n'a autorisé la fouille qu'en sa présence… Oui, j'ai parlé à Crandall. Et, oui, il m'a passé l'info… Elle dit qu'elle était à Miami. Elle a un reçu de station-service… Nous vérifierons sur les images de la vidéosurveillance.

Il écouta la réponse de son interlocuteur et soupira.

— C'est pas faux. Bon, on est en route.

Faith attendit la fin de la communication pour demander :

— Qu'est-ce qui n'est pas faux ?

— Que votre présence à Miami ne prouve pas que vous n'êtes pas plus ou moins impliquée.

Impliquée dans quoi ? Faith ouvrit la bouche pour protester, mais au détour d'un virage les phares de Novak éclairèrent une masse blanche. Une camionnette, dont le flanc était décoré d'un blason, l'avant était encastré dans un arbre. Puis, il y eut un nouveau tournant et le véhicule disparut.

— Ce pick-up, dit-elle lentement. Il n'était pas là hier.

— J'imagine que non, répondit Novak d'une voix égale. Le sang d'Arianna Escobar qui a imbibé le siège du conducteur est encore humide.

— Arianna Escobar ?

— La fille que vous avez trouvée sur la route. C'est son nom.

— Mais comment son sang est-il arrivé sur ce siège ?

En pleine confusion, Faith le fixa d'un œil vide, puis il y eut un déclic et son cerveau se remit en route.

— Elle était dans le pick-up, c'est bien ça ? Elle *conduisait* le pick-up ?

— En absence d'analyses ADN du sang, je peux seulement émettre des hypothèses.

— Oh ! mon Dieu…

Dans l'esprit de Faith, le puzzle se mettait en place. Ce blason… C'était le logo de la compagnie qu'elle avait chargée de rebrancher l'électricité chez elle.

— Ce véhicule était chez moi, aujourd'hui. Où est le chauffeur ? Que lui est-il arrivé ?

Novak se contenta de l'observer sans répondre et l'horreur de Faith redoubla.

— Vous pensez que je suis au courant ?

Toujours pas de réponse. Le cœur de Faith cognait à grands coups dans sa poitrine, elle n'entendait plus que le rugissement de son sang.

— Je les ai appelés pour rebrancher l'électricité, c'est tout, je le jure.

Elle détourna les yeux et s'efforça de respirer par le nez sur un rythme régulier, cherchant à reprendre son calme. *Ils pensent que je sais quelque chose. Ils pensent que je suis impliquée dans ce qui a pu arriver au gars de l'électricité.*

Et dans ce qui aurait pu arriver à Arianna Escobar. Elle leva la tête, croisa le regard baroque de Novak et y lut de l'inquiétude. Et aussi de l'appréhension.

— Oh ! mon Dieu.

Même si elle avait essayé, elle n'aurait pu réprimer ce chuchotement rauque. Elle porta les mains à sa bouche, sentit le contact rêche de bandages contre ses lèvres.

— J'ai essayé de la sauver. Je ne lui ai pas fait de mal. Je n'aurais jamais pu lui faire de mal.

Novak se frotta le front.

— Bon sang. J'ai vraiment envie de vous croire. Allons voir ce que cette maison a à nous dire.

Parcourue de frissons, Faith posa les mains sur ses cuisses et regarda défiler la masse sombre des arbres qui bordaient la route. La maison avait toujours eu beaucoup à dire, songea-t-elle. Et, pendant les vingt-trois années écoulées, elle n'avait jamais rien dit de bon.

6

Mount Carmel, Ohio
Lundi 3 novembre, 19 h 5

Juste à temps. Il traîna une dernière branche à travers l'entrée du chemin forestier, puis se redressa avec une grimace. Dorénavant, aucun usager de cette portion d'autoroute ne remarquerait cet accès, à moins de le chercher spécifiquement. L'autre extrémité de la piste débouchait dans les bois, à bonne distance de la maison, dans la direction opposée à la route qui menait à l'autoroute. Il avait déjà dissimulé cette issue-là, mais il savait qu'elle serait forcément découverte. Tôt ou tard.

Tout ça à cause de Faith, cette sale petite enfoirée. *Elle a conduit les flics à ma porte. Mais pourquoi je n'ai pas réussi à la tuer ?*

A présent il était trop tard, il distinguait des lueurs bleues à travers les arbres — une voiture de patrouille était garée devant la maison. *Ma maison.* Le nom de cette garce avait beau figurer sur l'acte de propriété, ça n'avait aucune importance. Il avait réparé cette maison. C'était chez lui.

Il n'avait pas pu tout nettoyer — dedans ou dehors. Le sang du préposé de la compagnie d'électricité maculait encore l'herbe. Ainsi que celui du serrurier.

Et il n'avait pas pu emporter tous ses trésors. Pris par le temps, il n'avait pu sauver qu'une petite partie de sa collection. Le reste était à l'abri, là où personne ne songerait à fouiller. Dorénavant, il devait se faire discret.

Il éprouvait une certaine forme de consolation en songeant qu'il ne laissait jamais de traces physiologiques susceptibles de l'incriminer. Pas d'ADN. Pas d'empreintes. Il portait des gants en toutes circonstances et Roza nettoyait tout avec un zèle religieux.

Après avoir regardé des deux côtés pour s'assurer que personne n'arrivait, il regagna le fourgon. En arrivant près du véhicule garé sur le bas-côté, il dut réprimer l'envie de vérifier l'état de sa cargaison. Evidemment qu'ils étaient toujours à l'arrière, trop drogués ou trop morts pour s'enfuir. Un bref instant, il envisagea de balancer tout le monde dans l'Ohio, mais se ravisa. Mauvaise idée. Sans rien pour les lester, ils dériveraient à la surface et seraient fatalement retrouvés.

Tous feux éteints, il prit la direction de l'est sur Kellog Avenue, à un jet de pierre du fleuve. Kellog longeait les berges, parallèlement et en contrebas du talus escarpé au sommet duquel les voitures de patrouille s'étaient regroupées. Il aurait pu suivre la rivière vers l'est, jusqu'en Virginie-Occidentale, mais il avait une autre destination en tête. Il continua donc à rouler sans éclairage, attendant d'avoir pris un virage et d'être hors de vue des patrouilleurs pour allumer ses feux.

Quand sa cargaison serait enterrée sans encombre, il ferait le nécessaire pour que Faith regrette amèrement d'avoir quitté Miami.

Mount Carmel, Ohio
Lundi 3 novembre, 19 h 35

Deacon se gara derrière le break de son cousin. La maison immense aurait été parfaite pour accueillir la famille Addams. Mais ne semblait pas du tout adaptée à la femme qui regardait par la vitre du SUV, ses mains bandées légèrement croisées sur les genoux.

Elle n'avait pas bougé un muscle, pourtant la tension irradiait de son corps tout entier. Rien de surprenant, songea Deacon. Après tout, il venait de l'accuser d'un crime horrible. Elle ne trempait pas dans cette affaire. Son instinct le lui disait. Mais elle cachait trop de secrets. Son arrivée sur les lieux relevait d'une coïncidence trop improbable. Quant à son passé fraîchement révélé, il semblait loin d'être sans tache.

Le coup de fil de Crandall l'avait perturbé. Docteur Faith Frye, thérapeute. *Pour délinquants sexuels.* Deacon avait déjà eu affaire à des gens de son espèce, de bonnes âmes persuadées que les monstres violeurs d'enfants pouvaient être réinsérés dans la société. Ils étaient aussi haïssables que les avocats de la défense. Pire peut-être. Au moins, les avocats pouvaient prétendre qu'ils défendaient les droits constitutionnels des accusés.

On ne peut pas réinsérer les délinquants sexuels et les thérapeutes qui pensent y parvenir sont…

Deacon s'arrêta de lui-même, avant de s'embarquer dans une diatribe mentale. Faith Frye avait payé le prix fort pour s'être associée à des violeurs d'enfants. Un de ses patients l'avait agressée, puis l'avait harcelée lorsqu'il était sorti de prison.

L'année précédente, elle avait déposé trente plaintes auprès de la police de Miami. Qu'elle ait changé d'identité et déménagé à mille cinq cents kilomètres était fort compréhensible. Mais il était tout aussi indéniable qu'elle n'aurait pas eu besoin d'agir de cette façon si elle avait choisi un autre genre de clientèle.

Bien sûr, il l'avait entendue admettre sa profession sans manifester d'embarras, mais il ne pouvait pas croire ce que lui avait appris Crandall. Il refusait d'accorder du crédit aux déclarations de Peter Combs quant au mobile qui l'avait poussé à agresser Faith avec un couteau. Impossible de faire confiance à ce criminel quand il prétendait que sa thérapeuthe et lui avaient eu une relation et qu'elle l'avait trompé.

C'était tout simplement… infect. *Et si c'était vrai ?* Impossible. *Tu ne veux pas le croire, voilà tout.*

En tout cas, il savait que Faith Frye ou Corcoran — quel que soit le nom qu'elle se donnait — n'était pas impliquée dans les événements qui avaient conduit Arianna Escobar dans cet endroit. La femme qui s'était blessé les mains, les genoux et les pieds jusqu'au sang pour porter secours à une inconnue ne serait jamais du côté d'un individu capable d'agresser cette jeune fille.

Ni aujourd'hui. Ni quatre ans plus tôt. Il ne pouvait tout simplement pas le croire.

— C'est votre maison, dit-il à voix basse.

— Ouais, je sais, répondit-elle avec amertume. Magnifique demeure, pas vrai ?

Intéressant. Lorsqu'elle avait dit qu'il avait des yeux « magnifiques », elle semblait éblouie. Mais, quand elle avait usé du même terme pour désigner la maison, il avait entendu de la haine.

— Elle ne vous plaît pas ?

— Non.

— Pourquoi ?

Elle marqua une légère hésitation avant de répondre :

— Parce que c'est ici que j'ai appris la mort de ma mère. Et c'est aussi ici qu'elle est enterrée.

— Alors, vous avez de mauvais souvenirs dans cette maison, c'est ça ? Pourquoi avoir décidé d'y vivre ?

— Sur le moment, ça semblait être une bonne idée, dit-elle d'un air énigmatique. Que cherchez-vous, là-bas ?

Elle faisait allusion aux dix rayons lumineux qui se déplaçaient méthodiquement en étoile depuis la maison.

— L'autre victime.

Il avait besoin de voir sa réaction.

La tête de Faith pivota et elle le fixa avec une expression d'horreur renouvelée.

— Il y avait *deux* filles ?

— Oui. Arianna Escobar et son amie Corinne Longstreet. Elles ont disparu de leur campus vendredi soir.

— Oh ! mon Dieu. Et vous pensez qu'elles étaient dans la maison de ma grand-mère ?

— C'est possible.

Elle porta la main à sa bouche, frappée par une pensée soudaine.

— Le serrurier. Vous l'avez trouvé ?

— Pas à ma connaissance. Avez-vous d'autres clés pour la maison ?

Elle secoua la tête.

— Non. La seule que j'ai n'ouvre pas la porte. Je vous l'ai déjà dit. C'est l'avocat de ma grand-mère qui me l'a remise et, quand je lui ai expliqué qu'elle n'allait pas, il m'a répondu que Gran ne lui en avait donné qu'une. C'est pour ça que j'ai fait appel au serrurier.

Elle paraissait sincère.

— Laissez-moi le temps de voir ce qui se passe. Nous continuerons cette discussion plus tard. Restez ici, s'il vous plaît.

Elle acquiesça et l'image d'une poupée de porcelaine se dessina dans l'esprit de Deacon. Seule sa tête avait bougé, tout le reste de son corps était figé, y compris les traits du visage. De toute évidence, elle était ébranlée.

— Bien sûr, murmura-t-elle.

Du coin de l'œil, il vit Adam traverser la pelouse de devant, d'un pas pressé.

— Je reviens.

Deacon se hâta de passer de l'autre côté de l'antique portail en fer forgé qu'Adam tenait ouvert.

— Qu'est-ce que nous avons ?

— Rien de bon, ni pour les victimes ni pour nous. On a trouvé des traces de bagarre, des coups de feu ont été tirés. Sur le côté de la maison, et au coin, derrière. Les gars de la scientifique ont trouvé deux balles incrustées dans le mur et quatre douilles.

— Plus de douilles que de balles, dit Deacon. Donc certaines des balles manquantes ont peut-être touché des victimes. Arianna avait une blessure par balle à la jambe. Est-ce que la balle y était encore lorsque Faith l'a trouvée ?

— Je n'en ai pas la moindre idée. Tu veux que je me renseigne ?

— Plus tard. On dira à Bishop de demander au médecin des urgences. Quoi d'autre ?

— On a trouvé ça.

Adam montra un tube d'une quarantaine de centimètres de long et une fléchette qu'il tenait en main.

— C'était derrière la maison avec une bombe anti-agression. En fouillant le pick-up de Earl Power, Tanaka a trouvé un tube du même genre, d'un mètre quatre-vingts. Et aussi une boîte remplie d'autres fléchettes. J'ai appelé le patron du type. Il m'a expliqué que Ken Beatty a été mordu par un chien, il y a quelques années. En revanche, il ignorait que son employé se baladait avec des fléchettes tranquillisantes, mais ça ne l'a pas étonné.

— Donc le gars de l'électricité a résisté, murmura Deacon. Ensuite ?

— Un fourgon a traversé l'herbe, les empreintes vont de l'allée jusqu'au côté ouest de la maison. Le véhicule s'est arrêté trois fois. D'abord à la porte de la cuisine. Ensuite derrière la maison, et pour finir sur le côté. A l'arrière de la maison, les traces montrent qu'un corps a été traîné, mais elles s'arrêtent au milieu de la façade. Là où se trouvait le fourgon.

— Il a chargé un corps dans son véhicule. Les gars de la scientifique ont réussi à faire une estimation des mensurations de cette personne ?

— Tout ce qu'on sait, c'est que c'était quelqu'un de corpulent.

— Corinne Longstreet mesure un mètre soixante-dix et pèse une soixantaine de kilos.

Adam secoua la tête.

— On parle plutôt de cent à cent dix kilos. Ce qui correspondrait plus au signalement de Ken Beatty, le technicien de Earl Power. En plus, le compteur est derrière la maison et on a trouvé des éclaboussures de sang sur la façade arrière.

— Merde. C'est ce que je craignais. Et que sait-on du dernier arrêt du fourgon ?

— Beaucoup de sang dans l'herbe. Assez pour penser que la personne a probablement saigné à mort. On n'a pas trouvé de douilles dans ce secteur.

— Y a-t-il une trace qui parte des éclaboussures de sang autour du compteur électrique ?

— Non, aucune. Nous parlons de deux victimes distinctes. Sans doute tuées à des moments différents. Le sang trouvé dans l'herbe, sur le côté de la maison, n'est pas complètement sec, contrairement à celui qui est derrière, près du compteur électrique.

— Alors, nous avons deux victimes. Arianna Escobar et Ken Beatty. Nous avons encore la présence éventuelle d'un serrurier et Corinne Longstreet, dont on est toujours sans nouvelles. Le premier arrêt du fourgon ne me dit rien qui vaille. C'est peut-être là qu'il a embarqué Corinne en la faisant sortir par la porte latérale. Mais entrons, nous verrons bien ce qui nous attend là-dedans.

Deacon partit en direction de la porte de la maison, mais Adam le retint.

— Attends. C'est quoi cette histoire de serrurier ?

— Faith a dit qu'elle avait contacté la compagnie d'électricité pour rétablir le courant et un serrurier pour changer la serrure de la porte d'entrée. La clé qu'elle a récupérée n'ouvre pas la porte. Ça colle avec l'idée que quelqu'un utilisait l'endroit pour cacher ses victimes. Si c'était moi, mon premier geste aurait été de changer les serrures, pour éviter que quelqu'un me tombe dessus et que je me fasse prendre.

Adam lui jeta un regard dur.

— Faith ?

— Oui. C'est son nom.

— Tu crois à son histoire, c'est ça ?

— Oui. Elle cache quelque chose, d'accord, mais je ne crois pas qu'elle s'en soit prise à Arianna.

— Même après tout ce que Crandall t'a expliqué sur son histoire de changement de nom ?

La question d'Adam résonnait d'une inflexion déplaisante, empreinte de sous-entendus malsains.

— Je l'ai interrogée sur ce changement d'identité. Elle l'a reconnu.

— *Après* que tu l'as interrogée. Elle n'a pas devancé l'appel. Et est-ce que Crandall t'a parlé de son procès ?

— Ce n'était pas le procès de Faith Corcoran, Adam, souligna Deacon. Elle était la victime dans cette affaire. Le prévenu était un délinquant sexuel qui l'a agressée avec un couteau.

— Le délinquant sexuel avec lequel elle couchait, rétorqua Adam, sans plus retenir son mépris.

Deacon réprima le soudain accès de colère qui l'avait inopinément saisi.

— Du moins, c'est ce que prétendait ledit délinquant sexuel. Depuis quand croyons-nous la parole d'une ordure plutôt que celle d'un fonctionnaire ? Crandall n'a pas dit que qui que ce soit avait cru ce criminel. Il n'y a jamais eu d'inculpation, parce qu'il n'y avait aucune preuve pour étayer cette accusation.

Adam haussa les épaules, le regard dur, tout à son emportement.

— Il n'y a pas de fumée…

— Sans feu ? demanda une voix derrière eux.

Deacon et Adam se retournèrent pour voir Faith debout de l'autre côté du portail, ses mains bandées accrochées aux barreaux métalliques faisaient penser à des moufles blanches. Deux taches cramoisies marquaient ses joues pâles, son menton frémissait. Mais son regard brûlait de colère.

Elle se tenait là, ses cheveux rouges tombaient en désordre sur ses épaules… *Elle ressemble à une flamme.*

Adam la fixa posément.

— Vous devez admettre que nous sommes en présence d'un remarquable empilement de coïncidences, docteur Frye.

— C'est Corcoran, rectifia-t-elle avec vivacité. J'avais cru comprendre que vous vouliez entrer dans la maison.

Deacon regarda Adam d'un air qui lui recommandait de garder le silence.

— Nous étions sur le point d'y aller, n'est-ce pas, lieutenant Kimble ?

— Nous aurons besoin d'une commission rogatoire, à moins qu'elle ne nous donne la permission de défoncer la porte. La clé qui est dans son sac ne va pas.

Deacon eut du mal à contenir son étonnement.

— Vous avez déjà essayé ?

— Puisqu'elle t'avait donné la permission de fouiller, j'ai demandé à un des gars de Tanaka de sortir son sac de la jeep. Elle a dit la vérité, la clé n'est pas la bonne.

Faith lança à Deacon un regard tranchant comme une lame dentelée.

— C'est exactement pour ça que je ne fais pas confiance aux flics. Vous étiez censés effectuer la fouille seulement en ma présence. Si vous avez besoin de défoncer la porte, alors, allez-y. Encore mieux, je vais m'en charger moi-même.

Elle poussa le portail, mais Deacon retint le battant pour l'en empêcher.

— Docteur Corcoran, attendez. Faith, ajouta-t-il, comme elle continuait à peser sur la grille. Vous n'avez pas de chaussures. Restez ici.

Voyant qu'elle n'écoutait pas, il durcit le ton.

— *Stop*. Ce n'est pas une demande.

Elle vibrait de colère.

— Vous étiez d'accord pour que je vous accompagne.

— C'était avant que nous ayons trouvé des indices de fusillade autour de la maison, dit-il sèchement.

Par bonheur, cette dernière phrase eut l'effet escompté. Faith recula d'un pas, les yeux écarquillés, visiblement choquée. Deacon poursuivit ses explications :

— Nous ignorons ce qui nous attend à l'intérieur, dit-il plus gentiment. J'ai besoin de me concentrer sur les recherches pour retrouver la deuxième fille. Je ne veux pas avoir à m'inquiéter pour votre sécurité.

— D'accord, dit-elle, la gorge serrée. Avez-vous trouvé l'homme de la compagnie d'électricité ou le serrurier ? Ils sont venus ici parce que je les ai appelés. Je… je me sens responsable de ce qui leur est arrivé. De leur sécurité.

Adam eut un sourire dépourvu d'aménité.

— Vous êtes vraiment très bonne, docteur Frye. J'ai presque failli m'y laisser prendre.

— Lieutenant, avertit Deacon.

— Non, agent Novak, dit-elle. Ça ne pose pas de problème. Je suis habituée à ce genre de sous-entendus. Et le coup du bon flic et du méchant flic m'est également familier, alors épargnez-vous ces efforts. Je vais vous poser de nouveau la question… Avez-vous trouvé ces deux hommes ?

— Non, lui dit Deacon.

Il n'avait pas envie de lui en révéler plus. Non parce qu'il ne lui faisait pas confiance, mais parce qu'elle semblait déjà en pleine détresse.

— Nous perdons du temps, continua-t-il. Corinne est peut-être encore en vie. Voulez-vous qu'un agent vous escorte jusqu'au SUV ?

— Non, dit-elle en reculant d'un pas. Je vais y aller. Trouvez l'autre fille, je vous en prie.

— Merci. Allons-y, lieutenant.

Il se mit en route, soulagé qu'Adam accepte de coopérer sans histoires. Mais il entendit son cousin marmonner dans sa barbe.

— « Trouvez l'autre fille, je vous en prie », répéta-t-il avec ironie.

Deacon lui saisit le bras et l'obligea à s'arrêter.

— Tu peux me dire ce qui ne va pas chez toi ?

— Ce qui ne va pas chez *moi ?* Ce n'est pas moi qui bave comme un ado devant une éventuelle suspecte.

Deacon scruta le visage de l'homme qui agissait comme un parfait étranger.

— Je ne bave pas. Et elle n'est pas une suspecte. Pas encore, en tout cas. Pour l'instant, elle n'est qu'un témoin.

— Elle aide les délinquants sexuels. Et devine quoi, *agent Novak ?* La fille qu'elle a trouvée a été violée.

Deacon s'immobilisa.

— Je sais qu'Arianna a été violée, murmura-t-il. Mais ce n'est pas parce que Corcoran a traité des délinquants sexuels que ça en fait une suspecte.

Adam secoua la tête.

— Elle a baisé avec un violeur. Comment tu peux être sûr qu'elle ignorait que la fille était là ? Si ça se trouve, elle protège son nouvel amant ?

Deacon grimaça devant l'image instantanée que la phrase avait suscitée dans son esprit et la chassa avant qu'elle ne s'y imprime.

— Parce qu'elle a appelé le 911. Parce qu'elle a protégé la victime.

— Avec une arme qu'elle avait sur elle par hasard ?

— Avec l'arme qu'elle porte parce qu'elle a été harcelée.

La bouche d'Adam se tordit de dégoût.

— Qu'est-ce qu'elle a bien pu te raconter pour te faire avaler son histoire ?

Magnifiques. Elle avait dit que ses yeux étaient magnifiques.

Mais ce n'était pas pour cette raison qu'il croyait à son histoire. *Même si ça n'est pas complètement sans lien, n'est-ce pas ?*

— Pour l'instant, elle n'est pas suspecte, dit-il d'un ton égal. Et, jusqu'à ce que nous puissions prouver qu'elle l'est, tu lui témoigneras du respect. C'est compris, lieutenant ?

— Compris, agent spécial Novak, répondit froidement Adam. Je suis à vos ordres.

Deacon hésita, il avait du mal à gérer l'Adam qui se tenait devant lui.

— J'ai besoin que tu sois concentré, chuchota-t-il. Ne saute pas aux conclusions en t'appuyant sur le témoignage infondé d'un délinquant sexuel qui a fait de la taule. J'ai besoin de ton aide pour trouver Corinne Longstreet. Je peux compter sur toi ?

— Complètement, répondit Adam avec froideur.

En espérant qu'il faisait le bon choix, Deacon lui fit signe de le suivre.

— Alors, on y va.

Miami, Floride
Lundi 3 novembre, 19 h 35

Appuyée contre le chambranle de la porte du bureau, Catalina Vega attendait avec impatience que son chef termine sa communication téléphonique. Il leva la tête et lui fit signe d'entrer.

— Je dois y aller, dit-il au téléphone. Il faut que je m'occupe d'un truc. On se retrouve à la maison. Moi aussi, je t'aime.

Entendre Davies s'adresser à sa femme avec une telle tendresse inspirait toujours à Cat un mélange de nostalgie et d'espoir. Elle avait quasiment accepté l'incompatibilité de la profession de flic avec une relation sentimentale normale et saine. Et puis Davies avait rencontré sa CiCi, et ils se débrouillaient pour que ça fonctionne.

Davies commença à classer ses dossiers et à ranger son bureau.

— Alors, qu'est-ce que tu as, lieutenant ?

— Pas Faith Frye, en tout cas. Je ne l'ai trouvée nulle part. Elle a disparu.

Cat traversa la pièce et présenta l'écran de son téléphone à Davies, qui put voir la photo qui y figurait.

— Ce matin, j'ai commencé par me rendre à sa dernière adresse connue. Ça, c'est chez elle. Ou plutôt ce qu'il en reste.

Davies fronça les sourcils en découvrant un bâtiment incendié, dont seule la structure tenait encore debout.

— C'est quoi, ce bordel ? Ça s'est passé quand ?

— Jeudi soir. Faith était absente quand c'est arrivé. Le concierge ne l'a pas vue depuis au moins une semaine. En revanche, sa voiture se trouvait encore sur le parking extérieur, samedi matin. Grâce à ses paiements par carte de crédit, j'ai remonté sa piste jusqu'à un hôtel du centre-ville, où elle est restée une nuit, puis un second hôtel où elle a séjourné le jour suivant, ainsi de suite, et puis… plus rien. Depuis samedi, plus de reçus de carte de paiement, elle n'a donné aucun signe de vie. Elle a vidé ses comptes en banque et démissionné de son boulot.

— Elle est en fuite.

— J'espère que c'est bien ça. J'ai essayé de trouver un indice sur sa destination. J'ai appelé son portable et sa ligne fixe. Les deux appels ont atterri directement sur sa boîte vocale. Ses collègues ont déclaré que, si elle n'était pas inamicale, elle n'était proche de personne en particulier. Après la mort de Shue, elle s'est encore plus renfermée. Elle restait dans son coin, refusait de se déplacer avec eux ou de les accompagner pour déjeuner. Elle arrivait tôt et partait tard. Seule.

— Elle avait peur de les mettre en danger. Qu'ils soient pris dans une fusillade, comme Shue.

Cat acquiesça.

— C'est aussi ce que je pense. Aucun de ses collègues n'a été surpris par sa démission, parce qu'elle avait déjà réparti tous ses patients entre les autres conseillers. Elle n'a laissé tomber personne.

— Elle a fait ça même pour les délinquants ?

— Elle avait déjà cessé de travailler avec eux. Elle a laissé tomber ce boulot après l'agression de Combs, pour aller travailler avec l'organisation de Shue. Là-bas, ses patients étaient exclusivement des victimes. D'après la femme qui occupe le box voisin de celui de Faith, elle est venue un beau matin, a débarrassé son bureau et remis sa démission. Elle est partie sans faire d'éclat. On sait aussi qu'elle n'a contacté aucune des autres agences de la ville pour solliciter un poste. J'ai appelé chez ses parents, à Savannah, mais Lily Sullivan, la belle-mère, m'a dit que Faith n'était pas là. Lily m'a juste promis de passer le message et de lui dire que j'avais appelé. J'ai voulu parler au père de Faith mais, selon la belle-mère, il est trop malade pour venir au téléphone. Elle a dit que parler à un flic de Miami pourrait le bouleverser.

— Pourquoi ?

— Parce que Faith était mariée à un flic, Charlie Frye, un agent en uniforme du District central. A l'époque où je l'ai interrogée dans l'affaire du meurtre de Shue, je n'avais pas réalisé qu'elle était l'ex de Charlie.

Cat fit une petite grimace.

— Je connaissais Charlie avant qu'il épouse Faith. En fait, je suis un peu sortie avec lui. Ce n'est pas… un homme moderne.

Davies haussa les sourcils.

— Il les aime pieds nus et enceintes ?

— A vrai dire, sa nouvelle épouse *est* enceinte pour la troisième fois en quatre ans, mais j'ai l'impression que ça lui convient bien. Donc, tant mieux pour elle.

— Tu l'as rencontrée ?

— Aujourd'hui, quand je suis passée voir Charlie pour savoir s'il avait eu des nouvelles de Faith. Cette petite m'a tout l'air d'être une vraie femme d'intérieur. Ce qui, une fois de plus, est formidable, si c'est son choix, bien sûr. Et, pour être juste, Charlie a été très clair à ce propos lorsque nous étions ensemble. Il voulait une épouse, raison pour laquelle nous n'avons eu que deux rendez-vous. J'ai été étonnée de découvrir que Faith avait été mariée avec lui et encore plus que ça avait duré neuf ans.

Davies ramena la conversation au cœur du sujet.

— Bon, est-ce que Charlie Frye l'a vue, oui ou non ?

— Non, pas depuis leur divorce. Il dit qu'il savait que Combs la harcelait depuis un an. Mais, visiblement, ça ne l'a pas plongé dans la détresse. A l'entendre, elle l'avait bien mérité pour avoir voulu dîner avec le diable.

— J'imagine qu'il voulait parler de cette prétendue relation de Faith avec Combs. Je me suis intéressé à elle après ton départ, ce matin, précisa-t-il en constatant l'étonnement de Cat. J'ai lu le rapport sur son agression d'il y a quatre ans et les transcriptions du procès. L'ex-mari croit ce qu'a déclaré Combs ?

— Ouais. Il a refusé de s'expliquer là-dessus. Mais ce n'est pas pour cette raison qu'ils ont divorcé. Combs n'a jamais accusé Faith de quoi que ce soit avant le début du procès. A l'époque, elle avait déjà demandé leur séparation parce que Charlie la trompait avec son épouse actuelle.

— Un vrai champion, celui-là ! Mais j'espère que la famille de Faith ne nous juge pas tous à l'aune de Charlie.

— Difficile de se prononcer. Lily n'a rien voulu dire, même quand je lui ai expliqué que c'était urgent. Mais je suis presque certaine qu'elle sait où se trouve sa belle-fille. En revanche, je ne lui ai pas donné la raison de mon appel. Je préfère attendre le plus tard possible avant d'ébruiter les infos sur la Prius sabotée. D'ailleurs, les mecs de la scientifique ont trouvé ça sur la voiture.

Cat posa un sachet à indices sur le bureau désormais immaculé de Davies. Il prit l'enveloppe de plastique et plissa les yeux pour mieux voir le petit appareil électronique qu'elle contenait.

— Il suivait ses déplacements.

— D'après la scientifique, le mouchard a été posé après l'incendie. Ils ont trouvé des traces de suie sur le véhicule, à l'endroit où il était placé.

L'expression de Davies s'assombrit.

— Il essayait de la chasser de chez elle.

— Et il a posé l'émetteur pour suivre le signal. Et il a aussi coupé quelques tuyaux, sans se rendre compte que le véhicule avait été vendu. Du coup, c'est la nouvelle propriétaire et son fils qui sont morts. Maintenant, deux gamins se retrouvent sans leur mère. Il ne va pas s'arrêter, chef. Où qu'elle soit en ce moment, Faith est en danger. Ainsi que ceux qui l'entourent.

— Alors, tu avais raison. Ses plaintes pour harcèlement étaient fondées. Les trente, ajouta-t-il avec une colère froide. Pourquoi l'a-t-on ignorée ?

— C'est peut-être l'explication de l'accueil plutôt frais de la belle-mère. Je crois que Charlie a jeté de l'huile sur le feu. J'ai parlé aux agents qui ont recueilli les plaintes pour harcèlement. Apparemment, Charlie leur a raconté qu'elle était cinglée. Et qu'il était inutile de gaspiller du temps et des ressources pour elle. Le boulot de Faith avec les délinquants a facilité leur adhésion à cette thèse.

Davies ferma les yeux avec lassitude.

— Et voilà où nous en sommes, trois morts et une personne disparue. Tout ça parce que les petits gars en bleu ont voulu se serrer les coudes.

— Et ses parents refusent de nous parler pour la même raison. Mais s'ils ne savent vraiment pas où elle se trouve… Cela fait plusieurs jours qu'elle a disparu, chef.

Il ouvrit les yeux, le regard soucieux.

— Appelle la belle-mère et explique-lui précisément la situation. S'ils persistent à ne pas nous révéler l'endroit où se trouve Faith, mets les deux parents en détention préventive pour assurer leur protection, jusqu'à ce que Lily parle. Mais trouve-moi Faith Frye.

Mount Carmel, Ohio
Lundi 3 novembre, 19 h 45

Deacon aborda les marches extérieures avec précaution et découvrit avec soulagement qu'elles étaient assez solides. Pendant qu'Adam forçait la porte d'entrée avec un pied-de-biche, il examina le vaste porche et lui trouva une certaine élégance.

— En haut ou en bas ? demanda Adam.

— En haut, répondit Deacon.

Adam s'accroupit. Deacon ouvrit la porte et ils se faufilèrent à l'intérieur, fouillant la pièce du regard.

— Bon sang, chuchota Deacon.

Les hauts plafonds et l'escalier incurvé témoignaient encore du faste passé des lieux. Le papier peint se décollait et tout le mobilier était recouvert de draps. La pièce semblait antique, triste et solitaire.

Deacon sortit une paire de protections de sa poche et les enfila sur ses chaussures. Derrière lui, il entendit Adam se livrer à la même manœuvre. Ils passèrent de pièce en pièce, sans rien trouver. La couche de poussière n'avait pas été dérangée. Visiblement, personne n'avait vécu ici depuis très longtemps.

Ils arrivèrent dans la cuisine. Les appareils électroménagers, la table et les chaises dataient des années 1920 et, comme tout le reste, semblaient ne pas avoir été touchés depuis une éternité. Mais, sur le sol, la couche de crasse avait été effacée sur un trajet précis — un chemin qui commençait à la porte d'acier donnant sur le côté est de la pelouse, et s'arrêtait devant une porte intérieure plus ancienne, taillée dans un bois solide, avec une serrure d'époque.

Deacon tira sur la poignée et fut surpris de la sentir céder facilement. Le mécanisme n'émit pas le moindre craquement tant les gonds étaient bien huilés.

— La cave, précisa-t-il en silence.

Il évalua la volée de marches qui disparaissait dans le noir. Et mince, se dit-il, en remarquant la pulsation d'une lueur rouge qui se répétait régulièrement à plusieurs secondes d'intervalle. Ils avaient déclenché une espèce d'alerte silencieuse.

Quand Deacon commença à descendre, le rayon de sa lampe révéla des traces de mains rouges sur les murs. Et sur les marches. Les empreintes fraîches étaient de la même taille que celles qu'il avait vues dans le pick-up accidenté de la compagnie d'électricité.

Arianna était passée par ici. Elle s'était appuyée au mur en grimpant l'escalier. Adam et lui continuèrent à progresser avec prudence, puis ils s'arrêtèrent au bas des marches, le temps de prendre leurs repères. Ils se tenaient dans un couloir long et étroit qui courait sur toute la largeur de la maison. Il y avait une porte à une extrémité et d'autres des deux côtés. L'odeur d'un produit d'entretien au citron imprégnait l'air. Quelqu'un avait fait le ménage.

Deacon fit signe à Adam et l'envoya vers la gauche. Lui-même partit sur la droite, ouvrit la première porte et grimaça lorsqu'une lourde odeur de javel pure le frappa comme une brique. Sa Maglite illumina les portes battantes de meubles de rangement aux étagères vides. Une table d'acier, munie de rigoles pour recueillir le sang, trônait au milieu de la pièce. On utilisait le même modèle dans les morgues. Des cordes pendaient des quatre coins.

C'était ici qu'Arianna avait été torturée. Il en était persuadé.

Où était Corinne ? Il éclaira tous les coins de la pièce, mais ne vit personne.

La porte suivante ouvrait sur une kitchenette, équipée d'un petit réfrigérateur, d'un four traditionnel et d'un micro-ondes. Une table à battants, juste assez grande pour deux, était poussée contre un des murs. Elle semblait ancienne et provenait sans doute du rez-de-chaussée. Deacon fouilla les placards, l'intérieur du four. Rien. Il rassembla son courage, puis ouvrit le congélateur, craignant ce qu'il pourrait y trouver.

Il cilla, surpris. Des pizzas surgelées étaient stockées en trois colonnes nettement empilées, chaque boîte précisément alignée sur ses voisines. Le compartiment réfrigérateur ne contenait qu'une bouteille de deux litres de Coca Light, quelques bouteilles d'eau et des flacons de ketchup. En fouillant la poubelle, il trouva un emballage écrasé ayant contenu un plat à emporter. Il le souleva avec précaution et renifla. Les déchets étaient encore frais. Pas plus de un jour ou deux.

Il sortit de la cuisine et retrouva Adam dans le couloir étroit.

— Tu as vu quelqu'un ? chuchota-t-il.

— Personne. Ni mort ni vif.

— J'ai trouvé sa salle de torture, mais elle a été vidée et aspergée de javel. Dans la cuisine, le congélateur est plein de pizzas.

— J'ai trouvé un bureau, vidé aussi. Et une cellule.

Deacon le suivit dans une autre petite pièce uniquement meublée d'un lit de camp. Quelques centimètres au-dessus de cette couche rudimentaire, une chaîne était fixée au mur. Au bout de la chaîne, des menottes. Elles avaient été déverrouillées.

Adam braqua le rayon de sa lampe sur deux cheveux pris dans le cadre métallique du lit de camp. Blonds. Comme ceux de Corinne Longstreet. Elle avait été ici et ils l'avaient manquée.

Deacon revint dans le couloir et saisit du coin de l'œil le mouvement d'une ombre. Une couverture noire était suspendue au plafond. Une fois de plus, il rassembla son courage, redoutant ce qu'il allait découvrir. Il écarta la couverture et cilla de surprise.

Un tunnel s'ouvrait dans le mur de terre. Deacon avança d'un pas avec prudence, vérifia la solidité du plafond brut, puis jeta un regard derrière lui. Adam était sur ses talons.

Ils progressèrent accroupis, car le diamètre du tunnel n'excédait pas un mètre soixante-quinze et diminuait à mesure qu'ils progressaient. Ils débouchèrent dans une cave aux dimensions exiguës. Environ un mètre cinquante sur deux mètres quarante-cinq et peut-être un mètre cinquante de haut.

Deacon balaya la cave du rayon de sa lampe, révélant une couverture proprement étalée sur le sol. D'un côté, un oreiller. De l'autre, une seconde couverture était tout aussi soigneusement pliée. Et, au milieu de ce petit espace, une boîte.

— Quelqu'un vivait ici, dit-il à voix basse.

— Jette un coup d'œil, chuchota Adam. Je retourne monter la garde dans le couloir. S'il cherche à nous surprendre, je ne tiens pas à me retrouver coincé ici.

— Ça marche.

Deacon s'accroupit aussi bas que possible, coinça le bas de son manteau sous son bras et se dandina sur le sol de terre battue jusqu'à voir ce qui se trouvait à l'intérieur de la boîte.

Elle contenait un triste assemblage d'objets : une brosse à cheveux au tiers dégarnie ; un jean très usé avec de multiples pièces et deux T-shirts, eux aussi nettement pliés ; une tasse et une assiette de métal ; une brosse à dents usée ; et un disque de plastique grand comme un moule à tarte avec un couvercle bombé. L'étiquette des T-shirts indiquait que la femme était de petite taille.

Il effleura le couvercle bombé du disque de plastique et tressaillit lorsqu'une lueur sourde illumina soudain l'intérieur de la boîte. Une veilleuse. La personne qui avait dormi dans cette petite cave avait au moins disposé d'un peu de lumière. Il éteignit la lampe, revint sur ses pas en se redressant graduellement. Puis, il repassa sous la couverture et arriva enfin dans le couloir où Adam l'attendait, pas très patiemment.

— Alors ?

— Je ne sais pas qui vivait là-dedans, mais cette personne portait une petite taille de femme, indiqua Deacon. La boîte était presque vide, mais on dirait que quelqu'un faisait ses bagages et s'est interrompu. Laissons les gars de la scientifique faire leur boulot ici. Je veux apprendre ce que Faith sait exactement à propos de sa maison.

Est du Kentucky
Lundi 3 novembre, 19 h 45

Corinne se réveilla en sursaut, le corps endolori, une migraine épouvantable lui martelant le crâne. Engourdie. L'esprit embrumé. Encore.

Il l'avait droguée. Encore. Elle se souvenait maintenant. Il l'avait fait lui-même, cette fois, et n'avait pas envoyé la fille accomplir son sale boulot. Il était pressé, semblait si affolé qu'elle avait espéré qu'ils étaient sur le point d'être découverts.

Il faisait encore sombre. *J'ai toujours les yeux bandés.* Ses mains étaient liées, mais derrière son dos, cette fois. Elle leur imprima une petite secousse, puis étouffa un cri lorsque ses poignets l'élancèrent comme s'ils étaient traversés par des pointes de feu. Il l'avait ligotée avec une corde, si étroitement qu'elle ne parviendrait jamais à se libérer.

Non. Pas question de paniquer. Elle respira profondément par le nez, essayant de calmer son cœur qui battait la chamade. *Oh ! non. Oh ! mon Dieu.*

L'odeur lui était devenue trop familière. Du sang. De la sueur. La mort. *Ari.* Le souvenir des cris de son amie retentissait encore dans son esprit. *Oh ! mon Dieu, je vous en prie, faites que ce ne soit pas Arianna.*

Le plancher tressauta et elle serra les dents en prévision de l'inévitable atterrissage. Elle était dans un véhicule. Qui roulait. Pas une camionnette. Sans doute un fourgon. On l'emmenait quelque part.

Elle se mordit la langue pour s'empêcher de gémir. *Quelqu'un* conduisait ce véhicule. Si cette personne pensait qu'elle était encore dans le cirage, ses chances seraient meilleures. *Meilleures que quoi ?*

Meilleures que si tu étais morte, se dit-elle avec sévérité. Puis elle évoqua la voix de son instructeur du camp d'entraînement. *Reprends-toi, soldat. Résous ce problème.* Elle pouvait le faire. Elle devait y arriver.

D'abord — il fallait qu'elle voie. Le bandeau était… Elle allongea la mâchoire, sentit la peau autour de ses yeux se tendre. Du ruban adhésif. *Formidable.*

Elle avait besoin de quelque chose de rigide qui puisse glisser sous la lisière du ruban adhésif. Elle tourna la tête. Contre sa joue, du métal froid et lisse. Aucune utilité.

Elle roula la tête de l'autre côté et rencontra un objet dur. La chose bougea d'une fraction de centimètre. En fait, la chose avait oscillé et était revenue se poser contre son visage, au moment où elle reconnaissait la sensation, l'odeur.

Une chaussure de chantier. Et, à en juger par le poids, une grande, appartenant sans doute à un homme.

Un autre prisonnier ? Etait-il même vivant ? *Et si c'était l'odeur de son sang que je sens ?* La bile lui brûlait la gorge. *Et s'il était mort ?*

Encore pire : si c'était un garde et qu'il était conscient ? *Il saura que je suis réveillée. Mais, si je suis ligotée et avec les yeux bandés quand ce fourgon s'arrêtera, je serai à la merci du chauffeur.*

Il fallait qu'elle prenne le risque.

— Hé oh ? chuchota-t-elle.

Nada. Rien. Le type était drogué ou mort.

Elle ravala un juron. *Reste calme. Réfléchis.* Elle passa la joue sur la botte et laissa échapper un soupir de soulagement. C'était une chaussure lacée. Il y avait des crochets autour des lacets.

Priant pour qu'ils soient assez rigides et tranchants pour servir ses projets, elle utilisa le poids de son corps pour balancer sa tête et frotta le ruban adhésif le long de la tige de la chaussure. Ça pourrait marcher. Ça devait marcher.

Mount Carmel, Ohio
Lundi 3 novembre, 20 h 30

Sans son téléphone, Faith n'avait pas la moindre idée du temps que Novak et Kimble avaient passé à l'intérieur de la maison. Mais ça semblait trop long pour qu'ils n'aient rien trouvé.

L'idée que l'odieux lieutenant Kimble n'ait pas été capable de faire fonctionner sa clé lui procurait une forme de réconfort. Au moins, elle n'était pas folle. Les événements de la soirée précédente semblaient onduler dans son esprit. Comme si elle émergeait d'un rêve sans pouvoir distinguer le songe de la réalité.

Elle avait fait le tour de la maison. N'avait vu personne. N'avait entendu personne. Excepté… *Oh ! non.*

Elle ferma les yeux, de nouveau prise d'un haut-le-cœur. Elle avait entendu un hurlement. Elle s'était dit que c'était un chien. Ou le produit de son imagination. Mais c'était bien réel.

— Oh ! mon Dieu, murmura-t-elle.

C'était Arianna Escobar qui appelait au secours. Qui hurlait de douleur. Faith se souvenait clairement de chacune des blessures de la fille. Elle avait été torturée.

Et je suis partie.

Elle réprima son horreur. *Il faut que Novak le sache.* Elle voulut descendre du SUV, puis se souvint des paroles de Deacon. « Ce n'est pas une requête. » Pour l'instant, il agissait comme un allié. Elle ne voulait pas qu'il se mette aussi à lui en vouloir. Elle laissa la portière ouverte, mais ne bougea pas de son siège.

Quelques minutes plus tard, la porte d'entrée de la maison s'ouvrit, Novak et Kimble se dirigèrent droit sur elle. Le cœur de Faith se serra lorsqu'elle distingua leurs expressions. Fermées. Frustrées. Elle sortit du SUV et ravala une grimace lorsque ses pieds protestèrent.

— Vous l'avez trouvée ? demanda-t-elle avant qu'ils ne prononcent un mot. L'autre fille ?

— Non, dit Novak.

Mais ils avaient découvert autre chose. Elle pouvait le lire sur son visage.

— Nous devons vous poser d'autres questions sur la maison.

— D'accord. Mais, d'abord, je dois vous dire quelque chose. Quand j'étais ici hier, j'ai entendu quelque chose, je crois que c'était un cri.

Novak fronça les sourcils.

— Pourquoi n'en avez-vous pas parlé avant ?

— Je n'y ai pas pensé avant de m'être un peu calmée. Sur le coup, je m'étais persuadée que ce n'était pas vraiment réel.

Kimble avança sur elle, presque oppressant.

— Qu'est-ce que vous avez entendu exactement ?

Elle recula, mettant de l'espace entre eux.

— Je ne suis pas sûre. Il commençait à faire sombre et c'était juste un son éloigné. Je me suis dit que c'était un chien ou peut-être un coyote qui hurlait. Ou que je l'avais simplement imaginé.

Elle scruta le visage des deux hommes.

— Ce n'était pas mon imagination, n'est-ce pas ?

L'émotion lui coupa les jambes, elle se laissa tomber sur le siège du véhicule.

— Arianna était là-dedans. Je suis partie. Je l'ai laissée.

L'expression maussade de Novak s'adoucit une fraction de seconde.

— Saviez-vous qu'elle était là, Faith ?

— Non ! J'aurais appelé la police, comme je l'ai fait quand je l'ai trouvée sur la route.

— Vous n'avez pas pu l'aider, hier. Mais vous pouvez le faire maintenant en me montrant où vous vous trouviez quand ça s'est produit.

— Bien sûr.

Elle accepta la main qu'il lui offrait pour l'aider à descendre, puis grimaça lorsque la plante de ses pieds fut envahie par un intolérable fourmillement en touchant le sol.

— Qu'avez-vous trouvé dans la maison ?

— Nous y viendrons, dit-il. Adam, est-ce que les techniciens de Tanaka ont trouvé des chaussures dans la jeep ?

Kimble regarda les pieds de Faith, sans comprendre.

— Je ne crois pas. Où sont passées ses chaussures ?

— Elle les a perdues en escaladant le talus pour rejoindre la fille.

Kimble la regarda droit dans les yeux, visiblement désarçonné. Puis, il plissa les paupières, intrigué.

— Vous avez grimpé ce ravin, pieds nus ?

— Oui, dit-elle simplement. Mes baskets sont dans un sac de sport.

Kimble hocha la tête d'un air pensif.

— Je crois qu'ils les ont trouvées. Attendez une minute.

Il ouvrit le coffre de son break et farfouilla à l'intérieur. Lorsqu'il se retourna, il tenait les baskets de Faith.

Novak s'accroupit, écartant le pan de son manteau avec un panache qui semblait tenir du réflexe, puis, à la grande surprise de Faith, il lui souleva un pied et le glissa dans la chaussure correspondante.

— Vous n'êtes pas obligé de faire ça, protesta-t-elle.

Novak ne répondit pas. Il noua les lacets et procéda de même pour l'autre pied, avec une gentillesse qui l'étonna.

— Pouvez-vous marcher seule ?

Elle fut tentée de dire non et de saisir ce prétexte pour s'appuyer sur lui. Mais cette compassion manifeste pouvait faire partie de son rôle de bon flic et elle ne voulait pas entrer dans son jeu.

— Je crois.

— Alors, montrez-nous par où vous êtes passée hier et dites-nous ce que vous avez fait.

Elle commença à marcher en expliquant :

— Je me suis garée là où vous avez laissé votre SUV, je suis descendue de la voiture, j'ai marché jusqu'à la porte d'entrée. Ma clé n'a pas ouvert. J'ai failli partir, mais je devais passer au cimetière.

— Pourquoi ? voulut savoir Novak.

— Parce que j'avais promis à mon père de lui envoyer une photo.

— Du cimetière ?

Kimble semblait incrédule.

— Ma mère y est enterrée. Mon père avait l'habitude de venir sur sa tombe tous les deux ou trois ans, le jour anniversaire de sa mort. Mais, l'année dernière, il a eu une attaque et il ne peut plus voyager.

— Quand votre mère est-elle morte ?

— Il y a vingt-trois ans.

Faith s'était arrangée pour garder un ton neutre. Enfin, elle espérait y être parvenue.

— Oh.

Novak avait réussi à conférer à cette unique syllabe une incroyable charge de compréhension.

— Donc, vous étiez ici le jour de sa mort, continua-t-il. Vous avez assisté à son enterrement, et n'êtes jamais revenue ? Jusqu'à hier ?

— C'est bien ça.

Ils avaient atteint la grille du cimetière.

— J'ai essayé d'y entrer, hier, mais la porte était fermée par un cadenas, dont je n'avais pas la clé. L'avocat de ma grand-mère ne l'avait pas non plus en sa possession. La Société historique s'occupe aussi de l'entretien de tout le terrain qui entoure le cimetière. Le cadenas est sans doute une de leurs initiatives.

— Bien. Alors, nous sommes à l'endroit où vous avez entendu crier ? demanda Novak.

Elle les conduisit à l'endroit où elle se tenait.

— Ici, exactement. C'est la tombe de ma mère.

Novak promena le rayon de sa lampe sur la stèle de Margaret, puis sur les autres. Il marqua un temps d'arrêt sur une pierre tombale, d'un modèle identique à celle de la mère de Faith.

— « Barbara Agnes Corcoran O'Bannion », lut-il. Vous avez pris le nom de jeune fille de votre grand-mère ?

— Le mien m'aurait rendue trop facile à identifier. Même si ça n'a plus aucune importance, désormais.

Novak déplaça sa lampe et la pointa vers l'autre partie de la double stèle. Il laissa échapper une exclamation de surprise étouffée.

— Votre grand-père est mort seulement deux jours avant votre mère.

— Mon père, ma mère et moi étions venus assister à ses funérailles. Papa et moi sommes rentrés seuls.

— Que s'est-il passé ?

— Accident de voiture, dit-elle laconiquement.

— Vous ne viviez pas ici ? demanda Kimble.

— Non. Nous habitions à Savannah. Après la mort de mon grand-père, personne n'a occupé la maison. Gran a déménagé en ville, parce qu'elle ne marchait plus très bien et ne pouvait pas rester seule à la campagne, aussi isolée.

Novak reprit la direction des opérations :

— A quelle heure avez-vous entendu crier ?

— Vers 18 heures. Le soleil commençait à descendre.

— Et quand êtes-vous arrivée ?

Cette fois, la question venait de Kimble.

— Environ vingt minutes plus tôt. Je suis restée dehors pendant quelque temps, à rassembler mon courage pour entrer.

Novak lui jeta un regard curieux.

— Pourquoi ?

— Parce que… Les souvenirs rattachés à cette maison ne comptent pas parmi les meilleurs.

— Pourtant, lorsque vous avez eu besoin de disparaître, c'est ici que vous êtes venue chercher refuge, fit-il remarquer, donnant à Faith le sentiment qu'il avait découvert quelque chose qu'elle souhaitait garder secret. D'accord. Quand avez-vous quitté Miami ?

— Samedi, un peu après midi. Je me suis arrêtée à Atlanta pour la nuit, ensuite j'ai conduit tout droit jusqu'ici.

— Quelqu'un connaissait-il votre destination ?

— A part mon père et ma belle-mère, personne ne savait que je me rendais ici. J'imagine que tous ceux qui m'ont vue charger la jeep ont dû deviner que je partais quelque part, mais je n'en ai parlé à personne d'autre.

— Pas même à l'avocat de votre grand-mère ?

— Il ignorait que j'étais en ville, jusqu'à ce que je l'appelle hier pour lui demander la clé. Pourquoi ?

Kimble intervint :

— On y reviendra. Qu'avez-vous fait après avoir entendu ce cri ?

— J'ai envoyé la photo de la tombe de ma mère à mon père, comme il me l'avait demandé. Ensuite, je suis partie. Je suis passée chez Walmart, puis je me suis enregistrée à l'hôtel et j'ai déchargé ma voiture, avant d'aller me coucher.

Novak demanda d'autres détails :

— Et aujourd'hui ?

— Je suis allée travailler. A la banque Schipper, au centre-ville.

Les deux hommes laissèrent paraître une égale surprise, mais ce fut Kimble qui prit les devants, sans cacher son mépris.

— Vous êtes une psychologue qui traite les délinquants sexuels. Qu'est-ce que vous foutez à bosser dans une banque ?

Elle étouffa un soupir las.

— J'apprécierais que vous restreigniez vos questions à cette affaire. Et, ensuite, vous pourrez me laisser vaquer à mes occupations. Je vous rappelle que j'ai toujours besoin de passer aux urgences, dit-elle en levant ses mains bandées.

Une lueur de désarroi sincère traversa les yeux singuliers de Novak. Ou peut-être avait-elle simplement imaginé cette sincérité ? Il jouait si bien le rôle du bon flic.

— Nous ferons aussi vite que possible, dit-il. Pendant que vous étiez à votre travail, vous avez appelé l'avocat de votre grand-mère, la compagnie d'électricité, le serrurier et plusieurs autres fournisseurs de services. Avez-vous pris contact avec quelqu'un d'autre ?

— Mes collègues. Mais personne d'autre pour la maison.

— Quelqu'un d'autre a-t-il accès à la maison ? la pressa Kimble.

— Pas à ma connaissance. Aucun de mes oncles n'en voulait. En tout cas, pas pour y vivre.

Elle laissa échapper un soupir.

— Oncle Jordan doit être informé de ce qui se passe ici. Quel que soit *ce dont il s'agit.*

Kimble leva la main pour l'interrompre.

— Un instant. Vous avez des oncles ?

— Oui, j'en ai deux. Ils sont jumeaux, à vrai dire. Jordan et Jeremy.

— Ils vivent ici ? A Mount Carmel ? demanda Novak.

Cette seule idée semblait purement et simplement absurde.

— Oh ! non. Jordan vit dans une maison de ville à Mount Adams. Je ne pense pas qu'il ait remis les pieds ici depuis le déménagement de ma grand-mère, qui est partie s'installer chez lui. Excepté le jour où elle a été enterrée, bien sûr. Jeremy vit dans une propriété d'Indian Hill.

C'était à moins de vingt-cinq kilomètres de sa grand-mère, pourtant il n'avait jamais fait le trajet pour tenter d'arranger les choses.

Kimble haussa les sourcils.

— Ce sont les frères de votre mère, mais ils n'ont pas hérité de la maison ?

— Non. Ma grand-mère a laissé la maison de ville de Mount Adams à oncle Jordan. Et elle m'a légué celle-ci et la propriété.

— Et rien pour oncle Jeremy ?

Faith grimaça brièvement.

— Non. Jeremy et ma grand-mère n'ont jamais été en bons termes. En tout cas, c'est ce dont je me souviens. Ils n'ont pas eu de contact depuis la mort de mon grand-père.

— Pourquoi ?

Faith hésita à satisfaire la curiosité de Novak.

— Disons que ma grand-mère n'approuvait pas les préférences sexuelles de Jeremy.

Novak pencha la tête.

— Ça peut vouloir dire toutes sortes de choses.

— Dans le cas qui nous occupe, cela signifie qu'il est gay.

Si l'information était exacte, elle n'était pas complète. Son oncle était bisexuel, il avait une préférence pour les partenaires jeunes. Et jolis.

Tu es si jolie, voilà ce qu'il lui avait dit un jour en la regardant et en la touchant d'une manière qui l'avait mise mal à l'aise, malgré son jeune âge. Une idée s'insinua dans son esprit, et cette simple perspective lui donna la nausée. A une certaine époque, Jeremy avait eu accès à la maison. Il n'aurait eu aucune difficulté à changer les serrures. Aurait-il pu faire une chose pareille ? Kidnapper, torturer Arianna et son amie ?

Elle rejeta immédiatement cette théorie. Cela paraissait tout simplement absurde. Elle se rendit compte qu'elle avait baissé les yeux. Quand elle releva la tête, elle vit que les deux hommes avaient remarqué son désarroi. Si Kimble avait froidement pris note de son trouble, Novak, en revanche, semblait furieux.

— Quoi ? demanda-t-il.

Faith secoua la tête.

— Rien. Je suis sûre que ce n'est rien.

Mais elle perçut le doute dans sa propre voix. Et il n'avait pas échappé à Novak.

— Qu'est-ce qu'il vous a fait ?

Le ton de Novak était si proche du grognement que Faith recula instinctivement d'un pas.

— Rien. C'est la vérité. Il a dit que j'étais jolie. Il m'a caressé les cheveux. Il était… un peu louche, admit-elle. Et mon père ne lui a jamais fait confiance. Papa avait demandé à ma mère de ne jamais me laisser seule avec lui. Elle pensait que c'était stupide, mais a tout de même promis.

— Alors, votre oncle ne vous a jamais touchée, parce qu'il n'en a pas eu l'occasion, dit Kimble.

— C'est possible. Mais vous devez vous souvenir que c'était au début des années 1990 et que j'ai grandi dans une famille qui pratiquait un catholicisme très strict.

Elle éprouvait le besoin de défendre son oncle. Avec le recul de l'adulte, elle n'avait jamais été certaine du bien-fondé des précautions de son père.

— A l'époque, les gays étaient souvent considérés comme des pédophiles. En revanche je peux vous dire qu'il n'a jamais été accusé de quoi que ce soit.

En tout cas, pas en dehors de sa propre famille.

— Et comment pouvez-vous être aussi affirmative ?

En réaction à la question sarcastique de Kimble, Faith releva le menton avec défi.

— Parce que j'ai vérifié.

Les sourcils blancs de Novak s'arquèrent de surprise.

— Pourquoi ? Quand ?

— Plusieurs fois. Ma plus récente recherche date d'il y a un an, à peu près. Quant à la raison qui m'a poussée à le faire, c'est ce souvenir qui m'inquiétait. Je ne pouvais pas permettre que quelqu'un soit attaqué parce que je ne voulais pas laver le linge sale de la famille. J'ai prévenu discrètement une assistante sociale que je connaissais depuis l'école. Son contact dans la police garde un œil ouvert, mais il n'y a jamais eu la moindre volute de fumée. Et on ne peut pas arrêter quelqu'un sur de simples soupçons.

— En effet, murmura Novak. Avez-vous les coordonnées de vos oncles ?

— J'ai le numéro de portable de Jordan et aussi celui de sa ligne fixe, mais je n'ai pas les coordonnées de Jeremy. Vous le trouverez peut-être à son travail. Il est professeur à la faculté de médecine. Aux dernières nouvelles, il enseigne la chirurgie.

Faith se dandina, car ses pieds commençaient à l'élancer.

— Si vous en avez terminé avec les questions, j'aimerais bien m'asseoir.

— Nous avons fini pour l'instant, dit Novak. Je vais trouver quelqu'un pour vous emmener aux urgences.

Pour l'instant. Il avait simplement énoncé un fait, mais Faith avait malgré tout ressenti une forme de menace. Elle se détourna de la grille du cimetière mais, dans l'obscurité, elle ne vit pas un trou dans le sol. Ses genoux raides se dérobèrent, un cri lui échappa et elle tomba en avant.

Elle n'arriva pas jusqu'au sol. Des mains fortes se refermèrent autour de sa taille et Novak la tira en arrière avec autant d'aisance que si elle ne pesait pas plus qu'un enfant. Pendant un instant, ils s'immobilisèrent, les doigts de Novak largement étalés autour de sa cage thoracique.

Mon Dieu, comme il sent bon ! Un mélange de cèdre et de cuir propre.

— Ça va ? demanda-t-il, à voix basse.

Sa bouche était si près de l'oreille de Faith qu'elle frissonna.

— Oui, dit-elle, la gorge serrée. J'ai trébuché, c'est tout.

— Nous n'aurions pas dû vous garder debout si longtemps.

En la relâchant, il enleva ses mains un peu plus lentement que nécessaire, presque comme une caresse.

Faith frissonna une nouvelle fois, puis avança d'un pas, mettant quelque distance entre eux.

— Laissez-moi vous aider, madame Corcoran. Le sol est inégal et je sais que vous souffrez.

Avec surprise, elle le sentit lui prendre le coude avec une fermeté tranquille. Elle souffrait, en effet. Cette fois, elle se laissa faire, absorbant l'agréable tiédeur de la main qui lui réchauffait le coude à travers le tissu du blouson.

— Merci.

Pendant tout ce temps, Kimble n'avait pas dit un mot, mais il se porta à la hauteur de Faith, de l'autre côté. Elle faillit éclater de rire. *Il pense que je vais me sauver, ou quoi ?*

Tous trois marchèrent lentement vers l'avant de la maison, où régnait maintenant une grande activité. Plusieurs voitures de police étaient arrivées en même temps que le van de la police scientifique. De nouveaux projecteurs avaient été installés devant la bâtisse et sur le côté le plus éloigné, inondant la propriété d'une éclatante lumière blanche.

— Qu'avez-vous trouvé dans la maison, agent Novak ? demanda Faith, d'une voix calme.

Mais Kimble devança la réponse de Novak et lui prit l'autre coude dans une prise qui la fit tressaillir.

— Que *croyez-vous* que nous ayons trouvé, docteur Frye ? demanda-t-il d'une voix mielleuse, voire railleuse.

Une barrière céda dans l'esprit de Faith. *Ce salopard continue à penser que je suis impliquée.*

— Lieutenant, intervint Novak, d'un ton cassant.

Faith se dégagea, d'abord du soutien bienveillant de Novak, puis de la poigne punitive de Kimble.

Elle recula de manière à avoir le visage de Kimble dans son champ de vision. Il la fixait d'un air narquois, qu'elle savait destiné à l'irriter encore plus, à la pousser hors de ses retranchements. Eh bien, il serait déçu. Elle avait trop l'expérience de ce genre de mauvais flics.

— Ce que je *crois*, c'est que si vous me touchez une nouvelle fois de cette manière, lieutenant Kimble, vous aurez besoin de votre représentant professionnel, dit-elle d'une voix calme mais froide.

Une lueur de colère traversa les yeux sombres d'Adam.

— Serait-ce une menace, docteur Frye ?

— Pas plus que celle que vous venez de m'adresser physiquement. La différence, c'est que je ne laisse pas de meurtrissures.

Faith crut déceler un bref moment d'incertitude dans son expression, mais ce fut fugace. Elle continua donc à mettre les choses au point.

— Et, si vous croyez que je ne porterai pas plainte contre vous parce que j'essaie de rester hors du radar d'un type qui me harcèle, détrompez-vous.

Mais Kimble ne céda pas d'un pouce.

— Il me semble que c'est une question justifiée, docteur Frye. Après tout, c'est votre maison et le type que vous avez poussé sous le bus est un membre de votre famille.

— Adam, intervint Novak d'une voix sifflante. Ça suffit.

Faith grinça des dents, lasse de leur numéro de duettistes.

— Lieutenant, je crois que vous surjouez un peu votre méchant flic. En revanche, bravo à vous, agent Novak. Votre bon flic est proche de la perfection. Ecoutez, je vous ai déjà dit ce que je savais. Je ne m'attends pas à ce que vous me croyiez.

Elle secoua la tête, s'efforçant de ravaler les larmes de colère qui montaient à l'assaut de sa gorge.

— Je ne voulais pas trouver cette fille, poursuivit-elle. Je ne voulais rien de tout cela. Tout ce que je voulais, c'était être tranquille.

— Docteur Corcoran.

Novak avait adopté ce ton rassurant qu'elle ne trouvait plus du tout réconfortant. Elle fendit l'air de sa main bandée et lui intima le silence, d'un geste sans réplique.

— Laissez tomber, Novak. Le coup de la voix, ça ne marchera pas avec moi. Je vous suggère de consacrer votre énergie à découvrir où sont passés les méchants ou à comprendre comment ils ont réussi à escamoter plusieurs véhicules, deux hommes adultes et une jeune femme sous le nez d'une légion de flics.

Novak fronça les sourcils.

— Plusieurs véhicules ? Que voulez-vous dire ?

— Vous avez trouvé le pick-up de Earl Power, mais qu'en est-il du véhicule que conduisait le serrurier ? L'avez-vous trouvé ? Non ? Je ne crois pas, dit-elle aux deux hommes qui la fixaient avec étonnement. A moins que le serrurier ne m'ait posé un lapin, il a dû arriver quelques minutes avant que j'aie trouvé la fille. Il n'est pas reparti. D'ailleurs, personne n'est reparti. Ceux qui ont enlevé Arianna ont un moyen de transport. Par conséquent, à moins qu'ils n'aient tous été téléportés par Scotty, le ravisseur a caché un véhicule, puis a transporté deux hommes et une femme loin d'ici par une route différente qui, à ma connaissance, n'existe pas.

— Vous imaginez qu'on va vous croire quand vous dites qu'ils ne sont pas passés devant vous ? lança Kimble. D'ailleurs, même si c'est vrai, ils pourraient avoir filé avant votre arrivée.

Sans faire cas de cette remarque, Faith chercha le regard de Novak.

— Vous avez dit que le sang de la fille dans le pick-up était encore humide. Pensez-vous vraiment que son ravisseur serait passé devant ce véhicule accidenté sans s'arrêter pour tenter de retrouver sa victime ? Qu'il l'aurait laissée survivre ? Vous avez repéré assez facilement la piste du sang qu'elle a laissée, il me semble ? Ne croyez-vous pas que le ravisseur l'aurait trouvée de la même manière ?

Novak ouvrit la bouche, mais il fut interrompu par quelqu'un qui criait son nom. Une femme s'était détachée du groupe des techniciens de la scientifique et avançait dans leur direction. A peu près de la même taille que Faith, elle était cependant plus solidement bâtie. Plus pulpeuse, aussi. Même si elle n'avait pas été trahie par la bosse révélatrice sous son bras, son allure comme sa démarche signalaient qu'elle était flic.

— Je pensais que tu étais à l'hôpital, dit Novak quand la femme s'arrêta devant lui.

Les cheveux de la nouvelle venue, d'un noir de jais, s'allumaient de reflets bleus sous les lumières et le regard de ses yeux noirs était assez acéré pour couper jusqu'à l'os.

— J'y étais, mais ils lui ont administré des calmants. Elle ne se réveillera pas avant des heures. J'ai posté un agent en uniforme devant sa chambre.

Elle indiqua Faith d'un signe de tête.

— C'est elle, votre Bon Samaritain ?

— Ouais, répondit Kimble. Voici le docteur Faith Frye. C'est elle qui a trouvé la fille. Elle est aussi la propriétaire de la maison.

— Docteur Corcoran, rectifia Faith, les dents serrées.

— Ravie de vous rencontrer, docteur. Je suis le lieutenant Bishop.

Vous avez peut-être sauvé la vie d'Arianna, ce soir. Je suis sûre qu'elle vous remerciera à son réveil.

Faith ne savait pas si la femme se moquait d'elle, l'appâtait ou la remerciait sincèrement. En tout cas, quelque chose sonnait faux.

— J'espère qu'elle se réveillera, répondit-elle.

— Messieurs, puis-je vous parler un moment ? En privé ?

D'un geste, Faith indiqua à Novak qu'il pouvait y aller.

— Inutile de m'escorter. Je m'escorterai moi-même.

— Je vous emmène aux urgences dans une minute, promit Novak, comme elle s'éloignait.

Les trois flics attendirent que Faith soit installée dans le SUV, puis Bishop sortit son téléphone et tous trois se penchèrent pour écouter. Bishop pressa un bouton sur le téléphone et ils écoutèrent encore.

Ensuite, ils rejoignirent le véhicule, affichant une expression à la fois perplexe et maussade. Ils formèrent un étroit demi-cercle devant la portière ouverte de Faith. Une manière de l'emprisonner dans le SUV. Une manœuvre typique des flics, dont Faith détesta être l'objet.

Novak fut le premier à prendre la parole.

— Docteur Corcoran, quand vous avez appelé le 911, vous avez dit qu'Arianna Escobar était inconsciente.

Faith se leva, forçant les Trois Mousquetaires à reculer. Le mouvement avait été instinctif, elle ne cherchait qu'à échapper à la suffocation, mais elle prétendit que l'objectif était de défendre son espace.

— C'est exact. Du moins, c'est ce que j'ai pensé. Je ne suis pas médecin, voyez-vous. Mais elle ne réagissait à rien de ce que je disais. Pourquoi ?

— Que lui avez-vous dit ? demanda Kimble d'un ton dur. Les mots exacts ?

— Je ne m'en souviens pas *exactement*. J'étais blessée, aussi. Ça devait être quelque chose comme : « Est-ce que ça va ? » Pourquoi ?

Novak intervint :

— Faith, l'aviez-vous déjà rencontrée avant cela ? Y a-t-il la moindre raison pour que vos routes se soient croisées dans le passé ?

Une nouvelle bouffée de panique saisit Faith. Elle résista au besoin de presser sa main contre sa poitrine. Son cœur battait si fort que c'en était douloureux.

— Je l'ai vue ce soir pour la première fois. *Pourquoi ?*

— Parce qu'elle vous connaît, lâcha Novak.

Le regard de Faith accrocha le sien. Pendant un moment, elle crut avoir mal compris, mais les trois policiers ne bronchaient pas, attendant sa réponse. Elle s'éclaircit la gorge, mais sa voix était faible et mal assurée.

— Pardon ?

— Elle a repris brièvement conscience, au moment où on la préparait pour l'opération. Elle a demandé au lieutenant Bishop de « trouver Faith ».

— J'ai cru un moment qu'elle parlait de la foi en Dieu, expliqua Bishop. Je lui ai demandé si elle voulait que j'appelle un prêtre ou un pasteur. Elle m'a attrapé le bras et elle a dit, « Non, Faith Frye ». Maintenant je comprends qu'elle parlait de vous.

Prise de vertige, Faith se laissa tomber sur le siège.

— Mais comment… J'ai dit à l'opératrice du 911 qui j'étais. Arianna m'a sans doute entendue à ce moment-là.

Novak la détrompa d'un signe de tête.

— Non. Nous venons juste d'écouter votre appel au 911. Vous vous êtes présentée sous le nom de Faith Corcoran, pas Frye.

Faith chercha son regard. Il semblait encore plus troublé.

— Comment pourrait-elle me connaître ?

— Ouais, intervint Kimble avec un demi-sourire sarcastique. Comment *pourrait-elle* vous connaître ?

— Je n'en sais rien. La seule réponse logique serait qu'elle ait entendu mon nom pendant sa captivité.

Un violent frisson secoua le corps de Faith.

— Ce qui voudrait dire que le criminel qui l'a enlevée sait qui je suis.

Kimble se pencha plus près d'elle, assez près pour qu'elle perçoive sa chaleur corporelle.

— Ça paraît en effet extrêmement logique, docteur Corcoran. J'imagine que la question à un million est la suivante. Et *vous*, le connaissez-vous ?

7

Mount Carmel, Ohio
Lundi 3 novembre, 21 h 15

Perchée au bord du siège côté passager, pliée en avant, Faith tremblait comme une feuille.

— Ça suffit, ordonna Deacon. Reculez et laissez-la respirer.

Les paupières plissées, Bishop observait Adam avec méfiance. Scarlett Bishop était un flic à l'esprit aiguisé. Le début de sa collaboration avec Deacon remontait seulement à un petit mois, mais ils avaient réussi à trouver un rythme confortable. Ils étaient déjà capables de communiquer sans se parler, comme s'ils étaient partenaires depuis des années. Ce soir, l'électron libre, c'était Kimble.

Adam se redressa plus lentement, le regard empreint d'un défi direct.

— Elle sait qui est derrière cette histoire. Et, tout ça, c'est du cinéma, conclut-il en indiquant la silhouette tremblante de Faith avec mépris.

Deacon n'était pas du même avis. De toute façon, il ne voulait pas être du même avis. Malheureusement aucun des arguments qu'il pourrait évoquer ne convaincrait Adam. D'ailleurs, le plus important, c'était qu'il devait à Arianna et à Corinne d'acquérir des certitudes.

— Bien sûr, il est toujours possible qu'elle soit au courant. Mais, jusqu'à ce que nous en soyons sûrs, le docteur Corcoran restera un témoin. Et je crois qu'elle a raison au moins sur un point. Si le ravisseur d'Arianna s'était échappé par la route, il ne l'aurait pas laissée vivre. Donc, il doit y avoir une piste quelque part ou quelque chose du même ordre. Nous devons la trouver. Et il faut aussi découvrir si ce serrurier est venu ici, parce qu'une chose est sûre, c'est qu'il n'est pas là. Ni son véhicule. On a donc trop à faire pour perdre du temps à réprimander un témoin, lieutenant Kimble.

— Un témoin dont la victime connaît le nom, marmonna Adam entre ses dents.

Lorsque Faith avait entendu la nouvelle, Deacon avait vu son visage se figer sous le choc. Il était convaincu de la sincérité de sa réaction.

— Précisément. Ce qui en fait une ressource trop précieuse pour l'effrayer à mort.

La tête aux cheveux rouges de Faith se leva. Il croisa son regard et eut l'impression de recevoir un coup de poing dans le ventre. Elle était livide, le visage fermé, et sa colère égalait celle d'Adam, version glacée.

— Très joli discours, agent Novak. Je n'aurais pas fait mieux.

Deacon retint un soupir. Elle s'était peut-être réellement fiée à lui, avant qu'Adam ne gâche tout. Mais désormais il n'était plus question de confiance entre eux.

— Si vous voulez bien nous excuser, docteur Corcoran. Nous revenons dans peu de temps.

Il s'éloigna, les mains enfoncées dans ses poches, sans bien savoir si c'était pour s'empêcher de la toucher ou pour éviter de tabasser son cousin.

Ouvrant la marche, il franchit la grille et avança jusqu'à la porte d'entrée, Adam et Bishop sur les talons. Le trio s'arrêta sous le porche. Adam semblait parvenu à reprendre son calme. Bishop l'observait toujours avec réserve.

— J'ai entendu dire que tu avais été viré de ta brigade parce que tu n'as pas su garder tes nerfs sous contrôle, ce que j'ai refusé de croire, dit-elle. En revanche, je dois dire que ton petit numéro de tout à l'heure m'a entièrement convaincue.

Adam détourna la tête, deux taches rouge sombre marquaient ses pommettes.

— Désolé. J'ai peut-être réagi de manière un peu excessive.

— Ah ouais, tu crois ? C'est le moins qu'on puisse dire, lâcha Deacon, qui s'exprimait peut-être à voix basse, mais ne se souciait pas de cacher sa frustration. Maintenant, on aura de la chance si elle nous dit quoi que ce soit.

— C'est de la comédie, Deacon. Je le sais.

— Alors, dans ce cas, elle est vraiment super douée, rétorqua Deacon. Trop douée pour te révéler quelque chose dont elle ne veut pas parler. Je ne crois pas qu'elle bluffait en menaçant de porter plainte. *Tu l'as blessée,* Adam. Ça ne te ressemble pas. Mais, putain, c'est quoi, ton problème ?

Adam serra les dents.

— Acceptes-tu au moins de reconnaître qu'elle en sait plus qu'elle ne veut bien nous dire ?

Deacon considéra l'autre bout du jardin, à l'endroit d'où Faith les regardait. Si les regards pouvaient tuer, tous les trois mangeraient déjà les pissenlits par la racine.

— D'accord sur le tas de choses qu'elle ne dit pas. Mais je ne crois pas qu'elle soit derrière cette histoire.

Adam laissa échapper un bref ricanement de dérision.

— Je savais que t'allais dire ça. Elle te mène par le bout du nez, mon vieux. Avec sa jolie petite gueule, il lui suffit de tortiller un peu du cul… Toutes les mêmes. Tu te fais avoir par son petit numéro comme un poisson accroché au bout d'un hameçon. Franchement, c'est un spectacle pitoyable. Cela dit, je veux bien admettre qu'elle sort du lot, elle est plutôt jolie.

Adam observa un bref silence et chercha le regard de Deacon, avant de continuer :

— En tout cas, elle est bien plus jolie que Brandi l'a jamais été, mais j'aurais été prêt à jurer que cette expérience t'avait vacciné pour la vie.

Pendant un instant, Deacon le fixa en silence, incapable de réagir, abasourdi que son cousin ait franchi cette limite. Alors qu'une sourde déflagration de fureur et de chagrin consumait son effarement, il se rendit compte que ses mains étaient devenues des poings. Par bonheur, il les avait gardées dans ses poches, ainsi, personne ne put mesurer l'étendue de sa colère.

Bishop poussa un sifflement bas.

— Messieurs, l'air est si saturé de testostérone que je vais finir asphyxiée si ça continue. Alors baissez d'un ton et réfléchissons plutôt à ce que nous allons faire.

— La priorité est de retrouver l'individu qui a torturé Arianna, dit Deacon. Sachant que ce type a potentiellement tué deux hommes, détient peut-être encore Corinne, et les a tous fait sortir d'ici en passant complètement inaperçu. Adam, ta prochaine mission est de savoir comment il s'y est pris.

Adam lui adressa un bref signe de la tête.

— Oui, *chef.*

— C'est pas possible !

Deacon se détourna d'Adam d'un geste brusque pour s'adresser à Bishop.

— Toi, tu vas repartir à King's College et réunir le maximum d'infos sur ces deux filles. Fouille leurs chambres, parle à leurs amis. Isenberg a récupéré les images de la vidéosurveillance du campus. Repère l'endroit où elles ont disparu et sécurise la scène. Appelle-moi si tu as besoin de renforts.

— Et Corcoran ? Qu'est-ce qu'on en fait ?

— C'est un élément déterminant de cette affaire. Mais j'ignore encore son rôle exact. Elle s'est donné beaucoup de mal pour échapper à un ex-détenu, un délinquant sexuel qui la harcelait à Miami. J'ai du mal à croire que la détention d'Arianna dans cette maison, précisément au moment où Corcoran se prépare à y revenir, soit une coïncidence.

Bishop exprima son étonnement d'une simple mimique.

— Tu crois que notre criminel est aussi le type qui la harcèle ?

— C'est une théorie qu'on ne peut pas négliger. Soit elle ment en affirmant ne pas connaître Arianna, soit c'est aussi une victime. Je vais l'emmener aux urgences et puis j'essaierai de l'amener à me parler pendant que nous attendrons qu'elle se fasse examiner. Ensuite, pendant qu'elle recevra ses soins, je passerai quelques coups de fil à la police de Miami pour vérifier cette histoire de harcèlement. Je tâcherai aussi de joindre les deux oncles pour les inviter à un petit entretien.

Deacon revint vers Adam.

— Pendant que tu chercheras par où le criminel est parti, profites-en pour parler aux flics du coin. Essaie de savoir s'il y a des gangs ou des gamins un peu louches du lycée qui traînent par ici. Donne à Tanaka tout ce dont il a besoin pour l'analyse de la cave. Je reviens aussitôt que possible. On est d'accord ?

— Ouais, répondit Adam, à travers des dents si serrées que les muscles de ses mâchoires tressaillaient.

— Je t'appelle du campus, dit Bishop, qui avait observé Faith pendant que Deacon détaillait ses ordres à Adam. Je ne sais pas trop ce qu'il faut penser d'elle, Novak. Sois prudent.

— Compte sur moi. Merci.

Deacon attendit que Bishop se soit éloignée pour s'adresser de nouveau à son cousin. Adam ouvrit la bouche, mais Deacon l'arrêta d'un geste de la main.

— Non. Pour l'instant, ce que tu as à dire ne m'intéresse pas. Et, tout ce que je veux, c'est que tu fasses ton putain de boulot. Tu t'en sens capable, lieutenant ?

Adam déglutit avec peine, visiblement affecté.

— Ouais.

— Bien. Encore une chose. Si jamais tu t'avises de me jeter encore mon passé à la figure, tu vas regretter de m'avoir appris à me battre. Compris ?

Un flot coléreux traversa le regard d'Adam, mais il se contenta de hocher la tête.

— Je n'aurais pas dû te balancer ce que j'ai dit. En tout cas, pas devant Bishop.

— *Pas devant Bishop ?* Putain, tu n'aurais jamais dû le dire tout court ! Qu'est-ce qui ne va pas chez toi en ce moment ?

Adam ébaucha une réponse, mais fut interrompu par un autre geste péremptoire de Deacon.

— Non. Je ne veux vraiment pas savoir. Alors, reprends-toi ou…

Il s'arrêta de lui-même avant d'aller trop loin.

— Ou ? demanda Adam, bien trop calmement.

— Ou je demanderai que tu sois affecté ailleurs. Une nouvelle fois. Je n'ai pas de temps à perdre à te regarder jouer les divas.

Adam retroussa les lèvres, mais sa mimique n'avait rien d'un sourire amical.

— C'est amusant d'entendre ça sortir de la bouche du roi des divas en personne. Entre tes cheveux et ton manteau, t'es un phénomène de foire, Deacon. Une erreur de la nature.

Deacon accusa le coup. C'est le truc, avec la famille. Ils savent toujours exactement où frapper pour faire le maximum de dégâts. Mais jamais il n'aurait imaginé qu'un jour son cousin tiendrait le poignard.

— C'est un coup bas, Adam, dit-il à voix basse. Fort efficace, malgré tout.

Adam ferma les yeux.

— Désolé. Je n'aurais vraiment pas dû te dire ça. Tu sais que je ne le pense pas.

Gorge serrée, Deacon déglutit avec effort. Cela faisait bien longtemps que les paroles des autres ne l'avaient pas réellement affecté, mais, ce soir, c'était déjà arrivé deux fois. Dommage que le « magnifique » de Faith ne soit pas de taille à contrebalancer le « phénomène de foire » d'Adam. Il dut s'éclaircir la voix avant de pouvoir reprendre la parole.

— Je suis peut-être un phénomène de foire, mais je fais mon boulot. C'est tout ce que j'attends de toi. Juste que tu fasses ton putain de boulot.

Il tourna brusquement les talons et s'éloigna, incapable de rester en présence de son cousin une seconde de plus.

Le visage qui l'attendait dans le SUV n'était pas beaucoup plus avenant que celui d'Adam. Faith Corcoran savait peut-être beaucoup de choses, mais en haut de la liste figurait le mépris qu'elle éprouvait à son égard — du moins pour l'instant. Deacon avait du mal à l'en blâmer.

Il grimpa dans le SUV et fit démarrer le moteur.

— Bouclez votre ceinture, docteur Corcoran.

Elle ne broncha pas.

— Je croyais que vous alliez trouver quelqu'un pour me conduire aux urgences.

— C'est fait. Je m'en charge. Attachez-vous.

Elle pivota sur son siège et lui tendit ses mains bandées, ses sourcils rouge sombre s'arquant en un défi sarcastique.

— Vous n'allez pas me passer les menottes ?

Deacon poussa un soupir las en fermant les yeux et se laissa aller contre le dossier de son siège.

— Bon sang…

Il se pinça la racine du nez pour atténuer son début de migraine, puis tenta de s'expliquer :

— Je ne vais pas vous menotter, Faith. J'essaie seulement de faire mon job. Maintenant, bouclez cette ceinture, s'il vous plaît.

Il entendit le déclic de l'attache. Lorsqu'il ouvrit les yeux, elle le considérait d'un air incertain, les mains jointes sur ses cuisses. Sa colère semblait avoir reflué.

— Quoi ? demanda-t-il sans faire le moindre effort pour dissimuler son épuisement.

— Ecoutez, je sais que vous avez du travail. Je mesure l'urgence de la situation, il faut retrouver cette fille disparue. Vous êtes occupé. Si occupé que je ne veux pas que vous perdiez votre temps à me materner. N'importe quel agent peut m'emmener à l'hôpital. Je…

Elle s'interrompit, fixa ses mains, un bref instant, puis releva la tête, la mâchoire résolue.

— Je vous promets de ne pas fuir. En conséquence, vous n'êtes pas obligé de me raccompagner en personne.

Les projecteurs illuminaient la moitié de l'habitacle, côté passager. Profitant de la pénombre dans laquelle il était plongé, Deacon observa Faith avec attention. Adam avait-il raison de l'accuser de se laisser influencer par un joli visage et les oscillations d'une paire de fesses ? Car, si Faith n'avait pas tortillé des fesses une seule fois, Deacon n'avait pas manqué de remarquer qu'elles étaient bien rondes et… très jolies. D'autant plus qu'elles avaient été très en vue, au moment où elle avait trébuché en repartant du cimetière.

Cela dit, il avait aussi bien étudié son visage qui, même pansé et maculé de crasse, était joli.

A présent, c'était ses yeux qui capturaient toute son attention. D'un vert profond, comme une forêt en été, ils étaient cependant bien loin de la quiétude sylvestre. Son regard déterminé était traversé de turbulences. Les mains croisées sur ses genoux tremblaient.

— Avez-vous peur de moi, docteur Corcoran ?

Il n'avait aucune envie de lui inspirer de la crainte et cette simple constatation le dérangeait. Si, comme le pensait Adam, Faith avait joué un rôle dans cette affaire, alors c'était une horrible personne. Dans ce cas, plus elle aurait peur de Deacon, plus tôt elle se déciderait à lui parler. Et, si elle était complètement innocente, son bien-être émotionnel devrait rester le cadet des soucis de Deacon.

Mais il se sentait concerné par le sort de Faith et cela l'ennuyait encore plus. Il avait connu des agents qui avaient eu des relations avec des femmes rencontrées au cours d'une enquête. Hormis quelques notables exceptions, ces histoires s'étaient rarement bien terminées. Il avait vraiment besoin de rester concentré. Objectif. Il devait cesser de se préoccuper des sentiments de Faith Corcoran. Cependant, malgré tout ce beau raisonnement, il se surprit à retenir son souffle en attendant sa réponse.

Un léger froncement de sourcils altéra le front lisse de Faith, trahissant son hésitation.

— Je ne sais pas. Je ne vous fais pas confiance, mais je ne crois pas avoir peur de vous. Devrais-je ?

Ce n'était certes pas ce qu'il aurait aimé entendre, mais c'était un pas dans la bonne direction. Il prit un air dégagé, comme si la réponse de Faith n'avait guère d'importance.

— Si vous ne me faites pas confiance, je ne vois pas l'intérêt de répondre à cette question.

— Soit, dit-elle, la gorge serrée. Suis-je suspecte, agent Novak ?

Le léger frémissement de sa voix mal assurée eut l'effet d'un coup de poing dans l'estomac de Deacon. Si Adam avait raison et qu'elle jouait la comédie, elle était si bonne que c'en était effrayant.

— Je ne veux pas que vous pensiez ça, dit-il en toute sincérité.

— Alors… Comment me considérez-vous ?

Il pesa sa réponse avec soin avant de reprendre la parole.

— Je crois que vous avez un lien avec cette affaire, ce qui ne signifie pas forcément que vous y êtes impliquée. Je pense que vous avez dit la vérité, mais je ne crois pas que vous ayez dit toute la vérité.

— Soit, dit-elle, semblant aussi épuisée qu'il l'était. Que voulez-vous savoir exactement ?

Il baissa lentement ses paupières, essayant de masquer sa surprise.

— Je ne sais pas très bien. Je ne m'attendais pas à cette proposition.

— Et, de mon côté, je ne m'attendais pas à ce qu'Arianna Escobar connaisse mon nom. Je crois que j'ai un lien avec cette affaire. Ne serait-ce que parce que cette maudite maison est à moi, jeta-t-elle, comme si elle avait presque craché les derniers mots. Je vous aiderai autant que je peux, mais j'aimerais que vous me promettiez une chose.

— Ça dépend de ce que c'est.

— Si je deviens suspecte, j'aimerais que vous me le disiez, pour que je puisse prendre un avocat et me protéger.

Il secoua la tête, frappé par l'intensité du regret qu'il éprouvait.

— Je ne peux pas vous faire cette promesse. Si vous devenez suspecte, ma responsabilité devra aller aux victimes. Pas à vous.

Elle baissa les yeux sur ses mains et laissa échapper un petit soupir.

— Soit, dit-elle encore, à voix très basse. Pouvez-vous au moins me recommander un avocat de la défense correct ?

Il grinça des dents de déception. Elle avait demandé un avocat. Maintenant, il lui faudrait encore des heures pour découvrir ce qu'elle savait, des heures que Corinne Longstreet n'avait peut-être pas à sa disposition. Mais Deacon ne pouvait se résoudre à en vouloir à Faith. Elle avait été vicieusement agressée par un de ses patients, qui par la suite l'avait calomniée au cours du procès en l'accusant d'avoir couché avec lui. Par ailleurs, si elle disait la vérité, le même patient l'avait harcelée, et trente plaintes déposées auprès des autorités n'avaient pas réussi à la protéger.

A sa place, moi aussi, je prendrais un avocat, songea Deacon. En tout cas, s'il s'agissait de sa sœur, il l'aurait pressée d'agir de même.

— Mon affectation est assez récente, je ne connais donc pas beaucoup d'avocats de la défense dans la région. Mais je connais un bon professionnel à Baltimore. Je peux lui demander de me recommander quelqu'un d'ici.

— Merci. Bon, alors, allons-y. Plus tôt je serai raccommodée, plus vite je répondrai à vos questions. Ensuite, je rentrerai à mon hôtel pour prendre une bonne douche, enfiler des vêtements propres et avoir une nuit de sommeil décente. J'espère seulement que je vous apprendrai quelque chose d'utile.

Il fronça les sourcils. En réalité, il n'était pas certain d'avoir compris toute la phrase, car son cerveau s'était figé sur l'image inattendue de Faith sous la douche. Inattendue, mais pas aussi inopportune qu'elle l'aurait dû. Il s'efforça de rassembler ses esprits.

— Je ne crois pas que vous trouverez un avocat local aussi vite.

— Je sais. Je vous parlerai sans être représentée.

Cette fois, Deacon fut incapable de masquer sa surprise.

— Pourquoi ?

— Parce que Arianna n'a rien fait pour être agressée. Je ne peux pas effacer son traumatisme. D'ailleurs, je n'ai réussi avec aucune des femmes qui ont défilé dans mon bureau, au long de toutes ces années. Mais, si je peux vous être utile pour trouver l'autre fille, je tiens à vous aider. En revanche, je ne suis pas impliquée dans cette affaire. Ça, je le sais. Donc, à défaut de me fier à vous, je vais devoir faire confiance au système.

Il sembla à Deacon que sa poitrine allait éclater sous la pression des émotions qui s'y bousculaient. Respect. Fierté. Et un irrésistible besoin de protéger Faith de ce système auquel elle se fiait plus qu'à lui.

Adam avait peut-être raison. Elle se servait peut-être de lui, lui mentait pour sauver sa peau. Mais Deacon n'y croyait pas. Il était aussi joliment certain qu'il devrait s'abstenir de dire les paroles qu'il s'apprêtait à prononcer. Mais, si elle était sincère, elle méritait amplement ce minimum qu'il pouvait lui garantir.

— Je ne peux pas vous promettre ma protection si vous devenez suspecte. En revanche, je m'engage à écouter ce que vous avez à dire et à ne pas faire de suppositions en me fondant simplement sur vos antécédents.

Elle eut un demi-sourire dénué d'amusement.

— Voilà un bien beau discours, agent Novak, mais nous faisons tous des suppositions. C'est une caractéristique partagée par tous les êtres humains. Il ne me reste qu'à espérer que je ne suis pas en train de commettre une grosse erreur.

Il partageait sincèrement cet espoir.

— Et si c'était le cas ?

Inopinément, elle déboucla sa ceinture et se pencha en avant, elle tendit le bras en grimaçant pour allumer le plafonnier. Puis elle s'inclina par-dessus le vide-poches central et leva la tête vers lui.

— Regardez-moi, s'il vous plaît.

— Pourquoi ?

Les insinuations malveillantes d'Adam résonnèrent à ses oreilles.

— Parce que j'aime à voir les yeux des gens qui me font une promesse.

Deacon s'obligea à garder une expression impassible en attendant qu'elle fléchisse. Mais il ne nota aucun fléchissement. Au contraire, elle le scrutait avec un singulier mélange de discernement affûté et de vulnérabilité. Finalement, elle s'adossa, continuant à l'observer en silence.

Elle utilisait cette pause pour créer un vide censé le mettre assez mal à l'aise pour le pousser à rompre le silence. S'il reconnaissait la manœuvre, c'était parce que lui-même usait souvent de cet artifice. Malgré tout, l'astuce fonctionna. Il haussa les sourcils, dans une interprétation forcée de la nonchalance qu'il feignait si aisément d'habitude.

— Alors, doc, quel est le verdict ?

Le regard de Faith ne faillit pas, mais s'aiguisa, comme si elle avait détecté le masque qu'il avait adopté.

— Je ne voudrais pas non plus faire de suppositions en me fondant simplement sur vos antécédents.

— Ce qui signifie ?

— Ce qui signifie que je ne vous fais toujours pas confiance. Cela dit, je suis prête à me dire que jouer très bien les bons flics ne vous empêche pas d'en être un.

— Et si vous vous trompez ?

Elle eut un petit haussement d'épaules.

— Eh bien, ce ne serait pas la première fois que je prendrais un risque pour finir par m'en mordre les doigts. Emmenez-moi aux urgences, agent Novak, vous pourrez me demander ce que vous voudrez en route.

Il se dégagea de la file de véhicules qui stationnaient maintenant devant la maison, soudain irrité contre lui-même. D'ordinaire, il tirait une certaine fierté de sa capacité à déchiffrer les gens, mais cette fois il avait affaire à une psy et c'était un élément non négligeable. En matière d'analyse des comportements et de manipulation, ils étaient sur un pied d'égalité.

— Pas sur la route. J'attendrai que nous soyons arrivés à destination pour vous interroger.

— Pourquoi donc ? Je croyais que vous étiez pressé, dit-elle avec une perplexité qui paraissait sincère. L'horloge tourne et l'amie d'Arianna est toujours introuvable.

— C'est vrai, mais j'aime à voir les yeux des gens que j'interroge, répondit-il en paraphrasant volontairement la remarque de Faith.

En lui jetant un regard à la dérobée, il eut le temps de saisir un léger tressaillement, mais il s'interdit d'éprouver la moindre once de pitié. Si elle était impliquée dans cette affaire, il devait absolument le savoir. Elle devrait payer. Et, si ce n'était pas le cas, les sentiments froissés de Faith pourraient être considérés comme un dommage collatéral acceptable.

— Soit, murmura-t-elle.

La voiture cahota sur un nid-de-poule et elle étouffa une exclamation de douleur, rappelant à Deacon que, complice ou pas, elle avait été blessée et devait souffrir.

Il baissa un interrupteur sur le tableau de bord.

— J'ai branché le chauffage de votre siège, ça vous soulagera peut-être. Les routes ne sont pas très bonnes, par ici, mais je m'arrangerai pour que le trajet ne soit pas trop pénible.

Elle ferma lentement les yeux.

— Merci, agent Novak.

Est du Kentucky
Lundi 3 novembre, 21 h 15

Oui ! Le visage de Corinne était couvert d'écorchures à vif, mais cela n'avait aucune importance. Elle avait enfin réussi à soulever un coin de ce satané ruban adhésif.

Mais elle était fatiguée. Et elle avait mal au dos. Aux mains et aux épaules. Elle se demandait combien de temps elle pourrait résister sans ses médicaments avant que les symptômes ne dégénèrent en crise aiguë. *A peu près jusqu'à maintenant, même si je ne sais pas quand nous sommes.* En réalité, elle n'avait aucune idée du temps qui s'était écoulé depuis son enlèvement.

Elle se déplaça vers le bas de quelques centimètres en rampant comme une chenille, tourna la tête pour presser le petit coin de son bandeau adhésif qu'elle avait pu soulever contre la chaussure. Elle refusait de penser à la personne qui la portait. Et qui était sans doute morte.

Concentre-toi, Corinne. C'est le moment d'y aller. Elle testa la tension du ruban retenu par un des crochets de la chaussure et sentit sa peau brûler sous la tension du papier collant. En tirant trop fort, elle risquait de perdre le contact, d'attirer l'attention du chauffeur.

L'arrière du van était vraisemblablement séparé de l'habitacle. Elle ne percevait ni respiration ni toux. Pas de radio. Juste le ronronnement de la route et d'occasionnels cliquetis métalliques, lorsque le véhicule cahotait trop fort. Mais elle ne pouvait pas courir le risque qu'il puisse l'apercevoir dans le rétroviseur, elle roula donc doucement sur elle-même, écartant peu à peu le ruban adhésif de son visage. *Du calme et de la régularité, ma fille.*

Elle finit par libérer suffisamment un œil pour l'ouvrir et tenter de voir. Elle cligna rapidement des paupières, espérant humidifier son globe desséché. Il faisait sombre. Elle distinguait vaguement l'homme qui gisait à côté d'elle, celui qui portait les chaussures de chantier. Mais seuls l'estomac et les jambes se trouvaient dans son champ de vision. Elle n'avait pas encore pu voir son visage et n'était pas certaine de le vouloir.

Continue à tirer... Doucement... Oui. Enfin, ses deux yeux étaient dégagés. Elle donna une ultime et forte secousse, le ruban adhésif s'arracha du crochet et s'arrêta mollement à la racine de ses cheveux.

Elle avait réussi. Elle pouvait enfin voir. Mais, maintenant qu'elle pouvait voir, il fallait regarder, même si elle le redoutait. Mais il fallait qu'elle sache. Si Arianna était encore en vie, il fallait la tirer de là.

Ouais, c'est ça. Tu ne peux même pas te débrouiller toute seule. Ah, tu seras vraiment d'un grand secours pour Ari !

Arrête ça. Arrête ça, tout de suite. Autrefois, elle était forte. Elle devait le redevenir. Sinon, elle était morte.

Elle leva le menton, fit glisser l'arrière de son crâne sur le plancher et regarda directement derrière elle. Une intense bouffée de soulagement l'envahit. Elle avait raison. Ils roulaient dans un fourgon de fret, sans vitre entre le chauffeur et l'arrière. Cet instant de consolation fut bref, car le compartiment arrière était également dépourvu de fenêtres. Elle n'avait donc aucun moyen de signaler sa présence et d'obtenir de l'aide de l'extérieur.

Après avoir pris une profonde inspiration, elle força pour se redresser, faisant porter tout son poids sur un coude déjà très endolori, et parvint à décoller le torse du plancher. Ses articulations commençaient à enfler. A se bloquer.

Satanée maladie de Wegener. Les médecins de l'armée pensaient que le syndrome avait toujours été latent chez elle, mais qu'il avait été déclenché par une infection. En quelques mois, elle était passée de l'état de soldat en pleine santé à celui d'ex-soldat, incapable de quitter son lit sans aide. Après sa libération pour raisons médicales, il avait fallu trois ans de traitement pour enfin contrôler sa maladie. Vendredi avait été une bonne journée. Pas de migraine. La douleur était restée peu intense. Elle se déplaçait sans difficulté.

Après ça, une espèce de salopard s'est pointé et m'a enlevée. Sans ses médicaments, la douleur reviendrait, ce n'était qu'une question d'heures. Et, d'ici un jour ou deux, elle serait incapable de bouger. *Alors, dépêche-toi. Sors d'ici.*

Il faisait sombre à l'intérieur de la fourgonnette, la seule lumière filtrait par les interstices des gonds. Une lueur blanche et vive dont l'intensité variait à intervalles d'une régularité stroboscopique presque hypnotique.

Des réverbères. Le rai de lumière éclairait par flashs le visage de l'homme aux chaussures de chantier.

Corinne plissa les yeux pour mieux voir, puis le souffle qu'elle retenait fusa en un murmure horrifié. L'homme au visage tuméfié avait été atteint à la tête par une balle. Elle se força à examiner le reste de son corps, dans l'espoir de trouver un outil qui lui permettrait de trancher les cordes qui lui liaient les mains.

Il était vêtu d'un blouson épais, un sigle était brodé dans le tissu au-dessus du cœur : Earl p & l. Earl était la compagnie d'électricité. Il avait dû venir sonner à la porte. *Pauvre homme. Au mauvais endroit, au mauvais moment.* Même dans la lumière chiche, elle remarqua que, sur le torse du cadavre, le tissu était plus sombre qu'ailleurs. Il en allait de même pour ses genoux. Il avait profusément saigné, atteint par ce qui ressemblait à de multiples blessures par balles.

Son ravisseur avait tiré dans les rotules de l'homme, sans doute pour l'empêcher de s'enfuir. *Quel courage !* songea-t-elle, prise d'une bouffée de colère. Elle s'y accrocha, l'attisa, l'utilisa comme source de carburant. Chaque parcelle d'énergie disponible lui était essentielle.

Elle pivota pour regarder ce qui se trouvait à sa droite et laissa échapper un soupir étouffé. Un vieil homme. Mort lui aussi, la gorge tranchée. Son ravisseur utilisait des armes à feu et des couteaux. *Bon à savoir.*

Elle pensait être seule avec les deux cadavres à l'arrière, lorsqu'elle entrevit une tache pâle dans la pénombre. De la peau ! Elle étira son corps pour voir au-delà du vieil homme. Son cœur manqua un battement. C'était une très jeune fille. Sans doute celle qui l'avait lavée.

Celle qui avait refusé de l'aider. Celle qui pensait que cet horrible taudis était « chez elle ». La fille paraissait avoir dix ou onze ans, elle était petite, plusieurs centimètres de moins que Corinne. Ses cheveux formaient une tignasse crasseuse et elle semblait ne pas avoir eu de vrai repas depuis longtemps. Mais, au moins, elle avait l'air d'être en vie.

Mais où était Arianna ? Corinne se tourna de tous côtés, scrutant les coins du fourgon. Pas le moindre signe de son amie. Un gémissement emplit sa gorge, mais elle le refoula farouchement.

Il l'a tuée. Il l'a tuée et a abandonné son corps. Mais, dans ce cas… pourquoi emporter celui des deux hommes ? Pourquoi ne pas les avoir laissés, eux aussi ? Corinne sentit pointer une vrille d'espoir. Arianna avait peut-être pris la fuite.

Moi aussi, je dois m'échapper. Je dois la retrouver. Avant tout, se procurer de quoi couper la corde qui immobilisait ses poignets. Le vieil homme étant le plus proche, elle le fouilla en premier, à la recherche d'un objet tranchant. Elle se tortilla pour l'atteindre avec ses mains liées et explora une des poches. Elle dut retenir des larmes de soulagement, lorsque ses doigts se refermèrent avec maladresse sur un couteau de poche.

Mon Dieu, accorde-moi assez de temps et de force pour couper cette corde. Je ferai tout ce que tu commandes pour le restant de ma vie. Vie qui, si ces prières n'étaient pas entendues, n'allait pas se prolonger bien longtemps.

Cincinnati, Ohio
Lundi 3 novembre, 21 h 55

Quand Faith se réveilla en sursaut, elle perçut une odeur de cèdre et une voix masculine au timbre de basse.

Désorientée, elle écarquilla les yeux et fut prise de panique. Son corps plongea en avant, mais fut brutalement ramené contre le dossier, fermement maintenu par la ceinture de sécurité. Un élancement douloureux lui traversa le bas du dos, le brouillard s'éclaircit. *Ah, ouais. Je suis rentrée dans un arbre.*

Et elle avait trouvé la fille. Arianna. Un frisson d'épouvante chassa la douleur. *Elle me connaît.*

Elle tourna la tête. Novak était en pleine communication sur son portable. Les phares des voitures qui les croisaient soulignaient la blancheur de ses cheveux et le contraste avec sa peau tannée. Elle se demanda si c'était sa couleur naturelle ou s'il était un adorateur du soleil. Bref, des réflexions qui n'avaient rien de pertinent.

C'était un flic. *Une dangereuse espèce de flic.* Un qui lui inspirait l'envie de lui faire confiance.

D'ailleurs, elle s'était effectivement fiée à lui, plus qu'elle ne l'aurait imaginé. Ou alors, elle s'était endormie sur le trajet parce qu'elle était plus éprouvée qu'elle ne le pensait. La dernière chose dont elle se souvenait était l'autoroute, ils roulaient maintenant en ville.

— Merci de me rappeler aussi vite, disait-il à son correspondant, à mi-voix. Tu es là, ce soir ?

La réponse n'avait pas dû être celle qu'il attendait, car sa bouche se pinça, dévoilant sa frustration.

— Désolé, chuchota-t-il. J'ai oublié. *Peux-tu* être là ce soir ?

Son front se détendit, il était visiblement soulagé.

— Merci. Je te dois une fière chandelle… D'accord, tout un chandelier, si tu veux. J'ai besoin que tu examines un témoin. Elle a eu un accident de voiture, ce soir… Quelques points de suture. Peut-être une commotion cérébrale.

Je n'ai pas de commotion cérébrale, eut envie de rétorquer Faith, mais elle retint sa remarque acerbe, car l'expression de Novak s'était brusquement tendue, pendant qu'il écoutait son correspondant.

— Dis-lui que nous aurons une conversation demain matin avant son départ pour l'école. Et aussi de laisser ses devoirs en évidence sur la table de la cuisine. D'ailleurs, il ferait bien de s'assurer qu'on voit clairement qu'il a travaillé. Merci, Dani.

Faith tiqua. Ecole ? Avait-il un fils ? Une épouse ? Ou peut-être une petite amie ? Et qui était Danny ? Le baby-sitter ? Non, parce que, apparemment, il venait à l'hôpital pour lui faire des points de suture à la tête. Donc, il était sans doute médecin. L'amant de Novak ? Novak était-il gay ?

Et alors ? Qu'est-ce que ça peut faire ? Cela n'avait aucune importance, bien sûr. D'ailleurs, cela ne la regardait pas.

Novak écouta Danny, puis soupira avec lassitude.

— Non, ça va. Je vais y aller. Tu t'en es chargée toutes les autres fois, alors c'est mon tour… Non, ne lui en parle pas. Laisse-le croire que c'est toi qui iras. Il faut le déstabiliser, sinon on sera cuits avant même d'avoir commencé.

Les commissures de ses lèvres se retroussèrent pour composer un sourire ironique en réaction à ce que venait de dire Danny. Faith fut troublée. Novak était un bel homme mais, lorsqu'il souriait, il était irrésistible.

— Tu sais que je connais l'endroit, dit-il avec amusement.

Puis, il haussa ses sourcils blancs.

— Elle est encore là ? Bon sang, j'y crois pas. Je pensais qu'elle était morte et enterrée, depuis longtemps. J'imagine que ce sont seulement les meilleurs qui meurent jeunes.

Il jeta un coup d'œil vers Faith, constata qu'elle était réveillée, et son expression se durcit.

— Il faut que j'y aille, Dani. A tout à l'heure, conclut-il, avant de glisser le téléphone dans sa poche. Désolé, pour le coup de fil.

Faith savait qu'elle aurait dû se taire, mais quelque chose dans le sourire de Novak la rendait stupide. Elle voulait savoir s'il avait un fils. Et une épouse. *Par pure curiosité. Rien de plus.*

— Comme ça, vous avez des devoirs à vérifier. Ceux de qui ?

Il marqua un instant d'hésitation, puis haussa les épaules.

— Ceux de mon frère. Il est en première année au lycée.

Ce n'est pas son fils. Ses yeux s'agrandirent comme elle achevait le calcul.

— Waouh. Ça a dû être une sacrée surprise pour votre mère. Vous avez pas mal d'années d'écart.

Son frère devait avoir quatorze ou quinze ans, et lui semblait avoir trente ou trente-cinq ans.

Un autre sourire ourla les lèvres de Novak. Si celui-ci était triste, l'effet restait tout aussi ravageur.

— Oui, en effet.

— Si je comprends bien, votre frère a des ennuis ?

Novak soupira.

— Il s'est bagarré, parce que c'est un petit emmerdeur rebelle.

— C'est le cas de la plupart des adolescents, fit-elle gentiment remarquer.

Un grognement d'agacement roula dans sa gorge.

— La plupart ne sont pas renvoyés temporairement de l'école deux fois en autant de mois.

Son côté de la conversation commençait à être plus compréhensible.

— Vous êtes convoqué chez la principale.

— C'est ça. Et je ne suis pas particulièrement impatient d'y être.

Elle retint un sourire.

— Vous y avez passé pas mal de temps, dans son bureau, pas vrai ?

Il lui glissa un regard circonspect.

— Précisez « pas mal ».

Elle gloussa, charmée en dépit de ses préventions.

— Si je dois quantifier ledit temps, ça répond à la question.

A cet instant, un détail de la conversation prit une nouvelle signification.

— Vous avez fréquenté la même école que votre frère ? demanda-t-elle brusquement.

Il avait souri en entendant le petit rire de Faith mais, en entendant la question, son expression se nuança d'une curiosité neutre.

— Qu'est-ce qui vous fait penser ça ?

Une fois de plus, il avait évité de répondre. La déception serra la gorge de Faith. Elle espérait vraiment qu'il serait différent. *Tu es complètement idiote, ma pauvre fille.*

— Peut-être parce que la même principale est toujours en poste ? Vous savez, si vous ne vouliez pas me donner le nom d'un avocat de la défense, il suffisait de le dire. Vous n'aviez pas besoin de me raconter que vous veniez d'arriver ici et que vous n'en connaissiez pas. Mon Dieu. Je continue à espérer que j'ai tort, mais vous êtes vraiment tous les mêmes. Vous mentez sur les petites choses et ensuite vous vous étonnez que les gens ne veuillent pas vous confier leur vie.

Il garda un long silence, puis finit par laisser échapper un profond soupir.

— Je ne vous ai pas menti. J'ai grandi à Cincinnati, à Norwood, plus précisément, puis nous avons vécu à Clifton. Entrez mon nom dans Google, si vous voulez vérifier. Lors de ma dernière année de lycée, j'ai atteint la finale de l'Etat dans les épreuves de course et il y a même eu un article dans le journal. Vous devriez pouvoir le retrouver dans les archives. Mais, pendant mes années d'université, je ne revenais que pour les vacances et les anniversaires. Après mon diplôme, je me suis engagé au Bureau et j'ai travaillé à travers tout le pays. Et puis, j'ai été transféré ici, il y a un mois. J'ai dit que mon affectation était récente. D'un point de vue professionnel, je suis nouveau, mais pas dans la région. Je n'avais pas l'intention de vous tromper.

— Je vois.

Elle en avait appris plus qu'elle ne s'y attendait. La voix de Novak avait résonné d'une certaine rudesse, qui l'amenait à s'interroger sur les raisons qui avaient poussé un jeune homme à ne rentrer chez lui que pour les anniversaires et les vacances. Par ailleurs, ses justifications avaient fait naître en elle un sentiment de soulagement dont l'intensité la déconcertait.

Elle n'avait pas simplement espéré qu'il serait différent. Elle *voulait* qu'il le soit. Et elle ne savait que faire de cette découverte.

— Acceptez mes excuses, agent Novak.

— Tout va bien.

Il s'arrêta à un feu rouge et fixa Faith, arquant un de ses sourcils blancs.

— Je peux comprendre que vous ayez fait des suppositions en vous fondant simplement sur mes antécédents.

Il ne m'a pas ratée. Ses joues flambèrent et, à voir le pli amusé des lèvres de Novak, lui aussi avait remarqué.

— Touché, dit-elle. Pour mémoire, je reconnais mes torts. Je suis navrée.

L'expression ironique de Novak s'effaça, son regard singulier se fit plus intense. Même si elle en avait eu l'intention, Faith n'aurait pas pu détourner les yeux.

— Merci, docteur Corcoran. Et, pour mémoire, je ne vous ai pas menti une seule fois de toute la soirée.

Le regard de Faith se nuança de défi.

— Certes, mais vous avez omis des informations. Comme ce que vous avez réellement trouvé dans la cave de la maison. Ce que je continue à vouloir savoir, d'ailleurs.

— J'en suis conscient, répondit-il avec calme. Et je vous dirai ce que je pourrai, quand je le pourrai. Quant aux omissions, rien ne m'empêche de vous retourner la remarque. Mais j'imagine qu'il s'agissait de protéger votre sécurité personnelle.

La gorge serrée, Faith songea à son ancien patron. Elle avait le sang de Gordon sur les mains, au propre comme au figuré. Elle pensa à son père, dont le cœur ne pourrait supporter le stress de la savoir menacée. A tous les gens de son ancien immeuble, qui devaient s'estimer heureux d'être sortis vivants de l'incendie.

— La sécurité des autres est aussi en jeu, ajouta-t-elle.

Novak fronça les sourcils, mais le feu passa au vert et il reporta son attention sur la circulation.

— Vous avez récemment découvert d'autres jeunes femmes à moitié mortes ?

— Non. Mais j'ai tout l'air d'être un aimant pour la violence.

— Vous me parlerez de cette violence plus tard, dit-il avec sévérité.

De toute évidence, ce n'était pas une requête, mais Faith n'en prit pas ombrage. Il y avait des vies en jeu, juste comme cela avait été le cas à Miami.

— Bien sûr.

Ils bifurquèrent et les lumières vives de l'hôpital apparurent devant eux, lui rappelant la conversation téléphonique qu'elle avait surprise à son réveil.

— Qui est Danny et pourquoi lui avez-vous demandé de venir me raccommoder alors qu'il a une soirée de repos ?

— Qu'*elle* a une soirée de repos. Danika est un des médecins traitants du Cincinnati General.

Qu'elle. Danika était donc une femme. Ce qui n'était pas un problème en soi. Sauf que le retour de Novak ne datait que d'un mois et qu'il n'avait pas encore constitué de réseau professionnel.

— Vous *la* connaissez depuis longtemps ? demanda-t-elle avec circonspection.

Un ombre de sourire joua sur les lèvres de Novak.

— Oh ! ça remonte à très longtemps, je vivais encore ici à l'époque. Ne vous inquiétez pas. C'est un très bon médecin.

Avec horreur, Faith sentit monter une flambée de jalousie qu'elle dut s'empresser de réprimer, de crainte de se laisser totalement submerger.

— Je n'ai jamais voulu suggérer le contraire. Mais je suis étonnée de bénéficier d'un traitement de faveur. J'imaginais passer au tri et patienter deux ou trois heures en salle d'attente.

Les lèvres de Novak se crispèrent en une ligne mince.

— Nous ne disposons pas de deux ou trois heures. Il nous faut trouver Corinne Longstreet avant qu'elle ne finisse comme Arianna. Ou pire.

En imaginant que ce ne soit pas déjà le cas, songea tristement Faith.

— Ou pire, répéta-t-elle à voix basse.

— Dani ne sait pas exactement quand elle pourra s'occuper de vous, mais elle fera au plus vite. Bien sûr, si un patient en danger de mort se présente, il aura la priorité, mais elle n'est pas de service ce soir, elle sera donc plus rapidement disponible pour vous que les autres médecins.

Il engagea le SUV dans le parking des urgences.

— On va vous installer dans une salle d'examen privée, et nous allons discuter.

— Une salle privée ? Pas la salle d'attente ?

— Ça fait partie du plan. Je ne sais pas combien de temps ça risque de durer, mais je ne crois pas qu'il soit prudent de vous garder en salle d'attente pendant des heures. Arianna aussi est hospitalisée ici et je sais qu'il y aura des journalistes dans le coin. Il ne leur faudra pas bien longtemps avant d'apprendre ce qui se passe dans votre maison. Avec les projos, l'endroit est plus éclairé que la surface de ce putain de soleil. Si l'un d'eux vous voit avec moi, il lui suffira d'additionner deux et deux pour que vous fassiez la première page des infos. A mon avis, avoir votre visage en ligne n'est pas le meilleur moyen d'échapper au radar de votre harceleur.

L'angoisse comprima les poumons de Faith en chassant l'air, lorsqu'elle imagina que Peter Combs pourrait connaître son nouveau lieu de résidence.

— Non, en effet.

Elle se tut, le temps d'évaluer longuement Novak du regard.

— Merci. Je ne m'attendais pas à ça.

— A quoi ?

Elle haussa les épaules, gênée.

— A de la prévenance de la part d'un flic. Vous êtes très gentil.

— J'en tire aussi un avantage. Un endroit privé garantit également que notre conversation ne sera pas entendue.

Il coupa le moteur, puis s'adossa confortablement et la considéra d'un œil inquisiteur mais troublé.

— Miami est une grande ville. Vous devez bien avoir connu *quelques* flics décents.

Il avait révélé quelques détails sur lui-même. Ça semblait juste de lui rendre la pareille.

— Je pensais que celui que j'avais épousé l'était.

Novak se figea, son regard se durcit et il serra les mâchoires.

— Il vous a fait du mal ?

— Pas comme vous pourriez le penser, s'empressa-t-elle de préciser. Si notre divorce a été loin d'être courtois, Charlie n'était pas un homme violent. Mais j'imagine que colporter des ragots à mon sujet auprès de ses amis devait lui faire du bien, parce qu'il ne s'en est pas privé.

Le visage de Novak avait revêtu l'expression du début de la soirée, lorsqu'il l'étudiait comme si elle était exposée dans un bocal à spécimen. Maintenant, elle le soupçonnait d'user de cette attitude pour jouer sur les nerfs de ceux qu'il interrogeait.

— C'est à cause de ça que vous n'aimez pas les flics ?

— C'est une des raisons.

— J'ai hâte d'entendre les autres, dit-il d'un ton sec.

Il sortit du SUV et fit le tour pour lui ouvrir la portière, avant de lui tendre la main.

— Vous devez être moulue après le choc avec cet arbre, reprit-il. Je ne tiens pas à vous voir tomber une fois de plus. Permettez-moi de vous aider.

Elle lui prit la main avec précaution, s'étonnant de la délicatesse du geste de Novak. C'était un des aspects qui la surprenaient le plus chez lui, qu'il soit capable d'autant de douceur. Dès que ses pieds furent solidement posés au sol, il la lâcha, restant assez proche pour la retenir si elle perdait l'équilibre. Mais assez loin pour ne pas la paniquer.

Il apprenait vite.

— Merci…

Les mots moururent sur les lèvres de Faith. Mâchoires crispées, il fixait sa gorge. Elle savait ce qui avait attiré son attention. Pendant qu'elle s'extrayait du SUV, le col boule de son pull avait bougé, dévoilant la cicatrice que Peter Combs lui avait laissée en souvenir. Soudain gênée et agacée de l'être, elle tira sur une mèche de cheveux pour recouvrir la cicatrice.

— Non, dit-il, le regret épaississant sa voix.

D'un geste attentionné, il repoussa la mèche et la remit derrière l'épaule de Faith.

— Inutile de la cacher. Je vous présente mes excuses, Faith. Quand les gens me dévisagent, j'ai horreur de ça et je viens juste de vous infliger le même traitement.

— Ne vous inquiétez pas, fit-elle avec sincérité. J'y suis habituée.

— Moi aussi. Mais je n'apprécie pas pour autant. C'est Peter Combs qui vous a fait ça ?

Elle acquiesça en ramenant la mèche au-dessus de la cicatrice.

— Oui. Entre autres.

— Il faudra que vous m'en parliez.

Il tira une écharpe de laine de la poche de son manteau de cuir et la drapa autour du visage de Faith, cachant sa bouche et son nez. Mais également sa gorge.

— De cette façon, si un journaliste prend une photo, personne ne pourra vous identifier.

Une fois encore, elle fut touchée par sa prévenance.

— Merci.

Il leva les sourcils d'un air moqueur.

— C'est compris dans le service bon flic. Tenez, une des infirmières nous fait signe, du côté de la porte latérale. Il est temps d'y aller.

8

Est du Kentucky
Lundi 3 novembre, 21 h 55

Où est passée cette satanée piste, bordel ? Il n'était pas revenu ici depuis un bon moment. La dernière fois, il faisait grand jour et on était en été. Avec tous ces squelettes d'arbres dépouillés de leurs feuilles, la route semblait différente.

De fait, il avait dépassé son embranchement, mais ne l'avait compris qu'en apercevant les lumières de Morehead. Après avoir dû faire demi-tour, il roulait donc très lentement, pleins phares. Ce trajet d'environ deux heures lui en avait pris presque trois.

Ah. C'est ici. Quittant la voie principale, il s'engagea sur une piste de terre défoncée, dont l'accès n'était indiqué par aucun panneau. Il ne prêta aucune attention aux symboles peints sur les arbres, signalant qu'il se trouvait sur une propriété privée. Dents serrées, au volant du fourgon qui cahotait rudement, il aborda le dernier tournant et put enfin se détendre.

Voilà, il y était. La petite cabane dans la très grande forêt. Il se demandait pourquoi son propriétaire avait décidé de choisir cet emplacement en particulier, mais il n'avait jamais posé la question.

Il avait déjà décidé d'enterrer les deux cadavres sous le plancher rustique. Quant aux deux autres… Leur sort n'était pas encore tranché. Il avait envisagé de les tuer rapidement à son arrivée et de balancer les quatre corps dans une fosse commune. Mais quel gâchis…

Après avoir choisi Longstreet avec soin, il avait dû travailler dur pour se la procurer. A cause de cette garce d'Escobar, il avait déjà perdu sa maison et refusait de perdre aussi sa récompense. Il avait un tas de projets pour la blonde. Des projets fort divertissants.

Et la gamine ? Une fois calmé, il s'était rappelé qu'elle aurait plus de valeur en restant en vie. Un atout qu'il ne pouvait purement et simplement pas négliger. Ça avait toujours été le cas. Mais, en ce moment, elle avait besoin d'un bon reconditionnement. A vrai dire, elle avait grandi un peu plus vite que prévu et s'était forgé une forme de volonté.

Mais les volontés peuvent être brisées. Il avait pris beaucoup de plaisir à enseigner à la gamine tout ce qu'elle savait et, ce faisant, à augmenter sa valeur. Un vrai bon moyen de pression, c'était diablement difficile à obtenir.

La petite bicoque était isolée, personne n'entendrait leurs cris. Il pourrait y entreposer la Longstreet et la gamine, puis revenir leur rendre visite plus tard. *Encore, encore et encore.*

Lorsqu'il en aurait terminé, il enterrerait Corinne Longstreet sous le plancher, à côté du type de l'électricité et du serrurier. Quant à la gamine… il lui trouverait un endroit, dès qu'il serait assuré d'avoir éradiqué sa volonté.

Plus il réfléchissait à son nouveau plan, plus il l'appréciait. Pas de raison de se presser pour s'occuper des femelles, ce qui lui permettrait de regagner la ville au plus tôt. Parce qu'il lui restait un problème à régler. Tant que Faith Frye était en vie, elle représentait un danger pour lui.

Il ralentit, puis arrêta le véhicule devant la maisonnette. Il mourait de faim et avait pas mal d'activité physique en perspective avant de pouvoir repartir. Avec un peu de chance, le propriétaire aurait laissé des provisions dans le garde-manger.

Il devait enlever les lattes du plancher et creuser un trou assez grand pour y loger le type de l'électricité. Le serrurier, un vieil homme maigre et osseux, ne prendrait guère de place. C'était Ken, le vrai défi. Il descendit du véhicule et claqua la porte avec agacement. Evidemment, la compagnie d'électricité n'aurait pas pu envoyer un type mince chez lui. Ça aurait été trop facile.

Il avança vers l'entrée, mais s'arrêta à trente centimètres de la porte. Quelque chose n'allait pas. Il inspira par le nez et, lorsqu'il perçut l'arôme alléchant, son estomac gronda.

Du ragoût. C'était quoi, ce bordel ? Quelqu'un faisait mijoter du ragoût de bœuf.

Il contourna la cabane d'un pas furtif, scrutant les profondeurs des bois alentour. Pas de voiture. Par la fenêtre, il vit un sac à dos sale et un jeune homme encore plus crasseux, debout devant la cuisinière, touillant quelque chose dans une casserole.

Un intrus. Un squatteur. Ça arrivait de temps à autre, même dans les meilleures maisons. Lui-même en avait eu quelques-uns, mais quiconque était assez stupide pour pénétrer dans la maison O'Bannion finissait enterré dans sa cave.

L'intrus s'était installé comme chez lui. Derrière la baraque, le conteneur à ordures était rempli de boîtes de soupe. A ce train, le garde-manger n'allait pas tarder à être vidé, tout comme la bonbonne de gaz.

Il empoigna son arme et la dégagea de sa ceinture. Le gêneur allait avoir affaire à lui. Proprement, bien sûr. Ce ne serait pas très avisé de foutre le bordel à l'intérieur.

Il se glissa jusqu'à la bonbonne de gaz et tourna le robinet pour interrompre le flux. Quelques minutes plus tard, il fut récompensé par un juron, provenant de l'intérieur.

— Ah, merde ! dit le jeune homme. Plus de gaz ? C'est pas vrai !

Satisfait, il plaqua son dos contre le mur et attendit dans le noir. Sa patience paya, car la porte d'entrée claqua et le jeune homme contourna la cabane, d'un pas assez lourd pour réveiller les morts. Le routard avança en frissonnant jusqu'à la bonbonne et se baissa pour lire la jauge, les bras serrés autour du corps.

Le jeune homme ne leva pas la tête à son approche. Une seule balle dans la nuque et le corps s'écroula sur le sol, constellant de sang les feuilles mortes récemment tombées.

Par bonheur, le gars était maigrichon, autrement, il aurait fallu creuser un trou encore plus vaste.

Est du Kentucky
Lundi 3 novembre, 21 h 55

Le coup de feu fit tressaillir Corinne. Son cœur battait à grands coups, si fort que c'en était douloureux. Elle avait entendu la portière claquer. Puis plus rien, jusqu'à cette unique détonation.

Il va nous tuer. La fille et elle. *Il va nous abattre.*

Mais pourquoi ne l'avait-il pas déjà fait ? Pourquoi attendre ? Elle l'ignorait et craignait de deviner la réponse. Une seule chose était sûre, elle n'avait pas eu assez de temps pour couper ses cordes. Il lui avait fallu une éternité pour arriver à ouvrir le canif du vieil homme et trouver la position adéquate pour s'attaquer à la corde enroulée autour de ses poignets sans se faire mal.

Quant à trancher ses liens ? Terriblement plus difficile qu'elle ne l'avait imaginé.

Corinne était couverte de sueur, au bord de l'épuisement. En admettant qu'elle parvienne à se libérer, elle serait hors d'état d'affronter son ravisseur. Et, même si par miracle elle s'en sortait, se sauver en courant lui serait impossible. Elle avait les jambes trop douloureuses, les articulations trop enflées. *Encore un peu de temps,* songea-t-elle en continuant le va-et-vient frénétique de la lame contre la corde. *Juste un tout petit plus de temps.*

Cincinnati, Ohio
Lundi 3 novembre, 22 h 25

— J'ai terminé, dit l'infirmière en refermant la porte du petit bureau où elle avait rempli les formalités avec Faith. Vous pouvez entrer, maintenant. Lorsque le Dr Novak arrivera, je la préviendrai que vous l'attendez ici.

Deacon trouva Faith installée à une petite table ronde, les mains croisées devant elle. Pour la première fois, il la voyait en pleine lumière. L'éclat de porcelaine de sa peau se rehaussait d'un léger semis de taches de rousseur sur le nez. La teinte de ses yeux était plus foncée qu'il n'y paraissait dans la pénombre du SUV.

Il se pencha au-dessus d'elle et s'attarda une seconde pour examiner les racines de ses cheveux, avant de s'asseoir devant la table, positionnant sa chaise de manière à voir le visage de Faith en face. Comme il s'y attendait, elle fronçait les sourcils.

— Je suis curieuse de savoir ce qui vous intéresse tant ?

Il n'avait pas encore menti à Faith, ce n'était certainement pas maintenant qu'il allait commencer.

— Je regardais vos cheveux. Ils ont une couleur très particulière.

Elle posa un regard lourd de sens sur la chevelure de Deacon.

— Parlez pour vous !

— Touché.

Il inclina la tête, puis sortit un carnet de son manteau et le laissa tomber sur la table.

— Bien. Quand a eu lieu le décès de votre grand-mère ? La date exacte ?

Elle le regarda sans comprendre.

— Le 25 septembre. Pourquoi ?

— Parce que je pars du postulat que vous êtes un simple témoin et que vous avez découvert Arianna par hasard.

Elle se figea.

— A vous entendre, on dirait que vous ne croyez ni l'un ni l'autre, fit-elle observer avec calme.

Il soutint son regard.

— Vous avez raison. Mais c'est uniquement parce que Arianna connaissait déjà votre nom.

— Elle l'a certainement entendu prononcer par le ravisseur. Il devait savoir que j'avais hérité de la maison.

— Comment l'aurait-il appris ?

— Si je squattais la cave de quelqu'un, je me tiendrais au courant de ce que fabrique le propriétaire. A commencer par une recherche en ligne pour découvrir son identité. Ça n'a rien de compliqué. Nul besoin d'avoir de super connaissances en informatique. Depuis combien de temps était-il là-bas ?

— Pourquoi ?

Une exclamation de frustration étouffée fusa des lèvres de Faith.

— Parce que, si ça remonte à plus de quinze jours, c'était le nom de ma grand-mère qui figurait sur l'acte de propriété, pas le mien.

Des images de la salle de torture dans la cave, du lit de camp usé et des menottes rouillées défilèrent dans l'esprit de Deacon. Le bureau, la cuisine, la petite alcôve souterraine...

— Imaginez que c'est antérieur.

— Très bien. Dans ce cas, il aurait découvert que ma grand-mère était la propriétaire. Il aurait aussi su que sa mort n'était qu'une question de temps, ajouta-t-elle avec tristesse.

— Comment aurait-il pu savoir une chose pareille ? demanda Deacon.

Elle haussa les épaules.

— Grand-mère avait quatre-vingt-quatre ans. Même si elle avait été en pleine santé, ce qui n'était pas le cas depuis des années, elle n'aurait pas vécu pour toujours. Si je squattais sa maison, j'aurais installé une alerte Google pour me prévenir de son décès parce que ça signifierait que la maison allait changer de mains. Ce qui implique des visites d'agents immobiliers, d'experts, d'acheteurs, d'inspecteurs des impôts. Ce type avait sans doute prévu de déménager avant que tout ce beau monde débarque. L'identité du nouveau propriétaire l'aurait aussi intéressé. L'avocat de ma grand-mère a transféré l'acte de propriété à mon nom, il y a deux semaines. L'information figure dans les archives publiques.

— Donc, vous imaginez que celui qui a agressé Arianna possède un ordinateur et s'y connaît en technologie.

— Qui n'a pas d'ordinateur de nos jours ? Il n'est peut-être pas jeune, mais il n'est pas vieux, non plus. Vous avez dit qu'il y avait des traces de bagarre derrière la maison et le préposé de la compagnie d'électricité a disparu. Le meurtrier a dû déplacer le corps. Donc, il doit être assez costaud pour ça. En tout cas, il n'a pas quatre-vingt-quatre ans, ça, c'est sûr et certain. Et, en imaginant qu'il ne s'y connaisse pas en informatique, il reste le bureau des archives. Bref, les moyens d'obtenir mon identité ne manquent pas.

Le raisonnement de Faith se tenait. Mais ce n'était pas le seul mystère. Pour quelle raison le ravisseur d'Arianna aurait-il révélé le nom de Faith à sa captive ?

— Quand a eu lieu la lecture du testament et qui y assistait ?

— C'était le 1er octobre. L'avocat nous a reçus individuellement dans son bureau. J'ignore si c'est sa manière de procéder habituelle ou s'il craignait qu'un de mes oncles ne fasse une scène.

Il haussa les sourcils.

— Donc vous avez effectivement séjourné ici plus récemment qu'il y a vingt-trois ans.

— Oui, je suis venue à Mount Adams pour la lecture du testament et j'ai rendu visite à Gran à plusieurs reprises ces dernières années. Mais je ne suis jamais retournée à la maison, ni du vivant de ma grand-mère ni après sa mort.

C'est bien ce qu'il soupçonnait.

— Pourquoi pas ? C'était la propriété de votre famille.

— Parce que, comme vous l'avez si habilement déduit plus tôt, je ne l'aime pas. Je n'avais pas l'intention d'y vivre.

Il jeta un regard au creux de sa gorge, là où le pouls palpitait avec rapidité. Elle était moins calme qu'elle n'y paraissait.

— Qu'aviez-vous l'intention d'en faire ?

— Le jour où j'ai découvert que j'en avais hérité, rien. J'étais trop choquée. Je croyais qu'elle m'aurait peut-être laissé quelques tableaux, mais sûrement pas la maison de Mount Carmel. Je ne l'avais jamais envisagé.

Chaque référence de Faith à cette fameuse maison s'accompagnait d'un léger mouvement de recul. C'était une réaction subtile, de celles qui semblaient profondément ancrées, songea Deacon. Il prit mentalement note du phénomène, prévoyant de l'analyser plus en profondeur.

— Avez-vous eu l'occasion de rencontrer l'un ou l'autre de vos oncles quand vous veniez en visite, ici ?

— Il m'est arrivé de déjeuner avec Jordan.

Elle offrait une image de sérénité, mais son pouls continuait à palpiter dans le creux de sa gorge. Deacon aurait aimé savoir si ce qui la troublait ainsi était la mention de la maison, de son oncle Jordan, ou des deux.

— Vous ne vous fiez pas à Jeremy, qu'en est-il de Jordan ?

Elle secoua légèrement la tête.

— Je ne m'engagerai pas dans cette voie, agent Novak. Je ne jette pas les membres de ma famille sous le bus, comme Kimble l'a exprimé avec tant de lyrisme. Vous voulez faire une enquête sur Jeremy, faites donc. Mais hormis quelques souvenirs d'enfance, qui ne semblent guère avoir de signification quand je les regarde d'un point de vue d'adulte, je ne le connais guère.

— Et Jordan ?

— Nous étions plus proches durant mon adolescence. Pendant les douze dernières années, je le croisais lorsque je venais voir ma grand-mère, parfois seulement quelques minutes. Il s'occupait d'elle vingt-quatre heures sur vingt-quatre, sans jamais se plaindre, mais il appréciait mes visites, car elles lui permettaient de prendre un peu de répit. En général, il partait peindre.

— Comment a-t-il pris le fait que vous héritiez de la maison ?

— Il était ravi, parce que cela signifiait qu'il n'aurait pas à se battre avec Jeremy pour la garder.

— Jeremy voulait la maison ?

— Je n'ai aucune certitude à cet égard, se hâta-t-elle de préciser. Je ne l'ai jamais entendu dire une chose pareille, parce que nous n'avons pas communiqué depuis des années. Mais d'après Jordan, s'il avait hérité de la maison, Jeremy et lui auraient fini devant un tribunal, parce que son frère aurait certainement contesté le testament. Ma grand-mère a été claire, elle ne voulait pas que Jeremy reçoive le moindre sou.

— Parce qu'il était gay ? demanda Deacon à voix basse.

Bien sûr, il connaissait des familles que ce sujet avait amèrement divisées.

Elle secoua la tête. Sa chevelure caressa ses épaules puis se déploya sur son dos. *Comme de la soie*, songea-t-il en s'interrogeant sur la sensation qu'il éprouverait en passant ses doigts à travers les mèches rouge foncé.

Hop là ! Il interrompit immédiatement ce train de pensées. *Non, non, non. Pas comme de la soie. Comme des cheveux. Ce serait comme des cheveux.* Rien de spécial.

— Je crois que ce qui posait problème à Gran était que Jeremy refusait de cacher ses préférences. Elle prétendait qu'il avait précipité la mort de mon grand-père. Bref, à en croire Jordan, le fait que j'hérite de la maison lui a épargné beaucoup d'ennuis et une fortune en honoraires d'avocats. Du reste, je dois absolument l'appeler pour lui parler de ce qui se passe.

— Je l'ai contacté pendant que vous dormiez dans la voiture. En fait, j'ai téléphoné à vos deux oncles. Aucun d'eux n'était joignable, j'ai donc laissé des messages sur leur répondeur en leur demandant de me rappeler.

— A cette heure de la soirée, Jordan est rarement chez lui. Il est marchand d'art et on dirait qu'il est toujours invité à une soirée quelconque. Vous aurez une meilleure chance de le joindre après 11 heures du matin. Mais…

Elle se mordit de nouveau la lèvre.

— Si jamais Jeremy était impliqué, et je ne dis pas qu'il l'est, mais *si jamais* c'était le cas, votre message ne risque-t-il pas d'éveiller ses soupçons ?

— Inutile de vous soucier de ça, pour l'instant.

Elle lui lança un regard contrarié.

— Parce que vous avez mis sa maison sous surveillance, c'est ça ?

Et aussi son bureau à la faculté de médecine, songea Deacon, sans toutefois le mentionner. Au lieu de cela, le visage impassible, il soutint calmement le regard de Faith, qui finit par lever les yeux au ciel.

— « Inutile de vous soucier de ça, ma p'tite dame », marmonna-t-elle d'une voix traînante et nasillarde.

Il réprima un sourire.

— Je ne vous ai pas appelée « ma p'tite dame ».

Elle haussa un sourcil.

— Mais vous l'avez pensé.

— Je peux vous assurer que ce n'est pas le cas. Si j'ai bien compris, vous n'aviez pas l'intention de vivre dans la maison au moment où vous en avez hérité. Quand avez-vous changé d'avis ?

— Vendredi après-midi.

Il laissa passer un temps, mais elle n'ajouta rien.

— Vendredi dernier ? Il y a trois jours ?

Le jour où Arianna et Corinne avaient disparu. Il n'aimait pas du tout ça, mais insista, gardant un ton égal.

— Pourquoi ?

— Parce que j'ai reçu une offre d'emploi.

— Dans une banque, précisa-t-il, et elle acquiesça. Mais vous avez dû présenter votre candidature avant vendredi après-midi, donc vous avez dû au moins envisager de vivre dans cette maison, au préalable.

— Pas vraiment. Ce que je savais, c'était qu'il me fallait quitter Miami. Ma destination n'avait pas grande importance.

— A cause de Peter Combs.

Elle avala sa salive. Son pouls avait de nouveau accéléré.

— Oui. J'avais peur pour ma vie.

— Quand avez-vous décidé de quitter Miami ?

— Il y a un mois, même si j'y réfléchissais depuis plus longtemps. Comme je n'avais pas d'idée précise de l'endroit où je voulais aller, j'ai répondu à des annonces en ligne en proposant ma candidature pour plusieurs postes, dans tout le pays. A vrai dire, postuler pour la banque a été plus une sorte de lubie de ma part qu'un choix réfléchi. L'annonce avait retenu mon attention parce que je revenais justement de Cincinnati, après avoir vu l'avocat de ma grand-mère. Je correspondais aux qualifications demandées et ça payait plus que tous les autres boulots de ma liste. L'entretien s'est passé par Skype, la semaine suivante. Ensuite, ils ne m'ont plus donné de nouvelles, jusqu'à l'appel de vendredi après-midi. A ce moment-là, j'avais quasiment oublié leur existence.

— Donc, vous avez chargé votre jeep et vous avez pris la route le lendemain.

— Oui, plus ou moins.

— Qui savait que vous partiez vendredi ?

— Je vous l'ai déjà dit. Personne, sauf mon père et ma belle-mère. Et ils croyaient que ça allait se résumer à un bref séjour, le temps de contacter un agent immobilier et de mettre la maison en vente.

— Pourquoi pensaient-ils ça ?

— Parce que c'est ce que mon père a supposé et… je l'ai laissé faire. Il est en convalescence après une crise cardiaque.

Deacon haussa les sourcils.

— Vous voulez dire que vous lui avez menti ?

Il regretta immédiatement cette petite taquinerie en voyant les yeux de Faith se remplir soudain de larmes.

Elle les essuya d'un revers de sa main bandée.

— Je voulais l'épargner. Mon père sait ce que Combs m'a fait, il y a quatre ans, dit-elle en effleurant la cicatrice qui barrait sa gorge. Il n'a jamais quitté mon chevet pendant tout mon séjour à l'hôpital. En revanche, il ignore que j'ai été harcelée. Combs a bénéficié de sa conditionnelle quelques semaines après la crise de mon père. Je savais que cette nouvelle allait le bouleverser, donc je lui ai caché que Combs était dehors.

Avec l'impression d'avoir reçu une réprimande, Deacon trouva un paquet de mouchoirs dans une poche de son manteau.

— Ils sont froissés mais inutilisés.

— Merci.

Elle s'épongea les yeux, puis laissa échapper un rire à travers ses larmes.

— Je m'attends toujours à voir surgir des bras de robot de votre manteau, comme l'inspecteur Gadget. Vous avez encore beaucoup de choses cachées là-dedans ?

Soulagé de l'entendre rire, il lui adressa un grand sourire.

— On m'a déjà comparé à pas mal de personnages de dessin animé, mais jamais à Gadget.

Il s'appuya sur le dossier de son siège, sans la quitter des yeux.

— Un jour ou l'autre, vous devrez dire à votre père que vous vivez ici.

— Il le sait déjà. Je l'ai appelé ce soir en allant à la maison et je lui ai appris que je déménageais, mais je ne lui ai pas donné les vraies raisons. J'ai prétendu que j'avais besoin de changement. Je vous en prie, ne lui parlez pas de tout ça. Il n'y survivra pas et je ne me pardonnerai jamais.

Deacon regrettait amèrement de ne pouvoir lui dire ce qu'elle souhaitait entendre.

— J'ai dit que je ne vous mentirais pas, Faith. Vous êtes suffisamment intelligente pour ne pas me demander une chose pareille. Si cela s'avère nécessaire, je vais devoir lui en parler mais, à moins d'y être obligé, je m'en abstiendrai. C'est le mieux que je puisse faire. Quand Combs a-t-il été libéré ?

Faith garda une expression impassible mais, dans son regard, la peur avait cédé la place à une rage farouche qui le désarçonna quelque peu. Au moins, elle ne pleurait plus.

— Combs est sorti le 1er décembre de l'année passée, à 14 h 15. A 18 h 30, ce même jour, il achetait des légumes dans le supermarché Publix de mon quartier.

Espèce de salopard. Insulter mentalement Combs permit à Deacon d'endiguer sa colère.

— Ce n'était pas une violation de sa conditionnelle ?

Un muscle de la mâchoire de Faith tressaillit.

— Non.

Deacon aurait eu besoin d'obtenir plus de détails mais, à en juger par l'expression de Faith, il valait mieux y revenir plus tard.

— Vous avez dû avoir peur, dit-il avec calme, espérant l'apaiser.

En fait, elle lui hurla dessus :

— Vous croyez ? Il était partout. Devant la teinturerie, la banque, le cabinet de mon médecin, et même devant mon putain de salon de coiffure. Il a pris un abonnement dans mon club de gym et, un beau jour, je l'ai surpris à m'observer, de l'autre côté de la salle d'haltérophilie. Il me surveillait quand je grimpais le mur d'escalade. Il me suivait sur la piste de course et me souriait. Il m'a envoyé des *fleurs* et des *bonbons*. Ça a duré des mois.

— Avez-vous envisagé de demander une ordonnance restrictive ?

— J'ai envisagé de demander une ordonnance restrictive, évidemment ! siffla-t-elle. Pourquoi croyez-vous que je me suis fatiguée à déposer plainte et à remplir toute cette paperasse ? Je ne suis pas idiote, agent Novak.

— Ça ne m'a jamais traversé l'esprit, Faith.

Elle prit une profonde inspiration avant de continuer :

— Pour répondre à votre question, j'ai obtenu une injonction. Quelques semaines plus tard, je suis sortie dîner avec mon patron et quelques collègues. En quittant le restaurant, je suis allée reprendre ma voiture et j'ai vu Combs apparaître. Il est monté dans son véhicule, qui était garé sur l'emplacement voisin. Bien sûr, j'ai signalé la violation de l'injonction. De son côté, il a déclaré à la police qu'il ignorait ma présence et que sa petite amie l'avait envoyé chercher une prescription à la pharmacie. L'excuse de la petite amie a été vérifiée.

Espèce de salopard.

— Et qu'est-il arrivé à sa femme, la mère de la gamine qu'il a molestée ?

— Pendant le séjour en prison de Combs, elle s'est trouvé un nouvel homme et elle a demandé le divorce.

— Pauvre garçon. Mon cœur saigne pour lui.

Faith soupira.

— Cette femme n'a pas accordé un seul jour de thérapie supplémentaire à sa fille, au-delà du délai fixé par l'ordonnance de la Cour. Quand la sentence de Combs a été prononcée, elle s'est installée avec l'autre type, dès le lendemain.

Deacon trouva étrange qu'elle connaisse si bien les affaires de la famille, mais il approfondirait le sujet plus tard.

— Quel genre de voiture conduit Combs ?

— Une Nissan Sentra rouge. Elle est enregistrée au nom de sa nouvelle compagne.

Elle prit le carnet de Novak et y inscrivit le numéro d'immatriculation du véhicule.

— Je le connais par cœur, ajouta-t-elle.

— Accordez-moi une minute.

Deacon communiqua l'information par SMS à Bishop, Adam et Crandall, puis signala le véhicule au central.

— Que faites-vous ?

Faith se pencha pour mieux voir l'écran de son téléphone. En lui offrant une vision parfaite de ce qui se cachait sous le pull-over. Le cœur de Deacon manqua un battement, puis se mit à tambouriner sur un rythme d'enfer. Des seins ronds gonflés au-dessus d'un berceau de dentelle noire. Une peau d'un blanc crémeux. *Douce*, songea-t-il. Sa peau devait être si douce. Et il devait détourner les yeux. *Maintenant.*

Il s'exécuta avec effort et montra l'écran à Faith pour attirer l'attention de la jeune femme et s'accorder le temps de contrôler de nouveau son propre pouls.

— J'ai signalé le véhicule de Combs au central.

Elle le fixa, sincèrement désorientée.

— Pourquoi ?

— Juste au cas où il vous aurait suivie ou pourrait vous prendre en filature plus tard.

Ou s'il vous a suivie auparavant. L'implication de Combs dans cette affaire restait dans le champ des possibilités.

— Nous ferons de notre mieux pour éviter que votre nom paraisse dans la presse, mais ça arrivera tôt ou tard.

Elle se réinstalla sur sa chaise, dans une attitude rigide et contrôlée qui trahissait clairement sa peur.

— Je sais. J'en avais conscience au moment où j'ai appelé le 911.

Pourtant, cela ne l'avait pas empêchée de prévenir les secours. Elle n'était pas coupable. L'instinct et l'intellect de Deacon s'accordaient complètement sur cette conclusion.

— Nous avons besoin de découvrir de quelle manière il s'y prenait pour être informé de votre emploi du temps. Enregistrez-vous votre agenda sur votre téléphone ?

— Oui. Et je l'ai toujours sur moi.

Deacon lui adressa un sourire triste.

— De nos jours, ça ne fait guère de différence. S'il a piraté votre téléphone, il sait tout sur vous.

— S'il a piraté… ? Je n'ai jamais même…

Elle pâlit, se tut un instant, puis reprit la parole d'un ton rageur.

— Il aurait pu me suivre à la trace, pendant tout ce temps. Bon sang ! Je suis vraiment idiote ! Comment ai-je fait pour rater ça ?

— Ne vous traitez pas d'idiote, répondit-il d'un ton ferme. Ce n'est pas votre boulot d'envisager ce genre de développements. C'était le boulot du flic qui a pris votre déclaration. Vous envisagiez de quitter Miami depuis des mois parce qu'il vous harcelait. Qu'est-ce qui vous a poussée à prendre votre décision, le mois dernier ?

Elle observa ses mains, les paumes et le dos, comme si elle y voyait quelque chose qu'il ne pouvait discerner.

— Mon patron a été assassiné. J'ai son sang sur les mains.

Deacon fronça les sourcils.

— Littéralement ou figurativement ?

— Les deux.

La bouche de Faith prit un pli amer et ses yeux verts se remplirent d'un mépris dont elle était manifestement l'objet.

— J'ai essayé de le sauver, mais l'hémorragie l'a tué avant l'arrivée des secours. Gordon était un homme bien. Correct. Il avait deux enfants et son épouse était enceinte. Il ne méritait pas de mourir d'une balle qui m'était destinée.

Deacon recula sur sa chaise, continuant à l'étudier. Pas une once de mélodrame dans le regard vert. Il émanait d'elle une gravité froide, brutale.

— Comment savez-vous que vous étiez visée ?

— Parce que, quelques jours plus tard, Combs a tenté de me pousser d'un pont et a tiré sur ma voiture.

L'information choqua Deacon. S'il n'en laissa rien paraître, il dut tout de même prendre un instant pour ordonner la suite de ses questions. Il avait besoin de savoir comment et quand les choses s'étaient déroulées. Si elle avait été blessée au cours d'une des agressions. Quel était le problème avec les flics qui avaient reçu ses plaintes, mais avaient laissé la situation dégénérer à ce point ? Mais, par-dessus tout, il avait besoin de comprendre les *mobiles* du criminel.

Certes, les émotions de Deacon l'incitaient à s'inquiéter pour cette femme, mais son esprit demeurait rationnel. Le harcèlement était déjà une atteinte assez grave. Les tentatives de meurtre répétées sortaient véritablement de l'ordinaire. Un séjour en prison déclenchait rarement des représailles aussi violentes. Si c'était le cas, la police aurait bien plus d'homicides à résoudre. Sans compter que les flics et les procureurs seraient en tête de la liste des victimes. La place des thérapeutes semblait figurer tout en bas.

Qu'est-ce qui avait pu faire passer Combs du harcèlement à des tentatives de meurtre répétées ? C'était…

Personnel. L'estomac de Deacon fut parcouru d'une lente contraction au moment où il évoqua l'accusation que Combs avait portée durant son procès — que Faith avait été sa maîtresse. En la regardant en cet instant, il ne pouvait y croire.

Non, rectifia-t-il. Il ne *voulait* pas y croire parce qu'elle lui plaisait sincèrement. Il laissait ses sentiments prendre les rênes et c'était un luxe qu'il ne pouvait se permettre.

— Nous devrions peut-être remonter au-delà du moment où vous avez hérité de la maison, dit-il avec circonspection. Revenons à Combs. Il était votre patient, c'est ça ?

Une expression de répulsion marqua brièvement le visage de Faith, puis tout éclat, toute émotion déserta ses traits, qui prirent une immobilité de statue. La transition inspira à Deacon l'envie de grincer des dents. Naturellement, il n'en fit rien et se cantonna au contraire à sa neutralité précédente.

Elle s'adossa à son tour, imitant la posture de Deacon. Sous son regard scrutateur, il eut le pressentiment qu'il n'allait pas aimer ce qu'elle s'apprêtait à dire.

— Vous pensez que j'ai bien cherché ce qui m'arrive, agent Novak. En ce moment, vous vous dites que le lieutenant Kimble avait vu juste, que je pourrais être compromise, après tout. Vous pourriez même croire que Combs disait la vérité à propos de nos relations.

Elle lui adressa un sourire railleur. Froid.

— Vous savez ce que je crois, agent Novak ? Je crois que je devrais prendre un avocat. Dès maintenant.

Cincinnati, Ohio
Lundi 3 novembre, 22 h 40

Faith était furieuse. En partie contre Novak. Mais surtout contre elle-même. Elle n'avait cessé de se répéter qu'elle ne devait plus marcher dans les combines des flics. Et voilà où elle en était.

— Vous ne faites pas partie des suspects, dit Novak.

Elle avait réussi à le prendre de court. Il était persuadé qu'elle allait tout déballer, juste parce qu'il avait eu la gentillesse de ne pas alerter la presse de sa présence. Parce qu'il avait su la rassurer.

— Vous m'en voyez ravie, répliqua-t-elle, sarcastique. Mais vous avez aussi dit que vous ne préviendriez pas quand j'en deviendrais une et j'ai bien compris l'avertissement. Je connais la chanson, agent Novak. Je n'ai rien à ajouter.

Un éclair de colère passa dans les yeux singuliers, qui semblèrent soudain plus foncés, derrière ses paupières plissées. Elle l'avait mis en colère. *Bien.*

— Ce n'était que de vaines paroles, c'est bien ça, docteur Corcoran ? Vous voulez laisser un violeur s'en tirer ? Vous voulez laisser mourir Corinne ? Vous avez vécu une mauvaise expérience et vous m'en voyez désolé, mais ce n'était pas la faute de Corinne.

— *Ce n'était pas non plus la mienne !*

Faith abattit les deux paumes sur la table, puis ravala un cri de douleur et ramena ses mains bandées contre sa poitrine, entre ses seins.

— Merde, souffla-t-elle à voix basse. Qu'est-il arrivé à « ne pas tirer de conclusions en se fondant sur mes antécédents » ?

— Je n'ai rien fait de tel. Pas encore.

— Pas encore. Mais ça n'allait pas tarder.

Il secoua la tête.

— Vous n'en savez rien. Même *moi* je ne le sais pas. Par contre, ce dont je suis certain, c'est qu'une jeune femme va mourir si nous ne découvrons pas l'individu qui l'a enlevée et ce qu'il a fait d'elle.

— Je n'ai rien à voir avec ce qui est arrivé à ces filles. Je ne sais pas qui est leur ravisseur. Il a dû trouver mon nom sur l'acte de propriété. Ecoutez, j'ai eu la malchance d'hériter de cette satanée maison, soit. Mais cela ne signifie pas que je puisse vous être utile. Je ne sais même pas pourquoi vous êtes ici.

— Et s'il avait appris votre nom autrement que par l'acte de propriété ? suggéra Novak avec calme. Et s'il vous connaît ? Et s'il est venu ici à cause de vous ?

Faith eut l'impression que sa mâchoire allait se décrocher, alors que le sens des mots lui apparaissait plus clairement.

— Quoi ? Que dites-vous ? Combs est ici ? Que… C'est lui qui a enlevé ces filles ?

Il prit appui sur son avant-bras et se pencha en avant, envahissant l'espace de Faith.

— Est-ce possible ?

Elle le scrutait, se demandant s'il était réellement sérieux. Il soutenait son regard, ses yeux captivants étincelant d'une lueur de défi. Ses lèvres formaient une ligne dure, encadrée par son bouc blanc. Ses mâchoires serrées évoquaient le granit. *Voici le vrai Novak,* songea-t-elle. Sombre, dur, grand, intimidant. Et désespéré. De toute évidence, le sort de ces deux femmes lui tenait à cœur.

— Evidemment, c'est possible, reconnut-elle. Mais c'est hautement improbable. Vous avez fait une corrélation qui n'existe pas. C'est comme si…

Elle cherchait ses mots, puis la référence jaillit dans son esprit.

— C'est comme si le loup arrivait avant moi dans la maison de la grand-mère, bon sang. Vous êtes cinglé.

Il se pencha encore vers elle.

— Je suis peut-être fou mais, vous, vous êtes une coïncidence. Et je n'aime pas les coïncidences.

— Je n'y peux rien.

Le cœur de Faith battait à tout rompre, pendant qu'elle envisageait les implications de ce qu'il suggérait. *Combs ici. Dans la maison de ma grand-mère. A m'attendre.* En torturant deux jeunes femmes, entre-temps.

— Il n'y a pas l'ombre d'une preuve pour appuyer cette théorie.

— Vous n'en savez rien, Faith. Ce soir, vous avez eu la réaction appropriée. Vous avez monté la garde auprès d'Arianna et vous vous êtes assurée que l'individu qui l'avait agressée ne pourrait plus s'attaquer à elle. Continuez de faire ce qu'il faut. Au moins, aidez-moi à rayer Combs de la liste. Ainsi, je pourrai me concentrer sur un autre suspect. Je vous en prie.

Il reprit son téléphone, tapa sur l'écran, puis fit glisser l'appareil sur la table et l'arrêta devant elle.

— Je vous en prie, répéta-t-il.

Ne baisse pas les yeux. Ne baisse pas les yeux. Mais les yeux de Faith refusèrent d'obéir. Une seconde plus tard, elle fixait une des photos d'Arianna Escobar, allongée sur la route, sous son propre manteau de laine. Le visage contusionné de la jeune fille, sillonné d'un réseau d'estafilades peu profondes, à la bouche gonflée et sanguinolente, était difficilement reconnaissable. On lui avait infligé un traitement des plus cruels.

Faith ferma les yeux, sachant qu'il avait gagné.

— Vous êtes impossible, Novak, dit-elle avec lassitude.

— Ça signifie que vous êtes prête à me parler ? demanda-t-il de sa voix basse et calme.

Elle s'attendait à percevoir de la satisfaction. Voire de la suffisance ou au moins un sentiment de victoire. Mais tout ce qu'il exprimait était une inébranlable détermination.

— Que voulez-vous savoir ?

— J'ai besoin de comprendre ce qui alimentait la haine de Combs. Une haine assez puissante pour le pousser à vous terroriser, à essayer de vous tuer. Peut-être suffisante pour vous suivre jusqu'ici. C'est personnel, n'est-ce pas ?

En ouvrant les yeux, elle découvrit Novak à quelques centimètres, le regard rivé sur elle.

— Oui, mais pas comme vous le croyez. Je n'ai pas couché avec lui.

Elle se tut, détestant le tremblement qui fragilisait sa voix et cet inexplicable besoin d'être crue par Novak. Mais elle devait le dire :

— Je le méprisais. Je les méprisais tous.

L'expression de Novak s'adoucit.

— De qui parlez-vous, Faith ?

Elle serra les mâchoires.

— De chacun de ces enfoirés de pervers qui ont franchi la porte de mon bureau.

Il fronça les sourcils, perplexe.

— Mais, si vous aviez tant d'aversion pour eux, pourquoi accepter de les traiter ?

— A cause des victimes. Les enfants. Je n'étais pas là pour « soigner » les délinquants. Je ne crois pas qu'on puisse les soigner, du moins pour la majorité d'entre eux. J'étais là pour assister les victimes. En faisant de mon mieux pour les aider.

— Ça m'échappe, mais j'aimerais vraiment comprendre. Eclairez-moi, Faith.

— Après la fac, j'ai travaillé dans un centre d'accueil pour les victimes de viol. Je me débrouille bien avec les enfants ou les ados et on a commencé à m'adresser des patients. Si j'ai accepté de traiter mon premier délinquant, c'était à cause de la petite fille, l'enfant de cet homme. Cinq ans et déjà terriblement abîmée. Son visage me hante encore.

Elle ne parvenait à oublier aucun de leurs visages. Ces souvenirs lui brisaient toujours le cœur.

— Son regard était mort, vous voyez ?

Il hocha la tête, si proche qu'elle voyait les stries qui séparaient le bleu du marron dans ses iris, comme une fêlure dans du verre. Si proche qu'elle voyait la souffrance palpiter dans son regard.

— Oui. Je sais.

— L'assistante sociale m'a suppliée d'accepter le dossier de la petite. J'ai d'abord refusé parce qu'il s'agissait d'une thérapie familiale ordonnée par la Cour. Mais je n'avais pas le choix, pour aider l'enfant, il me fallait traiter le père.

— En même temps ? La victime et le délinquant étaient dans votre bureau au même moment ?

— Oh ! non. Les rendez-vous étaient séparés, mais les ordonnances exigeaient que le même thérapeute traite chaque individu de la cellule familiale. Pour des questions de continuité… J'ai ravalé le dégoût que j'éprouvais pour le père et j'ai concentré toute mon énergie sur la fillette. Et elle a fait des progrès. L'amélioration a été assez notable et ça m'a valu encore plus de recommandations. Très rapidement, je n'ai eu que ce genre de cas à traiter. A l'époque, mon patron était ravi. Ses contrats avec le système judiciaire représentaient une belle part des revenus du cabinet.

Novak pencha légèrement la tête, attentif.

— Mais vous auriez pu démissionner.

— J'ai été tentée de le faire. Mais j'ai fini par comprendre que, pour ces enfants envoyés à mon bureau sur injonction de la Cour, c'était l'unique chance de recevoir une thérapie. Nombre de mères sont dans le déni ou souffrent d'une personnalité si dépendante qu'elles permettent à leur partenaire de faire n'importe quoi à leurs enfants, du moment que ces types restent avec elles. Ces mères ne sont pas du tout prêtes à procurer à leurs enfants l'aide dont ils auraient besoin.

— A moins qu'elles n'y soient forcées par un ordre de la Cour, murmura-t-il. Je comprends, maintenant.

Elle hocha la tête, soulagée.

— J'ai acquis la réputation d'avoir le meilleur taux de réinsertion de délinquants sexuels du comté. Ça me donnait envie de hurler, parce que j'avais conscience de devenir une partie du problème. Si les programmes de thérapie n'existaient pas, les juges ne pourraient pas les choisir en guise de sentence. Bien sûr, c'est théorique. Pour l'instant, les juges *disposent* de cette option et ils ne l'abandonneront pas volontiers, surtout compte tenu du surpeuplement des prisons.

— Mais, si vous abandonniez, les victimes n'auraient plus personne.

Elle hocha la tête, le sentiment familier d'impuissance l'envahissait jusqu'à la nausée.

— C'était un cercle vicieux.

— Mais vous avez suivi des dizaines de délinquants, Faith. Qu'y avait-il de différent avec Combs ? Pourquoi éprouve-t-il une telle haine envers vous ?

Faith hésita, sachant ce que lui coûterait son honnêteté.

— Ils me haïssaient tous.

Le regard de Novak se fit plus acéré, il sentait qu'elle éludait la question.

— Mais il est le seul à avoir tenté de vous tuer.

Il se pencha en avant, réduisant encore l'espace entre eux.

— *Pourquoi ?*

Elle se redressa.

— Parce que c'est moi qui ai commencé à l'épier la première.

9

Cincinnati, Ohio
Lundi 3 novembre, 22 h 50

Ça y est, c'est fait, songea Faith, avec tristesse. Elle venait juste de fournir à l'agent Novak de quoi détruire sa carrière. Elle n'avait jamais prévu de révéler à un autre être vivant ce qu'elle avait fait à Peter Combs. Qu'elle se soit confiée à Novak, alors que leur rencontre ne remontait qu'à quelques heures, signifiait qu'il était extrêmement bon dans son boulot ou qu'elle était particulièrement lasse. Ou peut-être était-elle simplement prête à en parler.

Novak restait impassible.

— C'est vous qui avez d'abord espionné Peter Combs ? Comment ? Racontez-moi exactement ce qui s'est passé.

Faith ouvrit la bouche pour répondre, mais elle fut épargnée par un coup frappé à la porte, laquelle s'entrouvrit pour laisser apparaître une tête de femme.

— Je peux entrer ?

Novak fronça les sourcils, frustré.

— Non. Reviens plus tard.

— Tu plaisantes, c'est ça ? dit la femme. C'est pour toi que je me suis déplacée jusqu'ici.

Faith savait que c'était lâche, mais elle accueillit volontiers cette occasion de mettre de l'ordre dans ses pensées, avant de les révéler à Novak dans toute leur crudité.

— Entrez, dit-elle.

Novak jeta à Faith un regard entendu, mais fit signe à la femme d'approcher.

— Ouais, c'est bon. Entre.

— Salut à toi aussi, qui ensoleilles ma vie, lança la nouvelle venue, d'un ton sarcastique.

Puis elle referma la porte et fit face à Faith.

— Docteur Corcoran, je suis le Dr Novak. Alors, quel est le problème ?

Faith la fixa, consciente qu'elle était bouche bée, mais ses mâchoires semblaient bloquées dans cette position. La femme d'une trentaine d'années était de taille moyenne, mais c'était bien la seule chose ordinaire chez elle. Ses longs cheveux noirs étaient traversés par deux épaisses mèches blanches qui lui encadraient le visage. Sa peau avait la couleur du café au lait et sa bouche s'incurvait naturellement, comme si elle souriait sans y penser. Mais l'aspect le plus frappant de ce visage extraordinaire résidait dans son regard. Un des iris de ses yeux légèrement bridés était bleu, l'autre marron foncé.

Puis les mots de la jeune femme finirent par atteindre l'entendement de Faith. *Dr Novak.*

Novak avait dit qu'ils se connaissaient depuis longtemps.

Eh bien, ça alors ! Tous deux étaient indiscutablement frère et sœur. Les cheveux blancs, l'hétérochromie des yeux. Ceux de Novak restaient beaucoup plus intéressants. Ceux de Danika, vairons, se rencontraient plus communément, alors que les iris bicolores étaient spectaculaires.

La motivation de Novak concernant son choix de médecin parut soudain plus claire à Faith. Elle lui adressa un regard exaspéré.

— C'est votre sœur, dit-elle d'un ton accusateur.

Le Dr Novak se tourna également vers son frère.

— Tu ne lui as rien dit ?

Il secoua la tête, sans manifester la moindre once de remords.

— Non.

— Et on peut savoir pourquoi ? insista sa sœur.

— Parce qu'il cherchait à gagner ma confiance, jeta Faith. Il a pensé que, s'il me disait qu'il vous avait appelée, je me serais méfiée. J'aurais peut-être refusé de vous voir en pensant que vous pourriez lui révéler mes informations personnelles.

Le médecin foudroya son frère du regard.

— C'est vrai ?

Novak hocha la tête une fois, sans même chercher à nier sa duplicité.

— Oui.

L'expression de la jeune femme s'assombrit encore.

— Honte à toi, Deacon. Attends dehors.

— Est-ce que ça va être long ? Je dois filer chez Tam…

Il s'interrompit un bref instant.

— Du côté de Norwood, acheva-t-il.

— Accorde-nous une demi-heure. Et maintenant sors d'ici.

Elle referma la porte après le départ de Novak.

— Je suis navrée, docteur Corcoran, reprit-elle en tirant une chaise avec un sourire chaleureux. Je ne savais pas qu'il pouvait se montrer aussi cachottier. C'est vraiment un gars bien, mais par moments il se la joue roman d'espionnage. Ça me rend dingue.

— J'imagine que c'est le métier qui veut ça, dit Faith. Je vous présente mes excuses, docteur Novak. Je vous ai accueillie d'une manière très impolie, alors que vous sacrifiez votre nuit de repos pour m'aider. Merci.

— Pas de problème. Je vous garantis qu'aucune de vos infos médicales ne sera divulguée. Il pourra toujours tenter de me soudoyer, me supplier, me cajoler autant qu'il voudra, mes lèvres resteront scellées.

Faith la crut sans hésiter.

— Merci.

Le médecin étudia le dossier médical rempli par l'infirmière.

— Docteur Faith Corcoran. Puis-je vous appeler Faith ?

— Bien sûr.

— Et vous devriez m'appeler Dani. Deacon m'a dit que vous aviez eu un accident de voiture. Que s'est-il passé ?

Pendant que Faith racontait l'accident, le médecin enfila une paire de gants et les ajusta avec un claquement.

— Vous avez eu de la chance, déclara Dani lorsque Faith en eut terminé. Vous vous êtes tirée de cet accident avec une simple égratignure. Je reçois pas mal de gens qui ont des blessures bien plus graves que les vôtres.

Elle examina les yeux de Faith avec sa lampe-stylo, puis explora l'arrière de son crâne et sa nuque, avec des gestes précis et délicats.

— Des maux de tête ?

— Juste un qui s'appelle Deacon.

Faith aimait ce prénom. Il lui allait plutôt bien.

Dani esquissa un sourire.

— Je parle de ceux qui ne s'appellent *pas* Deacon.

— Pas vraiment. Il m'a donné un antidouleur et ça m'a presque totalement soulagée.

— Avez-vous perdu conscience ?

— Pendant peut-être quelques secondes. Pas plus.

— Comment le savez-vous ?

— L'autoradio était branché. Quand j'ai vu la fille sur la route, il y avait une chanson qui passait et elle continuait à jouer, alors que tout était terminé et que l'airbag s'était dégonflé. J'ai peut-être manqué un vers du refrain.

— C'était quoi cette chanson ? demanda Dani.

Faith grimaça.

— C'était *Live like You Were Dying*[1].

Dani laissa échapper un petit ricanement.

— Désolée. C'est juste diablement ironique.

1. « Vis comme si tu allais mourir ». (NdT)

Faith ne put retenir un sourire. La sœur de Novak l'avait mise à l'aise tout de suite.

— Mais tellement approprié, n'est-ce pas ?

— Quand j'entendais cette chanson à la radio, j'avais l'habitude de pleurer. Maintenant, grâce à vous, les gens me prendront pour une sociopathe parce que je ne pourrai pas m'empêcher de rire.

Elle leva un index pour vérifier la synchronisation neuronale de Faith.

— Suivez mon doigt des yeux, s'il vous plaît... Je ne crois pas que vous ayez de commotion cérébrale. En revanche, n'y allez pas trop fort pendant les prochaines quarante-huit heures. Reposez-vous. Ça veut dire, pas d'ordinateur, pas de journée de travail. Du repos.

Faith songea à l'armée de représentants de la loi qui piétinaient la pelouse de sa grand-mère. Le repos prescrit ne semblait pas pouvoir s'inscrire dans son proche avenir.

— C'est entendu, doc.

Dani leva les yeux au ciel, puis se leva pour enlever le pansement du front de Faith.

— Bon, ce n'est pas trop vilain. Je n'ai qu'à suturer ça à la colle cutanée et vous serez comme neuve.

Elle commença à nettoyer la plaie.

— Alors, vous êtes fâchée contre mon frère ? demanda-t-elle en commençant à refermer l'estafilade.

— Je ne sais pas. J'essaye de ne pas faire de suppositions en me fondant sur ses antécédents.

— Ses antécédents ? Quels antécédents ?

— Eh bien, c'est un flic, dit Faith d'un ton neutre.

— Ah. Les flics ne sont pas câblés comme nous, vous savez, ils voient des sales types partout. Et ils sont tellement autoritaires.

Faith eut un petit rire.

— Je sais.

— Il n'a pas de mauvaises intentions. Je peux vous l'assurer, dit Dani avec calme. C'est un type bien, Faith.

— Je l'espère, murmura-t-elle.

Elle venait tout de même de reconnaître rien de moins qu'un délit devant lui. Le harcèlement d'un de ses propres patients pouvait entraîner l'annulation de son autorisation d'exercer. En revanche, ce que Novak ferait de cette information restait un mystère.

— Si Deacon m'a appelée, c'est qu'il s'était déjà renseigné aux urgences, où on lui avait annoncé trois heures d'attente, expliqua Dani. Il voulait juste que votre passage ici ne s'éternise pas.

— Je peux le comprendre.

Et Faith songea au regard désespéré de Novak, au moment où il la suppliait de l'aider à retrouver Corinne.

— Il ne cherche qu'à protéger la femme qui est toujours portée disparue et à obtenir justice pour celle que j'ai trouvée, ajouta-t-elle.

Sans autre commentaire, Dani continua ses sutures en silence, laissant à Faith le loisir d'observer les mèches blanches qui encadraient son visage.

— Puis-je vous poser une question personnelle, Dani ?

— Je vous en prie, répondit celle-ci, avec amusement.

— Vos cheveux, c'est naturel ?

Dani recula un peu pour lui adresser un clin d'œil.

— Plus ou moins. A seize ans, je ressemblais à ce que vous voyez. J'ai toujours eu ces deux mèches blanches mais, à la fin de mon adolescence, ça a commencé à s'étendre. J'aimais bien mes mèches, mais je n'avais aucune envie d'avoir une chevelure entièrement blanche. Donc, le noir vient d'un flacon. Ça me permet de canaliser ma Malicia intérieure, conclut-elle avec un grand sourire, avant de se remettre à la tâche.

— Les X-Men ?

Faith appréciait déjà Dani plus que son frère.

— Evidemment ! Malicia est mon personnage préféré. Je trouve ça très utile d'avoir la capacité de s'approprier temporairement le pouvoir des autres. Sans les drainer à mort, évidemment, précisa-t-elle avec une petite grimace. Conflit avec le serment d'Hippocrate et compagnie.

— Au diable l'éthique, rétorqua Faith, pince-sans-rire. Personnellement, j'ai toujours été plutôt fan de la Veuve noire.

— Avec vos cheveux rouges, c'est évident.

Dani se tut un bref instant, puis continua, d'un ton méfiant :

— Ou alors, c'est à cause de ses superfacultés. Vous savez, tout ce karaté, ce kung-fu, les acrobaties et sa supercompétence au tir ? Ou, euh, peut-être l'escalade de talus rocailleux particulièrement escarpés ?

— Vous connaissez vos classiques en matière de BD. Hormis pour l'épisode du talus rocailleux, bien sûr. Je ne me souviens pas de cet épisode. Pourquoi ai-je l'impression que vous avez bavardé avec l'agent Novak ?

— Il m'a envoyé les infos essentielles par SMS. Ensuite, j'ai appelé le shérif Palmer et aussi Jefferies, le secouriste qui vous a traitée, pour obtenir la version détaillée. Vous avez réussi une belle grimpette.

Faith haussa les épaules.

— Je pratique l'escalade en salle. Enfin, quand je vivais à Miami. Croyez-moi, ce talus ne présentait pas de si grandes difficultés.

— Je voulais m'y mettre, mais je suis probablement trop vieille pour ça.

— Absurde. Mes propres débuts ne remontent qu'à quelques années.

Plus précisément, à la fin de sa convalescence, après l'agression de Combs. Elle avait voulu apprendre à se défendre et à faire face à diverses situations.

Dani posa l'applicateur de colle tissulaire.

— Eh bien, je pourrais essayer, après tout. Et les autres super talents de la Veuve noire ? La course ? Les arts martiaux ? L'habileté au tir ? La danse classique ? Vous savez faire ça, aussi ?

— Tout ce que vous venez de citer, sauf pour la partie ballerine. J'étais trop grande. L'agent Novak avait aussi des cheveux noirs avec des mèches blanches ? demanda Faith, désireuse de détourner l'attention de Dani de son cas personnel.

— Absolument. Sauf qu'il a choisi l'autre option et il a tout laissé blanc. Ça lui va bien.

C'était tout à fait vrai, admit Faith à regret. Rien ne laissait à désirer dans l'allure de Novak. Ce qui semblait injuste.

— Et votre jeune frère ? Celui qui est dans une situation épineuse avec la principale plus vieille qu'une momie ? Lui aussi a les mêmes mèches blanches ?

Dani éclata de rire.

— Elle est plus vieille qu'une momie, sans doute, mais elle a gardé le pouvoir de me faire trembler d'un seul regard. Elle n'oublie jamais, au grand jamais, un élève ni ses transgressions. Deacon est en tête de liste.

Dani se pencha en avant pour mieux inspecter son travail.

— Pas mal, pour ce que j'en vois. Vous ne devriez pas avoir de cicatrice.

Faith remarqua que l'autre femme avait éludé la question à propos de son cadet.

— Même si j'en ai une, ce n'est pas un problème. Ça me fera la paire.

Elle tira sur le col de son pull, dévoilant sa gorge, et regarda la surprise envahir les yeux dépareillés de Dani.

— Drôle de souvenir, dit celle-ci. Espérons que votre agresseur ne vous retrouvera pas ici.

Mais, si Novak avait raison, c'était chose faite. Combs n'avait pas seulement flairé sa trace, mais l'avait précédée à destination et s'était tapi là-bas pour guetter ses victimes.

Dans la maison de ma grand-mère, pas moins, songea Faith en levant mentalement les yeux au ciel. Peter Combs était déjà un animal. Nul besoin de se référer à un conte de fées.

Novak ne pouvait pas avoir raison, tout simplement. Cette théorie était absurde.

Mais… Et s'il avait raison ? Alors, Kimble avait raison, aussi. Faith était impliquée. *Coupable.* Parce que, si Novak *avait* raison, alors, elle avait conduit la bête ici. Ce qui signifiait qu'Arianna et Corinne avaient été enlevées, torturées… *A cause de moi.*

— S'il me trouve, je serai prête. Je ne le laisserai plus me faire mal. Ni personne d'autre, d'ailleurs.

Dani fronça les sourcils.

— J'apprécie toujours quand les gens font preuve d'indépendance, mais ça doit rester dans les limites du raisonnable. Alors, si l'homme qui vous a fait ça refait surface, j'espère que vous contacterez mon frère. Je sais qu'il vous a prise à rebrousse-poil, mais Deacon est très bon dans son métier. Et, même si parfois il peut se conduire en enfoiré présomptueux, je ne connais personne qui ait un plus grand cœur. Je vous en prie, Faith. Ne vous attaquez pas à Combs toute seule.

Faith se pencha légèrement en arrière, interloquée.

— Vous savez pour Combs ? Vous savez qui je suis ?

— Je sais qui vous étiez. Avant de partir pour l'hôpital, j'ai rentré votre nom sur Google.

Faith plissa les yeux, soudain sur ses gardes.

— Comment avez-vous eu connaissance de mon ancienne identité ? C'est votre frère qui vous en a parlé ?

— Non. En revanche, mon cousin m'a avertie que Deacon vous amenait aux urgences.

— Kimble, dit Faith d'une voix sinistre.

Sans commenter, Dani prit les mains de Faith et enleva les bandages avec délicatesse et efficacité.

— Pas besoin de points de suture. Il suffira de les garder propres et sèches. Et vos pieds ? J'ai entendu dire que vous aviez grimpé ce fossé sans vos chaussures.

Faith détestait l'idée que les gens avaient la possibilité d'effectuer des recherches sur elle avec Google. Elle détestait l'idée que cette femme, avec qui elle se sentait si détendue, sache tout sur elle. Dani savait qui elle était, avant.

— Mes pieds vont bien, merci.

Dani chercha et soutint son regard.

— Vous n'appréciez pas que je sache qui est Combs et ce qu'il a dit de vous pendant son procès.

— Que j'avais couché avec lui ? Non. Ça vous ferait plaisir, à vous ?

Dani lui adressa un sourire empreint d'une singulière mélancolie.

— Nous avons tous des secrets que nous préférerions garder cachés. Donc, non, ça ne me plairait pas. Mais ce que la presse avait à dire ne m'intéressait pas. Etes-vous déjà allée plus loin ?

— C'est-à-dire ?

— Je pense aux forums en ligne, où les victimes peuvent échanger leurs histoires, se soutenir mutuellement.

L'irritation de Faith se dissipa, remplacée par la curiosité.

— Je sais qu'ils existent, bien sûr, mais les visiter ressemblait à une invasion de l'intimité de mes patients, alors je ne l'ai jamais fait. Qu'avez-vous découvert ?

— Que vos patientes parlent de vous. Je n'ai pas eu besoin de chercher bien loin pour trouver d'incroyables histoires sur votre travail. Très émouvantes. Quelques discussions à propos des accusations de Combs.

Vos patientes se rangent de votre côté. Elles vous recommandent aux autres victimes.

La gorge serrée par l'émotion, Faith déglutit avec peine, mais les larmes jaillirent malgré tout.

— Je ne savais pas, dit-elle d'une voix rauque. Merci. Mon Dieu. Je… Merci.

Dani fit glisser une boîte de mouchoirs à travers la table.

— Je vous en prie. Ecoutez, pour l'instant, vous avez peur. Vous êtes en colère, parce que personne ne vous a aidée. Peut-être vous apitoyez-vous un peu sur votre sort ?

Faith se tamponna les yeux.

— Ouais. A peu près tout ce que vous avez dit est vrai.

— J'ai dit que vous en aviez le droit, mais jusqu'à un certain point, bien sûr. En tout cas, prenez garde à ne pas trop penser que votre vie est nulle. Ce genre de trucs, ça peut vous dévorer de l'intérieur. Quand vous vous sentirez de nouveau d'attaque pour faire la différence, passez-moi un coup de fil.

Elle tendit à Faith une carte de visite et continua :

— Quand je ne suis pas de service ici, ou dans le bureau de la principale avec mon petit frère, on peut me trouver à cet endroit. Nous avons toujours besoin de gens ayant vos compétences.

Faith lut la carte. *Dr Danika Novak, docteur en médecine.* Une mention figurait au-dessus du nom, dans une police simple en caractères gras :

lorelle e. meadows center
the meadows

— « The Meadows ». Qu'est-ce que c'est ? demanda Faith.

— Une clinique gratuite de la fondation Meadows, à Over-The-Rhine. Nous disposons de deux locaux, un pour les hommes, un pour les femmes et les enfants. Nous proposons des soins médicaux et une aide psychologique de base. Nous avons beaucoup de toxicos et de fugueurs. Pas mal de MST. Et aussi des victimes d'abus sexuels qui ne tiennent pas à aller dans un hôpital traditionnel, pour ne pas mêler la police à leurs affaires. D'autres encore ont peur d'être mis à la porte de chez eux pour avoir accusé leurs pères, leurs beaux-pères ou les petits amis de leurs mères.

Dani sortit son *pager* de sa poche et consulta l'écran.

— Je dois y aller, dit-elle. Si vous avez besoin d'un généraliste, je peux vous en recommander plusieurs.

— Merci. Mais je pensais que vous alliez rentrer, maintenant.

— Pas tout de suite. Je suis toujours d'astreinte pour les patients malentendants, puisque je suis le seul médecin à connaître le langage des signes. Même si je n'étais pas déjà ici, ils m'auraient appelée, de toute façon.

Elle indiqua une tenue d'infirmier qu'elle avait posée sur la table en arrivant.

— L'infirmière m'a dit que vous portiez encore vos vêtements pleins de sang.

Les doigts de Faith montèrent ajuster le col de son pull plus près de sa gorge.

— Je vais vous emprunter le pantalon. Mais je vais garder mon pull.

Dani lui adressa un sourire compréhensif.

— Je dirai à Deacon de frapper avant d'entrer. Prenez soin de vous, Faith. J'espère vous revoir et, si vous décidez de venir au Meadows, tenez-moi au courant. Je vous y retrouverai et je vous offrirai une visite guidée.

— Comptez sur moi. Merci.

Si j'ai toujours ma licence quand Novak en aura fini avec moi.

Cincinnati, Ohio
Lundi 3 novembre, 23 h 5

Deacon gara son SUV derrière le monospace de tante Tammy, puis réprima une grimace en découvrant la Lincoln Continental classique qui faisait la joie et l'orgueil de Jim Kimble. Il avait espéré que son oncle ne serait pas à la maison, mais compte tenu de l'heure tardive ses chances étaient minces.

Alors Deacon avait apporté des offrandes.

A l'étage, la fenêtre de la chambre de Greg était éclairée. Et, dans la pénombre du salon du rez-de-chaussée, il distinguait le halo fluctuant du téléviseur. Un bout de chaise longue apparaissait dans son champ de vision, ainsi que des pieds chaussés de pantoufles roses duveteuses, dont la pointe était orientée vers l'écran. Deacon frappa un coup léger à la porte d'entrée, au cas où Tammy serait endormie. La porte s'ouvrit sans bruit et il se retrouva les yeux dans les yeux avec la raison qui l'avait si longtemps retenu de demander son affectation à Cincinnati.

Jim Kimble était le seul homme capable d'avoir l'air intimidant vêtu d'une robe de chambre fanée en flanelle et de pantoufles roses duveteuses. Ça tenait peut-être à son regard inflexible, à sa mâchoire carrée ou à la ressemblance de sa silhouette avec une brique d'un bon mètre quatre-vingts de haut. Une autre explication résidait peut-être dans sa réputation de flic qui n'hésitait pas à entrechoquer quelques crânes pour rétablir la paix.

Mais c'était sans doute surtout parce que Jim avait été le seul homme qui ait jamais réussi à faire reculer le père de Deacon. Il avait réussi ce tour de force en projetant Arnie Cavendish à travers une fenêtre en verre poli, d'un seul coup de poing. Arnie ne l'avait pas vu venir, ça, c'était sûr et certain. Par la suite, Deacon avait eu peur de Jim durant des années. Certes, il n'avait jamais levé la main sur lui, mais la menace planait en permanence.

En arquant simplement un sourcil, Jim avait encore le pouvoir de renvoyer Deacon à son état d'adolescent maigrichon et mal dans sa peau. Et, pour l'heure, son oncle le considérait précisément avec cette expression.

Sans un mot, Deacon leva les sacs qu'il portait. Skyline Coneys dans une main et Greater's ice-cream de l'autre. Les hot-dogs au chili étaient un classique des spécialités de Cincinnati, et pour la glace il avait choisi le parfum préféré de sa tante.

Jim évalua l'offrande puis, d'un signe de tête, l'invita à entrer. Deacon le suivit dans la cuisine, leva deux doigts, puis regarda Jim sortir deux assiettes du placard et les installer sur la table.

En silence, Deacon posa deux hot-dogs à la sauce chili dans chaque assiette, puis montra à son oncle l'emballage de la glace pour lui permettre de vérifier qu'elle était bien sans sucre, avant de poser le pot dans le congélateur.

— Au moins, tu n'essaies plus de la tuer, grommela Jim.

Deacon se retint à grand-peine de lever les yeux au ciel. Le médecin de Tammy avait limité sa consommation de sucre, mais le sarcasme de son oncle visait plutôt la dispute qui l'avait opposé à Greg, plus tôt dans la journée.

— Je n'essayais pas non plus de la tuer, cet après-midi. Je me suis laissé emporter. Je te présente mes excuses.

Jim s'installa à table et engouffra un Coney en trois bouchées.

— Tu manges ?

— Non. Je ne peux pas rester. Un de mes témoins se fait soigner aux urgences et je dois y retourner. Je suis juste passé prendre des nouvelles de Tammy et parler à Greg.

Jim secoua la tête, sa bouche formait une ligne mince et dure.

— Ce gamin est en train de la tuer. Il lui brise le cœur.

— Je sais, reconnut Deacon en prenant l'assiette qu'il destinait à Greg. Demain, ne le laisse pas filer avant son rendez-vous avec la principale. Je suis désolé. Je ne peux pas le mettre ailleurs.

— Et, votre fameuse maison, elle est presque prête ?

— Presque. Ce sera terminé à la fin de la semaine, comme promis. On va déménager les affaires de Greg, ce week-end.

— Veille à ce que ce soit fait.

Grinçant des dents, Deacon quitta son oncle et monta l'escalier. Devant la porte de la chambre de Greg, il appuya plusieurs fois sur l'interrupteur. Si son frère ne portait pas sa prothèse auditive, inutile de frapper, le jeune homme n'entendrait pas.

N'obtenant pas de réponse, Deacon essaya la porte, surpris de la trouver ouverte. Allongé sur son lit, Greg regardait le plafond, s'amusant à lancer et à rattraper un ballon de basket. Il regarda les sandwichs, puis Deacon.

— Tu es branché ? demanda Deacon en touchant sa propre oreille.

Greg posa et alluma ses prothèses, avec un soupir à fendre le cœur.

— Quoi ?

— T'as faim ? rétorqua Deacon, un rien goguenard.

Il posa l'assiette sur la table de nuit, puis marcha jusqu'à la fenêtre et contempla l'extérieur, les mains fourrées dans les poches, essayant de prévoir ce qu'il allait dire. Derrière lui, il entendait Greg déballer un Coney.

— Pourquoi tu fais ça ? demanda le garçon, la bouche pleine.

— De quoi parles-tu ?

— Te poster devant la fenêtre et regarder dehors. Tu fais ça depuis que je suis petit.

Deacon s'assit sur le lit, choisissant un angle qui permettait à Greg de voir son visage.

— De l'autre côté de l'allée, c'était ma chambre, dit-il en indiquant du pouce la fenêtre, derrière lui. Mais tu le sais déjà.

Avant la mort d'Arnie Cavendish dans une bagarre de bar, Dani et Deacon vivaient dans la maison voisine. Puis Deacon, sa mère et sa sœur avaient emménagé avec Tammy, Jim et Adam, jusqu'à l'arrivée de Bruce Novak dans leur vie. Bruce avait été un bon mari pour sa mère et il les avait adoptés, Dani et lui, pour qu'ils n'aient plus jamais à prononcer « Cavendish » à haute voix.

— Pendant presque quatre ans, j'ai partagé cette chambre avec Adam, ajouta Deacon. Mais l'ancienne m'a toujours manqué. J'avais posé des étoiles phosphorescentes au plafond.

Les nouveaux locataires les avaient enlevées et jetées. Deacon avait vu cela comme un symbole de leur situation. Dani, sa mère et lui-même n'avaient plus de toit, ils dépendaient du bon vouloir des autres. En particulier de celui de leur oncle Jim.

A l'époque, Deacon était furieux parce que Jim était justement le propriétaire de leur maison. Plus de vingt ans plus tard, il était encore en colère, mais pour d'autres raisons. Maintenant, il comprenait que Jim et Tammy n'étaient pas riches, que l'argent du loyer leur permettait de rembourser le prêt. En réalité, ils n'avaient acheté la maison que pour une seule raison : permettre à sa mère d'avoir un endroit décent où vivre, alors qu'elle était enceinte de lui. A l'époque, Arnie avait prétendu ne pouvoir se permettre qu'un logement social pour abriter sa famille. Deacon savait aussi qu'après la mort d'Arnie sa mère ne pouvait plus payer le loyer sur son unique salaire. Alors, Jim n'avait pas eu d'autre choix que de louer à des étrangers.

Deacon reprochait encore à Jim de ne jamais avoir pris le temps d'expliquer la situation au petit garçon maigrichon qu'il était alors, pour lui faire comprendre qu'il était le bienvenu et non un fardeau. Dans l'esprit de Jim, Deacon aurait dû se satisfaire d'avoir un toit au-dessus de la tête et le ventre plein. Les explications étaient superflues.

Greg eut un rire narquois.

— Des étoiles phosphorescentes. T'étais vraiment coincé, vieux.

— Et je le suis encore. Ecoute, j'ai pas beaucoup de temps. Je voulais te présenter mes excuses. Pas pour t'avoir parlé de ton exclusion, mais pour la manière dont je l'ai fait. Je n'aurais pas dû laisser la colère prendre le dessus.

Les yeux de Greg, un bleu et un marron, comme ceux de Dani, s'écarquillèrent brièvement de surprise. Puis, il haussa les épaules.

— Si tu le dis, D. On s'en tape.

— Oh ! non. Aujourd'hui, j'ai été tenté de me faire comprendre à coups de poing. Je suis aussi désolé pour ça.

Un frémissement choqué échappa à Greg, vite couvert par un ricanement et un nouveau haussement d'épaules.

— Je t'en aurais mis une aussi.

— C'est justement ce que je veux dire. Si tu avais riposté, comment tu penses que tout ça se serait terminé ?

— T'aurais fini à l'hosto, dit Greg avec suffisance. Je t'aurais démonté.

Deacon secoua la tête, l'air grave.

— Pas encore. D'ici un an ou deux peut-être. Pour l'instant, je suis encore plus costaud que toi, mes poings sont plus gros que les tiens et je suis entraîné à m'en servir. Je t'aurais plus amoché que le contraire. Ça n'aurait pas été bien. Et je n'aurais jamais pu revenir en arrière.

— Tu veux que je dise que je suis désolé de t'avoir crié dessus, c'est ça ? Dans tes rêves.

Deacon eut une petite grimace.

— Se hurler dessus mutuellement, je ne vois pas plus pourri comme manière de reprendre contact. Sans compter que, de mon côté, c'est une perte d'énergie inutile, puisqu'il te suffit de débrancher tes prothèses et de me laisser me fatiguer tout seul.

Greg lui adressa un grand sourire.

— J'ai cru que les veines de ton cou allaient péter d'un instant à l'autre.

— Moi aussi, répondit Deacon en riant un peu jaune, puis il reprit son sérieux. A cause de nous, tante Tammy était dans tous ses états.

Le sourire de Greg disparut comme une brume balayée par le vent. Son expression glaciale rappela à Deacon celle de Jim.

Deacon soupira. *Je n'aurais jamais dû permettre à Jim de l'élever.* Malgré son désir de prononcer ces mots à haute voix, il s'en abstint. Greg avait déjà suffisamment de problèmes avec le respect, pour éviter de lui fournir des munitions supplémentaires contre leur oncle. Jim avait permis à Tammy de recueillir et d'élever Greg comme son fils. Il s'était assuré que le garçon avait de quoi manger, de quoi s'habiller et soit scolarisé, il s'était occupé de ses appareils dentaires et de ses prothèses auditives...

Au moins pour tout cela, l'homme méritait le respect.

Deacon se plaisait à croire qu'il aurait fait un meilleur tuteur pour Greg. C'était peut-être le cas à l'heure actuelle. Mais le gamin de dix-huit ans qu'il était à l'époque, avec un nourrisson ? Impossible de savoir comment les choses auraient tourné. Sa tentative pour obtenir la garde de Greg s'était soldée par un avertissement tout à fait clair de Jim, qui lui avait promis de l'écraser au tribunal. *Comme une punaise*, selon les termes exacts de son oncle.

— J'avais pas l'intention de la bouleverser, dit Greg.

— Je sais, murmura Deacon, s'accrochant à cette petite lueur d'espoir. Tu en as parlé à Tammy ?

Greg retrouva son expression effrontée.

— Non. Et pourquoi je devrais le faire ?

— Parce qu'elle t'aime et qu'elle t'a toujours aimé. Parce que tu n'es pas obligé de jouer les durs avec elle. Parce que c'est la chose à faire... Comment tu t'es embarqué dans cette bagarre, à l'école ?

Greg leva les yeux au ciel.

— C'est *maintenant* que tu me demandes ça ?

— Ouais, parce que tout à l'heure, en partant d'ici au volant de ma voiture, je me suis rendu compte que je t'avais rien demandé. Je me suis contenté de hurler. Alors, pourquoi ?

Greg détourna de nouveau les yeux.

— Ils l'ont bien cherché. Ils ont fini par me faire péter les plombs.

— Tu t'es fait brutaliser ?

Greg leva le menton, manifestement, il rassemblait son courage avant d'affronter le regard de Deacon.

— C'est ça.

Deacon fut troublé, cette réponse laconique cachait autre chose. Son frère avait peur, c'était incontestable.

— Pourquoi tu n'en as pas parlé à un professeur ? Pourquoi vouloir régler ça par toi-même ?

— Comme si les profs en avaient quelque chose à foutre, marmonna Greg. Je suis assez grand pour m'occuper de mes affaires.

— Et ça a super bien marché, pas vrai ? souligna Deacon, avec affection. Écoute, je passerai te chercher demain pour ton rendez-vous avec Mme Pohl. Ne sois pas en retard. Tu devrais en profiter pour commencer à emballer tes affaires, dès demain. On déménage samedi.

Il se dirigea vers la porte, s'arrêta, la main sur la poignée, se retourna et chercha le regard de Greg.

— Je ne t'aurais pas frappé aujourd'hui. Je ne te frapperai pas à l'avenir. Tu as ma parole. Je veux que tu saches que tu es en sécurité avec moi.

Greg bondit de son lit sans crier gare et marcha jusqu'à la fenêtre, regardant à l'extérieur comme Deacon l'avait fait précédemment.

— C'est ça, dit-il, les bras étroitement croisés sur sa poitrine.

Deacon sentit une bouffée d'inquiétude l'envahir.

— Qu'est-ce qu'il se passe, Greg ? Quelqu'un t'a frappé ?

— Non. Ça va. Pas la peine de t'inquiéter pour moi. Merci pour les Coneys.

Il enleva ses prothèses et les jeta sur le lit.

— Je suis fatigué. On se voit demain.

Deacon ne voulait pas en rester là. Il traversa la pièce et se posta près de son frère, à un endroit où tous deux pouvaient voir leur reflet dans la vitre.

— Est-ce que Jim te frappe ? demanda-t-il, articulant les mots pour que Greg puisse lire sur ses lèvres.

Celui-ci en resta bouche bée, visiblement ébahi.

— Non. D'où tu sors une idée pareille ?

Je fais ce boulot depuis trop longtemps, songea Deacon. La surprise de Greg semblait sincère. Peu importe ce qui se passait, le problème ne se posait pas à la maison.

— D'accord. A demain.

Après avoir dit bonsoir à Jim, qui lui répondit d'un grognement, Deacon quitta la maison. Quand les deux vieilles dames qui vivaient de l'autre côté de la rue lui jetèrent un coup d'œil à travers leurs rideaux, il les salua d'un signe de tête.

Des sentinelles, songea-t-il et, une fois encore, il regretta que personne n'ait été là pour Arianna, ce soir-là.

Cela dit, il y avait eu effectivement quelqu'un. *Faith Corcoran.* Tout en faisant démarrer son SUV, Deacon vit surgir l'image du visage de Faith. Ses yeux verts troublés. Les mains sagement croisées sur ses cuisses pour masquer leur tremblement, pendant qu'elle lâchait cette petite bombe. *Parce que c'est moi qui ai commencé à l'épier la première.*

Qu'est-ce qu'elle avait voulu dire par là ? Il fallait éclaircir ce chapitre.

Il vérifia rapidement son téléphone. Il y avait peut-être eu du nouveau pendant qu'il discutait avec Greg. Pas grand-chose. Tanaka continuait son travail et Adam se trouvait encore avec le shérif Palmer, qui avait fait venir une brigade canine de recherche. Toujours aucune trace de Corinne Longstreet.

Il réserva pour la fin un mail de Dani, dont l'objet était « Ton témoin ». S'attendant à voir une liste des blessures de Faith, il fut surpris de découvrir une série de liens vers un forum de victimes. Il consulta le réveil de son tableau de bord. La demi-heure était presque écoulée et il fallait repartir pour l'hôpital. Mais ces liens attisaient trop sa curiosité pour qu'il repose son téléphone tout de suite. Ça ne prendrait qu'une petite minute. Ensuite, il serait temps de se remettre en route.

Est du Kentucky
Lundi 3 novembre, 23 h 10

Le bourdonnement de son téléphone perturba son rythme et la pelletée de terre qu'il lançait par-dessus son épaule retomba trop loin du tas. C'était une notification de son appli de traçage l'informant que la jeep rouge de Faith était de nouveau en mouvement. Le véhicule s'éloignait de la maison et roulait vers la ville. Au moins une chose se passait comme prévu, ce soir.

Il était temps d'en finir avec cette femme une fois pour toutes. Avant qu'elle rentre dans la maison et ne gâche tout.

Dépêche-toi de terminer ton boulot. Il devait regagner la ville mais, avant toute chose, s'occuper de son chargement. Le trou n'était pas tout à fait aussi grand qu'il l'aurait voulu, mais ferait l'affaire.

Il avait trouvé une brouette posée contre un des murs et la poussa vers le fourgon. Il chargea d'abord le corps du technicien de l'électricité, puis le transporta jusqu'à la fosse.

Excellent. Il restait toute la place nécessaire pour y loger le serrurier et l'intrus amateur de ragoût.

Il s'empressa de terminer et, une fois que les deux autres eurent rejoint le premier, il reboucha la tombe improvisée. Les cadavres étaient dissimulés sous vingt centimètres de terre, juste assez pour confiner l'odeur et ne pas attirer les charognards. Surtout lorsqu'il aurait replacé les lattes du plancher.

Pour finir, il piétina le sol plusieurs fois, s'assurant de l'absence d'irrégularités et qu'aucun écho ne signalait un espace creux. Il lui restait encore à déblayer la terre superflue, mais il pourrait s'en charger après s'être occupé de Roza et de Corinne. *Et de Faith,* songea-t-il avec un froncement de sourcils. Son absence ne devrait pas être longue, le nettoyage attendrait son retour. Mieux encore, il en ferait la première corvée de Roza à son réveil.

Pour l'instant, c'était au tour de Corinne. Derrière la cabane, il avait trouvé une double porte qui ouvrait sur un silo à pommes de terre. Dans la cave, l'espace était si réduit qu'il y tenait à peine debout, mais ça conviendrait très bien. Corinne Longstreet l'attendrait ici, confortablement installée. Quant à Roza, il la laisserait à l'intérieur, correctement attachée, bien sûr. Dorénavant, il n'était plus question de la laisser approcher ses captives. Il ne voulait pas être obligé de la tuer, elle aussi.

10

Cincinnati, Ohio
Lundi 3 novembre, 23 h 55

>>SuzyQ253 : Ce qu'il t'a fait était le mal à l'état pur. Dis-le à quelqu'un. Demande de l'aide.

>>Jen1394 : Tu ne comprends pas. Je peux en parler à personne. Je peux pas en parler à ma prof. Elle préviendra les flics. Et je peux vraiment pas en parler à ma mère. Elle me foutra dehors. Elle l'a déjà fait avec ma sœur. Mais il est toujours là. Ma mère ne lui demandera jamais de partir.

Deacon fronça les sourcils quand le texte disparut de l'écran, remplacé par le signal d'un appel entrant. Il avait été captivé par ces posts de victimes exposant leur angoisse devant leurs pairs dans un forum. Des vraies victimes qui avaient été traitées par une thérapeute appelée Faith.

Il sortit en marche arrière de l'allée de Tammy et prit la direction de la ville.

— Novak.

— C'est Bishop. Je suis toujours à King's College. On a fini par avoir la vidéo. Le grain des images est assez grossier, mais on a localisé l'endroit où les filles ont disparu. C'est sur le trajet entre la bibliothèque et les résidences. Une section qui n'est pas couverte par la vidéosurveillance.

— On aurait pu s'y attendre. Sabotage délibéré, problèmes techniques ordinaires ou mauvaise organisation ?

— Deux et trois, à mon avis. J'ai parlé à une étudiante qui a évoqué les problèmes de sécurité du campus sur son blog, pour que l'administration agisse en conséquence. Elle a publié une liste de tous les endroits qui se trouvent en dehors des champs des caméras, à titre d'avertissement pour les autres étudiants.

— Ou de mode d'emploi pour le ravisseur.

— Exactement. J'ai sécurisé la zone et j'ai posté des agents. Tanaka a réquisitionné tous les projos pour la maison de Corcoran, alors nous devrons attendre demain matin pour analyser la scène. Mais l'enlèvement remonte déjà à quelques jours et c'est un lieu public, donc je ne suis pas sûre qu'on trouve des preuves, mais on regardera quand même.

— Et leurs chambres, leurs amis ?

— J'ai fouillé les chambres et j'ai demandé à la scientifique d'emballer leurs affaires pour les emporter au labo. Pour l'instant, je n'ai trouvé personne proche de Corinne Longstreet. Elle est plus âgée que les autres étudiants et assez réservée, semble-t-il. Selon la compagne de chambre d'Arianna, aucune des deux filles n'avait l'habitude de sortir. Corinne est une ancienne de l'armée, mais elle n'a fait que la moitié de son temps en Afghanistan, avant d'être réformée pour raisons de santé. J'ai demandé son dossier et, à première vue, ce n'est pas pour des motifs psychiatriques. J'ai trouvé des flacons de médicaments prescrits et des vitamines. Assez pour remplir une putain de pharmacie.

— Des antidouleurs ?

— Non. Attends, je te donne la liste. Il y a du Prednisone, de l'Endoxan, du Rituxan, du Méthotrexate, du Bactrim et du Fosamax. Plus un gros flacon de vitamines B9 et d'autres vitamines en vente libre. J'espère que l'arrêt de son traitement ne mettra pas sa vie en danger.

— Envoie-moi cette liste par SMS et je poserai la question au toubib des urgences, quand elle aura fini de recoudre Corcoran. Elle pourra peut-être nous donner le nom de la maladie dont souffre Corinne. Si on se fonde juste sur le Prednisone, ça pourrait être une maladie immunodépressive ou encore de l'arthrite. Quoi qu'il en soit, elle a peut-être manqué d'énergie pour s'opposer à son ravisseur et se sauver comme Arianna.

— Ou elles ont peut-être pu s'évader toutes les deux, mais Corinne n'a pas pu aller aussi loin qu'Arianna. C'est bien ce que j'ai pensé en découvrant tous ces flacons de médocs. Kimble a dit qu'ils n'avaient trouvé aucune trace d'elle.

— Et Arianna. Que t'a dit sa colocataire ?

— La coloc s'appelle Lauren Goodwin. C'est une première année, comme Arianna. D'après elle, Arianna et Corinne se sont rencontrées en cours d'art et sont devenues tout de suite les meilleures amies du monde. Quand Arianna n'est pas rentrée le vendredi soir, Lauren a pensé qu'elle était partie avec Corinne pour le week-end. C'est seulement ce soir qu'elle s'est inquiétée en constatant qu'Arianna n'était toujours pas là. Il s'avère que les parents de Lauren ont adopté Arianna, ils ont été appelés à l'hôpital. En revanche, Corinne n'a aucune référence familiale sur son dossier de l'université. J'espère que son dossier de l'armée sera plus complet. Voilà ce qu'on a jusqu'à présent. Et toi, comment tu as trouvé notre Bon Samaritain ?

— Différent de ce à quoi je m'attendais, répondit Deacon d'un ton réservé. Le type qui la harcèle s'appelle Peter Combs. Au fil de l'année dernière, elle a déposé trente plaintes contre lui. J'ai demandé à la police de Miami de me les transmettre mais, jusqu'à présent, *nada*. Apparemment, ce Combs la haïssait assez pour avoir essayé de la tuer au moins deux fois.

Bishop poussa un sifflement grave.

— Merde. Et pourquoi ?

Parce que c'est moi qui ai commencé à l'épier la première.

— J'allais justement le découvrir quand la toubib est arrivée pour lui faire des points de suture. Si j'ai bien compris, elle n'a pas accepté Peter Combs ou les autres délinquants en thérapie parce qu'elle le souhaitait ou qu'elle croyait à leur réinsertion. A l'entendre, elle a accepté parce que les seuls soins auxquels les victimes avaient accès étaient ces thérapies ordonnées par le tribunal.

— J'imagine que ça se défend, même si la logique est franchement tordue. Cela dit, on n'a que sa parole là-dessus.

Deacon ne manqua pas l'avertissement qui sous-tendait la dernière remarque de Bishop.

— Je sais. Et le gars en question pourrait se trouver à Miami et n'avoir aucun lien avec l'affaire d'Arianna et Corinne. Mais quelque chose me dit qu'ils sont tous connectés.

— Ton fameux instinct ?

Bishop avait emprunté le ton de la plaisanterie, sans se moquer pour autant. Leur association ne datait que d'un mois, mais l'instinct de Deacon avait déjà prouvé son efficacité. Il se trompait rarement sur les gens.

— Un truc dans ce genre-là. Tu as prévu autre chose ?

— Je retourne au labo jeter un coup d'œil sur ce que nous avons collecté dans les chambres. Je tomberai peut-être sur un élément qui m'indiquera si ces filles avaient un petit ami, ou prévu de rejoindre quelqu'un. Et toi ?

— Quand Corcoran aura fini de se faire soigner, je la raccompagne à son hôtel. Au cas où mon instinct me raconte n'importe quoi, je vais poster une voiture de patrouille devant, mais je ne pense pas qu'elle soit directement impliquée. Ensuite, je vais repartir pour la maison. Tanaka travaille là-bas depuis six heures. Je veux voir ce qu'il a trouvé.

Le téléphone de Deacon vibra.

— Ne quitte pas, j'ai un SMS qui vient d'arriver. Il faut que je trouve un endroit où m'arrêter.

— Moi aussi, je viens d'en recevoir un. Le tien vient d'Adam ?

Deacon jeta un coup d'œil à son téléphone pour vérifier.

— Ouais. Lis-le-moi, répondit-il, soulagé que son cousin ait choisi de lui envoyer un message plutôt que de lui passer un coup de fil.

Il n'était pas prêt à communiquer directement avec Adam. Pas encore.

— Aucune trace de Longstreet, mais ils ont trouvé la route que le ravisseur a empruntée pour fuir. Une piste dont l'entrée était cachée par des buissons. Elle débouche sur Kellogg Avenue, le long du fleuve.

— Ce qui veut dire qu'il peut se trouver n'importe où, dit Deacon. Où sont les caméras de surveillance de la circulation ?

— Sur ce tronçon de la 52, il y a une station-service près de l'entrée de l'autoroute.

— Bien sûr, ça ne va pas servir à grand-chose tant qu'on n'aura pas une marque et un modèle de véhicule, mais je préfère prévoir. Il ne reste qu'à espérer qu'Arianna sera en mesure de nous donner une description de son ravisseur et du véhicule à son réveil.

— Il faudrait savoir s'ils ont vérifié les endroits où on a accès au fleuve, dit Bishop. Comme l'a souligné ton Bon Samaritain, notre criminel est parti avec trois victimes. Le type de l'électricité, Corinne et peut-être le serrurier, s'il était au rendez-vous. Il y a de bonnes chances qu'il ait balancé les cadavres à l'eau. Attends, je reçois un autre SMS.

Bishop grommela un juron indistinct.

— Le serrurier était bien là-bas, reprit-elle plus calmement. Adam vient de trouver son véhicule.

— Merde. Je passerai voir sa famille en retournant à la maison O'Bannion.

— Et si on lançait une recherche sur le harceleur de Corcoran ? suggéra Bishop.

— C'est déjà fait. D'un autre côté, je n'ai eu personne de Miami. J'ai laissé un message à leur bureau pour demander à la personne chargée du dossier de Faith de m'appeler.

Bishop laissa passer un bref temps de silence, avant de se décider.

— Et *Faith* ne t'a pas dit qui était chargé de son affaire ?

Deacon réprima son mouvement d'humeur instinctif. A la place de Bishop, il aurait posé la même question.

Il se rendit compte que, même si cela ne remontait qu'à quelques heures, à ses yeux, Faith Corcoran n'était plus une suspecte ni même un témoin. Il la considérait comme quelqu'un qu'il avait la responsabilité de protéger.

Et, ça, ça n'allait pas du tout.

— Non, elle ne l'a pas fait. Pas encore. Quand j'aurai reçu les rapports, je te les transmettrai. Appelle-moi si tu as quelque chose de nouveau.

Est du Kentucky
Mardi 4 novembre, 0 h 10

Je vous en prie, faites qu'il soit parti. Corinne était à l'agonie. Chaque os, chaque articulation, chaque centimètre de son corps était douloureux. Ses épaules et ses bras avaient été durement éprouvés par ses efforts pour tenter de cisailler cette satanée corde. Ensuite, il l'avait transférée sans ménagement de la fourgonnette à une brouette comme si elle était un simple sac de patates. Elle avait dû mobiliser toute son énergie pour ne pas laisser échapper un seul son. Pas même un tressaillement.

Elle avait serré les dents pour résister à la douleur, espérant qu'il faisait assez sombre pour qu'il ne remarque rien. Espérant qu'il serait trop pressé pour voir que ses liens étaient effilochés après ses tentatives pour les trancher. Ou que le ruban adhésif n'était pas exactement à l'endroit où il l'avait posé, car elle avait hâtivement fait retomber son bandeau sur ses yeux d'un preste mouvement de la nuque, qui lui avait donné l'impression d'être une vieille de quatre-vingt-cinq ans venant de recevoir le coup du lapin.

Mais lorsqu'il avait renversé la brouette pour la décharger et qu'elle avait dégringolé une courte volée de marches… Oh ! mon Dieu, ça avait été le moment le plus pénible. Là encore, elle avait réussi à ravaler un cri de frayeur. Et de douleur. En tout cas, presque. Une petite plainte lui avait cependant échappé et elle priait pour qu'il n'ait rien entendu.

Par bonheur, elle avait atterri face contre terre. Dans le cas contraire, il aurait vu les larmes qu'elle n'avait pu contrôler. Moins d'une minute plus tard, il était reparti et elle avait pu enfin se permettre une plainte.

L'atmosphère était glaciale. Elle n'avait pas de manteau, mais au moins il lui restait ses chaussures et le pull qu'elle portait le soir de son enlèvement. Le vêtement épais et chaud avait des manches assez larges pour dissimuler le canif qu'elle avait pris dans la poche du vieil homme.

Le vieil homme mort. *Ne pense pas à lui. Pas encore. Attends d'être sortie d'ici.*

Elle s'imposa le silence et tendit l'oreille. De toutes ses forces. Elle n'entendait rien. Elle n'avait perçu aucun bruit depuis qu'il était parti avec le fourgon… Cela faisait combien de temps, maintenant ? Peut-être dix minutes, peut-être une heure. Difficile à dire. Et si c'était un piège ?

Peu probable. Et puis, à rester allongée là sans rien faire, elle finirait par mourir de froid.

Après avoir roulé sur elle-même pour s'asseoir, Corinne agita le bras jusqu'à ce que le couteau glisse de sa manche. Un dernier bon coup devrait faire l'affaire. Elle serra les dents, visualisa son objectif et parvint à donner l'ultime coup de lame. Elle était libre. *Libre.*

Les doigts tremblants, elle arracha le ruban adhésif qui l'aveuglait et nettoya son visage maculé de terre. En haut du petit escalier, deux battants inclinés fermaient le local.

Un abri souterrain, songea-t-elle. Les scènes du *Magicien d'Oz* qui se déroulaient chez la tante de Dorothy traversèrent son esprit. Elle était dans un de ces silos à racines, où l'on se réfugiait en cas de tempête.

Où est la petite ? Il avait dû la mettre ailleurs, parce qu'elle n'était pas là.

Un frisson secoua durement son corps, elle claqua des dents. Elle remua les bras et frotta ses mains l'une contre l'autre pour faire circuler son sang. Les articulations de ses doigts étaient raides, en partie à cause du froid, en partie parce qu'elles avaient été attachées et en partie à cause de la maladie qui venait juste d'être mise sous contrôle. Combien de doses de son traitement avait-elle manquées ? Combien de temps cela lui prendrait-il pour réparer les dommages, cette fois ?

Espèce de sale enfoiré. Il n'allait certainement pas tarder à revenir. Il ne pouvait pas la laisser très longtemps dans cette situation et espérer la trouver vivante à son retour. *Alors bouge-toi le cul, Corinne.*

Elle tâta le sol à la recherche du couteau de poche et grimaça lorsque ses doigts désormais brûlants entrèrent en contact avec la terre glacée. Elle se plia en deux et s'attaqua aux cordes qui liaient ses chevilles. Elle sciait ses liens depuis une trentaine de secondes quand elle leva brusquement les yeux vers le haut de l'escalier et les deux battants inclinés, se souvenant du bruit métallique qui avait retenti après qu'il avait claqué les portes.

Une chaîne. Le salopard l'avait enfermée.

— Comment je vais faire pour sortir de là ? murmura-t-elle à l'obscurité, découragée.

Je vais mourir ici.

Non. Hors de question. Elle n'avait pas survécu à une zone de guerre en Afghanistan pour venir mourir à la maison, dans un silo crasseux. *Petit à petit, Corinne. Tu peux manger un éléphant une bouchée à la fois.* C'était devenu le mantra de sa vie, après qu'elle s'était réveillée dans l'infirmerie de l'armée en n'étant plus que l'ombre de la femme qu'elle avait été. *Fais-le pour la gamine. Fais-le pour Arianna.*

Cincinnati, Ohio
Mardi 4 novembre, 0 h 10

Deacon s'arrêta sur le parking des urgences, répondit aux messages d'Adam, puis reprit la lecture des derniers posts du forum des victimes.

>>SuzyQ253 : Demande Faith. Elle s'intéresse vraiment à toi et elle aide beaucoup.

>>Jen1394 : Et après, t'en sors comme neuve, c'est ça ? Ouais, c'est un tas de conneries.

>>SuzyQ253 : Je ne suis pas comme neuve. Mais je ne suis plus brisée, non plus.

De toute évidence, Faith se souciait des victimes. *C'est moi qui ai commencé à l'épier la première.* Deacon en était à se demander jusqu'où l'avait entraînée sa volonté d'aider ces jeunes femmes.

Il traversait le parking, lorsqu'il entendit Dani l'appeler. Elle faisait les cent pas devant l'entrée des urgences, uniquement vêtue de sa blouse, les mains nichées sous ses aisselles pour se protéger du froid.

— Qu'est-ce que tu fabriques par ici ? Où est ton manteau ?

— A l'intérieur. J'attends un blessé par balle. Faith est en bas, dans la salle où je l'ai laissée. Tu as reçu les liens que je t'ai envoyés ?

Il acquiesça.

— Ouais, je les ai eus. Tu lui as dit ce que tu avais trouvé ?

— Oui. Je lui ai aussi dit que tu étais un type bien. Tu es prié de ne pas me faire mentir.

Deacon l'embrassa sur la joue.

— C'est promis.

Dani ferma les yeux et se serra contre lui, blottie sous son menton.

— Je suis contente que tu sois rentré, chuchota-t-elle. Tu m'as vraiment manqué. Te voir à Noël, ça ne m'a jamais suffi.

Deacon en eut le cœur serré, pris entre l'affection et la culpabilité. Il avait laissé Dani endosser bien trop de responsabilités.

— Moi aussi, tu m'as manqué, gamine.

Son téléphone signala l'arrivée d'un message. Bishop lui avait envoyé la liste des médicaments de Corinne. Il montra l'écran à Dani.

— Tu saurais me dire quelle maladie ces médicaments pourraient soigner ?

Elle parcourut rapidement la liste.

— C'est la prescription de la victime que Faith Corcoran a trouvée ?

— Non, celle de son amie, celle qui est toujours portée disparue. On a affaire à quoi ?

— C'est une maladie qui affecte le système immunitaire. Ça, c'est certain. Attends, je consulte mon appli de pharmacopée. Ah, j'avais raison. Elle pourrait avoir une PR ou un Wegener.

— Je connais la polyarthrite rhumatoïde. Mais Wegener ?

— La granulomatose de Wegener. En règle générale, ça s'attaque aux reins, au foie ou aux voies respiratoires supérieures. Parfois, ça restreint la circulation sanguine ou cause une inflammation susceptible de détruire les organes. Voire les deux.

— Ça peut être mortel ? Contagieux ?

— Ce n'est pas contagieux. En revanche, en l'absence de traitement, ça peut s'avérer mortel. Le plus souvent, les reins lâchent.

— Combien de temps peut-elle tenir sans ses médocs ?

— Ça dépend du niveau de contrôle de la maladie. Avec toute cette liste ? Je dirais qu'elle n'est pas encore en rémission. Dans ce cas, elle ne tiendra pas bien longtemps. Elle commencera par avoir les articulations douloureuses et du mal à respirer. Mais, si on se fonde sur l'état de la victime que vous avez amenée tout à l'heure, sa situation actuelle est un risque plus grand que sa maladie. Dans tous les cas, vous jouez contre la montre.

— C'est ce que je voulais savoir, dit-il avant de lui donner un autre baiser sur la joue. Merci, gamine. On se voit demain matin. Je ne suis pas certain de pouvoir rentrer cette nuit.

— Moi non plus.

— Qu'est-ce que tu fabriques encore ici ? Tu ne peux pas rentrer tout de suite ?

— Le blessé par balle est sourd.

Et Dani signait couramment. Elle et Deacon avaient pris des cours quand Greg était enfant, mais Dani était restée à la maison avec Greg quand Deacon s'était engagé au FBI. Privé d'occasions de pratiquer, Deacon avait oublié presque tout ce qu'il savait. Heureusement, Greg était doué pour lire sur les lèvres et vocaliser, mais Deacon avait le projet de se remettre à la langue des signes, lorsque la maison serait terminée.

— C'est grave, ton blessé ? demanda-t-il.

— Ils lui ont tiré dessus, lâcha Dani, exaspérée. C'est déjà assez grave. On se demande ce qu'ils attendent pour entraîner les flics à reconnaître les handicaps ? Ah, ils arrivent, il faut que tu y ailles.

Elle partit en courant.

— Oh ! jeta-t-elle par-dessus son épaule. N'oublie pas de frapper avant d'entrer dans le bureau. J'ai apporté à Faith de quoi se changer.

Il regarda Dani entrer en action, fier et impressionné par sa compétence de médecin, puis il se dirigea vers la petite salle d'examen du bas, où attendait Faith Corcoran.

Où elle se changeait.

Deacon cligna plusieurs fois des paupières pour dissiper le déluge d'images inappropriées qui peuplait son esprit. Il pressa plusieurs boutons sur son téléphone pour afficher l'image d'Arianna, battue et couverte de sang. C'était plus que nécessaire pour lui procurer le sursaut dont il avait besoin pour se concentrer. Ce cliché avait aussi affecté Faith.

C'était cette photo qui l'avait décidée à révéler son secret.

Parce que c'est moi qui ai commencé à l'épier la première. Ça s'annonçait intéressant.

***

Cincinnati, Ohio
Mardi 4 novembre, 0 h 25

Le cœur de Deacon se serra douloureusement en découvrant le visage strié de larmes de Faith. *Elle est toujours aussi belle,* songea-t-il. Peut-être encore plus depuis qu'il avait lu les posts de ses anciennes patientes, dont la sincérité ne faisait aucun doute. Il dut réprimer une envie de lui caresser les cheveux, de la réconforter.

Je suis dans les ennuis jusqu'au cou. J'aurais dû la confier à Bishop. Mais il ne voulait pas. Ce qu'il voulait, c'était entendre son histoire. Il avait besoin de comprendre pourquoi un délinquant sexuel la haïssait si passionnément.

— Je suis prête à aller au central. Ou à votre antenne locale. Peu importe.

L'instinct de Deacon lui avait aussi dit qu'il obtiendrait plus d'elle dans un environnement moins stressant. Et… il voulait la garder pour lui seul encore un petit moment.

— Nous pouvons rester, si vous voulez. Vous n'êtes pas suspecte.

— Pas encore.

Elle attendit qu'il s'asseye.

— J'aime être une thérapeute. J'aide les autres.

Cet enchaînement parut insolite à Deacon.

— Alors, quittez la banque et reprenez votre métier.

— Je le ferai peut-être. Plus tard. Evidemment, en dernier ressort, ça dépendra de vous.

— Comment ça ? demanda-t-il tout en se doutant de la réponse. Qu'avez-vous fait, Faith ?

— Ce que je pensais juste.

Elle chercha son regard. Il lut dans les yeux verts une farouche détermination, qu'elle n'hésita pas à exprimer aussi en paroles.

— Je ne peux pas supporter les délinquants sexuels. Je ne peux pas supporter leurs excuses quand ils se font prendre. « Elle m'a provoqué. C'est une petite salope. » Une des « petites salopes » avait quatre ans, Deacon. *Quatre.*

Deacon. Pas agent Novak. Le pouls de Deacon battit plus vite.

— Je sais. J'ai déjà arrêté certains de ces salopards. Malheureusement, ils sont encore nombreux dans les rues.

— Ceux que vous avez arrêtés n'ont probablement pas fait de très longues peines de prison et ils sont nombreux à s'être de nouveau attaqués à des enfants, une fois sortis. Ils deviennent simplement plus malins, ce qui complique la tâche des flics pour les attraper la deuxième fois.

Elle prit une profonde inspiration, comme si elle rassemblait son courage pour continuer :

— Alors, j'ai voulu apporter ma pierre au processus. C'était la seule manière de faire évoluer une mauvaise situation pour en faire quelque chose de vaguement meilleur.

— Qu'avez-vous fait, Faith ? murmura Deacon.

— Je vous l'ai dit. Je les ai épiés. Je gardais un appareil-photo avec un zoom dans ma voiture, en permanence. Je prenais des photos, lorsqu'ils étaient à des endroits où ils n'étaient pas censés se trouver. Les maisons des enfants qu'ils ne pouvaient voir que sous la surveillance du personnel judiciaire. Ou les maisons des enfants de leurs nouvelles petites amies. Ou quand ils traînaient près des cours de récré avec un air gourmand, alors qu'ils ne devaient pas approcher une école à moins de trois cents mètres.

— Que faisiez-vous des photos ?

— Je les donnais à un flic, dit-elle avec une sombre satisfaction.

— Votre ex-mari ?

Il ne voulait pas penser à elle avec son ex. Il ne voulait pas penser à elle avec un autre homme, peu importe lequel. D'ailleurs, il ne devrait pas penser à elle du tout. Mais comment s'en empêcher ? Comment le pourrait-il ? *Prudence, Novak. Tu t'aventures en terrain glissant.*

— Non, souffla-t-elle, comme s'il y avait une foule d'autres choses qu'elle avait choisi de ne pas dire. Je connaissais un flic de la brigade des crimes sexuels. Deb était lieutenant et je suis devenue son informatrice confidentielle.

Il retint le regard de Faith un long moment, pendant que quelque chose s'apaisait en lui. *Voilà* qui voulait dire quelque chose. *Voilà* qui ressemblait à la femme qui avait escaladé pieds nus un talus rocailleux pour porter secours à une fille qu'elle ne connaissait pas. Voilà la femme qui avait monté la garde près d'Arianna Escobar, armée et prête à la défendre.

— Et votre identité a été dévoilée ? demanda-t-il.

— Difficile à dire. Disons qu'on pourrait appeler ça une zone grise. Bien sûr, on peut toujours considérer que protéger les victimes relevait de ma responsabilité mais, en réalité, ces délinquants étaient aussi mes patients. La plupart d'entre eux payaient pour leur propre thérapie. Donc, en envahissant leur vie privée, je contrevenais à la procédure. Dans le meilleur des cas, j'aurais perdu la confiance de l'agence qui m'employait et toute chance d'aider les victimes ou de faire enfermer les récidivistes. J'aurais sans doute aussi perdu mon boulot. Sans compter que les preuves que j'avais apportées en tant qu'informatrice auraient été irrecevables devant le tribunal et affaibli l'accusation. Au pire, je risquais de perdre mon autorisation d'exercer. Mais je ne me suis jamais fait prendre.

Elle lui lança un regard éloquent. *A moins que vous ne me dénonciez.*

Il n'en est pas question, formula-t-il instinctivement. Mais il ne prononça pas cette phrase à haute voix. Impossible de faire cette promesse avant de connaître tous les faits.

— Savez-vous si quelqu'un a eu des soupçons ?

La vraie question était : *Votre ex-mari le savait-il ?*

— Non, personne. J'ai aussi surveillé des délinquants affectés à d'autres thérapeutes. Deb et moi nous sommes débrouillées pour ventiler les affaires. Ça a bien marché.

— Pendant combien de temps ?

— Deux ans. Jusqu'à Combs.

— Et votre mari était au courant ?

Une ombre de souffrance traversa le regard de Faith.

— Non. Il n'a jamais rien soupçonné.

Deacon n'insista pas. Pour l'instant.

— Que s'est-il passé avec Combs ?

— Il a agressé sa belle-fille de douze ans qui, à en croire la mère, ne savait pas se contrôler. Parfois, j'en veux plus aux mères qu'aux délinquants. Elles offrent leurs enfants en sacrifice, juste pour un homme, dit-elle en secouant la tête avec dégoût. Bref, la belle-fille de Combs avait si peur de le voir débarquer dans sa chambre qu'elle n'arrivait plus à dormir. Elle attendait que Combs et sa mère partent à leur travail, puis filait chez une de ses amies. Un jour, Combs l'a suivie et s'est dit que l'amie était une proie fraîche. Il a attendu que la gamine rentre de l'école et que la belle-fille s'en aille.

Deacon détestait par avance la probable conclusion de l'épisode.

— Il s'est aussi attaqué à la deuxième gamine.

— Exactement. La petite a refusé d'en parler à qui que ce soit, mais il fallait que je fasse quelque chose. J'ai essayé d'appeler la mère de cette fillette tout l'après-midi, mais sans succès. Ma dernière consultation était avec Combs, j'ai donc pensé que les deux filles étaient en sécurité. S'il était avec moi, il ne pouvait pas être avec elles, pas vrai ?

— Il n'est pas venu.

— Non. Et moi je *savais.*

— Il s'en prenait à l'amie de sa belle-fille, au moment où il était censé avoir une séance avec vous ? Ça ne me semble pas très malin de courir un risque pareil. Manquer une convocation était une violation de sa conditionnelle.

— On pourrait penser que ces types feraient tous les efforts nécessaires pour se pointer chez leur thérapeute une petite heure par semaine, mais la plupart ne s'en donnent pas la peine. Ils croient qu'ils pourront échapper aux conséquences de n'importe quelle « erreur » par le mensonge. C'est pathologique. Après tout, ils s'en sont déjà sortis pour le viol. Ils ne peuvent quand même pas atterrir en taule pour avoir manqué un petit rendez-vous de rien du tout. Et comment savoir ce qu'ils font pendant cette fameuse heure ? Dans le cas de Combs, je crois qu'il a simplement perdu la notion du temps. La jeune fille qu'il a agressée a déclaré à la police qu'à un moment il avait regardé sa montre et dit qu'il allait être en retard chez « la salope ». Je crois qu'une part de son excitation venait de l'idée de passer me voir pour une séance, alors qu'il venait juste de violer une gosse.

— J'aurais préféré en être surpris, mais j'ai déjà rencontré des comportements similaires. Ils prennent leur pied en commettant le crime, mais rouler les flics dans la farine rend leur jouissance encore plus délicieuse. Alors, que s'est-il passé ensuite ?

— Je suis allée en voiture jusqu'à la maison de l'amie. La voiture de Combs était dans l'allée. Il lui faisait mal et… Je ne pouvais pas le laisser faire ça. Deb m'avait fait jurer de ne pénétrer dans aucun domicile, de laisser les flics s'en occuper. Mais, ce jour-là, quelque chose s'est rompu en moi. J'ai avancé vers la maison avec l'intention de l'arrêter mais, à ce moment-là, Combs est sorti en ajustant tranquillement sa cravate, alors qu'il venait de violer une gamine de douze ans.

La mâchoire de Deacon se crispa, son regard s'arrêta sur la cicatrice qui marquait la gorge de Faith.

— Il vous a vue.

— Non. Je me suis cachée derrière mon véhicule, l'instinct de préservation, sans doute. Mais je l'ai photographié avec mon téléphone. J'ai envoyé le cliché à Deb, qui m'a répondu que la police était en route et que je devais m'éloigner. Elle ne voulait pas me mettre en danger, physiquement ou professionnellement.

Les yeux de Deacon revinrent se poser sur la cicatrice.

— Elle avait raison.

— C'est vrai. J'ai filé tout droit à mon bureau et j'ai appelé l'officier de probation de Combs pour signaler qu'il avait manqué une séance. Le motif était suffisant pour être exclu du programme, ce qui constituait une violation de sa liberté conditionnelle et signifiait le retour en prison. L'officier de probation a appelé Combs. Moins d'une heure plus tard, il s'est pointé à mon bureau avec une excuse bidon. Il avait soi-disant crevé un pneu et était rentré se changer, mais il était prêt pour sa séance.

— La douche avait fait disparaître les preuves, devina Deacon, amer.

— Exactement. Je lui ai proposé un nouveau rendez-vous et je me suis dit que la police le rattraperait. Deb a envoyé une unité chez lui, mais la femme de Combs a eu le temps de le prévenir et il s'est planqué. Le lendemain, il a débarqué à mon bureau avec un couteau, me l'a mis sur la gorge et m'a entraînée dehors. Il me reprochait d'avoir signalé son absence à son officier de probation. Après avoir été arrêté par la police de Miami, il est passé devant le tribunal et a été condamné.

Le récit comportait de nombreuses ellipses mais, pour l'instant, il valait mieux la laisser raconter à son rythme.

— Quelle a été la sentence ? demanda-t-il, puisque c'était là que Faith s'était arrêtée.

— Il a été condamné à dix ans. Il en a fait trois.

Trois sur dix ?

— D'autres juges auraient peut-être prononcé une peine moins lourde. Mais j'ai conscience que ce n'est pas une consolation.

— Non, ça ne console pas, en particulier parce que les dix ans n'étaient pas pour ce que Combs nous avait fait, dit-elle avec amertume. Il a écopé de trois ans pour l'agression et seulement deux fois deux ans pour le viol des gamines de douze ans. Les dix ans étaient une condamnation séparée pour incendie volontaire. Toutes les peines ont été confondues.

Deacon fronça les sourcils.

— Incendie volontaire ? Quel incendie volontaire ?

— Il a mis le feu aux toilettes du bureau pour créer une diversion. Tout le monde a été évacué par les portes de devant, pendant qu'il m'entraînait à l'arrière du bâtiment, dit-elle en fermant les yeux. Je lui ai aspergé le visage avec ma bombe lacrymogène. Il a eu un mouvement brusque et m'a entaillé la gorge.

— Il aurait pu vous tuer, dit Deacon, soulagé d'avoir gardé une voix ferme en énonçant cette possibilité.

— C'était bien son intention, mais avant ça, il avait quelques projets pour moi. Pendant qu'il me traînait dehors, il me parlait de tout ce qu'il s'apprêtait à me faire. Je savais que, si je le laissais m'embarquer dans sa voiture, je finirais dans une tombe peu profonde, au milieu de nulle part, et mon père n'aurait jamais su ce qui m'était arrivé. Alors j'ai fait ce que j'avais à faire.

Deacon avait exhumé trop de cadavres de tombes improvisées pour ne pas imaginer parfaitement la scène.

— Et alors ?

— Pendant qu'il me forçait à entrer dans le coffre de sa voiture, quelques pompiers l'ont repéré. Au moins, le gaz l'avait suffisamment retardé pour qu'ils puissent le maîtriser. Un des pompiers l'a neutralisé, pendant que l'autre m'administrait les premiers secours. Ils m'ont transportée à l'hôpital à temps, mais c'était juste.

Quelques millimètres de plus à droite et Combs lui aurait tranché la carotide. Après ça, aucune intervention médicale sur place n'aurait pu stopper l'hémorragie. *Elle serait morte. Je l'aurais perdue avant de l'avoir trouvée.* La simple évocation de cette perspective le bouleversait. L'intensité de sa propre émotion le déconcerta.

Mentalement, il se mit en retrait. Peu importait combien elle était jolie ou valeureuse. Faith Corcoran était un témoin. Le boulot de Deacon n'était pas de la protéger.

Son boulot était de trouver Corinne. D'amener l'agresseur d'Arianna devant un tribunal. *Alors, concentre-toi sur Combs, mon vieux. Est-ce que, oui ou non, ce salopard est venu se livrer à ses petits jeux pervers dans la région ?*

Si non, il fallait avancer et découvrir l'identité du responsable des horreurs qui avaient eu lieu dans la cave et laisser Combs à la police de Miami.

Il rassembla toutes les parcelles de discipline dont il disposait et s'astreignit à poursuivre son interrogatoire sans flancher.

— Donc, Combs est resté au frais pendant trois ans, reprit-il laconiquement. Ensuite, il vous a harcelée et a essayé de vous tuer. Est-ce exact ?

Elle se raidit.

— Oui, agent Novak. C'est exact.

Deacon hésita.

— Faith… Vous pensez que je ne m'intéresse pas à ce que vous avez traversé, mais vous avez tort. Si je me laissais aller à mes émotions du moment, ça me prendrait du temps et de l'énergie, toutes choses qui appartiennent pour le moment à Corinne et Arianna. Sachez que je comprends que vous venez juste de revivre la pire journée de votre existence. Du moins, je vous le souhaite. J'apprécie vos efforts et soyez certaine que je n'abuserai pas de votre confiance.

Le regard de Faith restait vigilant, mais la posture rigide de son dos s'assouplit.

— Je vous remercie. J'avais vraiment besoin d'entendre ça.

— Bien. Après avoir tiré sur votre patron, Combs a tenté de vous jeter d'un pont. Quand était-ce ?

— Gordon est mort le 3 octobre et l'histoire du pont est arrivée quatre jours plus tard.

Combs avait attenté à sa vie une semaine *après* le décès de sa grand-mère — après que Faith avait reçu son héritage. Deacon se demandait si les deux tentatives de meurtre étaient connectées d'une manière ou d'une autre à la mort de Barbara Corcoran. Et si c'était le cas, quel était le lien ?

Elle se figea.

— C'est la maison, n'est-ce pas ? Je ne sais pas pourquoi je ne l'ai pas compris plus tôt. Combs s'en est pris à moi après que j'ai hérité de la maison. Il cherchait à me tuer parce qu'il ne voulait pas que je l'aie. Pourquoi n'ai-je pas vu ça ?

Deacon lui prit le bras, le serrant gentiment mais fermement.

— Faith. Ce n'est pas le moment de vous effondrer. Tenez le coup, respirez.

— Vous avez raison. Je suis navrée. Je vais bien, maintenant.

Il la lâcha, mais ne la quitta pas du regard. Chaque fois qu'il faisait mention de la maison, elle paniquait. Il devait absolument comprendre pourquoi. Mais pour l'instant elle était fragile, et il était plus urgent de rassembler des informations sur Combs.

— A-t-on trouvé des preuves qui relient Combs à ces deux attaques contre vous ? demanda-t-il.

— Non. Mais personne ne me hait autant que lui. Et il ne s'agit pas de deux attaques, mais de quatre.

Deacon s'adossa à son siège, soudain épuisé.

— Bon Dieu, Faith. Il a essayé de vous tuer quatre fois ? En un seul mois ?

— Oui, dit-elle d'une voix calme, égale. Il a essayé d'entrer dans mon appartement par la fenêtre pendant mon sommeil. C'était le 14 octobre, une semaine après le pont. La dernière fois, c'était dans la nuit de jeudi dernier, quand il a incendié mon immeuble.

Il avait cessé d'être surpris.

— Comme il avait mis le feu à votre bureau. Quelqu'un a été blessé ?

— Non, mais quinze familles ont tout perdu.

— Quinze familles, vous comprise.

— Je n'avais pas grand-chose à perdre. D'ailleurs, je n'étais pas dans mon appartement à ce moment-là. Je n'ai pas vu les informations avant vendredi matin. Quand j'ai appris, je me suis dépêchée de finir les démarches pour changer d'identité. J'avais prévu de partir le samedi matin. Je ne savais pas où j'allais. Cela n'avait aucune importance. Trop de gens avaient déjà souffert parce qu'ils ont eu la malchance de se trouver dans mon entourage.

Il expira lentement, se donnant le temps de faire le tri parmi tous ces nouveaux éléments. Une des déclarations de Faith en particulier avait retenu son attention.

— Soit. Si vous n'étiez pas dans votre appartement, où étiez-vous ?

Pas avec un petit ami, j'espère. Pourvu qu'elle ne dise pas qu'elle était avec son petit ami. L'image de Faith entre les bras d'un autre homme… dans le lit d'un autre homme.

— J'étais descendue dans un hôtel. Avec un bon système de sécurité.

Quelques heures plus tôt, il aurait pu se montrer méfiant en apprenant qu'elle avait pris une chambre d'hôtel, précisément la nuit où son appartement avait été incendié. Maintenant, il supposait simplement qu'elle avait une bonne raison.

— Qu'est-ce qui vous a décidée ?

— La tentative de meurtre numéro trois. Après l'effraction, j'ai eu trop peur de rester dans mon appartement, mais je n'étais pas encore prête à quitter la ville. Comme je l'ai dit, il me restait encore quelques démarches à accomplir. Je ne voulais pas partir en risquant qu'il me retrouve et que tout ce cauchemar recommence.

— Que s'est-il passé la nuit où il a essayé d'entrer chez vous ?

— Il était 3 heures du matin et je dormais. J'ai été réveillée par un bruit et j'ai distingué la silhouette d'un homme grand, costaud, qui passait par la fenêtre. Alors, j'ai attrapé mon arme sous mon oreiller et j'ai tiré.

Elle eut une grimace dégoûtée et expliqua :

— Mais je n'avais pas mes lunettes ni mes lentilles et je l'ai raté. J'ai l'impression de l'avoir touché au bras. Malheureusement, quand les policiers qui avaient répondu à l'appel ont examiné les lieux, ils n'ont pas trouvé la moindre goutte de sang. Il n'y avait pas non plus trace de la balle que j'avais tirée. En fait, il n'y avait pas le moindre indice de son passage.

— Aucun signe d'effraction ?

L'expression de Faith se durcit.

— Si, il y en avait, mais un des flics a dit que je ne pouvais pas prouver que les dégâts avaient été commis cette nuit-là. D'après lui, ça aurait pu se passer des années plus tôt. Je l'ai entendu dire à son partenaire que c'était la cinglée qui pensait que la terre entière lui en voulait. Entrez dans mon délire et je m'en irai contente.

Le sang-froid de Deacon avait atteint son point d'ébullition.

— Il a dit ça à cause des trente plaintes que vous avez déposées.

— Exactement. Nous avons un problème dans ce pays. Lorsque les victimes de harcèlement portent plainte, on les tourne en ridicule. Du coup, la plupart ne le font pas. C'est un cercle vicieux, un véritable déni de justice.

— Je sais.

Il comprenait de mieux en mieux pourquoi Faith détestait les flics.

Deacon dut s'accorder un moment pour refouler sa colère. Il n'ajouta rien sur Combs ou la police, mais se pencha en avant pour scruter le regard de Faith. Ses yeux s'étaient éclaircis et ils étincelaient d'une vertueuse indignation, qui avait chassé toute crainte. Il se perdit dans le vert profond de ses iris, couleur de forêt, d'une teinte uniforme, vierge de toute autre nuance, excepté le noir des prunelles. Aucun signe de lentilles de contact.

— Vous auriez dû dire que vous aviez besoin de vos lunettes, murmura-t-il. J'aurais demandé à un des adjoints du shérif d'aller vous les chercher dans la jeep.

Deacon avait délibérément pénétré la sphère d'intimité de Faith, mais elle n'avait pas reculé. Au lieu de cela, elle était restée posément assise. Seule la palpitation erratique de son pouls au creux de sa gorge indiquait que cette étroite proximité l'affectait.

— Je n'ai plus besoin de lunettes. Dès le lendemain de l'intrusion, j'ai pris rendez-vous pour une opération des yeux au laser. La prochaine fois qu'il s'attaquera à moi de nuit, je serai prête. Je ne le raterai plus.

Une émotion intense faite de respect et de désir mêlés saisit Deacon avec une telle force qu'il en eut le souffle coupé.

— Bien…

Il parvint à reculer sur son siège et à trouver une position plus décente, quoique peu confortable. Mais, pour l'instant, le confort figurait tout en bas de sa liste de préoccupations. L'image de Faith, une expression de satisfaction sur le visage, baissant une arme après avoir débarrassé le monde d'un ignoble prédateur... c'était terriblement sexy.

Et, s'il se laissait aller, il pouvait susciter des visions encore beaucoup plus sensuelles. *Si tu te* laisses *aller ?* Qui pensait-il abuser ? Son imagination avait déjà conjuré une collection entière d'images qui, s'il était obligé de se lever dans un avenir proche, lui auraient causé le plus grand des embarras.

Des images qui s'avéraient absolument inappropriées. En tout cas, jusqu'à la fin de cette affaire.

Faith le regardait avec circonspection.

— Bien ? C'est tout ? Pas de « ce n'est pas à vous d'appliquer la loi » ? Pas de « la violence n'est pas une réponse » ? Pas de « laissez les flics faire leur boulot » ?

— Non. Faites le nécessaire pour rester en vie. Et, si vous avez besoin d'aide, appelez-moi. Comment vous débrouillez-vous au tir ?

L'orgueil fit briller le regard de Faith.

— Je touche ce que je vise. Toujours.

— Bien, dit-il encore, toujours aussi dur qu'un morceau de bois.

Concentre-toi, Novak. L'heure tourne. Corinne est toujours quelque part, dehors. La situation désespérée de la jeune femme fut le seau de réalité glaciale dont il avait besoin.

Cet... engouement était inacceptable. Une distraction qu'il ne pouvait se permettre. Faith n'était pas responsable de cet état de fait. C'était sa propre faute. Entièrement. Maintenant, il devait agir comme il aurait déjà dû le faire, lorsqu'ils étaient à la maison O'Bannion. Il devait confier Faith à Bishop.

Il se leva pendant qu'il le pouvait encore en serrant son manteau autour de lui.

— Je dois regagner le central, maintenant. Je vais vous déposer à votre hôtel. Vous avez besoin de dormir un peu.

— Merci. Vous ai-je appris quelque chose d'utile ?

— Je ne sais pas. Si Combs vous a suivie ici, vous m'avez donné vraiment un tas de trucs. Si c'est quelqu'un d'autre, vous m'avez fourni un point de départ. Et, au moins, je peux vous rayer de ma liste, ajouta-t-il avec un petit haussement d'épaules.

Il lui tint la porte ouverte et prit une inspiration lorsqu'elle passa devant lui. Il se permit de ranger le parfum de la chevelure de Faith sur son étagère à souvenirs, parce que ce serait la dernière fois qu'il se permettrait de se trouver aussi près d'elle. Il referma la porte derrière eux.

— J'ai besoin du nom du lieutenant de Miami qui a travaillé sur votre affaire, dit-il en s'efforçant d'adopter un ton impersonnel, voire brusque.

Elle s'arrêta soudain au milieu du couloir.

— Oh ! merde ! Le lieutenant Vega.

— Vega a travaillé sur votre dossier ?

— Non. Elle enquêtait sur le meurtre de Gordon. Mais elle a été la seule à me prêter attention quand j'ai compris que la cible n'était pas Gordon, mais moi. J'ai besoin d'utiliser votre téléphone. Genre, maintenant ?

Il reprit ce ton un peu taquin dont il avait déjà usé, mais c'était loin d'être aussi difficile qu'auparavant.

— Et peut-on savoir pourquoi vous avez besoin de la joindre ? Genre, maintenant ?

Sourcils froncés, elle scruta le visage de Deacon, comme pour comprendre la raison de ce brusque changement d'humeur.

— Parce que cet après-midi elle a appelé ma belle-mère en demandant à me parler.

Il pencha la tête.

— Et vous vous en souvenez seulement *maintenant* ?

Les joues de Faith s'empourprèrent.

— J'ai été un peu distraite, dit-elle sans masquer son agacement.

Bien. Elle était trop désirable, lorsqu'elle lui faisait confiance. Merde, elle était tout aussi désirable lorsqu'elle était agacée, et cette constatation l'irrita à son tour. Il sortit son téléphone.

— Quel est son numéro ?

— Je ne sais pas. J'avais l'intention de chercher le numéro de la police de Miami en ligne.

— Inutile. J'ai contacté leur central, un peu plus tôt. Le numéro se trouve dans mon journal d'appels.

Il passa l'appel, brancha le haut-parleur et tint l'appareil entre eux.

— Je veux entendre ce qu'elle a à vous dire.

— Très bien. De toute façon, elle ne sera pas là. Il est trop tard, dit Faith pendant que le téléphone sonnait.

— Dans ce cas, vous lui laisserez un message. Donnez-lui mon numéro de mobile.

Faith leva les yeux au ciel.

— J'aurais pu lui donner mon propre numéro si vous m'aviez rendu mon téléph…

— Police de Miami, dit l'opérateur. Qui cherchez-vous à joindre ?

Faith gratifia Deacon d'un regard excédé, puis se pencha plus près de l'appareil.

— La brigade des homicides, je vous prie. Lieutenant Vega.

Elle soupira en entendant le message du répondeur, puis se lança.

— Salut, ici Faith Frye. Si vous cherchez à me joindre à cause de l'incendie, je vais bien et vous n'aurez pas besoin de me rappeler. En revanche, si vous avez trouvé Combs ou si vous savez où il se trouve, merci de me rappeler. Pas chez mon père, mais au numéro qui va vous être communiqué. Donnez-lui votre téléphone, ajouta-t-elle en s'adressant à Deacon.

Deacon s'apprêta à énumérer son propre numéro. Mais la résolution toute fraîche, qu'il venait si facilement d'oublier, lui revint à l'esprit et il donna le numéro de Bishop.

Voilà, c'en était terminé. Il conduisit Faith jusqu'au SUV, leur contact dura le temps de l'aider à prendre place sur le siège.

— Je vous rendrai votre blouson demain, dit-elle d'une voix calme.

— Pas de problème, j'en ai d'autres.

Le pas lourd, il contourna le véhicule et s'assit derrière le volant. Il laissa le silence s'installer entre eux, pesant, presque tangible. Faith était loin d'être stupide, elle avait sans doute remarqué son changement de comportement.

Mais elle n'émit aucun commentaire, gardant le regard fixé droit devant.

— Je suis prête, agent Novak. C'est quand vous voulez.

Il ne dit pas un mot, fit démarrer le moteur. Soudain, son téléphone bourdonna et il accueillit l'appel avec soulagement.

— Ici, Novak.

— Isenberg. Je viens de recevoir un appel du lieutenant Vega.

— Ça a été rapide, dit Deacon, surpris. Le docteur Corcoran vient juste de l'appeler.

Faith se tourna vers lui d'un air intrigué.

— Elle ne retournait pas *votre* coup de fil, Novak, dit Isenberg. Vous avez contacté Miami en demandant à parler à quelqu'un qui avait travaillé sur les plaintes pour harcèlement déposées par Faith Frye. De son côté, le lieutenant Vega a cherché à joindre Corcoran toute la journée, même si elle ne la connaît que sous le nom de Frye. Je lui ai proposé de rappeler en lui disant que vous pourriez être là dans dix minutes. Elle veut que vous ameniez aussi le docteur Corcoran.

— Je pars immédiatement.

Deacon raccrocha, puis se tourna vers Faith.

— Léger changement de plan.

11

Est du Kentucky
Mardi 4 novembre, 0 h 25

Corinne ne pouvait plus bouger. *Tellement crevée.* Elle avait fini par se libérer des cordes qui liaient ses chevilles. *J'ai envie de dormir. Juste un petit moment.*

Elle était couverte de sueur, mais avait conscience que la température avait continué à chuter. Céder au sommeil signifiait mourir. Si le froid ne la tuait pas, *lui* le ferait. Sans compter que dormir lui ferait perdre un temps précieux qu'elle pouvait mettre à profit pour s'échapper.

Avec la fille. Pas question de partir sans la gamine. En admettant qu'il ne l'ait pas emmenée. *Et en admettant qu'elle soit encore vivante.*

Corinne rampa jusqu'en haut de l'escalier, puis essaya de pousser une porte. Le battant bougea relativement facilement — jusqu'à ce que la tension de la chaîne stoppe le mouvement. Au moins, la porte n'était pas bloquée avec une barre de bois. *C'est mieux que je ne le pensais. Même si c'est toujours la merde.*

Elle poussa de nouveau le battant, et cette fois coula un regard par l'ouverture trop étroite pour permettre le passage de qui que ce soit, mais elle put voir le métal rouillé de la chaîne et de la poignée de l'autre porte. Elle passa la main par l'ouverture et imprima une bonne secousse à la chaîne. *Bon sang, c'est du costaud.*

Le mouvement avait amené le cadenas en vue. Un simple cadenas à clé. Du genre qu'elle utilisait pour son casier du lycée, un million d'années plus tôt.

Elle songea au vieil homme dans le fourgon. Sa chemise portait une inscription brodée. Dilman's Lock & Key. Il possédait probablement des outils très spécifiques, mais elle n'avait pris que le canif. Elle sortit l'objet de sa poche et l'examina à la lueur du mince rayon de lune qui filtrait à travers l'ouverture. C'était un couteau suisse. Elle laissa échapper un souffle prudent, s'accrocha à ce frêle espoir.

— Ma petite Corinne, en fin de compte, ta chance a peut-être tourné, murmura-t-elle en commençant l'inventaire des accessoires.

Tire-bouchon, décapsuleur. Parfait, si elle envisageait de prendre une cuite. Mais, pour l'instant, aucune utilité. Elle découvrit successivement des ciseaux, une pince à épiler et… un cure-dents.

Le cure-dents pourrait s'avérer tout à fait adapté. *Je peux y arriver. Je dois y arriver.*

Cincinnati, Ohio
Mardi 4 novembre, 0 h 55

C'était comme s'il avait actionné un interrupteur interne, songea Faith, pendant que Novak remplissait le registre de l'accueil de la police de Cincinnati. À l'hôpital, il avait manifesté un incontestable intérêt à son égard. Lorsqu'il s'était penché pour chercher son regard, il avait été assez proche… pour l'embrasser. Et c'était exactement ce qu'elle avait envisagé de faire. Une réaction insensée, à ce moment-là — et qui l'était encore. Elle ne le connaissait même pas.

Mais elle en avait envie. Il s'inquiétait pour elle. Elle l'avait bien vu. Et il s'inquiétait pour les victimes. Pour Arianna, pour Corinne et pour une gamine de douze ans, victime d'agression sexuelle, qu'il n'avait jamais rencontrée.

Et pour moi. Il s'inquiète pour moi. Il prenait en compte la terreur et le chagrin qu'elle éprouvait. Et il la croyait, il comprenait les raisons qui l'avaient poussée à agir comme elle l'avait fait. Ce qui représentait encore plus à ses yeux.

L'espace d'un instant, il avait été plus que concerné. Lorsqu'il s'était penché vers elle, cherchant à lire son regard… Il avait éprouvé du désir. Et en cet instant, si mal choisi, elle avait partagé le même élan. Elle avait eu envie de tendre la main et de lui caresser le visage. De découvrir s'il était aussi chaud qu'il paraissait. Si le bouc qui encadrait cette belle bouche était soyeux ou rêche.

Elle avait dû rassembler chaque parcelle de contrôle en sa possession pour rester sur sa chaise, pour garder ses mains croisées et sur la table. Mais manifestement, à partir de maintenant, ce problème ne serait plus un sujet d'inquiétude. Novak avait décidé de battre en retraite et ça convenait tout à fait à Faith. Absolument.

Mieux valait écarter ce souvenir un peu trop électrique.

— Que venons-nous faire ici ?

Novak quitta des yeux le registre dans lequel il inscrivait le nom de Faith.

— Mon commandant nous l'a demandé.

— Non, je veux savoir pourquoi nous sommes au quartier général de la police de Cincinnati. Vous faites partie du FBI. Pourquoi ne sommes-nous pas à l'antenne locale du Bureau ? Et pourquoi devons-nous rencontrer votre commandant ? Vous n'avez pas d'agent principal ici ?

— Je fais partie d'une unité conjointe, dit-il d'un ton léger en lui tendant un badge de visiteur. MCES. La brigade des crimes majeurs. Je suis l'offrande symbolique du FBI.

Elle fixa le badge au revers du blouson du FBI qu'il lui avait prêté.

— Qui suis-je ?

Il désigna le badge.

— C'est écrit « visiteur ».

Il se mit en mouvement, s'attendant clairement à ce qu'elle le suive.

Mais elle ne bougea pas.

— Novak... agent Novak ? insista-t-elle, comme il continuait à marcher. Deacon. *S'il vous plaît.*

Il s'arrêta, mais ne se retourna pas.

— Oui, docteur Corcoran ?

Appelez-moi encore Faith. Je vous en prie.

— Etais-je obligée de venir ici, ce soir ?

Il se raidit, puis se retourna pour croiser son regard, le visage grave ; toute moquerie s'était dissipée.

— Non. Voulez-vous partir ? Je peux vous ramener à votre hôtel.

— Non. Je tiens à discuter avec Vega. Je voulais juste m'assurer que je serai autorisée à partir ensuite.

Il approcha lentement, comme s'il avait soudain les pieds lestés de plomb. Quand les richelieus au cuir étincelant furent à moins de cinq centimètres de ses vieilles baskets, il courba ses larges épaules et plia les genoux jusqu'à ce que leurs yeux soient au même niveau.

— Avez-vous fait autre chose dont je devrais avoir connaissance ? chuchota-t-il.

Un bref instant, Faith eut le souffle coupé. Impossible de détourner les yeux. Deacon avait de nouveau appuyé sur l'interrupteur, elle retrouvait ce charme ensorcelant. Elle secoua lentement la tête en signe de dénégation. Le cèdre imprégnait ses sens et elle se demandait confusément si la senteur venait du cuir ou de la peau.

— Non.

— Alors ça devrait aller.

Il se redressa, après avoir repris son expression de Novak narquois, et ajouta :

— Je ne travaille pas depuis très longtemps avec le commandant Isenberg, mais je sais qu'elle est plutôt à cheval sur la ponctualité. Allons-y.

Faith le suivit dans l'ascenseur, mais attendit la fermeture des portes et qu'ils se retrouvent seuls pour reprendre la parole.

— Vous n'êtes pas obligé de faire ça. Pas avec moi.

Il garda le regard fixé sur le tableau de la cabine.

— Qu'est-ce que je ne suis pas obligé de faire, docteur Corcoran ?

— Inutile de faire semblant. Si vous voulez garder vos distances, très bien, déclara-t-elle, sans tenir compte de la petite voix intérieure qui lui affirmait le contraire. Mais vous n'avez pas besoin de ce… masque. Pas avec moi.

Il lui lança un coup d'œil amusé.

— Comment savez-vous qu'il s'agit d'un masque ?

— Parce que votre sœur a dit que vous êtes un homme bon et elle parlait du fond du cœur.

Il haussa les épaules avec un peu de condescendance.

— Dani voit la bonté chez tout le monde.

— Vous dites ça comme si c'était une mauvaise chose.

— C'est parfois le cas… Ah, voici notre étage.

Les portes s'ouvrirent et, d'un geste, il l'invita à quitter la cabine.

Ils arrivèrent dans une salle d'interrogatoire. Assise derrière la table, une femme les attendait avec une impatience évidente. Elle ne se leva pas à leur arrivée, se contentant de désigner deux chaises vides. En s'asseyant, Faith remarqua un miroir sans tain à sa gauche, puis évalua la femme du regard, à son tour.

— Docteur Corcoran, je vous présente le commandant Isenberg, qui dirige la brigade.

La femme avait une quarantaine d'années. Voire une cinquantaine. Aucune ride ne marquait sa peau légèrement bronzée — le sourire n'était manifestement pas une expression habituelle chez elle. Ses courts cheveux gris fer étaient hérissés comme si elle venait d'y passer les doigts.

Juste comme ceux de Novak, bien que Faith ne l'ait pas vu les toucher une seule fois depuis qu'elle l'avait rencontré.

Isenberg s'adossa à son siège.

— Vous êtes la tristement célèbre docteur Corcoran. Eh bien, vous n'avez pas chômé, aujourd'hui.

— Ouais. On peut dire ça. Savez-vous pourquoi Vega voulait me parler, lieutenant ?

— Ouaip. Elle vous a appelé toute la journée. Qu'est-ce qui ne va pas avec votre téléphone ?

Faith soupira. Encore un flic qui ignorait ses demandes parfaitement raisonnables pour lui balancer ses propres questions.

— Vous me demandez pourquoi je n'ai pas répondu à ses appels ?

— Non, d'abord, je me demande pourquoi ils n'apparaissent pas sur votre téléphone.

Isenberg se pencha en avant et posa un sachet à indices sur le bord de la table pour que Faith puisse le voir. Il contenait son nouveau portable prépayé.

— Pas trace de Vega dans le journal d'appels. D'ailleurs, ce n'est même pas le bon numéro.

— C'est un nouvel appareil. Je l'ai eu seulement aujourd'hui. Ce n'est pas un crime.

En constatant qu'ils avaient consulté son journal d'appels sans commission rogatoire, Faith n'avait pu réprimer une bouffée d'agacement.

— Sans compter que je ne suis pas une suspecte. Du moins, c'est ce qui m'a été dit.

— Vous avez acheté un téléphone prépayé, intraçable, dit Isenberg. Et ça, juste le jour où vous avez découvert une femme gisant sur la route, laquelle s'était échappée du sous-sol de votre maison, où elle a été torturée. De plus, l'amie de cette femme, qui est toujours portée disparue, a été menottée à un mur de cette même cave.

Faith combattit la panique qui était devenue un réflexe à chaque mention de cette satanée cave.

— Y a-t-il une question, quelque part dans ce que vous avez dit, commandant ?

— Oui. Pourquoi le nouveau téléphone, docteur ?

— Je ne voulais pas qu'on puisse me pister. J'ai enlevé la carte SIM de mon ancien portable.

— Est-il possible de savoir qui se cache derrière ce « on » ? voulut savoir Isenberg.

— Peter Combs, un homme qui me harcèle. Et les flics de Miami. Je n'avais pas les meilleures relations avec eux, à l'exception du lieutenant Vega. On pourrait l'appeler, d'ailleurs.

— Faisons donc ça.

Le lieutenant composa le numéro, puis brancha le haut-parleur. Vega décrocha.

— Ici Isenberg, dit le lieutenant. L'agent spécial Novak du FBI et Faith Corcoran sont avec moi.

— Faith Corcoran ? demanda Vega, visiblement un peu perdue. Vous voulez dire Faith Frye ?

— Je suis ici, lieutenant, intervint Faith. En vie, mais pas vraiment en bon état.

Vega poussa un soupir de soulagement.

— En vie, c'est mieux que ce que j'ai imaginé pendant toute la journée. Ça n'a pas été facile de retrouver votre piste, docteur Frye.

Au moins, j'ai réussi à faire quelque chose correctement, songea Faith.

— De quoi vouliez-vous me parler ?

— Qu'est-ce que vous fabriquez en Ohio ? demanda Vega.

Mais répondez à ma putain de question ! eut envie de hurler Faith, mais elle se contrôla.

— Pourquoi m'appelez-vous, Vega ? reprit-elle avec plus d'insistance. Que s'est-il passé ?

— Avez-vous tenté de vous enfuir ? demanda Vega après un bref temps de silence.

Les épaules de Faith retombèrent avec lassitude.

— Pouvez-vous me le reprocher ?

— Non, j'imagine que non. J'ai appris que vous avez vécu une journée fertile en événements, alors j'irai droit au but. Votre ancienne Prius a été impliquée dans un grave accident. Maintenant, ce n'est plus qu'un tas de ferraille tordue.

Faith fixa le haut-parleur, essayant de comprendre la signification des paroles de Vega. Pourquoi lui disait-elle une chose pareille ? *Ce n'est même plus ma voiture et…*

Et Faith comprit. Sous le choc, son souffle s'échappa en sifflant de ses poumons.

— Vous voulez dire qu'elle a été sabotée ? chuchota-t-elle sans vouloir entendre la réponse.

— Sans l'ombre d'un doute. Les câbles de frein et de direction ont été sectionnés. Nous avons besoin de votre aide.

Faith pressa le bout des doigts contre ses tempes. *Il continue. Il ne s'arrêtera jamais.*

Elle leva la tête et croisa le regard d'Isenberg, qui l'observait avec circonspection.

— Que s'est-il passé ? Quand ?

Elle s'obligea à écarter l'image de son immeuble incendié, avant de se forcer à formuler la question qui restait coincée dans sa gorge.

— Est-ce que quelqu'un a été blessé ?

— Quand avez-vous vendu la voiture, Faith ? s'enquit Vega.

Une bouffée d'exaspération saisit Faith, balayant toute retenue.

— Répondez à ma question, bon sang !

Elle s'apprêtait à frapper du poing sur la table quand Novak arrêta son geste d'une poigne douce mais ferme.

— Ne vous faites pas mal, murmura-t-il avant de la lâcher. Lieutenant Vega, y a-t-il eu des victimes ?

Pendant le long, très long silence qui suivit, Faith sentit ses entrailles se nouer. Finalement Vega poussa un soupir.

— Oui. La conductrice a été tuée sur le coup. Plusieurs autres personnes ont été gravement blessées, y compris des enfants.

Une nouvelle pause, ponctuée d'un soupir. Puis Vega apporta une dernière précision.

— Un des enfants est mort. Plus tard. A l'hôpital.

La pièce se mit à tanguer, un jet de bile acide brûla la gorge de Faith.
— Non, chuchota-t-elle.
Elle serra les bras autour de son corps, combattant l'envie de se balancer sur place.
— Ça ne peut pas être vrai. J'ai tout fait pour que ça cesse.
— Je le sais, Faith, souffla doucement Vega. Je veux que vous restiez calme pour moi. Soyez forte, d'accord ?
Les larmes montaient. Irrépressibles. L'opinion d'Isenberg lui importait peu. Pas plus que celle de Novak.
— Quel âge, lieutenant ? demanda-t-elle, d'une voix rauque qui lui était étrangère.
— Faith, vous n'avez aucun besoin…
— Merde alors ! hurla Faith. Ne vous avisez pas de me dire ce que j'ai besoin de savoir ou pas. *Quel âge avait cet enfant,* Vega ?
Elle sentit une paume chaude contre son dos. Novak. Il ne lui tapotait pas le dos. Il ne le frottait pas. Il se contentait d'exercer une douce pression. D'établir une connexion humaine. Soudain submergée, elle ravala un sanglot, mais s'obstina :
— S'il vous plaît. J'ai *besoin* de savoir.
— Dites-lui, lieutenant, fit Novak d'une voix calme.
Vega s'éclaircit la gorge.
— Treize ans. Les deux enfants qui voyageaient sur la banquette arrière n'ont reçu que des blessures légères, ils s'en remettront.
Faith ferma les yeux. *Ils s'en remettront ? Non ! Certainement pas. Leur mère est morte. Ils ne s'en remettront pas. Non, c'est impossible, ça n'a pas pu arriver.* Malheureusement, c'était bel et bien la réalité. Une mère et son enfant étaient morts. *A cause de moi.*
Une lamentation lugubre s'éleva, et elle ne se rendit compte que le son sortait de sa bouche qu'au moment où Novak se mit à lui caresser les cheveux. Là encore, il ne dit rien, lui laissant le temps de recouvrer ses esprits. Mais c'était au-dessus de ses forces. Recroquevillée sur elle-même, elle se balançait en rythme, laissant libre cours à ses sanglots. Il continua à lui caresser les cheveux en silence jusqu'à ce que ses larmes s'apaisent. Finalement, la vague reflua et elle put reprendre son souffle en hoquetant.
La main de Novak rompit le contact et elle eut envie de le supplier de revenir, mais elle n'en fit rien. Pas en présence d'Isenberg et de son œil d'aigle. Quelques secondes plus tard, une boîte de mouchoirs fut placée sur la table devant elle. Elle leva la tête, Novak l'observait, lui aussi. Le regard d'Isenberg était comme une hachette. Celui de Novak, comme une couette.
— Ça aurait dû être moi, lâcha-t-elle.
Les yeux de Novak étincelaient, le bleu et le marron virant presque au noir.

— Certainement pas, dit-il. Mais rassemblez vos esprits, nous devons nous assurer que personne d'autre ne sera blessé.

Elle hocha la tête, puis s'essuya le visage avec un mouchoir.

— Que vouliez-vous me demander, lieutenant Vega ?

— Pour commencer, j'aimerais savoir quand vous avez vendu la voiture et à qui.

— Je l'ai cédée samedi matin à Garcia Motors, un vendeur de véhicules d'occasion de Hialeh.

— C'était une des étapes de votre liste pour disparaître ? voulut savoir Novak.

Faith hocha la tête d'un air malheureux.

— Il a suivi ma voiture. Je n'ai jamais imaginé qu'il puisse nuire à ceux qui l'achèteraient après, mais j'aurais dû y penser. C'est ce qui s'est passé avec l'incendie.

Isenberg haussa les sourcils.

— Quel incendie ?

Novak répondit :

— Son harceleur, Peter Combs, avait mis le feu à son immeuble, deux jours plus tôt. Elle était absente, mais des familles ont perdu tout ce qu'elles possédaient.

— J'ai passé un mauvais quart d'heure ce matin, avoua Vega. Je suis passée vous voir parce que je cherchais à savoir comment la victime s'était retrouvée dans votre ancienne voiture. C'est à cette occasion que j'ai appris pour l'incendie de votre immeuble et j'ai eu peur que vous ayez été prise au piège. Votre concierge m'a affirmé que vous n'y étiez pas, mais je vous ai cherchée toute la journée.

— Désolée, dit Faith. Je n'ai pas pensé que vous pouviez vous inquiéter. J'aurais dû. J'aurais dû réfléchir à tout ça. J'aurais dû comprendre que Combs n'abandonnerait pas la partie aussi facilement, qu'il se ficherait de ceux qu'il risquait de blesser au passage. Pourquoi ça ne m'est pas venu à l'esprit ?

— Vous avez fait ce qu'il fallait, mais tout le monde continuait à vous dire que vous imaginiez des choses, répliqua Vega d'un ton tranchant. Laissez tomber la culpabilité, docteur Frye. Vous n'y avez pas pensé avant, soit. Mais maintenant j'ai besoin que vous réfléchissiez. Pourquoi Garcia Motors ? C'est une toute petite boîte, j'ai vérifié. Vous auriez pu vendre votre Prius au prix du marché, sans problème. Pourquoi n'avez-vous pas choisi un vendeur plus important ?

— Parce que je voulais garder l'anonymat, d'accord ? dit Faith en songeant que cela semblait terriblement égoïste. Je n'ai obtenu que la moitié du prix de l'argus, mais ça valait le coup pour éviter la paperasse.

Elle déglutit avec effort, la gorge nouée, puis continua :

— Si j'avais choisi un vendeur plus important, ils auraient fait une révision approfondie et auraient remarqué que le câble de frein avait été abîmé. Cette mère et son fils seraient encore en vie.

Attends un peu. Faith fronça les sourcils. Soudain quelque chose ne semblait pas coller.

— Une minute. J'ai vendu la Prius samedi matin. Quand a eu lieu l'accident ?

— Dimanche matin, répondit Vega.

Faith se pencha vers le haut-parleur, concentrée.

— S'il avait coupé les câbles avant samedi matin, j'aurais dû ressentir quelque chose en conduisant, non ? Du jeu dans la direction ou le freinage… Enfin, quelque chose.

— Tout à fait, répondit Vega. Notre labo estime que les câbles ont été trafiqués dimanche matin, pendant que la victime était à l'épicerie. Elle a acheté la voiture samedi après-midi et a parcouru assez de kilomètres pour que les câbles lâchent avant d'arriver chez elle.

— Elle n'est pas restée bien longtemps chez Garcia Motors, murmura Faith.

Il y avait un élément important dans ces informations, mais Faith ne parvenait pas à mettre la main dessus.

— Les Prius sont très recherchées et la vôtre était bien entretenue, fit remarquer Vega. En plus, au prix où Garcia vous l'a achetée, il a fait un bon bénéfice, même s'il l'a revendue pas très cher.

La tête penchée sur le côté, Novak écoutait la conversation avec attention en caressant du pouce et de l'index le poil blanc éclatant de son bouc.

— Comment Combs a-t-il fait pour trouver la Prius dimanche matin, lieutenant ? S'il avait suivi le docteur Corcoran chez le vendeur d'occasions, il aurait su qu'elle avait cédé la Prius et il se serait attaqué à la jeep. Dans ce cas, nous n'aurions pas cette conversation, parce que le docteur Corcoran ne serait plus de ce monde. C'est absurde qu'il ait saboté la Prius *après* qu'elle a changé de mains. Que nous cachez-vous, lieutenant ?

Faith lui adressa un regard reconnaissant. En réponse, il arqua un sourcil et eut un haussement d'épaules négligent, comme si cela n'avait pas d'importance. Mais, tout au contraire, il avait mis le doigt sur le détail qui lui échappait.

Vega soupira une fois de plus.

— Nous avons trouvé un mouchard collé sous le garde-boue d'une des roues avant.

Faith s'adossa à son siège, sonnée.

— Il me pistait ?

Elle regarda alternativement Novak et Isenberg. Tous deux semblaient perplexes.

— Pourquoi pistait-il ma voiture puisqu'il avait déjà piraté mon téléphone ? Il avait déjà la possibilité de me localiser en permanence.

— Il n'a peut-être pas piraté votre téléphone, après tout, dit Novak, sourcils froncés.

Faith se leva d'un bond et marcha autour de la table, les muscles gourds de ses jambes lui donnant une démarche mécanique. Elle souffrait, mais se sentait incapable de rester assise.

— Mais il a dû avoir accès à mon agenda. La plupart du temps, il apparaissait là où j'étais, il aurait donc pu me suivre. Mais la dernière fois, c'était différent, sa voiture était garée près de la mienne.

— Devant la pharmacie, dit Novak.

Elle hocha la tête.

— Je dînais dans un restaurant voisin de la pharmacie. Le médecin de sa petite amie avait transmis la prescription par téléphone à la *même* pharmacie, *des heures avant*. Il *devait* avoir su en amont que j'allais me trouver là.

— Vous avez raison, dit Novak en lui adressant un ferme signe de tête approbateur. Dans ce cas, pourquoi aurait-il placé ce traceur ?

— Peut-être parce que vous étiez devenue trop prudente, à ce moment-là, Faith, suggéra Vega à travers le haut-parleur. La scientifique pense qu'il l'a posé tout de suite après l'incendie de votre immeuble.

Faith s'affala sur son siège.

— Parce qu'il savait qu'il ne m'avait pas tuée dans l'incendie. Il a posé le traceur en se disant que, tôt ou tard, je reviendrais chercher la voiture.

— Pourquoi n'étiez-vous pas dans votre appartement, ce soir-là ? voulut savoir Isenberg.

— J'étais dans un hôtel. Quinze jours avant, il avait essayé de s'introduire par la fenêtre de ma chambre et je m'étais installée dans un endroit plus sûr. En plus, je venais de me faire opérer les deux yeux au laser. Je ne voulais pas être vulnérable.

Isenberg inclina la tête.

— Sage décision. Quand avez-vous repris votre voiture ?

— Samedi matin. La semaine précédente, plus exactement le matin qui a suivi l'intrusion, j'ai pris un taxi de l'appartement à mon hôtel parce que je le soupçonnais de suivre ma voiture. J'ai aussi pris un taxi de mon hôtel au parking de l'appartement, samedi matin. La zone n'était plus sécurisée par la police. Je suis montée en voiture et j'ai conduit tout droit chez le vendeur d'occasions.

— Et comment avez-vous acheté la jeep ? demanda Isenberg.

— Une petite annonce. J'ai payé en liquide. Ils n'ont pas posé de questions.

Mais quelque chose sonnait toujours faux. Faith se frotta le front, essayant d'éclaircir ses idées. Son regard atterrit sur la carte épinglée au mur et elle comprit.

— Votre théorie selon laquelle Combs m'aurait suivie ici ne tient pas debout sur le plan logistique, dit Faith. Il ne peut pas avoir saboté la Prius dimanche matin et être revenu à la maison de ma grand-mère à 17 heures le même soir. C'est un voyage de seize heures en voiture, et sans arrêt. Cela voudrait dire qu'il aurait dû quitter Miami samedi, avant minuit.

— Comment savez-vous qu'il était dans la maison à 17 heures dimanche ? demanda Isenberg.

— Parce que j'ai entendu un cri, répondit Faith, qui ferma les yeux en se souvenant de ce moment et en regrettant une fois encore de ne pas avoir réagi. Je pensais l'avoir imaginé, mais c'était sans doute Arianna.

— D'après vos déclarations, vous êtes arrivée à 17 h 30, dit Novak, à la fois incisif et perplexe.

— C'est à peu près ça. Et il se trouvait à Cincinnati vendredi soir à 23 heures, parce que c'est le moment où il a enlevé Arianna et son amie, dit Faith en regardant Novak. Ça ferait trente-deux heures de trajet sur une période de quarante-huit heures. Plus le temps de localiser la voiture et de la saboter. Et il a bien fallu dormir à un moment. Ça risque de mettre votre théorie à mal.

— A moins qu'il n'ait pris l'avion, souligna Novak, mâchoires serrées.

— J'imagine que c'est possible, dit Faith, peu convaincue.

— Et vous êtes vraiment persuadé que Combs est derrière vos enlèvements, agent Novak ? demanda Vega, sans cacher ses doutes.

Faith regarda Novak échanger un long regard avec le lieutenant, qui lui adressa un petit hochement de tête.

— Nous ne savons pas, dit Novak. Mais quelqu'un ne veut pas que le docteur Corcoran prenne possession de cette maison. Ça peut être Combs, ou quelqu'un d'autre. Si vous pouvez localiser Combs, ça nous permettra de l'éliminer. Qu'est-ce que vous avez fait pour le retrouver ?

— Bon Dieu. Demandez-moi plutôt ce que je n'ai pas fait.

A entendre Vega, elle était passée du scepticisme à la frustration. Elle continua :

— Il fait profil bas. Personne ne l'a vu ou n'a eu de ses nouvelles depuis des semaines. Sa petite amie pense qu'il est reparti chez son ex. Mais son ancienne compagne et la fille de celle-ci ont prétendu qu'elles n'ont pas vu Combs depuis son arrestation.

— J'ai émis un avis de recherche pour la voiture de sa petite amie actuelle, annonça Novak.

— Je sais où se trouve ce véhicule, répliqua Vega. Combs ne peut pas s'en servir.

— Comment pouvez-vous être certaine qu'il n'y a plus accès ? voulut savoir Isenberg.

— Parce que c'est nous qui l'avons. J'ai obtenu une commission rogatoire pour la voiture après l'intrusion de Combs dans la chambre du docteur Frye.

Faith fixa le téléphone.

— Je ne savais pas cela. Je n'étais même pas certaine que vous m'aviez crue.

— Je vous avais crue, mais je ne pouvais pas le prouver. Aucun élément pour incriminer Combs. Pas la moindre indication de l'endroit où il pourrait se trouver. Mais nous avons trouvé un demi-kilo de coke sous le siège. J'ai arrêté la petite amie pour possession et trafic de stupéfiants avant de saisir la voiture.

— Vous pensez que l'accusation tiendra ? demanda Faith. La fille était incluse dans la commission rogatoire.

— Non, et un avocat de haut vol va sans doute torpiller l'arrestation, mais pour l'instant la petite amie de Combs est à pied. Et Combs aussi.

Novak pencha abruptement la tête comme s'il venait d'avoir une illumination.

— Vega, pouvez-vous m'envoyer les analyses balistiques du meurtre de l'ancien patron de Faith ? Nous avons récupéré une balle dans la maison de Faith. Si les résultats des deux analyses correspondent, nous pourrons relier ces crimes.

Il conclut en donnant son adresse mail et, à l'autre bout du fil, le clavier de Vega cliqueta.

— Voilà, je viens de vous envoyer le dossier complet, les gars.

— Merci, dit Isenberg. Quand vous avez vu Combs, était-il toujours dans la voiture de sa petite amie, docteur Corcoran ?

— Oui. Hormis une seule fois. Quand il a tenté de me balancer du pont. Là, il conduisait un fourgon blanc. J'en ai donné une description à l'officier qui a pris ma déclaration. C'est dans le rapport de police.

— Je vous envoie ça aussi, Novak, dit Vega. Et aussi le dossier de l'affaire du harceleur de Frye. Faith, le fourgon que vous décrivez était blanc, sans fenêtres, et il y avait un soleil sur les plaques d'immatriculation.

— Le problème, c'est qu'on trouve des soleils sur les plaques d'un tas d'Etats, fit remarquer Faith. Je n'ai vu aucun des numéros ni aucun autre détail.

— Quand l'appel sera fini, nous devrions être en mesure de réduire la liste, dit Novak. Y a-t-il autre chose, Vega ?

— Il me reste à vous demander de me tenir informée de ce que vous trouvez. J'ai trois homicides non résolus imputés à Combs. Je vais continuer à le chercher ici, au cas où il ne serait pas impliqué dans votre affaire, et je vais interroger de nouveau la petite amie sur l'endroit où il pourrait se trouver.

— On vous tiendra au courant de nos progrès, promit Novak. A condition que vous nous rendiez la pareille.

— Bien. Il faut que j'y aille, maintenant. Bonne nuit. Et, Faith, soyez très prudente.

Le silence revint sur la ligne. Faith chercha le regard d'Isenberg.

— Suis-je libre de partir, lieutenant ?

— Bien sûr, répondit doucement Isenberg. Vous considérez-vous comme une suspecte ?

— Je n'en étais pas sûre.

La bouche d'Isenberg s'incurva légèrement. Ce n'était pas un sourire à proprement parler, mais cela suffit pour adoucir son expression sévère.

— Moi non plus, je n'en suis pas vraiment sûre, mais j'aimerais vous accorder, ainsi qu'à l'instinct de Novak, le bénéfice du doute.

Isenberg se leva et ajouta :

— Je vais demander un traitement prioritaire pour l'analyse balistique des balles qui ont été trouvées sur la scène de crime. Novak, essayez de réduire les possibilités pour cette plaque d'immatriculation. Quant à vous, docteur Corcoran, ne sortez pas seule. Quelqu'un est déterminé à vous faire disparaître.

Cincinnati, Ohio
Mardi 4 novembre, 1 h 10

Et merde. En revenant à toute allure de l'est du Kentucky, il avait surveillé la position de la voiture de Faith. La jeep était immobile depuis plus d'une heure. Maintenant, il savait pourquoi.

Il considéra d'un regard rageur le tas de ferraille rouge tordue, posé sur la plate-forme d'un poids lourd, près de la camionnette d'Earl Power and Light. Et de la voiture du serrurier.

Les trois véhicules étaient en cours de déchargement dans le garage de l'unité scientifique de la police de Cincinnati. Les flics avaient Faith. Difficile d'imaginer pour quelle raison.

Mais il connaissait les sentiments qu'elle avait pour les flics, alors il pouvait compter sur elle pour refuser de leur révéler quoi que ce soit. *Je peux être tranquille. Du moins, pour l'instant.* Ce n'était qu'une question de temps avant qu'elle n'investisse la maison et alors… *Qui sait comment cette salope réagira ?*

Il ne pouvait raisonnablement prédire qu'une seule des actions de Faith : tôt ou tard, elle regagnerait son hôtel. Et, si elle y était déjà rentrée, elle devrait bien en sortir au matin pour aller travailler. Dans tous les cas, il serait là à l'attendre.

Cincinnati, Ohio
Mardi 4 novembre, 1 h 25

Isenberg avait quitté la pièce depuis une minute entière, mais ni Deacon ni Faith n'avaient prononcé un mot. S'il avait eu le moindre doute sur son innocence, il n'en avait plus. Les larmes de Faith n'avaient pas été délicates ni jolies. Le chagrin qui l'avait consumée était farouche et dévorant. Il avait été incapable de se retenir de la toucher. De la réconforter. Et ce, malgré le regard scrutateur d'Isenberg qui ne les avait jamais quittés.

Isenberg n'était pas stupide. Elle avait décelé son attirance pour Faith Corcoran. Mais elle n'avait émis aucune remarque, lui donnant des instructions qui allaient prolonger le contact quand elle aurait dû lui ordonner de permuter avec Bishop, ce qui lui aurait fait dans les mêmes circonstances.

Mais Isenberg n'en avait rien fait. Soit elle lui faisait confiance pour agir comme il le fallait et limiter sa relation avec Faith au plan professionnel, soit elle lui tendait un piège pour le pousser à la faute. Ce qui semblait peu probable. Isenberg lui semblait trop franche pour orchestrer une telle manœuvre. Cependant, il n'était pas à l'abri d'une forme de test.

C'était certainement l'attitude la plus intelligente à adopter compte tenu de la situation.

— Merci, murmura Faith, interrompant le fil de ses pensées. Si je ne me suis pas effondrée, c'est bien grâce à vous.

— Vous n'êtes pas responsable de ces morts.

— Bien sûr que si. Je savais qu'il connaissait ma voiture. J'aurais dû me dire qu'il tenterait quelque chose de ce genre. Mais ce qui est fait est fait, je ne peux rien y changer. Je ne peux agir que sur ce qui *va* arriver. Que pouvons-nous faire pour retrouver cette plaque ?

Nous. Il appréciait trop ce que lui évoquait ce « nous ».

— Je peux vous montrer plusieurs logos de plaques représentant des soleils et vous plonger dans une légère hypnose qui vous aidera à stimuler votre mémoire. Mais il faut que vous y soyez disposée. Je devrai prendre ce ton de voix apaisant auquel vous ne paraissez guère sensible.

— A vrai dire, je suis plutôt agacée de constater que ça fonctionne sur moi. Vous avez été formé à pratiquer l'hypnose ?

— Oui. Et aussi à déchiffrer les expressions du visage. Je n'aimerais pas que vous pensiez que j'utilise ces méthodes pour vous piéger.

Elle le regarda droit dans les yeux.

— Loin de moi cette idée ! Mais essayons si vous le voulez bien.

— Accordez-moi quelques minutes pour me préparer et détendez-vous en attendant.

Elle lui adressa un sourire fragile.

— Il faut que je trouve un endroit où je me sente bien, c'est ça ?

— Si vous pouvez. Sinon, respirez tout simplement.

Il s'obligea à la quitter du regard, baissa les yeux sur sa tablette et se connecta à sa messagerie. Vega avait tenu parole et lui avait déjà envoyé une série de mails, de grosses pièces jointes. Chacun des documents était accompagné de quelques mots, décrivant brièvement l'incident dont il était question dans le rapport. Deacon ouvrit le dossier qui relatait l'affaire du pont. Dès les premières phrases, il dut combattre l'envie d'exprimer sa mauvaise humeur.

Ils avaient soumis Faith à un alcootest. Suggéraient que la détonation qu'elle avait entendue provenait du pot d'échappement du fourgon. La décrivaient comme une pauvre femme sujette à des accès de délire, peut-être atteinte mentalement.

La méfiance que Faith avait manifestée à son égard n'avait rien de surprenant.

Deacon se mit en mémoire la date, le trajet de Faith et les conditions de circulation, puis effectua une recherche sur les plaques d'immatriculation comportant des soleils. Faith avait raison : il y en avait des tas.

— Est-ce que la police vous a montré des exemples de plaques, le soir de l'incident du pont ?

— Non, répondit-elle avec amertume. Ils n'ont pas eu vraiment l'air de prendre ma plainte au sérieux.

— Ce n'est pas le cas de Vega. Ni le mien. Il faudra vous en contenter pour l'instant.

Elle prit une brève inspiration et bougea un peu les épaules.

— Vous avez raison. Je m'échauffe et ça risque de bloquer votre hypnose.

Elle ouvrit un œil et glissa un regard vers l'écran de la tablette.

— J'ai fait la même recherche, reprit-elle. J'ai examiné chaque plaque une centaine de fois, mais rien ne m'est revenu.

Il ne s'étonna pas qu'elle ait essayé. Cependant, si elle était ne serait-ce que moitié moins tendue qu'en cet instant, son échec n'avait rien d'étonnant.

— Nous allons réessayer ensemble, mais d'une manière différente.

Elle soupira d'un air las.

— Vous voulez que je revive cette nuit-là, sur le pont. C'est bien ça ?

— Oui, mais d'abord un peu de relaxation. Vous êtes encore trop tendue.

Sous sa direction, elle effectua les exercices de respiration qui démarraient sa procédure, observant la manière dont elle se détendait petit à petit. Il lui demanda de se souvenir d'un endroit où elle avait été heureuse, en paix. Dans son for intérieur, il se demanda quel souvenir elle avait choisi.

— Où alliez-vous, ce soir-là, Faith ?

— A mon appartement.

Pas « à la maison ». Juste son appartement.

— D'où veniez-vous ?

Les épaules de Faith retombèrent tristement.

— J'étais à l'hôpital.

Il contrôla la soudaine bouffée d'inquiétude qui l'envahissait et s'appliqua à garder son ton apaisant.

— Pourquoi ?

— A cause d'Ivy.

— Qui est Ivy ?

— Une de mes patientes, répondit-elle, d'un ton toujours aussi abattu. Elle n'avait que treize ans.

Oh ! non.

— Pourquoi étiez-vous avec elle ?

La gorge de Faith eut un mouvement spasmodique, alors qu'elle déglutissait avec effort.

— Elle avait pris tous les comprimés qui se trouvaient dans l'armoire à pharmacie. Puis elle m'a appelée pour demander de l'aide. Mais j'étais en séance. J'ai laissé le répondeur prendre l'appel.

La voix de Faith se fêla, tout comme un morceau du cœur de Deacon.

— Quand j'ai entendu son message, il était déjà trop tard, ajouta-t-elle. Elle est morte dans la nuit.

Deux larmes perlèrent, échappèrent aux cils de Faith et roulèrent le long de ses joues, sans qu'elle semble y prendre garde.

Il aurait aimé les essuyer, lui caresser les cheveux, mais cela pourrait altérer la concentration de la jeune femme.

— Vous avez donc quitté l'hôpital. De jour ou de nuit ?

— De nuit. Il était tard. Après minuit.

— Vous êtes fatiguée, murmura-t-il. Et tellement triste. Où êtes-vous ?

— Dans ma voiture. Je conduis. Mais j'ai du mal à voir la route.

— Parce qu'il fait noir ?

— Non, à cause de l'humidité.

— Il pleut ?

Il savait déjà que ce n'était pas le cas. D'après le rapport, la nuit était claire et la route sèche.

— Non, chuchota-t-elle.

— Vous pleuriez ?

Elle hocha la tête, d'un geste à peine visible.

— Où êtes-vous, maintenant, Faith ?

Ses lèvres crispées frémirent, trahissant sa concentration.

— Toujours au volant.

— Voyez-vous quelqu'un ?

— Non. Je suis seule.

Je suis seule. Le sentiment de solitude qui se dégageait de ces quelques mots le frappa de nouveau, aussi durement qu'un coup.

— Et le fourgon ?

— Il est sorti de nulle part, dit-elle, d'une voix empreinte de panique.

— Il devait être quelque part, fit-il, apaisant. Qu'y avait-il dans votre rétroviseur ?

Le visage de Faith se crispa une nouvelle fois, puis elle prit une brève aspiration.

— Sur le bas-côté, avant le pont. J'avais oublié. Il m'attendait.

— Bon, il s'engage sur le pont. A quelle vitesse roule-t-il ?

— Vite. Ça m'a étonnée. Il s'est mis à hauteur. Je croyais qu'il allait me dépasser.

— Mais il ne l'a pas fait.

— Non. Il est resté sur la voie de gauche. A contresens. Je pensais que c'était des gamins. Des gamins qui s'amusaient bêtement.

— Pouviez-vous voir par la vitre ?

— Non. Elle était teintée. Mais la vitre est descendue un peu. Et une arme est apparue.

Deacon fronça les sourcils. Le fait qu'elle ait *vu* l'arme ne figurait pas dans le rapport. Ça changeait la donne.

— C'était un fusil ou une arme de poing ?

Elle se mordit la lèvre.

— Une arme de poing. J'ai vu le canon.

— Bien.

Très bien.

— Et ensuite ?

— Il m'a tiré dessus, ajouta-t-elle, après un instant de silence chargé de tension.

Deacon fit appel à toute sa concentration pour empêcher sa colère de transparaître dans sa voix.

— Vous a-t-il touchée ?

— Non, il a manqué son coup, dit-elle en fronçant les sourcils. Il a fait un écart, puis il a commencé à se rapprocher en essayant de me pousser hors du pont.

Le souffle court, elle semblait prise d'une panique qui augmentait à chaque phrase.

— Je me suis arrêtée.

— Vous vous êtes arrêtée ?

— J'ai pilé. Et, lui, il a continué.

— C'était très malin, Faith. Vous êtes en sécurité, maintenant. Il ne vous a pas touchée. Vous n'avez pas été blessée. Maintenant, regardez le fourgon. Il s'éloigne en roulant vite. Mais pendant une seconde vous pouvez le voir, droit devant. De quelle couleur est le soleil ?

— Rouge.

Elle se figea quelques secondes, comme frappée par la foudre. Puis, elle ajouta à voix basse :

— Mon Dieu. Il était rouge avec des rayons, des rayons jaunes. Un soleil levant.

— Vous êtes formidable, Faith, déclara-il d'une voix rassurante. Pouvez-vous distinguer des lettres ?

Tout en parlant, il triait les résultats de ses recherches pour sélectionner les soleils levants.

— Non, je suis navrée, répondit-elle avec une crispation des paupières.

— Vous vous débrouillez très bien.

Deacon voulait l'encourager, même s'il lui paraissait évident qu'elle se laissait envahir par la tension, essayant instinctivement de prendre ses distances avec l'instant qu'elle revivait.

— S'il vous plaît, Faith, j'aimerais que vous respiriez profondément. Voilà… Bien. Maintenant, pensez au fourgon. Vous avez pilé et vous pouvez le voir devant vous, pendant qu'il s'éloigne. Il fait sombre dehors et ses feux arrière sont rouges. Sont-ils rectangulaires ou carrés ?

Elle fronça les sourcils.

— Rectangulaires.

— Vous voyez des portières ?

— Oui. C'est une portière à double battant. Côte à côte. Il n'y a pas de vitres.

— Où est le fourgon, maintenant ?

— Il ralentit, répondit-elle, le souffle de plus en plus précipité. Il a fait demi-tour.

La peur de Faith était palpable. Deacon avait l'impression de la voir sur ce pont, seule et terrifiée. Il fit passer toute son envie de la réconforter dans sa voix apaisante. Caressante.

— Que faites-vous, en ce moment, Faith ?

— Je pleure. J'ai les mains qui tremblent.

Comme en écho, ce tremblement issu du passé s'empara de ses mains croisées sur ses cuisses, puis de tout son corps.

— Il revient à la charge, continua-t-elle, la voix hachée. Je voulais faire demi-tour, mais il était trop tard.

Faith prit une profonde inspiration, leva le menton et carra les épaules.

— Alors, je l'ai chargé, conclut-elle.

Deacon fut fort impressionné par cette démonstration de courage, même s'il avait le cœur battant en mesurant les risques qu'elle avait pris. Elle avait joué à la poule mouillée avec un tueur.

— Que s'est-il passé ?

— Au dernier moment, il a donné un coup de volant.

— A droite ou à gauche ?

— Il est passé à ma gauche. Je l'ai croisé à toute vitesse, dit-elle en ouvrant les yeux et en soutenant son regard. Après j'ai filé.

— Bravo. Vous n'aviez pas dit à la police que vous aviez vu l'arme.

— Je croyais l'avoir fait.

Elle fronça les sourcils pendant qu'elle réfléchissait à la question, puis il vit son regard s'animer lorsqu'elle comprit ce que signifiait la présence de cette arme.

— Il avait un passager.

— Je crois que vous avez raison, dit-il, avant de faire glisser la tablette vers elle. Laquelle de ces plaques correspondrait le mieux à ce dont vous vous souvenez ?

Elle examina l'écran, puis désigna une image, la bouche crispée en une moue de sombre satisfaction.

— Celle-ci.

— Bien. Accordez-moi une minute, s'il vous plaît.

Il appela le central et modifia son précédent avis de recherche.

— Un fourgon Ford blanc, doubles portes. Plaques du Tennessee. Vitres teintées.

Faith attendit qu'il ait raccroché avant de dire :

— Mais, même s'il est ici et s'il est impliqué dans votre affaire, croyez-vous vraiment qu'il aurait gardé les mêmes plaques d'immatriculation ? Il avait prémédité ce qu'il a fait sur le pont. Il était prudent. Ce serait idiot de garder les plaques.

— Vous pourriez avoir raison, mais ça ne coûte rien d'essayer. Il persiste à s'attaquer à vous, ce qui montre un niveau de désespoir grandissant. Les gens désespérés commettent des erreurs stupides.

— Alors, s'il *est* ici, j'espère qu'il est vraiment idiot, murmura-t-elle. Pour le bien de Corinne.

Pas pour le sien. A ce moment, Deacon sut qu'il allait prendre soin de Faith Corcoran. Il allait s'assurer qu'elle reste saine et sauve.

La porte de la salle d'interrogatoire s'ouvrit.

— Novak, tu avais raison, lança Isenberg, un éclat triomphant dans le regard.

Faith regarda le miroir, visiblement mal à l'aise.

— Vous étiez là ?

— La majeure partie du temps. J'avais entendu parler des talents d'interrogateur de Novak et je voulais le voir en action.

Deacon se doutait qu'Isenberg pourrait l'observer, mais il détestait l'idée que l'intimité de Faith avait été envahie, une fois de plus.

— Qu'est-ce que vous avez, lieutenant ?

Le sourire d'Isenberg incarna soudain la férocité.

— Une correspondance balistique. Vous aviez raison. L'arme qui a tué Gordon Shue est aussi l'arme qui a tiré chez le docteur Corcoran, hier après-midi.

Ouais. Deacon lui adressa un sourire tout aussi carnassier.

— Ça avait peu de chances de marcher.

— D'accord, mais ça a payé, rétorqua Isenberg. J'apprécie de plus en plus votre instinct.

— Oh ! mon Dieu, chuchota Faith.

Le large sourire de Deacon disparut abruptement. Faith, bouche bée, arborait une expression horrifiée.

— Vous aviez raison. C'est moi qui l'ai amené ici.

Deacon se rendit compte que, jusqu'à cet instant, elle n'avait jamais vraiment cru à la simple possibilité que Combs soit responsable du rapt de Corinne et Arianna. Pourtant, elle lui avait dit tout ce qu'il voulait savoir, au risque de perdre son autorisation d'exercer. Son gagne-pain. Tout ça pour deux inconnues.

— Il vous a peut-être suivie ici, dit Isenberg. Mais ce n'est pas votre faute. Agent Novak, j'ai quelques autres points à vérifier avec vous. Si vous voulez bien nous excuser, docteur Corcoran.

Deacon se leva, son cœur se fêla un peu plus en voyant la mine de Faith.

— Je reviens dès que possible et je vous conduirai à votre hôtel.

Il hésita, puis lui pressa légèrement l'épaule.

— Vous n'êtes pas responsable de tout ça, Faith, ajouta-t-il. Vous avez fait tout ce qui était en votre pouvoir pour l'éviter.

Elle hocha la tête en silence. Il la laissa seule devant la table, les yeux brillants de larmes nouvelles.

12

Est du Kentucky
Mardi 4 novembre, 1 h 25

Corinne avait presque abandonné. Son pied nu lui faisait l'effet d'un bloc de glace et une douleur terrible lui transperçait le bras. Et sa tête lui faisait mal. Elle avait mal partout.

Elle avait utilisé sa chaussure pour maintenir le lourd battant entrebâillé, de manière à pouvoir passer son bras par l'ouverture pour atteindre le cadenas. A ce moment-là, ça semblait une si bonne idée. Il suffisait de glisser le petit cure-dents dans la serrure. Et c'était tout. *Ça ne devrait pas être si difficile.*

Ses yeux se remplirent de larmes et elle s'affaissa contre la dernière marche de l'escalier. Elle allait mourir ici.

Non, pas question. Arianna est quelque part dehors et il y a aussi cette petite fille. Elles ont besoin de toi.

A l'aveuglette, elle passa le bras par l'ouverture, le courbant à un angle peu naturel pour atteindre le cadenas rouillé. *Ne te défile pas,* ordonna-t-elle au cadenas. *Ne bouge… pas.*

Elle retint son souffle en constatant que la pointe n'avait pas glissé de la serrure comme c'est déjà arrivé une dizaine de fois. Le cure-dents était à l'intérieur. Jusqu'au bout. *Je t'interdis de laisser tomber le couteau, maintenant.* Elle contrôla son souffle, puis secoua légèrement le petit outil. Et elle entendit le déclic de la serrure qui cédait. Des larmes brûlèrent ses joues froides. La chaîne glissa, libérant les poignées. Lentement, soigneusement, elle poussa le battant.

Je l'ai fait ! Elle avait envie de le crier au ciel, dans lequel brillaient les plus belles étoiles qu'elle ait jamais vues. Mais elle se retint. *Pas de bruit. Juste au cas où il serait encore là.* Elle fourra son pied dans sa chaussure et monta sur le sol froid.

Elle eut un coup au cœur. *La forêt.* Ils étaient au cœur de la forêt. Pas de voisins. A des kilomètres de la civilisation. *Merde.*

Elle fit un tour sur elle-même. Et étouffa un hoquet. Du sang avait éclaboussé l'arrière de la maison, près de la bonbonne de gaz. C'était la détonation qu'elle avait entendue, à leur arrivée, songea-t-elle. Sur qui avait-il tiré ?

Craignant d'apprendre la réponse, elle contourna la maison avec précaution et jeta un coup d'œil par la fenêtre latérale.

Un haut tas de terre trônait sur le plancher de la cabane. Une pelle était appuyée contre le mur. Et la fille était allongée sur une couchette, pieds et poings liés. Elle portait un T-shirt au tissu mince et un jean délavé. Pas de chaussure ni de chaussettes. Pas de manteau. Pas de couverture.

Corinne ne vit aucun signe du monstre qui les avait amenés ici et la porte de devant était verrouillée. Le fourgon n'était pas en vue. Il était vraiment parti. Pour l'instant.

Forcer cette serrure fut beaucoup plus facile. Ce n'était qu'un simple verrou, plus probablement destiné à garder les ours à l'écart que les gens.

Elle se faufila à l'intérieur, jetant des regards furtifs au tas de terre. C'était là-dessous qu'il avait dû enterrer les deux hommes morts du fourgon. Ainsi que l'inconnu abattu à leur arrivée. Qui était cette troisième personne ? Il était trop tard pour lui venir en aide désormais.

La fille avait la peau glacée, mais elle était encore en vie. Corinne se fixa deux priorités : la réchauffer et la réveiller. Une couverture traînait sur la couchette voisine. Il aurait pu la recouvrir sans effort, songea Corinne en l'arrachant du lit vide avant de l'enrouler autour du corps gelé de la fille. Pourquoi ne l'avait-il pas fait ?

Pour apprendre à la gamine qui avait le pouvoir, se répondit-elle. A son réveil, la gosse aurait constaté qu'il y avait une couverture et aurait eu envie de s'en couvrir. Mais il dépendrait de lui de la lui donner ou pas.

Il lui apprend, avait dit la jeune fille en parlant d'Arianna. *Ce qu'elle a besoin de savoir.*

Sur la cuisinière, une casserole contenait du ragoût froid recouvert d'une épaisse couche de graisse gélatineuse. Son estomac gronda, et elle se rendit brutalement compte qu'elle éprouvait une faim dévorante.

Il faut que je mange avant de m'écrouler. Elle gratta la couche de graisse de ses doigts tremblants, sans se préoccuper de leur saleté. En ce moment, l'hygiène était le cadet de ses soucis. Elle se fourra des poignées de nourriture dans la bouche, mais laissa une part de ragoût pour la petite. Avec un peu de chance, il y aurait d'autres conserves dans la cabane et elles pourraient manger toutes les deux à leur faim avant qu'il ne revienne.

Elles auraient besoin de toutes leurs forces pour s'échapper.

La fille avait de courts cheveux noirs. La coupe irrégulière laissait penser qu'elle les avait coupés elle-même. Elle était menue, ses seins commençaient à peine à se former. Quel âge pouvait-elle avoir ?

Douze ans, peut-être. Corinne la secoua doucement.

— Réveille-toi. S'il te plaît.

La petite ne broncha pas.

— Je ne peux pas te porter. J'ai du mal à marcher, moi-même. Je t'en prie, réveille-toi.

Mais la respiration longue et profonde de la petite se poursuivit sur le même rythme. Elle ne savait pas avec quel produit il les avait droguées, mais de toute évidence il en avait donné une dose bien trop forte à la jeune fille. Le simple fait de la regarder respirer suffisait à Corinne pour vaciller d'épuisement. La gamine n'allait pas se réveiller de sitôt.

— Il faut que tu ailles chercher du secours, se dit fermement Corinne à haute voix. Mais ne pars pas sans arme.

Elle ne savait pas combien de temps elle aurait à marcher avant de trouver de l'aide au milieu de la forêt. Elle fouilla donc la cabane en quête d'une arme. Un râtelier à fusils se trouvait près de la cheminée, mais il était vide. En revanche, elle découvrit plusieurs couteaux tranchants dans le tiroir de la cuisine et s'en empara. Le seul autre objet qui semblait prometteur était la pelle. Elle la dégagea de la terre et la traîna jusqu'à la porte, en luttant à chaque pas pour continuer. Elle leva la main vers la poignée de la porte, mais ses jambes se dérobèrent.

Merde. Ce fut sa dernière pensée avant que tout ne devienne noir autour d'elle.

Cincinnati, Ohio
Mardi 4 novembre, 1 h 50

Deacon suivit Isenberg dans la salle d'observation adjacente, puis s'arrêta net. Devant la glace sans tain, Bishop et Adam observaient Faith, qui avait détourné le visage du miroir.

Elle a droit à un peu d'intimité, se dit-il en regrettant de ne pas pouvoir l'emmener sur-le-champ. Parce que, même s'il ne pouvait pas voir ses traits, ses épaules minces étaient agitées de mouvements spasmodiques. Elle pleurait encore et ça lui crevait le cœur. *Elle en a assez bavé.*

Au prix d'un gros effort, il la quitta du regard. L'expression d'Adam était indéchiffrable, mais le visage de Bishop trahissait sa compassion. Isenberg les jaugeait tous.

— Vous avez du nouveau ? demanda encore Deacon.

Adam parla le premier.

— Nous avons relevé des empreintes de pneus entre la piste de terre et la maison où les victimes ont été retenues. Le revêtement des pneus concorde avec ceux d'un fourgon. J'ai des agents en uniforme qui ratissent la Route 52 en essayant de rassembler tout ce qu'on peut trouver comme images de vidéosurveillance disponibles.

Deacon avait conscience qu'Adam partageait des informations importantes mais, tout ce qu'il pouvait entendre, c'était son cousin le traitant de *phénomène de foire*. Deacon évacua les paroles cruelles d'Adam et se concentra. Pour Corinne et Arianna. Et pour Faith.

Il hocha la tête.

— Avec un peu de chance, cet idiot utilise le même fourgon. Il avait un complice sur le pont. Je demanderai à Vega de convoquer une nouvelle fois la petite amie pour l'interroger.

— En ce qui concerne la logistique, Corcoran a raison sur un point, fit remarquer Bishop. Combs aurait eu du mal à faire l'aller et retour d'ici à Miami, tout en ayant le temps de saboter la vieille voiture de Corcoran, d'enlever Arianna et Corinne. Sans compter qu'il a infligé toutes ces blessures à Arianna. D'après le chirurgien, certaines de ces plaies datent de plusieurs jours. D'autres d'hier. D'autres encore ne remontaient qu'à quelques heures.

— Alors, il s'est trouvé dans la maison chaque jour, au moins une partie du temps, dit Deacon.

Bishop acquiesça d'un signe de tête.

— Il a *dû* prendre l'avion. Je ne vois pas d'autre explication logique. On devrait vérifier les listes de passagers des aéroports dépendant de Miami et de Cincinnati.

Enfin, Deacon eut l'impression de reprendre une forme de contrôle sur l'affaire.

— On pourrait employer un logiciel de reconnaissance faciale pour vérifier les portes des aéroports avant et après les vols. Je veux une chronologie de ses déplacements pendant les quatre derniers jours. Si Combs a pris l'avion quelque part le week-end dernier, nous devons le savoir.

— Crandall peut s'en occuper, dit Isenberg. Je vais le rappeler.

— C'est un sacré paquet d'infos à démêler pour un seul homme, fit remarquer Deacon, dubitatif. Des heures de vidéosurveillance de plusieurs aéroports. Je devrais demander du renfort au Bureau.

Le lieutenant donna son accord d'un signe de tête peu enthousiaste.

— Passez les appels nécessaires.

Deacon fut soulagé de la voir aussi raisonnable. Il n'avait aucune envie de se retrouver au milieu d'une guerre de territoire.

— Je m'en occupe. Ensuite, dès que j'aurai conduit le docteur Corcoran à son hôtel, je repartirai à la maison. Je vais poster des agents en uniforme sur le parking.

Adam étudiait Faith à travers la vitre.

— Il aurait pu la tuer, hier. Il avait l'occasion idéale quand elle se tenait près de la grille du cimetière, seule et inconsciente de sa présence. Pourquoi ne l'a-t-il pas tuée ?

— Elle l'a peut-être pris par surprise, dit Deacon. D'autant plus qu'elle avait changé de véhicule. Il pensait peut-être qu'elle était encore à Miami. Il a peut-être même entendu parler de l'accident et s'est dit qu'il avait enfin réussi à la tuer.

— C'est possible. A moins qu'il n'ait aussi mis un traceur sous la jeep.

Deacon jura.

— Je demanderai à la scientifique de vérifier. Mais je ne crois pas qu'il savait quel type de véhicules elle conduisait ou qu'elle a quitté la Floride. Elle a roulé pendant trente-deux heures et il n'a rien tenté.

— S'il ne l'a pas tuée, c'est peut-être parce qu'il ne l'a pas vue, dit Adam d'une voix sèche. Il était occupé à enlever et torturer Arianna et Corinne.

— Très juste, convint Isenberg. Que viennent faire Arianna et Corinne dans cette histoire ? Pourquoi s'attaquer à elles ?

— Ça n'a aucun sens, reprit Adam. A moins que Faith ne les connaisse. Si elle ne ment pas et ne les connaît effectivement pas, alors elles ne servaient pas d'appât pour l'attirer ici.

Deacon réfléchit aux arguments d'Adam et dut admettre qu'il était d'accord avec son cousin.

— Mais je ne pense pas qu'il ait voulu attirer Faith ici, il ne veut pas de sa présence. N'oublions pas qu'il a tenté de la tuer avant qu'elle ne quitte la Floride.

— Juste, concéda Adam, à contrecœur. S'il l'avait pu, il l'aurait tuée, nous devons donc imaginer qu'elle l'a surpris ou qu'il n'a pas vu qu'elle était là.

— Et s'il ne savait pas qu'elle était là, dit Bishop, il n'aurait pas pu anticiper qu'elle ait appelé Earl Power. Nous savons que Ken Beatty l'a surpris. Il y a des traces de lutte.

— Nous savons qu'il a traîné Beatty, précisa Deacon. Nous avons trouvé les traces. A un certain moment, le serrurier est arrivé et Arianna s'est échappée. Là, il y a un blanc dans le scénario.

Il grimaça.

— Sacré blanc, grommela Adam.

— Je sais. Espérons qu'Arianna pourra le remplir à son réveil. Entre-temps, je veux savoir ce que fait Combs ici. Et, pour commencer, pourquoi a-t-il pris la maison de Faith ?

— C'est pour mieux te voir, mon enfant, lança Bishop.

Elle laissa paraître son embarras en se rendant compte qu'Adam et lui la fixaient. Puis elle haussa les épaules, d'un air gêné.

— Ce sont ses cheveux qui m'y ont fait penser.

— Ça m'est aussi venu à l'esprit, avoua Isenberg avec un sourire en coin. Faith allait à la maison de sa grand-mère. Combs est arrivé là-bas avant elle et s'y est installé.

Bishop réfléchissait à haute voix :

— Le loup a mangé la grand-mère parce qu'il avait faim et qu'elle était disponible. Combs a peut-être enlevé Arianna et Corinne pour la même raison. Elles rentraient dans leurs résidences en revenant de la bibliothèque. Selon l'étudiante blogueuse qui a interpellé l'administration de l'université à propos des problèmes de sécurité, c'est une zone qui n'est pas couverte par la vidéosurveillance. Les allées étaient désertes. C'était la nuit d'Halloween et il y avait des soirées étudiantes partout. Il s'est peut-être ennuyé en attendant Corcoran, ou il a eu un besoin désespéré de nourrir sa perversion. Corinne et Arianna étaient peut-être des proies de convenance.

Isenberg secoua la tête.

— Ça pourrait expliquer les enlèvements, mais ça ne règle pas le problème de la *raison* qui l'a d'abord poussé à s'emparer de la maison. Il n'a pas tenté d'enlever Faith pour la torturer. Il a directement essayé de la tuer. Pourquoi prendre la peine de s'installer dans la maison de Faith, s'il ne veut pas qu'elle soit ici ?

Dans l'esprit de Deacon, les pièces se mettaient en place.

— Parce qu'il a essayé de la tuer à de multiples reprises. Il ne cesse de la manquer ou elle lui échappe d'une manière ou d'une autre, mais il pouvait voir son agenda. Il savait qu'elle devait venir ici pour la lecture du testament de sa grand-mère.

— La plupart des gens voudraient visiter une maison dont ils viennent d'hériter, dit Bishop. Il ne savait pas qu'elle détestait cette maison. Il s'attendait donc à la visite de Faith plus tôt.

Mais cette théorie ne tournait pas rond non plus, un trou dans leur logique que Deacon ne parvenait pas à cerner. Il passait en revue tout ce que Faith lui avait dit. Brusquement, il identifia ce qui lui avait échappé jusque-là.

— La chronologie n'est pas cohérente. Il y a plus de quinze jours, il ne pouvait savoir qu'elle avait hérité de la maison, puisque l'acte de propriété n'a été rédigé qu'il y a deux semaines.

— Il est installé dans cette cave depuis plus de deux semaines, souligna Adam d'un air sinistre. A mon avis, il est là-dessous depuis plusieurs mois, au moins. Bien longtemps avant la mort de la grand-mère.

— Exact, dit Deacon. La chronologie ne fonctionne que s'il connaissait le contenu du testament. Il a tenté de la tuer après la mort de la grand-mère. Donc, soit ce n'est pas Combs, soit il avait des infos sur le testament. Ça élargit la liste des suspects à l'avocat de la grand-mère, ainsi qu'à ses collaborateurs, sans oublier les autres héritiers.

— Et les déshérités, ajouta Adam. Ils savent que *quelqu'un* a la maison et que ce n'est pas eux.

— Son oncle Jeremy, dit Deacon.

— C'est l'oncle à qui son père ne faisait pas confiance quand elle était une petite fille, expliqua Adam à Isenberg et Bishop. Ce type la mettait assez mal à l'aise quand elle était enfant pour qu'elle ait éprouvé le besoin de le surveiller une fois adulte.

— Et où se trouve cet oncle ? s'enquit Isenberg, sourcils froncés.

— Dans sa « propriété » d'Indian Hill, indiqua Adam avec une trace de sarcasme. Sans doute entouré d'un essaim d'avocats.

— Nous connaissons son adresse, fit remarquer Deacon. Nous ne savons pas s'il est là. J'ai contacté les deux oncles, mais aucun d'eux ne s'est manifesté jusqu'à présent. Demain matin, à la première heure, nous irons leur rendre visite à tous les deux, ainsi qu'à l'avocat de la grand-mère.

— Il a toujours une captive, rappela Adam. Demain matin, ce sera trop tard. Nous devrions aller frapper chez eux tout de suite.

Deacon secoua la tête.

— Pour dire quoi ? « Est-ce que Corinne Longstreet est menottée dans votre cave ? Non ? Désolés pour le dérangement. »

— Non, nous pourrions leur demander où ils se trouvaient vendredi à 23 heures, grommela Adam à travers ses dents serrées.

— Nous n'avons pas de quoi les convoquer pour un interrogatoire. Si l'un d'eux la retient, tout ce que nous arriverons à faire, c'est à le faire basculer. Si Corinne est encore vivante, il pourrait la tuer.

— Si elle est encore vivante, il la torture, rétorqua Adam.

Deacon scruta le visage de son cousin, et saisit un éclair de désespoir dans le regard d'Adam.

— Je sais, dit-il gentiment. Mais, jusqu'à ce que nous ayons une piste solide, je ne veux pas risquer sa vie ou celle de quelqu'un d'autre. Celui qui a enlevé Corinne et Arianna a déjà tué trois personnes à Miami en tentant d'assassiner Faith. En supposant que le préposé à l'électricité et le serrurier sont morts, il y a deux victimes de plus, cette nuit. Il n'hésitera pas à tuer Corinne aussi. J'ai posté des véhicules banalisés devant la propriété de Jeremy. S'il s'en va, nous le saurons. Ensuite, nous pourrons le suivre en espérant qu'il nous mène jusqu'à Corinne.

Malgré ses mâchoires crispées, Adam hocha la tête.

— Très bien.

Deacon se tourna vers Faith.

— La maison elle-même pourrait nous dire ce que nous avons besoin de savoir. Tanaka n'a pas encore terminé de l'analyser et Latent a encore des mètres carrés de relevés d'empreintes à faire.

— C'est quoi l'histoire avec la maison, Deacon ? demanda Bishop. A part que c'est un parfait décor pour film d'horreur, bien entendu. Quand on était là-bas, plus tôt dans la soirée, elle regardait la maison comme si elle était vivante.

— Elle la terrifie, admit Deacon. Apparemment une histoire de mauvais souvenirs, parce que c'est dans cette maison qu'elle a appris la mort de sa mère. Mais j'ai l'impression qu'il y a autre chose là-dessous. Elle a dit que sa mère était morte dans un accident de voiture, mais les circonstances ne semblaient pas proportionnelles à sa réaction. Chaque fois que j'ai mentionné la maison, elle a fait une crise d'angoisse. Ma mère est morte dans un accident de voiture. Je me souviens du moment où je l'ai appris, jusqu'au plus petit détail. Cela dit, je ne redoute pas l'endroit où j'ai appris la nouvelle.

— Ce n'était qu'une petite fille, à l'époque, fit remarquer Bishop. Quel âge avais-tu ?

— Dix-huit ans, répondit-il en chœur avec Adam.

— Et, à l'époque, tu as quitté le droit chemin, lui rappela Adam.

Deacon se souvenait de cette nuit-là. Il se souvenait d'Adam, assis près de lui, plein de compassion, essayant de lui communiquer sa force. Cela ne rendait pas moins douloureuses les paroles cruelles que son cousin lui avait adressées quelques heures plus tôt, mais cela rappelait à Deacon que l'homme qui les avait prononcées avait été son ami le plus proche et le plus loyal. Et il en vint à se demander une fois encore ce qui avait déclenché la fureur qu'Adam avait tant de mal à canaliser.

— Elle trouve peut-être cette maison terrifiante à cause de la mort de sa mère, dit Deacon. Mais la maison est au centre de toute cette histoire. Si difficile que ça puisse être pour elle, je pense qu'elle a besoin de faire la seule chose que Combs et un éventuel complice ont essayé d'empêcher. Elle doit entrer dans cette maison.

— Je suis d'accord, dit Bishop à contrecœur.

Isenberg hocha la tête.

— Amenez-la là-bas demain matin. Maintenant, qu'en est-il de la scène de crime à King's College ? A quel endroit les filles ont-elles été enlevées ? Où en est-on, là-dessus ?

— Il fait trop noir pour s'en occuper, répondit Bishop. Les bois sont si denses que, même avec les projecteurs, on pourrait manquer quelque chose. Il y a une route d'accès utilisée par le département de l'entretien. Elle débouche sur la Sixième Ouest, par un portail secondaire. Il n'aurait pas fallu plus de quelques minutes à quelqu'un pour attraper les deux filles, les fourrer dans un fourgon et s'en aller sans être vu.

— Vous avez sécurisé la scène ? s'enquit Isenberg.

Bishop prit un air offensé.

— Bien sûr. J'ai demandé toutes les images de la vidéosurveillance, y compris toutes les caméras qui couvrent ce portail secondaire. Malheureusement, c'est aussi l'endroit où les étudiants se livrent à des

« activités extrascolaires ». Donc les caméras sont souvent sabotées. J'ai fait un peu de porte-à-porte pour essayer de trouver des témoins, mais personne ne se livrait à quoi que ce soit, ce soir.

— Retrouvons les types de la scientifique à l'aube, pour voir ce qu'on trouve à King's College. D'ici là, je ramènerai Faith à son hôtel. Ensuite, je veux retourner jeter un coup d'œil dans la maison.

Cincinnati, Ohio
Mardi 4 novembre, 1 h 50

Une voiture de patrouille stationnait de l'autre côté de la rue, devant l'hôtel de Faith. *Ce n'est pas bon signe,* songea-t-il en examinant la vue qu'il avait de sa fenêtre. Ça pouvait être une simple coïncidence, mais il ne croyait pas beaucoup plus au hasard que la police.

Si les flics la surveillaient, eh bien, ce n'était pas bon. S'ils la protégeaient, c'était encore pire. Et, même s'ils n'étaient là que pour profiter du réseau wi-fi gratuit du hall de l'hôtel, ce n'était qu'une infime amélioration. Peu importait l'angle sous lequel il envisageait la situation, la présence de ces deux flics augmentait dangereusement le niveau de vigilance dans le secteur. Du moins, pour ce qu'il avait projeté.

Non qu'il ait vraiment le choix. Il devait la réduire au silence pour de bon, et au plus tôt. Après tout, il n'y avait qu'une seule voiture de patrouille. Le temps que les gars reprennent leurs esprits, il aurait filé depuis longtemps.

Après avoir ôté son manteau rembourré et sa casquette de base-ball, il les posa sur le lit non défait, près du sac de golf qu'il avait tranquillement fait passer devant les caméras de sécurité de l'hôtel. Le sac noir banal, acheté chez Goodwill[1], n'avait rien d'exceptionnel.

Son contenu, en revanche, c'était une autre histoire. Il en sortit les clubs de golf, puis retira avec précaution le fusil qui y était dissimulé. Avantage supplémentaire, l'arme ne lui appartenait pas.

Le neuf millimètres qu'il avait utilisé ces derniers temps n'était pas non plus le sien, mais il devrait le jeter dans le fleuve sans trop tarder. Ces derniers temps, il s'en était servi trop souvent et dans trop d'endroits différents. Et, en prime, il avait laissé traîner des balles et des douilles. Ce n'était qu'une question de temps avant que les analyses balistiques n'établissent le lien entre les diverses scènes de crime.

Bien entendu, ils ne pourraient jamais remonter jusqu'à lui, mais ce

1. Association de solidarité, l'équivalent de notre Emmaüs. (NdT)

n'était pas en prenant des risques inutiles qu'il avait réussi à rester libre tout ce temps. Il se targuait d'être un homme prudent.

Il tira une table devant la fenêtre et installa son fusil. Ses erreurs avaient été très instructives. Faith avait déjà échappé à ses balles car, quand il avait pénétré dans l'appartement, il avait été surpris de la trouver armée. Mais cette fois il ne raterait pas son coup.

Cincinnati, Ohio
Mardi 4 novembre, 2 h 5

C'est impossible. Le visage enfoui entre ses mains, Faith s'était répété ces mots jusqu'à la nausée, mais cela ne changeait rien aux faits. Ce n'était pas seulement possible, c'était vrai.

— C'est ma faute.

— Certainement pas.

La voix de Novak était basse, chaude et assurée. Après avoir regagné la salle d'interrogatoire, il avait enfilé le trench-coat de cuir, puis s'était accroupi près de sa chaise pour la regarder dans les yeux.

— Laissez-moi vous raccompagner à votre hôtel. Vous avez besoin de dormir.

Sous le feu de ce regard intense, captivant, elle fut tentée de le croire. Trop faible pour discuter, elle le laissa passer ses bras dans les manches du blouson qu'il lui avait prêté, comme une petite fille. Il dégagea ses cheveux du col avec soin avant de poser la main au milieu de son dos, l'aidant à maintenir son équilibre au moment où elle vacilla légèrement.

— Je suis tellement fatiguée, murmura-t-elle.

— Je le sais, répondit-il à voix basse. Au réveil, la situation ne vous semblera peut-être pas meilleure, mais vous serez en meilleur état pour l'envisager.

Il la guida dans la nuit du dehors, la main toujours posée sur son dos. Lorsqu'ils furent à l'extérieur de l'immeuble, elle se surprit à regretter de ne pas avoir le droit de s'appuyer contre lui. Il était énergique et s'était montré gentil, mais elle savait qu'il valait mieux ne pas compter sur lui pour autre chose. Elle se raidit donc et franchit les mètres suivants le dos bien droit. Puis la main de Novak glissa jusqu'à son épaule, la pressant de s'appuyer contre lui.

— Pas de problème, chuchota-t-il. Vous avez eu une journée difficile.

N'ayant ni la force ni l'envie de résister, elle posa la tête contre lui et prit une profonde inspiration, l'odeur de cèdre lui semblait apaisante. L'espace d'une minute, elle s'imagina pouvoir faire la même chose chaque fois qu'elle en aurait envie, qu'ils étaient intimes. Mais ce n'était pas le cas et, si elle baissait sa garde, cela pourrait mal finir.

— Vous avez rangé votre manteau dans un coffre en cèdre ?

— Oui, il appartenait à ma mère, dit-il. Ses manteaux sentaient toujours le cèdre parce que, hors saison, elle les rangeait dans ce coffre.

Elle avait perçu une note de mélancolie dans sa voix.

— Votre mère est décédée ?

Il hocha la tête.

— J'avais dix-huit ans. Elle est morte avec mon beau-père, nous les avons perdus la même nuit. Un chauffeur ivre.

Faith sentit une tension se réinstaller dans ses épaules.

— Je suis désolée.

— Merci. Ça s'est passé il y a longtemps, mais je crois qu'on ne se remet jamais de la mort de ses parents.

Des Keds rouges se balançaient, des lacets d'un blanc pur qui pendaient. Faith détestait sa mère, l'avait détestée toutes ces années, mais ressentait cruellement son absence.

— C'est sans doute vrai.

Ils étaient arrivés au SUV et elle regretta qu'ils n'aient pas à marcher un peu plus loin, au moins pour sentir encore quelques instants l'étreinte ferme de ce bras. Cela faisait si longtemps qu'elle n'avait pas été contre quelqu'un.

Novak l'aida à s'installer dans le véhicule, boucla sa ceinture, puis se glissa derrière le volant.

— Vous devriez manger quelque chose et dormir un peu.

— Deux perspectives merveilleuses. Mais je ne vois pas où vous pourriez trouver de quoi manger, à cette heure-ci.

— Ne vous inquiétez pas. Je sais où vous emmener, dit-il en insérant le SUV dans la circulation peu dense. Etes-vous végétarienne ?

— Loin de là, dit-elle.

— Alors, je connais quelques fast-foods ouverts toute la nuit, on peut toujours passer au drive-in.

— C'est très bien, mais…

Elle se tut. *Ne sois pas impolie, Faith.*

— Un hamburger serait parfait.

— Mais quoi ? demanda-t-il.

— Eh bien, un peu plus tôt, quand nous avons quitté l'hôpital, j'aurais juré avoir senti l'odeur du chili de chez Skyline, dans la voiture.

Surpris et amusé, il haussa les sourcils.

— Vous ne vous êtes pas trompée. J'ai apporté des Coneys à mon frère et à mon oncle. Je dois avouer que vous m'étonnez, Faith. Je ne m'attendais pas à ce que vous ayez une telle familiarité avec nos spécialités locales.

Du chili épicé à la cannelle et du fromage sur des hot-dogs ou des spaghettis, ça ne se trouvait qu'à Cincinnati.

— Quand j'étais gamine, je mangeais des Coneys pour le déjeuner. Et puis, mon oncle Jordan et moi avions l'habitude de nous faufiler dehors la nuit. Mais nous devions nous contenter d'un plan à trois, parce que Gran aurait senti les oignons du plan à quatre et on se serait fait pincer.

Elle éclata de rire, un peu sidérée d'avoir eu la capacité de le faire, alors que moins d'une demi-heure plus tôt elle pleurait à chaudes larmes.

— Il n'y a qu'à Cincinnati que l'on peut prononcer une phrase pareille en restant poli.

— Quelle phrase ? demanda Novak avec un grand sourire. « On se ferait pincer » ? Ou « Senti les oignons » ?

Le cœur de Faith fit un petit bond. Un agent Novak souriant était une vision grisante et pour un instant elle se laissa aller à le regarder tout son soûl.

— Gran disait que l'expression « plan à trois » était tout simplement vulgaire.

— Sérieusement ? Elle se mettait vraiment en colère ? Mais il ne s'agit que de nourriture, après tout.

Une nourriture réellement délicieuse et qui se rattachait à un de ses souvenirs les plus heureux, songea Faith.

— Gran se fâchait souvent. Elle était très stricte, mais Jordan voulait s'assurer que je ne rate pas trop de choses. Il me faisait entrer dans tous les endroits que Gran m'interdisait par principe.

Novak lui jeta un regard intrigué.

— Comme quoi, par exemple ?

— Les concerts de rock, les films interdits aux moins de seize ans. Les bars. Il m'offrait des cigarettes.

Il fronça les sourcils.

— Quel âge aviez-vous ?

— Quatorze, quinze ans. Jordan n'aurait sans doute pas dû m'accorder autant de liberté. J'aurais pu avoir un tas d'ennuis. A vrai dire, j'ai eu de la chance. Je buvais à l'époque… beaucoup. Et il y a des alcooliques dans ma famille. J'aurais pu dévaler cette pente savonneuse. Heureusement, je n'ai pas été prise.

— Mais quel genre d'oncles avez-vous, donc ?

— De jeunes oncles. Jordan et Jeremy n'ont que douze ans de plus que moi. Jordan en avait vingt-six à l'époque. C'était plus un grand frère qu'un oncle.

— Vingt-six ans, c'est assez vieux pour réfléchir aux conséquences de ses actes.

— Je le sais. Et lui aussi. Mais à l'époque il vivait sa propre adolescence. A dix-sept ans, il a été atteint d'un cancer, il a perdu plusieurs années en chimio et en convalescence. Je n'étais qu'une gamine, mais je me souviens qu'il était très malade. C'était peut-être sa manière de faire les quatre cents coups.

Novak hocha la tête, à regret.

— J'ai moi-même fait des choses stupides quand ma mère et mon beau-père sont morts. J'avais dix-huit ans et, moi aussi, j'aurais dû réfléchir aux conséquences de mes actes. Si je comprends bien, vous avez passé pas mal de temps avec votre oncle et votre grand-mère, à l'époque.

— J'ai vécu avec eux durant mes deux premières années de lycée.

— Pourquoi ?

— Mon père est tombé malade. Pendant quelque temps, il n'a pas pu s'occuper de moi.

Elle se tut brièvement, songeant à quel point la période que son père avait passée en désintoxication avait été infernale pour eux deux.

— Dès qu'il est allé mieux, il m'a reprise avec lui, précisa-t-elle. J'ai fini le lycée à Savannah.

— C'est une vraie galère de devoir changer d'école, lança Novak.

— A l'époque, papa avait épousé Lily et il était heureux, dit-elle, puis elle haussa les épaules. Maintenant que je suis de retour, il faut absolument que je voie si le chili de Cincinnati est aussi bon que dans mon souvenir. Je saurai ça demain au déjeuner.

Novak vira sèchement à droite et pénétra dans le parking d'un Skyline.

— Ou alors, tout de suite.

Faith écarquilla les yeux, délicieusement surprise.

— Ils sont encore ouverts ?

— Jusqu'à 3 heures. C'est ici que je traînais au temps du lycée.

Il s'engagea dans l'allée du drive-in et commanda plus de nourriture qu'elle n'en avait absorbé en une semaine, puis il arrêta le SUV sur une place de parking et lui tendit le sac.

— Un petit pèlerinage au pays des souvenirs ?

Elle lui adressa un sourire.

— Merci, agent Novak. C'est adorable. Je meurs de faim.

Elle plongea dans le sac et en sortit le plan à trois qu'il lui avait commandé. Il attendit qu'elle ait pris sa première bouchée.

— Alors ?

— Pareil, marmonna-t-elle. C'est bon de savoir que certaines choses ne changent pas.

Il engouffra méthodiquement presque tout le contenu du sac, mais lui offrit le dernier Coney. Puis, il pivota sur son siège et s'adressa à elle, de nouveau complètement professionnel.

— Une voiture de patrouille est postée devant votre hôtel.

Il plongea la main dans une de ses poches et en sortit le téléphone prépayé qu'elle avait acheté la veille. Il lui tendit l'appareil, accompagné d'une carte de visite.

— Ajoutez mon numéro à votre liste de contacts. Si vous voyez Combs ou si vous avez l'impression d'être suivie, appelez d'abord le 911 et, ensuite, prévenez-moi. D'accord ?

Elle étudia la carte de Novak, puis le regarda, désorientée.

— Ce n'est pas le numéro que vous avez donné à Vega quand je l'ai appelée de l'hôpital, fit-elle remarquer.

Elle crut le voir s'empourprer.

— Ce n'est pas le même… J'ai donné à Vega le numéro de Bishop.

Il fallut une seconde à Faith pour comprendre.

— Vous allez me confier à Bishop ?

C'était blessant, bien plus que cela n'aurait dû. *Oh ! Faith. Tu es stupide.* Elle avait pris quelques mots gentils, l'offre de quelques hot-dogs Skyline, et leur avait accordé des dimensions hors de proportion.

— J'en avais l'intention, avoua-t-il tranquillement. Je devrais probablement continuer dans cette voie. Mais ce n'est plus le cas.

Elle retint son souffle.

— Pourquoi ?

— Parce que j'ai changé d'avis.

Cincinnati, Ohio
Mardi 4 novembre, 2 h 45

J'ai changé d'avis. Deacon arrêta son SUV derrière le véhicule de patrouille garé devant l'hôtel de Faith. Les dernières paroles qu'il avait prononcées continuaient à résonner dans son esprit. Les raisons qui l'avaient poussé à dire une chose pareille à Faith restaient confuses. En revanche, il savait qu'il aurait dû s'abstenir d'en parler. Voire de changer d'avis.

Mais elle le fascinait… son courage, sa vulnérabilité. Son visage. Et ce décolleté, dont il avait saisi un aperçu intrigant dans la petite salle d'examen de l'hôpital, avait sans doute joué un petit rôle dans sa décision.

Cependant, il restait un problème, Faith était toujours un témoin. Et il avait encore un boulot à terminer.

— Le détachement affecté à votre hôtel est déjà sur place.

Il avait injecté dans cette phrase une brusquerie toute professionnelle, qui lui râpa la gorge comme du papier de verre. Secouant légèrement la tête, il s'apprêta à sortir du SUV, mais elle se pencha en avant et alluma le plafonnier. *Merde.*

— Pourquoi ? demanda-t-elle en scrutant son visage. Ne faites pas semblant de ne pas avoir compris. Et, je vous en prie, ne vous cachez pas derrière votre façade désinvolte. Je veux simplement une réponse honnête. Vous avez renoncé à me confier au lieutenant Bishop. Pourquoi avez-vous changé d'avis ?

— Je ne sais pas, répondit-il à voix basse.

— C'est parce que je vous fais pitié ?

— *Non !*

Il maîtrisa sa voix et contrôla l'expression de son visage avant de reprendre la parole.

— Je respecte les risques que vous avez pris pour venir en aide à ces victimes, à Miami. Je respecte ce que vous avez fait pour Arianna et Corinne, cette nuit.

— Le respect, c'est bien beau, mais votre travail n'est pas de me materner, agent Novak.

Deacon, eut-il envie de grommeler. *Je m'appelle Deacon.* Mais il ne pouvait pas dire une chose pareille. Il avait déjà assez pris les devants.

— Je connais mon travail. Je ne suis pas ici pour vous materner. Je suis ici pour assurer votre sécurité.

Elle lui adressa un sourire mal assuré.

— Les policiers que vous avez affectés ici peuvent s'en occuper.

Non, c'est moi *qui vous protégerai. C'est ça, mon boulot.* Mais il serra les dents et ne dit rien.

Le sourire de Faith vacilla, mais elle s'efforça de le maintenir.

— Si vous avez besoin d'autres informations, n'hésitez pas à m'appeler. Si je vois Combs ou si je pense qu'il n'est pas loin, j'appelle le 911 et ensuite je vous préviens.

Elle tendit la main vers la poignée de la portière, mais il fut plus rapide et se pencha pour lui saisir le poignet.

— Stop. Attendez, je vais faire le tour pour vous couvrir.

— Vous avez raison, dit-elle, l'air désemparé. Je ne sais pas ce que j'avais en tête. Je suis navrée.

Il savait que cet embarras n'avait pas de rapport avec le petit manquement à la sécurité qui venait de se produire. En réalité, Faith s'en voulait d'avoir surinterprété son changement d'attitude. Sauf qu'elle aurait dû se fier un peu plus à son jugement, car elle avait fort bien compris ses paroles, exactement comme il les avait prononcées.

Bien sûr, il aurait dû lui libérer le poignet, mais ne pouvait s'y résoudre. A cause de la peau douce, du pouls qui palpitait sous ses doigts. D'un geste léger, son pouce caressa l'intérieur du poignet de Faith.

— Je ne suis pas certain de mes sentiments actuels, mais je peux vous jurer que ce n'est pas de la pitié.

Elle leva les yeux, accrochant son regard.

— Est-ce assez honnête pour vous ? ajouta-t-il.

Il regarda les joues de Faith devenir encore plus rouges que ses cheveux.

— Oui. Pour l'instant.

Il s'obligea à la lâcher.

— Pas seulement pour l'instant. Mais jusqu'à ce que l'affaire soit close. Vous êtes un témoin, dit-il, tâchant d'adopter un ton ferme. Toute relation plus intime ne serait pas éthique.

— Non, j'imagine que ce ne le serait pas.

Elle soutenait son regard. Les yeux verts brillaient soudain d'une lueur de provocation. Il y lisait de l'excitation, une invitation sensuelle et pleine d'audace.

— Cela dit, je ne suis pas exactement l'incarnation de la déontologie, n'est-ce pas ?

Pendant un instant, il ne put la quitter des yeux, le souffle coupé. Et il regretta qu'ils ne soient pas seuls. S'ils avaient été en tête à tête, il aurait pu découvrir si la bouche de Faith avait le goût délicieux qu'il imaginait. Il se jura de lui faire oublier chacun des horribles cauchemars que Combs lui avait infligés. Mais, pour commencer, il devait attraper ce salopard.

L'idée que Combs était encore libre ne fut pas le seau d'eau froide qu'il espérait. En revanche, l'idée que Faith se voyait comme une « incarnation » de l'amoralité eut l'effet escompté.

C'était comme si elle se considérait comme une marchandise de second choix. Elle semblait penser que son désir pour elle n'était motivé que par l'attrait du fruit défendu. Parce qu'elle n'était pas une option honorable. Qui avait pu lui mettre pareille idée en tête ?

— Il semble que vous m'ayez mal compris, dit-il. Je voulais dire que votre déontologie ne posait aucun problème. Mais quand nous serons ensemble, si ça arrive, ce sera parce que je vous respecte, que vous me plaisez et que je vous désire. Pas parce que vous offrez un plaisir facile ou que vous auriez le goût du fruit défendu.

Une lueur de surprise traversa le regard de Faith.

— Je ne peux pas vous plaire. Vous ne me connaissez même pas.

Mais elle lui plaisait. Et c'était bien le problème.

— J'en sais assez. Je verrai le reste au fur et à mesure, conclut-il.

Puis, il descendit du SUV avant de faire quelque chose de stupide comme de répondre à ses avances, par exemple.

Cincinnati, Ohio
Mardi 4 novembre, 3 heures

Elle avait fini par revenir. Mais elle n'était pas seule.

Il plissa les yeux pour mieux voir le SUV sombre à travers sa lunette de visée. Le véhicule était garé derrière la voiture de patrouille, occupée par deux policiers. Elle avait trois types pour assurer sa sécurité. Pour qu'ils aient organisé sa protection, elle avait dû leur dire quelque chose. Ou alors la fille Escobar avait parlé. *Merde.*

Mentalement, il se gratifia d'une bonne bourrade. *Allez, sois un peu positif!* Arianna n'avait pas vu son visage. Elle ne pouvait rien leur révéler en dehors de l'emplacement de la maison. Et, ça, ils le connaissaient déjà. Soudain, il serra les mâchoires. *Et l'existence de la gamine, bon Dieu !* Maintenant, ils chercheraient la gamine.

Détends-toi. Roza était enfermée dans la cabane, avec la Longstreet. Elles attendaient son retour. Avec impatience, sans doute. Longstreet avait entendu les hurlements de son amie, elle savait donc exactement ce qui l'attendait. Quand il avait la possibilité d'en enlever deux en même temps, c'était un aspect des choses qu'il appréciait particulièrement. La terreur de la seconde était toujours tellement plus gratifiante.

Il fronça les sourcils, le regard toujours fixé sur le SUV, garé sous le porche de l'hôtel. Que diable fabriquaient-ils là-dedans ? Ils étaient là depuis au moins deux minutes, maintenant. *Ah, enfin !* La portière du conducteur s'ouvrit et…

— Ça alors !

Le type qui sortait du SUV était de bonne taille, avait un manteau de cuir étroitement ajusté aux épaules qui lui donnait l'air d'avoir des muscles sur ses muscles, et davantage l'allure d'un gros bras de la mafia que celle d'un flic.

La chevelure de l'homme retint particulièrement son attention. D'un blanc de neige, ses cheveux se hérissaient tout autour de sa tête. Le type était vieux. Ses réflexes ne devaient plus être ce qu'ils avaient été.

L'homme referma la porte du véhicule, s'immobilisa un instant et prit une profonde inspiration. Puis il se retourna, et son visage apparut clairement dans la lunette.

Voyez-vous ça ! Il n'était pas du tout vieux, même plutôt jeune. Et l'expression de son visage…

Ah ! Il savait reconnaître un homme excité et frustré quand il en voyait un. Le type aux cheveux blancs avait un penchant pour la petite Faith. *Dommage, mon gars. Elle sera morte dès qu'elle franchira la porte de l'hôtel.*

13

Cincinnati, Ohio
Mardi 4 novembre, 3 heures

Toujours installée dans le SUV, Faith regardait Novak qui discutait avec les flics en uniforme, entre les deux véhicules. Il remit aux deux hommes des photos d'identité judiciaire de Combs, puis effectua une rapide inspection de la façade et des côtés de l'hôtel.

Plaisir facile. Fruit défendu. Etait-ce vraiment ce qu'elle pensait d'elle-même ? Peut-être. Et puis, une fois encore, c'était peut-être simplement une façon d'oublier la terreur de ces dernières semaines. Ou des dernières heures. Elle voulait peut-être juste se retrouver dans les bras de quelqu'un. Ce n'était tout de même pas si condamnable ?

Tu l'aurais ni plus ni moins utilisé. Tu le sais. Et lui aussi.

Faith soupira, sachant que son analyse était juste. Elle s'était laissé emporter, avait voulu jouer les vamps, à cent lieues de sa véritable nature. *Il aurait pu en profiter.* Mais il n'en avait rien fait.

Une partie d'elle était soulagée. Une autre partie, frustrée. Mais, pour l'essentiel, la honte dominait. La sœur de Novak avait juré qu'il était un type bien. Et Faith l'avait vu en faire la démonstration plusieurs fois au cours des dernières heures. Elle venait encore de le voir en action. Parce que, même s'il avait décliné son invitation, il avait été tenté. *C'est déjà ça.*

Novak apparut dans le rétroviseur du SUV, après avoir fait le tour de l'hôtel. Pendant un instant, elle s'autorisa à l'observer. A s'abandonner au désir. C'était un homme fascinant, de la tête aux pieds.

Il ouvrit la portière et tendit la main pour l'aider à descendre sur le trottoir. Au moment où ses chaussures entrèrent en contact avec le sol, elle trébucha, ses genoux raides lui dérobant le peu de grâce qu'il lui restait.

Il la rattrapa juste avant qu'elle ne heurte le trottoir et la serra contre lui, comme il l'avait fait au cimetière. Sauf que cette fois ils se trouvaient face à face. Et qu'il la retint quelques secondes de plus. Le torse de Novak prit de l'ampleur contre ses seins, pendant qu'il inspirait son parfum.

Ils s'accordaient à merveille, sa tête trouva une place au creux de la large épaule, sa joue se pressa contre le cœur qui battait la chamade. Puis elle revint à la raison et s'écarta de Novak.

— Je suis désolée.

Il l'aida à reprendre son équilibre d'un geste ferme.

— Vous allez bien ?

La voix grave et voilée fit courir un nouveau frisson sur sa peau.

— Je n'avais pas l'intention de…

Elle regarda par-dessus son épaule. De la voiture de patrouille, les deux flics observaient la scène avec intérêt. Détournant les yeux, elle sentit ses joues s'empourprer.

— Je n'avais pas l'intention de m'appuyer contre vous.

— Tout va bien. Ce n'est pas toutes les nuits que vous grimpez un talus rocailleux pour sauver la vie d'une jeune fille. Vous avez le droit de vous appuyer contre qui vous voulez.

La voix profonde de Novak avait perdu cette tonalité voilée, mais avait gardé sa douceur, et elle eut l'impression de la sentir vibrer au plus profond d'elle-même.

Il releva la tête, examinant les véhicules garés alentour. Elle essaya de l'imiter, mais elle était trop petite pour regarder par-dessus le SUV qui lui bloquait la vue.

— Vous voyez un fourgon blanc ? murmura-t-elle.

— Non.

Elle n'y croyait pas vraiment. Si Combs était encore là, il avait dû larguer son fourgon.

— Il est tard, dit-elle. Je dois dormir un peu avant d'aller travailler demain.

Novak fronça instantanément les sourcils, prenant une allure redoutable.

— Vous ne pouvez pas aller travailler avant la résolution de cette affaire.

Elle inclina la tête, imitant l'attitude familière de Novak.

— Hum, il est peut-être temps de revenir à la réalité ? Je viens de commencer un nouveau boulot. Je ne peux pas être absente le deuxième jour. Je vais me faire virer.

— C'est mieux que de ne pas pouvoir y aller parce que vous êtes morte, dit-il d'un air grave. Je vous ferai un mot si vous voulez. « Cher monsieur le banquier, veuillez excuser Faith qui ne viendra pas travailler aujourd'hui, car elle a une grosse cible dessinée sur le cul. »

— On m'a tiré dessus, on a essayé de me cramer, et j'en passe, mais je n'ai jamais manqué une seule journée de boulot. Et puis, je travaille dans une banque maintenant. Il y a des gardes armés partout. C'est très sûr.

Il lui passa la main dans le dos, la pressant d'avancer.

— Parlons-en à l'intérieur.

Il la guida vers la double porte de verre. Le battant de droite était maintenu ouvert par un portier au regard un peu trop curieux, mais ce n'était pas tous les jours qu'une de leurs clientes était escortée par quelqu'un qui ressemblait à Deacon Novak.

Soudain le portier pâlit et recula, lâchant la porte qui se referma. En jetant un coup d'œil par-dessus son épaule, elle découvrit que Novak arborait une expression qui aurait pu terrifier n'importe qui, y compris elle. Son regard fulminant semblait transpercer le pauvre homme, qui baissa les yeux comme un enfant pris en faute. Lorsque Novak se pencha en avant pour ouvrir la porte lui-même, Faith opposa à son expression courroucée un regard tout aussi furibond.

— Etait-ce vraiment nécessaire ? murmura-t-elle.

Au même moment, un des battants de verre se brisa en mille morceaux, balayant toute pensée cohérente ; une impression de déjà-vu submergea son esprit. Novak réagit en une fraction de seconde, il tira violemment la porte et les projeta tous deux à l'intérieur du hall de l'hôtel. Ils atterrirent durement sur le sol.

— Tout le monde à terre ! hurla-t-il.

Il lui fit un rempart de son corps, alors qu'un deuxième coup de feu fracassait l'autre porte, faisant pleuvoir sur eux une multitude d'éclats de verre. Il était grand et lourd, l'immobilisait complètement. A peine capable de respirer, elle se mit à trembler.

Gordon. Ce fut la seule pensée qui lui vint à l'esprit. Il avait tué Gordon de la même manière. *Combs est là.*

Ecrasée sous le poids de Novak, elle tordit le cou pour regarder derrière eux, sa joue frotta sur la moquette rêche et elle entrevit le portier qui s'affaissait à l'extérieur comme au ralenti, dans un silence presque surnaturel. Il ne se releva pas.

Non, ça ne va pas recommencer. Par pitié ! Elle se débattit pour se relever, mais Novak la repoussa fermement, avec une rude vigueur à laquelle elle ne pouvait espérer s'opposer.

— Restez à terre !

— Il est touché, Deacon, dit-elle d'une voix que la panique rendait plus aiguë. Il va mourir. Exactement comme Gordon. Je vous en prie. Nous devons l'aider.

— Bon Dieu, Faith. Ce salopard cherche à vous attirer à découvert. Il sait que vous allez vous précipiter pour aider la victime. *Restez couchée.* Les agents qui sont dehors se chargent de mettre le portier à l'abri. Je veux que vous restiez où vous êtes. Etes-vous blessée ? Vous a-t-il touchée ?

Toujours coincée sous Novak, Faith tremblait violemment. Elle commençait à claquer des dents.

— N… non. Et vous ?

— Non.

Le corps de Novak se souleva d'un cheveu, il frôla l'arrière de sa tête du menton, alors qu'il examinait le hall.

— Quelqu'un d'autre a été touché ? cria-t-il.

— Non, répondit une voix féminine, à peine audible. J'ai appelé le 911.

— Bien. Emmenez tout le monde derrière le comptoir de la réception et restez-y jusqu'à ce que je vous dise de sortir.

Il bougea encore, cette fois pour prendre son téléphone. Faith entendit la sonnerie, la voix d'Isenberg qui prenait la communication, puis celle de Novak, calme et autoritaire.

— Nous sommes dans la ligne de tir d'un sniper, à l'hôtel de Faith. Il a l'air d'être installé dans l'hôtel qui se trouve de l'autre côté de la rue. Envoyez des renforts pour couvrir les issues. Un des employés a été atteint, il a besoin d'une ambulance.

Il se tut un instant, puis lança une réponse abrupte.

— J'y travaille. Envoyez-moi les renforts au plus vite. Merci.

Il remit le téléphone dans la poche de son manteau, puis se tortilla de nouveau pour regarder derrière lui, cette fois.

Elle s'était calmée en entendant la voix de Novak, au moins assez pour que son esprit se remette à fonctionner.

— A quoi travaillez-vous ?

— A nous sortir de la ligne de tir.

— Oh…

Ce serait une bonne chose.

— Est-ce que le portier est toujours vivant ? ajouta-t-elle.

— Oui.

Il avait hésité, et le cœur de Faith manqua un battement.

— Les agents l'ont traîné derrière un de ces pots de fleurs géants qui sont à l'extérieur, ajouta-t-il. Mais vous et moi sommes des cibles faciles derrière cette façade de verre.

Il posa les paumes à plat de part et d'autre de la tête de Faith, puis tendit les bras et se souleva. Aussitôt, il se laissa retomber et la heurta durement, expulsant l'air de ses poumons.

— *Bordel de merde*, gronda-t-il. Putain d'enfoiré de *fils de pute*. Bordel, bordel, *bordel*.

Non. Telle une entité animée, la terreur plongea ses griffes dans la poitrine de Faith. *Il a été touché*. Elle se débattit de toutes ses forces pour échapper au poids de Novak. Pour l'aider.

— Faith, chuchota-t-il. Arrêtez.

Il haletait au-dessus d'elle, luttant pour reprendre son souffle.

— Il ne va pas laisser tomber, bredouilla-t-elle.

Elle était piégée, le corps écrasé contre le sol.

— Il va encore vous tirer dessus, insista-t-elle.

Elle l'imaginait perdant tout son sang sans qu'elle ne puisse rien y faire. Un sanglot lui monta à la gorge.

— *Bougez,* je vous en prie. Je ne peux pas porter votre cervelle. Je ne peux pas.

Le gloussement de Novak la tira de son état de panique et la ramena à la réalité. Il n'était pas Gordon. Il était Deacon Novak et il n'était pas mort, comme le prouvait ce souffle tiède près de son oreille.

— J'avoue que cette perspective ne me semble pas très enthousiasmante, dit-il.

— Où êtes-vous touché ?

Sa voix tremblait. Tout son corps tremblait.

Novak referma les bras autour de sa tête, l'enveloppant dans un cocon de cuir. Elle aspira profondément, laissant la senteur du cèdre pénétrer ses poumons, tel un baume apaisant. En voyant qu'il tenait une arme, elle se calma. S'il pouvait encore bouger, la blessure n'était pas aussi grave qu'elle le redoutait.

— Il m'a touché à l'épaule gauche, mais ça va. Il a eu le gilet.

Un gilet pare-balles. Une image s'imposa à son esprit. Une fois, Charlie était rentré à la maison après avoir pris une balle dans son gilet. Son pectoral gauche était d'un noir violacé. Mais il ne saignait pas.

— Il continuera à tirer, dit-elle. Il a continué à tirer sur Gordon jusqu'à ce qu'il le tue.

— Il ne tire plus, nous sommes donc probablement dans un angle mort. Chut. Je calcule.

Les trajectoires, comprit-elle. Les coups de feu avaient cessé. Elle réfléchit à l'agencement de la rue, des voitures garées. De l'hôtel d'en face.

— Il n'est pas sur le toit. L'avancée de l'immeuble aurait arrêté ses balles. Quelque chose nous a protégés. Votre SUV ?

Il se tortilla pour regarder derrière eux.

— Au moins à hauteur des portières. Les vitres sont en miettes. Il doit se trouver quelque part au premier étage de l'autre hôtel.

Il posa le front sur l'arrière de sa tête et chuchota :

— Il ne peut pas nous avoir si nous restons bien à plat, mais nous ne pouvons pas avancer, alors nous allons devoir ramper vers l'arrière. C'est dans vos cordes ?

— C'est du gâteau ! N'oubliez pas que j'ai escaladé un talus pieds nus, lança-t-elle avec une confiance qu'elle était loin d'éprouver.

Il serra son bras.

— Bien. Gardez la tête basse. Vos cheveux sont comme une fusée éclairante.

— Parlez pour vous, Novak ! Votre tête est aussi visible qu'un satané projo, lui jeta-t-elle avec agacement, parce qu'elle était terrifiée.

Terrifiée pour lui. En ce moment, elle savait qu'il était prêt à la protéger, même au prix de sa vie, sans ciller.

Il gloussa une fois de plus.

— Très bien. Allons-y.

Il baissa la tête, puis se décala de quelques centimètres vers l'arrière en prenant appui sur ses avant-bras. Sous lui, elle opéra de la même manière. Elle constata d'emblée que le plan de Novak avait une conséquence. Non préméditée, certes, mais pas moins embarrassante.

A chaque déplacement en arrière, son estomac frottait le sol, mais ses fesses infligeaient le même traitement au bas-ventre de Novak, dont le corps avait instantanément réagi. Et son membre devenait de plus en plus dur.

De plus en plus dur et de plus en plus gros. Tant et si bien qu'il n'avait aucune possibilité de lui cacher son érection, comme il avait tenté de le faire à l'hôpital. Et encore une fois elle se demanda comment cela serait d'être avec lui. Sans doute un peu inconfortable au début, parce qu'à cet endroit sa taille était proportionnée au reste de sa personne.

Mais ça en vaudrait la peine. Juste une fois. Elle se tança. *Arrête ça tout de suite. Ta vie est en danger. Arrête de penser à son… euh. A ça.* Mais ne pas y penser s'avérait de plus en plus difficile.

Soudain penser au sexe alors qu'elle était en danger de mort ne lui parut plus aussi stupide. Et le sexe avec Novak ? Elle pourrait mourir heureuse.

Ça suffit. Personne ne va mourir. En tout cas, personne d'autre. Faith se mordit la lèvre, puis elle se concentra sur le sol à quelques centimètres de son visage, s'accrocha au fait que Combs était tapi dehors et tentait de les tuer. Il avait déjà tiré sur le portier. *Exactement comme il a tué Gordon !*

Le souvenir du sang de Gordon sur ses mains lui éclaircit l'esprit, mais cela ne la rendait pas moins sensible au corps de Novak. De toute évidence, il était dans la même situation parce que, lorsqu'ils atteignirent l'entrée, elle perçut son souffle laborieux.

— Je vais me redresser, lui dit-il à l'oreille.

Elle frémit contre lui et l'entendit retenir sa respiration, jurer à voix basse, puis il continua, toujours en chuchotant :

— Quand je vous le dirai, je veux que vous vous mettiez à quatre pattes et que vous rampiez vers la gauche aussi vite que possible. Ne vous occupez pas de moi. A trois, d'accord ?

Au signal convenu, Faith rampa sur du verre brisé pour la deuxième fois en moins de douze heures. Quand elle atteignit le mur, elle s'affala contre la cloison et se laissa tomber assise. Elle entendait les sirènes. Les renforts de Novak arrivaient. Mais ils ne parviendraient pas à arrêter Combs pour autant. Jusqu'à présent, il s'était montré trop malin pour se laisser piéger aussi aisément. Ce n'était pas ce soir qu'il allait commettre une erreur.

Novak avait rampé derrière elle, puis il se redressa de toute sa taille, d'un mouvement fluide, et observa ce qui se passait à l'extérieur, tout en faisant jouer son épaule. Il serra les dents et son expression s'assombrit.

Faith se retourna pour glisser un regard de l'autre côté du mur, vers l'entrée vitrée. Elle comprit l'inquiétude de Novak. Les deux policiers avaient tiré le portier derrière leur véhicule de patrouille, leurs mains et leurs uniformes étaient couverts de sang. L'un d'eux pratiquait un massage cardiaque sur le blessé, tandis que l'autre tentait d'arrêter l'hémorragie.

Le cœur de Faith se serra. Et si l'homme était mort comme Gordon ? Ou comme cette mère et son fils ?

Elle se détourna pour regarder Novak. Il avait les mâchoires crispées, les lèvres si serrées que de profondes rides descendaient de ses commissures. Visiblement, il souffrait beaucoup. Et s'il lui avait menti à propos du gilet de protection ? Ça lui ressemblerait bien d'essayer de lui épargner une source d'inquiétude supplémentaire.

En prenant appui sur le mur derrière elle, elle se releva. Elle saisit le manteau de cuir de Novak, du côté qui n'avait pas été touché.

Il attrapa ses poignets d'un geste plein de douceur.

— Il est peut-être encore dehors. Je dois y aller.

Elle se libéra.

— Vous ne pourrez pas l'attraper si vous continuez à saigner.

— On croirait entendre Dani, grommela-t-il, mais il la laissa lui enlever le trench-coat.

Cette absence de discussion était révélatrice. Et la grimace qui lui déforma le visage était encore plus éloquente. Elle lâcha le manteau, non sans avoir remarqué que la balle avait traversé le cuir.

— Votre manteau est fichu.

— Je le ferai raccommoder. Ce n'est pas la première fois que je prends une balle perdue.

Etait-ce censé la réconforter ? Toujours inquiète, elle s'empressa de lui enlever sa veste, soulagée de découvrir que la chemise blanche était immaculée, hormis un trou noirci laissé par la balle.

— Je ne vois pas de sang.

— Ça ira, je vous l'ai déjà dit, le gilet a arrêté la balle.

Sans prêter attention à ces dénégations, elle lâcha la veste sur le tas, dégagea d'un geste vif les pans de la chemise du pantalon et la déboutonna de ses doigts tremblants.

— Faith ? *Faith*, dit-il en lui attrapant les poignets, toujours avec douceur, en dépit de son expression mortifiée. Je ne saigne pas. La balle n'a pas atteint ma peau.

— Vous n'en savez rien. Vous pourriez saigner sous le gilet pare-balles.

Elle retint un brusque afflux de larmes. *Chute d'adrénaline*, diagnostiqua-t-elle machinalement.

— Ecoutez, j'ai vu Gordon mourir sous mes yeux, reprit-elle, d'une voix rauque. Je ne peux pas vous laisser mourir, aussi. Pas à cause de moi.

— Je ne vais pas mourir, Faith. En tout cas, pas aujourd'hui, ajouta-t-il d'un ton léger, presque moqueur.

— Je vous interdis de faire *ça*. Je vous interdis de *plaisanter* de cette manière. Ça n'a rien de drôle. Combs a tenté de vous tuer.

— Non, chérie, c'est *vous* que Combs a essayé de tuer. S'il a tiré sur le portier et sur moi, c'était volontaire. Il cherchait à vous attirer à découvert.

Il enfila de nouveau son manteau, grimaçant au moment de passer les bras dans les manches.

Faith recula d'un pas, soudain glacée. Epuisée. Les larmes qu'elle refoulait de toutes ses forces débordaient maintenant, sillonnaient ses joues. Elle baissa la tête, tentant de les dissimuler.

— Ecoutez, ne vous faites plus tirer dessus… D'accord ? Je ne pourrais pas supporter d'avoir plus de sang sur les mains.

— Ce qui arrive n'est pas votre faute, Faith.

Il glissa l'index sous son menton, la pressant de le regarder, puis essuya doucement ses joues d'un geste du pouce.

— Je suis désolé, reprit-il à voix basse. C'était une plaisanterie stupide. Je n'avais pas l'intention de vous faire pleurer. Ecoutez, restez ici, s'il vous plaît. Je vous rejoindrai dès que possible.

Il la fixait avec intensité, les deux couleurs de ses iris avaient foncé et les lignes qui les séparaient semblaient plus irrégulières qu'auparavant. La beauté alliée à la puissance. Un ouragan.

— Très bien… J'attendrai ici, parvint-elle à bredouiller.

Cincinnati, Ohio
Mardi 4 novembre, 3 h 5

Le corps tremblant, il franchit la porte de l'hôtel. C'était raté. Il l'avait tenue dans son viseur et l'avait manquée. Lorsqu'il avait touché le portier, elle ne s'était pas ruée à l'extérieur, comme il l'avait espéré. Cet enfoiré aux cheveux blancs ne l'avait pas laissée faire et l'avait empêchée de courir porter secours à son prochain. *J'aurais dû faire exploser sa putain de tête blanche, au moment où je l'avais dans ma ligne de mire.*

Il n'avait pas cherché à le tuer. En tout cas, pas immédiatement. Le plan était de l'estropier pour que Faith se lève et le traîne à l'abri, comme elle l'avait fait avec son patron à Miami.

Mais le salopard n'avait pas été diminué. Il devait sans doute porter un gilet pare-balles sous sa chemise. Et il avait garé son SUV de merde au pire endroit. *Je ne voyais rien.*

Et maintenant il avait dévoilé son jeu. *Elle sait que je suis ici. Bordel de merde.* C'était bien plus facile lorsqu'elle le pensait toujours à Miami. Dorénavant, elle allait être encore plus sur ses gardes. Pis encore, à partir de maintenant, les flics la croiraient. *Merde.* C'était tellement plus simple quand ils étaient convaincus qu'elle délirait.

Il flanqua le sac de golf dans le fourgon et démarra posément, comme si son cœur ne cognait pas à tout rompre, au son de ces sirènes qui approchaient à toute vitesse.

Le parking de l'hôtel était sous vidéosurveillance. Il portait sa casquette de base-ball mais, dans quelques minutes, le fourgon ferait l'objet d'un avis de recherche. Il devait s'en débarrasser. Il devait changer de véhicule avant qu'ils ne bloquent la ville et ne finissent par le capturer.

Les mains tremblantes, il agrippa le volant si fort que ses jointures en devinrent douloureuses.

— Ça suffit, siffla-t-il à haute voix. Ils ne vont pas t'attraper.

Parce qu'il était prudent. *Tu avais prévu une situation comme celle-là, pas vrai ?*

Il avait déjà repéré l'endroit parfait pour changer de véhicule parce qu'il connaissait l'emplacement des caméras. Il avait même prévu un plan intermédiaire pour se laisser le temps d'y arriver en toute tranquillité.

Après avoir recouvré son calme, il se gara dans une ruelle, sauta du fourgon, puis s'empressa de remplacer les plaques du Tennessee par des plaques de l'Ohio dont le vol remontait à bien longtemps. Pour une fois, les gants qu'il portait en permanence s'avéraient doublement utiles, songea-t-il en vissant la nouvelle plaque d'immatriculation. Il faisait froid, ce soir-là.

Il employa les trente secondes suivantes à poser des panneaux magnétiques portant le logo d'une société de dépannage locale sur les deux flancs du fourgon, les portières arrière et le capot. Il les avait fait fabriquer en songeant qu'il serait peut-être amené à s'enfuir pendant la nuit. Les véhicules de dépannage étaient appelés à rouler à n'importe quelle heure, donc personne ne se poserait de questions en le voyant circuler à 3 heures du matin.

Avec son fourgon ainsi transformé, il roula vers la banlieue la plus proche, songeant à ce qui venait juste d'arriver. L'enfoiré aux cheveux blancs était flic. D'où sortait-il ? Où allait-il emmener Faith ?

Il faut que je la retrouve. Je dois la faire taire avant qu'il ne soit trop tard. Il entrevoyait une solution, qui résidait dans la tête de chiot amoureux frustré de cet abruti. Ce type serait incapable de rester très longtemps loin de Faith. *Alors, c'est lui que je devrai retrouver. Ensuite, je le suivrai. Et, quand il la rejoindra, je les tuerai tous les deux.*

Il se sentait beaucoup mieux, maintenant. A son arrivée à l'épicerie de nuit qu'il avait repérée plus tôt, son souffle était redevenu presque régulier. Il fit une fois le tour du parking, attendant de voir ce qui se présentait.

Quelques minutes plus tard, une femme sortit du magasin en poussant un chariot à provisions surchargé. Elle semblait fatiguée.

Une femme fatiguée : exactement ce qu'il lui fallait, ce soir. Elle appuya sur un bouton de la télécommande de son porte-clés, et le coffre d'un monospace Nissan à la carrosserie grise, garé dans la troisième rangée, s'ouvrit lentement.

Rien de tel qu'un bon tuyau. Il se gara à côté du véhicule de la femme quelques secondes avant qu'elle n'arrive en poussant son encombrant chariot, où les marchandises empilées haut lui bloquaient la vue. Elle le laissa près du coffre ouvert et contourna la voiture pour poser son sac sur le siège du conducteur.

C'est le moment qu'il choisit pour se mettre en mouvement, prenant soin de rester entre les véhicules et hors de portée des caméras. Il couvrit la bouche de la femme d'une main tout en posant son arme contre sa tempe de l'autre. A sa grande surprise, elle se débattit avec vigueur. Il l'avait jugée trop lasse pour réagir avec autant d'énergie.

Ah, oui... Il éprouva une intense satisfaction en sentant la décharge d'adrénaline de la femme se communiquer à ses propres sens. Il avait cru avoir besoin d'une femme lasse, mais en réalité c'était précisément *ça* qu'il lui fallait. La peur d'une femme avait un pouvoir à nul autre pareil. Son cœur battait à toute allure, son esprit s'éclaircit et il sentit une nouvelle ardeur l'envahir.

Il la serra brusquement contre son torse et pressa plus fort le canon de l'arme sur la tempe de sa proie, au cas où elle n'aurait pas compris la première fois.

— Arrête de gigoter et je ne te ferai pas mal. Je veux ton monospace. Lâche tes clés.

Elle cessa de résister. Les clés atterrirent sur l'asphalte aux pieds de la femme.

— A genoux.

Elle obéit en prenant une grande inspiration par le nez, avec sans doute l'intention de hurler aussitôt qu'il la lâcherait. C'était pareil à chaque fois. En règle générale, il utilisait ce moment à son avantage et en profitait pour leur appliquer un chiffon imbibé de sédatif sur le visage.

Mais cette fois il n'avait rien prévu pour l'opération. Il posa donc le canon de son arme à la base du crâne de la femme et lui libéra la bouche une fraction de seconde avant d'appuyer sur la détente.

Le silencieux étouffa la détonation, qui passa inaperçue. Elle s'effondra sur le sol. Après avoir repoussé le corps à coups de pied sous le fourgon, il chargea les courses à l'arrière pour que le chariot plein n'attire pas l'attention. Lorsqu'on la découvrirait, il aurait disparu depuis longtemps.

Cincinnati, Ohio
Mardi 4 novembre, 3 h 15

En arrivant dans le hall de l'hôtel d'en face, Deacon trouva Bishop en plein briefing avec les agents du SWAT. Il avait le souffle un peu court après avoir couru. Et aussi après avoir eu sa chemise à moitié arrachée par Faith Corcoran. *Bon sang.* Sa peau en était encore survoltée.

Durant ces moments où ils avaient rampé ensemble vers l'arrière, avec ses courbes sensuelles étroitement pressées contre son… Il avait cru qu'il allait littéralement se consumer.

Mais la vision de la blessure à la poitrine du portier avait été plus que suffisante pour faire diminuer la preuve la plus visible de son désir pour elle. A la place de l'homme, Faith aurait pu se trouver allongée là-bas, dans une mare de sang. C'était passé vraiment trop près et, maintenant, la vie d'un innocent ne tenait qu'à un fil.

Bishop l'évalua d'un bref coup d'œil.

— Ça a été pour le doc et toi ?

— Ouais. Mais le portier ne va peut-être pas s'en tirer.

Au moment où Deacon avait quitté l'hôtel de Faith pour traverser la rue en courant, les secours arrivaient sur place. Le personnel de l'hôtel les avait fait passer par une issue secondaire pour minimiser leur exposition à de nouveaux tirs potentiels, même si le snipeur semblait avoir cessé le feu.

— Le portier était près d'elle ? demanda Bishop.

— Non. Moi, j'étais près d'elle. Le portier était à plusieurs mètres.

Le flic qui se trouvait à la droite de Bishop hocha la tête avec une sombre satisfaction.

— Alors, ce n'est pas un excellent tireur, s'il a loupé son coup à ce point-là. C'est bon à savoir. Je suis le sergent Rayburn, chef de groupe.

— Agent spécial Novak. Mais vous m'avez mal compris, sergent. Le premier tir était destiné au docteur Corcoran. Si elle ne s'était pas tournée vers moi pour me parler, c'est elle qui aurait été touchée au lieu de la porte vitrée. Quand le portier a été atteint, nous étions déjà par terre, dans le hall.

Rayburn fronça les sourcils.

— Si je comprends bien, il a donc délibérément visé le portier.

— Un appât, dit Bishop avec dégoût. Combs voulait attirer le doc à l'extérieur pour se donner une nouvelle chance de la descendre.

Elle se retourna vers un homme d'âge mûr qui s'empressait de les rejoindre et dont les traits tirés étaient figés en une expression fermée.

— Le directeur de l'hôtel, indiqua-t-elle à Deacon. Avez-vous la clé, monsieur ?

— Oui. La chambre est au nom d'Anthony Brown. Il est arrivé dimanche après-midi.

— Que tous les clients restent dans leur chambre ! intima Deacon. Personne n'entre, personne ne sort, jusqu'à nouvel ordre. Nous devrons peut-être évacuer l'établissement, mais pour l'instant personne ne bouge.

Le teint du manager vira au gris.

— Je ne peux pas croire que ça m'arrive.

— J'ai aussi besoin des huit dernières heures d'enregistrement des caméras du premier étage, de celles des ascenseurs, du toit et de toutes les sorties, dit Bishop.

D'un signe, elle demanda à un des policiers d'approcher, jeta un coup d'œil à son badge et ordonna à l'homme :

— Doyle, restez avec lui. Je veux savoir qui est entré ou sorti de cette chambre.

— Bien, lieutenant, répondit Doyle.

— Si vous êtes prêts, messieurs, allons-y, fit Bishop.

L'équipe du SWAT se divisa et chaque groupe emprunta une cage d'escalier différente jusqu'au premier étage. Deacon suivit un des détachements et Bishop accompagna l'autre. En silence, les deux groupes se rassemblèrent devant la chambre.

— Comment savez-vous que c'est la bonne ? demanda Deacon, à voix basse.

— Une des vitres de la fenêtre manque, murmura Bishop. Quelqu'un l'a découpée avec soin, sans laisser aucun éclat. Pour la remarquer, il faut bien examiner la façade, mais c'est évident.

Elle jeta un coup d'œil à Rayburn.

— Bon, on y va à trois…

Elle glissa la clé électronique dans le lecteur, puis recula, cédant la place à l'équipe d'intervention. Ensuite, elle leur emboîta le pas et Deacon ferma la marche. La chambre était déserte, le lit, défait. Une tasse de café à moitié vide traînait sur la table de chevet. Un ordinateur portable était ouvert sur le bureau, l'écran était noir. Un portefeuille, un trousseau de clés de voiture, une montre de prix et une poignée de monnaie étaient posés sur la commode.

Rayburn ressortit de la salle de bains avec précaution.

— Lieutenants ? Il est là-dedans.

Deacon pénétra dans la petite pièce avec appréhension, redoutant ce qu'il allait trouver. Même s'il avait vu plus de scènes de crime qu'il ne voulait en dénombrer, le moment de la découverte des victimes était toujours pire qu'il ne s'y attendait.

Cette fois ne fit pas exception. Deacon s'accroupit près de la baignoire pendant que Bishop prenait des photos, derrière lui. L'homme abordait le milieu de sa quarantaine. Uniquement vêtu d'un boxer et d'un T-shirt, il gisait dans la baignoire, une blessure par balle à la base du crâne. Le mur carrelé était couvert d'éclaboussures. Du sang et de la cervelle. Combs n'avait pas pris la peine de nettoyer la scène de crime.

— Merde.

Ce juron murmuré résumait son inquiétude pour Faith et sa colère en découvrant cette nouvelle victime de l'esprit malveillant de Combs.

— Ça ressemble à une exécution, souligna Bishop d'un ton dépourvu d'émotion.

Deacon savait que certains dans le département considéraient Scarlett Bishop comme une femme au cœur froid, mais lui ne s'y trompait pas. Au cours du dernier mois, il avait souvent lu la souffrance dans le regard de sa partenaire. La plupart du temps, elle se montrait au contraire trop touchée par leurs affaires.

Nous avons chacun nos masques, songea-t-il avec tristesse, avant de revenir au présent.

— Il devait avoir un silencieux, sinon quelqu'un aurait entendu la détonation.

Il se redressa et grimaça lorsque la douleur lui traversa l'épaule.

Bishop le regarda en fronçant les sourcils.

— Qu'est-ce qui t'est arrivé ?

— Je me suis fait tirer dessus, dit-il d'une voix neutre. Il m'a eu à l'épaule. Ne t'inquiète pas. Le gilet a arrêté la balle.

Il quitta la salle de bains et examina la chambre, cherchant ce que Combs aurait pu laisser derrière lui. Bien sûr, il n'y avait rien.

— Faites-moi un compte rendu de la situation, sergent.

— On a fait le tour ici, mais il pourrait encore être planqué quelque part dans l'hôtel. Les issues sont bouclées. On peut soit évacuer, soit faire les chambres une à une.

— Laisse-moi d'abord vérifier la vidéosurveillance, proposa Bishop.

Elle appela la réception, puis se tourna vers Deacon et Rayburn, visiblement frustrée.

— Un homme de la taille de Combs a quitté cette chambre à 3 h 4, avec un sac de golf sur l'épaule. Il est sorti par une porte latérale à 3 h 5. Il est parti dans un fourgon blanc avec des plaques du Tennessee. Les renforts sont arrivés à 3 h 7.

Deacon ne s'attendait pas à ce que Combs s'attarde dans le coin, mais… *Bordel de merde.* Ils avaient été à deux doigts de l'avoir.

— Je doute qu'il ait pris le temps de démonter son fusil. Il s'est certainement contenté de le fourrer dans le sac de golf en attendant le moment propice pour le démonter. Il y a au moins un bon côté dans cette histoire, c'est qu'il a gardé le fourgon *et* les mêmes plaques. Il ignore sans doute la teneur de nos infos, ou alors il se serait débarrassé de son véhicule. Le numéro d'immatriculation apparaît sur les images ?

Bishop hocha la tête.

— Doyle, l'agent que j'ai posté au bureau, a déjà ajouté cet élément à l'avis de recherche et a prévenu Isenberg. Elle a fait fermer toutes les routes principales qui permettent de quitter la ville.

— Quand les gars de la scientifique seront arrivés, montrez-leur ça, dit Rayburn en indiquant le rebord de la fenêtre. Ces marques dans le bois viennent du support qu'il a utilisé pour installer son fusil. Il avait bien préparé son coup. Où étiez-vous quand vous avez été touché, agent Novak ?

Deacon le rejoignit près de la fenêtre et montra le hall, à peine visible avec tous les véhicules d'urgence qui étaient maintenant garés devant.

— Dans l'ombre de mon SUV. Quand j'ai levé la tête, à peu près à soixante centimètres du sol, il a tiré.

Rayburn siffla doucement.

— Pour réussir ce tir, alors qu'il faisait sombre et que les lumières de l'entrée créaient un halo lumineux aveuglant, votre type doit être un militaire. Sinon, il s'est entraîné quelque part. Et si on considère qu'il avait déjà raté plusieurs fois et qu'il devait savoir que les flics allaient rappliquer ? Il a la main sûre et un œil bien affûté. Vous avez eu une sacrée chance, Novak.

— La chance d'avoir mon gilet, je crois. Il ne voulait pas me tuer. Il voulait que Faith Corcoran se lève pour me venir en aide. Moi aussi j'étais un appât, tout comme le portier. Cela dit, je n'avais pas réalisé à quel point il fallait être bon pour réaliser ce tir. Merci, sergent.

— A votre service, répondit Rayburn, avant d'adresser un petit signe de tête à Bishop. Vous savez où me joindre si vous avez besoin de moi.

Après son départ, Bishop se tourna vers Deacon.

— Va te faire examiner par l'équipe médicale. Les contusions peuvent dégénérer en caillots. S'il y en a un qui se détache, on peut en mourir. Après, je serai obligée de briser quelqu'un d'autre.

Il lui adressa un sourire las.

— Tu ne m'as *pas* encore brisé.

— Précisément. Allez, vas-y. File te faire examiner. Et prendre des nouvelles du doc. Ensuite, tu te chargeras de la scène de la vieille maison de l'horreur. Moi, je m'occupe d'ici et de rédiger le rapport.

Bishop avança jusqu'à la fenêtre et examina le trottoir couvert de verre brisé et de sang devant l'autre hôtel.

— C'est en effet un tir remarquable. Vega a dû vérifier les antécédents de Combs. S'il a fait l'armée, c'est forcément mentionné quelque part. Je n'ai pas son numéro sur moi. Tu l'as, toi ?

— Ouais.

Novak composa le numéro du mobile de Vega et brancha le haut-parleur.

— Ici, Novak, de Cincinnati.

— Quelle heure est-il ? demanda Vega en bâillant. Bordel, il est plus de 3 heures du mat', Novak. Que se passe-t-il ?

— Je suis avec ma coéquipière, le lieutenant Bishop. Un type a tiré sur Corcoran, à son hôtel.

Un froissement de draps. Le craquement d'un lit.

— Merde, dit Vega, pleinement réveillée. Quelqu'un a été touché ?

— Corcoran va bien, mais un portier a été atteint à la poitrine, comme le patron de Corcoran. Le gars est en route pour les urgences. On ne sait pas encore comment il va. Il lui tenait la porte. Exactement comme Shue.

Il y eut un bref silence à l'autre bout de la ligne.

— Gordon Shue n'est pas mort d'une balle dans la poitrine, expliqua Vega.

Deacon adressa un regard intrigué à Bishop.

— Alors, quelle est la cause du décès ?

— Une balle dans la tête. Il y a eu quatre tirs en tout. Shue a été touché deux fois. La première balle l'a atteint à la poitrine, mais la blessure n'était sans doute pas mortelle. La deuxième a fait exploser la porte de verre, à quelques centimètres de Faith, agenouillée près de lui. Elle pensait que Shue était la cible, elle l'a donc attrapé par les pieds et elle a commencé à le traîner à l'abri, c'est à ce moment que la troisième balle est passée au-dessus de sa tête. Et le dernier tir a fait exploser le crâne de Shue. D'après les premiers flics arrivés sur les lieux, ils ont dû l'arracher à la victime. Faith essayait de stopper l'hémorragie de la blessure à la poitrine, mais la cervelle de Shue était répandue partout par terre.

Vega marqua une nouvelle pause, rompue par un gros soupir, puis précisa :

— Elle aussi, elle en avait partout. Ses vêtements, ses mains. Son visage.

— Oh ! mon Dieu, murmura Bishop. Pauvre Faith.

Deacon ne savait que dire. Lorsqu'elle avait relaté l'événement plus tôt dans la soirée, elle avait évoqué le sang de Shue sur ses mains. Mais à ce moment-là elle était en sécurité. En revanche, tout à l'heure, lorsqu'ils étaient allongés tous les deux sur le sol du hall, le corps de Deacon au-dessus du sien…

Je ne veux pas porter votre cervelle. Ce n'était pas du sarcasme. Elle revivait un traumatisme personnel. Vega apporta quelques précisions.

— Quand je suis arrivée sur place, Faith était assise sur une chaise, à se balancer. Les types de la scientifique avaient emballé ses mains et un des techniciens du labo faisait un prélèvement sur son visage couvert de parcelles de cervelle. Quand je lui ai demandé ce qui s'était passé, elle m'a seulement parlé du sang de Shue sur ses mains. Plus tard, elle a fini par comprendre qu'elle était la véritable cible. Mais, à part moi, personne ne l'a prise au sérieux.

Eh bien, quelqu'un aurait dû, se dit Deacon, furieux. Soudain, il se souvint qu'une autre flic connaissait la vérité. Le lieutenant à qui Faith avait servi d'indic.

— Elle a mentionné une amie dans la police, un lieutenant de la brigade des crimes sexuels. Une certaine Deb. Ça vous dit quelque chose ?

— Debra Kinnion ? dit Vega, qui semblait désarçonnée. Debra détestait les thérapeutes du genre de Faith.

— Détestait ? Vous en parlez à l'imparfait ? Que lui est-il arrivé ?

— Elle est morte en service, il y a deux ans.

Deacon sentait le regard attentif de Bishop posé sur lui.

— Avait-elle la réputation d'être bonne dans son boulot ? Quels étaient ses résultats en termes d'arrestations et de condamnations ?

— Excellents. Personne n'a mis plus de délinquants sexuels en taule que Debra Kinnion et...

La voix de Vega s'éteignit, puis elle reprit la parole d'un ton plus incisif et franchement soupçonneux :

— Que voulez-vous dire exactement, Novak ?

Près de lui, Bishop croisa les bras sur sa poitrine et le gratifia d'un regard interrogateur.

— Je ne voulais rien dire de particulier, répondit Deacon, Je me contentais de poser quelques questions.

— Parlons sérieusement, Novak, insista Vega. Faith Frye a-t-elle aidé Deb Kinnion à arrêter des délinquants sexuels ?

— Ça aurait constitué une attitude qui irait absolument contre la déontologie, fit observer Deacon d'une voix calme.

Il lui semblait entendre la voix de Faith aussi clairement que si elle se tenait près de lui. *Je ne suis pas exactement l'incarnation de la déontologie.*

— J'imagine que vous avez raison, approuva Vega d'un ton tout aussi détaché. Une thérapeute qui glisserait aux flics des infos sur ses patients risquerait de perdre son autorisation d'exercer. Pour tout vous dire, ça expliquerait pas mal de choses. Mais j'imagine que maintenant ça n'a plus guère d'importance.

Le regard de Bishop s'adoucit ; à en juger par son expression, elle semblait maintenant envisager la situation sous un nouvel angle.

— J'ai une question. Comment Faith s'est-elle retrouvée couverte de débris de cervelle, si elle traînait Shue par les pieds quand l'autre lui a fait sauter le crâne ?

— Après le troisième coup de feu, les gens de l'immeuble sont sortis en courant pour voir ce qui n'allait pas.

— Après *trois* tirs ? s'écria Bishop. Ils sont cinglés, là-bas, ou quoi ?

— Les gens de Miami n'ont pas froid aux yeux, *chica*, répondit Vega, exagérant à loisir son accent de Floride. Des témoins ont vu le quatrième tir. D'après eux, Faith était debout au-dessus de Shue et elle le soulevait par sa chemise pour lui faire franchir le seuil, ce qui l'a placée dans la ligne de mire de Combs.

— Je vois, dit Bishop. Combs a été militaire ?

— Il a servi dans l'armée de terre, s'empressa de répondre Vega. Quelque part dans le Golfe.

— Il était tireur d'élite ?

— Pas que je me souvienne. Pourquoi ?

— Pour exécuter des tirs aussi précis, ce soir, il a dû utiliser un fusil, dit Deacon. Pas l'arme de poing avec laquelle il a abattu Gordon Shue.

— Je ne sais pas si Combs possède ou non un fusil. Je doute que sa petite amie accepte de me répondre, mais je l'interrogerai quand même à ce propos. De quoi d'autre avez-vous besoin ?

— De rien pour l'instant. Mais je suis certain que ça ne durera pas.

Deacon mit fin à la communication et croisa le regard pénétrant de Bishop.

— Quoi ? demanda-t-il de son ton le plus innocent.

— Tu savais qu'elle avait aidé les flics à arrêter des criminels. A quel moment comptais-tu m'en parler ?

— Dès que le rapport avec notre affaire aurait été établi.

— Il se pourrait que je me méfie un peu moins d'elle. Mais, toi, tu lui as fait confiance avant même de connaître les faits.

Le sourire de Deacon s'effaça.

— C'est une victime dans cette affaire, Scarlett. Tu as dû arriver à la même conclusion, à présent.

— Oh ! j'ai bien saisi. Tes sentiments pour elle ne sont pas un secret. Il suffisait de vous voir tous les deux derrière le miroir sans tain… Mais, si tu veux mon avis, tu joues avec le feu. C'est trop, trop vite.

C'était *effectivement* trop et trop vite mais, à chaque nouvelle pièce de l'histoire de Faith qu'il ajoutait au puzzle, jouer avec le feu devenait de plus en plus attirant.

— C'est noté.

— Sois prudent, c'est tout, conseilla Bishop en soupirant. Mélanger vie professionnelle et personnelle donne rarement de bons résultats.

— Je sais.

Le problème, c'est que Deacon ne s'en souciait plus.

14

Cincinnati, Ohio
Mardi 4 novembre, 3 h 30

Qu'est-ce qui ne va pas chez moi ? Faith posa le front sur le bord de la table de la salle de repos du personnel de l'hôtel. *D'abord, je lui fais des propositions, ensuite je lui arrache ses vêtements.* L'étrangère qui habitait actuellement son corps se conduisait comme une idiote. *Où avais-je la tête ?*

Elle ne réfléchissait plus. Elle ne faisait que réagir, son esprit se protégeait de la surcharge provoquée par cette succession de chocs. La pression s'accumulait depuis des mois mais, avant ce soir, elle n'avait jamais baissé sa garde. Avant d'avoir regardé dans les yeux de Deacon Novak. A ce moment, la cotte de mailles qu'elle avait si étroitement tissée s'était effilochée en quelques heures. Elle lui avait tout dit.

Presque tout. Elle n'avait pas révélé les éléments qui auraient pu faire souffrir son père, cependant, sa retenue n'était due qu'à la force de l'habitude. Et à la peur, s'avoua-t-elle. Si jamais son père apprenait les mensonges qu'elle lui avait laissé croire… *Oh ! mon Dieu.* Il serait si blessé. Tellement *en colère.* Elle emporterait ces secrets dans sa tombe.

D'ailleurs, si Combs arrivait à ses fins, cela ne saurait tarder.

La porte s'ouvrit et Faith leva la tête, espérant voir Novak. Mais l'homme qui franchit le seuil n'avait pas de cheveux blancs hérissés ni d'yeux incroyables. Il avait l'air sombre et sinistre. Fâché.

D'un air las, Faith regarda le lieutenant Kimble s'installer sur la chaise en face d'elle, puis poser un calepin à spirale sur la table.

— Docteur Corcoran, je vous présente mes excuses pour vous avoir attrapé le bras, au cimetière. J'ai dépassé les bornes.

Faith souffla avec exaspération.

— Si j'ouvre ce calepin, vais-je y trouver cette déclaration écrite mot pour mot ? Parce que je n'ai jamais entendu d'excuses plus hypocrites et plus forcées que celles-ci.

Il serra les dents.

— Qu'elles soient écrites ne signifie pas forcément qu'elles ne sont pas sincères.

— Peu importe. Si Isenberg ou vous craignez que je traîne les services de police devant un tribunal, inutile de vous inquiéter. En revanche, si vous comptez vraiment arranger les choses, présentez des excuses à Novak. Moi, vous m'avez simplement mise en colère. Lui, vous l'avez *blessé*. Je ne sais pas exactement ce que vous avez dit, mais j'ai vu son visage après votre petit match chargé de testostérone à la vas-y-que-je-te-bouscule, sur la pelouse de ma grand-mère. Je peux vous garantir que vous avez frappé très fort.

Quelque chose bascula dans le regard de Kimble. Faith y lut de la honte. *Parfait. Il devrait avoir honte.*

— Vous avez raison, répondit-il à voix basse. Je l'ai blessé. Je lui ai présenté mes excuses, mais il n'a pas voulu les entendre.

— Si vos excuses ressemblaient à ce que vous venez de me servir, ça n'a rien de surprenant, rétorqua-t-elle avec aigreur.

— Vous marquez un point, docteur Corcoran. Je n'aime toujours pas la manière dont vous gagnez votre vie et je ne vous apprécie pas. Mais votre chagrin pour cette famille de Miami semblait sincère. De plus, l'agent Novak a l'air de penser que vous êtes incomprise et je me fie à lui. En conséquence, vous et moi devrons apprendre à respecter l'opinion qu'il a de nous.

Faith s'efforça de reprendre son souffle, malgré la nouvelle bouffée de chagrin qui lui nouait la gorge. Pendant au moins une heure, elle n'avait pas pensé à cette famille de Miami. *Parce que tu étais trop occupée à échapper à Combs. Une fois de plus.* Cette triste évidence ajouta une dose de culpabilité au chagrin dans l'esprit de Faith.

— Avez-vous des nouvelles du portier ? demanda-t-elle.

— Il est arrivé vivant aux urgences et, pour l'instant, il est au bloc. On n'en saura pas plus avant plusieurs heures.

— Qu'il ait survécu jusqu'à présent, c'est déjà une bonne nouvelle. Je craignais le pire. Que faites-vous ici, lieutenant ?

— Je viens prendre votre déclaration. La vôtre et celle d'autres témoins. Je suis aussi chargé de coordonner le travail de nos équipes et des scientifiques du FBI. On a dû sous-traiter, ajouta Kimble avec dégoût. Votre ex-détenu a réussi à mettre un sacré bordel, en un rien de temps.

Votre ex-détenu. Faith massa ses tempes douloureuses, puis soupira en découvrant ses doigts tachés de sang. La colle tissulaire que Dani avait appliquée sur la blessure de son front avait cédé. *Merde.* Elle se leva pour aller chercher une boîte de mouchoirs. En tamponnant son front, elle se rassit et adressa un regard fulminant à Kimble.

— *Mon* ex-détenu ? Vous comprenez ce que ça signifie d'être une victime ? Etes-vous du genre à dire aux victimes des crimes sexuels qu'elles n'auraient pas dû porter cette jupe ou passer par cette rue ? Ce n'est pas *mon* ex-détenu. Je n'ai *rien* demandé de ce qu'il m'a fait et je ne mérite ni vos sous-entendus insultants ni vos excuses foireuses. Alors, posez-moi vos satanées questions et laissez-moi en paix.

— D'accord, dit-il avec calme. Racontez-moi ce qui s'est passé.

Faith s'exécuta et lui répondit aussi brièvement que possible. Puis elle se leva en prenant appui sur la table, un peu chancelante.

— J'ai besoin de prendre un peu l'air. J'imagine que je peux sortir.

— Naturellement. Où comptez-vous aller ?

— L'agent Novak m'a demandé d'attendre dans le hall. Je serai là-bas.

— Planquez-vous, si vous ne voulez pas avoir votre photo dans les journaux. La presse est arrivée.

— Ça n'a plus d'importance. Je voulais éviter de me faire repérer par Combs. Mais de toute évidence il m'a retrouvée.

Elle vacilla un instant sur place, lutta pour conserver son équilibre. Furieuse de constater que ses yeux se remplissaient de larmes, elle s'efforça de les retenir. Puis, elle tourna les talons et se dirigea vers la porte. Au moment où elle posait la main sur la porte, la voix de Kimble s'éleva dans son dos.

— Nous nous sommes disputés à cause de vous, docteur Corcoran.

Elle se tourna vers lui, sourcils froncés.

— Pardon ?

— Notre petit match chargé de testostérone, à la vas-y-que-je-te-bouscule, c'était à cause de vous. Je pensais qu'il se trompait sur votre compte. Et je n'ai pas changé d'avis. Deacon et moi, nous nous connaissons depuis toujours. Jusqu'à aujourd'hui, je ne l'avais vu abandonner tout bon sens pour une jolie petite gueule qu'une seule fois. Et, cette fois-là aussi, il était tombé comme une masse. Je l'avais averti que c'était une vipère, mais il n'a rien voulu entendre et ça a presque détruit sa vie.

— Suggérez-vous que je risque de détruire sa vie, lieutenant Kimble ?

Elle avait injecté dans cette question autant d'incrédulité hautaine qu'elle pouvait en manifester.

— Vous pourriez détruire sa carrière, dit-il froidement. Pour des hommes comme Deacon Novak, c'est la même chose. Tant que vous apparaîtrez comme une victime légitime dans cette histoire, vous êtes, au mieux, une distraction.

Apparaître ? Légitime ?

— Une distraction ?

— Au mieux. Au pire, vous allez ruiner sa carrière. Tout à l'heure, il n'avait pas à vous toucher ni à vous réconforter. Et ça, même si votre chagrin *était* sincère. Maintenant, il s'est impliqué personnellement et tout le monde le sait.

La colère de Faith se nuança de mortification.

— Vous nous avez vus ?

— Et comment ! On était tous là. Deacon vient d'arriver dans l'équipe d'Isenberg. Dites-vous bien qu'elle guette chacun de ses mouvements. Cette affaire peut faire sa réputation ici mais, si vous le déconcentrez et que cette fille disparue finit par mourir, vous le briserez. Et pas seulement professionnellement. *Alors, fichez-lui la paix.*

De toute évidence, il était absolument sincère. Et, le hic, c'est qu'il avait raison. Qu'elle le veuille ou non, elle représentait une distraction pour Novak. En quelques heures, elle était devenue dépendante de Deacon Novak, d'une façon qui n'était bonne ni pour eux ni pour Corinne Longstreet.

J'ai été seule pendant longtemps. Elle pouvait retourner à sa solitude. Mais elle ne le voulait pas. Et elle n'était pas non plus certaine d'être capable de laisser partir Novak. Et cela la terrifiait.

Ebranlée, Faith quitta la salle de repos sans ajouter un mot et referma la porte derrière elle.

Dans le hall bondé et bruyant, une équipe d'experts judiciaires effectuait mesures et prélèvements sur la scène. Faith regarda autour d'elle d'un air hébété, sans vraiment savoir où aller.

En tout cas, une chose était certaine, elle ne pouvait pas, ne voulait pas être une distraction. *Je ne risquerai pas la vie de cette fille.* Peu importe qu'elle se sente en sécurité aux côtés de Novak.

Cincinnati, Ohio
Mardi 4 novembre, 3 h 40

Deacon se fraya un chemin dans la masse de journalistes qui se bousculaient de l'autre côté du ruban de protection de la scène de crime. Pour la première fois depuis des années, il regrettait son apparence aussi spectaculaire. Il risquait d'attirer l'attention sur Faith.

— Pas de commentaire, répétait-il avec agacement.

Il serrait les dents chaque fois qu'un flash lui explosait en pleine figure. Demain matin, il serait en première page des journaux. Pas question que Faith se retrouve dans la même situation.

Dès son entrée dans le hall, il ne vit qu'elle, assise sur une chaise près de la réception. Comme promis, elle l'attendait. Le hall bourdonnait d'activité. Les employés de l'hôtel tentaient de calmer des clients hystériques. Des agents de la police de Cincinnati empêchaient les journalistes d'investir les lieux. Des experts judiciaires en blousons du FBI s'affairaient sur la scène. Mais Faith était assise, aussi immobile qu'une statue, mains croisées sur ses genoux.

Seule parmi la foule.

Il se dirigea vers elle, mais s'arrêta lorsqu'un jeune homme mince avec des lunettes d'écaille se mit sur son chemin.

— Agent Novak, je suis l'agent Taylor de l'antenne locale du Bureau.

— Le CPD a fait appel à vous ?

Taylor acquiesça.

— Je vais ratisser la scène ici et aussi celle d'en face. J'ai cru comprendre que vous revenez de l'autre hôtel ?

— Ouais. Sexe masculin, caucasien, chambre 245, une balle dans la tête. Le lieutenant Bishop est encore là-bas, elle attend votre arrivée et celle du légiste.

Deacon repartit vers Faith, mais Taylor le bloqua de nouveau, d'un demi-pas glissé.

— Autre chose, agent Taylor ?

Le jeune homme hésita.

— Votre trench-coat. C'est une preuve.

Deacon soupira. Il s'y attendait. Il enleva le manteau, grimaçant lorsque son épaule protesta.

— Je tiens à le récupérer. Notre vie commune est plus longue que la plupart des mariages.

— Je sais, répondit Taylor, avec un sourire en coin. Tout le monde connaît cette affaire que vous avez résolue avec l'unité de Baltimore. Votre trench a sa propre légende, en quelque sorte.

— Une légende, hein. Qui l'aurait cru ?

Deacon garda une expression neutre, même si la moindre mention de cette affaire lui donnait toujours envie de vomir.

Taylor avait le manteau, mais n'avait pas bougé d'un centimètre.

— Je vais aussi prendre votre chemise. Le gilet, également, dit-il d'un air confus. J'ai un T-shirt à votre taille. Et l'équipe du SWAT devrait pouvoir vous fournir un gilet.

Avec un nouveau soupir, Deacon s'empressa de déboutonner sa chemise en jetant un coup d'œil à Faith, de l'autre côté du hall. Elle l'observait. Avec assiduité. De son côté, il détourna les yeux en se dévêtant, puis se rhabilla, avec l'impression d'être trop exposé.

— Qui est chargé de superviser la scène de crime ?

— Le lieutenant Kimble. Il s'est installé dans la salle de repos, il recueille les déclarations du personnel de l'hôtel.

Merde.

— A-t-il interrogé le docteur Corcoran ?

— Je ne sais pas. Il faudra voir directement avec Kimble. Cela dit, elle paraissait bouleversée quand elle est sortie de la salle de repos. Je lui ai demandé si elle souhaitait que je prévienne quelqu'un et elle m'a expliqué qu'elle vous attendait.

Adam, tu es un homme mort.

— Merci de vous être occupé d'elle. Pouvez-vous me prévenir dès que vous en aurez fini avec le trench ? Je n'ai pas d'autre manteau et il fait froid en ce moment.

Taylor hocha la tête en s'écartant.

— Comptez sur moi. Mais ça pourrait prendre plusieurs semaines.

Deacon entendit à peine la fin de la phrase. Il traversait déjà le hall pour rejoindre Faith, qui se leva timidement, une foule de questions se pressant sur son visage.

— Combs vous a échappé, n'est-ce pas ?

— Oui. Nous avons trouvé la chambre où il s'était posté. Et le corps du type qui l'occupait.

Quand elle se laissa retomber sur sa chaise, le peu de couleur qui animait son visage avait disparu.

— Oh ! non.

Deacon s'accroupit devant elle et lui prit les mains. Les bandes qui les protégeaient étaient sales et effilochées, elle avait les doigts glacés.

— Vous n'y êtes pour rien, Faith, dit-il à voix basse.

Elle déglutit péniblement, les tendons crispés de sa gorge indiquaient sa tension.

— Je regrette de ne pas l'avoir tué quand il est entré dans ma chambre, cette nuit-là, chuchota-t-elle d'une voix rauque. Trop de gens sont morts. Comment allons-nous l'arrêter ?

Nous. Deacon eut la sensation qu'un poing s'était refermé sur son cœur et en avait chassé tout le sang. *Nous.* Dans la situation de Faith, la plupart des gens auraient abandonné la partie et se seraient mis à l'abri depuis fort longtemps, mais elle ne renonçait pas à se battre.

— Les tentatives de meurtre ont commencé au moment où vous avez hérité de la maison.

Il fut déconcerté en voyant l'éclat virulent qui traversa les yeux verts.

— Je déteste cette foutue baraque.

Il se pencha vers elle, attentif à chaque nuance de son expression.

— *Pourquoi* détestez-vous autant cet endroit ?

Ce fut comme s'il avait baissé un interrupteur. Elle cilla une fois et, quand elle releva les paupières, cette ardeur s'était transformée en un calme qu'il jugea de mauvais augure. Elle libéra ses mains d'un geste sec.

— Je crois vous avoir déjà dit que j'y avais de mauvais souvenirs, agent Novak. J'étais là-bas quand j'ai appris la mort de ma mère. Je l'ai vue mise sous terre. J'ai eu des cauchemars pendant des années. Et j'en ai encore.

Deacon soutint son regard sans ciller, manifestant ouvertement son scepticisme quant à cette explication. Par le passé, ce regard avait prouvé son efficacité à de multiples occasions, brisant la volonté de nombreux suspects — des jeunes voyous aux tueurs endurcis. Toutefois, Faith

Corcoran garda tout son calme, le fixant d'un air impassible. Un soupir exaspéré échappa à Deacon, révélant toute l'étendue de sa frustration.

— Vous aviez promis de ne pas me mentir, Faith.

Cette fois, elle accusa le coup, manifestement touchée.

— J'ai tenu ma promesse. Je ne mens jamais. Ni à vous ni à personne d'autre, d'ailleurs.

Malgré tout, elle lui avait caché une partie de la vérité.

— Combs ne veut pas que vous preniez possession de cette maison. Pourquoi ?

L'incompréhension troubla l'expression déterminée de Faith.

— Parce que c'est là-bas qu'il a torturé Arianna et son amie. Vous avez dit qu'il y avait une « chambre de torture » dans la cave. Il ne voulait pas que qui que ce soit la découvre.

— Il y a une heure, je le croyais aussi. Mais, entre-temps, il a encore essayé de vous descendre, alors que nous étions déjà au courant pour la maison. Et que nous avions Arianna. On en parle partout. Pourquoi prendrait-il le risque de s'attaquer à vous, en ce moment ? Il était posté de l'autre côté de la rue, il a donc forcément vu la voiture de patrouille. Il a vu que je vous escortais. Il a filé juste quelques minutes avant que la police ne bloque les issues et que l'hôtel entier ne soit verrouillé.

Il se redressa légèrement et cela suffit pour qu'il envahisse l'espace de Faith. Elle recula d'un geste instinctif, mais il accompagna le mouvement. Lorsqu'il s'immobilisa, ils étaient presque nez à nez.

— Pourquoi, Faith ? Pourquoi a-t-il pris autant de risques ?

— Je n'en sais rien, bredouilla-t-elle. Et c'est la pure vérité. Je ne sais pas, tout simplement.

Elle voûta les épaules, révélant l'étendue de son épuisement et de sa confusion.

— Si je le savais, je vous le dirais, agent Novak. Je vous le jure.

— Je veux que vous retourniez à la maison, avec moi.

Elle ferma les yeux, avec un soupir las.

— Je savais que vous me le demanderiez. Quand ?

Demain. La semaine prochaine. Jamais.

— Maintenant.

Elle écarquilla brusquement les yeux, saisie d'une terreur presque tangible. Mais elle s'empressa de contrôler sa peur et de feindre le détachement. *Son masque du moment,* songea Deacon.

— Puis-je prendre d'abord une douche et me changer ?

Une onde de désir le prit au dépourvu, mais il réussit à conserver son impassibilité.

— Bien sûr.

Le masque de Faith glissa, ses lèvres tremblantes disaient toute son appréhension.

— Voulez… Acceptez-vous de m'accompagner ?

— A la maison ? Oui, naturellement.

Elle lui adressa un sourire forcé.

— Je n'en ai pas douté une minute. En fait, je parlais d'en haut…

Les joues de Faith s'empourprèrent d'un rouge sombre qui contrastait cruellement avec la peau trop pâle.

— Je vous promets de ne pas vous faire d'avances ni d'essayer d'enlever votre chemise. Si vous vouliez bien d'abord fouiller ma chambre et attendre devant la porte ensuite, j'apprécierais beaucoup.

Le sang qui irriguait le cerveau de Deacon déserta soudain pour s'amasser directement dans son entrejambe. *La prochaine fois qu'elle tentera de m'arracher ma chemise, ce n'est sûrement pas moi qui l'en empêcherai.*

— J'avais déjà prévu de m'assurer que vous seriez en sécurité dans cette chambre avant de vous laisser y entrer.

Il se leva et tendit la main.

— Venez, allons-y.

Cincinnati, Ohio
Mardi 4 novembre, 3 h 40

— Bordel ! Mais c'était quoi ce *truc* ? murmura-t-il à son voisin, un journaliste stressé qui hurlait des questions à l'enfoiré aux cheveux blancs.

L'homme lui accorda à peine un coup d'œil.

— FBI. Un dénommé Novak. Alors, mon p'tit père, t'as oublié de faire tes devoirs ?

Il se fondit dans la foule, gardant soigneusement les yeux baissés de façon à ne pas attirer l'attention. Pour l'instant, il voulait juste quitter cet endroit et lancer ses recherches sur Novak.

Un agent du FBI ! Ça alors, c'était une vraie surprise ! Le type avait l'allure d'un acteur ou d'un type échappé d'un festival de BD. L'agent spécial Novak avec son manteau de cuir et ses cheveux blancs hérissés ne devrait pas être très difficile à retrouver. Les journalistes devaient s'en donner à cœur joie avec un type pareil.

Et Novak avait craqué pour Faith. Il eut presque de la peine pour le pauvre type. Novak mourrait seul, parce que Faith disparaîtrait la première.

Cincinnati, Ohio
Mardi 4 novembre, 3 h 45

Les épaules bien droites, Faith parvint à donner le change pendant une minute et demie, soit le temps qu'il fallut à l'ascenseur pour arriver au rez-de-chaussée. En revanche, une fois que la porte coulissante les isola de l'extérieur, elle s'adossa à une des cloisons de la cabine, puis avisa Novak qui s'appuyait sur celle d'en face.

— Votre dos est couvert de bleus.

Il grimaça.

— J'espérais que ça vous aurait échappé.

— Ça ne m'a pas échappé.

Parce qu'elle l'observait en retenant son souffle quand il avait ôté sa chemise. Il aurait fallu qu'elle soit morte pour que ça lui échappe. Il avait un dos large, maillé de muscles qui ondulaient sous sa peau, accompagnant les mouvements. Elle avait aussi remarqué des tatouages. Trois. Un grand motif sur le dos et un autre autour de chaque biceps. Tous étaient maintenant cachés sous un T-shirt moche au sigle du FBI, et un blouson qui partageait ces deux attributs. Elle avait envie de voir tout cela de plus près. Voire d'y goûter.

Oh ! là ! Il fallait absolument mettre fin à cette folie hormonale.

— Ma chambre est équipée d'une cuisine. Il devrait y avoir assez de glace dans le congélateur pour votre dos.

Et donc, tu viens juste de l'inviter dans ta chambre après lui avoir dit que tu ne lui ferais plus de rentre-dedans.

— Je peux vous apporter des glaçons, rectifia-t-elle. Je n'essaye pas de vous faire des avances. Pas du tout.

La porte de la cabine coulissa et lui permit d'échapper à l'embarras, un bref instant.

— Le directeur m'a donné une nouvelle clé électronique. L'autre est restée dans mon sac, se hâta-t-elle de dire. Sac que vos gars ont gardé comme preuve.

— Eh bien, votre sac tiendra compagnie à mon manteau, dit-il avec mauvaise humeur.

Il posa une main légère sur son dos. Faith dut faire appel à toutes ses ressources pour contrôler son envie de s'appuyer contre lui.

— Ce Taylor, votre expert, il a aussi emporté votre veste. Je voulais vous appeler pour vous prévenir de mettre votre manteau à l'abri, parce que je me doutais qu'ils voudraient le conserver. Malheureusement, mon nouveau téléphone s'est cassé quand nous avons atterri à terre. Je crois que je ferais tout aussi bien de revenir à mon vieil appareil. Après tout, mon incognito est sérieusement compromis, maintenant… C'est ici, ajouta-t-elle en s'arrêtant devant sa porte.

— N'utilisez pas votre ancien téléphone avant que je l'aie fait vérifier pour détecter des virus ou un mouchard, dit-il. Pour l'instant, donnez-moi votre clé et n'entrez pas avant mon feu vert.

Elle obéit et attendit que la porte s'ouvre de nouveau, appuyée contre le mur du couloir. Novak semblait perturbé.

— Rien à signaler pour l'instant, mais on dirait que quelqu'un a fouillé vos affaires.

Faith se rua à l'intérieur, puis s'arrêta net. Le soulagement l'envahit tout entière. Le salon était exactement comme elle l'avait laissé, tout comme la chambre et la salle de bains.

— J'ai ouvert quelques cartons la nuit dernière et j'ai déballé quelques trucs. C'est moi qui ai laissé ce désordre.

Il se détendit.

— Tant mieux. Mais assurez-vous tout de même que vos objets de valeur n'ont pas disparu. Histoire d'avoir l'esprit tranquille.

Elle obtempéra et ouvrit le coffre. Il vint se poster derrière elle, dégageant cette incroyable chaleur.

— Mes papiers personnels sont encore là, y compris l'acte de propriété de la maison, dit-elle en lui tendant l'enveloppe par-dessus son épaule. Vous y trouverez le nom de l'avocat de Gran, au cas où vous auriez besoin de le contacter.

Elle retira deux armes de poing du coffre et l'entendit soupirer.

— Je me demandais pourquoi vous n'aviez pas demandé à récupérer votre arme, alors que vous insistiez pour avoir votre téléphone, dit-il. Combien d'autres en avez-vous ?

— Juste celles-là. J'ai des permis pour toutes mes armes.

Elle plongea la main plus profondément dans le coffre et exhuma la boîte qui contenait ses bijoux et le portable qu'elle avait désaffecté la veille.

— C'est ce téléphone que vous vouliez, c'est ça ?

— Absolument. Il faut que je sache comment il s'y est pris pour vous surveiller. Attendez, dit-il, comme elle commençait à remettre le contenu du coffre en place. Je vois une autre enveloppe, là-dedans. Que contient-elle ?

Elle regarda par-dessus son épaule et fut surprise de le trouver si proche qu'elle pouvait voir chacun de ses cils. Ils étaient blancs aussi.

— Ce sont mes BD.

Il haussa les sourcils, l'air amusé.

— C'est votre collection ? Dans cette unique enveloppe ?

— Non. Ma collection est dans une dizaine de boîtes, rangées dans le grenier de papa. Cette enveloppe contient mes six préférées. La plupart ne valent que quelques centaines de dollars, mais celle où la Veuve noire affronte les Avengers en vaut presque mille. Gran me l'a donnée quand j'ai obtenu mon diplôme, au lycée, dit Faith qui sourit en évoquant ce souvenir. Elle estimait que les bandes dessinées étaient « un amusement approprié pour la jeunesse ».

— Contrairement aux films interdits aux moins de seize ans, aux bars et aux cigarettes auxquels votre oncle vous a initiée, fit sèchement remarquer Novak.

— Oh ! elle n'a jamais rien découvert de toutes ces activités. Dans le cas contraire, j'aurais été privée de sorties jusqu'à la fin des temps. De son côté, Jordan a toujours gardé le secret, il aurait eu encore plus de problèmes pour m'avoir corrompue.

Faith rangea ce qu'elle avait sorti du coffre, sauf une des armes. Elle expulsa le magasin, le rechargea et remit la sécurité. Elle leva la tête et s'aperçut que Novak surveillait chacun de ses mouvements.

— Pas question de vous la donner. Je refuse de rester sans défense.

— Je n'allais pas vous le demander. Je m'assurais simplement que vous saviez vous y prendre.

Elle haussa les sourcils.

— J'ai réussi le test ?

— Il me reste encore à vous voir tirer. Mais, ouais, vous avez l'air de savoir manipuler une arme à feu.

— Merci.

Elle posa l'arme et retourna vers le salon, où elle ouvrit un carton qui portait l'inscription « draps » et en retira les jolis rideaux jaunes que Lily lui avait confectionnés pour son appartement.

— Tout est là, dit-elle. Mon ordinateur portable et ma Xbox ne rentraient pas dans le coffre, alors je les ai cachés sous mes rideaux. La plupart des employés sont honnêtes, mais il ne faut pas tenter le sort.

Il y eut un court silence.

— Vous collectionnez les BD et vous êtes *un gamer*. Vraiment ?

Un sourire ravi illuminait le visage de Novak, il semblait plus jeune. Voire frivole.

Elle lui rendit son sourire, consciente que le péril se rapprochait. Le Novak bardé de cuir noir et plus grand que la vie avait captivé son imagination. Le Novak touché par le sort des victimes avait gagné sa confiance. Mais le Novak souriant qui se tenait devant elle pouvait bel et bien voler son cœur avec aisance.

— Je joue depuis mon enfance, expliqua-t-elle. Vous aussi, si je comprends bien.

— Bien sûr.

Il ramassa le jeu qui avait occupé sa nuit après que le cauchemar avait volé son sommeil.

— Vous avez donc massacré ces malheureux zombies sans défense ?

— Avec une jubilation sans égale.

Le rire de Novak la réchauffa de la tête aux pieds.

— Moi aussi. J'ai le même. Et aussi celui-ci et ceux-là, continua-t-il en examinant les autres jeux dans la boîte.

Il haussa les sourcils en découvrant *Prison Escape*.

— Ah ! Celui-là, je ne l'ai pas. Vous y avez déjà joué ? demanda-t-il avec une certaine réserve.

— Je l'ai fini. Deux fois.

Il cilla.

— Oh… Alors, j'imagine que je peux vous épargner les avertissements sur la violence graphique.

— En ce qui me concerne, tuer des criminels endurcis relève de la thérapie. Surtout après mes séances avec les délinquants.

Le regard de Novak se durcit.

— Comme Combs.

— Et tous les autres comme lui, dit-elle avec un sourire forcé. Mais, si ça doit améliorer votre humeur, sachez que la nuit dernière je n'ai tué que des zombies, quelques extraterrestres et une horde de maraudeurs mongols. Ça m'a pris toute la nuit, mais dorénavant Genghis Khan et ses guerriers y réfléchiront à deux fois avant de vouloir terroriser de nouveau l'Europe.

— Vous avez joué toute la nuit ? Pourquoi ? Aviez-vous peur de Combs, à ce point ?

Elle ôtait ses bandages souillés.

— Oui, bien sûr, mais ce n'est pas ça qui m'a tenue éveillée. J'ai fait un cauchemar.

— Vous avez rêvé de Combs ?

— Non.

Elle jeta les bandes dans la poubelle, puis se lava les mains au-dessus de l'évier de la cuisine, les frottant vigoureusement, avec une grimace. *Cette fois-ci, il n'y a pas de sang. Il n'y a pas de sang sur tes mains.*

Il la suivit dans la cuisine en faisant rouler machinalement son épaule meurtrie. Le geste rappela à Faith ce qui justifiait la présence de Novak dans la chambre. Après avoir sorti le bac à glaçons du congélateur, elle remplit de glace un sachet en plastique qu'elle avait déniché sous l'évier.

— De quoi avez-vous rêvé, la nuit dernière, Faith ?

De ce qui hantait ses nuits depuis vingt-trois ans. *Douze marches et un sous-sol.* Elle était tentée de lui répondre, de lui raconter le cauchemar, mais les mots refusaient tout simplement de sortir.

— Mettez la poche de glace sur votre épaule. Ça soulagera la contusion.

Elle se concentra sur la tâche qui consistait à remplir le bac à glaçons, tâche quelque peu compliquée par ses mains tremblantes.

— Laissez-moi m'en occuper, dit-il.

Ces quelques mots portaient tant de douceur que les larmes lui montèrent aux yeux.

Il passa les bras autour d'elle et lui prit le récipient. Après l'avoir rempli, il le posa sur le plan de travail, mais ne bougea pas, ne s'écarta pas. Ne la toucha pas. Il resta simplement derrière elle, chaud et ferme.

Une présence apaisante. Les secondes devinrent une minute. La minute s'étira en plusieurs et il ne disait toujours rien. Ne faisait toujours rien. Lentement, une évidence imprégna Faith. Pour la première fois, aussi loin que remontaient ses souvenirs, elle n'éprouvait pas ce sentiment terrifiant d'absolue solitude.

— Deacon, chuchota-t-elle.

Rien d'autre ne lui était venu à l'esprit.

Comme si elle venait de lui accorder sa permission, il se mit alors en mouvement et se pencha plus près d'elle, jusqu'à avoir le nez contre ses cheveux. Il inspira profondément et elle eut l'impression de fondre de l'intérieur, submergée par le désir.

Elle laissa sa tête aller en arrière, la posa sur l'épaule indemne de Deacon, puis ferma les yeux. Elle avait envie qu'il la touche. En avait besoin.

Les mains fortes remontèrent le long de ses bras, couvrirent ses épaules et attirèrent le reste de son corps tout contre lui.

— Ne pleurez pas, Faith, lui glissa-t-il à l'oreille. Je vous en prie.

Elle toucha sa joue, surprise de la trouver humide.

— C'est juste… agréable d'être étreinte ainsi. Merci.

Les mains de Deacon se crispèrent sur ses épaules. Sans autre avertissement, il la fit pivoter et referma les bras autour d'elle. Une main se prit dans ses cheveux, puis amena sa tête au creux de la large épaule. L'autre caressait lentement son dos.

Se trouver en sécurité, protégée. Serrée par des bras robustes. Toutes ces choses que la plupart des gens considéraient comme un dû. Mais Faith savait à quel point elles étaient précieuses. Et les recevoir maintenant, de cet homme-là… Jusqu'à cet instant, elle avait conservé les événements de la journée dans un compartiment de sa tête. C'est ainsi qu'elle procédait pour gérer l'ensemble de son existence. Pourtant, les digues qui tenaient la peur et le chagrin de la journée, mais aussi de tous les jours précédents, cédèrent à cet instant précis, laissant libre cours à un torrent d'émotion qui la submergea à la vitesse d'une crue subite. Elle finit par sangloter à chaudes larmes, encore plus bouleversée qu'au poste de police.

— Chuuut, murmura-t-il. Vous êtes à l'abri. En sécurité. Il ne vous fera aucun mal. Je ne le laisserai pas faire.

Vous devriez lui laisser le champ libre. Il s'arrêtera peut-être quand je serai morte.

Non. Elle refoula cette idée avec force. Combs ne s'arrêterait pas après sa mort. Il continuerait à s'attaquer à d'autres, à des jeunes femmes comme Arianna et Corinne. Des adolescentes comme la belle-fille de Combs et l'amie de celle-ci. Et il serait complètement insensible à leur sort. Des gens bien verraient leur existence ravagée, et le salaud n'en aurait rien à faire.

— Tous ces gens, murmura-t-elle, contre le torse de Novak. Il a tué tant d'innocents. Comment vivre avec ça, Deacon ? Comment arranger les choses ?

Il lui tira doucement les cheveux pour l'amener à le regarder. Puis il essuya ses larmes du bout des doigts.

— Vous êtes innocente, Faith, dit-il d'un ton farouche. Ne l'oubliez jamais.

— Vous croyez que cette mère de Miami partagerait votre opinion ? Serait-elle d'accord pour croire en mon innocence ?

— Vous ne pouvez pas penser une chose pareille, dit-il de sa voix voilée.

— Comment pourrais-je faire autrement, Deacon ? Comment vous empêchez-vous d'y penser ?

Il garda le silence un long moment, le regard rivé au sien. Puis il baissa la tête et leurs lèvres s'effleurèrent, tout en douceur. Il embrassa la commissure de ses lèvres, ses joues, sa tempe et revint prendre sa bouche pour un nouveau baiser, plus appuyé, cette fois, mais toujours empreint de réserve.

— Voilà, murmura-t-il, la bouche légèrement retroussée, ébauchant un sourire. Je m'y prends exactement comme ça.

Elle leva la tête pour mieux le voir. Puis, comme un coup de fouet, le désir l'investit, aussi âprement que le chagrin s'était emparé d'elle. Elle referma les poings sur le blouson de Deacon et l'attira vers le bas tout en se dressant sur la pointe des pieds pour l'embrasser à son tour. Avec ardeur.

Il émit un son sourd, signifiant son assentiment, puis prit les commandes. Il lui inclina la tête pour parfaire leur ajustement. Le baiser se fit plus profond et elle sut qu'il n'agissait pas par pitié. Le cœur de Deacon battait si vite qu'elle le sentait cogner contre sa poitrine. Ou peut-être était-ce la pulsation de son propre cœur ? Peu importait. Elle s'abandonna à l'instant, savourant ce baiser venant d'un bel homme qui s'y entendait en la matière.

Elle fit glisser ses mains sur le torse de Deacon. En remontant la courbe des muscles durs qu'elle sentait rouler à travers le tissu, son appétit s'aiguisa. C'était bon. Délicieux. Elle aurait voulu faire disparaître le T-shirt. Elle voulait le toucher. Voulait savoir si le reste de son corps était aussi bronzé que son visage.

Cet instant d'ivresse s'acheva trop tôt. Une faible protestation s'échappa des lèvres de Faith, lorsqu'il s'écarta, juste assez pour scruter son visage. De son côté, elle remarqua la teinte rouge sombre qui marquait les pommettes de Deacon, ses lèvres humides. Mais, comme toujours, elle fut véritablement captivée par ses yeux, qui scintillaient comme des gemmes, trahissant une excitation contenue.

D'un geste hésitant, Faith leva la main, puis elle effleura d'un doigt timide les sourcils, si blancs qu'ils semblaient détachés de la peau brune, si brillants qu'ils renforçaient la luminosité des iris bleu et marron.

— Je n'ai jamais vu de plus beaux yeux, chuchota-t-elle.

Le regard de Deacon étincela et il se rapprocha. Faith frissonna d'impatience, attendant que leurs bouches se rejoignent encore. Cette fois, il s'empara de ses lèvres avec voracité. Les grandes mains chaudes fourragèrent dans ses cheveux, tandis qu'il la pressait contre le comptoir d'un mouvement insistant des hanches, lui arrachant un gémissement étouffé.

La protubérance dure dont le contact avec ses fesses lui avait paru si plaisant lorsqu'ils rampaient sur le sol du hall de l'hôtel, lui procura une sensation encore plus agréable. Il était encore plus imposant. Incroyablement dur. Elle noua ses bras autour du cou puissant, se haussa un peu plus sur la pointe des pieds, essayant de placer cette érection à un endroit adéquat.

Un sifflement de douleur fusa des lèvres de Deacon, Faith suspendit son geste, se rappelant trop tard qu'il avait une épaule meurtrie. Précisément la raison qui l'avait conduit dans la chambre. Elle retomba sur les talons et rompit leur étreinte.

— Oh ! mon Dieu. Je suis navrée. Je suis dés…

La bouche de Deacon avala ses excuses, les remplaça par un baiser qui se fit doux et tendre.

— Moi, je ne le suis pas. Je ne suis absolument pas désolé.

Il avait le souffle court. Et, lorsqu'il la laissa aller, il tremblait. Cet homme robuste frémissait entre ses bras. Elle se délecta de cette pensée pendant une seconde entière, mais fut arrachée de son euphorie par une exclamation sourde de Deacon.

— C'est quoi, ce…

Il considérait sa propre paume couverte de sang d'un air horrifié, puis écarta d'un geste délicat la mèche qui retombait sur le front de Faith.

— Pourquoi ne m'avez-vous pas dit que je vous faisais mal ? Vous auriez dû m'arrêter.

— Vous ne m'avez pas fait mal. En tout cas, pas à l'instant. C'est arrivé quand vous m'avez plaquée dans le hall… Ce qui, par ailleurs, m'a sauvé la vie. Je pensais avoir arrangé ça en bas, tout à l'heure.

Elle se tamponna le front avec un mouchoir en s'écartant de l'évier pour lui permettre de rincer le sang qui lui maculait la main.

— Je dois vous ramener aux urgences.

Elle était tentée d'accepter. Elle aurait aimé se terrer aux urgences, ou dans n'importe quel endroit du monde qui ne soit pas la maison O'Bannion. Mais c'était de la lâcheté. Et de l'égoïsme.

De l'égoïsme. La culpabilité la frappa comme une brique. Elle avait distrait Novak, alors qu'il devait chercher Corinne. Exactement, comme l'avait prédit Kimble. *Si cette fille disparue meurt, vous l'aurez brisé. Et pas seulement professionnellement.*

— Emmenez-moi d'abord à la maison. Corinne ne dispose pas de beaucoup de temps.

Il scruta longuement son visage, puis hocha la tête d'un air grave.

— Changez-vous. Mais faites vite.

Cincinnati, Ohio
Mardi 4 novembre, 4 h 45

Il éteignit son ordinateur, satisfait. Trouver Novak avait été un jeu d'enfant. L'homme attirait l'attention des médias, partout où il se rendait. Depuis son transfert, à peine un mois plus tôt, quatre journaux de Cincinnati lui avaient déjà consacré des papiers. Et sa visite dans les archives de la presse de Baltimore s'était avérée encore plus prolifique.

Là-bas, Novak avait appartenu à une unité interservices, tout comme ici. Il avait tout du petit génie, diplômé de chimie, de psychologie et de science informatique. Après une classe préparatoire en médecine à l'université, il avait été admis en première année, mais avait laissé tomber ses études médicales pour entamer une carrière au FBI.

Il avait été assez aimable pour participer à une séance de questions-réponses avec les élèves d'un lycée de Baltimore, à l'occasion de la Journée des métiers. Tout aussi gentiment, le professeur de ces lycéens avait posté en ligne les synthèses rédigées par ces jeunes gens, après la visite de Novak.

Conclusion, Novak ne serait pas une proie facile. Le gars était foutrement malin, ce qui était encore mieux. Il avait toujours trouvé plaisant d'avoir affaire aux petits génies, histoire de rabattre un peu leur caquet. Evidemment, le caquet de Novak serait plus que rabattu. A vrai dire, ce type n'avait vraiment pas cherché à faire profil bas. Récemment, il s'était même acheté une maison, à son propre nom.

L'adresse avait été ridiculement facile à trouver. Et, si à tout hasard, cet enfoiré de flic ne se rendait pas rapidement dans sa nouvelle maison, ce ne serait pas non plus un problème. Parce qu'il avait une sœur. Le Dr Danika Novak était médecin aux urgences, ici même, en ville. Adorable. Tout le monde savait que les médecins ne se souciaient pas de leur propre sécurité, oubliant tout et tous autour d'eux quand il était question de sauver une vie. La sœur de Novak ne faisait sans doute pas exception.

Mais la première chose à l'ordre du jour était de réduire Faith au silence avant qu'elle ne retourne à la maison. Elle leur révélerait des choses qu'il ne voulait pas qu'ils sachent. Si les flics continuaient à croire qu'il avait simplement détenu Arianna et Corinne là-bas, ils collecteraient leurs prélèvements et s'en iraient. Mais si Faith se souvenait des choses comme elles étaient autrefois…

Ils se mettraient à creuser. Et c'était ce qu'il souhaitait éviter à tout prix.

15

Mount Carmel, Ohio
Mardi 4 novembre, 5 h 15

Lorsque Deacon gara sa berline, un véhicule de courtoisie, devant la maison O'Bannion, il était d'une humeur massacrante. Depuis leur départ de l'hôtel, Faith s'était montrée peu loquace. Chaque kilomètre parcouru paraissait la rendre encore plus fragile. Maintenant, elle fixait la bâtisse par la vitre du passager, ses grands yeux semblaient manger son visage blême.

Deacon marmonna un juron, il détestait l'idée de la voir affronter un cauchemar qui la hantait depuis vingt-trois ans. Par-dessus tout, il s'en voulait. *J'aurais dû garder mes mains dans mes poches.* Bien sûr, il savait combien elle était vulnérable, mais il n'avait pas été capable de s'en empêcher.

Elle était si douce. S'accordait si bien avec lui. Et puis, elle avait émis ces petits bruits gourmands qui lui avaient donné envie de la prendre sur place, dans la cuisine. Bishop avait raison. C'était trop, trop tôt. Il devait absolument effacer de son esprit la bouche désirable de Faith et se concentrer pour découvrir ce qui, dans cette maison, inspirait à Combs l'envie de la tuer.

— Vous allez bien ? demanda-t-il.

Elle hocha la tête.

— Ce n'est qu'une maison, après tout. C'est ce que je persiste à me répéter.

Avant qu'il ait le temps de contourner le véhicule pour l'aider à descendre, elle déboucla sa ceinture et sortit de la berline.

— Faith, attendez.

Il attrapa un gilet pare-balles et le glissa par-dessus la tête de Faith. Bien trop grand, le vêtement protecteur pendouillait sur ses épaules minces et tombait plus bas que ses hanches.

— Désolé, je n'ai pas plus petit.

— Au moins, cette cible sur mes fesses ne sera plus un problème, dit-elle avec ironie.

Il gloussa, fier d'elle. Même si la pâleur encore prononcée de son visage trahissait sa peur, elle serrait les dents et ses lèvres avaient pris un pli déterminé.

Ils franchirent ensemble le portail et avancèrent jusqu'au porche. Le souffle court de Faith se faisait de plus en plus précipité, ses dents mordillaient sa lèvre inférieure. Ses jointures avaient blanchi tant elle serrait les mains avec force. Au bas des marches, elle s'arrêta net.

— Ce n'est qu'une maison. Une putain de maison, tout simplement.

— Appuyez-vous sur moi, murmura Deacon. Vous n'êtes pas seule.

Elle lui saisit le bras si rudement qu'il dut réprimer une exclamation de surprise.

— Je suis navrée, chuchota-t-elle, sans pour autant desserrer sa prise.

— Je peux le supporter, ce n'est rien.

Il l'aida à monter l'escalier, puis nota avec inquiétude qu'elle trébuchait au moment de franchir le seuil.

— Respirer, c'est pas mal, dit-il avec légèreté. Vous devriez essayer.

Deacon était très conscient qu'ils se trouvaient sous le regard des deux experts judiciaires, qui avaient installé un petit bureau de fortune sur le parquet du salon.

Elle prit une inspiration tremblée, puis rejeta lentement l'air.

— Ce n'est qu'une maison, c'est bien ça ?

— Ce n'est qu'une maison, ma douce, répéta-t-il. Ouvrez les yeux. Ce n'est qu'une maison avec un tas de vieux meubles. C'est poussiéreux et il y aurait vraiment besoin d'un bon coup de peinture.

Elle ouvrit les yeux et parcourut la pièce d'un regard circonspect.

— C'est plus grand que dans mon souvenir. Et j'aurais juré que tout était dans l'autre sens.

Son regard se posa sur la rampe ouvragée qui bordait le grand escalier incurvé.

— Je me laissais souvent glisser sur cette rampe. Ça mettait Gran hors d'elle, mais ça faisait rire ma mère.

Elle se tut et lutta pour surmonter son émotion, puis reprit :

— Je ne peux pas vous dire s'il manque quoi que ce soit, Deacon. Je ne me souviens pas de tout ce qui était là.

— Un de vos oncles pourrait nous aider, suggéra-t-il en guettant tout changement dans l'expression de Faith.

Elle grimaça et quelque chose de profondément enfoui en lui eut envie de rugir.

Quelqu'un avait fait du mal à Faith, dans cette maison. C'était évident. Qui que soit cette personne, il la débusquerait et la ferait payer. D'une manière ou d'une autre.

— De quoi rêvez-vous, Faith ?

Les yeux verts se rivèrent aux siens, il y lut de la panique. Une biche sur le point de fuir.

Il lui caressa les cheveux.

— Vous avez besoin d'en parler à quelqu'un, vous le savez, n'est-ce pas ?

Elle ferma les paupières, un bref instant. Lorsqu'il croisa de nouveau son regard, elle s'était maîtrisée et avait relevé sa garde.

— Ne jouez pas les thérapeutes avec moi, Deacon. Je vous en prie.

— Faith, peu importe ce que c'est, le problème est que ça vous ronge…

— Quoi qu'il en soit, cela n'a aucun rapport avec toute cette histoire, jeta-t-elle. Si vous ne pouvez pas respecter ça, je ne sais pas quoi vous dire de plus.

Il réprima sa frustration.

— Navré… Laissez-moi vous équiper.

Il lui enleva le gilet pare-balles et lui remit des gants, puis il s'agenouilla pour enfiler des chaussons de protection par-dessus ses baskets. Après s'être redressé, il l'aida à enfiler son second gant, car elle avait les mains trop tremblantes pour s'en occuper elle-même.

— La scène de crime se trouve dans la cave, dit-il. Acceptez-vous de…

Elle se raidit une nouvelle fois.

Deacon eut envie de hurler, mais parvint à garder son calme.

— Acceptez-vous de descendre avec moi ?

— Bien sûr, dit-elle. Il faut passer par la cuisine.

Elle franchit le seuil d'une démarche raide, posant mécaniquement un pied devant l'autre. La porte du sous-sol était ouverte, elle s'arrêta, regardant en bas de l'escalier, l'expression à la fois sereine et effrayée. Comme en état de fugue.

— Faith ? Vous allez bien ?

— Je fais ce que je dois faire, agent Novak.

Il réprima une petite grimace, notant à regret ce retour à une attitude plus formelle. Mais, manifestement, elle tentait de composer avec cette mystérieuse information qu'elle refusait de lui révéler.

Elle se pencha en avant et inspecta les cloisons qui se dressaient de part et d'autre de la cage d'escalier, visiblement intriguée.

— Ce n'était pas ainsi.

Debout en retrait, Deacon tordit le cou pour mieux voir le visage de Faith.

— C'était ouvert. Il n'y avait pas ces cloisons, avant.

— Elles ont sans doute été ajoutées, plus tard.

Elle le gratifia d'un long regard dur.

— Non. J'étais présente le dernier jour. Ces cloisons n'existaient pas.

— Le dernier jour ? Le jour de la mort de votre mère ?

Elle hocha la tête.

— Il n'y avait pas de murs.

D'accord.

— Vous voulez bien descendre ?

— Bien sûr.

Elle ferma les yeux et heurta durement la première marche, ses doigts gantés agrippaient la longue perche de bois qui faisait office de rampe. Il la suivit, comme elle descendait une marche après l'autre, d'un pas saccadé. Il se tint prêt à la rattraper si elle tombait.

En arrivant au bas de l'escalier, elle fit un dernier pas, beaucoup plus appuyé qu'elle n'aurait dû. Elle trébucha et Deacon s'empressa de la saisir par les épaules.

— Du calme, murmura-t-il. Vous êtes en bas. Vous l'avez fait.

Elle se figea.

— Non. Je n'y suis pas. Il y avait deux autres marches. Toujours douze.

Elle avait les paupières étroitement closes.

— Ouvrez les yeux, Faith, et regardez-moi.

Elle déglutit avec difficulté et obtempéra.

— Il y a toujours eu douze marches.

— Votre souvenir n'est peut-être pas juste.

Le regard de Faith étincela. Deacon en fut soulagé, elle était encore en contact avec la réalité. Il redoutait un peu de l'avoir poussée au-delà d'une espèce de seuil émotionnel.

— Je me souviens de douze marches. Douze. J'ai toujours compté.

— Pourquoi ? Pourquoi comptiez-vous ?

— Parce que je ne voulais pas regarder.

Elle prit une profonde inspiration et fronça le nez.

— Ça sent l'eau de javel ? reprit-elle.

— Oui. Que vouliez-vous éviter de voir ?

Faith inspectait les lieux, les yeux écarquillés d'étonnement.

— Il n'y avait rien de tout ça, ici. C'était un espace ouvert.

— Il a donc ajouté des cloisons.

Deacon était surpris. Ça ne cadrait pas avec le comportement d'un loup qui trompait le temps en attendant le Petit Chaperon rouge. L'agresseur de Faith n'avait pas simplement pris possession des lieux. Il avait modifié la maison.

— Que vouliez-vous éviter de voir ?

— Je n'ai jamais aimé cette cave. Elle m'a toujours effrayée, même quand j'étais très petite.

Elle leva la tête et regarda les lumières du plafond en clignant des yeux.

— Je vous assure, il n'y avait rien de tout ça, ici. C'était un endroit sombre, froid et humide. La cuisinière de Gran avait l'habitude de m'envoyer ici pour prendre des conserves de légumes. Elle non plus n'aimait pas y descendre.

— De quoi rêvez-vous ?

Elle poussa un soupir las.

— Des marches. Toujours douze marches. Vous pensez que la mémoire me fait défaut. Et, moi, je vous répète qu'il y avait douze putains de marches.

Il la considéra en cillant, désarçonné à la fois par le juron et par la douceur de sa voix quand elle l'avait proféré.

— D'accord. J'en parlerai à Tanaka.

— Votre gars de la scientifique qui a fait les prélèvements sur mes mains. Il était très gentil. Où dois-je aller, maintenant ?

— Pouvez-vous examiner chaque pièce ?

— Bien sûr.

Elle commença par le bureau.

— Je sais que ce meuble vient d'en haut. Il se trouvait dans le cabinet de travail de mon grand-père. Comment a-t-il réussi à le descendre jusqu'ici ?

— Bonne question, dit-il en examinant le bureau massif. Il l'a peut-être démonté.

— C'est possible. En revanche, le meuble de rangement en métal n'était pas dans la maison. Il a dû l'apporter.

— Comment le savez-vous ?

— Gran n'aurait jamais toléré quelque chose d'aussi ordinaire. Tout était en bois, ici, expliqua-t-elle en haussant les épaules. On dirait que j'ai plus de souvenirs que je l'imaginais.

— C'est bien ce que je pensais, dit-il, puis il indiqua la petite cuisine. Et par ici ?

— La table vient de la chambre de ma grand-mère. Elle y posait un vase. Un vase bleu orné de nuages. Elle l'a d'ailleurs emporté avec elle, quand elle a emménagé en ville. Maintenant, il appartient à oncle Jordan. Il a reçu tous les meubles qu'elle avait pris. Elle m'a légué le reste. Youpi.

— Se pourrait-il qu'il y ait dans cette maison un objet assez précieux pour que quelqu'un soit prêt à tuer pour l'avoir ? Quelque chose qu'un membre de votre famille ne veut pas que vous ayez ?

Elle lui adressa un regard neutre.

— Vous suggérez que mes oncles sont impliqués.

— Peut-être.

— C'est ridicule. S'il s'agissait d'un objet de valeur, chacun d'entre eux aurait pu revenir le récupérer à n'importe quel moment, pendant les vingt-trois dernières années. Personne ne vivait ici et le système d'alarme est très récent. N'importe qui aurait pu venir piller cet endroit.

Elle montra le réfrigérateur, la cuisinière et le micro-ondes.

— Rien de tout cela n'était dans la maison.

En se tournant pour partir, elle remarqua la couverture qui masquait la cavité dans le couloir.

— Qu'est-ce que c'est que ça ?

— Il y a un vide sanitaire, là-derrière. Quelqu'un y dormait.

Il s'abstint de mentionner qu'aucun indice n'indiquait que Combs avait pu séjourner là-dessous, ou qu'il avait trouvé un T-shirt de femme de petite taille dans une boîte. Un vêtement forcément trop petit pour Corinne ou Arianna. Qui avait pu vivre dans ce lieu exigu ?

Ensuite, il suivit Faith dans la pièce au lit de camp et aux menottes fixées dans le mur. Elle laissa échapper un petit cri d'effroi.

— Il les retenait ici ?

— Probablement, murmura Deacon.

Elle s'attarda un instant, scrutant le lit de camp. Lorsqu'elle se retourna, en dépit de sa pâleur, son regard était calme et détaché. Elle alla ouvrir la porte de la dernière pièce, le frôlant au passage.

La chambre de torture. Deacon attendait un nouveau cri d'horreur, mais Faith n'émit pas le moindre son. Elle regardait droit devant elle, ignorant totalement la table d'autopsie, où Tanaka collectait des échantillons.

— Où est la porte ? demanda-t-elle avec calme.

— Quelle porte ?

— Il y avait une porte dans ce mur. Elle conduisait dehors, dit-elle, puis elle se tourna vers la droite, évitant complètement la table d'autopsie. Et il y avait aussi des fenêtres sur ce mur. Elles montaient jusqu'au plafond. Je me rappelle.

— Elle a raison, intervint Tanaka. En tout cas, en ce qui concerne les fenêtres. Elles ont été murées. Quelqu'un a appliqué du plâtre dessus à l'intérieur et à l'extérieur. Ensuite on a repeint de façon à faire croire qu'elles n'avaient jamais été là. Je crois que c'est une fausse cloison. J'ai demandé qu'on m'apporte un appareil à rayons X. Je veux m'assurer que rien n'est caché dans ces murs.

— Depuis combien de temps la porte et les fenêtres ont-elles été condamnées ? demanda Deacon, intrigué.

— Difficile à dire avant analyse. Nous pourrons étudier le genre de peinture utilisé, le niveau d'oxydation, la comparer à nos modèles de vieillissement. Cela dit, ça ne semble pas très récent.

— Pas récent, d'accord. Mais du genre plus d'un an ?

— Pas récent et du genre plus d'un an, affirma Tanaka.

Deacon ravala un juron. Sa chronologie s'effilochait. Combs avait croisé la route de Faith seulement quatre ans plus tôt. Il se passait quelque chose de tout à fait différent ici, quelque chose qu'il n'aimait pas du tout.

— Elle se souvient aussi qu'il y avait douze marches, dit Deacon.

Tanaka haussa les sourcils.

— Il n'y en a que dix.

Faith serra les dents.

— Je sais ce dont je me souviens.

— Je crois volontiers que vous vous en souvenez, dit Tanaka.

Elle se tourna pour le regarder.

— Mais vous pensez que je me trompe.

— Je n'ai pas dit ça, docteur Corcoran.

Tanaka sortit de la salle de torture, s'accroupit au bas de l'escalier et scruta les joints du carrelage, qu'il éclaira de sa lampe. Puis il se redressa et retourna dans la pièce au lit de camp et aux menottes rivées au mur.

Faith le suivit, Deacon lui emboîta le pas. Ils s'arrêtèrent sur le seuil et regardèrent Tanaka arpenter le sol avec précaution. L'expert judiciaire s'arrêta, rebondit doucement sur la pointe des pieds, puis fit un grand pas en arrière. Quand il se tourna pour leur faire face, il avait les yeux brillants.

— Quand je suis arrivé dans cette pièce tout à l'heure, j'ai eu l'impression de sentir que le carrelage cédait légèrement à cet endroit, dit-il. J'avais l'intention de creuser la question, mais je n'ai rien perçu de tel ailleurs, alors j'ai remis ça à plus tard.

Faith s'était immobilisée.

— Le sol aussi est faux ? Comme le mur ?

Tanaka haussa les épaules.

— Tout ce que je peux vous dire, c'est que cet endroit précis n'est pas étayé.

— Ce que vous dites, c'est que quelqu'un a fait rehausser ce plancher tout entier de quarante centimètres ?

Deacon leva les yeux vers le plafond, les poutres grossières et la tuyauterie nue.

— Je me suis dit que tôt ou tard j'allais me cogner la tête, ici, mais il y a encore une quinzaine de centimètres de marge. Ça signifie que les plafonds étaient déjà très hauts, avant.

Le souffle de Faith s'était fait de plus en plus court et précipité.

— Oui, les plafonds étaient hauts.

Deacon leva le menton de Faith pour l'obliger à le regarder.

— Pourquoi ? Pourquoi vous rappelez-vous qu'ils étaient hauts ?

Elle ferma les yeux et secoua la tête pour se dégager.

— Il faudrait longtemps à quelqu'un pour rehausser le plancher de quarante centimètres, n'est-ce pas, lieutenant Tanaka ?

— Sergent, rectifia Tanaka d'une voix douce. C'est possible. Je vous ai entendue dire à l'agent Novak que les murs aussi étaient différents. Ces pièces cloisonnées existaient déjà, lorsque vous étiez enfant ?

— Oui. Celle-ci, indiqua-t-elle en désignant du pouce la salle de torture par-dessus son épaule. Mais elle était différente, à l'époque. La porte ouvrait sur une petite alcôve, où on pouvait se changer si on rentrait crotté. Ma grand-mère ne voulait pas de chaussures boueuses dans la maison.

— Et ça vous arrivait souvent ? demanda Deacon d'une voix tranquille, essayant de trouver un nouveau biais pour revenir au fameux rêve récurrent.

— Oui. J'aimais bien jouer dehors.

L'expression de Tanaka se fit soudain soucieuse.

— Docteur Corcoran, vous devriez peut-être vous asseoir. Vous êtes toute pâle.

— Je m'assiérai quand ce sera terminé. J'aimerais vraiment en finir.

— Vous avez déjà tout vu, ici, dit Tanaka.

— Non, fit-elle d'un ton laconique. J'aimerais vous voir enlever cette portion du revêtement. S'il y a quelque chose sous ces dalles, je veux le savoir.

Tanaka consulta Deacon du regard, celui-ci lui adressa un hochement de tête.

— D'accord, laissez-moi d'abord le temps de prendre des photos du sol en l'état. Ensuite, nous enlèverons cette dalle.

— En attendant, voulez-vous revoir l'autre pièce, Faith ?

Elle déglutit à grand-peine.

— Bien sûr.

Elle franchit la porte de la chambre de torture de son propre chef et se dirigea droit vers le coin le plus éloigné de la table d'autopsie.

— Le petit vestiaire se trouvait par ici, expliqua-t-elle. Il y avait des patères pour les manteaux et des râteliers pour faire sécher les bottes.

Deacon la prit par les épaules et la fit pivoter pour la placer face à la table métallique et au mur, au-delà. Il la sentit se raidir d'effroi.

— Qu'y avait-il ici ? Sur ce mur ?

— Des étagères avec des bocaux. Essentiellement des confitures et des gelées. La cuisinière de ma grand-mère faisait des conserves à l'époque. Et des olives, ajouta-t-elle, sourcils froncés.

Il cilla.

— Des olives ? La cuisinière de votre grand-mère faisait ses propres conserves d'olives, ici en Ohio ?

L'air soucieux de Faith disparut et elle le gratifia d'un regard intrigué.

— Non, évidemment. Les olives étaient déjà dans leurs bocaux.

Des voix se firent entendre de l'autre côté du couloir et Faith lui échappa une nouvelle fois pour se précipiter à l'endroit où Tanaka et l'un de ses techniciens s'affairaient autour des dalles suspectes.

Tanaka leva la tête à leur arrivée dans la petite pièce.

— Cette dalle bouge. Restez où vous êtes. Nous allons la soulever et voir s'il y a quelque chose dessous.

Le technicien inséra une lime mince le long du joint qui séparait la dalle de sa voisine. Après avoir soulevé le carreau suspect, il recula d'un geste instinctif, puis se releva d'un bond, lâchant la dalle.

— *Putain de merde.*

Le cri étranglé de Faith perça les oreilles de Deacon. Dans le même temps, son propre estomac se souleva et un reflux de bile brûla le fond de sa gorge. *Oh ! mon Dieu. Ne me dites pas que ça recommence.*

Sous la surface, un visage humain les fixait d'un regard mort.

Mount Carmel, Ohio
Mardi 4 novembre, 7 h 15

— On en est où ? commanda une voix impérieuse.

Isenberg venait de franchir la porte d'entrée de la maison O'Bannion. Deacon jeta un bref regard à l'extérieur par la porte ouverte pour s'assurer que Faith allait toujours bien. Elle était recroquevillée sur le siège passager de sa voiture, les yeux fermés. Il espérait qu'elle s'était endormie.

— Pour l'instant, nous n'avons traité que cette petite pièce. Sous le carrelage, il y avait trois corps, tous féminins. Des blondes, d'environ une vingtaine d'années. Aucune n'était inhumée à même la terre. Nous les avons trouvées dans des cercueils de plexiglas, posés sur le sol de terre battue d'origine. Nous ne savons pas encore ce que nous trouverons dans le reste de la cave.

— Mon Dieu ! Quel rapport avec Corcoran ? demanda Isenberg, dont l'épuisement semblait aussi profond que celui qu'il ressentait.

— C'est parce qu'elle s'est souvenue du nombre de marches de l'escalier de la cave qu'on a eu l'idée de vérifier ce qui se trouvait sous les dalles, expliqua Deacon. Sinon, nous aurions pu penser que cette maison n'avait servi qu'à torturer Arianna et Corinne.

— Alors, si Corcoran était morte, vous n'auriez peut-être jamais eu l'idée de rechercher les cadavres là où il les avait laissés.

L'estomac de Deacon se noua encore.

— C'est tout à fait possible.

— Excepté que nous avons trouvé ce T-shirt de femme, taille S. Ça ne correspond à aucune des victimes, souligna Adam. Ni à Corcoran. Quelqu'un d'autre était là-dessous.

— Peut-être un complice, dit Isenberg, qui jeta ensuite un coup d'œil par-dessus son épaule. Corcoran a vu les corps ?

— Juste le visage de la première victime, répondit Deacon. Elle a été malade. Je l'ai sortie de là.

Isenberg lui jeta un regard empreint de compassion.

— Et vous, Novak ?

Deacon grimaça. Voir les cadavres qu'ils avaient déjà découverts, tout en sachant qu'il pourrait y en avoir d'autres, juste sous ses pieds… C'était une évocation un peu trop précise des dizaines de tombes anonymes qu'il avait trouvées, lors de sa dernière affaire en Virginie-Occidentale.

— Ça va, merci.

— C'est déjà bien. Est-ce que Combs est toujours notre meilleur candidat ?

Deacon se frotta la nuque.

— C'est de moins en moins vraisemblable.

— Celui qui a fait les rénovations a passé un bon moment dans cette cave, dit Bishop. Des semaines. Peut-être des mois. Deux des victimes semblent mortes récemment. Combs pourrait être impliqué.

— N'oublions pas que les modifications de la maison remontent peut-être à dix ans, fit remarquer Tanaka. Et le docteur Corcoran n'a rencontré Combs qu'il y a quatre ans.

— Mais nous savons que la même arme a été utilisée ici et en Floride, il nous faut donc savoir quel rôle son ex-détenu a joué dans cette histoire, déclara Isenberg.

La bouche d'Adam s'incurva, formant plus un rictus qu'un sourire.

— J'éviterais d'utiliser cette expression devant elle, Lynda, dit-il d'un ton moqueur. Elle est plutôt à cheval sur le fait qu'il ne s'agit pas de *son* ex-détenu.

— Savez-vous quelque chose à propos du docteur Corcoran que vous aimeriez partager avec nous ? demanda sèchement Isenberg. Une information qui vous inciterait à la soupçonner plus que le reste d'entre nous ?

— Non, répondit Adam en secouant la tête.

Deacon contint son agacement devant l'attitude de son cousin.

— Cela dit, ce n'est pas tout, reprit-il. Faith rêve de cette maison depuis son enfance. Dans son cauchemar, elle descend les marches et les compte.

— Voilà pourquoi elle savait qu'il en manquait deux, souligna Isenberg. Que lui est-il arrivé dans cette cave ?

— Je n'en sais rien, mais quand elle est descendue avec moi, dans un premier temps, elle a refusé de se retourner. Quand elle s'y est enfin résolue, elle a été surprise de découvrir un mur. A l'entendre, il n'y était pas, à l'époque.

— Elle a aussi dit que le plafond était haut, ajouta Tanaka d'une voix douce. D'après vous, agent Novak, quel type de traumatisme pourrait avoir imprimé un détail pareil dans sa mémoire ? Elle n'était qu'une enfant. Pourquoi aurait-elle remarqué la hauteur du plafond ?

Deacon croisa le regard compatissant de Tanaka et se rendit compte que le technicien avait saisi quelque chose qui lui avait échappé. Du moins, jusqu'à présent. En comprenant, il ne put s'empêcher de regarder Faith qui dormait dans sa voiture.

— Oh ! mon Dieu, murmura-t-il. Elle a parlé du « dernier jour ». Le jour où sa mère est morte. Cette femme est censée être morte dans un accident de voiture. Ce n'est peut-être pas le cas. Faith a sans doute vu quelque chose quand elle a descendu l'escalier, ce jour-là. Un événement si traumatisant qu'elle n'a pas remis les pieds dans cette maison en vingt-trois ans.

Bishop soupira.

— Un événement qui l'a poussée à regarder le plafond. Bon Dieu,

Deacon. Il est toujours possible de consulter le certificat de décès pour vérifier la cause de la mort de sa mère. C'était peut-être un suicide.

A vrai dire, Deacon était pratiquement certain que c'était le cas. *Oh ! ma douce. Tu détestes cette maison et ça n'a rien d'étonnant,* songea-t-il avec tristesse. Mais pourquoi ne lui en avait-elle pas parlé ? Pourquoi ce secret ?

— Ça a dû être une horrible journée pour elle, dit Isenberg. Mais nous devons nous concentrer sur l'identification des victimes que nous trouverons là-dessous.

— Et aussi retrouver Corinne Longstreet, intervint Adam.

— Sans oublier le serrurier et le technicien de l'électricité qui sont toujours portés disparus, ajouta Deacon.

Bishop poussa un nouveau soupir.

— Et aussi découvrir qui a tiré sur le portier et Anthony Brown, la victime de la chambre d'hôtel.

— Il y a également les trois personnes qui sont mortes à Miami, rappela Deacon. Depuis le mois dernier, quelqu'un s'efforce de tuer Faith Corcoran. Mais, si la porte et les fenêtres de cette cave ont été murées et camouflées depuis dix ans, il est presque impossible que Combs ait été impliqué à l'époque. Et, s'il n'était pas impliqué à l'époque, comment pourrait-il l'être, maintenant ?

— Je croyais qu'il avait pénétré dans son appartement à Miami, il y a quelques semaines, dit Isenberg, intriguée.

Deacon réfléchit au témoignage de Faith.

— Elle a dit qu'elle n'avait pas pu le voir assez distinctement pour lui tirer dessus parce qu'elle n'avait pas ses lentilles de contact. Possible qu'elle n'ait pas vu son visage, mais seulement sa silhouette. L'intrus avait sans doute la même taille que Combs et, naturellement, elle a pensé que c'était lui.

— Je continue à penser que nous devrions interroger les oncles au plus tôt, dit Adam.

— Là-dessus, nous sommes d'accord, affirma Deacon.

— A qui d'autre devrions-nous parler ? demanda Isenberg. Qui d'autre a accès à cette maison ? La pelouse a l'air d'avoir été récemment tondue. Qui s'occupe de l'entretien ?

— La Société historique se charge de l'entretien de l'extérieur, dit Deacon. Ils emploient un jardinier. Nous irons le voir ce matin. Mais n'oublions pas que notre suspect doit avoir accès au contenu du testament de la grand-mère.

— Bon sang, marmonna Isenberg. Interrogez-le quand même.

— Bishop, tu veux bien t'occuper du jardinier, s'il te plaît ? demanda Deacon, et Scarlett hocha la tête. Merci. Vince, nous avons besoin d'informations sur les cadavres du sous-sol. Le légiste les prendra en charge dès que vous aurez terminé.

— Nous allons enlever le reste du dallage. Ça va prendre encore quelques heures.

Deacon se tourna vers la fenêtre. Les terres des O'Bannion s'étendaient aussi loin que portait son regard. Une fois de plus, il sentit son estomac se nouer. Une vaste propriété. Un immense espace pour y cacher des victimes.

— On doit s'assurer qu'il n'a enterré aucun corps à l'extérieur.

— Il nous faudra beaucoup plus de temps pour mener les recherches appropriées, fit observer Tanaka.

Deacon se souvint des semaines qu'il avait passées à exhumer des corps en Virginie-Occidentale.

— Et si on utilisait un radar à pénétration de sol ? suggéra-t-il. J'ai déjà obtenu de bons résultats avec cette technique. Je connais quelqu'un qui a une réputation nationale en matière de RPS. Elle devrait pouvoir nous recommander un bon spécialiste local.

— Je te ferai savoir si j'ai besoin d'un nom, dit Tanaka en hochant la tête. Maintenant, si vous voulez bien m'excuser, j'ai pas mal de boulot qui m'attend.

Isenberg se retourna brièvement pour jeter un coup d'œil à Faith, toujours endormie dans la berline.

— Corcoran ne peut pas retourner à son hôtel. C'est un cirque médiatique, là-bas. Il faut l'emmener en lieu sûr.

— Absolument, dit Deacon. Je m'en charge.

16

Cincinnati, Ohio
Mardi 4 novembre, 8 heures

Faith se réveilla en sursaut, puis se détendit lorsqu'elle perçut la faible odeur de cèdre qui émanait de la peau de Novak. Ils se déplaçaient. Elle s'était assoupie sur le siège du passager en l'attendant devant la maison. Elle dormait si profondément qu'elle n'était pas sortie du sommeil lorsqu'il avait démarré la voiture et avait quitté la maison.

— Dès mon retour à l'hôtel, il me faudra appeler mon père, murmura-t-elle. Je dois lui dire ce qui est arrivé avant qu'il l'apprenne aux infos et commence à s'inquiéter. D'autant plus que je ne réponds à aucun de mes deux numéros.

— Vous pouvez utiliser mon téléphone, si vous voulez.

— Quelle heure est-il ? demanda-t-elle en se redressant sur son siège. En général, il se couche avant…

Elle s'interrompit, sourcils froncés, distraite par la découverte de leur environnement. Ils avaient quitté la ville et roulaient maintenant en banlieue.

— Ce n'est pas la route de mon hôtel. Où allons-nous ?

— Dans une planque, répondit-il en lui jetant un regard en coulisse. Vous ne pouvez pas rester dans votre hôtel. Pas après la nuit dernière. Même s'il ne tente plus de s'attaquer à vous, les médias vont se jeter sur vous.

— Et mes affaires ?

— Bishop a déjà dû les faire transporter à la planque, maintenant, excepté ce qui se trouve dans votre coffre-fort.

Elle se rembrunit.

— Je n'aime pas que les gens touchent à mes affaires.

Novak pinça les lèvres.

— Je n'aime pas que les gens vous tirent dessus.

Elle soupira, consciente de s'être montrée discourtoise.

— Merci. Pour tout ce que vous avez fait pour moi.

Il laissa passer un bref silence avant de répondre.

— Tout ? demanda-t-il à voix basse.

Elle comprit l'allusion : le baiser dans la cuisine. L'espace d'un instant, elle s'autorisa à se remémorer le moment où il l'avait étreinte. Ainsi que cette sensation plaisante qui s'était répandue dans tout son corps.

— Oui, je vous remercie pour tout. Mais nous ne pouvons plus recommencer.

Les sourcils blancs se haussèrent.

— Et peut-on savoir pourquoi ?

— Parce que je suis toujours un témoin, Deacon. Vous avez dit vous-même que ce n'était pas déontologique.

— J'ai aussi dit que j'avais changé d'avis.

— Ça concernait votre intention de me confier à Bishop. D'ailleurs, vous devriez peut-être le faire, pour éviter toute distraction.

— Je ne suis pas distrait.

— Bien sûr que si. Vous me servez encore de chauffeur, souligna-t-elle. Ne me dites pas que vous n'avez pas mieux à faire. Vous avez trois scènes de crime en cours d'analyse.

— En réalité, il y en a cinq. Et, oui, je suis censé faire autre chose. J'ai rendez-vous avec la principale de mon frère dans quelques heures, je fais donc d'une pierre deux coups. Je vous laisserai vous installer pendant que je me douche et que je me change.

Elle plissa les yeux.

— Pardon ?

— Je ne peux pas rencontrer la principale en empestant la scène de crime. Cela dit, ça aurait l'avantage d'écourter l'entrevue, ajouta-t-il, d'un air pensif. Finalement, ce n'est peut-être pas une si mauvaise idée.

— Ne jouez pas au plus malin, Deacon. A qui « cette planque » appartient-elle exactement ?

— A moi.

Elle le fixa, ébahie.

— Vous m'emmenez chez vous ? Isenberg est d'accord avec ça ?

— C'est provisoire, le temps d'organiser une meilleure solution, sans doute plus tard dans la matinée. Chez moi, le système de sécurité est fiable. Je l'ai installé moi-même, donc je sais qu'il fonctionne.

Il lui adressa un regard espiègle en agitant comiquement les sourcils et précisa :

— Il y a aussi un écran plat d'un mètre soixante que vous pourrez connecter à votre Xbox.

Elle se surprit à glousser.

— Vous êtes gonflé, Novak. Je dois vous reconnaître ça. Alors, qui va me garder, pendant que vous vous occuperez de votre délinquant de frère ?

Le sourire de Novak s'estompa et elle eut envie de se flanquer des coups de pied aux fesses pour avoir dit une chose pareille.

— J'ai demandé deux agents de l'antenne locale du FBI. Vous serez entre de bonnes mains.

Elle n'en doutait pas une minute. Il lui avait promis qu'il ne laisserait rien lui arriver et Deacon Novak semblait être un homme de parole. C'est le naufrage de ce sourire qui l'inquiétait.

— Je suis navrée. Je n'aurais pas dû parler de votre frère en ces termes.

— Non, vous avez raison. Il est en bon chemin pour finir délinquant et je ne sais pas quoi faire.

— Je suis navrée, répéta-t-elle.

Elle pressa légèrement son avant-bras, sentit les muscles fléchir sous sa paume. Elle aurait aimé qu'ils se retrouvent de nouveau dans sa chambre d'hôtel, à s'embrasser comme avant la fin du monde. Le toucher, même de manière platonique, s'avérait périlleux.

Elle écarta son bras, mais il lui prit la main. Il noua les doigts aux siens et posa leurs mains jointes sur sa cuisse puissante. Pendant tout le temps, il garda le regard fixé droit devant lui.

— Pas encore, murmura-t-il. Ne bougez pas tout de suite.

Pour la première fois, elle percevait une note de vulnérabilité dans la voix de Novak. Cela rendait la situation plus dangereuse encore, parce qu'elle ne voulait surtout pas le blesser.

— Changez-vous d'avis sur tous vos témoins, Deacon ? demanda-t-elle en espérant qu'il détecterait aussi la vulnérabilité qu'elle éprouvait.

Il lui lâcha la main, comme si elle l'avait brûlé.

— Pendant que je ne serai pas là, vous devriez essayer de dormir encore un peu, dit-il laconiquement. Et, si vous éprouvez des difficultés à surmonter ce que vous avez vu, le département peut vous recommander un thérapeute.

Elle croisa les mains sur ses cuisses, se sentant abandonnée. Et coupable, comme si elle avait donné un coup de pied à un chiot ou un truc du genre. Mal à l'aise, elle s'en prit à lui.

— Avec ce que j'ai *vu* ? De quoi est-il exactement question, Deacon ? D'Arianna allongée sur la route, du portier qui s'est fait tirer dessus sous mes yeux ou des restes de cette pauvre femme dans la cave de la maison de ma grand-mère ? D'après vous, qu'est-ce qui pourrait me causer des « difficultés » parmi tous ces trucs que j'ai *vus* ?

— Tous, dit-il avec colère. Tout ce dont vous avez été témoin va vous donner des cauchemars. Ce n'est pas comme si vous n'en aviez pas assez déjà. Et, non, je n'ai jamais « changé d'avis » sur aucun autre témoin.

Son cœur manqua un battement.

— Merci, pour ça, dit-elle d'une voix calme, puis elle tenta un sourire.

En revanche, je vais décliner pour le thérapeute, si ça ne vous ennuie pas. Je me suis débrouillée toute seule jusqu'à présent. Ça va aller.

Il ne lui rendit pas son sourire. Il ne lui répondit même pas. Au lieu de cela, il prit une rue bordée d'arbres et pressa le bouton d'un boîtier qu'il tenait au-dessus de sa tête. Faith eut juste le temps d'apercevoir une grande maison à un étage, de style Tudor, avant de fermer les yeux dans un réflexe de panique lorsque, faisant rugir le moteur, il prit un virage sec sur la droite pour s'engager dans une allée et foncer vers une porte de garage ouverte. Il freina sèchement. Quand elle ouvrit les yeux, ils étaient à l'intérieur du garage dont la porte commençait à redescendre.

Avant qu'elle ait eu le temps de reprendre sa respiration, il ouvrait déjà sa portière, l'air furieux, presque menaçant, et l'aidait à sortir de la voiture. Mais elle n'avait aucune crainte. Soulagée, elle accueillit avec bonheur la sensation des bras de Deacon serrés fort autour d'elle, de la bouche chaude, dure et exigeante qui prenait la sienne.

Il avait besoin d'elle. Besoin de ça. Tant mieux, car elle aussi éprouvait le même impératif.

— Vous n'allez *pas* bien, chuchota-t-il d'un ton farouche contre ses lèvres. Et moi non plus.

Il releva la tête, la scruta dans la pénombre.

— Vous avez un tueur en série aux trousses et je ne veux pas vous quitter des yeux. Mais j'y suis obligé. Je dois laisser à quelqu'un d'autre le soin de veiller sur vous pendant que je l'arrête, sans quoi vous ne serez jamais en sécurité.

Le cœur de Faith manqua un battement. Puis il se mit à palpiter si vite qu'elle fut prise de vertige. *Un tueur en série. Dans la maison de ma grand-mère.*

— Combien y en a-t-il, là-bas ? chuchota-t-elle. Combien de victimes ?

— Trois dans la première pièce. Pour l'instant.

— Trois ? Pour l'instant ?

Une notion horrible s'installa en elle, manquant de l'étouffer.

— Ce n'est pas Combs, n'est-ce pas ?

Quelqu'un d'autre tente de me tuer.

— En tout cas, il n'est pas le seul à vouloir votre mort. Sauf s'il vous connaissait avant d'être assigné à votre programme.

— Non, il ne me connaissait pas. D'après le sergent Tanaka, les fenêtres de la chambre de torture ont été condamnées il y a une dizaine d'années. Le tueur est à l'œuvre au moins depuis cette époque, c'est bien ça ?

— Je l'ignore, Faith. Je ne sais vraiment pas. Nous en saurons plus après les examens du légiste. Votre famille n'est jamais retournée là-bas, au cours des vingt-trois dernières années ?

— Mon père allait au cimetière tous les deux ou trois ans, pour l'anniversaire de la mort de ma mère.

— Dans un accident de voiture. Même si c'est la cave qui vous effraie, même si vous comptez les marches de l'escalier qui y descend. Même si vous vous souvenez de la hauteur du plafond, dit-il avec circonspection.

Il savait. De toute évidence, il savait. Bien sûr qu'il avait deviné. Une partie d'elle s'en doutait. Sans rien dire, elle pressa sa joue contre le torse de Deacon, pendant qu'il lui caressait les cheveux avec une tendresse qui l'émut aux larmes.

— Pourquoi ne me dites-vous pas la vérité, Faith ? chuchota-t-il.

— Je ne peux pas. Je vous en prie, ne me le demandez pas.

— Pourquoi ?

— Parce que nous sommes plus catholiques que le pape, répondit-elle d'une voix basse et amère.

Elle le sentit soupirer.

— Et le suicide est un péché.

— Pas un péché comme les autres. C'est le grand péché.

Il continua à lui caresser les cheveux, à la serrer contre lui.

— Vous l'avez vue ?

Elle hocha la tête, sa gorge serrée ne laissait plus passer les mots. Ce cauchemar resterait gravé dans sa mémoire à jamais, mais elle ne pouvait en parler. Pas à lui. Ni à personne. Ni maintenant ni jamais.

— Très bien, ma douce. Je n'en parlerai plus. Mais j'ai besoin de savoir si votre père se serait rendu compte des changements de la maison, des fenêtres murées.

— Il n'aurait rien remarqué. Le cimetière est de l'autre côté de la maison.

— Et de la route en arrivant ?

— Il n'aurait rien remarqué, répéta-t-elle fermement. Il ne connaît pas la maison aussi bien que moi. Quand nous venions rendre visite, il ne restait pas. Il nous déposait et revenait nous chercher plus tard.

Sauf cette unique fois où son père s'était attardé plus d'une heure chez les O'Bannion. C'était dans les jours qui avaient suivi la mort de son grand-père. Et celle de sa mère.

— Mon père et ma grand-mère ne s'entendaient guère, précisa-t-elle.

— Et pour quelle raison ?

— Parce qu'il avait quitté la prêtrise pour épouser ma mère.

Elle sentit le sursaut de surprise de Novak.

— D'accord, dit-il lentement. A vrai dire je ne m'attendais pas du tout à cette réponse.

Faith soupira.

— Il était encore au séminaire et n'avait pas encore prononcé ses vœux mais, aux yeux de Gran, ça ne faisait aucune différence. Il ne connaissait pas la maison, répéta-t-elle en frottant sa joue contre le torse de Novak.

C'était agréable. Il était rude. Solide. Protecteur.

— Vous ne pouvez pas l'interroger, Deacon. Mon père est malade. Il a eu une crise cardiaque, l'année dernière. L'inquiétude va le tuer.

Il l'embrassa sur le sommet du crâne et elle sentit son cœur fondre, encore une fois.

— Alors, appelez-le vite et dites-lui que vous êtes en sécurité. Ensuite, évitez de vous mettre en danger du mieux possible.

— Donc je n'irai pas au bureau aujourd'hui, dit-elle avec un soupir, sachant qu'il avait raison.

— A votre avis ? demanda-t-il d'un ton pince-sans-rire, lui arrachant un nouveau sourire.

— Dans ce cas, je dois aussi parler à mon patron. Que suis-je autorisée à lui dire ?

— Que vous avez eu un accident de voiture, la nuit dernière, et qu'il y a eu des complications, dit-il platement.

Faith faillit éclater de rire.

— Des complications ?

— Ce n'est pas un mensonge.

— Non, en effet, dit-elle en se détachant à regret de l'étreinte réconfortante. Conduisez-moi donc à ma planque.

Lorsqu'il ouvrit la porte de communication avec la maison, l'odeur de peinture fraîche la fit éternuer.

— Désolé, fit-il. Je campe ici pendant que je prépare l'endroit pour notre emménagement.

— Notre emménagement ?

— Dani, Greg et moi.

Elle s'arrêta au milieu de la buanderie et le regarda d'un air intrigué.

— Vous emménagez avec votre sœur et votre frère ?

— Disons plutôt qu'ils emménagent avec moi. J'ai acheté cet endroit l'été dernier. Quand je suis revenu ici, il y a un mois, je me suis mis aux rénovations. Dani s'installe à la fin de la semaine. Et Greg aussi… Si toutefois il arrive à se tenir à l'écart de la prison pour mineurs.

Son cœur fondit.

— Vous êtes revenu ici pour lui, n'est-ce pas ?

Il hocha la tête.

— Il a presque toujours vécu avec mon oncle et ma tante, mais il est devenu difficile à contrôler, et ma tante a la santé fragile. En plus, Greg a été viré de sa dernière école et Dani était dépassée. J'ai donc décidé de rentrer à la maison. Je tenais à trouver un endroit assez grand pour qu'on ne se marche pas sur les pieds, tous les trois. Et dans un quartier près d'une bonne école. Quand ma mère a épousé mon beau-père, nous nous sommes installés à quelques rues d'ici. Cette maison à retaper est tout ce que j'ai pu m'offrir dans le coin.

— Maintenant je comprends pourquoi Greg fréquente le lycée où Dani et vous avez étudié, avant la mort de votre mère et de votre beau-père. Greg et Dani sont allés vivre avec votre tante et votre oncle, après l'accident ?

Il acquiesça.

— Ils m'ont laissé finir l'année dans mon ancienne école parce que c'était la fin de mon cycle. En revanche, Dani a dû changer parce que le quartier de mon oncle et ma tante dépendait d'un autre établissement. Ça a été difficile pour elle, perdre maman, Bruce et ses amis en même temps. Greg aussi a dû changer d'école, mais seulement parce qu'il avait été viré des deux précédentes.

Deacon eut un petit mouvement de tête, comme pour chasser ces préoccupations.

— Allez, je vous propose de faire le tour du propriétaire, ajouta-t-il en la conduisant dans la cuisine, dont il alluma les lumières. C'est le premier endroit que j'ai terminé. Je me suis dit que nous aurions besoin de manger.

Faith regarda autour d'elle, impressionnée.

— Vous avez fait du bon travail.

Les placards étaient neufs, tout comme le matériel électroménager. Et le carrelage. Elle se détourna vivement des jolis carreaux, de peur que cela lui rappelle le dallage de la cave de la maison O'Bannion.

Elle se surprit à le fixer dans les yeux et ses joues déjà chaudes se mirent à flamber. La sensation se communiqua au reste de son corps. Parce que lui aussi la fixait. Comme s'il mourait de faim et qu'elle était un plat appétissant. Craignant d'avoir la même expression affamée, elle fit un grand pas en arrière et leva la main comme un agent de la circulation.

— Non, Deacon. C'est vraiment de la folie.

Il lui adressa un sourire, à la fois moqueur et malicieux, qui en fit l'homme le plus sexy qu'elle ait jamais vu.

— Très bien, dit-il avec aisance. Laissez-moi vous montrer l'endroit où vous allez… dormir.

Une délicieuse crispation envahit tout son corps et elle ravala un gémissement, qu'elle déguisa sous un petit rire.

— Vous êtes incorrigible, agent Novak.

— Je sais, dit-il avec une satisfaction qui la fit de nouveau éclater de rire.

— Vous avez dit que vous campiez. Faudra-t-il que je dorme par terre ?

Elle grimaça en songeant à tous les endroits douloureux de son corps, après l'accident de voiture et la tentative de meurtre.

— Certainement pas. Je crois au confort matériel. Comme à l'énorme écran plat connecté à ma Xbox que vous pouvez utiliser.

Il la précéda dans le salon et montra l'écran au passage. Le téléviseur dominait le mur, mais le reste de la pièce était nu, à l'exception de deux chaises pliantes.

— Les chaises pliantes, c'est mon maximum en matière de camping. L'essentiel de mon mobilier est encore au garde-meuble.

Il la conduisit en haut d'une volée de marches sur le palier clair et ensoleillé du premier étage. Elle leva la tête et sourit en découvrant les fenêtres de toit. Il ouvrit la porte sur une pièce vide, en dehors de quelques pots de peinture encore fermés et de ses propres cartons.

— Vos affaires. Quand j'aurai terminé, ce sera chez Dani.

Elle le suivit dans le couloir jusqu'à la chambre principale. Là, il y avait un lit *king-size* aux draps froissés et une commode usée. Sa valise était posée près du lit.

— Les draps sont propres, dit-il de cette voix qui était comme du velours sur sa peau. Je n'y ai dormi qu'une nuit, mais je peux les changer si vous voulez.

— Non, ça ira. Je ne resterai ici que jusqu'à la fin de la matinée, c'est bien ça ?

Il hocha la tête, d'un geste ferme.

— La salle de bains est par là. Je vais juste prendre quelques affaires dans mon placard et, ensuite, je vous laisserai vous reposer.

Faith montra la salle de bains.

— Si vous avez besoin d'une douche, j'attendrai dans la cuisine.

Il lui adressa un autre de ses sourires espiègles, comme pour dire qu'il savait qu'elle l'imaginait sous la douche. Evidemment, c'était la vérité.

— J'utiliserai la salle de bains qui est près de la chambre de Dani. Ah ! Et elle viendra vous recoller le front. Je lui ai demandé de passer après l'heure du déjeuner. Ça vous permettra de dormir un peu.

— Ça ne saigne plus, alors, je pense que ça devrait aller. Inutile de la déranger.

— Ce sont les ordres d'Isenberg.

Il sortit un costume de son armoire, une chemise et une cravate, la bouche légèrement crispée en une petite moue de dépit.

— Mon manteau me manque, dit-il d'un ton boudeur.

Faith éclata de rire.

— Allez, ne faites pas l'enfant. Vous allez le récupérer.

Il lui sourit.

— Je sais. Je voulais juste vous entendre rire. Vous devriez faire ça plus souvent.

Toutes les raisons qui l'avaient empêchée de rire pendant ces vingt-trois dernières années lui revinrent en même temps.

— J'essaierai, dit-elle à voix basse. Quand tout ça sera terminé.

Le sourire de Novak disparut.

— Je m'en assurerai. D'ailleurs, dès que je me serai changé, je repars sur l'affaire. Je passerai d'abord à King's College pour examiner la scène de l'enlèvement.

Elle se rendit compte qu'il ne s'était pas reposé.

— Si vous avez des provisions, je peux nous préparer un petit déjeuner, proposa-t-elle. De cette façon, vous pourrez utiliser votre propre salle de bains.

— Ce serait plus commode, en effet. J'ai rempli le frigo il y a deux jours. Si ça ne vous dérange vraiment pas de faire la cuisine, vous devriez y trouver ce qu'il vous faut. J'aime mes œufs frits des deux côtés.

Le téléphone de Novak bourdonna et il consulta le SMS qui venait d'arriver, puis s'adressa à elle.

— Ne vous inquiétez pas si vous voyez une berline s'arrêter devant la maison, d'ici quelques minutes. C'est votre détachement de protection, assigné par le Bureau. Les agents Colby et Pope. Il y a une ligne fixe dans la cuisine, vous pourrez appeler votre père, si vous voulez. Et gardez les stores baissés, s'il vous plaît. Je ne voudrais pas que vous lui mentiez en lui disant que vous êtes en sécurité.

Faith leva les yeux au ciel.

— Frits des deux côtés, le détachement du FBI, les stores baissés. Je devrais être capable de me souvenir de tout ça.

Elle sortit de la chambre, poursuivie par le petit rire de Novak, puis descendit à la cuisine pour passer son appel.

Elle composa le numéro avec des doigts de plomb, redoutant de devoir apprendre à son père ce qui se passait. Sans surprise, Lily décrocha à la première sonnerie.

— Salut, Lily. C'est moi.

— Je t'en veux terriblement, répliqua Lily d'une voix sifflante. On parle de ton hôtel partout aux infos. Il y a eu une fusillade. Où es-tu ? Pourquoi ne nous as-tu pas appelés ? Ton père était malade d'inquiétude.

Faith ferma les yeux.

— Je suis avec l'agent du FBI qui travaille sur l'affaire. Je suis désolée, Lily. Vraiment. Mon nouveau téléphone a été abîmé la nuit dernière, pendant la fusillade.

Un long silence suivit cette dernière phrase.

— Tu étais prise *dans* cette fusillade ?

Faith laissa échapper un soupir.

— Eh bien, oui. En réalité, j'étais la cible.

— Seigneur Dieu, gémit faiblement Lily. C'est terrible.

— Je sais. Ecoute, la maison de grand-mère semble être au centre de cette affaire. Il y a eu un meurtre, là-bas.

Ou trois. Pour l'instant.

— La police pense que je suis une cible, parce que mon nom figure sur l'acte de propriété, continua-t-elle. Sincèrement, Lily, je n'en sais pas plus. La nuit dernière a été démente. J'ai eu un accident de voiture.

— Avec ta Prius ? émit Lily d'une voix qui était à peine un pépiement. Es-tu blessée ?

— Eh bien, non, et non. J'ai vendu la Prius à Miami. J'ai acheté une jeep d'occasion et je suis sortie de la route avec la nuit dernière. Juste après notre conversation.

— C'est dans ces virages que ton père déteste tant, à cause de ce qui est arrivé à ta mère.

Parce que le corps de la mère de Faith avait été retrouvé dans une voiture carbonisée, au bas d'un talus, non loin du lieu où s'était déroulé l'incident de la nuit précédente.

— C'est à peu près dans ce coin-là, oui.

— Tu conduisais encore trop vite, pas vrai ?

— Non, répondit Faith, avec patience. J'ai vu une fille allongée sur la route et j'ai donné un coup de volant pour l'éviter.

— Tu as quoi ? Et tu n'en sais pas *plus* ? As-tu encore quelque chose à ajouter ? s'enquit Lily, d'une voix acide.

Cependant, Faith ne s'y trompa pas, sa belle-mère était plus effrayée qu'en colère.

— Eh bien, j'ai changé mon nom.

— Tu as repris Sullivan, très bien. Il est plus que temps que tu coupes tous les liens avec ce Charlie Frye.

— En fait, j'ai pris le nom de Corcoran.

Silence, à l'autre bout du fil, puis la question redoutée arriva.

— Pourquoi ?

— C'était le nom de jeune fille de Gran. Je n'ai pas choisi Sullivan, parce que je ne voulais pas qu'on puisse remonter jusqu'à papa et toi. Parce que je suis harcelée. Depuis l'année dernière.

— Oh ! mon Dieu. C'est pour ça que tu as déménagé. C'est cet horrible Peter Combs ? C'est lui qui est derrière ça ?

— C'est possible. Je n'en sais plus rien, maintenant. Papa doit aussi savoir qu'on va peut-être parler de la maison de Gran aux infos. Mais je vais bien. Je suis en sécurité. Je peux le lui dire, pour qu'il cesse de s'inquiéter.

— Je lui ai donné un sédatif. Il s'est endormi. Moi-même, je vais peut-être faire une petite sieste. J'ai veillé tard dans la nuit avec lui et je suis lessivée. Rappelle dans quelques heures. Et donne-moi un numéro où tu pourras vraiment décrocher.

— Je dois me procurer un nouveau téléphone neuf. Mais tu peux appeler ce numéro, dit Faith en récitant le numéro du mobile de Novak. C'est l'agent du FBI. Il saura comment me joindre, une fois qu'ils m'auront conduite dans une planque.

Lily soupira.

— Apprendre que tu vas être en lieu sûr, c'est la meilleure nouvelle que j'aie entendue jusque-là. Je t'aime, Faith.

— Je t'aime aussi. Va te coucher, Lily. Je rappellerai aussitôt que possible.

Cincinnati, Ohio
Mardi 4 novembre, 8 h 10

Enfin ! songea-t-il en voyant la porte du garage de Novak s'ouvrir. Il était temps que cet enfoiré aux cheveux blancs rentre à la maison. De son côté, il avait eu de la chance. Un arrêt de bus occupait le coin de la rue et plusieurs mères de famille avaient aligné leurs propres monospaces le long du trottoir, en attendant le car qui emmenait leurs enfants. Il se fondait parfaitement dans la masse. Seulement, le transport scolaire était arrivé quelques minutes plus tôt et toutes les mères étaient parties. Il ne pourrait pas s'attarder. Pas question de prendre le risque qu'un des voisins de Novak remarque le monospace gris qui s'attardait et prévienne la police.

Il quitta le siège du conducteur et passa par-dessus la console centrale, pour gagner la banquette du milieu, où il avait déposé le sac de golf qui contenait son fusil. Il maudit ces modèles actuels dépourvus de vitres traditionnelles. Seule une portion de la fenêtre pivotait selon un angle qui ne permettait qu'une ouverture de quelques centimètres, tout au plus.

Mais cela lui suffirait. La place qu'il avait choisie lui permettait d'ajuster précisément sa mire sur l'allée de Novak, juste au cas où l'enfoiré reviendrait en compagnie de Faith.

Même s'il semblait plus probable qu'ils l'aient emmenée dans une planque, mieux valait ne pas être pris au dépourvu.

Si Faith était avec Novak, il pourrait le descendre lorsqu'il s'arrêterait dans l'allée. Et, si elle s'avisait de l'aider, il pourrait l'avoir aussi. En revanche, si elle était assez prudente pour rester à couvert, il disposerait de tout le temps nécessaire pour se garer derrière leur véhicule, descendre de son monospace et lui tirer dessus à bout portant, avant l'arrivée des secours. Et ce, même si elle avait la présence d'esprit d'appeler à l'aide.

D'un autre côté, si elle n'était pas avec Novak, tôt ou tard, cet enfoiré finirait bien par la rejoindre.

Je peux me montrer patient. Il le faut. Il s'immobilisa, le doigt sur la détente de son fusil. *Ah, le voilà.* Au volant d'une berline. *Parce que j'ai mitraillé son SUV,* songea-t-il avec une pointe de regret. Dans ces conditions de tir, la voiture offrait une cible moins facile. Plissant les yeux, il essaya de distinguer l'intérieur de l'habitacle côté conducteur, à travers le pare-brise, mais le soleil se reflétait sur le verre. *Merde.*

Etait-elle avec lui ? En l'absence de Faith, il ne voulait pas tuer Novak. Personne d'autre ne le conduirait aussi assurément jusqu'à elle. Au dernier moment, la berline bondit brutalement en avant et s'engagea dans l'allée en faisant crisser ses pneus. Le véhicule s'engouffra dans le garage et la porte commença à redescendre, sans même lui laisser le temps de prendre une inspiration.

— *Putain !*

Il s'était attendu à voir Novak ralentir en se dirigeant vers le garage. Toute personne rationnelle aurait diminué sa foutue vitesse. Mais cet enfoiré aux cheveux blancs avait failli arracher la porte de son propre garage. Ce type était complètement frappé.

Ce qui ne manquait pas d'ironie, à vrai dire. Il était pratiquement certain que Novak avait la même opinion de lui.

Calme-toi. Respire. Il enleva son index de la détente. Novak n'avait pas fait ce truc de dingue sans raison. Ça devait signifier que Faith était avec lui. En ce moment précis, elle était à l'intérieur de la maison.

Son envie de mitrailler toutes les fenêtres était si intense que son doigt le démangeait. Mais ce ne serait pas raisonnable. Ils pourraient s'abriter et riposter. Sans compter les centaines de flics qui allaient débouler.

Au moins, il l'avait de nouveau localisée. Novak ne s'attarderait sans doute pas. Après tout, le pauvre garçon avait un tueur à capturer. Par ailleurs, Novak avait peut-être prévu d'emmener Faith en repartant. *Dans ce cas, je serai prêt.*

Et s'il la laissait seule ?

Il sourit. Elle était peut-être armée, mais c'était une piètre tireuse. La nuit où il avait pénétré chez elle en grimpant par la fenêtre de la chambre, elle l'avait à peine égratigné. Ce serait comme de voler des bonbons à un gamin.

Cincinnati, Ohio
Mardi 4 novembre, 8 h 15

Tout en frictionnant ses cheveux humides, Deacon jeta un coup d'œil à son lit, tenté de s'y étendre pour fermer les yeux quelques minutes. *Je suis vraiment crevé.*

Maintenant, si Faith était allongée sur ses draps froissés, ce serait une tout autre affaire. Comme il laissait libre cours à son imagination, il sentit son corps réagir.

Elle aussi y avait pensé. Il l'avait lu dans ses yeux verts, dans la teinte écarlate qui avait animé ses joues pâles. *Bientôt.* Ils seraient bientôt en mesure d'explorer cette alchimie qu'elle avait qualifiée de « folie ». Elle semblait en avoir un peu peur. Et lui n'était pas en reste.

Pour la première fois de sa carrière, il était tenté de mettre son devoir de côté. Il n'avait aucune envie de la laisser seule ici. Le fait que deux agents fédéraux parfaitement qualifiés allaient assurer sa protection ne rentrait pas en ligne de compte. Il voulait être ici. Il en avait besoin.

Mais, ce qu'il désirait par-dessus tout, c'était la garder en vie. Il enfila donc son boxer, puis entrebâilla la porte. Ainsi, il entendrait Faith si elle avait besoin de lui. *Mmm, du bacon.* L'arôme appétissant montait jusqu'à l'étage, mêlé à l'odeur du café frais. Il l'aurait déjà vénérée juste pour le café.

Beaucoup plus pressé, maintenant, il s'apprêtait à prendre son pantalon, mais entendit un cri étouffé s'élever derrière lui. En se retournant, il découvrit Faith dans l'embrasure de la porte, une main sur la bouche, les yeux écarquillés.

Il la rejoignit en deux enjambées, la tira à l'intérieur et la plaqua contre le mur de la chambre. Il la protégea de son corps, avant d'inspecter le couloir d'un bref regard.

— Que se passe-t-il ? Il y a quelqu'un ?

— Personne, répondit-elle d'une voix hachée. C'est votre dos. C'est vraiment vilain. J'ai été surprise, voilà tout. Pouvez-vous me laisser respirer ? Parce que, là, vous m'écrasez.

Il recula de quelques centimètres.

— Pour mon dos, j'ai déjà connu pire, assura-t-il.

En cet instant, il était pleinement conscient de la direction du regard de Faith, qui avait quitté son visage pour se fixer plus bas. Et qu'il ne lui avait pas lâché le bras.

Il sentait aussi que son boxer n'était pas d'un grand secours pour masquer le fait qu'il avait encore durci au cours des dix dernières secondes. L'air de la chambre était chaud et moite. Il se laissa observer, attendant qu'elle dise quelque chose. Qu'elle fasse quelque chose. *Touche-moi.*

Les joues rosies, elle leva les yeux vers lui et croisa son regard. Puis elle se lécha la lèvre inférieure et la mordilla. Il entendit un grondement grave et sourd. Réalisa que le son sortait de sa propre gorge.

— Je ne devrais pas être ici, dit-elle d'une voix rauque.

Mais elle ne bougea pas. Ne fit aucune tentative pour se libérer. Le regard vert se coula de nouveau vers le bas et il perçut un souffle tiède qui passait lentement sur sa peau encore humide. Les poils de son torse se hérissèrent sous la caresse légère de doigts hésitants.

Il retint sa respiration, dans l'espoir qu'elle recommence. Et, lorsqu'elle leva une nouvelle fois la main, il ferma les yeux. Au moment où elle effleura à nouveau ses poils, dotés d'une ahurissante sensibilité qui faillit le rendre fou, il jura en silence. Souhaita qu'elle le caresse plus bas. Certain qu'il exploserait si elle s'en avisait. Il captura la main exploratrice et la plaqua contre ses pectoraux, puis il porta l'autre main, qu'il n'avait pas lâchée, à ses lèvres.

— Pourquoi êtes-vous… ? s'obligea-t-il à demander, la voix enrouée.

— Pourquoi suis-je quoi ?

Elle paraissait sidérée, et cette constatation eut un effet stupéfiant sur l'ego de Deacon.

Il ouvrit les yeux et serra les dents en découvrant le sommet du crâne de Faith. Elle continuait à regarder le bas de son corps.

— Montée, Faith. Pourquoi êtes-vous montée ?

Le corps de Faith se contracta brusquement, le moment était passé. Avec un petit rire nerveux, elle se dégagea, s'éloigna de quelques pas et lui tourna le dos.

— Les agents sont arrivés. J'ai préféré ne pas les laisser entrer avant d'avoir votre feu vert. En voyant votre porte entrebâillée, j'ai cru… Enfin, je n'ai pas pensé que… Bon sang, vous pourriez vous habiller un peu, s'il vous plaît ? conclut-elle d'une voix altérée.

Deacon s'éclaircit la gorge, incapable de se départir de son large sourire.

— J'ai ouvert la porte pour mieux entendre, au cas où il y aurait un problème, mais je ne les ai pas entendus frapper.

Il enfila son pantalon, tressaillant, alors qu'il remontait la fermeture à glissière avec précaution.

Elle se retourna. Une rougeur persistante animait son beau visage. La lèvre inférieure qu'elle avait mordillée paraissait plus pulpeuse. Son regard était intense. Affamé. Il dut employer toutes ses forces pour se retenir de la serrer contre lui.

— Ils n'ont pas frappé. J'ai entendu du bruit à l'extérieur. Je me suis dit que c'était eux, et j'ai jeté un coup d'œil par les stores pour m'en assurer.

Ça le ramena à la réalité. Il prit la chemise propre qu'il avait préparée et lança à Faith un regard de reproche.

— Je croyais vous avoir demandé de rester à l'écart des fenêtres.

— Vous ne me l'avez pas demandé. Vous me l'avez dit.

Elle traversa la chambre et retint la main de Deacon qui s'apprêtait à enfiler sa chemise. Du bout des doigts, elle lui effleura l'épaule et explora son dos meurtri.

— Je ne suis pas idiote, Deacon. Je suis restée à côté de la fenêtre, pas en plein devant. Dites-moi, cette épaule est-elle aussi douloureuse qu'elle en a l'air ?

— La situation est beaucoup plus critique quelques dizaines de centimètres plus bas, marmonna-t-il en se tournant en partie vers elle.

Il eut le plaisir de voir étinceler les yeux de Faith, qui mordillait encore sa lèvre. L'instinct prit le dessus et il pivota complètement. Il lui souleva le menton d'un geste léger et porta sa bouche à la rencontre de cette lèvre inférieure qu'il mourait d'envie de mordiller lui-même. Mais elle le surprit une fois encore et le rencontra à mi-chemin, dressée sur la pointe des pieds. Le baiser explosa.

Il la tint plus fermement par le menton et s'autorisa à dévorer cette bouche comme il en avait eu envie pendant qu'elle dévorait son pénis du regard. Il avança d'un pas et plaqua Faith contre la porte du placard. Le second pas l'amena à se loger entre les cuisses écartées, ses mains se refermèrent sur ses seins. Elle hoqueta et il poussa son avantage, léchant l'intérieur des lèvres de Faith. Ses hanches se pressaient en rythme contre le corps tiède et, lorsqu'elle émit de petits soupirs avides augmentant encore son désir, il se laissa emporter et força la cadence.

Les paumes de Faith caressaient sa poitrine, les doigts s'entremêlaient dans la toison, semblaient vouloir s'enfoncer sous sa peau. De son corps tout entier, elle venait à sa rencontre. Il la lâcha juste assez longtemps pour la saisir aux hanches et la soulever des quelques centimètres nécessaires pour atteindre l'emplacement soyeux, niché entre ses seins. Un gémissement monta de l'arrière-gorge de Faith, elle cala les chevilles autour de ses mollets, glissa les mains le long de sa poitrine pour les nouer autour de son cou. Elle s'accrochait à lui comme une liane, allant à la rencontre de ses hanches avec une ardeur grandissante qui emportait le peu de bon sens qu'il lui restait.

— J'ai besoin de te toucher, souffla-t-il avec emportement, sans rompre le contact de leurs bouches. Laisse-moi te sentir. *Je t'en prie.*

— Oui. Oh ! mon Dieu, oui.

Elle parsemait de baisers passionnés sa bouche, ses joues, sa bouche encore.

Il glissa ses mains entre leurs deux corps, ouvrit fébrilement le bouton du jean de Faith et baissa la fermeture à glissière. Une bouffée de bonheur absurde l'envahit, lorsqu'il entra en contact avec une dentelle délicate, puis il franchit l'obstacle du tissu et cessa de penser. Elle était brûlante. Ardente.

Et humide. Comme ses doigts s'ouvraient, explorant les replis sensibles, elle laissa échapper un son léger entre le gémissement et le geignement, lui insufflant le besoin d'aller plus loin, un besoin plus impératif que celui de respirer. Il passa sa main libre sous les fesses de Faith et la souleva plus haut contre la porte. La maintenant avec une de ses cuisses, il coula un doigt vers le haut dans cet étroit brasier humide.

Elle s'immobilisa, la tête rejetée en arrière, les yeux clos. La bouche s'ouvrait sur un petit O silencieux. Fasciné, il ne pouvait détourner son regard.

De toute sa vie, jamais il n'avait vu quelque chose de si beau. Et elle se mit en mouvement, chevauchant sa main sur un rythme lent. Enfermant son doigt dans un délicieux fourreau. Tout le sang qui circulait encore au-dessus de son cou se rua dans son pénis.

Il inséra un second doigt, moins délicatement que le premier, coulissant aussi vite et aussi fort qu'il le pouvait malgré le jean. Il pensa sauvagement à envoyer ce vêtement au diable. Désespérément. Il voulait la voir. Le goûter. La sentir jouir autour de lui.

Il enfouit son visage dans le creux du cou de Faith. Goûta sa peau. Traça un sentier de baisers vers le bas, tout en continuant son va-et-vient sur un rythme de plus en plus débridé. Il vit la pointe des seins tendre la soie de la chemise et les voulut aussi. Aveuglément, il referma sa bouche sur un mamelon durci, l'aspirant fiévreusement à travers la soie, la faisant remonter un peu plus contre la porte, enfonçant ses doigts encore un peu plus loin.

Elle hoqueta, le corps tendu comme un arc bandé. Sur le point de basculer, comprit-il, mais pas tout à fait prête. Alors, il la mordit, refermant ses dents sur le bout de sein, juste assez fort pour la faire chavirer. Un cri étranglé jaillit de la gorge de Faith, alors que le plaisir l'emportait tel un tsunami express.

Elle ouvrit les yeux d'un seul coup et le regarda, rassasiée, grisée, alors qu'il était encore si affamé. Il jeta un coup d'œil au lit. Il suffisait de deux enjambées.

Et puis, il pourrait la prendre, là. Son érection était telle qu'elle en devenait douloureuse et elle le regardait comme s'il était un roi. Lentement, il dégagea sa main, quitta le cocon à la tiédeur enivrante. Puis, sans la quitter des yeux, il porta ses doigts à ses lèvres et les lécha. *Absolument délicieux.*

Le pouls de Faith palpitait au creux de sa gorge, il sentait ses doigts frémir contre sa nuque. S'il ne la prenait pas très bientôt, il allait en mourir.

— Oh ! mon Dieu, souffla-t-elle. C'était…

Ne dis pas que c'est imprudent. Ne dis pas que c'était une erreur. Que j'étais une erreur. Dis que c'était prodigieux. Que je suis prodigieux. Dis que tu as envie de me sentir en toi. Il ferma les yeux. *Je t'en prie.*

— Beau, chuchota-t-elle.

Il ouvrit les yeux d'un coup. Elle le fixait intensément, ses iris étaient plus sombres, mais étrangement lumineux.

— Vous avez rendu tout ça très beau. Grâce à vous je me suis sentie… belle.

— Parce que vous l'êtes, murmura-t-il en réponse.

Il la regarda jeter un coup d'œil au lit, l'air coupable, puis elle planta de nouveau les yeux dans les siens. Ils se contemplèrent un long moment, aux prises avec le désir et l'indécision.

Puis la sonnette de la porte retentit, les ramenant brutalement à la réalité.

— Allons bon, les fédéraux, marmonna-t-elle.

Le petit ton dégoûté de Faith arracha un gloussement à Deacon, malgré la tension qui habitait encore son bas-ventre.

— Moi aussi, je suis du FBI.

Il la reposa lentement, puis s'empressa d'enfiler sa chemise en ajoutant :

— Restez ici. Je vais leur ouvrir.

Elle le fixa sous la ceinture, d'un regard insistant.

— Il vaudrait mieux ne pas rentrer les pans de votre chemise tout de suite.

Il éclata de rire, surpris d'exulter malgré sa frustration.
— Entendu. Dois-je leur demander s'ils veulent aussi un petit déjeuner ?
— Bien sûr, à condition qu'ils n'aient pas peur pour leur vie.

Cincinnati, Ohio
Mardi 4 novembre, 8 h 55

S'il nourrissait le moindre doute quant à la présence de Faith dans la maison de Novak, il avait maintenant la réponse à ses questions. Posté dans son monospace, il vit Novak ouvrir à deux autres fédéraux, de l'autre côté de la rue. De grands types, vêtus d'un costume noir. Ils semblaient tous deux capables d'écraser le crâne d'un homme à mains nues.

Le détachement affecté à la protection de Faith. Elle avait dû leur fournir des infos fichtrement importantes pour décrocher la protection du Bureau. Qu'est-ce que ça pouvait bien être ?

Son propre niveau de préoccupation dépendait de la nature des révélations de Faith. Il devait impérativement éclaircir la question. Entre-temps, il devait s'assurer qu'elle ne dévoile rien de plus. *Attire-la hors de la maison. Et, si ça ne marche pas, il suffira d'attendre qu'elle sorte.*

Il consulta sa montre avec une petite grimace. Les gorilles de Faith chercheraient à repérer des éléments suspects. Comme un type assis dans un monospace depuis déjà un temps bien trop long. Sans compter que le véhicule représentait un risque en lui-même.

Tôt ou tard, on découvrirait le corps de la propriétaire sous son vieux fourgon, sur le parking de la supérette. Fatalement, les flics émettraient un avis de recherche pour le monospace de la bonne femme.

Dans lequel je suis actuellement assis, parfaitement repérable.

Il fallait trouver autre chose. Il avait besoin d'un endroit avec vue sur le garage et la porte d'entrée de Novak. Ainsi, il pourrait guetter son départ et savoir si Faith l'accompagnait. Dans ce cas, il aurait le temps de tirer quelques coups de feu avant que les autres ne se lancent à ses trousses. Et si, par malheur, il ne pouvait ajuster Faith et Novak, il pourrait toujours les suivre sans attirer l'attention de leurs chiens de garde.

Il avait déjà choisi la maison idéale. Il pourrait dissimuler le monospace dans le garage. Avec un peu de chance, il y trouverait une voiture à voler.

Je pourrais me réchauffer. Manger. Dormir un peu. Il n'avait pas mangé depuis des heures. Il n'avait pas dormi depuis des jours.

Il se demanda s'il trouverait le propriétaire dans la maison. Et, si c'était le cas, à quel point serait-il difficile à tuer ?

17

Cincinnati, Ohio
Mardi 4 novembre, 9 h 30

Deacon cherchait une place de stationnement. Il n'était qu'à quelques mètres de la maison de ville de Jordan O'Bannion, mais se garer à Mount Adams n'était pas chose aisée. Deacon n'y était venu qu'en touriste. C'était un des quartiers les plus chics de la ville, avec des bars, une vie nocturne animée et des propriétés hors de prix, agrémentées de belles vues sur le fleuve.

L'oncle de Faith avait laissé un message sur la boîte vocale de Deacon au central. Il semblait dans tous ses états, avait exigé de voir sa nièce, et, d'ailleurs, quel était ce bazar du côté du vieux domaine familial ?

Cette inquiétude semblait singulière, de la part de l'homme qui avait initié Faith aux films interdits aux moins de seize ans et aux cigarettes. Mais à l'époque Jordan lui-même était jeune, se souvint Deacon. Seulement vingt-six ans, avait dit Faith.

Pratiquement au même âge, Deacon avait déjà rejoint le Bureau et présenté trois requêtes au tribunal pour avoir la garde de son frère. Chaque demande avait été rejetée, le juge ayant décidé qu'un couple marié et un foyer stable étaient dans le « meilleur intérêt de l'enfant ».

Il avait été effondré, certain qu'il aurait pu élever Greg mieux que Tammy et Jim. Maintenant, il se demandait s'il avait eu raison.

Tu penseras à Greg plus tard, dans le bureau de la principale, par exemple. Pour l'instant, concentre-toi sur Jordan.

La propriété de Jordan semblait dater du tournant du siècle, la façade était peinte en bleu pervenche. Les fenêtres en chien-assis de l'étage devaient offrir une vue formidable sur le parc en contrebas. Deacon avait conscience de se trouver devant au minimum un million de dollars d'immobilier. Pas étonnant que Jordan n'ait pas voulu de l'autre vieille baraque pleine de courants d'air. Avec cette propriété, l'oncle de Faith était assis sur une mine d'or.

Deacon remonta l'allée jusqu'à la porte gaiement colorée et frappa. Personne ne répondit et il n'entendait rien à l'intérieur. En revanche, il y avait de l'activité derrière le bâtiment. Il trottina le long de trois propriétés avant de pouvoir bifurquer pour les contourner. Derrière la maison de Jordan, dans le jardin, une femme ratissait les feuilles.

— Mademoiselle ? S'il vous plaît ?

La femme leva la tête en sursautant. Sur le dernier versant de la vingtaine, elle avait rassemblé ses cheveux blond foncé en un chignon plutôt sévère. Elle recula de quelques pas en le voyant.

— Oui ?

— Je suis l'agent spécial Novak du FBI. Je cherche M. O'Bannion.

— Il n'est pas ici, répondit la femme d'une voix contenue.

— Savez-vous où il se trouve ? J'ai vraiment besoin de lui parler. C'est à propos de sa nièce.

— Faith ? Comment va-t-elle ?

— Très bien, dit Deacon sincèrement (Faith était en effet incroyablement bien). Je n'ai pas saisi votre nom.

La femme arqua ses sourcils sombres.

— Sans doute parce que je ne vous l'ai pas donné, répondit-elle, la voix à peine plus forte qu'un murmure. Je m'appelle Mary Jones, je suis la gouvernante de M. O'Bannion.

— Ravi de faire votre connaissance, madame Jones, dit-il en se penchant en avant. Pourquoi chuchotez-vous ?

Elle sembla de nouveau surprise.

— Je n'en avais pas conscience. J'imagine que j'ai pris l'habitude de parler à voix basse. Mme O'Bannion n'aimait pas les bruits trop forts, surtout à la fin. Paix à son âme.

— Vous la connaissiez ?

— Bien sûr. Je me suis occupée d'elle pendant une dizaine d'années. Elle me manque.

— J'avais eu l'impression que c'était M. O'Bannion qui prenait soin de sa mère.

— Oui, oui, mais c'est un homme. Mon rôle était de satisfaire ses besoins… plus personnels.

— Je vois. Savez-vous où se trouve M. O'Bannion ? Je dois lui parler, c'est très important.

— Parfois, il reste tard à la galerie, surtout si la fête d'après le vernissage s'est bien déroulée.

— « Tard » ?

Curieux, il n'était même pas encore 10 heures du matin.

— Les fêtes durent toute la nuit. 10 heures du matin, c'est donc tard. Mais il n'y avait rien de prévu de la sorte hier soir, donc je ne sais pas où il a pu aller après la fermeture. Je lui transmettrai volontiers un message, lorsqu'il rentrera.

— Merci, dit Deacon en lui remettant sa carte. Demandez-lui de m'appeler au numéro inscrit au dos, s'il vous plaît.

— C'est entendu, répondit Mary en posant le râteau contre le mur. Je dois m'occuper de mes tâches à l'intérieur, maintenant. Je vous souhaite une bonne journée, agent Novak.

— Un instant. Où puis-je trouver la galerie ?

— A l'intersection avec Hill Street. Il y a une pancarte sur la pelouse, vous ne pouvez pas la rater.

Deacon suivit du regard la direction qu'elle indiquait. Hill Street se situait, assez ironiquement, au bas de la colline. Lorsqu'il se retourna, elle avait déjà disparu et la porte se refermait. Elle n'avait pas été sincère et savait où se trouvait son patron.

Pure discrétion ou cachait-elle quelque chose ? Quoi qu'il en soit, elle avait raison sur un point : impossible de rater la galerie ou la pancarte plantée sur la pelouse. Elle indiquait simplement Maison O'Bannion, mais les caractères aux courbes sophistiquées étaient aussi hauts qu'une porte. Deacon descendit de sa voiture et fit le tour du panneau pour mieux l'examiner avant d'avancer vers l'entrée.

— C'est fermé.

Cette indication, prononcée par une voix féminine profonde et sensuelle, provenait d'en haut.

Deacon leva donc la tête et fut heureux de porter ses lunettes noires enveloppantes, car ses yeux faillirent jaillir de ses orbites. Une femme était assise en équilibre sur le rebord d'une fenêtre du dernier étage. Elle n'y était pas lorsqu'il avait descendu la colline. Il l'aurait remarquée. Parce qu'elle était aussi près d'être nue qu'il était possible de l'être sans enfreindre la loi.

Elle était vêtue d'un minuscule costume de danseuse orientale, avec un voile. Un minuscule costume oriental rose.

Halloween, se souvint-il avec soulagement. Il s'agissait sans doute d'une participante à une fête dans l'esprit d'Halloween.

— Madame, vous allez vous casser quelque chose si vous tombez de là-haut.

Elle éclata de rire.

— Je ne risque rien. J'ai exécuté des saltos arrière sur une poutre plus étroite que ça.

Une danseuse orientale gymnaste. Soit.

— Savez-vous où se trouve M. O'Bannion ?

Elle sourit et posa un doigt sur ses lèvres.

— Chuuut. Il est ici, mais ne reçoit pas pour l'instant. Nous avons fait la fête un peu trop généreusement, la nuit dernière, et il est un peu inconscient.

Incroyable. Quel genre de drogues prenait l'oncle de Faith ?

— Voulez-vous que j'appelle une ambulance ?

— Oh ! mon Dieu, non, répondit-elle en agitant légèrement la main. Ce n'est qu'une gueule de bois. On a fait des shots de tequila Jell-O jusqu'à l'aube. A son réveil, il sera en pleine forme.

La danseuse orientale semblait également bien atteinte par l'ébriété. La nuit avait dû être mémorable. Deacon ne prit pas la peine de cacher son agacement.

— Quand pensez-vous qu'il reprendra connaissance ?

— Vers l'heure du dîner. Peut-être. Puis-je lui transmettre un message ?

— Non, j'aimerais lui parler. Veuillez le réveiller, je vous prie.

Il commença à se diriger vers la porte d'entrée.

La danseuse orientale fronça les sourcils et regarda l'intérieur de la pièce par-dessus son épaule.

— Je lui demanderai de vous appeler après son réveil.

— Je peux me charger de le réveiller.

— Je ne pense pas que cela soit possible. Je sais qu'il ne voudrait pas qu'une chose pareille lui arrive. Il… il n'est pas présentable.

— C'est le cadet de mes soucis, rétorqua Deacon sans se soucier de masquer son mécontentement.

La danseuse orientale se laissa glisser à l'intérieur de la pièce, puis referma la fenêtre et tira le store. Une minute plus tard, la porte d'entrée s'ouvrit et elle apparut devant lui, un téléphone portable en main.

— Vous vous en fichez peut-être, dit-elle. Mais ça lui posera certainement un problème.

Elle lui montra la photo qui figurait sur l'écran de l'appareil. Deacon soupira en découvrant un homme nu, recroquevillé en position fœtale. Plusieurs bouteilles d'alcool vides se bousculaient sur la table de chevet. Le type semblait bel et bien tombé dans les pommes. Elle éteignit le téléphone, arborant une expression de supplication tranquille.

— Laissez-lui sa dignité, je vous en prie. Je le réveillerai et je m'arrangerai pour qu'il soit propre et qu'il ait absorbé la dose de café nécessaire. Dès qu'il sera lucide, je lui dirai de vous appeler. Avez-vous une carte ?

Deacon hésita. D'un côté, il mourait d'envie d'attraper l'oncle de Faith et de le secouer pour lui extirper quelques réponses. Mais une autre part de lui, plus discrète, lui susurra que, s'il construisait une relation avec Faith, Jordan ferait peut-être partie de sa vie. *Plus comme un grand frère que comme un oncle*, avait-elle dit.

— Et si je refuse ? demanda-t-il à voix basse.

— Dans ce cas, je vous dirai d'aller chercher une commission rogatoire et je refermerai la porte, dit-elle. Vous travaillez peut-être sur un cas important, mais je ne vous permettrai pas de le tyranniser.

Deacon dissimula son agacement.

— Je n'ai pas l'intention de le tyranniser. Je veux juste lui parler.

Cela dit, puisqu'il voulait que Jordan O'Bannion soit coopératif et non sur la défensive, la retraite semblait la stratégie la plus sage.

— Il a mon numéro mais, par précaution, voici ma carte, continua-t-il. Si je n'ai pas de ses nouvelles à midi, je reviendrai le tirer du lit moi-même.

— Je comprends. Merci.

Elle prit la carte de visite et s'apprêta à refermer le battant.

— Une dernière question, reprit Deacon. Quel est votre nom, madame ?

— Alda Lane.

Là-dessus, elle claqua la porte.

Faith lui avait dit qu'elle était heureuse de ne pas avoir développé de problème d'alcool après que Jordan lui avait fait boire de la bière, lorsqu'elle n'était qu'une adolescente. *On dirait que Jordan n'a pas été aussi bien loti*, songea Deacon tout en rédigeant un SMS à destination de Bishop, pendant qu'il regagnait sa voiture. Il tapa :

Jordan O'B comate après une grosse cuite, tapa-t-il. Je te rejoins rapidement @ King's.

Bishop se trouvait à King's College, sur la scène de l'enlèvement, depuis une heure. Au lieu de la rejoindre directement, Deacon avait fait un détour pour venir chez Jordan O'Bannion, après avoir été informé que celui-ci avait laissé un message.

Bishop lui répondit, également par SMS.

On a presque terminé, ici. On se retrouve chez l'avocat pour lui parler du testament.

Deacon envoya une confirmation, puis deux nouveaux messages en envoi groupé arrivèrent dans sa boîte. Le premier venait d'Isenberg et il s'agissait de bonnes nouvelles :

Le portier de l'hôtel a survécu à l'opération. Il est en USI. Prochaines 24 heures décisives.

Cela faisait un cadavre de moins en route pour la morgue, c'était déjà quelque chose.

Le second message venait de Vince Tanaka. Après avoir lu le texte, Deacon resta un instant immobile, les yeux fermés, la bile remontait dans sa gorge. *Bordel de merde.*

L'équipe scientifique avait fini d'enlever les dalles du sous-sol de la maison O'Bannion. Ils avaient trouvé sept corps supplémentaires. Dix au total. Dix blondes enterrées dans des cercueils de plexiglas. Pas étonnant que ce salopard n'ait pas voulu que Faith aille au sous-sol. Il avait deviné qu'elle se souviendrait de l'aspect initial de l'endroit et signalerait les changements.

Un autre message de Tanaka arriva, celui-ci n'était destiné qu'à Deacon et lui demandait d'entrer en contact avec l'experte en radar à pénétration de sol pour aider à établir une cartographie des tombes. Le contact de Tanaka à l'université était en congé sabbatique et ils avaient besoin de savoir si quelqu'un ou quelque chose était enterré à l'extérieur. Ou dedans, dans la terre sous la couche de plexiglas. *Je vous en prie, faites qu'il n'y en ait pas plus.*

Deacon avait enregistré le numéro de Sophie Johannsen-Ciccotelli dans son répertoire, parmi les « favoris », lorsqu'ils avaient travaillé ensemble en Virginie-Occidentale, l'année précédente. Il l'appela et elle décrocha immédiatement.

— Sophie, ici, Deacon Novak.

— Deacon ! Ça fait une éternité… Je t'ai vu aux infos, ce matin, ajouta-t-elle après une brève hésitation.

— A Philadelphie ?

Sa surprise était sincère.

— C'est en ligne et ça fait l'ouverture des bulletins d'infos sur CNN. Il paraît que tu t'es fait tirer dessus. Tu vas bien ?

— Ouais, ouais. C'est le gilet qui a tout pris. J'appelle parce que j'ai besoin de ton aide. Je dois trouver quelqu'un qui s'y connaît en radars, ici à Cincinnati.

— Oh ! non, murmura-t-elle. Pas encore ?

— Eh si, dit-il, sachant qu'elle connaissait son état d'esprit parce qu'elle avait vécu la même chose que lui.

En réalité, elle l'avait vécu bien plus souvent que lui, car elle était l'expert que tout le monde appelait chaque fois qu'on retrouvait des tombes anonymes.

— As-tu quelqu'un à me recommander ?

— Bien sûr. Où se trouve le site ?

— Dans une petite ville appelée Mount Carmel en Ohio, sur le fleuve, pas loin de Cincinnati. C'est la maison O'Bannion. La route n'a même pas de nom sur la carte. Je peux rencontrer la personne que tu m'enverras et lui montrer le chemin.

— Combien de tombes, à ton avis, Deacon ?

— Jusqu'à présent, on en a trouvé dix, toutes au-dessus du sol. Nous ne savons pas ce qu'il y a dessous.

Il perçut un soupir de l'autre côté de la ligne, puis le cliquetis d'un clavier d'ordinateur.

— Envoie-moi les coordonnées GPS. J'enverrai quelqu'un là-bas en début d'après-midi.

— Merci, Sophie. A charge de revanche.

— Certainement pas, dit-elle avec chaleur. Les amis, c'est fait pour ça. Prends soin de toi, Deacon.

Il coupa la communication avec un soupir. *Dix, jusqu'à présent.* Il devait rencontrer l'avocat de Faith avec Bishop, puis passer à la morgue. Il avait besoin de voir les corps. Avait besoin de savoir ce qui leur avait été infligé.

Il espérait de toutes ses forces que le légiste trouverait un moyen de les identifier. En Virginie-Occidentale, le tueur avait collectionné les portefeuilles avec les papiers d'identité de ses victimes, mais ils n'avaient rien trouvé de tel dans la maison O'Bannion. Dès que la nouvelle de leur effroyable découverte se répandrait, des familles avec des enfants disparus surgiraient de partout.

C'est ainsi que ça s'était passé en Virginie-Occidentale. Il devrait annoncer à des parents en deuil qu'il avait identifié leur enfant disparu. Mais il devrait aussi apprendre à des parents encore plus malheureux qu'il ne l'avait pas identifié. S'il n'était pas certain de supporter cette épreuve une nouvelle fois, il ne pourrait manifestement pas y échapper.

Mais, s'il ne s'en chargeait pas, qui le ferait ? Par ailleurs, les victimes elles-mêmes méritaient cette courtoisie. Quelqu'un devait prendre soin d'elles. Quelqu'un devait leur rendre justice. *Et, cette personne, c'est moi.*

Cincinnati, Ohio
Mardi 4 novembre, 9 h 45

Faith sécha et rangea la vaisselle du petit déjeuner en observant l'agent Colby à la dérobée. Bras croisés sur la poitrine, il tapotait ses biceps du bout des doigts. Manifestement, il n'aimait pas jouer les nounous et Faith n'avait pas l'impression qu'il l'appréciait beaucoup. Bien sûr, il ferait son boulot. Novak ne l'aurait pas laissée seule avec des agents non qualifiés. Du moins, elle l'espérait.

— Je vais essayer de dormir, lui dit-elle.

— Nous montons la garde, assura-t-il avec brusquerie.

— Où est l'agent Pope ?

— Il vérifie le périmètre. Si vous entendez du bruit, restez dans la chambre. Nous viendrons vous chercher, une fois que la voie sera libre.

— Vous me trouverez sous le lit, dit-elle avec un rire chevrotant.

En quittant la cuisine, elle attrapa son sac au passage et puisa un peu d'assurance dans le poids de l'objet. Si l'agent Colby savait qu'elle portait une arme dans son sac, il n'en laissa rien paraître. Et, puisque Novak n'avait pas prévenu ses collègues, elle n'avait pas l'intention de leur dire qu'elle était armée. De toute façon, il n'était pas question qu'elle se retrouve sans défense.

Dans le salon, elle s'arrêta un bref instant pour examiner le téléviseur de Novak. Il y avait branché sa Xbox 360 avec un tuner digital. Certaines des boîtes posées sur la console contenaient des jeux multijoueurs. Cela signifiait que la maison était équipée d'un accès sans fil à Internet. Bien. Cela lui permettrait d'envoyer un mail à son patron pour l'informer de son accident de voiture et des « complications ».

Elle passa prendre son ordinateur portable dans la chambre vide où ses affaires étaient entreposées.

— « Complications », tu parles, ronchonna-t-elle en levant les yeux au ciel.

Malheureusement, c'était la meilleure manière de gérer la situation. La véritable version était trop surréaliste. *Veuillez excuser Faith, qui ne viendra pas travailler aujourd'hui. Sa cave est bondée de cadavres et toute personne qui se tient auprès d'elle se transforme en cible.*

Elle ouvrit les portes du couloir l'une après l'autre et finit par trouver le bureau de Novak. Mal à l'aise, elle fouilla la pièce du regard, essayant de repérer le routeur Internet. La connexion sur le réseau domestique nécessiterait sans doute un code. Novak semblait traiter ce genre de choses avec la plus grande prudence. Toutefois, les mots de passe étaient souvent notés quelque part sur le routeur, elle devrait donc pouvoir se connecter sans problème. Dans le cas contraire, eh bien, elle connaissait le numéro de portable de Deacon. De toute façon, elle serait incapable de trouver le sommeil avant d'avoir envoyé un message à son patron.

A première vue, le routeur ne se trouvait pas sur le bureau de Novak. En revanche, trois photos attirèrent son regard. Elle s'arrêta, de crainte d'être indiscrète, mais son hésitation fut de courte durée. En un peu moins de douze heures, il avait presque tout découvert à son propos. Après tout, rétablir un peu la balance ne serait que justice.

La plus grande photo représentait un groupe rassemblé devant une table élégamment mise, avec de la porcelaine et des flûtes en cristal à moitié remplies de champagne. Tout le monde était bien habillé et l'on distinguait d'autres tables à l'arrière-plan. *Un mariage, peut-être ?*

Novak était assis à un bout de la table, l'air détendu, dans un costume noir et une cravate rouge qui lui donnaient une allure irrésistible. Son bras reposait négligemment sur le dossier de la chaise voisine, occupée par un joli garçon blond qui ressemblait à un étudiant. Près du jeune homme, on voyait une femme, à peu près de l'âge de Faith, couronnée d'une choucroute blonde, vêtue d'une robe sans bretelles vert citron et au sourire communicatif. La femme posait la tête sur l'épaule du jeune homme d'une manière maternelle, tout en tenant la main d'un homme sombre à l'allure dangereuse, installé à sa gauche. L'homme sombre foudroyait l'objectif du regard, un sourcil levé en une mise en garde qui présageait plus l'aboiement que la morsure.

Une autre jeune femme se tenait derrière l'homme à l'expression hargneuse, les mains reposant sur ses larges épaules. Sa robe, de la même coupe que la tenue vert citron, était sauvée par un rose plus clément. Elle riait devant l'objectif, un bonheur sans mélange illuminait son regard. A l'autre bout de la table, une rousse au sourire décontracté se penchait vers le beau ténébreux, posant pour la photo. Ses bras sagement croisés sur la table indiquaient qu'elle ne partageait pas tout à fait l'intimité qui soudait le reste du groupe.

La photo encadrée avait été imprimée sur une feuille de papier et dédicacée dans les marges. *Merci pour tout, Ford. Notre porte te sera toujours ouverte. Amitiés, Daphne. Ç'a été un honneur, JC.* Et il y avait un ajout, du même gribouillis évidemment masculin, comme une arrière-pensée : *On te regrettera.* La rousse avait aussi écrit une mention : *Prends soin de toi ou tu m'en répondras, Kate.* Une bulle portant une inscription figurait au-dessus de la tête de la jeune femme rieuse : *N'oublie pas que tu as promis de revenir pour mon mariage. Qui d'autre empêchera Joseph de tuer Dylan ? MDR. Amitiés, Holly.*

Son ancienne équipe de collègues, songea Faith avec un sourire. Plus, en réalité. A en juger par son attitude détendue, Novak se sentait comme en famille avec ces gens. *Ils doivent lui manquer.*

La deuxième photo représentait encore un groupe. Cinq hommes sur le pont d'un bateau de pêche, cette fois. Faith approcha le cliché et plissa les yeux pour mieux distinguer les détails. Le bateau s'appelait *Fiji*. Novak était là, ainsi que l'homme ténébreux et dangereux de la première photo. De toute évidence, ils étaient tous amis. Novak ressortait du groupe, ses cheveux d'un blanc neigeux contrastaient avec les têtes noires des autres. Une pensée insolite traversa l'esprit de Faith, c'était extraordinaire que l'embarcation ne se soit pas retournée. Les quatre autres pêcheurs étaient taillés comme Novak. L'un d'eux était si impressionnant qu'il faisait penser à un culturiste. Mais c'était bien Deacon qui retenait l'attention de Faith.

La troisième photo représentait Novak et Dani, adolescents. Faith fut de nouveau frappée par leur ressemblance, encore accentuée par les couleurs singulières de leur chevelure presque identique, à l'époque. Deux épaisses mèches blanches encadraient leurs visages, se détachant sur leurs cheveux noirs. A califourchon sur leurs bicyclettes, rieurs, ils semblaient partager une plaisanterie connue d'eux seuls.

Faith eut une bouffée de mélancolie. Elle avait toujours voulu des frères et sœurs. En même temps, elle n'aurait souhaité à personne d'éprouver le chagrin qui s'était emparé d'elle après le suicide de sa mère.

Même pas son père. Encore moins lui. Surtout maintenant. Vingt-trois ans plus tôt, son père avait tant souffert en pensant que son épouse était morte dans un accident de voiture que Faith avait eu peur de le perdre, lui aussi. Parce que, alors, elle aurait été seule au monde.

Mais à peine avait-elle formulé cette réflexion qu'elle se rappela la voix apaisante de Novak. *Vous n'êtes pas seule. Je suis là.* Il l'avait aidée à traverser ces horribles instants dans la cave. Dans le hall de l'hôtel. Au central, lorsqu'elle était persuadée que son cœur allait se briser.

C'était un type bien et elle en était venue à dépendre de lui à une vitesse déconcertante.

Un homme très bien bâti, aussi. Son estomac palpita en songeant à toute cette peau nue. D'un bronze uniforme. Au moins partout, sauf sous son boxer. Et peut-être là aussi. La palpitation de son estomac migra plus bas, alors que tout son corps se tendait.

Cela faisait si longtemps qu'elle n'avait pas regardé un homme de cette manière, qu'elle n'avait plus désiré sentir un homme la toucher. Mais, ce matin, elle n'avait pas été mue par l'envie, mais répondait à un besoin. Sans le coup de sonnette des fédéraux, ils auraient terminé tous les deux dans le lit de Novak. D'ailleurs, ça pourrait encore se produire.

Pourrait ? Mais, ma petite biche, ce n'est qu'une question de temps. Avec un peu de chance, pas trop longtemps. Rompre son long jeûne charnel avec un homme tel que Deacon Novak était le genre de perspective lumineuse qui n'avait pas éclairé son monde lugubre depuis longtemps.

Bureau. Mail. Concentration. Se forçant à revenir à la réalité, elle reposa les photos à leur place et explora du regard la planche de contreplaqué posée sur deux tréteaux qui faisait office d'établi. Le routeur sans fil s'y trouvait, au milieu d'une dizaine de gadgets électroniques et d'autant d'outils portatifs. Elle nota le mot de passe du réseau, puis emporta son portable dans la chambre de Novak.

Qui était imprégnée de l'odeur de son propriétaire. Cèdre et… *exquis.* Novak dégageait un parfum si délicieux qu'elle devait se retenir de le renifler partout comme un chiot. Ce qui serait pourtant tellement séduisant, se dit-elle en levant les yeux au ciel avec une mimique d'autodérision. Quoique, à bien y réfléchir, ça ne le dérangerait peut-être pas.

Elle glissa un regard vers le grand lit aux draps froissés. Là aussi, il y aurait son odeur.

Elle s'installa contre la tête de lit, soupirant d'aise lorsque le matelas moelleux s'enfonça sous ses fesses. Juste comme elle les aimait. Pas comme les matelas durs des chambres d'hôtel où elle dormait depuis si longtemps. Elle s'accorda un instant de plaisir en enfouissant son visage dans un de ses oreillers et prit une profonde inspiration.

Oui. C'était bien son odeur. Imaginer Novak ici… Son corps tout entier se crispa. Et une moiteur significative se manifesta. *Seigneur.* Novak serait un amant incroyable, elle n'en doutait pas un seul instant.

Si toutefois il survit. La pensée s'insinua profondément en elle, glaçante. Il était dehors en cet instant précis, essayant de trouver l'homme qui avait déjà fait tant de victimes. *Qui tente de me tuer.* Qui avait presque réussi à le tuer, la nuit passée. *Il serait mort en me protégeant. Il serait mort avant même que je l'aie eu.*

Il était capable de recommencer, elle le savait. Il risquerait tout en un clin d'œil pour lui sauver la vie. Et rien de ce qu'elle pourrait faire ne l'en empêcherait. Hormis se tenir hors de la ligne de mire du tueur, comme il le lui avait demandé.

Faith ouvrit sa boîte et rédigea un court message à l'adresse de son nouveau patron, comme Novak le lui avait suggéré. Aucun des numéros qui figuraient dans les dossiers de l'entreprise n'était en service, elle ajouta donc celui de Novak au courrier, au cas où quelqu'un de la banque voudrait la joindre. Elle envoya le mail, puis consulta les infos du jour.

Et soupira. La maison de sa grand-mère et son hôtel s'affichaient en première page de chaque site qu'elle visitait, y compris ceux des médias nationaux. Les mêmes photos accompagnaient les articles, des vues aériennes de la maison, le trottoir parsemé de verre brisé devant son hôtel et des gros plans de la vitre manquante de la chambre où le tireur s'était posté.

En branchant la télévision, elle verrait sans doute ces mêmes images tourner en boucle sur CNN. La presse avait relié la maison O'Bannion à l'agression contre Arianna et citait la propriétaire du lieu du crime, Faith Frye de Miami, qui n'avait pas pu être jointe pour donner ses commentaires. *Bon, c'est déjà ça, au moins.*

A sa grande surprise, personne n'avait dévoilé son nom actuel à la presse, ni les flics ni le personnel de l'hôtel. Mais quelqu'un le ferait, tôt ou tard. C'était inévitable.

Elle ouvrit un article qui lui arracha un nouveau soupir. La photo de Novak figurait parmi les clichés montrant la réception ravagée de l'hôtel. Les journalistes avaient fondu sur lui comme un banc de piranhas, faisant la part belle dans leurs papiers à son personnage « hors du commun ». Mais aucun des articles ne comportait de photos d'elle. Faith eut soudain l'explication d'un mystère qui l'avait intriguée la veille.

Elle s'était demandé ce qui inspirait à Novak cette volonté d'attirer l'attention sur lui. Pourquoi avait-il opté pour une apparence aussi *saisissante,* quand tout ce qu'elle avait jamais voulu était de devenir invisible ? Maintenant, elle comprenait que Deacon Novak attirait l'attention des médias sur lui, pour que les victimes comme elles puissent être épargnées.

Mon Dieu. Elle cilla pour chasser l'humidité qui lui picotait les yeux. Cela dit, il semblait évident que Novak appréciait cette attention, se dit-elle en cliquant sur une vidéo avec un rire mouillé. Il fendait la foule des journalistes comme s'il était leur suzerain, ses cheveux blancs brillaient sous les lumières, les pans de son manteau de cuir claquaient dans la nuit. Même ses « pas de commentaire » semblaient faire sensation.

Elle parcourut l'article suivant, remarquant que le nom de Novak comportait un lien vers une autre page. Piquée par la curiosité, elle cliqua dessus et laissa échapper un long soupir rauque.

Les fédéraux découvrent deux douzaines de tombes anonymes.

Un frisson parcourut son échine. L'histoire remontait à presque un an. La photo représentait un Novak au visage sombre, debout dans un champ de Virginie-Occidentale, au milieu de tombes fraîchement ouvertes. Un groupe équipé de tenues protectrices creusait à quelques mètres de lui. Le cliché, pris sur le vif, était un peu flou, comme si le photographe se trouvait loin de la scène. Novak portait son trench de cuir noir, mais n'avait pas sa flamboyance habituelle. Il avait les épaules voûtées, des rides chagrines marquaient son visage.

Même si l'article qu'elle consultait était à la disposition du public, Faith eut l'impression de violer l'intimité de Novak, d'une manière bien plus intrusive qu'en regardant les photos dans le bureau. Le photographe avait capturé sa vulnérabilité, rendu sa lassitude palpable.

Le texte résumait la manière dont l'équipe avait découvert les sépultures sauvages, sous la direction de l'agent spécial Joseph Carter. *Joseph Carter*, songea Faith. *Le « JC » de la photo dédicacée dans le bureau de Novak*. L'article continuait en décrivant le travail de l'agent spécial Deacon Novak, qui avait collaboré pendant des semaines avec l'archéologue Sophie Johannsen pour exhumer les dépouilles, identifier les restes et prévenir les familles des victimes.

Deux douzaines de victimes. Deux douzaines de tombes. *Et maintenant il devait recommencer.*

Oh, Deacon. Elle aurait aimé être près de lui, ne serait-ce que pour le prendre dans ses bras, mais elle avait promis de rester tranquille. Elle devrait donc attendre son retour pour lui offrir le réconfort qu'il lui avait prodigué.

Le premier baiser de Novak avait été doux. Tendre. Mais tous ceux qui avaient suivi… *C'est ainsi que je l'embrasserai quand il sera de retour.* Avec assez de chaleur et de passion pour l'aider à oublier pendant un petit instant.

Il pourrait se passer des heures avant son retour et, dans l'intervalle, il devait se débrouiller avec les victimes. Et leurs familles. Le désespoir qu'il avait ressenti un an plus tôt était sans doute revenu le prendre à la gorge encore aujourd'hui. Cette idée lui serra le cœur. Elle ressentait le besoin de l'apaiser, sans attendre la fin de la journée, quand il serait las et vidé. Tout de suite. Elle serait incapable de se reposer sans avoir au moins essayé de le réconforter.

Puisqu'elle ne pouvait pas lui envoyer de SMS avant de disposer d'un autre téléphone, elle ouvrit donc un nouveau mail. Après tout, elle disposait d'un excellent prétexte. Il fallait bien le prévenir que le nouveau patron de Faith avait son numéro de téléphone. *Prenez soin de vous, Deacon,* ajouta-t-elle à la fin. *J'attendrai.* Puis elle frappa la touche envoi et ferma son ordinateur.

Elle s'allongea enfin, glissa son arme sous l'oreiller, à un endroit où elle pourrait l'atteindre rapidement, tira les couvertures froissées sur son corps, lova sa tête au creux de l'oreiller de Novak et prit une profonde inspiration, s'imprégnant de son odeur. Puis, elle se laissa emporter par l'épuisement.

Cincinnati, Ohio
Mardi 4 novembre, 10 heures

— Une danseuse orientale gymnaste en rose ? ricana Bishop, alors qu'ils quittaient le parking situé derrière l'immeuble de l'avocat des O'Bannion. Tu rigoles ?

— Et à moitié à poil, précisa sèchement Deacon. Plus j'en apprends sur les oncles de Faith, plus je me dis que j'ai eu de la chance d'avoir le père d'Adam comme oncle. Enfin presque.

— C'était si dur que ça ?

— Disons juste que c'était pas la joie. Jim Kimble est un gars plutôt rugueux. Pas très loin du papier de verre. Bref. Qu'as-tu trouvé à King's College ?

— Une balle dans le tronc d'un arbre et beaucoup de sang, répondit Bishop. La balle est du même calibre que celles qui ont été trouvées dans la vieille maison et dans le corps qu'on a découvert dans la chambre d'hôtel où s'était posté le tireur. J'ai remis la balle à l'agent Taylor, l'expert médico-légal du Bureau, celui qui était chargé de la scène de crime à l'hôtel, la nuit dernière.

— Ouais. Celui qui m'a pris mon trench, marmonna Deacon.

— Pauvre petit chéri, dit Bishop.

Deacon se garda bien de lui dire qu'elle avait le même esprit que Faith, sachant que cela ne ferait que confirmer sa partenaire dans l'idée qu'il avait bel et bien perdu le sien.

— Que sais-tu de cet avocat ? demanda-t-elle, plus sérieusement.

— Herbert Henson senior a été l'avocat de la grand-mère de Faith pendant des dizaines d'années, mais Faith ne l'a rencontré que le jour de la lecture du testament. J'ai demandé à Crandall de faire quelques recherches sur lui et le cabinet. Il a été fondé par Herbert senior.

— Attends un peu. C'est celui qu'on va rencontrer ? Il est encore vivant ?

— Et en activité. Quatre-vingt-six ans, le gars ! Le cabinet est devenu Henson and Henson quand Herbert junior est sorti diplômé de l'école de droit en 1978. Junior a pris sa retraite, mais le nom Henson and Henson est resté, parce que le petit-fils de Herbert, Herbert, le troisième du nom, est entré au cabinet en 2010, après avoir obtenu son diplôme. Leur activité principale est la gestion de patrimoine, mais il leur arrive de s'occuper de temps à autre d'accusations d'ivresse ou de désordre public portées contre leurs clients de l'élite.

— Crandall a réussi à déterrer quelques saletés sur les avocats ?

— Rien du tout, répondit Deacon. Pas même une amende de stationnement. Et ça vaut pour le père, le fils et le petit-fils.

— Trois générations d'avocats blancs comme neige. Mais où va le monde ?

Ils interrompirent leur conversation en entrant dans le cabinet, s'arrêtèrent à la réception et sortirent leur plaque.

— Lieutenant Bishop et agent spécial Novak, nous sommes ici pour voir M. Henson senior, à propos de la propriété O'Bannion, dit Deacon.

La réceptionniste entra leur numéro de matricule dans son ordinateur. Pour un avocat qui ne plaidait pas, Henson gardait ses fichiers à jour, songea Deacon.

— Asseyez-vous, je vous prie, dit-elle ensuite. Je vais prévenir M. Henson de votre arrivée.

Deacon jeta un coup d'œil méfiant aux fauteuils de la salle d'attente, rembourrés et visiblement moelleux. Henson offrait à sa clientèle ce qu'il y avait de mieux.

— Ils ont l'air trop confortables, marmonna-t-il à l'adresse de Bishop. Si je m'assieds, je vais m'endormir à coup sûr.

Bishop étouffa un bâillement.

— Je sais. Moi aussi, dit-elle, avant de s'asseoir quand même, avec un petit grognement d'aise. Ils sont encore plus confortables qu'ils n'en ont l'air. Ne t'y laisse pas prendre, Novak. C'est un piège.

Derrière son bureau, la réceptionniste étouffa un petit rire.

— Est-ce qu'un petit café vous ferait plaisir ?

Bishop accepta avec entrain.

— Ce serait très gentil, merci.

La femme disparut pendant quelques minutes, puis revint avec le café.

— M. Henson a terminé son appel. Il va vous recevoir, tout de suite.

Herbert Henson senior était installé derrière un majestueux bureau de chêne. Quelques boucles grises survivaient sur le crâne chauve qui couronnait un corps long et maigre. Des lunettes à la monture désuète achevaient de lui donner tous les traits d'un simple avocat de campagne. Mais Deacon savait que personne ne pouvait conserver une clientèle de ce calibre sans être un requin.

Henson les toisa, s'attardant particulièrement sur Deacon, qui avait ôté ses lunettes noires. L'avocat le regarda droit dans les yeux sans broncher. Il ne réagit pas du tout.

Soit il est daltonien, soit c'est un sacré bluffeur.

— Asseyez-vous, je vous en prie, dit Henson.

Lorsqu'ils furent installés, il posa les avant-bras sur son bureau et joignit le bout de ses doigts noueux.

— Mon assistante me dit que vous avez des questions à propos du domaine O'Bannion. Vous comprendrez que je suis lié par le secret que je dois à ma cliente.

— Même lorsque votre cliente est morte ? demanda Bishop.

Une ombre de tristesse voila brièvement l'expression de Henson.

— Barbara O'Bannion est peut-être décédée, mais ses héritiers sont toujours mes clients. Posez vos questions. Je vous répondrai au mieux.

— Avez-vous vu les informations, monsieur Henson ? demanda Deacon.

— J'ai vu. Cette maison est en première page partout, étalée dans tous les médias, à la télévision et aussi sur Internet. J'ai aussi vu des photographies de l'hôtel. D'ailleurs, je vous attendais, agent Novak.

Le vieil homme se tourna vers Bishop et poursuivit :

— En revanche, je ne m'attendais pas à vous voir, madame. Vous n'avez pas autant attiré l'attention des médias.

— Je ne le fais jamais, répondit Bishop, avec amabilité. Si vous avez vu les photos de l'hôtel, vous savez également qu'on a tiré sur un homme, la nuit dernière.

— Oui, le portier. Terrible affaire.

— Saviez-vous que la petite-fille de Barbara était la cible du tireur ? demanda Deacon.

Henson se figea.

— Faith ? Ou Audrey ?

— Qui est Audrey ? s'enquit Bishop.

Henson serra brièvement les mâchoires, puis se détendit.

— Alors, c'est Faith. Pourquoi ? Comment le savez-vous ?

— Je le sais parce que je l'ai poussée hors de la ligne de tir, expliqua Deacon en se disant qu'ils reviendraient à Audrey plus tard. Sinon, elle n'aurait pas survécu.

— Mais j'étais persuadé que la fusillade était la conséquence d'une chasse à l'homme, pour trouver celui qui a enlevé cette jeune fille à King's College.

Maintenant, Henson serrait plus étroitement ses mains tremblantes.

— Non. Faith était la cible. Le mobile tourne autour de son héritage.

— Cette maison, fit Henson d'un ton neutre. C'est parce que son nom est sur l'acte de propriété.

— Son ancien nom, souligna Bishop. Elle l'a changé avant de quitter Miami.

— Elle a repris Sullivan, dit Henson. Il était temps. Barbara n'aimait pas l'ex-mari de Faith.

— Non, monsieur, elle a changé pour Corcoran, indiqua Bishop. Et, si elle a changé, ce n'est pas à cause de son divorce. Quelqu'un la harcelait.

Henson se redressa dans son fauteuil.

— Faith ? Harcelée ? Par qui ?

— Par l'homme qui lui a tailladé la gorge, il y a quatre ans, indiqua Deacon. Elle a décidé de venir à Cincinnati après avoir été victime de cinq tentatives de meurtre.

Il serra les dents. Rien ne permettait d'assurer que l'homme qui l'avait harcelée était responsable des dernières attaques sur Faith. Cette incertitude le mettait hors de lui.

— La première tentative a eu lieu deux jours après la lecture du testament de sa grand-mère.

Henson pâlit.

— Cinq fois en un mois ?

— Six, en comptant la fusillade de cette nuit, précisa Deacon.

Puis, il attendit.

Le visage de Henson se ferma.

— Que se passe-t-il dans cette maison ? demanda-t-il en articulant chaque mot.

— Nous n'avons pas encore divulgué cette information, répondit Deacon. Mais pensez à quelque chose d'horrible. Eh bien, c'est encore pire.

— Quelqu'un tente de la tuer à cause de cette satanée baraque, cracha Henson. Cette personne savait que Faith en avait hérité avant la modification de l'acte de propriété. C'est bien pour cette raison que vous êtes ici, n'est-ce pas ?

— Parlez-nous du testament, monsieur, demanda Bishop. Qui a eu connaissance de son contenu ? Et à quel moment ?

Henson hésita.

— Si ça peut vous aider, côté secret professionnel, monsieur, nous savons déjà que Jordan a reçu la propriété en ville, lui expliqua Deacon. La maison de Mount Carmel et les terres reviennent à Faith. Et il n'y a rien pour Jeremy.

— Qui est Audrey ? demanda encore Bishop.

— Audrey est la fille de Jeremy, leur apprit Henson. Sa fille biologique. Son ex-femme avait deux fils, d'un précédent mariage, qu'il a adoptés.

Barbara a rencontré les garçons en de rares occasions. Elle n'a jamais connu Audrey.

— Pourtant vous pensiez que nous étions venus vous voir à cause d'elle, souligna Deacon.

— Après tout, c'est aussi la petite-fille de Barbara. Et, si vous entrez son nom dans Google, vous découvrirez ses nombreuses arrestations. Audrey est plus ou moins une militante très active. De nombreuses personnes dans le monde aimeraient lui tirer dessus. Auprès d'elle, Faith passe pour un modèle de bonne éducation.

— Connaissez-vous le docteur Corcoran depuis longtemps ? demanda Deacon.

Les paupières de Henson papillotèrent un instant.

— Désolé, je suis tellement habitué à penser à elle comme Faith Frye ou Sullivan. Je la connais à travers Barbara, mais je ne l'ai rencontrée en personne que le mois dernier, lors de la lecture du testament. J'imagine que je peux vous dire, sans que ça pose problème, qu'aucun des enfants de Jeremy n'a hérité.

— Savent-ils que Faith a eu la maison ?

— Je ne leur en ai pas fait part. A mon sens, Jordan ne leur en a pas parlé non plus. La seule autre personne qui connaissait le contenu de ce testament est ma secrétaire, Mme Lowell. Nous collaborons depuis près de quarante ans. Son intégrité est inattaquable.

— Et les coursiers, les préposés aux photocopies ? suggéra Bishop.

— Non, lieutenant Bishop. Personne.

— Personnel d'entretien, plombiers, serruriers, installateurs de la compagnie du câble, techniciens en informatique, remplaçantes quand votre secrétaire part en vacances ? Vous lui donnez des vacances, n'est-ce pas, monsieur ?

— Bien sûr, mais mon épouse et moi prenons nos congés en même temps. Le cabinet reste fermé. Nous procédons ainsi depuis quarante ans. Personne n'a accès à nos fichiers, dit-il avec fermeté.

Puis sa certitude sembla ébranlée et il ajouta :

— Bien sûr, il y a peut-être eu ces techniciens en informatique. Il y a quatre ans, nous avons fait installer un nouveau système. Jusque-là, Mme Lowell enregistrait tout sur des disques durs externes que nous gardons sous clé. Il est concevable que le consultant que nous avons fait venir ait vu un dossier ou deux, pendant qu'il nous apprenait à utiliser le système.

— Il est tout aussi concevable qu'il ait fait des copies de tous vos disques durs externes, fit remarquer Deacon, et il vit Henson se rembrunir. Qui était le consultant ?

— Tierney Phillips. C'est le meilleur ami de mon petit-fils. Je connais Tierney depuis sa naissance.

Henson poussa un soupir, comme si quelque chose venait de lui revenir, puis continua :

— Mais même s'il avait volé des fichiers, ce que je ne crois pas, ça n'aurait aucune répercussion sur cette affaire. Le testament de Barbara a été rédigé bien avant que nous n'ayons notre premier ordinateur au cabinet. Il a été rédigé sur une machine à écrire avec une copie au carbone. Après l'installation de notre nouveau système, nous avons scanné un certain nombre de documents anciens. Tierney n'a pas pu y avoir accès.

— Où conservez-vous vos anciens dossiers ? demanda Deacon.

— Au sous-sol. Nous avons une chambre forte. Je suis le seul à en détenir la combinaison.

Un homme assez prudent pour enregistrer les numéros de matricule des flics qui venaient le voir devait avoir prévu une solution de repli, songea Deacon. Une autre personne avait forcément accès à cette combinaison.

— D'accord. Alors, Jordan connaissait le contenu du testament, ainsi que Faith. Jeremy et ses enfants savaient qu'ils n'y figuraient pas. Si Faith devait mourir, que se passerait-il pour la propriété de Mount Carmel ?

— Je n'ai pas la liberté de vous le révéler. Vous m'en voyez navré.

— Dans ce cas, la maison ira à Jordan, affirma Bishop, comme si c'était une évidence. C'est votre seul client qui soit aussi un héritier.

— Ne parlez pas pour moi, lieutenant, rétorqua sèchement Henson. Et ne faites pas de suppositions. Je ne peux pas prendre la décision de vous révéler cette information.

Deacon réussit à faire bonne figure, même s'il éprouvait une frustration de tous les diables. Quiconque suivait dans l'ordre d'héritage avait un mobile.

— Qui a eu accès à la maison, ces dernières années ?

— Eh bien, j'imagine qu'on peut me compter. Quand Barbara a déménagé en ville pour s'installer avec Jordan, elle a fait changer les serrures et m'a remis la clé. J'ai donné cette clé à Faith au moment où je lui ai lu la section du testament qui la concernait.

— La serrure a été changée, annonça tranquillement Deacon.

Henson se rembrunit.

— C'est donc pour cette raison que Faith m'a appelé en expliquant que la clé ne fonctionnait pas. Peste. Eh bien, ça vous fournira au moins une période de référence. Il y a trois mois, la serrure était intacte.

Deacon dissimula sa surprise. C'était impossible. Le tueur qu'ils recherchaient avait séjourné dans cette cave bien plus longtemps que trois mois.

— Pourquoi trois mois ?

— Parce que c'est la dernière fois que la maison a été inspectée par Maguire and Sons. Ils ont vérifié que le toit ne fuyait pas, que les fondations étaient toujours sûres. Ce genre de choses.

— Contrôlent-ils aussi l'intérieur de la maison ? demanda Deacon.

Henson hocha la tête.

— Deux fois par an, de haut en bas. Et, après chaque forte crue, ils vérifient le sous-sol. La maison est construite en hauteur, mais Barbara ne voulait courir aucun risque.

Ça, c'était foutrement impossible. A moins que Maguire et/ou ses fils soient des violeurs et des meurtriers.

— Deux fois par an, depuis quand ?

— Maguire a le contrat depuis dix ans. Mais des entrepreneurs effectuent des travaux d'entretien tous les six mois, depuis que Tobias est mort et que Barbara est partie en ville. Pourquoi ? ajouta Henson en fronçant les sourcils.

Dix ans. Tanaka avait estimé que les fenêtres et la porte avaient été condamnées et camouflées depuis justement ce laps de temps.

— Qui programme les visites de Maguire ? demanda Deacon.

— Nous. Pourquoi ?

— Et la clé ? demanda Bishop. Ont-ils leur propre clé ?

Henson pinça les lèvres.

— Non, bien entendu. Mon petit-fils les retrouve là-bas. Ensuite, il attend qu'ils aient terminé. Pour l'instant, Herbert est absent. Dès son retour, je lui demanderai d'entrer en contact avec vous. Pourquoi ?

— Le problème, c'est que nous ne pouvons pas attendre aussi longtemps, dit Deacon. Où se trouve-t-il pour l'instant ?

Deux taches rouge sombre marbrèrent les pommettes de Henson.

— Il se trouve avec un client, agent Novak. L'intégrité de mon petit-fils est également inattaquable.

Deacon s'adossa à son siège, un signal subtil à l'intention de Bishop pour lui indiquer de prendre le relais. Elle savait procéder en douceur, un élément qu'il appréciait particulièrement dans leur collaboration.

— Je suis certaine que c'est le cas, monsieur Henson, dit-elle. Mais nous sommes confrontés à un grave problème, ici. Vous savez, cette chose que l'agent Novak a évoquée, pire que le pire produit de votre imagination ? Eh bien, ça s'est passé dans la cave de Mount Carmel et depuis bien plus longtemps que trois mois. Nous devons impérativement parler à votre petit-fils. Si lui ou Maguire ont remarqué quoi que ce soit dans ce sous-sol, il nous faut le savoir.

Henson s'immobilisa.

— J'ai dit que je lui demanderais de vous joindre à son retour. C'est le mieux que je puisse faire pour l'heure.

— Pouvons-nous avoir son numéro de portable ? demanda-t-elle. Nous serions heureux de l'appeler nous-mêmes.

— Non. Il est avec un client et ne peut pas être dérangé. Vous pourrez l'appeler ici, sur la ligne du cabinet. Il relève fréquemment ses messages.

Nos téléphones mobiles sont destinés à notre usage personnel, par conséquent nous gardons cette information privée.

Deacon intervint sans masquer son irritation.

— Une jeune femme est portée disparue. Chaque instant qui nous sépare de notre conversation avec votre petit-fils est un instant qui la rapproche de la mort. Vous ne voudriez pas entacher ainsi votre conscience. Ou votre réputation immaculée.

Henson serra les mâchoires.

— Je vais le joindre sur son mobile et je lui demanderai de vous appeler.

Deacon se pencha en avant, assez vivement pour que son mouvement attire l'attention de Henson.

— Passez cet appel, tout de suite. La vie d'une jeune femme est en jeu.

Henson appuya sur le bouton de son interphone.

— Madame Lowell, pouvez-vous appeler mon petit-fils sur son mobile, je vous prie ?

Il relâcha le bouton et fixa Deacon. Peu après, la voix de Mme Lowell sortit de l'interphone.

— Monsieur, j'ai eu sa boîte vocale.

— Laissez-lui un message. Dites-lui de m'appeler le plus tôt possible, c'est urgent.

Henson relâcha le bouton de l'interphone avec un mince sourire.

— Maintenant, s'il n'y a rien d'autre que je puisse faire pour vous, j'ai un rendez-vous qui m'attend.

Deacon ne broncha pas. Ni Bishop.

— Vous pouvez faire encore beaucoup pour nous, dit Deacon. Comme de nous dire quand vous-même êtes allé à la maison O'Bannion pour la dernière fois.

Les sourcils de Henson s'arquèrent au-dessus de ses lunettes.

— Ferais-je partie de vos suspects ?

— Pouvez-vous répondre à la question, je vous prie ? rétorqua Deacon.

Henson se carra dans son fauteuil. Sa façade d'amabilité s'était désintégrée, révélant le cœur d'acier sous la surface. C'était cet homme-là qui était resté le conseiller de confiance de riches clients pendant plus de soixante ans.

— Ma dernière visite là-bas remonte à vingt-trois ans, répondit-il avec raideur.

— Pour l'enterrement de Tobias ? demanda Deacon. Ou celui de Margaret Sullivan ?

— Celui de Margaret, bien que j'aie également assisté aux funérailles de Tobias.

— Vous les connaissez depuis si longtemps ? poursuivit Deacon.

— Oui. Ce sera tout ?

— Non.

L'empressement de Henson à mettre fin à l'entretien accentuait à la fois l'agacement et les soupçons de Deacon. Il insista donc.

— Je dois dire que je suis un peu étonné qu'un avocat de votre envergure s'attache à des détails aussi insignifiants que l'entretien d'une des propriétés de ses clients.

— Ce n'est pas le cas. Je l'ai fait pour Barbara, car nous étions amis. Je fréquente Tobias et Barbara depuis les années 1940. Tobias était le meilleur ami de mon frère aîné. Barbara et mon épouse étaient des camarades d'école. Mon épouse et moi étions la marraine et le parrain de Joy.

— Qui est Joy ? demanda Bishop.

— Joy était l'aînée de Barbara. Elle est morte à quinze ans. La leucémie.

Deacon fronça les sourcils.

— Je croyais que c'était Jordan qui avait eu le cancer pendant son adolescence.

Henson pencha la tête d'un air intrigué.

— Il a été atteint aussi. Comment le savez-vous ?

— Faith me l'a dit.

— Intéressant. J'imagine qu'elle devait être assez âgée pour savoir ce qui se passait à l'époque, songea Henson à haute voix.

— Les O'Bannion ont eu deux enfants atteints d'un cancer ? reprit Bishop.

— La famille a eu plus que sa part de chagrin. En tout cas, Barbara et moi, nous nous connaissions depuis des dizaines d'années. C'est pour cette raison que je m'occupais de ce genre de détails à sa place.

— Pourquoi Jordan ne s'en chargeait-il pas ? voulut savoir Deacon.

— Il s'occupait d'elle physiquement et semblait s'en tirer fort bien. En dehors de ça, il n'a pas vraiment le sens des responsabilités.

Deacon songea à la photo que la petite danseuse orientale gymnaste lui avait montrée.

— Que voulez-vous dire ?

— Il boit trop. Il court le guilledou. Il fait la noce. Il vit dans le monde de l'art et, même dans une ville aussi conservatrice que celle-ci, ils sont plutôt… libres d'esprit, dans ce milieu.

— Gagne-t-il bien sa vie comme marchand d'art ? demanda Bishop.

Henson fronça les sourcils, manifestement troublé.

— Si je le savais, je refuserais de vous en parler. Mais, en réalité, je l'ignore. Ce sera tout ?

— Non, répondit encore Deacon. Pourquoi n'aimez-vous pas la maison O'Bannion ? Vous en avez parlé en disant « cette satanée maison ». Je sais déjà que Faith ne l'aime pas mais, vous, qu'est-ce qui vous déplaît ?

— Cette maison était une source d'épuisement pour Barbara, émotionnellement et financièrement, mais elle était déterminée à la garder. C'était ce qui restait de son patrimoine et elle comptait le laisser à ses enfants et petits-enfants.

— Ce qui restait de son patrimoine ? releva Bishop.

Henson se raidit, comme s'il en avait trop dit.

— La maison était tout ce qui restait de son passé. Le cimetière était situé là-bas, avec la tombe de Joy. Elle ne voulait pas la laisser à des étrangers.

Les sourcils noirs de Bishop s'arquèrent.

— La tombe de Joy ? Pas celle de son mari ou de Margaret ?

Henson rougit.

— Leurs tombes sont aussi là-bas. Depuis plus d'un siècle, tous les O'Bannion sont enterrés au même endroit. Barbara aimait Margaret et Tobias, mais Joy est morte si jeune. Ma vieille amie n'a jamais vraiment surmonté la disparition de cette petite.

— Encore une question, dit Deacon. Où avez-vous écrit la combinaison de la chambre forte ?

— Nulle part, répondit Henson avec dédain. Je l'ai mémorisée. Je suis peut-être vieux, mais je suis toujours aussi vif d'esprit.

— Je ne vous contredirai pas là-dessus, répondit Deacon à voix basse. Mais vous n'êtes pas non plus un idiot. Pas besoin d'être vieux pour mourir d'une manière inattendue. Un homme aussi avisé que vous a sans doute prévu une solution de repli. Vous avez noté la combinaison de cette chambre forte quelque part, ou alors vous avez un code, un moyen de la communiquer à vos successeurs.

— J'ai dit que je ne l'ai pas écrite.

Henson se leva avec effort, puis tendit la main vers le déambulateur qu'il conservait sous son bureau.

— J'ai des clients qui attendent. Mme Lowell vous reconduira.

D'un pas vif, Mme Lowell les précéda jusqu'à la sortie. Deacon ralentit en passant dans la salle d'attente et prit un instant pour étudier les photos et leurs légendes fixées au mur, près de la porte. Henson senior était représenté assis derrière son bureau. Henson Trois était debout près de son bureau, bras croisés sur une très large poitrine, dans une pose décontractée.

Henson Trois était bâti comme Peter Combs.

Deacon attendit que Bishop et lui aient rejoint leur voiture pour entamer la discussion.

— Tu as vu la photo de Henson Trois ?

— Ouais. Un type costaud, juste comme Peter Combs. Ça marche aussi avec la scène de crime de King's College. Arianna et Corinne ont été enlevées sur le trajet entre la bibliothèque et les résidences. On a découvert des signes de lutte près du sentier, mais on n'a plus rien trouvé jusqu'à l'accès secondaire. Arianna est une fille de grande taille. Pour transporter les deux femmes aussi loin, il faut la taille et la force nécessaires. La taille et la force de quelqu'un comme Combs ou le petit-fils de Henson.

— On est sûrs qu'il a utilisé la route d'accès pour quitter l'université ?

— J'ai trouvé une des boucles d'oreilles d'Arianna sur le bas-côté, près des empreintes de pneus. Elle portait ces boucles sur la photo que sa colocataire a apportée à la police en venant déclarer sa disparition.

— C'est pas mal comme théorie, approuva Deacon. Henson Trois a passé les quatre dernières années à Cincinnati, il a accès à la maison. D'autre part, même si Senior refuse de l'admettre, son petit-fils a aussi eu connaissance du testament et devait sans doute savoir que Faith avait hérité de la propriété de Mount Carmel.

Bishop hocha la tête.

— Je pensais la même chose. Senior a certainement noté la combinaison de la chambre forte quelque part. Le vieux a quatre-vingt-six ans. Il a dû laisser les rênes à son petit-fils. Et si Henson Trois était derrière les attaques contre Faith ? Se pourrait-il que ce Combs ne soit pas du tout impliqué ? ajouta-t-elle en glissant un regard oblique à Deacon.

— Je suis d'accord avec toi, convint-il. Sauf que la balistique relie le meurtre de Gordon Shue aux tirs qui ont eu lieu pendant la bagarre avec le technicien de la compagnie d'électricité.

— Et à la balle qui a tué Anthony Brown, le client de l'hôtel, ajouta Bishop. Ces crimes sont connectés, soit, mais ça ne signifie pas que Combs est bien celui qui a essayé de la tuer en Floride ou ici.

— Ou, du moins, il n'était pas le seul. Nous pourrions imaginer deux tueurs travaillant ensemble, ou partageant le même objectif, c'est-à-dire garder Faith loin de cette maison. Ça collerait avec le fait que Combs l'a seulement rencontrée il y a quatre ans, alors que ces crimes semblent remonter au moins à dix ans.

— A l'époque où le cabinet de Henson a engagé une nouvelle société pour l'entretien, compléta Bishop.

— Exactement. En plus, Combs ne pouvait pas savoir pour le testament, à moins que quelqu'un ne l'ait informé. Quelqu'un au courant. Un type bâti comme un arrière de football américain a tenté de pénétrer dans l'appartement de Faith en grimpant par la fenêtre. Pour l'instant, ça pourrait être Henson Trois ou Combs. Henson avait accès au testament, mais Combs s'était déjà attaqué à elle une fois. Il peut donc parfaitement être impliqué dans cette affaire.

— J'ai vu la cicatrice sur sa gorge. C'est Combs qui a fait ça ?

Deacon acquiesça.

— Ouais, c'est lui qui a fait ça, dit-il sans laisser transparaître sa colère. Il y a quatre ans.

— Parce qu'elle a signalé à l'officier de probation chargé de son cas qu'il avait manqué une séance de thérapie ? Ou parce qu'elle était plus ou moins liée à ce flic des crimes sexuels dont tu discutais avec Vega ?

— Et si c'était le cas ? demanda tranquillement Deacon.

— Dans ce cas, elle serait directement responsable des trois ans de prison de Combs. Elle pourrait perdre son droit d'exercer. Bien sûr, il faudrait que quelqu'un la dénonce. Mais, si tu veux mon avis, ça ne vaudrait pas le coup de devoir se taper toute la paperasse.

Deacon lui sourit.

— Je pensais la même chose.

Bishop lui rendit son sourire, puis retrouva son sérieux.

— Henson Trois était à Cincinnati ces quatre dernières années. D'après les bios qui figurent dans l'entrée, il a fait ses études de droit à l'université du Kentucky, donc il n'était pas loin pendant les années précédentes. Mais, comme tu le dis, on ne peut pas entièrement disculper Combs, compte tenu de ses antécédents avec Faith, d'autant plus que la balistique a établi un lien avec les crimes de Miami. Où était Combs avant son arrestation pour l'agression de sa belle-fille ?

— J'ai vérifié son dossier. Pas d'arrestations antérieures.

— Géographiquement. Est-ce qu'il venait de l'Ohio ? Est-ce qu'il aurait pu connaître les O'Bannion ? Connaissait-il la maison avant d'avoir commencé la thérapie avec Faith ?

Deacon secoua la tête.

— Combs a un historique professionnel stable en Floride. Aucune mention d'une quelconque relation avec quelqu'un d'ici ou quelque part dans l'Ohio. La thérapie a été ordonnée par un juge. Il est hautement improbable que Faith ait été volontairement désignée pour prendre Combs en charge.

— Je suis d'accord. Je vérifiais simplement, histoire d'être certaine que tu ne t'aventures pas sur le terrain de la théorie de la conspiration.

Il ouvrit la bouche pour protester, puis se tut. C'était de bonne guerre. Ils n'étaient partenaires que depuis un mois. Elle ne pouvait pas savoir qu'il n'avait jamais perdu la tête pour une femme.

— Donc, partons du principe que nous avons affaire à deux personnes différentes. Et si Combs avait été approché par celui qui a pris possession de cette cave il y a des années, justement parce qu'il avait affaire avec elle ? Quoi de mieux que de lâcher sur Faith Corcoran le type qui a passé trois ans au trou à cause d'elle ? De cette façon, le « tueur de la cave » peut garder les mains propres. Personne ne penserait à le chercher, parce que Combs a déjà tenté de tuer Faith. C'est de notoriété publique. Et si Combs jouait le rôle d'un tueur à gages, qu'il en soit conscient ou pas ?

— Tu tiens un truc, dit Deacon, qui commença à envisager toutes les possibilités. Si c'est le cas, ça paraît logique que le tueur de la cave ait pris contact avec Combs après que Faith a hérité de la maison, sinon les tentatives de meurtre auraient débuté depuis longtemps.

— Ça, on n'en sait rien. Et s'il y avait déjà eu d'autres ratages au fil des ans ?

Deacon fronça les sourcils.

— Je n'en sais rien. Je demanderai à Faith. Nous avons donc deux suspects, Combs et Henson Trois. Il faut retracer leurs déplacements du mois dernier.

— Et commencer par leur mettre la main dessus, souligna Bishop, toujours pragmatique. Vega cherche Combs depuis un mois. Elle n'a peut-être rien trouvé parce qu'il était ici.

— Occupé à enlever Corinne et Arianna, dit-il d'un air sombre.

— Entre-temps, il nous reste toujours Maguire et ses fils. Allons les voir, histoire de savoir s'ils sont vraiment allés dans ce sous-sol. On obtiendra aussi plus d'infos sur Henson Trois.

Deacon consulta sa montre.

— Il faut que je sois dans le bureau de la principale de Greg d'ici peu de temps. King's College est sur mon trajet. Séparons-nous. Tu prends Maguire et je m'arrête sur la scène de crime du campus voir ce que les scientifiques ont déniché. Quand j'aurai réglé l'histoire de Greg, je t'envoie un message. Ensuite, on trouve Herbie Trois.

Bishop lui adressa un petit signe de la main en montant dans sa voiture.

— Bonne chance avec la principale.

— Merci.

Il risquait d'en avoir besoin.

18

Est du Kentucky
Mardi 4 novembre, 11 heures

Corinne se réveilla brusquement, le corps contracté, dans l'attente d'un coup. Qui n'arriva jamais.

Elle se redressa avec effort et s'assit, le dos contre la porte du chalet. Bon sang, elle s'était évanouie. Elle s'était endormie. Depuis combien de temps ? Quand elle parvint enfin à se mettre debout, elle ferma brièvement les yeux pour mieux réprimer une bouffée de nausée et le vertige qui l'accompagnait. Et cette douleur. *Impossible d'oublier la douleur.* Chacune de ses articulations l'élançait.

— On se secoue, soldat ! dit-elle sèchement en invoquant le souvenir de son sergent instructeur. Assez pleurniché !

Elle ouvrit la porte et examina les alentours. Lorsqu'elle s'était sauvée de la cave extérieure, la lune était haute dans le ciel nocturne. Maintenant le soleil brillait de tous ses feux.

Elle avait dormi la moitié de la journée. *Merde.* Elle aurait dû être partie depuis des heures.

Elle ferma la porte et s'assit sur le lit près de la fille, qui était roulée en boule. Il y avait du progrès. Au moins, la petite avait bougé.

Corinne lui secoua l'épaule.

— Réveille-toi, je t'en prie. Il faut s'enfuir et je ne peux pas te porter.

Son regard tomba sur la brouette, et soudain elle se vit détaler avec à travers les bois comme un personnage de dessin animé en y poussant la gamine. Elle éclata de rire en évoquant cette image, puis sursauta quand elle sentit l'épaule de l'enfant tressaillir sous sa main. La petite se réveillait.

Corinne lui frotta le dos.

— Si je dois te pousser dans cette brouette, je le ferai, mais je préférerais m'en abstenir. Je sais que tu peux m'entendre. Ouvre les yeux, je t'en prie. Je ne te ferai pas de mal. Il n'est pas ici.

La fillette se crispa.

— Il va revenir, chuchota-t-elle.

— C'est vrai. Il faudra que nous soyons parties à son retour.

Le corps frêle se mit à trembler.

— Il nous trouvera. Il nous tuera. Ou pire.

L'écho des cris d'Arianna résonna dans l'esprit de Corinne.

— Voilà pourquoi nous devons être parties avant son retour, dit-elle, la voix empreinte d'une confiance qu'elle était loin d'éprouver. Tu peux t'asseoir ?

Les yeux de la fille s'ouvrirent lentement et elle hoqueta.

— Où sommes-nous ?

— Je ne sais pas. Une cabane quelque part dans les bois. Allez, assieds-toi, maintenant.

L'adolescente se redressa, manifestement affaiblie.

— Je ne me sens pas bien.

— Moi non plus. Il nous a droguées.

La fille secoua la tête.

— Non, il ne peut pas vous avoir droguée. J'ai tout pris.

Corinne fronça les sourcils.

— Que veux-tu dire ?

De grands yeux noirs parcoururent la pièce.

— Où est l'autre fille ? Arianna ?

— Je ne sais pas. Il n'y avait que nous deux dans le fourgon.

Et deux hommes morts.

La petite se mit à trembler.

— Alors, il l'a tuée. J'ai essayé de l'aider, mais ça n'a pas marché. Il a gagné. Il gagne toujours. Je suis désolée. Je suis désolée. Elle n'a pas réussi à se sauver.

Corinne serra les dents.

— Nous n'en savons rien. Tu as tout pris, qu'est-ce que ça veut dire ?

— Il m'a donné un médicament pour vous et Arianna. Pour vous faire dormir. Je voulais qu'elle se sauve, alors, je ne lui en ai pas donné.

— Tu l'as pris ? Tu as tout avalé. La dose prévue pour Arianna et moi ?

— Je ne pouvais pas partir, expliqua simplement l'adolescente.

— Mais pourquoi ?

Avait-elle voulu mourir, là-bas ?

La jeune fille baissa les yeux, fixant la couverture.

— Je ne pouvais pas laisser maman.

Maman ? Corinne fronça les sourcils.

— Où est ta maman, ma chérie ?

— A la maison. Elle est morte. Je l'ai enterrée, expliqua-t-elle, les yeux pleins de larmes. Ramène-moi à la maison, s'il te plaît.

— Comment ça, tu l'as enterrée ? demanda Corinne avec circonspection.

La jeune fille la regarda comme si elle parlait une langue étrangère.

— J'ai creusé un trou et je l'ai mise dedans.

Corinne tenta de ne pas laisser paraître son effroi. Cette enfant avait *enterré* sa propre mère ? *Quelle horreur.*

Elle se calma, son instinct lui soufflant de ne pas essayer de raisonner la jeune fille. Pas encore.

— D'accord On tâchera de trouver un moyen de te ramener là-bas. Je ne connais même pas ton nom. Je m'appelle Corinne.

— Moi, c'est Firoza, mais maman m'appelait toujours Roza. Roza, avec un *zed*, chuchota-t-elle en hochant la tête.

Zed. Contrairement aux Américains qui prononçaient la lettre *zee*, les soldats britanniques que Corinne avait rencontrés pendant son affectation en Afghanistan disaient *zed.* Sauf que Roza n'avait pas l'air britannique. Canadienne, peut-être. Eux aussi prononçaient *zed.*

La mère de Roza était morte, mais la petite avait peut-être encore de la famille. *Si j'arrive à nous sortir d'ici… Non.* Quand *je nous sortirai d'ici, il faut que je puisse dire à la police où chercher sa famille.*

Elle se força à sourire gentiment.

— Très bien, Roza, avec un *zed.* On va se sauver d'ici et il ne gagnera pas. Pas cette fois, en tout cas. Mais on ne peut pas courir à travers la forêt n'importe comment. Il faut que je te trouve une veste et des chaussures. Et un peu de nourriture. Tu crois que tu es en état de manger ?

Elle jeta un coup d'œil au ragoût qui restait dans la casserole et grimaça. Le plat était resté à l'air libre pendant des heures. La dernière chose dont elles avaient besoin était une intoxication alimentaire, alors qu'elles devaient fuir pour sauver leur vie. Elle fouilla les placards de la petite cuisine et découvrit qu'ils étaient remplis de boîtes de bouillon de volaille et de ragoût de bœuf. Un tas de soupe et de ragoût.

Elle choisit une boîte de soupe et voulut allumer le feu, mais rien ne se produisit. Il n'y avait plus de gaz. Elle songea alors au sang qu'elle avait trouvé à l'extérieur, près de la bonbonne de gaz.

La personne qui faisait chauffer ce ragoût de bœuf était sortie pour vérifier le gaz, parce que le feu s'était éteint sous la casserole. Elle jeta un regard angoissé par-dessus son épaule au tas de terre. Il avait tué le cuisinier, ou la cuisinière, et l'avait enterré avec les deux cadavres du fourgon. *On doit absolument partir d'ici.*

— La cuisinière ne fonctionne pas, alors on va manger froid, dit-elle avec brusquerie.

Elle ouvrit une boîte, ajouta une cuillère puis l'apporta à Roza, assise sur le lit.

— Avales-en autant que tu peux. Nous n'avons pas beaucoup de temps, mais je ne veux pas qu'une de nous deux s'écroule parce qu'elle a trop faim.

Roza s'attaqua à la soupe avec un enthousiasme surprenant.

— J'ai l'habitude de manger froid, dit-elle, la bouche pleine. J'ai pas le droit d'utiliser la cuisinière.

Evidemment. Cet enfoiré avait fait de cette enfant son esclave. La colère bouillonnait en Corinne, alors qu'elle fouillait chaque tiroir, chaque placard. Conserves de soupe, quelques boîtes de lait condensé. Bouteilles d'eau. Plusieurs chemises de flanelle. Tout cela leur serait utile. *On empilera les couches.*

Dans un des placards, elle découvrit une vieille paire de bottes d'homme, trop grande pour elles, mais plus près de sa taille que de celle de Roza. *Je les porterai,* décida-t-elle. *Roza prendra mes chaussures.*

Les bottes étaient posées sur une couverture. Elle l'emporta aussi. Qui sait combien de temps elles auraient à marcher avant…

— Salut, toi, murmura-t-elle.

Une vieille malle de voyage à l'aspect prometteur était dissimulée sous la couverture. En soulevant le couvercle, elle découvrit des bocaux. Des dizaines de bocaux. Des provisions ? Des fruits en conserve ? En tout cas, autre chose que de la soupe, espérait-elle. Avec précaution, elle sortit un des bocaux.

Elle plissa les paupières, doutant d'abord de ce que lui révélait son regard. Puis elle comprit ce qu'elle avait sous les yeux et se figea, horrifiée. Un petit cri s'échappa de sa gorge, comme le récipient lui glissait des mains et roulait sur le sol. Il s'immobilisa à quelques mètres, le contenu clapotait à l'intérieur. Elle fixa le bocal.

Ce qu'il contenait lui rendit son regard. *Des yeux.* Des yeux humains.

— *Oh ! mon Dieu*, gémit Corinne en détournant la tête, prise d'un haut-le-cœur. Oh ! mon Dieu. Oh ! mon Dieu.

Il y avait des yeux humains dans les bocaux. Des dizaines d'yeux. Et d'autres choses. Des cœurs, des reins, tous en suspension dans un liquide trouble.

— C'est à lui, murmura Roza, toujours sur le lit.

Corinne tordit le cou pour regarder l'adolescente.

— *Quoi ?*

— Il les prend à toutes les dames qu'il ramène à la maison. Parfois, il aligne les bocaux sur le comptoir et leur parle.

Corinne referma brutalement la malle et s'éloigna du placard, un goût de bile lui brûlait la bouche.

— Oh ! mon Dieu, gémit-elle. C'est ce qu'il a fait à Arianna ?

— Pas si elle s'est sauvée, répondit Roza d'un ton posé, comme si ce cauchemar était parfaitement rationnel. Il attend toujours qu'elles soient mortes.

— Oh ! mon Dieu. Oh ! mon Dieu.

Combien en avait-il tuées ? Il y avait au moins une douzaine de bocaux. Une douzaine de victimes.

— Roza, il faut qu'on s'en aille d'ici. Tout de suite.

Corinne avança en vacillant vers le lit tout en enlevant ses chaussures.

— Mets ça. Vite.

Roza regarda les chaussures comme si elles étaient vivantes.

— *Dépêche-toi !* cria Corinne.

Elle enfila les bottes et s'empara de la couverture. Elle y flanqua les chemises en flanelle, deux bouteilles d'eau et plusieurs boîtes de soupe, en vrac. Puis, elle noua les coins, à la manière des vagabonds.

— Mets les chaussures, Roza. On doit s'enfuir. *Tout de suite.*

Roza se contenta de fixer les chaussures. Corinne prit donc la direction des opérations, les lui enfila, puis les laça aussi étroitement que possible.

— Viens. Allons-y.

Elle tira Roza du lit et posa la couverture comme une cape sur les frêles épaules. *Une arme. J'ai besoin d'une arme.*

Corinne attrapa la pelle qui reposait contre le mur et rassembla les couteaux qu'elle avait sortis plus tôt du tiroir. Puis elle ramassa la couverture qui contenait les provisions et tira le battant, s'attendant presque à *le* voir s'encadrer dans l'embrasure de la porte.

Personne. Le soleil brillait tranquillement. Corinne sortit, mais Roza resta figée sur place. L'ado était encore près du lit, ses grands yeux lui mangeaient le visage. Elle fixait la porte ouverte, immobile comme une statue.

Corinne sentit les griffes du désespoir s'enfoncer en elle. Elle lâcha son baluchon, se força à retourner dans la cabane, puis saisit le bras de Roza et la tira vers la sortie.

— *Non !*

La jeune fille se dégagea brutalement, se laissa tomber à terre, puis se recroquevilla en boule.

Corinne attrapa les épaules de Roza. Essaya de la mettre debout de force.

— Roza, je t'en prie. S'il revient, il nous tuera.

Roza secoua la tête et se roula de nouveau en boule.

Corinne eut envie de hurler. De sangloter. Mais elle résista et réussit à adopter un ton calme. La gamine était terrifiée. *Encore plus terrifiée que moi, ce qui n'est pas peu dire.*

— Qu'est-ce qui ne va pas, Roza ? demanda-t-elle, avec gentillesse. Pourquoi ne veux-tu pas venir avec moi dehors ?

— C'est dehors, chuchota Roza.

Corinne regarda par-dessus son épaule. Il n'y avait rien.

— Qu'est-ce qui est dehors, ma chérie ?

— Dehors, répéta l'adolescente d'une voix étrangement forcée.

— Il n'y a rien dehors, ma chérie. Juste des arbres et des oiseaux. Il n'y a rien dehors qui peut te faire du mal, mais si nous ne partons pas bientôt il reviendra. Nous devons trouver de l'aide. Je veux rentrer à la maison.

Roza sembla se calmer.

— Moi aussi. Je ne peux pas laisser maman là-bas toute seule. Elle n'a que moi.

Elle a enterré sa propre mère. Mon Dieu.

Roza était une enfant terrifiée, qui avait subi un lavage de cerveau. *Fais ce qu'il faut pour la mettre en sécurité.*

— Très bien, dit doucement Corinne. Je vais te ramener près de ta maman.

— Non. Il va te tuer.

— Je vais chercher de l'aide. Je trouverai quelqu'un qui pourra le chasser.

Après un instant d'indécision, la petite hocha la tête.

— Faith. On doit trouver Faith.

Qu'est-ce qu'elle raconte encore, songea Corinne, luttant contre l'envie de regarder par-dessus son épaule.

— D'accord, Roza.

Les yeux de la petite s'agrandirent.

— Tu la connais ? Elle est ici ? Oh ! non. Il l'a prise, elle aussi ?

Elle ?

— Faith est une personne ?

— Oui. Il ne l'aime pas. Il a peur d'elle. J'ai dit à ton amie d'aller la trouver.

— D'accord. Ça, c'est bien. Est-ce que Faith a un nom de famille ?

— Frye. Il a passé un tas de coups de fil parce qu'il cherchait la chambre de Faith. Il ne savait pas que je l'entendais.

Des appels à qui ? Quelle chambre ? Ça n'avait pas d'importance pour l'instant.

— D'accord. On trouvera Faith Frye. Elle nous aidera. Et on ira aussi rejoindre ta maman. Mais avant nous devons partir d'ici.

Corinne lui tendit la main, priant pour que Roza la prenne.

— Je t'en prie, ma chérie. Avant qu'il revienne.

Elle soupira de soulagement quand la petite lui prit la main. Mais cet instant de réconfort fut de courte durée. Arrivée devant la porte, Roza se dégagea de nouveau et se figea, regardant dehors.

Elle tremblait comme une feuille.

Oh ! mon Dieu. Quoi maintenant ?

— Roza ? Qu'est-ce qui ne va pas ? demanda Corinne d'un ton calme.

— C'est dehors.

Elles étaient revenues à la case départ.

— Il n'y a rien dehors qui peut te faire du mal, ma douce.

A part s'il revient.

— Ecoute, ma chérie, il ne fait pas noir, dehors. On est en plein jour, tu vois ? Le soleil brille.

La petite secoua la tête d'un geste farouche.

— Il faisait toujours noir dans la cave.

Puis Corinne comprit.

— Tu as peur de sortir ?

Roza haussa ses minces épaules. Puis elle hocha la tête et la garda baissée, comme si elle avait honte.

Corinne lui releva le menton, se demandant au juste depuis combien de temps la petite avait été retenue dans ce sous-sol.

— Roza, ma petite chérie. Tu te rappelles que tu as déjà été dehors, pas vrai ? Avant qu'il t'attrape ?

La tête noire hirsute remua lentement.

— Non.

Corinne comprit soudain et son sentiment d'horreur se fit plus profond.

— Tu n'es jamais sortie ?

De grands yeux sombres se levèrent vers elle.

— Non. Je suis née à la maison.

Cincinnati, Ohio
Mardi 4 novembre, 11 h 10

Pour atteindre le ruban de scène de crime qui protégeait le site de l'enlèvement, Deacon dut se frayer un chemin à travers une foule d'étudiants, dont les téléphones cliquetaient comme des appareils de paparazzis.

Il se déplaça avec précaution au milieu des experts judiciaires qui s'activaient à prendre des photos ou à collecter des échantillons et étudia le sol sur le sentier, près du banc. Les signes de lutte s'étendaient sur un périmètre de trois mètres, exactement comme l'avait décrit Bishop. La personne qui avait été assise sur le banc avait cessé de se débattre au bout de quelques secondes après avoir été entraînée. Droguée, sans doute.

L'agent Taylor tendait une ficelle colorée de l'arbre le plus proche du sentier vers un point à l'orée du bosquet, matérialisant la trajectoire d'une balle. Il leva la tête en entendant Deacon approcher.

— Qu'avez-vous trouvé ? demanda Deacon.

Taylor montra un poteau situé près du sentier.

— La caméra a été volée, il y a plusieurs semaines.

— Tu crois que notre ravisseur le savait ?

Taylor indiqua une jeune fille aux cheveux noirs et au visage sérieux qui se tenait à l'écart de la foule.

— S'il a lu le blog de cette fille, la gothique, il le savait. Elle s'est donné pour mission de mettre en évidence les problèmes de sécurité sur le campus, mais c'est un vrai petit manuel à l'usage des pervers. Il y a quinze jours, elle a signalé la caméra volée et, mercredi dernier, elle a parlé de la lampe cassée au-dessus du banc.

— Corinne et Arianna ont été enlevées deux jours plus tard, dit Deacon avec un soupir. Bishop a parlé d'une balle et de beaucoup de sang.

— Le lieutenant Bishop a trouvé une balle incrustée dans cet arbre.

Cette fois, Taylor désigna l'arbre auquel il avait attaché la ficelle.

— Quant au sang, il est du même type que celui d'Arianna Escobar et la balle provient d'un neuf millimètres.

— Comme celles qui ont été tirées sur Gordon Shue en Floride et sur le technicien de la compagnie d'électricité, dit Deacon.

— Sans oublier le type dans la chambre d'hôtel, la nuit dernière. La balle retrouvée dans l'arbre est en route pour la balistique, indiqua Taylor en pénétrant dans le bosquet. D'après la trajectoire, il se tenait à peu près ici lorsqu'il a tiré.

Deacon se plaça à l'endroit indiqué par Taylor et observa le sentier.

— Corinne et Arianna ont quitté la bibliothèque ensemble, vendredi soir, c'est bien ça ?

— A 23 heures, précisa Taylor. Le sentier fait une fourche, près du banc. A droite, on va vers la résidence de Corinne. Celle d'Arianna se trouve à gauche, en haut de la colline. Elles ont dû se séparer là.

— Très bien. Donc, imaginons qu'il ait remonté la route d'accès, qu'il se soit garé, soit descendu de son véhicule et soit venu se planquer sous les arbres pour attendre. Le sentier de droite est tout proche et Arianna grimpe déjà la colline, alors, il embarque Corinne. Comment l'a-t-il ramenée à la route sans se faire voir ?

Taylor se tenait non loin de lui, examinant la scène de son propre point de vue.

— Arianna a peut-être vu l'enlèvement et a redescendu la colline pour se lancer à leur poursuite et prêter main-forte à Corinne, mais il lui a tiré dessus.

Deacon repartit à l'endroit où ils avaient trouvé du sang.

— A en juger par la quantité de sang répandue, Arianna est restée sur place pendant un moment. Il a dû prendre le temps de fourrer Corinne dans son fourgon et de revenir la chercher. Pourtant, elle n'en a pas profité pour prévenir les secours. Il n'y a pas trace de jet artériel, la balle n'a donc pas touché l'artère fémorale. Les ados ont leur téléphone greffé à la main en permanence. Pourquoi n'a-t-elle pas appelé ?

Il consulta l'écran de son mobile.

— J'ai quatre barres, ici. Et vous ?

— Pareil. Ce n'était pas un problème de réseau. Sa batterie était peut-être à plat. Ou elle n'est peut-être pas restée assez longtemps en ligne pour que le central ait pu trianguler sa position. Ou encore, il avait peut-être emporté le téléphone de la fille.

— C'est le plus probable. Si c'est le cas, il sait désactiver le GPS. Tanaka a essayé de localiser le téléphone d'Arianna, sans succès. Bishop m'a aussi parlé d'empreintes de pneus.

— Oui. Elles correspondent à celles que Tanaka a relevées sur la piste, du côté de chez les O'Bannion. Il y a de bonnes chances que ça soit le même fourgon.

— Ça confirme ce qu'on soupçonnait, mais ça ne nous apprend rien de nouveau. On savait déjà qu'il avait un fourgon blanc. On savait qu'il les avait enlevées. Qu'il aime les blondes. En revanche, on ignore pourquoi il est venu précisément ici. A-t-il choisi spécifiquement Corinne ? Ou n'importe quelle blonde aurait-elle fait l'affaire ?

— Et, s'il a choisi Corinne, l'a-t-il surveillée d'abord pour repérer ses habitudes ? ajouta Taylor. Un des étudiants l'a peut-être vu traîner dans le coin.

Deacon balaya du regard la foule de curieux rassemblée derrière eux.

— Il me reste quelques minutes avant de partir pour mon prochain rendez-vous. Je vais leur poser quelques questions.

Il pouvait leur montrer la photo de Combs, mais pas celle de Henson Trois. En tout cas, pas avant d'avoir réuni plus de preuves contre le jeune avocat.

— Avec un peu de chance, l'identification des corps ira vite et on pourra trouver des points communs entre les victimes, outre le fait d'être blondes et mortes. On pourra voir comment Corinne se place dans le tableau, savoir si ce type suit un schéma précis.

Est du Kentucky
Mardi 4 novembre, 11 h 20

Horrifiée, Corinne fixa le visage chétif de Roza.

— Tu es née dans cet endroit ?

Petit hochement de tête.

— C'est ce que me racontait maman.

Bon sang. Se pouvait-il que cet homme horrible soit son père ?

La gorge serrée, Corinne jeta un coup d'œil au bocal qui avait roulé sur le plancher. Les yeux de la mère de Roza faisaient-ils partie de cette macabre récolte ? Elle se refusait à penser que les yeux d'Arianna avaient aussi pu être collectés et ne voulait même pas l'envisager. *Ni que les miens vont s'y retrouver, si nous sommes encore là à son retour.*

— Sors avec moi. Juste un petit pas.

Et un autre, puis encore un autre, jusqu'à ce que nous soyons hors de danger.

— Va-t'en, supplia Roza. Va-t'en et laisse-moi ici.

— Non. Il n'en est pas question. Fais juste un pas.

— Je n'ai jamais eu de chaussures, chuchota Roza, toujours en proie à la panique. Elles me font mal.

Le cœur de Corinne se brisa.

— Je suis désolée. Je suis tellement désolée, mon petit. J'aimerais pouvoir te porter, mais je ne peux pas. Je n'en ai pas la force.

Ça n'avait pas toujours été le cas. Avant sa maladie, elle aurait pu courir pendant des kilomètres sans s'arrêter en portant Roza et le baluchon.

Roza pencha la tête.

— Tu as besoin de mon aide ?

Serait-ce aussi simple ? Roza avait passé sa vie entière dans cette cave. Combien de victimes avait-elle soignées ? Corinne regarda de nouveau le bocal. *Trop. Beaucoup trop.* La mère de la petite avait-elle été aussi forcée de prendre soin des autres ?

— Oui, j'ai besoin de ton aide. Je ne peux pas rentrer chez moi seule. Veux-tu venir avec moi ? Tu veux bien m'aider comme tu as aidé Arianna ?

Roza laissa échapper un soupir frémissant et redressa les épaules. Ferma les yeux et franchit le seuil. Puis elle prit une profonde inspiration avant d'éclater en sanglots.

— Désolée. Je ne peux pas t'aider. Je ne peux pas. Laisse-moi ici et va-t'en. Il faut trouver Faith. Elle saura quoi faire.

— Mais je ne peux pas faire ça. J'ai besoin de ton aide, tu te rappelles ?

Corinne prit la petite dans ses bras et la berça, tout en surveillant la route. S'il revenait, elle devrait l'affronter. Elle avait des couteaux. Elle avait une pelle.

Et la rage bouillonnait dans ses entrailles. *Avant de toucher cette enfant, il devra me passer sur le corps.*

Cincinnati, Ohio
Mardi 4 novembre, 12 h 30

MME POHL PRINCIPALE

Deacon regardait la plaque fixée sur la porte en rassemblant son courage. Lui qui avait affronté des tueurs sans sourciller serait sans doute capable de s'en sortir face à une très vieille dame.

— En s'y mettant à deux, on peut l'avoir, murmura Greg d'un ton sarcastique.

Lorsque Deacon était passé le chercher chez Jim et Tammy, l'adolescent était habillé, prêt à partir, prothèses auditives en place *et* branchées. Deacon avait considéré cela comme un bon présage.

Maintenant, il observait le visage un peu pâle, aux traits tirés, de son frère.

— Je ne sais pas. Elle me flanquait une sacrée trouille à l'époque, alors qu'elle n'était que vice-principale.

Greg écarquilla les yeux.

— Tu la connais déjà ?

— Un peu trop bien, reconnut Deacon. J'ai passé pas mal de temps dans ce bureau. Tu es certain de ne pas vouloir un interprète en langue des signes ? On a encore le temps de faire venir quelqu'un.

— Non. Je vais me débrouiller avec mon appareil. Je ne veux pas que quelqu'un d'autre soit au courant pour cette histoire.

Ça, ce n'était pas un bon présage.

— D'accord.

Deacon ouvrit la porte du bureau de Mme Pohl.

Elle leva la tête et ébaucha un sourire, qui mourut sur ses lèvres.

— Eh bien, eh bien, dit-elle à voix basse. Deacon Novak. Je m'attendais à voir votre sœur.

Elle semblait ne pas avoir changé, songea Deacon. Plus âgée, plus grisonnante, plus ridée qu'elle ne l'était quinze ans plus tôt. Mais il retrouvait chez elle l'expression d'autorité qui lui faisait honte et le forçait à l'obéissance, à l'époque où il n'était pas plus âgé que Greg.

Son frère s'affala dans un des fauteuils qui faisaient face au bureau de Mme Pohl, baissa immédiatement la tête et croisa les bras sur sa poitrine. *Pas du tout, du tout, un bon présage.*

— Dani travaille, expliqua Deacon. Je crois que cette fois vous allez devoir vous contenter de moi.

— Pas du tout. Regarde-toi, tu es devenu un grand garçon, et agent du FBI, en plus.

Il se redressa instinctivement et elle lui adressa un petit sourire sarcastique.

— J'ai suivi ta carrière pendant toutes ces années, tu sais. Grâce aux journaux, bien sûr, puisque tu n'es pas revenu me voir, souligna-t-elle.

Il grimaça.

— Je me suis dit que vous m'aviez eu assez souvent en colle pour une vie entière.

Elle eut un petit rire.

— Il est vrai que tu étais assez pénible, mais tu t'en es bien sorti. Je te considère comme une réussite. Je dois dire que tu as l'air d'avoir un travail très excitant. Et où est passé ton fameux manteau ?

Les louanges de Mme Pohl allèrent droit au cœur de Deacon. *J'imagine que j'ai plutôt bien tourné.*

— Vous vous souvenez de mon manteau ?

— Bien sûr. Quand tu le portais à l'époque, tu faisais déjà grosse impression. Et tu l'avais aussi sur toutes les photos que j'ai vues ces dernières années, y compris dans le journal de ce matin. Alors, où est-il passé ?

Deacon se renfrogna.

— J'ai peur qu'il n'ait été réquisitionné comme indice. Je devrais le récupérer. Un jour ou l'autre.

Le regard de Mme Pohl se fit plus perçant, elle jeta un coup d'œil à Greg, avant de revenir à Deacon.

— Seront-ils capables de réparer le trou qu'a laissé la balle ?

Greg leva la tête d'un geste brusque. Il pivota sur son siège pour fixer son frère.

— La balle ? Quelle balle ?

— On m'a tiré dessus la nuit dernière, mais je portais un gilet pare-balles. Je porte toujours un gilet, Greg. Tu n'as pas à t'inquiéter pour moi, dit Deacon en lui pressant l'épaule d'un geste rassurant. Je suis prudent.

— D'accord.

Greg se dégagea et reprit sa position avachie.

— Est-ce qu'on pourrait régler ça rapidement ? reprit-il. *Breaking Bad* m'attend sur Netflix. Je me suis dit que j'aurais le temps de regarder la saison deux pendant mon expulsion.

— Une meilleure vie grâce à la chimie, lança Mme Pohl d'une voix sarcastique.

Deacon crut voir frémir les lèvres de Greg. Mais son frère reprit si vite son expression de marbre qu'il ne put se faire une opinion.

— J'ai dû bloquer cette série au moins dix fois, dit Deacon. Mais il trouve toujours un moyen de contourner le contrôle parental. Parfois, mon frère choisit d'utiliser le cerveau qui se trouve sous son crâne.

— Ça nous mène où, tout ça ? demanda Greg avec un rictus insolent.

— Au fait que tu as encore été surpris à te battre, Greg, répondit Mme Pohl d'un ton vif. Cette fois, tu as cassé le nez de l'autre étudiant. Et, d'après les témoins, c'est toi qui as commencé la bagarre.

— Et alors ?

Deacon donna un coup sec sur l'accoudoir de bois du fauteuil.

— Un peu de respect, Greg. Assieds-toi correctement, pour commencer.

Mme Pohl pinça fugacement les lèvres, et Deacon aurait juré qu'elle réprimait un sourire. Puis elle considéra Greg d'un air sévère, attendant qu'il se redresse et croise son regard.

— Merci, Greg. Qu'as-tu à dire pour ta défense en dehors de « et alors » ?

— Rien. Vous pouvez me suspendre, si vous voulez. Je reviendrai et je recommencerai. Il vaudrait mieux me renvoyer définitivement. Je peux travailler à la maison. Suivre des cours sur Internet. Je peux même passer mon GED[1] tout de suite et en finir, conclut-il en haussant les épaules.

1. General Educational Development, à peu près l'équivalent de notre bac. (NdT)

Deacon ouvrit la bouche, prêt à exploser, mais Mme Pohl lui intima le silence d'un seul coup d'œil.

— Evidemment, rien ne t'en empêche, dit-elle. Mais j'espère que tu n'en feras rien. Tu pourras avoir un brillant avenir. Par exemple en piratant les bases de données des gouvernements ennemis. J'espère que tu ne considéreras pas notre propre gouvernement comme un ennemi.

L'ado en resta bouche bée, pendant que Deacon le foudroyait du regard.

— Qu'est-ce que c'est que ce bordel, Greg ?

Mme Pohl adressa à Deacon un regard sévère.

— Deacon Novak, tu es peut-être un adulte et un agent du FBI, mais ça ne signifie pas que je vais tolérer des écarts de langage dans mon bureau, pour autant.

— Désolé, s'excusa Deacon en se tassant dans son fauteuil.

Greg n'avait toujours pas refermé la bouche.

— Comment vous savez ça ? bredouilla-t-il.

— Je sais tout ce qui se passe dans mon école. J'ai des caméras partout et je sais les utiliser. Je sais que tu as démarré une bagarre, il y a quelques semaines, pour permettre à un autre étudiant qui était brutalisé de s'en aller sans dommage. J'espérais que tu viendrais m'en parler, mais tu n'en as rien fait, alors, je n'ai d'autre choix que de te sanctionner.

Greg leva le menton d'un air de défi.

— D'accord. Mais la bagarre d'hier n'a pas eu lieu dans le périmètre de l'école.

Elle pencha la tête comme un petit oiseau.

— Oui, je le sais.

Greg ne battit pas en retraite.

— Donc, techniquement, c'est en dehors de votre juridiction.

— En effet, reconnut Mme Pohl.

Deacon considérait cette vieille petite bonne femme avec stupéfaction et un respect sincère.

— Alors, pourquoi sommes-nous ici ? C'est à cause du piratage ? Et… c'est quoi cette histoire de piratage ?

— Je pourrais appeler la police, dit-elle à Greg, sans prêter attention à Deacon. Le piratage est un crime.

Greg serra les mâchoires. Il s'adossa à son fauteuil avec lassitude.

— Qu'attendez-vous de moi ?

— Je veux que tu cesses d'essayer de pirater mon réseau. Peu importent tes raisons, quand bien même j'aimerais les connaître. Je veux que tu me dises pourquoi tu t'es battu avec ce singe poilu, hier. Et je veux que tu cesses de chercher les problèmes.

— Je veux savoir ce qui se passe, ici, bord… bon sang, exigea Deacon.

— Greg a d'excellents résultats, mais il utilise ses talents pour se fourrer dans les ennuis. Exactement comme toi, Deacon. Il a aussi fait une poussée de croissance, à peu près au moment où tu as fait la tienne. Cette année, il a gagné en taille et en force, comparativement à l'année dernière, et il rattrape le temps perdu. Tout comme tu l'as fait à l'époque.

— Mer… credi, marmonna Deacon. Vous vous régalez, c'est ça ?

— Oh ! oui, affirma-t-elle, le regard étincelant. Depuis que tu m'as donné mes premiers cheveux gris, il y a plus de quinze ans, j'espérais que ce jour viendrait.

— Vous aviez déjà des cheveux gris avant notre rencontre. Ne me blâmez pas pour vos malheurs, d'accord ? dit Deacon en souriant.

Puis il se tourna vers Greg.

— A toi, maintenant. Commençons par cette bagarre. Pourquoi as-tu cassé le nez du singe poilu ?

— Renzo racontait un tas de conneries.

— A quel propos ?

— De moi, répondit l'ado en détournant les yeux. Il dit que je suis une erreur de la nature.

Deacon tressaillit, les paroles d'Adam lui revenaient comme un horrible écho.

— Donc, tu lui as démontré que tu étais exactement comme lui.

Nouveau haussement d'épaules.

— Plus ou moins.

— Mais tu l'as fait à l'extérieur de l'école de manière à t'éviter les ennuis. Pourquoi tu ne m'en as pas parlé ?

Les épaules de Greg se voûtèrent.

— Tu ne m'as pas demandé.

Deacon soupira en se souvenant de leur dispute. De leurs paroles pleines de colère.

— Mais je t'ai interrogé plus tard et tu ne m'as rien dit. Ce n'est pas juste.

Puis il se tourna vers la vieille dame, sourcils froncés, et s'adressa à elle.

— Vous m'avez dit qu'il s'était fourré dans les ennuis à l'école. De quoi s'agit-il ?

— J'ai *dit* qu'il avait été impliqué dans une bagarre après l'école. J'ai *dit* qu'une plainte pourrait être déposée, et c'est toujours le cas. Quand je vous ai appelé hier, je n'avais pas encore regardé les images de vidéosurveillance. Maintenant, c'est chose faite. Cette fois, il ne sera pas exclu à cause de la bagarre. Mais, Greg, qu'arrivera-t-il la prochaine fois ? Tu t'es fait un ennemi. Que se passera-t-il quand Renzo et ses copains vont te jeter dans l'escalier ? Tu as créé une situation dangereuse pour mon équipe et les autres étudiants. Si une bagarre se déclenche dans les couloirs, quelqu'un d'autre sera blessé, c'est certain.

— Je suis désolé, fit Greg à voix basse. Je n'ai pas réfléchi à tout ça.

— Je le sais, dit-elle avec gentillesse. Maintenant passons au problème essentiel. Le piratage.

— Comment savez-vous que c'était moi ? demanda Greg, intrigué.

— Je l'ignorais avant que tu m'en parles. Je savais que quelqu'un avait tenté de pénétrer le réseau. Je me suis dit que c'était toi, mais je préférais que tu ne sois plus sur tes gardes avant de te confondre. Hier, j'ai eu l'occasion que j'attendais.

Greg en resta de nouveau bouche bée. Deacon ne put réprimer son amusement.

— Bien joué, madame Pohl.

Elle lui adressa un grand sourire.

— Je trouve aussi, lâcha-t-elle, puis elle se pencha en avant. Alors, Greg, quel était le plan ?

Il baissa les yeux.

— Vous allez me suspendre à cause de ça, pas vrai ?

— Tu peux y compter. Mais nous devrions pouvoir conclure une espèce d'accord. Pourquoi as-tu tenté d'entrer dans la messagerie électronique de mes professeurs ?

— Je voulais changer les notes de Renzo. Je voulais qu'il se plante. Je voulais qu'il s'en aille.

L'expression de Mme Pohl se fit inquiète.

— Pourquoi ? Parce qu'il t'a insulté ?

— C'est pas assez, peut-être ? s'insurgea Greg.

— Non, dit-elle avec calme. Ce n'est pas assez. Et je n'y crois pas, à ton histoire. Tu sais que ce changement de notes ne serait pas passé inaperçu. Quel était ton véritable objectif ?

— Bon d'accord. Je n'ai pas seulement tenté d'accéder au serveur mail. Je l'ai fait.

Greg détourna le regard, les lèvres tremblantes. Deacon se rappela à quel point son frère était jeune.

— Pourquoi, Greg ? dit-il, lui posant gentiment la main sur le dos. Qu'est-ce que tu as fait ?

— J'ai envoyé des messages à tous les profs de Renzo, depuis le compte mail de l'infirmière. Je leur ai dit qu'un de leurs étudiants était atteint d'une maladie. Les élèves qui assistent les profs lisent tous leurs mails. Et ce sont de vraies commères.

— Tu savais que les assistants allaient comparer leurs notes, poursuivit Deacon. De cette façon, ils sauraient quels autres professeurs avaient reçu le même message et finiraient par découvrir l'identité de l'élève qui suivait tous ces cours. Ils auraient balancé Renzo et la rumeur aurait fait le reste. En fait, ce n'était pas un si mauvais plan.

— Deacon Novak ! s'exclama Mme Pohl, manifestement contrariée.

Greg regarda son frère avec attention et Deacon comprit que la manière dont il gérerait les minutes suivantes serait cruciale et conditionnerait leur relation pour le restant de leurs vies.

— Eh bien, c'est vrai, dit-il. Utiliser la désinformation, c'est carrément *Mission impossible*, non ? Qu'est-ce que tu lui as choisi comme problème de santé ? Une bonne vieille intoxication alimentaire ?

Greg serra les dents.

— Le sida.

Deacon laissa échapper un petit soupir. *Mon Dieu.*

— Pourquoi ?

La gorge nouée, Greg ne répondit pas immédiatement.

— Parce que Renzo a tout découvert, finit-il par lâcher. Il allait en parler sur Internet. Je ne pouvais pas le laisser faire.

Ses yeux — un bleu et un marron comme ceux de Dani — brillaient de larmes.

Maintenant, Deacon comprenait le problème.

— Non. Moi non plus, je n'aurais pas pu le laisser faire. Comment l'a-t-il découvert ?

— Je ne sais pas. J'en ai parlé à personne, je te jure. Je n'aurais jamais fait ça. Surtout à elle.

— Je sais, répondit Deacon avec calme. Je me disais que, parmi les trucs qu'il t'avait balancés pour te prendre la tête, il aurait pu te révéler comment il l'avait appris.

Un éclair de gratitude traversa le regard de Greg.

— Je voulais lui faire du mal, murmura-t-il. En fait, je voulais surtout qu'il la ferme.

— Je sais, répéta Deacon en frottant le dos de Greg comme il avait réconforté Faith, la nuit précédente. Je comprends.

Pohl les observait, perplexe.

— Moi, je ne comprends rien. Qu'a-t-il découvert ? Et à propos de qui ?

Greg secoua la tête, mais n'en dit pas plus.

— Dani ne voudrait pas que tu aies des ennuis à cause d'elle, intervint Deacon. Dis-le à Mme Pohl. Laisse-la t'aider à garder ta place au lycée. Tu mérites mieux qu'un GED et un boulot qui t'offrira une impasse en guise d'avenir.

Mme Pohl se figea brusquement, et Deacon vit le moment où elle comprit la situation.

— C'est à propos de ta sœur, n'est-ce pas ? Elle a… ? Dani a le sida ? Comment est-ce arrivé ?

— Ça la regarde, dit sèchement Deacon.

Dani était si jeune à l'époque, à peine plus âgée que ne l'était Greg actuellement. Et elle avait fait confiance au petit ami qui avait prétendu l'aimer et assurait qu'il était sain. Le salopard avait menti sur les deux fronts et l'existence de Dani en avait été bouleversée pour toujours. Mais, tout ça, c'était son putain de problème à elle.

— Madame Pohl, il y a plus important dans cette affaire, reprit-il. On ignore comment, mais Renzo est tombé sur les informations médicales de Dani et il avait l'intention d'utiliser ces renseignements pour lui nuire.

— Ça la regarde, bien évidemment, murmura Mme Pohl. Navrée d'avoir demandé. Il faut dire que c'était tellement inattendu. Oh ! Greg ! Qu'as-tu fait, mon petit ?

— Ce que j'avais à faire. Renzo aurait ruiné la carrière de ma sœur et elle a travaillé trop dur pour devenir médecin. Elle n'a jamais fait de mal à personne, et il se moquait d'elle. Il en parlait à ses amis. Il disait que, pour avoir attrapé le sida, c'était forcément une salope ou une toxico.

Greg baissa les yeux, poings serrés, et continua, d'un ton rageur :

— Une fois, il m'a dit « toxico un jour, toxico toujours ». Et qu'il voulait l'obliger à partager son stock avec lui et que, pour la faire parler, il était prêt à la tabasser jusqu'à ce qu'elle tombe dans les pommes.

Il leva la tête et défia Mme Pohl du regard, à travers ses larmes.

— Vous voyez, madame Pohl, maintenant, tout le monde dit la même chose de Renzo, poursuivit-il avec une sombre satisfaction. Maintenant, quand il raconte des trucs sur Dani ou sur n'importe qui d'autre, il passe pour un bouffon.

Deacon ferma les yeux. *Putain, quel bordel.*

— Pourquoi ne m'en as-tu pas parlé, Greg ?

— J'ai cru que tu ne me croirais pas. J'avais déjà causé tellement de problèmes que ça t'avait obligé à quitter ton boulot pour revenir ici.

Le garçon sanglotait maintenant à chaudes larmes, brisant le cœur de Deacon, qui passa le bras autour des épaules tremblantes de son frère.

— Je voulais juste qu'il arrête de faire ça, bredouilla Greg.

— Chuuut. Je comprends.

Deacon chercha le regard de Mme Pohl. Au cours des dernières minutes, elle semblait avoir pris vingt ans de plus.

— Alors, qu'est-ce qu'on fait ? demanda-t-il.

— Je n'en sais rien.

Elle posa le bout de ses doigts contre ses lèvres et réfléchit un long moment avant de reprendre la parole.

— Bon, au moins, ça explique la réaction des autres élèves. Greg a frappé l'autre garçon sur le nez, Renzo s'est mis à saigner et tout le monde s'est sauvé. Greg a fait de Renzo un paria.

— On dirait qu'il ne l'a pas volé, grommela Deacon.

Il mourait d'envie de mettre la main sur le singe poilu et d'avoir une petite conversation musclée avec lui.

— Je n'ai jamais été confrontée à ce genre de situation. Je n'ai pas la moindre idée de la sanction appropriée.

— Renvoyez-moi pour la bagarre, suggéra Greg, s'attirant un regard perspicace de Mme Pohl.

— Mais pas pour le piratage, c'est ça ? Tu ne veux pas que les autres apprennent que tu l'as piégé.

— Non. Je veux qu'il souffre et qu'il paie pour ce qu'il a fait.

— Comment aurions-nous dû réagir, madame Pohl ? demanda Deacon. Ce Renzo a menacé de révéler que Dani, qui n'a jamais fait de mal à personne, est atteinte du VIH, ce qui aurait pu détruire sa carrière. Ensuite, il a menacé de la frapper. Les menaces de violence ne peuvent pas rester impunies.

— Je suis d'accord avec ça, répondit Mme Pohl en se massant les tempes. Ecoutez, Deacon, ramenez votre frère à la maison. Je consulterai les avocats de l'école et je verrai ce qu'ils recommandent de faire.

Deacon scruta le visage juvénile de Greg.

— Si nous parvenons à arranger cette affaire et que tu peux rester dans cette école, est-ce que tu serais d'accord ?

Greg plissa les yeux, sa bouche se durcit.

— Ouais, je veux bien rester ici.

— Ce ne sera peut-être plus possible, Greg, dit Mme Pohl. Je n'aurai peut-être pas d'autre choix que de t'expulser définitivement. Trafiquer des dossiers est un problème de violation de la vie privée. On doit prévenir les autorités. C'est très grave.

Deacon serra la nuque de Greg.

— Il n'a pas trafiqué le vrai dossier médical de qui que ce soit. Il a trafiqué la messagerie. Nous allons engager un avocat. Et nous nous défendrons à la moindre tentative que fera l'école pour l'expulser.

Mme Pohl le fixa avec surprise.

— Mais… vous ne pouvez tout de même pas cautionner ce qu'il a fait.

Greg semblait tout aussi ébahi.

— *Nous* allons prendre un avocat pour moi ?

— Absolument. *Nous* allons faire ça. Et, quand Dani apprendra cette histoire, tu verras qu'elle nous aidera à trouver le putain de meilleur avocat de la ville.

Puis, il se tourna vers Mme Pohl.

— Non, madame. Je ne cautionne en aucun cas ce qui s'est passé. Ce que Greg a fait est mal, mais il l'a fait pour de bonnes raisons.

Il se leva et fit signe à Greg de le suivre.

— Viens, mon vieux. Je te ramène à la maison.

Greg hésita à la porte et s'essuya les yeux d'un revers de manche.

— On va chez tante Tammy ?

— Il faut bien. Ta chambre n'est pas prête. Je dois encore terminer la peinture.

— Je n'aurai pas grand-chose à faire pendant quelque temps. Je peux me charger de la peinture. Ne m'oblige pas à y retourner, D., chuchota-t-il en regardant ses chaussures. Tammy va avoir une autre crise cardiaque à cause de cette histoire et ce sera ma faute. Je lui ai déjà causé assez d'ennuis. Laisse-moi rentrer avec toi.

Mais Faith est là-bas. Dans mon lit. En train de prendre un repos plus que mérité. Il songea à ce qu'il préférerait qu'elle fasse avec lui dans ce lit. Ce qui était sans doute fort peu sage.

Même s'il n'en avait rien à faire.

Et c'était justement le problème. Quand il était question de Faith Corcoran, il se fichait tout simplement de ce qui était raisonnable. Il soupira en silence. Avec Greg dans les parages, il tenait peut-être un excellent moyen de dissuasion. La présence de son frère l'empêcherait de franchir un niveau supplémentaire dans cette relation qui allait trop fort et trop vite. Et, au cas où les ennuis poursuivraient Greg jusqu'à la maison, il y aurait au moins des gardes du corps en faction, sur place.

— D'accord. Tu finiras la peinture, dit-il en passant le bras autour des épaules de Greg. Rentrons, maintenant. Madame Pohl, vous nous tiendrez informés de la décision de l'école, s'il vous plaît.

— Dès que je le saurai, promit-elle. Greg, nous allons essayer d'arranger ça, d'une manière ou d'une autre. Et, Deacon, ne te fais plus tirer dessus, d'accord ?

Il se força à sourire.

— Je ferai de mon mieux.

Ils regagnèrent la voiture de Deacon en silence.

— Tu vas le dire à Dani ? demanda Greg, à voix basse.

— Elle a le droit de savoir, tu ne crois pas ? Pas seulement ce que tu as fait, mais ce qui risque de lui tomber dessus. Pas vrai ? Renzo a parlé. Le secret de Dani ne va pas le rester bien longtemps.

Greg tapa un SMS.

— Je lui ai juste demandé de nous rejoindre chez toi.

— Chez nous. Donne-moi une seconde pour me mettre au courant et, ensuite, direction la maison.

Deacon vérifia son téléphone avec lassitude. Pendant qu'il se trouvait dans le bureau de Mme Pohl, des messages vocaux, des SMS et des mails s'étaient accumulés. Les deux oncles de Faith avaient retourné ses appels. Alda Lane avait tenu parole. Jordan paraissait plus sobre et exprimait son inquiétude pour Faith. Quant à Jeremy, le professeur à la faculté de médecine, il semblait beaucoup plus détaché. Tous deux annonçaient qu'ils étaient disponibles pour rencontrer Deacon, à n'importe quel moment de la journée. Tous les deux demandaient des informations sur ce qui se passait dans leur vieille maison.

Deacon décida de les rappeler dès qu'il pourrait répondre à leurs questions sans avoir un ado de quinze ans attentif à ses moindres mots.

Je suis si fatigué. Il survola le reste de ses messages, songeant une fois encore à Faith, endormie dans son lit. Si pour l'instant il aspirait à la rejoindre, c'était pour dormir. *Je dois être vraiment crevé,* songea-t-il. Au moins, quand il pourrait enfin fermer les yeux, l'odeur de Faith parfumerait ses draps. Ça n'aurait rien à voir avec la vraie chose, mais il devrait s'en contenter, jusqu'à ce que tout soit terminé.

Puis, il trouva le mail qu'elle lui avait envoyé. *Prenez soin de vous, Deacon. Je vous attendrai.* Tout en lui s'apaisa. Pour une fois, quelqu'un l'attendait. Juste lui. Faith ne resterait peut-être pas très longtemps mais, pour l'instant, il se laissa imprégner par cette sensation.

19

Mount Carmel, Ohio
Mardi 4 novembre, 12 h 35

Scarlett Bishop frappa à la porte qui portait la pancarte Maguire and Sons, mais n'obtint pas de réponse. L'extérieur du bureau était identique à celui de ses voisins du complexe d'affaires. Elle resta près de la porte et composa le numéro de la société d'entretien, mais elle n'entendit aucune sonnerie à l'intérieur.

Le fait n'avait rien d'incriminant. Les gens étaient nombreux à utiliser exclusivement leurs portables. Mais la couche de poussière qui recouvrait la poignée de la porte déclencha son signal d'alarme interne. Personne n'était entré dans ce local depuis un bon moment.

Ensuite, elle appela Crandall.

— Salut, c'est Bishop. Tu peux faire quelques recherches sur une société dans le registre du commerce ? Maguire and Sons. J'ai besoin de savoir si la boîte est réglo.

— Donne-moi une seconde, dit Crandall.

Pendant un instant, il céda la parole à son clavier.

— Ils sont enregistrés comme entrepreneurs, reprit-il. L'affaire a été créée… en 2002. Le président de la boîte est inscrit sous le nom de John Maguire de Batavia.

Batavia était une ville voisine.

— Alors, ça existe vraiment ? Parce que, pour l'instant, je suis devant leur bureau de Maple Street et on dirait que personne n'a touché la poignée de porte depuis des semaines. Ils ont une autre adresse ?

— Non, il n'y a que Maple Street. Tu crois que c'est une boîte bidon ?

— Je trouve ça un peu trop commode que les seules personnes censées avoir eu accès au sous-sol ces dix dernières années soient justement absentes. Je vais ratisser le coin, histoire de voir si un voisin pourrait nous renseigner. Rappelle-moi pour me dire ce que tu as trouvé.

Scarlett essaya le bureau le plus proche, un cabinet de comptabilité. La porte s'ouvrit, révélant une femme d'une cinquantaine d'années, installée derrière le comptoir de la réception. D'après son badge, elle se nommait Carole Winston.

— Bonjour, madame. Puis-je vous être utile ?

— Je l'espère, madame Winston. Je suis le lieutenant Bishop, de la police de Cincinnati. Connaissez-vous les gens d'à côté ?

— On ne peut pas vraiment dire ça, lieutenant, répondit Mme Winston, sourcils froncés. Ils restaient de leur côté.

— Quand les avez-vous vus pour la dernière fois ?

— Ça remonte à pas mal de temps. Plusieurs mois, au moins.

— Auriez-vous une idée un peu plus précise ?

— Ce sont des criminels, n'est-ce pas ? C'est bien ce que je craignais. Je trouvais ça bizarre qu'ils payent le loyer sans jamais occuper le local. Attendez un peu…

Mme Winston mit ses lunettes, consulta son agenda, puis continua :

— J'ai vu la réceptionniste, le jour de ma dernière visite chez le médecin. Ça doit remonter à août dernier. Je m'en souviens très bien. En fait, j'étais tellement pressée que je n'ai pas pris le temps de discuter avec elle, alors que d'habitude je l'aurais fait, ne serait-ce que par curiosité. Quand je suis revenue de mon rendez-vous, après le déjeuner, j'ai entendu un homme. Il avait une voix grave. Une voix grondante.

— Vous vous rappelez ce qu'il disait ?

— Non, je ne distinguais pas ses paroles, juste sa grosse voix. Sinon, c'était un grand type costaud. Ça, je m'en souviens bien.

Scarlett dut faire un effort pour conserver une expression neutre.

— Vous l'avez vu ?

— Oui, mais très vite. Après le départ du type, je suis allée me présenter à la réceptionniste, mais tout de suite après elle aussi est partie.

— Elle ? La réceptionniste ?

— Oui. Je voulais lui proposer de déjeuner ensemble de temps en temps. Mais, au moment où je suis sortie, elle était en train de fermer la porte. Je me suis présentée et elle a fait une drôle de tête. On aurait dit un lapin effrayé. Elle a marmonné quelque chose et elle a filé. C'est là que j'ai pensé que c'était peut-être des criminels. Mais j'ai eu peur de passer pour une vieille folle, si je les signalais.

— Vos soupçons étaient peut-être tout à fait fondés, dit Scarlett.

Elle ouvrit Google et lança une recherche sur Herbert Henson Trois. Parmi les résultats, elle sélectionna une copie de la photo suspendue au mur du cabinet de la famille.

— C'est cet homme-là ?

Mme Winston enleva ses lunettes pour regarder l'image de près.

— C'est bien lui, mais il n'était pas aussi bien habillé. Il portait un polo et un pantalon de treillis.

Elle se tut un moment, achevant de rassembler ses souvenirs.

— Il avait des gants. Des gants blancs qui dépassaient de sa poche arrière. Et aussi des chaussures de golf.

— Des chaussures de golf ?

— Oui. Blanc et noir. Avec des crampons. Mon défunt mari avait le même modèle, ajouta-t-elle, avec une moue triste.

Voyez-vous ça ! En fin de compte, Henson Trois ne retrouvait pas Maguire à la maison. Il se contentait probablement de déposer la clé et d'aller faire quelques trous, plutôt que de passer son après-midi dans une vieille maison moisie.

— Tout cela m'est d'un grand secours, madame Winston. Pouvez-vous me parler de la réceptionniste ?

— Disons, entre vingt-cinq et trente ans. Elle portait une casquette de base-ball, mais j'ai vu qu'elle avait des cheveux noirs. Elle était de taille moyenne, peut-être un mètre soixante-dix. Poids moyen. Je suis désolée, lieutenant. Elle était… moyenne.

— Non, non, ne soyez pas désolée. Vous nous avez été extrêmement utile. Vous vous souvenez de ses yeux ?

— Effrayés. Ils étaient peut-être marron ou bleu foncé. Je n'étais pas assez proche pour être certaine de la couleur.

— Pensez-vous pouvoir la décrire à un de nos dessinateurs ?

Winston se mordilla la lèvre.

— Je peux essayer. Vous ne serez pas obligée de lui dire que c'est moi qui ai fait sa description, n'est-ce pas ?

— Elle n'en saura rien, assura Scarlett. Puis-je vous appeler lorsque notre artiste sera disponible ? Si entre-temps vous voyez quelque chose ou si un détail vous revient, contactez-moi.

Elle tendit sa carte à Mme Winston, puis partit interroger les autres locataires du complexe. La comptable avait été la seule à voir quelqu'un circuler dans ces bureaux. Les autres avaient des théories variées quant aux activités de Maguire and Sons, et tous s'accordaient à dire que c'était louche.

En regagnant sa voiture, Scarlett avisa la pancarte du propriétaire de l'immeuble, sur le mur extérieur, qui annonçait les locaux vides disponibles à la location ou accessibles par crédit-bail. Elle composa leur numéro et croisa les doigts pour qu'ils se montrent coopératifs sans exiger de commission rogatoire. Parfois, elle avait de la chance.

— Grice Hill Realty, répondit une voix féminine nasillarde. Que puis-je faire pour vous ?

— Ici, le lieutenant Bishop, de la brigade des homicides de Cincinnati, dit Scarlett. J'espère que vous pourrez m'aider pour une de nos enquêtes. Pouvez-vous me donner des informations sur les locataires d'une de vos propriétés au 2826 Maple Street, unité 2-B ? C'est à Mount Carmel, Ohio.

— Si vous me donnez votre numéro de plaque, je serai ravie de vous rappeler pour vous communiquer cette information après avoir vérifié vos références.

Scarlett réprima un soupir. Mais la femme était dans son droit, elle énuméra donc le numéro de sa plaque, suivi de celui de son mobile.

— Merci beaucoup. C'est vraiment urgent. J'apprécierai toute la diligence dont vous pourrez faire preuve.

A la fin de la communication, Scarlett s'installa dans sa voiture, boucla sa ceinture et se détendit. *Crevée.* Elle détestait le week-end d'Halloween. C'était justement le moment qu'un satané tueur en série avait choisi pour commettre un crime. *Juste quand on est trop fatigués pour sortir du lit.*

C'était peut-être intentionnel, songea-t-elle avec lassitude. Peut-être avait-il précisément choisi ce week-end parce qu'il savait que les forces de police seraient accaparées par tous ces jeunes fêtards.

Elle commençait à consigner l'info dans son carnet, lorsque son mobile sonna.

— Bishop.

— Ici Carrie Washington.

Ça y est, les affaires sérieuses commencent. Washington était médecin légiste et elle était sacrément bonne.

— Vous avez quelque chose pour moi, Carrie ? Dites oui, je vous en prie.

— Et comment ! Votre partenaire et vous devriez venir ici aussitôt que possible.

— Je préviens l'agent Novak, tout de suite. Nous serons là au plus tôt.

Cincinnati, Ohio
Mardi 4 novembre, 13 h 20

Deacon arriva directement du lycée et laissa un Greg renfrogné patienter dans la salle d'attente. Puis il rejoignit Bishop qui faisait les cent pas devant la salle d'autopsie.

— Que se passe-t-il ?

— Je ne sais pas encore, répondit Bishop en lui lançant des lunettes et un masque. C'est pas très joli, là-dedans.

Deacon s'équipa, se protégeant les yeux, le nez et la bouche.

— Ça se sent d'ici. De toute façon, on ne pouvait pas s'attendre à autre chose. Pas avec dix cadavres à divers stades de décomposition. Alors, prête ?

Elle hocha la tête, au bord de la nausée.

— A trois.

Deacon la suivit à l'intérieur, soulagé d'avoir déjà digéré les œufs de son petit déjeuner. Enfin, pour l'essentiel. Il détestait la morgue presque autant qu'il avait détesté la découverte de ces nouvelles tombes anonymes.

Les deux tables d'autopsie étaient occupées. Carrie Washington examinait un corps allongé sur celle qui se trouvait près de la porte. Les boucles, d'un blond sale, semblaient familières à Deacon. Cette victime était la troisième qu'ils avaient exhumée. Elle avait été enterrée sous le revêtement de la salle au lit de camp.

Le médecin légiste leva la tête. Des lunettes aux verres grossissants agrandissaient artificiellement ses yeux noirs, au-dessus du masque blanc qui tranchait sur sa peau marron foncé.

— Nous avons identifié deux des corps que vous nous avez envoyés. Cette victime est Roxanne Dupree, vingt-deux ans, caucasienne, étudiante en dernière année à l'université de Miami. De tous les corps découverts jusqu'à présent, c'est la victime la plus récente. Elle était aussi…

Bishop intervint.

— Attendez. Vous voulez parler de Miami U, c'est ça ? Le Miami de l'Ohio. L'université de Miami est en Floride… Miami U se trouve à Oxford, pas très loin de Dayton, précisa-t-elle en se tournant vers Deacon.

La nuque de Deacon le picota.

— Je connais Miami, Ohio, murmura-t-il, étudiant le visage de la victime. J'y ai fait mon premier cycle.

Elle ne peut pas venir de Floride. Elle ne peut pas venir de la ville de Miami. Ça plaçait ce tueur beaucoup trop près de Faith. Encore.

— Non, lieutenant Bishop, je maintiens ce que j'ai dit, insista Washington. Il y a encore quatre semaines, cette victime était vivante et inscrite à l'université de Miami en *Floride.*

— Comment l'avez-vous identifiée ? demanda-t-elle. Et comment savez-vous qu'elle était vivante, il y a quatre semaines ?

— J'ai soumis ses empreintes à l'AFIS[1] et son nom est apparu presque tout de suite. Elle a fait un peu de vol à l'étalage. Elle a passé une nuit à la prison de Miami, il y a quatre semaines.

— Elle a fait de la prison pour vol à l'étalage ? répéta Bishop, incrédule.

— On peut demander à Vega de nous communiquer ses antécédents, dit Deacon. Il faut savoir si sa route a croisé celle de Faith à un moment donné. Dieu, j'espère que non.

— Vega est un lieutenant de la police de Miami avec qui nous travaillons, expliqua Bishop en voyant les sourcils de Washington se hausser, formulant une question muette. Devrions-nous lui demander de vérifier l'identité des autres corps que Tanaka a trouvés ? Le tueur les a peut-être enlevées ensemble, comme il l'a fait avec Corinne et Arianna.

1. Base de données nationale d'empreintes digitales réservée à la police et aux agences fédérales. (NdT)

— Vous pouvez et vous devriez, dit Washington. En revanche, je peux vous dire que Mlle Dupree n'a pas été enlevée avec les autres. Pas en même temps que celle-ci, par exemple.

Elle se déplaça vers la table suivante et se posta devant une autre jeune femme blonde, dont la vie avait été brutalement interrompue.

— Susan Simpson a disparu depuis deux étés.

Deacon et Bishop regardèrent d'abord Washington, puis le corps. La décomposition ne semblait pas assez avancée pour correspondre à cette époque.

— Vous en êtes certaine ? demanda Deacon.

— Elle a peut-être fugué ? suggéra Bishop. Elle est peut-être partie pour de longues vacances et a croisé la route de Dupree à Miami ?

Washington leva soigneusement la main de la femme et montra un tampon dont la couleur orange avait pâli.

— Elle a visité le parc Wild Wave Water. La fin de leur saison coïncide avec le Labor Day[1], la mort n'a pas pu avoir lieu plus tard. Par ailleurs, le Wild Wave a abandonné cette encre il y a deux ans.

Deacon fronça les sourcils en observant le corps. Il semblait en trop bon état pour être aussi ancien.

— Comment l'avez-vous identifiée ?

Washington reposa la main de la victime avec une douceur qui lui valut le respect de Deacon.

— Elle était flic. Elle venait juste d'intégrer le département du shérif, dans le comté de Butler.

— Je me souviens de cette affaire, dit Bishop. Sa photo était sur toutes les chaînes de télé, tous les murs de gare… Mais elle n'a pas l'air d'être morte depuis deux ans.

— C'est exactement pour ça que je vous ai fait venir. Ces femmes ont quelque chose en commun.

— Ouais, dit Deacon. Elles sont toutes blondes, âgées d'une vingtaine d'années environ. Et elles sont toutes mortes.

— Elles ont aussi été embaumées et préparées avec savoir-faire pour une inhumation, avec exposition du corps.

Washington retourna près du corps de Dupree et tira le drap.

— Elles ont également toutes subi une autopsie, précisa-t-elle. Les sutures sont très fines, elles ont été effectuées par quelqu'un de compétent.

Deacon se pencha pour mieux examiner le corps. De petits points couraient le long du torse de Dupree et formaient un Y sur sa poitrine.

— Ça a été fait par quelqu'un qui savait s'y prendre.

— Exactement. Tous les organes ont été prélevés, y compris leurs yeux. Les avez-vous trouvés ?

1. Fête du Travail, célébrée le premier lundi de septembre. (NdT)

— Non, répondit Bishop. On n'a rien trouvé de tel. En tout cas, pas encore. Soit il s'en est débarrassé, soit il les a dissimulés quelque part.

— Ça m'étonnerait qu'il les ait jetés, répliqua Washington. Si les incisions internes ont la même qualité que celles que nous voyons, ce type est un pro. Et même si elles ne sont que moitié aussi bonnes. S'il a mis tant de soin à extraire les organes de ses victimes, ce n'est sûrement pas pour les détruire.

— Pour commencer, j'aimerais bien comprendre ce qui l'a poussé à effectuer ces prélèvements, dit Bishop.

Washington tira le drap pour recouvrir le visage de Roxanne Dupree.

— Parce qu'il pouvait ? Parce qu'il voulait ? Parce qu'il aimait les regarder ? Faites votre choix.

Deacon recula, maîtrisa le flot de ses pensées.

— L'oncle Jeremy de Faith est chirurgien, dit-il.

— J'y pensais, justement, approuva Bishop en hochant la tête. Il t'a rappelé ?

— Il m'a laissé un message vocal, disant qu'il se rendrait disponible pour une entrevue.

— Se rendrait disponible ? C'est assez froid. A-t-il demandé des nouvelles de Faith ?

— Non. D'abord, je veux voir comment il vit. Après ça, j'irai à la faculté de médecine, parler à ses collègues et à ses étudiants. Pouvez-vous déterminer la cause du décès, docteur Washington ?

— Pas encore. Susan Simpson a une cicatrice sur le mollet. Sans doute une blessure par balle. Cet élément ne figure pas dans le rapport d'examen médical qu'elle a passé avant de prendre son poste au bureau du shérif. Elle a aussi des cicatrices identiques à l'arrière de ses deux cuisses. Des entailles profondes. Toutefois, aucune de ces blessures n'est la cause de la mort.

— Il cherchait à l'immobiliser. Il lui a peut-être d'abord tiré dessus pour la ralentir. Et ensuite il l'a estropiée pour l'empêcher de courir.

Voilà, c'est ainsi qu'agissait le monstre qui poursuivait Faith, songea-t-il sombrement. *Il devra d'abord me passer sur le corps.*

— Jusqu'à présent, il a enlevé trois étudiantes, dit Deacon. Roxanne, Arianna et Corinne.

— Mais Arianna n'est pas blonde, rappela Bishop. Alors, pourquoi elle ?

— Je crois qu'il s'est d'abord attaqué à Corinne, mais Arianna est revenue sur ses pas pour aider son amie. Il lui a tiré dessus, ensuite il l'a embarquée aussi. L'enlèvement d'Arianna n'était sans doute pas prévu. Un impondérable.

— Ça semble logique, dit Bishop. On sait que Corinne était militaire, son dossier est exemplaire. Quand j'ai fouillé ses affaires, j'ai trouvé des certificats et des médailles. Donc, pour résumer, Corinne et Susan respectent la loi, mais Roxanne a un casier. Toutes les trois ont en commun d'avoir été célibataires, blondes et d'appartenir à la même classe d'âge. Au-delà de ces éléments, on n'a rien. On doit se renseigner sur leurs matières principales, leurs loisirs, leur religion.

— Et savoir où et comment il les a enlevées, compléta Deacon. Il doit y avoir un schéma, quelque chose relie les victimes.

— Je vous informerai au fur et à mesure de mes progrès sur les identifications, annonça Washington. Et dès que j'arriverai à découvrir la cause des décès, bien sûr.

Deacon hocha la tête.

— Merci. Pour info, cet après-midi, j'attends un expert de la détection souterraine pour sonder la propriété des O'Bannion à la recherche d'autres corps.

— Je prie pour que vous n'en trouviez pas d'autres. Par humanité, bien sûr. Mais aussi parce que nous n'avons plus de place, dit Washington en montrant d'un geste une porte derrière elle. Même la chambre froide est pleine.

Deacon s'obligea à marcher jusqu'à la porte de la chambre froide sans écouter les protestations de ses pieds qui redoublaient à chaque pas. Ni son instinct qui s'insurgeait avec encore plus de véhémence. Il ouvrit la porte et franchit le seuil, remarquant à peine le froid ambiant.

Il avait envie de fermer les yeux. De s'enfuir loin de cet endroit. Mais il ancra ses pieds dans le sol et s'obligea à regarder. S'obligea à *voir*. Laissa libre cours à son émotion. Et permit à son cœur de se briser devant cet absurde gâchis.

Huit autres brancards remplissaient la pièce. Huit autres corps de femmes, toutes blondes, jeunes. Nues. A divers stades de décomposition. Huit autres jeunes femmes à qui on avait dérobé la vie.

Il entendit la porte s'ouvrir et se refermer derrière lui.

— Puis-je vous être utile, agent Novak ? demanda Carrie à voix basse.

— Pourquoi ne sont-elles pas couvertes ?

Il regretta immédiatement ses paroles. Le ton était accusateur, ce qui n'était pas dans ses intentions.

Mais Carrie ne sembla pas en prendre ombrage.

— Nous n'avons pas préparé ces victimes. J'ai demandé de l'aide aux comtés de Butler et de Warren. Les gens de Butler ont été ravis de nous prêter main-forte à cause de l'officier Simpson.

— Nous n'avons pas prévenu sa famille, dit-il d'une voix rauque.

Deacon avança de quelques pas dans la chambre froide pour se tenir au milieu des brancards, quatre de chaque côté. Il observa leurs visages. Les grava dans sa mémoire. Puis il ajouta :

— Les légistes ne peuvent pas faire de notifications aux familles ou de déclarations publiques avant qu'on leur ait donné l'autorisation.

— Les légistes connaissent leur obligation de réserve, dit-elle d'une voix tranquille, toujours sans se formaliser. Ne vous inquiétez pas, Deacon. Nous prendrons grand soin d'elles. Dès qu'elles seront préparées, elles seront recouvertes. Ces victimes retrouveront la dignité qu'on leur a volée.

Carrie Washington venait de gagner définitivement son respect.

— Je vous remercie.

Les yeux de Deacon le piquaient, son nez brûlait, en partie à cause de la puanteur, mais surtout à cause de ces larmes qu'il ne s'autorisait à verser qu'ici et maintenant. Une fois qu'il aurait quitté cette pièce, il devrait consacrer toute son énergie à traduire leur assassin devant la justice.

— Vous n'avez presque plus de place, reprit-il. Et nous n'avons presque plus de temps. Si toutefois il nous en reste.

— Vous pensez que Corinne Longstreet est morte ?

— S'il pense qu'il risque d'être découvert, c'est tout à fait plausible. Mon seul espoir qu'elle soit encore vivante, c'est ça, dit-il en embrassant les corps d'un large mouvement du bras. C'est un personnage qui suit une routine. Il voudra avoir ses petites affaires autour de lui. Ses outils. Il voudra pouvoir la torturer.

— Et préparer le corps après sa mort, ajouta Carrie, d'une voix à peine audible.

— Exactement. Il ne dispose pas de son matériel, pour l'instant. Et, s'il est encore en fuite, Corinne devient un danger en cas de contrôle. Il a pu tout simplement la tuer et larguer son corps quelque part, juste histoire de minimiser les risques.

Une partie de lui espérait qu'il en fût ainsi, c'était sans doute le mieux pour Corinne. Ce raisonnement lui inspira une peur de tous les diables. Qu'il en vienne à considérer qu'une mort rapide et sans douleur pour Corinne était la meilleure des issues prouvait l'ampleur de sa fatigue et de son épuisement émotionnel. Il avait besoin de dormir. De recharger ses batteries.

J'attendrai. Il puisa de la force dans l'idée que Faith dormait en sécurité dans sa chambre. Attendant son retour. C'était exactement ce qu'il fallait pour s'éloigner enfin de ces victimes, dont le douloureux calvaire imprégnait déjà son esprit. Comme toujours.

— Je suis prêt à y aller.

Deacon franchit le seuil de la chambre froide derrière Carrie Washington. S'il n'y prenait garde, l'intensité de son émotion l'empêcherait de réfléchir. Et il avait besoin de toutes ses facultés intellectuelles.

— Je garderai le contact, dit Washington. Ne vous faites pas de souci pour elles, Deacon.

— Merci.

Il tint la porte de la salle d'autopsie ouverte pour laisser passer Bishop.

Dès qu'ils furent de retour dans le couloir, ils se débarrassèrent des masques et des lunettes. Il renifla la manche de sa veste et grimaça.

— Merde. Je venais juste de faire nettoyer ce costume. Je dois rentrer à la maison pour prendre une douche et me changer.

— Pareil. Mais il y a des douches au central. C'est beaucoup plus près, insista-t-elle avec un regard qui en disait long. J'ai vu un costume de rechange dans ton casier de vestiaire. Tu n'es pas *obligé* de rentrer chez toi.

Mais cela lui était nécessaire. Malgré tous ses efforts, il n'était pas parvenu à chasser son chagrin en quittant la morgue. L'accablement pesait sur lui, écrasant ses épaules comme un joug, pressant douloureusement sa poitrine.

J'attendrai. Il avait besoin de voir Faith. De la voir, tout simplement. Et il n'avait nul besoin de se justifier devant Bishop. Malgré tout, il était content de pouvoir mettre en avant une excuse que sa partenaire serait prête à accepter.

— Je suis vraiment obligé de rentrer pour ramener Greg. Tout à l'heure, je n'ai pas pris le temps de le déposer parce que tu m'as dit que c'était urgent.

— Il est dans la salle d'attente ? demanda Bishop avec compassion. Qu'est-ce qu'il s'est passé au lycée ?

Deacon songea à la situation inextricable dans laquelle son frère s'était fourré. Et à la peine que Greg avait essayé d'éviter à Dani.

— Trop long à expliquer. On se retrouve au central dans quatre heures.

Elle lui lança un regard soupçonneux.

— Quatre ? Pourquoi ?

— Parce que, je ne sais pas pour toi mais, moi, j'ai besoin de quelques heures de sommeil.

Elle secoua la tête.

— On ne peut pas s'arrêter pour l'instant. On n'a toujours pas interrogé l'oncle flippant.

— Je sais. Mais je sais aussi qu'en ce moment je n'ai pas l'esprit assez aiguisé pour vraiment écouter ce qu'il aura à dire. Je ne veux pas rater une info cruciale parce que j'ai de la bouillie à la place du cerveau.

— Je suis fatiguée aussi, admit Bishop, à regret. Je vais faire un petit somme de quelques heures au poste.

— Bien. Après ça, on ira interroger oncle Jeremy et ensuite je veux explorer la maison O'Bannion de haut en bas. Il y a probablement un million d'endroits où il pourrait avoir entreposé le fruit de ses prélèvements. Et on doit absolument retrouver ses souvenirs.

— On est sûrs qu'il en a gardé ? demanda Bishop.

— Il conservait leurs corps sous du plexiglas transparent, Scarlett. Il voulait les voir. Revivre l'expérience entre les enlèvements. Il gardait des souvenirs, c'est évident.

— Et, le tueur de Virginie-Occidentale, il avait gardé quelque chose ?

— Des portefeuilles. Des permis de conduire. Des bijoux, des vêtements. Tout et n'importe quoi.

Deacon avait manipulé chacun des objets avec soin, s'était assuré qu'ils soient rendus aux familles.

— On a pu attribuer les objets à presque toutes ses victimes. Ça a permis d'accélérer leur identification.

Elle s'attarda un instant, l'observant avec attention.

— Tu les as toutes identifiées, c'est ça ?

— Avec l'aide d'un tas d'autres gens, ouais.

— Qui a parlé aux familles ?

— Je m'en suis chargé.

Il pivota sur ses talons et se dirigea vers l'entrée principale. Près de lui, Bishop marchait du même pas.

— T'as fait ça tout seul ?

— Non, pas toujours. Parfois, un autre agent travaillait avec moi. Parfois, mon chef m'accompagnait. Je crois qu'il cherchait surtout à évaluer mon état psychologique.

— Tu l'aimais bien, ton chef ?

Un demi-sourire incurva les lèvres de Deacon et la tension qui nouait son corps se relâcha un peu.

— Pas dans un premier temps. Il ne m'aimait pas non plus. Mais je me suis imposé petit à petit.

— J'ai entendu Isenberg dire aux gradés que ton ancien chef ne voulait pas te laisser partir. Que tu étais son bras droit.

Deacon lui jeta un coup d'œil.

— Merci. Même si ce n'est pas vrai.

Bishop haussa les épaules.

— Je ne t'aime pas encore assez pour essayer de te remonter le moral.

Il sourit plus franchement.

— Merci. J'avais bien besoin de ça, aussi.

— Je suis curieuse de savoir pourquoi tu es allé dans la chambre froide.

— J'avais besoin de les voir. J'avais besoin de connaître leurs visages.

Bishop soupira.

— Si tu laisses les morts te prendre la tête, tu te consumeras trop vite.

— Au début, je ne les laissais pas entrer dans mon esprit. Ensuite, j'ai réalisé que je ne voyais pas les morts comme des gens, mais juste comme des victimes. Des victimes qui se ressemblaient toutes. Ça m'a fichu une sacrée trouille, parce que ça me mettait trop près du monstre qui s'était attaqué à elles. Lui aussi les voyait comme de simples victimes. A ses yeux, elles étaient toutes interchangeables.

— Ça n'a rien à voir, protesta-t-elle. Nous ne les considérons pas comme des objets ou des conquêtes. Nous ne jouissons pas de leurs souffrances.

— Non, bien évidemment. Mais, pour me tenir à l'écart de cette souffrance, je devrais prendre de la distance, ne plus considérer les victimes comme des personnes. Alors, si je finis par craquer, je ferai autre chose, mais je refuse de faire mon boulot en ôtant aux victimes leur humanité. Leur assassin la leur a déjà volée. Je ne leur infligerai pas la même chose. Ni à moi-même, par ailleurs.

Cincinnati, Ohio
Mardi 4 novembre, 14 h 55

Des voix. Il y a quelqu'un. Soudain pleinement réveillée, Faith leva la tête avec prudence. Sa main se glissa sous l'oreiller de Novak et se referma sur la crosse de son arme. Elle distinguait une voix de femme, forte et énervée, et celle d'un homme, plus étouffée, plus calme. Aucun rapport avec les agents du FBI. Et ce n'était pas non plus Novak. Ça, c'était une certitude.

Après avoir descendu l'escalier, son bras armé plaqué le long du corps, elle jeta un coup d'œil dans le salon et s'immobilisa, surprise. Dani était en pleine discussion avec un grand jeune homme costaud, qui ressemblait à la fois à elle et à Novak. Les cheveux de l'ado, aussi noirs que ceux de Dani, étaient également traversés d'une mèche blanche aussi large, mais il avait choisi la courte coupe hérissée de Novak.

C'était sans doute le Greg qui avait des ennuis. Et qui était sourd, à en juger par leur conversation en langue des signes. L'échange houleux était ponctué de jurons prononcés à haute voix. Quoi qu'ait fait Greg, ça semblait grave. Les joues de Dani étaient sillonnées de larmes, son visage exprimait un mélange de peur et de colère. Surtout de peur, songea Faith, sans savoir comment leur venir en aide.

Où était Novak ? Pourquoi n'était-il pas là pour arbitrer le conflit ?

Finalement, Dani leva les mains en un geste de frustration, avant de jeter les bras autour de Greg et de l'étreindre de toutes ses forces.

— Espèce de stupide petit imbécile, dit-elle d'une voix hachée. Je t'aime.

Elle recula, lui prit le visage entre les mains et continua, un peu plus calme :

— Pourquoi as-tu fait une chose pareille ? Pourquoi as-tu mis ton avenir en jeu, de cette manière ? Ça se serait bien passé pour moi.

Il se libéra et signa sa réponse. Dani sanglota encore plus fort. Puis Greg prit sa sœur dans ses bras et tous les deux s'étreignirent longuement, en se berçant l'un l'autre, se consolant l'un l'autre.

La scène fit monter les larmes aux yeux de Faith. Ils étaient visiblement très proches et comptaient l'un sur l'autre pour se soutenir. Ils formaient une famille. *Mais où est Deacon ?*

Avec l'impression d'être une intruse, ce qui n'était que la réalité, Faith recula. *Une intruse armée, qui plus est,* songea-t-elle. Novak serait certainement irrité de découvrir qu'elle avait menacé la sécurité de sa famille en se glissant près d'eux avec une arme.

Elle remonta donc l'escalier sur la pointe des pieds jusqu'à la chambre, puis glissa son pistolet dans son sac.

— Je peux vous procurer un autre holster, si vous voulez, dit Novak, à voix basse, derrière elle.

Elle pivota. Et resta bouche bée. Il se tenait sur le seuil de la salle de bains attenante, uniquement vêtu d'une serviette. Les cheveux humides étaient encore plus hérissés et des gouttes d'eau s'accrochaient encore à l'extrémité des poils blancs de son torse.

Ces poils dont elle connaissait déjà la douceur.

Les jambes ne le cédaient en rien à la poitrine, la peau tout aussi bronzée que le reste du corps, les cuisses aussi solides que des troncs d'arbre. Elle pensa à la photo qui le représentait avec Dani, ados, souriant tous deux à l'objectif sur leurs vélos. Manifestement, c'était un sport qu'il avait continué à pratiquer.

— Je ne voulais pas vous surprendre, dit-il, d'une voix unie, comme pour apaiser un animal sauvage.

Elle regarda le lit à la dérobée, les draps devaient avoir gardé la chaleur de son corps. Cela faisait à peine une minute qu'elle l'avait quitté. Deux, tout au plus. Qu'il ait pénétré dans la chambre pendant qu'elle dormait ne l'ennuyait pas. En revanche, savoir qu'elle n'avait pas détecté sa présence lui semblait bien plus inquiétant.

— Comment êtes-vous entré ? J'étais juste là. Je vous aurais entendu si vous aviez pris une douche. Je me serais réveillé.

— J'ai utilisé la douche de la chambre de Dani, mais j'ai oublié de prendre un boxer, expliqua-t-il en rougissant. J'allais demander à Dani d'aller me le chercher, mais je vous ai vue descendre. Je me suis dit qu'elle vous présenterait à Greg et que vous bavarderiez un moment, ce qui me laissait le temps de m'habiller et de repartir avant votre retour.

Il haussa les épaules d'un geste gauche. *Craquant*, songea-t-elle.

— Mais vous êtes revenue trop vite, continua-t-il. Et vous étiez armée. J'ai pensé qu'il valait mieux ne pas vous faire sursauter avant que vous n'ayez posé ce flingue.

Elle tentait de ne pas détailler le corps de Novak et d'éviter surtout cette serviette, nouée si bas sur les hanches. Parce qu'elle avait senti ce que dissimulait le tissu-éponge. De très près et très intimement. Elle s'éclaircit la gorge mais, quand elle reprit la parole, sa voix était encore voilée.

— Il est vrai que, se faire tirer dessus deux fois dans la même journée, ce serait vraiment nul.

Il ne sourit pas.

— Oui, ce serait vraiment nul. Pourquoi avez-vous quitté la chambre avec une arme ?

— J'ai entendu des voix.

— Vous êtes donc allée enquêter, malgré les recommandations des agents qui vous ont demandé de rester dans cette chambre ?

— Evidemment, dit-elle avec légèreté, espérant le faire sourire.

Mais, lorsqu'elle regarda de nouveau le visage de Novak, elle détecta une lueur de souffrance dans les yeux dépareillés. Elle avança d'un pas vers lui, puis s'arrêta. Si elle approchait trop, elle se retrouverait au creux de ces bras solides. Et, cette fois, elle n'était pas certaine d'avoir assez de volonté pour s'arrêter.

— Que s'est-il passé, Deacon ?

— A l'école ou à la morgue ?

Elle expira longuement.

— Vous êtes allé à la morgue ?

— Ouais.

Il ouvrit un tiroir et en sortit un boxer en soie noire, ponctuée de petites flammes rouges.

— C'est d'ailleurs pour ça que j'ai dû rentrer prendre une douche et me changer.

Il disparut dans son dressing, et Faith s'assit lentement au bord du lit, songeant aux cadavres qu'ils avaient trouvés sous le carrelage du sous-sol. Sous du plexiglas.

Elle avait songé avec compassion au travail des médecins légistes, mais elle n'avait pas imaginé que l'enquête de Deacon l'amènerait à examiner les cadavres de si près. Pourtant, elle aurait dû le savoir. Il n'aurait laissé cette tâche cruciale à personne d'autre.

La photo de Novak qui illustrait cet ancien article s'imposa à l'esprit de Faith. Il avait souffert pour les victimes qu'il venait de voir à la morgue, comme il avait souffert pour celles qui étaient enfouies sur ce flanc de colline en Virginie-Occidentale.

Il émergea de la penderie, vêtu d'un pantalon et d'une chemise boutonnée jusqu'en haut. Une cravate pendait à l'index de chaque main.

— Bleu ou rouge ?

Elle se leva sur des jambes flageolantes, mais se força à sourire en l'approchant. Après avoir pris les cravates, elle les souleva, lui encadrant le visage.

— La bleue. Elle est assortie à vos yeux.

Sans un mot, il prit la cravate qu'elle avait choisie et commença à la nouer. Il semblait tendu. Sur les nerfs. Son tigre faisait les cent pas derrière les barreaux d'une cage invisible.

Mon tigre ? Oui. Il était *son* tigre, que ça soit raisonnable ou pas.

Elle attendit qu'il ait ajusté la cravate sous son col, puis lui prit la main.

— Je n'ai jamais appris à nouer les cravates, mais je suis une boutonneuse de première, murmura-t-elle en baissant la tête sur la manchette gauche.

Lorsqu'elle en eut terminé, il lui tendit le poignet droit en silence.

— Vous allez vraiment me trouver un holster ? demanda-t-elle d'un ton léger. Vous réalisez que vous m'encouragez à m'enfourailler.

Le coin des lèvres de Deacon se retroussa, mais il persistait une forme de distance dans son expression, qu'elle tenait à effacer.

— Si vous commencez à parler comme dans un vieux polar, je vais devoir me dégotter un feutre. Plus personne ne dit « enfouraillé », de nos jours.

Elle frôla les phalanges bronzées de ses lèvres.

— Lily est une fan des grands classiques. C'est elle qui utilise cette expression. D'ailleurs, elle l'a fait aussi.

Les sourcils blancs se haussèrent de surprise.

— Elle s'est enfouraillée ?

— Depuis l'attaque de papa. Quand il a perdu une partie de sa mobilité, elle ne s'est plus sentie à l'aise chez eux. Et encore moins depuis la sortie de prison de Combs.

— Je croyais que vous leur aviez caché que Combs vous harcelait.

— C'est vrai, mais je lui ai dit qu'il était sorti de prison. J'ai essayé de lui faire peur en parlant de généralités, pour qu'elle reste sur ses gardes. Apparemment, j'ai été assez convaincante pour qu'elle achète une arme, alors que mon père les a en horreur. En revanche, elle ignore le meurtre de Gordon et les différentes tentatives… vous savez.

— Pour vous tuer, compléta-t-il froidement.

— Ouais. C'est ça, dit-elle en soupirant. Désolée. Visiblement, je n'arrive pas à alléger votre humeur.

Elle essaya de lui lâcher la main, mais il la retint, entrelaçant leurs doigts. Cette fois, il porta sa main jusqu'à ses propres lèvres et, comme elle le fixait, subjuguée, il lui embrassa les doigts l'un après l'autre.

— Au moins, vous avez essayé et c'est l'une des meilleures choses qu'on ait faites pour moi, dit-il.

Personne n'essayait d'alléger le fardeau que cet homme portait sur ses épaules. Cette pensée lui brisa le cœur.

— Que s'est-il passé à l'école, Deacon ?

— Laquelle ?

Il fallut une minute à Faith pour se souvenir qu'il avait prévu de s'arrêter à King's College avant le rendez-vous avec la principale de son frère.

— Je pensais au lycée de Greg, mais je veux bien savoir ce qui s'est passé aux deux endroits.

— Il semble que Corinne ait été la première cible. Arianna peut avoir essayé de la sauver.

Il a besoin de me parler de cette affaire, mais il ne veut pas se le permettre. Une bouffée de terreur l'envahit.

— Ont-ils trouvé d'autres corps, Deacon ?

Le chagrin assombrit le regard bicolore. Soudain, elle le revit comme sur cette photo, parmi les tombes.

— Oui. Sept de plus.

Elle lui agrippa la main et la retint.

— Vous avez trouvé dix victimes dans la cave ?

— Pour l'instant. Il pourrait y en avoir plus. Nous allons être obligés de fouiller votre propriété.

Exactement comme dans l'affaire de Virginie-Occidentale.

— Oh ! mon Dieu, dit-elle à voix basse. Je suis désolée.

Il se rembrunit.

— Faith, ce n'est pas vous qui les avez mises là-bas.

— Je le sais, mais je suis désolée que vous ayez eu à les trouver.

Intrigué, il pencha la tête.

— Que voulez-vous dire ?

Elle hésita.

— Dans un des articles sur la fusillade à mon hôtel, il y avait un lien sur votre nom qui renvoyait à cette affaire de l'année dernière, en Virginie-Occidentale. Vous avez dû travailler sur des tombes multiples.

— Vous avez vu la photo, dit-il, la gorge nouée. Je déteste le type qui a pris cette photo.

— Je sais, dit-elle doucement. J'ai aussi détesté le type qui a pris une photo de moi. Celle qui a fait les gros titres de tous les reportages sur le procès de Combs. On l'a prise au moment où je quittais l'hôpital, après qu'il m'avait tailladé la gorge. J'avais un air hagard et terrifié. Chaque fois que je voyais cette photo, c'était comme si Combs s'attaquait de nouveau à moi.

— Vous aviez l'air terrifié et vous aviez de bonnes raisons. Mais pas hagard.

Les joues de Faith s'enflammèrent.

— Vous l'avez vue ?

Elle prit une petite inspiration en le voyant hocher la tête avec prudence.

— C'est la même chose, Deacon. Que les gens me voient ainsi m'embarrasse. J'ai l'air horrible. Et j'ai l'air de mourir de peur. Mais que *vous* m'ayez vue ainsi… Je déteste l'idée que cette photo de moi existe dans votre esprit, parce qu'une fois qu'on l'a en tête elle ne s'en va jamais. C'est la même chose avec le photographe qui a pris ce cliché de vous. Il vous a surpris dans un moment de souffrance qui aurait dû rester privé. Je déteste l'idée que vous ayez dû vivre cette expérience mais, en voyant à quel point vous étiez touché par les souffrances des victimes… j'ai eu l'impression d'avoir eu un aperçu du vrai Deacon Novak. J'ai vécu cela comme un privilège.

Il resta trop silencieux, un peu trop longtemps, et Faith se demanda si elle en avait trop dit. Mais il prit la parole, d'une voix voilée. Profonde. Comme du velours sur sa peau.

— J'ai lu votre mail.

J'attendrai. Elle baissa les yeux sur ses pieds, frappée d'un brusque accès de timidité.

— Je venais juste de voir la fameuse photo. J'avais envie de vous réconforter. Comme vous l'avez fait pour moi. Vous aviez l'air tellement solitaire.

— Faith, regardez-moi, chuchota-t-il.

Rassemblant son courage, elle croisa son regard. Et expira lentement. Il la fixait comme si elle était une bouée de sauvetage en pleine mer.

— J'étais seul, ce jour-là, admit-il à voix si basse qu'elle dut tendre l'oreille pour comprendre ses paroles. J'ai été seul pendant des années. Mais ce matin…

Il s'interrompit et déglutit avec peine, puis ajouta :

— Personne ne m'a jamais attendu.

Elle lui effleura le visage, suivit la courbe de ses lèvres et les trouva douces. Jusqu'à ce qu'il l'embrasse. Alors, elles se firent aussi dures que le reste de sa personne.

— Comment ça a pu arriver ? murmura-t-elle. Comment quelqu'un comme vous peut-il se retrouver seul ?

— Je pense la même chose de vous. Je pense aussi que, si vous ne voulez pas que je recommence à vous embrasser, il faut me le dire maintenant. Parce que je n'avais que ça en tête en rentrant à la maison.

Elle se percha sur la pointe des pieds, effleurant ses lèvres d'un baiser.

— Comme ça ?

— Vous êtes loin du compte, gronda-t-il.

Puis sa bouche s'écrasa sur la sienne, dure et brûlante, et plus merveilleuse que dans son souvenir. Les mains de Deacon s'ancrèrent dans ses cheveux avec tant de passion que c'était presque douloureux. Il lui pencha la tête d'un côté, puis de l'autre, l'embrassant comme s'il mourait de faim. Elle passa les bras autour de son cou et lui rendit son baiser, consciente du corps de Deacon contre le sien. Dans sa totalité.

Il était déjà en érection, la saillie drue qui tendait son pantalon était trop tentante. Elle se mit sur la pointe des pieds pour mieux se presser contre lui, satisfaire cette envie de le sentir contre elle, cherchant le courage de saisir les revers de la chemise à pleines mains et de l'attirer sur le lit.

Mais, si elle se laissait aller, il pourrait penser… quoi ? Qu'elle le désirait aussi ? Parce que c'était la vérité. Elle le désirait trop, à en perdre la tête. *C'est dément, Faith. Complètement dément.*

— C'est dingue, chuchota-t-elle contre les lèvres de Deacon.

— Je sais.

La bouche de Deacon reprit possession de la sienne, pendant qu'il la faisait reculer. Trois pas plus tard, l'arrière de ses jambes heurta quelque chose de solide, puis elle bascula sur le matelas moelleux. Il l'accompagna dans sa chute et logea les hanches entre ses cuisses. Il fit courir la main le long de son corps, le pouce caressa le côté de son sein avant de continuer plus bas, jouant avec l'ourlet de son chemisier.

Elle retint son souffle, le corps tendu pendant qu'elle attendait qu'il touche enfin sa peau. Il hésitait aussi, puis glissa le pouce sous l'étoffe, allumant la peau de sa cage thoracique. Il leva la tête et elle murmura une protestation contre le défaut de sa bouche chaude.

Jusqu'à ce qu'elle se rende compte qu'il la regardait, affamé. Mais patient. Attendant sa permission.

— Oui. S'il te plaît.

Les mots s'échappèrent de sa bouche en un souffle précipité, son cœur cognait dans sa poitrine. Centimètre après centimètre, il écarta lentement le tissu, traçant un sentier de baisers vers le bas, léchant chaque côte qu'il dénudait. Elle retint de nouveau son souffle au moment où la soie du chemisier glissa, dévoilant son soutien-gorge.

— Mmm, murmura-t-il. Joli.

Il lécha le renflement de chaque sein gonflé par le bonnet de lingerie.

— Je savais qu'ils étaient merveilleux. J'ai jeté un petit coup d'œil, cette nuit.

Elle écarquilla les yeux en l'entendant admettre son indiscrétion.

— Pardon ?

— Vous vous êtes penchée en avant. Je n'ai pas pu résister. Et, à ce moment-là, j'ai eu envie de les sentir sous mes lèvres.

Il batailla avec l'agrafe qui reliait les deux bonnets et parvint à la faire sauter à la troisième tentative. Sa bouche forma un pli égrillard et elle fut parcourue d'un long frisson.

— Je voulais faire aussi autre chose.

Il baissa la tête, referma la bouche sur son mamelon et l'aspira. Avec force.

Elle hoqueta, ses hanches se cabrèrent contre lui.

— Recommence. S'il te plaît.

Il souffla sur le téton humide. Lorsqu'il prit l'autre dans sa bouche, elle se cambra contre lui. Il leva la tête pour mieux admirer ses seins.

— C'est fou ce que tu me fais…

— Oui ?

Elle arqua le dos, puis lui saisit la nuque et l'attira de nouveau vers ses seins.

— Qu'est-ce que je te fais ?

— Tu me fais perdre la tête. J'ai tellement envie de toi que je ne peux plus penser.

Il posa une main en coupe autour d'un de ses seins, éprouva son poids, roula le téton entre le pouce et l'index. Les hanches de Faith se cabrèrent de plus belle, elle se frotta contre le torse rude, comme elle aurait voulu le faire contre son érection.

Elle avait aussi envie de lui. Voulait le sentir en elle. Voulait savoir comment serait le sexe avec un homme qui la désirait avec autant d'intensité.

— Tout le long du chemin du retour, j'ai pensé à ça. A t'embrasser. A sucer tes seins. A te goûter encore, chuchota-t-il, d'une voix profonde.

Son corps se crispa et elle s'arqua d nouveau, se pressant contre lui, entre invitation et prière.

— Oui.

Leurs regards se croisèrent et il en eut le souffle coupé. Il la scruta en quête de vérité, puis roula sur lui-même, s'écartant juste assez pour faire descendre son jean le long de ses hanches et de ses jambes.

— Jolie.

Il se baissa plus bas et frotta le visage contre la dentelle de sa culotte.

— Tu mouilles, Faith ?

— Oui, chuchota-t-elle, à peine audible. Tu me donnes envie de toi.

Les yeux bicolores flamboyèrent et elle projeta ses hanches vers lui. Cette fois, il la surprit en faisant descendre son slip le long de ses jambes… Elle retint son souffle en prévision d'une tempête, mais ne reçut qu'un petit coup de langue qui faillit l'envoyer en orbite. Il la lécha en douceur.

— Tu as si bon goût. Je le savais.

— Encore. Je t'en prie.

Il ne parvint plus à se contrôler plus longtemps et l'explora d'une langue dure. Il la mordilla. La lécha longuement et profondément jusqu'à ce qu'elle ne puisse plus aligner deux pensées cohérentes. D'ailleurs, elle ne le souhaitait pas. Il ajouta un doigt, coulissant en elle d'avant en arrière, pendant que sa bouche faisait les choses les plus étonnantes. Il aspira son clitoris entre ses lèvres et le suça jusqu'à ce qu'elle vienne, emportée par une lame silencieuse. Mais il continua à laper, comme un chat. Comme un chat géant. *Mon tigre.*

Lorsque ses frissons s'atténuèrent, il remonta le long de son torse à petits coups de langue, atteignit un de ses seins dont il suça le mamelon, avant de passer à l'autre, puis il posa la tête sur l'oreiller près de la sienne. Elle remarqua qu'il semblait avoir les yeux plus brillants. Ils paraissaient étinceler, la ligne de démarcation entre le bleu et le marron pétillait comme un cierge magique du 4 Juillet.

Elle sentait l'érection majestueuse palpiter contre sa jambe et elle roula contre lui, tendant une main gourmande. Les yeux si singuliers flamboyèrent, comme elle le caressait, mesurant à quel point il était long.

— J'ai envie de toi, dit-il en fermant les yeux. Oh ! mon Dieu ! comme j'ai envie de toi !

Elle déglutit avec effort, chavirée par ses lèvres humides.

— Je veux te sentir, dit-elle.

Elle ouvrit la braguette de son pantalon, fredonnant sa jubilation quand il remplit sa main.

— Trop de couches de vêtements, Deacon, souffla-t-elle.

— Si je les enlève, je vais te prendre.

Elle lui lécha les lèvres, y trouva son propre goût.

— Enlève-les. Je t'en prie.

Sans autre invitation, il se releva d'un bond, se débarrassa de ses vêtements, puis rampa vers elle, tel un grand et bel animal. *Qui me désire.* Elle tendit la main vers lui et le caressa.

— Tu as un préservatif ? Pas moi.

— J'en ai.

Il en trouva un dans son tiroir et s'empressa de l'enfiler, ce qui la déçut un peu.

— J'avais envie de le faire. La prochaine fois, laisse-moi m'en occuper. Mais maintenant dépêche-toi, Deacon.

Elle ferma les yeux et attendit. Il entra en elle lentement, la pénétrant peu à peu.

— Tu es étroite. Je ne veux pas te faire mal, dit-il, le souffle court. Tu es vraiment sûre, Faith ?

Elle leva les yeux vers son beau visage, muscles tendus. L'attendant.

— Je suis sûre. Viens…

Elle hoqueta quand il s'enfonça en elle, déclenchant une vague de plaisir qui fit chavirer tout son corps.

Il grogna.

— C'est tellement bon. Je veux prendre mon temps.

— Ne va pas doucement. J'ai besoin que tu ailles vite.

Elle creusa les reins, se décollant du matelas quand il s'exécuta, plongeant avec ardeur en elle, encore et encore. Ses ongles s'enfoncèrent dans le dos musclé, elle se désintégra de nouveau, son sourd gémissement étouffé par la bouche de Deacon. Il la sidéra en augmentant encore la cadence, chaque poussée plus profonde, puis il reprit possession de sa bouche quand le plaisir le fit basculer, le corps parcouru de longues secousses.

Encore frémissant, il enfouit le visage dans le creux de son épaule.

— Oh ! mon Dieu, dit-il en haletant. J'en avais besoin. J'avais besoin de toi.

— Moi aussi, j'ai besoin de toi.

Elle passa les mains dans les cheveux blancs, laissant courir ses ongles sur le crâne. Un autre frisson le secoua. Puis il s'immobilisa. Ouvrit les yeux et la regarda.

Faith songea qu'elle pourrait contempler ses yeux pendant des heures, admirant le tourbillon des couleurs.

— Qu'est-ce qui les rend comme ça ?

Il se figea, son corps devint soudain pesant contre le sien.

— Rend quoi comment ?

Oh ! non. Il ne pouvait pas prendre de la distance avec elle, alors qu'elle était allongée dans son lit, les seins pressés contre son torse, et qu'il était encore profondément enfoui en elle.

— Je n'ai jamais vu d'yeux comme les tiens, de toute ma vie.

— C'est une mutation génétique, dit-il laconiquement. C'est vendu avec les cheveux.

Sa question avait déclenché quelque chose de déplaisant. Du bout des doigts, elle dessina la ligne des lèvres pincées.

— Le tigre blanc a aussi eu droit à une mutation, mais ce qui le rend différent en fait aussi le plus bel animal de la jungle.

Son expression s'allégea, même si elle était encore sombre.

— Aux yeux de certains.

— Aux miens, en tout cas. Et qui d'autre est dans cette pièce ?

— Juste toi, murmura-t-il. Seulement toi. Comment est-ce arrivé ?

— Je ne sais pas. Je continue à penser que c'est dingue. Que je n'ai jamais rien ressenti d'aussi fort, aussi vite.

— C'est la même chose pour moi.

Il frissonna de nouveau quand elle laissa traîner nonchalamment les ongles sur son crâne.

— J'en avais besoin. J'avais terriblement besoin de toi. Je peux repartir maintenant. Merci.

Il roula sur lui-même pour se relever et disparut dans la salle de bains. Soudain mal à l'aise, elle se redressa et s'assit au bord du lit. Elle rattachait l'agrafe de son soutien-gorge, lorsqu'il apparut dans l'embrasure de la porte. Grand, large d'épaules et magnifiquement nu. La peau bronze… partout. Lorsqu'il franchit le seuil pour venir la rejoindre, elle fut subjuguée par le roulement et l'ondulation des muscles, son cœur se remit à palpiter.

Les joues empourprées, elle ajusta son chemisier, consciente du regard attentif qui suivait chacun de ses mouvements.

— Tu regrettes ce que nous avons fait ? demanda-t-il.

— Non. Pas du tout. Mais… je ne fais pas ce genre de choses. Je n'ai pas l'habitude de coucher avec des hommes que je connais depuis à peine une journée. Je ne veux pas que tu penses que c'est une habitude chez moi.

— Tu as peur de baisser dans mon estime ?

— Bien sûr. Mais quelque chose m'inquiète beaucoup plus, je crains que ce ne soit qu'une manière pour moi d'éviter ce qui se passe en ce moment… La maison, Combs, les cadavres qui s'empilent partout autour de moi. Et si je me servais de toi comme échappatoire ? Je ne veux pas te faire de…

Il l'embrassa.

— Chut. Pour l'instant, contentons-nous de jouir du fait que nous sommes là l'un pour l'autre. On résoudra les problèmes au fur et à mesure. Reste ici. Je dois discuter avec les agents en bas. Je reviens tout de suite.

Après avoir enfilé son pantalon et sa chemise, qu'il laissa ouverte, il se glissa hors de la pièce et referma la porte derrière lui. Quelques minutes plus tard, il était de retour, son téléphone dans une main et son arme dans l'autre.

— Je les avais laissés dans la chambre de Dani, dit-il. J'étais rentré pour prendre une douche et dormir quelques heures, mais je devais d'abord relever mes messages.

— Des nouvelles victimes ?

— Non, Dieu soit loué.

Il posa le téléphone et l'arme sur la table de nuit, près de son sac à main. Puis il lui enleva rapidement son chemisier et son soutien-gorge, se débarrassa de ses propres vêtements, et l'attira de nouveau dans le lit, tout contre lui.

— Dors avec moi, Faith.

Cette invitation, murmurée d'une voix chaude et rauque, la fit frissonner. Elle se blottit contre lui, posa la tête sur son épaule, même si elle n'était plus fatiguée. Lui n'avait pas du tout dormi, alors elle se contenta de caresser les poils de son torse en écoutant sa respiration devenir plus égale, pendant que son propre esprit s'apaisait en même temps.

Jusqu'à ce que son regard tombe sur l'arme de Deacon, ce qui lui rappela qu'elle avait sorti la sienne parce qu'elle avait entendu des voix au rez-de-chaussée. Dani et Greg. *Qui se trouvaient en bas depuis tout ce temps.*

Elle tressaillit vivement.

— Zut, lâcha-t-elle, sans bruit.

— Que se passe-t-il ? demanda-t-il, les mots étant plus un grondement dans sa poitrine que des sons sortis de sa gorge.

— Juste que ton frère et ta sœur étaient en bas pendant qu'on… tu sais.

— Dani est repartie aux urgences. Elle est de service aujourd'hui. Pope patrouille dehors et Colby est dans la cuisine, trop loin pour entendre quoi que ce soit. Quant à Greg, il est vautré par terre devant la télé.

Il y eut un bref silence, suivi de ce qui ressemblait à un aveu :

— Lui aussi a eu une rude matinée.

— Que s'est-il passé dans le bureau de la principale, Deacon ?

Il soupira.

— Greg a fait quelque chose de stupide pour une très bonne raison.

J'aurais aimé qu'il me fasse assez confiance pour me dire ce qui se passait, mais il a eu peur. Il ne me connaît pas vraiment. Pas encore.

Faith se rappela la dispute entre Greg et Dani. Greg l'avait protégée, ce qui était sans doute la chose stupide pour une bonne raison.

— Vous ne vous connaissez pas, mais pourquoi ?

— Parce que, mon oncle et moi, nous ne nous sommes jamais bien entendus. Il a toujours insisté pour que je laisse l'éducation des enfants à tante Tammy et à lui. Je n'étais pas d'accord. En fait, je me suis opposé à Jim pour la garde de Greg, après la mort de maman et de Bruce, mais Jim a gagné.

Elle lui caressa le torse, essayant de l'apaiser.

— Tu n'avais que dix-huit ans.

— Je sais. Après être entré au Bureau, j'ai encore essayé d'obtenir la garde de Greg. Deux fois. Le juge a toujours considéré que le foyer de Jim et Tammy était préférable au mien. Mais, quand Greg a commencé à se rebeller au collège, Jim s'est montré tout disposé à l'envoyer me rejoindre dans le Maryland.

— Quand il est devenu un désagrément.

— Jim ne serait pas d'accord avec cette qualification, mais c'est bien ainsi que je l'ai interprété. Greg était déjà incontrôlable. Il a commencé à fréquenter une bande et s'est fait renvoyer de son école du Maryland, alors Dani l'a ramené à Cincinnati et je suis rentré, moi aussi, pour essayer de repartir du bon pied avec lui. Mais cette fois… il pourrait avoir de sérieux ennuis et je ne sais pas quoi faire.

Il semblait aussi perdu qu'elle, la nuit précédente.

— Que puis-je faire pour t'aider, Deacon ?

— Juste être là, murmura-t-il, le nez enfoui dans ses cheveux.

Le cœur de Faith fondit.

— Ça, je peux le faire. Endors-toi.

Elle se blottit contre lui et l'écouta respirer, tout en fixant le téléphone sur la table de nuit, le défiant de sonner et de le déranger.

Il commençait à ronfler doucement, quand le téléphone releva le défi de Faith et sonna. Deacon sortit du sommeil en souplesse, comme s'il avait une longue pratique des réveils en sursaut.

— Novak.

Il écouta.

— Je serai là avec elle dans une demi-heure. On se retrouve là-bas.

Après avoir raccroché, il quitta le lit à regret.

— Habille-toi, dit-il à Faith. Arianna Escobar est réveillée et refuse de parler à qui que ce soit, hormis toi.

20

Est du Kentucky
Mardi 4 novembre, 16 heures

Corinne se laissa tomber sur une souche, complètement épuisée. En quatre heures, elles avaient parcouru environ cent cinquante mètres. Malheureusement, elles avaient parcouru ces mêmes cent cinquante mètres, cinq fois. Roza marchait, puis s'arrêtait, avant de repartir en courant, comme si une laisse la rivait à la cabane.

Corinne était très tentée de l'assommer de nouveau. Pour le bien de la gamine. *Pour mon propre bien, aussi.* Elles auraient pu être loin d'ici, à cet instant. Elles auraient pu être à l'abri.

Roza l'avait suppliée de la laisser sur place, mais ce n'était pas une option envisageable.

Je refuse d'abandonner cette enfant, même si ça doit nous tuer toutes les deux. Corinne se traîna jusqu'à la cabane. Roza était assise sur la marche, tête baissée, visiblement découragée.

— Roza, qu'est-ce que je dois faire pour t'éloigner d'ici ? Ce n'est pas ta maison.

— Je ne sais pas ! bredouilla la jeune fille. C'est trop…

Ce ne sont que quelques arbres. Le soleil. L'herbe verte et une feuille qui tombe de temps à autre. Le vent. En réalité, c'était beaucoup, comprit Corinne. Pour une gamine qui n'était jamais sortie de cette cave, c'était beaucoup à gérer dans un très court laps de temps. Elle s'accroupit et prit les mains de Roza entre les siennes.

— Tu me fais confiance, Roza ?

— Je vais finir par te faire tuer. Va-t'en. S'il te plaît.

— Non, je ne pars pas sans toi.

Roza explosa.

— Et pourquoi pas ? Je ne suis personne. Je n'ai aucune importance. Je ne suis rien. Je n'en vaux pas la peine, conclut-elle dans un murmure.

Corinne en eut les larmes aux yeux.

— Tu es Firoza. Tu es importante. Tu as sauvé ma meilleure amie. Tu as pris soin de moi, insista-t-elle en serrant les petites mains. Tu en vaux largement la peine. Est-ce que tu me fais confiance ?

Elle n'obtint pour seule réponse qu'un petit hochement de tête découragé.

— As-tu assez confiance en moi pour me laisser te bander les yeux ?

Roza leva la tête d'un geste brusque, manifestement inquiète.

— Quoi ?

— Tu éprouves ce qu'on appelle une surcharge sensorielle. Les couleurs, les sons, les odeurs. Le vent. C'est trop d'un seul coup. C'est normal que tu te sentes dépassée. Si tu me laisses te bander les yeux, il fera noir, comme avant. Tu n'auras peut-être plus si peur.

Sourcils froncés, Roza protesta :

— Mais je vais tomber.

— Eh bien, je te relèverai. Tu veux qu'on essaie ? Je t'en prie.

Roza hésita, puis finit par se décider.

— D'accord.

— D'accord. Parfait.

Corinne se servit d'un des couteaux trouvés dans la cuisine pour découper une mince bande de tissu dans la couverture, puis la lui tendit.

— Tu veux mettre le bandeau toi-même ?

Roza déglutit avec effort. Acquiesça d'un signe de tête. Se couvrit les yeux et noua la lanière de tissu derrière sa tête.

— Bien.

Corinne se leva. Après avoir glissé le couteau dans sa manche, de manière à pouvoir s'en saisir rapidement, elle jeta le baluchon sur son épaule.

— Donne-moi la main, dit-elle à la jeune fille.

Roza tendit la main, mais sursauta aussitôt, prise d'une soudaine inquiétude.

Corinne l'entendit aussi. Un bruit de moteur. *Oh ! non. Mon Dieu, non.*

— Il arrive, c'est ça ? demanda Roza, effrayée.

— On doit courir. Passe ton bras autour de mon cou.

— Tu ne peux pas me porter.

— Je ne le laisserai pas te reprendre. *Fais ce que je te dis !*

Sans attendre que Roza obéisse, Corinne lui saisit le bras, le passa autour de son cou et se mit à courir en direction des bois, derrière la cabane.

Loin de la route. Elle escalada une petite butte, dévala la pente de l'autre côté, halant Roza et la portant à moitié. Ses poumons semblaient prêts à exploser, elle s'écroula, entraînant la petite dans sa chute, et la retint pour l'empêcher de se relever. Ensuite, elle lui plaqua une main sur la bouche pour étouffer ses cris.

— Chuut. S'il nous entend, il nous tuera. Silence. Je suis près de toi. Tu es en sécurité.

Le véhicule s'arrêta. Une portière claqua. Curieux. Rien de tout cela n'évoquait un fourgon. Le moteur vrombissait comme celui d'une voiture de sport.

La porte de la cabane claqua à son tour. Il était à l'intérieur. Une minute de silence s'écoula, puis on entendit une nouvelle fois la porte d'entrée.

Un hurlement s'éleva quelques secondes plus tard.

— *Non !* Bordel ! *Non !*

Ça venait de derrière la cabane. Il avait constaté que le silo était vide. Maintenant, il avait compris qu'elles étaient parties toutes les deux.

Roza se tortilla frénétiquement. Corinne s'efforça de la faire taire, de la calmer, sans la laisser se relever pour autant.

Le temps passa. Corinne ne savait pas exactement combien. Des minutes ? Des heures ? A l'affût du moindre bruit, elle retenait sa respiration, une main refermée sur le manche du couteau, attendant de voir sa silhouette se profiler en haut de la butte.

Finalement, le moteur rugit une fois, puis une autre, comme si on appuyait à fond sur l'accélérateur. La voiture redémarra dans un crissement de pneus qui évoquait un départ de course automobile. Elle retint son souffle jusqu'à ce que le bruit s'évanouisse dans le lointain. *Ce n'était pas le fourgon. Pourquoi a-t-il changé de véhicule ?* Il s'était peut-être débarrassé de l'utilitaire ? Il avait peut-être eu peur de se faire arrêter ? Quoi qu'il en soit, pendant que Roza et elle tenteraient de trouver de l'aide, Corinne devrait dorénavant se montrer encore plus attentive et guetter non seulement le fourgon, mais aussi une voiture de sport. Elle roula sur le côté, libérant Roza. L'épuisement l'avait de nouveau saisie.

La gamine retira le bandeau et s'en servit pour essuyer ses larmes.

— Il est parti ?

— Je crois, oui, chuchota Corinne. Tu vas bien ? Je ne t'ai pas fait mal, au moins ?

— Ça va. Tu aurais dû me laisser y aller. Je ne lui aurais pas dit que tu étais là.

Corinne soupira.

— Je suis fatiguée, Roza. Je ne peux plus te porter. Tu veux marcher avec moi ? Parce que, si tu ne veux pas, je n'en aurai plus la force. Je crois que je me contenterai de me rouler en boule et de m'endormir, parce que je n'ai pas l'énergie de faire autre chose.

— Mais il va te tuer.

Corinne espérait parvenir à bluffer Roza.

— Ecoute, j'ai besoin de ton aide pour m'échapper.

Roza regarda le bandeau froissé dans sa main, puis elle effleura l'herbe du bout des doigts, avant d'y passer la paume de sa main. Son regard émerveillé chercha celui de Corinne.

— C'est dur *et* doux.

Corinne se rendit compte que la petite n'avait jamais touché d'herbe. Ni d'arbre. Ni senti le soleil sur son visage. *Sois patiente avec elle.*

— Oui, tu as raison.

— Ma maman aime la neige, dit Roza de manière inattendue. Quand est-ce qu'on aura de la neige ?

Sois patiente avec elle. Mais ce n'était guère facile avec son cœur qui battait aussi fort. Il pourrait revenir d'une minute à l'autre.

Corinne s'efforça de sourire.

— Il va bientôt neiger. D'ici quelques semaines. On pourra construire un bonhomme de neige.

Les yeux de Roza se remplirent de larmes.

— Maman disait qu'on ferait ça un jour. Si jamais on arrivait à sortir.

Elle cilla et les larmes roulèrent sur ses joues.

— Dis, tu me ramèneras à la maison ? Près de ma maman ?

— Je le ferai. Je te le promets.

Roza noua le bandeau sur son front. Elle prit ensuite la main de Corinne et l'aida à se relever.

— Si je recommence à avoir peur, je le descendrai sur mes yeux, dit-elle. Je suis prête. Allons-y.

Cincinnati, Ohio
Mardi 4 novembre, 17 h 20

— Pas plus de cinq minutes, avertit l'infirmière du service de soins intensifs. Je suis sérieuse, agent Novak. Je vous flanquerai dehors moi-même, s'il le faut.

Deacon hocha la tête avec respect.

— Je vous crois, madame. Mais une jeune femme est toujours portée disparue et, pour l'instant, nous n'avons que très peu de pistes. Les souvenirs d'Arianna pourraient constituer l'unique espoir de ramener Corinne Longstreet à la maison en vie.

Un éclair de compassion traversa le regard de l'infirmière, mais elle resta inflexible.

— Arianna est ma priorité. Quand vous nous amènerez Mlle Longstreet, elle bénéficiera de la même protection. Cinq minutes. Suivez-moi, je vous prie.

Le policier en uniforme posté devant la chambre d'Arianna vérifia leur identité et la présence de leurs noms sur la liste transmise par le bureau d'Isenberg. Deacon jeta un coup d'œil à travers la petite fenêtre de la porte. Un homme d'âge mûr et une jeune femme étaient assis près du lit d'Arianna, dissimulant la patiente.

— Qui sont-ils ?

— Lauren Goodwin et son père, dit Bishop. Les Goodwin sont la famille d'accueil d'Arianna. Les deux filles vivent ensemble à King's College. Elles sont amies depuis le lycée. C'est elle qui a signalé la disparition d'Arianna hier.

— Pourquoi n'en a-t-elle pas parlé dès vendredi soir quand Arianna n'est pas rentrée de la bibliothèque ? demanda Faith.

— Parce qu'elle a d'abord pensé qu'Arianna était partie en week-end avec Corinne, répondit Bishop. Mais elle a remarqué que la voiture de Corinne était toujours garée sur le parking des étudiants. Elle a donc signalé leur disparition à la sécurité du campus. Ils ne l'ont pas crue. C'était le week-end d'Halloween et ils se sont dit qu'Arianna faisait la fête quelque part. Lauren a demandé l'aide de son père, qui a finalement réussi à convaincre les gars de la sécurité de regarder les enregistrements. Arianna et Corinne ont été vues quittant la bibliothèque et marchant le long du sentier. Elles sont entrées dans la zone où la caméra a été volée. Ensuite, elles n'apparaissent plus dans le champ d'aucune autre caméra du campus.

Bishop ouvrit la porte de la chambre, Lauren et son père se levèrent immédiatement. M. Goodwin jeta un regard sur Deacon et grimaça.

— Qui êtes-vous ? demanda-t-il.

— Voici l'agent spécial Novak, monsieur Goodwin, dit Bishop. C'est mon partenaire.

Goodwin lui lança un regard noir.

— Vous essayez de me faire croire que ce type est du FBI ?

Près de Deacon, Faith se hérissa, mais il lui serra le bras d'un geste furtif pour l'inciter à garder les lèvres closes. Puis il sortit calmement sa plaque.

— Nous devons parler à Arianna en privé.

— Pas question, rétorqua Goodwin en secouant la tête. Vous ne lui parlerez pas hors de ma présence.

— Je resterai avec elle, monsieur Goodwin.

En se tournant vers la voix féminine qui venait de s'élever derrière eux, Deacon découvrit dans l'embrasure de la porte une femme aux cheveux d'un auburn sombre.

La nouvelle venue n'avait pas désarmé les intentions belliqueuses de Goodwin.

— Et vous êtes qui, vous ?

— Je suis le Dr Meredith Fallon, psychologue pour enfants. Je travaille avec les adolescents victimes de traumatismes. J'ai été affectée au dossier d'Arianna parce qu'elle est mineure. Ne vous inquiétez pas, j'ai déjà traité des cas similaires. Je ne les laisserai pas la bouleverser. Mais Corinne n'a pas encore été retrouvée. Nous avons besoin d'entendre le témoignage d'Arianna.

— Et, en discutant, vous avez déjà utilisé une de nos cinq minutes, monsieur, souligna Deacon avec calme.

Lauren embrassa Arianna sur le front.

— Viens, papa, on reviendra plus tard. Allons manger quelque chose.

Elle s'arrêta avant de franchir la porte.

— Vous êtes Faith Frye, c'est bien ça ?

— Faith Corcoran. Mais je m'appelais Faith Frye, jusqu'à récemment.

Des larmes brillèrent dans les yeux de Lauren.

— Vous l'avez sauvée. Merci. Mais les médecins ont dit qu'elle était inconsciente, lorsque vous l'avez trouvée. Comment connaît-elle votre nom ?

— Je l'ignore. J'espérais justement qu'Arianna pourrait nous l'expliquer.

Bishop intervint.

— Lauren, vous empiétez sur le temps dont nous disposons pour parler avec Arianna. S'il vous plaît.

Après le départ de Lauren et son père, la psychologue referma la porte d'un geste ferme. Elle évalua Faith d'un regard pénétrant, mais assez peu chaleureux.

— Procédez, agent Novak, je vous en prie. Je me contenterai d'observer sans m'en mêler, à moins que vos questions n'aillent contre l'intérêt d'Arianna. J'ai l'autorité nécessaire pour mettre fin à l'entretien et je n'hésiterai pas à le faire, si nécessaire.

Deacon et Bishop prirent position de part et d'autre du lit. Le visage d'Arianna était pâle, ses lèvres grisâtres. Mais ses yeux marron étaient ouverts et son regard, clair. Les indicateurs sonores des machines signalaient que son état était stable.

— Arianna, voici Faith, dit Deacon. Vous avez demandé à la voir. Nous avons besoin de savoir ce qui vous est arrivé, à vous et à Corinne.

— Avez-vous vu votre ravisseur ? demanda Bishop.

— Non. Faith, s'il vous plaît.

Arianna montra la chaise près de son lit, d'un geste las. Faith s'y installa.

— Que puis-je faire pour vous, Arianna ? demanda-t-elle à voix basse. Pourquoi vouliez-vous me voir ?

— Parce qu'elle me l'a dit, répondit la jeune fille d'une voix rauque.

Faith se pencha plus près.

— Qui ? Corinne ?

Les larmes montèrent aux yeux d'Arianna.

— Vous n'avez pas trouvé Corinne ?

— Pas encore, lui répondit Deacon. Mais nous continuons à chercher. Qui vous a dit de voir Faith ?

— La fille, dit-elle dans un chuchotement à peine audible. La gamine de la cave. Elle m'a aidée à m'échapper. Elle a dit que je devais vous chercher.

Faith adressa un regard perplexe à Deacon par-dessus son épaule, puis se pencha au-dessus de la barre latérale du lit pour mieux entendre Arianna.

— Connaissez-vous le nom de cette fille ?

— Roza. Elle a dit qu'elle s'appelait Roza.

— Quel âge a-t-elle ? voulut savoir Deacon.

— Une douzaine d'années, peut-être. Elle m'a sauvée. C'est grâce à elle que j'ai pu m'évader, dit Arianna, les larmes aux yeux. J'ai peur qu'il ne l'ait tuée à cause de ça.

Bishop échangea un regard avec Deacon, avant de s'accroupir près du lit.

— A votre avis, elle pourrait porter une petite taille, en matière de vêtements ?

— Oui. Elle était maigrichonne. Pas très grande. Des cheveux noirs, mal coupés. De grands yeux noirs. Peut-être d'origine moyen-orientale.

Deacon songea à la chambre souterraine, au grabat sur le sol. *Une enfant.* Il ne s'y attendait pas.

— Etait-elle aussi prisonnière ?

— Pas de la même manière que moi. Il la faisait travailler, dit Arianna, avant de fermer les yeux. Il l'obligeait à me laver. Après…

Elle se mit à trembler et le bip du moniteur cardiaque s'affola.

— Il…

Le Dr Fallon s'avança, la bouche ouverte sur une protestation, mais Faith caressa le visage d'Arianna, repoussant d'un geste doux les mèches collées sur le visage de la jeune fille.

— Tout va bien, souffla-t-elle, apaisante. Tu n'es pas obligée de nous raconter ça. Tu n'es obligée d'en parler à personne.

Meredith Fallon recula en constatant que la fréquence cardiaque de sa jeune patiente s'était de nouveau stabilisée.

— Avez-vous vu le visage de Roza ? demanda Bishop.

Arianna hocha la tête.

— A la fin, elle m'a enlevé mon bandeau. Elle m'a aidée à me sauver.

— Et avez-vous aussi vu celui de votre ravisseur ?

— Non. Il était derrière la maison quand je suis partie. J'ai couru.

Deacon essaya d'obtenir des précisions.

— Comment vous êtes-vous évadée, Arianna ? Comment Roza vous a-t-elle aidée ?

— Earl est venu.

— Earl ? Qui est Earl ? demanda le Dr Fallon, d'une voix calme.

— Earl Power and Light, expliqua Faith. Je les ai appelés pour brancher l'électricité. Je ne savais pas que vous étiez là, Arianna. Je suis désolée.

— Je sais, chuchota Arianna. Il a dit que personne ne pourrait nous entendre hurler.

Faith se raidit, mais n'avoua pas que, le dimanche après-midi, elle avait entendu hurler Arianna. Deacon se dit que c'était mieux pour tous ceux qui étaient présents.

— Quand Earl est arrivé, ça l'a rendu dingue, continua Arianna. Il a couru dehors. Il n'a pas fermé la porte en haut de l'escalier. Roza m'a aidée à m'échapper. Est-ce que vous la connaissez ? Pouvez-vous la retrouver ?

— Je ne connais personne du nom de Roza, expliqua Faith. A-t-elle dit pourquoi vous deviez me parler ?

Arianna ouvrit les yeux, soutint le regard de Faith.

— Parce qu'il avait peur de vous.

Faith laissa échapper un soupir étranglé.

— Est-ce que je le connais, Arianna ? A-t-il dit qu'il me connaissait ?

— Non. Il ne m'a pas parlé de vous. Seulement à Roza.

— Comment avez-vous pris la camionnette ? lui demanda Bishop.

— Il se battait avec le gars de chez Earl. Il lui a tiré dessus. Je n'ai pas attendu. Je n'ai pas essayé d'aider le pauvre homme. J'ai couru à la camionnette et je l'ai prise, dit-elle, prise d'un nouvel accès de larmes. Mais j'ai eu un accident. Je suis désolée.

Faith caressa le front de la jeune fille.

— Personne ne vous en veut, Arianna. Vous avez fait ce qu'il fallait. Vous vous êtes évadée. Maintenant, grâce à vous, nous savons qu'il faut chercher Corinne et Roza.

— Trouvez-la. Je vous en prie. Corinne a besoin de son traitement.

— Nous utilisons tous les moyens possibles pour la retrouver, lui assura Bishop. Mais nous avons autre chose à vous demander. Avant la nuit où vous avez été… enlevée, avez-vous remarqué si quelqu'un vous suivait ou suivait Corinne ? Aviez-vous peur de quelqu'un ?

— Non. Il est sorti de nulle part. Il a attrapé Corinne et il lui a mis un chiffon sur le visage. J'ai essayé de l'arrêter, mais il m'a tiré dessus.

— Comment était-il habillé ? demanda Deacon.

— Un manteau. Des baskets. Un masque. Un masque d'Halloween.

Deacon ravala un juron. *Putain d'Halloween.*

— Avez-vous vu quelqu'un d'autre du côté du sentier, cette nuit-là ? Quelqu'un a peut-être été témoin de l'enlèvement ou vous a entendue hurler ?

— Il n'y avait personne. Tout le monde était à la fête. Je suis désolée. J'ai essayé de l'arrêter.

Faith lui caressa les cheveux.

— Chuut. Tu t'es montrée très courageuse. Tu n'as rien à te reprocher, ma chérie. Dis-moi, comment as-tu su que le préposé de l'électricité était là ? Est-il entré dans la maison ?

— Non. Roza l'a vu sur l'ordinateur.

Un ordinateur ? Deacon échangea un regard avec Bishop et vit qu'elle pensait la même chose que lui.

— Des caméras, suggéra-t-elle articulant en silence.

Deacon hocha la tête. Ils n'avaient rien trouvé de tel, la nuit dernière. Ils devraient donc chercher avec plus d'attention. Si les caméras avaient enregistré le technicien, elles pourraient avoir aussi enregistré l'image du tueur.

L'infirmière entra dans la pièce.

— Le temps est écoulé. Tout le monde dehors. C'est l'heure des médicaments. Ça l'aidera à dormir. Pour l'instant, c'est ce qu'il lui faut.

Faith commença à se lever, mais Arianna s'agrippa à son bras.

— Attendez. Vous reviendrez me voir ?

— Nous reviendrons, lui assura Bishop. Ne vous inquiétez pas.

— Non. Faith. Revenez me voir.

— Je reviendrai. C'est promis. Mais je dois vous laisser, maintenant, dit Faith en enlevant doucement la main d'Arianna qui tenait sa manche. Dors, ma puce. Il est temps de dormir.

Tous les quatre quittèrent la chambre et regagnèrent la salle d'attente vide en silence.

— J'ai promis à Arianna de revenir, dit Faith. J'aimerais rester.

Deacon secoua la tête.

— J'ai besoin de savoir que vous êtes à l'abri.

Le Dr Fallon haussa les sourcils.

— Je resterai, proposa-t-elle à Faith. Je vous appellerai à son réveil.

— Vraiment ? demanda Faith. J'avais l'impression que vous nourrissiez quelques doutes à mon propos.

— C'était le cas, admit Meredith Fallon. D'ailleurs, ils n'ont peut-être pas tous disparu. J'ai fait quelques recherches sur vous et j'ai lu tous les articles à propos de votre ancienne clientèle. Je ne crois pas à la réinsertion des délinquants sexuels.

— Moi non plus, répondit Faith à voix basse.

Meredith Fallon la scruta avec intensité.

— Alors, un de ces jours vous me raconterez peut-être pourquoi vous les avez traités pendant tant d'années. Mais, pour l'instant, ma mission est de juger si vous devriez être autorisée à voir Arianna. Aujourd'hui, votre présence a semblé l'apaiser. Si elle vous demande de nouveau, je vous appellerai.

— Très bien, dit Faith. Donnez-moi votre carte. Quand j'aurai un nouveau téléphone, je vous enverrai mon numéro. Entre-temps, vous pouvez me joindre par l'intermédiaire de l'agent Novak ou du lieutenant Bishop.

Quand le Dr Fallon repartit vers la chambre d'Arianna, Faith se tourna vers Deacon.

— Je dois vous prévenir que j'ai transmis votre numéro à quelques autres personnes qui voudraient me joindre. Mon patron, Lily et mon père. Et le lieutenant Vega, bien sûr.

Deacon vérifia ses messages.

— Aucun ne vous a appelée. Mais votre oncle Jordan a laissé un message, il veut de vos nouvelles. Pour l'instant, il se trouve dans le bureau d'Isenberg et demande à vous voir, pour s'assurer que vous allez bien. Je m'apprêtais à vous ramener à la maison, mais j'aimerais que vous parliez d'abord à votre oncle.

— Jordan a amené son amie avec lui ? demanda Bishop, une étincelle d'humour brillant dans ses yeux noirs.

— Je ne crois pas, non, répondit Deacon d'un ton sec.

— Quoi ? intervint Faith. J'ai raté quelque chose ?

Deacon lui prit le coude et l'entraîna avec douceur vers l'ascenseur.

— Je vous en parlerai dans la voiture.

Cincinnati, Ohio
Mardi 4 novembre, 18 h 5

Debout, Jordan O'Bannion était plus grand et mince qu'il n'en avait eu l'air, recroquevillé, complètement soûl, en une grosse pelote fœtale. Ses cheveux coupés court étaient aussi rouges que ceux de Faith, à l'exception d'une légère touche de gris. Ses yeux fatigués et les rides marquées autour de sa bouche indiquaient que, quelques heures auparavant, il était ivre mort. Le tremblement de ses mains était également révélateur, comme il arpentait le périmètre intérieur de la salle d'interrogatoire 1. Isenberg l'y avait fait transférer, ayant eu besoin de retrouver l'intimité de son bureau.

A l'entrée de Deacon et Bishop, il cessa de marcher de long en large.

— Agent Novak ?

Deacon hocha la tête.

— Et voici ma partenaire, le lieutenant Bishop. Voulez-vous vous asseoir, monsieur O'Bannion ?

— Non, jeta l'homme, qui s'assit malgré tout. Je vous ai appelé avant midi. Depuis, six heures se sont écoulées et c'est seulement maintenant que je peux vous parler ? Je me suis fait un sang d'encre pour ma nièce. J'ai entendu dire qu'on lui a tiré dessus, la nuit dernière. A-t-elle été touchée ? Comment va-t-elle ? Où est-elle ?

O'Bannion s'adressait à Bishop et la regardait dans les yeux, mais il évitait de croiser ceux de Deacon. Deacon le soupçonnait de savoir exactement ce qu'Alda Lane avait révélé de son état de ce matin. *Si je savais que quelqu'un m'a vu complètement bourré, moi aussi, j'aurais honte.* Il choisit une chaise à droite de Jordan.

— Désolés de vous avoir fait attendre, s'excusa-t-il. Nous avons eu une grosse journée. Faith va bien. Elle n'a pas été touchée. Seulement quelques contusions au moment où elle a été mise à l'abri.

— Dieu merci, dit O'Bannion dans un soupir. Je suis désolé. J'étais dans tous mes états. J'ai appelé son téléphone, mais elle n'a jamais répondu.

Mais pourquoi lui a-t-on tiré dessus ? Et qui a fait une chose pareille ? Et, d'abord, que fait-elle à Cincinnati ? Pourquoi ne m'a-t-elle pas dit qu'elle était en ville ? Quand est-elle arrivée ?

Bishop prit un siège près de Deacon pour forcer O'Bannion à leur faire face à tous les deux.

— Vous devriez sans doute lui poser les trois dernières questions vous-même, dit-elle. En ce qui concerne le *qui* et le *pourquoi* des tirs dont elle a été la cible, nous n'avons pas encore de réponse. Mais le FBI et le CPD travaillent ensemble pour résoudre l'affaire. Cela dit, j'ai peur que nous n'ayons une situation critique dans votre maison de famille, monsieur O'Bannion.

O'Bannion fronça les sourcils.

— A mon réveil, j'ai vu la nouvelle aux infos. Je n'arrivais pas à y croire. On disait qu'une fille kidnappée avait été retenue dans la maison. C'est… eh, bien ! bouleversant, évidemment. J'ai appelé le numéro d'information de la police, mais on m'a répondu que les informations étaient confidentielles. Par la suite, notre petit jeu de cache-cache téléphonique avec vous n'a fait qu'empirer les choses, agent Novak. Et puis, j'ai vu un reportage où la police emportait des pièces de mobilier. Je tiens à savoir ce qui se passe. Ce sont des antiquités. Des objets de famille.

Tanaka avait eu l'idée de recouvrir de draps les cercueils de plexiglas pour les sortir de la maison, lors du transfert à la morgue. Il espérait ainsi que les témoins les prendraient pour des meubles, ce qui permettait de gagner un peu de temps et laisserait au département le loisir de faire une déclaration.

— Depuis combien de temps n'êtes-vous pas allé à votre maison de famille, monsieur O'Bannion ? demanda Deacon.

— A la maison ? Le mois dernier quand j'ai enterré ma mère. A l'intérieur de la maison ? Pas depuis plus d'une vingtaine d'années. La maison lui appartenait, mais c'est Faith qui en a hérité.

Bishop avait fait un compte rendu à Deacon de sa visite à Maguire and Sons. Le comportement de Henson Trois s'avérait hautement suspect. Par ailleurs, les assurances de Henson l'aîné quant à l'honnêteté de son petit-fils jetaient un voile de doute sur toutes les déclarations du vieil homme. Deacon et Bishop avaient hâte d'entendre le point de vue de Jordan.

— Qui s'est occupé de la maison pendant tout ce temps ? demanda Deacon.

— Notre avocat a engagé une entreprise, dit Jordan, qui s'adressait toujours à Bishop. Ils inspectent le toit, s'assurent qu'il n'y a pas de termites, d'infestation de rongeurs, ce genre de choses. Tous les gros désagréments susceptibles de causer des dégâts irréparables à la structure. Je suis certain que notre avocat pourra vous donner le nom de la société. Quelqu'un du cabinet accompagne régulièrement les entrepreneurs dans la maison et reste sur place le temps de l'inspection, pour vérifier que le travail est fait. Henson les paie et envoie les reçus à ma mère. Ni mère ni moi n'avons affaire à eux personnellement.

— Le docteur Corcoran nous a dit que vous preniez soin de votre mère, dit Deacon.

O'Bannion parut dérouté.

— Docteur Corcoran ? Qui est-ce ?

— Le docteur Corcoran, c'est Faith, dit Bishop en haussant les sourcils. Votre nièce.

O'Bannion secoua la tête.

— Non, Corcoran est le nom de jeune fille de ma mère. Faith n'était pas une Corcoran. Son nom de jeune fille est Sullivan, mais elle a gardé son nom d'épouse, Frye. Son divorce remonte déjà à quelques années, mais elle ne l'a jamais changé. Qu'est-ce que c'est que cette histoire ?

— Faith a modifié son identité la semaine dernière, expliqua Deacon. Elle a pris le nom de Corcoran.

La perplexité de Jordan O'Bannion semblait sincère.

— Mais pourquoi ? Elle a bâti sa carrière sous le nom de Frye. Je pensais que c'était pour cette raison qu'elle l'avait conservé après le divorce. Je lui poserai moi-même la question quand je la verrai, dit-il en agitant la main avec impatience. Mais tout cela n'a aucun rapport avec ce qui s'est passé à la maison. Pourquoi vos hommes ont-ils pris nos meubles ?

— Certaines choses ont été emportées à titre d'indices, monsieur, dit Bishop. On vous remettra des reçus pour les objets emportés et, le moment venu, tout vous sera restitué.

— Le moment venu ? répéta O'Bannion en fronçant les sourcils. A vous entendre, on dirait que vous vous attendez à une longue enquête, voire interminable. Je croyais que vous aviez retrouvé cette fille enlevée. Que diable se passe-t-il ici ?

Deacon alla droit au but.

— Où étiez-vous vendredi soir, entre 23 heures et 1 heure du matin ?

O'Bannion ouvrit de grands yeux indignés. Ils étaient verts, exactement comme ceux de Faith, remarqua Deacon. Deux taches d'un rouge rosé sourd marquèrent les pommettes de l'oncle Jordan et il serra longuement les mâchoires.

— Vous m'avez fait venir pour m'interroger ? Me considérez-vous comme un suspect ?

— Vous avez accès à la maison, monsieur, dit Bishop d'une voix égale. Nous posons la question à tout le monde.

— Je n'ai pas accès à cette maison ! Je ne possède plus de clé depuis plus de vingt ans.

Deacon garda un ton posé.

— Si vous pouvez simplement répondre à la question, monsieur. Ainsi nous pourrons vous rayer de notre liste.

O'Bannion frémit d'indignation.

— J'étais chez moi.

Quelque chose sonnait faux dans cette déclaration.

— Quelqu'un pourrait-il le confirmer ?

Deacon s'attendait à entendre O'Bannion citer Mary Jones, la gouvernante qu'il avait rencontrée derrière la propriété de Mount Adams.

O'Bannion déglutit avec peine, la gorge serrée. Puis il regarda au loin.

— Ecoutez, je n'étais pas à mon appartement. J'étais avec ma maîtresse, qui est mariée. Si ça s'ébruite, son mari pourrait me ruiner.

— Nous serons discrets, promit Bishop. Son nom, monsieur ?

— Alda Lane.

La danseuse orientale gymnaste en rose ? *Eh bien, tout ça paraît un peu plus clair.*

Bishop écarquilla les yeux, visiblement étonnée. Cette réaction surprit Deacon, il ne se souvenait pas lui avoir dit le nom de la danseuse orientale rose.

— Oh ! je comprends le problème, fit Bishop, qui se tourna ensuite vers Deacon. Très vieille fortune. M. Lane est un mécène très connu. Il est âgé. Alda est un peu plus jeune et c'est une artiste. Elle est peintre, si je me souviens bien.

Deacon tint son téléphone sous la table et envoya un message à Bishop. *La danseuse orientale en rose.*

— Nous nous sommes rencontrés à l'occasion d'une exposition du travail d'Alda dans ma galerie, expliqua O'Bannion. Nous avons une aventure depuis quelque temps. Son mari pourrait me détruire à cause de ça.

Bishop jeta un coup d'œil à l'écran de son mobile et ne broncha pas en enregistrant la révélation.

— Nous serons discrets, répéta-t-elle. Où pouvons-nous la joindre ?

O'Bannion rougit encore.

— C'est tellement humiliant, bredouilla-t-il.

— Si vous préférez, je peux chercher son adresse, monsieur, suggéra Bishop. La résidence des Lane ne doit pas être très difficile à trouver. Cependant, j'imagine que je serai forcée d'informer le service de sécurité de mon identité.

O'Bannion avait la mâchoire si crispée qu'il en tremblait.

— Ce ne sera pas nécessaire. L'agent Novak connaît déjà l'endroit. Vous la trouverez dans l'appartement qui se trouve au-dessus de ma galerie. Il est loué au nom de sa sœur.

Il cracha l'adresse à travers ses dents serrées.

— C'est chez nous, conclut-il.

— Merci, dit Bishop avec politesse. Pouvez-vous nous suggérer quelqu'un d'autre que nous devrions voir ?

O'Bannion maîtrisa son irritation.

— Ça dépend de l'âge de la victime. Si c'est une ado…

Il se tut, hésita, puis haussa les épaules et ajouta.

— Mon frère les aime jeunes.

Deacon fut un peu surpris d'entendre Jordan O'Bannion accuser son frère avec tant de facilité.

— Vraiment ? Jeunes à quel point ?

— Post-pubères. Pas plus de seize ou dix-sept ans, sinon c'est sans intérêt pour lui. Du moins c'était le cas, à l'époque. J'ai entendu dire que les individus affligés de ce genre de penchants ne changent pas vraiment leur modus operandi. Désolé, dit-il avec une petite grimace d'humilité. Je dois sans doute regarder trop souvent la télé.

Deacon ne lui donnait pas tort sur ce point. En revanche, son information ne manquait pas d'intérêt. La cible la plus récente, Corinne, avait l'âge d'être à l'université. Arianna était de loin la plus jeune victime et son enlèvement ne semblait pas prémédité. En revanche, Roza n'avait qu'une douzaine d'années.

— Quand vous dites « du moins, c'était le cas », qu'entendez-vous par là ?

— Mon frère et moi ne sommes pas très proches. Nous ne nous sommes pas parlé depuis des années. Il a peut-être changé ses habitudes. En tout cas, je l'espère sincèrement.

— Vous saviez qu'il s'attaquait à des filles mineures ? demanda sèchement Bishop.

— Non, pas du tout. J'ai dit qu'il les *aimait* jeunes, mais il se débrouillait toujours pour taper dans le groupe « tout juste l'âge légal », expliqua-t-il en agitant les doigts pour tracer des guillemets dans l'air. Et je n'ai pas non plus dit « filles ». En fait, il préfère les garçons, mais il peut passer de l'autre côté, si l'occasion se présente.

— Pourriez-vous nous donner des noms pour étayer ces accusations ? demanda Bishop.

— Non. Je restais de mon côté et lui du sien. Il m'est arrivé d'entendre des voix dans sa chambre, voilà tout.

— Il les ramenait chez vous ? s'enquit Bishop en haussant les sourcils.

— Parfois. En l'absence de nos parents, bien sûr.

— Si je comprends bien, vos parents n'auraient pas approuvé, lança sèchement Bishop.

— Oh ! non. Notre père était très strict. L'homosexualité… c'était tout simplement inacceptable. D'ailleurs, mon frère a été renié.

— Votre père a découvert son orientation sexuelle ? demanda Deacon.

Deacon se souvenait de ce que lui avait dit Faith à propos des rumeurs autour de la mort de son grand-père. Jeremy aurait vécu sa sexualité sur un mode si flamboyant que le vieil O'Bannion en aurait eu une crise cardiaque fatale. Il nota mentalement d'en parler à Bishop, plus tard.

— Mon père l'a effectivement su et ça l'a mené à sa perte, mais Jeremy s'en fichait. Après ça, la famille a volé en éclats. Quelques jours plus tard, c'est Maggie qui est morte et ma mère n'a plus jamais été la même.

Sourcils froncés, il s'interrompit, comme s'il venait de s'apercevoir qu'il avait digressé.

— Mais, tout ça, c'est du passé. L'eau a coulé sous les ponts. Aucun rapport avec ce qui se passe dans la maison, ces jours-ci.

— C'est vous qui nous avez suggéré d'interroger votre frère, lui rappela Deacon.

O'Bannion ouvrit la bouche pendant quelques secondes, puis la referma, tel un poisson hors de l'eau.

— Ça ne signifie pas que je pense réellement… Non. C'est un pervers, mais il n'aurait jamais enlevé une femme et…

Il secoua la tête et ajouta :

— Aux infos, ils ont dit que la fille avait été violentée. Jeremy ne ferait pas une chose pareille.

— Comment pouvez-vous en être certain ? demanda Bishop. Vous ne vous êtes pas vus depuis des années.

— C'est mon frère. Je l'aurais su, insista O'Bannion, puis il soupira. Mon Dieu, toute cette histoire aurait tué ma mère.

— Quel a été votre sentiment en apprenant que votre mère avait laissé la maison à votre nièce ? demanda Deacon.

— J'ai été surpris. Mais ensuite j'ai réfléchi aux raisons qui l'avaient poussée à prendre cette décision et j'étais d'accord.

Deacon pencha la tête, observant l'homme avec attention.

— Et, selon vous, quelles étaient ces raisons ?

— Faith avait besoin d'un foyer. Depuis son divorce, elle était un peu perdue et mère voulait lui procurer un endroit où elle puisse se sentir chez elle. De mon côté, je n'en voulais pas. Je n'aurais jamais pu vivre dans ce trou perdu, expliqua-t-il en frissonnant. Ce n'est vraiment pas ma tasse de thé.

Un peu perdue depuis son divorce. Deacon avait plutôt l'impression que cette séparation avait été l'événement le moins stressant de la vie de Faith, ces dernières années.

— Votre mère connaissait-elle l'activité professionnelle du docteur Corcoran ? demanda Deacon avec curiosité.

Jordan fronça les sourcils.

— J'ai du mal à m'habituer à vous entendre l'appeler le docteur Corcoran.

— C'est ainsi qu'elle s'est présentée à nous. Votre mère connaissait-elle la nature de son travail ?

— Oui, mère savait et elle était loin d'approuver. Pas plus que moi, d'ailleurs. Nous avons toujours redouté qu'un de ces pervers ne finisse par s'en prendre à elle. Et c'est arrivé, comme on pouvait s'y attendre. Mais je l'ai caché à mère. A l'époque, son cœur était déjà très affaibli.

Comme si Faith avait provoqué cette agression, songea Deacon avec dégoût.

— Où étiez-vous cette nuit, entre 2 et 4 heures ?

Un éclat de colère étincela dans le regard de Jordan.

— Et maintenant vous m'accusez d'avoir tiré sur ma propre nièce ? Je n'accepte pas de répondre à cette question délibérément humiliante, alors que vous savez que j'étais avec Alda, parce qu'elle vous l'a dit. D'ailleurs, elle vous en a beaucoup trop dit.

Son visage était rouge d'humiliation.

— Où se trouve Faith ? J'ai besoin de la voir de mes propres yeux pour m'assurer que vous me dites la vérité et qu'elle va bien.

— Elle est ici, où nous pouvons assurer sa sécurité, répondit Deacon. Parce qu'on lui a tiré dessus la nuit dernière. Raison pour laquelle nous vérifions l'endroit où se trouvait tout le monde, à ce moment-là. Vous trouvez humiliant que je sache dans quel état vous étiez, et c'est sans doute à déplorer, monsieur O'Bannion, mais, à mes yeux, la sécurité de votre nièce importe plus que votre dignité.

O'Bannion grimaça.

— Désolé. La sécurité de Faith est bien évidemment prioritaire. Vous savez déjà que j'étais avec Mme Lane dans notre appartement, agent Novak. Si j'avais su que Faith était en ville, je lui aurais proposé de s'installer chez moi et elle n'aurait jamais été en danger, pour commencer.

Il baissa les yeux sur la table.

— Mais je n'étais pas là pour elle, quand elle avait besoin de moi, parce que j'étais trop occupé à me soûler. Et pour finir, oui, j'en suis humilié.

Deacon reconnut la honte qui s'inscrivait sur le visage de l'homme. Il avait vu cette expression s'inscrire sur le visage de son père biologique un nombre incalculable de fois. Mais ça ne changeait rien. Son père s'était soûlé chaque fois qu'il en avait eu l'occasion, jusqu'à ce que l'alcool finisse par l'entraîner dans la tombe.

— Vos problèmes personnels ne me concernent pas, monsieur O'Bannion. Ce qui m'intéresse, c'est de découvrir qui a enlevé une jeune femme pour la séquestrer dans la cave de votre maison de famille et qui veut la mort de votre nièce.

Pour la première fois depuis que Deacon était entré dans la pièce, O'Bannion le regarda directement dans les yeux.

— Pensez-vous que la personne…

Sa voix s'éteignit, puis il se tut, fixa Deacon un long moment, et baissa lentement les paupières.

— Pensez-vous que la personne qui lui a tiré dessus recommencera ?

— Possible. Nous prenons la menace très au sérieux.

Deacon fut interrompu par le bourdonnement de son téléphone. Un message d'Isenberg, qu'elle avait aussi adressé à Bishop.

— Si vous voulez bien nous excuser, monsieur O'Bannion, nous devons y aller. Nous vous enverrons Faith, ce qui vous permettra de vous retrouver tous les deux. Lieutenant Bishop ?

Scarlett et Deacon passèrent dans le couloir et il ferma la porte.

Bishop montra son téléphone.

— Isenberg veut qu'on se retrouve dans une heure pour faire le point sur la situation.

— J'ai reçu le même message. Tu peux rendre une visite au nid d'amour d'Alda et de Jordan pour vérifier son alibi ? Je vais utiliser l'heure de délai pour faire quelques recherches sur Roza et sur Jeremy, sans oublier ses enfants. J'amènerai Faith à la salle d'interrogatoire et je les observerai pendant qu'ils bavardent.

— Ça semble bien. Et un nid d'amour, un ! J'espère qu'Alda porte toujours son costume de danseuse orientale.

Cincinnati, Ohio
Mardi 4 novembre, 18 h 35

Novak s'arrêta devant la porte de la salle d'interrogatoire, où il conduisait Faith.

— Je ne lui ai pas parlé de Combs. Je me suis dit que tu préférerais peut-être régler ça toi-même.

Faith redoutait la conversation à venir. Elle jeta un coup d'œil plein d'appréhension à la porte. Aurait-elle l'énergie — ou la patience — de supporter la réaction de son oncle, lorsqu'il découvrirait qu'elle avait été harcelée par Combs ? Même s'il ne prononçait pas les mots *Je te l'avais bien dit*, il s'arrangerait pour le sous-entendre.

Jordan n'avait jamais approuvé son travail. Il l'avait avertie du danger. Après la première attaque de Combs, il l'avait déjà considérée avec une expression qui signifiait : *Je t'avais prévenue*. Et, à chaque visite qu'elle rendait à sa grand-mère, il insistait pour qu'elle porte une écharpe pour masquer sa cicatrice.

De toute façon, Faith n'avait pas besoin de cette injonction, car elle voulait éviter de bouleverser davantage Gran. En revanche, en recevoir l'ordre l'avait toujours particulièrement agacée.

Et puis, bien sûr, il y avait toujours le problème de la maison. Même si Jordan avait manifesté du soulagement en apprenant qu'elle en avait hérité, Faith le soupçonnait d'avoir été malgré tout blessé par la décision de sa mère. Gran ne lui avait pas laissé la maison, alors qu'il était l'aîné des hommes de la famille et qu'il avait pris soin d'elle pendant de longues années.

La nouvelle avait dû être d'autant plus cuisante qu'il savait à quel point Faith détestait cet endroit. Et aussi pourquoi.

— C'est noté, pour Combs, répondit-elle avec calme. Où seras-tu ?

— Dans la salle d'observation. Pas pour observer, mais pour être à proximité au cas où.

Novak hésita, puis soupira et reprit la parole.

— Faith, sais-tu qui aurait hérité de la maison si… Tu vois, ajouta-t-il avec une petite grimace.

— Si la personne qui tente de me tuer avait réussi ? Si j'avais fait un testament, ce qui n'est pas le cas, la maison serait revenue à mon père. Si je meurs sans testament, la maison ira à la fondation.

— Quelle fondation ?

Faith entendait la voix de sa grand-mère dans son esprit, claire comme du cristal. *C'est ton héritage, mon enfant.*

— La fondation Joy O'Bannion. Une œuvre de charité supervisée par ma grand-mère. Ils accordent des aides financières à des étudiants atteints de maladies débilitantes, le plus souvent sous forme de bourses d'études. En tant qu'héritière de Gran, je suis censée m'occuper des détails, jusqu'à un certain point. Mais pour l'instant j'ai laissé ça de côté. J'ai déjà du mal gérer ma propre vie, alors un programme d'attribution de bourses…

Il pencha la tête.

— L'avocat de cette fondation, c'est aussi Henson ?

— Oui. Pourquoi ?

— Bishop et moi l'avons interrogé ce matin. Quand nous lui avons demandé qui aurait la maison en cas de malheur, il a refusé de nous répondre en laissant entendre qu'il protégeait la confidentialité d'un autre client.

— Tu crois que le mobile de celui qui veut me tuer est de la récupérer ? Mais personne ne l'aurait eue. Elle aurait simplement été ajoutée aux avoirs de la fondation.

— Qui a accès à ces avoirs ?

— Le comptable qui signe les chèques et le courtier qui gère le portefeuille d'actions. C'est tout. Le conseil d'administration peut accéder aux relevés de comptes, mais pas à l'argent lui-même.

— Je vois. De combien est-il question ?

— De sommes importantes. Environ cinq millions. Plus ou moins.

Novak cilla, laissant paraître sa surprise.

— C'est un sacré paquet de fric. C'est une œuvre de charité privée ou publique ?

— Privée. Pourquoi ?

— Où pourrais-je me procurer la liste des membres du conseil, le nom du courtier et du comptable ?

— Ils sont dans mon portable, qui se trouve chez toi. Dès que nous serons rentrés, je vais te transférer tout ça. Mais pourquoi ? Ils n'ont pas accès à l'argent.

— Pas légalement, c'est vrai. Mais certaines activités illégales pourraient constituer un mobile de meurtre. Les courtiers trichent. Les comptables trafiquent les livres. Et on ne contrôle pas les œuvres de charité privées avec la même minutie. Ils n'ont peut-être commis aucune malversation, mais il y a trop de zéros pour les ignorer, d'autant plus que nous ne connaissons pas encore les mobiles de celui qui cherche à te tuer. Autre question. Peux-tu me parler des enfants de Jeremy ?

Ce fut au tour de Faith d'être interloquée.

— Oh ! mon Dieu. Ils ne peuvent pas savoir qui a hérité, mais ils savent qu'ils ne font pas partie des légataires, c'est ça ? Je déteste les considérer comme des suspects. Jeremy a une fille appelée Audrey. Elle a une petite vingtaine d'années. Je ne sais pas grand-chose d'elle, à part qu'elle vit à Cincinnati et qu'elle a souvent des ennuis avec la loi en raison de son zèle excessif à défendre les causes qui lui tiennent à cœur. Jeremy a aussi deux beaux-fils, les fils de son ex-femme, nés d'un premier mariage. Il les a sans doute adoptés, parce qu'ils s'appellent O'Bannion et ne portent plus le nom de leur père. J'ai rencontré Stone et son frère aîné, Marcus, à Noël, l'année qui a précédé la mort de mon grand-père. Stone avait mon âge et Marcus, un an de plus. C'est ce soir-là que Jeremy a annoncé ses fiançailles avec Della. Je me souviens que ma mère était assez consternée, parce que Jeremy n'avait que vingt-deux ans à l'époque et Della au moins dix de plus. Pire encore, elle était protestante.

— Vraiment ? Jordan vient juste de nous dire que ton oncle Jeremy les « aimait jeunes », garçons et filles. Pile du bon côté de l'âge légal.

— Oh ! non ! Je n'ai jamais entendu une chose pareille, mais les adultes ne me disaient jamais rien directement. Tout ce que je sais, je l'ai entendu par accident. Mon père était choqué que Jeremy épouse une femme. Il a dit un jour à ma mère qu'il avait toujours pensé que Jeremy était « un peu maniéré », même si je n'avais aucune idée de ce que ça signifiait. Maintenant, Stone est un journaliste célèbre, du genre héros du reportage, et Marcus tient un petit journal dans une des banlieues du nord de la ville. Je n'en sais pas plus.

Elle se tourna vers la porte de la salle d'interrogatoire.

— Je ne devrais pas trop faire attendre Jordan, ajouta-t-elle.

— Faith, attends !

Novak referma les doigts autour de son bras, le mouvement circulaire de son pouce transformant le geste en caresse.

— Je ne lui ai pas parlé des victimes. Pas encore. Pas avant d'avoir vérifié son alibi.

Faith secoua la tête.

— Mais… Il n'aurait pas. Il est… *Non.* Jordan a ses défauts, mais il prend soin des gens. Il ne leur fait pas de mal. Il s'est occupé de Gran. De moi. La seule personne à qui il ait jamais fait du mal, c'est à lui-même en absorbant tout cet alcool.

— Je comprends. Mais, jusqu'à ce que nous ayons vérifié son alibi, je préfère ne pas dévoiler mon jeu. Et, même après, je ne veux pas que tu lui donnes des infos dont nous n'aurons pas parlé à la presse. J'ai l'impression que sa petite amie n'y réfléchirait pas à deux fois avant d'en parler à qui voudra l'entendre. Si tu confies des infos confidentielles à Jordan et qu'il lui en parle, même à mots couverts, elle risque de compromettre notre enquête.

— Mais tôt ou tard on saura toute la vérité. Et, quand il comprendra que je le savais et que je ne lui en ai pas parlé, il en sera blessé.

Novak pesa le problème, avant de répondre :

— Très bien. Dans ce cas, dis-lui que nous avons trouvé un corps et qu'il pourrait y en avoir d'autres. Au moins, si l'info fuite avant la conférence de presse, nous saurons si nous pouvons lui faire confiance.

C'était de bonne guerre, songea-t-elle. Elle avait toujours cru qu'avec Jordan ses secrets étaient à l'abri. Mais comment savoir ce qu'il pouvait raconter aux gens, lorsqu'il s'enivrait au-delà de la raison ?

Du plus loin qu'elle se souvienne, il avait toujours été trop sauvage, trop gâté, trop excentrique. Mais il semblait être devenu encore plus extravagant avec les années. Elle avait affiché un grand sourire quand Novak lui avait parlé de la danseuse orientale gymnaste en rose, mais dans son for intérieur elle avait grimacé. Malgré tout, elle comprenait pourquoi Jordan était ainsi. Il avait vu une de ses sœurs emportée par la leucémie. Lui-même avait dû combattre un cancer, alors qu'il n'avait que dix-sept ans. On lui avait dit que la maladie pouvait récidiver n'importe quand.

Certaines personnes auraient considéré cette situation comme un appel à faire de chaque jour une journée qui comptait pour le bien. Pour Jordan, c'était un appel à faire de chaque jour une journée qui comptait pour Jordan. *Dire que j'aurais pu être dans le même cas.*

Autrefois, elle avait emprunté cette voie en sa compagnie, l'alcool, les fêtes. Et elle était heureuse de s'en être détournée avant de tomber dans le trou dont Jordan était prisonnier.

Elle prit une profonde inspiration avant de pousser la porte et d'entrer dans la pièce. Assis devant la table, son oncle avait l'air… vieux. Sa vie dissolue le rattrapait. Il n'avait que quarante-quatre ans, mais en paraissait dix de plus.

— Oncle Jordan.

Jordan se leva d'un bond, la prit dans ses bras et la serra si fort que son corps contusionné protesta. En entendant son petit cri de douleur étouffé, il laissa tomber ses bras et fit un pas en arrière.

— Qu'est-ce qui ne va pas ?

— Disons que je suis un peu moulue.

Il se rembrunit.

— Je suis navré, Faith. Je n'avais pas l'intention de te faire mal.

— Ça va. Ce n'est rien, je t'assure.

Faith prit place devant la table et joignit les doigts.

— Jordan, nous avons un problème avec la maison.

— Je sais. On a séquestré une fille, là-bas. C'est ça ?

— C'est encore plus grave. La police a trouvé un corps dans la cave.

Il se figea, horrifié.

— Dans notre cave ? Qui ? Quand ?

— Je ne sais pas. Je n'y ai jeté qu'un coup d'œil.

Ce qui était la stricte vérité.

— Tu l'as *vue* ? Oh ! Faith.

Puis le regard de Jordan changea, se chargeant d'une autre forme d'horreur. Mêlée de compassion.

— Tu es descendue, là-dedans ? Dans la cave ? Comment vas-tu ?

Elle haussa les épaules nerveusement.

— Je vais bien. Un peu bouleversée, peut-être.

— Je m'en doute, dit Jordan en lui serrant la main. J'aurais pu t'accompagner.

Faith lui adressa un sourire forcé.

— Je sais. Mais tout va bien, Jordan. Je suis une grande fille, maintenant.

— Et une grande fille visiblement très occupée, docteur Corcoran, ajouta-t-il en insistant sur le nom. Ecoute, je n'ai pas voulu en faire toute une histoire devant les policiers, mais… qu'est-ce que c'est que ce cirque, Faith ? Pourquoi as-tu pris le nom de jeune fille de mère ? Bon, je suis bien content que tu te sois complètement débarrassée de ce connard de Charlie, mais pourquoi ne pas simplement revenir à Sullivan ? Ou même à O'Bannion ? Corcoran ! Mais qu'est-ce qui t'est passé par la tête ?

Elle prit une profonde inspiration.

— Faith Frye devait disparaître. J'ai été harcelée.

Jordan plissa les yeux, soudain menaçant.

— Par qui ?

Faith se détourna.

— Peter Combs.

Il se pencha en arrière en exhalant un soupir furieux.

— Bordel de merde, Faith. Tu l'as signalé aux autorités ?

Elle se força à regarder son oncle droit dans les yeux.

— Bien sûr. Des dizaines de fois. Les flics pensaient que je l'avais bien cherché. Exactement comme toi, ajouta-t-elle avec amertume.

— Je n'ai jamais pensé une chose pareille, protesta-t-il, toujours furieux. Pas une seule fois. Mais tu dois tout de même admettre que bosser avec la lie de la terre a fait augmenter ton taux de risques d'être agressée. Chaque jour, je craignais de recevoir ce coup de fil, et puis il a fini par arriver.

— Et tu es venu à l'hôpital, murmura-t-elle. Tout de suite.

— Ouais, dit-il en se calmant. Je suis venu. Parce que je devais vérifier par moi-même que tu allais bien. Mère aussi voulait des nouvelles, elle était persuadée que ton père ne lui disait pas toujours tout.

Et Gran n'avait pas tort, songea Faith. Les O'Bannion et les Sullivan étaient maîtres dans l'art de garder des secrets. *Et, pour être parfaitement honnête, j'ai tout à fait ma place parmi eux.*

Son oncle se pencha en avant, intensément sérieux.

— Mais, Faith, tu n'allais pas bien. Ça fait longtemps que tu n'as pas été bien. Cet air effrayé que tu avais quand tu es sortie de l'hôpital n'a pas disparu. Je le vois bien. Qu'est-ce que ce salopard t'a fait ?

— Il m'a harcelée pendant pratiquement un an. Ensuite, il a essayé de me tuer.

Abasourdi, il regarda la gorge de Faith, puis leva un regard effrayé vers ses yeux.

— Encore ? Comment ?

— Il m'a tiré dessus, il a tenté de me pousser d'un pont, il a brûlé mon appartement.

Un nerf tressaillait dans la joue de Jordan.

— Et la police de Miami n'a rien fait ? demanda-t-il trop calmement.

— Quand ils ont enfin fini par me croire, il avait disparu. Complètement évaporé.

Jordan s'adossa à son siège, ruminant sombrement sa colère.

— Puisque quelqu'un te tire dessus, il a visiblement réapparu. Qu'est-ce que les flics font pour essayer de lui mettre la main dessus ?

Ils cherchent des indices sur les cadavres de dix femmes, songea-t-elle, mais elle ne pouvait pas le dire.

— Ils ont lancé des avis de recherche, dit-elle, sachant à quel point ça paraîtrait inadéquat.

— Des avis de recherche, répéta-t-il platement. Et le corps de la cave ? Pourquoi les flics me demandent-ils qui a accès à la cave, puisqu'ils connaissent le coupable ?

Parce que ces corps étaient là bien avant que je rencontre Combs. Mais, bien sûr, elle ne pouvait pas non plus dire ça.

— Ils doivent explorer toutes les possibilités et éliminer ceux qui ont un rapport avec la maison.

— Et ce fameux corps qu'ils ont trouvé ? Quel rapport avec Combs ? Il a bien une fille, c'est ça ? C'est elle ? Il l'a tuée ?

— C'est sa belle-fille et elle est vivante, dit Faith, qui entendait encore la voix de Vega expliquer qu'elle avait parlé à l'adolescente, quelques semaines auparavant. Je ne sais pas qui était la victime. J'ignore si la police a déjà réussi à l'identifier.

— Ça ne me plaît pas. Rien de tout ça ne me plaît. Ça ne me plaît pas que tu doives encore avoir peur. Ça ne me plaît pas que ce type ait utilisé notre maison pour ses jeux pervers. Ça ne me plaît pas du tout que les flics n'aient pas la moindre idée de l'endroit où il se trouve. Ça ne me plaît pas qu'ils nous cachent des informations.

Il s'immobilisa, les yeux étrécis de méfiance.

— Pourquoi ont-ils emporté du mobilier, Faith ? Qu'est-ce qu'ils fabriquent vraiment ?

Les victimes, comprit-elle. Les victimes dont elle n'était pas censée parler. Mais, avant qu'elle ne trouve une réponse, on frappa à la porte et Novak entra dans la pièce.

— Désolé d'écourter vos retrouvailles, mais j'ai encore à faire. Monsieur O'Bannion, merci d'être venu. Un agent va vous reconduire dans le hall.

— Non. Je veux des réponses. Qu'avez-vous emporté de la maison de ma mère ?

— Des indices. Je ne peux pas vous en dire plus.

Jordan se hérissa.

— Et le corps que vous avez trouvé dans la cave ? Qui est-elle ?

— Nous ne le savons pas mais, même dans le cas contraire, nous ne pourrions pas révéler son nom avant d'informer sa famille. Je suis certain que vous comprenez.

Il fit signe à l'officier qui se tenait dans l'embrasure de la porte, puis ajouta :

— Une fois de plus, je suis désolé de vous avoir fait attendre si longtemps, mais je dois vraiment partir, maintenant.

Jordan se leva, mais n'esquissa pas le moindre pas vers la porte.

— Et ma nièce ?

— Je lui ai trouvé une planque. Elle y sera à l'abri. Ne vous inquiétez pas.

Jordan lança un coup d'œil soucieux à Faith.

— Je serais moins inquiet si tu étais avec moi. Ton ancienne chambre t'attend.

— Mon ancienne chambre ? Mais qu'est-il arrivé à ta gouvernante ?

— Mary a déménagé dans ma chambre quand je me suis installé dans la suite de mère, dit-il, lui prenant le bras d'un geste protecteur. Faith va venir avec moi, agent Novak. Il ne lui arrivera rien, là-bas. Je vous le promets.

Faith se dégagea avec gentillesse.

— Je ne peux pas t'accompagner, Jordan. Aucun de nous ne serait en sécurité, si j'acceptais. La nuit dernière, mon hôtel a été arrosé de balles et un jeune homme a été blessé. En allant dans une planque, je nous protège tous les deux, ainsi que tous tes voisins.

De plus, elle gardait son accès immédiat à Deacon Novak, auquel elle n'était pas encore prête à renoncer.

Jordan lui adressa un regard impuissant.

— Ça ne me plaît pas que tu sois en danger et que je ne puisse pas te protéger.

— Je serai plus en sécurité avec la police.

Il se rendit avec un soupir las.

— Très bien. Mais, si tu as besoin de moi, tu peux m'appeler. Je viendrai aussitôt.

— Compte sur moi. Et ne t'inquiète pas.

Après le départ de Jordan, Novak ferma la porte et ils restèrent seuls dans la pièce.

— Que s'est-il passé ? demanda Faith. Je t'en prie, ne me dis pas qu'ils ont trouvé d'autres corps.

— Non. Mais je devais l'empêcher de te pousser à répondre quand il t'a interrogée sur ce que nous avions emporté de la maison.

— Les corps ? Mais je ne lui aurais rien dit.

— En réalité, tu lui avais déjà révélé des trucs sans le vouloir, dit-il avec gentillesse. Au moment où tu as compris de quoi il parlait, ton expression t'a trahie. Je sais que tu ne voulais pas lui mentir, alors j'ai interrompu la conversation.

— Je ne voulais pas lui mentir, en effet. Il a pris soin de moi, Deacon, du mieux possible. Après que Combs…

Elle se rendit compte qu'elle remontait machinalement le col de son pull et se força à cesser, puis reprit ses explications.

— Après avoir été blessée, je me suis réveillée à l'hôpital et j'ai trouvé Jordan à mon chevet. Il était là avant même mon père. Papa et Lily sont arrivés en voiture de Savannah, mais Jordan a tout lâché et a sauté dans le premier avion pour Miami. Il m'a apporté des BD et ma Game Boy. Un lecteur de DVD portable et tous les films des X-Men. Ensuite, dès que j'ai été autorisée à manger du solide, il m'a apporté des hot-dogs Skyline en douce. Un plan à cinq avec supplément d'oignons, ajouta-t-elle avec un sourire triste.

— Il en a trouvé à Miami ? Vraiment ?

— Il y a quelques Skylines en Floride. Jordan faisait le détour pour m'en apporter. Il a toujours pris soin de moi. Je déteste l'idée de devoir le tenir à l'écart. Quand lui diras-tu ce qui se passe ?

— Dès que nous l'aurons éliminé de la liste des suspects. En parlant de ça, je dois te renvoyer à la maison. L'agent Pope t'attend pour te ramener chez moi.

— Pourquoi ? Tu ne peux pas t'en charger ?

— J'ai rendez-vous avec Isenberg dans quelques minutes. Si j'avais le temps de te raccompagner, je le ferais, mais je ne reviendrai sans doute pas avant un bon moment.

Sa voix de basse avait pris des intonations si suggestives que Faith en resta un instant sans voix.

— Oh.

Deacon esquissa un sourire, puis il reprit son sérieux.

— Ah, il faut que je te dise quelque chose. Pendant que tu discutais avec ton oncle, j'ai reçu un mail du labo. Ils ont découvert un mouchard sur ta jeep, identique à celui que Vega a trouvé sur ta Prius.

Faith le fixa, ébahie.

— Quoi ? Comment est-ce arrivé là ? Quand a-t-il été posé ?

— Je ne sais pas encore. J'ai besoin d'une liste de tous les endroits où tu as quitté ta voiture entre Miami et Cincinnati. Et aussi les endroits où tu t'es arrêtée depuis ton arrivée ici.

Faith se laissa tomber sur une chaise, les genoux un peu faibles.

— Il était assez près de moi pour placer un mouchard sous ma jeep. Pourquoi ne m'a-t-il pas tout simplement tuée, à ce moment-là ?

— Il y avait peut-être trop de monde autour.

Elle accepta la main qu'il lui tendait et se remit debout.

— Il voulait attendre que je sois seule quelque part… Où est l'agent Pope ?

— Il t'attend dans le hall. Je rentrerai aussitôt que possible.

— J'attendrai.

21

Cincinnati, Ohio
Mardi 4 novembre, 19 h 30

Isenberg prit place au bout de la table.

— Je dois voir le chef et le maire dans une demi-heure. Où sont passés les autres ?

Pour l'instant, Deacon et Isenberg étaient les seuls présents.

— Bishop remonte du parking.

Il se tourna vers le tableau d'affichage, où quelqu'un avait fixé des photos des victimes déjà identifiées, ainsi qu'une carte où l'emplacement de chacun des enlèvements était signalé.

— Joli tableau de bord pour l'enquête.

— La nouvelle stagiaire de Crandall est très minutieuse, ce qui n'est pas surprenant, puisque c'est sa nièce.

Bishop fit irruption dans la pièce, hors d'haleine.

— Vous êtes déjà là. Bon sang, j'espérais qu'on commencerait en retard, comme d'habitude.

Elle se glissa sur un siège, de l'autre côté d'Isenberg.

— Où étiez-vous ? demanda celle-ci, l'air préoccupé.

— A Mount Adams, je vérifiais l'alibi de Jordan O'Bannion. Il a passé toutes les nuits de la semaine dernière avec Alda, y compris les deux nuits en question.

Bishop fit une petite grimace et ajouta :

— Elle a été très précise quant aux détails des positions qu'ils ont explorées lors de chacune de ces nuits. Apparemment, ils sont en train de lire le *Kama Sutra* en cochant les positions, au fur et à mesure qu'ils les essaient. Alors, ouaip. Alibi vérifié.

Isenberg en resta sans voix. L'arrivée de Vince Tanaka la dispensa de trouver un commentaire adéquat. Le chef de l'équipe scientifique s'installa près de Deacon.

— Où est Kimble ? demanda-t-elle.

— Au téléphone, il a dû prendre un appel, indiqua Tanaka. Il a dit qu'il nous rejoignait dans une minute.

— Très bien. En attendant, vous autres, donnez-moi de quoi empêcher les gradés de nous renifler la nuque et faire dégager la presse.

Deacon secoua la tête. Avec une anxiété grandissante, il se souvint du déluge constant de questions qu'il avait subi en Virginie-Occidentale, des photographes avec leurs objectifs à longue portée.

— Vous ne parviendrez pas à éloigner la presse, Lynda. Avant que nous n'ayons bouclé cette affaire, les médias de tout le pays vont débouler ici. Ce sera une vraie maison de fous. C'est à ça que vous devez vous attendre. D'ailleurs, nous devons tous nous y préparer.

Isenberg soupira.

— Je sais. Bon, au milieu des mauvaises nouvelles que vous allez sans doute m'apprendre, il y a au moins une info réconfortante. D'après l'hôpital, le portier de l'hôtel va se rétablir complètement.

Les épaules de Deacon se relâchèrent d'un cran. Voilà de quoi rasséréner un peu Faith.

— Ça, c'est une bonne nouvelle. Je ne pensais pas qu'il s'en sortirait.

— Bon, où en sommes-nous ? lança Isenberg. Par pitié, dites-moi que nous n'avons toujours que dix corps.

— En tout cas, pour l'instant, dit Tanaka. Mais ça pourrait évoluer. L'archéologue de Novak est là, donc on va bientôt pouvoir entamer les recherches à l'extérieur. L'officier chargé de la sécurité m'a envoyé une photo pour que je puisse vérifier son identité.

Tanaka leur présenta l'écran de son téléphone et tout le monde put découvrir la photo d'une blonde, vêtue d'une vieille veste de l'armée.

— J'avoue que je n'attendais pas le docteur Johannsen en personne.

— Moi non plus, renchérit Deacon. Elle m'a simplement dit qu'elle allait nous trouver quelqu'un de bien.

Tanaka lui adressa un sourire las.

— C'est la meilleure, donc j'aurais tendance à dire qu'elle a tenu sa promesse.

— Qui est Johannsen ? s'enquit Isenberg.

— L'archéologue avec qui j'ai travaillé en Virginie-Occidentale.

— Ah. Celle qui a repéré l'emplacement de toutes les tombes, dit Isenberg.

— En ce qui concerne la manipulation du radar à pénétration de sol, elle figure parmi les meilleurs experts au monde, précisa Tanaka. Elle assiste des équipes de police scientifique, mais aussi des brigades de secours, à la recherche de survivants sur des sites de catastrophes, partout sur la planète. Si elle ne trouve rien, nous pourrons être certains d'avoir récupéré tous les corps.

— Si seulement ! marmonna Isenberg. Bien. Qu'avons-nous sur les dix victimes, jusqu'à présent ?

Deacon commença :

— Toutes blondes, toutes environ du même âge. Toutes autopsiées et embaumées. Les organes internes ont été prélevés. Carrie Washington m'a fait un rapport juste avant la réunion. Elle a identifié une victime de plus, nous en sommes donc maintenant à trois. C'est encore une étudiante qui a disparu dans l'Etat de l'Ohio, il y a trois ans. Si on suppose que Corinne Longstreet était la cible désignée, nous pouvons ajouter une caractéristique commune à celles que nous avons déjà relevées. Elles étaient toutes à l'université ou venaient d'obtenir leur diplôme quand elles ont été enlevées.

— Peut-on établir un lien avec la nature de leurs études ? demanda Isenberg.

— Non. La matière principale de Corinne était l'art. Roxanne Dupree étudiait l'architecture d'intérieur et Susan Simpson avait une licence en droit criminel. Wendy Franklin, celle qui vient d'être identifiée, suivait un cursus de chimie. Celles qui font figure d'exceptions pour l'âge et la couleur des cheveux sont Arianna et Roza, l'adolescente qui a aidé Arianna à s'échapper. Elles sont toutes les deux plus jeunes et ont les cheveux noirs. J'ai vérifié le fichier des enfants disparus, à la recherche de filles portant le prénom de Roza, mais les seules correspondances que j'ai trouvées sont des gamines trop âgées, trop jeunes, ou de la mauvaise appartenance ethnique. Nous enverrons un dessinateur à Arianna, dès qu'elle sera en état.

Adam se glissa dans la pièce, puis referma derrière lui.

— On a une info sur le fourgon blanc. J'ai reçu un appel de l'équipe qui est arrivée la première sur les lieux.

Isenberg le fixa d'un œil attentif.

— Qu'est-ce qui les a amenés là-bas ?

— Blessure par balle, répondit sobrement Adam. Tentative d'homicide.

L'attention se fit générale.

— La victime a donc survécu ? demanda Bishop.

— Tout juste. Le fourgon a été trouvé sur le parking d'une supérette ouverte vingt-quatre heures sur vingt-quatre. La victime a reçu une balle dans la tête et on l'a fait rouler sous le fourgon. Un client a remarqué une main qui dépassait de sous le véhicule. Visiblement, elle a dû se traîner sur quelques dizaines de centimètres, mais ensuite elle s'est évanouie. Une fois sur place, les gars ont reconnu le fourgon blanc grâce à l'avis de recherche, ils nous ont donc appelés immédiatement. L'agent de garde a signalé qu'il y avait un orifice de sortie. Ils ont donc sécurisé et protégé la scène pour chercher la balle. Vince, pourrais-tu leur envoyer une équipe de la scientifique ?

— Ceux qui se sont occupés de la première scène, là où on a retrouvé Arianna, ont eu le temps de se reposer. Je vais les affecter là-bas.

Tanaka tapa rapidement un SMS, puis ajouta :

— Ils y seront dans vingt minutes.

Adam poursuivit son compte rendu.

— La victime n'avait pas de pièce d'identité sur elle. Et son sac n'était pas visible. Les plaques du fourgon n'étaient plus les plaques du Tennessee qui apparaissaient sur la vidéo de l'hôtel. Elles avaient été remplacées par des plaques de l'Ohio, dont le vol a été signalé il y a cinq ans. Elles appartenaient à une voiture en panne sur le bord de la route. La personne qui a emporté les plaques n'a pas touché à la voiture. C'est pour ça que les recherches du fourgon ont pris un certain temps. Nous cherchions des plaques du Tennessee. Il n'est pas aussi idiot que nous l'espérions.

— Il a quand même commis une erreur, dit Deacon. Il a laissé un témoin potentiel en vie.

— Peut-on tirer quelque chose de la localisation de la scène ? demanda Bishop. La route de Red Bank est à l'est, du côté de l'aéroport de Lunken, pas très loin de Mount Carmel. Avant d'arriver à Red Bank, il a croisé plusieurs endroits où il aurait pu larguer le fourgon. La zone lui est peut-être familière ? Il s'y sent peut-être à l'aise ?

Isenberg acquiesça.

— C'est peut-être près de chez lui. Ou alors, il a choisi cet endroit pour nous le faire croire. On a des suspects ?

— Maguire and Sons, dit Bishop. Qui qu'ils soient. Leur bureau est à Mount Carmel, pas loin de Red Bank. Ils inspectent la maison O'Bannion deux fois par an, de bas en haut. D'après le système mis en place, le petit-fils de l'avocat de la famille O'Bannion, Herbert Henson Trois, est censé les retrouver à la maison avec la clé et patienter sur place, le temps qu'ils terminent l'inspection et l'entretien. Mais un témoin a vu Henson Trois, en tenue de golf, se contenter de déposer la clé chez Maguire and Sons, à Mount Carmel. Par ailleurs, l'affaire semble légale sur le papier, mais leur bureau est abandonné. Crandall a découvert que leur courrier était réexpédié vers une boîte postale de Forest Park.

— C'est assez loin de Mount Carmel, souligna Tanaka. Pas très pratique pour récupérer son courrier.

— A moins que ce ne soit près de quelque chose qui *est* pratique, ajouta Bishop. Crandall récupère les enregistrements des caméras de sécurité de l'agence de boîtes postales. Ainsi nous verrons qui collecte le courrier. Je parie sur la femme à qui Henson Trois a remis la clé. J'ai demandé qu'on envoie un dessinateur au témoin pour avoir une description de cette fameuse femme. Après la réunion, nous irons interroger Jeremy O'Bannion. Il est chirurgien, ce qui cadre avec la manière dont les victimes ont été autopsiées et avec le prélèvement d'organes. Sans oublier que deux membres de la famille ont mentionné sa prédilection pour les jeunes femmes.

— Les dix victimes n'étaient pas mineures, fit remarquer Isenberg. Elles avaient l'âge de fréquenter l'université, voire plus.

— Nous allons avoir un entretien informel avec lui. Avec un peu de chance, il nous fournira de quoi obtenir une commission rogatoire pour perquisitionner son domicile.

— Il figure donc sur notre liste de suspects ? voulut savoir Isenberg.

— Disons qu'il présente un intérêt pour l'enquête, dit Deacon. Jeremy ne correspond pas à la description physique du tireur qui se trouvait à l'hôtel, la nuit dernière. Mais, cette fois-là, il s'agissait peut-être de Combs.

Isenberg tint à apporter une précision :

— Qui est toujours sur notre liste parce que (a), il a essayé de tuer Faith et (b), nous avons établi une correspondance balistique. Le pistolet qu'il a utilisé hier soir, à la maison O'Bannion et pour tuer le client de l'hôtel, est celui qui a servi à tuer Gordon Shue à Miami.

— Oui, admit Deacon. Mais le tireur de l'hôtel de la nuit dernière pourrait aussi être le beau-fils de Jeremy, Stone O'Bannion.

— Depuis quand ? demanda Bishop, surprise.

— Depuis dix minutes avant ton arrivée, quand j'ai reçu le rapport de l'agent qui surveille la propriété de Jeremy. Je t'ai transmis le mail, dès que je l'ai reçu. La nuit dernière, Jeremy n'a pas quitté la maison, mais son beau-fils s'est absenté. Stone O'Bannion est parti à 23 heures et il est rentré à 4 h 15, ce matin.

— Ce qui lui donne une fenêtre parfaite pour te tirer dessus à l'hôtel, continua Bishop. Ensuite, il vole un monospace dans le parking de la supérette sur Red Bank et il regagne la maison de Jeremy.

— Exactement. Ajoute à ça que Stone est un ancien de l'armée. Il a servi deux fois dans le Golfe. Tireur d'élite. Grand chasseur. J'ai sorti sa photo. Sa taille, son poids et sa stature correspondent à ceux de Combs, mais également à la silhouette du tireur de l'hôtel, la nuit dernière, et à celle de l'homme qui a pénétré dans la chambre de Faith en grimpant par la fenêtre, il y a quinze jours en Floride.

Isenberg étudia la photo.

— Qu'a dit Faith à son propos ?

— Elle ne l'a rencontré qu'une fois, lorsqu'ils étaient enfants. La famille est brouillée avec le côté de Jeremy. Il a une fille biologique et deux fils adoptés. Aucun d'eux ne figure dans les testaments des parents O'Bannion. Jeremy a pu en concevoir une certaine rancœur.

— Quand Stone est-il rentré de sa dernière affectation dans le Golfe ? demanda Tanaka.

— Il y a cinq ans, lui répondit Deacon. Ça signifie qu'il aurait pu être au pays pendant la période qui couvre les enlèvements que nous avons découverts jusqu'à maintenant.

Tanaka secoua la tête.

— Mais, avec deux missions dans le Golfe, il était peut-être à l'étranger au moment où on a muré les fenêtres de la cave des O'Bannion.

Deacon soupira, agacé d'avoir manqué cet élément. *J'ai besoin de dormir.*

— Tu as raison. Personne ne cadre complètement avec toutes les preuves. Mais il faut continuer à surveiller Stone. D'après Google, il est devenu journaliste indépendant. Son travail a été publié dans *Newsweek* et *Time*, mais il a aussi fait une pige dans *Hot Shots*. Un article sur les viseurs destinés au tir à longue portée. Juste après avoir reçu le rapport de surveillance, j'ai recherché ses antécédents. Aucune arrestation ne figure dans son casier judiciaire, mais il a un bon nombre d'armes enregistrées, y compris un neuf millimètres, dont il a signalé le vol, après son retour du Golfe.

— Commode, intervint Isenberg. Le déclarer volé et ensuite, l'utiliser pour tuer… Combien ?

— L'ancien patron de Faith en Floride, énuméra Deacon. Et ici, en Ohio, le technicien de Earl Power, le serrurier, le client de la chambre d'hôtel. Ça fait quatre. Il nous manque la balle qui a touché la femme qu'on a trouvée sous son fourgon. En plus, j'imagine que la balle qui a été découverte près du sentier de King's College correspondait aux autres, d'un point de vue balistique.

— En effet, fit Tanaka.

— Donc, il a aussi été utilisé pendant l'enlèvement d'Arianna, dit Deacon. Bien sûr, nous ne savons pas si le neuf millimètres impliqué dans tous ces crimes est celui que Stone a déclaré volé.

— Ramenez-le quand même, lança Isenberg. Il est temps d'avoir une petite conversation avec ce gars.

— Bishop et moi allons rendre une petite visite à Jeremy, après la réunion, indiqua Deacon. Mais, une fois que ce sera fait, on aura besoin de dormir un peu. On est sur les rotules.

— J'ai pu faire une petite sieste entre la morgue et le témoignage d'Arianna, dit Bishop. Je prendrai le volant pour aller chez Jeremy et tu pourras dormir un peu.

— Je te prends au mot, dit Deacon. Mais nous avons besoin de plus de monde. Plus d'agents et d'enquêteurs. S'il n'y a pas assez de ressources au CPD, je peux demander du renfort à Zimmerman.

Deacon appartenait à l'unité spéciale d'Isenberg, mais l'agent spécial principal Zimmerman, chef de l'antenne de Cincinnati du FBI, était son supérieur officiel.

— Il nous faut du monde pour ramasser et interroger Stone. Retrouver la trace de Henson Trois, dont on est toujours sans nouvelles. Maguire reste toujours inconnu, si toutefois c'est une vraie personne. On aurait besoin d'au moins trois autres enquêteurs ou agents.

— Je me charge de joindre Zimmerman, assura Isenberg. Nous aurons du renfort. Si vous êtes trop fatigués pour interroger Jeremy, je peux envoyer quelqu'un d'autre.

Deacon secoua la tête.

— Non. C'est un personnage central dans cette affaire et c'est nous qui dirigeons l'enquête. Nous irons l'interroger. Ensuite on pourra confier les rênes à la relève et aller dormir.

Adam se mêla à la conversation.

— J'ai une question. A-t-on trouvé des blessures par balle sur les victimes qui étaient sous le carrelage de la cave ?

— Juste sur celle qui était flic, dit Bishop. Mais la blessure avait cicatrisé avant qu'il la tue. Pourquoi ?

— Parce que je n'arrive pas à comprendre pourquoi il persiste à utiliser le même pistolet, expliqua Adam. Il doit savoir que nous pouvons comparer les balles.

— Il s'en fiche peut-être, dit Deacon. Son arrogance va peut-être jusque-là. Ou il a pu s'imaginer que Faith serait morte à l'heure qu'il est et que nous ne ferions jamais le rapprochement. On a trouvé des empreintes exploitables dans la cave ?

Tanaka secoua la tête.

— Etonnamment, il y en avait très peu. Toutes les surfaces ont été nettoyées. Les murs, les portes, la table d'autopsie, absolument tout. Nous avons pu quand même relever plusieurs empreintes partielles sur le lit de camp, mais une seule figurait dans l'AFIS. Elle appartient à la plus récente victime, Roxanne Dupree.

— L'étudiante de l'université de Miami, c'est bien ça ? dit Isenberg. Sait-on pourquoi il l'a enlevée ?

— J'ai mis le lieutenant Vega sur le coup, dit Bishop. Elle a promis de nous contacter avec le résultat de ses recherches.

Isenberg parcourut ses notes.

— Elle devait aussi voir la petite amie de Combs. C'est fait ?

Bishop fit une petite grimace.

— Ladite petite amie et son avocat jouent au plus malin avec le DA, en vue d'obtenir un accord sur l'accusation de possession. Vega pense obtenir quelque chose demain.

Isenberg plissa les yeux d'un air menaçant.

— Est-ce que leur DA comprend à quoi nous avons affaire, ici ?

— Oui, chef, répondit sobrement Bishop. N'oubliez pas qu'ils ont aussi trois homicides sur les bras. Gordon Shue, la mère et son fils qui ont été tués dans l'ancienne voiture de Faith. Ils se sont débrouillés pour passer sous silence les liens entre leurs homicides et les nôtres. Mais ce n'est qu'une question de temps avant qu'un journaliste fasse le rapprochement entre notre Faith et la Faith qui empoignait la chemise de Gordon Shue au moment où le cerveau du pauvre type l'a éclaboussée de la tête aux pieds.

— Qui est le supérieur de Vega ? Je vais l'appeler pour coordonner nos infos avant d'aller voir la presse.

— C'est le commandant Neil Davies, dit Bishop. Vega lui fait confiance. Et pour l'instant je fais confiance à Vega.

— Bien.

Isenberg se tourna vers Tanaka.

— Vince, parlez-moi de tout ce que vous avez trouvé dans cette cave et qui ne soit pas un cadavre. Faites vite. On m'attend en haut dans dix minutes.

— Latent a relevé trois jeux d'empreintes différentes, qui ne correspondent à aucun des cadavres. Un groupe appartient à Arianna Escobar. Le deuxième, à un enfant ou à un adulte avec de très petites mains. Et enfin on a une empreinte unique, très peu marquée. Aucune ne correspond non plus à celles de Peter Combs. Pour l'empreinte de l'enfant, nous n'avons trouvé aucune correspondance dans le fichier des enfants disparus.

— Peux-tu estimer l'âge de l'enfant d'après cette empreinte ? demanda Deacon.

Tanaka haussa les épaules.

— C'est difficile à dire. Prépubère, peut-être ?

— Vraiment ? Vous n'avez trouvé que trois jeux d'empreintes dans la totalité de cette cave ? insista Isenberg.

— Les murs et le sol étaient *exceptionnellement* propres, Lynda, expliqua Tanaka. La pièce à la table d'autopsie avait été arrosée d'eau de Javel. On a trouvé les empreintes de l'enfant partout. De toute évidence, elle était autorisée à circuler dans la cave. Partout sauf sur la poignée de la porte en haut de l'escalier, là où nous avons trouvé celles d'Arianna Escobar.

— Quand elle s'est échappée, murmura Deacon. Et où était l'empreinte unique ?

— Dans la petite pièce souterraine. Elle était sur une brosse à cheveux que nous avons trouvée dans la boîte posée sur le grabat. A part ça, tout le reste ne portait que les empreintes de la fille.

— La brosse a peut-être appartenu à une autre victime, suggéra Bishop.

— Mon Dieu, j'espère que non, dit Tanaka avec ferveur. Parce que, si c'est le cas, ça voudrait dire que nous avons plus de dix victimes. Cette empreinte ne correspond à aucun des corps que nous avons exhumés. J'espère que la fille l'avait avec elle quand elle a été enlevée. Dans les poils de la brosse, on a trouvé des cheveux appartenant à deux personnes différentes. Les uns sont courts et foncés, les autres longs et blonds. Les analyses ADN sont en cours sur les deux échantillons, on vous transmettra les résultats.

Il consulta ses notes avant de poursuivre son compte rendu.

— La couverture retrouvée dans la chambre souterraine est une couverture de camping standard. Elle peut avoir été achetée n'importe où, mais elle est là-dessous depuis un bon moment.

— Rien de plus précis ? demanda Isenberg. Combien de temps cette fille a-t-elle passé là-dedans ? Des semaines, des mois ?

— La couverture aurait pu être là depuis des années. En revanche, je ne peux rien dire pour la petite. Nous avons trouvé plusieurs caméras à l'intérieur et à l'extérieur de la maison. Malheureusement, les images étaient enregistrées sur un enregistreur numérique qui a été emporté.

— Merde, marmonna Deacon. Ça nous aurait donné une sacrée piste, mais c'était trop beau pour être vrai.

Tanaka haussa les épaules.

— Désolé. Il me reste encore à vous résumer le rapport des experts de l'agent Taylor. Le tireur n'a absolument rien laissé dans la chambre d'hôtel. Oh ! il y a la nouvelle scène de crime dans le parking de la supérette, bien sûr. On a fait remorquer le fourgon jusqu'à notre garage et on va passer chaque centimètre carré au peigne fin.

Isenberg approuva d'un signe de tête.

— Bon travail, Vince. Encore quelque chose que je devrais savoir ?

Le téléphone de Deacon bourdonna, annonçant l'arrivée d'un mail.

— C'est Faith qui envoie la liste des endroits où sa jeep a été garée, depuis qu'elle l'a achetée samedi matin. A un moment donné, ce type lui a collé un autre mouchard.

Adam se porta volontaire.

— Je m'en occupe, transmets-moi la liste.

— Merci.

Deacon se demandait si Adam avait vraiment l'intention de se rendre utile ou s'il tentait de trouver d'autres raisons de suspecter Faith. S'il savait qu'elle avait travaillé avec ce lieutenant des crimes sexuels de Miami pour renvoyer des délinquants sexuels en prison, il l'accepterait sans discussion. Sans doute mais, si quelqu'un devait en parler à Adam, la décision ne revenait pas à Deacon, mais à Faith.

— Et Combs ? demanda Isenberg. Notre avis de recherche a donné quelque chose ?

— Non, répondit Deacon, frustré. C'est comme nous l'a dit Vega, il a disparu de la surface de la terre. Crandall a lancé une vérification de son compte et de sa carte de crédit, mais il n'y a eu aucune activité récente. Combs est hors réseau. Le tireur de la nuit dernière correspond à sa description physique, mais aucun des enregistrements ne montre son visage. Impossible de savoir si c'était bien lui. Il peut ne pas être impliqué du tout. C'était peut-être Stone. Ou ceux qui se cachent derrière Maguire and Sons. Ou ça pourrait être quelqu'un que nous ne connaissons pas encore.

— Si Combs est effectivement impliqué, ce n'est pas depuis très longtemps, fit observer Bishop. Sa sortie de prison ne remonte qu'à un an. J'ai demandé à Vega de se renseigner sur ses visiteurs et ses copains de taule. Et aussi de soutirer à la petite amie des infos sur les gens qu'il a pu rencontrer ces derniers mois. Nous ne manquons pas de pistes, Lynda.

— Et sa nouvelle victime ? rappela Deacon. La femme de la supérette ? Il lui a probablement tiré dessus pour lui prendre son véhicule. Puisqu'on n'a pas retrouvé son sac sur place, nous devons supposer qu'il l'a emporté avec lui. Il pourrait donc avoir ses clés et aussi son adresse, grâce au permis de conduire. Alors, il se cache peut-être là-bas… avec deux victimes vivantes.

Isenberg lui adressa un long regard.

— Vous pensez vraiment que Corinne est encore vivante ?

— Oui, dit-il d'une voix ferme. Il le faut, jusqu'à preuve du contraire. Et, même s'il l'avait déjà tuée, il reste encore la gamine. Arianna pense qu'il a pu tuer la petite pour l'avoir aidée à s'échapper mais, jusqu'à ce que nous en sachions plus sur ce qui le lie à cette gamine, nous ne pouvons pas savoir ce qu'il a l'intention de faire. Il nous faut découvrir où se situent les planques de tous nos principaux suspects. Jeremy, Stone, Combs, Henson Trois, Maguire.

— Demandez à Crandall de faire une recherche sur l'ensemble de leur patrimoine immobilier, dit Isenberg, puis elle grimaça en voyant Tanaka tapoter son poignet. Je sais qu'il est temps pour moi de partir. Je déteste ces trucs. Satanés vautours.

— Qu'avez-vous prévu de rendre public ? demanda Deacon.

Elle se leva et rajusta la veste de son uniforme d'un petit geste sec.

— Je vais leur dire qu'on a trouvé des corps enterrés dans la cave, mais pas leur nombre. Que les victimes ont des points communs, âge, origine ethnique, couleur de cheveux et niveau d'éducation. Mais je ne parlerai ni du plexiglas ni de l'embaumement.

— Et ne mentionnez pas non plus les sutures d'autopsie, ajouta Bishop.

— Ça ne sera pas non plus dévoilé, bien sûr.

— Et la petite ? intervint Adam. Vous allez révéler son existence ?

— Oui, ainsi que sa description et son nom. Adam, demandez à Crandall de mettre en place un numéro spécial. Nous n'allons pas tarder à recevoir un flot d'appels de parents désespérés. Ah ! Je veux également que tous ceux qui travaillent dehors ou sur le terrain portent des gilets. Vince, ça concerne aussi vos équipes. Allez-y. Creusez les pistes que nous avons et trouvez-en d'autres. Tenez-moi informée.

Après son départ, Deacon sortit son téléphone.

— Bon, répartissons les tâches. Je fais la liste et ensuite je vous l'envoie à tous par mail. Adam, il nous faut une identification pour la femme de la supérette, au plus vite. Son agresseur se trouve peut-être chez elle en ce moment même. Et, dès qu'elle aura repris conscience, nous devons savoir ce qu'elle a vu.

— Entendu. Et, quand j'en aurai terminé, je chercherai où se trouvait Corcoran quand on a placé ce mouchard sous sa jeep.

— Je retourne à la maison O'Bannion, dit Tanaka. Je veux voir Johannsen faire fonctionner le radar à pénétration de sol. J'apprendrai peut-être quelques trucs. D'un autre côté, j'espère bien ne plus jamais avoir à m'en servir. Nous allons aussi passer les murs aux rayons X. Il nous reste encore à dénicher sa cache à souvenirs.

— Les organes qu'il a prélevés sur ses victimes, dit Bishop. Merde.

— Si Faith se souvient de la disposition antérieure de la maison, elle pourrait peut-être aider Vince à localiser les planques, suggéra Adam.

Lui demander de retourner dans cette maison ? Putain, certainement pas.

— Non. Elle n'est pas capable de supporter ça.

Bishop plissa les yeux, intriguée par sa réaction.

— D'après qui ?

— D'après moi. La dernière fois, elle a presque tourné de l'œil quand je l'ai forcée à descendre là-dedans.

Adam et Bishop échangèrent un regard.

— Est-ce qu'on ne devrait pas lui demander si *elle* est d'accord pour le faire ? insista Bishop.

Non, parce qu'elle va accepter. Mais Deacon savait que Bishop avait raison.

— Très bien. Je lui poserai la question, d'accord ?

Il se leva d'un bond, sentant qu'il avait besoin d'agir pour rester en éveil.

— Scarlett, tu nous conduiras chez Jeremy ? Je profiterai du voyage pour ronfler un peu.

En passant près du siège d'Adam, il hésita, conscient que, s'ils continuaient à camper sur leurs positions respectives, ils ne pourraient pas fonctionner en équipe.

— Merci, glissa-t-il à son cousin.

— Je pense toujours que tu es cinglé, marmonna Adam. Mais Dani m'a dit que je devais te faire confiance.

Deacon ne fut absolument pas étonné d'apprendre que Dani et Adam avaient parlé de lui entre eux. En réalité, il accueillit la nouvelle comme un soulagement.

— Tu pourrais passer voir Greg, plus tard.

Adam haussa les sourcils, manifestement inquiet.

— Il a vraiment de gros ennuis ?

— Enormes. Il est chez moi, pour l'instant. Il avait peur d'inquiéter encore plus Tammy. D'ailleurs, elle aussi serait contente de te voir. Bon. Scarlett, allons rendre visite à oncle Jeremy.

Cincinnati, Ohio
Mardi 4 novembre, 19 h 35

L'agent Pope tendit la main pour l'aider à se relever du plancher de la voiture, où elle s'était aplatie pour franchir le dernier kilomètre jusqu'à la maison de Novak.

— Vous pouvez sortir, maintenant.

Faith grogna à voix basse en descendant de la voiture.

— Cette carcasse commence à se faire vieille.

— Mieux vaut vieille que morte, répliqua sobrement Pope.

Depuis qu'il était arrivé, elle ne l'avait pas vu esquisser le moindre sourire. Sans attendre sa réponse, il la précéda dans la maison pour vérifier qu'il n'y avait pas d'intrus.

Quelqu'un hurla et Faith se rua à l'intérieur. Elle découvrit Dani Novak qui brandissait une poêle des deux mains, plaquée contre le lave-vaisselle.

Pope leva immédiatement les mains, paumes en avant.

— Doucement, docteur Novak.

— Tout va bien, Dani, c'est un flic, s'empressa de préciser Faith.

Dani se détendit, tout comme Pope.

— Désolé, madame. Je croyais que vous nous attendiez.

Dani posa une main sur son cœur.

— Je savais que Colby était là, mais j'ignorais votre présence.

— Quand vous êtes passée tout à l'heure, j'étais posté à l'extérieur. D'ailleurs, je vais y retourner. Dès que j'aurai récupéré l'usage de mes oreilles, ajouta-t-il dans sa barbe.

Faith éclata de rire.

— Il ne blague jamais, expliqua-t-elle à Dani. Je suis surprise de vous voir ici. Je croyais que vous étiez de garde.

— Greg s'est réveillé et il a découvert qu'il était tout seul avec les fédéraux. La présence de l'agent Colby dans la maison l'a rendu nerveux, même si je lui avais dit qu'il était là pour assurer votre protection. De vous à moi, je crois qu'il est encore bouleversé à cause de ses problèmes au lycée et qu'il avait besoin de compagnie. Alors, j'ai demandé à un collègue de me remplacer pour le reste de ma garde. J'ai préparé des sandwichs grillés au fromage pour le dîner de Greg et de Colby. Vous en voulez ? Il en reste.

— Volontiers.

Faith s'installa devant l'îlot central, pendant que Dani lui préparait une assiette, puis se penchait en avant pour mieux lui examiner le front, d'un air soucieux.

— Vos sutures ont sauté.

— C'est arrivé la nuit dernière, avoua Faith. Deacon m'a plaquée pour m'empêcher de prendre une balle. J'ai simplement pansé la plaie en attendant de m'en occuper plus tard.

— Nous sommes plus tard, affirma Dani. Je vais vous soigner, mais mangez d'abord.

Elle s'exécuta en se rendant compte brusquement qu'elle mourait de faim.

— C'était délicieux, déclara-t-elle en repoussant l'assiette vide. Ça fait une éternité que je n'ai pas mangé de fromage fondu. Quand les choses devenaient un peu trop tendues dans ma vie, c'est toujours ce que je me préparais pour me réconforter. Je n'ai pas mangé de plats maison depuis des semaines. Je ne mange que des trucs à emporter.

— On dirait que ces dernières années ont été effectivement bien stressantes, Faith. Et, compte tenu de ce que je vois aux infos, ça risque de ne pas s'améliorer de sitôt. J'ai eu le résultat des analyses du sang que je vous ai prélevé aux urgences. Vos taux de fer et de vitamine D ne sont pas assez élevés. Il faut que vous mangiez mieux et que vous preniez des vitamines.

Faith soupira.

— Je prévois toujours de prendre des vitamines, mais j'oublie. Je vais ajouter ça à ma liste de tâches.

Elle ouvrit la liste qu'elle avait composée sur son téléphone en attendant de voir Jordan et ajouta quelques lignes.

— Mieux manger, prendre des vitamines, prévoir un examen médical, me procurer un nouveau téléphone et une nouvelle voiture. Trouver un endroit pour m'y installer et un gros chien pour me protéger.

Dani eut un immense sourire.

— Un chien ? J'adore les chiens. J'ai toujours voulu en avoir un, mais je n'ai pas vécu dans ma propre maison depuis la mort de maman et de Bruce. J'étais soit dans une résidence universitaire, soit dans un appartement. Où irez-vous le chercher ? Je vous accompagnerai peut-être pour en choisir un pour Greg, Deacon et moi.

— A la fourrière, sans hésiter, dit Faith, puis elle fronça les sourcils comme une pensée lui traversait l'esprit. Mais je ne pourrai pas me payer une maison avant un bon moment. Si je prends un appartement, je ne pourrai pas avoir un chien, après tout.

— Mais vous avez déjà une maison, non ? Cette grande maison qu'on voit aux infos, elle vous appartient, non ?

— Ouais, mais... Je ne sais pas si je serai capable d'y vivre après toute cette histoire. Arianna a été torturée là-bas. Comment m'y installer ?

— Je n'ai pas de réponse. Mais, si vous ne vivez pas là-bas, qu'allez-vous en faire ?

— La vendre, j'imagine. Je ne suis plus sûre de rien.

Dani lui tapota gentiment la main.

— Ne vous inquiétez pas de ça pour l'instant. Ça ne nous empêche pas d'aller à la fourrière ensemble, vous pourrez m'aider à choisir mon chien.

Puis l'expression de Dani se teinta d'une curiosité franchement assumée et elle ajouta :

— Et puis, si vous continuez à pas mal voir Deacon, vous serez ici tout le temps, de toute façon.

Voir pas mal Deacon. Faith sentit ses joues s'empourprer comme son esprit rejouait la scène où un Deacon Novak à la nudité conquérante avançait vers elle. Ouais, plus tôt cet après-midi, elle avait pas mal vu Deacon. Et, à l'avenir, elle avait bien l'intention d'en voir encore plus.

Dani s'éclaircit la gorge.

— Bon, ça suffit. J'imagine que ça répond à ma question. J'ai l'impression que je rougis, juste à vous regarder rougir. C'est mon frère. Certaines images ne devraient simplement pas exister dans l'esprit d'une sœur. Pas plus de détails, par pitié.

Faith leva les yeux au ciel avec embarras.

— Je ne vous ai donné aucun détail.

— C'était inutile. Votre tête était assez éloquente.

— Je trouve ma tête bien bavarde, aujourd'hui, ronchonna-t-elle. De toute façon, c'est votre faute.

Les yeux de Dani s'écarquillèrent — le bleu comme le marron.

— Ma faute ? En quoi ?

— « C'est un type bien, Faith », singea-t-elle. La nuit dernière, je m'en tirais très bien en étant en colère contre lui. Mais vous avez chanté ses louanges.

Le sourire de Dani se teinta de fierté et d'affection.

— C'est un type bien. Il a toujours été mon point d'attache. Après la mort de mon père biologique, ma mère n'était pas très souvent à la maison. Elle avait dû prendre deux boulots pour arriver à joindre les deux bouts et, en son absence, c'est Deacon qui prenait soin de moi, alors qu'il n'avait que dix ans. Il préparait mon déjeuner pour l'école, m'aidait à faire mes devoirs, s'occupait du dîner. Il s'assurait que j'avais des vêtements propres, les cheveux brossés. Il prenait même ma température quand j'étais malade.

L'irritation de Deacon envers Jordan prenait une nouvelle dimension. Son oncle l'avait encouragée à sécher les cours, lui donnait de la bière et des cigarettes, quand elle n'avait que quatorze ans. Deacon avait mieux élevé sa sœur, alors qu'il était moitié plus jeune que Jordan.

— C'est une lourde charge à porter pour un petit garçon.

— Ça l'était en effet, mais il ne s'est jamais plaint, du moins pas avant que nous n'ayons été forcés d'aller vivre avec tante Tammy et oncle Jim.

— Je croyais que c'était vous et Greg qui aviez vécu avec eux, *après* la mort de votre mère.

— C'est aussi arrivé. D'ailleurs, Deacon était avec nous, mais il n'est resté que quelques mois, le temps de finir le lycée. Ensuite, il est parti à l'université. Mais, à l'époque dont je parle, maman était vivante, elle n'avait pas encore rencontré Bruce, et Greg n'était pas né. Deacon, maman et moi avons dû nous installer chez eux. A la mort de notre père, maman avait sué sang et eau pendant près d'un an, mais elle n'arrivait pas à payer le loyer. La maison appartenait à oncle Jim et il a dû se résoudre à nous demander de la quitter pour prendre d'autres locataires. Plus tard, Tammy m'a dit qu'ils avaient couvert le loyer de maman pendant des mois avant de reprendre la maison. Mais, à l'époque, ni Deacon ni moi ne le savions. Deacon détestait Jim pour nous avoir fait partir de la maison et avoir rendu maman malheureuse. Mais, par-dessus tout, il lui en voulait parce que Jim le traitait comme s'il était incapable de prendre soin de nous, comme s'il était juste un enfant.

— Mais il *n'était* qu'un enfant.

— Je sais. En y réfléchissant, je pense que, à sa manière rude, Jim tentait de rendre à Deacon son enfance. Mais mon frère ne voyait pas les choses de la même manière. Je ne suis toujours pas certaine qu'il ait changé d'avis.

Ce besoin qui poussait Deacon à prendre soin de Greg devenait encore plus compréhensible.

— Combien de temps avez-vous vécu chez Jim et Tammy, cette première fois ?

— Quatre ans. Puis maman a rencontré Bruce. Je crois que nous avions tous un peu peur qu'elle se jette dans ce mariage avec Bruce parce qu'elle ne voyait pas d'autre moyen de partir de chez oncle Jim. Mais les choses ont tourné mieux qu'aucun d'entre nous n'aurait pu l'imaginer.

— J'imagine donc que Bruce était un bon beau-père.

Dani sourit.

— Le meilleur. Alors qu'il n'était pas obligé, il a choisi d'être un père pour Deacon et moi. Il nous a même adoptés. Pour la première fois, Deacon avait affaire à une véritable figure paternelle. Bien sûr, Jim nous avait accueillis, mais il ne nous avait jamais laissés oublier que nous avions un toit seulement grâce à sa gentillesse. Bruce, en revanche… il nous aimait. Il nous acceptait. Nous étions sa famille. Quand lui et maman sont morts… Comment vous dire ? Imaginez que pendant toute votre vie vous mangez du pain dur et rassis. Puis quelqu'un vous offre un steak à dîner. Mais, par la suite, on vous enlève le steak et vous devez recommencer à manger du pain dur et rassis. Bien sûr, ça permet de rester en vie, mais ce n'est pas pareil.

— Et c'est presque pire, parce que vous savez ce que vous ratez.

— Ouais. Mais, au moins, Deacon et moi avions vécu l'époque où nous formions une famille aimante, avec maman et Bruce. Greg n'a pas eu cette chance. Tammy s'occupait bien de nous, mais Jim peut se montrer, disons… difficile à vivre.

— Il a aussi élevé Adam, murmura Faith. Ce qui peut expliquer beaucoup de choses.

— Adam est un type bien, dit Dani avec loyauté. Naturellement, je peux comprendre que vous ne partagiez pas cette opinion, pour l'instant. Il m'a appelée la nuit dernière, après votre conversation. Il était très inquiet et craignait que Deacon ne puisse encore se laisser détourner du droit chemin.

Encore ? Qui l'a détourné du droit chemin, la première fois ? fut tentée de demander Faith. Mais elle savait que seul Deacon pourrait lui apporter la réponse.

Quant à Dani, elle se mordit la lèvre, comme si elle regrettait d'en avoir trop dit.

— Adam se faisait du souci parce que vous avez traité des délinquants, s'empressa-t-elle d'ajouter. Je lui ai envoyé un lien vers les forums de victimes, mais je ne sais pas s'il est allé voir. Parfois, il s'inquiète trop et finit par avoir des œillères. Il est très protecteur vis-à-vis de sa famille, surtout quand ça concerne Deacon. Il a parfois les défauts de ses qualités. Bon, il est temps de vous soigner, je vais prendre ma trousse.

— Dani, attendez. Pourquoi, surtout Deacon ?

Faith se sentait plus à l'aise pour développer le sujet avec Dani plutôt qu'avec Deacon.

— Mon frère n'a pas toujours été le grand gars costaud que vous connaissez. Quand il était jeune, il était maigrichon et plus petit que les autres garçons de son âge. C'était un *nerd*, un *geek*, bien trop intelligent. En plus, il avait une allure différente, dit-elle en tiraillant sa mèche blanche d'un air significatif. *Maintenant,* c'est branché. Mais, *à l'époque,* pas vraiment. C'est difficile d'être un gamin différent.

— Et les yeux de Deacon accentuaient cette différence ? Il a été brutalisé ?

— Sans pitié. De son côté, Adam était déjà baraqué, comme oncle Jim.

— Adam a défendu Deacon ?

— Sans faillir. Deacon détestait cet arrangement, mais il détestait encore plus se faire tabasser. Adam lui a appris à riposter, mais ça n'a fait qu'envenimer les choses. La situation est restée assez glauque, jusqu'à l'été qui a précédé l'entrée de Deacon au lycée. Nous avons emménagé chez Bruce, nous avons changé d'école. Ce même été, Deacon a eu une poussée de croissance.

— Il a cessé de se faire brutaliser.

— Non, pas vraiment. Le harcèlement a plutôt changé de nature. Il avait peut-être de longues jambes, des biceps et de larges épaules, mais il restait un *geek*. Il avait toujours des yeux et des cheveux différents. Il était simplement capable de se défendre mieux. Il se bagarrait beaucoup et se retrouvait régulièrement dans le bureau de la principale. Et puis, il a fini par trouver une solution.

— La panoplie complète, avec les cheveux, le manteau et les lunettes de soleil ?

— Exactement. Le manteau était un cadeau de Bruce. Je crois que cet homme nous a mieux compris que quiconque ne l'a jamais fait. Et peut-être ne le fera jamais.

Je n'en suis pas aussi certaine. Faith s'était demandé pourquoi Novak avait voulu être aussi visible, mais il ne l'était pas. Pas vraiment.

— Deacon a créé ce personnage qu'il veut que tout le monde voie. En manipulant la perception des autres, il pouvait les empêcher de lui faire du mal.

Dani sourit.

— J'ai toujours espéré que Bruce ne serait pas le seul à pouvoir comprendre mon grand frère… Et si nous nous occupions de refermer cette entaille. Ensuite, je veux que vous alliez vous étendre et que vous preniez un peu de ce repos que j'ai prescrit la nuit dernière.

Cincinnati, Ohio
Mardi 4 novembre, 20 h 45

— Novak, réveille-toi, dit Bishop en tapant sur l'épaule de Deacon. On est arrivés.

Deacon ouvrit les yeux. Il lui fallut une seconde pour se repérer. *Arrivés où ? Oh ! d'accord.* Le manoir qu'il avait sous les yeux était un premier indice. Ils étaient arrêtés devant la propriété de Jeremy O'Bannion, à Indian Hill, une banlieue chic de Cincinnati. Même si l'endroit se trouvait à moins d'une demi-heure du centre-ville, c'était une zone que la famille de Deacon n'avait jamais eu de raison de fréquenter.

Bishop stoppa la voiture et désigna la demeure historique de style colonial qui s'élevait au bout de l'allée, où une Bentley et une Rolls-Royce étaient garées.

— C'est ça.

Deacon remarqua la berline sombre, stationnée un peu plus bas dans la rue, où était posté l'agent affecté à la surveillance du manoir de Jeremy — parfaite illustration d'une opulence mâtinée de simplicité et de modestie.

— On dirait qu'être banni du testament de grand-mère O'Bannion n'a pas empêché Jeremy de réussir dans la vie. Le peu que j'ai trouvé sur lui disait que son ex-femme est riche. Elle s'appelle Della Yarborough.

Bishop siffla.

— Les Yarborough, très vieille fortune de Cincinnati.

— Comme le mari d'Alda Lane ?

— Prends le revenu net de Lane et ajoutes-y quelques zéros, indiqua Bishop. Je ne sais pas combien Jeremy a récupéré après son divorce ni combien il a gagné en pratiquant la chirurgie mais, quelles que soient les proportions respectives, il a visiblement très habilement investi son argent. Quoi d'autre ?

— Faith se souvient qu'il la « regardait » quand elle était petite fille.

— Oh ! non, souffla Bishop. Dis-moi qu'il n'a pas fait ce à quoi je pense.

— Selon elle, il ne l'a jamais touchée. Mais son père n'appréciait guère Jeremy, et ne permettait pas qu'elle reste seule dans une pièce avec lui. Faith a fait une enquête non officielle sur Jeremy, il y a quelques années.

— Hum. Rien de surprenant. J'imagine qu'elle n'a rien trouvé ?

— Apparemment, rien n'indiquait qu'il ait jamais fait l'objet de la moindre plainte. Il s'occupe d'œuvres de charité de la ville, a fait partie de Médecins sans frontières. Il a commencé à enseigner après un accident de voiture qui lui a fait perdre l'usage de sa main droite, il y a des années.

— Les accidents de voiture sont fréquents dans cette famille, fit observer Bishop.

— Très juste. Ecoute ça, Scarlett, j'ai interrogé Faith sur la mort de sa mère. La famille a forgé l'histoire de l'accident parce qu'ils étaient « plus catholiques que le pape » et, le suicide n'est pas un simple péché. C'est le grand péché.

— A l'époque, les suicidés n'avaient même pas droit à un enterrement à l'église, murmura Bishop.

— Exactement. J'ai essayé d'obtenir d'autres détails, mais elle était si bouleversée que j'ai préféré laisser tomber.

Bishop leva un sourcil sarcastique.

— Tu vires fleur bleue, Novak.

Il leva les yeux au ciel.

— Bon, si on se mettait au boulot ?

Le soleil était couché depuis deux heures, mais cela ne l'empêcha pas de s'armer de ses lunettes noires, juste au cas où il aurait besoin de déstabiliser Jeremy. Bishop et lui marchèrent jusqu'à la porte d'entrée, à travers un jardin méticuleusement entretenu.

— Il y a un petit pavillon à l'arrière, chuchota Bishop. Je l'ai repéré sur Google Earth. Ça a l'air assez grand pour y loger deux otages.

— Quand on aura terminé, on pourra peut-être faire une petite balade dans le coin, répondit Deacon en sonnant.

Une blonde d'environ vingt-cinq ans leur ouvrit.

— Bonsoir, que puis-je faire pour vous ?

— Je suis l'agent spécial Novak et voici ma partenaire, le lieutenant Bishop. Nous aimerions parler au Dr O'Bannion.

— Il n'est pas disponible.

La jeune femme commença à refermer la porte.

D'une main Bishop exhiba sa plaque, et de l'autre elle retint le battant.

— Il est ici, dit-elle d'un ton neutre. Dites-lui de venir à la porte, s'il vous plaît.

Un éclair de panique traversa le visage de la jeune femme.

— A quel sujet, je vous prie ?

— C'est entre nous et le Dr O'Bannion, répondit Bishop. Pouvons-nous entrer ?

— Non, vous ne pouvez pas entrer, répliqua la jeune femme.

Une voix masculine interrompit leur échange.

— Hailey ? Que se passe-t-il ?

— Vous avez de la visite, docteur O'Bannion, annonça Hailey, en baissant la tête, tout en continuant à le regarder directement.

Lorsque l'homme apparut, Deacon ne prêta plus attention à la jeune femme. C'était Jordan O'Bannion, mais pas tout à fait. Jeremy et Jordan se ressemblaient, trait pour trait. Avaient la même façon de bouger. Hormis la moustache qui ornait la lèvre de celui-ci, ils étaient pareils. *Des jumeaux.*

— On savait qu'ils étaient jumeaux ? murmura Deacon, au seul bénéfice de Bishop.

— Je l'ignorais, répondit-elle sur le même ton. Faith n'a pas pensé à le mentionner ?

Deacon se remémora leur conversation près du cimetière familial. Juste avant qu'il ne la tienne contre lui pour la première fois. *Jordan et Jeremy. Ils sont jumeaux, à vrai dire.*

— Elle l'a fait, mais elle n'a pas précisé qu'ils étaient identiques.

Jeremy s'arrêta dans l'embrasure de la porte, sa main gauche se posa sur l'épaule de la jeune Hailey, en un geste qui semblait plus paternel que romantique.

— Y aurait-il un problème, lieutenants ?

Le regard de Deacon passa du visage de l'homme à ses mains. *Des gants.* Jeremy portait des gants couleur chair qui semblaient faits de cuir fin.

— C'est un agent spécial, dit Hailey à voix basse, en montrant Deacon.

— Je vois.

Jeremy s'était exprimé d'une manière qui signifiait clairement à Deacon combien il était sensible à son apparence. Sans doute une tactique pour le déstabiliser.

— J'ai appelé hier, dit Deacon. Nous aimerions vous parler d'une situation critique qui s'est présentée.

— Oh. Eh bien, je dois avouer que je n'ai pas eu votre message en personne. Mon compagnon relève ma boîte vocale pour moi. Que s'est-il passé ?

Deacon se retint de le contredire. Non seulement Jeremy avait reçu son message, mais il y avait répondu.

— Pourrions-nous entrer ? Je préférerais ne pas aborder ce genre de sujets sur le pas de votre porte.

— Conduis-les dans le salon, Hailey. Et propose-leur un rafraîchissement.

A la suite de leur escorte, ils traversèrent le hall d'entrée. Deacon reconnut immédiatement l'escalier incurvé et le motif du papier peint. L'intérieur de la maison avait été décoré d'après la maison de Mount Carmel. Il échangea un regard avec Bishop, qui avait aussi noté la ressemblance.

Jeremy s'installa dans un fauteuil rembourré et, de la main gauche, leur fit signe de s'asseoir sur le divan. Puis, il glissa sa main droite, également gantée, dans sa poche.

— Vous avez évoqué une situation critique.

Bishop et Deacon prirent place et Deacon s'appliqua à garder une expression aimable.

— En effet. Le problème tourne autour de votre propriété familiale de Mount Carmel, dit-il.

Le regard de Jeremy se fit instantanément glacial.

— Vous faites erreur. *Voici* ma maison de famille. Nous y sommes.

— Jeremy ? Tout va bien ?

La question avait été posée par un homme d'une petite quarantaine d'années qui venait de faire irruption dans la pièce, comme s'il s'attendait à devoir sauver Jeremy, sans doute de Bishop et Deacon.

Deacon se raidit légèrement. Si le visage du nouveau venu ne ressemblait en rien à celui de Combs, pour le reste, la similitude physique était troublante. Même taille, même silhouette. Un autre balèze venait de s'ajouter à la liste des suspects potentiels.

— Je vais bien, Keith. Je t'en prie, installe-toi donc avec nous, dit Jeremy en tapotant l'accoudoir de son fauteuil. Ces officiers sont venus m'interroger à propos du vieux domaine des O'Bannion.

Keith fixa Deacon.

— C'est vous qui avez appelé hier soir. Je m'attendais à ce que vous rappeliez pour prendre rendez-vous. Le Dr O'Bannion est très occupé.

C'était donc Keith qui avait laissé le message vocal, comprit Deacon.

— De mon côté, j'attendais que le Dr O'Bannion me rappelle lui-même, étant donné qu'il s'agissait de la sécurité de sa nièce.

— Faith ? Que lui est-il arrivé ? Pourquoi ne m'as-tu rien dit ? reprocha-t-il à Keith.

— Parce que je n'en ai rien à faire de Faith ni de cette bande de charognards qui prétend être ta famille, cracha Keith d'une voix grinçante. Je n'avais pas réalisé que c'était urgent.

— Je crois pourtant avoir utilisé le mot « urgent » dans mon message, souligna Deacon d'un ton égal.

Les joues de Keith se teintèrent d'un rouge sombre qui trahissait sa colère.

— Je suis navré, Jeremy. J'espérais pouvoir m'occuper de la police à ta place.

Il a mauvais caractère, songea Deacon. *C'est bon à savoir.*

Quant à Bishop, elle arborait une parfaite neutralité et adopta le ton qui correspondait à l'expression de son visage.

— Eh bien, nous sommes là, maintenant. Et vous êtes, M… ?

Jeremy leva légèrement le menton.

— Voici mon compagnon, Keith O'Bannion. Il est au courant de toutes mes affaires. Il peut entendre tout ce que vous avez à me dire. Qu'en est-il de la sécurité de Faith ?

— Elle ne fait pas partie de ta famille, siffla Keith.

Jeremy lui tapota le genou, tentant de l'apaiser.

— Je sais, je sais, dit-il à voix basse. Mais elle n'était qu'une enfant quand tout ça est arrivé. Elle n'a rien à voir dans cette histoire.

— Mais elle a la maison, Jeremy, protesta Keith à mi-voix. Le domaine aurait dû te revenir.

Jeremy se tourna vers Keith et s'adressa à lui comme s'ils étaient seuls dans la pièce.

— En effet, elle a la maison. Et, ça aurait dû se passer autrement, en effet. Mais, si elle m'avait été léguée, je serais entré en conflit avec Jordan pour la garder. Donc, tout est pour le mieux. Nous n'avons pas besoin de cette maison, Keith. Pas plus que de l'argent.

— Ce n'est pas le problème, insista Keith. Ils t'ont insulté, maltraité, et maintenant que ta nièce a besoin de ton aide ils reviennent vers toi.

Intéressant, nota Deacon. Faith avait mentionné que Jordan avait dit qu'il aurait eu à s'opposer à Jeremy pour garder la maison, s'il en avait hérité, et maintenant Jeremy disait la même chose de son frère. En faisant ce legs à Faith, grand-mère O'Bannion avait peut-être cherché à empêcher ses fils de se déchirer.

— Qu'est-il arrivé à Faith, agent Novak ? demanda Jeremy. A-t-elle besoin de mon aide ?

Il avait l'air réellement soucieux, mais d'une manière qui semblait un rien trop sincère.

— Hier en fin de journée, une jeune femme a été découverte sur la route qui mène au vieux domaine de votre famille, dit Deacon en choisissant ses mots avec soin. Elle avait été agressée et a survécu de justesse.

Les deux hommes le regardaient fixement.

— Faith a été agressée ? demanda Jeremy, horrifié mais calme.

— Non. Faith a trouvé la victime. Elle se rendait à la maison quand elle a vu la femme sur la route. En donnant un coup de volant pour l'éviter, elle a dévalé un talus et heurté un arbre.

Jeremy pâlit légèrement. Etrange réaction.

— Est-elle gravement blessée ?

— Non, répondit Deacon. Juste quelques égratignures. Elle a réussi à gravir le talus et à appeler le 911.

— Si elle n'est pas blessée, j'aimerais savoir ce que vous faites ici ? s'enquit Jeremy.

Deacon observait tour à tour le visage des deux hommes.

— Nous avons la preuve que la jeune femme a été retenue prisonnière dans la cave de votre ancienne maison.

Le vernis de courtoisie de Jeremy disparut pour laisser miroiter une sombre fureur.

— Pourquoi est-ce à moi que vous venez parler de ça ? J'ai quitté cette maison et cette famille depuis presque vingt-cinq ans. Je n'ai jamais regardé en arrière. J'ai créé un nouveau foyer et une nouvelle famille.

— Je vous en parle parce que quelqu'un a tenté de tuer votre nièce à six reprises au cours du mois dernier.

— Les attaques ont commencé une semaine après qu'elle a hérité de la maison, ajouta Bishop. La dernière a eu lieu ce matin. Un tireur d'élite, cette fois. Il l'a manquée, mais un innocent a été blessé. Alors, nous avons besoin de savoir où vous étiez entre 2 heures et 4 heures, ce matin.

— Vous accusez Jeremy, gronda Keith, qui ne semblait plus pouvoir desserrer les dents.

— Non, répondit Deacon. Mais, comme vous l'avez si justement souligné, la maison aurait dû revenir au Dr O'Bannion. S'il ne figurait pas sur notre liste de suspects, nous ne ferions pas notre travail. Docteur O'Bannion, nous sommes ici pour recueillir vos déclarations, pour vous éliminer de notre liste. Pouvons-nous donc savoir où vous vous trouviez ?

— J'étais à la maison, endormi dans mon lit, dit Jeremy. Avec Keith. Et, non, nous ne pouvons pas le prouver.

L'agent posté à l'extérieur avait confirmé, mais Jeremy et Keith n'avaient nul besoin de le savoir.

— Nous avons aussi interrogé votre frère, embraya Bishop.

Visiblement irrité, Jeremy serra les mâchoires.

— J'imagine aisément ce qu'il a pu raconter.

— Il nous a donné son alibi pour la nuit dernière, indiqua Bishop. Et, ensuite, il nous a recommandé de venir vous parler.

Elle marqua une hésitation exagérée et jeta un coup d'œil à Deacon. Celui-ci entra dans son jeu et lui adressa une petite grimace embarrassée et un léger hochement de tête qui semblaient lui donner le feu vert. Bishop reprit donc la parole, comme à regret.

— Il a suggéré que vous pourriez aimer les très jeunes femmes.

— C'est un mensonge ! s'écria Keith, hors de lui. Un ignoble mensonge. Jeremy, appelle ton avocat !

— C'est exactement mon intention, répondit Jeremy, d'un ton égal, mais sa main visible tremblait.

C'est le moment. Ils sont tous les deux ébranlés et vulnérables. Deacon enleva ses lunettes et croisa le regard de Jeremy, laissant ses propres yeux exprimer tout le mépris qu'il ressentait pour son interlocuteur.

Jeremy se raidit mais soutint son regard, sans vaciller. En revanche, près de lui, Keith tressaillit. Puis, à la surprise de Deacon, Jeremy ferma les yeux et ses épaules retombèrent, trahissant un désespoir las.

— Que vous a dit Faith, exactement, agent Novak ?

— Pourquoi pensez-vous qu'elle m'ait dit quoi que ce soit ?

Deacon était intrigué par la réponse de l'homme. Il l'avait senti troublé, non par la couleur singulière de ses yeux, mais par le sentiment qui s'y lisait.

— Parce que votre regard ressemble à celui de mon père. C'est ainsi qu'ils m'ont tous regardé, ce jour-là. Ça ne m'était plus jamais arrivé. Jusqu'à aujourd'hui.

22

Est du Kentucky
Mardi 4 novembre, 20 h 45

Corinne laissa le baluchon glisser au sol et s'effondra à côté comme une masse. A moins d'un mètre de là, Roza était recroquevillée sur elle-même, ses bras frêles entouraient ses genoux et elle se balançait sur place, d'un geste mécanique.

Roza avait fait preuve d'un très grand courage — qui avait persisté environ dix minutes. Pendant les quatre heures suivantes, Corinne avait presque dû la traîner à travers les bois. Chaque souffle de vent la terrorisait. Le cri d'un faucon volant au-dessus d'elle la faisait plonger au sol, les mains pressées contre les oreilles. A plusieurs reprises, elle avait échappé à la poigne de Corinne pour se rouler en boule comme un satané doryphore.

Ce que, par ailleurs, Corinne comprenait parfaitement. Après ces derniers jours, elle aussi était tentée de se rouler en boule, et les souffrances de la pauvre Roza n'étaient pas comparables aux siennes. Il y avait une limite à ce qui était humainement possible, et Corinne avait atteint cette frontière. *C'est fini*, songea-t-elle. *Je suis vidée. S'il me rattrape maintenant, je ne serai pas capable de résister.* Elle était affamée, déshydratée. *La pauvre gamine doit être dans le même état.*

Corinne n'avait pas la moindre idée de leur position. Il faisait sombre et elles se trouvaient dans une immense forêt. Des kilomètres et des kilomètres de végétation dense. Elles n'avaient pas croisé âme qui vive, vu une seule maison, ni même une route. Elle avait orienté leur déplacement vers l'ouest, car il lui semblait que la voiture avait pris cette direction en quittant la cabane, plus tôt. Pour pallier l'absence de boussole, elle s'était repérée au soleil. Mais il s'était couché depuis des heures, maintenant. Il n'y avait pas d'étoiles et elle craignait qu'elles n'aient tourné en rond dans l'obscurité.

Elle s'attaqua au nœud qui fermait la couverture contenant provisions et matériel, mais ses phalanges trop enflées ne fonctionnaient pas correctement. Chaque traction sur le tissu grossier s'accompagnait d'une douleur qui, dans son état d'épuisement, s'avérait insupportable.

— Roza, ma chérie, je ne peux pas te traîner plus longtemps. Il faut que je mange. Et toi aussi, d'ailleurs. Ecoute, j'ai besoin de ton aide.

Roza ne semblait même pas avoir entendu. Elle continuait cet horrible balancement sans fin.

Soudain, Corinne ne put plus retenir sa frustration.

— Je suis sérieuse, lança-t-elle avec brusquerie. Chaque jour, je peux utiliser mes mains pendant environ cinq heures avant qu'elles ne commencent à me faire souffrir. Et, ça, c'est avec mon traitement. Pour l'instant, je ne peux même pas défaire ce nœud. Tu vas devoir t'en occuper, sinon nous allons mourir de faim. Roza ?

Elle attendit une réponse qui ne vint pas.

— *Roza, avec un zed !*

Le balancement s'arrêta net et Roza leva la tête.

— Merci. Maintenant, viens par ici. Je t'en prie, dit Corinne en levant la main qui depuis plusieurs heures s'était bloquée en forme de griffe. Je t'ai aidée, Roza. Maintenant, j'ai besoin que tu m'aides.

La gamine se déplia, avec lenteur, les yeux baissés. Puis, elle s'anima, franchit rapidement la distance qui les séparait en glissant sur les fesses et commença à s'affairer sur le nœud.

— Qu'est-ce qui ne va pas avec ta main ?

— J'ai une maladie. Ça ne s'attrape pas, s'empressa de préciser Corinne en voyant le mouvement de recul de Roza. Ça fait gonfler mes articulations, comme les phalanges et les genoux.

Roza continua à travailler en silence, finit par réussir à dénouer la couverture et l'étala.

— Tu veux manger quoi ? Donne-moi ton couteau. J'ai vu comment tu as ouvert la dernière boîte. Je peux le faire.

— La soupe de pois contient des protéines, indiqua Corinne en lui tendant le couteau. On va manger ça. Et nous devons aussi boire un peu. Mais fais bien attention. Prends-en seulement un peu et ne renverse rien. Je ne sais pas quand nous trouverons un ruisseau pour remplir nos bouteilles.

— C'est la dernière, indiqua Roza en ouvrant la bouteille.

— Merci. Tu en prendras aussi un peu. D'accord ?

Roza s'exécuta. Ensuite, elle choisit une boîte de soupe en plissant les yeux pour mieux voir l'étiquette.

— C'est écrit « pois ».

Elle ouvrit la conserve avec habileté, puis replia le couteau et le rendit à Corinne.

— Tu es terriblement douée pour prendre soin des gens, dit Corinne à voix basse.

Un haussement de ces épaules fluettes.

— Je regardais maman. C'était son travail. Ensuite ça a été le mien.

La gorge serrée, Corinne songea aux bocaux remplis d'yeux. Roza et sa mère avaient pris soin des victimes. Combien de gens avaient dû traverser cet enfer ? Au moins des dizaines.

— Est-ce que ta maman t'a raconté comment elle est arrivée… dans cet horrible endroit ?

— A la maison. C'était la maison, murmura Roza en tendant à Corinne la boîte de soupe ouverte. Désolée, je n'ai pas de cuillère.

— Ce n'est pas grave, il m'est souvent arrivé d'en boire directement dans la boîte.

Roza la regarda, légèrement intriguée.

— Pourquoi ? Tu n'avais pas de maison à toi ?

Corinne remarqua que les tremblements de l'enfant s'apaisaient à mesure que leur discussion se prolongeait.

— Quand j'étais dans l'armée, on patrouillait dans le désert. Parfois, on n'avait que quelques secondes pour avaler notre dîner. Est-ce que ta maman t'a raconté comment elle est arrivée chez vous ? demanda-t-elle en reformulant sa question précédente.

— Elle m'a dit qu'elle marchait dehors avec sa sœur, un soir, et il… il les a prises.

Les grands yeux de Roza brillaient de curiosité et elle revint au précédent sujet de conversation.

— Tu étais vraiment dans l'armée ? Dans le désert ?

— Ouaip. Avant ma maladie.

Corinne balaya du regard les arbres qui semblaient s'étendre à l'infini.

— Je détestais le désert parce qu'il y faisait trop chaud et trop sec. Au moins, ici il y a de l'ombre.

— T'as vu un tigre, là-bas ? voulut savoir Roza.

Corinne la regarda en cillant, un instant interdite. Puis elle sourit. Elle était si occupée à considérer Roza comme une enfant martyre qu'elle avait oublié que c'était avant tout une enfant.

— Je n'en ai pas vu dans le désert, non. Mais j'ai vu des chameaux.

Roza fronça les sourcils et secoua la tête.

— Des chameaux ? Je ne sais pas ce que c'est.

— Tu n'as jamais vu de chameau ? C'est… heu. Eh bien. Comment sais-tu ce qu'est un tigre ?

— J'en ai vu un dans un livre. Parfois, quand il ne regardait pas, on prenait des livres dans les sacs à dos des filles. Maman les cachait jusqu'à ce qu'il parte et, après, on les regardait toutes les deux.

— D'accord. Alors tu sais ce qu'est un cheval ?

— Bien sûr. Ça ressemble à ça un chameau ?

— Pas tout à fait. Imagine un cheval avec de très longues jambes et, au lieu que le dos soit creux, il fait une bosse, dit Corinne en dessinant la forme dans l'air. Les chameaux ont besoin de très peu d'eau et ça leur permet de vivre dans le désert. Parce que c'est vraiment très sec, là-bas. Tu as dit que ta maman était avec sa sœur quand il les a prises ? Ta tante était dans la cave avec vous ?

— Elle est restée pendant un moment. Mais il l'a tuée. Ensuite, il l'a mise dans une boîte en bois et il l'a enterrée, dit Roza, dont le petit visage se ferma. Ma maman a pleuré très, très longtemps. Il ne l'a pas laissée dire au revoir à sa sœur.

Corinne dut faire un effort pour avaler sa salive malgré la boule qui lui serrait la gorge.

— Je suis vraiment désolée, Roza.

La gamine haussa les épaules.

— Je ne me souviens plus très bien d'elle. J'étais trop petite.

— Tu connais ton âge ?

— Bien sûr, rétorqua Roza, qui semblait vexée. J'ai onze ans.

— C'est ce que je pensais. Comment s'appelait ta maman ?

— Amethyst. Comme la jolie pierre violette. Mais il l'appelait Amy. Tu as tué des gens ?

Une fois de plus, Corinne fut prise au dépourvu.

— Pardon ?

— Quand tu étais dans l'armée. Tu as tué quelqu'un ?

— Oui. Mais je préférerais ne pas en parler, si ça ne t'ennuie pas.

— C'était des méchants ?

Corinne soupira.

— Certains étaient très méchants. Mais ils voulaient tous me tuer, donc j'imagine que ça les rendait assez méchants.

— Est-ce que tu vas le tuer ?

Nous y voilà.

— Tu veux que je le fasse ?

Une haine crue et virulente flamba dans les yeux noirs de Roza.

— Non… Je veux le faire moi-même.

Corinne hésita, craignant de dire ou de faire ce qu'il ne fallait pas, parce qu'elle croyait Roza capable de tuer l'homme qui avait enlevé sa mère et sa tante. Celui qui l'avait réduite en esclavage. Celui qui avait déjà fait tant de victimes.

— Il a tué ta maman ?

— Pas avec ses couteaux. Mais elle est tombée malade et elle n'arrivait pas à se réchauffer. On n'avait pas le droit de se servir de la cuisinière, sauf pour lui préparer des choses, mais je l'ai quand même fait. J'ai fait chauffer de l'eau pour faire du thé à maman, comme pour lui. Mais il l'a découvert…

Elle se tut un instant, tentant de réprimer le tremblement de ses lèvres, puis continua.

— Il l'a frappée. Sans s'arrêter. Elle ne s'est pas relevée. J'ai essayé de la remettre debout. Mais elle ne voulait pas. Je l'ai emmenée et j'ai essayé de la soigner, mais elle ne s'est jamais réveillée.

— Oh ! Roza. Ce n'était pas ta faute.

Le petit menton se releva en un geste de défi.

— Je sais. C'est la sienne, à lui. C'est pour ça que je veux le tuer.

— Avant de penser à ça, nous devons d'abord sortir d'ici. Peux-tu marcher encore un peu ?

La fille accepta d'un brusque signe de tête.

— Si j'ai le droit de le tuer, je suis prête à traverser le désert.

Cincinnati, Ohio
Mardi 4 novembre, 20 h 45

Faith referma son portable, après avoir vérifié ses mails. Son nouveau patron n'avait pas répondu au message qu'elle lui avait envoyé pour l'informer de l'accident de voiture, ce qu'elle trouvait inquiétant. *Au lieu de lui envoyer un mail, j'aurais dû l'appeler.* Mais, à ce moment-là, elle était trop lasse et soucieuse. Elle venait de se faire tirer dessus, puis avait découvert un cadavre sous le carrelage de la cave de sa grand-mère.

Depuis, elle avait pu dormir. La fatigue s'était résorbée et une forme d'agitation, d'énervement, avait pris le relais. Assise en tailleur sur le lit de Deacon, elle se demandait s'il avait parlé à son oncle Jeremy. S'interrogeait sur ce qu'il avait pu découvrir.

Elle s'allongea sur le lit, essayant de prendre le repos prescrit par Dani. Une minute plus tard, elle se redressa. Elle aurait dû être épuisée, mais elle était trop tendue pour dormir. Les nerfs à vif, elle quitta la quiétude de la chambre de Novak et descendit dans le salon. Greg, installé sur une chaise pliante, une manette de jeu en mains, se concentrait sur la bataille virtuelle qui faisait rage sur le grand écran.

Le tout dans un silence total. Greg avait ôté ses prothèses auditives, les avait posées près de lui et avait coupé le son du téléviseur. Elle se demandait si c'était parce que Dani l'avait prévenu que Faith était censée dormir ou parce qu'il préférait le silence. Elle entra dans son champ de vision périphérique et attendit qu'il s'aperçoive de sa présence.

Il suspendit sa partie.

— Je vous ai dérangée ? demanda-t-il avec politesse.

En dépit d'une élocution un peu embarrassée, il était tout à fait compréhensible.

— Pas du tout. Vous pouvez lire sur mes lèvres ?

Le garçon haussa les épaules.

— Ça peut aller.
— Où est Dani ?
— Elle a eu une urgence au refuge. Je me suis habitué aux fédéraux, c'est bon. Ils sont là pour vous, c'est ça ?
— Oui. Malheureusement.
— Parce que vous avez des ennuis ou parce que vous êtes en danger ?
— Plutôt la deuxième raison. Je peux me joindre à vous ? demanda-t-elle en désignant l'autre chaise.
Il la regarda d'un drôle d'air.
— Pourquoi ?
Elle bougea nerveusement les épaules.
— Parce que j'ai envie de jouer, je suis trop tendue pour dormir.
Il réfléchit un bref instant, sourcils froncés, puis hocha la tête.
— « Tendue », répéta-t-il. J'ai d'abord cru que vous aviez dit « Tordue ».
— Ah, oui, ça aussi, répondit-elle avec un grand sourire.
Les deux mots devaient s'articuler de manière très proche, songea-t-elle. Puis elle montra l'écran où s'affichait la partie, un jeu de guerre multijoueur.
— Vous êtes dans une équipe ?
— Nan. J'ai juste pris ces types au hasard. Vous voulez jouer à autre chose ?
— J'aime bien tuer des zombies.
— D'accord.
Le sourire de Greg s'installa lentement, mais paraissait sincère. Puis il regarda vers l'escalier qui menait aux chambres, d'un air coupable.
— Sauf que je suis censé peindre ma chambre. Pas jouer.
— Et si je vous aidais pour la peinture ? Comme ça, on aurait plus de temps pour faire une partie.
Il secoua la tête.
— Deacon ne serait pas d'accord. Il ne voudrait pas que vous bossiez dans sa maison.
— Deacon n'a pas besoin de tout savoir. En plus, je suis tellement nerveuse que je déborde d'énergie. En d'autres circonstances, je serais partie courir, mais je ne peux pas quitter la maison. Alors, autant peindre un mur.
Greg posa sa manette et plissa les paupières pour mieux la scruter. Il avait les mêmes yeux que Dani, un bleu et un marron. Sinon, l'ado ressemblait à Deacon sur cette vieille photo. Des jumeaux nés à dix-huit ans d'intervalle.
— Il paraît que vous êtes thérapeute ?
— Je l'étais. Maintenant, je travaille dans une banque.
Elle grimaça intérieurement. *Du moins, j'espère que ce sera toujours le cas, à la fin de cette histoire.*

— Je ne veux pas que vous passiez en mode thérapie avec moi. Ni que vous me posiez des questions sur mon renvoi.

— Entendu et compris.

Elle lui fit signe d'ouvrir la marche. Une fois dans la chambre du garçon, elle s'aperçut que le travail était déjà entamé. Un des murs était d'un paisible vert tendre qui s'harmonisait avec les autres coloris de la maison.

— Qui a choisi la couleur ?

— C'est moi. On a tous choisi la couleur de notre propre chambre, mais Dani a choisi tout le reste.

— J'aime bien, dit Faith. C'est calme, sans être féminin. C'est vous qui avez commencé ?

— Ouais. J'étais descendu pour faire une petite pause. Bon, je suis plus grand que vous. Je peux peindre la moitié supérieure, vous prendrez le bas. N'oubliez pas que je ne peux pas vous comprendre, si je ne vous regarde pas.

— Pas de problème. De toute façon, je n'ai pas l'intention de vous soûler de paroles.

— C'est toujours ce que disent les filles, mais après elles veulent quand même discuter.

— Pas moi. Après la journée que je viens de vivre, je crois avoir eu mon compte de discussions.

Cincinnati, Ohio
Mardi 4 novembre, 21 h 5

Keith passa un bras protecteur autour des épaules de Jeremy.

— Laisse tomber, je t'en prie, souffla-t-il. Ne leur donne pas l'occasion de te faire encore du mal.

— A quel jour faites-vous allusion, docteur O'Bannion ? demanda Deacon.

— A une journée qui remonte à vingt-trois ans, répondit Jeremy, comme si sa réponse expliquait tout.

— Etait-ce à la mort de votre père ?

Jeremy leva les yeux, fronçant légèrement les sourcils.

— Non, ça s'est passé quelques jours plus tard.

Deacon sentit les poils de sa nuque se hérisser.

— Le jour où la mère de Faith est morte.

— Non. La veille, dit Jeremy en déglutissant avec peine. J'aimais ma sœur. Mais elle a pris leur parti, pas le mien. C'est le dernier souvenir qu'il me reste d'elle.

— Jeremy, dit Keith d'un ton désespéré. Tu n'as pas à t'infliger ça.

— S'infliger quoi ? murmura Bishop. Je ne comprends pas.

— Moi non plus, je n'ai pas compris, dit Jeremy. Et je ne comprends toujours pas.

Keith laissa échapper un soupir qui siffla entre ses dents serrées.

— Ils l'ont traité comme un… Comme un pédophile. Simplement parce qu'il avait fini par révéler à son père sa vraie nature.

— La vraie nature de votre père ? demanda Deacon, jouant les naïfs.

Jeremy eut un demi-sourire sarcastique, comme si cette ruse était vraiment trop transparente.

— Non, agent Novak. *Ma* vraie nature. Ce que je suis.

— Homosexuel, précisa Deacon d'un ton neutre. A l'époque, ce n'était pas un sujet très facile à aborder dans une famille catholique.

— En effet. Et ça reste vrai dans de nombreux cas, mais c'était vraiment terrible, à l'époque.

Jeremy prit une profonde inspiration, qu'il rejeta en un long soupir, avant de continuer son récit.

— Ça s'est passé la veille de la mort de Maggie. Le jour de la lecture du testament de mon père.

— Vous avez été déshérité, dit Deacon.

— Pas seulement moi. Nous tous. Hormis ma mère, bien sûr. Mais même elle a été injustement traitée, précisa-t-il avec un sourire amer. Mon père n'avait aucune bonté. Il était dur. « Qui aime bien châtie bien », telle était sa devise, surtout la deuxième partie.

— Il vous brutalisait physiquement ? s'enquit Bishop.

— Physiquement, émotionnellement. Sur tous les plans. Quand j'étais enfant, je croyais qu'il avait un sale caractère parce que nous étions pauvres. Après tout, c'est ce que répétait ma mère.

Deacon l'interrompit, intrigué.

— Pauvre ? J'étais persuadé que la famille avait toujours confortablement vécu des revenus du domaine.

— Ça a été le cas. Avant notre naissance, il y avait beaucoup d'argent dans la famille. Mais mes parents ont dépensé des millions pour soigner Joy.

— Elle a eu une leucémie, rappela Deacon.

— Oui. Mes parents ont désespérément cherché un traitement efficace. Malheureusement, rien de ce qu'ils ont essayé n'a fonctionné. Après sa mort, il ne restait plus de quoi entretenir les terres, la maison et payer les impôts. Il aurait été bien plus facile de tout vendre, mais mon père ne voulait pas en entendre parler. C'était la terre des O'Bannion. Le patrimoine des O'Bannion, insista Jeremy en levant les yeux au ciel. Tu parles ! Ce serait plutôt la malédiction des O'Bannion.

— Et comment a-t-il sauvé ce fameux patrimoine ? s'enquit Deacon.

— Je n'avais que cinq ans à la mort de Joy. Mais, d'après ce que j'en sais, il aurait cédé d'autres biens de la famille et investi à bon escient les sommes tirées de la vente. Et, bien sûr, il possédait quelques talents personnels. C'était un génie de la publicité. Certes, il avait cessé de travailler pendant la maladie de Joy mais, après sa mort, il a très bien gagné sa mort en vantant les produits des autres. En moins de dix ans, il avait de nouveau rempli les coffres de la famille. Quand il est mort, il avait réintégré le clan des riches.

Un court silence souligna le sourire caustique de Jeremy.

— Bien sûr, il a su favoriser son ascension financière. Figurez-vous qu'après la mort de Joy il n'a plus jamais dépensé son argent pour ses enfants. Mais je m'égare. Comme disait ma mère, l'eau a coulé sous les ponts, depuis. Vous me parliez donc du jour où j'ai compris que j'avais perdu ma famille.

Il est particulièrement amer, songea Deacon.

— Oui, le jour de la lecture du testament de votre père.

— Oui. A sa mort, mon père a tout légué à la fondation.

— Tout ? releva Bishop en haussant les sourcils. Il n'a rien laissé à sa famille ?

— Pas le moindre sou. Ma mère a reçu la maison et les terres, bien sûr. Après tout, il ne pouvait pas la jeter à la rue. Il a également mis en place un fonds en fidéicommis pour assurer ses dépenses quotidiennes, jusqu'à sa mort. Mais pour le reste d'entre nous… pas un sou. Je n'en avais pas besoin. A l'époque, j'étais marié à Della. Mais Jordan l'a très mal pris. Quant à Maggie, elle a été très perturbée par la nouvelle. Je crois qu'elle comptait sur cet argent. Rick, le père de Faith, était furieux qu'elle soit aussi bouleversée. L'argent des O'Bannion ne l'a jamais intéressé. J'ai l'impression que c'était un sujet de querelle récurrent entre eux. Ce jour-là, la dispute a été particulièrement violente et Faith s'est mise à pleurer.

Jeremy prit une expression peinée.

— J'ai toujours aimé Faith. C'était une gamine intelligente et drôle. Je voulais simplement la réconforter, je le jure. Au moment où j'ai passé mon bras autour de ses épaules, elle s'est transformée en furie et m'a griffé. L'instant d'après, Rick m'a sauté à la gorge en menaçant de me couper les couilles, si je la touchais encore une fois. D'abord, je me suis défendu en pensant que Maggie interviendrait pour l'arrêter. Mais ensuite je l'ai vue, blottie contre le mur avec Faith dans ses bras. Ma propre sœur me regardait comme si… comme si elle croyait son mari. Voilà le dernier souvenir que je garde d'elle.

Troublé, Deacon dut se souvenir qu'au début de l'entretien il considérait Jeremy, peut-être pas comme leur tueur, mais au moins comme un tordu. De toute évidence, l'homme était capable de masquer ce qui avait été une vile tentative de toucher sa propre nièce derrière un rideau de fumée qui le dépeignait comme la victime.

Cependant, le simple fait d'avoir des doutes à propos de Jeremy le perturbait.

— Qu'avez-vous fait ensuite, docteur O'Bannion ? demanda Bishop.

— J'étais effondré. Je savais que Rick n'avait jamais été très à l'aise en ma présence, mais il n'avait jamais laissé clairement paraître son aversion pour moi. Pas comme ce fameux jour. Et Maggie... Je croyais qu'elle m'aimait, mais elle avait l'air de vouloir me voir mort. C'est Faith qui a empêché son père de me tabasser. Elle a couru lui attraper le bras et l'a supplié de ne pas me faire de mal. Rick m'a jeté dehors, il m'a dit qu'il ne voulait plus jamais me revoir près de sa fille. Maggie n'a pas levé le petit doigt pour me défendre. Ensuite, j'ai quitté cette maison et je n'ai jamais regardé en arrière.

— Et votre mère ? demanda Bishop à voix basse.

Jeremy serra de nouveau les mâchoires.

— Elle avait déjà cessé de me parler.

Le bras de Keith serra plus étroitement les épaules de Jeremy.

— Disons que le père O'Bannion n'a pas très bien pris le *coming out* de Jeremy. Et sa mère l'a accusé d'avoir causé l'attaque cardiaque de Tobias, comme si le vieux ne s'empiffrait pas de gras, ne fumait pas comme un pompier et n'avait pas un tempérament explosif. Elle n'a jamais pardonné à Jeremy, jusqu'au jour où c'est son misérable cœur, à elle, qui a fini par céder.

— Pourtant vous espériez encore qu'elle vous léguerait la maison ? demanda Bishop avec compassion.

Jeremy haussa les épaules.

— Ce domaine a toujours appartenu aux O'Bannion. Je me suis imaginé qu'elle le laisserait à l'un de nous. Elle l'a légué à Faith et c'était son droit. Comme je l'ai dit, je n'ai pas besoin de l'argent que je pourrais tirer de la vente.

— Vous auriez vendu ? voulut savoir Deacon.

— Je n'aurais certainement pas *vécu* là-bas, dit Jeremy en frissonnant. Une baraque pleine de courants d'air. Probablement infestée de rats.

— Que faites-vous du domaine qui a toujours appartenu aux O'Bannion ? demanda Bishop, levant un sourcil inquisiteur.

Il haussa les épaules.

— Vendre la propriété aurait été mon ultime revanche sur mes parents. J'aurais cédé l'endroit à des promoteurs et je me serais endormi chaque soir avec le sourire en les imaginant en train de se tourner et de se retourner dans leur tombe à deux places, comme des poulets embrochés dans une rôtisserie. Cela dit, j'ai du mal à faire le rapport entre ces vieilles histoires de famille et la sécurité actuelle de Faith.

— Quelqu'un ne veut pas qu'elle prenne possession de la maison, dit platement Deacon. Si ni vous ni Jordan ne la voulez, qui voudrait l'avoir ?

— Qui a dit que Jordan ne la voudrait pas ? intervint Keith d'un air belliqueux. Ce salopard a besoin de fric.

— Keith, je t'en prie, murmura Jeremy, s'empressant de dissimuler l'éclat qui avait brièvement fait étinceler son regard.

Captivée, Bishop se pencha en avant.

— Jordan a besoin d'argent ? Vraiment ? Et pourquoi ?

Keith se pencha à son tour vers Bishop.

— Sa galerie est toujours en déficit, lui glissa-t-il, comme en confidence. Il est obligé de coucher avec des femmes riches pour s'en sortir. Généralement des femmes riches mariées.

Des petites danseuses orientales gymnastes en rose.

— Et comment le savez-vous ? voulut savoir Deacon.

Keith haussa les épaules.

— C'est mon boulot. Je m'occupe de la sécurité de Jeremy.

Pourquoi un professeur de médecine aurait-il besoin de quelqu'un pour s'occuper de sa sécurité ? Deacon se retourna vers Hailey, qui traînait à l'entrée de la pièce.

— Et vous, Hailey, quel est votre boulot ?

— Hailey est ma gouvernante, dit Jeremy. Elle n'a aucun rapport avec votre affaire. Maintenant, puis-je faire autre chose pour vous ?

— En fait, oui. Nous aimerions parler à votre fils Stone. Est-il ici ?

Jeremy se figea une fraction de seconde, puis sourit tristement.

— Non. Il n'est pas ici. Je n'ai pas vu Stone depuis des mois. A ma connaissance, il couvre des émeutes en Turquie. Ou est-ce en Grèce, Keith ?

— C'est en Turquie, dit Keith d'un ton définitif, avant de se lever. Je vous raccompagne, lieutenants.

Turquie, mon cul. Ils mentaient. L'agent de surveillance avait consigné dans son rapport que Stone avait quitté la maison à 23 heures pour y revenir à 4 h 15. Pourquoi s'étaient-ils sentis obligés de mentir ?

Jeremy se leva aussi.

— Transmettez mon bon souvenir à Faith. C'était une si jolie petite fille. Je suis certain qu'elle est devenue une belle jeune femme.

— C'est le cas, répondit Deacon. Je m'assurerai de lui transmettre vos amitiés.

Sur le seuil du salon, il se retourna vers Jeremy.

— J'ai encore une question, monsieur. Pourquoi avez-vous choisi ce moment pour révéler votre homosexualité à votre père ? Vous étiez marié, vous aviez deux fils. Selon mes calculs, votre ex-femme était enceinte de votre fille. Qu'est-ce qui a bien pu vous décider à parler à votre père ?

Jeremy pinça les lèvres.

— Je n'ai rien « décidé ». J'ai été balancé par mon frère. Une manœuvre préventive de sa part. Jordan savait que j'étais sur le point de révéler à notre père qu'il avait détourné de l'argent de la fondation. Quand j'ai tenté d'expliquer à notre père que Jordan avait parlé de moi uniquement pour faire diversion, ça n'a rien changé. Tobias m'a jeté dehors et m'a dit qu'il ne voulait plus jamais me revoir. Et c'est ce qui est arrivé. Quand j'ai remis les pieds à la maison, c'était le jour de son enterrement. Quant à ma dernière visite, c'était à l'occasion de la lecture de son testament. Je suis mort pour ma famille, depuis longtemps. Le sentiment était réciproque.

— Vous auriez pu nier, fit observer Deacon.

Jeremy haussa une épaule.

— J'ai été pris au dépourvu. Et puis, je n'ai jamais été doué pour le mensonge.

Ce qui est effectivement le cas, se dit Deacon en silence. Le mensonge de Jeremy sur l'endroit où se trouvait Stone était cousu de fil blanc. L'impression de Deacon fut encore renforcée lorsque son téléphone bourdonna, un instant plus tard. Le message provenait de l'agent de surveillance, posté dans la rue. Après avoir consulté l'écran d'un bref coup d'œil, il occulta la décharge d'adrénaline qu'avait déclenchée le SMS.

Stone O'Bannion se dirige vers le pavillon.

— Nous devons y aller. Un impératif, dit-il. Merci de nous avoir consacré du temps. Lieutenant Bishop ?

Bishop, qui avait consulté son propre téléphone, remercia les deux hommes d'un signe de tête.

Un Keith à la mine renfrognée leur ouvrit la porte, puis la claqua sur leurs talons.

Deacon avança dans le jardin, simulant une conversation téléphonique pour pouvoir s'éloigner mine de rien vers le coin de la maison. Ils y arrivèrent juste à temps pour voir Stone O'Bannion disparaître dans le pavillon, situé à l'arrière. Deacon remarqua que les chaussures et les ourlets du pantalon de l'homme étaient maculés de boue. Il n'avait pas plu récemment. Il n'y avait de boue nulle part dans les environs.

Où es-tu allé traîner tes guêtres, Stone ? T'aurais pas creusé quelques tombes, par hasard ? Espèce de salopard.

— Je prends à gauche, murmura Bishop.

Deacon acquiesça d'un air sombre. Ils sortirent leurs armes et s'élancèrent derrière lui.

Est du Kentucky
Mardi 4 novembre, 21 h 35

Un panneau. Un panneau tout simple, mais qui était le premier artefact que Corinne voyait depuis qu'elles s'étaient enfuies de la cabane infernale. Il était haut, marron et trop éloigné pour qu'elle puisse le déchiffrer dans l'obscurité.

Elle s'arrêta pour reprendre son souffle et Roza tomba à genoux, continuant à psalmodier :

— Je vais le tuer. Je vais le tuer.

Comme si je n'avais pas assez de problèmes, songea Corinne, abattue. Elle avait laissé l'enfant exprimer sa haine parce que c'était la seule chose qui la faisait avancer. D'ailleurs, ce salaud le méritait amplement. Mais elle savait ce que cela coûtait de tuer un autre être humain. *Même quand sa propre vie est en jeu.*

C'était un acte corrosif. On en était transformé pour toujours. *On y laisse une partie de son âme.* Et Roza avait déjà tant perdu. Corinne détestait l'idée d'avoir permis, voire encouragé, la floraison de cette graine de haine meurtrière. Mais, si elles mouraient toutes les deux parce que Roza se balançait sur place quelque part au fond des bois, ses scrupules n'auraient plus d'importance. Elle devait ramener la gamine en sécurité et laisser les thérapeutes régler ça, plus tard.

— Roza, j'ai besoin de ton aide pour lire ce panneau.

— Tu sais lire, ronchonna la petite.

— Et toi tu peux marcher. J'ai besoin de ton aide.

Roza se releva à quatre pattes, tête pendante.

— Je ne peux plus avancer. Je suis fatiguée. J'ai mal aux pieds.

Elle n'était pas loin de pleurnicher, comme n'importe quelle fillette de onze ans fatiguée. Corinne ne put retenir un sourire.

— Moi aussi, j'ai mal aux pieds. Je sais que tu n'es pas habituée à marcher. Mais nous n'avons pas le choix.

— Je vais le tuer, marmonna Roza.

Mais les mots avaient perdu leur tonalité menaçante, se rapprochant plus d'un chant de marche scandé. La gamine se releva, et toutes deux se traînèrent vers le panneau.

— Regarde ! cria Corinne, tout excitée, en constatant que le panneau indiquait une piste forestière.

— C'est un chemin ?

Corinne éclata de rire, l'allégresse lui donnait le vertige.

— Oui. Va jusqu'au panneau et lis ce qu'il y a dessus.

A cette distance, elle lisait parfaitement les indications, mais elle espérait ranimer la vigilance et l'implication de Roza.

FORÊT NATIONALE DANIEL BOONE.

Deux flèches figuraient également sur le panneau. Sous celle qui pointait vers la gauche, on lisait :

MOREHEAD, 24 MI.

Sous celle de droite, l'inscription disait :

RT 60, 12 MI.

Morehead est une ville, songea Corinne. *On y trouvera la police. De l'aide.* Mais la distance qui les séparait de la Route 60 était moitié moins longue. C'est par là qu'elles devraient partir. Une fois sur place, il suffirait d'arrêter un automobiliste de passage et d'utiliser son téléphone pour appeler de l'aide.

— Douze mi, lut Roza. Qu'est-ce que c'est, mi ?

— Mile. C'est douze miles, un peu moins de vingt kilomètres. Tu peux marcher jusque-là ? Je sais que tu peux.

Mais peut-être pas ce soir.

La dure réalité érodait rapidement l'enthousiasme de Corinne. Il faisait noir. Et froid. Elles avaient besoin d'un abri.

— Marchons encore un peu. Je vais nous chercher un endroit où dormir cette nuit.

Roza la regarda, pleine d'espoir.

— Juré ?

— Juré, répéta Corinne, puis elle jeta un regard vers le ciel. Allez, viens.

Roza tira sur la chemise de Corinne et désigna un endroit dans les bois, d'où elles venaient.

— Et pourquoi pas cette maison, là ?

Corinne plissa les paupières et suivit la direction indiquée par le doigt de Roza, puis elle écarquilla les yeux, abasourdie. Ce n'était pas une maison à proprement parler, mais c'était sans aucun doute une structure artificielle. Prises d'un regain d'énergie, elles se hâtèrent en boitillant vers l'étrange petite boîte, posée sur quatre pilotis.

— Qu'est-ce que c'est ? demanda Roza. Une cabane dans un arbre ?

— Non, parce qu'elle n'est pas perchée dans un arbre. C'est un affût pour la chasse aux cerfs.

Corinne vit le front de Roza se plisser de perplexité et précisa :

— Les chasseurs se cachent ici et attendent que le cerf passe.

— Mais c'est pas juste.

Corinne n'avait nulle intention d'entamer ce genre de conversation, pas même d'effleurer le sujet avec une perche de trois mètres de long.

— Allons-y.

Roza passa la première et tira la porte.

— C'est fermé.

— J'ai déjà crocheté deux serrures aujourd'hui. Jamais deux sans trois.

Cincinnati, Ohio
Mardi 4 novembre, 21 h 35

Le premier mur était terminé et avait plutôt belle allure, se dit Faith. Greg et elle avaient trouvé un rythme de travail confortable, qui ne requérait aucun échange vocal. Au moins, elle sentait enfin la fatigue. Son cerveau commençait enfin à ralentir. Quand elle réussirait à s'endormir, son sommeil serait peut-être sans rêves.

Ils avaient commencé à appliquer la deuxième couche quand Faith surprit l'ado à lui jeter des regards curieux, avec une expression qui trahissait son envie de discuter. Mais elle garda le silence et ravala un sourire en l'entendant annoncer qu'il descendait chercher de quoi manger — et peut-être aussi ses prothèses auditives.

Elle rechargeait son rouleau de peinture quand la sonnette de la porte retentit. Sa première pensée fut que Greg ne l'aurait pas entendue et que l'agent Colby irait répondre. Son cœur manqua de s'arrêter lorsqu'elle entendit la porte s'ouvrir et la voix de Greg.

— Oui ?

Elle se rua dans l'escalier et le vit debout devant la porte ouverte, en conversation avec un homme.

— Greg, non ! cria-t-elle.

Saisi par son hurlement, Greg pivota sur ses talons pour la regarder.

— C'est seulement un type avec un paquet pour Deacon. Du calme, Faith. Vous m'avez foutu une trouille bleue.

Une forte voix masculine se fit entendre.

— Posez le colis sur le sol et levez les mains, monsieur. Greg, recule et va rejoindre Faith. Laisse le paquet où il est.

Colby, se dit-elle. Il s'était débrouillé pour passer derrière l'homme. Elle vit le livreur pâlir. Où était passé Pope ?

Encore plus pâle que le livreur, Greg fit ce que l'agent lui avait demandé, s'éloigna du paquet et rejoignit Faith.

D'un ton sévère, Colby continua à donner ses instructions :

— Faith, remontez dans la chambre et fermez la porte. N'ouvrez pas les fenêtres, n'essayez pas de repousser les stores pour regarder dehors. Asseyez-vous sur le sol, contre le mur, de part et d'autre de la fenêtre. Ne descendez pas avant que je vous le dise. À partir de maintenant, nous sommes en alerte, jusqu'à nouvel ordre.

Faith empoigna la main tremblante de Greg et l'aida à exécuter les ordres de Colby.

— Que se passe-t-il ? demanda l'ado, visiblement secoué.

— Je ne sais pas très bien. Mais vous n'étiez pas censé ouvrir la porte, Greg, dit-elle avec gentillesse.

— Ce n'était qu'un livreur.

— C'est lui qui le dit. Mais on ne sait pas qui il est vraiment.

Il secoua la tête.

— On ne peut pas s'asseoir contre le mur, près de la fenêtre, la peinture est encore fraîche.

— Alors, on va s'asseoir dans le placard. Viens.

Elle alluma la lampe du placard et lui fit signe d'entrer.

— On laissera la porte ouverte.

Elle regrettait amèrement d'avoir laissé son sac dans la chambre de Deacon. Elle voulait son arme. Agacée de se retrouver désarmée, elle avisa un gros cutter que Deacon avait utilisé pour gratter de la vieille peinture et l'attrapa. Puis, elle se posta derrière la porte du placard et attendit.

Cincinnati, Ohio
Mardi 4 novembre, 21 h 35

Debout à droite de la porte du pavillon, avec Bishop de l'autre côté, Deacon frappa.

— Je ne vais pas dîner, cria Stone de l'intérieur. Je n'ai pas faim.

Deacon frappa de nouveau, sans rien dire. Pour demander à entrer, ils seraient obligés de s'identifier, mais il espérait pouvoir amener Stone à ouvrir de lui-même.

Un gros soupir se fit entendre de l'autre côté du battant.

— D'accord. Entre. C'est ouvert.

Deacon adressa un haussement d'épaules à Bishop, puis hocha la tête. Elle poussa la porte, jeta un rapide coup d'œil à l'intérieur, puis entra, Deacon sur les talons.

— Merci, dit-elle. Nous apprécions l'invitation.

Stone se retourna, ébahi, une main glissée sous sa veste.

Bishop leva son pistolet.

— Pas de ça, s'il vous plaît.

Il les fixa avec indignation.

— Qui êtes-vous ? Qu'est-ce qui vous donne le droit de faire irruption ici ?

— Vous nous avez invités à entrer. Je suis le lieutenant Bishop de la brigade des homicides de Cincinnati. Voici mon partenaire, l'agent spécial Deacon Novak, du FBI.

Elle lui montra sa plaque, Deacon fit de même.

— Nous avons quelques questions à vous poser, continua-t-elle. Veuillez enlever votre veste, je vous prie. Maintenant, posez votre arme à terre.

Notre conversation sera infiniment plus confortable si nous pouvons bavarder sans nous menacer mutuellement.

Le regard de Stone passa de Bishop à Deacon, puis lentement il fit ce qu'elle lui avait demandé.

— Je n'ai pas invité deux flics à entrer chez moi. Je croyais qu'il s'agissait de quelqu'un d'autre. Vous ne vous êtes pas annoncés.

Bishop le regarda en cillant d'un air innocent.

— Bien sûr que si, nous l'avons fait. Juste à l'instant. Si ça vous a échappé, je peux recommencer. Par ailleurs, si vous acceptiez de vous asseoir, je vous en saurais fort gré.

Stone obtempéra, un sourire confiant aux lèvres.

— A quoi dois-je cet honneur douteux ?

Il s'adressait à Bishop, ignorant presque Deacon. Parfait. Bishop pouvait parfaitement se débrouiller seule, ce qui lui permettrait de se cantonner au rôle d'observateur. En dehors de sa qualité de suspect de meurtre, Stone O'Bannion dégageait une vibration que Deacon n'appréciait tout simplement pas.

— Nous menons une enquête pour meurtre dans laquelle votre nom a été mentionné, dit Bishop. Quelques questions, si vous le permettez ?

— Ai-je le pouvoir de refuser ?

Bishop sourit.

— Pas sans paraître coupable, en tout cas. Pouvez-vous nous dire où vous vous trouviez dans la nuit de vendredi entre 23 heures et 1 heure du matin ?

— Verriez-vous un inconvénient à remiser votre arme ? demanda Stone d'un ton neutre. Comme vous le voyez, je coopère. Et je serai sans doute encore plus coopératif sans pistolet sous le nez.

Bishop rangea son arme dans son holster, mais garda la main sur la crosse.

— J'espère que ça vous convient mieux. Où étiez-vous dans la nuit de vendredi ? Entre 23 heures et 1 heure du matin ?

Le téléphone de Deacon bourdonna. Il lui fallut un instant pour se rappeler à qui il avait assigné cette sonnerie. Lorsque la mémoire lui revint, il se figea. *Colby.* L'expression aussi indéchiffrable que celle de Stone, il consulta les messages. Son cœur manqua plusieurs battements. Littéralement.

Nous avons un problème. Pope s'est fait planter. Besoin d'une nouvelle planque pour le témoin. Nouvelles suivent.

Le pouls de Deacon repartit sur un rythme erratique. *Faith*, songea-t-il. *Et Greg et Dani.*

Stone le regardait d'un air moqueur.

— Agent Novak ? Un problème ? Vous avez besoin de partir, peut-être ?

Deacon se retint de toutes ses forces pour ne pas effacer le sourire narquois de ce salopard à coups de poing et afficha un sourire neutre.

— Pas du tout.

Sois saine et sauve, Faith. Je t'en prie.

Bien sûr, il s'inquiétait aussi pour l'agent Pope. Que s'était-il passé, là-bas ?

— Vous étiez en train de dire au lieutenant Bishop où vous étiez dans la nuit de vendredi. Pendant que je passe rapidement un appel, ajouta-t-il en remarquant l'éclair d'inquiétude qui traversait le regard de Scarlett.

Deacon s'éloigna de quelques pas et entendit Bishop énumérer de nouveau leurs titres. Il appela chez lui, regrettant de ne pas avoir fourni un nouveau mobile à Faith.

De son côté, Bishop continuait à interroger Stone.

— Je vous demande où vous étiez vendredi, cessez de me faire perdre mon temps et répondez-moi.

— J'imagine que vous ne vous souciez pas d'économiser le mien, rétorqua Stone. Ni de mes droits, tels qu'ils sont décrits dans le quatrième amendement. En ce qui me concerne, vous pouvez aller tous les deux vous faire voir avec vos questions.

L'appel de Deacon chez lui fut redirigé sur la messagerie vocale. Il raccrocha donc et envoya un SMS à Greg.

TVB ?

Un nouveau message arriva, cette fois, expédié par Adam.

Pb chez toi. J'y vais.

Deacon laissa échapper un soupir de soulagement. Maintenant, il avait trois certitudes.

D'abord, Adam allait prendre les choses en mains. Il n'appréciait peut-être pas Faith, mais il aimait Greg et Dani. Deacon renvoya un bref message.

Merci. Dépêche.

Deuxièmement, celui qui avait menacé la famille de Deacon devrait payer. Une partie de lui espérait que Stone était impliqué, ce serait un réel plaisir d'effacer le petit sourire de merde de ce sale type.

Troisièmement, Stone n'avait pas pu poignarder Pope. Colby et Pope entraient en contact tous les quarts d'heure, et il y avait quarante-cinq minutes de trajet entre la maison de Deacon et le manoir de Jeremy. Ce qui ne mettait pas Stone hors de cause. Ça signifiait simplement qu'il pourrait y avoir deux hommes impliqués.

Pour l'instant, cependant, Stone tenait la position de suspect principal, parce qu'il était nerveux, parce que son père avait menti pour dissimuler sa présence. Par ailleurs, il s'était absenté à des horaires suspects et, pour finir, il avait de la boue sur ses chaussures.

Et, par-dessus tout, il ne me plaît pas du tout.

Les épaules de Deacon retombèrent, trahissant son soulagement, lorsqu'un nouveau SMS s'afficha sur son écran, accompagné du numéro de Greg.

C'est Faith. On va bien. Cachés dans placard. Colby a mis la maison en état d'urgence. J'en sais pas plus. Je t'appelle bientôt. Fais attention. T'inquiète pas pour nous. Attrape ce slprd.

Il sourit intérieurement en lisant la mise en garde de Faith. Quant à son encouragement à attraper le slprd, il y puisa un regain de concentration. Empochant son téléphone, il retrouva Bishop qui fixait Stone d'un regard glacial, auquel celui-ci opposait une expression blasée. Ou, du moins, il feignait le détachement.

— Ravi que vous puissiez de nouveau vous joindre à nous, agent spécial Novak, dit Stone d'un ton indolent. Avez-vous quelque chose à partager avec la classe ?

Espèce d'enfoiré arrogant. Mais Deacon se contenta de sourire.

— Je suis désolé de vous avoir interrompu au moment où vous vous apprêtiez à dire au lieutenant Bishop ce que vous faisiez, vendredi soir.

La colère enflamma les yeux de Stone. Délibérément, il examina Bishop des pieds à la tête, s'arrêtant intentionnellement pour loucher sur ses seins.

— Vous d'abord.

Deacon avait envie de pocher ces yeux au regard concupiscent, mais Bishop ne broncha pas.

— Vous êtes journaliste, dit-elle. Je m'étonne que vous n'ayez pas entendu parler de tout ce brouhaha autour du manoir familial.

— Ce n'est pas ma famille. Quelle que soit cette histoire, ça n'a rien à voir avec moi.

— Vous n'êtes pas curieux, le moins du monde ? insista Bishop. Quel genre de journalistes êtes-vous ?

— Le genre qui pose les questions, répondit-il froidement. Pas le genre à y répondre.

Ouais, songea Deacon. *Ce sera réellement un plaisir de faire tomber ce type.*

Cincinnati, Ohio
Mardi 4 novembre, 21 h 55

La porte s'ouvrit et Faith retint son souffle, serrant sa pathétique petite lame.

— Docteur Corcoran ?

C'était la voix de Colby. Elle soupira de soulagement.

— Nous sommes ici. Dans le placard.

Colby entra dans la pièce, l'air sombre.

— Pope a été poignardé.

— Par le livreur ? demanda Faith, horrifiée.

— Je l'ignore, mais je ne pense pas. Il est menotté dans le salon.

— Qui a attaqué l'agent Pope ? demanda Faith. C'est grave ?

— Je ne sais pas qui l'a blessé. Je l'ai trouvé contre le mur extérieur, il saignait pas mal, mais il était conscient. Le couteau était encore dans sa poitrine. Quelqu'un l'a traîné depuis l'arrière de la maison. J'ai appelé une équipe de la scientifique. Pour l'instant, la maison est bouclée. J'ai eu un message de l'agent Novak, il veut une nouvelle planque pour vous deux.

Greg écarquilla les yeux.

— Il est comment, le couteau ? demanda l'ado.

Colby ignora délibérément la question.

— Je retourne voir Pope, dit-il trop fort.

Ce qui agaça Faith qui eut l'impression qu'il s'adressait à Greg comme à un enfant.

— Je veux que vous restiez dans ce placard tous les deux, continua-t-il. Vous comprenez. Restez tranquilles.

Il se tourna pour repartir. Aux yeux de Faith, les cinq secondes suivantes se déroulèrent dans un tourbillon flou. Greg bondit hors du placard et agrippa Colby par l'arrière du col de sa veste.

— Il est comment, le couteau ? hurla-t-il.

Colby gronda, pivota souplement sur la pointe des pieds, saisit le bras de Greg, le tordit derrière son dos, puis plaqua l'adolescent, visage en avant, contre le mur fraîchement peint.

— C'est pas très malin, gamin. Qu'est-ce qui te passe par la tête ? cria-t-il.

Sur le visage de Greg, la souffrance, la peur et la détresse se mêlaient confusément. Une de ses joues était pressée contre le mur, des larmes sillonnaient l'autre côté.

— Il est comment, le couteau ? chuchota-t-il.

— Agent Colby, lâchez-le ! Vous lui faites mal ! s'écria Faith.

Les prothèses de Greg étaient branchées, elle pensait donc qu'il pouvait l'entendre. Elle prit une profonde respiration, luttant pour retrouver son calme.

— Lâchez-le. Il faut que vous retourniez auprès de l'agent Pope. Je m'occupe de Greg.

Colby recula, le souffle court.

— Appelez-moi si vous avez besoin de moi.

Faith acquiesça d'un air sévère, réalisant qu'elle avait non seulement laissé son arme dans la chambre de Novak, mais aussi que le combiné du téléphone de la maison se trouvait dans la cuisine. Elle était passée de sa méfiance des flics et de la prise en charge de sa propre sécurité à cette complaisante insouciance.

C'est la fatigue. Je suis lasse de tout ça. Et, maintenant, une personne de plus avait été blessée.

Elle attendit que Colby quitte la pièce pour retourner Greg, avec douceur. Le côté droit du garçon, de l'épaule au genou, était maculé d'une couche de peinture verte qui remontait jusqu'à sa joue. Il se dégagea, se laissa aller contre le mur abîmé, puis glissa jusqu'à terre pour s'asseoir sur le sol, soufflant comme un bœuf.

Il détourna le visage.

— Laissez-moi tranquille.

Faith s'agenouilla près de lui et lui prit le menton, assez fermement pour l'obliger à la regarder.

— Pourquoi cette question, Greg ? Il faut que je le sache.

— Ça n'a pas d'importance, dit-il d'une voix épaisse.

— Bien au contraire. J'ai supposé que celui qui a agressé l'agent Pope en avait après moi. Mais tu t'es mis à paniquer à cause de ce couteau. Pourquoi ? C'est vraiment important, Greg. Si cette attaque n'avait pas pour objectif de me tuer, la police doit le savoir. Ils risquent de manquer une piste importante en rassemblant les indices. Des gens sont déjà morts, Greg, et ça pourrait arriver à d'autres personnes. Parle-moi, je t'en prie.

Greg ferma les yeux.

— Des types de l'école ont menacé de s'en prendre à Dani.

Faith poussa un gros soupir. Novak avait dit que Greg avait pris une mauvaise décision pour de bonnes raisons. Maintenant, la réaction de Dani au cours de la dispute qui l'avait opposée à Greg, plus tôt, prenait tout son sens. Elle pressa doucement le menton de l'ado, jusqu'à ce qu'il ouvre de nouveau les yeux.

— Tu as été renvoyé pour avoir voulu protéger Dani ?

Greg hocha la tête, d'un air malheureux, puis il se mordit l'intérieur de la joue, dans un effort pour retenir ses larmes.

— Ils ont dit qu'ils me feraient payer. Ils ont dit qu'ils lui feraient payer. J'aurais jamais cru qu'ils feraient une chose pareille.

Il laissa tomber sa tête en arrière, contre le mur, et referma les yeux.

— Tout ce merdier, c'est ma faute. Je fous en l'air tout ce que je touche.

— Je sais ce que tu ressens.

Il ouvrit ses yeux singuliers, l'un bleu, l'autre marron.

— Vous ne pouvez pas.

— Oh si, je peux. Quand toute cette histoire sera terminée, je te raconterai des trucs qui feront blanchir les cheveux que t'as sur le crâne. Pire que Deacon.

Greg pouffa une fois, encourageant Faith dans la voie de la légèreté.

— Je t'ai promis de ne pas jouer les thérapeutes avec toi et je tiendrai ma promesse. Mais, si tu as envie de parler, je sais très bien écouter. Je vais te chercher de quoi t'enlever toute cette peinture du visage. On dirait Hulk.

Greg rit de nouveau. Deux gloussements, cette fois. Puis il soupira.

— A cause de moi, le mur est fichu, maintenant.

— Techniquement, c'est plutôt la faute de l'agent Colby, mais il est sous adrénaline, en ce moment. Comme nous tous, d'ailleurs. Tu as déjà des vêtements, ici ?

Il secoua la tête.

— Non, mais je peux emprunter un des survêtements de Deacon.

— Ça marche, répondit-elle en souriant. Maintenant que tu as des mèches blanches et vertes, tu pourras lancer une nouvelle mode. Prête-moi ton téléphone, je voudrais passer un coup de fil à Dani pour lui apprendre ce qui est arrivé et la prévenir de prendre ses précautions.

Il lui tendit l'appareil et Faith passa son appel. Sans surprise, Dani décrocha à la première sonnerie.

— Qui est à l'appareil ? demanda-t-elle, manifestement paniquée.

— C'est Faith.

— Oh ! mon Dieu. Quel soulagement ! Greg n'envoie que des SMS, j'ai cru que quelque chose de grave s'était produit.

— C'est effectivement le cas. Greg et moi allons bien. En revanche, il s'inquiétait de votre sécurité, parce que l'agent Pope a été poignardé.

En quelques mots, Faith informa Dani des derniers événements.

— Il y a des vigiles dans votre refuge ?

— Ouais, dit Dani d'une voix tremblante. Nous avons un policier à la retraite qui vient bénévolement. Est-ce que Pope va bien ?

— Je l'espère…

Faith s'interrompit un instant pour tendre l'oreille, des sirènes se rapprochaient.

— On dirait que la cavalerie arrive, Dani. Je vous tiens au courant. Soyez prudente. J'ignore ce qui est arrivé à Greg ou la nature de ses problèmes, mais il semble penser que ce n'était pas moi qui étais menacée, mais vous deux.

Un soupir las se fit entendre à l'autre bout de la ligne.

— Je serai prudente. Dites-lui que je l'aime.

— Je n'y manquerai pas.

Faith coupa la communication et tendit à Greg son appareil. Il suivait le moindre de ses mouvements.

— Dani m'a demandé de te dire qu'elle t'aime, transmit-elle au garçon.

Puis elle se leva pour lutter contre une soudaine somnolence. *Baisse d'adrénaline.*

— Je vais chercher le téléphone de la cuisine et un chiffon humide pour t'enlever cette peinture du visage. Reste ici. Je reviens tout de suite.

Elle traversa le salon d'un pas rapide, jetant un regard apitoyé au livreur terrifié, toujours agenouillé sur le tapis, les mains menottées dans le dos.

— Je ne sais pas ce qui se passe, dit-elle, avant qu'il ne pose la question.

Des voix fortes retentissaient à l'extérieur, mais elle ne distinguait pas les conversations. Les vitres épaisses favorisaient la très bonne isolation des fenêtres. Novak n'avait pas lésiné sur la sécurité de la maison.

— Je ne faisais que livrer un colis, dit l'homme d'une voix tremblante. C'est tout.

— Pour qui travaillez-vous ? demanda Faith.

— Speedy-24. On livre vingt-quatre heures sur vingt-quatre. Je jure que je n'ai rien fait de mal.

Faith s'accroupit près du paquet et lut l'adresse de l'expéditeur, sans toucher l'emballage. *Daphne Montgomery, Hunt Valley, Maryland.* Une Daphne avait signé la photo de groupe posée sur le bureau de Novak. La livraison était sans doute authentique.

— J'ai peur que vous soyez arrivé au mauvais endroit et au mauvais moment, dit-elle, compatissante. J'espère qu'on pourra vous tirer de là rapidement.

Elle attrapa le combiné sans fil, puis retourna en courant dans la chambre de Novak, pour y prendre son arme. Après avoir passé son sac en bandoulière, elle ouvrit le rabat, pour atteindre facilement son pistolet, en cas de besoin.

Une partie de son assurance retrouvée, elle appela le mobile de Novak depuis la ligne fixe, tout en mouillant une serviette dans sa salle de bains.

Il décrocha immédiatement, la voix réduite à un murmure, mais son soulagement était aussi évident que s'il avait hurlé.

— Dieu merci. Colby a dit que vous étiez sains et saufs tous les deux. C'est vrai ?

— Oui, mais Greg est bouleversé. Il semble persuadé que Pope a été poignardé par ceux qui ont menacé Dani.

Un bref silence accueillit l'information.

— Tu l'as dit à Colby ?

— Pas encore. Tu crois que je devrais le mettre au courant ?

— Non. Laisse-moi m'en charger. Merci d'avoir appelé. Mon cœur s'est arrêté quand j'ai reçu son SMS.

— Ne t'inquiète pas. Je m'occuperai de Greg et j'ai appelé Dani pour lui dire de faire attention. Apparemment, il y a quelqu'un qui assure la sécurité au refuge.

Nouveau silence, puis il répondit d'un souffle.

— Merci, Faith.

— Je n'ai rien fait, répondit-elle à voix basse.

— Tu prends soin de ma famille. C'est énorme. Dis à Greg… Bon sang, je ne sais pas quoi lui dire.

— Que tu l'aimes, peut-être ?

— Ouais, dit-il d'un ton bourru. Dis-lui ça. Je suis en train de recueillir un témoignage, mais je te rappelle dès que je peux.

— Attends, Deacon.

— Oui ? chuchota-t-il.

Oublié le ton bourru, il avait imprégné ce simple mot… d'intimité.

Le mot s'enroula autour d'elle, la laissant tout alanguie. Elle ressentit encore plus férocement son absence.

— Greg a ouvert la porte à un livreur. J'ai essayé de l'arrêter, mais il avait déjà ouvert. En tout cas, le colis devait être remis contre signature. L'adresse de l'expéditeur porte le nom de Daphne Montgomery, de Hunt Valley. Pourrais-tu vérifier avec elle si elle t'a bien envoyé quelque chose ? Ce pauvre livreur est menotté.

— Daphne ? répéta-t-il, et elle l'entendit sourire. Je suis avec un témoin pour l'instant, mais je vais te donner le numéro de Daphne. Tu peux l'appeler. Je t'enverrai sa fiche sur le téléphone de Greg. Je te rappellerai dès que je peux.

23

Cincinnati, Ohio
Mardi 4 novembre, 22 h 15

Deacon raccrocha et ravala un soupir. *Ils vont bien tous les deux.* Il croisa le regard inquiet de Bishop, lui adressa un petit hochement de tête et la vit se détendre.

Stone O'Bannion les observait avec méfiance.

— Que se passe-t-il ici ?

Bishop désigna les chaussures crottées de Stone.

— Qu'avez-vous creusé, monsieur O'Bannion ?

Stone ne cilla pas.

— En quoi ça vous regarde, lieutenant ?

Bishop dissimula son agacement derrière un sourire serein.

— Veuillez répondre à ma question, monsieur O'Bannion. A moins que vous n'ayez l'impression que cela vous incriminerait d'une manière ou d'une autre, bien sûr.

Stone leva les yeux au ciel, soulignant exagérément la mimique.

— J'ai déjà été interrogé par des brutes servant de porte-flingues aux dictateurs du tiers-monde largement plus effrayantes que vous deux. Vous perdez votre temps en essayant de m'intimider, dit-il, avant de s'adresser plus directement à Deacon. Je dois cependant avouer qu'aucun d'eux ne vous ressemblait, agent Novak. Ni à vous, lieutenant, par ailleurs.

Il s'était tourné vers Bishop avec un sourire ouvertement louangeur, mais elle ne mordit pas à l'hameçon.

— Vous avez peut-être manqué une partie de notre entrée en matière. Je suis lieutenant à la brigade des *homicides*. L'agent Novak et moi travaillons sur des meurtres. Vous et votre père êtes des témoins de premier plan dans une de nos enquêtes.

— Oh ! non, dit Stone d'un ton traînant. Le redoutable statut de « témoin de premier plan ». Mon cœur s'emballe de frayeur.

Mais son regard s'était dérobé l'espace d'un instant, remarqua Deacon. L'homme avait été ébranlé, même s'il n'en avait rien laissé paraître.

— Ça nous économiserait beaucoup de temps, si vous nous disiez simplement où vous étiez, dit Deacon. De cette façon, nous pourrons vous éliminer de la liste de nos suspects.

Stone s'adossa confortablement, puis il croisa les jambes d'un geste nonchalant, s'arrangeant pour que ses chaussures soient clairement visibles. *Il se fiche de nous.*

— Je n'ai pas à rendre compte de mes allées et venues. Ni à vous ni à qui que ce soit. Je regrette que vous perdiez votre temps, mais franchement ce n'est pas mon problème.

Le téléphone de Deacon bourdonna, signalant cette fois un appel entrant. Il jeta un coup d'œil à l'écran. Un numéro qu'il ne connaissait pas.

Stone leva les yeux au ciel.

— C'est une plaisanterie ! Allez-y, répondez, ajouta-t-il avec un large geste du bras, tel un sultan sur son trône. Je suis manifestement à votre disposition.

Ce grand geste alerta Bishop qui craignit une attaque physique, mais Stone s'était immobilisé. Elle adressa à Deacon un signe de tête rassurant.

— Pas de problème, je prends le relais.

Deacon recula, sans quitter du regard Stone et son sourire parfait, qui avait dû coûter une fortune en orthodontie à Jeremy et à son ex-femme.

— Mais, bien sûr, vous allez faire ça très bien, mon chou, railla le journaliste. C'est précisément à ça que servent les acolytes. Ils surveillent la boutique pendant l'absence du patron.

Deacon secoua la tête. Stone O'Bannion était un véritable connard, mais Bishop n'avait même pas cillé. C'était tout à son honneur.

— Novak, murmura-t-il.

— Agent Novak, ici, Meredith Fallon. Je suis avec Arianna Escobar.

Deacon se figea intérieurement, mais il conserva l'expression légèrement narquoise qu'il arborait au bénéfice de Stone, tout en restant conscient qu'il pouvait se trouver face au ravisseur de la jeune femme.

— Je suis avec un témoin, docteur, dit-il en espérant que Fallon comprendrait l'allusion et ne prononcerait plus le nom d'Arianna.

Un bref silence suivit sa phrase.

— Très bien. Ma mission est réveillée et voudrait parler à votre mission. J'ai essayé d'amener ma mission à se confier à moi, mais elle a été très insistante.

Traduction : Arianna ne voulait parler à personne d'autre qu'à Faith. L'esprit de Deacon fonctionnait à toute allure pendant qu'il réfléchissait à la logistique qu'impliquait la requête de Meredith Fallon. Ils devaient conduire Faith à l'hôpital avant qu'Arianna ne se rendorme. Avec Pope blessé et Colby qui s'occupait de gérer la scène de crime, il avait besoin de quelqu'un à qui il puisse se fier pour assurer la sécurité de Faith.

— Pour l'instant, je ne peux pas m'en occuper, mais je vais vous envoyer le nom et les coordonnées de quelqu'un qui s'en chargera.

— Ne perdez pas de temps, agent Novak. Elle ne restera pas éveillée bien longtemps.

— Entendu.

Après avoir raccroché, Deacon lui envoya le numéro d'Adam, puis prévint ce dernier par SMS de s'attendre à recevoir l'appel de Fallon.

Fais ce qu'elle te demande. Assure la sécurité de Faith. Pour moi.

Il avait hésité avant d'ajouter la dernière phrase, mais envoya le message d'un geste décidé.

Stone était toujours confortablement installé sur le divan, les bras étendus sur le dossier. Bishop restait sur ses gardes, sa main n'avait pas quitté la crosse de son arme, glissée dans son étui de ceinture.

— Vous avez réglé votre affaire, j'imagine ? lança Stone. Votre assistante, ici présente, a monté bonne garde, mais je n'ai pas beaucoup de temps à vous consacrer. J'apprécierais énormément que vous abordiez le nœud de l'affaire, ainsi nous pourrions venir à bout de ce petit interrogatoire.

— Très bien, dit Deacon avec affabilité.

Tant que Stone était ici avec eux, il ne pouvait pas être ailleurs. A terroriser Faith ou Arianna, par exemple. Et, si Bishop et lui jouaient bien leur partition, il pourrait les mener à Corinne et Roza.

— Vous avez une cousine. Faith, continua-t-il.

Stone secoua la tête, faussement obligeant.

— Désolé. Son nom ne m'évoque rien.

— C'est une honte, parce qu'elle se souvient de vous. C'est la fille de la sœur de Jeremy.

— Ah. Tante Maggie, dit Stone avec un sourire mince, mais un regard dur. Ce nom-là, je le connais. J'aime les arbres généalogiques, voyez-vous. Ils renferment tant de secrets. Dois-je comprendre que ma cousine a été assassinée ? Après tout, vous appartenez tous les deux à la brigade des *homicides*.

Il avait usé d'un ton léger, comme s'il parlait d'une promenade dans le parc. Ou d'un jeu.

La colère bouillonna en Deacon, mais son expression ne varia pas d'une ligne.

— Votre cousine est encore vivante, le tueur l'a ratée, mais ce n'est pas faute d'avoir essayé. La tentative de la nuit dernière était la sixième pour la tuer depuis la mort de votre grand-mère.

— Ce n'était pas ma grand-mère, répondit Stone, sans montrer la moindre réaction en apprenant qu'on avait attenté à la vie de Faith.

Deacon croisa le regard dur de l'homme.

— Jeremy vous a légalement adopté, est-ce exact ? demanda-t-il, continuant à fixer Stone, qui acquiesça d'un air prudent. En conséquence, la grand-mère de Faith est aussi votre grand-mère.

— Jeremy a été renié. En conséquence, clic, clac, dit Stone en imitant des ciseaux avec ses doigts. Pas de relation. Pas de tante Maggie. Pas de cousine Faith. Dépêchez-vous, s'il vous plaît, agent Novak. J'ai tenté de me montrer accueillant, étant donné que vous êtes entré de force chez moi, mais j'ai un emploi du temps à respecter.

Deacon fit le tour de la pièce du regard.

— Vous vivez ici ? A plein temps ?

— Seulement quand mon estomac le réclame. Le partenaire de mon père est un cuisinier exceptionnel. Sa *frittata* d'épinards est à se damner. Je vous ferais bien goûter, mais je l'ai terminée jusqu'à la dernière miette au petit déjeuner.

Le sourire de Bishop exprima un amusement sincère.

— Votre père prétend qu'il ne vous a pas vu depuis des mois. Que vous étiez actuellement en mission en Turquie pour couvrir… Qu'est-ce que c'était déjà, Novak ?

— Une émeute, compléta Deacon. Naturellement, nous ne l'avons pas cru. Parce que nous savons que vous étiez ici, la nuit dernière. Cette maison est sous surveillance.

L'expression de Stone se fit plus dure, une rougeur sombre marqua ses pommettes.

— Sur l'ordre de qui ?

— Le mien, dit platement Deacon. Vous êtes parti à 23 heures la nuit dernière et vous êtes revenu à 4 h 15. Ça vous laisse assez de temps pour aller à Cincinnati et revenir après avoir tenté d'assassiner votre cousine.

Stone se redressa lentement, le regard brûlant de colère.

— Vous voulez me mettre ça sur le dos ? demanda-t-il à voix basse.

— Nous savons que vous êtes un tireur d'élite, insista Deacon. Et c'était un sacré tir, la nuit dernière.

— L'homme que vous avez tué dans cette chambre d'hôtel n'était qu'à un mois de la retraite, ajouta Bishop, d'une voix calme. Il essayait simplement de faire vivre sa famille. Maintenant, ils devront continuer à vivre sans lui.

Elle claqua deux fois des mains, éveillant un écho mat.

— Bravo, monsieur O'Bannion, conclut-elle.

Stone prenait de profondes inspirations.

— Vous m'accusez, sérieusement ?

Deacon désigna les boots de Stone.

— Vos chaussures sont crottées et il y a de la crasse sous vos ongles, parfaitement manucurés, par ailleurs.

— Vous avez creusé la terre, n'est-ce pas ? dit Bishop d'un air grave. Qu'est-ce que vous avez enterré, Stone ? Ou qui ?

Le visage de Stone se figea une fraction de seconde avant de se relâcher en un sourire qui râpa les nerfs de Deacon.

— Vous m'avez dit qu'on a attenté à la vie de ma cousine, dit Stone. Ça veut dire qu'elle est encore vivante, n'est-ce pas ? Alors qui aurais-je pu enterrer ?

Le regard de Bishop flamboyait de rage pure.

— Le serrurier, peut-être ? Ou alors, le technicien de Earl Power ? Ou peut-être Corinne Longstreet ? L'avez-vous tuée, Stone ? Où avez-vous mis leurs cadavres ? Leurs familles ont besoin de le savoir.

Stone avait imperceptiblement pâli. Il plissa les paupières, manifestement en pleine réflexion. Enfin, sa bouche reprit son pli blasé et le reste de ses traits se recomposa en une expression nonchalante.

— Vous cavalez après le mauvais cheval, j'en ai bien peur. J'ignore totalement de quoi vous parlez.

Deacon saisit cet instant de distraction pour s'asseoir sur le divan et prendre la main de Stone avant que l'homme ne réagisse.

— Dans ce cas, puis-je prélever de la terre sous vos ongles, monsieur O'Bannion ? L'échantillon nous dira exactement de quoi il s'agit.

Stone lui arracha sa main d'un geste brutal, abandonnant tout faux-semblant.

— Pas question ! Allez vous faire foutre ! Arrêtez-moi ou sortez d'ici.

Impossible de l'arrêter. Ils ne disposaient que d'éléments circonstanciels. Une fois qu'ils l'auraient en garde à vue, ils ne pourraient l'y maintenir que soixante-douze heures, à l'issue desquelles ils devraient l'inculper ou le laisser partir. Encore plus exaspérant, Stone semblait parfaitement au courant.

Mais Deacon avait obtenu ce qu'il voulait. Il avait réussi à récupérer assez de terre sur la main de Stone pour fournir un échantillon au labo. Et, s'ils battaient en retraite maintenant, Stone les conduirait peut-être à l'endroit où il avait creusé. Deacon se leva et inclina la tête.

— La prochaine fois, nous aurons une commission rogatoire.

Stone se leva d'un bond, dans une posture clairement menaçante, poings serrés et regard noir.

— Sortez d'ici, dit-il d'une voix grinçante. Tout de suite.

Dans une reprise de l'adieu de Keith, dans la grande maison, il claqua la porte dès que Bishop et Deacon eurent franchi le seuil.

— Un sachet à indices, s'il te plaît, dit Deacon.

Il brossa la paume de sa main dans le sachet de plastique qu'elle avait sorti.

— Ses mains étaient encore sales, expliqua-t-il. Un prélèvement de la terre sous ses ongles aurait été plus efficace, mais il n'était pas près de s'y soumettre. Je le lui ai proposé juste pour le distraire. Avec un peu de chance, le labo pourra tirer quelque chose de ce que j'ai réussi à récupérer. Les résultats ne seront peut-être pas admissibles devant la Cour, mais au moins ça nous permettra d'avoir une idée plus précise de l'endroit où il est allé.

Bishop regarda par-dessus son épaule.

— Il nous surveille.

Fulminant, Stone les observait par une fenêtre, pendant que Deacon brossait la terre dans le sachet. Deacon avait bien espéré que leur suspect agirait ainsi.

— Je sais. Soit il sera plus prudent à partir de maintenant, soit il va paniquer et commettra une erreur. Espérons que ce sera la seconde solution. En attendant, ça ne fera pas de mal d'augmenter un peu la pression.

Ils regagnèrent la berline, Deacon s'arrêta, le temps d'examiner la Corvette rouge de Stone, garée derrière la Bentley. Le capot était encore chaud.

— La voiture est boueuse, comme ses boots.

Bishop déverrouilla la portière de la berline et attendit qu'ils soient tous les deux installés pour poursuivre la conversation.

— Il nous cache un gros truc. Mais je ne sais pas si c'est notre tueur. Nous cherchons un type si prudent qu'il n'a laissé aucun élément dans cette chambre d'hôtel susceptible de le faire identifier. Il tue depuis des années et n'a jamais été pris. Et, jusqu'à présent, personne ne l'avait jamais soupçonné d'utiliser cette vieille maison.

— Et on l'a découvert seulement parce que Faith avait prévu d'y emménager, souligna Deacon. Non, il est trop malin pour quitter une scène de crime avec les mains sales. J'ai l'impression que Stone a volontairement prolongé l'entretien. Il voulait qu'on lui révèle ce qu'on sait.

Elle haussa les épaules.

— Après tout, il est journaliste.

— « Le genre qui pose les questions. Pas le genre à y répondre », imita Deacon. Enfoiré.

Bishop éclata de rire.

— Je suis bien d'accord. Mais je l'ai déstabilisé en lui demandant qui il avait enterré. Et aussi quand j'ai mentionné le serrurier et le type de l'électricité, ajouta-t-elle, plus sobrement.

— Et tu as vraiment retenu son attention quand tu as prononcé le nom de Corinne Longstreet.

— C'était tout à fait mon objectif, dit Bishop avec un demi-sourire de satisfaction.

Deacon était impressionné. Elle avait joué son rôle à la perfection. *J'étais trop en colère et distrait par Faith.*

— Il faut renforcer la surveillance, ici, dit-il. On garde un agent pour la maison et un autre pour filer Stone.

Il vit des rideaux bouger et distingua une ombre massive derrière la vitre. Au premier étage, il saisit le mouvement similaire d'une main plus petite. *Hailey.*

— En fait, j'affecterai deux agents à la maison, ajouta-t-il. J'aimerais savoir pourquoi un professeur de médecine a besoin d'un garde du corps. Et j'aimerais aussi connaître le vrai boulot de Hailey.

— Tu ne crois pas au couple de Keith et Jeremy ?

— C'est crédible, dit Deacon. Mais, entre ces deux-là, il y a autre chose que la simple félicité domestique. Pourquoi Keith garde-t-il Jordan à l'œil ?

— Surtout si Jeremy a quitté sa famille et n'a jamais regardé en arrière. Par ailleurs, je me demande si Jordan continue à puiser son argent de poche dans les comptes de la fondation.

Deacon se posait la même question.

— Bonne question, d'autant plus qu'il a prétendu devant Faith ne pas avoir besoin de l'argent et être content qu'elle ait hérité de la maison.

— Laisse-moi deviner, dit Bishop. Il a précisé que Jeremy se serait battu pour qu'il ne l'ait pas. Un des frères ne dit pas la vérité. Ou bien ils mentent tous les deux. J'ai remarqué que Jeremy a constamment gardé sa main droite dans sa poche. Carrie Washington a dit que ces sutures avaient été réalisées par un véritable expert.

— Il a peut-être perdu trop de dextérité pour pratiquer la chirurgie, mais ça ne signifie pas qu'il ne peut plus se servir de sa main droite. S'il a tué dix femmes, il cherche peut-être à faire croire qu'elle est inutilisable. Je suis convaincu que Jeremy, Keith et Stone ne nous ont laissés voir et entendre que ce qu'ils voulaient.

Bishop fit démarrer la voiture avec un sourire sarcastique.

— De beaux salopards roublards et bourrés de fric. Bon, où on va ? A l'université pour demander aux étudiants du Dr Jeremy si c'est un pervers ? Ou on rentre en ville ?

— Retour en ville. Meredith Fallon m'a appelé tout à l'heure. Arianna a demandé à revoir Faith. J'ai chargé Adam de la conduire à l'hôpital. Il faudrait qu'on arrive là-bas avant que la gamine se rendorme.

— Et le SMS ? Celui qui t'a fait devenir aussi blanc que tes cheveux ?

Deacon l'informa que Pope avait été agressé. Et, avec un peu plus de réticence, lui parla du lien éventuel avec les ennuis de Greg.

— Merde. Il faut que tu appelles Colby, dit-elle à la fin de son récit.

— Je sais. J'espérais ne pas ébruiter l'affaire jusqu'à ce que je trouve un avocat pour Greg, mais c'est fichu, maintenant. Merde.

Cependant, son juron manquait de vigueur. *Je suis tellement crevé.*

Si fatigué et si mentalement dispersé qu'il avait oublié d'envoyer les coordonnées de Daphne à Faith. Ce pauvre livreur était probablement encore menotté sur le parquet de son salon. Il s'empressa de réparer son oubli et ferma les yeux une seconde.

— Direction Cinci, dit-il à Bishop. Je vais passer un coup de fil pour organiser la surveillance ici, et faire relever l'agent de garde. Ensuite, j'appellerai Colby.

Ce qu'il voulait, c'était dormir dans son joli lit moelleux. Il voulait rentrer à la maison. *Près de Faith. Et la retrouver aussi, de préférence, dans mon joli lit moelleux.* Elle était comme une addiction, cristallisée dans son organisme. Il n'aspirait qu'à une chose : l'emmener quelque part et lui faire encore l'amour, lentement cette fois. Mais ce luxe était hors de portée. En tout cas, s'il voulait la garder en vie.

Cincinnati, Ohio
Mardi 4 novembre, 22 h 40

Qu'est-ce qui leur prend si longtemps ? Faith se garda bien de poser la question à haute voix. Personne ne leur avait signalé la fin de l'alerte, Greg et elle ne pouvaient rien faire d'autre que rester assis sur le sol dans un silence tendu.

Le téléphone de Greg bourdonna, ils sursautèrent tous les deux.

— Deacon. C'est pour vous, annonça le garçon en lui tendant l'appareil. Où est passé votre téléphone ?

— Il est grillé, dit-elle en lisant le message.

Deacon avait fini par lui communiquer les coordonnées de l'expéditrice du colis. Avec un peu de chance, cela signifiait qu'il avait fini de recueillir le témoignage d'oncle Jeremy. Elle craignait le résultat de l'entretien et ne voulait même pas s'interroger à ce sujet.

Greg la considéra d'un œil soupçonneux.

— Grillé du genre confisqué par les flics ou grillé du genre foutu ?

— Les deux, répondit brièvement Faith tout en composant le numéro que lui avait envoyé Novak.

— Allô, répondit une voix de femme nasillarde, d'un ton réservé.

— J'aimerais parler à Daphne Montgomery, s'il vous plaît.

— Ici, Daphne. Qui est à l'appareil ? Comment avez-vous eu ce numéro ? répliqua la femme d'une voix plus dure.

— Je m'appelle Faith Corcoran. Je suis une amie de Deacon Novak. Navrée d'appeler si tard, mais c'est important.

— Où est Deacon ? demanda Daphne. Il va bien ?

— Oui, dit Faith en prenant son ton le plus rassurant. Il m'a demandé de vous appeler.

— Pourquoi vous a-t-il… Attendez un peu. Faith Corcoran ? Vous étiez avec lui la nuit dernière, quand on lui a tiré dessus, c'est ça ?

Faith hésita, mal à l'aise à l'idée de discuter de la situation avec une étrangère. Sauf que, manifestement, cette femme tenait une place importante dans la vie de Novak.

— Oui, admit-elle. J'étais là.

— J'aurais tendance à dire que vous étiez un peu plus que simplement là, mon chou. D'après ce qu'on m'a raconté, c'est vous qui étiez la cible.

Faith fronça les sourcils. Aucun des communiqués de presse ou bulletins d'info ne l'avait désignée comme la véritable cible de ces tirs. Du moins, ce n'était pas le cas, la dernière fois qu'elle avait regardé. Cela dit, c'était bien avant que Greg et elle se soient lancés dans la peinture.

— Qu'avez-vous entendu et d'où tenez-vous ces informations ?

Un bref silence suivit les questions de Faith.

— Dites-moi, Faith, savez-vous qui je suis ?

— Je sais que vous êtes une amie de Deacon. Pourquoi ? demanda-t-elle, alors qu'une parcelle de doute faisait son chemin dans son esprit. Seriez-vous plus que cela ?

Faith grimaça, elle n'avait pas pu s'empêcher de laisser poindre sa jalousie. Mais un rire voilé lui répondit.

— Je ne suis qu'une amie, mon chou. Mais je suis mariée à son ancien patron.

— Ah. Sans doute le JC, sur la photo que vous lui avez dédicacée.

— Agent spécial Joseph Carter, expliqua Daphne. J'ai failli avoir une crise cardiaque en entendant que Deacon s'était fait tirer dessus, mais Joseph m'a assuré qu'il n'avait pas été blessé. Il vaudrait mieux que ça soit vrai, sinon il va avoir des problèmes.

Faith se demanda qui, de Joseph ou de Deacon, aurait des problèmes.

— Il portait un gilet en Kevlar, donc heureusement il s'en est tiré avec une grosse ecchymose. Il m'a poussée hors de la trajectoire de la balle.

— Je n'en attendais pas moins de notre Deacon. Vous vouliez me dire quelque chose, Faith ?

Ah, c'est vrai.

— Je cherchais à vérifier si c'est bien vous qui lui avez envoyé un paquet.

— Oui, par Speedy-24, une société de livraison. Pourquoi ?

— C'est parfait. Maintenant, nous pouvons libérer le livreur.

Greg suivait attentivement la conversation, les yeux plissés.

— Je vous avais bien dit que c'était un vrai livreur.

— Qui vient de parler ? demanda Daphne. De quel livreur s'agit-il ? Ce n'est pas très clair.

— C'était Greg, le frère de Deacon. Il a ouvert la porte au livreur, qui a eu la malchance d'arriver avec votre paquet à un très mauvais moment. La livraison semblait suspecte.

— Vous êtes *chez* Deacon ? Et en son absence ? Quel genre d'amie êtes-vous exactement ?

Faith rougit, soudain soulagée que Daphne ne puisse pas voir son visage, car tout ce qu'elle avait fait avec Novak dans la chambre venait de lui traverser l'esprit en un éclair.

— Disons, le genre d'amie à qui il donne votre numéro, éluda-t-elle.

Le bref silence qui suivit fut brisé par un gloussement ravi.

— Depuis combien de temps connaissez-vous notre Deacon ?

Faith consulta l'heure sur le téléphone de Greg.

— Environ vingt-neuf heures.

— Si longtemps que ça ? répliqua Daphne avec ce qui ressemblait à de l'amusement.

— Ces vingt-neuf heures ont été bien remplies, dit-elle à voix basse.

— C'est ce que j'ai cru comprendre, approuva Daphne, d'un ton d'où tout amusement avait disparu. Et *vous,* Faith, vous allez bien ?

Des larmes inattendues perlèrent sous ses paupières.

— Bien sûr, répondit-elle d'une voix mal assurée. Ça ira.

Dès que Deacon sera rentré. Elle s'éclaircit la gorge.

— Est-ce que le colis a un contenu périssable ? Parce que, vraisemblablement, il va être conservé comme pièce à conviction.

— Ne les laissez pas faire, protesta Daphne. D'abord, pourquoi feraient-ils ça ?

— Parce qu'un des deux agents qui assuraient ma protection a été poignardé moins d'un quart d'heure avant que le livreur ne sonne à la porte.

— Mince, marmonna Daphne. C'est vraiment le bordel. Savez-vous si la vie de l'agent est en danger ?

A l'extérieur, les voix s'élevaient de plus en plus mais, craignant d'affoler Greg, Faith s'efforça de garder le sourire.

— Je l'ignore. J'espère que non de tout cœur. Qu'y a-t-il dans le paquet ? Je ferai de mon mieux pour le sauver.

— C'est un manteau. J'avais acheté à Joseph des lunettes de soleil et un trench-coat de cuir comme ceux de Deacon, une sorte de cadeau gag pour son anniversaire. Mais, quand j'ai appris que Deacon avait été touché à l'épaule, je me suis dit que son manteau devait être fichu. Alors, je lui ai envoyé celui que j'avais. Je sais à quel point il adore cette vieille chose.

Le cœur de Faith fondit.

— C'est très gentil de votre part. Deacon dit qu'il pourra le faire raccommoder, mais pour l'instant le trench est une pièce à conviction et je crois qu'il lui manque plus qu'il ne veut bien l'avouer. J'essaierai de récupérer le colis avant que la scientifique ne l'emporte aussi. Merci, Daphne. Je sais que ça représente beaucoup à ses yeux.

— Ah ! Alors, vous êtes ce genre d'amie. Bien. Je suis très très contente. Dites à Deacon qu'il nous manque.

— Comptez sur moi.

Faith raccrocha et rendit à Greg son téléphone.

— Deacon a laissé de bons amis à Baltimore.

Greg se rembrunit.

— Je sais. Il a dû les quitter pour revenir ici. Pour moi.

— Parce qu'il t'aime, fit doucement Faith. Il m'a demandé de te le dire.

Une surprise ravie se peignit sur le visage de l'ado, puis il leva les yeux au ciel, dans une mimique bien de son âge, ponctuée d'un :

— Ouais, c'est ça.

— Souhaite-moi bonne chance, je vais tâcher de sauver ce colis.

— Bonne ch…

Greg s'interrompit et fronça les sourcils. Cette fois, les cris à l'extérieur étaient devenus si retentissants que même lui pouvait les percevoir.

— Qu'est-ce qui se passe ? chuchota-t-il.

Sacrément bonne question.

— Je vais voir. Reste dans le placard.

Là où aucune balle ne pourrait l'atteindre par la fenêtre.

— Promets-moi de ne pas bouger, ajouta-t-elle dans un chuchotement fiévreux.

Son insistance avait dû faire son effet car Greg obtempéra immédiatement. Faith inspira profondément, puis entra dans la chambre de Deacon. Après s'être prudemment agenouillée sur le lit, elle se posta près de la fenêtre et écarta le store.

Et elle regretta aussitôt son geste, car elle assista à la mort de l'agent Pope.

Il était allongé sur un brancard, le visage aussi blanc que l'oreiller qui soutenait sa tête. Mais son visage et l'oreiller étaient les seules taches blanches. Tout le reste était couvert de sang.

La grosse voix appartenait à Colby, qui se tenait près de son partenaire et lui hurlait de tenir bon. Pour Fran et les enfants. Puis le silence tomba.

Les exhortations de Colby avaient cessé, de gros sanglots agitaient ses larges épaules. Parce que Pope ne respirait plus.

Les secouristes arboraient des mines sinistres. Et semblaient terriblement navrés. Faith se rendit compte qu'elle aussi pleurait, une plainte sourde mais incoercible s'échappait de ses lèvres. Elle lâcha le store et se laissa glisser contre la tête de lit. Puis, le visage enfoui dans l'oreiller de Deacon pour étouffer ses sanglots, elle pleura à chaudes larmes en se balançant.

Bordel, bordel, bordel. Peu importait que l'agression n'ait pas été dirigée contre elle. *Pope n'aurait pas été dehors à monter la garde, si ce psychopathe n'essayait pas de me tuer.*

Un malade qui arrivait à descendre tout le monde autour d'elle.

En entendant un bruit de pas, elle leva la tête et empoigna son pistolet dans son sac d'un mouvement réflexe. Elle cilla à plusieurs reprises pour chasser ses larmes et éclaircir sa vision. Quand elle reconnut le nouvel arrivant, un grognement furieux émana de sa poitrine.

— Ah, génial ! C'est vous.

Adam Kimble traversa la pièce en quelques enjambées, ses yeux noirs brûlaient d'une lueur intense.

— Que se passe-t-il ? Vous êtes blessée ?

— Qu'est-ce que ça peut vous faire ? Si vous êtes ici pour jouer les baby-sitters, laissez-moi tranquille, c'est Greg qui a besoin de vous.

Elle rangea son arme, ramena ses genoux contre sa poitrine, puis enfouit de nouveau son visage dans l'oreiller.

— Pourquoi pleurez-vous, docteur Corcoran ? demanda-t-il avec circonspection.

Faith releva la tête pour le fusiller du regard.

— Parce qu'il est mort ! Pope est mort. Il était là pour me protéger et maintenant il est mort.

Son éclat l'avait vidée, une boule lui obstruait la gorge.

— Allez-y, chuchota-t-elle. Dites-moi que c'est ma faute. Je sais que vous en mourez d'envie. Autant vous lâcher.

Il l'observait sans rien dire, tandis qu'elle comptait les pulsations qui battaient à ses tempes, maintenant douloureuses. Finalement, il soupira, laissa retomber ses épaules, puis mit les mains sur ses hanches et baissa la tête, fixant le sol.

— Je ne pense pas que ce soit votre faute, Faith.

— C'est la mienne.

Greg pénétra dans la pièce d'un pas hésitant, le visage d'une pâleur de craie.

— Adam ? C'est vrai ? Il est mort ? Vraiment mort ?

Adam hocha une fois la tête, d'un geste sobre.

— Oui, c'est vrai.

Greg s'effondra, la peinture verte sur ses vêtements laissa une traînée sur le mur, il avait le regard vitreux.

— Comment était le couteau ? demanda-t-il, d'un ton hébété.

— Ça ressemblait à un couteau de chasse. Pourquoi ?

— La poignée, de quelle couleur ?

— Elle était en séquoia. Pourquoi ? répéta Adam.

Greg avait caché son visage entre ses mains tremblantes. Adam s'accroupit devant son cousin et lui écarta doucement les mains.

— Greg ?

— Il croit que les types du lycée qui ont menacé Dani sont responsables, dit Faith, le cœur brisé.

Elle ne savait toujours pas ce qu'avait fait Greg, mais elle avait compris que les répercussions avaient pu conduire à la mort d'un homme.

— C'est pour ça que tu as été renvoyé ? voulut savoir Kimble.

En voyant Greg répondre d'un hochement de tête, il laissa échapper un bref soupir, puis regarda Faith.

— Ils le savent dehors ?

— J'ai prévenu Deacon. Il a dit qu'il les informerait mais, quand je l'ai appelé, il interrogeait un témoin. Cette journée est vraiment complètement merdique, ajouta-t-elle en frottant son front douloureux.

— Je suis bien d'accord, dit Kimble.

Il se leva brusquement et leva la main pour l'arrêter, alors qu'elle s'apprêtait à quitter la chambre.

— Oh ! là ! Vous allez où comme ça ?

— Il y a un paquet dans le salon qui appartient à Deacon.

Elle ne pouvait rien pour aider Pope ou sa famille, mais qu'elle soit damnée si elle laissait les fédéraux emporter le manteau de Deacon.

— J'allais attraper ce qu'il contient, avant que les types de la scientifique ne l'embarquent.

Kimble la considéra.

— Vous comptez manipuler des pièces à conviction ?

Elle montra les dents.

— Ce n'est pas une pièce à conviction. C'est un cadeau envoyé de Baltimore par une amie de Deacon, qui, par malchance, est arrivé justement maintenant. Rappelez le dernier numéro dans le journal d'appels du téléphone de Greg. Vous pourrez lui demander vous-même. Non mais quel cirque, je vous jure. Elle lui a simplement envoyé un manteau de remplacement !

Adam affichait une expression soucieuse.

— Restez ici. Je vais parler à celui qui commande et je verrai ce que je peux faire pour le manteau.

Il se pencha vers Greg et lui serra l'épaule pour attirer son attention.

— J'ai besoin de détails. Des noms, des adresses. Comment savais-tu pour le couteau ? Que s'est-il passé pour leur donner envie de tuer ?

Puis, il s'adressa à Faith en ajoutant :

— Je vous embarque, tous les deux. Emballez ce qu'il vous faut pour quelques jours.

Faith en resta bouche bée.

— Quoi ?

— Vous n'êtes plus en sécurité dans cette planque. Vous devez déménager. Et dépêchez-vous, si vous voulez bien. Il nous faut d'abord passer à l'hôpital. Arianna est réveillée et elle a demandé à vous voir.

Avec l'impression d'être aussi sonnée que Greg, Faith regarda Kimble disparaître dans l'escalier. *Bouge. Et vite. Pour Arianna. Et, je vous en prie, mon Dieu, pour Corinne et la petite fille, aussi.*

— Greg, il faut que tu te changes. Allez, dépêche-toi, continua-t-elle en durcissant le ton.

Il ne bougea pas. Il restait juste là, les avant-bras reposant sur ses genoux repliés. Fixant le vide, droit devant lui.

Marmonnant des jurons adressés à l'univers en général, Faith ouvrit et ferma les tiroirs du dressing de Deacon, jusqu'à trouver celui des survêtements. Sans perdre de temps, elle vida tout le contenu du tiroir sur le lit.

— Tiens, dit-elle en lui tendant un survêtement. Va te changer dans la salle de bains et laisse tes vêtements tachés dans la baignoire. On s'en occupera plus tard.

Constatant que l'ado n'avait pas bougé, elle le rejoignit et lui prit la main, tentant de le relever de force.

— Bouge-toi, Greg. On a des choses à faire. Va te changer.

Il se leva lentement, prit les vêtements qu'elle lui tendait et gagna la salle de bains en traînant les pieds, tête basse.

Elle sursauta en entendant la porte d'entrée claquer contre le mur, comme si quelqu'un l'avait ouverte à la volée. Quelques secondes plus tard, Colby se rua dans l'escalier et fit irruption dans la chambre de Deacon.

— Où est-il ? gronda-t-il à voix basse.

— Qui ? répondit Faith, sincèrement déroutée.

Colby s'approcha d'elle, jusqu'à envahir tout son espace, et elle sentit monter la vieille panique.

— Greg. Le gamin. Le frère de Deacon Novak, cracha-t-il.

Mais c'est quoi cette histoire ? Elle se déplaça pour lui barrer le chemin.

— Pourquoi ?

Il posa ses deux grosses mains sur les épaules de Faith et l'écarta sans ménagement. Elle recula et lui bloqua de nouveau le passage, mains levées, comme un agent de la circulation.

— *Arrêtez,* agent Colby !

Il la contourna et continua à avancer vers la salle de bains. Faith courut vers la porte et s'y adossa.

— Que faites-vous, agent Colby ?

— Il a fait le malin au lycée, dit Colby, qui ne dissimulait plus sa colère. Il a piraté la messagerie de ses professeurs pour leur faire croire qu'un gamin avait le sida. Vous saviez ça ?

Il ne prit pas le temps d'écouter la réponse de Faith, se contentant de l'éloigner de la porte.

Elle le repoussa assez fort pour le faire reculer d'un pas.

— C'est quoi votre problème ? Greg, verrouille la porte ! Ne sors pas ! cria-t-elle.

Mais Faith n'entendit pas le loquet tourner et son estomac se contracta. *Tu as vraiment mal choisi ton moment pour enlever tes prothèses, petit.*

— Kimble ! hurla-t-elle. A l'aide !

— Il va sortir, dit Colby entre ses dents serrées, soufflant son haleine brûlante au visage de Faith. Il va voir ce qu'il a fait. Putains de sales gosses qui jouent aux dieux sur leurs ordinateurs !

Il referma la main sur la poignée de la porte et la secoua.

— Sors, espèce de petit enfoiré. Sors et viens voir un peu ce que tu as fait.

— J'arrive, Faith ! lança Greg d'une voix impatiente à travers le battant. C'est bon, quoi !

Il n'entendait pas leurs voix. *Il croit que je lui demande de se dépêcher.*

— Kimble ! *Au secours !*

La porte s'ouvrit derrière elle et elle entendit le hoquet de surprise de Greg. Colby passa la main par-dessus son épaule, empoigna le sweat-shirt de l'ado et l'attira vers lui.

— *Kimble !* hurla Faith à tue-tête en se glissant entre Colby et Greg. Agent Colby, vous êtes bouleversé. Vous avez de la peine. Ne faites pas ça. Ne gâchez pas votre carrière.

Une main posée sur le torse de chacun des deux hommes, elle les repoussa. Greg parvint à échapper à la poigne de Colby et claqua la porte de la salle de bains, s'enfermant à clé à l'intérieur.

Laissant Faith faire face à la colère de Colby, seule. *Oh ! mon Dieu.* Fou de douleur, il saisit les revers de son chemisier et la souleva de terre.

— Ne me *dites* pas ce que je dois faire, siffla-t-il. Mon partenaire est mort. Et c'est la faute de ce sale gamin. Et la vôtre.

Il la secoua si fort qu'elle sentit ses os s'entrechoquer.

— Nous étions coincés ici, à assurer votre protection.

— Alors que j'ai bien cherché ce qui m'arrive ? demanda-t-elle avec un calme qu'elle était loin de ressentir. C'est bien ce que vous voulez dire ?

— Non, répondit-il, les yeux remplis de larmes. Mais c'était mon partenaire. Mon ami. Maintenant, il est mort. Il ne méritait pas ça.

— Non, chuchota-t-elle. Il ne le méritait pas. Je suis désolée. Je suis désolée.

D'un geste hésitant, elle posa la main sur la joue de Colby.

Il frissonna, les larmes roulaient sur ses joues sans qu'il s'en rende compte.

— Ils l'ont étripé, dit-il à mi-voix. Comme un putain d'animal.

Faith laissa une main posée sur la joue de Colby, puis, de l'autre, elle recouvrit gentiment le poing qui agrippait son chemisier.

— Agent Colby, vous me faites mal, dit-elle doucement, pressant plus fermement le poing serré. Ce n'est pas ce que vous voulez, n'est-ce pas ? Je ne pense pas que vous soyez ce genre d'hommes.

La fureur sauvage qui animait le regard de Colby commençait à refluer pour être remplacée par une profonde détresse. Détresse, horreur et honte.

Il relâcha sa prise et la redescendit doucement, jusqu'à ce qu'elle soit de nouveau à plat sur le sol.

— Merci, agent Colby.

— Je suis désolé, dit-il d'une voix rauque. Oh ! mon Dieu. Je suis désolé. Je… je suis désolé.

Elle n'allait pas dire que ça allait, parce que ce n'était pas le cas.

— Je ne suis pas blessée, fit-elle d'une voix neutre. Vous n'êtes pas blessé. Sortons de cette pièce.

Elle le prit par le bras et l'orienta vers la porte, juste au moment où Kimble se ruait dans la pièce.

— Occupez-vous de Greg, lui intima-t-elle. Je vais faire du thé pour l'agent Colby.

Le temps qu'ils atteignent le salon, Colby tremblait de tous ses membres. Il ferma les yeux lorsqu'ils passèrent devant le livreur, toujours assis sur le sol, mais débarrassé de ses menottes.

Kimble avait dû le libérer. *En se fondant sur ce que je lui ai dit,* songea Faith. *J'imagine que nous faisons des progrès.*

Elle guida Colby jusqu'à un des tabourets de la cuisine. Il enfouit la tête entre ses mains, les épaules secouées de sanglots silencieux. Faith posa la bouilloire sur la cuisinière et lui prépara du thé.

Kimble passa dans la cuisine avec Greg, pour rejoindre le garage. Le garçon ne croisa pas le regard de Faith, manifestement embarrassé, maintenant que tout était terminé.

Au contraire, Kimble s'arrêta, chercha les yeux de Faith et la fixa un long moment.

— Merci, murmura-t-il avec émotion. Je vous ai pris quelques affaires. Il faut y aller. Tout de suite.

Il portait la sacoche de son ordinateur sur l'épaule et avait pris le nécessaire de voyage qu'elle avait laissé dans la chambre de Deacon. En d'autres circonstances, la vision de cet homme costaud, à l'œil maussade, un nécessaire de voyage Hello Kitty à la main, aurait pu la faire sourire.

— Le chef de Colby est dehors. Il prendra le relais, assura Kimble. Je viens juste de recevoir un appel de Meredith Fallon qui se demande ce que nous foutons. Je lui ai expliqué la situation, mais il faut vraiment partir tout de suite. Arianna s'est déjà assoupie une fois. Elle a refusé les analgésiques pour pouvoir rester éveillée jusqu'à votre arrivée.

Exténuée, Faith le suivit jusqu'à la voiture et s'allongea sur le plancher, près de Greg, qui évitait toujours son regard.

— Il se pourrait que je m'endorme pendant le trajet jusqu'à l'hôpital, dit-elle, alors que Kimble sortait du garage. Alors, ne vous inquiétez pas si je ne me relève pas quand le danger sera passé.

— A mon avis, vous avez largement mérité une petite sieste, docteur Corcoran, déclara-il avec gentillesse.

L'épuisement la gagnait, mais elle résista encore un peu.

— Vous avez récupéré le manteau de Deacon ?

— Oui, c'est fait.

Soulagement.

— Comment vous y êtes-vous pris ?

Il gloussa.

— J'ai signé le bon de livraison quand j'ai détaché le livreur. Le colis est dans le coffre.

— Mais vous risquez d'avoir des ennuis, non ?

— Sans doute. J'ouvrirai le paquet dans le labo de Tanaka, juste au cas où ce serait un faux colis. Mais je dois bien ça à Deacon. Si j'ai des ennuis, ce sera simplement une manière d'honorer ma dette.

Cincinnati, Ohio
Mardi 4 novembre, 23 h 15

J'ai tout fichu en l'air, songea-t-il avec dégoût. Posté devant la fenêtre du palier d'une maison située trois rues plus loin, il regardait une berline quitter le garage de Novak, convaincu que Faith était à l'intérieur du véhicule. *Ils la déplacent. Ils l'emmènent dans une nouvelle planque.*

Sur le moment, étriper l'agent du FBI avait semblé une bonne idée, mais voilà ce qui arrive lorsqu'on cède à son impulsivité. S'il avait agi avec moins de hâte, il aurait pu attirer Faith dehors en tuant le gamin qui avait ouvert la porte au livreur.

Mais, après avoir attendu de trop longues heures que Faith quitte la maison, il s'était laissé dominer par l'impatience. Quand il avait vu un petit voyou de lycéen approcher de la maison avec un super couteau de chasse, il s'était dit qu'il pouvait utiliser l'incident à son bénéfice.

Bien sûr, il n'avait pas prévu que le jeune voyou s'invite ainsi dans la partie avec un immense couteau de chasse. Mais, n'ayant aucun moyen de contrôler ce nouveau joueur, il avait tout simplement effacé le gamin du tableau. La manœuvre la plus risquée avait consisté à l'attirer à l'endroit voulu, avant que le flic ne repère ce petit crétin pendant sa ronde.

Si éliminer le petit voyou lui avait procuré un très grand plaisir, arriver à surprendre le type du FBI s'était avéré un rien plus compliqué. Il avait fallu surveiller les patrouilles des deux agents et repérer leurs habitudes.

Il avait éprouvé une grande satisfaction au moment de tuer l'homme. Et, en bonus, il avait récupéré une nouvelle arme. Il pourrait enfin balancer le vieux neuf millimètres dans le fleuve.

C'était le seul avantage qu'il avait tiré de toute cette opération, parce que la ruse n'avait pas fonctionné. Il était certain que Faith allait se précipiter dehors pour prêter secours à un agent du FBI blessé, mais cette salope avait suivi les instructions et était restée à l'intérieur. Maintenant, l'endroit grouillait d'agents du Bureau et du CPD, sans compter qu'ils emmenaient Faith ailleurs.

La maison où il se trouvait avait perdu tout intérêt comme poste d'observation. Le vieil homme qui y vivait était donc mort pour rien. Cela dit, on ne trouverait pas son corps de sitôt. Ni le cadavre du gosse, d'ailleurs. Les deux étaient entreposés dans le grand congélateur de la cave, où le vieil homme avait l'habitude de conserver la viande des cerfs qu'il chassait.

Heureusement pour lui, la saison de la chasse au cerf n'était pas encore ouverte et le type avait consommé presque tout le produit de ses chasses de l'année précédente. Il y avait donc toute la place nécessaire pour loger le propriétaire et un gamin assez stupide pour se pointer chez Novak avec une lame.

Malheureusement, son propre plan avait aussi lamentablement échoué que celui du jeune voyou, puisque Faith lui avait encore échappé. En prenant le bon côté des choses, les flics allaient tourner en rond pendant un bon moment en essayant de comprendre qui avait tué l'un des leurs.

Donnez-moi juste l'occasion d'attirer Faith hors du prochain endroit où ils l'emmèneront.

Il devait mettre au point une approche différente. Elle ne risquerait pas sa propre peau pour n'importe quel étranger mais, avec le bon appât, il pouvait toujours la forcer à venir à lui. Le gamin serait parfait dans ce rôle. Ou la sœur de Novak.

Ou Corinne Longstreet. Pourquoi n'y avait-il pas pensé plus tôt ? Il avait gardé Corinne en vie pour son propre plaisir, mais elle pourrait s'avérer plus utile en étant la carotte à laquelle Faith ne pourrait pas résister. Pour sauver cette vie, elle serait prête à se livrer.

Alors direction la cabane pour aller chercher Corinne. L'aller-retour lui prendrait environ quatre heures. Il fit un pas en arrière, s'éloignant de la fenêtre, et chancela. *Merde.* Depuis combien de temps n'avait-il pas dormi plus d'une heure d'affilée ?

Cela faisait des jours qu'il résistait, mais il devait se rendre à l'évidence. Son corps n'allait pas tarder à lâcher. Avec une bonne tasse de café, il roulerait sans problème sur l'autoroute, mais les routes tortueuses qui menaient à la cabane étaient dangereuses dans l'obscurité.

Pas question de se faire prendre par les flics parce qu'il avait enroulé sa voiture autour d'un arbre. Bien que l'ironie d'une telle situation eût été tout à fait savoureuse.

24

Cincinnati, Ohio
Mardi 4 novembre, 23 h 15

— Merde, merde, merde.

Deacon jura dans sa barbe à la fin de ce qu'il espérait être sa dernière communication téléphonique. Depuis leur départ d'Indian Hill, il n'avait pas quitté son mobile. Du coin de l'œil, il voyait les mains de Bishop se crisper de plus en plus sur le volant, à mesure que s'égrenaient les mauvaises nouvelles. A commencer par l'annonce affligeante de la mort de Pope.

Deacon n'arrivait toujours pas à le croire. L'homme, un agent expérimenté du FBI, avait été tué.

Dans mon jardin. A quelques mètres de Greg et Faith.

— J'ai aussi reçu un coup de fil d'Adam. Il emmène Faith à l'hôpital pour voir Arianna. Il veut que tu sois là, si nous pouvons arriver à temps. Au cas où Arianna pourrait témoigner. Il pense qu'elle se sentirait plus à l'aise avec toi.

— Qu'a-t-il dit d'autre ? Il s'est passé quelque chose avec Colby ? Il a craqué ?

— Complètement. Il a essayé de traîner Greg dehors pour lui montrer le corps de Pope, et le mettre face aux conséquences de son petit plan.

— Il a essayé de traîner ton frère hors d'une maison protégée ?

— Je pense qu'à ce moment-là c'était le cadet de ses soucis. Quand je l'ai appelé à propos de Greg et de l'école, je ne me suis pas rendu compte qu'il était aussi perturbé. Je m'étais dit qu'il redéploierait les hommes pour rechercher le gamin qui avait menacé Dani. Je n'aurais jamais imaginé qu'il se retournerait contre Greg.

— Parce que tu n'es pas irrationnel, dit-elle en secouant la tête. Où se trouve Colby pour l'instant ?

Deacon serra les lèvres, tentant de réprimer la colère qui bouillonnait en lui.

— En garde à vue. D'après Adam, Colby a attrapé Faith par son chemisier et l'a soulevée de terre.

Deacon était heureux de ne pas avoir été présent à cet instant. *J'aurais pu le tuer.*

— Mais Adam est intervenu, c'est ça ? Colby ne lui a pas fait de mal ?

— Elle l'a calmé toute seule, répondit-il, encore incrédule. Ensuite elle lui a préparé une tasse de thé.

L'expression de Bishop s'éclaira.

— J'apprécie cette fille de plus en plus.

Et moi, donc. Qu'elle n'ait pas hésité à se mettre en danger pour sauver Greg n'aurait pas dû l'étonner. C'est ce qu'elle faisait depuis des années pour les jeunes victimes dont elle avait la charge, seul le contexte différait. Bien que terrifié par ce manque d'instinct de conservation, il ne lui en était pas moins reconnaissant d'avoir protégé son frère.

— Et le dernier appel ? demanda Bishop. Celui du « merde, merde, merde » ?

— C'était Vince. Le conseil des médecins de l'Ohio lui a envoyé les empreintes de Jeremy et elles ne collent pas avec celle de la brosse à cheveux, trouvée dans la chambre souterraine. Rien à voir.

— Bon sang, dit Bishop, à mi-voix. De toute façon, ça ne pouvait pas être aussi facile, hein ?

— J'aimerais bien avoir les empreintes de Stone.

— Il était militaire. Ils devraient les avoir. Il faudrait leur demander.

— Si toutefois elles figurent toujours dans leur base de données. Les vétérans peuvent demander que leurs empreintes soient effacées des fichiers. Il est assez malin pour avoir pris cette précaution. Je vais demander à Vince de vérifier.

Et joignant le geste à la parole, il envoya un SMS à Tanaka.

— C'est fait, ajouta-t-il.

— Donc Jeremy n'a pas enterré dix cadavres dans la cave des O'Bannion et il n'a pas tenté de tuer Faith. Mais Stone est toujours suspect pour les deux crimes, même s'il n'a pas tué l'agent Pope. Parle-moi du gamin qui a menacé Greg et Dani.

— Seize ans, souvent fourré dans les problèmes. Plutôt costaud, il joue dans l'équipe de football américain du lycée. En défense.

— Donc il n'a pas le pied particulièrement léger, fit remarquer Bishop. En tout cas, ce n'est pas un sprinteur.

— Sur les images de vidéosurveillance du lycée que j'ai eu l'occasion de voir, il avait l'air plutôt lent. A première vue, il paraît assez apprécié, mais une partie de sa popularité tient à ses facultés d'intimidation. Depuis peu, sa cote a baissé.

— Parce que Greg s'est arrangé pour que tout le monde croie qu'il est séropositif. Ça fout la trouille, Deacon. A la fois que ton frère mette sur pied un truc pareil et qu'il ait les capacités de le mettre en œuvre.

— J'en ai conscience, crois-moi. Mais, pour l'instant, je ne pense pas à Greg. Je pense au fait qu'un agent fédéral entraîné se soit laissé avoir de cette façon par un lycéen.

— Moi aussi, je trouve ça bizarre, admit Bishop, à regret. Sans vouloir manquer de respect à la mémoire de Pope, bien sûr. Mais c'est ce type-là qu'ils ont envoyé assurer la sécurité de Faith ? Waouh.

— J'arriverais à la même conclusion que toi, si je n'avais pas vérifié ses états de service quand il a été affecté à la protection de Faith. Pope appartenait aux forces spéciales avant d'entrer au FBI. Personne n'aurait dû pouvoir prendre le dessus sur lui, encore moins avec un couteau. Et certainement pas ce gosse, insista-t-il. Et si le meurtre de Pope n'était pas une coïncidence cosmique ?

— Tu veux dire que notre type l'aurait tué délibérément ?

Bishop prit un instant pour réfléchir à cette théorie, puis ajouta :

— C'est possible. Où se trouve le gamin, pour l'instant ?

— Dans la nature. Il a séché les cours ces derniers jours et les flics qui sont passés le prendre chez lui ne l'ont pas trouvé là-bas. Ses parents prétendent qu'ils ignorent également où il se trouve. L'agent spécial principal a donné l'ordre de mettre sa maison et celles de ses amis sous surveillance, au cas où il referait surface.

Le chef du bureau local était prêt à retourner toute la ville pour retrouver le gosse qui avait assassiné un de ses hommes de sang-froid. Deacon savait qu'il devrait bien organiser ses arguments avant de proposer une théorie alternative, en ce moment.

— Et le couteau qui a servi à tuer Pope ?

— D'après Adam, il correspond à la description que lui a donnée Greg. La petite brute paradait dans tout le lycée avec ce couteau. Il s'est vanté de l'avoir volé dans une boutique d'équipements sportifs.

— Ce sera facile à vérifier. Si c'est *effectivement* le couteau du gamin, et *pas* une coïncidence, comment le tueur aurait-il mis la main dessus ?

— Bonne question. Aucune idée. Je vois peut-être des conspirations là où il n'y en a pas.

Bishop secoua la tête.

— Sauf que Pope était un ancien des forces spéciales et il n'aurait pas dû se faire surprendre. Alors, si c'était notre tueur, comment s'y est-il pris ? Comment a-t-il réussi à descendre Pope ?

— Il lui a peut-être d'abord tiré dessus, comme il l'a fait avec l'adjointe du shérif du comté de Butler. Ou encore il l'a drogué.

Deacon ressortit son téléphone.

— J'envoie un SMS à Washington pour qu'elle procède à une analyse toxicologique sur Pope.

— Ce n'était peut-être pas ce fameux gamin. Nous savons que Stone, Keith et Jeremy sont hors de cause, parce que nous étions avec eux au même moment. Ça nous laisse Combs ou celui qui se trouvait dans la cave des O'Bannion.

— Qui n'était pas Jordan, parce que son alibi tient la route. Ni Jeremy, parce que ses empreintes ne correspondent pas. Mais ça peut toujours être Stone ou Keith, énuméra Deacon en fronçant les sourcils. Ça ressemble à un putain de puzzle.

— Et il y a toujours Herbie Trois. Voire un M. X. Et nous ne pouvons pas oublier la femme qui a rencontré Herbie au faux bureau de Maguire and Sons. Ça peut très bien être une femme qui a tiré sur Faith de la fenêtre du fourgon, sur le pont de Miami. Si notre tueur n'agit pas seul, son complice est peut-être une *elle* plutôt qu'un *lui*. Quoi qu'il en soit, nous cherchons quelqu'un qui a squatté la maison depuis des années, qui est un bon bricoleur et un tireur d'élite.

— Et qui est assez costaud pour traîner le type de la compagnie d'électricité sur toute la longueur de la maison des O'Bannion, ajouta Deacon. Il doit aussi être assez qualifié pour pouvoir effectuer des sutures comme un médecin et embaumer comme un entrepreneur de pompes funèbres. Et, par-dessus tout, il doit avoir accès à ce satané testament.

Cincinnati, Ohio
Mardi 4 novembre, 23 h 20

Faith s'arrêta dans le couloir de l'hôpital devant la chambre d'Arianna. Elle ouvrit la fermeture de son blouson d'emprunt au sigle du FBI et mit à profit ce moment pour se recentrer avant de revoir l'adolescente. Elle avait l'esprit encore un peu brumeux après s'être récemment réveillée d'un profond sommeil et le corps endolori d'avoir dormi recroquevillée sur le plancher de la voiture de Kimble.

Mais, comparé à l'état d'Arianna, son inconfort n'était qu'une goutte d'eau dans la mer. De profondes rides rayonnant autour de sa bouche pincée étaient apparues depuis leur dernière visite. *Elle a l'air d'avoir mon âge.* La jeune fille avait refusé de prendre ses antidouleurs pour rester éveillée et tel était le résultat.

Meredith Fallon, assise à son chevet, se leva dès l'entrée de Kimble et de Faith dans la pièce. Elle écarquilla les yeux en découvrant l'état de Faith.

— Mais que vous est-il arrivé, docteur Corcoran ?

Faith baissa les yeux et découvrit avec étonnement que son chemisier était maculé de sang. *Oh ! d'accord.* C'était l'endroit où Colby l'avait attrapée.

— Ce n'est pas mon sang, s'empressa-t-elle de dire.

C'était celui de l'agent Pope. Les mains de Colby en étaient couvertes.

— Si je pouvais avoir une tenue d'infirmier, je pourrais recouvrir tout ça. Et, je vous en prie, appelez-moi Faith.

— Et moi, Meredith.

Meredith attrapa une tenue propre sur une étagère, près de la porte, puis adressa à Kimble un regard fulminant par-dessus l'épaule de Faith.

— Vous ne lui avez même pas laissé le temps de se changer ?

Kimble ouvrit la bouche, sans doute pour faire une remarque spirituelle ou pour se défendre. Mais Meredith ne lui en laissa pas l'occasion.

— Allez, ordonna-t-elle en agitant les mains vers la porte. Dehors.

En un clin d'œil, Meredith avait poussé Kimble hors de la pièce, refermé la porte et tiré le chemisier de Faith hors de sa ceinture. Puis elle enfila une paire de gants avec une petite grimace.

— Donnez-moi le chemisier.

Faith la regarda sans comprendre.

— Quoi ? Pourquoi ?

— Il va finir dans le conteneur à déchets contaminés. Nous sommes dans une unité de soins intensifs.

L'esprit de Faith se remit à fonctionner.

— Bien sûr ! Je suis désolée.

Elle se débarrassa du vêtement et le jeta dans le récipient avec un pincement de tristesse. C'était le chemisier qu'elle portait quand Novak avait… *Non, Faith. On ne s'engage pas dans cette voie.* Elle secoua sèchement la tête, comme pour se remettre les idées en place.

— Nous avons eu un problème dans la planque où j'étais. Kimble m'a fait sortir rapidement et nous sommes venus tout droit ici. Je me suis endormie à l'arrière de la voiture. Je suis encore un peu dans les vapes. Donnez-moi la blouse.

— Hum, non, dit Meredith en fronçant le nez. Il me faut aussi le soutien-gorge.

Faith soupira. Le sang avait traversé le tissu du chemisier et taché son sous-vêtement. Elle fit sauter l'attache, puis tint la blouse contre sa poitrine pendant que le soutien-gorge allait rejoindre le chemisier dans le conteneur.

— C'était aussi mon plus beau, murmura-t-elle.

— Désolée, répondit gentiment Meredith. Tendez les bras.

Faith obéit, permettant à Meredith de l'habiller comme une enfant. Elle vit Arianna lutter pour ouvrir les yeux et s'efforça de lui adresser un grand sourire.

— Salut, mon chou. Je suis désolée d'arriver si tard.

— Soulevez vos cheveux, ordonna Meredith, qui passa derrière elle pour nouer la blouse.

Arianna les fixa soudain avec des yeux ronds comme des soucoupes.

— Qu'est-ce qu'il vous est arrivé ? chuchota-t-elle avec horreur.

Trop tard, Faith se rendit compte qu'elle avait négligé de dissimuler la cicatrice. Instinctivement, elle laissa retomber ses cheveux pour la masquer, mais conserva un ton chaleureux et rassurant.

— C'était il y a des années. Tu n'as pas à t'inquiéter.

Puis elle laissa Meredith l'emmener jusqu'à l'évier et lui brosser les mains, en adressant à Arianna un regard impuissant. L'expression choquée de l'adolescente se transforma en petit sourire.

— Voilà. Maintenant, vous êtes assez propre pour vous asseoir dans un service de soins intensifs, près d'une patiente qui a récemment subi une opération.

Malgré son ton sévère, Meredith posa gentiment la main sur l'épaule de Faith.

— Kimble a appelé sur la route et m'a raconté ce qui s'est passé. Il a dit que vous avez résisté à un agent fédéral hors de contrôle et fou de chagrin, pour protéger son cousin de quinze ans.

Faith se demanda pourquoi Meredith perdait de précieuses secondes à relater la crise de l'agent Colby. Puis elle nota qu'un changement subtil s'opérait chez Arianna. La jeune fille finit par se détendre complètement et les rides de souffrance s'estompèrent autour de sa bouche.

— Vous avez vraiment fait ça ? demanda-t-elle.

Faith s'installa sur une chaise, près du lit.

— Oui.

— Comme vous l'avez fait pour moi, dit Arianna, les yeux pleins de larmes. Je croyais que c'était un rêve.

— Arianna a été réveillée par un cauchemar. Quand je suis arrivée, elle était un peu agitée. Elle ne sait pas exactement ce qui s'est passé hier.

Faith remarqua les sangles souples, toujours fixées aux rails du lit. « Un peu agitée » était un euphémisme. En réalité, Arianna s'était débattue avec tant de violence qu'elle s'était mise en danger. Sinon, le personnel de l'hôpital ne l'aurait jamais attachée, surtout après les épreuves qu'elle avait vécues.

— On est toujours désorienté quand on se réveille d'un cauchemar, dit Faith. Et c'est tout à fait normal que tu aies l'esprit un peu brouillé. Pas de problème, tu ne perds pas la tête.

Arianna interrogea Meredith du regard. Celle-ci hocha la tête en souriant, comme si elle avait dit exactement la même chose.

— J'ai tellement peur, chuchota l'adolescente. J'ai toujours gardé l'esprit clair, avant. Je ne peux pas devenir folle.

— Avant ? releva Faith avec circonspection.

— Avant d'arriver dans la famille de Lauren. Avant ça, j'ai eu beaucoup d'oncles, dit-elle en fermant les yeux.

Faith en eut le cœur brisé, mais garda une voix ferme.

— Mais tu pouvais toujours compter sur ton esprit pour te dire ce qui était vrai, c'est ça ? D'accord, tu n'en as pas été capable, aujourd'hui. Eh bien, ce n'est pas une raison pour t'inquiéter. Une partie de la confusion que tu éprouves est due au choc, à tes blessures, et une partie est un effet secondaire de l'anesthésie. Ça m'est aussi arrivé, mais au moins, à mon réveil, j'ai trouvé mon père, ma belle-mère et mon oncle, à mon chevet. Pas deux rouquines inconnues.

De grands yeux noirs s'ouvrirent et se rivèrent sur le visage de Faith.

— Je me rappelle que vous m'avez recouverte avec votre manteau. Puis vous êtes restée debout près de moi. Vous aviez un pistolet. Je croyais que peut-être vous alliez me tirer dessus. Mais après vous avez dit que personne n'allait me faire de mal. Qu'ils devraient d'abord vous passer sur le corps ! C'est vraiment arrivé ?

Faith prit les mains d'Arianna.

— Oui. Je ne savais pas si la personne qui t'avait fait du mal risquait de revenir.

— Pourquoi n'avez-vous pas fui ? demanda Arianna, sincèrement surprise.

— Je ne t'aurais laissée pour rien au monde. Comment es-tu arrivée sur la route ? La route était vide et, tout à coup, tu étais là.

— Je me suis traînée.

Exactement comme Deacon l'avait pensé.

— Depuis la camionnette de la compagnie d'électricité ?

— Oui, répondit l'adolescente, dont le regard s'assombrit. J'ai vu l'homme de la compagnie d'électricité se faire tirer dessus, mais je l'ai laissé. J'ai laissé Corinne, là-bas, dit-elle dans un sanglot. *Je me suis enfuie.*

— Tu t'es sauvée pour aller chercher de l'aide, dit doucement Faith en essuyant les larmes d'Arianna. C'est moi qui ai appelé la compagnie d'électricité pour leur demander d'envoyer le préposé. Penses-tu qu'il a été tué par ma faute ?

Un petit froncement de sourcils accueillit la question, comme si Arianna cherchait le piège.

— Non.

— Alors, comment pourrais-tu être responsable de sa mort ? Et, comme tu as trouvé de l'aide, il y a un tas de gens qui cherchent Corinne, assura Faith en repoussant les cheveux collés sur le front moite d'Arianna. Ne perds pas espoir.

Le visage de la jeune fille se crispa, trahissant un élancement douloureux. Puis, un soupir tremblé lui échappa, accompagnant le mal qui refluait.

— Maintenant que Faith est là, l'infirmière va venir te donner ton médicament, intervint Meredith. Tu devrais faire bon usage du temps qu'il te reste avant de te rendormir.

— D'accord. Maintenant, je suis prête à parler de ce qui s'est passé, dit Arianna, dont le regard s'arrêta sur la cicatrice de la gorge de Faith. Mais, avant, dites-moi comment ça vous est arrivé.

— D'accord. J'ai suivi des victimes d'abus sexuels en thérapie. Le plus souvent, il s'agissait d'inceste. Mais je devais aussi travailler avec les gens qui les avaient molestées, des hommes pour la plupart.

— Mais pourquoi ?

Faith sentait que Meredith l'observait aussi, attentive à sa réponse.

— Parce que, très souvent, le juge l'ordonnait en pensant que c'était une façon d'essayer de réinsérer le délinquant. Et de réparer la famille.

Le visage d'Arianna prit une froideur de pierre.

— On ne peut rien réparer. Ils ne changent jamais. Ils recommencent tout le temps. Et ce n'est pas la faute des familles. Elles n'ont pas besoin d'être *réparées*.

— Tu as raison, reconnut Faith. Mais les victimes, les enfants, ont besoin d'aide. Et, les mères qui ne savaient vraiment pas ce qui se passait, elles aussi ont besoin d'aide. Quant aux mères qui ont permis que des choses pareilles arrivent… Eh bien, je ne pense pas qu'elles aient besoin d'être réparées. A mon avis, elles devraient se retrouver en prison. Mais je ne suis pas juge.

— Ma mère le savait.

Le cœur de Faith se brisa un peu plus.

— T'a-t-elle emmenée consulter un thérapeute ?

Les yeux noirs se levèrent au ciel.

— Elle ne voulait même pas m'emmener à l'école. Généralement, elle était trop cassée.

— Les filles que je traitais avaient souvent des mères comme la tienne. Elles refusaient de leur faire suivre une thérapie, à moins que ce ne soit sur un ordre de la Cour. Et, le plus souvent, ces mères n'acceptaient que pour empêcher le délinquant d'aller en prison. Si je voulais aider ces filles, je devais travailler avec le mal pour faire le bien.

— Et vous l'avez fait, pour les enfants.

Meredith se détendit, Faith eut l'impression qu'elle venait de passer un test décisif.

— Bref, un de ces violeurs s'est mis en colère contre moi et il m'a fait ça, dit-elle en montrant sa gorge. Je dois admettre que j'étais terrifiée.

— Je suis navrée. Je n'aurais pas dû vous poser la question. Je n'aurais pas dû vous obliger à vous en souvenir.

Faith comprit qu'elle passait un nouveau test. Même si Arianna avait chuchoté ces paroles de consolation, son regard demeurait attentif.

— Tu n'as pas ravivé de mauvais souvenirs. Je n'ai jamais oublié ces événements. Je les mets simplement de côté quand je dois me débrouiller avec ce que la vie m'envoie au jour le jour. Tu n'oublieras pas vraiment ce qui t'est arrivé. Tu devras trouver ta propre manière de faire et de continuer à vivre. Mais je suis persuadée que tu le sais déjà.

Arianna sourit tristement.

— Ouais. Je le sais. Et je le ferai.

— Bien. A mon tour de poser une question. La police ne trouve aucune trace de Roza. Qui est-elle et pourquoi ne t'a-t-elle pas accompagnée ?

— Je ne sais pas qui elle est, mais je l'ai *suppliée* de venir avec moi, expliqua Arianna, l'œil hagard. Elle a dit qu'elle ne voulait pas quitter sa mère. Que sa mère était là.

Faith cilla, interloquée.

— Sa mère était aussi retenue prisonnière dans la cave ?

— Je ne sais pas, mais elle disait qu'elle ne pouvait pas la laisser. Il faut retrouver la mère de Roza, je vous en prie.

— Je ferai tout ce qui est en mon pouvoir. Mais c'est la police qui mène les recherches. Tu pourrais les aider en répondant à leurs questions. Le lieutenant Kimble attend dans le couloir.

Faith aurait préféré que ce soit n'importe quel autre flic, mais elle avait l'impression qu'Arianna était prête à parler.

— Je ne le connais pas.

— Il travaille avec l'agent Novak et le lieutenant Bishop. Tu les as rencontrés ici la dernière fois.

— Le type aux cheveux blancs ? Avec les yeux trop bizarres ? Je croyais que je l'avais rêvé, lui aussi.

Faith ne put retenir un sourire.

— L'agent Novak est tout à fait réel. Accepterais-tu de parler au lieutenant Kimble ?

— Et la policière ? Où est-elle passée ?

— Elle recherche Corinne avec l'agent Novak. C'est Kimble qui m'a amenée ici pour te voir.

Une lueur de doute traversa le regard d'Arianna.

— Que va-t-il me demander ?

— Des détails sur ton enlèvement et l'agression. Sur l'homme qui t'a enlevée. Et sur ce qu'il a fait.

Le doute se transforma en accusation perçante et puérile.

— Vous aviez dit que je ne serais pas obligée d'en parler ! Vous l'aviez dit !

— Ecoute-moi, Arianna. Tu ne seras pas obligée de dire quelque chose dont tu ne veux pas parler. C'est ton droit de ne parler que quand tu te sentiras prête à le faire. Et je défendrai ce droit.

Meredith caressa doucement le bras de l'adolescente.

— Nous serons deux, Arianna. Je te l'ai déjà dit. Tu as notre parole. Maintenant, calme-toi, sinon tu risques de faire sauter tes sutures.

Arianna cessa de se débattre et se laissa retomber sur le matelas.

— Moi aussi, je vais avoir des cicatrices, pas vrai ?

— Sans doute. Mais aucune de tes entailles n'est assez profonde pour te laisser des cicatrices aussi marquées que la mienne. D'ailleurs, celle-ci était vraiment pire avant. Elle s'est estompée. Les tiennes se verront encore moins.

Un long silence. Sans la poigne de fer qui retenait sa main, Faith aurait pu croire qu'Arianna s'était endormie. Puis ses paupières frémirent et elle ouvrit les yeux.

— Si je parle à ce policier, vous resterez avec moi ?

Des larmes brûlantes perlèrent aux yeux de Faith.

— Qu'ils essayent seulement de me faire quitter cette chambre !

— Alors, dites-lui de venir.

Cincinnati, Ohio
Mardi 4 novembre, 23 h 35

Deacon poussa le même soupir de soulagement que Bishop et Adam. Scarlett et lui étaient arrivés juste au moment où Arianna refusait de parler à Kimble. Deacon avait espéré que Faith parviendrait à la faire changer d'avis.

Tout comme lui, Bishop et Kimble avaient sans doute mentalement exhorté Faith à insister mais, à leur grande surprise, elle avait au contraire battu en retraite. En réalité, elle avait mieux compris la jeune fille qu'ils ne l'avaient espéré car, pour finir, Arianna venait d'accepter de les aider de son propre chef.

Le battant entrebâillé s'ouvrit et ils sautèrent tous les trois en arrière d'un air coupable, comme pris en flagrant délit d'espionnage. Meredith Fallon sortit de la chambre d'Arianna, puis elle referma la porte d'un geste appuyé, fixant Adam avec sévérité.

— Laissez-moi deviner, c'est un coup de vent qui l'a ouverte.

— Cette explication me convient parfaitement, grommela Adam, le rouge aux joues.

— Bon, quelqu'un va se décider à entrer là-dedans ? demanda-t-elle. Arianna pourrait changer d'avis d'un instant à l'autre.

Adam déclina d'un signe de tête négatif.

— Elle sera plus à l'aise avec Bishop. Je crois que ce sera aussi le cas de Faith.

Bishop lui adressa un regard d'assentiment, puis suivit le Dr Fallon dans la chambre.

Un silence tendu s'étira entre Deacon et Adam, de plus en plus pesant.

Deacon s'éclaircit la gorge.

— Où est Greg ?

— Je ne pouvais pas le laisser chez toi, alors je l'ai amené avec moi. Je l'ai envoyé à la cafétéria de l'hôpital avec le flic qui gardait la chambre d'Arianna, juste au cas où le voyou de son école découvrirait où il se trouve et essaye de créer encore plus de problèmes. C'est quoi cette putain d'histoire ? Greg n'a rien voulu me dire. Dani a été menacée, si j'ai bien compris ?

Deacon lui donna la version abrégée de l'affaire, dont chaque répétition renforçait son sentiment d'impuissance.

Adam secoua la tête, marquant son incompréhension.

— Pourquoi il n'est pas venu m'en parler ? J'aurais pu l'aider.

Deacon haussa les épaules.

— Faut dire qu'on t'a pas trop vu le mois dernier.

Il n'avait pas voulu que cela sonne comme une accusation. *Vraiment ?* Honnêtement, il était trop fatigué pour en être certain.

Le regard d'Adam brilla de colère.

— Eh bien, au moins, tu sais ce que nous avons vécu, ces quinze dernières années.

Deacon accusa le coup.

— C'est un coup bas et tu le sais très bien. J'ai déjà essayé d'obtenir la garde de Greg, et Jim s'y est toujours opposé. Qu'est-ce que j'aurais dû faire ? Le kidnapper ?

Il secoua la tête, peu désireux de poursuivre dans cette voie.

— Laisse tomber, reprit-il plus calmement. Pour l'instant, je suis ici et je m'efforce de faire ce qu'il faut.

— Tu as raison. Tu as essayé. Je suis désolé. Le problème, c'est de savoir ce qu'il faut à Greg exactement.

— Sincèrement, je n'en sais rien. Il a agi pour de bonnes raisons, mais il a transgressé les règles en connaissance de cause.

— Et maintenant c'est à la famille de l'agent Pope d'en subir les conséquences.

— Ça, je n'en suis pas si sûr.

Deacon lui rapporta sa conversation avec Bishop et lui livra le fruit de leurs réflexions.

Adam écouta avec une expression ouvertement cynique.

— Si je comprends bien, tu penses que Pope a été poignardé par le tueur que nous recherchons et avec le couteau que ce lycéen a exhibé devant la moitié des élèves de l'école de Greg ? Le tueur qui, jusqu'à présent, a tiré sur toutes les autres victimes ?

Deacon était sur la défensive, mais parvint à garder son calme.

— C'est tout à fait ce que je suggère. Si Combs est impliqué, il a utilisé un couteau sur Faith. Et ce tueur a tranché les tendons de la cuisse d'au moins une des victimes. Sans compter Arianna, qui est la preuve vivante qu'il taillade ses victimes. Tu n'envisages même pas que ce soit une possibilité ?

— Personnellement, je trouve ça un peu trop commode. Et je trouve que ça dessert Greg. Il a besoin d'assumer les conséquences de ses actes, pas que tu essayes de le tirer d'affaire.

L'accusation prit Deacon de court.

— Que tu acceptes ou non l'éventualité que ce tueur ait poignardé Pope, je te prierais de ne pas mettre mon intégrité en doute.

Il prit une profonde inspiration, qui emplit sa bouche d'un goût de désinfectant, lui rappelant qu'il était dans une unité de soins intensifs, devant la chambre d'une victime. *Occupe-toi du boulot. On verra plus tard pour les problèmes personnels merdiques.* D'un geste brusque, il sortit son téléphone et consulta la liste des missions relatives à l'enquête.

— Tu as déterminé à quel moment le mouchard a été posé sur la jeep de Faith ?

— Je m'en occupais justement quand j'ai été prévenu pour Pope, répondit Adam, revenu lui aussi en mode professionnel. Je vais m'y remettre tout de suite.

— Merci. On se retrouve dans le bureau d'Isenberg pour faire le point.

— Oui, chef.

Adam tourna les talons et s'éloigna sans ajouter un mot.

Deacon fit signe à une infirmière.

— Pourrais-je utiliser une de vos lignes fixes, s'il vous plaît ?

Elle montra une chambre vide.

— Celle-ci est inoccupée pour l'instant, mais ça peut changer en un clin d'œil.

Deacon s'enferma dans la petite pièce pour appeler Isenberg et lui parler de sa théorie à propos du meurtre de Pope. Il souhaitait la mettre rapidement dans la confidence et espérait bien qu'elle n'aurait pas la même réaction qu'Adam. Même si c'était le cas, ce serait loin d'être aussi douloureux.

Cincinnati, Ohio
Mardi 4 novembre, 23 h 45

Il fila directement au lit. *Tellement fatigué.* Cette fois, il avait trop exigé de lui. Il n'aurait jamais dû enlever Corinne avant d'être certain que Faith était morte. Mais il avait été si frustré ce matin-là, après l'incendie à Miami. Tout le monde s'était rué hors de l'immeuble comme des rats quittant un navire qui sombre. Sauf Faith. Parce qu'elle n'était pas là.

Un élancement douloureux lui traversa la mâchoire et il se rendit compte qu'il grinçait encore des dents. Faith aurait dû être morte. Depuis des années. *Mais elle refusait tout simplement de crever.* Cette fois-là, il était rentré chez lui dans tous ses états, sa colère menaçait de déborder. Il ne pouvait pas se permettre de perdre le contrôle. Quand ça arrivait, il agissait stupidement. Il avait donc enlevé Corinne. Histoire d'évacuer la pression.

Ce qui s'était avéré tout aussi stupide. Il n'aurait jamais dû la prendre. Et, quand les choses avaient tourné au vinaigre, il aurait dû se contenter de la tuer et de l'enterrer avec le type de l'électricité et ce satané serrurier.

Il fronça les sourcils. Et le jeune. Ce type qui avait forcé la porte. Un squatteur. *Exact.* Il l'avait abattu et l'avait enterré avec les deux autres. Finalement, il avait bien fait de ne pas tuer Corinne, se souvint-il. Elle allait lui servir d'appât pour Faith. Et, une fois qu'il aurait attiré Faith à découvert, il les tuerait toutes les deux. Ainsi, la pire des menaces qui le guettaient disparaîtrait.

Ça laissait Roza. Il fit le tour de sa chambre du regard. La pièce était impeccablement tenue par Jade depuis dix ans. Mais elle était devenue trop vieille pour lui. Roza aurait bientôt l'âge de prendre en charge les responsabilités qui incombaient à Jade. Le moment venu, il se débarrasserait de Jade et amènerait la petite ici pour satisfaire ses besoins.

— Jade ! cria-t-il d'une voix tonnante. Viens ici !

Elle apparut une minute plus tard, le pas mal assuré, les yeux gonflés de sommeil.

— Je suis désolée. Je me suis endormie.

— J'ai eu des appels ?

— Non, aucun.

— Bien. Je dois me reposer un peu. Si quelqu'un téléphone, tu répondras que je suis absent. Si quelqu'un frappe, n'ouvre pas. Si c'est la police, tu n'ouvres toujours pas la porte, mais tu viens me réveiller immédiatement. Compris ?

Elle hocha la tête.

— Oui, monsieur. Mais… si la police a une commission rogatoire. Et des armes ?

— Ils ne peuvent pas avoir de commission rogatoire. Ils n'ont rien pour en demander une. Je vais dormir, maintenant. A mon réveil, je veux un steak et des œufs, dit-il en songeant qu'il avait besoin de protéines pour récupérer de l'énergie. Ce sera tout.

— Je ne ferai pas de bruit pour ne pas vous réveiller.

— Arrange-toi pour qu'il en soit ainsi.

Après le départ de Jade, il se leva et verrouilla la porte à double tour. Puis il se dépouilla de ses vêtements et les fourra dans un sac-poubelle, au-dessus de ceux qu'il portait quand il s'était attaqué à l'homme dont il avait emprunté la maison.

Et ce gosse. Le voyou. *Tu vois, ta mémoire fonctionne parfaitement. Tu n'as pas à t'inquiéter.* Il se souvenait de chaque détail de la mort du gamin. Il ne lui avait pas tiré dans la tête, à celui-là. *Au contraire.*

C'était. Trop. Bon. Sa drogue préférée. Quand toute cette histoire serait terminée et qu'il aurait trouvé un endroit pour recommencer, il attraperait quelques voyous, comme celui qu'il avait abattu aujourd'hui. Il aimait les femmes, mais il avait éprouvé une grande satisfaction à faire comprendre à ce gamin qui était le patron.

Il régla son réveil, s'allongea sur le lit et se laissa dériver vers le sommeil.

25

Cincinnati, Ohio
Mercredi 5 novembre, 0 h 35

— C'est ton bureau ? demanda Greg, visiblement déçu. C'est… nul.

Deacon tira son siège de bureau, proposant d'un geste à Faith de s'y installer.

— C'est parce que la majeure partie de notre travail n'a rien de palpitant, répondit-il. Ces derniers jours sortent vraiment de l'ordinaire.

— C'est le moins qu'on puisse dire, marmonna Faith en s'asseyant.

Ils arrivaient tout droit de l'hôpital. Le témoignage d'Arianna s'était prolongé et Deacon avait filé au central informer Isenberg, sans prendre le temps de déposer Greg et Faith. D'ailleurs, il ne savait pas où il aurait pu les emmener. Sa maison était toujours une scène de crime.

Il fallait leur trouver un endroit sûr pour y passer la nuit. Il voulait un lit moelleux pour Faith et il voulait y dormir avec elle. Pendant que Bishop et Faith étaient avec Arianna, il s'était offert une courte sieste, qui n'avait pas suffi à faire reculer son épuisement. S'ils ne venaient pas de recueillir les déclarations de leur seul témoin, il aurait déjà fermé la boutique. Mais Arianna avait confié à Bishop des informations que toute l'équipe devait partager.

Il devait donc rester en éveil et lucide un peu plus longtemps.

— Attendez-moi ici. J'essaie d'expédier ce débriefing aussi vite que possible. Eh, Greg ! s'il te vient à l'idée de toucher un ordinateur, je… N'y pense même pas, conclut-il en secouant la tête.

Greg baissa la tête, maussade.

— D'accord, D. C'est bon, quoi.

Deacon pressa l'épaule de son frère, puis se tourna vers la salle de conférences, où l'attendaient Isenberg, Tanaka et Carrie Washington, le médecin légiste. Tous trois semblaient aussi épuisés que lui.

Bishop et lui s'installèrent avec les autres.

— Vous avez recueilli le témoignage de la victime ? demanda Isenberg.

— Je m'en suis chargé, dit Bishop. Où est Kimble ?

— J'en sais rien. Il m'a appelée pour me faire part de votre théorie, Novak.

— Et ?

— Je lui ai dit la même chose qu'à vous. Ça demande réflexion. Il ne semblait pas très heureux de l'entendre.

Bishop se rembrunit.

— Quelque chose m'échappe.

— Adam n'est pas d'accord avec mon point de vue sur le meurtre de Pope, indiqua Deacon. Il croit que j'essaie de tirer Greg d'affaire.

Bishop laissa paraître sa surprise.

— Ce garçon a vraiment besoin d'aide. Et je ne parle pas de Greg.

Isenberg tapa sur la table, d'un geste décidé.

— Nous allons commencer sans lui.

Deacon adressa un signe de tête à Bishop.

— A toi, Scarlett. Qu'est-ce qu'Arianna t'a raconté ?

— Elle avait les yeux bandés et était attachée à une table de métal, jusqu'à ce que la fille, Roza, la libère. Elle a dit qu'il portait toujours des gants, c'est probablement pour ça que nous n'avons pas trouvé d'empreintes utilisables. Il avait un tas de couteaux et il s'en est servi sur elle. A l'extérieur et à l'intérieur. Il l'a violée au moins à deux reprises. C'est peut-être arrivé d'autres fois, mais elle était sans doute trop droguée pour s'en rendre compte. Il a prétendu qu'il avait tué Corinne et lui a raconté comment il s'y était pris. Il lui a fait écouter des enregistrements de hurlements. Ensuite, il lui a dit qu'il avait menti. Que Corinne était vivante et que plus Arianna lui résisterait, plus il torturerait son amie. Il a changé de version plusieurs fois.

— Il essayait de briser sa volonté, fit Deacon.

— Exactement. C'est aussi ce que pense le Dr Fallon. D'ailleurs, Meredith a été plutôt bonne pendant l'entrevue. Nous devrions envisager de faire appel à elle ultérieurement. Elle a réussi à faire sortir des infos de la mémoire d'Arianna que je n'aurais sans doute pas été capable de faire resurgir. La gamine a eu de mauvaises expériences avec les flics. Le suspect est du coin, c'est pratiquement certain. C'est un baryton et il a la voix légèrement nasillarde. Il mesure environ un mètre quatre-vingts et il a le torse large. Mais moelleux.

— Moelleux ? répéta Deacon, intrigué.

— Sans muscles, cita Bishop en dessinant des guillemets dans l'air. Après lui avoir tiré dessus, il l'a jetée sur une épaule et l'a transportée jusqu'au fourgon. A ce moment, elle se débattait. La drogue n'avait pas encore fait son effet. Elle a dit qu'elle lui avait donné des coups de poing et qu'il n'avait pas de muscles. Ce qui, malheureusement, raye tous nos costauds de la liste — Combs, Keith et Stone.

— Jusqu'à quel point pouvons-nous nous fier à sa mémoire sensorielle ? Après tout elle était droguée, fit remarquer Carrie.

— Je sais et je suis d'accord. Je me contentais de rapporter ce qu'elle a dit. D'après elle, à la fin, il y a eu une sorte de signal lumineux dans la salle de torture. Ensuite, il s'est complètement affolé. Elle a cru l'entendre ranger ses couteaux dans une boîte à outils. Elle l'a aussi entendu manipuler des bocaux en marmonnant que personne ne lui prendrait ses affaires. Jusqu'alors, il s'était montré assuré et cruel mais, juste avant de sortir, on aurait dit « un de ces types cinglés qui vivent dans la rue ».

— « Mes affaires », ça pourrait désigner sa collection, ses souvenirs, dit Carrie. Vous les avez trouvés ?

— Non, répondit Tanaka. Mais on était déjà bien occupés à rechercher des cadavres. Par bonheur, nous n'avons rien trouvé à l'extérieur.

— Bien, c'est déjà ça, dit Deacon. Et à l'intérieur ?

— Le docteur Johannsen et son aide voulaient d'abord vérifier l'extérieur de la propriété. Demain, on explore le sol de la cave.

— Bonnes nouvelles, Vince, dit Isenberg en adressant un signe d'assentiment à Tanaka. Scarlett, la victime nous a-t-elle appris autre chose ?

La réponse de Bishop fut interrompue par la porte qui s'ouvrait. Adam entra dans la pièce, portant un carton sous le bras. Il adressa un signe de tête à Isenberg et s'installa au bout de la table.

— Désolé pour le retard.

Isenberg le fixa longuement avant de revenir à Bishop.

— Vous disiez, Scarlett ?

— Que la plus grande inquiétude d'Arianna était qu'il l'avait violée sans utiliser de préservatif. Elle craint une grossesse ou une MST. Elle ne veut pas qu'un rappel constant de ces moments la suive pendant toute sa vie.

— Comment peut-elle affirmer qu'il n'a pas utilisé de préservatif ? s'étonna Isenberg.

Le visage de Bishop s'assombrit.

— Parce qu'à un moment il a détaché une de ses mains, lui a posé un couteau sur la gorge et l'a obligée à le faire entrer en elle. Il lui répétait qu'elle en avait envie. Qu'elle aimait ça.

Deacon réussit à réprimer sa colère.

— Enfoiré ! S'il gardait ses victimes en vie assez longtemps et recommençait ce genre de manœuvres assez souvent, il devait réussir à les en convaincre. Il connaît très bien la psychologie des victimes.

— En effet, il doit s'y connaître, parce qu'il l'a bâillonnée pour l'empêcher de le mordre et lui a attaché les mains pour l'empêcher de le griffer ou de l'agripper. Il lui répétait qu'elle était une guerrière, mais qu'il allait la briser. Qu'il n'avait pas ressenti autant de plaisir depuis qu'il s'était « fait la fliquette ».

— Il parlait de l'adjointe Simpson, dit Isenberg, mâchoires serrées.

Bishop hocha la tête.

— Arianna ne savait pas s'il avait vraiment enlevé une femme policière ou s'il cherchait juste à lui prouver à quel point il était macho. Apparemment, c'est important pour lui de passer pour un dur. De son côté, Arianna se répétait qu'il la considérait comme une menace et que c'était un compliment. C'est ainsi qu'elle a supporté l'épisode dont nous venons de parler.

— Cette petite a du cran, lança Isenberg. Ça l'aidera à surmonter cette lamentable aventure. Autre chose ?

Bishop consulta ses notes.

— Oui. Il n'avait pas de poils à l'entrejambe, sur la poitrine ou sur les jambes. Tout était lisse comme des fesses de bébé. En revanche, elle ne peut rien dire pour la tête, parce qu'il ne l'a pas obligée à le toucher à cet endroit. Elle pense qu'il s'est peut-être épilé à la cire.

— C'est logique, fit observer Deacon. Ce n'était peut-être pas dangereux pour lui de perdre des poils dans la cave, mais il ne voulait pas en laisser sur les scènes des enlèvements. Qu'avons-nous d'autre ?

— Attendez, dit Carrie, qui semblait perplexe. Revenons aux agressions sexuelles. Est-ce que le kit de viol de la victime vivante a donné des résultats positifs pour le sperme ? Parce que, jusqu'à présent, ce n'est pas le cas pour les victimes mortes que nous avons déjà examinées.

Bishop se frotta le front.

— L'examen n'a pas révélé la présence de sperme. C'était positif pour le viol, mais pas pour les fluides. *Merde.* Maintenant son histoire ne tient plus debout.

— Il n'a peut-être pas éjaculé, suggéra Deacon.

— D'après elle, il a eu un orgasme. Ou alors, c'était un sacré bon acteur.

— Il a pu avoir un orgasme sans éjaculer pour autant, dit Carrie. C'est un nouvel élément à retenir.

— Qu'est-ce qui peut causer ça ? demanda Deacon. On tient peut-être une piste.

— Certaines maladies. Certaines drogues. Les séquelles de certaines opérations chirurgicales qui endommagent le réseau de nerfs qui contrôle le flux séminal. Je peux vous établir une liste.

— Bonne idée, murmura Bishop. S'il peut violer les femmes sans préservatif et sans laisser de traces ADN qui permettraient aux enquêteurs de remonter jusqu'à lui, imaginez la liberté que ça lui procure.

Carrie apporta quelques précisions.

— Ne pas éjaculer peut effectivement présenter des avantages, mais ça peut être aussi une calamité. Tout comme les femmes qui peuvent se sentir incomplètes si elles ne peuvent pas concevoir, l'inaptitude à féconder peut provoquer un sentiment analogue chez les hommes. Ma coloc de fac est une spécialiste de la fertilité, ajouta-t-elle quand tous la regardèrent, les hommes avec une petite grimace. Il nous arrive de parler boutique devant un verre de vin.

— Rappelle-moi de ne jamais prendre un verre avec toi, marmonna Tanaka.

Carrie esquissa un sourire.

— Cela dit, il ne faut pas oublier que l'absence d'éjaculation ne signifie pas qu'il ne produit pas de sperme. Ça veut simplement dire que son corps n'a pas les moyens de le laisser échapper. Certains médicaments peuvent aider. Comme la pseudoéphédrine.

— Le médicament contre les allergies ? demanda Isenberg. Sérieusement ?

— Sérieusement, dit Carrie. Avec les autres légistes nous n'avons effectué que des prélèvements standards sur les six premières victimes que nous avons autopsiées. Maintenant que j'ai cette info, nous irons voir ça de plus près et nous ferons particulièrement attention pour les quatre dernières. On aura peut-être de la chance. Ou alors, c'était juste un numéro pour faire croire à Arianna qu'il avait fini.

— Ce qui voudrait dire que c'est un petit salopard impuissant. Mais, au moins, Arianna n'aura plus à craindre d'être enceinte, maintenant, dit Bishop en soupirant. Il tenait à la faire hurler, surtout au début, mais rien ne marchait, alors il a essayé une sonde électrique. Elle avait honte d'avoir cédé, mais j'ai du mal à croire qu'elle ait tenu aussi longtemps. Dès qu'elle a hurlé pour la première fois, il est revenu à ses couteaux, ce qui semble être son instrument de prédilection. Ah ! info importante, il a interrompu la séance de torture, parce que quelque chose, ou quelqu'un, l'a suffisamment perturbé pour qu'il s'en aille un peu plus tard.

— Faith, dit Deacon. Il a dû la repérer au cimetière avec ses caméras.

Il s'interrompit un bref instant, sourcils froncés, réfléchissant à quelque chose qui le tracassait. Il manquait quelque chose.

— Tu as dit « un peu plus tard ». Combien de temps après ?

— Un quart d'heure, peut-être ? D'après Arianna, il était en train de lui inciser la peau et elle a cru voir une lumière clignoter à la lisière de son bandeau. Après, elle ne l'a plus du tout entendu ni senti sa présence, pendant une minute. A ce moment-là, elle a pensé qu'il était sorti parce qu'elle avait perçu le claquement de la porte. Il est revenu, un peu plus tard. C'est à ce moment-là qu'il a emballé des objets dans sa boîte à outils. Sans doute des couteaux, pense-t-elle. Ensuite, elle s'est rendormie et ne sait donc pas combien de temps a duré son absence, cette fois. Mais elle s'est réveillée en l'entendant hurler à Roza de venir. Ensuite, elle ne l'a plus revu pendant un long laps de temps.

Deacon comprit ce qui lui avait échappé, jusque-là.

— Il n'a pas suivi Faith. Il est retourné dans la cave. Nous avons supposé que c'était ainsi qu'il avait su dans quel hôtel elle était descendue, mais il ne l'a pas prise en filature. Alors, comment a-t-il su où elle allait ?

— Il avait déjà dû placer le mouchard, dit Bishop. Mais ce n'est pas non plus logique. S'il la suivait, comment a-t-elle pu le surprendre ainsi ? Elle a voyagé pendant deux jours. Il aurait su qu'elle arrivait à la maison, non ?

Adam intervint :

— Il a dû la retrouver lundi matin, un peu avant 9 heures. Parce qu'il n'a pas posé le mouchard avant.

Cincinnati, Ohio
Mercredi 5 novembre, 0 h 55

Faith alluma son portable, jetant un coup d'œil incertain sur la salle de conférences. Que pouvait-il se passer là-dedans ? Deacon et Bishop y étaient depuis un bon moment. Et, dans le même ordre d'idées, elle se demandait que penser d'Adam Kimble et de ses sautes d'humeur imprévisibles.

— Quoi ? demanda Greg. Qu'est-ce qui ne va pas ?

— Rien. C'est juste que je n'arrive pas à me faire une opinion sur ton cousin.

Les yeux bicolores de Greg se fixèrent nerveusement sur la porte du bureau.

— Il est comme ça depuis le retour de D., on dirait presque qu'il est jaloux. Mais, en même temps, c'est lui qui a trouvé ce boulot pour Deacon. Moi non plus, j'y comprends rien.

— C'est grâce à Adam que Deacon a obtenu son poste ? Avec le commandant Isenberg ?

Elle posa les coudes sur le bureau de Deacon, puis posa le menton sur ses poings.

— Dis-moi tout, dit-elle d'une voix de conspiratrice.

Greg éclata de rire.

— Vous m'offrez quoi en échange ?

— J'ai *All-Night Zombie Buffet* dans un des cartons qui se trouvent chez vous. Il est à toi.

Il ouvrit de grands yeux.

— Sérieux ? C'était sur ma liste de Noël.

— J'y ai déjà joué, mais tu peux considérer qu'il est à toi. Allez, crache le morceau.

Il rapprocha sa chaise, avec un sourire amusé.

— Bon, d'accord. Tante Tammy m'a dit qu'Adam n'en pouvait plus des homicides et qu'il avait changé de poste.

Il s'est fait muter aux crimes à la personne, parce qu'il n'en pouvait plus des homicides ? Vraiment ? L'unité des crimes sexuels avait pour réputation de consumer tous ceux qui s'en approchaient.

— Alors Adam a déjà travaillé pour Isenberg, dit-elle.

— Ouaip, elle aussi était aux homicides, à l'époque. D'après tante Tammy, il y a quelques mois, Adam lui a parlé de la création d'une unité interservices montée par Isenberg, dit-il, puis son expression s'assombrit. Adam savait que Deacon cherchait à se faire transférer ici, alors, il l'a recommandé.

— C'est gentil de sa part.

— Ouais, Adam a toujours été un mec sympa. Je ne sais pas ce qui ne va pas chez lui, en ce moment.

— Je pensais à Deacon, tout à l'heure. Pourquoi ton frère tenait-il à venir ici ?

Greg lui lança un regard soupçonneux.

— Il ne vous a pas raconté ce qui s'est passé au lycée, aujourd'hui ?

— Si j'ai bien compris, tu as fait quelque chose de mal, mais pour de bonnes raisons. J'ai deviné que tu protégeais Dani, parce que j'ai surpris votre conversation quand vous discutiez tous les deux dans le salon, ce matin. Elle t'aime beaucoup. Et Deacon aussi. Ça fait de toi un sacré veinard.

Une lueur ironique traversa inopinément le regard du garçon et sa bouche prit le pli narquois qu'elle avait déjà vu trop souvent sur le visage de Deacon.

— Ouais, c'est ça. Tellement veinard que je me suis fait virer de trois écoles en deux ans et que je viens juste de faire tuer un flic. Un vrai veinard, c'est sûr !

Deacon l'avait prise à l'écart pour lui dire que la petite brute du lycée n'était peut-être pas le responsable du meurtre de Pope, mais elle ne pouvait pas en parler à Greg. Deacon s'en chargerait, le moment venu. Dans tous les cas, même si la petite brute en question avait eu l'intention de s'en prendre à Greg, il n'était pas responsable du meurtre de l'agent Pope.

Mais il n'accepterait sans doute pas de la croire. D'ailleurs, pourquoi le ferait-il ?

Je n'ai pas accepté le même genre d'assurances, alors que j'ai deux fois son âge et que je suis une thérapeute expérimentée. Elle ne pouvait pas alléger la culpabilité de Greg, mais elle ne pouvait pas non plus ignorer son tourment. Ce n'était tout simplement pas sa nature. Alors elle délaissa la première angoisse existentielle de Greg et se concentra sur l'angoisse secondaire. *Viré de trois écoles ? Pourquoi ?* Greg n'était pas un mauvais garçon. Alors qu'est-ce qui était arrivé ?

Elle se pencha un peu plus en avant, sans laisser poindre la compassion qu'elle ressentait, mais afficha, au contraire, une curiosité avide.

— Trois écoles, hein ? On peut avoir des détails ?

Il scruta un instant son visage, puis pouffa.

— Je vous fais vraiment pas peur, pas vrai ?

— Me faire peur ? Quelle drôle d'idée ! dit-elle en songeant que ce choix de mots était bien désespéré. Pourquoi devrais-je avoir peur ?

Il haussa les épaules.

— Je pourrais être une bombe à retardement, capable d'exploser d'un instant à l'autre.

En revanche, ce discours évoquait des paroles qu'un adulte aurait pu lui adresser.

— Je suis loin de penser une chose pareille, Greg.

Le visage de l'ado trahissait une appréhension grandissante.

— Je ne joue pas les thérapeutes avec toi, je te le jure, ajouta Faith. Pure curiosité. Nous pouvons parler d'autre chose, si tu veux.

— Comme ?

Elle fouilla son esprit à la recherche d'un autre sujet.

— Je peux te poser une question sur tes yeux ? Ils sont remarquables.

Il haussa les épaules.

— Ceux de D. sont plus cool.

Et même fascinants, songea-t-elle.

— Je suis d'accord. Deacon dit que c'est génétique.

Il lui répondit d'un hochement de tête froid. Manifestement, cette réticence à parler de leurs yeux était aussi un trait de famille.

D'accord.

— Ce n'est pas non plus un bon sujet, c'est ça ? demanda-t-elle.

Il grimaça.

— C'est juste que, si je vous en parle, vous irez regarder sur Wikipédia et la première photo que vous verrez est celle d'une personne des années 1950, qui… qui ne me ressemble pas.

Il leva le menton, ses yeux dépareillés brillaient de la même lueur méfiante. Mais, sous cette vigilance, Faith discernait une honte larvée, une forme de fragilité. Il semblait avoir la certitude que, tôt ou tard, elle se mettrait à se moquer de lui. Parce que, visiblement, c'était déjà arrivé.

Dani lui avait raconté que Deacon et elle avaient fait l'objet de nombreuses moqueries et avaient aussi été brutalisés. Ce qui ne cessait d'étonner Faith. Les trois Novak étaient pourtant très beaux.

Deacon faisait tourner les têtes. *Pas seulement la mienne.* Elle avait été témoin du phénomène à plusieurs reprises. Des infirmières, la réceptionniste de l'hôtel, même la jeune femme qui leur avait servi leurs hot-dogs au chili, au guichet de Skyline la nuit précédente. Ses cheveux et son manteau hors du commun avaient bien sûr retenu leur attention, mais les regards qui suivaient étaient ouvertement admiratifs ou éhontément lascifs. Voire les deux. Et comment les en blâmer ? Il avait un charme fou et semblait aussi irrésistible en trench-coat de cuir qu'en costume. *Ou sans rien.*

Bien sûr, elle n'avait aucune intention de raconter tout cela à son jeune frère de quinze ans.

— Je te signale que tu as attisé ma curiosité, lança-t-elle d'un ton décontracté. Je chercherai moi-même et je finirai par tomber sur cette photo. Et je parie que, de nous, c'est toi que ça dérangera le plus. Alors, je te propose un truc, je te montre d'abord ma pire photo, comme ça, on sera à égalité, question embarras.

Elle afficha la photo en question, celle qui avait été prise à sa sortie de l'hôpital, après la première agression de Combs. Celle où son visage hâve avait une expression hagarde. Et apeurée. Celle où elle ressemblait à une victime.

Greg étudia le cliché pendant plusieurs secondes, puis lui adressa un regard blasé.

— Pas terrible, la coupe, Faith.

Elle ne put s'empêcher de rire. Ses cheveux étaient effectivement affreux, ce jour-là, ternes et plats, ils étaient rassemblés en un chignon sévère.

— Ouais. Mais c'était un mauvais jour.

— Pour ce que ça vaut, je l'avais déjà vue, cette photo.

Elle le regarda avec surprise et il lui montra son propre téléphone. Bien sûr, elle y découvrit le fameux cliché.

— Je vous ai cherchée sur Google. C'est la première chose qui vient.

— Eh bien ! C'est bon à savoir, pas vrai ? lâcha-t-elle d'une voix sèche. Je t'ai montré ma photo. Alors, à toi.

Le sourire de Greg disparut.

— Pourquoi ? Pourquoi est-ce si important pour vous de savoir tout ça ?

— Parce qu'il y avait un tas de secrets dans ma famille et… ça m'a fait souffrir, dit-elle en pressant la main sur son cœur. J'en ai assez de marcher sur des œufs autour des sujets importants. Est-ce que ça répond à ta question ?

Il acquiesça. Avec une certaine amertume, remarqua-t-elle.

— Waardenburg, dit-il. Avec deux *a*.

Elle tapa le mot et parcourut l'article qui décrivait un syndrome génétique qui affectait la pigmentation des cheveux, de la peau, des yeux et provoquait aussi plusieurs stades de surdité. Et, comme elle le soupçonnait, la photo était presque aussi terrible qu'il le disait.

— « Pas terrible, la coupe », fit-elle en reprenant intentionnellement les mots du garçon, qui eut un demi-sourire. Sur cette photo, la personne n'avait pas eu droit à un éclairage décent, pas même un peu de maquillage, rien du tout. Le cliché avait été pris pour un usage clinique, pour illustrer de la documentation médicale.

— C'est vrai qu'elle figure dans tous les manuels de médecine, convint-il.

— Et c'est aussi celle que les mecs du lycée voient quand ils vont en ligne, souligna-t-elle.

— Plus ou moins. Après tout, je ne devrais pas m'en faire pour quelques insultes.

— Les insultes peuvent être très blessantes. En tout cas, je peux te dire que, dès que j'ai vu ton frère, je n'ai pas pu le quitter du regard. Comme s'il était sorti d'un de ces films de super-héros rebelles.

Quelque chose s'apaisa dans le regard du garçon.

— Alors, il vous plaît.

— Oui, beaucoup. Mais je ne le connais que depuis une journée. Ça peut marcher, mais ça peut aussi se planter.

— J'espère que ça marchera. Cette affaire de Virginie-Occidentale a été un enfer pour D. Quand il est revenu nous voir après… il avait changé. Même quand il était avec nous, il était triste et distant. Et puis, l'année dernière, je me suis fait encore éjecter de l'école et tante Tammy a eu une crise cardiaque… Je ne voulais pas compliquer la vie de Deacon. Ni celle des autres, d'ailleurs. Mais j'ai recommencé. Je finis toujours par le mettre hors de lui.

Cette confession brisa le cœur de Faith.

— Tu devrais le lui dire. Juste comme tu viens de m'en parler. Il ne veut que ton bonheur.

— Peu importe, marmonna-t-il.

Il baissa les yeux sur l'écran de son téléphone, mettant implicitement fin à la conversation.

Faith n'y trouvait rien à redire. Elle l'avait amené à lui en révéler plus qu'elle ne l'avait espéré. Il reprendrait ses confidences lorsqu'il y serait prêt. Elle espérait simplement être dans les parages, à ce moment-là. Deacon et elle avaient commencé une relation très agréable. Et qui semblait aller de soi. Quant à savoir si leur lien survivrait après la résolution de l'enquête, c'était une tout autre affaire.

Si ça ne durait pas ? Eh bien, elle continuerait à vivre parce que c'est ce qu'elle savait faire. Mais, si leur histoire se prolongeait, elle aurait enfin ce dont elle avait toujours rêvé. Un foyer. Une famille. Un homme qui lui inspirait l'envie de le lécher de la tête aux pieds. Un homme auprès duquel elle se sentirait voulue, désirée. Qui lui permettrait d'éprouver ce qu'une femme devait ressentir.

Un homme qui lui permettrait de se sentir en sécurité.

Plus important encore, en une seule journée, cet homme semblait avoir compris la vraie Faith plus clairement qu'aucun autre n'en avait été capable. Mieux, en tout cas, que celui qui avait été son mari.

Plus clairement que mon propre père, peut-être. Surgie de nulle part, la pensée lui coupa le souffle.

Non, non, elle ne sortait pas de nulle part. Cette idée avait toujours été là, rôdant à la lisière de sa conscience.

Sa mère s'était suicidée. Elle avait découvert le corps. Deacon la connaissait depuis moins d'une journée, lorsqu'il l'avait deviné. Son père la côtoyait depuis trente-deux ans. La connaissait-il vraiment ? Si c'était le cas, aurait-elle pu garder cet énorme secret aussi longtemps ? Ou savait-il depuis toutes ces années qu'elle mentait ? Avait-il simplement choisi de laisser ce mensonge perdurer par facilité plutôt que d'affronter la vérité ?

J'espère que non. Parce que garder ce secret lui avait coûté très cher. Sa tranquillité d'esprit. Son enfance. Mais le simple fait d'envisager cette possibilité apparaissait comme une trahison, elle préféra donc ne plus y penser.

En dépit de tout, son père l'aimait. D'ailleurs, elle devait lui donner des nouvelles. Il était bien trop tard pour téléphoner. Sauf s'ils étaient encore debout, à attendre son appel en se rongeant les sangs. *Envoie d'abord un SMS.* S'ils attendaient de ses nouvelles, ils avaient sans doute aussi leurs portables à portée de main.

Elle tapa sur l'épaule de Greg pour attirer son attention.

— Je peux utiliser ton téléphone ?

Il leva les yeux au ciel en secouant la tête et lui tendit l'appareil.

— Il serait temps d'avoir le vôtre.

— Je m'en occuperai, dès que j'aurai le droit de faire des courses.

Elle envoya le même message à son père et à Lily :

Vous êtes réveillés ? C'est Faith. Je vais bien. Si vous voulez appeler, je suis disponible.

Le téléphone de Greg sonna et le numéro de Lily s'afficha.

— Tu vas bien ? demanda Lily.

— Je vais bien. Désolée d'appeler aussi tard. Papa est encore debout ?

— Oui. Il a dormi une grande partie de la journée à cause des sédatifs, alors il est éveillé.

Son père décrocha le deuxième combiné.

— Faith ? Mon bébé ?

La gorge soudain nouée, Faith ferma les yeux.

— Salut, papa. Je vais bien.

Un long soupir tremblé.

— Parfait. Pour info, je sais ce qui se passe dans la maison de ta grand-mère. Lily a essayé de me tenir éloigné de la télévision, alors j'ai compris que quelque chose n'allait pas. Tu n'as pas à me cacher ce genre de choses. Je ne suis pas aussi fragile que vous semblez le penser.

— Qu'est-ce que tu sais ? demanda Faith avec circonspection.

— Qu'un « nombre indéterminé de corps » a été découvert dans la cave… Que quelqu'un t'a tiré dessus. Et qu'un agent fédéral veille sur toi.

Faith écarquilla les yeux.

— Tu as vu *ça* à la télé ?

— Non. J'ai appelé ton oncle Jordan pour lui demander des nouvelles. Il a dit que le type s'appelait Novak, alors Lily et moi avons cherché ce qui se disait de lui en ligne.

Faith sentit ses joues s'enflammer.

— Ah, oui ?

— Evidemment, dit son père, qui hésita avant de continuer. Mais… disons que je ne m'attendais pas à ça.

— C'est un bon flic, papa, dit-elle avec calme. Il me protège. Il s'est jeté devant moi pour m'empêcher de prendre une balle. Si je suis en vie, c'est grâce à lui.

— Alors j'ai une dette envers lui que je ne pourrai jamais lui rembourser. Quand pourrai-je le remercier en personne ?

— A la fin de l'enquête, j'espère. Ecoute, je suis au central et j'utilise un téléphone emprunté. Je voulais simplement vous entendre, vous dire que je vais bien et aussi que je vous aime.

— Je t'aime aussi, ma chérie. Promets-moi d'être prudente.

— Je te le promets. Bonne nuit.

Elle rendit à Greg son appareil.

— J'en aurai un demain, même si je dois le louer, dit-elle. Je vais devoir trouver quelqu'un pour aller à la boutique pour moi.

— Demandez à Dani. Pour vous, elle voudra bien y aller.

— Bonne idée. Je le ferai.

Faith revint à son écran d'ordinateur et vérifia rapidement sa messagerie. Son patron n'avait toujours pas répondu au mail qu'elle avait envoyé pour l'informer de son accident. Elle s'attendait à un « Portez-vous bien et appelez-moi demain », ou à un message du même genre. Au moins, à un accusé de réception. Mais il n'y avait rien. Avait-il au moins reçu son mail ? Avait-il conclu qu'elle ne voulait tout simplement pas reprendre le travail ? Ou avait-elle simplement affaire à un goujat ?

En revanche, la femme de l'agence immobilière recommandée par l'avocat de son grand-père lui avait envoyé un mail. Visiblement, elle semblait enchantée par la perspective de discuter de la vente de la propriété. Dans le chaos de la journée, Faith l'avait presque oubliée. En revanche, elle s'interrogeait sur la manière dont les reportages influeraient sur la valeur du domaine. Les badauds amateurs de sensations fortes se rueraient-ils pour acheter ? Ou, au contraire, l'endroit deviendrait-il un éléphant blanc que personne ne voulait approcher.

— Qu'est-ce que vous fabriquez ? demanda Greg, en la voyant fouiller du regard le bureau de Novak.

— Je cherche un crayon et du papier, mais je ne veux rien déranger. J'ai un numéro à noter. Comme ça, si j'arrive enfin à dégotter un nouveau téléphone, je me souviendrai du nom de mon agent immobilier.

— Un agent immobilier ? Vous achetez une maison ?

— Pas encore. Pour l'instant, je vends…

Greg brisa la concentration de Faith en se levant brusquement, l'air sombre. Elle suivit son regard vers la porte du bureau paysager. Un homme grand et corpulent se tenait près d'une petite femme au visage soucieux.

L'homme ressemblait à une version plus âgée d'Adam Kimble, leurs mines maussades étaient quasiment identiques. Ce devait donc être oncle Jim et tante Tammy. Faith regarda Greg et lui tira la manche.

— Je vais chercher Deacon ?

Greg hocha la tête.

— Bonne idée. Jim n'a pas l'air content. Ils veulent probablement que je rentre avec eux, mais je ne veux pas.

Faith se plaça face à Greg, tournant le dos au couple qui approchait.

— Ils te font du mal ?

Greg secoua la tête.

— Non, mais moi je leur en ai fait, même si je n'en avais pas l'intention. Je ne veux pas que tante Tammy ait une nouvelle crise cardiaque à cause de moi. Ça la tuerait.

Faith s'apprêtait à lui dire qu'il ne devait pas se sentir responsable de la mauvaise santé de sa tante, mais elle se rendit compte qu'elle éprouvait la même chose vis-à-vis de son propre père. Elle ébauchait un mouvement vers la salle de conférences, lorsqu'une grosse voix tonnante l'arrêta net.

— Vous, la thérapeute !

Ça va mal finir, songea-t-elle. Mais cela ne l'empêcha pas de se retourner pour faire face à l'oncle de Deacon.

— Je m'appelle Faith Corcoran, dit-elle d'un ton mesuré.

Il la toisa de la tête aux pieds d'un air méprisant.

— Je connais votre vrai nom. Je ne veux pas que mon neveu ait affaire à vous.

Lequel ? fut-elle tentée de répondre. Mais elle ravala sa réplique acerbe. Elle jeta un coup d'œil à Greg. Les bras le long du corps, il serrait les poings, sur le point de protester.

— Laisse tomber, lui dit-elle. Ça ira. On se verra plus tard.

— Certainement pas, rétorqua Jim.

Il se tenait si près de Faith qu'elle devait tordre le cou pour le regarder dans les yeux.

— Je sais ce que vous êtes, reprit-il d'une voix grondante. Je ne veux pas vous voir traîner autour de lui. Jamais. Restez aussi loin d'Adam. La dernière chose dont il ait besoin, c'est de gens comme vous.

D'aaaaccord. Faith fit un grand pas en arrière. Elle jeta un coup d'œil à Tammy Kimble, qui se mordait la lèvre en fixant Greg, ignorant son mari et Faith.

Faith avait envie de grimper sur une chaise pour pouvoir hurler aussi au visage de Kimble l'aîné, mais ça n'aurait rien résolu.

— Si vous voulez bien m'excuser, je dois y aller, finit-elle par lâcher.

Elle remit son ordinateur dans la sacoche et ne prêta attention à Jim Kimble qu'au moment où celui-ci fit mine de lui prendre le sac des mains.

— Ne me touchez pas.

— Je veux m'assurer que vous n'emportez rien qui ne vous appartienne pas.

— Jim, laisse-la tranquille, lança sa femme. Deacon pourra fouiller son sac, s'il le faut.

Jim leva les yeux au ciel.

— Deacon n'est pas rationnel quand il est question de cette femme.

— Elle m'a sauvé la vie aujourd'hui, déclara Greg avec force.

Jim et Tammy le contemplèrent comme s'il avait trois têtes, laissant à Faith les secondes nécessaires pour se mettre hors de portée de Jim Kimble.

Elle adressa un signe de tête à Greg.

— Du coup, on est quittes, d'accord ?

— J'aurai quand même droit à *All-Night Zombie Buffet* ?

Faith continua à se diriger en marche arrière vers la salle de conférences.

— Je respecte toujours mes engagements.

26

Cincinnati, Ohio
Mercredi 5 novembre, 1 heure

Adam montra un DVD.

— Il a posé le mouchard dans la jeep de Corcoran pendant que la bagnole était garée dans le garage près de son bureau, dit-il. Attendez de voir ça.

Il glissa le DVD dans le lecteur d'Isenberg, appuya sur la touche lecture et recula pour laisser les autres voir l'écran.

— Voilà la jeep de Corcoran, qui arrive à 8 h 45, lundi matin.

Trente secondes plus tard, le fourgon blanc entra dans le parking. Adam passa à une autre séquence.

— Voici le troisième niveau du parking.

La jeep s'arrêta sur une place de stationnement et Faith en émergea, vêtue du tailleur vert qu'elle portait lundi soir. Le manteau noir dont elle avait recouvert Arianna était drapé sur son bras. Quelques secondes plus tard, le fourgon pénétra dans le champ de la caméra.

— Le fourgon attendait sur la rampe, juste hors de vue. J'ai vérifié les images des autres étages et le véhicule a répété la même manœuvre en laissant une longueur d'avance à la jeep à chaque étage, avant de la suivre.

Isenberg se pencha en avant pour mieux voir.

— Qu'est-ce qu'il y a sur la portière ? Une pancarte magnétique, mais pourquoi ?

— Ça dit « John Emergency Auto Service », sans doute une société fictive ou une enseigne volée à une société légale, dit Adam.

— Après l'incident du pont, Corcoran se serait peut-être méfiée d'un fourgon blanc uni, fit remarquer Bishop. Mais elle n'aurait même pas accordé un second regard au fourgon d'un service de dépannage dans un parking.

Mais Deacon ne regardait pas le fourgon ou son panneau magnétique. Il ne quittait pas Faith des yeux. Sur l'écran, elle venait de laisser tomber ses clés. Elle regarda des deux côtés, puis se pencha pour les reprendre, avant de courir vers l'ascenseur. Pendant tout ce temps, le fourgon était à l'arrêt, à une dizaine de mètres de là. Une fois de plus, il avait été à deux doigts de la perdre avant même de l'avoir rencontrée.

Le soupir de Bishop fut clairement audible.

— C'était vraiment une cible facile et elle ne le savait même pas.

Le cœur de Deacon battait sur un rythme erratique.

— A quel moment a-t-il posé le mouchard ?

— Une fois qu'elle est entrée dans l'ascenseur, dit Adam en passant à une autre séquence. Le fourgon est allé se garer à l'étage supérieur. Le conducteur est descendu, déguisé en vieillard.

Ils le regardèrent progresser, penché sur sa canne. Il portait un trench-coat et un chapeau, qui dissimulait son visage à la caméra. Près de la jeep de Faith, il fit mine de laisser tomber un stylo et s'arrêta.

— Il faut ralentir la vidéo pour le voir planquer le mouchard sous le moteur, parce qu'il agit très rapidement. Ensuite, il ramasse le stylo qu'il a fait tomber, il retourne au fourgon et il part. Le fourgon blanc a quitté le parking à 9 h 10.

— Il aurait pu tuer le docteur Corcoran, là dans le parking, dit Tanaka. Pourquoi ne l'a-t-il pas fait ?

— Il a dû juger que le risque était trop élevé, suggéra Deacon, dont le cœur n'avait pas encore retrouvé sa régularité. Il aurait pu se retrouver coincé et on l'aurait arrêté à une sortie. De plus, on aurait des images du meurtre. Il se doutait certainement que le parking était équipé de caméras.

— Il aurait pu l'attraper et l'entraîner dans le fourgon, mais ça aurait été enregistré sur vidéo aussi, ajouta Bishop. Il ne veut pas qu'on puisse les relier.

— De cette manière, il aurait su si elle retournait à la maison et il aurait pu se préparer à la recevoir.

Mais comment ce salaud s'y est-il pris pour la repérer ?

— Sauf qu'au moment où Faith roulait vers la baraque, notre gars était en plein chaos, dit Bishop. Le type de Earl Power l'avait pris par surprise, il y a eu une bagarre. En plus, Arianna s'est échappée. Le serrurier a dû arriver à peu près au moment où Faith a trouvé Arianna. Le tueur a été obligé de décamper.

— Attendez une seconde, dit Deacon en fouillant dans ses notes, sourcils froncés. Adam, tu as parlé aux gens de Earl Power. Il me semble que le superviseur du technicien a dit que le gars lui avait envoyé un SMS en partant.

Adam vérifia ses propres notes.

— Oui, il l'a fait. Il était 15 h 15. Mais ça nous laisse un temps mort. Si le serrurier est arrivé à 17 heures, qu'est-ce que le tueur a fabriqué, entre-temps ? Pourquoi n'est-il pas parti à la poursuite d'Arianna ?

— Parce que le gars de Earl Power l'a drogué, rappela Deacon. Avec la fléchette que tu as trouvée, Adam.

— Nous devons comprendre comment il a pu localiser Faith, reprit Bishop. S'il l'a suivie à la banque, il devait savoir qu'elle y travaillait. Donc, ça fait du patron de Faith un suspect, ainsi que de tous ceux qui savaient qu'elle intégrait l'entreprise.

Elle émit un petit grognement et ajouta :

— Est-ce que quelqu'un sait si c'est une grosse boîte ?

— Il y a trois cents employés, c'est leur siège social, indiqua Adam, puis il regarda Deacon dans les yeux. J'ai appelé son patron pour l'informer qu'elle était impliquée dans une enquête criminelle et que j'avais besoin de m'assurer qu'elle travaillait bien chez eux. Il a confirmé qu'elle faisait partie du personnel et qu'elle avait commencé lundi matin.

Deacon le fixa, médusé.

— Tu as informé son patron ? Qu'est-ce qui t'est passé par la tête ?

Adam ne semblait pas désolé le moins du monde.

— Je ne lui faisais pas confiance. Je voulais m'assurer qu'elle était bien celle qu'elle prétendait. Tu ne posais pas les bonnes questions. Il fallait bien que quelqu'un s'y colle.

— Alors, tu as pris cette décision de ton propre chef.

Deacon baissa les yeux et fixa la table un long moment. Il mettait de l'ordre dans ses pensées tout en essayant de ne pas perdre son calme. Tout le monde autour de la table guettait sa réponse.

— Elle ne fait pas partie des suspects, et tu as sous-entendu le contraire, Adam, parvint-il à dire d'une voix égale. Combien de temps faudra-t-il à la rumeur pour se répandre ?

— Nous vérifions les alibis des gens tout le temps, répondit Adam sans dévier d'une ligne. Nous avons probablement créé un tas de rumeurs qui ont eu un impact sur la vie des gens. Ça fait partie du boulot.

Partie du boulot. Mais ce n'était pas le boulot. C'était Faith.

Deacon s'entendit penser. D'accord. Peut-être que, si on considérait l'absence de données, Adam n'avait pas eu tort. Quant à lui, il n'avait pas traité Faith comme une suspecte, alors qu'il aurait certainement dû.

Parce qu'il savait qu'elle n'avait rien fait de mal. *Non, tu l'espérais.* A vrai dire, cette rectification tenait de la précaution oratoire. Il avait *su* qu'elle était innocente. Dès l'instant où il avait posé les yeux sur Faith Corcoran, il l'avait *su.*

Ce n'était pas le cas d'Adam. Comme pour Greg, les raisons d'Adam étaient bonnes. Mais son cousin avait choisi d'agir en solo et cet écart ne pouvait être négligé. *Remets cette confrontation à plus tard. Tu décideras de ce que tu dois faire au moment venu.* Et, quand il agirait, il le ferait parce que Adam n'avait pas respecté la chaîne de commandement. Non parce qu'il avait menacé Faith. Deacon espérait seulement que Faith n'avait pas perdu son emploi à cause de l'intervention d'Adam.

— Bien, tu étais chargé de la scène de crime de la supérette, c'est bien ça ? demanda-t-il à Adam. Que peux-tu nous en dire ?

Un éclair de surprise traversa le regard d'Adam, comme s'il s'attendait à une remontrance.

— Voici ce que nous savons. Femme blanche, trente-cinq ans. Pas de sac ni de papiers d'identité trouvés autour de la victime. Pas de vidéosurveillance. Dans cette zone, les caméras ne fonctionnent pas.

— Exactement comme à King's College. Et ce n'était pas non plus éclairé, dit Bishop. Pour la fac, il a peut-être été informé par le blog de cette étudiante, mais comment a-t-il pu savoir pour le parking ?

— C'est de notoriété publique, répondit Adam. Plusieurs des caissiers ont déclaré qu'ils s'en sont déjà plaints.

— Ils en ont parlé dans la presse, précisa Tanaka. Un de mes gars a fait une recherche sur d'autres crimes commis au même endroit. Il en a trouvé deux, tous les deux pendant les trois derniers mois. Les deux articles citent les caissiers qui disent que la sécurité du magasin est pourrie et que les caméras sont hors d'usage. Il n'aurait eu aucun mal à savoir que c'était un endroit tranquille pour ce qu'il projetait de faire.

— Parmi les victimes de ces deux premiers crimes, y a-t-il des étudiantes blondes ? voulut savoir Deacon.

— Non, dit Tanaka. Il s'agissait d'agressions ordinaires, personne n'a été blessé. Aucun rapport avec notre meurtre.

— On a retrouvé plusieurs sacs de nourriture pour chiens à l'arrière du fourgon blanc, indiqua Adam. Il a sans doute remisé les courses de la victime dans son propre véhicule. J'ai interrogé les caissiers qui étaient en service la nuit dernière, et un d'entre eux s'est souvenu d'elle, mais elle a payé en liquide.

Deacon soupira.

— Evidemment. Et je parie qu'il n'y a pas de caméras dans la supérette.

— Il y en a, mais elles ne montrent rien qui nous permette de l'identifier.

— Evidemment. Avez-vous récupéré la balle ?

— Nous l'avons, dit Tanaka. Neuf millimètres, l'analyse balistique correspond à toutes les autres.

— Il y a encore une demi-heure, aucune disparition n'avait été déclarée dans toute la zone des trois Etats, ajouta Adam. Compte tenu de la quantité de nourriture pour chiens, soit elle fait un élevage, soit elle a quelques saint-bernard. J'ai envoyé sa photo à quelques vétos du coin en leur demandant si c'était une de leurs clientes. Pour l'instant, je n'ai pas encore de retour.

— L'angle des vétos, c'est une bonne idée, dit Deacon. Avec un peu de chance, elle sera reconnue ou quelqu'un s'apercevra de son absence, demain. Carrie, tu peux nous parler de l'agent Pope ?

— J'ai procédé personnellement à l'examen du corps de l'agent Pope, dès qu'il est arrivé. Les dégâts provoqués par le couteau étaient très étendus. Les blessures auraient pu suffire à masquer le point d'entrée de la balle, mais elle a ricoché sur une des côtes.

Quelqu'un a tiré sur Pope. L'information était primordiale et renforçait la théorie de Deacon qui imputait le meurtre au tueur en série et non au lycéen.

— Et la balle ? demanda-t-il, tendu.

— On ne l'a pas encore. Mais il n'y a pas d'orifice de sortie, alors, si elle est toujours là, nous la trouverons.

— Donc, il lui a bien tiré dessus d'abord, dit Bishop. C'est comme ça qu'il s'y est pris pour descendre un ancien des forces spéciales. Ensuite, il a utilisé le couteau pour essayer de camoufler la blessure par balle.

— Il tentait d'attirer Faith à découvert. La même manœuvre qu'avec le portier.

Deacon serra les dents pour refouler un soudain accès de rage en mesurant l'insensibilité du tueur et le mépris qu'il avait pour la vie humaine. L'homme faisait tout aussi peu de cas de la culpabilité qui accablerait Faith, lorsqu'elle apprendrait la vérité.

Deux taches rouge sombre marquaient les joues d'Adam, que Deacon ne savait s'il fallait attribuer à la colère ou à l'embarras.

— Tout ça ne nous dit pas comment il a récupéré le couteau du gamin, fit-il remarquer. Et où aurait-il pêché ses infos ? Comment aurait-il pu savoir que ce gosse en particulier menaçait notre famille ?

— Je ne sais pas encore, répondit Deacon en se frottant le front. Le gosse avait une grande gueule, c'était une brute. Il a une bande qui l'a déjà entendu menacer Dani. S'ils le savaient, toute l'école était au courant. Le tueur les a peut-être entendus raconter leurs conneries. On pourra les interroger demain mais, avant tout, on doit trouver le tireur. Il conduit le véhicule de la victime, après l'avoir volé à la supérette, ou du moins il l'a conduit pendant un moment. Lynda, pouvons-nous transmettre des photos de cette victime aux voitures de patrouille et demander aux hommes de passer voir tous les vétérinaires de la zone ?

Isenberg hocha la tête.

— J'ai libéré du personnel. Ils pourront commencer à l'ouverture des bureaux.

— Merci, dit Deacon avant de se tourner vers Tanaka. Vince, vous avez terminé avec la cave ?

— Pas encore. Le docteur Johannsen doit encore examiner le sol. J'ai emprunté un équipement à rayons X pour analyser l'intérieur des murs, mais je ne l'aurai pas avant demain matin.

— Mais, demain matin, Corinne pourrait être morte, bordel, lâcha Adam, mâchoires serrées.

— Je sais, dit Deacon, avec calme. Nous en sommes tous conscients, Adam.

Adam hocha nerveusement la tête, puis s'affala sur son siège.

— Désolé, Vince.

Tanaka inclina la tête d'un geste las.

— Vous en faites pas. Nous sommes tous sur les rotules.

C'était parole d'évangile.

— Vince, dès qu'on aura ton feu vert, on commencera à démolir les cloisons, dit Deacon. Carrie, y a-t-il autre chose ?

— Non, c'est tout. Si vous n'avez plus besoin de moi, je rentre.

Carrie rassembla ses affaires et tendit la main vers la poignée de la porte, mais le battant pivota tout seul.

— Oh.

Faith franchit le seuil et Deacon se leva instinctivement.

— Qu'est-ce qui ne va pas ?

— Excusez-moi de vous déranger, dit Faith. Agent Novak, vous avez des visiteurs. Votre famille est ici.

Cincinnati, Ohio
Mercredi 5 novembre, 1 h 20

Faith pénétra dans la salle de conférences, libérant le passage pour Deacon. Il s'arrêta net sur le pas de la porte.

— Bordel, marmonna-t-il.

Tammy se tenait devant Jim, dont les grosses mains couvraient les épaules de sa femme avec une douceur que ne laissait pas imaginer sa mine renfrognée. Greg se tenait de l'autre côté du bureau de Deacon, poings serrés.

Isenberg se rembrunit.

— Agent Novak, débrouillez-vous pour régler vos petites histoires de famille en dehors de mes locaux, dit-elle d'un ton sévère. Tout de suite.

Puis, elle entra dans son bureau, dont elle referma la porte avec un petit claquement sec.

— Excusez-moi, Faith, dit Deacon d'un ton las.

Il se dirigea vers son bureau à si grandes enjambées que Faith eut du mal à le suivre. *Pas question que je manque un mot de cette histoire*, songea-t-elle. En tout cas, pas après avoir remarqué l'air tourmenté de Greg. Elle n'était pas convaincue que le garçon disait la vérité en affirmant qu'il n'était pas maltraité par son oncle.

Adam fermait la marche et surprit Faith en allant se poster près de l'aîné de ses cousins.

— De quoi s'agit-il ? demanda Deacon avec calme.

— Nous sommes venus chercher Greg, répondit son oncle, encore plus renfrogné, d'une voix forte.

Greg secoua la tête.

— J'ai dit non. Je veux rester avec toi, Deacon. Je ne veux pas y retourner.

— Tu ne peux pas rester avec Deacon, intervint la tante, d'un ton implorant. Rentre à la maison, Greg, je t'en prie.

Curieusement, c'était la dernière chose que Faith s'attendait à les entendre dire. Elle pensait, au contraire, qu'ils avaient l'intention de jeter Greg dehors, à cause de ses ennuis au lycée.

— Tu ne peux pas rester avec ton frère, sa maison n'est pas sûre, répéta l'oncle, qui jeta un regard froid à Deacon. Il doit revenir à la maison jusqu'à ce que tu règles ce problème.

— Je t'en prie, D. Laisse-moi rester avec toi. Je ne te causerai aucun problème, je te le jure.

Deacon se redressa, puis s'adressa à sa tante.

— Assieds-toi, je t'en prie, tante Tammy. Tu peux prendre le fauteuil de Bishop. Comment avez-vous su que Greg était ici ? demanda-t-il en regardant Adam d'un œil inquisiteur.

Son cousin se contenta de secouer la tête.

Entre-temps, Tammy s'était affalée dans le fauteuil.

— C'est Dani qui nous l'a dit quand on l'a appelée, expliqua-t-elle en regardant Deacon, les yeux rouges et gonflés. Nous avons vu ta maison aux infos. Quelqu'un a été tué là-bas. Et tu ne nous as rien dit.

Sa voix se brisa.

— Tu ne nous as même pas dit que Greg était sain et sauf, ajouta-t-elle dans un souffle.

Deacon se passa la main sur le front.

— Désolé. Tu as raison. J'aurais dû te prévenir.

Adam vint au secours de Deacon.

— Il a été un peu occupé, maman, dit-il à voix basse.

Tammy foudroya son fils du regard.

— Je ne te permets pas de me parler pour l'instant, Adam, chuchota-t-elle avec véhémence. Ça fait un mois que tu n'es pas passé à la maison et que tu n'as pas appelé. J'ai passé des semaines sans savoir si tu étais mort ou vif. Alors, ne t'avise pas de t'adresser à moi, maintenant.

Adam hocha la tête, subissant la colère de sa mère d'un air stoïque. Un muscle de sa mâchoire tressaillait, seul signe qu'il en était affecté.

— Moi aussi, je suis désolé, maman. Je n'avais pas l'intention de t'inquiéter.

Des larmes sillonnaient le visage de Tammy, ses mains presque diaphanes montèrent jusqu'à sa bouche.

— Eh bien, je me suis fait du souci. Je me suis inquiétée et je m'inquiète encore. Je me suis inquiétée tous les soirs pendant quarante-cinq ans. Tous les soirs, j'ai eu peur que ton père ne rentre pas à la maison et de devoir l'enterrer dans son uniforme. Et maintenant c'est à votre tour, mes garçons.

Elle lança un regard furibond à Deacon, qui reçut aussi sa part de reproches.

— Et toi ? C'est aux infos que j'ai appris qu'on t'avait tiré dessus. Alors, oui, j'ai appelé Dani. Dieu merci, elle a plus de bon sens que vous tous réunis. Elle nous a dit que Greg avait besoin de rester quelque part, jusqu'à ce que tu puisses récupérer ta maison.

Le regard paniqué et suppliant de Greg se riva à celui de Deacon.

— Je ne peux pas aller là-bas. Tu sais ce qui va se passer, ajouta-t-il, les dents serrées. Ils ne *savent* pas, eux.

Faith comprit soudain que Greg était confronté à un cruel dilemme, mais visiblement cette fâcheuse situation échappait encore à Deacon. Elle lui tapota l'épaule.

— Puis-je vous dire un petit mot ? chuchota-t-elle. C'est important.

— C'est une affaire de famille, protesta Jim en voyant Deacon tourner les talons et repartir avec Faith.

Deacon soupira.

— Jim, personne n'a envie de se disputer, ce soir. Sois un peu patient, s'il te plaît.

Il l'emmena dans la salle de conférences, où Tanaka et Bishop arboraient des mines embarrassées. Faith avait une idée très précise de leur état d'esprit.

Après avoir refermé la porte, il s'appuya contre le battant. Soudain, il ressemblait tout simplement à un homme qui n'avait pas dormi depuis deux jours.

— Quoi ? demanda-t-il d'un ton las.

— Votre tante et votre oncle ne sont pas au courant de ce qui s'est passé au lycée de Greg, c'est ça ?

En guise de réponse, il se contenta d'un geste négatif de la tête. Faith continua :

— Alors, ils ignorent que Dani a été menacée. Greg pense toujours avoir attiré l'assassin de Pope chez vous. Il ne peut pas leur en parler, parce qu'il ne leur a rien dit à propos de Dani. S'il rentre avec eux, il est persuadé de mettre leur vie en danger. Si vous savez avec certitude que Pope a été tué à cause de moi, il faudrait prendre Greg à part et le lui dire. Ne le laissez pas plus longtemps sur le gril, s'il vous plaît.

— Vous avez raison. Merci, dit-il en se passant les mains sur le visage.

Je crois que j'ai eu un passage à vide en voyant Jim. Je n'avais plus l'esprit clair.

Deacon rejoignit Greg. Un nouveau poids s'ajouta à ceux qui pesaient déjà sur le cœur de Faith. *Alors, c'était bien à cause de moi, pas de Greg. Pope a été tué pour m'attirer à l'extérieur.*

Par la porte ouverte, elle vit Deacon prendre Greg à part, les mains posées sur les épaules du garçon. Il se pencha en avant, de manière à ce que seul Greg puisse voir sa bouche. Il s'adressa à lui sans émettre aucun son audible, il articulait les mots en silence et son frère lisait sur ses lèvres.

Le visage tourmenté de Greg se détendit et il se mit à pleurer. Deacon l'étreignit et le serra contre lui. *Juste comme il a fait avec moi.* Elle sentit son cœur se briser une fois encore.

Avec la soudaine impression d'être une intruse, Faith referma la porte de la salle de conférences, puis s'installa près de Bishop et de Tanaka, toujours assis à la table. Après s'être laissée tomber sur une des chaises de plastique rigide, elle baissa ses paupières lasses, la tête posée sur ses bras croisés. Elle avait dû somnoler, parce que le bruit de la porte qui s'ouvrait la tira brusquement de son assoupissement.

Elle leva la tête et cilla plusieurs fois, désorientée. Puis elle distingua Isenberg.

— Oh ! commandant. Je suis désolée. Je sors immédiatement.

Elle ébaucha un geste pour se lever, mais Isenberg lui fit signe de ne pas bouger.

— La petite réunion de famille ne devrait pas tarder à s'achever, dit-elle avec humeur. Pour votre bien, il vaut probablement mieux que vous restiez ici, jusqu'au départ de Jim Kimble.

— Ouais, il ne m'apprécie guère.

Isenberg posa un dossier sur la table et se mit à passer des photos en revue.

— Jim Kimble est un flic à l'ancienne.

Bishop leva les yeux au ciel.

— Nom de code pour « Néandertalien ».

— Mais ses opinions sont très répandues, poursuivit Isenberg. Je dois admettre qu'à certains moments de ma carrière je pensais comme Adam et son père.

— Moi aussi, dit Faith à mi-voix.

— Je le crois volontiers… Au fait, je me suis toujours demandé un truc. Avez-vous déjà traité des délinquants sexuels dont vous pensiez vraiment qu'ils n'allaient pas récidiver ?

— Oui. J'en ai rencontré quelques-uns qui m'ont semblé capables de rester dans le droit chemin. La plupart des gens de ce pays pensent que la récidive est un fait accompli. Je ne partage pas forcément cet avis. D'après les statistiques, ils ne sont que quinze pour cent à recommencer, douze pour ceux qui suivent une thérapie.

— On peut concevoir une étude spécifique pour obtenir les résultats désirés, souligna Tanaka, d'un ton moqueur.

— Bien d'accord avec vous. Ces statistiques supposent que toutes les récidives sont signalées et ne prennent en compte que les récidivistes qui se sont fait prendre. La vérité doit se trouver entre quinze et cent pour cent. J'ai travaillé avec des violeurs pendant des années et je peux compter sur les doigts de mes deux mains ceux dont j'étais sûre qu'ils ne molesteraient plus un autre enfant. Et, parmi eux, plusieurs étaient tout simplement trop vieux. S'ils avaient été jeunes et en bonne santé, ils seraient repartis rôder, à la recherche de proies sans défense.

— Exactement comme l'homme que nous recherchons.

Isenberg épingla une des photos qu'elle examinait sur le côté gauche du tableau d'affichage, intitulé « victimes ». Faith éprouva une nouvelle bouffée de désespoir en reconnaissant l'agent Pope sur le cliché, dont elle ne put détourner les yeux. *Tant que ce salaud vivra, personne ne sera en sécurité autour de moi.*

Deacon et Adam revinrent dans la salle de conférences et reprirent leur place, le visage las.

— Désolé, Lynda, dit Deacon. Nous avons tous fini par convenir qu'il valait mieux que Jim et Tammy emmènent Greg, pour l'instant. S'il reste avec moi, il risque d'attirer l'attention du tueur.

Parce que Deacon va rester avec moi. Et que le tueur me consacre toute son attention. J'en ai de la chance !

Faith leva les yeux, regardant instinctivement le côté droit du tableau, où l'affichette portait la mention « suspects ». Sans surprise, elle identifia son oncle Jeremy. Après tout, elle les avait dirigés droit sur lui. Mais elle découvrit avec stupeur le cliché épinglé dessous.

— Vous soupçonnez mon cousin Stone ?

— Il ressemble à Combs, dit Deacon. Leur taille, leur poids, leur couleur de cheveux sont similaires. Vous auriez pu les confondre, la nuit où le tueur est passé par votre fenêtre. Par ailleurs, son comportement n'est pas clair.

— Des détails dont vous n'aviez pas l'intention de me parler, marmonna Faith.

Puis elle s'interrompit, abasourdie de reconnaître Henson Trois, dont elle avait vu le portrait dans le hall du cabinet de l'avocat.

— Vous croyez que le petit-fils Henson pourrait être impliqué ?

En y réfléchissant, elle découvrit un enchaînement logique qui la mit mal à l'aise.

— Bien sûr, il aurait pu savoir que j'allais hériter de la maison avant même la mort de ma grand-mère, dit-elle avec calme. Et il avait accès à la maison. Pendant des années. A-t-il eu lui aussi un comportement suspect ?

— Et comment ! répondit Bishop, d'un ton sec.

— Pourquoi ne l'a-t-on pas encore interrogé ? voulut savoir Adam.

— Parce qu'on ne peut pas mettre la main dessus, lui répondit Bishop, d'un air lugubre. Ni chez lui ni au bureau. A l'heure où je vous parle, il aurait pu avoir quitté le pays. Est-ce que Crandall a pu trouver des images vidéo de la femme mystérieuse à qui Herbie Trois a remis la clé ?

— Quelle femme mystérieuse ? s'enquit Faith.

— On l'a vue dans le bureau de la société que votre avocat a engagée pour la maintenance de votre maison et elle a reçu la clé des mains de Herbie Trois, lui expliqua Bishop. Demain, j'enverrai un dessinateur au témoin.

Femme mystérieuse. Merde, la mère de Roza.

— Deacon, savez-vous si une des victimes a donné naissance à un enfant ? demanda Faith. Arianna a dit que Roza avait refusé de l'accompagner, parce qu'elle ne pouvait pas abandonner sa mère qui était là. Je viens juste de m'en souvenir. C'est une des choses qu'elle a déclarées avant l'arrivée du lieutenant Bishop dans la chambre. Soit sa mère a été emmenée ailleurs vivante, soit elle est déjà morte. Est-ce qu'une des victimes était assez âgée pour avoir une fille de douze ans ?

— Seulement si elle avait été une mère de douze ans, dit Bishop.

— Quand Sophie va-t-elle commencer ses recherches sous le sol de la cave ? demanda Deacon à Tanaka.

— Demain matin, répondit Tanaka. Je lui signalerai qu'il nous manque peut-être une victime.

Deacon consulta sa liste des tâches.

— D'accord, les gars. Finissons-en pour rentrer rapidement et dormir un peu. J'ai plusieurs choses sur ma liste. Découvrir comment il a eu le couteau du gamin. Localiser Henson Trois. Faire des portraits de la femme mystérieuse et de Roza, énuméra-t-il en consultant ses notes. Est-ce que Crandall a établi l'inventaire des propriétés de Jeremy O'Bannion ?

— C'est fait, répondit Isenberg. Officiellement, Jeremy ne possède que la maison d'Indian Hill.

— Mince, marmonna-t-il. Une autre question importante, comment notre tueur a-t-il fait l'aller-retour entre Cincinnati et Miami samedi, pour saboter l'ancienne voiture de Faith. Le Bureau a effectué des recherches d'identification faciale, le visage de Combs n'est apparu nulle part. J'ai ajouté Jeremy, Stone et Herbie Trois à la liste des visages à rechercher.

Il s'interrompit et soupira profondément, avant de conclure :

— Et nous avons besoin de commencer à avertir les familles des victimes.

— J'organiserai ça, dit Isenberg. Nous partagerons le fardeau.

— Merci, fit Deacon à mi-voix.

Adam s'éclaircit la gorge.

— Je me charge de trouver une nouvelle planque à Faith.

Autour de la table, l'étonnement était manifeste. *Tu t'en charges ?* semblait être la question présente dans toutes les têtes. Par ailleurs, l'appréhension tangible qui émanait de Deacon n'aidait pas à alléger l'atmosphère.

— Tu n'es pas obligé de faire ça, dit-il. Je peux m'en occuper.

— J'ai travaillé aux homicides pendant des années, dit Adam d'un ton posé. Je peux trouver un abri sûr pour une personne. D'ailleurs, j'ai déjà un endroit en tête. Il ne me reste qu'à m'assurer qu'il n'est pas utilisé en ce moment.

— Très bien, concéda Deacon. On rentre et on va dormir. Demain matin, tout le monde fait ce qui est prévu au programme et on se retrouve à 9 heures précises.

Bishop se leva et rassembla ses affaires.

— Lynda, comment allez-vous avertir la famille de Roxanne Dupree ? Nous pourrions demander à Vega de…

Le cœur de Faith manqua un battement.

— *Attendez.* Vous avez bien dit Roxanne Dupree ? De Miami ?

— Oui, dit Bishop en échangeant un regard perplexe avec Deacon. Vous la connaissez ?

Non, non. Pourvu que ce ne soit pas elle. Les mains tremblantes, Faith courut vers le tableau d'affichage et arracha la photo étiquetée Roxanne Dupree. Elle fixa le cliché d'un regard vide. *Roxanne est morte.*

— C'est la mienne, chuchota-t-elle.

Oh ! Dieu. Non. Non. Ses genoux se dérobèrent.

— C'est une des miennes.

Cincinnati, Ohio
Mercredi 5 novembre, 1 h 50

Deacon se précipita pour rattraper Faith qui s'effondrait, mais il n'arriva pas à temps. Ses genoux heurtèrent le sol avec un bruit mat à soulever le cœur. Mais elle ne sembla pas s'en rendre compte, le regard fixé sur la photo qu'elle serrait entre ses mains tremblantes.

Gentiment, il l'aida à se relever et la ramena à sa chaise. Puis, il mit un genou en terre et observa son visage dévasté.

— Va te faire voir, espèce de salopard, chuchota-t-elle, d'une voix hachée, les yeux toujours rivés sur la photo. Elle allait mieux. Elle était en train de s'en sortir. Et maintenant elle est morte. A cause de moi.

Deacon lui prit la photo des mains et la rendit à Isenberg, qui semblait aussi désemparée que lui. Les mains vides, Faith croisa les bras autour de sa propre taille et se balança sur place. Elle ne pleurait pas. Ses yeux étaient complètement secs. Mais vides.

Ce qui était d'une certaine manière pire que des sanglots déchirants. Inquiet, Deacon lui frottait le dos avec douceur.

— Non, elle n'est pas morte à cause de vous.

— A cause de qui, alors ? chuchota-t-elle.

Lentement, elle tourna la tête pour croiser son regard, elle semblait totalement perdue.

— A cause de qui, Deacon ? répéta-t-elle. Si ce n'est pas moi, alors, qui ?

Elle avait les yeux secs, mais ceux de Deacon le picotaient.

— C'est le mal, Faith. Vous savez que le mal existe.

— A quel moment ça va s'arrêter ? Comment puis-je l'arrêter ?

— Ce n'est pas à *vous* de le faire, c'est à *nous*.

Elle secoua la tête comme s'il n'avait rien dit.

— Combien d'autres gens doivent encore mourir ? Je devrais peut-être tout simplement…

Elle s'interrompit un bref instant et ferma les yeux.

— Je ne veux pas mourir. Mais je ne peux pas vivre avec ça.

Une peur glaciale tenailla le cœur de Deacon.

— Pas question. Vous n'irez pas vous livrer.

— Je sais. Mais je veux seulement qu'il arrête.

Elle ouvrit les yeux, toujours secs, mais maintenant hagards.

— Comment a-t-il su que c'était une des miennes ?

— C'est une sacrée bonne question, dit-il.

Bishop s'agenouilla de l'autre côté du siège de Faith.

— Qui était-elle ? Comment ça, une des vôtres ?

— Quand elle est venue me voir, elle avait dix-sept ans et elle était terriblement courageuse. Son père l'avait molestée pendant quatre ans. Sa mère l'avait accusée de mentir et l'avait menacée de la jeter dehors, si elle en parlait à quelqu'un d'autre. Roxie devait partir pour la fac en laissant sa jeune sœur de onze ans à la maison. Elle ne pouvait pas se résoudre à laisser son père s'attaquer à la petite, alors elle a fini par porter plainte. Son père a été condamné, mais pas emprisonné comme elle l'avait espéré. Parce que c'était son premier délit, ajouta Faith avec amertume.

Deacon eut un soupir las.

— Il a eu une peine avec sursis. Et la Cour l'a condamné à suivre une thérapie avec vous.

— Oui. Roxie était anéantie. Sa sœur n'était pas encore hors de danger. Le père patientait tranquillement en attendant que Roxie ait quitté la maison. Quant à la mère, elle s'enfonçait dans le déni… Elle reprochait à Roxie l'absence du père, qui n'était pas autorisé à vivre avec elles pendant la thérapie.

— Comment avez-vous réagi, Faith ? demanda doucement Bishop.

— Je lui ai donné une caméra équipée d'un micro. Je lui ai conseillé de placer l'appareil dans la chambre de sa sœur, puis de prétendre qu'elle passait la nuit chez une amie. Mais, au lieu de ça, elle devait se cacher dans le placard de sa sœur. Dès que son père entrerait dans la chambre de la petite, Roxie devait m'envoyer un SMS puis appeler le 911. Le plan prévoyait qu'elle sorte du placard pour l'arrêter en gardant l'opératrice en ligne pour lui faire entendre ce qui se passait.

— Où étiez-vous ? demanda Isenberg.

— Dans ma voiture, de l'autre côté de la rue, juste en face de la maison avec un appareil-photo équipé d'un téléobjectif. Et mon arme. Roxie a fait tout ce que je lui ai dit, mais son père a attrapé son téléphone, a coupé la communication avec le 911 et s'est enfui. J'ai pris une photo de lui pendant qu'il sortait par la porte d'entrée en refermant sa braguette. Quand les flics sont venus le chercher, il a prétendu que les filles mentaient. Mais Roxie avait la vidéo de la caméra cachée. Mon amie Deb a procédé à l'arrestation. Je lui ai envoyé la photo du père, quittant la maison. L'envoi était anonyme, mais elle a deviné ce que j'avais fait. C'est la première affaire sur laquelle nous avons travaillé ensemble. Il a été condamné à trois ans.

— Et quand il est sorti ? demanda Isenberg.

— L'épouse est toujours dans le déni. La fille cadette dort avec un couteau de boucher sous son oreiller. Première nuit à la maison, papa se glisse dans sa chambre et termine mort.

Au long du récit, les yeux de Faith s'étaient remplis de larmes.

— Roxie a eu de nombreuses séquelles. Alcoolisme, vagabondage sexuel. Petits vols à l'étalage. Mais elle y travaillait en thérapie.

— Elle était votre patiente ? demanda Bishop.

— Je la suivais avant que son père aille en prison. Mais, par la suite, elle a travaillé avec une conseillère au lycée. J'étais simplement son amie. Elle m'appelait toujours lorsqu'elle avait des problèmes et je payais sa caution.

— C'était vous qui régliez sa caution ? dit Adam, incrédule. Avec votre propre argent ?

Deacon cilla, surpris. Il avait complètement oublié la présence de son cousin.

Faith haussa les épaules.

— J'utilisais ma pension alimentaire. Et puis, je savais que ça ferait enrager Charlie. Double bonus.

Son mariage ! Encore une chose que Deacon avait complètement oubliée. Quel genre d'homme pouvait bien être son ex pour l'avoir laissée partir ? Par bonheur, Charlie Frye était apparemment idiot.

Puis il lui vint une idée qui lui donna un haut-le-cœur. Roxanne Dupree venait d'être relâchée de prison quand elle avait disparu.

— Quand l'avez-vous sortie de prison pour la dernière fois, Faith ?

— Le lendemain du jour où le fourgon blanc a tenté de me pousser du pont, il y a donc quatre semaines.

Bishop ferma les yeux, puis soupira.

— Où l'avez-vous déposée ?

Les mains de Faith se figèrent, puis se posèrent lentement sur ses genoux. Dans ses yeux écarquillés, on lisait une horreur renouvelée.

— Non. Non, dit-elle en secouant la tête. Dites-moi que je ne l'ai pas conduit à elle. *Dites-le-moi.*

Un silence prolongé lui répondit. Un spasme de pure souffrance déforma son visage, puis elle baissa la tête et pleura en silence.

Brisant le cœur de Deacon. Il se releva lentement, avec l'impression d'avoir un demi-siècle. Il lui caressait les cheveux tout en parcourant la pièce du regard. Il lut de la compréhension sur les visages de l'équipe. Maintenant, ils savaient ce qu'elle avait fait. Et pourquoi.

Dans les yeux de son cousin, il discernait aussi de la honte. Et du respect.

— Vous avez travaillé des deux côtés de la barrière, c'est ça ? dit posément Adam. Vous avez aidé à mettre Combs à l'ombre. C'est pour cette raison qu'il vous hait tant.

— *Si* elle l'a fait, elle pourrait perdre sa licence, souligna Deacon d'un ton tranchant.

Adam secoua la tête.

— Ne t'inquiète pas. Je ne dirai rien.

Isenberg poussa un soupir étranglé.

— Rien de tout ça ne quittera cette pièce.

Tanaka cilla plusieurs fois.

— Rien de quoi, Lynda ?

Isenberg hocha la tête.

— Emmenez-la hors d'ici, Deacon. Et trouvez qui est derrière cette histoire avant qu'elle ne fasse quelque chose de stupide, comme se rendre à ce type.

— Comptez sur moi, promit Deacon.

Isenberg prit une profonde inspiration et quitta la salle de conférences.

Il n'avait pas cessé de caresser les cheveux de Faith. Elle continuait à pleurer en silence.

Adam s'attarda après le départ des autres.

— Quand t'en a-t-elle parlé, D. ?

— Tard, la nuit dernière, pendant que je l'emmenais aux urgences.

— Mais, d'une certaine manière, tu le savais plus tôt. Je suis désolé, Deacon.

Puis il se tourna vers Faith et lui posa gentiment la main sur l'épaule.

— Et, Faith, je… Pardonnez-moi. Je ne savais pas, ajouta-t-il.

Elle ne releva pas la tête, mais parvint à hocher légèrement la tête.

Adam ramassa la sacoche de l'ordinateur de Faith et son nécessaire, ainsi que le carton qu'il avait apporté.

— J'ai un endroit sûr où elle pourra rester. Je t'enverrai l'adresse et on se retrouvera là-bas.

Deacon regarda son cousin dans les yeux, le mettant au défi de dire qu'il avait l'intention de passer la nuit avec eux. Adam arqua un de ses sourcils noirs.

— Je te retrouverai là-bas pour te donner la clé et te montrer le système de sécurité, précisa-t-il.

— Merci, dit Deacon.

Une fois seul avec Faith, il la releva, la prit dans ses bras et la serra contre lui, pendant qu'elle pleurait sur une jeune femme qui n'avait échappé à un monstre que pour succomber à la cruauté d'un autre.

27

Cincinnati, Ohio
Mercredi 5 novembre, 2 h 30

— Waouh…

Debout devant la baie vitrée, Deacon regardait la ville à ses pieds. La « planque » d'Adam était un *penthouse* au sommet d'un gratte-ciel qui surplombait le fleuve. Apparemment, l'endroit appartenait à un gros bonnet des affaires, actuellement en mission dans le Sud-Est asiatique. La fille de l'homme avait été enlevée et c'était Adam qui l'avait ramenée à la maison et avait fait traduire le ravisseur en justice. Heureux d'avoir retrouvé sa fille saine et sauve, l'homme d'affaires avait mis son appartement à la disposition du département, lors de ses absences. Adam avait contacté l'homme qui avait accepté de laisser Faith y séjourner.

Deacon s'arracha aux lumières de la ville et se tourna vers Faith. Elle était assise, les épaules basses, la tête mollement penchée en avant. Ses cheveux roux retombaient comme une cascade, voilant son visage marqué par le chagrin. Les mains sagement croisées sur ses genoux, elle n'avait pas bougé un muscle depuis qu'il l'avait guidée jusqu'au divan, dix minutes plus tôt.

Elle se cachait de lui, là, en pleine vue.

Adam sortit de la cuisine.

— Le frigo est plein. Il y a des produits de toilette dans chaque salle de bains. Tout ce qui n'est pas sous clé est à votre disposition, précisa-t-il en tendant un trousseau de clés à Deacon. L'ascenseur est programmé pour ne desservir que cet étage, on y monte directement en partant du parking du sous-sol. Personne ne devrait vous déranger. Isenberg a posté un agent en uniforme près de l'ascenseur et un autre près de la cage d'escalier. En cas de besoin.

Deacon détacha le regard de Faith pour rencontrer les yeux noirs de son cousin.

— Merci, Adam. Dis-moi, ça va mieux entre toi et moi ? On est raccord ?

Adam déglutit avec effort, trahissant son émotion.

— Ouais. J'ai agi comme un connard et je suis désolé. Je ne sais pas quoi dire.

— C'est oublié.

Deacon l'attira contre lui et le serra avec force en lui claquant le dos.

— Rentre chez toi. Passe voir ta mère. Et, si tu veux me parler de ce qui est arrivé, je suis dans le coin.

— Je suis content que tu sois rentré. Tu nous as manqué, à Dani et à moi. A demain matin.

Adam jeta un regard à Faith puis continua en baissant la voix :

— Il y a des sachets de glaçons dans le congélateur, pour son visage.

Sans attendre de réponse, il trottina jusqu'à la porte et quitta l'appartement.

Pendant un instant, il n'y eut que le silence, lourd et tendu.

— Un sachet de glaçons, ce serait effectivement pas mal, murmura Faith, dissimulée derrière son rideau de cheveux. Je dois avoir l'air horrible.

Deacon lui en apporta un de la cuisine, puis, avant qu'elle ait le temps de protester, il la souleva dans ses bras et les installa tous les deux au coin du divan, le corps de Faith niché contre le sien. Il glissa sa main en coupe autour des fesses rondes pour la maintenir au plus près. Son propre corps réagit immédiatement à cette proximité, malgré cela, elle ne s'écarta pas. Il lui releva le menton, mais elle se couvrit le visage avec la poche de glace. Sans se démonter, il lui embrassa le sommet du crâne.

— Tu pleures parce que ça te touche. Comment pourrais-je voir autre chose que de la beauté en toi ?

Elle posa la tête contre son épaule.

— J'ai mal à la tête. Et aussi au cœur.

— Je sais.

Il tira doucement le sachet de glaçons pour l'éloigner du visage de Faith.

— Tu vas finir par attraper des engelures, se moqua-t-il, bientôt récompensé par un petit hoquet de rire. Tu es la plus jolie femme que j'ai jamais vue, alors, je t'en prie, laisse-moi te regarder.

Elle scruta son visage.

— Qu'allons-nous faire, Deacon ?

— Pour l'instant, nous allons dormir. Je suis si fatigué que je n'arrive même plus à penser et je sais que tu es à peu près dans le même état. Viens avec moi.

Il se leva, puis la laissa lentement glisser à terre, le long de son corps, jusqu'à ce qu'elle reprenne contact avec le sol. Il n'était pas assez égoïste pour espérer qu'ils feraient l'amour après tout ce qu'elle avait vécu. Néanmoins, il tenait à ce qu'elle sache quel effet elle avait sur lui. Puis il passa le bras autour de ses épaules et l'emmena dans la chambre où Adam avait posé le nécessaire Hello Kitty.

— Lève les bras, lui dit-il avec vivacité.

Il entreprit de la dépouiller de ses vêtements, ne lui laissant que son slip. Réprimant son désir, il repoussa la couverture sur le côté.

— Au lit.

Il s'apprêta à la border, mais ne put résister à l'envie de caresser la peau soyeuse de son dos, avant de remonter les couvertures jusqu'à son cou. Malgré tout, il restait déterminé à prendre ses quartiers dans la chambre voisine, pour la nuit. Sinon, il ne pourrait s'empêcher de la toucher.

Un petit gémissement s'échappa de la gorge de Faith.

— C'est bon. Tu pourrais recommencer ?

— Bien sûr.

Je suis un putain de saint, songea-t-il en serrant les dents. Après avoir enlevé ses chaussures du bout du pied, il grimpa sur le lit et passa par-dessus le corps de Faith. Lorsque son érection presque douloureuse frôla les fesses rebondies, il connut un instant de délicieuse torture. Puis, il repoussa la couverture vers le bas et lui massa lentement le dos, malaxant les muscles en profondeur, attentif à ses soupirs d'aise.

Le souffle de Faith s'apaisa peu à peu, son corps s'immobilisa, elle finit par s'endormir. Serrant les dents, il la recouvrit jusqu'à la nuque et quitta le lit avec précaution, prenant garde à ne pas la réveiller.

— Où tu vas ? marmonna-t-elle, juste au moment où il atteignait la porte.

Il ne se retourna pas.

— Dormir dans ma propre chambre.

— Pourquoi ? Ne pars pas. Reste, s'il te plaît.

Il entendit le froissement des draps et l'image de toute cette belle peau nue et crémeuse s'imposa à son esprit.

— Dors ici. Avec moi, insista Faith.

— Je ne peux pas. Je ne peux pas être aussi près de toi sans te toucher.

— Je sais. Viens te coucher avec moi, Deacon.

Son pantalon tomba sur le plancher dans un tintement de pièces. Il ne se souvenait même pas du moment où il avait descendu sa braguette, mais il entra dans le lit, uniquement vêtu du boxer en soie noire, frappée de petites flammes, qu'il avait enfilé plus tôt dans la journée. Quand il avait accepté le réconfort qu'elle offrait. Il la serra contre sa poitrine et lui passa un bras autour de la taille.

L'instant suivant, il oublia comment on respirait, captivé par le geste de Faith, qui venait de lui prendre la main pour la poser sur un de ses seins. Son cœur battait si fort qu'il ne percevait aucun autre son. Il se pencha pour regarder le visage de Faith, au creux de l'oreiller. De ses lèvres entrouvertes sortait un souffle profond et régulier. Elle était presque endormie, il saisit l'occasion de la regarder, tout simplement. *Quelle beauté.*

Il ne sut pas combien de secondes s'étaient écoulées pendant qu'il la regardait dormir. *Elle est enfin apaisée. Enfin, elle n'a plus peur.* Son front lisse n'exprimait plus la culpabilité ou le chagrin. Il aspirait à ce qu'il en aille de même pendant ses heures de veille, voulait qu'elle soit totalement débarrassée de toute frayeur. Il devait impérativement arrêter ce monstre. Avant qu'elle ne fasse quelque chose de stupide comme de se livrer au criminel. Isenberg avait raison. Si trop de nouvelles victimes pesaient sur sa conscience, Faith se livrerait, juste pour faire cesser le massacre.

Pas tant que tu seras sous ma garde. Il trouverait une solution. Il le devait. Elle venait juste de débarquer dans sa vie. *Je ne peux pas te perdre, maintenant.* Après avoir posé un baiser sur son épaule, il se nicha derrière elle et laissa son esprit se débrancher.

Est du Kentucky
Mercredi 5 novembre, 6 h 45

Il prit la série de virages en S à une vitesse très correcte, appréciant la manière dont le pick-up accrochait la route. N'ayant jamais été du genre pick-up, il n'aurait jamais choisi ce type de véhicules. En réalité, c'était la propriétaire qu'il avait ciblée en la voyant sortir de l'hôpital. La femme d'une cinquantaine d'années portait un ensemble couture qui avait sans doute coûté plus que la camionnette. Et elle avait l'air d'un poids plume, sans doute pas plus de quarante-cinq kilos.

En tout cas, elle s'était révélée assez légère pour qu'il puisse la soulever et la flanquer sur le siège arrière, après l'avoir saisie par-derrière, lui avoir plaqué une main sur la bouche et tranché la gorge de l'autre.

Malgré sa fortune, elle avait été trop avare pour payer une place dans un parking éclairé, et cela avait signé sa perte. Quand il avait commencé à la filer, il s'attendait à ce qu'elle conduise une berline chic ou un SUV. C'est donc avec surprise qu'il l'avait vue se diriger vers la grosse camionnette à cabine.

A en croire le profil Facebook qu'elle avait laissé affiché sur son téléphone, elle possédait une écurie pleine de chevaux de race et venait de devenir grand-mère, ce qui expliquait la nuit passée à l'hôpital. Le pick-up était un modèle de luxe avec toutes les options. Il aurait aimé le garder, mais un véhicule de ce genre ne passerait pas inaperçu, surtout dans son quartier. Il serait donc obligé de s'en débarrasser une fois le boulot achevé.

Presque déçu d'être déjà arrivé à destination, il s'arrêta devant la cabane, puis descendit… et se figea sur place. La porte était ouverte. Il l'avait pourtant fermée. Verrouillée, même. Il en était certain.

Laissant la porte du pick-up ouverte au cas où il aurait besoin de prendre rapidement la fuite, il saisit l'arme qu'il portait à la ceinture et approcha avec prudence. Il poussa le battant. Et sentit son cœur manquer une pulsation.

Les planches avaient été enlevées et empilées. Les corps étaient visibles. Il se faufila à l'intérieur, guettant le moindre signe de piège. Mais il ne perçut qu'un silence lourd et oppressant. Il dirigea le rayon de sa lampe vers le sol. Les cadavres avaient été déterrés, de la tête à la taille. Le logo de Earl Power était clairement lisible sur la chemise du technicien.

J'aurais dû les déshabiller. Il les enterrait toujours nus. *Pourquoi n'ai-je pas pris le temps de le faire ?*

Parce qu'il était pressé de repartir en ville et de tuer Faith. *Foutue garce !* Pourquoi n'était-elle pas déjà morte ?

Détends-toi. Personne n'a signalé leur découverte. Les corps étaient toujours en place et il n'y avait pas trace de la police. Le type de l'électricité était officiellement porté disparu. Un curieux qui passait par là avait probablement remarqué le tas de terre qu'il avait laissé sur place et…

Merde. La gamine. *Roza a disparu.*

Il se rua derrière la maison et eut un haut-le-cœur. Les portes du cellier étaient grandes ouvertes. Il éclaira l'intérieur, s'efforçant de refouler la panique grandissante qui menaçait de le submerger.

Parce que Corinne Longstreet était partie aussi.

Il dévala l'escalier et promena le rayon de sa lampe dans tous les recoins du cellier, hébété. Son esprit tournait à vide. Il l'avait laissée pendant une journée. Une seule journée. Il s'attendait à la retrouver à moitié gelée ou peut-être même morte. Mais jamais il n'aurait imaginé qu'elle puisse disparaître.

Sa lampe lui révéla deux petits tas de corde. Sa corde. Il ramassa les débris des liens de Corinne et les examina. Les extrémités avaient été coupées avec un couteau très émoussé. Cette salope avait un couteau !

Où l'avait-elle dégotté ? Avant de l'enchaîner au lit de camp, il l'avait fouillée avec soin, et avait trouvé sans peine la bombe lacrymo qu'elle trimballait dans son sac à dos.

Je n'aurais jamais dû la prendre. S'il s'était abstenu, il n'aurait pas eu à enlever aussi Arianna. Qui ne se serait pas échappée, et personne n'aurait envahi sa maison ni pris ses affaires.

Il inspira profondément par le nez, déterminé à retrouver tout son calme. *Ne pas y penser. Ne pas penser qu'ils sont dans ma maison, qu'ils tripotent mes affaires.*

Penser à récupérer Corinne et à lui faire payer tout ça.

Penser à récupérer Roza avant qu'elle ne dise au monde entier à quoi il ressemblait.

Il remonta les marches quatre à quatre et se rua dans la cabane. C'était *elle* qui avait exhumé les corps. La Longstreet. Le tas de terre et la pelle qu'il avait laissés derrière lui avaient sans doute piqué sa curiosité. *Bon, dans ce cas, d'accord.* Ce n'était pas si grave. Ce n'était pas comme si quelqu'un d'autre était au courant. Le problème pouvait encore être réglé. Enfin, s'il la retrouvait. Ça ne devait pas être si difficile, n'est-ce pas ?

Si on considérait qu'elle avait planqué un couteau et s'était débrouillée pour se libérer et emmener la gamine ? *Pas si facile que ça, peut-être.*

Cela dit, ce n'était qu'une femme seule, et malade par-dessus le marché. Sous peu, elle aurait besoin de son traitement. Et elle serait ralentie par la petite. Jusqu'où avait-elle pu aller ?

Le rayon de sa lampe lui dévoila les tiroirs et les buffets ouverts. Elle était maligne, reconnut-il à regret. Elle avait pris des provisions. Mais cela représentait aussi un poids supplémentaire qui la ralentirait d'autant.

La porte du placard lui apparut, et son estomac chavira. *Mes affaires.* La veille, il y avait entreposé la malle. Il approcha d'un pas lent, craignant presque de regarder. Puis, il laissa échapper un soupir soulagé. La vieille malle de voyage était encore là.

Après avoir soulevé le couvercle, il examina le contenu avec angoisse. Pendant le transfert de la malle dans le placard, les bocaux du dessus s'étaient déplacés, mais aucun ne s'était brisé. Et, dans la petite boîte rangée près des bocaux, sa collection de leurs affaires était intacte, les objets que chaque victime portait le jour où il l'avait prise. Cartes de crédit, liquide, bijoux… et désormais téléphones mobiles, bien sûr.

Brièvement, il se demanda s'il valait mieux garder la boîte et la malle avec lui dans un véhicule volé ou les laisser dans le placard, pendant qu'il rechercherait Corinne et la gamine. Si elles avaient réussi à trouver de l'aide, les flics allaient grouiller dans le coin. Hors de question qu'on lui enlève ce qui lui appartenait, surtout pas la police.

Il attrapa la brouette, y chargea la malle, puis déposa sa collection sur le plancher du pick-up de la défunte cavalière. Le corps de la femme remplaça la malle dans la brouette pour le voyage de retour dans la cabane, où il pourrait l'enterrer avec les autres.

Il chercha la pelle, mais l'outil avait aussi disparu. *Encore un coup de cette salope de Longstreet,* songea-t-il avec irritation. *Elle a volé ma pelle.*

Il dut creuser à mains nues, se félicitant une fois de plus d'avoir choisi une victime menue. Une fois qu'il l'eut déshabillée, elle se logea pile entre le technicien de Earl Power et le serrurier. Il repoussa la terre sur les corps et replaça les lattes du plancher. Cette fois, il prit soin de se débarrasser des déblais superflus en les déversant dans le cellier, dont il referma ensuite les portes.

En regagnant le pick-up, il remonta la route sur quelques mètres, d'un côté puis de l'autre, éclairant le bas-côté de terre meuble. Il finit par trouver une empreinte de pas. Elle marchait dans la direction d'où il était venu. Selon le moment où elle s'était évadée et le poids de son bagage…

Corinne aurait pu avoir couvert quinze ou seize kilomètres. Parfait, car il n'y avait aucune trace de civilisation dans ce périmètre.

Mais pourquoi ne l'avait-il pas vue ? Elle s'était peut-être cachée. *Et je roulais plus vite que d'habitude.*

Satané pick-up. Il avait pris trop de plaisir à le conduire. Il devrait lever le pied. Il grimpa dans le véhicule et repartit vers la ville, à la recherche de Corinne.

Cincinnati, Ohio
Mercredi 5 novembre, 7 h 45

Faith fut réveillée par des plumes qui lui chatouillaient le nez. Non, comprit-elle. Pas des plumes, mais les poils doux qui couvraient le torse de Deacon Novak. Dans son sommeil, elle s'était retournée. Maintenant, elle était étalée sur lui, leurs jambes s'entremêlaient et le creux de l'épaule de Deacon lui servait d'oreiller.

Elle caressa d'une main légère les poils de sa poitrine, d'un blanc neigeux, et se demanda jusqu'où descendait le blanc. Ses doigts suivirent la piste le long du torse, des très beaux abdos. Sa peau enregistrait un contact soyeux. Puis elle toucha soudain de l'acier. Il avait une érection.

Son corps se crispa, envahi par le désir qu'elle avait de lui. Un désir qui exigeait une satisfaction immédiate. Pour son propre plaisir. Elle glissa la main sous la ceinture du boxer et enroula les doigts autour de lui. L'érection de Deacon palpitait au creux de sa paume.

Un soupir de bien-être vibra à travers la large poitrine.

— Ne t'arrête pas, chuchota-t-il. Ne t'arrête plus jamais.

Elle se souleva sur un coude, tout en commençant à le caresser doucement de l'autre main.

— Tu étais réveillé.

— Juste à l'instant, souffla-t-il en s'arquant, les yeux fermés. J'ai envie de toi. Je veux être en toi.

L'expression toute simple de ce désir la fit frissonner de la tête aux pieds.

— Alors, qu'est-ce que tu attends ?

Il ouvrit brusquement les yeux et Faith se perdit dans le marron et le bleu qui semblaient tournoyer et s'entrechoquer.

— Magnifique, murmura-t-elle.

Il entra en action comme s'il explosait, fit rapidement glisser son slip le long de ses jambes, repoussa son propre boxer et la fit rouler sur le dos. Il l'enfourcha de nouveau, mais cette fois la vue était exceptionnelle. Dressé sur ses genoux, il la dominait, la virilité saillante, suppliant qu'elle le touche.

Du bout d'un doigt, elle reprit le chemin déjà parcouru, le long de la piste pileuse, descendit sur les abdos, puis s'enroula autour des poils pubiens, le faisant sursauter et palpiter. Pendant tout ce temps, les yeux singuliers suivaient le petit ballet de ce doigt. Soudain, il releva la tête et, en croisant son regard, elle eut l'impression d'être foudroyée.

— Je me demandais si tes poils étaient blancs partout.

— Pas entièrement. Il en reste quelques noirs, par ici, dit-il avec un éclat grivois dans le regard. Mais il faut vraiment être très près pour les voir.

Elle se lécha les lèvres et il émit un petit grognement d'envie.

— Mais pas maintenant, dit-il d'un ton bourru. J'ai besoin d'être en toi tout de suite.

Il s'étira d'un côté, ouvrit un tiroir de la table de nuit et poussa un profond soupir de soulagement.

— Il n'y en a qu'un, dit-il en lui tendant le paquet carré. Tu as dit que tu voulais le mettre la prochaine fois. Dépêche-toi ou je le fais moi-même.

Faith ouvrit l'emballage du préservatif et le glissa lentement le long son membre.

— Il a son chapeau, dit-elle en trouvant sa propre voix étrangement profonde et voilée. Tu comptes aller quelque part ?

— Oui.

Il glissa vers le bas dans le lit jusqu'à placer la bouche au niveau de ses seins et s'attarda longuement, lapant chaque téton, les agaçant de légères morsures jusqu'à ce qu'elle se cabre sous lui. Il suça et mordilla jusqu'à la rendre folle.

— Deacon, je t'en prie, dit-elle en lui saisissant les épaules, enfonçant ses ongles dans les muscles puissants. Je t'en prie.

Il glissa plus bas.

— Juste un petit peu. Pour goûter.

Puis sa bouche fut sur elle, sa langue faisait des choses habiles et éblouissantes. Elle se cabra, alla à sa rencontre, se pressa contre ses lèvres, vacillant au bord de l'orgasme.

Sa bouche s'éloigna, remplacée par son érection qui se glissa en elle, la combla. Il s'immobilisa, baissa lentement les paupières.

— C'est si bon. C'est si bon d'être en toi.

Il ouvrit les yeux et soutint son regard tout en se mettant en mouvement, de longues impulsions somptueuses qui la laissaient pantelante sous lui.

— Tu aimes ça ?

— Oui. Mais plus vite. Plus fort.

Il s'arrêta, puis se dégagea entièrement et s'assit sur ses mollets.

— Mets-toi à genoux. S'il te plaît.

Elle lui obéit et se redressa, puis eut le souffle coupé lorsque les mains de Deacon entourèrent sa taille. Il la retourna. A présent, elle sentait le torse musclé contre son dos et elle était assise sur lui. Il la serra plus étroitement, la fit glisser vers le bas et l'empala, pendant qu'il remontait les mains le long de sa cage thoracique et les refermait sur ses seins.

— Vas-y, chuchota-t-il. Vite et fort.

Elle le fit, amassant le plaisir, celui de Deacon et le sien, sans même se rendre compte qu'il les avait placés face au mur opposé avant de l'entendre murmurer :

— Ouvre les yeux, Faith.

En obtempérant elle hoqueta de surprise. Il les avait mis face au miroir.

— Regarde-nous, lui glissa-t-il à l'oreille.

Son souffle chaud passa contre sa peau. Elle frissonna encore et les regarda. Elle se vit le chevaucher, le visage empourpré, les seins ballottant. Il fit remonter ses bras et les noua derrière sa propre nuque, accentuant ainsi la cambrure de son dos, exposant ses seins pour qu'il puisse les voir et mieux les toucher. Il les pétrit doucement, agaça les pointes, le visage de plus en plus concentré.

— Plus vite, sinon je le ferai moi-même, gronda-t-il.

Elle accéléra le rythme, le cœur battant, jusqu'à ce qu'il vienne avec un sourd rugissement, l'emportant avec lui. Puis, encore frissonnants, ils s'agenouillèrent l'un contre l'autre, reprenant leur souffle, comme les secondes s'étiraient en minutes. Deacon lui embrassa l'épaule.

— Je dois être l'homme le plus heureux du monde à cet instant.

Faith eut un petit rire essoufflé.

— Je ne peux pas bouger. Je ne pourrai plus jamais bouger. On est obligés de rester là.

— Si seulement. Un jour, on pourra. Quand toute cette affaire sera terminée, on partira tous les deux. Juste nous deux. Et on restera au lit une semaine entière.

La réalité fit intrusion, ramenant la tristesse lancinante qui la dévastait lorsqu'elle était allée se coucher. Roxie Dupree. *Oh ! je suis désolée, mon petit.*

— Je n'arrive pas à croire qu'elle est morte. Roxie et tous les autres, tous morts parce qu'il veut m'atteindre.

Les bras de Deacon se refermèrent autour de sa taille et il lui embrassa la tempe.

— Nous l'arrêterons.

— Je sais que tu le feras.

Sur la table de chevet, le réveil sonna et Deacon l'arrêta.

— J'imagine qu'il est temps de s'y remettre, dit-elle.

Elle se laissa glisser du lit et se tourna pour l'embrasser doucement sur la bouche.

— On doit partir à quelle heure ?

— J'ai rendez-vous avec l'équipe à 9 heures. Donc, départ à 8 h 30, au plus tard. Il nous reste du temps.

— Dit le type qui peut se laver les cheveux en trois secondes pile.

Elle secoua la tête et se dirigea vers la salle de bains, où elle trouva tout le nécessaire, comme Adam Kimble l'avait signalé la veille.

Après une longue douche chaude, elle sentit les douleurs de son corps s'estomper. Certaines provenaient de l'accident et du tacle salvateur de Deacon à l'hôtel. D'autres étaient dues à leurs ébats amoureux. Cela faisait bien trop longtemps qu'elle n'avait pas utilisé ces muscles.

Un quart d'heure plus tard, vêtue d'un jean et d'un pull à col roulé, elle rejoignit Deacon dans la cuisine. Torse et pieds nus, il jonglait entre un iPad et son téléphone. Pour la première fois, elle voyait sa chevelure ordonnée.

— Deacon, tu t'es coiffé !

Il se tourna vers elle, un pli narquois retroussait sa bouche si talentueuse.

— Je me coiffe tous les jours, même plusieurs fois. Ils ne restent pas en place, voilà tout, expliqua-t-il, puis il lui montra son téléphone. Ton oncle Jordan m'a envoyé un SMS. Il veut nous rencontrer ce matin. Il dit qu'il a fouillé dans les papiers de ta grand-mère, la nuit dernière, et qu'il a une petite idée quant à l'identité de ceux qui avaient accès à la maison.

— Il connaît peut-être l'existence de cette société d'entretien dont parlait Bishop. Gran a dû probablement signer tous les chèques et tous les contrats.

— Maguire and Sons, avec sa mystérieuse secrétaire. Jordan voudrait nous rencontrer dans un café à Mount Adams, mais je ne peux pas assurer ta sécurité, là-bas. Nous le verrons donc à la cafétéria du CPD à neuf heures. Je vais décaler le rendez-vous de l'équipe à 9 h 30.

— Ça me va.

Pendant qu'il envoyait un message à Jordan, elle suivit du bout du doigt le dessin du tatouage qui encerclait son bras.

— Je n'ai pas renoncé à savoir ce que signifient tes tatouages, tu sais.

Les épaules de Deacon se contractèrent. Elle se pencha pour mieux voir et le gratifia d'un coup d'œil d'avertissement lorsqu'il commença à se dégager.

— Je t'ai vu nu, Deacon. Ne joue pas les timides.

— Je ne suis pas timide.

Non, comprit-elle. Il était perturbé. Quand elle vit mieux le tatouage, elle crut comprendre la raison de son trouble. A l'intérieur des spirales complexes d'une chaîne celtique qui entourait son biceps, des taches blanches rompaient le bronze de sa peau. Elle pressa ses lèvres sur la peau plus pâle.

— Ça vient du syndrome dont Greg m'a parlé, Waardenburg, avec deux *a*, c'est ça ? J'ai lu que ça pouvait causer des pertes de pigmentation des cheveux, des yeux et de la peau.

Il la regarda avec circonspection.

— Pourquoi as-tu demandé à Greg ?

— Parce que, quand j'ai essayé de t'en parler, tu es devenu tout mystérieux. Ecoute, tu détestes peut-être ce truc génétique qui t'affecte mais, si tu t'inquiètes de la manière dont *je* te vois, alors arrête. Je n'ai absolument aucun problème avec ton apparence. Je trouve tes yeux extraordinaires. Tes cheveux sont super. Quand je t'ai vu descendre de ton 4x4, j'ai trouvé que tu ressemblais à une espèce de super-héros sorti d'un film d'action. Je ne crois pas que tu aies besoin des tatouages, même s'ils sont très bien exécutés. Alors, cesse de te tourmenter à ce propos et laisse-moi les regarder.

D'abord, il se renfrogna, puis haussa les sourcils.

— Super-héros ?

Elle lui adressa un grand sourire.

— Ouais. Avec le manteau de cuir et les lunettes de soleil, tu ressemblais… Oh ! zut.

Manteau de cuir.

— Oh ! J'ai presque oublié. Termine de t'habiller. Je reviens tout de suite.

Elle se précipita dans sa chambre pour y prendre le paquet envoyé par Daphne Montgomery, qu'Adam avait posé près de son nécessaire de nuit Hello Kitty. Quand elle revint, Deacon avait enfilé une chemise et passait sa cravate sous son col. Il écarquilla les yeux en la regardant poser le carton sur le comptoir.

— Le colis de Daphne, dit-il. Il est ouvert. Qui a fait ça ?

— Adam a dit qu'il l'ouvrirait dans le bureau de Tanaka pour s'assurer que ce n'était pas une bombe ou un truc dangereux. Au fait, ton cousin a accepté le colis, alors qu'il aurait été plus sage du point de vue de sa carrière de le laisser emporter comme pièce à conviction. Juste pour information.

Sans un mot, il ouvrit les rabats du carton et sa mâchoire se décrocha de surprise.

— Oh ! mon Dieu, souffla-t-il.

Lentement, il sortit le trench de cuir noir et le tint en l'air. Faith regretta de ne pas avoir d'appareil-photo sous la main. L'expression qui se peignit sur le visage de Deacon lui fit venir les larmes aux yeux.

— Où Daphne a-t-elle trouvé ça ? Comment l'a-t-elle eu aussi vite ?

— Elle dit qu'elle l'avait acheté pour l'anniversaire de son mari en guise de plaisanterie. Je ne me vois pas dépenser une somme pareille pour rire.

— Ils sont plus riches que Crésus, murmura-t-il. Je ne peux pas croire qu'elle a dit ça.

Sa pomme d'Adam coulissait le long de sa gorge, pendant qu'il luttait pour surmonter son émotion. Puis il eut un grand sourire.

— Je regrette presque qu'elle ne l'ait pas donné à Joseph, juste histoire de voir sa tête. J'ai toujours su qu'il était jaloux de mon cuir, mais il ne l'a jamais admis.

— Il y a autre chose, là-dedans.

Faith libéra l'objet des pétales de polystyrène et pouffa.

— C'est un nouveau gilet en Kevlar. Il y a aussi un message. « Ne te fais plus tirer dessus. »

Le large sourire de Deacon se mua en une mimique plus nostalgique.

— C'est l'écriture de Joseph.

— Une manière de te dire que tu lui as fait une peur bleue parce qu'il tient à toi ?

— Ouais.

Il s'éclaircit la gorge et enfila le manteau.

— Un peu juste aux épaules. Il faudra que je le dise à Joseph, ajouta-t-il avec un sourire espiègle, cette fois.

Sous le charme, Faith boutonna le manteau.

— Je voulais cacher le colis pour empêcher les fédéraux de l'emporter, parce que je ne voulais pas que tu perdes un autre manteau. Mais Adam a insisté pour s'en charger. Je lui ai dit qu'il risquait d'avoir des ennuis, mais il a répondu qu'il avait une dette envers toi. J'espère qu'il ne provoquera plus de nouvelle dispute entre vous.

— Moi aussi, dit Deacon, puis il fronça les sourcils. Je peux oublier tout ce qu'il m'a dit, mais une de ses décisions risque d'avoir un impact sur toi. Hier matin, il a appelé ton patron pour vérifier si tu avais effectivement été embauchée et il lui a balancé que tu étais impliquée dans une enquête criminelle. Je n'avais absolument pas prévu qu'il ferait une chose pareille. Ni qu'il agirait de son côté, sans en parler.

La surprise initiale de Faith fut balayée par une bouffée de colère. Mais ses années d'expérience professionnelle prirent le relais, lui donnant un aperçu des motivations d'Adam Kimble, qu'elle le veuille ou non.

— Il s'était forgé une opinion bien arrêtée sur moi. Sur la personne que j'étais. Il n'avait pas l'avantage de savoir la vérité. Toi non plus, d'ailleurs. Mais ça ne t'a pas empêché de me traiter avec respect. Ton comportement a dû le mettre hors de lui.

— Et, si jamais tu perds ton travail, seras-tu aussi compréhensive ?

Elle haussa les épaules.

— Ce ne serait pas la première fois que je me ferais licencier parce que mon patron a cru à des allégations fantaisistes. Cela dit, ils ne m'ont pas encore virée…

Au moins, l'absence de réponse à son mail de la veille paraissait plus logique.

— Et de toute façon, quand je serai disculpée, s'ils veulent me renvoyer malgré tout, c'est moi qui n'aurai plus envie de travailler avec eux, ajouta-t-elle.

Une brève grimace d'inquiétude crispa le visage de Deacon.

— Tu comptes quitter l'Ohio ?

— Je n'ai jamais dit ça. En ce moment précis, alors que je suis avec toi ? Il n'en est pas question.

En voyant son sourire heureux, elle eut les genoux flageolants.
— Parfait. Il est temps d'aller rencontrer ton oncle.

Est du Kentucky
Mercredi 5 novembre, 8 h 45

Corinne se réveilla en sursaut, le cœur battant, le souffle lourd et laborieux. Où… ? *Ah, oui.* L'affût de chasse dans la forêt. L'évasion pour échapper au fou. *Les bocaux remplis d'yeux.*

Elle cilla, le plafond lui apparut plus nettement. La petite pièce n'était plus plongée dans l'obscurité totale, mais la lumière n'était pas encore complètement installée. *Le lever du soleil.* Elle avait dormi pendant presque douze heures. *J'en avais besoin.* Elle tourna la tête et découvrit une place vide, à côté d'elle. *Roza.* Corinne se redressa brusquement.

Et pressa la main sur son cœur qui s'était emballé, en un geste de soulagement. Assise dans un coin de l'abri exigu, Roza buvait de la soupe froide à même la boîte. Une autre boîte vide était posée à ses pieds. La gamine observait tous les gestes de Corinne avec circonspection.

— J'ai cru que tu étais partie, dit Corinne d'une voix éraillée, la gorge plus sèche que le vent du désert.

Roza la regarda comme si elle était devenue folle.

— Et pour aller où ?

— Très juste, dit Corinne avant d'examiner leurs provisions. Il ne nous reste pas grand-chose.

— J'ai pas tout mangé, lança Roza sur la défensive. Je t'ai laissé deux boîtes de soupe.

— C'est parfait, ma chérie. C'était plus de l'étonnement en me demandant comment une pile aussi petite avait pu peser si lourd quand je la transportais. Comment vont tes pieds ?

— J'ai mal.

Roza avait enlevé ses chaussures, révélant de vilaines ampoules suintantes.

— Moi aussi. Je déteste avoir à te dire de remettre tes chaussures, mais nous devons encore marcher un peu.

— Non, gémit Roza. Non, je t'en prie.

— Tu sais qu'il nous cherche. Et, *toi*, tu sais à quoi il ressemble.

La peur emplit les yeux de la gamine.

— Il me tuera parce que j'ai aidé ton amie.

— Je ne le laisserai pas faire. Mais il faut que tu marches, même si tu as mal aux pieds. C'est ce que font tous les bons soldats.

Roza prit un air sombre.

— Et je vais le tuer.

Corinne soupira.

— Mets tes chaussures, mon chou.

Elle lutta pour se mettre à genoux, chaque articulation de son corps était douloureuse. *Allez, secoue-toi, soldat !* Elle se traîna jusqu'à la fenêtre. *Rien à signaler.*

En matière d'affût de chasse, celui-ci était de premier choix. Excellente visibilité. Au sec. Perché à un mètre quatre-vingts du sol. L'endroit les avait protégées des bestioles qui rôdaient certainement dans le coin. *Si j'avais un fusil, je resterais ici et je lui mettrais une balle dans son putain de crâne, quand il se pointerait.* Mais elle n'avait pas d'arme à feu. Elle ne disposait que de quelques couteaux de cuisine et d'une pelle.

Et elle avait besoin d'uriner.

— Je vais descendre la première. Reste ici jusqu'à ce que je t'appelle. S'il m'arrive quelque chose, tu te sauves en courant, compris ? Tu retournes près du panneau et tu continues à courir dans la direction de la Route 60.

Elle attendit que Roza hoche la tête, avant de saisir le bord de la fenêtre et de se hisser sur ses pieds. Serrant les dents, elle laissa la douleur refluer, puis saisit la pelle et les couteaux, juste au cas où les bestioles s'approcheraient trop. Elle tendit un couteau à Roza.

— Prends ça. Au cas où. Garde-le bien. On pourrait en avoir besoin.

Roza prit le couteau d'un air solennel.

— Je ne le perdrai pas, Rine.

— Très bien.

Corinne descendit l'échelle, puis trouva un peu d'intimité derrière un arbre. Alors qu'elle s'apprêtait à regagner le terrain découvert, un bruit de pas se fit entendre dans son dos. Elle pivota pour y faire face, le cœur battant dans sa gorge.

Et fut horrifiée de le découvrir devant elle.

C'est lui. Il nous a retrouvées. Elle recula et trébucha lorsqu'une de ses bottes trop grandes accrocha une racine.

— Non, chuchota-t-elle. Non.

— Je ne vais pas vous faire de mal, dit-il d'un ton apaisant en s'approchant. Je vous cherchais.

Tu m'étonnes. Corinne scruta le visage de l'homme, enregistra chacun de ses traits. Elle raffermit sa prise sur le manche du couteau, plaçant son avant-bras de manière à lui dissimuler la lame.

Il se rapprocha, paumes tendues, comme s'il n'avait vraiment pas l'intention de lui faire mal.

Elle attendit… attendit… Et, au premier mouvement qu'il ébaucha, elle frappa, de bas en haut, lui plongeant la lame dans le ventre aussi profondément qu'elle le pouvait.

La surprise et le choc vidèrent le visage de l'homme de toute expression, puis il baissa les yeux sur le couteau qui dépassait de son abdomen.

— Putain ! Mais tu m'as planté !

Il avança d'un autre pas chancelant et arracha l'arme de son ventre.

Corinne feinta vers la gauche, puis bondit à droite pour attraper sa pelle. Il se déplaçait beaucoup plus lentement, maintenant, une main crispée contre sa blessure, mais il bougeait encore. Rassemblant ses forces, elle courut se placer derrière lui, brandissant la pelle avec la poignée droit devant, comme une baïonnette. Elle frappa fort, puis sauta sur le côté, laissant son élan l'emporter, alors qu'il tombait sur un genou.

— Roza ! hurla-t-elle. Sauve-toi ! *Cours !*

Roza apparut à la porte, jeta un coup d'œil à Corinne et obéit. Elle dévala l'escalier et se rua dans la direction d'où elles étaient venues.

— Stop ! cria-t-il. Ne fais pas ça. Je suis venu pour…

Corinne changea sa prise sur la pelle et, la balançant comme une batte de base-ball, elle atteignit l'homme à l'arrière de la tête.

Il tomba. Enfin. Face contre terre, il ne bougeait plus.

Corinne se pencha, les mains sur les cuisses, haletante, en sueur. Elle tremblait comme une feuille.

— Je sais ce que tu es venu faire, espèce de salopard, cracha-t-elle.

Prends-lui ses clés, se dit-elle. *Son téléphone. Et n'oublie pas son arme.* Elle se rapprocha de l'homme et se pencha pour lui fouiller les poches.

Il bougea à la vitesse de l'éclair et lui saisit la cheville, serrant comme un étau. *Ou des fers.* Sans hésiter, elle lui abattit de nouveau la pelle sur la tête. Puis elle partit en courant comme si elle avait le diable à ses trousses, sans regarder en arrière avant d'avoir rejoint Roza près du panneau indicateur.

— Il est mort ? Tu l'as tué ? demanda la petite, tout essoufflée.

— Je ne sais pas. Je crois que je l'ai assommé, mais il n'arrêtait pas de se relever.

Elle attrapa la main de Roza.

— Allons-y. Partons avant qu'il ne nous retrouve. *Cours.*

Cincinnati, Ohio
Mercredi 5 novembre, 9 h 3

— Oncle Jordan !

Faith se leva en voyant approcher son oncle et lui fit signe de les rejoindre à la table où Deacon et elle étaient déjà installés.

— Il n'a pas l'air terriblement impressionné par notre hospitalité, murmura Deacon.

La cafétéria du central était en réalité une salle de repos, qui avait gagné ce titre grâce à l'adjonction de quelques tables et de nombreux distributeurs. Trop de flics carburaient à la caféine et au sucre. La plupart des matins,

Deacon était de ceux-là. Mais, cette fois, il s'était réveillé avec Faith et son sang courait toujours comme un torrent dans ses veines.

Par contraste, Jordan O'Bannion avait l'air d'avoir avalé un parapluie.

— Jordan aime la porcelaine fine et les théières en argent, dit Faith avec un sourire. Il dit toujours que, son idée de la « vie à la dure », c'est un Holiday Inn sans service d'étage.

Quand Jordan s'arrêta près d'eux, elle se pencha pour l'embrasser sur la joue.

Jordan considéra la banquette de vinyle, rapiécée au scotch, avec appréhension. Faith éclata de rire.

— Je l'ai essuyée avant ton arrivée, assura-t-elle. C'est propre.

L'oncle s'installa en face de Deacon, comme celui-ci l'avait prévu. Il avait organisé leur disposition pour que l'homme prenne place le plus loin possible de Faith. Pas question de prendre le moindre risque, même entre les murs du central.

Les yeux de Jordan étaient moins gonflés que la veille et il semblait sobre. C'était encourageant. Néanmoins, il avait le visage empourpré, des gouttes de sueur perlaient sur son front et sa lèvre supérieure. Ses gestes étaient empreints d'une certaine fébrilité que Deacon reconnaissait, grâce aux rares fois où son propre père avait tenté de se débarrasser de sa dépendance. *Il doit vraiment avoir besoin d'un verre.*

— Monsieur O'Bannion, merci d'avoir accepté de nous rencontrer ici, dit-il. Il nous est plus facile d'assurer la sécurité de Faith au central.

— Bien sûr. Je comprends tout à fait.

O'Bannion prit un instant pour observer le visage de sa nièce.

— Par rapport à hier, tu as l'air d'aller beaucoup mieux. J'espère que tu as pu te reposer.

— C'est le cas, merci. D'après l'agent Novak, tu aurais des informations à nous communiquer.

— Peut-être. Je ne sais pas vraiment ce que vous cherchez et je ne comprenais pas toujours ce que j'avais sous les yeux. Mais, d'abord, je t'ai apporté ça.

Il poussa un vieux modèle de téléphone à travers la table vers Faith.

— J'aimerais pouvoir te joindre en personne, sans passer par l'agent Novak, continua-t-il. Bon, ce n'est pas un modèle récent avec toutes les options, mais tu peux recevoir des appels et envoyer des SMS.

Il lui adressa un regard de réprimande et ajouta :

— Ton père m'a demandé de te procurer un téléphone parce qu'il s'inquiète. J'en avais un vieux dans un tiroir de mon bureau, qui a encore quelques minutes de communication.

Deacon prit l'appareil et l'examina, sans pouvoir se défaire d'un léger sentiment de malaise.

— Pourquoi avez-vous un téléphone prépayé en votre possession, monsieur O'Bannion ?

— C'est celui de ma gouvernante. Mary n'a jamais pu s'offrir un smartphone, je lui ai donc donné celui de mère, dit-il avec un haussement d'épaules contrit. La pauvre n'en a plus besoin, maintenant.

L'explication tenait debout et l'oncle de Faith avait un alibi pour toutes les agressions, songea Deacon. Néanmoins, son malaise persistait. Dans une certaine mesure, la tension de Jordan le contaminait peut-être.

— Merci pour le téléphone. J'allais justement en chercher un pour Faith, aujourd'hui, alors vous m'avez épargné le déplacement. Bien, maintenant, voulez-vous bien nous parler de vos informations ?

— J'ai passé la soirée à fouiller dans les papiers de mère et j'ai trouvé le nom de la société dont vous m'avez parlé hier, celle qui s'occupe de l'entretien du domaine. C'est Maguire and Sons, ils ont un bureau à Mount Carmel.

Il tendit une facture à Faith.

— Elle les payait tous les six mois, ajouta-t-il. Et très bien, d'ailleurs. Je dois dire que les tarifs m'ont étonné. Si je l'avais su, j'y aurais mis un terme depuis longtemps.

Faith remit le document à Deacon.

— Pourras-tu me transmettre tous les reçus, Jordan ? Si je finis par garder la maison, j'aimerais les avoir pour servir de références.

Deacon cacha sa surprise. Soit elle avait drastiquement changé d'avis à propos de la maison, soit elle faisait un numéro au bénéfice de son oncle.

En revanche, Jordan ne se soucia pas de cacher son étonnement.

— Tu envisages sérieusement de garder cette maison, Faith ? C'est une grosse responsabilité, tu sais. Mère dépensait bien trop pour l'entretenir, alors qu'elle était inoccupée. Y vivre va te coûter une vraie petite fortune.

— En arrivant ici, j'avais l'intention de la garder. Maintenant, j'hésite. Mais, même si je décide de la vendre, il me faudra sans doute un moment pour trouver un acheteur. Entre-temps, il va bien falloir l'entretenir. Je vais essayer de négocier avec la Société historique, ils seront peut-être d'accord pour partager les frais.

Jordan parut soucieux.

— Ils voulaient mettre la maison sur le registre national et mère n'aurait pas voulu ça.

— Pourquoi ? demanda Deacon. J'aurais pensé qu'elle voudrait que la maison soit protégée et qu'on puisse en jouir.

— En effet… A condition que ça soit au bénéfice des O'Bannion. Elle n'avait aucune intention de la partager avec le public. Mère souhaitait que Faith reçoive la maison en espérant qu'elle se remarierait et la remplirait d'enfants, dit Jordan, puis il se tourna vers sa nièce avec un sourire affectueux. Tu sais comme elle était. Elle ne perdait jamais espoir.

Faith leva les yeux au ciel.

— Je sais.

— Dans ce cas, pourquoi a-t-elle permis que le cimetière figure dans le registre national ? voulut savoir Deacon.

— C'est à l'extérieur, et elle savait qu'elle ne pourrait pas empêcher les mordus de la guerre de Sécession de venir le visiter. Elle s'était dit qu'en confiant la protection du cimetière à la Société historique cela éviterait qu'il ne soit vandalisé. Elle aimait ce vieux tas d'ossements, tous, jusqu'à ceux du colonel Zeke…

— … O'Bannion du 6e d'infanterie de l'Ohio, compléta Faith. Je sais. J'ai entendu toutes les histoires, d'abord de Gran, ensuite de ma mère.

Le regard de Jordan s'assombrit.

— Maggie aimait aussi cet endroit. Mais, sérieusement, je crois que tu devrais y réfléchir à deux fois avant de parler à la Société historique. J'ai trouvé cette lettre que mère leur a écrite et ça m'a poussé à vous contacter ce matin. Elle ne l'a jamais expédiée.

Datée de l'année précédente, la lettre imprimée était signée « Barbara O'Bannion ».

Faith se pencha par-dessus le bras de Deacon pour lire en même temps que lui.

— Elle est mécontente du jardinier qui prenait soin du cimetière, murmura-t-elle, puis elle fronça les sourcils. Elle l'a vu sortir de la maison ? Comment ? Elle n'est jamais retournée là-bas, n'est-ce pas, Jordan ?

Deacon relut la lettre, le fourmillement du malaise s'affirmait. Une lettre non expédiée, signée par la mère défunte de Jordan, leur indiquant un nouveau suspect, qui surgissait de nulle part… C'était peut-être vrai, mais l'instinct de Deacon trouvait tout cela terriblement commode. Ça… sonnait faux.

— C'est pour cela que j'ai demandé à vous voir, dit Jordan. Je ne l'ai jamais emmenée là-bas. Elle avait les hanches fragiles. Une chute aurait suffi à l'envoyer à l'hôpital. Et toi ?

— Non ! Pour la même raison.

— C'est bien ce que je pensais, mais je tenais à vérifier. Je n'ai jamais vraiment su ce que vous faisiez toutes les deux quand tu venais lui rendre visite et que j'allais peindre dans mon atelier. Alors, je me suis dit qu'elle t'avait peut-être persuadée de l'emmener là-bas.

— Elle a souvent essayé, mais j'ai toujours refusé. Pour commencer, je ne me serais pas risquée à lui faire descendre ces escaliers étroits qu'il y a dans ta maison. Vraiment, Jordan, tu me crois aussi irresponsable ? ajouta-t-elle, visiblement affectée.

— Navré, je n'avais pas l'intention de t'offenser. La seule autre personne qui pourrait l'avoir emmenée là-bas, c'est Henson senior. Il lui obéissait au doigt et à l'œil.

— Il a déclaré qu'il ne s'était pas rendu à Mount Carmel depuis l'enterrement de votre mère, Faith, dit Deacon d'une voix calme.

Faith prit la lettre, perplexe.

— C'est bien la signature de ma grand-mère. Qui sait, elle a peut-être imaginé cette visite au cimetière ? Je n'avais pas l'impression qu'elle avait l'esprit troublé, mais ça a pu m'échapper.

— D'accord avec toi, admit Jordan. Mais, le jour où nous l'avons enterrée, il était là. Le jardinier, bien sûr. Il se tenait à la porte, son chapeau à la main. J'ai été surpris, parce que ce n'était pas le jour où il venait tondre, d'habitude. Mais je me suis dit qu'il était venu par curiosité ou peut-être pour s'assurer que le portail serait bien refermé, ensuite. En tout cas, je pensais que vous deviez le savoir. Si le jardinier avait accès à la maison…

Deacon glissa la lettre dans un sachet à indices. Bishop avait vérifié les antécédents du jardinier, qui était presque aussi vieux que Henson senior et avait un alibi. Tout comme Henson senior, d'ailleurs. Et, une fois de plus, Jordan était déjà hors de cause, alors, pourquoi mentir ?

La lettre pouvait être une pièce à conviction parfaitement valable. Deacon l'espérait, mais quelque chose ne sonnait pas juste.

— Nous vérifierons cette piste. Merci, monsieur O'Bannion, dit-il poliment.

Jordan se pencha au-dessus de la table et déposa un baiser sur la joue de Faith.

— Sois prudente, fillette. Il ne reste plus que nous deux, maintenant. Appelle-moi dans la journée, si tu as une minute. J'ai besoin d'avoir régulièrement de tes nouvelles.

— Compte sur moi. Merci.

Toujours troublée, elle le regarda partir, puis elle se tourna vers Deacon.

— Je n'ai jamais pensé que Gran souffrait de démence, mais elle avait tout de même quatre-vingt-quatre ans.

— Avant que tu ne t'engages dans cette voie, voyons d'abord ce que le jardinier a à dire.

Il lui prit son nouveau téléphone et le glissa dans la poche de son nouveau manteau de cuir en notant mentalement qu'il devait appeler Daphne pour la remercier.

— Quoi ? demanda-t-il à Faith qui lui adressait un regard fulminant.

— Pourquoi tu me confisques encore un téléphone ? lâcha-t-elle. Celui-là n'est ni cassé ni piraté.

Deacon espérait qu'elle avait raison, mais il avait choisi de se fier à son instinct.

— Parce que je suis un type parano, qui a assisté à deux tentatives de meurtre dont tu étais la cible.

Elle écarquilla les yeux.

— Tu crois que Jordan est le meurtrier ? Mais il a un alibi. Tu l'as dit toi-même. Et, s'il était suspect, je le sentirais, tu ne crois pas ? Bon sang, Deacon.

Elle semblait si interloquée que Deacon fut tenté de lui rendre l'appareil. En vérité, il ne pensait pas que Jordan O'Bannion se lancerait dans une activité où il risquait d'érafler ses Ferragamo étincelantes. Et il le voyait encore moins arracher les organes des corps de victimes mortes.

— En effet, il a un alibi. Et, non, je ne le place pas au niveau de Stone et des autres en termes de suspicion. Mais laissons Tanaka vérifier le téléphone, d'accord ? Pour ma tranquillité d'esprit.

— D'accord, consentit-elle avec un soupir théâtral. J'en étais à me demander si tu ne préférais pas que je continue à être privée de téléphone pour rester dépendante de toi.

Il agita les sourcils.

— Ciel ! Me voilà démasqué !

Elle leva de nouveau les yeux au ciel.

— Tu peux t'estimer heureux d'avoir tant de charme, Novak.

Deacon rejeta la tête en arrière et éclata de rire.

— Du charme ? Personne ne m'a jamais dit une chose pareille. De l'avis général, je serais plutôt un emmerdeur.

— C'est parce qu'ils ne te voient pas comme je te vois, dit-elle, d'un air suffisant.

— Ou comme tu m'as vu il y a deux heures, dit-il en baissant la voix.

Il eut la satisfaction de la voir frémir et remarqua que ses joues rosissaient joliment.

— Et j'espère bien te revoir très bientôt dans les mêmes circonstances. Alors, dépêche-toi de résoudre cette affaire, dit-elle avec légèreté.

Puis, son sourire se ternit.

— Je t'en prie, ajouta-t-elle dans un chuchotement. Nous devons absolument l'arrêter.

28

Cincinnati, Ohio
Mercredi 5 novembre, 9 h 45

Assise au bureau de Deacon, Faith regardait dans le vide. La situation était donc si épineuse qu'il avait ressenti le besoin de vérifier qu'un cadeau de son oncle n'était pas un cheval de Troie destiné à la prendre au piège ?

Epineuse, c'était bien le mot. Que dire d'autre, alors que deux photos dans la colonne des suspects du tableau d'affichage représentaient des gens de sa propre famille ?

Et Combs ? Où se trouvait-il ? De quelle manière s'intégrait-il à cette affaire ?

Elle baissa les yeux sur son ordinateur, posé sur le bureau. Et pourquoi n'avait-elle pas encore eu de nouvelles de son nouveau patron ? D'un geste résolu, elle décrocha le combiné de la ligne fixe et composa le numéro de la banque.

— Monsieur Burns ? Ici Faith Corcoran.

Elle avait rempli tous ses papiers professionnels sous son nouveau nom, leur indiquant que son changement d'identité était lié à son divorce.

— Je vous ai envoyé un mail, hier, pour vous prévenir que j'avais eu un accident de voiture, qui m'a empêchée de venir au bureau. L'avez-vous reçu ?

— Oui, docteur Corcoran, je l'ai eu.

Mauvais signe, songea-t-elle en constatant qu'il n'ajoutait rien.

— J'espérais que la situation serait déjà réglée, mais ce n'est pas le cas. Quelle est la politique de la compagnie dans des situations comme celles-ci ?

Un silence gêné se prolongea à l'autre bout du fil, puis Burns finit par répondre.

— Nous avons reconsidéré votre embauche. Je suis désolé de vous dire que nous avons choisi de nous séparer de vous.

Cette fois, le silence s'établit aux deux bouts de la ligne. Encore plus crispé côté Burns, mais bouillant de colère chez Faith.

Elle avait beau avoir pris l'enquête sauvage de Kimble du bon côté lorsqu'elle en avait discuté avec Deacon, en réalité, elle ne voulait vraiment pas perdre son boulot. *Au moins, j'ai une maison*, songea-t-elle sarcastiquement.

— Et sur quel élément avez-vous précisément fondé votre décision ?

— Sur l'appel que nous avons reçu hier. C'était un lieutenant de la criminelle qui vous citait comme suspecte dans une enquête pour meurtre.

Je ne suis pas la suspecte, espèce de sale enfoiré. Je suis la putain de cible.

— J'ai bien peur qu'on vous ait donné des informations erronées. Je ne suis pas une suspecte. Avez-vous simplement envisagé que ça puisse être faux ?

— Nous ne pouvons pas nous offrir le luxe de prendre ce genre de risques. Nous sommes une vieille institution, nous avons des actionnaires à protéger et aucun d'entre eux n'accepterait d'être éclaboussé par cette affaire.

Eclaboussé ?

— Très bien. J'aimerais que vous me signifiiez votre décision par écrit.

Burns observa une pause circonspecte.

— Pour quel usage ?

— Pour mes dossiers personnels, bien sûr. Et aussi parce que la plupart des journalistes veulent de la documentation.

— Des journalistes ?

— Oui. Au revoir, monsieur Burns.

Faith raccrocha et fixa un long moment le combiné.

Curieusement, elle ne tremblait pas. Elle n'avait pas l'estomac barbouillé. Elle ne redoutait pas d'être incapable de payer ses factures. Hormis un léger agacement en songeant à l'intervention de Kimble et une colère noire, après avoir été confrontée à l'attitude égocentrique de la banque, elle n'était pas réellement bouleversée.

Elle ne se faisait pas de souci. Ne se tracassait pas. En réalité, c'était libérateur. Quand ce cauchemar serait terminé, elle envisageait de recommencer à pratiquer ce qu'elle faisait si bien — s'occuper des victimes.

Elle possédait une vingtaine d'hectares de très bonnes terres. En les vendant, elle aurait de quoi vivre dans l'aisance. Et, si la réputation du domaine décourageait les acheteurs, elle attendrait que les choses se calment.

En tout cas, elle ne céderait pas l'ensemble de la propriété. Elle pourrait garder une certaine superficie autour de la maison, comme un mémorial dédié aux dix femmes qui y étaient mortes.

Après une brève recherche sur son ordinateur, elle choisit une agence immobilière locale, court-circuitant l'agence recommandée par Me Henson senior. L'ensemble de la situation avec Maguire and Sons démontrait bien que, dans le meilleur des cas, il était aveugle aux transactions de son cabinet, en particulier celles qui impliquaient son petit-fils. Dans le pire des cas, il était malhonnête. De toute façon, dorénavant, elle choisirait ses propres fournisseurs de services.

En temps normal, elle aurait ajouté la nouvelle agence immobilière au répertoire de *son téléphone*, ou aurait enregistré un mémo vocal sur *son téléphone*.

— Quand une femme moderne se retrouve obligée d'avoir recours au papier et au crayon, on peut dire que c'est une triste journée, marmonna-t-elle, sans songer à utiliser son ordinateur.

Le bureau de Deacon était complètement vide.

En revanche, sur celui de Bishop trônait un mug aux armes des Cincinnati Bearcats, rempli de crayons. Faith en emprunta un, puis chercha une feuille. La seule autre chose posée sur le bureau était un épais dossier, maintenu fermé par un élastique. Un post-it était collé sur la couverture : *Lt Bishop, comme vous l'avez demandé, voilà une copie des documents trouvés dans la chambre de C. Longstreet.*

Faith chercha une feuille vierge autour du dossier en essayant de ne pas être trop indiscrète, mais un des documents attira son attention. Le haut d'une feuille au format légal dépassait de la liasse et le logo de l'expéditeur, à peine visible, lui semblait cependant très familier.

Elle se pencha pour mieux voir et sut immédiatement d'où lui venait ce sentiment de familiarité. Elle l'avait vu la veille, lorsqu'elle avait sorti le testament de sa grand-mère de son coffre, à l'hôtel, pour le remettre à Deacon. Il s'agissait du logo du cabinet de l'avocat de sa grand-mère, Henson and Henson.

Pourquoi une étudiante de fac posséderait-elle de la correspondance émanant d'un cabinet juridique dont les plus jeunes clients étaient septuagénaires ? Un cabinet dont un des associés figurait sur le tableau d'affichage de l'équipe, côté suspects.

Elle tendit machinalement la main, mais l'enleva tout aussi instinctivement. C'était le dossier de Bishop. Ces documents faisaient partie d'une enquête. *Qui est centrée sur ma putain de maison, après tout !*

Elle fit glisser la feuille hors du dossier avec soin. Il s'agissait d'un courrier, daté de deux ans, adressé à Corinne Longstreet, l'avisant que, compte tenu de la qualité de sa lettre de motivation et en témoignage de gratitude pour avoir servi dans l'armée des Etats-Unis, elle bénéficiait d'une bourse d'études.

Faith regarda la signature, son sang se mit à battre sourdement à ses oreilles. Ses genoux se dérobèrent et elle se laissa tomber dans le fauteuil de Bishop. *Non, non, non.* C'était impossible. Mais le paraphe, inscrit noir sur blanc, lui disait le contraire.

— C'est donc ainsi que tout est relié, murmura-t-elle.

Elle se leva avec effort, ignorant ses genoux flageolants, marcha jusqu'à la salle de conférences et frappa à la porte.

— Pardon de vous déranger, mais je dois vous montrer quelque chose. C'est important.

Deacon se tenait devant le tableau d'affichage, où il venait d'épingler la lettre que Jordan venait de leur apporter. Il s'empressa de lui proposer une chaise.

— Assieds-toi, tu es blanche comme un linge.

Faith prit place et posa le document qu'elle avait trouvé sur la table.

— J'ai vu ça sur votre bureau, lieutenant Bishop. J'ai reconnu le logo de l'en-tête et… Je l'ai pris dans le dossier des papiers de Corinne. Vous pourrez me crier dessus plus tard, si vous voulez, ajouta-t-elle en voyant Bishop ouvrir la bouche, probablement dans cette intention. Il s'agit d'une lettre envoyée par Herbert Henson senior à Corinne, qui l'informe qu'elle bénéficie d'une bourse d'études. La lettre est signée par Barbara O'Bannion. Ma grand-mère.

Elle laissa échapper un soupir silencieux.

Cincinnati, Ohio
Mercredi 5 novembre, 10 h 30

Faith pensait que Deacon et Bishop allaient être surpris. Au lieu de cela, ils affichèrent des mines lugubres.

— Ah ! La fameuse fondation Joy O'Bannion frappe de nouveau, murmura Bishop.

— Si Faith meurt sans laisser d'héritiers ou de testament, le domaine reviendra à la fondation, précisa Deacon.

— Et, à en croire Jeremy, Jordan a détourné de l'argent de la fondation, il y a vingt-trois ans, ajouta Bishop.

Faith ouvrit des yeux ronds.

— Première nouvelle !

Bishop haussa les épaules.

— Toujours d'après Jeremy, c'est pour cette raison que Jordan a révélé son homosexualité à leur père. Pour détourner Tobias des accusations de Jeremy. Ça s'est passé peu de temps avant la mort de votre grand-père.

— Et Jeremy a été renié, ajouta Faith. Les accusations contre Jordan ont dû passer inaperçues dans l'agitation.

Mais les accusations de Jordan contre Jeremy ont atteint leur but.

— L'équipe a mentionné la fondation, mais j'aimerais avoir une description plus précise de son fonctionnement, dit Isenberg.

— Eh bien, mes grands-parents ont eu huit enfants, mais seuls quatre d'entre eux ont dépassé le stade de la petite enfance. Joy, ma mère et puis

Jeremy et Jordan, les jumeaux. Joy était encore une fillette quand elle est tombée malade et son traitement a fortement entamé les avoirs de la famille.

— Jeremy a dit qu'ils étaient pauvres, dit Deacon.

— C'est tout relatif, rectifia Faith. Selon mon père la famille aurait pu vivre très confortablement dans une maison normale, mais Tobias, mon grand-père, était déterminé à garder le domaine intact. C'est à cause de ça que papa ne lui a jamais témoigné de respect. A la mort de Joy, ils avaient beaucoup dépensé en frais médicaux, et il ne restait plus de quoi garder la maison et payer les impôts. Alors… Tobias a mis un plan sur pied et l'a exécuté. Gran ne lui a peut-être jamais pardonné. En tout cas, je sais que ma mère lui en a toujours gardé rancune. La famille de Gran possédait une propriété assez considérable au nord de la ville, vers Liberty Township. Elle était la dernière des Corcoran et tout lui appartenait. Des centaines d'hectares.

— C'est Westchester, maintenant, dit Isenberg. Il y a des lotissements à perte de vue, là-bas.

— Seulement parce que Tobias a vendu les terres de Gran, sans la prévenir. Elle m'en a parlé une fois. Je ne l'avais jamais vue pleurer, même à la mort de ma mère. Mais, quand elle m'a raconté que son mari avait vendu les terres des Corcoran, elle a craqué. A l'époque où il a fait ça, elle était encore dévastée de chagrin après la mort de Joy et son médecin lui avait prescrit des sédatifs. Tobias lui a fait signer une procuration et il a vendu la propriété. Il n'a jamais parlé à personne de ce qu'il avait fait. Je ne crois pas que Gran ou ma mère savaient combien avait coûté le traitement de Joy. Quant à Jordan et Jeremy, ils étaient trop jeunes pour comprendre. Ils n'avaient que cinq ans.

Faith prit une profonde inspiration avant de continuer :

— Cette propriété des Corcoran représentait beaucoup aux yeux de ma mère, qui était la seule fille survivante. Mais, le jour de son vingt et unième anniversaire, elle a découvert que son héritage maternel avait été vendu. Papa et elle venaient de se marier. J'étais déjà en route. Elle était censée récupérer une partie de la propriété et avait l'intention d'y faire construire une maison. Mais elle a découvert qu'il n'y avait plus de terres. Une partie du produit de la vente avait servi à acquitter les impôts du domaine O'Bannion, une partie avait restauré la fortune de la famille et le reste avait été consacré à la création de la fondation en mémoire de Joy, pour aider d'autres enfants.

— Il a donc vendu l'héritage de votre mère pour aider d'autres enfants ? Quelles étaient ses motivations ?

— Il aimait se présenter comme un philanthrope. Peut-être avait-il vraiment besoin d'honorer la mémoire de Joy à sa manière ? Je n'en sais rien. Ma mère disait que la mort de Joy les avait tous détruits, chacun d'une manière différente. La plupart du temps, elle éprouvait du ressentiment envers la fondation, même s'il lui arrivait d'en être fière. Elle ne niait pas l'importance de ces jeunes gens malades, mais elle aurait voulu bénéficier d'une partie de l'argent. Tobias n'a pas gâté ses enfants survivants. Même si la famille était plus que bien nantie, à partir de l'âge de dix-huit, ils ont dû assurer eux-mêmes leur subsistance. Ma mère a trouvé un emploi dans l'administration de Mount St Mary's[1]. C'est d'ailleurs là-bas qu'elle a rencontré mon père. Il était séminariste et il a finalement décidé de renoncer à prononcer ses vœux pour l'épouser. Quelques années plus tard, Jeremy a épousé une femme riche qui l'a envoyé en fac de médecine.

— Della Yarborough, dit Deacon. Stone et Marcus sont ses fils, d'un premier mariage.

— Et, ensuite, elle et Jeremy ont eu Audrey. Jordan est entré en fac de droit mais, après la mort de Tobias, il a laissé tomber et s'est mis à la peinture… Et il a aussi dû s'occuper de Gran. Jordan n'a jamais été studieux, il préférait faire la fête, mais j'ai du mal à croire qu'il a piqué de l'argent à la fondation.

Deacon leva un sourcil d'un air de défi.

— Parce qu'il ne serait pas capable de faire une chose pareille, c'est ça ?

Faith sourit.

— Non. Parce que la fondation est gérée de très près par un groupe qui se situe en dehors de la famille.

— Par Herbert Henson ? demanda Deacon.

— Pour certains aspects, visiblement. Ils sont chargés de distribuer les bourses, répondit-elle en tapotant le courrier expédié à Corinne. La fondation est dirigée par un conseil d'administration et possède son propre comptable. Tobias était le patron à sa mort, un des membres du conseil a repris les rênes, mais lui aussi est mort. La présidence du conseil est un poste électif. Gran n'a jamais eu de droit de vote mais, comme elle signait les chèques, elle avait un contrôle total sur les bénéficiaires.

Elle leur indiqua de nouveau la lettre.

— Et c'est elle aussi qui assurait la correspondance avec les bénéficiaires. En tant que membre de la famille, j'ai aussi une position sans droit de vote. J'imagine qu'à un moment donné on attend de moi que je prenne le relais de Gran en ce qui concerne la signature des chèques et la correspondance.

Bishop intervint :

— Pourquoi vous ? Pourquoi pas Jordan ?

— Gran l'a fait spécifier dans son testament. Je crois qu'elle s'inquiétait pour Jordan. Surtout à cause de son penchant pour l'alcool.

— Est-ce que Jordan et Jeremy siègent au conseil ? demanda Isenberg.

1. Célèbre université catholique du Maryland. (NdT)

— Jordan a une position sans droit de vote, comme la mienne. Jeremy n'en a même pas bénéficié.

Bishop prit une expression songeuse.

— Quelle est la valeur nette des fonds de la fondation ?

— Cinq millions. Parfois, un peu plus. Ça dépend des fluctuations du portefeuille d'actions. De toute façon, à sa mort, Tobias a créé la sensation en léguant tout l'argent de la famille qui n'était pas déjà dans la fondation…

— A la fondation, acheva Deacon. Jeremy nous a indiqué que Jordan a été plutôt ulcéré par cette décision.

— Ma mère l'était aussi. Papa et elle se sont disputés à ce sujet. Je me souviens de les avoir entendus. J'étais dans mon lit chez Gran et leurs voix passaient à travers la cloison entre nos deux chambres. Ce soir-là, ils se sont dit des choses terribles. C'est le dernier souvenir que je garde d'eux ensemble.

Elle fronça les sourcils et chassa cette idée de son esprit.

— De toute façon, personne n'a rien reçu de Tobias. Pas même ma grand-mère. Tobias a mis en place un fidéicommis et elle a touché une rente mensuelle généreuse, jusqu'au jour de sa mort. Ensuite, tout ce qui restait dans le fonds devait être reversé à la fondation. Ma grand-mère m'a raconté qu'elle avait tenté plusieurs fois de faire annuler le testament, mais Henson senior n'a pas pu l'aider. Elle détestait recevoir cette allocation, comme si elle était une enfant. D'autant plus que l'argent provenait de la vente de ses propres terres.

— Pour résumer, vous n'avez aucun accès à l'argent de la fondation, dit Isenberg. Alors ce n'est sans doute pas pour cette raison que l'on cherche à vous tuer.

— C'est exact, dit Faith. Je n'ai pas accès à l'argent, mais j'ai accès à quelque chose de mieux, la liste des bénéficiaires. J'espère que Corinne était la seule victime qui avait un lien avec la fondation mais, dans le cas contraire, cette liste pourrait nous aider à identifier d'autres victimes.

Isenberg hocha la tête, son regard exprimait le respect.

— C'est malin. Quand pourriez-vous nous obtenir cette liste ?

— Dès que quelqu'un pourra me conduire au cabinet de Henson.

Bishop apporta une réserve.

— Si un des Henson est impliqué, ils ne vont pas vous remettre gentiment une liste de victimes. Et, si on se plante, ça pourrait effrayer notre suspect.

Faith secoua la tête.

— La moindre manœuvre pour m'empêcher d'avoir accès à cette liste attirerait l'attention du conseil d'administration. Si vous y allez avec une commission rogatoire, tout le monde va s'échauffer. Laissez-moi demander.

Deacon reprit son siège.

— Très bien, on vous laisse faire. Mais on va quand même demander une commission rogatoire au bureau du procureur, juste au cas où ils vous baladeraient. Dès qu'on aura terminé ici, je vous emmènerai chez Henson. Scarlett, aujourd'hui, tu travailleras avec le dessinateur. Arianna doit nous donner le visage de Roza, et la dame du bureau voisin de chez Maguire doit nous décrire la femme mystérieuse qu'elle a vue chez eux. Adam ?

— La victime du parking de la supérette a survécu, mais elle est dans le coma. Personne n'a déclaré sa disparition. Des copies de sa photo seront distribuées aux patrouilles et j'ai fait établir une liste de tous les vétos de la zone des trois Etats. Je vise aussi les parcs canins, les élevages et les magasins de nourriture pour animaux. Si on l'identifie, ça nous donnera le modèle de son véhicule et son adresse. On ne sait jamais, il se cache peut-être là-bas.

— Bien, dit Deacon. Vince, tu seras avec Sophie, aujourd'hui ?

— Pas avant midi. J'ai un tas de trucs à faire au labo. Je vais aussi faire quelques analyses sur ta lettre. Voir si l'encre et le papier correspondent à l'histoire de l'oncle.

Deacon ignora la surprise de Faith et tendit à Tanaka le téléphone mobile que Jordan lui avait apporté.

— Il y a ça aussi. Assure-toi qu'il n'y a pas de problème.

Faith fronça les sourcils.

— Vous pensez que j'ai une chance de récupérer l'iPhone que vous m'avez pris lundi soir ?

— Je ferai de mon mieux, promit Tanaka.

Puis elle examina le tableau d'affichage.

— Je vois que la photo de Peter Combs figure toujours là-dessus, il est toujours suspect ?

— Oui, répondit Deacon. Même s'il n'est pas le cerveau de l'affaire, puisque les crimes remontent à trop longtemps. En revanche, il aurait pu être recruté comme homme de main. Scarlett, où en est l'enquête du lieutenant Vega ? A-t-elle eu de la chance avec la petite amie de Combs ?

— Pas encore. L'avocat de la petite amie veut conclure un accord pour réduire son inculpation pour l'accusation de possession de stupéfiants, mais maintenant que le DA est entré dans la danse tout le monde prend des poses. Vega sait que nous sommes de plus en plus désespérés.

— J'appellerai son commandant pour lui préciser notre niveau de désespoir, promit Isenberg d'un ton glacial.

— Il nous faut aussi récupérer les souvenirs de notre meurtrier, dit Adam. Il doit les avoir planqués quelque part, là-dedans. Vous le savez. La liste de boursiers de Faith peut certainement nous aider à identifier les victimes, mais trouver leurs objets personnels pourrait aussi nous être utile. Leurs familles méritent de savoir ce qui leur est arrivé.

— Je me souviens de quelques cachettes de la maison, dit Faith. Si vous voulez, je peux y aller et essayer de me rappeler leur emplacement.

— Non, dit Deacon. Pas à moins que nous n'ayons pas d'autre choix. Vous êtes une cible partout où vous allez et, malheureusement, tous ceux qui vous entourent sont en danger.

En voyant la petite grimace affligée de Faith, il soupira, avec l'impression d'être un sale type. Puis, il se tourna vers Tanaka.

— Vince, je croyais que vous aviez prévu de sonder les murs ?

— Oui, mais la machine à rayons X fonctionne plus lentement que le radar à pénétration de sol de Sophie. Ça peut nous prendre toute la journée pour sonder un seul mur. Si Faith peut se souvenir de quelque chose de spécifique, ça pourrait nous faire gagner un temps considérable.

— Vous pourriez tout simplement abattre ces satanés murs, dit Deacon, d'un ton cassant.

— Nous pourrons, demain, répondit Vince. Mais pas avant que Sophie ait terminé de scanner le sol.

Deacon se rembrunit.

— D'accord. Mais, Vince, si Faith se rend dans cette maison, tous tes hommes sur le site devront porter des gilets et des casques. Et je veux que tu sois aussi sur place.

— Tout le monde devrait déjà porter des vestes et des casques sur le terrain, intervint Isenberg. Je me chargerai de prévenir les familles des victimes que nous avons déjà identifiées. Les galonnés sont d'accord avec moi, nous ne pouvons pas taire leurs noms plus longtemps. Les familles ont le droit de savoir.

Avant qu'Isenberg ne prenne le fardeau, Deacon n'avait pas réalisé à quel point il redoutait de parler aux familles.

— Merci, Lynda. Bon, nous avons tous nos missions. Faith, allons rendre visite à Henson.

Miami, Floride
Mercredi 5 novembre, 11 h 15

— *Vega !* Ramène-toi ici.

Catalina Vega grimaça. Le cri venait du bureau de son chef. Elle rassembla les dossiers qu'elle consultait et les emporta dans le bureau de Davies.

— Me voilà.

Davies lui indiqua un fauteuil devant son bureau.

— Je sors à l'instant d'une conversation téléphonique avec le commandant Isenberg de Cincinnati et je viens de me faire descendre en flammes. Tu devines pourquoi ?

Cat avait envie de hurler.

— Parce que je n'ai pas encore interrogé la petite amie de Peter Combs.
— Gagné. Ça te dirait de m'expliquer pourquoi ?
— Parce que l'avocat de la petite amie s'imagine que, puisque je veux lui parler, elle doit détenir une info dont j'ai besoin. Il lui a conseillé de ne pas coopérer tant que le procureur n'aura pas laissé tomber l'accusation de possession. Mais on a trouvé presque un demi-kilo dans sa voiture, alors, bien sûr, le procureur n'est pas très chaud pour l'oublier. Je ne peux rien tirer d'elle avant qu'il me donne de quoi bosser.
— Isenberg n'est pas certaine que Combs soit impliqué dans leur affaire. Et, si c'est le cas, il ne serait qu'un larbin ou un gorille. Elle a besoin de savoir si elle peut le virer de son tableau d'affichage, dit Davies en prenant appui sur le dossier de son siège. Alors, raconte-moi ce que tu sais.
— Je sais que la Prius a été sabotée par un gars qui conduisait un fourgon blanc, tôt dimanche matin. Le même genre de véhicules qui a essayé de faire sortir Faith du pont, trois semaines avant.
— Et on lui a tiré dessus, si j'ai bien compris ?
— Oui. Et j'ai appris autre chose en consultant le registre des visites de la prison, dit-elle en brandissant le dossier qu'elle consultait. Peu de temps après que Combs a prétendu que Faith avait une histoire avec lui, il a reçu la visite de Charlie Frye, encore marié à Faith à l'époque. A mon avis, Charlie n'y croyait pas, mais c'était bien commode pour lui en prévision du divorce.
— Depuis quand Combs s'est-il mis en ménage avec sa petite amie actuelle ?
— Il l'a rencontrée pendant qu'il était en prison, elle était sa correspondante.
Davies leva les yeux au ciel.
— C'est pas possible… Qui est ce procureur qui bloque ton travail ?
— John Scheiderman.
— Appelle-le tout de suite et dis-lui que tu arrêtes la petite amie pour conspiration en vue d'assassiner Faith. Ne demande pas de service à cette fille. Dès que les gens comme elle et son avocat sentent le sang dans l'eau, ils commencent à nager en cercle. Mets-la sur la défensive.
Il poussa le combiné de téléphone vers elle.
— Appelle. Dis-lui de l'accuser officiellement de tentative de meurtre. Elle parlera, tu verras.

Cincinnati, Ohio
Mercredi 5 novembre, 11 h 30

— Merci de nous recevoir aussi rapidement, dit Faith.

La secrétaire venait de les introduire dans le bureau de Herbert Henson senior.

Installé dans son fauteuil, Henson les regarda entrer et leur fit signe de s'asseoir.

— Le véhicule banalisé garé devant ma maison n'était pas indispensable, agent Novak. Si vous souhaitiez me parler, il suffisait de venir sonner à ma porte. Vous avez effrayé mon épouse.

— J'en suis désolé, monsieur. Ce n'était certainement pas mon intention. Mon intention était de m'entretenir avec votre petit-fils. J'attendais son appel, hier, mais je n'ai pas eu de nouvelles. Il devrait être rentré de chez son client, non ?

Henson parut mal à l'aise.

— Non, il n'est pas revenu.

Ça ne joue pas vraiment en faveur de Herbie Trois, songea Faith.

— Nous avons la preuve qu'il ne surveillait *pas* les travaux de maintenance semestriels de la maison O'Bannion, dit Deacon. Un témoin l'a vu laisser la clé chez Maguire and Sons, avant de partir jouer au golf. C'est assez éloigné d'un comportement qu'on puisse qualifier d'« intégrité inattaquable ».

Henson pinça les lèvres.

— Je le rappellerai, agent Novak. Y a-t-il autre chose ?

— Oui, dit Faith. Nous sommes ici à propos d'autre chose. J'aimerais avoir la liste de tous les bénéficiaires des bourses d'études octroyées par la fondation, depuis le début.

— Pourquoi ?

— Avez-vous entendu parler de l'étudiante de l'université locale qui a été trouvée près de la maison ? En réalité, elle y était séquestrée. Son amie n'a toujours pas été retrouvée. La femme disparue s'appelle Corinne Longstreet et elle était bénéficiaire d'une bourse d'études de la fondation Joy O'Bannion.

Henson blêmit.

— Vous ne suggérez tout de même pas que l'enlèvement de Mme Longstreet est lié à la fondation Joy ? Ou que je serais suspect ? C'est pour cette raison que vous avez posté cette voiture banalisée devant chez moi ?

— L'agent Novak a envoyé cette voiture chez vous parce qu'il pèche par excès de prudence. Si Mme Longstreet était votre fille, ne voudriez-vous pas qu'il agisse de même ?

— Oui, j'imagine que je le souhaiterais, dit Henson avant de déglutir péniblement.

— C'est ce que je pensais. Puis-je avoir la liste ?

— Oui, bien sûr. Je vais vous en imprimer un exemplaire.

Pendant que l'avocat recherchait le document dans son ordinateur, Faith pressa le genou de Deacon.

— Vous avez raison, dit le vieil homme avec accablement, comme s'il avait espéré qu'elle avait tort. Mme Longstreet est en effet bénéficiaire d'une bourse de la fondation Joy.

Une imprimante s'éveilla en ronronnant.

— Qui d'autre a accès à cette liste ? demanda Deacon pendant que les pages s'imprimaient.

— Uniquement ma secrétaire. Le conseil approuve les candidatures sans connaître le nom des postulants. Les membres ne lisent que les lettres de motivation, afin de minimiser les risques de partialité.

— Je sais que Gran signait les chèques destinés aux candidats, mais qui était chargé de les expédier ? demanda Faith. Ces personnes devaient aussi avoir leur nom.

— Mme Lowell s'occupe des envois en personne, mais j'imagine que quiconque vérifierait le compte connaîtrait aussi l'identité des bénéficiaires. Ainsi que tous ceux à qui ces personnes auraient pu parler. Voici la liste.

Le cœur de Faith se serra. Il y avait des pages et des pages.

— Combien de noms y a-t-il ? demanda Deacon d'un air sombre.

Elle feuilleta la liasse, de plus en plus découragée.

— Des centaines.

Cincinnati, Ohio
Mercredi 5 novembre, 11 h 45

— Merci d'être venue, madame Winston.

Scarlett conduisit la femme qui avait vu la mystérieuse secrétaire de Maguire and Sons dans la salle d'interrogatoire où attendait la dessinatrice du CPD.

— Voici le sergent D'Amico. Elle travaillera avec vous aujourd'hui, reprit Scarlett.

D'Amico était une femme au doux visage qui semblait n'avoir jamais prononcé un mot de travers. Mais, après avoir passé deux ans à patrouiller en sa compagnie, Scarlett savait que ce n'était qu'une apparence. Lana D'Amico était un sacré bon flic et une dessinatrice brillante. Son doux visage mettait les témoins à l'aise. Scarlett l'avait choisie en pensant spécifiquement à Arianna. Mais le sergent savait se montrer aussi dur à cuire que n'importe quel autre flic, et avait la langue bien pendue.

— J'attendrai dehors. Encore merci, madame Winston. Je vous laisse entre de bonnes mains.

Scarlett regagna le couloir juste au moment où son téléphone se mettait à bourdonner dans sa poche. Elle regarda l'identité du correspondant et fronça les sourcils, reconnaissant son propre numéro. Son téléphone avait été victime d'un *spoofing*, une usurpation d'identité. Il suffisait de cinq secondes sur Internet pour trouver des sites capables de rediriger un appel en changeant l'identité de l'appelant. *Sois prudente, Scarlett.*

— Lieutenant Bishop à l'appareil, répondit-elle. Que puis-je pour vous ?

— C'est moi qui vais faire quelque chose pour vous.

Scarlett contrôla son souffle pour ne pas révéler son étonnement. La voix grave de l'homme avait une tonalité… musicale. Mais c'était la musique la plus triste qu'elle ait entendue de sa vie.

— Je vous écoute.

— Je vais vous envoyer des coordonnées GPS, ce sont celles d'une cabane dans la forêt nationale Daniel Boone. Sous le plancher, vous trouverez quatre corps. Je crois que trois d'entre eux vous appartiennent.

Trois corps. Oh ! mon Dieu. Pas Corinne. Pourvu qu'elle ne compte pas parmi ces cadavres.

— Comment savez-vous qu'ils sont à moi ?

— Il y en a un qui porte un uniforme de Earl Power and Light. Je l'ai vu aux infos. Vous trouverez aussi un vieil homme et une femme.

Le cœur de Scarlett manqua un battement.

— Et le quatrième cadavre ?

— Il m'appartient. Je dois y aller, maintenant.

La communication fut interrompue et, quelques secondes plus tard, un SMS arriva sur son portable, envoyé aussi apparemment par son propre appareil. Des coordonnées GPS, comme annoncé par son mystérieux correspondant. Venait-elle de parler avec le tueur ? Elle en doutait. Si son interlocuteur avait été le tueur, il aurait insisté pour que Faith l'accompagne. Non, ce n'était pas lui. Mais alors, qui ?

Scarlett se hâta vers l'ascenseur tout en composant le numéro de Novak. Elle se rembrunit en tombant sur la messagerie.

— C'est Bishop. Appelle-moi au plus tôt. Je viens de recevoir un coup de fil très intéressant.

Ensuite, elle contacta Isenberg et l'informa rapidement des derniers événements.

— Pouvez-vous demander à quelqu'un de ramener Mme Winston et dire à D'Amico qu'elle devra aller voir Arianna seule ? J'ai déjà prévenu l'agent de garde devant la chambre. La psy de la gamine, Meredith Fallon, sera aussi présente pendant que D'Amico fera le portrait de Roza. Les coordonnées que j'ai reçues indiquent un endroit qui se trouve à deux heures de route d'ici, mais je tâcherai de réduire le délai.

— Je vais faire retracer l'appel.

— Vous pouvez essayer, mais je ne prendrais pas cette peine. Il a utilisé un service d'usurpation qui faisait croire qu'il appelait de mon propre numéro. Ce genre d'appels transite par des douzaines de serveurs différents avant d'arriver sur le téléphone du correspondant. Je vais demander à Novak de contacter l'antenne du Bureau la plus proche pour demander du renfort avant d'avertir les flics locaux. Je ne veux pas que ma scène de crime soit piétinée par un adjoint du shérif bien intentionné. Pouvez-vous aussi demander à Crandall de trouver le propriétaire qui correspond à la cabane indiquée par les coordonnées ?

— Ce sera fait. Soyez prudente sur la route, Scarlett. Tenez-moi au courant.

Est du Kentucky
Mercredi 5 novembre, 11 h 45

Cette salope de Longstreet commençait à lui taper sérieusement sur les nerfs. Au moins, elle n'avait pas su couvrir ses traces. Dégoûté, il se tenait derrière la cabane, observant la piste si flagrante qu'elle était probablement visible de l'espace. Elle avait couru dans les bois. Pas vers la route, comme il l'avait d'abord cru. Les premières empreintes qu'il avait suivies étaient un leurre. Une putain de ruse.

D'après ce qu'il pouvait deviner, Longstreet avait dû traîner Roza, qui devait hurler et se débattre à chaque pas. Il restait peut-être encore de l'espoir pour la gosse. Ça tombait bien, parce qu'il avait tout un tas de projets pour elle.

Cincinnati, Ohio
Mercredi 5 novembre, 12 h 5

Installée au bureau de Deacon, Faith examinait la longue liste des boursiers de la fondation. Elle leva les yeux en le voyant sortir du bureau d'Isenberg. Il prit appui du bout des fesses sur le coin du plateau et allongea ses longues jambes, les bras croisés sur la poitrine. En voyant son visage fermé, Faith comprit la teneur de la communication téléphonique qu'Isenberg et lui venaient d'avoir avec Bishop.

— La femme morte, c'est Corinne, c'est ça ? demanda-t-elle.

— On peut l'imaginer, dit Deacon à voix basse. Il n'y a encore personne sur place. Je dois partir tout de suite et rejoindre Bishop là-bas.

— Je suis désolée, chuchota Faith. Pour le serrurier et le type de la compagnie d'électricité. Pour Corinne et Arianna, aussi. Elle aura le cœur brisé.

Il lui prit la main et la serra avec force.

— Je sais. Mais ce n'est pas tout. La cabane appartient à une société enregistrée au nom de Della Yarborough.

— L'ex-femme de Jeremy, dit Faith, alors que la déception et la colère se mêlaient à son chagrin. Merde. Je n'arrive pas à croire que c'est Jeremy. Je ne peux tout simplement pas l'accepter.

Un muscle tressaillit dans la joue de Deacon, alors qu'il serrait les mâchoires encore plus fort.

— Ce n'est pas tout ? demanda-t-elle.

— Non. Jeremy et Stone ont disparu. Comme dans « en cavale », d'accord ? Ils ne sont pas morts.

— Mais... Comment ont-ils fait ? Je croyais qu'ils étaient sous surveillance.

— J'avais posté trois fédéraux au manoir, un pour Jeremy, un pour Keith et le dernier pour Stone. La nuit dernière, l'un d'eux a suivi Stone, qui a fait un bref passage dans un bar, avant de retourner chez Jeremy. Quand j'ai demandé à nos hommes de tous nous les ramener, la maison était vide. Les agents ont trouvé une piste dans les bois, assez loin derrière le manoir. Un gros véhicule y a laissé des traces récentes. Du genre Range Rover. Et il s'avère que c'est le type du véhicule enregistré au nom de Keith.

— Alors, ils se sont échappés. Ce qui veut dire qu'ils sont quelque part, peut-être à me guetter.

— Probablement. Je veux que tu restes à l'abri. Je ne peux pas m'inquiéter pour toi et faire mon boulot en même temps. C'est compris ?

— Oui. Vas-y, maintenant. Je ne risque rien ici, entourée de flics.

Deacon hocha la tête, puis laissa son regard se perdre sur le mur d'en face.

— Je t'embrasserais bien pour te dire au revoir, chuchota-t-il. Mais on manque un peu d'intimité, ici.

— Eh bien, tu pourras m'embrasser plus tard, pour me dire bonjour. Vas-y. Ramène Corinne à la maison.

— Reste ici. Sois prudente.

Il la quitta sur un bref signe de tête.

Elle le regarda s'éloigner, les pans de son manteau flottant derrière lui. Puis elle ferma les yeux.

— Ça va ? demanda Isenberg à mi-voix derrière elle.

— Non, souffla Faith, sans ouvrir les yeux. Comment vais-je apprendre à Arianna que Corinne est morte ? Et que c'est mon oncle qui a fait ça ? Comment puis-je lui dire que le monstre qui l'a torturée et a aussi voulu la tuer est mon oncle ?

— Et que votre oncle a aussi cherché à vous tuer ?

Faith acquiesça d'un signe de tête, les sanglots lui serraient la gorge, les larmes lui brûlaient les yeux.

— Il a assassiné tous ces gens, commandant. Je n'ai pas le pouvoir d'arranger ça.

D'un geste rageur, elle chassa les larmes qui brouillaient sa vision.

— Mais, au moins, je peux analyser cette liste. Je peux aider à identifier les sept autres femmes qui étaient enterrées dans cette cave.

Isenberg lui pressa l'épaule, le geste était inattendu mais réconfortant.

— Vous êtes une fille bien, Faith. Avez-vous déjà arrêté une stratégie ?

— Je vais étudier tous les noms, dit Faith en feuilletant la liasse de documents. Il y en a plus de huit cents sur cette liste.

— Eh bien, votre famille a été très généreuse.

— Je sais, répondit-elle avec un demi-sourire. Nous ne sommes pas si mauvais, après tout. Tobias a créé la fondation il y a trente-huit ans, l'année qui a suivi la mort de Joy. La même année, il a volé les terres de ma grand-mère et les a vendues à son insu. Pour ce qui nous intéresse, je me dis que nous ne devrions pas remonter à plus de dix ans. Le sergent Tanaka nous a indiqué que les fenêtres et les portes de la cave sont condamnées à peu près depuis une dizaine d'années. Ça ramène le nombre de noms à cinq cents. Le conseil a octroyé plus de grosses dotations que de petites. C'est peut-être un critère intéressant pour nous. En ajoutant d'autres caractéristiques comme le sexe féminin et la blondeur, le champ de recherche pourrait encore être réduit. Malheureusement, pour l'instant, on ne dispose que de leurs patronymes. Mais, je suis certaine que Henson garde des dossiers sur les boursiers. Je pourrais les lui demander.

— De mon côté, j'enverrai des hommes les chercher. J'avais commencé à rédiger une commission rogatoire pour la liste, au cas où il aurait refusé de vous la remettre. Je la modifierai pour y inclure les dossiers.

Isenberg fit une petite grimace.

— Ensuite, ce sera juste du boulot de routine à l'ancienne, ajouta-t-elle. Relever chaque nom, vérifier si la personne est encore vivante. Ou si on a signalé sa disparition. Je réunirai une équipe administrative qui se chargera de l'analyse.

— J'aimerais vous aider, dit Faith. J'en ai besoin. Il faut que je fasse quelque chose.

— Et nous acceptons volontiers votre concours, approuva Isenberg.

Elle fit signe à Kimble, qui était installé à son bureau.

— Le lieutenant Kimble va vous accompagner à la maison, vous pourrez aider à retrouver les souvenirs du tueur.

— Mais Deacon a dit qu'il voulait être là, rappela Faith.

Isenberg haussa les épaules.

— C'était avant que Bishop ne reçoive cet appel à propos de la cabane. N'importe lequel de mes hommes peut traiter cette liste, mais vous êtes la seule à connaître la maison. Et nous avons absolument besoin de retrouver ces souvenirs, s'ils existent. Nous renverrons de la zone tous ceux dont la présence n'est pas indispensable et nous préviendrons les agents sur place de faire attention à une attaque de tireur d'élite.

— Vous avez votre Kevlar, n'est-ce pas, lieutenant Kimble ? s'enquit Faith, d'un ton léger.

— Toujours, assura Kimble. Et vous aussi vous aurez un gilet.

29

Est du Kentucky
Mercredi 5 novembre, 13 h 5

— Avance encore un peu, Roza, l'encouragea Corinne. Je t'en prie. Juste un peu plus loin.

Les larmes sillonnaient le visage de la petite.

— Je ne peux pas, Rine. J'ai les pieds qui saignent.

— Je sais. Moi aussi. Mais nous devrions bientôt arriver à la route.

— Tu l'as déjà dit. Plein de fois.

— Je sais, mais…

Corinne s'interrompit, tendant l'oreille.

— Attends. Tu as entendu ça ?

Après ce qui lui avait semblé une éternité au milieu de la forêt, elle venait d'entendre une voiture.

— Viens, Roza ! Dépêche-toi !

Corinne prit la main de l'enfant, la hissa debout et l'entraîna vers la source du son — puis ses pieds dérapèrent sur l'herbe imprégnée de rosée. Elle hurla et tenta de se rattraper, mais le sol se déroba sous ses pieds. Heurtant des pierres et des buissons tout au long de sa chute, elle tombait, roulait, dégringolait une pente raide.

Quand elle finit par s'immobiliser, elle roula sur le dos avec un grognement. Si elle avait eu mal avant, maintenant elle souffrait mille morts. Elle serra les dents.

— Roza ?

— Je suis là.

Ce n'était qu'un filet de voix. Faible.

— Je crois… Ma tête saigne, reprit la petite.

Le cœur battant de Corinne marqua un temps d'arrêt.

— *Non.* Je ne t'ai pas traînée jusqu'ici pour te perdre parce que tu es tombée en dévalant une colline.

Après avoir réussi à se hisser sur les mains et les genoux, elle leva la tête et examina les alentours, les yeux plissés, cherchant la tête noire de Roza. Puis, elle se traîna près de la petite.

Le sang coulait à profusion d'une entaille au-dessus de l'œil de Roza.

— C'est pas terrible, mais ça pourrait être pire, dit Corinne d'un ton neutre. Les blessures à la tête saignent affreusement. Le problème est que je suis complètement crasseuse. Je vais devoir trouver quelque chose de propre pour mettre sur la coupure. Attends-moi ici.

— D'accord, dit Roza, d'une voix somnolente.

— Et ne t'endors pas, ordonna Corinne. Tu pourrais avoir une commotion cérébrale.

— Je sais pas ce que ça veut dire.

— Ça veut dire, ne t'endors pas.

Corinne se releva en vacillant et s'accorda un instant de répit, espérant que son vertige se dissiperait. Mais sa vision restait trouble, elle plissa donc les paupières et fit un tour sur elle-même, explorant le paysage du regard.

Une route ! Un petit parking d'une capacité de quatre ou cinq véhicules occupait la base de la colline. Quelqu'un finirait bien par passer par ici, mais dans combien de temps ?

Il peut encore venir. Il pouvait encore les trouver. *J'aurais dû le tuer. J'aurais dû le poignarder dans le dos.* Ou le frapper avec la pelle jusqu'à ce qu'il ne se relève plus.

Elle avait gâché l'occasion en laissant sa peur prendre le pas sur sa raison. D'un coup d'œil craintif, elle balaya le sommet de la colline, s'attendant presque à le voir debout sur la crête, puis elle entendit le grondement sourd du moteur d'un autre véhicule. Affolée, elle chercha un abri, mais la route traversait une vallée et les collines abruptes qui s'élevaient des deux côtés n'offraient aucun refuge.

Je vous en prie, faites que ce soit des inconnus prêts à nous aider. Retenant son souffle, Corinne se campa fermement sur le bas-côté et attendit, prête à se jeter sur la route pour les arrêter, si nécessaire.

Une Subaru à l'allure solide émergea du virage. A en juger par son apparence, elle avait passé une bonne partie du temps à rouler hors piste, dans la forêt. Le conducteur avait dû la voir, car le véhicule ralentit. Ralentit, puis s'arrêta. Un homme en sortit et avança vers elle avec prudence. Elle ne distinguait pas son visage, plongé dans l'ombre de la haute colline.

— Vous allez bien, mademoiselle ? demanda l'homme.

La voix profonde roula comme un doux grondement aux oreilles de Corinne.

— Non, j'ai besoin d'aide. Ma… Ma sœur est blessée, elle a besoin de soins médicaux.

Il avança encore d'un pas, les mains levées, paumes ouvertes.

— Je suis formé aux premiers secours. Je peux peut-être vous aider.

Corinne recula d'un pas. Ce n'était pas l'homme qu'elle avait poignardé.

Celui-ci était aussi grand et fort, mais pas aussi massif que l'homme qui avait tenté de s'emparer d'elle à l'affût de chasse. Et il portait une veste de cuir marron usée par le temps, quand l'autre avait un coupe-vent noir sur un sweater à capuche, également noir. Mais leurs chevelures se ressemblaient. Même couleur, même style. Son cœur recommença à cogner, l'angoisse lui noua la gorge.

Il entra dans la lumière, et son instinct lui cria de s'enfuir. La silhouette était différente, mais le visage était le même. *Sauve-toi ! Sauve-toi !* Par malheur, Roza ne pouvait pas courir. *Je ne pourrai pas la porter.*

Elle avait utilisé l'un des couteaux sur le grand type et avait perdu les autres pendant sa chute. Elle glissa la main dans sa poche, sentit le canif de l'armée suisse qu'elle avait pris sur le cadavre du fourgon. Cependant, elle savait qu'elle serait incapable de déplier la lame, avec ses doigts trop enflés et gourds. Le couteau ne lui serait donc d'aucun secours, sauf peut-être pour le lui jeter à la tête.

Elle n'avait même plus la pelle, qu'elle avait abandonnée depuis bien longtemps.

Elle recula d'un autre pas.

— Vous pourriez peut-être simplement appeler le 911.

— D'accord. Je peux faire ça. Mais… du calme.

Du calme ? Je ne crois pas, non. Refoulant l'hystérie qu'elle sentait monter en elle, Corinne recula vers Roza. L'homme glissa la main dans la poche de sa veste. Un instant plus tard, une douleur cuisante explosa dans la cuisse de Corinne, comme si la chair était traversée par un fer chauffé à blanc. Elle perçut la détonation au moment où son genou céda et où elle s'effondra.

A plat ventre dans la poussière, elle hurla, sous l'assaut de la douleur déchirante.

— *Espèce d'enfoiré !*

Roza. Corinne se redressa en prenant appui sur ses coudes, les joues baignées de larmes. Puis une masse vint la plaquer par-derrière, vidant l'air de ses poumons, lui coupant le souffle. Elle réagit avec pugnacité, rua et se cabra, essayant de le repousser.

— Restez à terre !

L'homme se décala sur le côté, lui laissant à peine la place de respirer.

Il avait une arme. Pourtant ce n'était pas elle qu'il visait, mais le haut de la colline. Il fit feu, le recul imprima une secousse au bras de l'homme et se répercuta dans tout son corps. Non, pas le recul ! comprit-elle, une fraction de seconde plus tard, quand il s'écroula sur elle. Il avait été touché.

Il s'est fait tirer dessus en me protégeant. C'est quoi, ce bordel ? Elle resta là, tremblant de tous ses membres. Tout était calme. Puis une autre détonation étoila le silence. Le corps de l'homme tressauta encore une fois et elle sentit une brûlure dans son flanc.

Il a encore été touché. Ce salaud nous a eus tous les deux. La balle avait d'abord frappé l'homme qui lui servait de bouclier. *Et puis moi, aussi.* Elle entendit un bruit de pas, puis quelqu'un glissa vers le bas de la colline. *Il arrive. Il va tuer Roza.*

Elle jeta un coup d'œil sur le côté, vit le pistolet dans la main molle de son sauveur. Elle ne savait pas qui il était ni pourquoi il l'avait protégée de son corps, mais elle savait que si ces pas s'approchaient encore, elle et son mystérieux protecteur allaient mourir tous les deux.

Le salaud qui leur avait tiré dessus avait un fusil. Il était sur la crête lorsqu'il avait tiré son premier coup. Elle devait réagir rapidement ou il recommencerait.

De toute façon, il avait déjà recommencé.

Elle inspira, retint son souffle, puis repoussa le poids inerte du blessé, jusqu'à ce qu'elle puisse se dégager en roulant. Elle saisit alors le pistolet et leva les bras, visant droit devant elle. *Allez, les doigts ! Bougez, putain !* Elle plia l'index sur la détente et la pressa. Avant de tirer, elle ne discerna qu'un regard surpris, seule partie visible d'un visage masqué par une cagoule de ski.

Quand il les avait canardés, le tireur à la cagoule était posté sur la crête, au sommet de la colline que Roza et elle avaient dévalée, mais maintenant il se trouvait à moins de trois mètres. Le fusil à l'épaule, il dirigeait le canon droit vers elle. La première de balle de Corinne frappa l'homme en plein dans la poitrine. Elle sentit l'onde du recul remonter le long de son bras, si douloureuse qu'elle en eut la nausée. L'homme vacilla en arrière, mais ne tomba pas. Elle tira une deuxième fois.

C'est. Quoi. Ce bordel ? Il portait une cuirasse !

Il souleva son arme. Corinne tira une troisième balle et, cette fois, elle le toucha au bras. Il débita un flot de jurons, mais épaula de nouveau son fusil.

Ça y est, je suis morte. C'est alors qu'un moteur rugit. La Subaru passa en trombe à côté d'elle, fonçant droit sur l'homme masqué qui arrosa le pare-brise et les pneus de balles, puis tourna les talons pour prendre la fuite. La Subaru dérapa et s'arrêta dans une gerbe de terre et de feuilles, à une quinzaine de mètres de là.

Haletante, Corinne fixa le véhicule. Qui conduisait ? Personne ne semblait occuper le siège du chauffeur.

L'homme au fusil réapparut dans son champ de vision. Il s'éloignait d'eux en courant sur le bas-côté de la route, il passa le virage et disparut, portant une petite silhouette sombre sur l'épaule.

— *Non ! Roza !*

Corinne tenta de se lever, mais sa jambe ne pouvait pas supporter son poids, son flanc semblait avoir été aspergé de feu liquide. Elle s'effondra dans la poussière, fixant l'endroit où l'homme s'était volatilisé. *Il a pris Roza.* Totalement épuisée, elle éclata en sanglots.

— Il l'a emportée.

— Hé, toi ! dit une voix grave et râpeuse, brisée. Hé, la fille !

Corinne regarda l'homme qui avait pris une balle pour elle. Deux en réalité.

— Quoi ?

— Mon téléphone. Dans ma poche, dit-il, le souffle laborieux. Appelle le 911.

Toujours en larmes, elle retira le portable de la veste, puis entendit un grand bruit sourd. La portière de la Subaru s'ouvrit, côté conducteur. Un homme tomba du siège. Grand et corpulent.

Corinne étouffa un hoquet. C'était celui qu'elle avait frappé avec sa pelle, près de l'affût de chasse. Il avait conduit la Subaru, plié en deux. Il avait chassé le tireur. Maintenant, il tendait le bras vers elle.

— Ne lui fais pas de mal, pria-t-il. Je t'en prie. Mon frère essayait de t'aider.

— Je ne lui ferai pas de mal, promit-elle.

Les mains tremblantes, elle composa le 911 et faillit crier de soulagement quand elle entendit la voix de l'opératrice.

— De quelle nature est votre urgence ?

— Nous sommes trois à être blessés. Deux par balle. L'autre a une blessure par arme blanche, mais c'était un accident, je le jure.

— Où êtes-vous ?

— Je ne sais pas, répondit-elle, puis elle regarda son protecteur. Où sommes-nous ?

— La forêt nationale Daniel Boone. Route 60. Pas loin de Morehead. Dites-leur de faire vite.

— Je l'ai entendu, dit l'opératrice. Quel est votre nom ?

— Corinne. Corinne Longstreet. Je vous en prie, l'homme qui nous a fait ça… Il a repris ma… la fillette qui était avec moi. Elle s'appelle Roza. Nous avons été kidnappées et séquestrées dans une maison et ensuite dans une cabane. Il m'a tiré dessus et il l'a prise. Je vous en prie. Il va la tuer.

— Pouvez-vous le décrire ?

— Grand, pas gros ni maigre. Il porte une cagoule de ski. Je suis désolée. Dépêchez-vous, je vous en supplie, elle n'a que onze ans.

— J'informe immédiatement la police. Avez-vous vu son véhicule ?

— Non. Il est venu ici à pied. Il nous a tiré dessus du haut de la colline, ensuite, il est descendu et il a pris Roza. Je l'ai blessé au bras. Je lui ai aussi tiré dans la poitrine, mais il n'est pas tombé. Il portait une cuirasse. Et il avait un fusil. Avec une lunette. Peut-être un M-24. Ensuite, il est parti en courant sur le bas-côté de la route et il a passé le tournant. Une fois, il conduisait un fourgon, une autre fois une voiture. Mais je n'ai pas vu son véhicule, aujourd'hui.

— Qui est avec vous ?

— Je ne sais pas. Qui êtes-vous ? demanda-t-elle à l'homme le plus proche.

— Marcus O'Bannion, dit-il d'une voix sifflante. Lui, c'est mon frère Stone.

Stone, une pierre ? Corinne fut tentée de rire, consciente cependant qu'elle frôlait l'hystérie. *Il a vraiment la tête dure comme un roc.* Elle donna leurs identités à l'opératrice.

— Le nom de la fille est Firoza, mais on l'appelle Roza.

— D'accord, mon chou. Les secours sont en route. Ne bougez pas.

Comme si j'avais le choix ? Elle ne pouvait rien faire d'autre que rester assise. Sauf que l'homme qui lui avait sauvé la vie semblait en plus mauvaise forme qu'elle ne l'était.

— Vous êtes gravement touché ? lui demanda-t-elle.

— C'est assez grave.

En entendant la respiration sifflante de Marcus, elle reconnut le son. Une des balles avait percé un poumon.

— Avez-vous de quoi administrer les premiers soins dans votre véhicule ?

— J'ai une trousse, à l'arrière.

— Il a dit de regarder à l'arrière, ordonna-t-elle à Stone, qui gisait toujours près de la Subaru. Pouvez-vous me lancer la trousse ? Je ne peux pas marcher. Dépêchez-vous, il va mourir.

Elle regardait Stone ramper vers elle avec la trousse de premiers secours, lorsque leur nom de famille lui revint à l'esprit.

— O'Bannion ? Les gens qui m'ont donné ma bourse ?

L'œil de Marcus pétilla d'intérêt, malgré la douleur qu'il endurait.

— T'es une gamine de Joy ? Sans déconner ?

— Je ne suis pas une gamine, rétorqua-t-elle en ouvrant la trousse de secours. Etes-vous un de ces O'Bannion ?

— L'autre côté de la famille, siffla-t-il. Le monde est petit, hein ?

— Oui, on peut dire ça.

Mount Carmel, Ohio
Mercredi 5 novembre, 13 h 5

— Ce n'est qu'une maison, murmura Faith.

Elle venait d'entrer dans le salon de sa grand-mère, où les équipes de la scientifique avaient été très actives. Tous les draps avaient été enlevés, révélant le mobilier massif d'acajou dont le souvenir avait marqué son enfance. De la poudre à empreintes noires couvrait les murs et presque toutes les autres surfaces.

Tout ça m'appartient, songea-t-elle, mais cette pensée ne lui apportait aucune joie. En revanche, elle éprouvait le sentiment grandissant, presque suffocant, qu'un destin lugubre la menaçait. *Au moins, tous ces trucs rapporteront un peu d'argent, une fois mis aux enchères.* Ces fonds pourraient être utiles à son père. Mais aussi à la veuve et aux enfants de Gordon Shue. Et à ceux de l'agent Pope. *Tant d'existences ont été changées à jamais.*

— Docteur Corcoran ? demanda Kimble à mi-voix.

Elle le regarda presque avec surprise.

— Désolée. Je pensais aux familles des victimes. Même si je vends tout ce que contient cette maison, il n'y en aura pas assez pour offrir une compensation à tout le monde.

Kimble écarquilla les yeux, décontenancé.

— C'est déjà quelque chose que vous y pensiez. La plupart des gens n'auraient pas cette attitude.

— J'espère ne pas être comme la plupart des gens.

Je vais devoir être plus forte que la plupart des gens.

Le cauchemar ne faisait que commencer. Sa vie, sa famille, le lien avec la fondation Joy… Tout ça allait faire les gros titres des médias. La presse savait qu'on avait découvert des cadavres ici, mais les journalistes en ignoraient encore le nombre. Ils connaissaient l'existence de Roza, mais pas celle de la mère de la petite.

Qui pourrait être encore enterrée en bas. Faith serra les dents pour contenir une terrible envie de s'enfuir à toutes jambes.

— Dépêchons-nous d'y aller avant que j'aie trop la trouille.

Elle traversa la cuisine d'un pas décidé, puis s'arrêta à la porte de la cave. Devant elle, les marches semblaient tanguer. Elle étouffa un cri quand une main lui prit l'épaule.

— Respirez, dit Kimble, derrière elle. Vous devez respirer, sinon vous allez vous évanouir.

— D'accord.

Elle l'avait déjà fait. *Je peux y arriver encore.* Mais ses pieds refusaient de bouger. La fois précédente, la présence de Deacon lui avait facilité les choses. Soudain, elle regretta de ne pas avoir attendu qu'il puisse l'accompagner. Mais il y avait du travail. Elle ferma les yeux, imagina que Deacon se tenait derrière, lui chuchotant des encouragements à l'oreille de sa voix apaisante, et descendit la première marche. *C'est la première. Et d'une !*

Elle ressentit le besoin absurde d'éclater de rire, mais le réprima. Les yeux étroitement fermés, elle força ses pieds à descendre les neuf marches restantes. *Voilà, ça y est. Il n'y en a plus que dix, maintenant.* Elle avança la jambe, pensant trouver le sol, mais son pied ne rencontra que le vide. Surprise, elle plongea vers l'avant.

Tentant de reprendre l'équilibre, elle lança instinctivement ses mains en avant pour amortir sa chute. Kimble tenta de la rattraper par les bras, mais il était trop tard. Les mains de Faith heurtèrent le mur et elle se reçut sur les genoux. Le souffle coupé par la douleur, elle resta agenouillée, un instant, attendant que le premier choc se dissipe.

— Vous allez bien ? demanda Kimble, manifestant ce qui semblait être une réelle inquiétude.

Le sol vibra sous les genoux de Faith alors que Tanaka courait vers elle.

— C'est quoi ce… Docteur Corcoran, que s'est-il passé ?

Elle laissa les deux hommes l'aider à se remettre debout, parce que c'était plus simple que de leur dire non. Et aussi parce que ses mains et ses genoux semblaient avoir été arrosés d'huile bouillante. *Parce que tu as eu un accident de voiture, il y a deux jours, espèce d'idiote.* Et que, après ça, elle avait grimpé un talus rocailleux.

En réalité, elle avait oublié.

— Juste une erreur d'appréciation.

Elle jeta un regard fulminant au bas de l'escalier, qui s'achevait maintenant quarante centimètres plus bas que la veille.

— Vous avez dégagé les deux dernières marches. Je ne m'y attendais pas. J'aurais dû deviner. Je suis désolée.

— Vous voulez repartir au central ? demanda Kimble. Je peux vous ramener, si vous en avez besoin.

Faith carra les épaules.

— Non. L'escalier a toujours été la partie la plus difficile.

C'était un mensonge, mais ça sonnait juste et, à cet instant, elle était prête à mentir comme une arracheuse de dents pour en finir au plus tôt avec cette épreuve.

— Mouais, dit Tanaka dont le regard faisait la navette entre Kimble et elle. Que faites-vous ici, docteur Corcoran ? Je croyais que l'agent Novak ne voulait pas que vous veniez ici sans lui.

— Je lui ai demandé de nous aider à trouver des caches où le tueur aurait pu entreposer des souvenirs, dit Kimble.

Tanaka haussa les sourcils.

— D'ac-cord. Bon. Eh bien, faites attention où vous mettez les pieds. Nous avons placé des plots de signalement par terre, à plusieurs endroits, et je ne voudrais pas que… Bon, vous voyez, quoi…

Au ton bien intentionné de Tanaka, Faith sentit ses joues flamber.

— Que je trébuche, marmonna-t-elle. Parce que je suis tellement gracieuse. Je serai prudente, sergent.

Elle prit un instant pour découvrir les changements intervenus depuis sa dernière visite. Sous ses chaussures enrobées dans des chaussons de protection, le sol n'était plus fait de dalles de linoléum, mais de planches.

La gorge nouée, elle songea à ce qui avait rempli l'espace entre ces planches et l'ancien carrelage. Dix cadavres. Dix femmes à qui on avait volé leur vie.

— Vous avez trouvé ces planches en enlevant les corps ? Ou alors, les avez-vous posées pour protéger ce qui est dessous ?

— Nous les avons trouvées sur place, répondit Tanaka. Qu'est-ce qu'il y avait avant ?

— Du ciment. Avez-vous soulevé quelques-unes de ces planches ?

Il acquiesça.

— Il n'y a que de la terre, là-dessous.

— Alors, il a enlevé le ciment, constata-t-elle.

Un frisson parcourut l'échine de Faith lorsqu'elle pensa aux raisons qui avaient motivé ces travaux. Elle se força à se tourner, jusqu'à ce que son regard tombe sur le mur à droite de l'escalier. Elle dut s'éclaircir la gorge avant de reprendre la parole.

— Ce mur n'était pas là. Savez-vous ce qu'il y a derrière ?

— Pas encore… Et vous ? demanda-t-il après une légère hésitation.

Oui ? Des chaussures qui se balancent. Des tennis rouges avec des lacets blancs qui se balancent paresseusement d'avant en arrière. D'avant en arrière. Comme si tout allait bien.

— Non, répondit-elle à voix basse. Je ne sais plus.

L'expression de Tanaka s'adoucit.

— Il a pu cacher des trucs, là-derrière, mais il ne les y a pas mis quand il a pris la fuite lundi, parce que le plâtre est intact et que nous n'avons détecté aucun joint.

— Donc, ce ne sont sans doute pas les bocaux qu'Arianna l'a entendu emballer, dit Faith.

— Vous avez raison. Cela dit, c'est le premier mur qu'on a prévu de démolir, dès qu'on aura fini de scanner la cave.

Scanner la cave pour y retrouver d'autres corps. Faith ne put se résoudre à lui demander ce qu'il avait déjà trouvé.

— Vous ne pouvez pas scanner aussi les murs ?

— Pas encore. L'appareil à rayons X que j'ai demandé n'arrivera que demain.

— Sergent ?

Une femme aux cheveux blonds retenus en une longue queue-de-cheval sortit de la pièce dans laquelle ils avaient trouvé le premier cadavre enterré dans son cercueil en plexiglas. Elle portait un sweat-shirt des Philadelphia Flyers et un pantalon de treillis, dont les poches débordaient d'outils et de… Faith plissa les yeux pour mieux voir. De longues lanières de bœuf séché. *Etrange.*

La femme s'arrêta abruptement en découvrant Faith et Kimble.

— Désolée de vous interrompre, sergent Tanaka, mais je vous ai entendu parler d'un scanner à rayons X. J'en ai un avec moi, alors si vous avez un mur à scanner, je peux le faire.

Le regard de Tanaka s'illumina à cette proposition.

— Je n'avais pas imaginé que vous en aviez un.

— Ça fait partie de notre équipement.

La femme s'adressait à Tanaka, mais elle regardait directement Faith en les rejoignant.

— Je m'appelle Sophie Johannsen. Je suis archéologue légale.

Ah, oui. La femme figurait sur la photo où Deacon contemplait les tombes éparses fraîchement creusées, sur ce flanc de colline en Virginie-Occidentale.

— Je m'appelle Faith Corcoran. C'est la maison de ma grand-mère. Et voici le lieutenant Kimble. Nous sommes ici pour chercher des endroits où le tueur aurait pu dissimuler ses souvenirs. Comment procédez-vous pour scanner les murs ? Et, en ce qui concerne les indications, de quel degré de précision avez-vous besoin ?

— Nous travaillons sur des surfaces de la taille d'un plat à tarte. Chaque exploration prend pas mal de temps et consomme beaucoup d'énergie. Un mur entier épuiserait le générateur. Avez-vous un endroit précis en tête, docteur Corcoran ?

— Appelez-moi Faith, murmura-t-elle en levant les yeux vers le plafond. La cuisine est au-dessus de nos têtes, mais elle a été aménagée à la fin des années 1970. La cuisine d'origine datant de 1859 était située à l'arrière de la maison. Presque directement au-dessus de la pièce à la table d'autopsie.

Elle rassembla son courage pour pénétrer dans la chambre de torture. Du coin de l'œil, elle se rendit compte que la table avait disparu, la vaste pièce était maintenant vide, si l'on exceptait les grands buffets fixés au mur de gauche. Les portes des meubles étaient ouvertes sur leurs étagères vides. De l'autre côté s'ouvrait autrefois la porte qui avait été murée. Mais elle ne distinguait aucune rupture sur la surface du mur, pas d'ouverture magique, pas de plâtre manquant, pas de joint.

— Ma mère avait l'habitude de me raconter un tas d'histoires sur cette maison, dit-elle, consciente que Kimble, Tanaka et Sophie Johannsen venaient d'entrer dans la pièce. Après la mort de Joy, elle était devenue l'aînée des enfants survivants, et elle allait hériter de la maison. Elle me disait de bien écouter ces histoires, qui faisaient partie de mon patrimoine. Mon héritage. Maintenant, le seul héritage qui reste, c'est ce qu'un monstre a fait subir à ses victimes.

Chaque fois qu'elle tentait de regarder le mur de gauche, là où étaient fixés les buffets, Faith était saisie d'un malaise profond mais inexplicable. C'était déjà arrivé la première fois, lorsque Deacon l'accompagnait. Elle avait été à peine capable de poser les yeux sur ce mur sans sentir monter la nausée.

Elle regarda droit devant elle, essayant de s'orienter dans l'espace et de retrouver la précédente disposition des lieux. Tentant de ramener à sa mémoire les anecdotes de sa mère. Cela faisait bien longtemps qu'elle n'avait pas volontairement essayé de se rappeler un mot de ce que lui avait dit sa mère.

Parce qu'elle avait aussi dit qu'elle m'aimait, mais elle a menti. Elle m'a laissée. Volontairement. La thérapeute adulte en elle comprenait que le suicide de sa mère n'était pas aussi simple, mais l'enfant en souffrait encore.

— Ma mère me racontait qu'une fois elle était restée prisonnière à l'intérieur du mur, quand elle avait essayé de monter par le vieux monte-plats de l'ancienne cuisine. Ma grand-mère a prétendu que l'histoire était fausse et l'a grondée pour m'avoir menti. Par la suite, ma mère a affirmé que Gran avait dit cela pour m'empêcher d'essayer le monte-plats à mon tour.

L'anecdote sembla amuser Sophie.

— Et vous l'auriez fait.

— Et comment !

Faith baissa la tête et fixa le sol pour ne pas avoir à regarder le mur, se concentrant plutôt sur les repères que Tanaka l'avait prévenue d'éviter. Elle en dénombra environ une douzaine, placés par groupes de deux et séparés par de larges espaces.

Il lui fallut un moment pour se rendre compte que les plots de signalement n'étaient pas rangés par deux, mais par quatre. Chaque groupe délimitait grossièrement une surface d'environ un mètre sur un mètre quatre-vingts. C'est alors qu'elle comprit.

— Oh ! mon Dieu, chuchota-t-elle.

Des tombes. Quatre autres tombes. Quatre victimes supplémentaires étaient enterrées sous ses pieds.

— Je les piétine, c'est ça ? s'écria-t-elle, emportée par une bouffée d'hystérie. Je ne peux pas les piétiner comme ça !

— Faith, dit Sophie Johannsen d'un ton pragmatique en s'approchant d'elle. Elles sont mortes et depuis un certain temps. Elles se fichent pas mal que vous marchiez sur leur tombe, parce qu'elles ne le savent pas. En revanche, elles ont des familles qui attendent de leurs nouvelles depuis tout ce temps.

— Des familles qui attendent qu'elles rentrent à la maison ! s'écria Faith.

Puis elle puisa dans le flegme de l'autre femme et continua plus posément :

— Très bien. Je ne suis pas très douée pour estimer les distances, mais le monte-plats devrait se trouver de l'autre côté de ces meubles de rangement.

— L'espace entre les deux murs est trop étroit pour abriter un monte-plats, fit remarquer Sophie. Vous êtes sûre de vous, Faith ?

— Plus ou moins. J'ai vu la porte, mais jamais le monte-plats lui-même. Quand j'ai été plus âgée, ma mère a essayé de me le montrer une fois. Elle disait qu'un jour la maison serait à moi et je devais tout savoir. Elle m'a donc montré la porte, mais c'était fermé par un cadenas. Elle a conclu que Gran l'avait fait poser pour que je ne risque pas de me blesser.

Faith fixa de nouveau le plancher et progressa en posant un pied devant l'autre, prenant soin de rester dans l'étroite allée qui séparait les tombes. Elle ne leva les yeux qu'en arrivant devant les meubles.

— Cette pièce était différente à l'époque. Il n'y avait pas de meubles à cet endroit, seulement des étagères en bois. Mais je crois que c'était ici.

Kimble inspecta les buffets et imprima au côté droit une traction expérimentale.

— Solidement fixé au mur.

En répétant son action de l'autre côté, il obtint le même résultat. En revanche, lorsqu'il tira sur la section centrale, il trébucha en arrière, décollant un meuble entier.

— Eh bien, qu'avons-nous là ? fit Sophie d'un ton sarcastique.

— Il n'est pas fabriqué dans le même matériau que les deux autres, dit Kimble. Celui-ci est bien plus léger.

Il le détacha complètement du mur, pour révéler de grosses tiges d'acier qui dépassaient de chaque coin à l'arrière du meuble et s'ajustaient à des trous correspondants dans le mur.

— C'est astucieux, reconnut-il.

Et pratique. Car, dans l'espace dégagé, ils voyaient une porte dans le mur.

— C'est ça, dit Faith. Y compris le cadenas.

— Je vais chercher mon coupe-boulons, annonça Tanaka.

Est du Kentucky
Mercredi 5 novembre, 13 h 35

Deacon coupa la communication avec le central et appela immédiatement Bishop, le cœur battant à grands coups. Corinne était vivante. Alors qui était le troisième cadavre que le correspondant anonyme de Bishop avait signalé ? Et le quatrième ?

— Scarlett, où es-tu ?

— A dix minutes au nord de Morehead. Dans deux minutes, j'atteindrai l'embranchement qui mène aux coordonnées GPS de la cabane.

— Dans ce cas, je suis à une minute derrière toi.

Ils avaient fait un bon temps, le sien était un peu meilleur, si l'on considérait que Bishop avait une vingtaine de minutes d'avance.

— Ecoute, Scarlett, ne prends pas la route de la cabane. Reste sur la 60. Je viens de recevoir un appel du central. Corinne a appelé le 911 pendant que nous étions en route pour venir ici. Elle a été blessée par balle, ainsi que les frères O'Bannion, Stone et Marcus.

— Tu plaisantes ? Elle est vivante ?

— Elle est vivante, affirma Deacon, sentant une vague de soulagement intense déferler en lui au moment de prononcer ces mots. Elle est avec les frères O'Bannion, ils sont au bord de la Route 60, pas très loin de l'endroit où tu es. Cherche un parking près du départ d'une des pistes de randonnée.

— Et la fillette ? Roza ?

L'impression de soulagement de Deacon ne survécut pas à cette question.

— Roza a été emmenée par le tireur. Nous avons lancé un avis de recherche, mais il n'y a pas beaucoup d'infos parce qu'il portait une cagoule de ski. Il est parti, mais personne n'a vu le véhicule qu'il conduisait.

— Alors, qui est la femme enterrée dans la cabane ? Et la quatrième personne ? Quel est le rôle des O'Bannion dans cette affaire ?

— Que de bonnes questions ! Je continue à penser à la terre sur les mains et les boots de Stone, hier.

— Moi aussi. Ou il les a enterrés, ou il les a exhumés… Bon, je vois les voitures de patrouille. Ils sont sur le côté droit de la voie.

Deacon prit un virage et vit la voiture de Bishop s'arrêter quelques mètres devant les véhicules de patrouille. Il se gara à son tour et courut la rejoindre près du groupe de ceux qui avaient répondu à l'appel. En prévision, il avait déjà sorti sa plaque.

— Je suis le lieutenant Bishop, du CPD. Et voici l'agent spécial Novak, du FBI. Qui commande ici ?

— C'est moi. Williamson, de la police d'Etat.

L'homme détailla Deacon, fronçant les sourcils en regardant ses cheveux.

— Puis-je revoir votre plaque ?

D'un geste impatient, Deacon s'exécuta.

— Assurez-vous que tous ceux qui sont sur la scène sont équipés de gilets. Ce type a tué un agent fédéral, plus tout un tas d'autres gens. Où est Corinne Longstreet ?

Williamson les conduisit vers une jeune blonde allongée sur un brancard, meurtrie, l'air épuisé. Un urgentiste faisait pression sur une blessure qu'elle avait à la jambe, pendant qu'un autre posait une perfusion. Les deux frères O'Bannion recevaient également les premiers soins. Stone était un peu à l'écart, étendu à environ un mètre cinquante d'une Subaru criblée de balles. Le brancard de Marcus était plus proche de celui de Corinne.

Que s'est-il passé ici ? Un million d'autres questions flottèrent dans l'esprit de Deacon, mais elles devraient encore attendre quelques minutes.

Bishop et lui s'accroupirent près de Corinne. Deacon garda ses lunettes noires. Inutile d'impressionner la fille. Elle en avait déjà assez vu.

— Nous sommes très heureux de vous voir en vie, madame Longstreet, dit-il. Je suis l'agent spécial Novak. Voici le lieutenant Bishop. Nous étions à votre recherche.

Corinne riva le regard sur son visage. Elle tendit la main pour saisir son revers et ne put y parvenir. Il vit qu'elle avait les mains enflées et les doigts recourbés comme une griffe.

— Vous êtes réel ?

Il lui sourit.

— Je suis très réel, vous ne perdez pas l'esprit. J'ai juste une drôle de tête.

— Je vous trouve merveilleux. Tout le monde est merveilleux, ici.

Elle ferma les yeux et exhala un long souffle, avant de reprendre la parole.

— Je vous suis tellement reconnaissante, à tous. Je n'arrive pas à croire que je suis ici. Mais il l'a prise. Roza. J'ai essayé de la sauver. J'ai fait tant d'efforts.

D'un geste doux, Deacon prit la main glacée entre les siennes, lui communiquant la chaleur de son corps.

— Nous savons. Nous avons compris. Pouvez-vous nous dire ce qui s'est passé ?

D'une voix entrecoupée, elle leur fit le récit de leur évasion de la cabane. Leurs quelques heures de répit dans l'affût. Sa rencontre avec Stone O'Bannion, la fuite avec Roza, puis leur chute du haut de la colline. Le tireur qui avait ouvert le feu.

— Attendez. Vous avez frappé Stone O'Bannion avec une *pelle* ? voulut savoir Bishop.

— Je n'avais pas l'intention de lui faire du mal. Enfin, si. Mais, à ce moment-là, je croyais que c'était lui qui nous avait enlevées.

— C'est très compréhensible, ne vous inquiétez pas à ce sujet, dit Bishop. Quant à M. O'Bannion, il aura aussi quelques explications à nous fournir, de son côté. J'étais simplement étonnée que vous ayez utilisé une pelle.

— C'est tout ce que j'avais. Avec quelques couteaux de cuisine.

Et elle a survécu, songea Deacon, fort impressionné.

Corinne s'efforça de regarder le brancard derrière elle.

— Comment va Marcus ? Personne ne m'a rien dit. Il a été blessé en me protégeant, en me servant de bouclier. Ensuite, Stone a foncé sur le tireur avec la Subaru pour l'empêcher de continuer à nous tirer dessus, mais il s'est enfui. Le tireur, pas Stone. Il s'est enfui et il a emporté Roza avec lui.

Deacon et Bishop échangèrent un regard surpris.

— Se pourrait-il que Marcus soit notre correspondant anonyme ? dit Deacon.

Bishop acquiesça, visiblement troublée.

— J'imagine que c'est possible. En tout cas, ça ne ressemblait pas à la voix de Stone, j'en suis sûre. J'aurais tendance à dire que les deux frères O'Bannion nous doivent quelques explications.

Elle se pencha de nouveau sur Corinne.

— Parlez-nous de l'homme qui vous a enlevée.

— Je n'ai jamais vu son visage. Il mesurait peut-être un mètre quatre-vingts. Il portait une cagoule de ski. Désolée.

— Ça ira, dit Deacon en se rendant compte que Corinne commençait à s'agiter. Vous nous avez donné sa taille. Etait-il costaud ? Fort comme Stone O'Bannion ?

Corinne fronça les sourcils.

— Non. Il était… normal. Je lui ai tiré dessus. Avec le pistolet de Marcus. Je l'ai touché trois fois, mais les deux premières balles sont arrivées sur sa cuirasse. La troisième l'a atteint au bras. Ça l'a ralenti quelques secondes, assez longtemps pour que Stone lui fonce dessus avec la Subaru.

Deacon ressentit un frisson d'excitation. *Elle l'a blessé.* Le tueur qui n'abandonnait aucune parcelle de lui-même sur les scènes de crime pourrait tout simplement leur avoir laissé un cadeau.

— Il y a peut-être de l'ADN.

Les yeux de Bishop étincelaient.

— Je sais. On demandera aux types de la scientifique de chercher des traces de sang. Corinne, parlez-nous de Roza.

Les yeux de la jeune femme se remplirent de larmes.

— Elle n'a que onze ans. Elle est née là-bas.

Deacon écarquilla les yeux.

— Elle est née dans la cave ? C'est bien ce que vous voulez dire ?

— C'est ce qu'elle m'a raconté. Elle n'était jamais sortie et elle était terrorisée, mais si courageuse. Elle m'a laissée la traîner jusqu'ici, dit Corinne avec un sanglot étranglé. Sa mère est morte là-bas. Roza l'a enterrée. Elle a enterré sa propre mère.

— Oh ! non, murmura Bishop. Arianna nous a parlé de Roza. Nous espérions que la mère était encore en vie.

— Arianna ? Vous lui avez parlé. Elle est vivante ?

— Elle est vivante et en sécurité, lui assura Bishop. Elle s'est fait un sang d'encre pour vous.

Corinne se mit à pleurer, succombant à l'émotion.

— Je croyais qu'elle était morte.

Deacon lui caressa les cheveux.

— Arianna s'est échappée. Elle est partie chercher de l'aide mais, quand nous sommes arrivés à la maison, il vous avait déjà emmenée. Elle est à l'hôpital, elle récupère.

— Elle est… ? A-t-il… ? demanda-t-elle à travers ses sanglots.

— Elle est en sécurité, maintenant, murmura Deacon. Et vous aussi.

— Oh ! mon Dieu. Il l'a fait. Ce salopard !

Elle leva la main et frappa faiblement l'épaule de Deacon.

— Il lui a fait du mal, continua-t-elle. Elle commençait juste à se sentir mieux et il lui a fait du mal.

— Elle est forte. Et elle a du soutien. Je suis persuadé qu'apprendre que vous êtes vivante sera exactement ce dont elle aura besoin pour tenir le coup.

Corinne lutta visiblement pour reprendre le contrôle de ses émotions.

— Roza dit qu'il en a tué tellement. Oh ! merde. Les yeux. Il a une collection de… bocaux. Remplis de choses humaines. Des yeux. Je les ai vus dans la cabane.

— Ses souvenirs, dit Bishop. Vous souvenez-vous d'autres détails sur Roza ? Vous a-t-elle dit le nom de sa mère ?

— Oui. C'était Amy. Un diminutif pour Amethyst, a-t-elle dit. Amethyst Johnson. Elle a été enlevée avec sa sœur. Il a tué la sœur et l'a enterrée. D'après la petite, il a interdit à la mère de lui faire ses adieux et il l'a battue à mort parce qu'elles avaient utilisé la cuisinière pour faire du thé.

— Ce sont de précieuses informations, dit Bishop. Quoi d'autre ? D'autres précisions ?

— Elle dit *zed* pas *zee*. Roza, avec un *zed*. Son vrai prénom est Firoza.

— Très, très bien, l'encouragea Deacon. Ça veut dire qu'elle est anglaise ?

— Elle n'avait aucun accent et je me suis dit que, puisqu'elle avait vécu seule avec sa mère dans cette cave pendant des années, elle avait dû prendre quelque chose de sa manière de parler. Je pensais plutôt au Canada.

La jeune femme était perspicace.

— Vous nous avez énormément aidés, dit Deacon. Que pouvons-nous faire pour vous ? Appeler quelqu'un, peut-être ?

— Je n'ai pas de famille. Dites simplement à Arianna que je vais bien et que je la verrai bientôt. Dites-lui de tenir le coup pour moi.

— Absolument. Si vous avez besoin de nous, demandez à quelqu'un de nous appeler. Je m'appelle Deacon Novak et, elle, c'est Scarlett Bishop. Et, si vous oubliez nos noms, demandez le type aux cheveux blancs.

— D'accord. Oh ! attendez. Attendez. Il y en a d'autres. Deux hommes, dans le fourgon qui nous a transportés ici. Je crois qu'ils étaient déjà morts tous les deux. Je crois qu'il les a enterrés dans la cabane.

— Nous sommes au courant, expliqua Bishop. Après que nous aurons parlé à Marcus et à Stone, la cabane est la prochaine destination sur notre liste.

— J'ai pris son couteau. Le couteau du vieux monsieur mort. Il est dans ma poche. Sa famille pourrait vouloir le récupérer.

L'émotion noua la gorge de Deacon. Même indemnes, la plupart des gens n'y auraient pas pensé. Elle avait traversé l'enfer et pensait encore aux autres.

— Voulez-vous que nous leur rapportions le couteau ?

Elle hocha la tête.

— Remerciez-les de ma part. Dites-leur qu'il nous a sauvé la vie.

Bishop prit délicatement le couteau suisse de la poche de Corinne.

— On va s'assurer qu'ils le reçoivent. Je suis certaine qu'ils seront heureux de savoir que vous avez pu l'utiliser pour vous enfuir.

— Pour Roza. Je l'ai fait pour elle. Retrouvez-la, je vous en supplie. Je la prendrai avec moi, s'il n'y a personne pour s'occuper d'elle.

Deacon dut une fois encore refouler son émotion.

— Vous êtes une femme au grand cœur, madame Longstreet.

Il se tourna vers les urgentistes, qui semblaient aussi affectés émotionnellement que Bishop et lui l'étaient.

— Où l'emmenez-vous ?

— Près d'Arianna. Emmenez-moi à l'hôpital où se trouve Arianna.

— C'est le County General à Cincinnati, dit-il aux urgentistes.

— Lexington est plus près, souligna l'un d'eux.

— On ne peut pas atterrir à Lexington, dit l'autre. Le brouillard. Si c'est ce qu'elle veut, nous pouvons l'emmener à Cincinnati.

— C'est le cas, dit Deacon, avant de se pencher de nouveau sur la blessée. Corinne, on va vous transporter au même endroit qu'Arianna, ainsi vous pourrez la retrouver. Ma sœur est un des médecins de garde aux urgences, là-bas. Elle s'appelle aussi Novak. Elle prendra bien soin de vous. Nous continuerons à chercher Roza, et nous vous tiendrons informée. C'est promis.

Bishop et lui rejoignirent le frère O'Bannion qu'ils n'avaient pas encore rencontré.

— Dans quel état est-il ? demanda Deacon à l'urgentiste.

— Il a probablement un pneumothorax. Il a perdu beaucoup de sang. Nous avons arrêté l'hémorragie, pour l'instant. Corinne Longstreet lui a administré les premiers soins, avant de stopper le saignement de sa propre blessure par balle. Sacrée bonne femme. Je vous ai bien entendu dire qu'elle allait à Cincinnati ?

— Oui, au County General. Peut-on aussi y transporter les deux autres ?

— Ouais. On va mettre ce gars, Marcus, dans le premier transport avec Mme Longstreet. L'autre, Stone, il saigne aussi et il a peut-être une fracture du crâne, mais son état est plus stable. Il peut attendre le second hélico.

Une nouvelle fois, Deacon et Bishop se retrouvèrent accroupis de part et d'autre d'un brancard.

— Quel est votre nom ? demanda Bishop en se penchant pour mieux entendre la réponse.

— Marcus O'Bannion, dit-il d'une voix de basse, rendue rauque par la souffrance.

Bishop hocha la tête.

— Je reconnais cette voix. C'est vous qui m'avez appelée, dit-elle à Marcus. Pourquoi ?

— C'était la chose à faire.

— Pourquoi ne m'avez-vous pas dit votre nom ?

Marcus poussa un faible soupir.

— J'aurais dû. J'essayais de protéger ma famille.

— Savez-vous où se trouve votre père ? demanda Bishop.

— Avec ma mère, chuchota Marcus.

Deacon fronça les sourcils.

— Pourquoi est-il parti en douce de chez lui pour aller la voir ? Pourquoi s'embêter à déjouer notre surveillance ?

— Laissez-le tranquille, cria Stone, d'une voix pâteuse. Je peux répondre à vos questions.

— Et Marcus ne peut pas trop parler, prévint l'urgentiste.

— D'accord, dit Bishop. Encore deux questions. Qui est le quatrième cadavre de la cabane ? Celui dont vous avez dit qu'il vous appartenait. C'est votre fils ?

— Ça aussi, je peux y répondre, intervint Stone d'un ton belliqueux. Laissez-le tranquille.

— Votre tour viendra, assura Deacon, démangé par l'envie d'assener lui aussi un bon coup de pelle à Stone.

S'il leur avait dit la vérité la veille, nombre d'ennuis et de chagrin auraient pu être évités.

— Marcus ? Qui est le quatrième corps ? répéta Deacon.

Une larme perla au coin de l'œil de Marcus.

— C'est Mikhail. Notre frère. Il n'avait que dix-sept ans.

— Votre frère ?

Deacon se tourna pour regarder Stone. L'enfoiré présomptueux et arrogant qu'ils avaient interrogé la veille avait disparu. Sur son visage, l'agressivité avait cédé la place à une véritable détresse.

Deacon croisa le regard de Bishop et constata qu'elle semblait aussi déconcertée que lui.

— Très bien, dit-elle avec douceur. La toute dernière. Pourquoi avoir protégé Corinne ?

D'un même geste, Deacon et elle se penchèrent pour percevoir la réponse de Marcus.

— Elle savait peut-être qui avait tué Mikhail. J'avais besoin de le savoir. Et puis, c'était la chose à faire.

Deacon et Bishop se redressèrent et reculèrent, alors que le grondement d'un hélicoptère se faisait entendre au-dessus de leurs têtes. L'appareil atterrit, les urgentistes entrèrent en action et chargèrent les deux premiers blessés dans la cabine. En quelques minutes, ils étaient repartis, soulevant une bourrasque de feuilles mortes dans leur sillage.

Deacon se dirigea vers Stone.

— Une minute, fit Bishop, je veux prévenir Isenberg.

Elle tapa son SMS tout en disant le texte à haute voix.

— Jeremy chez ex-femme. Corinne en route pour County à Cinci, évac. san. Troisième cadavre : frère O'B, Mikhail, dix-sept ans. Pas d'infos sur quatrième corps. Merci confirmer localisation Jeremy au + tôt.

Elle tapa sur la touche envoi, puis se tourna vers Deacon.

— Si nous avons la confirmation que Jeremy est bien chez son ex, il ne peut pas avoir fait ça. Il n'a pas pu tirer sur Corinne et Marcus, attraper la gosse et regagner Cincinnati dans un aussi bref délai.

— Je sais. Mais étant donné que sa cabane a été utilisée pour cacher les cadavres les plus récents et que les victimes retrouvées dans la cave présentent des sutures d'une précision chirurgicale... Bon sang. Quelqu'un a très envie qu'on s'intéresse à lui.

— La question est de savoir qui est cette personne. Pas Stone, parce qu'il est ici. Ça pourrait être Henson Trois ou même Combs, mais ils n'ont pas embarqué Roza. Mauvaise silhouette. Ce type était « normal », ajouta-t-elle en se mordant la lèvre. Est-ce que tu penses ce que je pense ?

Deacon s'assombrit.

— Je suis en train de me dire que je regrette de ne pas être monté avec la danseuse orientale gymnaste en rose pour vérifier que Jordan était vraiment là-haut. Nous nous sommes beaucoup appuyés sur ce qu'il nous a dit et, s'il a été rayé de la liste des suspects, c'est à cause de l'alibi que lui a fourni Alda Lane.

— Bien d'accord avec toi. Il nous faut le remettre sur la liste, au moins jusqu'à ce que nous puissions déterminer l'endroit où il se trouvait durant la dernière heure.

— Je fais établir une surveillance de sa galerie et de sa maison, dit Deacon, tout en envoyant sa requête à Isenberg par SMS. Maintenant, il est temps d'avoir une petite conversation avec Stone.

Est du Kentucky
Mercredi 5 novembre, 13 h 35

Il tremblait. *Il tremblait. Putain.* C'était la seconde fois en un mois qu'une salope lui mettait une balle dans la peau. Faith lui avait tiré dans le bras quand il était passé par sa fenêtre à Miami. Heureusement, il s'en était tiré avec une simple égratignure et la veste qu'il portait avait absorbé le sang. Mais, s'il n'y avait pas eu de dégâts, c'était parce qu'il s'était enfui avant de laisser des gouttes sur l'appui de la fenêtre ou l'escalier de secours.

Il ne laissait jamais d'ADN. *Jamais.*

Sauf que cette fois c'était arrivé. *A cause de cette salope de Longstreet.* Il grinça rageusement des dents. La balle l'avait traversé de part en part, mais il souffrait encore. *Putain.* Et ces deux clowns qui étaient venus au secours de la pétasse. Foncer sur lui avec la Subaru... Ils avaient failli le tuer. *D'ailleurs, qu'est-ce qu'ils foutaient dans le coin ? Ils ont tout gâché.*

Heureusement, il avait été assez malin pour deviner la direction prise par Longstreet et Roza. Après avoir suivi leurs traces sur la piste principale, il avait compris à quel endroit elles allaient ressortir. Il avait suffi de regagner la grand-route, garer le pick-up hors de vue, et remonter la piste à partir de l'embranchement pour les intercepter.

Longstreet s'était montrée rusée. La gamine et elle avaient progressé parallèlement à la piste et, dans sa hâte, il les avait dépassées. En revanche, il les avait entendues courir vers la route et était revenu vers elles juste à temps.

Ensuite, il avait pu s'enfuir de justesse. Sur la route, il avait croisé les véhicules de patrouille qui se précipitaient vers Longstreet et ses sauveurs.

Il jeta un coup d'œil sur la banquette arrière. Au moins, il avait récupéré la gamine. Malheureusement, il avait peur d'être obligé de la tuer, elle aussi. Elle s'était cogné la tête en dégringolant la colline et, maintenant, elle ne réagissait plus. Si elle ne reprenait pas rapidement ses esprits, elle allait devenir un handicap comme Longstreet l'avait été.

Et ce n'était pas comme s'il pouvait se pointer comme une fleur à l'hôpital avec elle. Bien sûr, il pouvait suturer la plaie mais, avec une blessure à la tête, elle avait besoin d'autres talents que les siens.

Un sourire ourla ses lèvres et il tapa un petit rythme gaillard sur le volant. D'un autre côté, il pourrait amener un médecin à la petite. D'ailleurs, il savait exactement à qui s'adresser.

Les flics devaient déjà être à la cabane. Ils trouveraient la cavalière morte. Elle était du genre dont on déclarait la disparition. Ils rechercheraient bientôt son pick-up rouge de luxe.

Il allait devoir abandonner la camionnette. Au fil de la route de campagne, il tomba sur le véhicule idéal. Une Chevy Suburban couleur chamois et aux vitres teintées était garée devant un grand mobile home. Le moteur tournait. Ça voulait dire qu'il n'aurait besoin de tuer personne pour la prendre.

Après avoir procédé rapidement à l'échange des véhicules, il allongea la gamine sur la banquette arrière et il transféra ses armes et, surtout, sa collection de bocaux et de souvenirs dans le coffre.

Ensuite, il reprit la route vers Cincinnati. Longstreet n'avait jamais vu son visage, elle ne pouvait donc pas l'identifier. Il avait avec lui la seule personne susceptible de le décrire. Et il n'avait pas perdu *trop* de sang. Le temps était sec depuis longtemps, le sol avait dû absorber la moindre goutte de liquide. L'un dans l'autre, la situation aurait pu être pire.

30

Est du Kentucky
Mercredi 5 novembre, 14 h 15

Que Stone O'Bannion soit le moins gravement blessé des trois victimes donnait la mesure des événements, songea Deacon. Le visage du journaliste était grisâtre, il avait les yeux injectés de sang. On lui avait enlevé son coupe-vent noir et son sweat-shirt à capuche, exposant une large déchirure dans son T-shirt, dont le tissu était imprégné d'une croûte de sang séché.

— Vous avez une sale gueule, O'Bannion, lança Bishop sans préambule. Avant d'en arriver aux raisons qui vous ont conduit dans cet état, pouvez-vous décrire l'homme qui a tiré sur Marcus et emmené l'enfant ? On dirait que vous êtes arrivé au plus près de lui avec votre Subaru.

— Je n'ai pas pu voir son visage. Il avait une cagoule de ski. Environ un mètre quatre-vingts. Plutôt bâti comme Marcus que comme moi. Des yeux noirs. Je crois. La femme lui a tiré dessus. Elle l'a blessé au bras droit. Après, il a eu du mal à manœuvrer son fusil rapidement. Elle l'a d'abord eu à la poitrine, mais il devait avoir une cuirasse en Kevlar. Il n'est même pas tombé, alors que c'était des tirs mortels. C'est une sacrément bonne tireuse.

— Où se tenait-il quand il a été touché ?

Deacon voulait pouvoir dire aux hommes de la scientifique où chercher les échantillons de sang.

— Plus ou moins devant l'endroit où se trouve la Subaru, répondit Stone. J'essayais de le renverser quand il s'est mis à tirer sur le pare-brise et les pneus. Ça m'a stoppé. Ensuite, il s'est enfui.

— D'accord. Maintenant, recommençons du début, dit Deacon. Vous aviez de la terre sur les mains parce que vous étiez à la cabane, hier. C'est à cette occasion que vous avez découvert les corps ?

Stone ferma les yeux.

— Oui. J'étais allé là-bas parce que je cherchais Mickey. Mikhail…

Il n'a que dix-sept ans, ajouta-t-il, la gorge nouée, alors que des larmes perlaient derrière ses paupières closes.

— Toutes mes condoléances, dit Bishop avec gentillesse. C'était votre frère, le fils de votre mère ?

— Et de Jeremy. Ça va le tuer. Maman… Mon Dieu. Je ne sais pas comment lui annoncer ça.

Deacon fronça les sourcils, intrigué.

— Je croyais que Jeremy et votre mère n'avaient eu qu'une fille ensemble. Audrey.

— C'est ce que maman voulait que tout le monde pense. Maman et Jeremy étaient déjà divorcés, lorsque Mickey a été… conçu, conclut-il avec gêne. Apparemment, c'était une dernière rencontre.

— Et vous n'avez pas pensé à nous en parler quand nous vous avons interrogé, hier ? demanda Bishop, avec froideur.

— Je me suis posé la question. Mais j'ai décidé de ne rien vous dire. Je voulais protéger ma famille. J'ai… merdé.

Bishop semblait furieuse.

— Vous croyez ? Par votre faute…

Elle s'interrompit, prit une profonde inspiration, puis continua plus posément :

— Bon. Vous cherchiez votre frère Mikhail ? Pourquoi ?

— Il a fugué en découvrant que Jeremy était son père biologique. Il a craqué. Il a disparu. J'ai décidé d'aller voir à la cabane, parce que j'avais cherché partout ailleurs.

Maintenant, son visage était sillonné de larmes.

— Je suis arrivé là-bas vers 16 heures. La porte était ouverte et j'ai vu une canette de Monster Energy Drink près de l'entrée. Les gamins boivent ce genre de trucs par litres, alors je me suis dit : cool, il est là. Mais il n'y était pas. Il y avait un tas de terre sur le sol et le lit était défait. Quelqu'un avait fait chauffer du ragoût, il y avait des restes dans une casserole sur le fourneau. Et la brouette était à l'intérieur, près du lit. Je ne comprenais pas ce que cette terre faisait là et puis j'ai vu que des lattes du plancher avaient été soulevées. J'ai eu… cette horrible sensation dans mes tripes. Vous savez ?

Deacon hocha la tête.

— Nous ne la connaissons que trop bien. Alors, vous avez regardé sous le plancher. Vous avez creusé avec vos mains ?

— Ouais. La pelle avait disparu. Il s'est avéré que la nana l'avait prise.

Il grimaça, comme s'il se souvenait des coups qu'il avait pris sur la tête.

— Je n'ai pas creusé tout de suite. Je me suis dit que Mickey était peut-être derrière la maison. Mais le mur de derrière était couvert de sang séché. Et aussi la bonbonne de gaz. Le gaz était coupé. Je crois qu'il a été attiré à cet endroit pour vérifier la bonbonne et…

Le torse du grand bonhomme se souleva et redescendit en frémissant, puis il continua :

— Je l'ai trouvé sous le plancher. Une balle dans la tête. J'ai paniqué. Je suis rentré à la maison pour le dire à Jeremy, mais… vous étiez là.

— Et vous nous avez menti, souligna froidement Bishop.

— Non. Je ne vous ai pas menti, dit Stone, d'un ton plus ferme. Je ne vous ai pas dit ce que vous vouliez savoir.

— Pourquoi ? voulut savoir Deacon. Votre frère était mort. Pourquoi n'avez-vous pas appelé le 911 quand vous l'avez découvert ? Vous auriez pu nous demander de l'aide quand nous nous sommes vus chez vous. Je n'arrive pas à comprendre votre attitude.

Stone soupira.

— Ma famille, c'est un beau merdier, voilà pourquoi. Quand Marcus et moi étions enfants, ma mère a divorcé de mon père biologique, parce qu'il l'avait trompée et que c'était un pauvre type à tous points de vue. Elle a épousé Jeremy et la situation s'est améliorée. Il nous a adoptés et ils ont eu Audrey. Ensuite, ils ont divorcé parce que Jeremy l'a trompée avec un homme. Elle l'avait envoyé à la fac de médecine et l'avait installé dans son cabinet, mais c'est lui qui l'a quittée. J'ai failli le briser en deux, mais maman m'a calmé. Elle avait toujours su que Jeremy était homo. Elle se fichait qu'il ait des amants, du moment qu'il n'avait pas de maîtresses. Elle n'a pas divorcé parce qu'il la trompait. Elle l'a laissé partir parce qu'elle voulait qu'il soit heureux.

— C'est bien joli, mais ça ne nous explique pas pourquoi vous ne vous êtes pas tourné vers nous en découvrant que votre frère avait été assassiné.

Stone laissa échapper un soupir agacé.

— C'est justement ce que j'essaie de vous expliquer. Maman voulait une famille, même en trompe-l'œil. C'est ce que Jeremy lui a apporté. Mais son amant l'a poussé à sortir du placard et à quitter maman pour lui. Maman a dit qu'elle était d'accord. Elle avait eu Audrey et dix belles années de mariage. Elle disait toujours que Jeremy était un homme bien. Ce qui est vrai. Alors j'ai fini par lui pardonner. J'appréciais même son ancien compagnon. Il a rendu Jeremy sacrément heureux.

— Son ancien compagnon ? releva Deacon. Pas Keith ?

— Non, l'ancien compagnon de Jeremy s'appelait Sammy. Keith connaissait Jeremy depuis plus longtemps, depuis le lycée, mais c'était Sammy que Jeremy aimait. Keith et Sammy aussi étaient amis. Pourtant, j'ai toujours eu l'impression que Keith était la cinquième roue du carrosse. J'étais encore enfant, mais j'avais compris que dans leur cas, trois, c'était un de trop.

— Vous pensez que Keith était jaloux ? demanda Deacon.

— Je sais qu'il l'était. Il l'est encore. Et il a un sale caractère. Sammy a été tué dans l'accident qui a handicapé la main de Jeremy. Keith l'a aidé à surmonter le deuil et ils se sont mis ensemble. J'ai déjà vu Keith frapper des types qui regardaient Jeremy de trop près. Je l'ai vu tabasser un type qui avait traité Jeremy de tapette. Le type a fini à l'hôpital.

— Il n'y a pas eu de plainte, dit Bishop. Nous avons vérifié vos antécédents à tous.

— Jeremy a réglé l'affaire en payant l'homophobe.

— Je répète, vous ne vous êtes toujours pas expliqué, dit Bishop.

— Un peu de patience, rétorqua Stone. J'ai une commotion cérébrale. Maman a toujours fait passer Mickey pour le fils d'un homme d'affaires russe avec lequel elle avait brièvement vécu après le départ de Jeremy. Mais, la semaine dernière, Mickey a fait une de ces grilles génétiques en cours de biologie et s'est rendu compte que quelque chose ne collait pas. Maman lui a révélé que Jeremy était son père.

Deacon comprenait mieux.

— Keith n'avait pas été le seul à réconforter Jeremy après la mort de Sammy.

— Exactement. D'ailleurs, Keith était furieux. Il n'avait jamais aimé Mickey et aucun de nous ne savait vraiment pourquoi. Quand la vérité a éclaté, ma sœur Audrey et moi avons pensé que Keith avait peut-être toujours pressenti que Jeremy était le père de Mickey. Quand j'ai trouvé le corps de Mickey…, dit Stone en laissant échapper un long soupir frémissant, j'ai cru que Keith avait…

Il n'acheva pas sa phrase.

— Vous avez cru que Keith avait tué Mickey, compléta Deacon.

— C'est compréhensible, dit Bishop. Mais ça n'explique toujours pas pourquoi vous nous avez caché l'existence de ces fichus corps. Ni pourquoi vous n'avez pas dénoncé Keith. Vous le soupçonniez tout de même du meurtre de votre frère. Pourquoi ne pas avoir prévenu Jeremy que vous soupçonniez Keith d'être un tueur ?

— Keith n'aurait pas touché un seul cheveu de la tête de Jeremy. Mais ça aurait tué Jeremy d'apprendre que son fils était mort parce que son propre compagnon l'avait assassiné. Hier, quand je suis rentré, vous m'êtes tombés dessus, alors que j'avais à peine eu le temps de respirer. Et puis, vous m'avez dit qu'un type de chez Earl Power était mort, et je savais que j'avais vu son corps. Keith peut tuer sous l'emprise de la colère, mais pas comme vous en parliez, de cette manière calme et planifiée. Et il n'aurait pas enlevé de femmes ou de jeunes filles. Je me suis dit que quelqu'un d'autre les avait tués et que la femme disparue dont vous m'aviez parlé saurait qui était responsable. Ça m'aurait permis d'arrêter de soupçonner Keith, ce qui aurait épargné du chagrin à Jeremy, et de découvrir qui avait tué mon petit frère. Je me suis mis à la recherche de Corinne Longstreet. Je suis tombé sur elle près de l'affût de chasse. J'ai tenté de lui parler, de l'aider, mais elle a complètement pété les plombs et elle m'a proprement tabassé.

Bishop leva les yeux au ciel.

— Si elle a « complètement pété les plombs », c'est parce qu'elle a entendu sa meilleure amie se faire torturer pendant des jours. Elle était persuadée que c'était vous qui aviez fait ça. Mais je n'ai toujours pas mes explications. Pourquoi nous avoir caché la vérité ? Si vous soupçonniez quelqu'un, pourquoi n'avez-vous rien dit ? Vous auriez pu nous faire gagner du temps. Vous auriez épargné un terrible calvaire à Corinne. Nous aurions récupéré Roza avant que ce tueur psychopathe ne lui remette la main dessus. Depuis notre dernière conversation, il a descendu un tas de gens. Leur sang est sur vos mains, Stone. Sur vos mains.

Deacon ne l'avait jamais vue aussi en colère.

— Pourquoi nous avoir caché la vérité ? hurla-t-elle au visage de Stone.

— Parce que je savais que vous accuseriez Jeremy ! cracha Stone. Dès que vous avez prononcé le nom de Faith, je l'ai su. Parce que je connaissais les mensonges que sa famille colportait sur le compte de Jeremy. Je le savais parce que j'étais là le jour où il est rentré de la lecture du foutu testament de son père. Il était anéanti.

— Parce qu'il avait été déshérité, dit Bishop.

— Non. Parce que sa famille pensait réellement qu'il était capable de molester sa propre nièce. Il est rentré à la maison et il en a pleuré. Je n'avais jamais vu un adulte pleurer, et je m'en souviens. Je n'avais pas compris pourquoi il était si bouleversé, ce jour-là, mais maintenant je le sais. Il avait eu le cœur brisé, d'abord d'avoir été accusé, et surtout de ne pas avoir été défendu par sa propre sœur. Elle est restée là et a laissé son mari le frapper. Alors, c'est vrai, je ne vous ai rien raconté de tout ça. D'une manière ou d'une autre, vous auriez trouvé le moyen de mettre ça sur le dos de Jeremy. Votre besoin d'explications est-il satisfait, lieutenant ?

Bishop se releva lentement.

— Oui. Il est satisfait. Enfin.

Elle détourna les yeux un instant, puis regarda de nouveau Stone.

— Vous avez dit que vous l'avez vu revenir de la lecture du testament de son père. Vous vous rappelez à peu près l'heure qu'il était ?

Stone la regarda avec un peu d'incompréhension.

— Vers 15 heures. C'était un vendredi, on venait juste de rentrer de l'école.

— Vous avez l'air de vous en souvenir très bien, dit Deacon d'un ton pensif.

— Oui, parce que le lendemain c'était samedi. Maman voulait nous remonter le moral. On est allés à Kings Island et on a passé toute la journée sur la Bête. Des montagnes russes.

— Je sais, répondirent en même temps Deacon et Bishop.

— Toute la journée ? demanda Bishop.

— Oui, insista Stone. Pourquoi ?

— Juste pour établir une chronologie, dit Deacon d'une voix posée. Votre cousine Faith a des souvenirs légèrement différents de cette journée.

— Eh bien, elle se trompe. Demandez à Marcus. Demandez à ma mère. Ils vous diront la même chose.

— Nous n'y manquerons pas, assura Deacon. En parlant de Marcus, qu'est-ce qu'il vient faire dans le tableau ?

Stone soupira.

— J'avais besoin de quitter la maison pour chercher Corinne Longstreet, mais vos hommes étaient en surveillance, alors j'ai appelé Marcus et je lui ai demandé de me rencontrer dans un bar du centre-ville. Votre agent m'a suivi là-bas. J'ai retrouvé Marcus. Je lui ai demandé de ramener ma voiture chez Jeremy et de passer la nuit dans la maison d'amis. Je lui ai raconté que je devais suivre une piste pour un reportage. Ce qui n'était pas tout à fait faux. Ça fera un sacré papier en ligne.

— Il vous a cru ? demanda Bishop.

— Bien sûr.

— Et pour quelle raison a-t-il accepté de se prêter à cette petite diversion ? Il s'agissait de fédéraux, quand même ! dit Deacon d'un air sévère.

— Parce que certains de mes articles provoquent la controverse. Ce n'est pas la première fois que je suis filé par les fédéraux.

— Vous ne lui avez rien dit pour Mickey ?

— Non. Je ne lui ai parlé de rien, parce qu'il vous aurait appelés. Il est comme ça. Je voulais gagner du temps. Et je voulais qu'il reste avec Jeremy, au cas où il apprendrait pour Mickey. Marcus s'entend mieux avec lui que moi.

Le corps de Stone s'affaissa.

— Marcus est meilleur avec tout le monde que moi, ajouta-t-il. Il a ramené votre agent chez Jeremy, dans ma Corvette. Et j'ai pris sa Subaru pour retourner à la cabane.

— Comment a-t-il trompé mon agent ? demanda Deacon. Vous ne vous ressemblez pas.

— Pas couchés et couverts de sang, marmonna-t-il. Mais si nous sommes debout, que Marcus porte mon manteau avec un peu de rembourrage et qu'il fait noir ? Ouais, il peut se faire passer pour moi, sans problème. On l'avait déjà fait avant, quand on avait besoin de feinter maman. Quand je suis revenu à moi, après que cette nana m'a assommé avec la pelle, je lui ai envoyé un SMS. Je lui ai demandé de suivre les traces de la femme et la gamine. Il était hors de lui quand il m'a trouvé. Il avait regardé les infos. Il avait compris ce qui se passait et pourquoi je m'étais fait poignarder. D'après lui, je l'avais bien mérité pour avoir menti aux flics et pour avoir laissé la pauvre Corinne errer dans les bois. Exactement ce que vous avez dit, lieutenant. Presque mot pour mot.

— Bien, maintenant on sait comment vous avez déjoué la surveillance, dit Deacon. Mais comment Jeremy s'est-il faufilé par-derrière et pourquoi ? Pourquoi s'est-il donné tant de mal pour échapper aux agents postés devant le manoir ?

— Marcus a emmené Jeremy et Keith dans la Range Rover, expliqua Stone. Keith l'avait laissée dans le bosquet, derrière la maison, parce qu'il rentrait du bois pour la cheminée, ces jours-ci. Marcus leur a expliqué que maman avait découvert la disparition de Mickey en rentrant de voyage, la nuit dernière. Audrey et moi espérions le retrouver et le ramener à la maison avant son retour, mais… Bref, maman a appelé Jeremy et il est parti attendre avec elle. Il est passé par-derrière en partie parce qu'il ne voulait pas arriver là-bas avec une escorte de flics, et en partie parce que aucun d'entre eux ne savait que Mickey avait fugué. Maman a tout de suite pensé à un enlèvement et elle ne voulait pas en informer la police.

Il serra les mâchoires, un muscle de sa joue tressaillit.

— Elle a expressément demandé à Jeremy de ne pas prévenir la police.

— Audrey ne leur a pas dit que Mickey avait fugué ? demanda Bishop.

— Elle a fini par en parler et Marcus est parti aussi à sa recherche, sans se douter que je savais où se trouvait Mickey, parce que, comme un idiot, je ne lui en avais pas parlé. Marcus leur a assuré qu'on allait le retrouver. Quand il a appris la vérité, il était furieux. A cause de mes cachotteries, il avait donné de faux espoirs à maman et à Jeremy.

— Lieutenant Bishop ? Agent Novak ? dit Williamson en désignant le ciel. L'hélico est là. Et nous devons discuter.

— Très bien, fit Deacon. Une dernière question. Savez-vous qui a tué votre frère ?

— Non. C'est pour ça que je voulais interroger Corinne Longstreet. Je me suis dit qu'elle le savait. C'est la vérité.

— On reprendra la discussion quand vous serez soigné, annonça Deacon avant de reculer.

Une fois que Stone O'Bannion fut chargé à bord de l'hélicoptère, Bishop se tourna vers Williamson.

— Que se passe-t-il ?

— La police d'Etat a envoyé une unité de la scientifique à la cabane.

— Quoi ? dit Deacon, laissant exploser son irritation. Cette cabane est sous juridiction fédérale.

Williamson leva les mains en un geste apaisant.

— Les fédéraux y sont aussi. Ils sont sur les dents. Ils ont trouvé quatre corps, exactement comme l'avait dit votre correspondant anonyme, lieutenant Bishop, dit-il en secouant tristement la tête.

— Mon correspondant anonyme, c'est Marcus O'Bannion. Il est parti avec le premier hélicoptère. Qui est la quatrième victime ?

— Une femme qui correspond à la description d'Elise Lasker, dont la disparition a été signalée. On ne l'a plus revue après son départ d'un hôpital de Cincinnati tôt, ce matin. Ni elle ni son pick-up rouge. Le fédéral qui est là-bas m'a demandé de vous prévenir que le pick-up a été ajouté à l'avis de recherche. Il a aussi dit qu'à part pour enlever les planches personne n'a touché à rien et qu'ils sont en communication avec…

Il sortit son carnet de notes.

— … Avec le sergent Tanaka et l'agent Taylor. Ça vous dit quelque chose ?

— Ouais, dit Deacon en hochant la tête, soulagé. C'est agréable de constater que tout le monde joue dans le même bac à sable.

— Je n'irais pas aussi loin. De toute façon, ils vous attendent tous les deux. Nous avons sécurisé la scène, ici. Je m'assurerai qu'on cherche bien le sang du tueur, peu importe qui s'occupe de la scène de crime.

— Dites-leur de regarder devant la Subaru, dit Deacon. Pouvez-vous nous indiquer l'itinéraire le plus rapide pour arriver à la cabane ?

Williamson sortit une carte de sa poche et la déplia.

— A environ un kilomètre et demi vers le nord, vous pouvez reprendre la route qui vous conduira là-bas. Je vous ai mis un repère à l'embranchement.

Il leur laissa la carte, puis effleura le bord de son chapeau pour saluer Bishop.

— N'hésitez pas à me faire savoir si vous avez besoin de quoi que ce soit.

Deacon se tourna vers sa partenaire.

— Prête à jouer les pacificatrices au bac à sable ?

Bishop secoua la tête.

— Non. Je suis fatiguée et j'ai faim. S'ils se conduisent mal, je suis capable de distribuer quelques coups de pelle.

— J'aimerais bien voir ça. On se retrouve là-bas.

Mount Carmel, Ohio
Mercredi 5 novembre, 14 h 15

Faith observait Tanaka avec nervosité, tandis qu'il prenait des photos de la porte du monte-plats et du faux meuble de rangement qui l'avait dissimulée. Elle ne voulait pas savoir ce qui se trouvait derrière. Mais elle avait aussi besoin de le savoir. En mémoire de chacune des femmes qui étaient mortes ici, elle avait besoin de savoir.

— Existe-t-il d'autres espaces comme celui-ci ? demanda Kimble.

— Rien d'aussi grand, non. Mais il y a d'autres monte-plats dans les manteaux de cheminée, partout dans la maison. Le côté peut s'ouvrir. Ma mère disait que, dans l'ancien temps, ça servait à monter le bois à brûler ou le charbon, jusqu'à ce que mon grand-père fasse installer le chauffage central. Je sais aussi qu'il y a une glissière pour le linge sale. Vous trouverez également un coffre dans le bureau de mon grand-père. Et un vide sanitaire dans la salle de couture de Gran. D'après la légende familiale, il y a aussi un tunnel, parce que cette maison faisait partie de l'Underground Railroad[1], mais ma mère n'y croyait pas.

— Je ne peux pas m'avancer pour le chapitre Underground Railroad, mais le tunnel est probablement là, dit Sophie. Les résultats du scan ont montré les vestiges de ce qui ressemble à de vieilles galeries. A une dizaine de mètres de la maison, il semble y avoir eu un éboulement, alors je ne sais pas s'il est encore praticable. Ça figurera dans mon rapport. Mais j'étais essentiellement concentrée sur les résultats qui pouvaient indiquer la présence de cadavres.

— C'était exactement ce que j'attendais de vous, dit Tanaka en coupant le cadenas de la porte du monte-plats.

— Voyons d'abord ce qui nous attend là-dedans, et ensuite nous vérifierons les autres endroits, dit Kimble. Dépêche-toi, Vince. Ce suspense va me tuer.

Tanaka tira la porte, dévoilant un espace vide et obscur.

Faith retint un cri de déception, jusqu'à ce que Kimble répète son commentaire précédent.

— C'est astucieux.

Kimble passa la main dans l'espace vide et en tira une chaîne aux épais maillons, peinte en noir. Il lui imprima une traction expérimentale, puis hocha la tête.

— Il la garde bien huilée.

Quand il tira de nouveau sur la chaîne, il fit émerger un plateau, un peu plus grand qu'un plateau de service, vide.

Il continua à tirer et un second plateau apparut, également vide. La partie plate alla se ranger juste sous la précédente, à quelques centimètres au-dessus du chambranle supérieur de la porte, un peu comme les lames d'un store vénitien. Un troisième plateau vide suivit. Et un quatrième, qui lui n'était pas vide. Pas du tout.

— Oh ! mon Dieu, dit Kimble à mi-voix. On dirait qu'on a trouvé sa collection.

Faith refusa de détourner les yeux, même si son instinct lui hurlait de partir en courant. Le quatrième plateau était rempli de bocaux. Et, à travers le verre, elle distinguait de grosses… *choses* sombres qui flottaient.

1. Au XIXe, ce réseau clandestin aidait les esclaves en fuite à passer au Nord. Le terme désigne à la fois les personnes, le trajet et les refuges. (NdT)

— Ils sont étiquetés, dit Tanaka d'une voix incertaine.

Il pointa le rayon de sa lampe sur un des récipients et lut :

— « Cœur de Simpson ». C'est une des victimes déjà identifiées par le légiste.

Il prit la chaîne et la tira, jusqu'à ce que le haut des bocaux du quatrième plateau entre en contact avec le dessous du troisième. Quelques secondes plus tard, un cinquième plateau leur apparut, puis un sixième.

— Encore des bocaux, chuchota Faith.

Des dizaines. Les étiquettes portaient des mentions comme « Cœur de Parker », « Lèvres de Smith », « Pouces de Dreyfus » ou « Cerveau de McCall ».

— Combien y a-t-il de plateaux, là-dessous ? demanda Sophie à voix basse.

Tanaka secoua la tête.

— Je n'en ai pas la moindre idée. Mais je crois qu'il y en a aussi au-dessus.

Puis, il remonta un nouveau plateau. L'encre sur les étiquettes était noir foncé. Elles paraissaient neuves. « Cœur de Dupree ». « Langue de Dupree ». Roxanne Dupree. *Roxie.*

— Oh ! mon Dieu.

Faith recula, son estomac tanguait comme une mer démontée, l'âcreté cuisante de la bile remonta jusqu'à sa gorge. Un flot de larmes brûlantes déborda de ses yeux.

— J'ai besoin de prendre l'air.

Elle passa dans le couloir, gagna l'escalier et se laissa lourdement tomber sur la troisième marche à partir du bas, puis se décala en constatant que Sophie l'avait suivie.

Sophie prit la marche de dessous et baissa le menton sur sa poitrine.

— Ne soyez pas embarrassée, dit-elle d'une voix étouffée. Cela fait des années que j'exhume les morts et, même pour moi, c'est difficile.

Elle sortit son téléphone de sa poche et commença à faire défiler des photos. Toutes représentaient une petite fille blonde qui avait l'âge de la maternelle et un bébé aux cheveux noirs, de un an, peut-être.

Faith se surprit à trouver du réconfort dans ces clichés.

— Ce sont vos enfants ? chuchota-t-elle.

— Oui. Anna a quatre ans et Michael aura un an le soir de Noël.

— Ils sont magnifiques. Vous avez de la chance.

— Je sais. Je les regarde quand je suis submergée par tous ces morts. L'été dernier, il y a eu un glissement de terrain en Amérique centrale… Ces visages étaient la seule chose qui m'a permis de tenir. Et aussi celui-ci.

Elle fit défiler les photos sur l'écran et s'arrêta sur celle d'un bel homme au charme sombre, un éclat malicieux dans l'œil.

— Voici mon Vito.

— Il est très séduisant. Mais peut-être un peu incontrôlable. Du genre pirate fripon.

Le rire de Sophie était mal assuré.

— C'est lui, tout craché. Ça vous ennuie si je mets de la musique ?

Faith cilla.

— Pardon ?

— Ça vous ennuie si je mets un peu de musique ? répéta Sophie. J'ai un casque dans ma poche, si vous préférez.

— Du moment que ce n'est pas du hip-hop.

Sophie éclata de nouveau de rire.

— Non.

Sophie choisit un morceau de sa liste de lecture et, une seconde plus tard, l'air vibra du plus beau baryton que Faith ait jamais entendu.

— Oh…

Elle ferma les yeux et se laissa imprégner par la musique. Lorsque les dernières notes s'éteignirent, elle découvrit qu'elle avait les joues baignées de larmes.

— Il faut absolument que je m'achète ce morceau.

— Il n'est pas en vente, mais je vous l'enverrai. C'est mon mari qui chantait au baptême d'Anna.

— Vous avez vraiment de la chance.

— Je sais. Deacon et moi avons beaucoup écouté cette chanson l'année dernière, lorsque nous cherchions des tombes en Virginie-Occidentale. Ça l'a aussi aidé.

Faith croisa son regard.

— Il va être fâché contre moi. Je n'étais pas censée venir ici sans lui. Il craignait que je ne me fasse tirer dessus ou que la personne qui se trouve près de moi ne soit prise pour cible.

— Alors pourquoi êtes-vous là ?

— Parce que le commandant Isenberg me l'a demandé et que le lieutenant Kimble était prêt à prendre le risque. Ça m'a donné une chance d'agir. Je me sentais tellement impuissante ! Ce n'est pas seulement pour les dix victimes, mais aussi leurs familles. Tant de vies détruites.

Sophie hésita.

— Pas dix, Faith. Quand Kimble et vous êtes descendus, je venais de finir de scanner les derniers mètres carrés de la cave. Au total, j'ai trouvé sept corps.

Sept de plus… Ici. Dans la maison de ma grand-mère.

— Dix-sept victimes, chuchota Faith. La mère de Roza pourrait en faire partie ?

— Ou alors elle est peut-être encore vivante et se trouve avec Roza et Corinne.

— Si elles sont encore en vie. Je commence à perdre espoir.

— Ne perdez pas espoir ! cria Tanaka, qui sortit en courant de la chambre de torture et s'arrêta en dérapant au pied de l'escalier. On vient juste d'avoir un appel d'Isenberg. Corinne est vivante !

Faith pressa ses doigts sur sa bouche, des larmes de joie et de soulagement roulaient sur ses joues.

— Où ? chuchota-t-elle. Comment ? Qui les a trouvées ?

Le sourire de Tanaka s'éteignit.

— Pas « les ». Seulement Corinne.

L'air s'échappa des poumons de Faith, elle chancela.

— Roza est morte ?

— Elle a de nouveau été enlevée. Corinne a réussi à la conduire de la cabane de votre oncle jusqu'à la route principale, pendant près de trente-deux kilomètres, mais un type en masque de ski s'est pointé, au même moment que deux types qui voulaient venir à la rescousse. Vos cousins Stone et Marcus. Cagoule de ski a tiré sur Marcus et sur Corinne, avant de filer avec Roza.

— Et l'autre cousin ? voulut savoir Sophie.

— Stone était déjà blessé. Cette partie n'est pas très claire.

— Qu'est-ce que Stone et Marcus fabriquaient là-bas ? demanda Faith. Est-ce que Corinne a identifié son ravisseur ?

— Non, elle n'a jamais eu l'occasion de le voir, répondit Tanaka. Elle et vos cousins sont en route pour le Cincinnati General par hélicoptère. C'est tout ce que je sais pour l'instant.

Il les laissa pour se remettre à la tâche.

Faith prit un instant pour laisser son cerveau analyser l'information.

— Pauvre Roza… Il va la tuer. Elle savait qu'il le ferait quand elle a aidé Arianna à s'échapper, mais ça ne l'a pas retenue.

— Plutôt courageux, pour une gamine, dit Sophie à mi-voix.

— Plutôt courageux pour quelqu'un de n'importe quel âge, dit Faith en se levant. Si Arianna était là, elle voudrait jeter un coup d'œil dans la pièce souterraine, alors, je vais le faire pour elle.

Et dire peut-être une prière pour la petite Roza.

— Ensuite, je demanderai à Kimble de me ramener. Je suis contente d'avoir fait votre connaissance.

— Moi de même. Mais c'est quoi cette histoire de pièce souterraine ?

— C'est au bout du couloir. Tanaka ne vous en a pas parlé ?

— Si, mais je n'avais pas compris qu'il s'agissait d'une véritable pièce. J'ai pensé à un vide sanitaire, alors je ne l'ai pas encore scanné. J'aimerais y jeter un coup d'œil avec vous.

Une minute plus tard, Sophie était accroupie et grimaçait.

— Ce n'est qu'un vide sanitaire, Faith.

Faith la rejoignit dans l'espace exigu, ravalant de nouvelles larmes.

— C'est ici qu'elle vivait avec sa mère. Deacon m'a dit qu'il y avait une couverture ici, avec un vieil oreiller. Roza dormait ici.

Dans cette obscurité glaciale. *Mon Dieu, s'il vous plaît. Au moins, aidez cette enfant. Elle mérite d'avoir une vie.*

— Deacon a trouvé une boîte, ici.

Faith sursauta en entendant la voix de Kimble qui se tenait devant l'entrée. Il ne tenta pas de les rejoindre. Il était trop grand et il ne restait plus assez de place.

— Dans cette boîte, il y avait une brosse miteuse, une lampe de poche, et un T-shirt. C'était soit tout ce qu'elle possédait, soit ce qu'elle n'avait pas eu le temps d'emporter.

Sophie balaya le sol du rayon de sa lampe, observant les lieux avec attention.

— Elle voulait peut-être faire croire qu'elle n'avait pas autre chose. Quelque chose est enterré, sous l'emplacement où se trouvait la couverture. Le sol est légèrement incurvé. Il y a la même chose ici, près de l'endroit où elle dormait. Je vais faire un scan et voir ce que nous avons là, avant de commencer à creuser.

Kimble recula, Faith et Sophie sortirent. Dans le couloir, Sophie s'étira avec un petit grognement.

— Heureusement que je ne suis pas claustrophobe. C'était plutôt exigu, là-dedans.

Elle tendit la main à Faith.

— C'était un plaisir, Faith. Donnez de vos nouvelles.

— Vous partez ? demanda Kimble à Sophie.

— Non, c'est moi, répondit Faith. Vous vouliez que je vous aide à trouver les caches.

— En effet. Nous en avons trouvé une. Nous pourrions encore avoir besoin de votre aide. Pourriez-vous rester un peu plus longtemps ?

Faith haussa les épaules.

— J'imagine que oui. Vous avez Internet ici ?

— Nous avons une connexion par satellite. Pourquoi ?

— J'ai apporté mon portable, alors je peux travailler ici. J'ai reconnu au moins deux des noms portés sur les bocaux. C'était ceux de bénéficiaires de la fondation. Je noterai les autres noms pour les comparer avec la liste.

— De quoi s'agit-il ? demanda Sophie.

Quand Faith lui expliqua rapidement de quoi il retournait, elle ne cacha pas son étonnement.

— Il a établi son terrain de chasse parmi des boursiers. Quel salaud ! Mettons-nous au travail. Je vous préviendrai si je trouve quelque chose dans cette pièce.

Faith carra les épaules, rassemblant son courage avant de retourner dans la pièce des bocaux. Elle redonnerait aux victimes leur identité, pour que Deacon puisse leur rendre justice.

Est du Kentucky
Mercredi 5 novembre, 15 heures

Dans le périmètre de la cabane de l'ex-femme de Jeremy se trouvaient assez de représentants des forces de l'ordre pour gouverner un petit pays, songea Deacon. Accompagné de Bishop, il remontait une longue file de voitures stationnées le long de la route. Quelques policiers s'étaient rassemblés autour du véhicule garé au plus près de la maison — une Porsche grise aux lignes racées.

— Marcus a dû venir avec, dit Bishop. Stone et lui ont échangé leurs voitures au bar, la nuit dernière, et la Corvette de Stone se trouve toujours devant le manoir de Jeremy, exact ?

— Exact. D'après les agents aucun des véhicules n'a bougé de l'allée après le retour de Marcus avec la Corvette. A qui appartient la Porsche ?

— Elle est enregistrée au nom d'Audrey O'Bannion, leur indiqua un des policiers.

— Marcus a emprunté la voiture de sa sœur après avoir fait sortir Jeremy et Keith dans la Range Rover, dit Bishop. Tu n'as jamais pensé à conduire un de ces joujoux, Novak ?

— Ça m'est arrivé une fois, admit-il d'un ton pince-sans-rire. Il a fallu m'en extraire avec un levier.

Bishop gloussa, mais reprit rapidement son sérieux quand un homme chauve en costume et cravate noirs les accueillit à la porte.

— Bishop et Novak, annonça-t-elle d'un ton vif.

— Agent spécial Hudgins, dit-il en tenant la porte grande ouverte. Mon bureau est le plus proche de la scène, j'ai été appelé pour la sécuriser pour vous. Mais je dois vous dire que je ne m'attendais pas à ça, quand j'ai reçu l'appel qui m'a envoyé ici.

— A quoi vous attendiez-vous ? demanda Deacon.

Il enleva ses lunettes noires pour mieux découvrir l'intérieur de la cabane. L'endroit était en désordre. Le contenu de tiroirs était éparpillé par terre, un tas de terre s'empilait près d'une tombe ouverte. Quatre visages le regardaient du fond d'un trou peu profond, trois âgés et un beaucoup trop jeune. Mikhail Yarborough, le fils de Jeremy.

— Quand j'ai découvert la Porsche devant la maison, j'ai cru que j'allais trouver un labo de méth, des montagnes de pilules d'oxy, voire une plantation d'herbe. Pas quatre cadavres sous le plancher et un bocal rempli d'yeux.

Deacon se tourna vers Hudgins, qui cilla une fois.

— Des yeux normaux… pas comme les vôtres.

Bishop toussota, mais conserva une expression grave.

— Corinne avait parlé de ce bocal.

— Où sont ces yeux « normaux » ? demanda Deacon.

— Regardez sous le lit. Nous n'avons encore rien déplacé.

Deacon écarta les pans de son manteau et s'accroupit. Bishop se baissa également.

Il éclaira le dessous du lit et vit le bocal couché. Au moins une dizaine d'yeux opaques flottaient dans un liquide sombre.

— On dirait l'accessoire minable d'un train fantôme encore plus minable, murmura Bishop.

Mais Deacon l'entendit à peine, son esprit se repassait un fragment d'une conversation qui avait eu lieu la veille.

Des étagères avec des bocaux, avait dit Faith d'un ton distrait. *Essentiellement des confitures et des gelées. La cuisinière de ma grand-mère faisait des conserves à l'époque.* Elle avait froncé les sourcils. *Et des olives.*

Il avait été surpris. *La cuisinière de votre grand-mère faisait ses propres conserves d'olives.*

Non, évidemment, avait-elle répondu, comme s'il était stupide. *Les olives étaient déjà dans leurs bocaux.*

— Faith a vu ce bocal, dit-il à mi-voix. Ou un qui lui ressemblait. Elle se tenait probablement derrière le muret qui montait à mi-hauteur devant l'ancienne porte de la cave. Elle a dit que c'était l'endroit où elle enlevait ses bottes, lorsqu'elles étaient boueuses.

Il contint à grand-peine un frisson en songeant à ce qui aurait pu arriver si le tueur l'avait surprise dans ces circonstances.

— Elle se souvient avoir vu des bocaux d'olives dans la cave, ajouta-t-il.

— Je comprends comment elle a pu arriver à cette conclusion. Parfois l'esprit ne permet pas de traiter ce que l'on voit, surtout si on est très jeune et que l'image est particulièrement traumatisante. Quel âge avait-elle ?

— Je l'ignore. Moins de neuf ans, sans doute. Au moment où sa mère est morte, elle avait déjà peur de la cave. C'est pour ça qu'elle comptait les marches. Elle les descendait les yeux fermés. Ça voudrait dire qu'il tue depuis bien plus longtemps qu'on ne l'imaginait.

— La mère de Faith est morte il y a vingt-trois ans, murmura Bishop. Ça change la donne…

Elle se tourna vers Hudgins.

— C'est le seul bocal ? lui demanda-t-elle.

— Jusqu'à présent, nous n'en avons pas trouvé d'autres. Cela dit, quelque chose était entreposé dans le placard. La poussière a été dérangée. L'objet mesurait environ quatre-vingt-dix centimètres sur un mètre vingt.

— Le reste de sa collection, suggéra Deacon à mi-voix en se redressant de toute sa taille. Latent ?

Une femme qui couvrait de poudre la poignée d'une porte de placard se retourna.

— Oui, agent Novak ?

— Pouvez-vous relever les empreintes sur ce bocal, en priorité ? Merci, dit-il, avant de s'adresser à Bishop. Voyons si nous pouvons mettre de l'ordre dans tout ça. Lundi soir, le tueur a amené deux hommes morts et deux filles vivantes dans cette cabane. Il avait fui de son terrain de jeux, une maison de Mount Carmel, Ohio.

Cette dernière précision était destinée à Hudgins.

— Je me disais en effet qu'il pouvait y avoir un rapport entre les deux affaires. Nous avons reçu l'avis de recherche pour le technicien de Earl Power et le serrurier. Et le garçon ?

— C'est le fils de la propriétaire de la cabane, Della Yarborough, dit Bishop. Il a fugué et s'est réfugié ici. Sa présence a sans doute surpris le tueur. Je comprends pourquoi le mur de derrière est éclaboussé de sang.

— Ouais. Vers la bonbonne de gaz. Le robinet était fermé.

— Pour l'attirer à l'extérieur, dit Deacon, d'un air sombre. La spécialité de notre tueur. Ensuite, il enterre le garçon avec les deux hommes.

Deacon projeta le rayon de sa Maglite sur le lit défait. Plusieurs cheveux noirs étaient visibles sur l'oreiller, deux longueurs de corde traînaient sur les draps froissés. Les cordes avaient été cisaillées par un canif.

— Roza était ici. Où se trouvait Corinne ?

— Il y a un silo à l'arrière, expliqua un des autres techniciens. Nous y avons trouvé quelques cheveux blonds et des fragments de cordes coupées, juste comme celles qui sont sur le lit.

— D'accord.

Deacon réfléchit, reconstruisant les événements dans son esprit.

— Il a flanqué Corinne dans le silo et a laissé Roza, ici, attachée au lit. Corinne s'est évadée avec un couteau suisse. Ensuite, elle est venue dans la cabane et a libéré Roza.

A chaque nouvelle découverte, la combativité de la jeune femme l'impressionnait davantage.

— Selon Arianna, Roza savait qu'elle serait punie pour l'avoir aidée à s'échapper de la cave. Il aurait même pu aller jusqu'à la tuer. Alors, elle s'est droguée.

— Courageuse, la petite, lança Hudgins.

— Vous n'avez même pas idée ! dit Bishop. Corinne a dû rassembler quelques provisions. Elle nous a dit qu'elle avait des couteaux de cuisine et une pelle pour se défendre. Elle a peut-être fouillé le placard, vu une caisse, soulevé le couvercle et sorti un des bocaux. En se rendant compte de ce qu'elle tenait, elle l'aura laissé tomber et il a roulé sous le lit.

Hudgins laissa échapper un soupir.

— Ça paraît logique. Moi aussi, je l'aurais peut-être laissé tomber.

Deacon éclaira une boîte de soupe vide posée à terre.

— Elles ont dû manger un peu et puis Corinne a sorti Roza de là. Nous pensons que la personne qui est arrivée ensuite à la cabane était Stone O'Bannion, un autre des fils de la propriétaire de la cabane. Il cherchait Mikhail, son petit frère. Il nous a dit qu'il a trouvé tout ça, qu'il a vu le tas de terre à l'intérieur et le sang dehors, et qu'il a commencé à creuser.

Bishop prit le relais.

— En découvrant le corps de Mikhail, il a paniqué et il a foncé à Cincinnati pour le dire à Jeremy. Là-dessus, on lui est tombé dessus parce qu'on venait d'interroger son père. Stone ne nous a rien dit, de crainte que nous n'accusions Jeremy. Au lieu de ça, il est revenu ici pour essayer de trouver la fille en espérant apprendre ce qui s'était réellement passé, de manière à pouvoir protéger Jeremy. Mais Corinne et Roza étaient parties. Il a suivi leur piste à travers bois, mais Corinne a supposé qu'il était celui qui avait enlevé et torturé Arianna, alors elle l'a frappé avec le couteau de cuisine et l'a cogné avec la pelle.

— Bravo à elle ! dit Hudgins.

Deacon et Bishop marquèrent leur approbation, d'un bref hochement de tête.

— Bien, d'accord, dit Bishop. Stone s'est évanoui. A son réveil, il a prévenu son frère Marcus, qui avait déjà fait sortir Keith et Jeremy du manoir en douce, par-derrière, sous le nez de trois agents fédéraux, postés en surveillance.

— Inutile de remuer le couteau dans la plaie.

Les protestations de Deacon manquaient un peu de conviction. Les fédéraux avaient royalement foutu la surveillance en l'air.

— Hé, je dis ce que je vois, dit-elle. Marcus était avec sa mère et Jeremy, qui savaient à ce moment-là que Mikhail avait disparu et commençaient à s'inquiéter. Marcus est parti à la recherche de Mickey, puis il a reçu le SMS de Stone et a emprunté la Porsche de sa sœur. En arrivant ici, il a trouvé les quatre cadavres. C'est pourquoi il m'a appelée, anonymement.

Intrigué, Deacon fronça les sourcils.

— Attends. C'est important. Stone n'a vu que trois cadavres. Marcus en a vu quatre, ce qui signifie que le tueur est revenu entre-temps pour enterrer Elise Lasker.

— Quand a-t-elle été déclarée disparue ? demanda Hudgins.

— Elle a été vue pour la dernière fois un peu avant 5 heures, indiqua Bishop. Le tueur l'a probablement éliminée pour lui prendre son pick-up. S'il lui est tombé dessus à 5 heures, il a dû arriver ici à 7 heures. A ce moment-là, il découvre que Corinne et Roza sont parties. Il a dû enterrer Mme Lasker et a recouvert de nouveau les cadavres avec les lattes du plancher. Ensuite, il part chercher Corinne et Roza. Marcus arrive dans la forêt, trouve Stone blessé et le charge dans sa Subaru. Puis il vient ici, déterre de nouveau les corps et me prévient, anonymement.

— Pendant que le tueur erre dans le coin en essayant de mettre la main sur Corinne et Roza, dit Deacon. Est-ce que ça paraît logique qu'on puisse les trouver en une heure, alors que le tueur a vagabondé pendant six heures ?

Bishop haussa les épaules.

— C'est une vaste forêt. Il est concevable que Marcus et le tueur se soient croisés sans se rencontrer, surtout s'ils se déplaçaient discrètement à pied tous les deux. Quand bien même on pourrait croire qu'ils ont chacun entendu le moteur de l'autre. Dès qu'on aura établi les faits et gestes de tous ceux qui sont sur notre tableau des suspects, entre 4 heures et midi, on aura une idée plus claire des événements.

— En admettant que le tueur soit resté ici pendant tout ce temps, dit Deacon.

— A quoi penses-tu ? demanda Bishop.

Il pensait ce à quoi il ne voulait pas penser.

— Je pense que ce psychopathe est à l'œuvre depuis au moins vingt-trois ans. Et que Jordan a vraiment insisté pour voir Faith, ce matin.

— Tu crois qu'il voulait établir un alibi ?

— Peut-être. J'espère qu'il voulait sincèrement nous livrer des informations sur le jardinier de la Société historique, mais je dois m'en assurer. Faith lui fait confiance.

— Je vois. J'ai eu Isenberg en venant ici. Ils sont passés chercher le jardinier et il patiente au central, dans une salle d'interrogatoire. D'après le commandant, Keith attendait devant la maison de l'ex-femme de Jeremy dans la Range Rover, visiblement dans un état de « colère froide », parce que Jeremy était à l'intérieur avec son ex. Isenberg leur a appris la mort de Mikhail, puis elle a amené Jeremy et Keith chez nous pour les interroger. Elle a dit que la colère de Keith s'est évaporée dès que Jeremy s'est montré.

— Alors, Keith est toujours en tête de liste en termes de comportement suspect, mais il n'a tiré ni sur Marcus ni sur Corinne. Ce n'est pas la bonne silhouette et Isenberg est son alibi.

— On devrait se voir avec le reste de l'équipe, dit Bishop.

Au moment où elle prenait son téléphone dans sa poche, l'appareil se mit à sonner.

— En parlant du loup…

Elle tendit l'écran à Deacon pour lui montrer le nom de son correspondant, puis décrocha.

— Quoi de neuf ? dit-elle, puis elle battit des paupières. Non, je ne quitte pas.

Quelques secondes plus tard, le téléphone de Deacon sonna à son tour.

Isenberg, aussi. Elle les appelait en mode conférence, ce qui signifiait qu'elle ne voulait pas se répéter.

— Oui, répondit-il en sentant l'angoisse s'installer entre ses épaules. Dites-moi que Faith va bien et que Corinne est encore en vie. S'il vous plaît.

— Faith va bien, dit Isenberg. Corinne est encore au bloc. Il ne s'agit pas d'elles. Adam, Vince et Carrie Washington participent aussi à la conférence. Carrie ? Allez-y.

— Nous avons trouvé la balle dans le corps de l'agent Pope, dit le médecin légiste. Elle ne provenait pas d'un neuf millimètres. C'est une balle de fusil, semblable à celle que nous avons extraite du portier de l'hôtel, lundi soir.

Deacon prit une brève aspiration silencieuse.

— Alors, il n'a pas surpris Pope. Il occupait une position dominante quelque part dans mon voisinage.

Son estomac chavira lorsqu'il envisagea les possibilités et les probabilités.

— Il faudra faire du porte-à-porte. Je doute que le tueur ait été assez courtois pour choisir une maison vide et il ne laisse jamais ses victimes en vie.

— Je suis d'accord, dit Isenberg. Et votre supérieur est du même avis. D'ailleurs, j'ai eu Zimmerman, il a déjà bouclé le voisinage, à la recherche d'Antonio Renzo, le gars qui a harcelé votre frère et votre sœur.

— Pope était l'un d'entre nous, dit Deacon. Les gars de l'antenne locale ont passé la vitesse supérieure, quand je leur ai appris qu'il avait d'abord été blessé par balle. Depuis, ils ne sont plus après le gamin, mais après le tireur. Cela dit, ils ont toujours plusieurs agents qui recherchent Renzo en espérant que le gamin pourra les conduire… Oh ! bordel.

Il ne laisse jamais ses victimes en vie. Le sens des mots qu'il venait de prononcer le frappa soudain.

— Si Renzo est arrivé assez près du tueur pour qu'il lui prenne son couteau, alors nous devons supposer qu'il est mort, lui aussi.

— Zimmerman est arrivé à la même conclusion, dit Isenberg. Autre chose. Adam, votre angle d'attaque par les vétos a porté ses fruits. Nous avons identifié la femme agressée dans le parking de la supérette. Elle s'appelle Delores Kaminsky. Elle tient un refuge pour chiens. J'ai envoyé une voiture de patrouille à son domicile et j'ai émis un avis de recherche pour son véhicule. Monospace Nissan, couleur grise.

Monospace Nissan, gris ? *Merde.* Le pouls de Deacon accéléra sa course.

— Je l'ai vu. Le monospace Nissan gris. Mardi matin, il était garé en face de chez moi. Je n'y ai pas fait attention sur le moment. C'est un arrêt de bus scolaire. Les parents s'y arrêtent pour attendre leurs enfants.

— Et la plupart des mères conduisent des monospaces, fit Isenberg d'une voix lugubre. Merde, il était à notre portée.

— Bordel, siffla Deacon. Je n'ai pas pris la peine de vérifier. Mais pourquoi ?

— Et pourquoi Pope et Colby ne l'ont pas fait, à ton avis ? demanda Bishop d'un ton raisonnable. Vous êtes probablement arrivés à la même conclusion. Que c'était une mère de famille qui attendait le bus.

— Résultat, Pope est mort, dit Deacon d'un ton sinistre. Merci, mais je ne me sens pas mieux pour autant. On a des nouvelles de notre côté, Lynda. On a mis la main sur une partie de sa collection, un bocal rempli d'yeux qui avait roulé sous le lit. Il semble qu'il ait emporté une caisse plus grande avec lui.

— Pour l'instant, Latent relève les empreintes sur le bocal, ajouta Bishop. Alors vous les recevrez bientôt.

— Nous avons trouvé beaucoup plus de bocaux dans la maison, dit Adam. Plus d'une quarantaine, remplis d'yeux, de langues, de cœurs et d'autres trucs. La plupart étaient étiquetés avec le nom des victimes.

— Vous avez trouvé son stock ? demanda Deacon, soulagé.

Désormais, Faith n'avait plus besoin d'aller là-bas. Elle pouvait rester à l'abri au central, jusqu'à ce qu'il vienne la chercher pour l'emmener à la planque.

— En tout cas, une de ses caches, dit Adam. Maintenant nous pouvons commencer à identifier certaines des victimes.

— Nous avons d'autres nouvelles, intervint Tanaka. Aucune d'entre elles n'est bonne. Sophie a trouvé sept cadavres de plus.

— Je préparerai la morgue pour les nouvelles victimes, précisa Carrie avec un soupir.

Le soulagement de Deacon s'évapora. *Sept de plus. Sans compter Mme Lasker.* Il se dirigea vers la porte de la cabane.

— Je vais rentrer chez moi et aider aux recherches. Je dois au moins ça à mes voisins.

— Je me doutais que vous voudriez faire ça, dit Isenberg. Zimmerman vous attend.

31

Mount Carmel, Ohio
Mercredi 5 novembre, 15 h 45

— Docteur Corcoran ? Faith ?

Faith sursauta et quitta des yeux son écran d'ordinateur. Isenberg se tenait dans l'embrasure de la porte du salon de sa grand-mère.

— Oui, commandant ? Que puis-je faire pour vous ?

— Vous n'aviez pas l'air de m'entendre. Vous allez bien ? Vous aviez l'air d'être en transe.

— Concentrée, simplement.

Faith jeta un regard autour d'elle et découvrit qu'elle était seule dans la pièce.

— Où sont passés les types de la scientifique ?

Ils étaient deux à cataloguer tout ce qu'ils trouvaient dans leur fouille intégrale de la maison.

— En pause. D'ailleurs, vous devriez peut-être faire de même, Faith. Que fabriquez-vous par terre ?

Faith se frotta les yeux, fatiguée d'avoir fixé alternativement son écran et les petits caractères de la liste des récipiendaires de la fondation.

— C'est plus pratique pour étaler mes papiers.

— Avez-vous trouvé quelque chose ?

Elle avait trouvé et c'était effrayant.

— Oui. Nous…

— Attendez. Avant de continuer, j'ai quelques nouvelles pour vous. Corinne est sortie du bloc et elle est stable. La même chose pour votre cousin Stone. En revanche, l'opération de Marcus n'est pas terminée et le pronostic est moins encourageant. Il a reçu une balle dans le poumon en essayant de protéger Corinne.

— Que faisaient mes cousins, là-bas ?

— Tanaka vous a prévenue que votre oncle Jeremy était dans nos locaux pour interrogatoire ? continua Isenberg en ignorant sa question.

Le cœur de Faith sombra.

— Non. Vous continuez à penser qu'il est coupable ?

— Je l'ignore. Je sais qu'il n'a pas enlevé Roza, parce que j'étais avec lui, pas plus d'une demi-heure après ce qui est arrivé, et il y a deux heures de route de la cabane au domicile de son ex-épouse. Mais nous pensons qu'il travaillait avec un complice, donc ça ne prouve pas son innocence.

— Que faisaient Stone et Marcus, là-bas ? répéta Faith, d'une voix ferme. Ne m'ignorez pas, lieutenant.

Isenberg soupira.

— Stone était là-bas à la recherche de leur frère, Mikhail, qui est aussi le fils de Jeremy. Mikhail a été trouvé dans la tombe avec le serrurier et le technicien de l'électricité. Nous pensons qu'il a surpris le tueur, qui avait l'intention de se cacher dans la cabane. Marcus était là parce que Stone l'a appelé à l'aide après que Corinne l'a frappé avec un couteau de cuisine et sonné avec une pelle. Elle l'a pris pour son ravisseur. Je ne sais toujours pas si elle avait tort. Stone correspond à la description de l'homme qui est entré par la fenêtre de votre chambre à Miami, docteur.

Faith se massa les tempes du bout des doigts.

— Attendez une minute. Jeremy est dans une de vos salles d'interrogatoire pendant que deux de ses fils sont à l'hôpital et l'autre à la morgue ? Vraiment ?

— Absolument. Et il y restera jusqu'à ce que nous sachions avec certitude qu'il n'a pas tué dix-sept femmes dans votre cave.

— Plus une douzaine d'autres personnes, dit Faith, penaude.

— Nous le retiendrons jusqu'à ce que Bishop et Novak puissent lui parler ensemble dans cette salle d'interrogatoire. Ensuite, nous verrons. Maintenant, racontez-moi ce que vous avez trouvé.

— D'accord. Le Dr Washington a identifié trois des dix-sept victimes. Deux d'entre elles sont des bénéficiaires de la fondation, Susan Simpson et Wendy Franklin. Nous avons sept noms inscrits sur les bocaux et cinq se retrouvent sur la liste. Jusqu'à présent, j'ai repéré cinq autres noms sur la liste de la fondation, ceux de femmes dont on a signalé la disparition. Trois sont blondes. C'est son MO, c'est ça ?

Isenberg s'assit sur le plancher près de Faith.

— Oui. Mais je vous ai entendu marmonner « non, non, non » en arrivant. Pourquoi ?

— Parce que je discerne un schéma. Je voulais chercher plus de noms avant de vous en parler.

Faith pencha la page sur laquelle elle prenait des notes, pour permettre à Isenberg de la regarder.

— La victime qui a été enlevée à Miami, Roxanne Dupree, n'était pas une boursière de la fondation. Elle a disparu le lendemain du jour où le fourgon a essayé de me pousser du pont. Corinne et Arianna ont été enlevées le lendemain du jour où il a incendié l'immeuble de mon ancien appartement.

Isenberg haussa les sourcils.

— Continuez.

— Cette victime, Katie Badgett, a été enlevée le jour de la lecture du testament de ma grand-mère.

— D'accord, souffla Isenberg. Schéma très intéressant.

— Ça continue, dit Faith en désignant un autre nom sur sa page de notes manuscrites. La disparition de Virginia Dreyfus a été signalée une semaine après que j'ai eu un accident très grave.

— Vous avez eu un accident de voiture ?

Elle hocha la tête.

— Il y a trois ans, j'ai perdu le contrôle de ma voiture. A ce moment-là, je pensais que je m'étais endormie, mais maintenant je trouve que les coïncidences s'accumulent un peu trop. Avec tous les autres accidents qui figurent dans cette affaire. Mon oncle Jeremy, la femme qui a acheté ma Prius.

— Maintenant, vous vous demandez si toutes ces femmes ont été enlevées chaque fois que votre tueur était frustré de ne pas avoir réussi à vous éliminer.

— Oui. Cependant, je ne sais pas pourquoi quelqu'un aurait voulu ma mort, il y a trois ans. C'était après mon premier accrochage avec Combs. Il était en prison à l'époque. Je me creuse la tête sur cet épisode comme sur tout ce qui est arrivé, mais je n'arrive pas à trouver de logique.

— Laissez tomber pendant un moment, suggéra Isenberg.

Plus facile à dire qu'à faire.

— Est-ce que Jeremy sait pour son fils ?

— Oui. Je le lui ai annoncé moi-même. Je l'ai informé de l'état de tous ses fils.

— J'ai l'impression que je devrais dire ou faire quelque chose pour l'aider.

— J'aimerais que vous lui parliez, mais attendons le retour de Deacon et Bishop. Je veux qu'ils observent l'entretien.

Faith soupira.

— Mais s'il n'est pas coupable ? Vous savez qu'il n'a pas pris Roza. Et si Marcus meurt pendant que vous laissez Jeremy mariner dans une salle d'interrogatoire ? Ne pouvez-vous pas le laisser aller à l'hôpital avec ses fils en le gardant sous surveillance ?

— Il a peut-être essayé de vous tuer, Faith. Il peut avoir tué des dizaines de gens.

— Il peut ne pas l'avoir fait.

— Un de ces jours, votre cœur de guimauve va vous tuer.

Faith haussa les épaules.

— Peut-être. Mais je préfère rester ouverte et me mettre en danger, plutôt que de me renfermer et d'abandonner ce que je suis depuis… Eh bien, presque depuis toujours. Prenez ça en ligne de compte, s'il vous plaît.

Isenberg leva les yeux au ciel.

— Très bien. Je prendrai ça en ligne de compte.

— Je vais continuer à éplucher la liste pour voir s'il y a d'autres correspondances avec les bénéficiaires de la bourse Joy.

— Je peux vous donner un coup de main, là-dessus. Vous vous souvenez de l'équipe dont je vous ai parlé quand vous étiez assise au bureau de Novak ? Ils ont mouliné sur la liste toute la journée. Je peux leur demander de compiler une liste des dates de toutes les disparitions de femmes et vous pourrez les analyser.

— Ça pourrait m'aider, merci. C'est un travail fastidieux.

— Ce n'est pas par bonté d'âme. Je tiens à ce que cette affaire soit rapidement résolue. Corinne nous a communiqué des informations importantes sur Roza et sa mère. Selon toute vraisemblance, Roza est née dans la cave, ce qui explique pourquoi nous n'avons rien trouvé dans le fichier des enfants disparus.

— Quelle horreur. La pauvre enfant. Et sa mère est morte ici ? Oh ! mon Dieu, commandant.

— Je sais. Roza a dit à Corinne que sa mère appelait son père Eric Johnson.

— C'est un nom répandu.

— Je sais, répéta Isenberg. Elle a aussi expliqué que sa mère et sa tante ont été enlevées en même temps. Sa mère s'appelait Amethyst Johnson. On l'appelait Amy. Pour rendre les choses encore plus complexes, Amethyst est peut-être originaire du Canada. Elle avait l'habitude d'épeler Roza « avec un *zed* ». Oh ! Le nom complet de Roza est Firoza. Selon mon équipe, il n'y a pas d'Amethyst Johnson sur la liste, donc elle ne fait peut-être pas partie des boursières de la fondation. Mais je tiens à ce que tout le monde ait l'information en sa possession, au cas où un des noms pourrait être une variation ou une mauvaise orthographe d'« Amy ».

— Ou… Amy pourrait effectivement ne pas être boursière de la fondation. En revanche, sa sœur pourrait l'être. Il a enlevé Arianna parce qu'elle a tenté de sauver Corinne. Et s'il avait pris Amy parce qu'elle était avec sa sœur ou qu'elle avait essayé d'empêcher l'enlèvement ? Amethyst n'est pas un nom répandu. Avez-vous demandé à vos employés de chercher d'autres noms qui auraient un rapport avec des couleurs, plus spécialement le violet ?

— Non, je ne leur ai pas demandé, mais je le ferai. C'est une excellente réflexion.

— Bien. « Firoza », maintenant. Voilà qui est également un nom fort peu commun, dit Faith.

Elle saisit le nom dans la barre de recherche et ressentit un sursaut d'excitation.

— Et il y a un lien. Firoza est une espèce de turquoise.

— Et l'améthyste est une gemme, dit Isenberg avec satisfaction. Bien joué !

— Arianna avait estimé l'âge de Roza à onze ou douze ans, poursuivit Faith. Si elle est vraiment née dans cette cave, on peut en déduire une date approximative pour l'enlèvement d'Amy et de sa sœur.

Elle fit courir son doigt le long de la liste des boursiers, jusqu'à ce qu'elle repère la période concernée.

— Pas d'Amethyst. Mais nous avons une Jade. Jade Kendrick, dit-elle.

Faith introduisit son nom dans le fichier national des personnes disparues.

— Jade n'y est pas, constata Isenberg, penchée par-dessus l'épaule de Faith pour voir l'écran.

— Voyons si on la trouve sur les réseaux sociaux.

Faith effectua une nouvelle recherche, mais n'obtint aucun résultat.

— On lui a envoyé sa lettre d'attribution à une adresse postale de Chicago. Son formulaire de candidature devrait mentionner le nom de ses parents. J'ai déjà demandé les dossiers à Henson, sa secrétaire m'a répondu qu'ils doivent les chercher dans la chambre forte. Je vais les rappeler, mais ils auront peut-être besoin d'être un peu aiguillonnés.

— Essayez d'abord, dit Isenberg. S'ils font encore des manières, j'interviendrai. Mettez-la sur haut-parleur.

Faith composa le numéro de Henson, et Mme Lowell répondit.

— M. Henson senior est là ?

— Non, répondit sa secrétaire. Si vous appelez à propos des dossiers, nous y travaillons encore. Vous pouvez donc rappeler le policier qui est resté toute la journée devant notre cabinet à effrayer nos clients. Calmer tout le monde me prend un temps que je pourrais consacrer à rassembler vos dossiers.

— Oh ! je n'avais pas réalisé qu'un policier attendait chez vous.

Faith regarda Isenberg, qui se contenta de hausser les épaules avec un grand sourire.

— Pourriez-vous lui donner ce que vous avez déjà ? continua Faith. Je pourrai le renvoyer chercher le reste. Ainsi, j'aurai mes dossiers et vos clients n'auront plus besoin d'être rassurés, ce qui vous offrira un peu de répit.

— Eh bien, nous avons plusieurs boîtes, dit Lowell avec un soupçon d'aigreur. J'espère que vous avez de quoi les entreposer.

— Je suis certaine que la police dégagera la place nécessaire. Merci, madame Lowell. Ces dossiers peuvent signifier la mort ou la survie d'une jeune fille retenue en otage.

L'irritation de Mme Lowell disparut comme par enchantement.

— Oh ! non. Oh ! mon Dieu ! Je n'en avais pas la moindre idée. Je remettrai au policier ce que j'ai déjà rassemblé et vous aurez le reste demain matin.

— Merci.

Miami, Floride
Mercredi 5 novembre, 16 h 30

Le lieutenant Catalina Vega quitta du regard la glace sans tain, pour se tourner vers son chef qui refermait la porte de la salle d'observation derrière lui.

— Alors, la petite amie de Combs est prête à parler ? demanda Davies.

— J'en ai l'impression, répondit Cat. L'accuser de complicité de meurtre a fait l'affaire. Le problème, c'est que je n'ai pas trouvé une seule preuve directe pour relier Peter Combs à nos homicides. Je ne peux même pas trouver quelqu'un qui l'ait vu depuis un mois. Alors, à moins que Paula Boza ne me donne quelque chose, j'ai les mains vides. Et cette limace d'avocat véreux le sait parfaitement.

— L'équipe de l'Ohio a dit qu'il était tout à fait possible que Combs ne soit même pas impliqué dans le bordel qu'ils ont sur les bras, là-haut, dit Davies. Dans ce cas, il pourrait peut-être ne rien avoir à voir non plus avec le bordel que nous avons sur les bras ici. Et si nous n'avons pas trouvé de preuve, c'est simplement parce qu'il n'y a aucune preuve à trouver.

Cat secoua la tête.

— Ils ne l'ont pas entièrement éliminé. En fait, ils pensent que, s'il est impliqué, il serait le complice récent d'un tueur à l'œuvre depuis une plus longue période. Un tueur qui pourrait avoir utilisé la haine de Combs pour Faith Corcoran à son propre bénéfice. J'ai besoin de savoir qui ça pourrait être.

— D'accord, alors qu'est-ce que tu as dégotté ?

— J'ai un témoin qui a vu le fourgon blanc dans le parking de la supérette où la Prius était garée. Il y avait une publicité pour un atelier de réparation automobile sur les flancs. Ça correspond au fourgon que l'équipe de Cincinnati a repéré sur la vidéosurveillance et dont le conducteur a placé un mouchard sur le nouveau véhicule de Corcoran. Ça ne relie pas le fourgon à Combs, mais maintenant nous avons des éléments qui lient les crimes de Cincinnati, le meurtre de Gordon Shue et l'homicide de la voiture sabotée de dimanche. Le rapport ne fait aucun doute.

Davies montra la limace d'avocat véreux.

— Il le sait, lui ?

— Je l'ignore. Il pourrait avoir compris que l'affaire a un rapport avec Faith à un certain niveau. Il est visqueux mais malin. Le nom de Corcoran est apparu aux infos comme celui de la propriétaire de la maison où « un nombre indéterminé de corps ont été découverts ». Dans les articles on l'a appelée Faith Frye, parce que c'est sous ce nom qu'elle apparaît sur l'acte de propriété. Ce type était aussi l'avocat de Combs pendant son procès, il y a quatre ans. S'il a suivi les infos, il demandera l'abandon de l'accusation de possession de Paula en échange de son témoignage, mais le procureur ne voudra pas bouger.

Davies étudiait Paula Boza avec attention.

— Quel est son métier ?

— Elle est manucure.

— Hum. D'abord, comment une manucure a-t-elle pu mettre la main sur un demi-kilo de coke ?

— Je me suis posé la même question. C'est peut-être la seule ouverture que nous ayons. Elle a déclaré que la poudre était à Combs, mais elle a aussi nié qu'il ait eu accès à sa voiture depuis que les attaques sur Faith Corcoran ont commencé. Cela dit, on a trouvé les empreintes de Paula sur le sac. Elle prétend qu'elle a dû le toucher quand elle tâtonnait à la recherche de son téléphone, après l'avoir fait tomber. Vraiment…

Cat leva les yeux au ciel.

— Tire-lui les vers du nez, Vega. Ce commandant de Cincinnati m'appelle toutes les heures. Ici, nous en avons deux à la morgue, dont un enfant. Eux, ils en ont six et dix-sept autres, enterrés dans une cave. Chaque fois qu'Isenberg appelle, le nombre augmente. Fais parler cette fille.

— Pas de pression, murmura Cat.

Elle prit une profonde inspiration, puis entra d'un pas nonchalant dans la salle d'interrogatoire et s'installa face à la petite amie de Peter Combs. Cubaine-américaine de seconde génération, Paula Boza aurait pu être mannequin, mais la dureté de l'existence l'avait vieillie prématurément. La prison n'avait pas aidé.

Son avocat WASP s'adossa à sa chaise, ennuyé.

— De quoi s'agit-il, lieutenant ?

— Eh bien, monsieur Green, je cherche quelque chose et je pense que votre cliente peut m'aider.

Les narines de Paula frémirent, mais elle lui adressa un grand sourire.

— Que cherchez-vous, lieutenant ?

— Le reste de la coke, mentit Cat.

Du coin de l'œil, elle saisit la surprise de Green. En revanche, Paula ne réagit pas du tout.

— J'ai appris d'une source bien informée qu'il y avait un kilo entier, pas un demi.

— Quelqu'un t'a menti, *chica*, dit Paula avec un haussement d'épaules fanfaron. Je n'ai même pas un demi-kilo. Cette drogue ne m'appartient pas.

— Mince, dit Cat. J'ai toujours pensé que Peter était un menteur. Alors… pas d'autre stock de drogue ?

La bouche de Paula se retroussa avec un humour sincère.

— Non, lieutenant.

Elle sait que je n'ai pas parlé à Combs. Peut-être parce qu'elle sait où il est ? Cat se pencha en avant.

— Il m'a prévenue que vous me diriez ça.

— Et pourquoi vous aurait-il dit une chose pareille, lieutenant Vega ? demanda Paula avec amusement.

— Parce qu'il s'est retourné contre vous, pardi. En échange de la clémence pour ses propres accusations.

— Elle vous ment, Paula, dit l'avocat. Peter n'aurait pas fait ça, même s'ils l'accusaient de tout. Ce qui n'est pas le cas. Il m'aurait appelé.

— Bien sûr qu'elle ment, dit Paula, avec agacement cette fois. Elle n'a même pas parlé à Peter.

D'accord.

— Vous semblez bien sûre de vous, Paula, fit Cat à voix basse. Comment pouvez-vous en être certaine ?

Paula pinça les lèvres. Détourna le regard. *Prise sur le fait.*

— Eh bien, ça n'a pas vraiment d'importance. Que ce soit un kilo ou un demi-kilo, les accusations de possession vont rendre l'accusation de tentative de meurtre plus crédible.

— Je n'ai jamais essayé de tuer qui que ce soit.

— Il a aussi dit que vous diriez ça. Il va être confronté à des charges assez lourdes et il raconte que vous étiez avec lui tout le temps. Trois inculpations de meurtre, quatre inculpations de tentative de meurtre. Et puis il y a l'incendie volontaire.

Cat fit une grimace.

— Vous savez ce qu'on dit, pyromane un jour, pyromane toujours. Hum, il y a aussi le véhicule saboté, l'effraction et… Non, c'est tout.

— Je ne vois pas de quoi vous parlez, insista Paula. Vous êtes folle.

— Non, dit sobrement Cat. Mais la *abuelita* qui a perdu sa fille et son petit-fils est probablement folle de chagrin, en ce moment.

— Attendez, intervint Green. Vous parlez de cette voiture qui a eu un accident dimanche ? Celle qui a été sabotée ? Vous ne pouvez pas imputer ça à ma cliente. Elle était ici, à ce moment-là. En détention.

Cat claqua des doigts.

— Vous savez quoi ? Vous avez raison. Mais elle était dehors pour toutes les autres.

Paula protesta, la colère et la perplexité se mêlaient sur son visage.

— Quelles autres ?

— Toutes les tentatives pour tuer une femme nommée Faith Frye.

La colère l'emporta, marbrant de rouge les joues de Paula.

— La *puta* ? Celle qui l'a dénoncé pour avoir violé une gamine qu'elle ne connaissait même pas ? C'est elle, votre source ? Elle est encore plus menteuse que vous. *Dios*, cracha-t-elle. C'est elle qui le harcelait ! Elle l'a piégé avec cette photo ! La photo, c'est elle qui l'a prise ! Il a perdu trois ans de sa vie et cette salope s'en est tirée.

Le cœur de Cat manqua un battement. Aucune photo n'était mentionnée dans les transcriptions du procès. Tout le monde avait imaginé que Peter Combs était en colère parce que Faith avait signalé qu'il n'avait pas assisté à une séance. Cat elle-même l'avait cru, jusqu'à ce que, la veille, l'agent Novak suggère autre chose.

Elle hésita une fraction de seconde. Sur quel levier devait-elle agir avec Paula, sur la photo ou l'accusation de meurtre ? Elle décida d'opter pour la solution numéro deux et adressa une petite prière au ciel, avant de se lancer.

— Vous devez l'aimer vraiment beaucoup, Paula, fit-elle observer à mi-voix. Tous les autres l'ont laissé tomber.

— Je l'aimais, dit Paula avec un gros soupir.

Puis elle battit trois fois des paupières sur un rythme précipité.

— Je l'aime, rectifia-t-elle.

Je l'aimais. Officiellement, Cat marchait mentalement sur des œufs. Elle afficha une expression pleine de compassion.

— Et pourtant regardez ce qu'il fait. Il balance votre nom dans une affaire de tentative de meurtre. Certains hommes sont tout simplement incapables d'apprécier une femme bien. Je ne suis pas loin de regretter de vous voir plonger pour ça, Paula, mais les accusations du docteur Frye sont très convaincantes.

Le regard de Paula brûlait de colère.

— De quelle tentative de meurtre cette *puta* nous accuse, exactement ?

— Début octobre, le docteur Frye a failli être poussée d'un pont par un fourgon blanc. La fenêtre du passager s'est ouverte et on a tiré sur sa voiture. D'après elle, c'est une femme qui tenait l'arme. Avec de très beaux ongles, joliment décorés. Comme les vôtres, Paula.

La dernière partie n'était pas vraie, mais aurait pu l'être. Et la ruse fonctionna.

Paula écarquilla les yeux, emportée par la colère.

— Elle ment !

— Paula, dit Green, comme pour la mettre en garde.

Cat continua avec calme.

— Ensuite, le même fourgon blanc a été vu près d'une Toyota Prius, appartenant à une jeune mère de trois enfants. Quelques heures plus tard, cette femme a perdu le contrôle de sa voiture sur l'autoroute, elle s'est tuée avec son petit garçon. La veille, la Prius était encore la propriété de

Faith Frye, qui a fini par la brader dans l'espoir que Peter cesserait enfin de la suivre.

Cat contourna posément la table, s'arrêta derrière la chaise de Paula et se pencha pour lui parler à l'oreille.

— Alors, vous voyez, je peux vous relier au fourgon impliqué dans l'homicide d'une mère et de son précieux fils.

— Nous avons déjà établi que ma cliente était ici au moment où la voiture de cette femme a été sabotée, intervint Green. Que cherchez-vous vraiment, lieutenant Vega ?

— La vérité. Combs a tenté de tuer le docteur Frye, il y a quatre ans. Il a mis le feu à son bureau pour arriver à ses fins. Ça, ce sont des faits. Après sa libération, il l'a harcelée ouvertement et avec acharnement. Quelqu'un a tiré sur Frye et a tué son patron. Quelqu'un a essayé d'entrer dans son appartement, auquel on a ensuite tenté de mettre le feu. Pas besoin d'être un génie pour additionner deux et deux. Peter Combs veut tuer Faith Frye. Paula aime Peter. Elle ferait n'importe quoi pour lui. Je suis certaine que même Paula voit où je veux en venir, conclut-elle en haussant les épaules.

— Je ne suis pas stupide, fulmina Paula. Et c'est une salope de menteuse. On n'a pas essayé de la tuer. Je n'étais pas dans ce fourgon. Peter n'était pas dans ce fourgon. Il n'a pas pu essayer de virer cette salope du pont, résultat je ne pouvais pas être sa passagère. Résultat, je ne peux pas être coupable !

— Et pourquoi n'aurait-il pas pu pousser Frye hors de la route ? demanda Cat. Il faudrait vous croire sur parole ? Jeune femme, vous défendez un type qui a violé des petites filles. Pourquoi on vous croirait ?

— Parce qu'il est mort, voilà pourquoi ! cria Paula.

Elle prit une brève inspiration. Laissa échapper un long soupir frémissant. Se mit à pleurer.

— Il est mort. D'accord ? Vous êtes contente, maintenant ? Cette salope l'a fait tuer. Et maintenant elle a le culot de l'accuser ?

Oh ! bordel de merde. Cat parvint à ne pas laisser paraître sa frustration et se pencha sur la table, s'interposant entre Paula et son avocat.

— Comment savez-vous ça, Paula ?

Green réagit.

— Paula, ne…

Cat leva sèchement la main pour l'interrompre.

— Monsieur Green, la meilleure chose que vous puissiez faire pour votre cliente est de la laisser répondre. Si Combs est mort, Paula est tirée d'affaire et tout le monde apprendra les mensonges de Faith Frye.

Ce à quoi Cat ne croyait pas une seule seconde. Mais, si Combs était mort, cela signifiait que personne n'avait le moindre suspect pour de nombreux homicides en Floride et peut-être aussi en Ohio.

— Dites-moi, Paula. Comment savez-vous que Peter est mort ?

Paula la fixa d'un œil hagard.

— Parce que je l'ai vu mourir. D'accord ? Je l'ai vu mourir, il y a un mois.

Elle leva les mains et les regarda.

— Et je l'ai enterré moi-même.

Oh ! sacré bordel de merde. Cat laissa tomber un bloc sur la table.

— Je veux des détails, Paula.

Green se pencha en avant pour voir au-delà du corps de Cat et posa la main sur celle de Paula, alors que la jeune femme s'apprêtait à saisir le bloc-notes.

— Pas si vite. Que va-t-elle en tirer, si elle vous parle ?

— Elle se blanchit de l'accusation de complicité de tentative de meurtre, jeta sèchement Cat.

Elle contourna la table pour regarder Paula dans les yeux.

— Et elle blanchira aussi le nom de Peter, continua-t-elle. Si quelqu'un l'a tué, il est innocent des meurtres dont on l'accuse. Il a été piégé. Mais, si je ne peux pas prouver sa mort, son nom sera de nouveau traîné dans la boue dans toute la presse. « Délinquant sexuel tue *niño y mama.* » Les photos de l'épave de la voiture paraîtront dans tous les journaux télévisés et sur tous les sites Internet. Et, dans les gros titres, il sera qualifié de délinquant sexuel encore, encore et encore.

Chaque fois qu'elle prononçait *encore*, Cat se penchait en avant, jusqu'à se retrouver nez à nez avec Paula, en pleurs.

— Et vous savez comment je le sais, Paula ? Parce que je m'assurerai qu'il en sera ainsi. Et je ne mens pas. Je le crucifierai. Vous avez ma parole, conclut Cat.

— Arrêtez ! cria Paula. Ça suffit ! Il n'a jamais fait de mal à ces petites filles. Il essayait simplement de refaire sa vie, mais Faith Frye ne voulait pas le laisser tranquille. Elle n'arrêtait pas de déposer des plaintes. Les flics n'arrêtaient pas de venir chez nous. Tout le monde était au courant. Les voisins étaient au courant. Ils racontaient des mensonges horribles.

Ça alors, songea Cat. Le deuxième prénom de Paula devait être Déni.

— Vous prétendez que Faith Frye l'a fait tuer. C'est une grave accusation. Pouvez-vous le prouver ?

— Oui. J'ai vu le type descendre Peter. Il a reçu un appel…

Green intervint de nouveau :

— Paula, pour la dernière fois, ne dites rien de plus. Je peux faire tomber l'accusation de possession de drogue.

— Comme vous avez fait tomber les accusations de délits sexuels de Peter ? rétorqua Paula. Vous l'avez laissé aller en prison pour quelque chose qu'il n'a pas fait. Vous vous fichiez bien de lui.

Green montra Cat d'un geste rageur.

— Elle aussi se fiche de lui !

— C'est vrai. Mais je ne vais pas laisser cette garce traîner encore le nom de Peter dans la boue.

Paula se tourna vers Cat.

— Il a reçu un appel, il y a un mois. Il a promis de rencontrer quelqu'un dans un bar, plus tard, cette nuit-là. J'ai pensé qu'il me trompait peut-être, parce qu'il se comportait bizarrement. Par exemple, la veille, il était passé à la banque et il avait retiré de l'argent. Beaucoup d'argent. J'ai trouvé le reçu dans son portefeuille. Il avait pris tout ce qui lui restait après son divorce. En liquide. J'ai cru qu'il allait me quitter pour partir avec quelqu'un d'autre. Alors, je l'ai suivi. Il a rencontré un type et il est parti en voiture avec lui. C'est Peter qui conduisait. Et puis, je me suis dit : mon Dieu ! Et s'il était homo ? Et s'il m'avait menti pendant tout ce temps ? Alors j'ai suivi la voiture du type jusqu'à Alligator Alley. J'avais besoin de savoir. Mais c'est seulement quand ils se sont arrêtés que j'ai vu le pistolet.

— Peter avait une arme.

— Non. L'autre homme. Il a obligé Peter à descendre et à s'agenouiller. Il lui a tiré une balle dans la tête. Et il l'a poussé dans un ravin. Ensuite, il est reparti.

— Personne n'a été trouvé à Alligator Alley, le mois dernier.

— Parce que je l'ai enterré. Je ne voulais pas que les animaux s'en prennent à lui.

Elle ne pouvait pas l'avoir enterré très profondément, mais cette portion de route passait à travers les marais. En admettant que Paula dise la vérité, il leur faudrait pas mal de chance pour retrouver même un seul petit doigt de Combs.

— Il ne vous a pas vue.

— Non. Quand il a quitté la route pour entrer dans la réserve, j'ai éteint mes phares.

La réserve nationale de Big Cypress couvrait plus des trois quarts de quatre cent mille hectares de marais, ce qui rendait la découverte d'un cadavre aussi hasardeuse que celle de la proverbiale aiguille dans une botte de foin.

— D'accord. Pourquoi n'avez-vous pas appelé les flics ?

— Oh ! bien sûr. Pour que le tueur de Peter comprenne que je l'avais vu et qu'il vienne me tuer, aussi. Je n'ai peut-être pas été à la fac, mais je ne suis pas idiote, lieutenant.

— A votre avis, qui l'a tué ?

— Je me suis dit que c'était un de ces cinglés de l'autodéfense. Peter recevait tout le temps des mails d'insultes. Parce qu'il était un délinquant sexuel. Ça ne s'arrêtait jamais.

— Mais pourquoi aurait-il accepté un rendez-vous avec un cinglé de l'autodéfense, pour commencer ?

— Je ne sais pas. C'est pour ça que je l'ai suivi.
— Où l'avez-vous enterré ?
— Il faudra que je vous montre.
— Evidemment, murmura Cat. Et l'argent ?
— Quoi, l'argent ? dit Paula avec un peu d'inquiétude.
— Vous avez dit qu'il avait retiré un tas d'argent de la banque. Où est-il ?
— Vous l'avez trouvé, lieutenant.

Une lueur de ruse traversa le regard de Paula, si fugace que Cat l'aurait manquée si elle n'observait pas la jeune femme avec autant d'attention.

— Sous le siège de ma voiture. Peter a dû le transformer en quelque chose qu'il pourrait vendre plus tard. Après sa mort, je me suis dit qu'il avait sans doute l'intention de s'enfuir. Quand j'ai trouvé la coke, je me suis dit qu'il avait prévu de la vendre pour que nous ayons de l'argent pour vivre.

— Je vois.

Cat ne put s'empêcher de sourire. La jeune femme avait tissé une très jolie toile. Si Cat croyait à une partie de l'histoire, il lui serait difficile de nier l'autre partie. Si elle acceptait la version de l'étranger qui tuait Combs, il serait plus compliqué d'affirmer que la coke appartenait à Paula.

— Je vous ai sous-estimée, Paula. C'est plutôt bien joué.
— Je vous ai dit que je n'étais pas idiote, dit Paula avec douceur.
— Vous l'avez dit, en effet. Pouvez-vous décrire l'homme qui a tué Peter ?
— Il était grand, à peu près comme Peter. Pas mal. Plutôt costaud, comme Pete. Mais il se déplaçait bizarrement. Comme un robot ou un truc du genre. Il était chauve. Son crâne luisait comme la surface de la lune.
— Donnez-moi le temps d'arranger le déplacement. J'aimerais que vous me montriez l'endroit où vous avez enterré Peter.

Cincinnati, Ohio
Mercredi 5 novembre, 17 heures

Lorsque Deacon arriva près de chez lui, il découvrit que les agents du Bureau avaient réduit le périmètre de leurs recherches pour retrouver le poste d'observation du tueur, passant de cinquante maisons à trois. Dès qu'il entendit le nom de la rue sur sa radio, il sut sur laquelle des trois l'homme avait porté son choix.

En proie à une angoisse grandissante, il se gara devant une maison de style victorien à deux étages, qu'il connaissait trop bien. Le SAC Zimmerman l'accueillit.

— Qu'est-ce qui vous a poussé à choisir cette maison plutôt qu'une des deux autres ? demanda-t-il dès que Deacon descendit de la voiture.

— Deux choses. D'abord, d'ici, on a une vue plongeante sur ma porte d'entrée. Et j'ai vécu ici.

Zimmerman ouvrit de grands yeux.

— Vous viviez ici ?

— Au lycée. Les meilleures années de mon enfance. Mon beau-père possédait cette maison, et nous étions très heureux. A la mort de Bruce et de ma mère, ma sœur, mon frère et moi avons hérité de la maison. Mais il a fallu la vendre. Avez-vous trouvé des traces d'effraction ?

Zimmerman hocha la tête.

— Le panneau vitré de la porte de derrière était brisé. J'ignorais que vous aviez vécu ici. Ça change tout.

— Ouais, dit Deacon d'un air sombre. C'est un doigt d'honneur géant au flic qui l'a empêché d'accomplir son meurtre, l'autre nuit. J'imagine qu'il a trouvé ça très drôle.

— Ça signifie aussi que vous êtes également devenu sa cible. C'est beaucoup plus personnel.

— Qu'il y vienne ! gronda Deacon à voix basse en pensant chaque mot.

— Comment savait-il que c'était votre maison ?

— Ce n'est pas très compliqué. Le nom de Bruce Novak était sur l'acte de propriété, on peut le trouver dans les fichiers des impôts.

— Que l'on peut consulter en ligne, compléta Zimmerman.

— Ouaip. Sans compter que j'ai fait de la course à pied au lycée, ce qui a valu quelques articles de presse à notre équipe, l'année où nous avons participé à la finale de l'Etat. Et puis, Dani, Greg et moi apparaissions dans l'avis d'obsèques de Bruce et de ma mère. Nous vivons en laissant de petits fragments d'informations personnelles tout du long.

— C'est bien vrai. Quand avez-vous vendu la maison ?

— Juste après en avoir hérité. Je suis l'aîné et je n'avais que dix-huit ans. Je ne pouvais pas assumer le remboursement du prêt et les taxes. Alors, nous avons vendu à Noël et Kay Lazar. Il était ingénieur, elle était infirmière. Elle est morte depuis quelques années, mais lui habitait toujours ici. Il est retraité. S'il est encore en vie.

— Nous avons fouillé toutes les pièces, dit Zimmerman. Aucun signe du propriétaire ou du tireur. En revanche, nous avons trouvé des traces de lutte. Venez, je vais vous montrer.

Deacon suivit Zimmerman à l'intérieur de la maison qui autrefois avait été chez lui. *C'est surréel*, songea-t-il. *J'ai l'impression de rêver.* Le SAC monta l'escalier et s'arrêta devant le bureau de l'ingénieur à la retraite, qui semblait avoir été le théâtre d'une bagarre de bar. Le mobilier était renversé. Un ordinateur portable ouvert, à l'écran fêlé, traînait à terre.

Les rideaux avaient été arrachés de leurs tringles. Des photos encadrées, décrochées du mur, jonchaient le sol, vitres brisées.

— J'imagine qu'il a surpris le propriétaire ici, dit Zimmerman. Lazar lui a opposé une sacrée résistance.

— Il avait une forme surprenante pour quelqu'un de son âge, murmura Deacon. Il avait soixante-dix ans, mais il continuait à courir ses huit kilomètres par jour. Depuis que j'ai acheté l'autre maison, il m'est arrivé de l'accompagner quelques fois.

— Désolé, fit Zimmerman, à voix basse. Je n'avais pas compris que vous étiez aussi proches.

Deacon commençait à comprendre ce que ressentait Faith. C'était lui qui avait apporté ce péril dans son voisinage et un innocent l'avait payé de sa vie.

— Et le monospace gris ?

— Dans le garage. J'ai une équipe qui passe tout au peigne fin pour voir si le tueur nous a laissé quelque chose. Une empreinte, un cheveu, du sang. La Toyota Camry de Lazar a disparu. On a rectifié l'avis de recherche. Il manque quelques couteaux et un couperet du bloc à couteaux. Ce n'est pas bon signe.

Non, ce n'était pas du tout bon signe. D'autant plus que le dernier étage de la maison puait l'eau de Javel. *Ça n'annonce rien de bon.*

— Chef ? dit l'agent Taylor qui sortait de la salle de bains. Oh ! agent Novak. Je ne savais pas que vous étiez arrivé.

Il remarqua le trench-coat de Deacon et plissa les paupières, l'air méfiant.

— Vous êtes allé chercher ce truc parmi les pièces à conviction ?

Deacon se contenta d'une réponse laconique.

— Non. Qu'avons-nous, agent Taylor ?

— Désolé. Entrez, je vous en prie.

Taylor éteignit les lumières et la pièce entière s'illumina, annihilant tout espoir que Lazar ait survécu.

— Le luminol a dévoilé la présence de sang sur le carrelage, dans la baignoire et sur le sol. Il y a également des éclaboussures au plafond et partout sur les murs. On dirait que la victime ne s'est pas laissé faire.

— Oh ! mon Dieu, murmura Deacon.

Il détestait ça. Il détestait ça de A à Z. Il détestait que Lazar soit mort parce qu'il avait eu l'idée d'acheter une maison à trois rues de là.

Non. Il interrompit immédiatement cette diatribe. Lazar était mort parce qu'un monstre était déterminé à ce que personne ne dérange son jeu. Zimmerman avait raison. C'était personnel.

Zimmerman soupira.

— Je vais déployer des équipes pour fouiller d'autres garages dans le voisinage à la recherche de la Camry, juste au cas où il aurait investi une autre maison.

— Allez-y, cherchez, mais je pense qu'il est parti. Il doit savoir que Faith n'est plus ici.

Savoir qu'elle était au central, entourée de flics armés, était la seule chose qui empêchait Deacon de courir la rejoindre, sur-le-champ. Ça et le respect qu'il devait à l'homme qui vivait ici.

— Nous avons trouvé l'homme qu'il a tué à l'hôtel dans la baignoire. Il n'y avait pas de sang comme ici. Il a caché ce cadavre *et* il a nettoyé. Pourquoi ?

— Il a changé de tactique, dit Zimmerman. Il ne voulait pas que Lazar soit découvert. Je me demande si le vieux monsieur l'a égratigné.

— Je dois dire que je l'espère, répliqua Deacon d'une voix sombre. Il se pourrait aussi que le tueur ne veuille pas qu'il soit trouvé *rapidement*. A moins que Lazar ne manque à quelqu'un, personne n'aurait eu l'idée de chercher le tueur ici. En revanche, s'il avait laissé le cadavre ici dans la baignoire et que le corps avait commencé à sentir mauvais…

Il poussa un profond soupir, puis ajouta :

— Est-ce qu'on a regardé dans le congélateur ?

— On a regardé dans le congélateur de la cuisine, quand on s'est rendu compte qu'il manquait le couperet, dit Taylor. Il n'y a pas de congélateur dans le garage.

Deacon sortit de la salle de bains, l'estomac retourné.

— Et la cave ?

— Merde, marmonna Zimmerman. Allons-y.

Mount Carmel, Ohio
Mercredi 5 novembre, 17 h 30

Faith détourna le regard de son écran d'ordinateur, une bribe de musique qu'elle avait immédiatement reconnue venait d'attirer son attention. Elle se leva et s'étira. Il lui fallait un répit.

Quand elle entra dans la cuisine, la musique se fit plus présente. Assise sur le sol, le dos contre la porte d'un buffet, les genoux ramenés contre sa poitrine, Sophie écoutait chanter Vito, son mari.

— Qu'est-ce qui ne va pas, Sophie ?

— Nous avons trouvé la mère de Roza dans la salle souterraine.

Faith réfléchit aux dimensions de la pièce et comprit la détresse de Sophie. Elle s'assit près de l'archéologue avec un soupir.

— Roza dormait près de la tombe de sa mère ?

Sophie déglutit avec un léger bruit.

— Elle a disposé le corps sur son flanc, comme si la mère était endormie, les mains jointes sous la tête. Et elle lui avait posé une poupée dans les bras. Je n'ai pas… Je n'ai pas pu supporter de regarder cette poupée une seconde de plus.

— *Triste* est un mot tellement dérisoire pour qualifier un sentiment aussi dévastateur, dit Faith à mi-voix.

Elle passa le bras autour de la jeune femme et écouta Vito chanter. Au milieu du morceau, Sophie posa la tête sur l'épaule de Faith et pleura sans bruit.

Après la dernière note, Sophie essuya ses joues humides.

— C'est la poupée qui m'a achevée. C'était celle de Roza. Son nom était écrit sur un des pieds, comme les jouets d'Andy dans *Toy Story*. J'avais une poupée comme ça quand j'étais petite. Quand on la penchait, elle disait « Maman ».

— Ma mère en avait une aussi. J'ai dû jouer avec elle quand j'étais vraiment très petite, mais j'ai été trop brutale et je lui ai arraché un bras. J'ai essayé de la réparer, mais j'ai fait un boulot horrible. Ma mère a pris la poupée et m'a dit que je pourrais la récupérer quand je serais plus âgée. Je ne l'ai jamais revue, mais je parie qu'elle doit se trouver à l'étage, dans un placard quelconque…

Sophie lui jeta un regard singulier.

— Le nom de la poupée était-il Maggie ?

— Non, c'était le nom de ma mère. Pourquoi ?

— Parce que c'était le nom écrit sur l'étiquette de la robe de la poupée.

Le cœur de Faith s'allégea légèrement.

— La personne qui retenait Roza et sa mère doit l'avoir trouvée. Au moins, il était assez gentil pour la lui donner. Sachant qu'il l'a enlevée de nouveau, ça me rassure un tout petit peu. S'il lui a donné une poupée, il pourrait ne pas la tuer.

Sophie pressa la main de Faith.

— C'est un bon espoir. Nous avons aussi trouvé une boîte enterrée, là où se trouvait sa paillasse. Tanaka va nous l'apporter. Vous voulez voir ce qu'elle contient ?

— Bien sûr.

Tanaka apparut en haut de l'escalier de la cave, la boîte à la main, Isenberg et Kimble fermaient la marche. Tanaka posa la boîte dans le salon et tout le monde cessa ses activités pour voir ce qu'il y avait à l'intérieur.

— C'est lourd, dit Tanaka. On dirait des livres.

Et c'était le cas. Au moins vingt volumes s'empilaient dans la boîte et nombre d'entre eux portaient des noms inscrits sur la page de garde.

— Ils appartenaient aux victimes, dit Isenberg. Maintenant, nous avons un nouveau mode d'identification.

Tanaka prit un des volumes avec précaution et feuilleta les pages.

— Beaucoup de notes en marge…

Il choisit un vieux manuel et sourit.

— La mère de Roza lui a appris à lire dans ces livres.

Faith trouva une feuille volante dans un des ouvrages, une leçon d'écriture cette fois. Une main adulte avait écrit JE T'AIME, à traits légers. Et une main plus enfantine avait réécrit par-dessus.

— Au moins, sa mère l'aimait, dit Faith avec mélancolie. C'est un cadeau que certains enfants ne reçoivent jamais.

— Je sais, murmura Sophie, juste assez fort pour que seule Faith l'entende. Je redescends. Nous devons exhumer les cadavres pour pouvoir commencer l'identification.

Elle étreignit brièvement Faith.

— Merci de m'avoir donné de l'espoir pour Roza, ajouta-t-elle.

— Comment ça avance avec la liste ? demanda Isenberg. D'autres connexions aux événements familiaux ?

— Pas encore. Votre équipe du central a trouvé quelque chose ?

— Ouais. Plusieurs noms n'ont pas de certificat de naissance et certains ont des numéros de Sécurité sociale qui correspondent à des identités volées.

Faith comprit les implications de l'information.

— Oh… Alors, quelqu'un fabrique de faux candidats et empoche l'argent qui leur est destiné.

— Ça y ressemble, dit Isenberg. Si « Suivez l'argent » est un très vieil adage, c'est pour une excellente raison.

32

Cincinnati, Ohio
Mercredi 5 novembre, 17 h 45

Non seulement Deacon commençait à comprendre le sentiment de culpabilité qui hantait Faith, mais il développait également une nouvelle aversion pour les sous-sols. Il se surprit même à compter les marches en descendant dans la cave de l'ingénieur. *Treize, quatorze, quinze.*

Il relâcha sa respiration en atteignant le bas de l'escalier. Deux grands congélateurs bahuts s'alignaient le long du mur.

— Pourquoi quelqu'un aurait-il besoin de deux grands congélateurs ? marmonna Zimmerman derrière lui.

— Il était chasseur. Il m'avait dit que c'était bientôt l'ouverture et m'avait promis un peu de son ragoût de cerf.

Deacon se força à soulever le premier couvercle.

Plusieurs grands sacs-poubelle s'empilaient à l'intérieur. La plupart semblaient bien remplis, celui du dessus était plus petit. De la taille d'une boule de bowling. *Oh ! bordel.*

Les mains de Deacon étaient fermes lorsqu'il ouvrit le sac, mais son cœur saignait, sachant ce qu'il allait y trouver. Combien d'autres devaient mourir avant qu'ils ne parviennent à attraper cet enfoiré ?

Le sac n'était pas fermé. Il écarta l'ouverture et jeta un regard à l'intérieur, puis s'empressa de détourner les yeux, sans se soucier de réprimer son tressaillement.

— Oui, dit-il d'une voix rauque. C'est bien lui. Juste sa tête.

Enfin, ce qu'il en restait. Le retraité avait été tué à bout portant avec un fusil ou une arme de poing d'un calibre assez gros pour emporter l'arrière du crâne.

Zimmerman souleva le couvercle du second congélateur.

— Oh ! bordel ! On a une deuxième victime.

Il inspecta l'intérieur du sac du dessus et eut un mouvement de recul encore plus marqué que celui de Deacon, puis ouvrit plus largement le sac pour en révéler le contenu.

Il fallut plusieurs secondes à Deacon pour comprendre ce qu'il avait sous les yeux.

— Bordel de merde.

— C'est un assez bon résumé, dit Zimmerman en sortant son téléphone. Gonzalez ? Vous pouvez faire cesser les recherches de Renzo. Nous venons juste de le retrouver. On dirait qu'il a été torturé, peut-être avec son propre couteau. Son nez a disparu. Et aussi ses oreilles. On dirait que c'était *pre mortem*.

— Comment il a pu échouer dans ce congélo ? demanda Deacon.

— J'ai bien une théorie. Selon les amis de Renzo, il venait chez vous pour donner une bonne leçon à votre frère. Le tueur en série a dû le voir rôder. Hier soir, Pope a ramené Faith du central à 19 h 35.

— Après sa conversation avec son oncle Jordan, murmura Deacon.

— Exactement. Mais Pope n'a pas été tué avant 21 h 25. Le tireur a attendu qu'elle passe devant une fenêtre, qu'elle se montre à l'extérieur ou même qu'elle soit visible dans la voiture. Mais elle était aplatie sur le plancher et il n'a pas pu l'ajuster. Et puis, il voit le gamin rôder autour de chez vous, peut-être avec son couteau à la main. Un de vos voisins a vu le gamin. Il a fait plusieurs allers-retours dans la rue, sans doute en essayant de rassembler son courage. Votre frère est assez costaud et Renzo était seul. Mais je crois que ce tueur voulait que le gosse essaie d'entrer dans la maison et détourne l'attention de Pope. Faith aurait pu venir à la porte pour voir ce qui se passait.

Deacon n'était pas du même avis.

— Ou alors, il avait peur que le gamin déclenche une alerte rouge et lui complique encore la tâche pour accéder à Faith. Il aurait fallu que la situation soit particulièrement grave pour qu'elle néglige les consignes de sécurité et sorte à découvert. Il a déjà tenté de l'attirer dehors à plusieurs reprises et il sait qu'elle est devenue extrêmement méfiante. Il s'est sans doute dit que tuer Pope pourrait suffire.

— Alors, il quitte la sécurité de sa cachette pour attraper le gamin et l'empêcher de saboter ses plans. Peut-être. Mais j'aurais pensé que le gosse aurait tout balancé sans que le tueur ait besoin de tout *ça*, dit Zimmerman en désignant la tête mutilée d'un geste du menton.

— Ce n'était peut-être pas de la torture. Il a peut-être fait ça pour s'éclater. Et récupérer quelques souvenirs.

Zimmerman soupira.

— Formidable. On va boucler le dossier, ici. Au moins, votre sœur n'est plus en danger.

— Je ne voulais pas que ça se termine comme ça, protesta Deacon.

— Je sais, mais le résultat est le même. Renzo n'est plus une menace.

— C'est vrai mais, comme vous l'avez dit, ce tueur en a fait une affaire personnelle. Je dois prévenir ma famille et m'assurer qu'ils sont en sécurité. Quand pourrons-nous récupérer notre maison ?

— Demain, sans doute. Je vous appellerai quand vous pourrez rentrer.

— Merci.

Désormais, serait-il capable de vivre ici en paix ? Ou la maison serait-elle un rappel constant des morts qui s'étaient produites dans ce voisinage ?

Il m'a pris ma maison, songea-t-il. A la fois sa maison actuelle et celle de son enfance. Dorénavant, ni l'une ni l'autre ne pourraient lui apparaître comme un foyer. Elles étaient toutes deux souillées.

Moi aussi, je lui ai pris sa maison, comprit Deacon. *Ouais*. C'était devenu extrêmement personnel.

Cincinnati, Ohio
Mercredi 5 novembre, 17 h 45

— Juste quelques minutes, lieutenant Bishop, dit l'infirmière de garde.

Elles disaient toujours ça, songea Scarlett en hochant la tête, comme elle le faisait toujours. Et ensuite elle les ignora, comme elle le faisait toujours.

Marcus O'Bannion semblait en meilleur état que lorsqu'elle l'avait vu pour la première fois, mais ça ne voulait pas dire grand-chose.

— Comment va-t-il ? demanda-t-elle à mi-voix.

Elle s'adressait à Jeremy, assis près du lit, qui tenait la main de Marcus. Scarlett remarqua que cette main gauche était nue. Jeremy avait enlevé le gant qu'il portait la veille, révélant une peau sillonnée de profondes cicatrices. En revanche, la main droite, toujours gantée, était encore dans sa poche.

Manifestement toujours sur ses gardes, Keith était debout, dos contre le mur.

— Il survivra, dit Jeremy.

Scarlett sentit un poids quitter son estomac.

A mesure qu'elle approchait de la chambre de Marcus, elle avait eu de plus en plus de mal à respirer, l'appréhension pesait sur elle comme une force palpable. Depuis qu'il avait été emporté par l'hélicoptère des secours, elle se tourmentait pour lui. Mais elle avait dû chasser son inquiétude pour se concentrer sur son boulot.

Maintenant que sa poitrine était moins oppressée, elle prit une profonde inspiration.

— Je suis contente, dit-elle simplement.

— Que faites-vous ici ? demanda Keith.

— J'ai quelques questions pour vous.

— Marcus ne peut pas vous répondre. Et Jeremy ne le fera pas. Alors vous pouvez partir.

— Non.

Marcus ouvrit les yeux et leva deux doigts pour faire signe à Scarlett d'approcher.

Elle se pencha au-dessus du lit, l'inspectant rapidement des pieds à la tête. Des gouttes de sueur perlaient sur son front mais, malgré sa pâleur, il restait très séduisant.

— Vous avez l'air d'aller mieux.

— Je me sens dans un état pitoyable.

Un coin de la bouche de Scarlett se retroussa.

— Rien d'étonnant, si on considère qu'un de vos poumons est atteint.

Elle leva les yeux sur Jeremy.

— Docteur O'Bannion, j'ai besoin de savoir à quel moment vous avez quitté votre propriété par la piste forestière et quand vous êtes arrivé chez votre ex-femme.

— En quoi est-ce important ? grommela Keith.

Elle chercha le regard de Keith.

— C'est important, parce que j'essaie d'arrêter un tueur, rétorqua-t-elle d'une voix tranchante. Un tueur qui retient actuellement une gamine de onze ans en otage.

— Il l'a emmenée, chuchota Marcus. On a essayé de l'arrêter.

— Je sais, dit Scarlett d'un ton plus doux. Merci, vous avez sauvé la vie de Corinne.

— C'était la chose à faire. Connaît-elle ce type ? dit Marcus, avant d'être brièvement interrompu par un souffle rauque et profond. Celui qui a tué Mickey ?

— Elle n'a jamais vu son visage. Mais nous avons une excellente thérapeute dans notre équipe, qui sait tirer des témoins des détails qu'ils ignorent détenir. Elle travaillera avec Corinne. Nous cherchons à retrouver l'homme qui a tué Mikhail. Nous voulons le mettre à l'ombre.

Les sourcils sombres de Marcus se nouèrent.

— Vous avez gardé Jeremy dans une salle d'interrogatoire. Pendant des heures.

Une autre profonde inspiration.

— Et maintenant nous avons un garde, continua-t-il. Pourquoi ?

Scarlett jeta un coup d'œil à Jeremy.

— Parce que nous avons trouvé plus de victimes que nous ne l'avons révélé aux médias. Pour l'instant, toutes les autopsies révèlent des sutures nettes, de qualité chirurgicale. Et les cadavres découverts aujourd'hui étaient dans votre cabane, docteur O'Bannion. Par ailleurs, vous avez déjoué la surveillance des fédéraux, ce qui laisse à penser que vous aviez quelque chose à cacher et invalide tous les alibis dont vous pourriez nous faire part.

— C'est circonstanciel, ça ne vaut rien, gronda Keith. Votre commandant le sait très bien, c'est pour ça qu'elle a relâché Jeremy.

— Mon commandant l'a laissé partir parce que Faith l'a suppliée de le faire. Faith trouvait injuste de ne pas permettre à Jeremy de rejoindre Marcus. Surtout après avoir perdu Mikhail. Elle a bon cœur. J'espère que ça ne lui coûtera pas la vie, parce que quelqu'un tente activement de la tuer. Quelqu'un qui connaissait le contenu du testament de Barbara O'Bannion.

— Je ne suis pas cette personne, dit Jeremy avec fermeté. Mais remerciez Faith de ma part. Et dites-lui d'être prudente.

— Je n'y manquerai pas. En revanche, n'allez pas croire que je n'ai pas remarqué que personne n'a répondu à ma question. Quand avez-vous quitté votre maison d'Indian Hill et quand êtes-vous arrivé chez les Yarborough ?

Les lèvres de Marcus frémirent, formant presque un sourire.

— Vous avez l'esprit vif.

— Merci. Ce serait sympa de me donner une vraie réponse, avant que l'infirmière ne me flanque dehors.

— J'ai retrouvé Stone dans un bar à 23 heures, hier soir, dit Marcus de sa voix rauque. Je suis venu, préparé à le remplacer.

— Préparé ? Que voulez-vous dire ?

— Veste rembourrée et casquette de base-ball. Dans l'obscurité, je peux me faire passer pour lui. Il suivait une piste sur une grosse affaire, mais il avait les fédéraux sur les talons. On l'a déjà fait. Souvent. De l'eau, s'il vous plaît.

Jeremy se précipita et posa un copeau de glace sur la langue de son fils.

— Marcus est arrivé chez moi vers 1 heure du matin, au volant de la voiture de Stone. J'ai vu tout de suite que ce n'était pas Stone. Je l'ai toujours su, même quand vous étiez gamins.

— C'est pas vrai, protesta Marcus.

Un petit sourire ourlait sa bouche, mais Scarlett comprit qu'il cherchait seulement à alléger l'inquiétude de Jeremy.

De son côté, Jeremy épongea le front de Marcus avec une tendresse que Scarlett trouvait difficile de ne pas juger sincère.

— Je suis un jumeau identique, fiston. Echanger les rôles, ça me connaît. Vous étiez de tristes amateurs.

Son regard d'un vert intense se riva à celui de Scarlett.

— Marcus n'a rien fait de mal.

— J'en suis convaincue. Il a sauvé la vie de Corinne, alors que rien ne l'y obligeait. Ses actions plaident en sa faveur. Vous aimeriez peut-être lui emboîter le pas en répondant à ma putain de question ? Elle n'est pas très compliquée, docteur.

— Della m'a appelé vers 2 heures du matin. A son retour de voyage, elle avait découvert que Mickey n'était pas à la maison. Elle ne savait pas qu'il avait fugué.

Il serra les dents, mais poursuivit ses explications.

— Audrey le savait depuis deux jours, mais ne voulait pas inquiéter sa mère ou me faire de la peine. Alors, elle a prévenu Stone qui s'est mis à la recherche de Mickey. C'est la raison pour laquelle il est venu chez moi dans la nuit de lundi, puis en est reparti. Il espérait que Mickey serait avec moi et que sa sœur s'était trompée pour la fugue. Je n'ai su tout ça qu'au moment où on nous a appris… que Mickey avait vraiment disparu.

— Pourquoi Audrey et Stone pensaient-ils que la fugue de Mikhail risquait de vous peiner ?

Scarlett voulait comparer la réponse de Jeremy aux explications que Stone leur avait données plus tôt dans la journée.

Une brève grimace de souffrance crispa le visage de Jeremy.

— Parce que Mickey était en colère contre moi. Il était persuadé que je savais depuis toujours qu'il était mon fils et que j'avais menti pour cacher mon… faux pas avec sa mère. Ce n'est pas vrai. J'ai toujours aimé ce gamin comme s'il était le mien, même quand je croyais que son père était cet homme d'affaires russe. Je lui aurais donné mon nom avec fierté, pour ce que ça vaut.

— C'est un beau nom, papa, chuchota Marcus.

Jeremy lui serra la main avec émotion.

— Je l'aimais tout simplement. J'ai toujours regretté qu'il ne soit pas mon fils. J'aurais aimé que Della me le dise, mais elle ne voulait pas risquer…

Il s'interrompit brutalement.

— Terminez votre phrase, docteur, intima sèchement Scarlett. Que craignait Della ?

Elle jeta un coup d'œil à Keith qui affichait une expression de neutralité sévèrement contrôlée.

— De quoi, ou de qui, avait-elle peur, docteur ?

— De moi, avoua Keith, d'une voix égale. Elle avait peur de moi. Della ne m'a jamais fait confiance.

— Et pour quelle raison, monsieur ? demanda Scarlett à mi-voix.

Keith détourna les yeux.

— Parce qu'elle pensait que j'étais responsable de l'accident de Jeremy. Parce que j'étais jaloux de son compagnon de l'époque et que je voulais Jeremy pour moi seul.

Jeremy tourna vivement la tête vers Keith.

— Non ! Elle n'a jamais pensé une chose pareille.

— C'est vrai, papa, souffla Marcus. Elle le pensait.

Scarlett haussa les sourcils. *Eh bien, de mieux en mieux.*

— *Etiez-vous* effectivement jaloux, Keith ?

— Oui, mais je n'aurais jamais mis Jeremy en danger. Cet accident a failli le tuer.

Ça, je veux bien le croire, songea-t-elle.

— Qu'est-ce qui pousserait Della à croire que « l'accident » n'en était pas un ?

Keith se livra à une nouvelle démonstration de mâchoires crispées et de grincements de dents.

— Elle pensait que la voiture avait été sabotée. J'ai inspecté l'épave et elle avait raison.

Jeremy sembla choqué et surpris.

— Keith ! Pourquoi ne m'en as-tu pas parlé ? Pourquoi n'as-tu pas prévenu la police ?

— Parce que j'ai eu peur que tu me croies coupable, toi aussi.

Les épaules de Jeremy se voûtèrent.

— Ça ne me serait pas venu à l'esprit. Je sais que tu n'aurais jamais risqué de me mettre en danger.

— Quelqu'un a tenté de tuer Jeremy. C'est donc pour cette raison que vous êtes devenu son garde du corps, dit Scarlett, et Keith hocha la tête. Avez-vous une preuve de ce sabotage ?

— Non, mais je me débrouille assez bien en mécanique pour en être certain. Pourquoi ?

— Histoire d'éclaircir les choses. Donc, Della avait peur de vous mettre en colère, ce qui l'a poussée à cacher à tout le monde que Jeremy était le père de Mickey. J'ai bien compris ?

— Oui, dit Keith, reprenant un ton dépassionné. Je n'aimais pas ce gamin. Ce n'était un secret pour personne. Il ne respectait pas Jeremy, à cause de son homosexualité. En plus, quand il a découvert qu'il était le fils de Jeremy, il a piqué une crise.

Il se tourna vers Jeremy et s'anima :

— Il avait honte de toi !

— Non, il pensait que j'avais honte de lui, insista Jeremy.

— Vous avez tous les deux raison, dit Marcus d'une voix sifflante. Il était perdu. C'était un gamin de dix-sept ans… Et maintenant il est mort.

Le corps de Jeremy se tassa brusquement sur lui-même, comme s'il se dégonflait.

Scarlett en eut le cœur serré, mais elle conserva une expression détachée.

— Toutes mes condoléances, docteur O'Bannion. Mais j'ai toujours besoin de savoir à quel moment vous êtes arrivé chez Della.

Il serra les dents, dompta son émotion sans merci.

— Un peu avant 3 heures.

— Et pour quelle raison avez-vous estimé nécessaire d'échapper à la surveillance des autorités ?

— Della avait peur. Elle a d'abord cru que Mickey avait été enlevé.

Moi aussi. Ces choses arrivent quand on est riche. Je voulais appeler la police, mais elle a obstinément refusé. Je me suis donc glissé hors de ma maison comme un voleur, dit-il avec amertume. Nous ignorions la mort de Mickey avant que votre commandant nous l'apprenne. Ensuite, elle m'a emmené au central. Je n'ai même pas pu rester consoler ma femme.

Il se tourna prestement vers Keith.

— Mon ex-femme. Pardon, Keith. Je ne peux pas prétendre que je ne l'aime pas, parce que je l'aime. Mais pas de la même manière que toi. Tu dois le comprendre. Que Mickey ait été tué parce qu'il avait fugué à cause de moi…

Il courba les épaules et se couvrit le visage de la main gauche.

— Comment pourra-t-elle jamais me pardonner ?

— Elle t'aime aussi, papa, chuchota Marcus. Elle ne te tiendra pas pour responsable. Va la voir, maintenant. Ça va aller pour moi. De toute façon, il faut que je dorme et maman a besoin de toi.

— Je te conduis là-bas, dit Keith. Allons-y.

— Le policier devra vous suivre, dit gentiment Scarlett. Je suis navrée.

— Et Marcus ? s'inquiéta Jeremy. Ce tueur peut très bien revenir à la charge.

— Je ferai poster un homme à sa porte et je resterai avec lui, jusqu'à ce que le garde arrive. D'accord ?

— Merci, lieutenant.

Jeremy se leva, soutenu par le bras solide de Keith, passé autour de sa taille.

— Trouvez l'homme qui a tué mon fils, s'il vous plaît, lieutenant.

— Nous le ferons. Nous le devons.

Scarlett les regarda s'éloigner, Jeremy, appuyé sur Keith. Le policier les suivait discrètement.

— Merci.

La voix s'était élevée derrière elle. Elle se retourna vers le lit. L'état de Marcus semblait soudain s'être aggravé et elle comprit qu'il faisait bonne figure au bénéfice de Jeremy.

— Pour quoi ?

La bouche de Marcus se retroussa.

— Pour l'avoir fait sortir d'ici avant que je ne tombe dans les pommes. Ça l'aurait inquiété.

Il ferma les yeux en étouffant un gémissement, mais tint à continuer.

— Merci aussi de l'avoir traité avec respect. C'est un type bien. Meilleur qu'il ne le pense.

Scarlett prit le siège que Jeremy avait libéré.

— Je veux bien le croire.

— C'est vrai. Il nous a traités comme ses fils, alors que lui-même était si jeune. Vous n'avez pas idée du nombre de gens qu'il a aidés. Il traite tous ceux dont il s'occupe comme ses vrais enfants. Demandez à Hailey.

— La gouvernante. Nous nous posions des questions à son sujet, justement. Qui est-elle ?

— C'est une amie d'Audrey. Elle venait d'un foyer difficile, on l'a jetée à la porte quand elle était encore au lycée. Elle n'avait nulle part où aller. Jeremy l'a recueillie. Maintenant, elle dirige sa maison. Elle éprouve une loyauté sans faille à son égard, comme nous tous. C'est le meilleur des hommes. Il ne pourrait pas avoir fait ces choses terribles.

Le visage de Marcus était de plus en plus crispé, sa respiration de plus en plus laborieuse.

— Chuuut. Détendez-vous. Dans ce cas, quelqu'un veut qu'il ait l'air suspect. Des idées ?

Il sembla se calmer.

— Si sa mère était encore en vie, je me tournerais vers elle. Puisqu'elle est morte, j'aurais tendance à suivre l'arbre généalogique.

— Vous voulez parler de votre oncle Jordan.

— Il ne reste que lui.

— Hormis Faith, dit Scarlett, attentive à sa réaction.

Les yeux toujours fermés, il secoua la tête.

— C'est une cible. Elle n'a rien à gagner.

— C'est assez vrai. A quel moment avez-vous eu le SMS de Stone ?

— Vous avez nos téléphones, lieutenant. Vous le savez déjà. Il était 9 heures, ce matin. Ça disait juste, « Viens à l'affût ».

Elle avait vu le message.

— L'affût de chasse, j'imagine.

— Stone en a un permanent dans les bois, mais c'est assez loin de la cabane. Je me suis dit qu'il était parti là-bas à la recherche de Mickey et qu'il avait dû se passer quelque chose. Des idiots chassent parfois hors saison. Je cherchais déjà Mickey de mon côté. Jeremy et maman étaient si bouleversés que je ne leur ai même pas parlé du message de Stone. Je suis parti tout simplement. Je suis arrivé là-bas vers 11 heures, mais je ne suis pas rentré dans la cabane parce que Stone avait dit de venir à l'affût. On avait échangé nos voitures au bar, donc Stone avait ma Subaru. J'avais laissé sa Corvette dans l'allée de Jeremy, alors j'étais dans la voiture d'Audrey, impossible de s'écarter de la route avec. J'ai dû la laisser près de la cabane et rejoindre l'affût à pied.

— Je l'ai vue. Une Porsche argent. Des Corvette, des Porsche. Votre frère et votre sœur ont du style.

Les lèvres de Marcus prirent un pli narquois. *De fort jolies lèvres, en fait,* songea Scarlett.

— Audrey est habitée par le démon de la vitesse et Stone a de l'énergie à revendre. Ce n'est pas facile de les suivre, alors, je n'ai même pas essayé.

Son corps s'affaissa, vaincu par l'épuisement, et il continua, plus calmement :

— J'ai trouvé Stone près de l'affût, très affaibli par la perte de sang. Il avait un œuf de pigeon de la grosseur d'un poing derrière la tête. Et j'ai aussi trouvé votre carte dans sa poche, lieutenant. Il m'a fallu un moment pour trouver l'endroit où il avait laissé la Subaru. Elle était dans les bois, derrière la cabane. C'est quand j'ai vu le sang sur le mur de derrière que j'ai su que quelque chose de grave s'était passé.

Il se tut, léchant ses lèvres parcheminées.

— De la glace, s'il vous plaît.

Elle passa un petit glaçon sur ses lèvres, puis le glissa dans sa bouche.

— Alors vous m'avez appelée.

— Après avoir vu ce qu'il y avait dans la cabane. Je me suis dit que Stone devait avoir une bonne raison de ne pas appeler les flics, alors je ne vous ai pas dit mon nom. J'aurais dû. J'étais… j'avais vu Mickey et je n'arrivais plus à réfléchir.

— Ça n'a aucune importance, dit-elle. Je crois que j'aurais reconnu votre voix n'importe où.

Cette fois, un petit sourire triste incurva ses lèvres.

— Merci, lieutenant. Merde, dit-il d'une voix sifflante.

Puis, il fut interrompu par une quinte de toux sèche. Elle lui donna un nouveau glaçon.

— Quand vous serez prêt, racontez-moi le reste.

— Il n'y a pas grand-chose de plus à dire. J'ai conduit la Subaru à l'affût et j'ai réussi à hisser Stone sur le siège du passager. Perdre quelques kilos ne lui ferait pas de mal, ajouta-t-il avec un petit sourire. Ne lui dites pas que j'ai dit ça.

— Votre secret sera bien gardé avec moi.

— C'est bien ce que je pensais, murmura-t-il. Il est revenu à lui, après que je l'ai mis dans la voiture, bien sûr. Il a commencé à délirer à propos d'une « gonzesse effrayante avec une pelle ».

Les lèvres de Scarlett frémirent.

— Coup en flèche vers le champ extérieur ! lança-t-elle en prenant la voix d'un commentateur de base-ball. Couvre-moi ces bases, ma fille !

Marcus poussa un gloussement, puis gémit.

— Ne me faites pas rire. Il m'a dit qu'il lui avait fait peur et qu'elle pensait qu'il était responsable de son enlèvement. Qu'il aurait dû vous prévenir à propos des cadavres qu'il avait découverts, quand vous êtes venus chez Jeremy, mais il avait peur.

— Il ne semblait pas avoir peur de moi, dit-elle à mi-voix.

— Eh bien, nous portons tous des masques, non ? Je voulais l'emmener directement aux urgences, mais il a insisté pour que nous les cherchions. Ce n'est pas un mauvais garçon. Il pense… différemment. Je lui ai dit que nous allions chercher pendant une heure et qu'ensuite je l'emmènerais à l'hôpital. J'avais abandonné quand j'ai vu Corinne sur le bord de la route. J'imagine que je dois m'estimer heureux qu'elle ait perdu la pelle en chemin.

Scarlett ne sourit pas.

— Corinne a une maladie débilitante, Marcus. Elle a passé une journée entière de plus sans son traitement, parce que Stone avait « peur ». Elle souffrait terriblement, mais elle a dû marcher pendant des kilomètres. Si on avait pu la retrouver avant le type à la cagoule de ski, on les aurait ramenées toutes les deux, saines et sauves. Maintenant, cette enfant est aux mains d'un monstre. Parce que Stone avait « peur ».

Les yeux de Marcus s'ouvrirent et Scarlett fut surprise de voir la colère couver dans son regard.

— Il a vu son frère dans une tombe, avec la cervelle explosée, siffla-t-il. Vous n'avez pas la moindre idée de ce que ça lui a fait. Je suis désolé que Corinne ait souffert. Je suis profondément désolé que cette petite fille ait été enlevée. J'ai essayé d'empêcher ça. Mais, tant que vous n'aurez pas marché un kilomètre dans les chaussures de Stone, je vous interdis de le critiquer.

Il se mit à tousser et une infirmière entra en courant.

— Vous devez partir, lieutenant, dit-elle.

Marcus lutta pour retrouver son souffle.

— Non. Elle peut rester.

Troublée par l'éclat de Marcus, Scarlett recula, laissant le champ libre à l'infirmière.

— Ne partez pas, lui ordonna Marcus. Ne partez pas.

— Chuuut, répondit-elle. Ne vous inquiétez pas. Je ne partirai pas avant d'être certaine que vous êtes en sécurité.

Cincinnati, Ohio
Mercredi 5 novembre, 18 h 45

D'une pichenette, Deacon manœuvra l'interrupteur extérieur qui commandait une lampe dans la chambre de Greg, seule manière d'attirer l'attention de son frère s'il n'avait pas ses prothèses auditives.

— J'ai pas faim, cria Greg. Laisse-moi tranquille.

Deacon ouvrit la porte.

— Ce n'est que moi. Je ne rapporte pas le dîner, ce soir.

Greg était assis dans son lit, absorbé par un jeu vidéo sur son portable.

— Qu'est-ce qu'il y a ? demanda-t-il sans lever les yeux.

Au moins, cela voulait dire que son aide auditive était en place.

— J'ai des nouvelles pour toi. C'est important. Regarde-moi, s'il te plaît.

Il attendit d'avoir l'attention de Greg.

— Renzo est mort.

Greg écarquilla les yeux, sous le choc, puis l'inquiétude le saisit.

— Comment ? Quand ? C'est pas moi !

— Je sais que ce n'est pas toi. Personne ne pense une chose pareille. En revanche, j'ai besoin que tu gardes ça pour toi, jusqu'à ce que le commandant Isenberg fasse une déclaration à la presse. Renzo a été tué par l'homme qui poursuit Faith. On dirait qu'il était sur le point de te défier dans un combat au couteau. Mais le tueur l'a repéré, l'a attiré d'une manière ou d'une autre et l'a tué. Ça n'a absolument rien à voir avec toi.

Greg blêmit.

— Bien sûr que si. Si je ne m'étais pas arrangé pour faire croire qu'il avait le sida, il ne serait jamais allé là-bas. Il serait encore vivant. Je voulais démonter sa cote de popularité. Je voulais que les gens le prennent pour un menteur. Je ne voulais pas qu'il meure.

— Je sais, dit encore Deacon. Mais, Greg, ce n'est pas toi qui lui as demandé de venir avec un couteau. Il s'est vanté auprès de ses potes en leur disant qu'il allait te donner une leçon et qu'ensuite il allait aussi s'occuper de Dani. Aucun d'eux n'a voulu l'accompagner, et certains ont expliqué aux agents du FBI qu'ils ont essayé de le dissuader. Je suis désolé qu'il ait été tué mais, pour te dire la vérité, je suis soulagé qu'il ne puisse plus s'attaquer à aucun d'entre vous.

Greg hocha la tête, comme hébété.

— Ouais, mais… Peu importe.

Deacon passa le bras autour des épaules de Greg et le serra contre lui avec force.

— Il faut que j'y aille, maintenant, mais je veux que tu restes ici. S'il te plaît, ne sors pas.

— Mais Renzo est mort. Il ne peut plus me faire de mal.

— Non, mais le type qui l'a tué peut s'en prendre à toi. Il en a fait une affaire personnelle. Je ne veux pas qu'il puisse vous atteindre, Dani et toi. D'accord.

Greg hocha de nouveau la tête, plus convaincu cette fois.

— D'accord. Très bien. Comment va Faith ?

Bien. En sécurité au central. Entourée de flics armés.

— Elle va bien, mais je sais qu'elle sera contente quand tout ça sera terminé. Garde ton téléphone à portée de main. Si tu vois *quoi que ce soit* qui sorte de l'ordinaire, envoie-moi un SMS. Peu importe si tu as l'impression de virer parano. Je préfère une fausse alerte plutôt que de te perdre. Compris ?

Nouveau hochement de tête.

— Compris.

Le feu aux joues, Deacon hésita.

— Je t'aime, mon vieux. Je ne le dis pas assez, mais c'est vrai.

Greg détourna les yeux et souffla, exaspéré.

— Putain, D… Moi aussi, marmonna-t-il.

Exactement ce que Deacon avait besoin d'entendre.

— Reste ici, dit-il d'un ton farouche. Reste en sécurité.

Deacon trouva Jim dans la cuisine et l'informa de la mort de Renzo. Lorsque Jim et Tammy s'étaient pointés au central, la veille, pour venir chercher le garçon, il avait dû leur parler des problèmes de Greg au lycée.

— Je n'ai pas donné de détails à Greg. Je ne veux pas lui mettre ce genre d'images en tête. Mais ce tueur a encore fait monter les enchères.

Jim hocha la tête d'un air sévère.

— Il tue dans ton ancienne maison, il tue devant ta nouvelle maison. Ce type t'en veut, à toi et aux tiens. Je vais veiller sur Greg. Mais qui va protéger Dani ?

— Je vais demander un détachement de protection pour vous tous.

— Nous n'en avons pas besoin, ici.

Jim tapota son vieux pistolet de service, glissé dans un étui à sa hanche. Deacon songea que son oncle ne se séparait de l'arme que pour prendre une douche, mais il n'en était même pas sûr.

— Je m'occupe de Greg. Toi, fais attention à toi. Ne va pas te faire tuer.

Deacon ne put masquer sa surprise. C'était peut-être la chose la plus chaleureuse que Jim lui ait jamais dite.

— Merci, Jim.

Son oncle lui adressa un regard teigneux, comme s'il le mettait au défi de sourire.

— Ta tante serait triste.

— Personne ne veut ça. Je serai prudent. Merci.

Il regagna la voiture, le cœur un peu plus léger. Maintenant, il rentrait au central. Retrouver Faith.

Après avoir bouclé sa ceinture, il rappela le téléphone d'Isenberg. Il avait déjà tenté de la joindre en rentrant de la scène de crime chez Lazar pour demander un détachement de protection, mais il avait eu sa messagerie. Et maintenant il obtenait le même résultat.

Il appela Bishop, mais elle refusa son appel, après une seule sonnerie. Un SMS lui arriva, quelques secondes plus tard.

Suis à l'hôpital avec frères O'B. Je t'appelle plus tard.

Frustré, il composa le numéro d'Adam, mais une fois de plus il atterrit directement sur la messagerie.

Tanaka était le suivant sur sa liste. A son grand soulagement, Vince décrocha.

— J'étais sur le point de t'appeler, dit Tanaka. Tu veux les bonnes ou les mauvaises nouvelles ?

— D'abord les mauvaises, dit Deacon. Je préfère finir sur un truc positif. Ça me ferait pas de mal en ce moment.

— Que s'est-il passé ?

Tanaka semblait soucieux.

— On a trouvé la planque du tueur près de chez moi, mais il était parti. On a aussi trouvé les restes de mon voisin et ceux de Renzo dans des congélateurs au sous-sol. A toi.

— Sophie a trouvé un cadavre enterré dans la chambre souterraine, nous pensons qu'il s'agit de la mère de Roza. La gamine dormait dans la pièce où sa mère avait été enterrée.

Deacon soupira.

— Et les bonnes nouvelles ?

— C'est tout relatif. Faith nous a donné un coup de main pour trouver un vieux monte-plats qu'il a amélioré pour accueillir une série de plateaux. C'est là que nous avons trouvé sa cache à souvenirs.

— Bien, c'est…

Deacon se figea.

— *Faith* vous a donné un coup de main ? Elle est là-bas ? Dans cette maison ?

— Heu… Oui, elle est ici. Avec Adam et moi.

Adam. Deacon ferma les yeux, l'image des deux têtes tranchées s'imposa à son esprit avec une clarté terrifiante. La colère jaillit en lui, comme un geyser purifiant et revitalisant. A ce moment, cela lui était plus indispensable que de prendre sa prochaine inspiration. *Putain de bordel d'enfoiré. Je lui ai dit de ne pas l'emmener là-bas sans moi.*

— Est-ce que le lieutenant Kimble est encore là ? demanda-t-il d'une voix mesurée.

— Hum, oui. Ecoute-moi, si tu veux hurler, ne me hurle pas dessus. Hurle sur Kimble. Mais Faith va bien. Je crois que le fait de nous aider lui a aussi fait du bien.

Deacon fit démarrer sa voiture.

— J'arrive.

Cincinnati, Ohio
Mercredi 5 novembre, 19 heures

En entrant dans la chambre de Stone O'Bannion, Scarlett le trouva endormi et en éprouva un certain soulagement. Elle n'était pas certaine de pouvoir supporter un nouveau drame de la famille O'Bannion et digérait encore les propos acerbes de Marcus.

Mais, tant que vous n'aurez pas marché un kilomètre dans les chaussures de Stone, je vous interdis de le critiquer.

Pendant presque une heure, elle avait veillé sur un Marcus sous sédatifs, en attendant l'arrivée du policier en uniforme qui devait se poster devant sa chambre. Isenberg n'avait pas été enchantée de devoir soustraire un nouvel élément à ses patrouilles, mais Marcus était le seul à séjourner encore au service des soins intensifs. Stone, Corinne et Arianna avaient tous été transférés dans l'aile commune, où un seul homme suffisait à leur surveillance.

La chambre de Stone était donc à deux pas de celle de Corinne, où régnait une atmosphère joyeuse que Scarlett perçut avant même de pousser la porte. Elle s'immobilisa un instant sur le seuil, s'imprégnant de l'allégresse qui baignait la pièce. L'émotion lui nouait la gorge. Arianna et Corinne étaient allongées dans leurs lits respectifs, séparés de quelques dizaines de centimètres. Lauren, la camarade de chambre d'Arianna, était installée au pied du lit de son amie, un iPad à la main. La pièce était remplie de fleurs et de ballons, la télévision ronronnait doucement à l'arrière-plan.

Meredith Fallon était assise dans un coin. En apercevant Scarlett, elle se leva et la rejoignit devant la porte.

— Quand ça se termine bien, ça vous touche directement ici, dit-elle, la main sur le cœur.

Scarlett dut s'éclaircir la gorge.

— Ouais, parvint-elle à répondre. J'aimerais que Novak soit ici pour voir ça. Et Faith, aussi. Nous avons bien besoin d'une petite infusion de bonheur.

— Comme vous voulez ! lancèrent les trois jeunes femmes en chœur, à l'intérieur de la chambre.

Scarlett éclata de rire en reconnaissant la citation.

— Rien de tel que *Princess Bride* pour oublier un peu ses soucis.

— Lieutenant Bishop ! Je ne vous aurais jamais crue fan de romance, la taquina Meredith.

Scarlett lui lança un regard indigné.

— De romance ? Pffffft. Sûrement pas. Je n'ai regardé que pour l'escrime, les combats, la torture, la vengeance, les géants, les monstres, les poursuites et les évasions.

— Et le « véritable amour », bien sûr, dit Meredith en continuant à citer le film.

— Et, par-dessus tout, les « miracles », chuchota Scarlett en terminant la citation. J'ai toujours eu un faible pour les miracles.

Elle regarda un instant le sourire d'Arianna.

— Quand l'euphorie sera passée, elle va tomber de haut, non ?

— Oui, mais ce n'est pas encore pour tout de suite. Nous devons prendre le bonheur où il est et gérer le traumatisme, le moment venu. Avez-vous des nouvelles de Roza ?

— On ne sait toujours pas où elle se trouve, mais l'équipe a découvert le cadavre de sa mère. Roza dormait près de la tombe. Elle l'a enterrée et l'a disposée comme si la mère était endormie, avec son unique poupée dans les bras.

Les yeux soudain brillants de larmes, Meredith pinça les lèvres, puis prit une grande inspiration et la laissa échapper en un souffle frémissant.

— Parfois, ce boulot est vraiment horrible, vous savez, lieutenant ?

— Appelez-moi Scarlett et, oui, je sais. Alors profitons un peu de ce bonheur tant que nous le pouvons.

Meredith l'invita à entrer d'un geste.

— Allez, venez. Je crois que les filles seront contentes de vous voir.

Scarlett franchit le seuil, Arianna fut la première à remarquer sa présence.

— Lieutenant Bishop ! Entrez. Nous regardons un film.

— C'est ce que j'ai entendu. Regardez-moi toutes ces fleurs. Et ces ballons et ces peluches ! Sacré butin, les filles.

— Et il y a aussi des bonbons, dit Arianna. Même si, pour l'instant, il n'y a que Lauren qui y a droit.

— Je tweete en direct, dit Lauren. Corinne et Arianna : les retrouvailles. Vous voulez faire une déclaration ?

— Je suis heureuse de les savoir à l'abri, dit simplement Scarlett.

Elle remarqua que Corinne la regardait d'un air interrogateur et secoua la tête.

— Non, pas encore, mon chou. Mais nous la retrouverons.

Corinne hocha vigoureusement la tête.

— Regardez le film avec nous, lieutenant. N'hésitez pas à faire des citations.

— D'accord. Mais pas trop longtemps.

Cincinnati, Ohio
Mercredi 5 novembre, 20 h 45

Il avait recousu tant de corps, morts et vivants, et il s'était entraîné à pratiquer des sutures des deux mains, mais il était tout simplement incapable d'atteindre la blessure de son bras. Cela faisait maintenant des heures que la plaie saignait abondamment. S'il ne se faisait pas soigner rapidement, il risquait de s'évanouir.

Et ce ne serait pas mignon, ça ?

Il jeta un regard à la gamine, toujours à demi consciente sur la banquette arrière. Manifestement, ce n'était pas de la comédie. Dans le cas contraire, elle était bien meilleure actrice que sa mère ou sa tante. Et de loin.

Il était plus que temps de faire appel à un médecin. *Pour nous deux.* Toute la journée, il avait guetté la fin du service du Dr Dani Novak, mais elle n'avait pas encore quitté les urgences. Il commençait à être fatigué de patienter dans son véhicule volé. Autant l'attendre dans un endroit plus confortable.

Peu désireux de courir de nouveaux risques, il avait lié les poignets et les chevilles de Roza et il l'avait bâillonnée. C'était la première fois qu'il lui imposait une telle contrainte. Mais qui sait quelles mauvaises habitudes elle avait pu prendre pendant sa journée de liberté ?

Il s'assura que la couverture la recouvrait complètement avant de l'enfermer dans la Suburban, puis d'emprunter l'escalier jusqu'au deuxième étage, où se trouvait l'appartement du Dr Novak. Il fit tourner la poignée, juste pour le fun, et constata avec surprise que la porte s'ouvrait. Le Dr Dani n'avait pas verrouillé sa porte d'entrée. *Ce n'est pas bien.*

Il avait prévu de se planquer dans un coin d'ombre et de sauter sur Dani à son arrivée, puis de l'obliger à ouvrir l'appartement à la pointe du couteau. En temps normal, il aimait jouer avec sa proie mais, ce soir, il était soulagé de ne pas avoir à mener un combat trop rude. Il se glissa à l'intérieur et s'arrêta net. *Tiens, salut !* Un jeune homme était endormi sur le divan, ses cheveux noirs étaient traversés d'une large mèche blanche.

Ah ! Greg, le petit frère qui avait causé tant d'ennuis à tout le monde, était venu en visite. Une prothèse auditive, une carte de bus et une clé étaient posées sur la table basse. Un sac à dos ouvert était appuyé contre le divan, on y voyait un ordinateur portable, un T-shirt et un caleçon roulés en boule. Le frangin était venu passer la nuit.

Excellent. Plus on est de fous… Surtout quand il était question de passer un marché pour récupérer Faith.

Il avança à pas de loup, s'efforçant de garder le silence, mais se souvint que le garçon ne pouvait pas l'entendre. Il ne prenait pas très souvent de prisonniers de la stature de Greg Novak, mais il était paré pour l'opération. Il sortit un mouchoir de sa poche et l'imbiba d'une généreuse dose de kétamine. Puis il se plaça derrière l'adolescent endormi et s'accroupit. Dans cette position, ses bras se trouvaient au même niveau que l'accoudoir du divan. D'un mouvement fluide, il posa la lame de son couteau sur la gorge de Greg. De la main gauche, plus vigoureuse, il appliqua le mouchoir sur la bouche du garçon.

Comme il s'y attendait, le gamin prit une grosse goulée d'air avant de commencer à se débattre, puis s'immobilisa en sentant la morsure de la lame. *Dix, neuf, huit…* L'ado commença à s'affaisser et eut un dernier sursaut d'énergie, caractéristique de la panique, qui fut de nouveau stoppé net par la morsure de la lame. *Quatre, trois, deux, un.*

Greg s'éteignit comme on souffle une bougie. *Aussi facile que de prendre ses bonbons à un gosse.* Il se releva et sortit des liens en plastique de sa poche. Après avoir retourné le corps inerte, il lui attacha les mains dans le dos et lui lia les chevilles.

Ensuite, il se laissa tomber sur le sol, vidé. Avec un peu de chance, le Dr Dani prendrait son temps pour rentrer à la maison. Il n'était pas certain d'avoir l'énergie de poser le canon de son arme sur la tête de quelqu'un en ce moment, comme le prévoyait son plan. Quand le Dr Dani arriverait, elle trouverait son frère avec un pistolet sur la tempe. Voilà qui assurerait la coopération du bon docteur pour soigner sa blessure. Pour finir, il les emmènerait tous les deux ailleurs avant que quelqu'un n'ait l'idée de passer prendre de leurs nouvelles.

Il les retiendrait sur son propre territoire, jusqu'à obtenir ce qu'il désirait. Faith. Une fois qu'elle serait à sa merci, il la tuerait sans faire de manières. Et, enfin, il pourrait reprendre le cours de son existence.

Cincinnati, Ohio
Mercredi 5 novembre, 21 h 30

Faith se mordit la lèvre en regardant Deacon presser d'un geste agacé le bouton de l'ascenseur qui menait à la planque sécurisée du dernier étage. Durant tout le trajet entre la Mount Carmel et la ville, il ne l'avait pas regardée une seule fois. Lorsqu'il était venu la chercher à la maison O'Bannion, il s'était montré professionnel et courtois. Il avait même été tout à fait cordial avec Sophie, qui l'avait étreint avec chaleur.

En revanche, il n'avait pas adressé un seul mot à Adam. Elle devinait qu'il n'était pas simplement en colère. De toute évidence, il réprimait une fureur silencieuse. Il était le tigre, le puissant prédateur, prêt à bondir.

— Tu as prévu de me parler, à un moment donné ? demanda-t-elle à mi-voix.

— Pas pour l'instant.

— Très bien.

Elle laissa échapper un soupir empreint de circonspection.

— Donc tu ne comptes pas me dire ce qui t'a mis dans cet état ? Parce que je dois avouer que tu me fais peur, Deacon.

Un muscle de la mâchoire carrée tressaillit.

— Pas pour l'instant.

D'accord. Ce qui s'était passé semblait particulièrement grave.

Eh bien, c'est vraiment dommage. J'ai eu une journée bien pourrie, moi aussi. Sept autres morts. Des bocaux, contenant des organes humains, cachés dans le puits du monte-charge. De fausses candidatures inventées par quelqu'un qui encaissait les bourses. Et puis, la boîte de Roza, pleine de livres. *Et la mère de Roza, enterrée avec la poupée de ma mère.*

Les portes de l'ascenseur coulissèrent. Deacon tendit le bras pour l'empêcher de quitter la cabine, puis regarda dans le couloir à droite et à gauche. Son inspection dut le satisfaire, puisqu'il lui fit signe d'y aller.

Bishop les attendait dans la salle à manger de l'appartement. Adam aussi se trouvait là.

Adam se leva lentement en poussant un profond soupir.

— Deacon, c'est…

— Non ! jeta Deacon. Ne dis rien. Tu savais que je m'inquiétais. Tu savais que je ne voulais pas qu'elle aille là-bas, pourtant tu l'y as emmenée sans moi. Est-ce que tu aurais eu l'idée de me dire où elle se trouvait ? Est-ce que tu as pensé à ce que je ressentirais en découvrant qu'elle n'était pas là où elle était censée être ? As-tu au moins attendu que je sois sorti du central cet après-midi, avant de l'emmener ?

C'en était trop pour Faith.

— Ça suffit ! Je suis ici, alors, cesse de parler de moi comme si j'étais un meuble. Si tu veux des excuses de ma part, d'accord. Je suis désolée de t'avoir mis en colère. Mais je ne suis pas désolée d'être allée à la maison. J'ai pensé que je pourrais être utile. Et je l'ai été. Je ne suis pas une enfant à ta charge. Si tu espérais que je t'obéisse aveuglément, tu risques d'être déçu.

Il pivota sur les talons pour lui faire face, d'un geste si vif que les pans de son manteau semblèrent s'envoler dans son sillage. Des lueurs sauvages traversaient son regard turbulent. Il semblait plus imposant, ses épaules paraissaient plus larges. Sa présence emplissait la pièce. Il avait l'air… absolument superbe.

— Tu crois qu'il s'agit de ça ? Que j'attends de toi une obéissance aveugle ? Bon sang, Faith ! Je voulais que tu utilises ton cerveau. Je voulais que tu sois en sécurité.

— Elle était en sécurité, dit Adam, visiblement ulcéré. Elle était avec moi. Elle allait très bien. Elle n'a aucun besoin que tu sois là à lui tourner autour en permanence. Son aide a été très précieuse.

— Lui tourner autour, répéta Deacon, à voix si basse que Faith eut un mouvement de recul.

Bishop ouvrit la bouche, prête à intervenir, puis elle se ravisa en secouant la tête, trahissant une lassitude que Faith ne comprenait que trop bien.

Mais Deacon continuait déjà, de la même voix grondante teintée d'un mépris sarcastique :

— Tu réalises qu'un tueur en série, dont la folie meurtrière atteint un degré que je n'ai jamais connu, cherche à la descendre ? Tu le comprends, ça ?

Adam se rembrunit.

— Tu n'es pas plus près de le trouver maintenant que tu l'étais la nuit dernière ou la nuit d'avant. Chaque heure que nous perdons est une heure de souffrance supplémentaire pour Roza.

Deacon accusa le coup.

— Tu crois que je ne le sais pas ? Tu penses que je n'entends pas chacune de ces foutues heures sonner dans ma tête comme un putain de glas ? J'entends chaque seconde passer, mais la solution n'est pas de mettre encore plus de vies en danger. Ce type ne reculera devant rien pour *la* tuer.

Il pointa le bras vers Faith.

— Pour l'atteindre, il tuera tous ceux qui pourraient se trouver près d'elle. Et tu sais quoi ? Tu as raison, je cours après ce type depuis deux jours et je ne sais pas où il est ni qui il est. Mais je n'ai pas l'intention de risquer des vies innocentes pour mettre la main dessus quelques secondes plus tôt.

Un muscle de la mâchoire crispée d'Adam tressaillit.

— Roza…

— … *n'est pas le seul facteur dans cette histoire !* tonna Deacon.

Le contrôle qu'il exerçait sur sa colère avait manifestement volé en éclats. Il empoigna le dossier de la chaise posée devant lui.

— Il tue les gens pour avoir une place au premier rang, partout où Faith va se trouver, continua-t-il d'une voix rageuse. Tu sais comment il savait où trouver le couteau de ce voyou de Renzo ? Parce qu'il est entré chez un de mes voisins et a utilisé sa maison pour se mettre en embuscade. Et tu veux savoir comment il a choisi l'endroit ? Il a cherché un acte de propriété où figurait *mon nom,* il y a des années.

— Quoi ? bredouilla Adam, désorienté.

— Il a choisi mon ancienne maison. Celle dont j'ai hérité après la mort de Bruce et de ma mère.

— Oh ! mon Dieu, murmura Bishop. Deacon, tu es devenu une cible.

— Il m'a déjà visé, la nuit où il a essayé de loger une balle dans mon épaule. Cette fois, il s'est attaqué à un homme dont le seul crime a été d'acheter mon ancienne maison, il y a quinze ans. Il s'appelait M. Lazar et c'était un type sympa. Maintenant, il est mort. Il l'a tué, Adam, avec sauvagerie. Après, ce salopard s'est installé à la fenêtre de Lazar pour surveiller ma nouvelle maison. Et il a remarqué le petit voyou qui rôdait depuis un peu trop longtemps sur le trottoir. Ensuite, il a tué le gamin. Mais, avant, il a prélevé quelques souvenirs. C'est ainsi qu'il procède. C'est ce qu'il fera à Faith et à tous ceux qui se trouveront près d'elle.

Faith se laissa tomber dans un fauteuil, le sang ne semblait plus irriguer son cerveau. Deux nouvelles victimes. *Avec sauvagerie.*

— Et, à ton avis, qu'est-ce qu'il est en train de faire à Roza ? demanda Adam d'une voix calme, accusatrice.

— Je sais ce qu'il a fait. J'ai vu ce qu'il a fait aux autres. Je suis resté dans la chambre froide et je les ai toutes regardées.

Faith savait qu'il ne s'était pas contenté de les regarder. Il avait recueilli leur souffrance, l'avait laissée pénétrer son esprit, et une partie de son cœur était morte. Elle connaissait trop intimement l'action de ces effets secondaires.

Adam secoua la tête.

— Non. Tu ne sais pas. Tu n'as jamais vu.

La table tressauta lorsque Deacon repoussa la chaise qu'il tenait d'une poigne mortelle. Il se pencha en avant et agrippa le bord de la table des deux mains. Son corps vibrait de colère, de peur et de chagrin.

— Il les a découpés en morceaux ! Lazar et Renzo. Il les a dépecés et a flanqué les morceaux dans des sacs-poubelle. Il a utilisé le tranchoir de Lazar, dit-il d'une voix brisée. Il lui a coupé la tête, Adam. Il les a décapités tous les deux et il les a mis dans des congélateurs.

L'estomac de Faith chavira, mais sa compassion pour Deacon prit le dessus. Son voisin. Un homme qu'il connaissait. Qu'il appréciait ! Et c'était lui qui l'avait découvert… dans cet état. *Oh ! Deacon.*

Adam frissonna.

— Je suis désolé, Deacon. Vraiment désolé de ce qui est arrivé à ton voisin, mais son épreuve n'a duré que quelques heures. Le calvaire d'Arianna a duré des jours. Il a Roza depuis des années. Des années. As-tu la moindre idée de ce qu'il pourrait lui faire en ce moment ?

— Oui, souffla Deacon, tout bas.

Comme s'il n'avait pas la force d'en dire plus. Toute menace avait disparu. Il agrippait toujours la table, mais sa tête penchée en avant et sa posture découragée n'exprimaient plus que la défaite.

— Je sais, dit-il encore.

Adam fit un pas en arrière, le souffle court, trop rapide.

— Non, tu ne sais pas. Tu les vois seulement après. Quand c'est fini. Tu n'as pas vu. Mais moi j'ai vu.

Deacon leva la tête. L'épuisement avait creusé des rides au creux de ses joues, autour de sa bouche, de ses yeux.

— Qu'est-ce que tu as vu, Adam ?

Cette triste sollicitude fit monter les larmes aux yeux de Faith.

— Non. Je ne peux pas faire ça. Je ne ferai pas ça. On ne rentrera pas en compétition. Je suis désolé que tu aies découvert ton voisin mort et… mutilé. Je suis désolé que tu aies probablement imaginé Faith dans le même état. Désolé si tu as cru qu'elle était en danger. Mais je peux t'assurer qu'elle n'a couru aucun risque. Et je suis particulièrement désolé, si tu imagines que je l'ai exposée volontairement à cette menace. Parce que je n'aurais jamais agi ainsi. Au grand jamais. Je…

Il laissa échapper un soupir.

— On se voit demain.

Adam les quitta en silence et ferma la porte en douceur derrière lui.

Faith se dit alors que Deacon allait lui faire face, mais il laissa échapper un soupir frémissant et se tourna vers une porte de chambre ouverte.

— Je vais me coucher, dit-il d'un ton raide. Faith, tâche de te reposer. Nous réfléchirons à ta situation demain matin.

« Ta » situation. Pas « notre » situation. Saisie, Faith le regarda disparaître dans la chambre et fermer la porte.

— Demain, il aura repris ses esprits, dit Bishop. Il a eu peur pour vous.

— Je sais. J'aurais dû l'écouter.

Bishop se releva.

— Je n'ai pas dit ça. Il attendait effectivement une obéissance aveugle, mais seulement parce qu'il avait à cœur de vous garder à l'abri. J'avais l'intention de rentrer chez moi, mais je suis vraiment trop fatiguée. Je crois que je vais passer la nuit ici, juste pour aider à vous protéger si quelque chose tourne mal.

— Merci, lieutenant.

— Allez dormir, Faith. Demain matin, les choses seront différentes.

— Vous n'avez pas dit que ça irait « mieux », murmura Faith.

— Non. Parce que je ne peux pas assurer que ça ira mieux et je ne fais que des promesses que je peux tenir.

Scarlett ramassa son sac de sport et brancha l'alarme de l'appartement.

— Bonne nuit, Faith.

— Bonne nuit, Scarlett.

Faith attendit que Bishop ait refermé la porte de la chambre qu'elle avait choisie avant de passer dans sa propre chambre, celle qui avait une salle de bains commune avec la pièce où Deacon et elle avaient dormi la veille.

Je dois au moins essayer de régler les problèmes dont je suis responsable. Elle carra les épaules, traversa la salle de bains et frappa à la porte de Deacon.

— C'est moi, dit-elle tout bas. Je peux te parler ?

Le silence s'étira si longtemps que Faith crut qu'il ne voulait pas répondre. Puis elle entendit sa voix, étouffée, abattue.

— Bien sûr. Entre.

Nord de Cincinnati, Ohio
Mercredi 5 novembre, 22 heures

Il posa la trousse de premiers secours sur la table pliante qu'il avait installée dans le sous-sol de sa maison.

Sa maison. Personne d'autre ne vivait ici. Personne d'autre ne la connaissait, à part Jade, et elle savait se taire. De toute façon, elle ignorait l'emplacement exact de l'endroit. Personne ne viendrait fouiller ici. Personne ne trouverait ses prisonniers avant qu'il ne soit prêt à les montrer.

Pendant qu'il se débarrassait de sa veste, Dani Novak regardait la trousse de secours avec une moue rebelle.

— Vous espérez vraiment que je vais vous raccommoder alors que vous m'avez enlevée ?

Quand ils se trouvaient dans l'appartement de Dani, il l'avait laissée lui prodiguer seulement quelques soins superficiels, car il avait hâte de quitter les lieux. Elle avait mis un temps fou à rentrer. Apparemment, elle avait rendu visite à toutes les victimes qu'il avait envoyées à l'hôpital, au lieu de les expédier à la morgue. Il avait eu le temps de se reposer, même s'il avait évité de s'endormir en attendant. Pas question qu'elle se pointe pour trouver son frère ligoté et bâillonné sur le divan et lui ronflant par terre.

Il était fatigué, beaucoup trop fatigué pour relever l'insolence de Dani.

— Oui, je m'attends à ce que vous me raccommodiez mais, si vous préférez, je peux commencer à tuer des gosses. Qui va mourir en premier ? Votre frère ou Roza ?

— Roza pourrait mourir de toute façon, dit le Dr Novak. Elle ne réagit plus. Elle devrait être à l'hôpital. En tout cas, certainement pas trimballée toute la journée sur la banquette arrière de votre 4x4. Surtout vu votre manière de conduire.

Il la gifla d'un revers de main, elle s'écroula sur le sol. Un instant, elle resta assise à fulminer, puis lécha le sang sur sa lèvre.

— Vous avez tué Renzo, n'est-ce pas ?

— En effet, dit-il avec un sourire.

— J'imagine que vous l'avez torturé pour obtenir des informations.

Son sourire s'élargit, alors qu'il évoquait l'épisode.

— En effet.

— Alors, vous savez que vous devriez éviter de me faire saigner.

Son grand sourire s'effaça. Il lui jeta une boîte de gants en latex.

— Equipez-vous, doc. Soignez-moi cette blessure par balle et en douceur, s'il vous plaît.

Il serra les dents pendant qu'elle nettoyait la plaie et appliquait de la gaze.

— Vous avez besoin de vraies sutures, dit-elle. Mais vous n'avez pas le matériel nécessaire, ici. La colle tissulaire fera l'affaire.

Il bougea son bras avec précaution.

— J'imagine que ça pourrait être pire. Asseyez-vous et fermez-la, ou je vais devoir vous droguer. Et je ne veux pas y être obligé.

— Allez-vous me laisser nettoyer la plaie de Roza ?

— Ne videz pas ma trousse de secours, c'est tout.

Elle leva les yeux au ciel, ce qui attira son attention.

— Vous n'avez pas les mêmes yeux que votre frère, fit-il observer.

Elle se pencha sur la silhouette immobile de l'enfant, puis se mit au travail, sans commentaire.

Comme le silence enveloppait la maison, il commença à trouver difficile de résister au sommeil. Mais il ne pouvait pas s'y abandonner avant d'avoir ligoté le médecin et la gamine. Avec son bras mal fichu, il ne pouvait pas à la fois tenir son arme et les attacher. Dani Novak était du genre à se battre avec acharnement.

Elle en termina enfin avec la gamine.

— Maintenant, passez-lui les liens.

— Non. Je ne ligoterai pas cette enfant.

Furieux et épuisé, il pointa son arme vers Greg, troussé sur le sol. Le gamin leva la tête vers lui, la terreur se lisait clairement dans ses yeux dépareillés. *Bon. Au moins, l'un d'eux a assez de bon sens pour avoir peur.*

— Ne me poussez pas à bout, dit-il d'une voix rageuse. Ligotez la gamine. Et solidement. Si elle s'échappe, je vous en tiendrai pour personnellement responsable. Quand ce sera fait, attachez-vous les chevilles.

Elle le fusilla du regard, mais s'exécuta.

— Maintenant, allongez-vous par terre sur le ventre, les mains derrière le dos.

Il lui immobilisa les poignets avec un autre lien jetable, auquel il imprima une bonne secousse afin de s'assurer qu'elle ne pourrait pas s'en débarrasser. Enfin, il lui colla une largeur de ruban adhésif sur la bouche pour la réduire au silence.

Il sortit du sous-sol et les enferma à l'intérieur. Sa cave était sécurisée, aucune porte ou fenêtre ne donnait à l'extérieur. Cette porte était l'unique issue. Il brancha l'alarme, puis s'allongea sur le divan de son salon pour dormir.

33

Cincinnati, Ohio
Mercredi 5 novembre, 22 heures

Faith trouva Deacon debout, une main plantée sur la commode, son dos nu courbé, tête baissée. Le miroir reflétait ses cheveux blancs hérissés. Son téléphone bourdonnait régulièrement sur le meuble, comme s'il était en pleine conversation par SMS. Faith rassembla son courage, puis traversa la chambre et effleura du bout des doigts la peau tiède, couleur bronze.

Il frissonna une fois, mais ne lui demanda pas d'arrêter. Elle se rapprocha donc et commença à lui frotter le dos en décrivant de larges cercles fermes. Le téléphone bourdonna de nouveau, signalant l'arrivée d'un autre SMS.

— Tu dois vraiment répondre à ça ? demanda-t-elle.

— Non, c'est Dani. J'allais envoyer un détachement de protection à son appartement, cette nuit, mais elle a passé toute la soirée au refuge et elle va y rester. Il y a une paire de flics du CPD à la retraite, là-bas. Elle vient juste de me dire qu'elle allait bien.

Faith percevait une profonde lassitude chez lui qui ne fit qu'accentuer son propre malaise.

— Je suis désolée, dit-elle.

Il soupira.

— Pour quelle raison ?

— Parce que tu as perdu ton voisin. Parce que c'est toi qui l'as découvert. Parce que maintenant tu te sens responsable d'avoir conduit un meurtrier dans ton quartier, tout comme je me sens responsable de la mort de ceux qu'il a tués à cause de moi.

Elle lui caressa le milieu du dos de haut en bas, le sentit frissonner une fois de plus et s'arrondir pour venir à la rencontre de sa main, comme le gros chat auquel il lui faisait penser.

— Merci, Faith. Mais tu n'es responsable d'aucun de ces événements.

— Je ne me suis pas excusée, Deacon. Je peux être triste sans présenter des excuses, dit-elle en le sentant se crisper sous ses mains. En revanche, je te demande pardon pour t'avoir fait du mal en allant à la maison. Je n'en avais pas l'intention.

— Je sais, murmura-t-il. Je suis navré d'avoir crié. Je… J'imagine que j'ai atteint mes limites, ce soir. Je regrettais simplement que tu ne m'aies pas attendu ou au moins que quelqu'un ne m'ait pas dit où tu te trouvais.

— Pour ça aussi je suis désolée.

Elle trouva un muscle contracté sous l'épaule qu'il avait meurtrie en lui sauvant la vie, à l'hôtel, et s'affaira à le dénouer.

— Mais j'ai vraiment aidé à faire avancer l'enquête.

— C'est ce qu'on m'a dit. Vince m'a montré le meuble qui camouflait le monte-plats et les bocaux. Tu as trouvé sa cache à souvenirs. Malheureusement, ça ne nous fournit aucun élément qui nous permettrait de découvrir son identité. Et tu as risqué ta vie pour ça ? Désolé, Faith. En ce qui me concerne, ça n'en valait pas la peine.

— Il n'y avait pas que les souvenirs. Chaque bocal était étiqueté. Nous avons utilisé ces noms pour identifier les victimes. Et les comparer avec la liste des boursiers de la fondation.

— Tanaka aurait trouvé ce qu'il y avait derrière ce meuble. C'est un très bon professionnel.

Ses mains se figèrent et elle s'efforça d'avaler la boule qui était soudain venue obstruer sa gorge en l'entendant dénigrer ainsi sa participation à l'enquête.

— J'avais besoin de faire quelque chose, chuchota-t-elle farouchement.

Elle recula d'un pas, laissant ses mains retomber le long de son corps.

— Tu dois pouvoir comprendre ça.

— Evidemment, je comprends ton besoin d'agir.

Il se redressa lentement, les muscles de son dos roulèrent sous sa peau bronze. Lorsqu'il se retourna, elle lut une telle détresse dans son regard que sa propre souffrance et son orgueil volèrent en éclats, d'autant plus qu'il continua ses explications.

— Mais j'ai besoin que tu comprennes que la seule chose qui m'a permis de tenir ce soir, pendant que j'avais la tête coupée de mon voisin entre les mains, était de me dire que tu étais en sécurité.

La calme description de cette image la rendait encore plus dévastatrice que s'il avait hurlé. Il avait eu peur. *Pour moi.*

— J'étais en sécurité, dit-elle à voix basse. Je suis en sécurité.

Son argument le laissa de glace.

— Cette fois, tu l'étais. Et la prochaine fois, Faith ?

— Quelle prochaine fois ?

— La prochaine fois que tu énerveras un délinquant sexuel au point de lui inspirer l'envie de te trancher la gorge. La prochaine fois que tu escaladeras un talus, pieds nus après avoir heurté un arbre. La prochaine fois que tu t'interposeras entre un agent fédéral fou furieux de quatre-vingt-dix kilos et un ado de quinze ans qui te rend vingt-cinq kilos, continua-t-il avec un regard noir. La prochaine fois que quelqu'un te demandera de donner un coup de main pour résoudre une enquête.

Elle réfléchit à sa réponse, essayant de considérer la situation du point de vue de Deacon, puis finit par opter pour la vérité, même si ce n'était pas ce qu'il avait envie d'entendre.

— Je suis comme ça. Je te promets d'être prudente, mais je ne peux pas te promettre de rester sans bouger si quelqu'un a besoin de moi. D'ailleurs, dans les mêmes circonstances, je suis certaine que toi non plus tu ne resterais pas sans réagir.

— Mais je suis un agent fédéral, je suis entraîné pour ça. Le niveau de danger est loin d'être le même.

— En effet, convint-elle sobrement, trop consciente qu'il pouvait perdre la vie à n'importe quel moment. Mais, pour moi, c'est une situation exceptionnelle. Alors que tu fais face au danger tous les jours.

Raison de plus pour résoudre cette affaire. La vie était bien trop courte.

D'un geste hésitant, elle posa la main sur la poitrine de Deacon, sentant les pectoraux se contracter sous sa paume. Il baissa les yeux sur sa main, puis releva lentement la tête. Elle vit la peur quitter les yeux bicolores, chassée par un désir instantané et impérieux.

L'espace de quelques secondes, elle se laissa absorber par ce regard brûlant, où le marron et le bleu devenaient plus foncés, les couleurs se fondant jusqu'à ce qu'elle ne puisse plus les distinguer et qu'il ne reste que l'expression d'un appétit sauvage, intense, urgent.

Son corps réagit aussitôt, le rythme de son pouls s'accéléra, ses seins semblaient plus lourds, sa peau trop étroite. Sa culotte était déjà humide. Et il l'avait seulement regardée.

Elle posa l'autre main sur le cœur de Deacon, qui battait aussi la chamade.

— Je regrette de t'avoir inquiété, chuchota-t-elle. Je n'en avais pas l'intention. Je ferai de mon mieux pour que ça ne se reproduise pas.

Il posa une main sur les siennes, les pressant plus fermement contre sur torse.

— Si tu avais attendu, je t'aurais accompagnée. Tu n'aurais pas eu à affronter cette cave sinistre toute seule.

Le cœur de Faith chavira.

— Je n'étais pas seule. Je t'imaginais près de moi à chaque pas. C'est seulement grâce à ça que j'ai pu descendre l'escalier.

Le torse de Deacon s'épanouit, comme il prenait une profonde inspiration. Il libéra ses mains, puis inspecta ses paumes avant de les effleurer d'un baiser, l'une après l'autre, et les souleva pour les poser sur sa propre nuque. En une longue caresse, il redescendit le long des bras de Faith jusqu'à son dos. Il l'attira contre lui, si près qu'elle sentit son érection contre son ventre. Il avait gardé le regard rivé aux yeux de Faith.

— Tu es fatiguée.

— Toi aussi.

Il incurva les lèvres, attirant le regard de Faith sur sa bouche.

— Je ne serai jamais fatigué à ce point-là.

Le murmure de cette voix de velours noir fit courir un frisson sur sa peau et un éclair de désir la toucha profondément. Elle se dressa sur la pointe des pieds pour mieux se presser contre lui, se tortillant pour atténuer la tension qu'elle ressentait entre ses cuisses.

Il laissa échapper un rire bas et un grognement sourd.

— J'ai besoin d'une douche.

— C'est une invitation ?

Les doigts d'une main se crispèrent, se refermèrent sur une de ses fesses. Ce fut le seul avertissement que reçut Faith avant… qu'il ne bondisse. L'autre main fourragea dans ses cheveux et s'ouvrit en coupe autour de son crâne, au moment même où il prenait sa bouche avec un appétit vorace qui la sidéra. L'emporta. Il poussa une jambe entre les siennes, la souleva et manœuvra ses hanches pour qu'elle chevauche la cuisse puissante. Il n'avait cessé de dévorer sa bouche comme s'il ne pourrait jamais s'en rassasier.

Oui. C'était exactement ça qu'elle avait attendu tout au long de la journée. C'était ce qui l'aidait à avancer. Se retrouver entre les bras de Deacon, n'être plus que sensations. Elle passa les doigts à travers les mèches blanches hérissées et prit tendrement la belle tête entre ses mains, pressant ses seins tendus contre ce beau torse nu qui était à elle. Tout à elle.

Il recula légèrement la tête, juste assez pour reprendre son souffle. Ses doigts pétrissaient toujours les fesses de Faith, sa cuisse juste assez haute pour maintenir un contact affolant. Ses yeux brillaient de désir, éveillant tous les fantasmes.

— Que veux-tu, ce soir, Faith ? Décide-toi vite, parce que je suis en feu.

— Tu as des capotes ? demanda-t-elle avec un calme démenti par son cœur qui battait à tout rompre. Parce qu'il n'y en a plus dans les tiroirs.

Il la maintint en équilibre sur sa cuisse, puis plongea la main dans la poche de son pantalon, en tira une bande d'au moins six préservatifs et les leva pour les soumettre à l'inspection de Faith. Il pencha la tête, ses sourcils blancs haut levés. Attendit.

Faith eut un petit rire essoufflé.

— Alors, à la douche, agent Novak.

*
* *

Cincinnati, Ohio
Mercredi 5 novembre, 22 h 30

Deacon ne sut pas comment il était arrivé jusqu'à la salle de bains, tant son sexe était rigide. Il régla l'eau tiède, puis se tourna vers Faith.

— J'ai envie de toi, tout de suite.

Il souleva l'ourlet du chemisier et le fit passer par-dessus la tête de Faith, puis laissa son regard s'attarder sur la peau nue.

— Tu es terriblement belle.

Elle l'était. Elle avait les seins parfaitement adaptés à ses mains, à sa bouche. Le corps souple et ferme. Il l'attira vers lui, en faisant un pas pour la rencontrer à mi-chemin.

Lentement, avec douceur. Pas comme les autres fois. Mais son cœur battait si fort, qu'il ne percevait rien d'autre. Il lui effleura la bouche d'un baiser et l'entendit soupirer.

— Tu embrasses si bien, Deacon. Embrasse-moi encore.

Il obéit, essayant de conserver le même mode léger, mais elle lui donna un petit coup de langue sur la lèvre qui entama sérieusement sa résolution. Il écarta les mèches qui voilaient le visage de Faith, lui embrassa gentiment le front, avant de glisser l'index sous son menton et de lui soulever légèrement la tête. Elle lui sourit.

— Je ne céderai pas, Deacon.

Non, elle ne céderait pas. Elle plierait et trouverait tous les moyens de tirer le meilleur parti de situations que d'autres trouveraient insupportables. Mais elle ne céderait pas.

— Je sais, dit-il.

Et il put voir qu'elle comprenait le sens de ses paroles.

— Merci, chuchota-t-elle.

Elle déploya les doigts en éventail sur son torse, réveillant le feu qui couvait en lui. Elle joua avec la toison qui couvrait ses pectoraux, les derniers poils de son corps à avoir blanchi. Mais elle ne paraissait pas s'en soucier. Elle l'examinait avec attention. Intriguée. Excitée.

— Touche-moi, je t'en prie, plaida-t-elle. J'ai l'impression d'avoir attendu une éternité que tu me touches de nouveau.

Il inspira profondément et pria pour reprendre le contrôle de ses actes.

— Dans ce cas, enlève ton jean et entre dans cette douche, parce qu'une fois que je t'aurai touchée je ne pourrai pas m'arrêter.

Avant qu'il n'ait eu le temps de cligner des yeux, elle s'était débarrassée de son jean et de son slip du même geste et les avait projetés par la porte de communication dans la chambre d'où elle était venue.

— Prem's… !

Elle sauta dans la cabine de douche et son visage se para d'une expression extatique en pénétrant dans l'atmosphère chaude et humide. Elle gémit et offrit son visage au jet.

— Oh ! mon Dieu ! C'est délicieux.

Il resta figé sur place, incapable de quitter du regard ses courbes et ses longues jambes superbement nerveuses. Les fois précédentes, il avait été si pressé d'être en elle qu'il n'avait pas pris le temps de la contempler. Alors, il en profitait, savourant la vision de chaque centimètre carré de la peau de Faith.

Elle lui fit face, les cheveux trempés. L'eau striait sa peau, courait le long de son corps, ruisselait sur ces beaux seins, le long de son estomac et au cœur de ce buisson de boucles rouge sombre au parfum si délicieux. *Je commencerai par là,* décida-t-il.

— Tu as changé d'avis ? le taquina-t-elle.

— Jamais.

Deacon desserra sa ceinture, sortit la bande de préservatifs de sa poche, puis laissa tomber son pantalon et son boxer sur le carrelage. Toujours sans la quitter des yeux, il arracha une des capotes.

— Je réfléchis juste à ma stratégie.

Elle éclata de rire.

— Je mérite une stratégie ? Je ne suis pas si complexe.

La poitrine de Deacon se serra si durement qu'il dut inspirer avec effort, juste pour donner à son cœur un peu de place pour battre.

— Tu es magnifique quand tu ris.

Mais cela allait plus loin. La voir rire, savoir qu'il la rendait heureuse au milieu de ce chaos et de toute cette souffrance…

Il éprouvait l'envie ridicule de hurler : « Je suis le roi du monde ! » mais il n'allait pas y céder. Elle le regarda avec méfiance, tandis qu'il pressait le flacon de shampooing et recueillait au creux de sa paume dix fois plus de produit qu'il n'en aurait jamais besoin. Méfiance qui se mua en surprise en le voyant tendre la main vers sa tête.

— Tu vas me laver les cheveux ?

— Bien sûr, dit-il, puis il se pencha pour lui chuchoter à l'oreille. Je vais te laver partout.

Elle eut un long frisson.

— Je me demande pourquoi ça a l'air si coquin ?

Il gloussa et lui massa le crâne, lui arrachant de nouveaux gémissements d'aise.

— Parce que, si les choses se passent selon mes plans, c'est ce que j'ai prévu. J'adore tes cheveux, Faith.

Elle ferma les yeux.

— J'aime aussi les tiens. On dirait le lac Erié.

Ses mains s'immobilisèrent, comme il essayait de saisir la métaphore, de l'eau savonneuse baigna le visage de Faith qui crachota et protesta :

— Deacon, attention.

Il reprit sa tâche.

— En quoi mes cheveux ressemblent-ils au lac Erié ?

— Mmm… C'est vraiment délicieux.

En voyant un sourire rêveur jouer sur ses lèvres, il décida que, dorénavant, c'est lui qui lui laverait les cheveux. Ne serait-ce que pour revoir cette expression de félicité sur son visage.

— Un hiver, mon père, ma belle-mère et moi sommes allés rendre visite à la famille de Lily, à Buffalo. Nous sommes passés en voiture près du lac, qui était gelé. Mais ce n'était pas plat comme du verre. Les vagues avaient gelé. On aurait dit que Iceman était passé par là, dit-elle, avant d'ouvrir un œil. Tu connais Iceman, n'est-ce pas ?

— J'ai *Iceman*, affirma-t-il. Volume un. Un cadeau de Noël de Dani. Ça ne valait pas grand-chose, mais elle n'était qu'une gamine quand elle me l'a acheté, alors ça voulait dire beaucoup. Elle était Malicia et j'étais Iceman. Ce n'était qu'une blague, mais ça nous a aidés à passer un cap difficile.

Il se mit en devoir de rincer les cheveux de Faith, qui ferma de nouveau les yeux.

— Dani m'a expliqué que vous avez dû vivre avec votre oncle pendant quelque temps, après la mort de votre père. C'était à ce moment-là ?

— Oui.

D'ordinaire, l'évocation de cette époque lui laissait un goût amer mais, ce soir, il était sous la douche avec une magnifique femme nue. L'amertume n'était pas la bienvenue, ici, il chassa donc ces souvenirs de son esprit.

— Le lac Erié, donc ?

— Je trouvais que le lac avait l'air magique, comme si on l'avait fouetté et instantanément congelé. Papa disait que c'était parce que les vagues continuaient à déferler et venaient se geler par-dessus ce qui était déjà congelé, mais j'aimais mieux l'explication de la magie. Quand je t'ai vu sur la scène de crime d'Arianna, lundi soir…

Il sentit son cœur se serrer.

— Tu croyais que j'étais magique ?

— Je croyais que tu étais un super-héros.

Elle dégagea les mèches qui lui collaient aux joues et ouvrit les yeux, le visage soudain grave. Elle passa un doigt sur sa lèvre supérieure, puis continua :

— Je n'étais pas tombée trop loin.

L'émotion l'envahit avec la puissance d'une avalanche. Il saisit le visage de Faith et l'embrassa avec une force qui l'amena au seuil de la douleur, mais elle répondit à son ardeur et lui rendit son baiser. Il fit courir les mains le long de ses courbes, mit les paumes en coupe autour de ses seins, les pouces agaçant ses tétons, les tordant légèrement jusqu'à ce qu'elle hoquette contre sa bouche. Il recula brusquement, prêt à présenter des excuses, mais elle ne semblait pas avoir mal.

Elle paraissait affamée.

— Dépêche-toi, Deacon. J'ai besoin de toi.

Il se mit du savon sur les mains et entreprit de la laver, progressant lentement vers le bas de son corps. Elle le regardait faire, les yeux mi-clos. Impatiente. Il porta une attention particulière à ses genoux et à ses pieds, où les griffures et les écorchures gagnées en escaladant un talus rocailleux pour sauver une jeune femme inconnue étaient sans doute encore douloureuses. Il en eut la preuve en entendant un léger gémissement sortir de sa gorge, quand il toucha un endroit sensible sur un de ses pieds.

— Deacon, s'il te plaît, dit-elle en l'empoignant par les épaules pour essayer de le remettre debout. Dépêche-toi.

— Je ne veux pas me presser cette fois.

Il lui repoussa gentiment les mains et se mit à lui laver les jambes en remontant, l'entendant gémir lorsqu'il lui caressa l'intérieur des cuisses de ses pouces. De ses doigts glissants de savon, il explora les replis intérieurs encore plus glissants, sans pour autant accentuer la pression. Trop tôt. Lorsqu'il la rinça, elle avait les jambes tremblantes.

— Je t'en prie, murmura-t-elle. Ou je le ferai moi-même.

A cette évocation, le désir investit Deacon.

— La prochaine fois. Je veux te regarder.

Elle eut un petit rire et lui tira les cheveux d'un geste taquin.

— Couvre-toi la bouche, indiqua-t-il. Ne fais pas de bruit. Bishop a l'ouïe fine.

Puis il posa sa bouche sur elle. Le gémissement étouffé de Faith était un des sons les plus érotiques qu'il lui ait jamais été donné d'entendre. Sur sa langue, le goût du savon se mêlait à celui de la chair. Il lapa et lécha de tout son cœur, jusqu'à ce que les genoux de Faith se dérobent. Il la prit alors par les hanches et la poussa contre le carrelage du mur pour la maintenir debout.

Elle était tout près de basculer. Il le sentait. En levant les yeux pour la regarder, il plongea sa langue en elle. Le corps de Faith se cambra comme un arc tendu. Les épaules pressées contre le mur, la tête rejetée en arrière, elle se mordait la lèvre pour contrôler son cri. Puis elle s'affaissa, sans force. Hébétée, elle cillait lentement.

Il se leva et chercha à l'aveuglette la capote qu'il avait laissée à l'extérieur de la cabine. Il tremblait maintenant, ses mains fébriles ne parvenaient pas à déchirer l'emballage. Elle le relaya, les gestes lents mais assurés.

— Je voudrais te faire la même chose, marmonna-t-elle. Mais j'ai trop envie de t'avoir en moi.

Elle glissa le préservatif sur son sexe, tout en continuant à lui caresser les testicules.

— Non. Je ne pourrai pas résister, dit-il d'une voix rauque. Si tu me touches, je vais jouir tout de suite.

Elle écarta immédiatement les mains et les leva comme si elle était victime d'un braquage.

— Dépêche-toi, Deacon.

— Je veux prendre mon temps.

Il la souleva et lui plaça les jambes autour de ses hanches.

— Je veux que ça dure à l'infini, reprit-il.

— Je vais te frapper, menaça-t-elle. Je jure que je vais te frapper si…

Le reste de la phrase se perdit dans un gémissement étranglé, quand il commença à entrer en elle.

— Oui. S'il te plaît, dit-elle en arquant le dos, le faisant pénétrer un peu plus. C'est bon. C'est si bon. Encore. Donne-moi plus.

Il s'efforçait à la retenue, mais elle saisit ses hanches et l'attira vers elle, brisant le peu de contrôle qui lui restait. En laissant échapper un grognement sourd, il la pénétra jusqu'à la garde d'une seule poussée, tout en lui couvrant la bouche avec la sienne pour absorber un hoquet de plaisir. Il se mit à bouger, son esprit lui commandait la mesure, mais son corps l'entendait autrement. Il se surprit à la pilonner, la danse de ses hanches s'accordait au rythme de plus en plus rapide de l'incantation sensuelle de Faith.

Ses *encore, encore, encore* devinrent des *oui, oui, oui*, puis s'essoufflèrent en *presque, presque*. Elle était si belle, sa voluptueuse déesse aux yeux verts. *Qui me désire. Aussi ardemment que je la désire.*

Son orgasme se libéra, une explosion détona dans ses reins et se répandit à travers tout son corps, tel un torrent furieux. Il enfouit le visage au creux de l'épaule de Faith pour étouffer ses cris. Sa jouissance déclencha celle de Faith, qui se mordit la lèvre pour retenir ses cris, alors qu'elle ruait et se cabrait contre lui.

Deacon frissonnait, ses membres semblaient avoir pris la consistance du caoutchouc.

— Oh ! mon Dieu. Je ne tiens plus debout.

De peur de finir sur les fesses et d'entraîner Faith dans sa chute, il se cala dans la douche, un pied contre un des murs, le dos contre celui d'en face.

Une main contre le carrelage, l'autre soutenant Faith, il se retira, avec l'impression de perdre quelque chose. Il l'aida ensuite à s'asseoir sur le bord de la baignoire, puis se débarrassa du préservatif et coupa l'eau.

Le regard de Faith s'attarda sur son entrejambe et elle se lécha les lèvres. Son pénis frémit avec espoir, mais elle secoua la tête.

— Je prendrai ma revanche une autre fois, dit-elle. Je n'ai plus une once d'énergie. Je ne suis même pas certaine d'arriver jusqu'au lit.

Après l'avoir aidée à sortir de la douche, il la sécha aussi lentement qu'il l'avait lavée. Quelques minutes plus tard, elle se nicha contre lui en cuillère, les bras de Deacon serrés autour d'elle, et s'endormit rapidement. Il prit un instant pour graver cet instant dans sa mémoire. Il était heureux. En paix.

Demain, il faudrait continuer à identifier des victimes. Mais, jusque-là, il laisserait son corps et son esprit au repos. Il ne manquerait pas cette occasion de savourer la sensation de tenir contre lui une femme magnifique, gentille et courageuse, qui le prenait pour un super-héros.

Cincinnati, Ohio
Jeudi 6 novembre, 4 h 30

Un léger coup frappé à la porte réveilla Deacon. Il rêvait qu'il tenait Faith dans ses bras. Puis il se rendit compte que ce n'était pas un rêve. Dans la nuit, ils avaient changé de position et n'étaient plus imbriqués. Lui était allongé sur le dos et elle était drapée sur son corps, comme une douce couverture rousse.

On frappa de nouveau.

— Deacon ? C'est Scarlett. Je dois te parler. C'est important.

Il se coula sur le côté, abandonnant à regret la tiédeur du corps de Faith, puis lui glissa un murmure à l'oreille pour qu'elle se rendorme.

— Juste une seconde, dit-il à l'adresse de Bishop.

Il enfila un pantalon de survêtement et un T-shirt, puis se glissa dehors en s'arrangeant pour qu'elle ne voie pas l'intérieur de la chambre. Mais, à en juger par l'expression de Scarlett, elle n'était pas dupe.

— Je ne suis pas là pour faire la tournée des lits, on n'est pas en colo. D'ailleurs, je ne veux rien savoir, dit-elle, puis elle montra son téléphone. Vega vient de m'appeler. Elle a fini par interroger la petite amie de Combs, aujourd'hui, mais la conversation a pris un tour inattendu. Combs est mort et ça remonte sans doute à un mois.

Deacon marqua un temps d'arrêt.

— Quoi ? Comment ?

— D'après la petite amie, il aurait rencontré un type armé qui l'a forcé à conduire jusqu'aux Everglades. Le type a descendu Combs et a laissé son cadavre sur place. La petite amie a tout vu, mais n'en a parlé à personne, de peur de devenir une cible à son tour. Elle a enterré Combs.

— Vega a trouvé le cadavre ?

— Ouaip, il y a une heure. Elle nous a envoyé un SMS à tous les deux, mais j'ai préféré l'avoir d'abord au téléphone avant de te réveiller. Ils ont extrait une balle du crâne. D'après les analyses balistiques, elle correspond à l'arme qui a tué Gordon Shue.

Deacon se laissa tomber sur la chaise la plus proche.

— Merde. C'est dingue. Donc, Combs n'a absolument rien à voir avec notre affaire ?

Bishop prit le siège voisin.

— Nan. Vega a vérifié la liste de ses appels. La veille du meurtre de Gordon Shue, il a reçu un appel dans la soirée qui provenait d'un numéro avec un indicatif de Miami. Vega pense que ce mystérieux type a peut-être tenté de convaincre Combs d'assassiner Faith. Pour une raison inconnue, Combs aurait refusé.

— C'est absurde, étant donné qu'il avait déjà tenté de la tuer.

— D'après la petite amie, Combs semblait avoir peur du type, parce qu'il a vidé son compte en banque comme s'il s'apprêtait à filer. Oh ! Encore un truc important. La petite amie prétend que Faith a pris une photo qui a permis de faire arrêter Combs, la première fois.

Deacon cilla.

— Vraiment. Et qui lui a dit une chose pareille ?

Bishop le fixa, l'œil mauvais.

— Je suis fatiguée et de mauvaise humeur, alors, arrête tes salades, Novak, et fais comme si tu étais mon partenaire. Est-ce que Faith a pris cette satanée photo ?

— Oui, dit Faith, derrière eux. Elle a pris la photo.

Deacon tourna vivement la tête vers l'endroit d'où provenait la voix. Faith se tenait sur le seuil de la chambre qu'elle aurait dû occuper, plus ou moins habillée comme lui.

— Qu'as-tu entendu ? demanda-t-il sobrement.

— Tout.

Elle traversa la pièce et s'installa sur le divan le plus proche de Deacon.

— Alors, il est mort, reprit-elle. Tout ce que j'ai fait pour tenter de lui échapper, mon changement de nom, c'était pour rien ? Il était déjà mort ?

— On dirait bien, répondit Bishop. Selon le médecin légiste de Miami, le degré de décomposition est cohérent avec un séjour d'un mois sous terre. J'ai des photos, si vous voulez des preuves.

Faith grimaça.

— Ça ira. Je vous crois. Est-ce que la petite amie a pu décrire l'assassin ?

— Ouais. Mais ça ne tient pas debout, ça non plus. Elle a raconté qu'il avait la corpulence de Combs, mais qu'il avait la démarche d'un robot et qu'il était chauve. Chauve comme un œuf.

Deacon fronça les sourcils, faisant appel à sa mémoire.

— Certains tueurs se rasent la tête et s'épilent entièrement pour éviter de laisser des traces d'ADN.

Faith croisa étroitement les bras, comme pour se réconforter.

— J'imagine que vous pourriez aller voir tous les suspects et leur tirer les cheveux pour vérifier s'ils portent une perruque. Et je ne plaisante qu'à moitié. Alors, si Combs n'est pas du tout impliqué, ça nous laisse où ?

Bishop se frotta le front.

— Comme suspects, il nous reste Jeremy, Herbie Trois et Stone.

— Sans oublier Jordan, précisa Deacon. Pour l'instant, je le remets avec les autres. Je dois encore vérifier l'alibi fourni par Alda Lane. En attendant qu'elle le confirme, je préfère considérer la culpabilité de Jordan comme une possibilité.

Faith semblait mal à l'aise, comme si elle avait envie de dire quelque chose, sans oser se lancer.

— D'accord, dit Bishop. Jordan réintègre le classement. Le mobile tourne toujours autour de cette satanée baraque, puisque les attaques ont commencé après la lecture du testament.

— Ça remonte peut-être à plus tôt, lança Faith à mi-voix.

Deacon et Bishop se tournèrent vers elle du même mouvement.

— On a déjà essayé de te tuer, avant ça ? s'enquit Deacon.

— C'est possible. D'ailleurs, je voulais te parler de quelque chose, hier soir. En examinant la liste des boursiers de la fondation, on a fait quelques découvertes. En fait, deux schémas principaux ont émergé. D'abord, plusieurs bénéficiaires n'ont probablement jamais existé. Les dossiers sont des faux.

— Quelqu'un détournait de l'argent, dit aussitôt Bishop.

— Il y a vingt-trois ans, Jeremy a accusé Jordan de puiser dans les fonds de la fondation, fit observer Deacon.

— A ma connaissance, ça n'a jamais été prouvé !

Après cette véhémente protestation, Faith soupira.

— Evidemment, c'est un élément qu'on ne peut pas tout simplement écarter, reconnut-elle. On a aussi déterminé un deuxième schéma, qui concerne cette fois le moment choisi pour certains enlèvements. Corinne et Arianna ont disparu le lendemain de l'incendie de mon appartement de Miami. Roxie Dupree a été prise le lendemain du jour où j'ai failli me faire pousser du pont.

— Ça alors, souffla Bishop. C'est énorme. Isenberg est au courant ?

— Oui. Elle était à la maison pendant la majeure partie du temps que j'ai passé là-bas. J'étais donc tout à fait en sécurité.

Elle ponctua cette remarque ironique d'un coup d'œil gentiment taquin adressé à Deacon. Il admit sa défaite de bon cœur.

— C'est bien enregistré… As-tu découvert d'autres enlèvements qui auraient un rapport avec toi ?

— Il y en a eu un le lendemain de la lecture du testament de Gran. Un autre, une semaine avant la mort de mon grand-père Tobias. Et un troisième, le lendemain de la lecture de son testament. Et puis, une femme a été enlevée, il y a trois ans, quelques jours après que j'ai eu un très grave accident de voiture.

— Une semaine avant la mort de ton grand-père ?

Deacon intégra cette information à ses réflexions, puis cligna des yeux, lorsque le sens des dernières paroles de Faith arriva à sa conscience.

— Attends. Toi aussi, tu as eu un accident de voiture ? Il y a trois ans ?

— Oui. C'est également arrivé à mon père, il y a une dizaine d'années. C'est vrai qu'il y a eu pas mal d'accidents de la circulation dans notre famille. Je n'y avais jamais vraiment réfléchi, jusqu'à présent.

— Que s'est-il passé pour toi ?

— Tout à coup, mes freins n'ont plus répondu et j'ai traversé le terre-plein, mais j'ai pu éviter les voitures qui venaient à contresens en donnant un coup de volant. J'ai fini contre un arbre. A l'époque, personne n'a pensé à un sabotage. La police a conclu que j'avais dû m'endormir au volant. De mon côté, je me suis dit que c'était possible, parce que j'avais des troubles du sommeil, à cette période. Combs m'avait tailladé la gorge et je divorçais de Charlie parce qu'il m'avait trompée. Je n'en ai pas fait toute une affaire, parce que je ne voulais pas que mon père l'apprenne. Il croyait que ma mère était morte dans un accident de voiture et je ne voulais pas l'inquiéter.

Perplexe, Bishop fronça les sourcils.

— Un moment. Il y a une question qui me travaille depuis des jours et il faut vraiment que je la pose. Comment se fait-il que votre père ne sache pas la vérité sur la mort de votre mère ? Il n'y a pas eu d'autopsie ?

— Non.

Faith secoua la tête, le regard vide. Deacon reconnut son mécanisme de défense.

— Pas de ça avec moi ! s'exclama Bishop.

Elle se leva d'un bond, saisit le menton de Faith et lui imprima une petite secousse.

— Deacon ne va pas vous obliger à parler parce qu'il a un faible pour vous. Ce n'est pas mon cas. Alors, sortez de votre transe, Faith, et répondez à mes questions. Y a-t-il vraiment eu un accident ? Ou était-ce seulement l'histoire que votre famille a racontée aux gens ?

Faith eut un mouvement de recul, mais son regard s'anima, puis se teinta d'irritation. Elle se dégagea d'un geste vif.

— Oui, lieutenant. Il y a eu un accident. J'ai vu des photos de l'épave. La voiture a brûlé. J'ai vu des photos de son corps calciné. Et ne vous avisez plus de poser les mains sur moi.

Deacon la fixait, horrifié. *Elle a vu les photos ? Pourquoi ? Qui a osé lui montrer ces photos ?* Puis, une fois de plus, le sens des paroles de Faith lui parvint avec un léger décalage.

— Attends un peu. Je croyais que ta mère s'était suicidée ?

— C'est exact, répondit-elle d'un ton neutre. L'accident de voiture était une mise en scène.

— Y a-t-il eu une autopsie ? insista Bishop, sans la moindre nuance de remords dans la voix.

— Non. Le coroner a déclaré qu'il ne restait pas grand-chose de sa dépouille et personne ne voulait d'une autopsie. Mon grand-père venait à peine de mourir. Ils voulaient enterrer ma mère au plus vite.

A mesure qu'elle parlait, le regard de Faith avait dérivé et elle s'exprimait avec un léger chantonnement qui donnait l'impression qu'elle avait appris ce discours par cœur depuis longtemps.

Bishop lui saisit de nouveau le menton.

— Avez-vous trouvé votre mère pendue au plafond, dans la cave de votre grand-mère ?

Faith se leva d'un bond et, les poings serrés, se dressa sur la pointe des pieds pour se trouver nez à nez avec Bishop.

— Oui ! hurla-t-elle. Je l'ai trouvée, bon sang ! Je l'ai trouvée !

Bishop maintint la pression sans céder le moindre pouce de terrain.

— Comment ? Elle était pendue à une écharpe ou à une corde ?

— Une corde ! Elle était pendue à une corde et elle était morte. Voilà, vous êtes contente, maintenant ? Ma mère s'est suicidée et c'est moi qui l'ai trouvée.

Mais Bishop n'était pas encore satisfaite et continua, sans merci.

— A quelle distance du sol se trouvaient ses pieds ?

Toujours dressée sur les pointes, Faith serra les mâchoires et cilla une fois, libérant quelques larmes qui roulèrent sur ses joues.

— C'était à peu près cette distance, jeta-t-elle en écartant les mains d'une douzaine de centimètres. Pourquoi ?

— Y avait-il une chaise renversée ?

Faith cilla derechef et fit lentement un pas en arrière, considérant Bishop comme si celle-ci parlait une langue étrangère.

— Quoi ?

— Y avait-il une chaise renversée ?

L'incertitude voila un instant le regard de Faith, et elle essuya ses larmes.

— Je… je ne sais pas. Pourquoi ?

Bishop reprit sa place.

— Très bien. Comment a-t-elle fini dans la voiture ? C'est important parce qu'il y a déjà eu de nombreux accidents de la circulation dans cette affaire. Le vôtre, celui de votre mère, celui de votre oncle Jeremy. La mère de famille dans votre ancienne voiture de Miami. Alors, comment est-elle arrivée là ?

— Je ne sais…

Faith sembla soudain prise de nausée.

— C'est mon oncle qui s'en est occupé.

Deacon ne cacha pas son étonnement.

— Comment ?

— Je n'en sais rien ! s'écria Faith, qui ne semblait plus contenir son exaspération. J'avais neuf ans. Il m'a juste dit qu'il allait s'en occuper.

— Que s'est-il passé, ce jour-là, Faith ? demanda Bishop avec calme. Commencez depuis le début.

Faith recula encore d'un pas, puis d'un autre, heurta la table et secoua la tête. Puis elle lança un regard à Deacon, où se mêlaient panique et désespoir.

— Je… je… Je suis…

Elle fit demi-tour, se précipita dans le petit cabinet de toilette adjacent et claqua la porte. Deacon ferma les yeux et laissa échapper un soupir en l'entendant vomir. Il se passa les mains sur le visage, incapable de se rappeler un moment où il avait ressenti une telle impuissance. Excepté la nuit où sa mère était morte.

— Merde, souffla-t-il.

— Il faut absolument qu'elle nous parle.

Alerté par la voix mal assurée de Bishop, Deacon ouvrit les yeux et découvrit des larmes dans les yeux noirs de sa partenaire. Mais elle se releva et ajusta l'ourlet de son sweat-shirt d'un geste martial, comme elle l'aurait fait d'un uniforme.

Ils entendirent l'eau couler un instant, puis le silence se prolongea. Bishop s'apprêtait à frapper à la porte, lorsque le battant s'ouvrit. Faith émergea de la petite pièce, tête basse, un rideau de cheveux voilait partiellement son visage, mais ses épaules courbées et ses bras serrés autour de son torse trahissaient sa détresse. D'un pas lourd, elle alla se poster devant la baie vitrée et sa vue à un million de dollars, regardant dans le vide, le visage soigneusement dépourvu de toute trace d'émotion.

Ne sachant quelle attitude adopter, Deacon traversa la pièce, s'arrêta près d'elle et lui caressa le dos, retrouvant le geste de consolation qu'elle avait eu pour lui, la veille.

Elle ravala un sanglot, puis soupira.

— Je suis désolée. C'est… Je crois que tout a commencé la veille, à la lecture du testament. Mes parents avaient eu cette horrible dispute…

Elle laissa la phrase en suspens. Deacon l'encouragea à mi-voix :

— A propos de quoi ?

— Ma mère était en colère contre son propre père, parce qu'il ne leur avait pas laissé d'argent. Mais elle était aussi fâchée contre mon père, parce qu'il avait frappé et insulté oncle Jeremy.

Elle s'inclina légèrement vers lui, d'un geste un peu raide, la tête effleurant à peine son épaule.

— De son côté, papa était furieux parce qu'elle refusait d'admettre que son frère était un pervers qui devrait être enfermé. Et il était dégoûté de constater que l'argent comptait à ce point pour elle.

Faith prit une profonde inspiration et resserra l'étreinte autour de son propre corps, coinçant les mains sous ses aisselles. Deacon continuait à lui frotter le dos, d'un geste patient. La baie vitrée lui renvoyait le reflet de Bishop, qui se tenait derrière eux.

— Pourquoi ? demanda Bishop à mi-voix. Pour quelle raison ne voulait-il pas cet argent ?

Faith haussa les épaules.

— Il devait devenir prêtre. Les choses matérielles ne représentaient rien à ses yeux. Ce n'était pas le cas de ma mère. Elle aimait les tentures épaisses et les théières en argent. Le lendemain, au petit déjeuner, tout le monde était mal à l'aise. On les avait tous entendus se hurler dessus. Je me souviens simplement que j'essayais de me faire aussi petite que possible.

— Invisible, murmura Deacon, et elle hocha la tête.

— Après le petit déjeuner, mon père a pris la voiture en disant qu'il avait besoin de sortir de ce « mausolée » et qu'il reviendrait plus tard. Ma grand-mère a pris des comprimés pour dormir et ma mère… Elle cherchait quelque chose. Peut-être une bague ou une broche. Je ne m'en souviens même pas. Elle ne cessait de marmonner des choses à propos de son héritage. D'avoir perdu son héritage. Elle me faisait peur, alors je suis allée lire dans ma chambre. Je savais que papa n'allait pas tarder à rentrer et que nous étions censées être prêtes à partir, mais ma mère n'avait pas encore commencé à faire les bagages. Je suis partie à sa recherche, pour lui rappeler qu'il fallait se dépêcher. J'ai fouillé toute la maison, mais elle n'était nulle part. Le seul endroit où je n'étais pas allée était la cave, alors j'y suis descendue en comptant les marches comme toujours.

Elle s'arrêta et prit une profonde inspiration, puis une autre, chacune plus tremblante que la précédente.

— Tu as descendu l'escalier ? murmura Deacon.

Elle hocha la tête.

— Quand je suis arrivée en bas, je me suis tournée…

Elle s'arrêta de nouveau, pinça les lèvres et déglutit avec effort.

— Et j'ai vu ses chaussures, souffla-t-elle.

Deacon posa la joue contre sa tête et se tint simplement près d'elle, attendant qu'elle soit prête à continuer.

— Des Keds rouges, ajouta-t-elle, d'une voix à peine audible.

— Pardon ? demanda Bishop à voix basse.

Faith s'éclaircit la gorge.

— Des chaussures de sport rouges, des Keds. Les lacets traînaient par terre.

— Qu'avez-vous fait quand vous l'avez vue ?

— Je l'ai regardée, répondit Faith, tout bas. Je ne pouvais même pas hurler. Ensuite Jeremy s'est retourné et il a vu que j'étais là.

Deacon s'étonna.

— Jeremy était là quand tu l'as découverte ?

Il s'attendait à ce qu'elle parle de Jordan. Parce que Jeremy aurait dû être absent à ce moment-là. Il leur avait dit qu'il avait quitté la maison la veille, après la lecture du testament, et qu'il n'y était jamais revenu.

Elle hocha lentement la tête.

— Il coupait la corde. C'est à ce moment-là que je me suis mise à hurler et il a couvert ma bouche avec sa main. Le corps de ma mère…

Elle haussa les épaules.

— Elle est tombée en tas par terre. Il m'a dit qu'il ne fallait pas que ma grand-mère sache que ma mère s'était pendue. Ni mon père. Ça risquait de les tuer. Ce suicide était un péché mortel.

— Et ta famille était plus catholique que le pape, dit Deacon d'un ton sinistre.

— Je savais que le suicide signifiait que ma mère ne pourrait pas être enterrée avec sa famille. Je savais que cela voulait dire qu'elle était en enfer. Mais, par-dessus tout, je savais que ça détruirait mon père. C'est quand il avait rencontré ma mère qu'il avait décidé de ne pas prononcer ses vœux. Je savais que la vérité le tuerait. Et j'aime mon père. Alors, je n'en ai jamais parlé à personne. Jusqu'à maintenant.

— Comment Jeremy s'est-il débrouillé pour mettre l'accident en scène ? voulut savoir Deacon.

Elle agita les épaules avec nervosité.

— Je ne sais pas exactement. Il m'a dit que Jordan et lui s'occuperaient de tout et m'a demandé de monter dans ma chambre et d'attendre que l'un d'eux vienne me voir, mais de ne parler à personne d'autre.

— Jeremy ne nous a pas mentionné cet épisode, murmura Bishop. Sont-ils venus vous parler ?

— C'est Jordan qui est venu, parce que Jeremy avait peur que mon père ne le voie dans ma chambre et ne le frappe encore. Ils s'étaient battus à la lecture du testament, parce que Jeremy avait passé le bras autour de moi.

— Ça, il en a parlé, précisa Deacon. Qu'est-ce que Jordan t'a raconté quand il est venu dans ta chambre ?

Les lèvres de Faith tremblèrent.

— Que je ne devais pas me sentir coupable. En fait, je n'y avais pas vraiment pensé jusqu'à ce qu'il en parle. Il a dit que ma mère lui avait confié qu'elle était malheureuse avec mon père. Qu'elle étouffait. Qu'elle voulait le quitter, mais avait peur de passer à l'action.

— Elle avait peur ? reprit Bishop.

— Elle était malheureuse. Ma mère n'aimait pas être pauvre. Ça, je le savais. Une fois, je l'avais entendue dire à mon père qu'elle pensait avoir été pauvre à la mort de Joy, mais qu'en comparaison de la vie avec lui elle était riche à cette époque. Jordan disait que ma mère ne pouvait pas quitter mon père et affronter la culpabilité, mais qu'elle ne pouvait pas continuer à vivre avec lui, non plus.

— Elle était malheureuse, soit, dit Bishop. Mais était-elle en dépression ?

— En y réfléchissant, c'était certainement le cas. Après m'avoir eue, elle a essayé de concevoir d'autres enfants, mais elle ne cessait de les perdre. Je sais qu'elle a eu au moins trois fausses couches. Elle pleurait souvent. J'ai l'habitude de penser à elle et d'essayer de chercher une indication quelconque ou un signe avant-coureur qu'elle s'apprêtait à faire ça. A se suicider. Je me disais que, si j'avais fait plus attention, j'aurais pu l'empêcher. Maintenant, je sais que ce n'est pas vrai. Je n'étais qu'une enfant.

Elle haussa les épaules.

— Je ne sais pas si quelqu'un aurait pu la retenir. Je n'étais sûre que d'une chose, c'est que, ce jour-là, j'avais perdu un de mes parents. Je ne pouvais pas perdre l'autre.

— Vous aviez peur que votre père se suicide aussi ? voulut savoir Bishop.

Faith secoua la tête.

— Oh ! non. Non. Le suicide est un péché mortel. Mais il n'avait plus le cœur très solide. Il avait déjà eu une crise cardiaque. Je ne pouvais pas courir ce risque.

— Tu as dit que ton père avait pris la voiture de la famille quand il est parti ce matin-là, dit Deacon. Quelle voiture a été accidentée avec ta mère à l'intérieur ?

— Celle de mon grand-père. Tout le monde savait que mes parents s'étaient disputés et on s'est dit que ma mère était si bouleversée qu'elle avait perdu le contrôle de la voiture.

Elle s'essuya les yeux du bout des doigts.

— Elle est sortie de la route, pas très loin de l'endroit où j'ai eu mon accident lundi soir. Plutôt ironique, pas vrai ?

En effet. C'était déjà extraordinaire qu'elle ait pu réagir cette nuit-là, mais elle avait fait bien plus. Deacon n'avait pas imaginé qu'elle puisse l'impressionner davantage. Mais il avait eu tort.

Bishop réfléchissait à haute voix :

— Alors, Jeremy et Jordan sont capables de mettre en scène un faux accident de voiture. Qu'est-il arrivé à la voiture que vous conduisiez, il y a trois ans ?

— Elle a dû finir à la casse. Elle était complètement bousillée. Les policiers qui sont arrivés sur les lieux étaient vraiment étonnés, à la fois parce que j'avais réussi à ne tuer personne et parce que je m'en étais tirée avec des blessures superficielles.

— Lundi soir, tu as aussi fait quelques prouesses au volant, rappela Deacon. Tu as réussi à positionner la voiture pour que le côté du passager prenne le plus gros du choc.

— J'ai pris quelques leçons de pilotage pour rassurer mon père. A cause de ma mère, bien sûr. J'imagine que ça a fini par s'avérer utile.

— Bien content que ça ait marché, déclara Deacon, avec d'autant plus de gentillesse qu'elle semblait terriblement fragile. Faith, jusqu'à présent, les récentes agressions dont tu as été victime étaient en relation, soit avec le testament de ta grand-mère, soit avec la lecture des testaments. Que s'est-il passé de particulier, il y a trois ans, quand tu as eu cet accident ?

— Je ne sais pas. J'ai essayé d'y réfléchir, mais je n'ai rien trouvé de spécial.

Elle se passa la main sur le front d'un geste un peu fébrile.

— Je suis fatiguée. Je vais essayer de dormir encore un peu.

Faith regagna sa propre chambre. Deacon attendit qu'elle ait refermé la porte.

— Elle a peut-être essayé de se rappeler, mais je ne pense pas qu'elle veuille vraiment savoir.

— Le fait que les enlèvements des boursières de la fondation remontent à la lecture du testament du grand-père est particulièrement significatif. Faith a laissé tomber sa petite bombe et elle est passée à autre chose. Je suis certaine qu'Isenberg aurait relevé cette info, si Faith lui en avait parlé.

— Je sais. Faith refuse d'envisager que le tueur puisse être un de ses oncles mais, de mon côté, je ne suis pas loin d'en être convaincu. Le problème, c'est que je ne sais pas si c'est seulement Jordan, ou Jeremy avec un complice. Ou alors, les jumeaux travaillent de mèche et leur haine réciproque n'est qu'une façade. Je ne sais pas si Stone et Marcus mentent en disant que Jeremy était avec eux le jour de la mort de Maggie ou s'ils se trompent. Ils pourraient aussi dire la vérité.

Il soupira, sentant une nouvelle couche d'angoisse venir grossir la boule qui pesait sur son estomac.

— De toute évidence, elle n'a pas pris en considération les implications de l'enlèvement qui a eu lieu le lendemain de la mort du grand-père. Parce que c'était justement le jour de la mort de sa mère.

Bishop hocha la tête, d'accord avec ce raisonnement.

— C'est pour cette raison que j'ai tellement insisté sur l'histoire de la chaise.

— Je l'ai bien compris. Si tu penses que Maggie Sullivan est entrée dans la cave pendant que le tueur était en train de tuer ou de mettre ses souvenirs en bocaux, alors, on a eu la même idée.

— Si Maggie l'a surpris en pleine action, ça lui aurait donné une raison de la tuer et de maquiller sa mort en suicide. Surtout quand on pense aux lacets qui traînaient par terre. Elle n'était pas si haute, Deacon.

— J'avais noté aussi ce détail. Il nous faut exhumer le corps, mais je déteste l'idée de demander à Faith de subir ça.

— Une fois qu'elle y aura réfléchi, je crois qu'elle voudra savoir la vérité. C'est peut-être difficile d'apprendre que sa mère a été assassinée, mais c'est moins dur que de penser qu'elle s'est suicidée.

— Je sais. Ça pourrait aussi expliquer pourquoi le tueur tenait de plus en plus à la faire taire définitivement. Si sa seule motivation était d'empêcher des intrus de pénétrer dans la maison, il aurait laissé tomber dès que nous avons investi les lieux, lundi. Quand il a tiré sur Faith à l'hôtel, j'ai pensé qu'il voulait éviter qu'elle descende à la cave et qu'elle constate que le sol était surélevé de quarante centimètres, sans compter les autres changements. Mais ensuite il s'est attaqué à Pope pour essayer d'arriver jusqu'à elle. Maintenant, je me dis qu'il soupçonnait que, tôt ou tard, nous l'amènerions à parler de ce secret enfoui pendant toutes ces années.

— Hormis ses oncles, Faith était seule à savoir que l'accident de la mère était une ruse. Depuis que nous avons trouvé les victimes, il est devenu de plus en plus probable qu'elle commence à s'interroger sur les circonstances de la mort de sa mère. Après tout, c'est une drôle de coïncidence que Maggie se soit pendue dans un endroit où dix-sept femmes ont été tuées et enterrées. Comme tu l'as dit, une question se pose : lequel des oncles ? L'un d'eux ment, voire les deux. Ils sont peut-être impliqués tous les deux.

— Et nous n'avons pas la moindre preuve concrète pour les lier à quoi que ce soit. Merde.

Deacon lâcha un soupir de frustration.

Bishop regarda la porte de la chambre de Faith avec inquiétude.

— Je n'avais pas l'intention d'être aussi dure avec elle, Deacon. Je ne voulais pas lui faire revivre ces événements. Je ne cherchais pas à la faire pleurer.

— Ne t'en fais pas. En tout cas, tu lui as fait sortir des choses que je n'aurais pas pu tirer d'elle et ça pourrait lui sauver la vie. Il nous faut absolument trouver un truc concret pour épingler un des oncles, voire les deux. Mais, pour l'instant, je suis trop crevé pour réfléchir. Je vais dormir encore un peu. Toi aussi, tu devrais te reposer.

Il se dirigea vers sa propre chambre en se demandant où se trouvait Faith. Espérant la retrouver dans son lit. Il voulait simplement la tenir contre lui.

Cincinnati, Ohio
Jeudi 6 novembre, 5 h 25

Deacon la retrouva effectivement dans son lit, roulée en boule, le visage enfoui dans un oreiller. Elle pleurait comme si elle avait le cœur brisé, mais en silence. Son propre cœur se serra. Il la prit dans ses bras et alla s'installer dans un fauteuil à bascule au rembourrage douillet, relégué dans un coin de la chambre.

Faith tentait d'étouffer ses sanglots, ses doigts crispés avaient empoigné le T-shirt de Deacon.

Bishop lui avait arraché une vérité qu'elle ne voulait pas révéler. Cette pièce essentielle venue s'ajouter à leur puzzle pouvait s'avérer cruciale pour résoudre cette affaire. Mais, pour Faith, c'était bien autre chose qu'un rouage de l'enquête. La vérité sur la journée la plus traumatisante de sa vie avait été révélée. Exposée en pleine lumière.

— Tu n'en avais jamais parlé ? demanda-t-il à voix basse. A personne ?

— Non, chuchota-t-elle. Je ne pouvais pas. On l'aurait répété à mon père. Je t'en prie, ne lui en parle pas.

Il ne pouvait le promettre, car il ne savait pas ce qui serait rendu public, surtout si un des oncles était responsable de tous les meurtres.

Par ailleurs, il préférait s'abstenir de prendre le moindre engagement à ce sujet. Pour avoir gardé ce secret, Faith avait payé un prix qui lui semblait exorbitant. La souffrance, les cicatrices émotionnelles. Et une partie de lui tenait à ce que le père le sache.

Il l'embrassa sur le sommet du crâne.

— Chuuut. Tu vas finir par te rendre malade.

Elle tenta de cesser de pleurer, sans succès. Son corps était parcouru de longs frissons. Deacon lui saisit le menton, releva son visage et l'embrassa. Avec rudesse, sans faire de quartier. Au bout de quelques secondes, elle lui rendit son baiser avec la même intensité, puis s'ouvrit à lui, lorsqu'il lui lécha les lèvres. Plus question d'exploration charnelle, cette fois, mais d'un duel de langues et de dents. Les ongles de Faith se plantèrent dans sa poitrine, tandis qu'un déchaînement de colère l'emportait comme une crue subite. Il en sentit la puissance exploser en elle, mais il ne tenta pas de la calmer. Au contraire, il la laissa empoigner cette fureur. La combattre.

Il contint la réponse instantanée de son propre corps, ignorant le besoin dévorant qu'il avait de la posséder, de la jeter sur le lit, de s'enfoncer dans la chaleur moite de son corps. Au lieu de cela, il la laissa prendre ce dont elle avait besoin.

Brusquement, elle le laissa aller et posa mollement la tête sur son épaule. Comme si le feu en elle s'était éteint de lui-même, après avoir épuisé tout l'oxygène disponible.

Elle gémit doucement.

— J'ai affreusement mal à la tête.

— Ça ne m'étonne pas.

Il lui massa l'arrière du crâne et l'entendit avec satisfaction pousser un soupir d'aise en se blottissant contre lui. Il mit le fauteuil en mouvement, le doux bercement du siège venant interférer dans la guerre qui faisait maintenant rage en lui. Impossible de dissimuler le fait qu'il était dur comme la pierre, mais elle ne cherchait pas à se dérober. Il effleura sa propre lèvre du bout de la langue, sentit le goût du sang et s'étonna. Ça n'aurait pas dû l'exciter à ce point.

— Ça va mieux, maintenant ? murmura-t-il.

— Beaucoup mieux.

Du bout des doigts, elle lui caressa le torse à l'endroit où elle l'avait griffé.

— Pardon. Je t'ai fait mal.

Il dut prendre un moment avant de répondre, sachant qu'il ne pourrait pas contrôler sa voix tant cette tendre caresse le rendait fou.

— Ça va. Je m'inquiète plus pour toi.

— Elle m'a abandonnée, Deacon. Elle était malheureuse avec mon père, mais elle s'est toujours comportée comme si elle m'aimait. En réalité, ce n'était pas le cas. Ce n'était pas assez pour qu'elle reste avec moi.

Il résista à l'envie de lui faire part de ce que Bishop et lui soupçonnaient — la mort de sa mère n'était pas un suicide — et il tint sa langue. Si ce n'était pas vrai, il risquait de bouleverser encore son existence, cette fois sans raison.

— Je suis navré, ma douce. Navré que tu aies dû porter le fardeau d'un secret pareil pendant si longtemps. Navré que nous ayons dû te l'arracher de cette manière.

— C'était sans doute la seule façon efficace de me faire parler, j'en ai peur. De nombreux thérapeutes s'y sont cassé les dents pendant des années. Ils devraient suivre les cours de Scarlett Bishop.

— Quels thérapeutes ?

Comme elle ne répondait pas, il lui imprima une légère secousse.

— Faith ?

Elle céda avec un soupir.

— Après la mort de ma mère, mon père et moi avons connu une véritable descente aux enfers. Il s'accusait de l'avoir bouleversée au point de lui faire perdre le contrôle de la voiture. Quant à moi, je me sentais coupable de lui cacher la vérité. Il s'est mis à boire et la situation a tourné au cauchemar. Je me suis occupée de la maison en m'arrangeant pour que personne ne le sache. Je gardais l'espoir qu'il finirait par réagir, mais ça ne faisait qu'empirer… Et j'ai fini par craquer. Une dépression nerveuse m'a envoyée à l'hôpital pendant quelque temps.

Le cœur de Deacon se serra. Il hésita, mais posa la question cruciale.

— As-tu essayé d'en finir ?

— Non. Je suis tombée dans une espèce d'état catatonique. Je restais assise, à me balancer sur place, pendant des heures. Ça m'arrive encore, lorsque je suis sous pression.

— Je sais. J'ai remarqué.

Elle avait réagi de cette façon quand Vega lui avait appris la mort des deux victimes dans l'accident de son ancienne voiture.

— Que s'est-il passé, Faith ?

— J'ai suivi une thérapie. Tous ceux à qui j'ai eu affaire ont compris que quelque chose n'allait pas. Mais, de mon côté, ne rien dire était devenu une compulsion. Comme pour les anorexiques qui exercent une forme de contrôle en refusant la nourriture.

Voilà qui expliquait beaucoup de choses.

— Je comprends pourquoi ça a été aussi pénible pour toi, ce soir.

— Les vieilles habitudes ont la peau dure. En fin de compte, mon hospitalisation a eu une conséquence positive. Mon père s'est repris en main et a suivi une cure de désintoxication. C'est à cette époque que j'ai passé deux ans chez Gran. Elle a refusé de me laisser partir avant qu'il ait prouvé sa sobriété. Et, depuis, il n'a pas touché une goutte d'alcool.

— Et tu as gardé le secret.

— Jusqu'à ce soir. Je suis contente que ce soit le seul iceberg qui rôdait sous la surface. Je ne pense pas être capable de revivre l'épreuve de cette nuit de sitôt.

Il lui embrassa le front et la berça un peu plus vite.

— Il y a au moins un point positif dans tout ça. Ce salopard de Combs ne pourra plus te faire de mal, maintenant. Je regrette qu'il ait eu l'occasion de poser ses sales pattes sur toi.

— Moi aussi, dit-elle en lui tapotant la poitrine. Mais, d'une certaine manière, ça a été utile.

— Alors, là, je suis perdu.

— Eh bien, ça nous a mis au pied du mur, Charlie et moi. Le jour où Combs m'a agressée, les flics ont essayé de prévenir Charlie, mais il ne répondait pas à son téléphone. Finalement, son partenaire leur a avoué que Charlie était chez sa petite amie.

— Ouch ! lâcha-t-il à mi-voix.

— Sa petite amie d'à peine dix-huit ans, enceinte.

— Quel connard !

Elle eut un petit rire.

— Oh ! oui. Il m'utilisait comme prétexte pour ne pas épouser cette fille. Tu sais, la vieille excuse, « ma femme refusera de divorcer ». Je l'aurais fait sans problème. Je restais avec lui uniquement à cause de mon père.

— Parce que le divorce aussi est un péché ?

Deacon n'avait pu s'empêcher de prendre un ton acide. Le père de Faith lui plaisait de moins en moins.

— Oui. Mais, pour lui rendre justice, je dois préciser que mon père n'appréciait guère Charlie. Quand je lui ai dit que Charlie m'avait trompée, il a soutenu ma décision à cent pour cent. Je déteste devoir l'admettre, mais Charlie n'était pas le seul à se trouver des excuses. De mon côté, je me servais de ma crainte de faire souffrir mon père pour justifier mon inaction. Je n'aime pas le changement. J'aime que les choses soient en ordre. Le divorce m'apparaissait comme une perspective effrayante. Et, pour être complètement honnête, ça ne m'arrangeait pas. Si Combs ne m'avait pas envoyée à l'hôpital, je n'aurais peut-être jamais découvert l'infidélité de Charlie. L'adultère et la brutalité étaient les deux seules choses susceptibles de me pousser à me bouger les fesses et à franchir la porte d'un cabinet d'avocats.

Une fois encore, Deacon ne put s'empêcher de l'interroger.

— Tu l'aimais ?

— Non, je ne l'aimais plus depuis des années. Je ne l'avais peut-être jamais aimé. Au début, j'aimais l'homme que je voyais en lui. De son côté, il a peut-être aimé la femme qu'il a cru voir en moi.

— Comment le voyais-tu ?

— Comme un type bien, qui prenait soin des autres. Un héros. Pas un super-héros, bien sûr. Il n'avait ni le manteau de cuir ni les lunettes de soleil trop cool.

Ça réchauffa le cœur de Deacon.

— Et lui, que voyait-il en toi ?

— Une femme docile et malléable.

Il laissa échapper un petit ricanement de dérision.

— Alors, non seulement ton ex est un connard, mais en plus c'est un abruti.

Elle gloussa.

— C'est assez vrai. A sa décharge, j'étais assez timide à l'époque. Je venais d'entrer à l'université et j'étais terriblement jeune. Au début, nous étions heureux. Du moins, je l'étais. Quand quelqu'un vous trompe, on ne sait plus que croire de ce qu'il a pu dire ou faire pendant votre histoire.

— Je sais.

Deacon songea à Brandi, à la fille qu'elle avait été. Et aussi au garçon qu'il avait été.

Les doigts de Faith s'immobilisèrent.

— Qui était-ce ?

Après tout ce qu'elle venait de lui confier, il aurait été égoïste de ne pas lui rendre la pareille. Mais il hésita, un bref instant, puis finit par se lancer.

— Brandi était mon ex-femme.

Elle recula pour l'observer avec stupéfaction.

— Tu as été marié ?

— J'avais dix-huit ans et ça a bien dû durer six mois.

— Oh ! dit-elle, puis elle se mordit la lèvre. Greg est ton fils, Deacon ?

Il sursauta et faillit la faire tomber, la rattrapant de justesse, alors qu'elle commençait à glisser de ses genoux.

— Non, dit-il d'un ton ferme. Non, non, non. Mon Dieu, non.

Il secouait la tête en cadence, tout en la réinstallant confortablement sur ses genoux.

— Non.

— D'accord, d'accord. J'ai compris que la réponse est non. Alors, que s'est-il passé avec Brandi ?

— A vrai dire, c'est un enchaînement de mauvaises décisions de ma part. Mais Greg a failli y rester, alors ce n'est ni une époque ni une version de moi dont j'aime me souvenir. Quand Bruce et ma mère sont morts, j'ai touché le fond et Brandi a été là pour me soutenir. Mais elle était ce qu'on pouvait appeler « une adolescente à problèmes ». Mon oncle Jim lui donnait d'autres sortes de noms. Il la détestait. Il disait qu'il connaissait son « genre » et que je devais rester loin d'elle. A l'entendre, tant que je vivais sous son toit, je devais obéir à ses règles.

— Une vraie déclaration de guerre pour un ado.

— Ouais. Jim détestait Brandi, et moi je haïssais Jim. A la mort de mon père, nous avions déjà vécu chez lui, une première fois. Ma famille et moi habitions la maison voisine, qui lui appartenait et qu'il nous louait. Mais, à la mort de mon père, ma mère ne pouvait plus payer le loyer, Jim nous a donc expulsés.

— Je sais. Dani m'en a parlé. Elle m'a dit que ça avait été particulièrement difficile pour toi.

— Dani dormait avec maman. Je partageais la chambre d'Adam et la fenêtre donnait sur mon ancienne chambre. C'était dur de regarder dehors et de voir quelqu'un d'autre occuper la pièce où j'avais toujours vécu. Jim disait que ce n'était « qu'une maison ». Mais, pour moi, c'était le foyer que j'avais toujours connu. J'avais oublié tout ça depuis longtemps, mais ça m'est revenu lundi soir, quand je suis allé voir Greg. La chambre d'Adam est devenue la sienne. Il m'a demandé pourquoi je regardais toujours par la fenêtre quand je venais lui rendre visite. Je n'avais pas pensé à cette époque depuis des années.

— Ça arrive beaucoup ces temps-ci, lança-t-elle d'un ton sarcastique. Et Brandi ?

— J'y viens. Mon mépris pour Jim a atteint des sommets après la mort de Bruce et de ma mère, parce qu'il ne voulait pas vraiment prendre Greg. Il…

Deacon se tut et soupira.

— Pour commencer, Jim n'approuvait pas le fait que ma mère ait eu des enfants. Tu as dit que Greg t'avait parlé de notre syndrome ?

— Waardenburg, avec deux *a*. Et alors ?

— Eh bien, c'est génétique. C'est héréditaire. Dans notre famille, c'est transmis par les femmes. Certains enfants l'ont et d'autres s'en sortent sans problème. Ma mère l'avait, mais pas Tammy. Alors Adam allait bien, mais pour Dani et moi… ce n'était pas le cas.

Elle se raidit, ses mains se refermèrent en poings.

— Tu es mieux que bien, Deacon Novak.

— Si seulement tu avais été là pour me défendre, à l'époque.

Il n'avait rien trouvé de mieux que cette petite pirouette pour masquer son émotion.

— Quoi qu'il en soit, Jim n'approuvait pas les grossesses de maman et il le lui avait dit pendant qu'elle était enceinte de Greg. Alors, quand Bruce et maman sont morts et que tante Tammy a insisté pour prendre Greg, Jim est monté sur ses grands chevaux. Il nous avait déjà accueillis une fois et, maintenant, il devait encore réparer les « erreurs » de ma mère.

Faith fronça les sourcils.

— Il considérait vraiment Greg comme une « erreur » ?

— C'est ce qu'il a dit. Mais, avec Jim, difficile de distinguer la vérité du bluff. L'autre chose qui l'avait mis en colère, c'était d'apprendre que Bruce nous avait laissé sa maison. Jim avait décrété que nous devions la vendre et emménager avec eux. Je m'y suis opposé. C'était notre foyer et il m'avait déjà viré de chez moi une première fois. Bien sûr, je n'avais aucune idée de ce qu'étaient une hypothèque ou des impôts, mais je voulais que Dani et Greg continuent à vivre dans la maison de Bruce. Si nous devions vivre chez Jim et Tammy, je voyais ça comme un arrangement provisoire. J'avais prévu de finir le lycée et d'obtenir mon diplôme, puis de trouver un boulot pour payer les factures. Ensuite, Dani, Greg et moi pourrions vivre dans notre maison. Avec le recul, c'est si irréaliste que c'en est embarrassant.

— Tu voulais réunir ta famille. C'est un joli rêve. Tu étais simplement trop jeune.

Deacon lui sourit.

— Et je crois que, si Jim l'avait dit comme ça, j'aurais peut-être écouté. Mais ce n'était pas le cas et on n'arrêtait pas de se disputer… Et il y avait Brandi. J'avais dix-huit ans et elle était sexy. Et elle adorait complètement l'image que je m'étais créée.

— Le manteau de cuir, les cheveux et les lunettes.

— Ouais. Pour un gamin de mon âge, à l'époque, avoir une fille pareille, au moment où mon univers venait de s'écrouler, c'était complètement irrésistible. Mais, comme je l'ai dit, Jim détestait vraiment ce genre de filles. Alors, quand il a décrété que Brandi n'était pas la bienvenue sous son toit, je me suis dit : *Va te faire voir, j'ai un toit qui m'appartient.* Je l'ai épousée dans un élan de défi et nous avons emménagé chez moi.

— Je croyais que Jim t'avait obligé à vendre la maison.

Deacon eut une petite grimace de dépit.

— Eh bien, tout cela est arrivé dans l'intervalle de quelques semaines. La négociation avec l'acheteur n'était pas encore conclue. J'imaginais que, si j'étais marié et que je m'occupais de l'entretien, ils ne pourraient pas m'obliger à partir. J'ai donc mis mon plan à exécution. Comme je le disais, après la mort de maman, j'ai pris une série de mauvaises décisions. Jim ne cessait de me traiter d'imbécile, mais Tammy était plutôt partisane de me laisser vivre mes caprices jusqu'au bout. En comprenant que je ne pourrais pas régler l'échéance de l'hypothèque quand elle arriverait, je me rangerais aux raisons de Jim et j'abandonnerais toute cette histoire d'installation et de maison pour aller à l'université, comme elle le souhaitait.

— Et ton mariage ?

Il haussa les épaules.

— A mon avis, Tammy ne l'a pas vraiment pris au sérieux. Pour elle, ce n'était qu'une histoire de paperasse qui serait facilement réglée, le moment venu. Je voulais leur prouver à tous les deux qu'ils se trompaient.

— Comment ça a pu presque tuer Greg ?

Il haussa les épaules.

— Une fois, Tammy m'en a laissé la garde pendant quelques heures, après l'école. Brandi prenait un peu de drogue au lycée, mais elle m'avait juré que c'était terminé. Comme un crétin, je l'ai crue, dit-il en soupirant. Elle disait aussi qu'elle m'aimait et, comme un crétin, j'ai cru ça aussi.

— « Comme un crétin » est peut-être trop rude, dit Faith avec gentillesse. Tu n'étais qu'un jeune homme, ta mère et Bruce te manquaient. Tu voulais créer un foyer comme celui que tu avais perdu.

Un nœud serré se défit dans le cœur de Deacon. Faith avait vu juste. La facilité avec laquelle elle avait décrypté la situation... *Je pourrais aimer cette femme.* Peut-être était-il déjà en bon chemin pour ce faire.

— Peut-être, dit-il d'un ton bourru. Il y a eu cette horrible journée. Greg a fouillé dans le sac de Brandi. Heureusement, elle avait sniffé toute la coke qui y était planquée. Il ne restait que la poussière, mais c'était suffisant pour plonger un gamin de un an dans un état critique pendant plusieurs jours. Jim m'en a rendu responsable, il m'a dit que Brandi devait s'en aller et il avait raison sur les deux tableaux. Je l'ai engueulée, et elle s'est mise à pleurer. Elle m'a joué le grand air de la repentance pour que je la laisse rester un jour de plus. En rentrant à la maison le lendemain, après être allé rendre visite à Greg à l'hôpital, j'ai trouvé Brandi et son dealer en train de se faire des lignes de coke dans le lit de Bruce et de ma mère. Là, c'en était trop. J'ai appelé la police. Evidemment, Jim était en patrouille et il s'est pointé pour faire l'arrestation. Et il ne s'est pas gêné pour faire tout un cirque en détaillant mes décisions stupides devant tout le monde. Après, j'ai abandonné la partie. Je l'ai laissé garder Greg. Je l'ai laissé vendre la maison. Je suis parti à l'université.

— Je crois que je n'aime pas beaucoup ton oncle.

— Je n'aime pas beaucoup les tiens non plus, dit-il d'un ton sarcastique. Jim n'est pas un sale type. Il est juste persuadé d'avoir toujours raison et c'est assez souvent exact pour le rendre odieux. Pendant mes études, je revenais voir Greg et Dani le week-end, puisque ce n'était pas très loin. Ensuite, j'ai été recruté par le Bureau et mes visites se sont espacées. Quand Greg est entré dans le secondaire, il est venu vivre avec moi dans le Maryland. Ça a duré quelques années. Au début tout s'est bien passé, ensuite il est devenu agressif et s'est fait renvoyer de son école pour sourds.

Jim a décrété que l'expérience avait échoué et, puisqu'il avait toujours la garde de Greg, il l'a repris une fois de plus. Dani vivait aussi à Cincinnati, mais elle faisait son internat et n'avait pas beaucoup de temps à lui consacrer. C'est à ce moment que j'ai demandé mon transfert. Ça a été une période frustrante, parce que Greg était malheureux, mais les rouages du Bureau tournent lentement. Greg accumulait les ennuis, la plupart du temps pour des bagarres. Ensuite, Tammy a eu une crise cardiaque et même si Jim n'a jamais dit un seul mot en ce sens, je sais qu'il en tient Greg pour responsable. Quand Greg s'est fait virer de l'établissement spécialisé qu'il fréquentait ici, je voulais si désespérément rentrer que j'étais prêt à démissionner du Bureau et à prendre un autre boulot. Je devais trouver une nouvelle école à Greg et je tenais à être présent quand il ferait sa rentrée.

— C'était une école classique ?

— Oui. Je ne voulais pas le laisser faire sa rentrée seul dans un nouveau lycée avec uniquement des gamins entendants, sans personne pour le soutenir.

— Il s'en sort très bien, je parie.

— De toi à moi, en cours, ce n'est pas terrible. Et à la cafèt', au déjeuner ? On aurait pu tout aussi bien l'installer à une table pour un avec un gros projo braqué sur lui. Non, il fallait que je sois présent. Adam m'a aidé à obtenir ma mutation. Maintenant, je suis bien déterminé à devenir pour Greg ce que Bruce a été pour moi, la meilleure figure masculine possible. Je refuse de le laisser tomber.

— En d'autres termes, vous formez un lot, tous les deux, dit Faith, à mi-voix.

— Oui.

Il retint son souffle.

— Ça ne me fait pas peur. J'aime bien Greg.

Elle sourit en l'entendant relâcher sa respiration, puis ajouta :

— Eh bien, nous voilà au bout du deuxième jour. Quelle aventure excitante y a-t-il au programme de la troisième journée ?

— Débusquer l'enfoiré qui cherche à te tuer, dit-il laconiquement.

Le sourire de Faith s'effaça.

— Laisse-moi t'aider, je t'en prie. Laisse-moi continuer à analyser la liste de la fondation. Ça au moins, je peux m'en charger.

— Uniquement si tu restes dans un endroit où je te sais en sécurité. C'est tout ce que je demande, Faith.

— C'est promis. J'irai au central et j'y resterai toute la journée.

Elle l'embrassa au coin de la bouche avec tendresse, prenant soin d'éviter la petite coupure de sa lèvre inférieure.

— C'est moi qui ai fait ça ?

Le corps de Deacon réagit instantanément.

— Oui, mais j'aime bien quand tu es sauvage.

Elle écarquilla les yeux en sentant l'érection de Deacon se renforcer, pressant contre sa cuisse.

— On ferait mieux de se rendormir. Mais, tout à coup, je ne suis plus aussi fatiguée.

Il lui adressa un lent sourire.

— Comment pourrait-on s'y prendre pour se fatiguer un peu ?

En un clin d'œil, elle changea de position et le chevaucha.

— J'ai bien quelques idées.

— J'espérais bien que tu dirais ça.

34

Cincinnati, Ohio
Jeudi 6 novembre, 8 h 30

— Bonjour, Faith. Où est Novak ? demanda Isenberg d'un air renfrogné.

Faith eut un coup au cœur en déposant son ordinateur sur le bureau de Deacon.

— Il est parti chercher des cafés et des viennoiseries en bas.

Parce que, à leur réveil, ils avaient sauté le petit déjeuner pour « encore une dernière fois » dans la tiédeur de leur lit d'emprunt. A présent, Faith se demandait s'il avait été sage de leur part de s'accorder cet instant privilégié.

— Qu'est-il arrivé ? De mauvaises nouvelles de Roza ?

La mine maussade d'Isenberg s'adoucit pour devenir un simple froncement de sourcils.

— Non, rien à voir. Suivez-moi.

Faith l'accompagna dans la salle de conférences et s'arrêta net. La table était entièrement recouverte de cartons d'archives, empilés sur trois hauteurs. D'autres boîtes s'alignaient le long du mur, du sol au plafond.

— On nous a livré ça, ce matin, indiqua Isenberg. Ça vient de Henson and Henson.

Faith effectua un rapide décompte visuel.

— Ce sont les dossiers de la fondation. Mme Lowell a dit qu'il y en avait beaucoup, mais… bon sang ! Ils sont étiquetés par dates et… Heureusement, elle a listé le contenu de chaque carton. Elle a dû y passer la nuit entière.

— Une femme capable d'une telle organisation force le respect, déclara Bishop, derrière elle.

Elle alla droit vers le tableau d'affichage, un grand dossier coincé sous un bras.

— Pareil pour ça, continua-t-elle. Je vois que quelqu'un s'est donné du mal.

Isenberg haussa les épaules.

— Je ne pouvais pas dormir, la nuit dernière. J'ai une autre conférence de presse prévue aujourd'hui et je voulais préparer un visuel qui marquera les esprits.

Faith les rejoignit, curieuse de découvrir ce fameux tableau.

— Oh ! souffla-t-elle.

Isenberg avait épinglé les photos de chacune des victimes identifiées. La plupart des clichés étaient pris sur le vif et les représentaient heureuses, souriantes. De rares photos d'identité émaillaient la collection de portraits.

— D'où sortez-vous ces clichés ?

— De leur dossier aux personnes disparues. Parfois, les familles nous donnent des photos ordinaires.

— Si je comprends bien, Mme Lowell n'est pas la seule à avoir fouillé des archives poussiéreuses, la nuit dernière, dit Faith. C'est un joli mémorial, commandant. Ça montre ce qu'il a pris. Pas seulement une liste de noms, mais des gens.

— C'est ce que j'avais en tête, dit Isenberg, avant de s'éclaircir la gorge. Il m'en manque encore quelques-unes, Scarlett. Une de Roza, en particulier. Est-ce que votre artiste a réussi à tirer quelque chose des témoignages d'hier ?

Bishop brandit son dossier.

— Elle m'a donné ça. Je suis allée à l'hôpital, ce matin, pour avoir l'avis de Corinne sur le croquis, puisque c'est elle qui a passé le plus de temps avec Roza. A l'entendre, c'est le « portrait craché » de la petite. J'ai aussi un dessin de la dame mystérieuse de Maguire and Sons. C'est un peu plus vague. La réceptionniste du bureau voisin l'a seulement aperçue et ça remonte à quelques mois, déjà.

— Si c'est tout ce qu'on a, je ferai avec.

Bishop accrocha le dessin de Roza. Faith n'était pas préparée à l'émotion qui la frappa comme une brique. L'enfant au visage hâve avait de grands yeux noirs, emplis de désespoir.

— Elle est terrifiée, chuchota-t-elle. Comment pourrait-il en être autrement ? Elle a vécu dans ma cave pendant toute son existence et je n'ai jamais rien fait pour empêcher ça.

Bishop chercha son regard et le retint, l'air sévère.

— Si vous aviez su, vous l'auriez secourue. Roza a fait preuve de courage, dans cette cave. Elle a sauvé la vie d'Arianna. Elle a fait preuve de courage dans la forêt, même si elle n'avait jamais mis le pied dehors. Elle tiendra le coup, jusqu'à ce qu'on la trouve. Ne sous-estimez pas sa bravoure.

Faith hocha vigoureusement la tête. Puis elle se tourna vers les cartons, avec une idée précise du premier dossier qu'elle devrait consulter. Celui de Jade Kendrick, la tante probable de Roza. Grâce au travail de Mme Lowell, elle localisa le carton en moins d'une minute. Une autre minute plus tard, elle avait le dossier de Jade entre les mains.

— C'est le dossier de candidature de la tante de Roza.

Tout en avançant jusqu'au tableau d'affichage, elle ouvrit le dossier et s'immobilisa, cillant de surprise.

— Des jumelles. Elles étaient jumelles.

Cincinnati, Ohio
Jeudi 6 novembre, 8 h 45

— Des jumelles ? Qui ?

Deacon entra dans la salle de conférences, avec du café et des viennoiseries sur un plateau.

— Qu'est-il arrivé à la table ?

— Les candidatures des boursiers de la fondation, expliqua Bishop.

Elle poussa une pile de dossiers et dégagea un espace où il put poser son plateau.

— J'imagine que c'est Roza, dit-il en jetant un coup d'œil au tableau.

Bishop eut un demi-sourire triste.

— Avec un *zed*.

— Parce que sa mère était de Vancouver, précisa Faith d'un ton bizarre.

— Que se passe-t-il, Faith ? s'inquiéta Bishop.

Elle ne leva pas les yeux, continuant à fixer la première page du dossier.

— Hier, le commandant m'a dit que le vrai nom de Roza était Firoza, que sa mère était Amethyst Johnson, que sa mère et sa tante avaient été enlevées au même moment, et qu'elles étaient mortes toutes les deux. Amethyst ne figurait pas sur la liste, mais nous avons trouvé Jade.

— Firoza est une espèce de turquoise, expliqua Isenberg. Faith a cherché des noms de pierres précieuses dans la liste.

— C'est malin, approuva Bishop, à travers une bouchée de pain aux raisins. Alors, c'est le dossier de Jade ?

— Oui, répondit Faith. La fondation a accordé une bourse complète pour une école d'art à Chicago.

— Crandall a exhumé le dossier de Jade aux personnes disparues, hier, continua Isenberg. Elle a disparu de l'école, ainsi que sa sœur enceinte, Amethyst, qui était venue de Vancouver pour lui rendre visite.

Faith continuait à parcourir le dossier.

— Selon le formulaire de la fondation, Jade souffrait d'une forme rare de leucémie, du même type que celle qui a tué Joy. Mais le traitement a été efficace sur Jade et elle était considérée comme guérie.

— Et tout ça pour mourir aux mains d'un sadique, marmonna Deacon.

— Peut-être pas, dit Faith en sortant la photo accrochée au dossier par un trombone. Derrière, c'est écrit « Jade et Amy, 2001 ». Ça vous dit quelque chose, lieutenant Bishop ?

Bishop s'empressa de poser son café pour saisir la photo.

— Incroyable ! C'est elle. La dame mystérieuse de Maguire, affirma-t-elle en tenant la photo près du portrait-robot. Je crois que vous pourrez faire meilleure figure que prévu à votre conférence de presse. On doit lancer un avis de recherche, tout de suite.

Deacon se figea. *Non, ce n'est pas possible. Non, bordel, non.* Il arracha la photo à Bishop.

— On n'a pas besoin d'avis de recherche. J'ai déjà vu cette femme. Mardi matin. Elle se fait appeler Mary.

Il croisa le regard de Faith et ne le lâcha pas.

— C'est la gouvernante de Jordan, ajouta-t-il.

Faith blêmit.

— Non.

Deacon tira une chaise et la fit s'asseoir d'un geste tendre.

— Désolé, chérie.

Elle secoua la tête.

— C'est impossible. Il n'a pas pu tuer toutes ces femmes. Il n'a pas pu tenter de me tuer. Il n'a même pas la bonne taille. Le type qui est passé par ma fenêtre était costaud. Comme Combs. Et l'homme qui nous a tiré dessus depuis une chambre de l'hôtel d'en face était carré, lui aussi. Ça se voyait très bien sur les images de la vidéosurveillance. Tu l'as dit toi-même. C'est tout simplement impossible.

Il s'accroupit derrière la chaise de Faith.

— Mais l'homme qui a emmené Roza correspondait à la morphologie de tes oncles.

— Stone et Marcus ont échangé leurs places pour tromper les fédéraux qui suivaient Stone, ajouta Bishop. Marcus a une vingtaine de kilos en moins, mais il a mis une veste rembourrée. De loin, il a pu passer pour son frère. Ton oncle a dû faire la même chose.

Deacon laissa Faith se remettre du choc initial, sachant que son déni ne résisterait pas à l'examen des faits. Il lui fallut d'ailleurs moins de temps qu'il ne l'avait imaginé. Il comprit qu'elle avait déjà envisagé cette éventualité. En revanche, jusqu'à présent, elle avait été incapable d'y croire.

— Arianna a dit qu'il était mou, quand elle l'a frappé, murmura-t-elle, réfléchissant à haute voix.

— Tu as raison, j'avais oublié ce détail.

— Et, s'il portait un rembourrage, ses mouvements étaient peut-être plus raides. Comme un bonhomme Michelin. Ou un robot, comme l'a décrit la petite amie de Combs.

Les yeux verts étaient pleins de larmes, qui sillonnaient son visage pâle.

— Pourquoi Jade n'a-t-elle rien dit à ma grand-mère ? Elle s'occupait de Gran, elles étaient seules la plupart du temps. Gran l'aurait aidée.

— Il séquestrait Roza, rappela Deacon. Jordan s'assurait de l'obéissance de Jade en la menaçant de s'en prendre à sa nièce.

— Ça explique pourquoi il n'a jamais laissé la mère de Roza dire au revoir à sa « défunte sœur », dit Bishop, ulcérée. Il ne l'a pas tuée. Il la gardait en otage, à la vue de tous.

— Vous ne l'avez jamais rencontrée, Faith ? voulut savoir Isenberg. Au cours d'aucune de vos visites ?

— Non. Quand je venais voir Gran, Jordan lui donnait des jours de congé. D'ailleurs, je dormais dans sa chambre.

— Alors, où gardait-il Jade ? demanda Deacon.

Faith secoua la tête, perplexe.

— Dans la cave ?

— Dans ce cas Roza l'aurait vue, dit Deacon, qui songea ensuite à la danseuse orientale en rose. Sinon, il y a l'appartement au-dessus de la galerie d'art. C'est peut-être là qu'il retient Roza en ce moment. Nous avons largement ce qu'il faut pour obtenir une commission rogatoire.

— Je m'en charge, fit Bishop. On va retourner son appartement jusqu'à ce qu'on trouve quelque chose qui nous mettra sur la piste de l'endroit où il détient Roza.

— Hier, on a posté des voitures banalisées à l'extérieur de sa propriété en ville et de la galerie, rappela Deacon.

Il se leva pour continuer à organiser le planning avec Bishop.

— Jade est encore à l'intérieur de la maison de ville et Jordan n'est pas rentré à la maison la nuit dernière. Il n'est pas allé travailler, non plus, mais ajoute la galerie à la commission rogatoire.

En quelques minutes, ils avaient défini la logistique. Quand Deacon se tourna vers Faith, elle se tenait devant le tableau d'affichage, visiblement en pleine réflexion.

— Qu'est-ce que c'est que cette liste ? demanda-t-elle.

— Une liste de maladies dont les séquelles pourraient empêcher un homme d'éjaculer, dit-il. Le kit de viol d'Arianna n'a donné aucun résultat en ce qui concernait les fluides, alors qu'il ne portait pas de préservatif.

— Je me rappelle… Arianna s'en était inquiétée, murmura-t-elle, puis elle montra le deuxième élément de la liste. Cancer des testicules. Jordan était atteint de cette maladie, à dix-sept ans.

— Je croyais qu'il avait eu une leucémie, dit Deacon.

— C'était Joy. Jordan, c'était différent, expliqua-t-elle en fronçant les sourcils. Je me souviens d'une conversation entre mes parents. Ma mère se plaignait parce que Jordan était trop gâté par leur mère. Ce qui était d'ailleurs vrai. Gran ne tenait jamais rigueur à Jordan pour quoi que ce soit. Mais si n'importe lequel d'entre nous faisait un pas de travers… tous aux abris ! Bref, mon père disait que Gran se sentait coupable d'avoir causé le cancer de Jordan.

— Comment ? demanda Bishop. Ce type de cancers n'est pas provoqué par un facteur précis.

— Je ne sais pas. Je peux appeler mon père et lui demander.

Elle se retourna pour examiner encore les photos des victimes, un bras pressé contre son estomac, comme si elle avait mal. De l'autre main, elle désignait la photo d'une blonde souriante.

— La disparition de Melinda Hooper a été signalée le lendemain de la lecture du testament de Tobias.

Deacon échangea un regard circonspect avec Bishop.

— Le jour de la mort de ta mère, dit-il avec prudence.

Elle prit une brève inspiration.

— Oui… Lieutenant Bishop, pour répondre à votre question, non, il n'y avait pas de chaise visible. Mais la pointe des pieds de ma mère ne touchait pas le sol, quand elle se balançait. Comment a-t-elle pu faire ça sans grimper sur quelque chose ?

— A votre avis, Faith ? glissa Bishop à voix basse.

Deacon retint son souffle, alors que Faith ne quittait pas des yeux la photo de Melinda Hooper.

— A mon avis, c'est une drôle de coïncidence que Melinda ait été torturée dans la cave le jour même où ma mère s'y est pendue.

Elle regarda tour à tour Bishop et Deacon.

— Vous étiez déjà arrivés à la même conclusion, tous les deux, pas vrai ?

— Oui, répondit-il. Tu as retrouvé pas mal de souvenirs, la nuit dernière. On s'est dit que ça pourrait attendre que tu sois plus reposée et que tu aies eu le temps d'analyser les derniers événements.

— J'analyse, j'analyse, murmura-t-elle. Jeremy était debout, là, il tenait la corde. Quand j'ai commencé à hurler, il a lâché la corde et il m'a attrapée. Il a mis sa main sur ma bouche et mon nez. Et si ma mère l'avait surpris pendant qu'il assassinait cette femme ? Et s'il l'avait tuée pour l'empêcher d'en parler ?

— Ce que vous dites peut être tout à fait juste, dit Bishop. Quelqu'un persiste à tenter de vous tuer. Comme s'il voulait vous réduire au silence avant que la mémoire vous revienne ou avant que vous finissiez par assembler toutes les pièces du puzzle.

— Eh bien, je commence à avoir une bonne idée générale, dit-elle avec une pointe d'hystérie. Qu'est-ce que je peux faire ? Comment être sûre de ce qui s'est passé ?

Deacon lui caressa les cheveux, dans l'espoir de l'apaiser. Pour alléger le chagrin qu'elle ne pourrait manquer de ressentir après ce qu'il s'apprêtait à dire.

— On peut exhumer le corps de ta mère. Il nous faut ton autorisation. Mais il sera sans doute possible de déterminer la cause de la mort.

Elle le regarda avec des yeux d'enfant.

— Elle ne m'a pas abandonnée, dit-elle à voix basse, sans relever sa suggestion d'exhumation.

Elle avait de nouveau neuf ans et devait examiner de nouveau vingt-trois années d'une existence qui lui était apparue derrière une lentille déformante. Mais ils devaient revenir rapidement au présent.

— Non, je ne crois pas qu'elle t'ait laissée, chuchota-t-il à son tour.

— Oh ! mon Dieu...

Les mots étaient à peine audibles, hachés par son souffle précipité, mais elle continua, malgré sa voix brisée :

— Toutes ces années passées à la haïr. Alors qu'elle ne m'a pas abandonnée. Et, pendant toutes ces années, je n'ai pas dit un mot et il s'en est sorti.

Elle détourna les yeux et laissa échapper un bref sanglot.

— Il m'a volé ma mère. Il a brisé le cœur de mon père et il s'en est sorti.

Le menton levé, elle croisa le regard de Deacon, ses yeux verts étincelaient de fureur.

— *Il s'en est sorti.* Et puis il en a tué tellement.

Des larmes de colère roulèrent le long de ses joues.

Bishop lui glissa un mouchoir dans la main.

— Ecoutez, Faith, nous avons besoin de votre aide, maintenant. Je sais à quel point le moment est difficile, mais nous avons besoin que vous soyez concentrée pendant un petit moment. Vous pouvez faire ça pour nous ?

Faith se sécha les joues et lui adressa un signe de tête mal assuré.

— Oui.

Elle se laissa tomber en douceur sur une chaise.

— Vous voulez exhumer le corps de ma mère. Pouvez-vous le faire sans en parler à mon père ?

— Vous avez une procuration ? demanda Bishop.

— Oui, depuis son attaque. Lily aussi en a une. Mais... sera-t-il possible de trouver quelque chose, au bout de tant d'années ? demanda-t-elle après une légère hésitation. Le corps était... complètement carbonisé. J'ai vu les photos. Je ne l'oublierai jamais.

Deacon grinça des dents.

— Qui t'a montré la photo de l'accident, Faith ?

Ses épaules s'affaissèrent encore plus.

— Jordan. Il voulait que je voie par moi-même que personne ne saurait jamais qu'elle s'était suicidée. Il m'a menti. Bien sûr qu'il m'a menti. C'est un tueur. Deacon, je les ai laissés faire ça à ma mère. Je les ai laissés l'emmener, la mettre dans une voiture et la brûler.

— Tu n'étais qu'une enfant, Faith. Neuf ans. Tu ne l'as rien laissé faire du tout.

Elle secoua vigoureusement la tête.

— Eux. Ils étaient là tous les deux, ce jour-là. Jeremy *et* Jordan.

Deacon soupira.

— Je ne crois pas, ma chérie. Stone a dit qu'il se souvenait du jour de la lecture du testament de ton grand-père. Jeremy était rentré, complètement effondré, parce que ton père l'avait accusé de t'avoir molestée et que ta mère l'avait laissé faire. Stone a déclaré que, le lendemain, ils étaient allés en famille passer la journée à Kings Island. Jeremy, son ex-femme, Stone et Marcus.

— Stone ment. Ou alors il se trompe. J'ai vu Jeremy dans la cave. Je l'ai vu. Je ne suis pas folle.

— Evidemment que vous n'êtes pas folle, dit Bishop avec fermeté. Mais Stone ne ment pas et il ne se trompe pas. Je suis passée voir l'ex-femme de Jeremy, tôt ce matin, après notre conversation. J'ai interrogé Della Yarborough à propos de cette journée à Kings Island.

Deacon ne cacha pas sa surprise.

— T'as fait ça ?

Bishop haussa les épaules.

— J'avais envie de croire Marcus, il s'est conduit comme un héros. Et il a confirmé l'histoire de Stone. Donc, je suis allée voir leur mère. Je pensais devoir attendre son réveil, parce qu'il était vraiment tôt, mais elle ne dormait pas. La gouvernante m'a fait monter dans la chambre de Mickey. Della était assise sur le lit, l'air perdu. Quand je lui ai demandé de me parler de Jeremy, elle m'a dit la même chose que Stone et Marcus. Jeremy est un type bien. Elle m'a aussi raconté la même histoire que ses fils à propos de leur journée à Kings Island. Mais elle a ajouté un détail. A l'époque, elle était enceinte d'Audrey et elle avait tellement marché ce jour-là que le travail s'est déclenché le lendemain matin. Ils ont fait des vidéos, Faith. Elle m'a donné la cassette. Sur les images, elle était aussi grosse qu'une maison. On y voit aussi Jeremy. Il a même un œil au beurre noir après la bagarre avec votre père.

— La vidéo a pu être falsifiée, dit-elle avec obstination.

— C'est possible, convint Bishop. Comment savez-vous que c'était Jeremy dans la cave ?

— Il avait une moustache et une raie dans les che…

Faith laissa sa phrase en suspens, puis :

— Vous pensez que Jordan se faisait passer pour Jeremy ? Pourquoi aurait-il fait une chose pareille ?

— Pour se forger un bouc émissaire ? suggéra Deacon. Tu as dit que Jeremy te regardait parfois d'une manière qui te mettait mal à l'aise ? Comment savais-tu que c'était lui ?

— De la même manière. Oh ! mon Dieu ! dit-elle, alors que de nouvelles larmes lui emplissaient les yeux. J'ai pu me tromper. Toutes ces années, il a été banni de la famille à cause de ce que j'ai dit.

— Tu étais une enfant, insista Deacon. Je ne dis pas que Jeremy est innocent mais, quand il est question de ces deux-là, il n'est pas facile de savoir auquel on a affaire. Tu les voyais souvent ?

— Pas très souvent. Seulement quand je rendais visite à Gran.

Elle se passa les mains sur le visage, essuyant les larmes, puis se secoua un peu.

— Très bien. Prenons les choses dans l'ordre. D'abord, l'exhumation de ma mère. J'ai besoin de savoir ce qui s'est réellement passé.

— J'ai préparé le formulaire, annonça Bishop. Il ne manque plus que votre signature.

— Très bien. J'aimerais aussi parler à Jeremy.

Deacon n'était pas enthousiaste.

— Pourquoi ? Qu'espères-tu obtenir ?

— Je veux voir son visage quand je lui dirai que ma mère a été assassinée. Et, s'il est innocent de toutes les choses que j'ai pensées toutes ces années, je veux lui présenter des excuses.

Deacon secoua la tête.

— Son absence le jour de la mort de ta mère ne l'innocente pas nécessairement pour le reste. Rien ne nous prouve que Jordan et lui ne travaillaient pas ensemble.

— Et comment pourrais-je espérer distinguer la culpabilité de l'innocence, alors que Jordan m'a menée en bateau pendant si longtemps ?

Deacon retint sa grimace.

— Oui, dit-il simplement. Tu n'es pas objective.

Elle acquiesça une fois.

— Je veux bien l'entendre. Mais est-ce que ça ne te plairait pas d'observer son expression de l'autre côté de la vitre quand je lui parlerai de ma mère ? lui lança-t-elle avec défi.

Deacon laissa échapper un soupir.

— Oh que si. Mais tu ne quittes pas le bâtiment.

— Je lui demanderai de passer ici, proposa Bishop. Il était ému en apprenant que vous avez tenu tête à Isenberg, hier, et insisté pour lui permettre de se rendre au chevet de Marcus. Je lui dirai que c'est pour assurer votre sécurité, ainsi, il n'aura pas l'impression de venir subir un interrogatoire.

Deacon chercha le regard de Faith.

— Maintenant, nous allons partir fouiller les propriétés de Jordan. Ne parle pas à Jeremy avant mon retour.

— D'accord, c'est promis.

Cincinnati, Ohio
Jeudi 6 novembre, 9 h 30

Faith attendit qu'ils soient partis, puis s'écroula sur une chaise, tremblante. *Jordan veut me tuer. Il a tué tous ces gens. Il a torturé Arianna. Il les a toutes torturées. Chacune des victimes du tableau. Toutes les victimes de la cave. Et les morts de Floride.*

Et Jeremy ? Avait-il tué ? Voulait-il sa mort, lui aussi ? Et, s'il en avait l'intention, saurait-elle le lire sur son visage ? Comment avait-elle pu être aussi aveugle ?

Une vague de chagrin lui coupa le souffle et elle ferma les yeux. *Maman.* Toutes ces années passées à détester sa mère. *Tout ce temps !* Elle se recroquevilla, une main plaquée sur la bouche pour étouffer un gémissement, essayant désespérément de reprendre le contrôle de ses émotions.

Je suis désolée, maman. Je suis désolée. Elle s'abandonna à des larmes silencieuses pour toutes les fois où sa mère lui avait manqué. Pour toutes les nuits où son père buvait jusqu'à l'inconscience pour s'endormir seul.

Puis elle revit Jordan, pendant ces mêmes années. Riant avec elle. Faisant la fête avec elle. Concerts de rock et bière. *Pourquoi ?* Pourquoi avait-il fait ça ? Lorsqu'elle réexamina les événements passés à la lueur de la vérité, elle comprit.

Il ne riait pas avec elle. Il riait *d'elle.* Et toutes ces fêtes… Bon sang ! Il l'encourageait à se livrer à toutes sortes de comportements dangereux. A fréquenter des gens peu recommandables. A s'adonner à un mode de vie qui aurait pu facilement la transformer en droguée ou en ivrogne. Voire mettre sa vie en danger. De cette façon, il aurait résolu ses problèmes. Une fois morte, sa nièce ne pourrait plus révéler son secret. Ne pourrait plus le dénoncer.

Et même si elle avait tenté de dévoiler la vérité ? Qui l'aurait crue ? Elle avait eu une dépression nerveuse. Elle faisait le mur pour aller à des fêtes et à des concerts, entrait dans les bars avec de faux papiers. Sa grand-mère ne l'aurait jamais crue. Jordan avait parfaitement couvert ses arrières, n'est-ce pas ?

La colère explosa soudain sous son crâne, une colère ardente qui consuma son chagrin, la laissant froide et concentrée. Avide de vengeance. Assoiffée de justice. En quête de réponses.

— Pourquoi ? demanda-t-elle à la pièce vide.

Animée par une irrépressible énergie, elle se leva d'un bond et se mit à faire les cent pas. Un tableau vierge était installé près du tableau d'affichage, une irrésistible invitation à faire une liste.

POURQUOI ???? nota-t-elle en grosses capitales. Et, dessous, elle lista ses questions. *Pourquoi Jordan est-il ainsi ?* Elle avait souvent dormi dans la maison de ville, inconsciente du danger. *Pourquoi ne m'a-t-il pas tuée pendant mon sommeil ? Que cache l'histoire des faux candidats ? Qui reçoit leur argent ? Pourquoi n'a-t-on pas découvert la manœuvre au cours d'un audit ? Pourquoi ces victimes ont-elles été choisies ?*

Elle observa le visage des jeunes femmes. *Toutes blondes,* écrivit-elle. *Toutes jeunes. Tous les enlèvements liés à un moment de rage.*

Toutes les victimes avaient été agressées à un moment où Jordan avait perdu ce qu'il estimait devoir être son héritage.

— Elles ont ton argent, dit-elle à mi-voix. Elles ont reçu des bourses de la fondation et cet argent aurait dû te revenir.

Elle secoua la tête en notant cet élément sur le tableau blanc.

— Mais il y a autre chose, ajouta-t-elle en songeant que les racines du mal étaient plus profondes. Il y a trop de rage pour qu'il ne s'agisse que d'argent.

Des quatre enfants O'Bannion, Joy était la seule blonde. Les autres étaient roux. Elle nota aussi cette information, puis recula d'un pas.

— Tu détestes Joy, dit-elle. Tu ne cesses de la tuer. Elle a pris ton argent.

Elle balaya du regard les photos des victimes.

— Et, ensuite, vous lui avez toutes pris son argent.

— Excellente analyse.

En se retournant, Faith découvrit Isenberg derrière elle, mâchonnant tranquillement un pain aux raisins.

— Depuis quand êtes-vous là ? demanda Faith, la main pressée sur son cœur battant à tout rompre.

— Je n'ai pas bougé, j'étais assise derrière vos boîtes, dit Isenberg. Comme Bishop et Novak avaient pris les choses en main, j'en ai profité pour m'occuper de mes mails. Ensuite, vous avez commencé à marcher de long en large et j'avoue que j'étais curieuse de voir où ça allait vous mener. Votre liste ne manque pas d'intérêt. Selon moi, il ne vous a pas tuée pendant votre sommeil pour la même raison qui l'a retenu dimanche après-midi, quand vous étiez au cimetière. Il voulait éviter de donner à la police la moindre raison d'enquêter sur lui.

— Il avait prévu de m'attirer à l'écart et de me tuer en toute discrétion. Peut-être dans un accident de voiture comme celui que j'ai eu, il y a trois ans.

Faith se tourna vers son tableau et y ajouta une note. *Que s'est-il passé, il y a trois ans ?*

— Ça me travaille, avoua-t-elle.

— Avec raison. De toute évidence, trouver la réponse à cette question s'avère primordial.

— C'est l'année de mon divorce. J'ai quitté la maison que je partageais avec Charlie pour m'installer dans ce petit appartement dans un quartier miteux de Miami. Mon père s'en inquiétait.

Elle s'interrompit un bref instant, le cœur serré.

— Et Gran aussi s'inquiétait. Elle disait que je ferais mieux de quitter Miami, que c'était trop dangereux. Que…

Nouvelle interruption : cette fois pour tenter d'humecter sa gorge serrée.

— Elle disait que je devais rentrer à la maison.

Puis Faith mena le raisonnement jusqu'au bout et comprit ce qu'il lui restait à faire. A regret, elle appela Henson and Henson.

— Avez-vous reçu les dossiers ? s'enquit aussitôt Mme Lowell.

Faith brancha le haut-parleur.

— Ils sont arrivés, merci beaucoup. Votre répertoire du contenu des cartons m'a permis de trouver très rapidement la famille de la petite fille disparue. Mais, ce matin, j'ai une autre question. Pouvez-vous me dire si ma grand-mère a procédé à des révisions de son testament, ces dernières années ?

— Je peux vérifier l'historique des modifications sur mon ordinateur… Nous y voilà… Barbara a déposé le testament original quelques mois après la mort de son époux. Par la suite, elle l'a remis à jour à quatre reprises. La dernière fois remonte à trois ans, le 24 juillet.

Faith prit une profonde inspiration et s'efforça de garder une voix posée. Son accident avait eu lieu trois jours après cette date. Une semaine plus tard, une victime avait été enlevée, torturée et enterrée dans la cave.

— Et quelle était la nature de ce changement ?

— Un remaniement complet, vous êtes devenue son héritière.

Faith connaissait déjà la réponse, mais l'entendre était malgré tout douloureux.

— Qui devait hériter avant moi ?

— Je ne peux pas vous en parler.

Faith émit un son qui s'apparentait à un feulement de fauve.

— Madame Lowell, depuis que j'ai hérité de la maison, quelqu'un s'acharne à vouloir me faire disparaître. Et le 27 juillet, trois jours après la modification du testament de Gran, on a déjà tenté de me tuer.

— Oh ! Seigneur, souffla Mme Lowell. Mais… je ne peux rien vous dire, Faith. Je suis terriblement désolée.

— Est-ce que c'était Jordan ? Je vous en prie, madame Lowell. Non seulement quelqu'un essaye de me tuer depuis que j'ai hérité de cette maison, mais, pour m'atteindre, on a assassiné douze personnes, le mois dernier. Je ne peux pas continuer comme ça, à me demander qui sera le prochain. Est-ce que c'était Jordan ?

Un soupir.

— Faith. Je ne peux pas vous dire que c'était lui. Mais je ne vous dirai pas que ce n'était pas lui.

Faith laissa échapper un soupir et frissonna en comprenant que ses soupçons se confirmaient.

— Très bien. Pouvez-vous me dire qui tient les comptes de la fondation et à quand remonte le dernier contrôle ? Puisque je remplace ma grand-mère au conseil d'administration, je dois le savoir.

Mme Lowell répondit avec circonspection.

— Le conseil a engagé Michelle Vance comme comptable. A vrai dire, cela fait quelque temps qu'il n'y a pas eu de contrôle. Pas depuis le départ de Me Henson junior. Pourquoi ?

— Je me familiarise avec les aspects financiers de la fondation. Comment puis-je joindre Me Henson junior ?

De l'autre côté du fil, le silence s'étira, puis Mme Lowell répondit :

— Vous ne pouvez pas.

— Il est mort ? J'avais cru voir une plaque dans le hall, disant qu'il avait pris sa retraite.

— Il s'est retiré, mais pas vraiment. Il est hospitalisé depuis quinze ans. Il est, euh, dans un état végétatif définitif.

Faith ferma les yeux.

— A-t-il eu un accident de voiture, madame Lowell ?

— En effet. Comment le savez-vous ?

— Quand on a essayé de me tuer, il y a trois ans, c'était en sabotant ma voiture. La semaine dernière, on a recommencé avec mon ancien véhicule. Mais, entre-temps, je l'avais vendu et la personne qui l'a racheté a été tuée dans un accident. Avec son fils.

Le long, très long silence fut rompu par une réponse tremblante.

— Depuis l'hospitalisation de Me Henson junior, ses affaires sont gérées par son épouse, Michelle Vance.

La bouche de Faith s'arrondit de surprise.

— La comptable de la fondation ? Je… je vois. Merci, madame Lowell.

Elle coupa la communication et rencontra le regard égal d'Isenberg.

— Vous n'êtes pas surprise.

— Il faut suivre l'argent. Surtout quand il s'agit de gros tas de fric administrés par des petites vieilles.

— Très juste. Et que dites-vous de ça ? Quelqu'un a créé de faux candidats, le conseil examine les cas sans voir les noms pour assurer la neutralité de sa décision. Certains postulants sont acceptés, d'autres non. Mais les gens qui rédigent les fausses demandes sauraient comment influencer au mieux le conseil.

— Ça paraît logique.

Faith se leva pour employer l'énergie qui menaçait de la déborder.

— Les chèques destinés aux faux candidats sont préparés, Jordan les apportait à ma grand-mère pour les faire signer, parce qu'il gérait tout son courrier. Mme Lowell entre le nom, la date et la somme, ensuite elle expédie les chèques et elle n'en sait pas plus. Si Jordan a découvert le pot aux roses, c'est parce qu'il recherchait précisément des bénéficiaires de la fondation pour en faire ses victimes. Mais, voilà, certaines n'existaient pas.

— Ils sont gonflés, dit Isenberg, d'une fois sèche.

— La femme de Henson junior doit être mouillée. En tant que comptable, elle a dû reporter le numéro de Sécurité sociale des récipiendaires. La fondation n'a pas été contrôlée par les impôts depuis plusieurs années. Elle a dû leur présenter des déclarations frauduleuses. Jordan le savait peut-être depuis le début, il a peut-être monté le coup lui-même. En tout cas, il est au courant depuis au moins quinze ans, parce que Junior a été blessé dans un accident de voiture. L'implication de Henson Trois n'est pas évidente, mais ça ne sent pas très bon. Donc, je parie qu'il trempe aussi dans l'arnaque. Est-ce suffisant pour demander un contrôle judiciaire de leurs livres ?

— C'est suffisant, si vous êtes au conseil et que vous le demandez.

Faith la fixa, d'abord interdite, puis avec un grand sourire.

— Ah, ouais. J'ai oublié que j'avais le pouvoir.

Isenberg sourit.

— Du pouvoir et du cran. Et aussi de l'intelligence. Si jamais vous en avez assez de travailler à la banque, vous pourriez peut-être envisager de bosser pour le département de police.

La banque.

— Oh ! merde ! dit Faith en levant les yeux au ciel. J'avais complètement oublié que j'ai été virée hier.

Le sourire d'Isenberg s'effaça.

— Pourquoi ?

— Le lieutenant Kimble a posé des questions à mon patron, qui l'ont amené croire que j'étais suspecte dans une affaire criminelle.

Isenberg pinça les lèvres.

— Je suis navrée.

— Ça va. De toute façon, je ne veux pas travailler pour une entreprise où on a été si prompt à me juger. Je vais peut-être retourner à la thérapie. Mais, pour l'instant, je vais me remettre au travail sur la liste des victimes. Je crois que ça m'aide à rester saine d'esprit.

35

Cincinnati, Ohio
Jeudi 6 novembre, 11 h 30

Deacon s'arrêta sur le seuil de la salle de conférences et s'accorda un instant pour regarder Faith. Installée à la table, environnée par des piles de documents, elle fixait l'écran de son ordinateur. Elle était sexy ainsi, concentrée sur son travail, songea-t-il. Bien sûr, elle était encore plus sexy lorsqu'ils faisaient l'amour, mais ce n'était pas un sujet qu'il devrait évoquer, debout à la vue de tous, comme en ce moment.

— Vous devriez essayer de ne pas avoir l'air aussi amoureux, dit Isenberg, derrière lui.

Il laissa échapper un petit gloussement.

— J'essaierai, promis. Qu'est-ce qu'elle fait ?

— Elle travaille toujours avec les administratifs sur la liste que nous a envoyée l'avocat. Pendant votre absence, les choses ont pris un tour intéressant.

Quand Isenberg lui rapporta la conversation avec Mme Lowell, Deacon se sentit encore plus fier de Faith.

— Elle a fait un schéma de toute l'affaire, c'est ça ?

Isenberg montra le tableau, couvert de listes et de questions, de cases d'où partaient des flèches renvoyant à d'autres cases.

— Le procureur rédige les commissions rogatoires pour nous permettre d'examiner les comptes de la fondation.

— Avons-nous localisé Herbie Trois et sa comptable de mère ?

— Oh ! oui. Je sais précisément où ils se trouvent. Une heure après avoir parlé à Faith, Mme Lowell a rappelé. Elle a fait des copies des déclarations de revenus et les a montrées à Henson senior. Il a immédiatement convoqué sa belle-fille et son petit-fils en prétextant la remise d'un bonus en récompense de leurs résultats. Il nous les a gardés au chaud et, en ce moment, ils sont tous les deux au central. Passons au sujet essentiel, savons-nous où se trouve Jordan ? J'imagine que non, sinon vous auriez commencé par là.

— On sait où il n'est pas. Il n'est pas dans sa propriété en ville, ni dans sa galerie d'art, ni dans l'appartement de l'étage. Sinon, nous avons Jade en salle d'interrogatoire, mais ça va être difficile de la faire craquer.

— Elle ne veut pas aider Roza ?

Faith avait délaissé l'écran de son ordinateur et le fixait avec surprise. Il se rendit compte qu'elle avait suivi son rapport, sans cesser de travailler pour autant.

— Au contraire, elle pense à Roza et c'est bien là le problème, expliqua-t-il. Elle est terrifiée à l'idée que Jordan découvre qu'elle a parlé. Elle ne cesse de répéter qu'il y a des caméras dans toutes les pièces de cette maison. Il pouvait la surveiller partout et en permanence. Elle n'avait aucune intimité.

Faith pâlit légèrement.

— J'ai vécu là-bas pendant deux ans quand j'étais au lycée. Je séjournais là-bas, quand je rendais visite à Gran. Il me surveillait aussi ?

Deacon serra les dents.

— Peut-être pas pendant les deux ans, parce que c'était bien avant l'enlèvement de Jade et d'Amethyst. En revanche, durant les dix dernières années, lors de tes visites ? Probablement.

Faith pinça les lèvres.

— C'est extrêmement perturbant, mais je préfère ne pas y penser pour l'instant. Qu'avez-vous trouvé dans cette maison ?

— Rien qui nous permette de deviner où il peut se planquer. Aucun indice pour nous dire si Roza est passée par là. En revanche, nous avons découvert Alda Lane dans le lit, bourrée d'héroïne et toujours dans le costume rose de danseuse orientale qu'elle portait mardi. Et ça se sentait.

Isenberg secoua la tête, l'air réprobateur.

— Charmant. Où est-elle pour l'instant ?

— Au central aussi. Elle a avoué que Jordan suppléait à ses besoins et, en échange, elle lui servait d'alibi. La photo qu'elle m'a montrée et qui le représentait ivre mort avait été prise la semaine passée. Si quelqu'un le demandait, elle avait pour instruction de répondre qu'il dormait.

Deacon secoua la tête avec dépit.

— J'aurais dû pousser mon interrogatoire, mardi. Je me suis simplement dit qu'elle était excentrique et un peu ivre.

— Quant à moi, j'aurais dû explorer la piste financière plus tôt, répliqua Isenberg. De toute façon, à ce moment-là, nous n'avions rien contre Jordan. Ce n'est plus le cas, aujourd'hui, alors il faut le coincer. Pour la petite Roza et toutes les autres victimes qui figurent sur ce tableau. Je dois préparer ma conférence de presse de 14 heures. Faites-moi un point avec ce que vous avez à 13 h 45.

— Comptez sur moi. Attendez, Lynda. Où est passé Adam ? Je ne l'ai pas vu de la matinée.

Sans crier gare, Isenberg passa en mode administratif.

— Il est en congé. Je ne peux pas en dire plus.

Elle tourna les talons, mais Deacon lui emboîta le pas.

— Quoi ? C'est son idée ou celle du département ?

— La sienne. Si vous voulez en savoir plus, adressez-vous directement à lui, dit-elle en quittant la pièce.

— Je n'y manquerai pas.

Sans dissimuler sa frustration, Deacon alla s'asseoir près de Faith.

— Il aurait dû être en congé depuis le début de la semaine, dit-elle à voix basse. Il était comme un baril de poudre, prêt à exploser. Il s'en est rendu compte et s'est arrêté, c'est plutôt rassurant.

— Je sais, mais…

Deacon laissa sa phrase en suspens et secoua la tête, chassant son cousin de ses préoccupations. Adam était adulte et devrait se débrouiller.

— J'ai quelque chose pour toi.

Deacon sortit de sa poche l'iPhone de Faith et le téléphone prépayé qu'elle n'avait acheté que pour le voir endommagé au cours de la fusillade de l'hôtel.

— Le labo a vérifié ton iPhone. Apparemment, il n'a été ni piraté ni équipé d'un traceur. Mais, par précaution, ils l'ont complètement formaté et ils ont remplacé la carte SIM. Tu peux garder ton numéro, mais tout le reste a été effacé. Combs n'a jamais eu accès à ton téléphone.

— Alors, comment a-t-il su où me trouver pendant tous les mois où il m'a harcelée ?

— Tu as dit toi-même que tu n'aimais pas le changement. Tu suivais une routine ?

Elle hocha la tête.

— Ça n'a pas dû être bien compliqué pour lui. En tout cas, merci pour mon téléphone. Je me sens de nouveau comme une vraie personne. Pourquoi m'as-tu rapporté, ça ? demanda-t-elle en montrant l'appareil cassé. Il est fichu.

— Seulement l'écran. Et il reste quelques minutes de communication. Sans compter que les gens aiment bien garder en souvenir des objets qui leur rappellent qu'ils ont frôlé la mort. C'est pour ça que je tiens à mon vieux manteau de cuir. Il a déjà été réparé un tas de fois, à cause des impacts de balle, et je suis encore là.

— Je n'aime pas entendre ça, dit-elle avec un serrement de cœur. Et le téléphone que m'a apporté Jordan ?

— Il y avait installé un logiciel de pistage. Si tu l'avais gardé, il aurait su que tu allais à la maison, hier, par exemple. Il aurait pu te suivre et te tirer dessus quelque part le long du trajet. Ou pire.

— Exactement ce que tu craignais, souffla Faith.

Il acquiesça.

— J'ai passé un mauvais moment quand Vince m'a appris que tu étais là-bas. Mais on va le trouver et, ensuite, tu retrouveras ta liberté de mouvement.

— En attendant, je serai prudente.

Elle glissa le téléphone cassé dans sa poche, puis vérifia l'iPhone.

— J'ai déjà un appel manqué. De Vega. Elle a appelé il y a une heure.

Deacon consulta son propre appareil.

— Elle m'a appelé aussi, il y a cinq minutes. Je devais être dans l'ascenseur et la communication n'est pas passée. Rappelle-la.

Faith composa le numéro de Vega et brancha le haut-parleur.

— Lieutenant, ici Faith. Désolée d'avoir manqué votre appel.

— Moi aussi. J'avais l'intention de passer par FaceTime et de vous montrer sa tête quand il s'est excusé envers vous, mais il est parti maintenant.

— Qui ?

— Oh ! votre ex. Je n'aime pas laisser traîner des détails et je continuais à me demander comment la petite amie de Combs connaissait l'existence de cette photo que vous aviez prise de lui, au moment où il quittait la maison de cette petite fille. J'ai donc fait venir Charlie Frye dans le bureau de mon commandant et nous avons eu une petite conversation, tous les trois. Saviez-vous que Charlie a rendu visite à Combs en prison ?

— Je n'en avais pas la moindre idée. Pourquoi a-t-il fait ça ?

— Pour découvrir si Combs mentait en prétendant avoir une aventure avec vous. Charlie avait vu la photo de Combs sur votre téléphone pendant que vous étiez à l'hôpital. Quand Combs vous a mise en cause au procès, Charlie est allé le voir. Il a montré à Combs cette fameuse photo qu'il avait copiée sur votre téléphone en lui disant que c'était une preuve de culpabilité indiscutable. Mais Combs lui a proposé une explication parfaitement logique pour justifier sa présence sur cette photo. Il a prétendu qu'il allait voir la mère de la fillette, non la petite, et que vous le suiviez par jalousie. Et, puisque Charlie vous trompait, il a trouvé plausible que vous lui rendiez la pareille. Cela dit, à l'entendre, il n'a pas cru Combs avant que cet enfoiré ne mentionne une marque de naissance que vous auriez à un endroit intime. A partir de ce moment-là, Charlie y a cru dur comme fer. Une idée de la manière dont Combs aurait pu apprendre ce genre de détails ?

— Ouais, répondit Deacon d'une voix tendue. J'ai effectivement ma petite idée. L'oncle de Faith a posé des caméras dans la chambre où elle dormait quand elle rendait visite à sa grand-mère.

Et aussi dans la salle de bains. Mais il s'était abstenu de le préciser à Faith pour ne pas aggraver les choses.

— Agent Novak, je ne savais pas que vous étiez là. Vous avez gâché ma chute.

Deacon fronça les sourcils.

— Quoi ?

— Charlie n'a pas regardé le téléphone de Faith tout seul. Devinez qui lui a montré la photo.

— Jordan, suggéra Faith. Il était à mon chevet avant même l'arrivée de mon père et de Lily. Gran lui a affrété un vol, alors que mes parents ont dû venir de Savannah en voiture. Ça lui a laissé tout le temps d'explorer mon téléphone.

— Votre oncle a aussi continué à appeler Charlie pour le tenir au courant, même après votre divorce. C'est par votre ex qu'il a appris que Combs a continué à vous espionner pendant neuf mois.

— Alors, il savait que Combs serait accusé des tentatives d'assassinat qui me visaient.

Vega confirma l'intuition de Faith.

— Exactement, il avait un bouc émissaire, taillé sur mesure. Nous pensons que votre oncle a tué Combs pour éviter qu'il ne soit arrêté. Si Combs avait un alibi pour n'importe laquelle des tentatives d'assassinat, nous aurions pu élargir notre enquête. Si toutefois nous avions mené l'enquête, ajouta-t-elle avec dégoût. J'ai autre chose pour vous, Novak. J'ai essayé de vous joindre. Ma dessinatrice vient de m'envoyer le portrait qu'elle a fait du meurtrier de Combs, d'après la description de la petite amie. Dès que je l'ai eu, je vous l'ai fait suivre à votre adresse mail.

Deacon ouvrit sa messagerie et montra à Faith la photo. Elle déglutit avec effort. C'était Jordan, avec une grosse veste et un crâne chauve.

— C'est bien son oncle Jordan, mais on ne s'est jamais aperçus qu'il était chauve. Sa perruque doit être de première qualité. Je me demande pourquoi il l'avait enlevée.

— Je me suis posé la même question. J'ai vérifié la météo du jour en question et nous avions une tempête de tous les diables, ce soir-là. Des vents d'ouragan. Sa perruque a pu se mouiller. Ou il a préféré l'enlever pour ne pas se la faire arracher par une bourrasque. Donc, si je comprends bien, vous avez l'identité de votre suspect ? Un petit coup de fil, ça aurait été sympa.

— Toutes nos excuses, dit Deacon. A vrai dire, on n'en est certains que depuis deux heures. Il est sans doute ici, à Cincinnati. Notre seul atout, c'est qu'il ignore qu'on est sur sa piste. Il s'est arrangé pour faire retomber la faute sur son frère. Ou alors ils travaillent ensemble. C'est un point qui reste encore à éclaircir. Pour l'instant, on espère qu'il va commettre une erreur.

— Eh bien, espérons-le. Soyez prudents. Et n'hésitez pas à appeler si vous avez besoin de quoi que ce soit.

Faith coupa la communication.

— Je crois que j'aimerais voir Jeremy, maintenant. J'ai trop de questions et pas assez de réponses.

Cincinnati, Ohio
Jeudi 6 novembre, 12 heures

Enfin. Il attendait depuis des heures que le couple quitte l'hôpital, et la vieille voiture du Dr Dani était d'un inconfort sans pareil. Ses jumelles étaient parées, réglées sur le clavier de la portière de la Range Rover, côté conducteur.

1-4-3-6-1. La portière du chauffeur s'ouvrit et Keith monta dans le SUV, puis ouvrit l'autre portière pour Jeremy. Le véhicule quitta sa place de stationnement et se dirigea vers la sortie du parking, une voiture de patrouille le prit discrètement en filature.

Ça, c'était un problème qu'il allait falloir régler. Il démarra, filant le flic qui filait sa cible. Au pire des cas, il le descendrait.

Au point où il en était, un de plus, un de moins, ça ne faisait guère de différence.

Il suivit donc le petit convoi… Jusqu'au central de police. Mauvais signe. Pourvu qu'ils n'y soient pas retenus trop longtemps. Il avait un après-midi chargé.

Lorsqu'ils s'arrêtèrent devant le bâtiment, il continua tout droit, gardant un œil sur le rétroviseur. Le couple franchit la porte, toujours filé par son flic en uniforme. S'ils avaient conscience de sa présence, ils n'en laissaient rien paraître.

Ils devaient le savoir. Ce qui signifiait que le flic était de garde et pas en filature. C'était un point essentiel. Il fit le tour du pâté de maisons et se gara assez loin. Il prit soin de charger le parcmètre de pièces de monnaie. Un bon moment s'écoulerait avant que quelqu'un repère la voiture du Dr Dani. Et, quand ils finiraient par la repérer, ils tourneraient en rond pendant un autre bon moment, puisqu'il avait pris soin d'échanger les plaques d'origine de la voiture contre des plaques volées. Chaque délai supplémentaire lui donnait du temps pour organiser ses petites affaires.

Il vérifia son apparence dans le miroir. Moustache, OK. Main droite gantée, glissée dans la poche, OK. Epaules tombantes et poches sous les yeux, OK. Il sortit de la voiture de Dani, avança tranquillement jusqu'à la Range Rover, tapa le code sur le clavier et monta à l'arrière. Les caméras de vidéosurveillance de la rue enregistreraient les images du propriétaire de la voiture qui entrait dans son véhicule. Aucun problème de ce côté.

Cela faisait longtemps qu'il avait appris à passer inaperçu en plein jour.

Il suffit d'agir naturellement pour que tout le monde imagine qu'on ne fait que ce qu'on est censé faire. C'est en manifestant de la nervosité que l'on devient suspect.

Et il ne manifestait jamais de nervosité.

Cincinnati, Ohio
Jeudi 6 novembre, 12 h 30

— Il a l'air si vieux, dit Faith en observant Jeremy par la vitre de la salle d'observation.

— Son accident de voiture l'a usé prématurément. D'un seul coup, sa carrière a été détruite et il a perdu son compagnon.

— Encore ces accidents, murmura-t-elle. Le grand type, c'est son compagnon actuel ?

— Oui. Voici Keith O'Bannion. Mari, assistant et garde du corps.

— Crandall a réussi à sortir la liste des propriétés de l'ex-femme de Jeremy ?

— Il s'en est occupé. Je te la transmettrai. Alors, prête à lui parler ?

— Je crois. Après tout, ça ne fait guère que vingt-trois ans qu'on ne s'est pas vus.

Conscient de la nervosité de Faith, il lui serra brièvement la main.

— Tu seras parfaite.

A leur entrée dans la salle d'interrogatoire, les deux hommes se levèrent d'un bond. Faith s'attarda un instant sur le seuil, le regard rivé à celui de Jeremy.

— Oncle Jeremy ? Je suis Faith, la fille de Maggie.

Elle tendit la main et Deacon vit combien elle tremblait.

Jeremy la dévisagea, avec un mélange de tristesse et de mélancolie, puis serra la main tendue de Faith avec sa main gauche.

— Je t'aurais reconnue n'importe où, Faith. Tu es le portrait de ta mère.

On entendit Faith avaler sa salive.

— Toutes mes condoléances pour la perte de ton fils.

— Merci, répondit Jeremy, tout bas.

— Merci à toi d'avoir accepté de venir me parler. Mes déplacements sont limités aux endroits où je ne risque pas de faire tuer quelqu'un. On peut s'asseoir ?

Deacon choisit une position d'où il pouvait observer le visage de Jeremy et surveiller Keith en même temps. Il n'avait encore aucune certitude quant à l'innocence des deux hommes et il n'allait pas permettre qu'il arrive quoi que ce soit d'autre à Faith.

Jeremy prit place près d'elle, puis examina la coupure qu'elle avait au front.

— Comment t'es-tu fait ça ?

— J'ai donné un coup de volant pour éviter quelqu'un sur la route, lundi soir. Arianna Escobar. Elle était détenue dans la cave de la vieille maison. Elle a été enlevée en même temps que Corinne, la femme à qui Marcus a sauvé la vie. D'ailleurs, nous lui en sommes tous très reconnaissants.

— Cette femme a aussi envoyé Stone à l'hôpital, maugréa Keith.

Jeremy soupira.

— Il l'a plus ou moins cherché. Ce garçon n'a pas deux sous de cervelle… Que puis-je faire pour toi, Faith ?

Elle prit une inspiration avant de se lancer.

— Je crois que l'homme qui a tué ton fils a aussi tué ma mère.

Jeremy fronça les sourcils, visiblement soucieux, comme s'il la croyait dérangée.

— Ta mère est morte dans un accident de voiture, mon petit.

Elle lui adressa un sourire triste.

— Je dois te raconter une histoire. Je ferai vite mais, je t'en prie, ne m'interromps pas avant la fin.

Elle lui parla des disputes familiales, du départ de son père en voiture, de la découverte de sa mère se balançant au bout d'une corde. Il l'écouta avec stupéfaction, mais garda le silence jusqu'au moment où elle expliqua qu'elle l'avait vu couper la corde qui soutenait le cadavre.

— C'est insensé ! Je n'étais même pas là.

— Je le sais, maintenant. Mais… l'homme qui tenait la corde te ressemblait. Ses cheveux étaient coiffés comme les tiens. Il avait une moustache. Même ses vêtements… c'était ton style.

— C'était Jordan, dit-il lentement. Forcément, ça ne peut être que lui.

— C'est aussi ce que je crois. Maintenant. Mais pendant vingt-trois ans, chaque fois que je revoyais ce moment dans mes cauchemars, c'était toi qui tenais la corde. En revanche, c'est Jordan qui est venu dans ma chambre plus tard, pour me dire que vous aviez mis en scène le faux accident de voiture. Et que le corps de maman avait été brûlé.

— Jordan a poussé la gentillesse jusqu'à lui montrer des photos du corps calciné, ajouta Deacon, d'un ton sarcastique.

Jeremy parut horrifié.

— Il te les a montrées ? Mais pourquoi ?

— J'imagine qu'il voulait me persuader que personne ne douterait qu'elle était morte dans cet accident. Que son suicide resterait notre petit secret.

Il ouvrit la bouche, mais Faith leva la main.

— Encore une chose. La bagarre de la veille, après la lecture du testament ? Entre mon père et toi ?

— Ton père m'a cassé le nez, dit-il amèrement.

— Et ma mère t'a brisé le cœur parce qu'elle ne t'a pas défendu.

— Ton père était un vrai fanatique. Ils savaient déjà que j'étais gay, à ce moment-là. C'était devenu public la semaine précédente, continua-t-il en secouant la tête. A cause de Jordan. De toute façon, ton père pensait que tous les homos étaient des pervers. En revanche, j'ai eu du mal à accepter que ta mère pense une chose aussi horrible à mon propos.

— C'était ma faute, dit Faith, entre la confusion et la culpabilité. J'avais dit à mes parents que tu me regardais et que tu me touchais d'une manière qui me mettait très mal à l'aise. Et, quand tu as essayé de me réconforter le jour de la lecture du testament de Tobias, ils ont tous les deux interprété ton geste à travers le filtre de ce que je leur avais rapporté, à propos de la « dernière fois » que tu m'avais touchée.

L'horreur réapparut dans le regard de Jeremy.

— Mais je n'ai rien fait de tel.

— Quelqu'un avec une moustache, une coupe de cheveux et des vêtements comme les tiens l'a fait.

La surprise et le choc creusèrent les traits de Jeremy.

— Oh ! mon Dieu. Faith. Toutes ces années ?

Les lèvres de Faith tremblèrent.

— Je suis désolée. Je suis désolée que la famille t'ait détesté par ma faute.

Jeremy lui tapota la main, d'un air absent. Deacon remarqua qu'il utilisait sa main gauche. La droite restait dans sa poche. S'il feignait son handicap, il était particulièrement prudent.

— J'apprécie que tu aies éclairci les choses.

— Un instant, intervint Keith. D'où sort cette histoire de meurtre ? Vous avez parlé de suicide, non ?

— C'est ce que je croyais. C'est peut-être vrai, mais…

Elle parla à Jeremy des boursières disparues et des dates de leurs enlèvements. Puis elle le laissa tirer ses propres conclusions.

— Tous ces corps. Dans la cave ? Tu en es certaine ?

— On en a trouvé dix-huit, indiqua Faith. Et encore plus ces derniers mois, alors qu'il tentait de m'assassiner.

— Parce que tu as hérité de la maison ?

— Tant qu'on n'avait pas trouvé ce qui était caché sous le sol, l'héritage semblait une raison logique de s'attaquer à moi. Mais, même après la découverte des corps, quelqu'un continuait à attenter à ma vie et ça ne paraissait plus du tout logique. Pourquoi me tuer, alors que l'existence des victimes avait été rendue publique ? Peut-être par vengeance, mais dans ce cas il aurait pu attendre que je quitte la planque et que je recommence à marcher dans les rues. Il a pris de très gros risques pour s'attaquer à moi. La seule chose qui restait à protéger était le faux accident de voiture pour « maquiller » le suicide de ma mère. Mais ce n'est toujours pas un motif suffisant pour vouloir ma mort.

— En revanche, s'il s'agit de couvrir le meurtre de ta mère, le mobile devient beaucoup plus plausible, dit Jeremy. Elle a peut-être vu la victime qui a disparu ce jour-là, et qui était probablement détenue dans la cave ?

— Peut-être. Nous exhumons son corps pour avoir une certitude. J'ai besoin de savoir.

— Je comprends. J'aimerais le savoir aussi, dit-il en lui tapotant de nouveau la main. Maintenant, je dois aller retrouver Marcus et Stone.

Faith soupira.

— Je suis désolée, je m'y prends mal. Non seulement tu étais impliqué, il y a vingt-trois ans, mais tu es encore impliqué, maintenant.

— Je sais. Le lieutenant Bishop m'a dit hier que les sutures des victimes avaient été pratiquées par un professionnel. Et, bien sûr, je sais que ma cabane a été utilisée.

— L'implication de Jordan est fort probable, mais il n'a pas une formation de chirurgien. En revanche, c'est ton cas. Donc, soit vous êtes complices tous les deux, soit il s'est débrouillé pour te faire passer pour le coupable. Compte tenu de ce que je sais, la deuxième solution me semble la plus logique. T'es-tu demandé pourquoi ton fils a été tué ?

— Il était au mauvais endroit, au mauvais moment. Il avait fugué après avoir découvert que son père n'était pas un riche homme d'affaires russe, mais un « homo estropié ». Ce sont ses mots, pas les miens.

— Il n'était pas au mauvais endroit. Il avait tous les droits d'être là-bas. C'est le tueur qui ne l'avait pas.

— Je ne peux pas croire que Jordan a tué mon fils. Mickey était son neveu. Il n'aurait pas tué sa propre chair, son propre sang.

— Je suis sa nièce et il a essayé de me tuer… Combien de fois, agent Novak ?

— Huit en tout. Dont sept, le mois dernier. En essayant d'atteindre Faith, il a descendu douze personnes, y compris un enfant et un agent fédéral. Votre fils était sur sa route. Je suis désolé, monsieur.

— Et Jordan ignorait que Mickey était ton fils, lui rappela Keith, avec douceur.

Jeremy crispa les mâchoires.

— Où est-il ?

— Nous ne savons pas, dit Faith. Mais, où qu'il soit, il a un otage.

— La fillette de onze ans que le lieutenant Bishop a mentionnée, hier, c'est bien ça ?

— Roza, précisa-t-elle. S'il suit son schéma habituel, il tentera d'orienter les soupçons sur toi. Il a choisi la cabane de ton ex-femme pour enterrer certaines de ses victimes. Il pourrait choisir une autre de ses propriétés pour se cacher. Nous voulons le retrouver avant qu'il soit trop tard. Je sais que tu veux être auprès de Marcus et Stone, mais pourrais-tu jeter un coup d'œil à cette liste qui regroupe les biens immobiliers de ton ex-femme et nous indiquer ceux qu'il pourrait vraisemblablement choisir ?

Jeremy grinça des dents et les muscles de ses mâchoires se crispèrent.

— Espèce de salopard, chuchota-t-il. Il a tué mon fils et, en plus, il essaye de me mettre ses crimes sur le dos ? Montre-moi donc cette liste.

Il ne fallut qu'une minute.

— Celle qui se trouve près de Woodland Mound, en aval de la rivière. La sortie de la 275 ne se trouve qu'à cinq minutes de là. La propriété est équipée de capteurs qui lui permettront de savoir si quelqu'un arrive. La maison est aussi située en haut d'une colline, alors il vous verra bien avant que vous n'ayez une chance de l'apercevoir. Avez-vous besoin d'autre chose ?

— Accordez-moi une minute, s'il vous plaît.

Deacon rédigea un SMS destiné à Isenberg, pour lui indiquer la localisation de la maison. Une unité tactique pourrait être mobilisée, mais n'interviendrait que si la voie était libre. Si Jordan retenait Roza dans cet endroit, il n'était pas question de débouler en trombe, au risque de la faire tuer. Il envoya le message et revint à Jeremy.

— Puisque Jordan semble s'être fait passer pour vous à plusieurs reprises, pouvez-vous nous donner une information qui nous permette de vous distinguer l'un de l'autre ?

— J'ai une cicatrice au-dessus de la lèvre depuis mon enfance. C'est pour ça que je porte la moustache, indiqua Jeremy, puis il hésita. Quant à Jordan, il…

— Il n'a qu'une couille, compléta Keith sans mâcher ses mots.

— Il a eu un cancer, à dix-sept ans, expliqua Jeremy. Il est stérile.

Faith pencha la tête, étonnée.

— Comment le savez-vous, Keith ?

Il haussa les épaules.

— C'est mon boulot de savoir tout ce qui menace Jeremy.

— Keith est très consciencieux et il a bonne mémoire. Nous nous connaissons tous depuis le lycée, mais Jordan n'était gentil avec aucun d'entre nous. Les problèmes avec ma famille se sont enflammés deux semaines avant la mort de mon père.

— Parce que Jordan a révélé votre homosexualité, au moment où vous vous apprêtiez à dire à votre père qu'il détournait l'argent de la fondation.

— J'en ai effectivement parlé à mon père et la stratégie de Jordan a échoué. Il s'est avéré que notre père pouvait à la fois me détester parce que j'étais gay et écouter mes accusations. Il a mené son enquête et découvert les détournements. Père a dit à Jordan qu'il ne travaillerait jamais plus pour la fondation. Jordan était livide. Il m'en a terriblement voulu, a juré qu'il se vengerait.

— Quel genre de vengeance ? demanda Faith.

— Les trucs habituels. Il m'a promis de me ruiner. De me faire regretter d'être né ! Ce genre de choses.

Jeremy baissa les yeux sur le bureau.

— Il a réussi, à présent. Mon fils est mort.

— Vingt-trois ans plus tard, dit Faith, à mi-voix. Mais qu'a-t-il fait, à l'époque ?

— Il est allé voir Della et lui a révélé la vérité sur moi. Il espérait qu'elle me flanquerait dehors. Qu'elle m'humilierait.

— Mais votre ex le savait déjà, dit Deacon. Stone nous a dit qu'elle le savait depuis le début.

Un hochement de tête las.

— Quand Della et moi nous sommes rencontrés, j'étais encore en premier cycle universitaire. Elle avait trente ans. Elle se sentait seule et venait de divorcer d'un coureur de dot, le père de Stone et Marcus. Elle en avait assez qu'on la veuille pour son argent. J'en avais assez que ma famille me veuille pour les pièces détachées. Nous avons bien accroché.

Faith le regarda, interdite.

— C'est une drôle de manière de s'exprimer, oncle Jeremy. Pour *les pièces détachées* ?

Jeremy la fixa avec attention.

— Qu'est-ce que tu sais de Joy, Faith ?

— Pas assez, manifestement.

— Joy a eu une leucémie. Ça s'est passé à la fin des années 1960 et il y avait peu de traitements à l'époque. Les transplantations de moelle n'avaient été tentées que sur des jumeaux identiques. Et puis, en 1968, on a effectué une transplantation entre des frères et tout le monde était excité par cette avancée. Mais ta mère n'était pas compatible avec Joy.

— C'est pas vrai..., dit Faith. Tu vas dire que Gran vous a conçus pour votre moelle épinière ?

— Oui. Je ne l'ai appris qu'à l'âge de huit ans. Jordan avait fait une bêtise et père était furieux, comme toujours. Dans sa rage, il a crié que nous étions inutiles. Que Joy aurait dû être encore en vie. C'est difficile à admettre quand on a huit ans. Ça l'est encore à quarante-quatre ans.

— Jordan était en colère après avoir appris qu'il avait été conçu pour sa moelle épinière ?

Jeremy confirma d'un signe de tête.

— Oh ! oui. Surtout quand il a eu le cancer, lui-même. Savez-vous ce qu'est la DES ?

— Non.

— C'était un médicament qui était administré aux femmes enceintes pour prévenir les fausses couches. On ne l'utilise plus maintenant. Mère a frôlé la fausse couche à trois reprises. Elle voulait désespérément mener sa grossesse à terme.

— A cause de Joy, murmura Faith. Elle avait besoin de votre moelle épinière.

— Exactement. Le médecin a prescrit de la DES à mère pour sauver sa grossesse. Cette molécule est liée à de nombreux cancers qui frappent les filles qui y ont été exposées *in utero*. Pour les garçons, on soupçonne un rapport avec le cancer des testicules. Je ne crois pas un instant que mère ou le médecin aient été informés des éventuels effets secondaires, à l'époque. Mais quand Jordan a été atteint… mère s'est sentie responsable de sa maladie et culpabilisait d'autant plus que notre naissance n'avait pas aidé Joy.

— C'est horrible à tous les niveaux, déclara Faith.

— Je sais. Jordan haïssait Joy. Il me haïssait parce que je n'étais pas en colère et parce que je n'avais pas été malade. Dans son esprit, des jumeaux étaient censés tout faire de la même façon. Il détestait Maggie parce qu'elle et moi étions proches. Il détestait mère, père et tout le personnel. Jordan était difficile à vivre. Il lui arrivait de rentrer dans des colères épouvantables et, quelques heures plus tard, de se montrer de très bonne humeur. Invariablement, on retrouvait quelque chose de cassé. Ou quelque chose de mort. Un oiseau, le chat. Mon chien. Nous n'avons jamais pu prouver qu'il était responsable et mère ne nous aurait pas crus. Père s'en fichait. Il avait en quelque sorte fermé la boutique, à la mort de Joy. Maintenant, je comprends qu'il souffrait de dépression. Son chagrin après la mort de Joy était simplement plus fort que l'affection qu'il avait pour nous.

— Je savais que Jordan ne t'aimait pas, mais je n'ai jamais compris qu'il détestait ta mère ou la mienne.

— Parce qu'il était très habile à dissimuler ses sentiments. Il se lâchait au moment où on s'y attendait le moins et en employant des moyens qui ne le mettaient jamais en cause directement. Lorsque je me suis rendu compte qu'il siphonnait les comptes de la fondation, je n'ai rien dit avant d'avoir des preuves incontestables.

— Qui étaient ?

— Des relevés bancaires, il avait un compte secret. Il dissimulait les documents, mais je l'ai espionné et j'ai découvert sa cachette. J'ai fait des copies de ses relevés ainsi que de ceux de la fondation. J'ai tout remis à notre père, quinze jours avant sa mort. Une semaine plus tard, Jordan était viré de la Fondation.

— Une semaine ?

Deacon sut que Faith pensait à la victime qui avait été enlevée à ce moment-là et à celle de la semaine suivante, lorsque Jordan avait compris qu'il n'aurait rien.

— Presque jour pour jour. Quand père m'a renié, en réalité, j'étais soulagé. Notre famille était désespérément malheureuse et j'avais hâte de quitter la maison. J'ai fondé ma propre famille avec Della et maintenant avec Keith. J'aime mes enfants comme mes parents ne m'ont jamais aimé. Et maintenant j'en ai perdu un.

Un bref instant, le chagrin prit possession du visage de Jeremy, mais il se reprit et continua ses explications.

— Je détestais ma mère de m'avoir conçu uniquement pour être une réserve de pièces détachées, mais maintenant je sais ce qu'elle ressentait. Je ferais presque n'importe quoi pour ramener Mickey à la vie. J'imagine que je ne peux pas trop en vouloir à ma mère d'avoir tout tenté pour sauver Joy.

Il se leva avec lassitude.

— J'aimerais retrouver mes enfants et Della. Elle ne va pas bien en ce moment.

— J'ai du mal à imaginer ce qu'elle doit traverser.

— Je crois que tu en as une petite idée, répondit Jeremy. Tu as perdu ta mère.

Faith déglutit avec effort, la gorge nouée par l'émotion.

— Ça remonte à vingt-trois ans.

— Mais, jusqu'à présent, tu ignorais la vérité. La douleur est fraîche et forcément tu dois souffrir. Exactement comme nous souffrons de la perte de Mickey.

Il posa la main gauche sur l'épaule de Faith.

— Tu es tout ce qui me reste de ma sœur, je crois que le moment est venu d'oublier le passé. As-tu mon numéro ?

— Non, je vais l'enregistrer dans mon téléphone.

Lorsqu'elle en eut terminé, elle lui adressa un sourire triste.

— Prends soin de toi, Jeremy.

Deacon demanda à un agent de raccompagner les deux hommes dans le hall, puis se tourna vers Faith.

— Je file à la propriété dont il nous a parlé. L'équipe du SWAT va sécuriser tous les accès.

— Tu crois encore qu'il est impliqué ?

— En tout cas, je n'en ai pas envie. J'ai envie de l'apprécier. D'après Bishop, il tient sincèrement à ses fils. Si c'est le cas, il n'aurait jamais pu faire de mal à Mickey. Et en admettant qu'il ait travaillé avec Jordan ? Eh bien, je doute qu'il ait continué.

— Comment en être sûrs ?

— Je ne sais pas encore, mais on le découvrira. Reste…

— Reste ici, reste en sécurité. Ouais, ouais, dit-elle, avant d'attirer son visage vers elle pour un baiser rapide sur la bouche. File ! Trouve Roza. Et, toi aussi, fais attention. Tu es également sur sa liste.

***

Cincinnati, Ohio
Jeudi 6 novembre, 13 h 20

Bon sang ! Que pouvaient-ils fabriquer là-dedans ? Il était recroquevillé sur le plancher à l'arrière de la Range Rover depuis près d'une heure. Ils n'allaient peut-être pas revenir. Ils avaient peut-être été arrêtés.

Ce serait particulièrement ennuy… Ah ! Des voix. Et qui venaient de ce côté. Il resta en place, aux aguets.

La portière côté conducteur s'ouvrit d'abord. Le gorille entra et se pencha pour ouvrir à son compagnon, qui se glissa sur le siège du passager avec un air de chien battu.

— Je suis fatigué, Keith.

— Tu veux que je te ramène ? Je peux te faire de la soupe.

— Non. Conduis-moi chez Della. J'ai peur qu'elle se fasse du mal. Je ne veux pas que les garçons et Audrey aient à supporter aussi ce chagrin.

Keith fit démarrer le moteur.

— Elle est plus résistante que tu l'imagines. Elle n'a pas besoin de toi.

Jeremy se tourna vers Keith, rouge de colère.

— Lâche-moi un peu, tu veux bien ? J'ai vécu avec Della et elle a été là pour moi quand j'ai eu besoin d'une amie. En ce moment, c'est elle qui a besoin de moi.

— Elle a passé son temps à te protéger et, toi, tu t'es toujours planqué dans ses jupes.

Jeremy poussa un petit soupir agacé.

— Et alors, même si c'était la vérité ? Conduis-moi chez Della ou sors de cette voiture et laisse-moi le volant.

Ah ! Ça, j'aime bien. Tu sors ! Tu sors !

— Non, je t'emmène là-bas. Je ne suis pas obligé d'apprécier, voilà tout.

Ils démarrèrent et roulèrent en silence jusqu'à ce qu'ils aient quitté le centre-ville.

— Où est le flic ? demanda le gorille.

— Je ne sais pas, répondit Jeremy d'une voix lasse. On a peut-être passé un test.

Douce musique à mes oreilles. Il détestait vraiment tuer les flics. En général ça ne valait pas les ennuis qui allaient avec. Sauf pour Susan Simpson. Elle le valait bien !

Mais Susan avait disparu, maintenant. Elle était entre les mains des flics. Ils lui avaient pris toutes ses affaires. Il allait devoir recommencer à zéro. Mais il y arriverait. *Je suis bien plus fort que les gens l'imaginent.*

Il resta en position jusqu'à ce que la Range Rover s'engage sur l'autoroute, puis il se redressa et posa le canon de son pistolet sur la tempe de son jumeau.

— Keith ! couina Jeremy.

— On garde les deux mains sur le volant, là où je peux les voir, Keith, dit-il avec calme. Si tu décolles ne serait-ce que le petit doigt de ce volant, je lui fais exploser sa putain de cervelle. Et tu sais que je n'hésiterai pas.

Il enfonça plus durement le pistolet contre le crâne de son frère.

— Les deux mains sur le tableau de bord, Jeremy, y compris ta petite patte estropiée.

— Qu'est-ce que tu veux, Jordan ? demanda Jeremy, furieux mais docile.

— Ce que j'ai toujours eu. Tout.

Cincinnati, Ohio
Jeudi 6 novembre, 13 h 20

— Elle est stable ? demanda Faith à Bishop.

Dans la salle d'observation, toutes deux regardaient de l'autre côté de la vitre. Jade Kendrick se tenait dans l'autre pièce, pelotonnée sur elle-même, tentant d'occuper le moins d'espace possible.

Bishop haussa les épaules.

— Je vais essayer de lui parler. Pensez-vous pouvoir l'aider à garder son calme ?

— Je peux essayer. C'est une consultation professionnelle ?

Bishop haussa les épaules.

— Il paraît que vous avez repris la thérapie. D'après Isenberg, vous vous êtes fait jeter.

— Comme une vieille chaussette. Bon, allons parler à Jade.

Jade ne leva pas les yeux à leur arrivée, son regard resta rivé sur ses pieds.

— Bonjour, Jade. Je m'appelle Faith.

Jade leva la tête d'un geste vif, les yeux écarquillés.

— Vous êtes la petite-fille de Barbara.

— Oui. Et vous êtes la tante de Roza. Je peux m'asseoir ?

Jade hocha la tête.

— Je ne peux rien vous dire. Il la tuera. Il me tuera.

— Je ne crois pas qu'il la tuera, dit Faith. Elle a trop de valeur comme otage. Il veut me mettre la main dessus.

— Pourquoi ?

— Parce que je représente une menace à ses yeux. Je connais ses secrets. Il m'a convaincue de les garder, quand j'avais neuf ans.

Elle parla à Jade de sa mère, des manipulations de Jordan.

— Il veut me tuer, ajouta-t-elle. Il sera prêt à échanger Roza contre moi. J'espère que nous pourrons le trouver avant d'en arriver là. Jade, pourquoi n'en avez-vous pas parlé à ma grand-mère ? Je sais qu'elle vous aimait bien.

— Elle ne m'aurait pas crue. Elle adorait Jordan, vous savez. Il pouvait faire n'importe quoi, impunément. D'une certaine manière, elle le craignait un peu. Après tout, elle dépendait de lui. Si elle s'était plainte, il l'aurait découvert.

— Les caméras. Je suis au courant.

— Nous n'avions jamais d'intimité. Ni l'une ni l'autre. Elle affectait d'être heureuse, parce qu'elle se savait surveillée.

— Il lui faisait du mal ? A ma grand-mère ?

— Non, pas de cette manière. Mais il me faisait souffrir et je pense qu'elle l'avait compris. C'est pour cela que je ne pouvais pas lui parler d'Amy ou de Roza. Elle ne pouvait même pas se défendre. Et puis, il savait toujours ce que je faisais. Quand il disparaissait pendant des jours, je savais ce qu'il faisait à une pauvre femme.

Ses yeux se remplirent de larmes.

— Je le détestais pour ça, mais j'étais un peu soulagée, aussi, parce que pendant ce temps il me laissait tranquille.

— C'est humain, dit Faith, avec douceur. Vous ne devez pas vous en vouloir pour ça. Ça viendra avec le temps. Quand je rendais visite à Gran et qu'il vous envoyait en « congé », où alliez-vous ?

— Chez lui.

Bishop se pencha en avant.

— Vous parlez de l'appartement, au-dessus de l'atelier.

— Non. C'est une vraie maison. Mais je ne sais pas où elle se trouve. J'étais toujours ligotée, bâillonnée, et j'avais les yeux bandés. Il me mettait même des bouchons d'oreilles. Il faisait entrer la voiture dans le garage avant de me faire descendre du fourgon, je n'avais donc jamais de contact avec l'extérieur. Il me faisait descendre directement à la cave. Parfois, il restait avec moi, mais s'il avait une femme dans l'autre cave, celle où il gardait Amy et Roza, alors, il partait là-bas.

— Savez-vous où il gardait Amy et Roza ? demanda Faith avec circonspection.

— Non, répondit Jade en détournant les yeux. Pendant longtemps, j'ai pensé que c'était dans l'ancienne maison de Mme O'Bannion, mais une fois elle m'a décrit la cave et ça ne ressemblait pas du tout à l'endroit où il nous détenait. C'est d'ailleurs à cette occasion que j'ai appris qu'il avait équipé toute la maison de ville de caméras. Il m'a montré un enregistrement de cette conversation avec sa mère. Ensuite, il m'a ramenée dans la cave de l'autre maison. Il a dit à sa mère qu'il m'avait donné quinze jours de vacances, parce que c'est le temps qu'il a fallu pour que mes bleus disparaissent. Ensuite, il m'a montré une photo d'Amy. Ses contusions étaient encore pires. Il a dit qu'il appliquerait le même traitement à Roza, si je m'avisais de poser encore des questions.

— Nous comprenons, dit Faith. Avez-vous remarqué quelque chose de particulier, dans cette autre maison ?

— Seulement à l'intérieur. Un portrait de Joy est accroché sur un mur de la cave, mais il a lacéré le visage. Ce n'était pas la toile qui se trouvait dans la chambre de votre grand-mère. Je crois qu'il avait peint lui-même le tableau de la cave, juste pour avoir le plaisir de le détruire.

— Vous a-t-il emmenée en voyage, un jour ?

Jade répondit à la question de Bishop d'un signe de tête.

— A Miami, une fois. On avait pris le fourgon et il a conduit tout le temps. C'est là qu'il a tué votre ami.

— Gordon Shue ?

— Oui. Ensuite, il a essayé de vous pousser hors du pont. Il m'a obligée à vous tirer dessus. J'ai fait exprès de rater mon coup. Je ne pouvais pas me résoudre à vous tuer, même pour sauver Roza. J'espère qu'il n'est pas en train de lui faire du mal en ce moment.

— Merci de ne pas m'avoir tuée, dit Faith avec gentillesse. Je ferai tout ce qui est en mon pouvoir pour vous ramener Roza. Elle a un père, n'est-ce pas ? Eric Johnson ?

— Oui. Quand Amy et Eric se sont mariés, ils étaient encore à la fac. Ils étaient tellement heureux !

Elle se tut brusquement, puis demanda :

— Et mes parents ? Ils sont encore vivants ?

— Oui, la rassura Faith. On les a prévenus, ils sont en route.

Les épaules de Jade commencèrent à trembler et elle fondit en larmes.

— Merci. Merci.

Faith effleura les épaules de la jeune femme et réprima une grimace de compassion en sentant les os affleurer sous le tissu mince du T-shirt.

— Nous devons partir, mais nous reviendrons. Et, dès que nous aurons retrouvé Roza, vous serez prévenue. Au moins, nous savons à qui nous avons affaire, maintenant.

Dans le couloir, Bishop s'appuya contre le mur, les traits durement crispés en une grimace de frustration.

— Vous avez une petite idée de l'endroit où se trouve cette maison ?

— Pas la moindre, malheureusement. Comment ça s'est passé pour Deacon à la propriété de Della Yarborough ?

— Je ne sais pas. Nous n'avons pas encore de nouvelles.

— Alors, j'imagine qu'il ne nous reste plus qu'à réfléchir ensemble à la manière de localiser cette mystérieuse maison.

36

Nord de Cincinnati, Ohio
Jeudi 6 novembre, 14 h 30

Il prit soin de refermer la porte de son garage avant d'ouvrir l'arrière du fourgon. La colère du petit couple le fit sourire.

— Bienvenue chez moi. Ne vous inquiétez pas, vous ne resterez pas longtemps.

Il avait garé la Range Rover non loin du petit aéroport qu'il avait repéré au cas où il raterait Faith, cet après-midi-là. S'il le fallait, il mettrait son plan B à exécution. Mais il ne voulait pas avoir à s'enfuir. Il voulait se battre, défendre ce qu'il était et ce qu'il avait bâti.

Après avoir forcé le gorille à attacher les mains de son jumeau avec des liens souples, puis à glisser ses propres poignets dans des lanières semblables, il les avait obligés à marcher jusqu'à un fourgon aux flancs blancs volé des années plus tôt, mais qu'il avait conservé au cas où il aurait besoin d'une poire pour la soif. Les circonstances du moment remplissaient parfaitement les conditions nécessaires. Une fois que ses deux prisonniers avaient été à l'arrière du véhicule, il leur avait ligoté les chevilles.

Cette fois, il les fit rouler l'un après l'autre sur le plancher du véhicule et les laissa tomber sur le sol en ciment de son garage, toujours pieds et poings liés. Ce n'était pas une longue chute, mais il eut la satisfaction d'entendre sa mauviette de frère grogner de douleur. Un petit bonus, c'était toujours bon à prendre.

Le gorille était si stoïque et si puissant qu'il éprouva le besoin d'égaliser les chances. Après s'être assuré que son silencieux était bien fixé, il lui tira deux balles, une dans chaque genou. Le bâillon étouffa ses cris. Une bande de ruban adhésif le fit taire complètement.

Satisfait, il s'accroupit et retira le bâillon de son jumeau en lui braquant son arme sur le bas-ventre.

— J'ai une question à te poser et, si tu hurles, je te tire dans les couilles. Qu'est-ce que tu es allé fabriquer au central, aujourd'hui ?

— Je suis allé parler à Faith, dit Jeremy, à travers ses dents serrées.
— A quel propos ?
— Je veux lui racheter la maison.
Jordan éclata de rire.
— Pourquoi ?
— Pour la brûler. J'ai plein de fric. Je peux me le permettre.
Ça paraissait logique.
— D'accord.
— Attends. Moi aussi, j'ai une question.
— Ce n'est pas un échange de bons procédés, Jeremy… Bon d'accord, dit-il en soupirant. Une question.
— As-tu tué mon fils ?
Il le regarda, perplexe.
— Non. Je l'ai blessé. Je ne l'ai pas tué. J'ai seulement essayé.
— Non, mon autre fils. L'ado qu'on a trouvé dans la tombe avec l'employé de Earl Power.
Stupéfait, il ouvrit des yeux ronds.
— C'était ton fils ? dit-il, avant d'éclater de rire. Ce squatteur était vraiment le seigneur du manoir ? Alors, ça, c'est vraiment de l'ironie. Ouais, je l'ai tué. Maintenant, je dois m'en aller. A mon retour, je te laisserai partir.
— C'est ça, fit Jeremy, d'un ton lugubre. Tu me laisseras partir.
Il coupa une longueur de ruban adhésif et l'appliqua étroitement sur la bouche de Jeremy, s'assurant de recouvrir la moustache. Celui qui enlèverait ce bâillon lui arracherait la moustache dans la manœuvre. Ensuite, il se releva et s'épousseta les mains.
— Il faut que je recharge mon fourgon. Vous pouvez rester ici.
Il recouvrit les deux hommes d'une couverture.
— Faites de beaux rêves.

Woodland Mound, Ohio
Jeudi 6 novembre, 15 h 30

— Il n'y a rien, là-bas, agent Novak.
Appuyé contre son SUV, Deacon observait la propriété de l'ex-femme de Jeremy, à travers ses jumelles. Pas la moindre ride dans la poussière. Pas une parcelle de terre ne paraissait avoir été déplacée depuis bien longtemps.
— Vous avez raison, dit-il au chef de l'unité du SWAT. C'est une chasse au dahu.
— Vous croyez qu'il vous a volontairement envoyé ici ?
— Je n'en sais rien. J'étais prêt à me fier à Jeremy. Cela dit, de toute

évidence, Jordan est ailleurs. Je laisserai une voiture de patrouille de garde, au cas où il se pointerait dans le coin. Mais, pour l'instant, nous perdons notre temps.

Il sortait son téléphone pour passer l'appel nécessaire, quand il reçut un coup de fil de Bishop.

— Qu'est-ce que tu as pour moi, Scarlett ?

— D'après Jade, il a une autre maison.

— Où ?

— Elle n'en sait rien. On réunit l'équipe pour faire un *brainstorming*.

— Je vous rejoins.

Il était à peine installé dans sa voiture que le téléphone sonna de nouveau.

— Novak.

— C'est Jim.

Son oncle semblait effrayé.

Deacon se figea, la main sur la clé de contact.

— Qu'est-ce qui ne va pas ? C'est Tammy ?

— Non, c'est Greg. Il a disparu. On l'a laissé dormir tard ce matin, mais en voyant qu'il ne sortait pas de sa chambre on est allés voir. Il a laissé un mot pour dire qu'il était chez Dani. Mais elle n'est pas là non plus, Deacon. Je suis dans son appartement et il n'y a personne.

— Elle m'a envoyé un SMS de Meadows hier soir. Elle avait prévu de rester au refuge, avec deux retraités du CPD pour la protéger.

— Non, on a vérifié là-bas. Elle n'y est pas passée, hier soir. On a cherché dans tous les endroits où Greg et Dani ont l'habitude de se rendre. On y a passé la matinée. Elle a disparu, Deacon, conclut Jim d'une voix brisée.

Le cœur de Deacon se bloqua dans sa gorge.

— Elle est peut-être au boulot.

— Non, j'ai appelé. Elle leur a dit qu'elle était malade et qu'elle ne viendrait pas, par SMS.

Non, non, non. Son estomac se révulsa et il faillit vomir.

— Et, Deacon ? Il y a du sang sur le tapis. Il est imbibé. C'est encore collant, au toucher.

Non. Pas Dani. Pas Greg. Il ne pouvait pas les avoir enlevés. Mais son instinct lui disait qu'ils se trouvaient entre les mains de Jordan.

— Je suis là dans vingt minutes.

Il fit démarrer le véhicule et parcourut en trombe la longue allée. Il rappela Bishop.

— Ici, Deacon. Jordan a Dani et Greg.

— Oh ! mon Dieu. Il faut localiser cette maudite maison.

— Dépêchez-vous. Il les a enlevés la nuit dernière. Je fonce à l'appartement de Dani.

— Tu veux que j'envoie une équipe de la scientifique, là-bas ?

— Ouais, bonne idée. Préviens Isenberg. Dis à Faith de rester tranquille.

Il vira pour s'engager sur la route principale en dérapant sur les gravillons, puis posa son gyrophare sur le toit. *Dégagez de mon chemin,* songea-t-il. *Ce n'est pas un bon jour pour me ralentir. Tiens bon, Dani. J'arrive.*

Cincinnati, Ohio
Jeudi 6 novembre, 16 h 15

Faith arpentait le périmètre de la salle de conférences, les mains plongées dans les poches pour s'empêcher de les tordre nerveusement. Bishop, Tanaka et Isenberg, penchés au-dessus d'une carte, tentaient de déterminer l'endroit où se situait la fameuse maison. Derrière son écran d'ordinateur, Crandall lançait des recherches successives dans les registres de propriété. Si Jordan possédait une autre maison, ce n'était pas sous son nom, et c'était précisément ce renseignement qui leur faisait cruellement défaut.

Jordan détenait Dani et Greg. *C'est moi qu'il veut. Il essaiera de les échanger contre moi.* Mais il ne laissait aucun témoin derrière lui. Donc, même si elle se livrait, il les tuerait. *Où les a-t-il emmenés ?*

Tous les autres étaient occupés et elle marchait de long en large. *Je suis en pleine panique. Je ne réfléchis pas.*

Alors réfléchis, Faith. Elle s'arrêta brusquement et se laissa tomber sur un des cartons de la fondation. Les yeux fermés, elle pensa à Jordan, à ce qu'elle avait appris sur la famille O'Bannion et ses multiples tourments. Jordan haïssait Joy. Il haïssait Jeremy et Maggie. Il haïssait sa propre mère. Mais celui qu'il haïssait peut-être encore plus passionnément était son père.

Pourquoi ? Parce que Tobias l'avait battu, ridiculisé et lui avait répété qu'il était inutile. Parce qu'il l'avait engendré pour servir de réserve de pièces détachées. Il l'avait chassé de la fondation. Il avait préféré Joy à tous ses autres enfants.

Elle s'immobilisa soudain.

— Il les a volés. Il les a tous volés.

Bishop, Isenberg et Tanaka se tournèrent vers elle du même mouvement.

— Qui Jordan a-t-il volé ? demanda Bishop.

— Pas Jordan. Tobias. Tobias a volé ma grand-mère. Il lui a pris ses terres. Il a usurpé le patrimoine qui lui venait des Corcoran pour maintenir les apparences face à ses pairs. Jeremy a dit que le chagrin qu'éprouvait Tobias pour Joy était plus grand que l'amour qu'il avait pour eux. Que ce soit par désespoir ou par pur égoïsme, il a volé l'héritage de la famille de Barbara. Ces terres auraient dû revenir à ma mère, à son vingt et unième anniversaire.

— Mais Tobias s'en est servi pour doter la fondation, dit Tanaka.

— Un instant, dit Isenberg en levant la main. Pourquoi Jordan voulait-il les terres de sa mère ? Ce domaine était destiné à votre mère, après tout. Ce n'est pas son héritage qui a été volé, mais celui de Maggie.

— C'est vrai.

Faith parcourait le tableau des yeux, à la recherche de l'inspiration… Et finit par la trouver. Presque toutes les cases étaient reliées à Joy.

— D'abord, cet héritage était celui de Joy, mais elle est morte. Ensuite…

Elle se tut un bref instant, interrompue par une bouffée de rage, comme elle pensait à sa mère, puis se reprit.

— Ensuite, il a tué ma mère. Si son père ne l'avait pas vendu, le domaine lui serait revenu. En principe, il aurait dû partager les terres des O'Bannion avec Jeremy. Mais, comme Jeremy avait été renié, Jordan savait qu'il récupérerait aussi tout l'héritage de Tobias.

— Il voulait tout, dit Isenberg. Très bien. Vous avez dit que ces terres des Corcoran se trouvaient près de Liberty Township, c'est bien ça ? Mais tout ça est couvert de lotissements, maintenant. Jordan a peut-être acheté une de ces baraques.

— C'était une immense propriété, souligna Faith. Des milliers d'hectares. Au moins mille trois cents ou mille cinq cents hectares.

Tanaka effectua quelques calculs sur son téléphone et, quand les résultats s'affichèrent, il voûta les épaules.

— En imaginant que les maisons se répartissent sur des lots d'une superficie moyenne de mille six cents mètres carrés, ça nous donne au moins dix mille maisons.

— Et il ne l'aurait pas achetée sous son propre nom, précisa Crandall.

— Que savons-nous d'autre ? insista Isenberg.

— Nous savons qu'il a demandé à Jade de se faire passer pour la réceptionniste de Maguire and Sons, dit Bishop. Le propriétaire désigné de la compagnie est John Maguire. Essaie ça.

Crandall lança la recherche.

— Ça ne donne rien.

— Il n'aurait pas utilisé Maguire and Sons, dit Faith. Si les corps étaient découverts, les membres de la société seraient les premiers sur la liste des suspects. D'ailleurs, quand il a pris le petit déjeuner avec Deacon et moi, il a tenté de nous orienter sur cette piste. Monsieur Crandall, pouvez-vous projeter une carte de ce qui se trouve au nord de Millikin Road ?

La carte apparut sur le mur.

— Merci. Voici la zone en question. Ma mère m'y a emmenée une fois et m'a montré une maison toute neuve. Elle a dit que c'était l'emplacement de la vieille maison, qui a été détruite au début des années 1980, quand on a déboisé pour construire les lotissements. Mais impossible de me rappeler où ça se trouvait. Pouvez-vous chercher un titre de propriété au nom de Corcoran ?

— Rien, répondit Crandall, après un nouvel échec. Incroyable. On devrait pourtant retrouver la trace d'une propriété pareille dans un registre quelconque, non ?

— Sans doute, répondit Faith d'un air pensif. Mon père le sait peut-être. Veuillez m'excuser un instant. Je vais l'appeler.

Elle composa le numéro de son père et attendit qu'il décroche en tapant du pied.

— Faith ? Tu vas bien ?

— Oui oui, je vais bien, mentit-elle. Ecoute, papa, je fais des recherches sur les anciennes propriétés de la famille et j'essayais de trouver où vivait la famille de Gran avant son mariage. Tu t'en souviens ?

— Oh ! oui. Je me rappelle très bien. C'était au nord de la ville, il n'y avait que des terres cultivées, des champs vallonnés et des arbres. Ta mère et moi y sommes allés pour la première fois le jour de son vingt et unième anniversaire.

En entendant le sourire triste dans la voix de son père, Faith sentit enfler son propre chagrin et elle redouta encore plus d'avoir à dire la vérité. De devoir admettre qu'elle avait gardé un secret aussi longtemps. Il semblait si fatigué.

— C'est ce soir-là qu'elle a découvert que ça ne lui appartenait plus. Tu étais en route et ta mère avait un tas de projets. Elle savait que je ne possédais pas grand-chose, mais elle avait cette maison et nous aurions un endroit où élever notre enfant. Elle n'était pas revenue dans ce lieu depuis longtemps. Lorsqu'elle a essayé d'ouvrir avec sa clé, ça n'a pas marché.

Faith songea à dimanche après-midi. A son soulagement lorsque la clé n'avait pas ouvert la porte.

— C'est ainsi qu'elle a appris que son père avait vendu la propriété ?

— En réalité, c'est le nouveau propriétaire qui le lui a dit, lorsqu'il nous a accueillis avec son fusil. Il nous a menacés d'appeler la police si nous ne quittions pas sa propriété. Elle lui a expliqué qu'il devait certainement s'agir d'une erreur et il lui a proposé de lui montrer l'acte de propriété. Il avait acheté les terres à Tobias O'Bannion. Je crois qu'il a été touché par la détresse de ta mère, continua-t-il d'une voix tremblante. Il a baissé son fusil et il nous a invités à entrer. Ton grand-père lui avait vendu le domaine, et lui l'avait cédé à son tour à un promoteur. Beaucoup d'argent avait changé de mains. Ce soir-là, j'étais furieux. Ta mère était totalement effondrée. Elle se sentait trahie.

— Où se trouvait la maison ?

— Elle n'existe plus, tu ne peux pas la visiter.

Les mots lui venaient avec moins d'aisance, il commençait à fatiguer. Elle devait lui faire dire ce qu'il savait avant qu'il ne soit trop épuisé.

— Je sais, mais je fais quelques recherches généalogiques, improvisa-t-elle en se disant que ce n'était pas si éloigné de la vérité. J'ai vraiment besoin de connaître l'emplacement de la vieille maison.

— C'est une belle idée, ma chérie, mais je ne peux pas me rappeler exactement où elle était, dit son père, légèrement exaspéré. Il y avait un ruisseau pas loin. Et, quand on se tenait sur la pelouse de devant, on pouvait voir une école à classe unique. Ta mère aimait bien ça. Elle disait que l'endroit avait été restauré pour devenir un monument historique, donc ça doit encore se trouver là.

— Près d'un ruisseau et d'une vieille école, répéta Faith, au bénéfice de Crandall et des autres. Tu te souviens du nom du type qui a acheté la maison à Tobias ?

— Grands dieux, non ! Ça remonte à plus de trente ans, Faith.

— D'accord. Eh bien, merci, papa. Tu as l'air fatigué. Je t'ai gardé trop longtemps. Je te laisse tranquille.

— Un instant, dit-il avec une sécheresse qui la surprit. Tu comptes me dire ce qui passe ?

— Euh, pardon ? fit-elle comme si elle ne comprenait pas.

Son père laissa échapper un soupir.

— On parle de la vieille maison de ta grand-mère partout aux infos, Faith. Les journalistes racontent qu'on a trouvé des cadavres dans la cave. Tu espères vraiment me faire croire que tu fais des études généalogiques au milieu de tout ça ? Accorde-moi un peu de crédit, ma chérie.

Elle soupira.

— Je peux te promettre de t'en parler plus tard ? Pour l'instant, les choses sont un peu mouvementées par ici.

— Es-tu en sécurité ?

— Totalement. Je suis au central.

— Dans ce cas, d'accord. Est-ce que Jordan t'a procuré un téléphone, comme je le lui ai demandé ?

Elle ravala une bouffée de colère, à la mention de son oncle.

— J'ai récupéré mon ancien numéro aujourd'hui. Tu peux de nouveau me joindre directement.

— Bien. Je déteste être obligé de passer par lui pour te contacter.

— Quand l'as-tu eu au téléphone ?

— Dimanche soir, avoua-t-il. Tu nous avais dit que tu appellerais en rentrant à l'hôtel, mais nous n'avons pas eu de nouvelles et je me suis inquiété. La route qui part de chez ta grand-mère est traîtresse quand il fait noir. J'ai appelé la réception, mais ils ont dit que tu n'étais pas chez eux.

— Parce que je m'étais enregistrée sous le nom de Corcoran.

Ça semblait remonter à des millions d'années.

— Et je cherchais Faith Frye. Ça paraît logique maintenant, mais à minuit j'étais dans tous mes états en attendant près du téléphone. J'ai fini par appeler Jordan et lui demander de passer là-bas pour s'assurer que tu allais bien.

En imaginant son père se rongeant les sangs près du téléphone, Faith ressentit un pincement de culpabilité et de tristesse mêlées. Jusqu'à ce qu'elle réfléchisse à ce qu'il venait de dire.

— Alors, Jordan savait à quel hôtel j'étais descendue.

Isenberg, Bishop et Tanaka la fixaient, dans l'attente.

— Bien sûr. Je pensais que tu lui avais dit. A une certaine époque, vous vous entendiez comme larrons en foire.

— Ouais, dit-elle calmement. C'est vrai. Je te rappelle dès que possible, papa. Je t'aime.

— Je t'aime aussi, bébé. Fais attention.

Elle raccrocha.

— Jordan a trouvé mon hôtel grâce à mon père, qui lui a donné l'adresse. C'est ainsi qu'il a su où se poster. Il a probablement attendu mon départ lundi matin, puis il m'a filée jusqu'à la banque.

— Où il a mis un mouchard sous votre jeep, dit Bishop. Vous préféreriez sans doute que votre père ne le sache pas.

— Je ne suis pas certaine que ce sera vraiment possible, dit Faith. Est-ce que cette information a pu vous aider, monsieur Crandall ?

— Oui et non. J'ai le ruisseau et j'ai l'école. Mais ça me laisse quand même des centaines de maisons à trier et il ne reste peut-être plus beaucoup de temps à la famille de Novak.

— Je ne pense pas qu'il les ait déjà tués, répliqua Faith en espérant de toutes ses forces qu'elle disait vrai. Il veut s'en servir comme monnaie d'échange, contre moi.

— Ça n'arrivera pas, déclara Isenberg avec fermeté. Nous ne faisons pas d'échange, Faith.

Elle se contenta de hocher la tête. Ce n'était pas le moment d'en discuter.

— Monsieur Crandall, avez-vous trouvé une trace de la vente de la maison proprement dite ? D'après mon père, la personne qui a acquis le domaine l'aurait conservée. Joy est morte en 1975 et la fondation a été créée en 1976. La vente devrait se situer quelque part entre les deux.

— Entendu. Mais la recherche ne va pas être simple. Les registres de propriété sont classés par adresses, par noms ou par parcelles et nous n'avons aucun de ces renseignements. Sans compter qu'un tas d'anciens registres n'ont pas été téléchargés sur le site.

— Le vendeur aurait été Barbara O'Bannion.

Crandall testa ce nouveau critère de recherche.

— Non, je n'ai rien.

Faith se laissa tomber sur une chaise, frustrée.

— Nous savons qu'il dispose de cette maison depuis une dizaine d'années, parce qu'il a emmené Jade là-bas. On sait aussi qu'il l'a tabassée après qu'elle a essayé d'interroger Gran sur la cave de la maison de Mount Carmel. D'autre part, les premiers faux dossiers remontent à quinze ans. C'est à ce moment que la femme de Henson junior a commencé à détourner de l'argent. Si Jordan puisait aussi dans les fonds, ses revenus ont dû augmenter, ce qui lui aurait permis d'acquérir cette nouvelle maison.

— Ça restreint le champ de recherches, dit Crandall. Cinquante ventes ont eu lieu dans la zone comprise entre le ruisseau et la vieille école.

Il recula pour permettre aux autres de voir l'écran de sa machine.

— Phillip Smith, Alan Robinson, énuméra Bishop à mi-voix. Theodore Davidson, Edward Saugh, David Florentino, Victor Shafer, Nathaniel Molyneaux, Shannon Bodine… Est-ce qu'un de ces noms vous inspire quelque chose ?

— Oh ! mon Dieu ! Je crois que mes années en école catholique viennent enfin de trouver une utilité. Là, dit Faith en montrant l'écran. Edward Saugh. E. Saugh.

Crandall leva les yeux au ciel.

— Esaü. Esaü qui s'est fait voler son héritage dans la Bible.

Il cliqua sur le nom et une adresse apparut.

— Voilà, commandant.

— Bishop, partez en avant, dit Isenberg. J'envoie l'équipe du SWAT sur les lieux. Ensuite, j'appelle Novak, il nous rejoindra là-bas. Faith…

— Je sais. Rester ici. Rester à l'abri. J'ai compris. Allez-y, allez !

Cincinnati, Ohio
Jeudi 6 novembre, 16 h 15

Deacon arrêta sa voiture sur le parking, devant l'appartement de Dani. Trop d'images se bousculaient dans son esprit. La tête de Noël Lazar dans un sac-poubelle. Arianna couverte d'entailles et de contusions. Des bocaux remplis d'yeux. Et les cadavres. Tous ces cadavres.

Il bondit de son véhicule, sans pouvoir maîtriser sa respiration, qu'il savait pourtant trop rapide. Mais comment se calmer ? Sa famille était aux mains de ce monstre. *Pitié, ne lui permettez pas de leur faire du mal, je vous en prie.*

Adam l'attendait devant la porte d'entrée.

— Les gars de la scientifique sont au boulot, là-haut. Papa est avec eux. Il se giflerait pour ne pas avoir accepté la protection que tu lui proposais.

— Et, moi, je me giflerais pour ne pas avoir appelé Dani et entendu sa voix. Après l'avoir enlevée, Jordan a dû se servir de son téléphone pour m'envoyer des SMS.

— Jordan ? répéta Adam, visiblement dérouté. Je croyais qu'on cherchait Jeremy.

Deacon eut un instant d'absence, son esprit marqua le pas, dépassé par cette avalanche d'événements. Mais, avant qu'il puisse fournir la moindre explication à son cousin, son téléphone sonna. C'était Isenberg.

— On a localisé la maison de Jordan.

La poitrine de Deacon se comprima, le laissant sans souffle.

— Où ?

— Je viens juste de vous envoyer l'adresse par SMS. Bishop et l'équipe du SWAT qui vous accompagnait tout à l'heure sont déjà en route. Je m'apprête à partir. Dépêchez-vous, Deacon !

— J'arrive au plus tôt, répondit-il en regagnant sa voiture.

— Je t'accompagne, dit Adam. Je t'en prie. C'est aussi ma famille.

Deacon accepta d'un signe de tête.

— Monte et arrange-toi avec Isenberg sur le chemin. En route.

Cincinnati, Ohio
Jeudi 6 novembre, 16 h 45

Faith consulta son téléphone pour la cinquantième fois en une demi-heure. Tout le monde avait quitté le central pour foncer vers la maison de Jordan, sur la propriété qui avait autrefois appartenu à Gran. Deacon fonçait de son côté pour les y rejoindre.

Elle avait accompli tout ce qui était en son pouvoir. Maintenant, il n'y avait rien d'autre à faire, à part attendre. Et surveiller son téléphone.

Qui se mit à sonner. Faith eut un sourire en reconnaissant le thème musical des *X-Men*. Deacon l'avait téléchargé avant de lui rendre son iPhone. L'identité du correspondant s'affichait : Jeremy.

— Allô ?

— Faith, c'est oncle Jeremy. J'espérais que nous pourrions reprendre nos négociations sur la vente de la maison.

Négociations ? Un signal d'alarme se déclencha dans l'esprit de Faith.

— Bien sûr. Qu'est-ce que tu proposes ? Quand et où veux-tu que nous nous retrouvions ? Je t'écoute.

— Maintenant, ce serait bien. J'aimerais que nous arrêtions un prix. Je dois m'absenter, je quitte la ville demain après-midi et je voudrais que cette affaire soit réglée, d'ici là. Peux-tu me retrouver à la cafétéria de l'hôpital ? Je ne veux pas trop m'éloigner de Marcus.

C'est quoi cette histoire ? Le sujet de cette conversation était absurde et Jeremy semblait avoir oublié que la police voulait qu'elle reste au central pour sa propre sécurité.

Quelqu'un devait le forcer à l'attirer à l'extérieur. *Jordan.*

— D'accord. Je te retrouve là-bas. Il me faudra le temps de trouver un taxi et puis l'heure de pointe ne va pas tarder, alors ça pourrait me prendre un moment. Sois patient, j'arrive.

Elle raccrocha, le cœur battant. Avant tout, il lui fallait prévenir Deacon et Bishop, qui étaient concentrés sur la maison. Mais, si Jordan tentait de la faire sortir, il était soit près du central, soit près de l'hôpital. De toute façon, elle avait promis à Deacon de ne pas bouger.

Jeremy avait annoncé qu'il se rendait chez Della. Elle n'avait pas ce numéro, mais elle savait qui pourrait le lui communiquer. Elle composa le numéro de l'hôpital.

— Bonjour, puis-je avoir la chambre de Stone O'Bannion ?

Stone n'étant plus en soins intensifs, elle avait moins de scrupules à le déranger que Marcus.

— Oui ? répondit sèchement une voix rauque.

— Stone, ici Faith. Votre cousine. Jeremy serait-il avec vous ?

— Non, pourquoi ?

Mon Dieu, j'espère que je fais ce qu'il faut.

— Parce qu'il vient juste de m'appeler. Il m'a demandé de le retrouver à l'hôpital pour discuter de l'achat de la maison de Gran. A l'entendre, c'était comme s'il continuait une conversation, mais nous n'avons jamais abordé le sujet.

— Parce qu'il ne veut pas de votre satanée maison.

— Je sais. C'est pour cette raison que je le cherche. J'avais peur qu'il soit avec quelqu'un qui l'oblige à dire ce genre de choses. Je pense que c'est Jordan et, si c'est le cas, Jeremy a des ennuis.

— Le gars à la cagoule de ski, murmura Stone. Il avait la taille de Jeremy… Je vous rappelle.

Il raccrocha et Faith attendit en tapant du pied avec impatience, puis décrocha à la première sonnerie.

— Il n'est pas avec Audrey et maman, ni avec Marcus. Appelez la police et, ensuite, tenez-moi au courant, dit-il.

A son ton impérieux, on aurait pu croire qu'elle était à son service.

— Bien sûr, répondit-elle, déterminée à ne pas relever l'offense. C'est entendu.

Elle raccrocha et s'apprêtait à composer le numéro de Deacon, lorsqu'un nouvel appel du mobile de Jeremy arriva. Elle carra les épaules, puis décrocha.

— Allô, dit-elle presque en chantonnant comme si elle éprouvait toute l'insouciance du monde.

— Où es-tu, Faith ?

La même voix que tout à l'heure, ou du moins ça y ressemblait. Sauf que le ton était maintenant clairement menaçant.

— Tu n'es pas encore partie pour me retrouver.

Ça pouvait être Jeremy. Ou encore Jordan qui utiliserait le téléphone de Jeremy en tentant de passer pour son jumeau.

— Je t'ai dit que ça pourrait me prendre un moment. Ecoute, Jeremy, si ça doit tourner de cette manière, je ferais peut-être mieux de ne pas te vendre la maison, tout simplement.

— Où es-tu, Faith ?

— En route. Je t'ai dit que je devais prendre un taxi.

Un gloussement sinistre.

— N'essaie pas de me faire marcher. Tu cherches à gagner du temps pour prévenir ton petit ami que j'ai appelé. Permets-moi de formuler mon invitation autrement. Magne-toi de ramener ton cul ici. Tu as cinq minutes, avant que je ne me mette à flinguer tes nouveaux copains.

Un signal sonore annonça l'arrivée d'un SMS. Faith dut combattre son effroi avant de le regarder. Elle découvrit une photo de Dani, une arme pointée sur la tête, l'expression lugubre mais déterminée.

— *Non !*

L'exclamation lui échappa sans qu'elle puisse la contrôler.

— Non, répéta-t-elle avec plus de fermeté. Bien sûr, je ne veux pas que ça arrive. Mais, et les autres ? Greg et la petite, Roza. Comment puis-je savoir qu'ils sont vivants ?

— Tu abuses de ma patience.

— Et toi tu insultes mon intelligence, rétorqua-t-elle. Je veux une preuve que tu ne les as pas tués avant de monter sur l'autel du sacrifice.

— Très bien. Il te reste trois minutes et quinze secondes.

Il raccrocha et rappela immédiatement, cette fois-ci par l'intermédiaire de FaceTime. En *streaming* vidéo. Mais ce n'était pas son propre visage. C'était le visage terrifié de Greg qui remplissait l'écran du téléphone, le bruit de la circulation formait le bruit de fond.

Il sait que je ne suis pas sortie. Il doit être juste dehors.

— Très bien, très bien, dit-elle avec calme. J'arrive. Ne lui fais pas de mal.

La communication s'interrompit, laissant Faith tremblant de tous ses membres. *Reprends-toi. Trouve un plan. Appelle Deacon.* Elle ouvrit de nouveau la photo qui accompagnait le SMS. Et l'étudia de plus près. Au-dessus de la tête de Dani, on voyait le portrait de Joy, le visage était lacéré comme Jade l'avait décrit. *Il les retient dans sa maison sur l'ancienne propriété de la famille de Gran. Ou, du moins, il l'a fait.*

Elle appela Deacon et il décrocha avant la première sonnerie.

— Faith ?

Elle laissa échapper un souffle tremblant.

— Il est ici, Deacon. Devant le central. Il a dit que, si je ne sortais pas d'ici trois minutes, il commencerait à tirer.

— *Non ! Pas question* que tu quittes les lieux. Il va te tuer.

— Il a peut-être Jeremy, mais je sais qu'il a Greg avec lui. Je crois que Dani est dans sa maison.

— Merde. Tu ne sors pas du bâtiment. Il y a des flics partout. Parle à un d'entre eux.

— Peux-tu avoir un tireur d'élite en place en moins de trois minutes ? Parce que, si tu ne peux pas, il va tuer un gamin innocent. Il a un pistolet sur la tempe de Greg. Deacon, écoute-moi. Je ne suis pas idiote et je n'ai aucune envie de mourir, mais je ne peux pas permettre que quelqu'un d'autre meure à ma place. Surtout pas quelqu'un que tu aimes. Alors, voici à ce que j'ai l'intention de faire.

Cincinnati, Ohio
Jeudi 6 novembre, 17 h 5

— Allez, dépêche.

Faith jeta un regard nerveux au tableau de l'ascenseur, ses doigts fébriles couraient sur les commandes de son iPhone. *Transfert, transfert, où est-ce que c'est, déjà ? Ah, voilà.* Elle transféra tous les appels vers le téléphone prépayé à l'écran cassé et elle sortit de la cabine. Elle rappela Deacon, de son iPhone, puis attendit qu'il ait décroché pour brancher le haut-parleur et le glissa dans sa poche.

— Faith, ne fais pas ça !

La voix sèche de Deacon sortait du téléphone, dans sa poche.

— Silence, maintenant, dit-elle sans bouger les lèvres. Je sors.

Elle regarda des deux côtés de la rue, puis vit le fourgon blanc. L'air sombre, Greg se tenait devant la porte latérale, légèrement entrouverte. Il avança brusquement d'un petit pas vacillant, comme s'il avait été poussé. Puis il s'installa sur le siège du passager.

Elle regrettait de ne pas avoir son arme. Elle l'avait emportée le matin, mais l'avait laissée dans le coffre de la voiture de Deacon, puisqu'elle ne pouvait pas entrer armée dans les locaux de la police.

Son téléphone prépayé sonna et elle ouvrit le SMS qui avait été transféré depuis le numéro de son iPhone. Elle déchiffra le message à peine lisible derrière l'écran. *Mets-toi derrière le volant.*

Faith obéit. Une fois dans le véhicule, elle vit que Jordan était assis directement derrière la console centrale, son arme pointée sur Greg. Au premier regard, il aurait pu passer pour Jeremy avec sa moustache, sa chemise sur mesure fraîchement repassée et sa cravate. Mais Faith avait vu Jeremy de près peu de temps avant. Il avait le visage hâve et des poches sous les yeux. L'homme assis derrière elle était un peu pâle mais, sinon, semblait en bonne santé.

Il a Jeremy, ou au moins son téléphone. Faith savait qu'il ne fallait guère espérer que la seconde solution soit la bonne.

— Ecoute, on peut tous très bien s'en sortir si tu m'obéis, dit Jordan. Balance ton téléphone.

— Mais…

Faith interrompit net les protestations qu'elle faisait pour la forme et laissa tomber l'appareil prépayé sur le trottoir.

— Pose tes mains sur le volant et démarre.

Faith obéit.

— Où allons-nous ?

— Toujours la même salope autoritaire, hein ? Contente-toi de rouler droit devant, pour l'instant.

Elle se faufila dans la circulation, essayant de se rappeler qu'il fallait respirer.

— Voilà une manœuvre bien audacieuse, Jeremy. Réussir un enlèvement devant des centaines de gens sans alerter personne.

— Bien joué, pas vrai ?

— Je peux te poser une question ?

— Non. Ferme-la et conduis.

— Tu vas me tuer, de toute façon, alors ça ne coûte rien. As-tu tué ma mère ?

— Visiblement, tu penses que c'est le cas, sinon tu ne me l'aurais pas demandé.

Furieuse, elle donna un coup de poing dans le volant.

— Réponds-moi !

— Oui, je l'ai fait. J'étais obligé. Elle a découvert quelque chose qu'elle n'aurait pas dû voir.

— Toi, en train de tuer Melinda Hooper.

Il eut un rire jaune.

— Melinda Hooper, exact. Tu as bien fait tes devoirs.

— C'était une boursière de la fondation.

— En effet, elle l'était. Tu as toujours été trop maligne. J'aurais dû te tuer aussi, ce jour-là, mais ça aurait été plus difficile à expliquer.

— Pourquoi tu ne m'as pas tuée quand nous vivions sous le même toit ? Pourquoi avoir fait traîner les choses ?

— Je me suis dit qu'il serait plus facile et plus drôle de te capturer dans la toile d'araignée de ma dépravation, dit-il d'un ton moqueur. Si jamais tu étais tentée.

Il se tut brusquement, puis lui tira les cheveux avec tant de violence qu'elle ne put retenir un cri et donna un coup de volant qui les expédia dans la file voisine.

Faith redressa la course du fourgon.

— Tu essaies de provoquer un autre accident de voiture, Jeremy ?

La poigne se resserra dans ses cheveux, jusqu'à lui faire monter les larmes aux yeux.

— Laisse tomber les conneries. Tu savais que je n'étais pas Jeremy. Comment ?

— Il n'utilise jamais sa main droite et en ce moment ta main droite tient une arme. Et puis, avec le deuil de son fils, en ce moment son visage est un peu moins beau que le tien.

— Qui d'autre le sait ?

— Je ne sais pas. Pourquoi tu ne m'as pas tuée quand nous vivions sous le même toit ?

— Parce qu'une fois que tu avais sauté dans la voie express de la débauche personne ne t'aurait crue, même si tu avais brisé notre petit pacte secret. En particulier, ma sainte mère.

— Tu as tué Gran ?

— Non. La tuer, elle, aurait été un geste stupide. C'était ma poule aux œufs d'or.

Le ton singulier dont il avait usé avait mis la puce à l'oreille de Faith.

— Ton père ? Tu l'as tué ?

— Il l'a bien cherché.

— En quoi ?

— Occupe-toi de ta conduite, Faith.

Elle s'accrocha au volant et pria pour que Deacon soit toujours quelque part derrière elle. Un mouvement dans son rétroviseur attira son attention mais, quand elle jeta un coup d'œil, son cœur se serra. Dani et Roza étaient à l'arrière. *Mon Dieu, c'est un vrai bordel. Aidez-moi, je vous en prie. Et si j'échoue aidez Deacon. Sinon, il n'aura plus personne.*

Je suis heureuse d'avoir dit à mon père que je l'aimais, aujourd'hui.

Cincinnati, Ohio
Jeudi 6 novembre, 17 h 20

— Au coin, à gauche, dit Adam, la main refermée en une poigne de fer sur le téléphone de Deacon.

Deacon était reconnaissant à Adam de sa présence. Son cousin avait pris en main le traçage du téléphone de Faith, laissant Deacon libre de conduire. Et de s'inquiéter, car il pouvait entendre chaque mot échangé par Faith et Jordan. En revanche, il avait mis le silencieux de leur côté de la ligne pour éviter de révéler à Jordan que Faith disposait encore d'un téléphone connecté.

L'interruption de la communication ne romprait pas le lien, mais de cette manière ils pouvaient entendre tout ce que disait Jordan.

Jordan savait que Faith connaissait la vérité. Il détenait encore Dani et Roza. Quant à Jeremy, il avait aussi disparu et n'était jamais arrivé chez son ex-femme, où il était attendu.

A la suite du fourgon, Deacon et Adam étaient sortis de la ville et roulaient vers l'est sur Kellog Avenue, sur les berges du fleuve. Leur destination pourrait être le manoir O'Bannion à Mount Carmel. Ou alors, Jordan avait peut-être décidé de tuer tous ses captifs et de les jeter à l'eau.

Les tripes de Deacon se liquéfièrent et son sang se glaça. *Ne réfléchis pas à ce genre de trucs. Concentre-toi.*

La voix de Faith résonna de nouveau dans le haut-parleur.

— Comment as-tu tué ton père ? demanda-t-elle à Jordan.

— Il suivait un traitement pour son cœur. Je me suis contenté de le forcer à prendre quelques doses supplémentaires.

— Parce qu'il t'avait viré de la fondation pour avoir détourné de l'argent.

— Eh bien, tu m'as l'air d'en savoir beaucoup, mon petit, lança Jordan d'un ton railleur.

— Comment tu as appris à faire des sutures comme un chirurgien ?

— L'entraînement, encore et toujours, dit-il d'un ton blasé. Mes invitées ont été assez aimables pour me permettre d'utiliser leur peau. Ça n'a rien de sorcier.

— Et l'embaumement ?

— J'ai acheté une machine, j'ai trouvé un livre. Au prochain embranchement, tu prendras à gauche.

— Qu'est-ce que tu comptes faire de moi ?

— Allons, tu connais déjà la réponse.

Oh ! mon Dieu, songea Deacon.

— Où sont nos renforts ?

— Nous avons deux véhicules banalisés derrière nous. Le fourgon a pris à gauche, ce qui les situe sur Wilmer. Il se dirige vers l'aéroport de Lunken. J'ai posté trois unités à huit cents mètres de l'aéroport.

L'endroit où Faith avait changé de direction était maintenant en vue et Deacon augmenta sa vitesse.

— Comment tu savais qu'il irait par là ?

— Je n'en savais rien. Isenberg et moi avons mis un plan sur pied pendant que tu revenais de Woodland Mound. On a posté des renforts dans toute la ville, pour couvrir toutes les bases.

La voix de Faith s'éleva de nouveau du haut-parleur.

— C'était toi, dans mon appartement de Miami, pas vrai ?

Jordan émit un petit grognement d'impatience.

— Tu le sais très bien.

— Comment as-tu réussi à te faire passer pour Combs ?

— Rien de bien compliqué. Je portais une veste rembourrée. Un vieil accessoire de théâtre.

— C'est donc pour ça qu'on n'a jamais retrouvé la balle ou de sang. Le rembourrage de tes manches a tout absorbé, donc, pas de traces biologiques laissées sur place. Rusé.

— Ton approbation me transporte d'aise, dit-il, sarcastique.

— Que vas-tu faire des autres ?

— Ils ont rempli leur rôle.

— Même Roza ?

— Elle, je la garde. Sa tante n'est plus toute jeune. Roza fera une excellente « gouvernante ».

— Au moins, il ne sait pas que nous avons récupéré Jade, dit Deacon. Il n'est peut-être repassé ni dans la maison de ville ni dans le studio.

— Trop occupé à kidnapper des gens, gronda Adam.

— Novak ne te laissera pas faire, dit Faith. Avise-toi de tuer son frère et sa sœur et il te pourchassera jusqu'au bout du monde.

— Il a aussi Dani avec lui, dit Deacon. Préviens Bishop.

— Ne t'inquiète pas, mon petit, disait Jordan. Il va courir après le mauvais frère. Même s'il me suspecte, il n'a rien contre moi et toutes les preuves le conduisent à Jeremy. Y compris ton corps, qui sera retrouvé à l'arrière de la Range Rover de l'amant de mon cher frère.

— Bon, dit Adam. Ils ralentissent. Ils tournent à droite… Vers le terrain de sport. Très malin. Le soleil se couche. Il n'y a pas de match en nocturne programmé. L'endroit sera désert. Bon, c'est le fourgon blanc. Celui qui s'arrête près la Range Rover.

— C'est celle de Keith, dit Deacon en ralentissant pour ne pas dévoiler leur position. C'est le véhicule qu'ils ont utilisé pour tromper notre surveillance chez Jeremy.

— Un nouveau SMS de Bishop, annonça Adam. Ils ont récupéré Jeremy et Keith. Jordan a tiré dans les genoux de Keith pour l'empêcher de résister.

— Quelle est la position de l'équipe du SWAT ?

— Ils sont en route pour nous rejoindre. Isenberg aussi. Et une voiture de patrouille de renfort sera là dans quelques minutes.

Deacon coupa ses feux et pria pour que Jordan ne les ait pas repérés.

— Je connais le coin, dit Adam. Avance encore d'une trentaine de mètres. Il y a un endroit abrité, avec plein d'arbres qui donnent de l'ombre. On peut y laisser la voiture et revenir par les bois. Ça nous prendra une trentaine de secondes, mais ça pourrait leur sauver la vie.

L'instinct de Deacon lui hurlait de tourner, *maintenant,* de les rejoindre *tout de suite.* Mais il continua à avancer, suivant les instructions d'Adam. A peine avait-il arrêté le break qu'il était déjà dehors et courait de toutes ses forces. Adam galopait près de lui. Ils étaient à une quinzaine de mètres du fourgon, quand la portière s'ouvrit, côté conducteur.

Faith descendit, le visage pâle, et contourna le véhicule d'un pas mécanique. Elle s'arrêta près de la portière coulissante du fourgon, côté passager.

— Greg doit être à la place du passager, dit Adam. Dani et Roza doivent être à l'arrière.

Deacon et Adam avancèrent en rampant, alors que la porte latérale du véhicule s'ouvrait et que Jordan en sortait, un neuf millimètres à la main. Il enleva sa veste et la posa dans le fourgon, puis il souleva le hayon arrière de la Range Rover. Il enfouit la main dans les cheveux de Faith et referma le poing, avant de l'entraîner vers le SUV, de la pousser à moitié à l'intérieur et d'appliquer le canon de l'arme à la base de son crâne. Il semblait lui intimer l'ordre de prendre quelque chose.

Faith se releva, une expression d'horreur sur le visage. Elle tenait un bidon d'essence dans les bras.

Le sang de Deacon se figea dans ses veines.

— Il va la faire brûler, comme il l'a fait avec sa mère. *On y va ! Allez, allez !*

Arme au poing, Deacon chargea, inconscient du hurlement qui jaillissait de sa bouche jusqu'à ce que sa gorge éraillée commence à le brûler.

Jordan se retourna, bouche bée, mais il se remit rapidement de sa stupéfaction et posa son arme sur la tempe de Faith.

— Je vais la descendre, cria-t-il. Ne bougez plus, Novak, ou vous la ramasserez raide morte.

— Vous allez la tuer, de toute façon.

Deacon ralentit malgré tout, sans pour autant cesser d'avancer. Adam avait contourné le fourgon de l'autre côté et se rapprochait discrètement.

Entraînant Faith avec lui, Jordan recula vers le fourgon, dont la portière latérale était encore ouverte.

— J'ai dit, ne bougez pas, Novak.

— Elle n'est pas la seule à être au courant, Jordan. Nous avons tous entendu votre confession. Dans sa poche, elle avait un téléphone connecté pendant tout le temps. Vous ne pouvez pas vous en tirer.

— Tout au contraire. Je vais remonter dans mon fourgon et nous allons tous repartir, avec la jolie Faith au volant.

Jordan passa un bras autour du cou de Faith, un dernier pas en arrière le conduisit devant l'ouverture latérale du véhicule. Il ne lui restait plus qu'à monter dans le fourgon et attirer Faith à l'intérieur, comme il l'avait projeté.

— Alors, agent Novak, si vous tenez à ce que votre famille survive à cette journée, vous allez remonter dans votre voiture et démarrer…

La bouche de Jordan s'ouvrit comme celle d'un poisson et il hoqueta. Un de ses genoux ploya, puis il s'affala sur le sol, entraînant Faith dans sa chute. La poignée mince d'un couteau de cuisine saillait de son dos.

Une gamine de onze ans, avec de grands yeux noirs et une tignasse emmêlée, se dressait dans l'embrasure de la porte ouverte et le couvait d'un regard de mépris. *Roza.*

— Merde alors, chuchota Deacon.

Puis il se remit à courir, imité par son cousin.

Jordan se redressa sur les genoux, agitant son arme en tous sens comme un homme ivre. Il la pointa sur Roza et pressa la détente, ratant sa cible. La portière du fourgon côté passager s'ouvrit et Greg bondit à l'extérieur, saisit Roza dans ses bras et plongea pour les mettre à l'abri.

Un nouveau tir siffla dans l'air, suivi par un cri de douleur aigu. *Greg.*

Et Faith… Elle ne bougeait plus. Elle gisait sur le sol, la main de Jordan toujours entortillée dans ses cheveux. Il la tira en arrière d'un geste brutal, la forçant à arquer le dos, et posa de nouveau le canon de l'arme sur sa tempe. Elle cillait lentement, le regard dans le vague.

— Baissez vos armes, messieurs, dit Jordan d'une voix sifflante. Tout de suite.

Jordan perdait du sang, se dit Deacon. Ils n'avaient qu'à attendre qu'il s'évanouisse. Deacon remarqua aussi que Faith reprenait ses moyens, son regard s'animait.

— J'ai dit, baissez vos foutus flingues.

Chaque fois qu'il accentuait un mot, Jordan pressait un peu plus fort le canon de son pistolet contre la tempe de Faith, la faisant grimacer de douleur. Et attisant sa colère.

Deacon s'accroupit lentement, posa son arme à terre. Derrière lui, il entendit Adam faire de même. *Observe le visage de Faith,* songea-t-il. Elle s'apprêtait à entrer en action.

Dans un enchaînement de gestes coulés, Faith pivota et, du poing gauche, frappa sèchement l'épaule droite de Jordan, à l'endroit où il avait été atteint par la veille, par la balle de Corinne. Elle empoigna le bras blessé et s'y accrocha avec force. Jordan poussa un hurlement, il laissa tomber son pistolet et tenta de se dégager, mais elle se cramponna de plus belle, enfonçant plus profondément ses doigts.

Elle le poussa, le faisant atterrir à plat ventre, et elle s'assit sur lui à califourchon. Puis, elle saisit l'arme qu'il avait laissée tomber. De l'autre main, elle arracha la perruque et abattit la crosse du pistolet sur l'arrière du crâne de Jordan, qui s'immobilisa, inerte.

— Tu ne t'en tireras pas cette fois, lança-t-elle d'une voix rageuse.

Puis, elle leva l'arme et le frappa une nouvelle fois.

— Je ne te laisserai pas faire. Pas question, pas question, pas question.

Le souffle court et précipité, elle leva la crosse pour frapper Jordan une troisième fois.

— Faith, non !

Deacon se rua vers elle, ramassant sa propre arme au passage, puis enleva Faith du dos de Jordan.

— Il est sonné. Tu peux t'arrêter, maintenant.

Jordan gisait sur le sol, inconscient, le manche du couteau saillait toujours de son dos.

— Il ne s'en est pas tiré, cette fois, dit Faith à mi-voix, le regard fixé sur son oncle.

— Non, chérie, tu ne l'as pas laissé faire.

Deacon l'attira dans ses bras, laissant Adam courir vers Greg et le retourner.

— Greg a été touché, annonça Adam. Il a besoin d'une ambulance.

Une nouvelle vague de panique submergea Deacon.

— Où est Dani ?

— A l'arrière du fourgon, répondit Faith. Elle est attachée.

Adam sauta dans le véhicule pour délivrer Dani, la seule capable de venir en aide à Greg.

Un calme surréel entourait la scène, la voix d'Adam qui appelait le 911 se perdit, Deacon n'entendait plus que le bruit de son propre cœur. Il lâcha Faith et fit un pas vers le corps inerte de Greg, mais son entraînement reprit le dessus, lui rappelant ce qu'il avait à faire.

Menotter ce salopard et s'occuper des blessés.

Deacon mit un genou en terre et s'apprêta à refermer ses menottes autour des poignets de Jordan, toujours évanoui. Il décrocha les menottes de sa ceinture, avec l'impression que ses mouvements étaient lents, maladroits, puis jeta un coup d'œil inquiet à Greg, qui n'avait toujours pas bougé.

Trois voitures de patrouille fonçaient vers eux, pleins phares et gyrophares tournoyants.

Pas trop tôt, songea-t-il avec irritation, avant de se rendre compte que seules quelques minutes s'étaient écoulées. Tout s'était passé si vite.

Du coin de l'œil, il saisit un éclair argenté, comme Jordan roulait sur lui-même et pointait une longue lame mince vers son cou.

Cet enfoiré a fait le mort, se dit Deacon alors qu'une pointe brûlante s'enfonçait dans sa gorge. Il sentit la lame ressortir. Pendant qu'il tombait en arrière, le visage dément de Jordan O'Bannion emplissait son champ de vision.

Jordan se redressa sur les genoux et leva de nouveau la lame, d'une main tremblante. *Lève les bras et bloque le coup*, s'ordonna Deacon. Mais ses bras étaient lourds comme du plomb. Son regard quitta le visage de Jordan pour observer la lame et il se prépara au prochain coup.

Qui ne vint jamais. Une détonation résonna dans l'air. Un éclair de surprise traversa le regard vert de Jordan, puis il s'effondra sur le sol.

Faith courut vers Deacon, l'arme de Jordan dans la main. Il voyait son visage approcher. L'entendait crier son nom. Mais il ne pouvait plus respirer. Lentement, il porta la main à sa gorge et sentit la tiédeur de son propre sang. *Merde.*

Cincinnati, Ohio
Jeudi 6 novembre, 17 h 56

— Deacon !

Faith se laissa tomber à genoux près de lui, le sang giclait d'une blessure à la gorge. Lâchant l'arme qu'elle avait utilisée pour tirer sur Jordan, elle comprima la plaie des deux mains pour essayer d'arrêter l'afflux de sang.

— Dani ! A l'aide !

Des agents en uniforme jaillirent des trois voitures de patrouille et se précipitèrent vers eux. Dani sortit du fourgon d'un pas mal assuré. Son regard passa de Greg à Deacon et elle fut près de son frère aîné en une fraction de seconde.

— Qu'est-ce que je fais ? demanda Faith, essayant de surmonter sa panique.

— Occupe-toi de Greg. Trouve ce que tu peux pour arrêter l'hémorragie. Je me charge de Deacon. *Vas-y !*

Faith démarra, dérapant sur l'asphalte, vers l'endroit où Greg était allongé, pâle, le regard vague.

— Comment va D. ? bredouilla-t-il. Que s'est-il passé ?

— Dani s'occupe de lui, indiqua Faith, tentant de garder un ton confiant. Où as-tu été touché ?

— A la jambe, dit Greg. Ça fait un mal de chien.

Ça n'avait pas l'air trop grave, songea Faith. La blessure ne saignait pas comme celle de Deacon. Elle retira son sweat-shirt et pressa le tampon improvisé sur la blessure. Puis elle regarda la fillette, assise sur le trottoir, qui observait la scène de ses grands yeux noirs.

— Tu es Roza, dit-elle. Je suis Faith.

— Faith Frye, fit Roza. Il avait peur de vous.

— Bien, dit Faith avec un vigoureux hochement de tête. Il avait raison.

Roza riva son regard au sien.

— Il a tué ma mère, dit-elle.

Faith hocha la tête avec sobriété.

— Il a aussi tué la mienne.

— Alors, c'est bien que nous l'ayons tué toutes les deux, déclara la fillette d'un ton neutre. Où est Corinne ?

— A l'hôpital. Elle va bien. Elle s'inquiétait pour toi.

— Je vais bien, répondit l'enfant, toujours sans intonation.

Oh ! non, ma petite chérie, songea Faith. *Tu ne vas pas bien. Aucun de nous ne va bien.*

— Où as-tu eu le couteau ?

— Corinne me l'a donné dans les bois.

— Comment t'es-tu libérée ?

— Elle m'a donné le couteau, dit la voix de Dani derrière elles. J'ai coupé ses liens. Elle était censée me libérer ensuite mais, au lieu de ça, elle l'a poignardé.

Rassemblant son courage, Faith se retourna pour regarder Deacon et son cœur manqua un battement. Son visage était presque aussi pâle que ses cheveux. Mais les mains de Dani s'affairaient avec rapidité et assurance. Leurs regards se croisèrent une fraction de seconde, Dani lui adressa un hochement de tête rassurant, et son cœur reprit un rythme un peu plus régulier.

— Il va mourir ? demanda Greg.

Faith reporta son attention sur le garçon.

— Non. Il ne va pas mourir. Il ne peut pas. Dani ne le laissera pas faire. Aucun de nous ne le permettra.

Un des policiers arriva près de Greg avec une trousse de premiers secours.

— Je peux prendre le relais, madame, dit-il.

Faith acquiesça d'un signe de tête, puis s'éloigna en glissant sur les fesses pour lui laisser le champ libre. Elle n'avait plus assez d'énergie pour se relever. Une paire de bras robustes la hissa sur ses pieds. Elle se retrouva nez à nez avec un Adam Kimble très pâle et très secoué.

— Vous lui avez sauvé la vie, dit-il d'une voix rauque d'émotion. Regardez.

Faith ravala ses larmes et ils se tournèrent tous les deux vers Deacon. Ses yeux si singuliers étaient ouverts et la fixaient. S'il avait le souffle un peu court, au moins sa respiration était-elle régulière. Le pansement de fortune de Dani tenait bon et le sang ne giclait plus de sa gorge. Il leva le bras de quelques centimètres et tendit la main.

Elle marcha vers lui sur des jambes en caoutchouc, Kimble l'accompagna, la maintenant debout, jusqu'auprès de Deacon. Elle tomba à genoux une deuxième fois et lui saisit la main pour la porter à ses lèvres.

— Merci, lâcha-t-il, articulant en silence.

Elle lui sourit.

— Je t'avais dit que je ne ratais pas ma cible.

Deacon eut un demi-sourire. Une ambulance s'arrêta derrière les trois voitures de police.

— Ton taxi est là, ajouta-t-elle. Ils vont devoir te raccommoder, mais je serai là quand tu ouvriras les yeux.

***

Cincinnati, Ohio
Mardi 11 novembre, 10 heures

— On dirait le Petit Chaperon rouge, dit Deacon, du fond de son lit d'hôpital. Sauf que ton panier a l'air presque plus grand que toi.

— Presque, répondit Faith.

Elle était soulagée de le voir en aussi bonne forme. Quand Jordan l'avait frappé à la gorge, Deacon avait perdu beaucoup de sang. Par bonheur, sa gorge était protégée par des couches de muscles, ce qui avait ralenti la lame de Jordan. Une fraction de centimètre plus en profondeur ou sur le côté aurait suffi à rendre l'hémorragie mortelle. Malgré tout, il avait été intubé et placé sous sédatifs pendant deux jours. Sa voix était plus rauque et ne retrouverait peut-être plus ses intonations de velours, mais elle avait toujours le pouvoir de la faire frissonner quand il prononçait son nom.

— J'ai un tas de gens à voir, ici, alors mon panier est plein de petits cadeaux. Mais, puisque tu es spécial, tu pourras choisir le premier. J'ai des livres, des fleurs, des jouets…

— Je veux le Petit Chaperon rouge, dit-il avec un grand sourire plus que coquin en tendant le bras qui n'était pas relié à des tubes. Les autres peuvent bien avoir tout le contenu du panier.

Elle posa sa charge sur une chaise et se coula contre lui, pour la première fois depuis les événements de la semaine précédente.

— Tu m'as fait peur, chuchota-t-elle.

Il resserra le bras autour d'elle.

— Toi aussi, tu m'as fait peur. Promets-moi que tu ne monteras plus jamais, au grand jamais, dans une voiture avec un oncle maniaque et tueur en série.

— Je te le promets.

— Merci.

Avant de la laisser se relever, il l'embrassa sur la bouche, puis tapota le lit près de lui.

— Viens donc me raconter ce qui s'est passé.

Elle s'installa contre lui et lui prit la main.

— Eh bien, Jordan est toujours mort.

— Bonne chose. Les oncles maniaques et tueurs en série zombies sont particulièrement durs à tuer.

Elle pouffa, puis reprit son sérieux.

— Je n'ai jamais tué personne avant, mais je ne me sens pas coupable. J'ai l'impression que je devrais ressentir quelque chose, mais… Je ne regrette pas ce que j'ai fait.

— Si tu ne lui avais pas tiré dessus, je ne serais pas là. Alors, je ne regrette pas non plus. Quelles sont les autres nouvelles ?

— Bishop a trouvé d'autres souvenirs de Jordan. Il les gardait dans une caisse de la maison où il retenait Dani et les autres. Il y avait des permis de conduire, des bijoux, des téléphones…

Exactement comme dans l'affaire de Virginie-Occidentale.

— Je sais, dit-il à voix basse. Bishop m'en a parlé. Elle trie les biens des victimes pour les remettre aux familles, dès qu'on aura bouclé le dossier avec Lynda. Je dois admettre que je suis content de ne pas avoir eu à m'en occuper une nouvelle fois. Mais Scarlett est dans l'état où je me trouvais l'année dernière. Je déteste cette idée.

Faith lui tapota la main.

— Elle pourra parler à son partenaire quand le fardeau sera trop lourd, le rassura-t-elle, puis elle soupira. La bonne nouvelle, c'est que Jeremy a été officiellement innocenté. Il s'avère qu'il tient un agenda très détaillé. Il a pu rendre compte de l'endroit où il se trouvait à l'occasion de chacun des dix-sept enlèvements. Il a apporté ces précisions de lui-même. Il ne veut pas que qui que ce soit puisse imaginer qu'il est l'autre moitié d'un duo diabolique. Il pense que Jordan les a enlevés, Keith et lui, pour les empêcher d'avoir un alibi au moment de ma mort. Il comptait leur faire aussi porter le chapeau pour celle de Dani et de Greg. Jordan avait l'intention de nous laisser dans la Range Rover de Keith, de placer Jeremy derrière le volant et de mettre en scène un nouvel accident. Un gros accident, du style explosif.

— Je suis tellement content que tu aies descendu cet enfoiré, dit Deacon à mi-voix, mais avec un regard dur.

— Physiquement, Jeremy va bien, mais Keith est salement touché. Les types de l'orthopédie travaillent sur ses genoux, il est question de lui mettre des plaques de métal. Marcus est sorti des soins intensifs et Stone a quitté l'hôpital. L'enterrement de Mickey est prévu pour demain et, bien sûr, je vais y assister.

Elle prit une profonde inspiration.

— Sur un mode plus léger, Arianna et Corinne ont une page Facebook. Pour l'instant, elles ont reçu vingt-cinq mille *J'aime*.

— Waouh.

— Meredith craint que toute cette publicité ne complique les choses pour Arianna au moment de gérer les conséquences de l'agression sexuelle. Mais Arianna a expliqué qu'elle ne comptait pas s'empêcher de vivre. Pour ma part, je pense que c'est très bien pour elle. Meredith et moi serons là, si elle décide qu'elle a besoin de nous.

Elle se tapota la lèvre, rassemblant ses idées.

— Greg n'est pas en pleine forme, mais ça va. Il apprécie d'être au centre de l'attention des filles de son lycée. Avoir reçu une balle dans la jambe en protégeant Roza lui a valu de gagner un tas de points dans la catégorie héros.

— Et moi ? J'ai eu des points de héros ?

Elle entrelaça leurs doigts.

— Tu es déjà un super-héros. Comment pourrais-tu faire mieux ?

— Je n'ai pas la réponse, chuchota-t-il.

Elle se pencha en avant et l'embrassa légèrement.

— Tu avais l'air prodigieux quand tu fonçais à travers ce champ en hurlant comme un cinglé, avec ton manteau qui flottait derrière toi. Si je n'avais pas eu si peur pour ma vie à ce moment-là, je t'aurais immédiatement sauté dessus.

Il laissa échapper un petit rire.

— Immédiatement ?

— Bon d'accord, j'aurais monté une tente ou un abri. Pour des raisons d'intimité, et de nudité en public.

Il pouffa.

— Je suis heureux que tu aies été là.

— Moi aussi. Littéralement. Mais nous devons remercier Roza avant tout.

— Comment va-t-elle ?

— Eh bien… bien et pas du tout bien, selon les moments. Meredith travaille aussi avec elle. Aucune accusation n'a été retenue contre Jade. Les Kendrick sont arrivés de Vancouver. Ils voudraient prendre Roza et Jade, mais Roza est extrêmement attachée à Corinne. La pauvre Corinne peut à peine aller aux toilettes seule, mais ça n'a pas l'air de la déranger. Il faudra des années avant que Roza se rapproche d'un état normal. Son père est arrivé. Il est si heureux de l'avoir dans son existence qu'il pourrait s'installer ici, pour qu'elle puisse aussi rester près de Corinne.

— En fait, il est passé me voir. Le père de Roza. Il était si plein de gratitude qu'il en a pleuré, dit Deacon, avant de s'éclaircir la gorge. Et puis, Bishop aussi est venue. Elle ne se remet pas d'avoir raté tous les trucs excitants.

— C'est ce qu'elle prétendait quand tu étais sur le billard. Mais je crois surtout qu'elle s'inquiétait pour toi. Voyons… Le portier va se remettre complètement et la femme de la supérette s'est réveillée. Sa convalescence sera beaucoup plus longue, mais qu'elle ait survécu tient déjà du miracle. On a découvert qu'elle tient un refuge pour chiens où les pensionnaires ne sont pas euthanasiés. Un groupe d'amis s'occupera des animaux jusqu'à ce qu'elle puisse reprendre le travail. Dani et moi pensions aller là-bas pour choisir un chien, une fois que Greg et toi serez sortis de l'hôpital.

Il lui adressa un sourire.

— J'aime bien cette idée. Dani a toujours voulu un chien. Et Greg aussi. Mais il faut que ça soit un grand chien. Un chien d'homme. Pas un chien à froufrous et à rubans sur la tête.

— Nous nous assurerons que ce soit un chien d'homme, promit-elle.

Oh ! on a compris comment Jordan s'y est pris pour faire l'aller-retour à Miami, ce fameux week-end. Le FBI avait cherché en vain sur les vols commerciaux. Mais je me suis souvenue de la rapidité avec laquelle il était arrivé à mon chevet à Miami, quand Combs m'a tranché la gorge.

— Tu as dit qu'il était là avant même ton père et Lily.

— Parce qu'il avait affrété un vol. J'ai demandé à Crandall de vérifier avec les compagnies de charters qui partent de Lunken. Jordan a réservé un vol pour Miami sous le nom d'Edward Saugh et, une fois arrivé sur place, il a loué un fourgon blanc. Quoi d'autre… ? Ah, ouais. Le petit-fils de Henson et sa belle-fille ont craqué. Ils ont avoué la fraude, mais pas les meurtres. Ils ignoraient que Jordan avait arrangé l'accident de voiture qui a laissé Henson junior dans le coma. Henson senior et Mme Lowell vont tous les deux prendre leur retraite, mais je crois que, de toute façon, ils avaient l'intention d'engager de nouveaux avocats.

— Et ton boulot ? Tu as récupéré ton boulot à la banque ?

— Non, je ne veux plus travailler pour eux. J'ai reçu une offre d'emploi du CPD, dit-elle en haussant les sourcils.

Il la contempla, abasourdi.

— Tu plaisantes. Vraiment ?

— Vraiment. Isenberg voudrait que je sois la psychologue du département. J'ai aussi une proposition d'un centre d'aide psychologique. J'y travaillerais avec Meredith Fallon. Je vais sans doute choisir la proposition numéro deux.

— Dommage, dit Deacon à mi-voix. Je fantasmais sur toi avec une matraque.

Elle lui adressa un immense sourire.

— Moi aussi.

Du bout de l'index, il traça des figures abstraites sur son bras.

— Et ta mère ?

Le sourire de Faith s'évanouit.

— J'ai demandé à Carrie Washington de ne pas l'exhumer, finalement. Jordan m'a dit ce que j'avais besoin de savoir. Il me reste encore à apprendre à mon père qu'elle a été assassinée.

— Dès qu'ils me donneront l'autorisation de voyager, je t'accompagnerai.

— Merci. J'espère que ce sera bientôt. Pour l'instant, Isenberg n'a pas révélé le meurtre de ma mère, mais j'ai peur que quelqu'un ne divulgue l'histoire. Je ne veux pas que mon père l'apprenne aux infos.

— Je vais me rétablir aussi vite que possible, promit Deacon. Je veux absolument qu'il entende l'histoire où sa fille me sauve la vie.

Faith lui sourit.

— Tu as aussi sauvé la mienne. De diverses manières, en tout cas plus que tu ne l'imagines.

Elle se pencha pour l'embrasser sur les lèvres, puis glissa du lit.

— J'ai des cadeaux à distribuer. Mais, si tu es sage, je te laisserai jouer le loup plus tard.

Le regard de Deacon scintilla.

— Alors, je promets d'être très, très sage.

Composé et édité par HarperCollins France.

Achevé d'imprimer en janvier 2017.

BRODARD & TAUPIN

La Flèche
Dépôt légal : février 2017.

Pour limiter l'empreinte environnementale de ses livres, HarperCollins France s'engage à n'utiliser que du papier fabriqué à partir de bois provenant de forêts gérées durablement et de manière responsable.

Imprimé en France